OPEN是一種人本的寬厚。

OPEN是一種自由的開闊。

OPEN是一種平等的容納。

OPEN 2/2

戰國史 1997增訂版

作　　者　楊　寬
主　　編　吳繼文
責任編輯　詹賜珠
美術設計　張士勇　吳郁婷

發 行 人　郝明義
出 版 者
印 刷 所　臺灣商務印書館股份有限公司
地址：臺北市重慶南路 1 段 37 號
電話：(02)3116118／傳眞：(02)3710274
讀者服務專線：080056196
郵政劃撥：0000165-1 號
E-mail：cptw@ms12.hinet.net
出版事業登記證：局版北市業字第 993 號

初版一刷　1997 年 10 月

定價新臺幣 490 元
ISBN 957-05-1416-7（平裝）／66500000

OPEN 2/2

戰國史

1997增訂版

楊寬／著

臺灣商務印書館 發行

目次

001 前言
關鍵性的重大變革和發展時期／連年進行合縱連橫的兼併戰爭時期／從分裂割據趨向統一的時期／百家爭鳴、英才輩出的時期／科學技術上重大的創造和發展時期

第一章 緒論
009 一、戰國史的重要性
連年進行兼併戰爭的時代特徵／春秋、戰國之是「古今一大變革之會」／大變革體現了中國歷史的發展規律／戰國史的影響深遠而直到如今
017 二、戰國史料的整理和考訂
戰國主要史料的特點／竹書紀年和校正史記東方六國紀年的考訂／合縱連橫史料的去僞存真／樂毅破齊史料的去僞存真／資治通鑑所載樂毅破齊經過的

虛假／載有戰國史料的著作／戰國史料的編年整理和考訂／戰國典章制度的分類編纂和考訂／戰國地理的考證和地圖的編繪／考古發現的新史料／銅器銘文的史料價值

050

第二章 春秋戰國間農業生產的發展

050 一、冶鐵技術的進步和鐵製生產工具的廣泛使用

冶鐵鼓風爐的重大進步／鑄鐵冶煉技術的發明／鑄鐵鑄造工藝的進步／鑄鐵柔化技術的發明／滲碳製鋼技術的發明／固體滲碳製鋼技術的發明和寶劍的製作／鐵礦的開發／各國冶鐵手工業地點／鐵工具的廣泛使用

062 二、水利灌溉事業的發展

堤防的普遍建築／運河的開鑿和水利工程的興辦／運河開鑿工程技術的進步

071 三、糧食作物、桑、麻以及漆園、果園的分布

主要糧食作物的種類／土壤的分辨和田地的等級／各種糧食作物的分布／蠶桑事業的發展及麻的分布／漆園和果園的經營

080 四、農業生產技術的進步和農業產量的提高

荒地的開墾／牛耕的推廣和耕作技術的進步／灌溉方法的改進／施肥技術的進步／農業產量的提高／一年兩熟制的推廣

085 五、農本理論的產生、管理農業政策的實施和農業科學的興起

農本理論的產生／管理農業生產的政策／農業科學的興起

097

第三章　春秋戰國間手工業和商品經濟的發展

097　一、手工業生產技術的進步

青銅鑄造技術的進步／青銅工藝技術的創造／建築技術的進步／煮鹽業的發達／釀酒技術的進步／製陶技術的進步／皮革業的進步／手工業技術知識的積累和考工記的成書

110　二、手工業的進一步發展

和小農結合的家內手工業普遍存在／個體經營的小手工業普遍存在／官營手工業的規模／豪民所經營的大手工業

115　三、商業的發展和富商大賈的出現

四方土特產的交流／商業和交通的發展／壟斷市場的大商人的出現／各種巨富的產生

122　四、城市的興起及其發展

人口的增加／城市人口的增加／城郭的發展／商業城市的興起／都城的規模擴大／市的規模宏大／市中的工商業稅以及爭奪城市／軍市的興起

133　五、鑄造貨幣的廣泛流通和高利貸的橫行

銅幣的四種形式／各國大商業城市所鑄銅幣／銅幣的廣泛流通／黃金的使用／高利貸的橫行／券的普遍應用

144　六、貿易理論的產生和商業政策的講究

計然的貿易理論和商業政策／白圭的貿易致富理論／農家和法家的抑商主張

155 第四章　春秋戰國間社會經濟制度的變革

155 一、農田制度的變革

「國」「野」對立的制度和井田制度／井田制度的逐步瓦解和田地逐步私有化／田畝的租稅制度的推行／魏秦等國的身分制和授田制／名田制度和地主的成長

167 二、各國政權的改組和改革

魯的三分公室和四分公室／六卿分晉及其改革／田氏代齊／吳的興起及其政治改革／越的興起及其政治改革／鄭國的爭奪政權／秦獻公的取得政權及其政治改革／戴氏代宋／燕國的「禪讓」事件

177 三、社會結構的變化

自耕小農的普遍存在／小農經濟成爲立國的基礎／依附於地主的庶子、佃農和雇農／官府的奴隸／地主和商人占有的奴隸

191 第五章　戰國前期各諸侯國的變法改革

192 一、魏國李悝的變法

魏文侯任用李悝實行變法／李悝的盡地力之教／李悝的平糴法／李悝制定法經

195 二、趙國公仲連的改革

196 三、楚國吳起的變法

楚悼王起用吳起實行變法／吳起損有餘、補不足的變法措施／吳起整頓楚國

吏治／吳起變法的成效／吳起被殺害
199 四、韓國申不害的改革
韓昭侯起用申不害進行改革／申不害講究統治之「術」
201 五、齊國鄒忌的改革
齊威王起用鄒忌進行改革／鄒忌推行法家政策
203 六、秦國衛鞅的變法
秦孝公起用衛鞅實行變法／衛鞅第一次變法／衛鞅第二次變法／衛鞅變法的成功及其被殺害
216 第六章 中央集權的政治體制及其重要制度
216 一、官僚制度的建立
官僚制度的產生／俸祿制度的推行／賞金辦法的實施／「璽」、「符」制度的建立／年終考績的「上計」制度確立／視察和監察地方的制度／選拔官吏的制度和辦法
223 二、中央集權官僚機構的建立
相國和將軍的官制／尉和御史的官制／七國官制的不同／秦漢時代九卿的由來
227 三、郡縣制度的建立
縣和郡的產生／戰國時代郡的特點／戰國時代縣的組織
231 四、加強統治的有關制度的創設

法律的制定、頒布和執行／戶口的登記和賦役的攤派／國家兩大財政機構的創始／連坐法的推行／度量衡制的頒布和校驗
五、郡縣徵兵制度的推行和常備兵制度的建立 244
郡縣徵兵制度／常備兵制度／軍隊的編制和軍中賞罰的規定
六、爵秩等級的規定 247
三晉、齊、燕的爵秩等級／楚的爵秩等級／秦的二十等爵／法律維護爵秩等級
七、封君制的設置 256
戰國時代封君制的特點／各國封君的情況／封號的三種類型
八、維護統治的禮樂制度 265
禮樂制度的作用／即位禮和朝禮／對神祇和祖先的祭禮／喪禮和墓葬制度／戰國墓葬可分三大等級／沿用謚法的禮制

第七章　七強並立的形勢和戰爭規模的擴大 279

一、戰國初期各國的疆域和少數部族的分布 279
各大國的疆域／各小國的疆域／少數部族的分布
二、七強並立形勢的形成 287
晉國六卿的兼併和「三家分晉」／對戎狄部族的攻滅兼併／對小國的攻滅兼併／魏攻取秦河西地和滅中山／三晉伐齊和列爲諸侯／楚、三晉和秦圖謀向中原開拓／田氏列爲諸侯／趙、楚和魏、衛的大戰／楚南收揚越和取得蒼梧

／韓滅鄭和三晉對外兼併／秦和周圍少數部族的鬥爭／中山的復國／周分裂為西周和東周／秦、魏石門之戰／韓、趙、秦、魏間的戰爭和魏遷都大梁／魏遷都大梁後的形勢／七強並立形勢的形成

三、武器的進步和戰爭規模的擴大以及戰爭方式的變化 300

武器的進步／各國兵額和參戰軍隊人數的增多／步騎兵的野戰、包圍戰代替了車陣作戰／總的戰爭方式的變化

四、戰爭中防禦手段的進步 311

關塞亭障的防守／各國內地長城的建築／邊地長城的建築

五、兵法的講求和軍事學的發展 317

兵法的講求／孫武的軍事理論／孫臏的軍事理論／尉繚的軍事學／六韜伐滅敵國的謀略／後期墨家的守城戰術

六、馬的外形學(相馬法)的進步 328

良種馬的培養和伯樂的相馬法／馬王堆出土的帛書相馬經

第八章 合縱連橫和兼併戰爭的變化 341

一、魏和齊、秦大戰以及魏、齊、秦等國陸續稱王 341

魏國的進一步強大／齊、魏桂陵之戰／魏國扭轉戰局／魏惠王稱王和逢澤之會／齊、魏馬陵之戰／齊、魏「會徐州相王」／秦取得魏的河西／張儀為秦相而連橫／秦惠文君稱王／公孫衍合縱和五國相王／合縱、連橫活動的產生

二、張儀、公孫衍的連橫、合縱和秦滅巴蜀、取漢中以及楚滅越 350
張儀兼爲秦、魏之相／公孫衍爲魏相和五國伐秦／秦滅巴、蜀／秦對巴、蜀的羈縻政策／秦兼併義渠土地／齊宣王破燕和中山攻取燕地／公孫衍爲韓相和田文爲魏相而合縱失敗／秦、韓、魏和楚、齊對峙局勢／秦、韓、魏大勝楚、齊和秦取漢中／秦武王爲窺周室而攻取宜陽／楚懷王滅越

三、孟嘗君合縱齊、韓、魏而勝楚攻秦和趙武靈王「胡服騎射」而攻取中山及胡地 361
齊國靖郭君和孟嘗君的專權／齊、魏、韓勝楚的垂沙之役／楚懷王被秦拘留／孟嘗君入秦爲相／趙武靈王「胡服騎射」／趙攻取中山和攻略胡地／宋滅滕伐薛和取淮北／秦、趙、宋和齊、韓、魏對峙局勢／齊、韓、魏攻入秦函谷關

四、秦、齊、趙三強鼎立而鬥爭和蘇秦爲燕間諜而計謀破齊 370
秦國穰侯的擅權／趙武靈王之死和李兌專權／齊、秦聯合而各自略地／秦將白起大敗韓、魏於伊闕／秦取得韓、魏大塊土地／秦、齊、趙三強鼎立而爭奪宋國／蘇秦爲燕間諜而破齊的計策／燕昭王和蘇秦定策攻破齊國／燕助齊第一次攻宋／秦、齊並稱西帝、東帝／蘇秦合縱五國攻秦

五、齊滅宋、燕破齊和秦破楚及楚將莊蹻入滇 380
齊滅宋和秦取安邑／秦、趙主謀合縱五國伐齊／樂毅爲趙、燕「共相」而破齊／蘇秦因反間而車裂於市／秦、魏分取宋地和楚收回淮北／秦兩次圍攻魏都大梁／燕攻破東胡和開拓遼東／齊將田單復國／秦對巴、蜀的經營和對西

南的開發／秦將白起攻取楚都郢和攻破楚國／楚將莊蹻入滇稱王／秦滅亡義渠
394 六、秦、趙間劇戰，楚滅魯和秦滅西周以及魏攻取陶、衛
秦破趙、魏的華陽之役／趙破秦的閼與之役／范雎相秦及其「遠交近攻」和「攻人」的戰略／秦攻取韓上黨和破趙於長平／秦進圍趙都邯鄲和魏、楚合縱救解的成功／楚考烈王滅魯／秦昭王滅西周／魏安釐王攻取陶郡和滅亡衛國

第九章 秦的統一 423

423 一、秦兼併六國和完成統一
秦在兼併戰爭中的勝利／燕、趙連年大戰／燕、楚、魏分別攻齊／秦滅東周和攻取趙的太原／信陵君合縱五國攻秦和攻韓取管／秦攻取魏地建置東郡／秦攻取趙的上黨和河間／秦接受韓郡守投獻和秦滅韓／秦間諜工作成功和秦破趙／荊軻刺秦王和秦破燕／秦滅魏／秦滅楚／秦滅甌越、閩越／秦滅燕、趙／秦滅齊／對西南少數部族地區設官治理／防禦匈奴和建置九原郡／統一南越和建置南海、桂林、象郡
435 二、秦統一的原因
人民的向背是戰爭勝負的關鍵／秦在兼併戰爭中推行了符合人民願望的政策／社會經濟的發展需要建成統一國家／人民群眾迫切要求統一
444 三、秦始皇的完成統一
秦始皇的登位和秦統一條件的成熟／呂不韋和呂氏春秋／呂氏春秋鼓吹用

「義兵」兼併天下／秦始皇消滅嫪毒和呂不韋兩大勢力／秦始皇採用法家主張兼採陰陽家、儒家學説／尉繚使用間諜兼併六國的策略／秦始皇推行的法家政策／秦始皇的評價問題

第十章　戰國時代的「百家爭鳴」　463

463　一、士的活躍和「百家爭鳴」

士的變化及聚徒講學和著書立説之風／布衣卿相之局和「禮賢下士」之風／遊説和養士之風／子和夫子開始作爲學者和老師的尊稱／諸子百家和「百家爭鳴」／九流十家出於王官

469　二、墨子的天志、兼愛和尚賢學説

墨家淵源於巫祝／墨子和墨家／要求解決「三患」達到「三務」／尚賢、尚同和各盡所能的主張／非樂、非攻、非命和非儒

474　三、老子主張柔弱和無爲的道家學説

道家淵源於史官／老子和老子書的年代／柔弱勝剛強的原則／防止失敗、爭取勝利的策略／反對大國兼併取天下／道是萬物本體的學説／小國寡民的政治理想

480　四、道家的幾個流派

楊朱的「爲我」學説／列子的「貴虛」學説／稷下的道家／稷下道家的「精氣」爲「道」説／稷下道家的「水」爲「萬物本原」説／莊子的相對主義／

莊子追求的精神自由

487 五、愼到的法治、勢治理論

從道家分化出來的法家／主張國君無爲而治／提倡法治／重勢學說

489 六、曾子一派主張修身治國的儒家學說

曾子一派儒家的發展／曾子的修身之道／曾子的陰陽二氣化生天地萬物說／大學之道和中庸之道／所謂聖和聖人

496 七、孟子主張「王道」和「仁政」的儒家學說

孟子事蹟／主張效法先王和實行「王道」／人性本善的理論／實行「仁政」的學說

500 八、黃帝書的黃老學派思想

黃老學派和它的代表作「黃帝書」／要求採取緩和矛盾的政策／主張加強中央集權按「法度」統治／改進道家學說作爲理論依據

503 九、易繫辭傳所闡明的「易」的哲理

易繫辭傳的作者問題／社會進化的歷史觀／理想中的聖人之治／對仁義的重視／對老子「道」的宇宙觀的發展和革新

509 十、商君書代表的戰國晚期衛鞅一派法家思想

進步的歷史觀／主張加強法治和獎勵耕戰／完成統一的目標

511 十一、荀子主張禮治的儒家學說

荀子事蹟／人力戰勝自然的思想／人性本惡的理論／禮治的主張／主張用

「仁義」和「王道」來完成統一
十二、韓非兼用法、術、勢的法家學說 516
韓非事蹟／法、術、勢的兼用／爲實現統一的法家政策／主張按照客觀規律辦事／「當今爭於氣力」的思想／性惡論的擴大
十三、重視生產、計畫、法令、術數的齊法家學說 521
管子中齊法家的著作／對發展生產和分明賞罰的重視／對計算籌畫的重視／重視農業的政策／術數、法令、分職、威勢的兼用／「任法」和「法法」的主張／順應「天道」發展變化趨勢和規律的理論
十四、鶡冠子實現「大同」的道家學說 529
鶡冠子的著作／所謂泰上成鳩之道／所謂「太一」的「大同之制」／對法制的特別重視／對人才的廣博選拔和使用／對用兵計謀的重視
十五、方士的醫藥、養生、修練和求神仙的方技 533
方士的起源和特點／燕、齊海上方士求神仙／東方海中神山和西方黃河之源崑崙山／屈原的神遊崑崙和兩幅楚帛畫／方士的食「六氣」方技／方士的「祝由」方技／方士煉丹術的起源
十六、術士依託鬼神的數術 540
數術的來源和特點／星氣之占和望氣之術／聽音預測之術／式盤（羅盤）的占驗／龜卜和筮占／戰鬥中「避兵」的巫術／對敵國君主咒詛的巫術

547 第十一章　戰國時代科學和科學思想的發展

547 一、科學技術的發展和科學理論的探討

科學技術和農業、手工業生產的發展／新器械的創造／數學的進步／聲學知識的產生和應用／力學知識的產生和應用／力學和光學的理論的探討

559 二、天文學和地理學的發展

曆法的進步／對日月星辰運行規律的認識／所謂天象災異的記載／全國性的地理志的發表／鄒衍的大九州學說

569 三、後期墨家的樸素唯物的自然觀

後期墨家和墨經／對於物質世界的認識和分析／關於物質構成和運動的學說

572 四、惠施含有辨證因素的自然觀

惠施的「遍爲萬物說」／含有辨證因素的觀察和分析

574 五、後期墨家和後期名家關於物質構成和運動的討論

物質粒子是否可以再分割的討論／石是否由「堅」和「白」兩種物質粒子相「盈」而構成的討論／關於運動和靜止的討論

578 六、陰陽五行家對事物發展規律的解說

陰陽五行學說的發展／月令的五行相生說／楚帛書的月曆性質和四季之神「創世」神話／「五常」附會「五行」之說／鄒衍的五德終始說

592 七、醫學的發展

養生之道和生理衛生的講究／經脈學說的逐漸形成／對傳染病的預防／「氣

功」養生之道的開創／所謂「得道」的「真人」／民間醫學的進步和名醫扁鵲／素問的醫學理論

第十二章　戰國時代文化的發展　611

一、文字的變革和書法的起源　611

文字的變革／書法的起源

二、文體的變革和文學的發展　614

散文的發展／詩歌的發展／屈原創作的楚辭／荀況創作的賦曲／小說家的產生

三、藝術的發展　624

實用藝術品的發展／繪畫的發展／雕刻的進步／音樂的發展

四、娛樂活動和武藝、體育鍛鍊的開展　638

民間娛樂活動的開展／宮廷的娛樂活動和戲劇的萌芽／武藝的講究和體育鍛鍊

五、改進生活的技藝的進步　645

烹飪調味技藝的進步／開造水井技術的進步／絲織工藝的進步／染色工藝的進步／刺繡工藝的進步／竹木器和漆器工藝的大發展／金銀器和玉器工藝的進步／琉璃質量的提高／遊樂「苑囿」建設的發展

六、史書的編著和史學的發展　657

史官的歷史記載／春秋時代歷史書的編著／穆天子傳的編著／權變和遊說故事的編輯

667 七、古文獻的整理
詩經和尚書的編輯和流傳／禮書的編輯

675 附錄
675 一、戰國郡表
687 二、戰國封君表
701 三、戰國大事年表
戰國大事年表中有關年代的考訂

735 增定本戰國史後記

戰國史

前言

關鍵性的重大變革和發展時期

二千二百年以前的戰國時代，是中國歷史上關鍵性的重大變革和發展時期，無論經濟、政治、文化等各方面，都有著重大的變革和發展；而且這種變革和發展的影響十分深遠，可以說直到今天。清代學者王夫之在讀通鑑論中，稱之爲「古今一大變革之會」，是不錯的。這時農業生產，由於鐵工具的普遍使用，水利灌溉工程的開發，生產技術的進步，荒地的開墾，一年兩熟制的推行，農田產量很有增加，使得五口到八口之家的小農得以成長。魏、秦等國先後推行按戶籍「良民」身分授田的制度，規定一夫授田百畝，於是國家規模的自耕小農發展成爲君主政權立國的基礎。隨著小農經濟成爲立國的基礎，各國政權組織相應地發生變革，廢棄了原來由各級貴族統治的制度，開始形成以將相爲首腦的中央集權的君主政權，普遍地推行著郡縣兩級的地方行政組織。戰國前期各國先後進行變法，都是爲了進一步加強這種政治經濟上的改革，維護和發展小農經濟，獎勵農民爲國家努力「耕戰」，由此富國強兵，從而謀求在兼併戰爭中取得勝利。戰國時代這樣以小農經濟爲基礎而建立的中央集權體制，爲秦漢以後歷代王朝所沿用，影響深遠到近代。

連年進行合縱連橫的兼併戰爭時期

戰國時代是七國連年進行合縱連橫的兼併戰爭時期，戰國這個時代名稱就是由此而來。這時戰爭的性質和以前春秋時代不同，春秋時代戰爭主要是爲了爭霸，這時的戰爭主要是爲了兼併土地。同時戰爭方式也有變化，春秋時代的軍隊以「國人」(貴族的下層)爲主力，乘著馬車作戰，人數較少，並由國君或卿大夫鳴鼓指揮，勝負常由雙方用排列的車陣作戰來決定，一次大戰的勝負常在一二天內就分曉。戰國時代實行以郡縣爲單位的徵兵制度，徵發成年的農民作爲主力，開始以步騎兵進行戰鬥，軍隊的人數大增。由於鋒利的鐵兵器的使用，特別是遠射有力的「弩」的使用，已不能用車陣作戰，於是廣泛採用步騎兵的野戰和包圍戰。作戰的指揮開始成爲一種專門技術，兵法開始講究，專門指揮作戰的將軍和兵法家因而產生。這個變化開始於春秋晚期，春秋末年已出現著名的將軍和傑出的兵法家。

戰國時代主動出擊的國家，爲了謀求戰爭勝利，多方爭取與國參與合作，常常使用合縱連橫的策略，因而有縱橫家的產生，縱橫家往往從中起著特定的作用。所謂縱橫家，不僅參與合縱連橫的遊説和決策，而且十分講求勝利的策略和權變，甚至直接參與陰謀顛覆的間諜活動，他們和兵家一樣十分重視使用間諜取勝。著名縱橫家一次重要的連橫或合縱行動的成功，往往造成兼併戰爭形勢的重大變化，甚至造成七國之間強弱的變化。著名的縱橫家張儀和蘇秦，就曾起著這樣巨大的作用。

當戰國前期秦連續攻魏，迫使魏獻給河西之地之後，繼續向河東進攻之時，張儀來到秦國，參與指揮攻魏的戰役，迫使魏與秦連橫而將上郡之地獻給秦國。張儀因此被秦惠文君任以爲相，造成秦、魏、韓和楚、齊對峙鬥爭的局勢。這時秦正謀向中原開拓，已占有函谷關以東的曲沃(今河南三門峽市西南)和占有武關以東的商於之地(商在今河南淅川縣西南。於即於中，在今河南西峽縣東，兩地相連合稱商於之地)，成爲秦伸向中原的兩個矛頭，對楚的威脅很大，楚因此派出「三大夫張九軍」包圍曲沃和於中。楚由於齊的幫助，一舉先把曲沃攻下，計謀攻取商於之地。張儀爲緩兵之計，準備調發大軍反攻而殲滅來攻的楚的主力，假裝被免去相職，出使到楚向楚懷王遊說，聲稱秦所憎者爲齊國，若楚與齊絕交，秦願獻商於之地六百里。楚王聽信他欺騙的話，與齊絕交，派人接受所獻之地，張儀回說只有六里，於是楚王大怒，發大軍進攻。這時秦已發出大軍分三路反攻，中路由魏章爲將，從商於之地反擊，西路由甘茂爲將，向楚漢水流域進攻，東路由樗里疾爲將，進入韓、魏，和韓魏一起反攻。結果秦中路大敗楚軍於商於之地東部的丹陽（今河南西峽縣西丹水以北地區），斬首八萬，俘虜楚大小將官七十多人；接著中路和西路會合，攻取楚的漢中六百里地；同時東路幫助韓軍打敗了楚將景翠，幫助魏軍大敗齊軍於濮水之上，從此楚就開始削弱了。

燕原是七國中較弱的，曾因內亂一度爲齊宣王所攻破。趙在趙武靈王攻取中山和胡地、收編胡騎之後，開始成爲強國，造成齊、秦、趙三強鼎立而爭奪宋國土地的鬥爭形勢。燕昭王想趁此時機報復齊過去破燕之仇，蘇秦來到燕國，獻計出使齊國爲間諜，陰謀顛覆齊國。蘇秦向燕昭王保證，他要做到「信如尾生」，按密約行事，守信到死。他奉命出使齊國，以助齊滅宋爲餌，騙得信任而爲相國，他發動五國合縱攻秦，以便齊乘機攻滅宋國，使齊在連年攻宋戰爭中打得筋疲力盡，大損實力；他同時又挑撥離間齊、趙之間的關係，使燕得與秦、趙結盟，發動五國合縱攻齊，於是樂毅被任爲燕趙的「共相」和五國聯軍的統帥。樂毅先以趙相職司，統率趙燕之師會合秦軍從趙的東邊出擊，大破齊的主力於濟西；接著樂毅以燕相職司，獨率燕軍，從濟西乘勝向東追擊，長驅直入攻破齊都臨淄。蘇秦因此被齊以「反間」之罪車裂於市。司馬遷評論蘇秦說：「其術長於權變，而蘇秦被反間而死，天下共笑之，諱學其術。」（蘇秦列傳末尾太史公曰）蘇秦所講的權變之術不是別的，就是「反間」之計，就是孫子兵法用間篇所說的「死間」。用間篇是以殷的伊尹和周的太公望作「死間」的榜樣的，山東臨沂銀雀山漢墓出土孫子兵法竹簡，在「周之興也，呂牙在殷」之下，增加了「燕之興也，蘇秦在齊」，當爲戰國末年人所加。樂毅在破齊之後，留在齊五年，先後攻取七十多城。燕昭王死後，燕惠王改用騎劫代樂毅爲將，齊將田單乘機收復失地而復國，但是齊就因此變成弱國了。

從分裂割據趨向統一的時期

戰國時代又是從分裂割據趨向全國統一的時期。這時各個地區政治、經濟、文化、學術的發展水平，是不平衡的，中原地區比較先進，邊緣地區比較落後。同時在政治上存在著各自爲政的分裂割據，不僅七大國（魏、韓、趙、齊、楚、秦、燕）各自割據一方而相互兼併，也還有中山、宋、衛、鄒、魯等小國存在，有所謂「泗上十二諸侯」。但是總的發展趨勢，無論經濟、政治、文化等方面，都從分裂割據的狀態逐漸趨向一統。經濟方面由於國際間貿易的發展，水陸交通的頻繁，彼此的聯繫已較密切，荀子講「王者之法」，已經指出「通流財物粟米，無有滯留，使相歸移也（『歸』讀作『饋』），四海之內若一家」（荀子王制篇）。政治方面由於各國先後變法改革，創建了以將相爲首腦的官僚制度，確立了中央集權的政治體制，推行了郡縣制的地方行政組織，公布和執行了制定的法律，頒布了度量衡制而定期校驗，使得各國政治結構和設施趨向一致。當時各國有作爲的國君，爲了進行變法改革，奮發圖強，紛紛招徠英才，禮賢下士，著名的學者和傑出的英才常常得到國君的尊重或重用。一個平民出身的文人學士，經過學習和從師，經過推薦或遊說，往往一席話經國君賞識，便能得到重用，甚至一躍而爲執政大臣，因此從師和遊說成爲進入仕途的主要門徑，著書立說和聚徒講學以及周遊列國到處遊說成爲一時風尚。在文人學士這樣廣泛交流活動的影響下，各地文化的發展也趨向一致。應用文字在廣泛使用中，已形成工整和草率兩種字體，成爲後來篆書和隸書並用的起源。度量衡器在廣泛使用中，所用單位的長度、容量、重量也逐漸趨向統一。所有這些，成爲後來秦朝實施「書同文、車同軌」以及統一度量衡制的先導。

戰國時代連年不斷的兼併戰爭，造成人民極大的災難，因此廣大人民迫切要求早日完成統一，著名的各派學者紛紛提出完成統一的辦法。他們把完成統一稱爲建成王業，因爲「王」是中原地區最高統治者的稱號，夏、商、周三代的君主都稱爲「王」。到戰國時代原來的周王已虛有其名，早已不能號令天下了，因此當時強國之君很想取而代之。戰國初期魏國變法成功而強盛起來，魏惠王就第一個自稱爲「王」而企圖號令天下的。魏惠王先曾率小國之君所謂十二諸侯朝見周顯王，由於商鞅前往遊說，認爲統率十二諸侯朝見周天子「不足以王天下」，於是召開逢澤之會，穿著王服，乘著「夏車」，自稱「夏王」，要求小國君主把他看作天子來朝見。不久魏國在秦、齊兩國夾擊中失敗，於是魏惠王聽從惠施的計策，「變服折節」而朝見齊威王於徐州（今山東滕縣東南），推尊齊威王爲「王」，同時齊威王也追認魏惠王的自稱爲「王」，這就是所謂齊魏「徐州相王」。等到秦惠文君起用張儀連橫的策略成功，秦惠文君就自稱爲「王」，迫使韓、魏之君前來朝見，並且承認韓、魏之君的稱王。接著公孫衍爲了合縱抗秦，發起魏、韓、趙、燕、中山五國同時稱王而互相尊重，即所謂「五國相王」，共同稱「王」就成爲合縱或連橫的一種手段。等到戰國中期在秦、齊、趙三強鼎立而爭奪宋地的鬥爭中，秦相魏冉圖謀採用齊、秦連橫的策略，聯合五國一舉滅趙而瓜分，因爲此時「王」號已不尊貴，魏冉致送「東帝」的稱號給齊湣王，同時秦昭王在宜陽自立爲「西帝」。「帝」原是上帝的稱號，這時上帝的神話已演變出黃帝的傳說，齊君已把黃帝稱爲自己的「高祖」，「帝」在古史傳說中已成爲德行比「王」高一級的稱號，因此魏冉要用「帝」號作爲最高統治者的稱號，成爲後來秦始皇自稱「皇帝」的先聲。

百家爭鳴、英才輩出的時期

戰國時代又是文化學術百家爭鳴、英才輩出的時期。隨著社會經濟和政治上重大變革和發展的需要，相應地文化學術界出現了九流（儒、墨、道、名、法、陰陽、農、縱橫、雜家）、十家（九流加小說家）。他們分別站在不同的立場，從各個方面提出了不同的建國方略和完成統一的辦法，包括維護和發展小農經濟的措施，獎勵農民努力為國家「耕戰」的政策，謀求富國強兵的設施；他們著書立說，聚徒講學，向君主遊說，相互辯論，因而出現百家爭鳴的思潮。由於他們著書傳授，積極栽培，一時各派的英才輩出，影響深遠。

農家之學著重於生產技藝，對農業的發展起一定的作用；法家之學順應戰國初期各國變法的需要而產生，對各國的富強起很大的作用；縱橫家順應合縱連橫的外交活動和兼併戰爭的需要，從中起著特定的作用；兵家講究使用「義兵」，從而除暴救民，還講運用靈活的戰略和兵法取勝，對於完成統一戰爭的勝利，是很有作用的；道家之學是總結過去列國興衰的歷史經驗和教訓而產生的，有助於國家保持強盛和防止衰亡的需要；儒家之學講究修身治國，主張用「王道」、「仁政」來進行治理和完成統一；墨家主張用「兼愛」來解決小農的「三患」（饑、寒、勞），從而謀求國家的富強；陰陽家重視解釋事物發展的規律，講究制定曆法和時令，有利於農業生產的發展；名家對宇宙萬物的構成加以分析和解釋。後期墨家和後期名家對於物質構成和運動曾展開辯論。小說家認為講故事和小說，藉此可以生動地表達自己的學說，如甘茂、范雎等人入秦遊說，都從講故事入手。所有九流十家都在當時曾起不同的作用。

秦的所以能完成統一大業，法家、縱橫家、兵家、雜家和間諜從中起很大的作用。商鞅的變法，集了法家之學的大成，取得了「後來居上」的效果，奠定了秦富強的基礎。張儀為秦連橫成功，「拔三川之地，西併巴、蜀，北收上郡，南取漢中」，進一步奠定了秦富強的基礎。到戰國中期，在秦、齊、趙三強鼎立而爭奪宋地的鬥爭中，由於蘇秦作為燕的間諜，陰謀顛覆齊國的行動成功，使得秦相魏冉乘機與趙、燕結盟，發動五國合縱攻齊，結果由樂毅出任趙、燕「共相」和五國聯軍統帥而攻破齊國，使得秦的大敵齊國從此削弱了。接著范雎為秦相，提出了「遠交近攻」和「毋獨攻其地而攻其人」的戰略，對秦此後完成統一起著很大作用。秦將白起是傑出的兵法家，先後在伊闕、鄢郢、華陽、長平等四大戰役中，殘殺了韓、魏、楚、趙四國一百萬以上的兵力，取得了許多戰略要地和廣大領土，對秦完成統一起著重大作用。雜家呂不韋招徠各派學者，編著成呂氏春秋，主張綜合各派學說的長處，鼓吹用「義兵」完成統一，有助秦完成統一的大業。王翦「少而好兵」也是優秀的兵法家，爲秦始皇所重用，終於建立了滅趙、滅燕和滅楚的戰功，爲秦完成統一。秦之所以能如此成功，一方面是由於重用外來的英才，如商鞅和呂不韋是衛國人，張儀和范雎是魏國人，秦歷代執政大臣除秦昭王時的樗里疾和魏冉以外，大多是外來的客卿。另一方面是由於從行伍中依軍功選拔將才，正如韓非子顯學篇所說「猛將必發於卒伍」。同時也還由於使用間諜的成功。秦始皇採取尉繚使用間諜取勝的計謀，由李斯主持其事，派遣間諜收買勾結六國的「豪臣」，「離其君臣之計」，從而個別加以擊破，先後滅亡其國。秦先收買勾結韓的南陽假守騰成功，使騰投獻南陽給秦，再由騰攻破韓國而俘虜韓王。接著秦收買勾結趙王寵臣郭開成功，使郭開誣告趙名將謀反而處死；趙王要重新起用出走在大梁的名將廉頗，派使者往看廉頗是否尚可用，郭開又多與使者金，使回報老態而不能用，因此秦得以攻破趙國。後來秦的攻滅齊國，由於齊相后勝多受秦間諜的金玉，既不助五國抗秦，又不作抵抗準備。當時兵家和縱橫家都是主張同時使用間諜取勝的。

秦在兼併六國過程中既多使用殘暴手段，繼而又施用暴政以加強統治，因而秦雖快速完成一統，卻不久即亡。由於齊急謀擴張而衰落，秦又因猛用暴力而短命，於是主張休養生息的黃老之學，得在漢初流行一時而被重用。

科學技術上重大的創造和發展時期

特別應該重視的，這時又是科學技術上重大的創造和發展時期。中國是世界上最早發明生鐵（即鑄鐵）冶鑄技術的國家，春秋晚期已能冶煉生鐵，鑄造鐵器，這個發明要比歐洲早一千九百年。中國又是世界上最早發明生鐵柔化處理技術的國家，春秋、戰國之際已能把硬脆的生鐵加以柔化處理，使變成可鍛鑄鐵（即韌性鑄鐵），用來製造鐵工具，使農業生產大爲發展，小農經濟開始成爲立國的基礎。這個發明又比西方早二千三百年。與此同時，又創造了獨特的煉鋼技術，已有高水平的技師，使用固體滲碳製鋼技術，煉製鋼材而鍛造成著名的寶劍，如干將、莫邪、太阿之類。這種冶金技術的創造和發展，大有助於生產的高度發展。當時經濟和文化的高度發展，很明顯是和生產的高度發展相關的。

這時不僅有關「生產」的科學技術（包括農家之學）有高度發展，有關「生活」的科學技術也有突出成就。這時生理衞生學已有發展，認爲養生之道，必須使「精氣」在身體中運行流通，疾病是由於「精氣」運行有阻塞。同時在疾病的治療護理中，對於作爲「精氣」運行通道的「經脈」的路線和循行方向，逐漸認識確實，「經脈」學說的理論到這時已基本形成。「經脈」學說是中國醫學基本理論的重要組成部分，特別是針灸療法、推拿療法和氣功療法，都是以經脈學說爲基礎的，著重治療發生疾病的「經脈」及其穴位，促使「精氣」運行流通而除去病源。

這時科學技術，無論天文曆法、醫學衞生、煉鋼鑄鐵，都有重大的創造和發展，而且影響廣泛而深遠，普及到東方各國，同時九流十家的學說影響也廣泛而深遠，可以說直到今天。

以上所說戰國時代是關鍵性的重大變革和發展時期，是連年進行合縱連橫的戰爭時期，是從分裂割據趨向統一的時期，是百家爭鳴、英才輩出的時期，是科學技術上重大的創造和發展時期，都是當時歷史發展過程中的主要特點，此中有著豐富的歷史經驗和深刻的歷史教訓，值得我們今天認真地分析和深入探討。

第一章 緒論

一、戰國史的重要性

中國上古歷史有所謂「三代」，就是夏、商、周三個朝代。夏朝是古史傳說中第一個開始實行君主世襲統治的朝代。大約在公元前十六世紀，商族在東方興起，商的首領湯打敗了夏王桀，在中原黃河流域創建了強大的商朝。到公元前十一世紀，周族又在西北的渭水流域興起，周的首領武王（名發）聯合了西南的許多部族打敗了商王紂，創建了周朝，建都於鎬京（今陝西省西安西南）。周公東征勝利之後，更建設了東都成周（即洛邑，在今河南省洛陽），並推行大規模分封制，分封了許多諸侯。歷史上稱爲西周時代。公元前七七一年周幽王被申、繒（即曾）二個諸侯國聯合犬戎所殺，繼立的周平王在中原晉、鄭等諸侯國的支持下，遷都到洛邑。歷史上稱爲東周時代。從此統一的周朝瓦解，周王徒有「天子」的虛名，因而出現了齊、晉、秦、楚等大國爭做中原霸主的形勢，不斷發生爭霸的大戰。歷史上又把這段歷史稱爲春秋時代。春秋這個時代名稱，是從當時魯國編年史春秋這部書來的。魯國春秋的編年，起於公元前七二二年（魯隱公元年），終於公元前四八一年（魯哀公十四年）。但是春秋時代的終年，歷史家依據實際情況有著不同的看法。戰國時代，是指春秋時代之後，七大強國相互兼併，直到秦完成統一的這段歷史。

連年進行兼併戰爭的時代特徵

戰國這個名稱，戰國時代已經有了，原來不是時代的名稱，而是指當時連年進行兼併戰爭的七大強國魏、趙、韓、齊、楚、秦、燕而言。當西漢初年司馬遷著史記時，所用戰國這個名詞的意義沒有變化，他是用「六國」或「六國時」作爲春秋之後的時代名稱的，他所作六國年表就是戰國時代的年表，他說：「余於是因秦記，踵春秋之後，起周元王，表六國時事。」東漢初年班固著漢書時，依然常用「六國時」作爲這個時代的名稱，見於漢書藝文志。所謂「六國」，原是指秦以外的東方六國而言，把秦排除在外，當是沿用東方人敵視秦的習慣，顯然是不確切的。把戰國作爲時代名稱，起於西漢末年劉向彙編的戰國策，這是確切的，因爲連年進行兼併戰爭正是這個時代的特徵①。

春秋時代戰爭的主要目的在於爭霸，戰國時代戰爭的主要目的在於兼併。春秋、戰國之交，正是這兩種目的不同的戰爭的過渡時期。春秋末年東南的越族興起，越王句踐打敗吳王夫差之後，就兼併吳國，接著遷都琅琊（今山東省膠南縣西南琅琊台），北上爭霸中原。公元前四六八年（魯哀公二十七年）越王遣使到魯國，約定魯、邾兩國之間的疆界，這是因爲魯侵犯邾的疆界，越王以霸主地位迫使魯國君臣服從（左傳）。越王句踐就是春秋時代的最後一個霸主。與此同時，齊、晉、楚、越四國正在進行兼併的戰爭。墨子就曾說這四國「以攻伐併兼爲政於天下」（墨子節葬下篇），又說這四國「今以併國之故，四分天下而有之」（墨子非攻下篇）。當時南方的楚、越，兼併的主要目標是附近的小國。例如莒這個小國（在今山東省安邱、諸城、沂水、莒、日照等縣間），先爲越和齊兩大國從東西「夾削其壤地」（墨子非攻中篇），後來爲楚所滅。蔡（今安徽省壽縣以北）、杞（今山東省安邱縣東北）也爲楚所滅。越還曾攻滅滕（今山東省滕縣西南）和郯（今山東省郯城縣西南）兩小國。

當春秋末年，中原晉、齊兩國的權力實際上已掌握在強大的卿大夫手中。晉國強大的卿大夫共有六個，即趙氏、魏氏、韓氏、知氏、范氏和中行氏。其中知氏最強。先由知氏聯合趙、韓、魏三氏戰勝范氏和中行氏而瓜分其地，接著知氏統率韓、魏二氏圍攻趙氏於晉陽（今山西省太原西南），三年未能攻克，後來韓、魏二氏反過來和趙氏聯合，夾攻知氏而三分其地。從此晉國爲趙、韓、魏三氏所瓜分，即所謂「三家分晉」。當時晉國國君雖還存在，實際上已被趙、韓、魏三家所控制。晉出公就是因爲反對三家瓜分知氏而被驅逐，出奔到楚的。到晉幽公時，只有絳（今山西省侯馬西北）、曲沃（今山西省聞喜西北）等邑，反而要朝見三家之君（史記晉世家）。此後晉君所居都邑常被三家所奪走。公元前三四九年趙氏奪取晉君所居端氏（今山西省沁水東北），把晉君趕到屯留（今山西省屯留南），屯留早已爲韓所占有，晉君因而爲韓大夫所殺。於是名義上的晉君絕滅②。

與此同時，齊國卿大夫田氏（即陳氏）逐步取得齊的政權。公元前四八一年陳恆（即田常）殺死右相監止，並殺了齊簡公，從此田氏出任相國，「專齊之政」。陳恆傳了三代，到田太公（即田和）時，齊康公被遷到海邊，以一城之地作爲食邑。公元前三八六年田太公得到周天子正式承認，立爲諸侯，沿用齊的國號。公元前三七九年齊康公去世，呂氏的齊君從此絕滅。這就是所謂「田氏代齊」。

自從中原地區趙、韓、魏「三家分晉」，「田氏代齊」，再加上原有的秦、楚、燕三國，於是七強並立而相互兼併的形勢出現，直到秦完成統一爲止。

春秋、戰國之交是「古今一大變革之會」

從春秋末年起，連同整個戰國時代，是中國歷史上重大的變革時期，這是過去歷史學家早已認識到的。

王夫之在其名著讀通鑑論中，稱之爲「古今一大變革之會」，確是至理名言（讀通鑑論卷末敘論四）。他指出：春秋以前「其富者必爲貴者」，惟獨貴者才能富有，等到郡縣制度逐漸推廣，富貴的情況就發生重大變化（同上書卷五漢哀帝條）。顧炎武在其名著日知錄中早已指出：春秋時代還在講究周禮，尊重周王，注重祭祀，講究宗姓氏族；列國間朝聘會盟，常常賦誦詩經，有死喪事故要赴告別國，供史官記錄，所有貴族重視的禮制，到戰國時代都不講究了，因而出現「邦無定交、士無定主」的局勢，這是周末的風俗大變（日知錄卷一三周末風俗條）。所有這些分析，限於他們的認識，固然是浮面的，但是春秋、戰國之交確是「古今一大變革之會」，從此廢去了從古以來貴族統治用的禮制，開始了走向秦漢以後「大一統」的歷史潮流。

這期間各國統治者，所以要在經濟、政治、文化等方面進行重大的改革，無非是爲了爭取廣大人民支持，謀求富國強兵，從而取得兼併戰爭的不斷勝利。這種謀求富國強兵的變革，春秋末年晉國的六卿已經開始。從新出土竹簡孫子兵法吳問篇所載孫武對答吳王闔閭的談話中，就可以看到，當時晉國六卿已經廢棄原有的井田制，不同程度的放寬了田畝制度，分別採用了不同稅率的按畝徵稅制度。此中趙氏採用最大的畝制，以二百四十步爲畝，同時免除徵收地稅，孫武認爲趙氏這樣的經濟改革，足以「富民」，由此可以得到人民的支持，因而能夠在六卿相互兼併的戰爭中不斷取得勝利，從而「晉國歸焉」。晉國六卿這種土地制度的改革，成爲春秋、戰國之交大變革的開端，影響十分深遠，此後戰國初期魏國李悝的變法，秦國商鞅的變法，就是晉國六卿所推行改革的進一步發展。公元前四五三年困守晉陽的趙氏，得到韓、魏的幫助而反攻知氏，得勝而共滅知氏，三分其地。趙襄子的相國張孟談接著就推行「廣封疆，發千百（即阡陌）」的改革（戰國策趙策一，「千」字原作「五」，從日本橫田惟孝戰國策正解改正）。所謂「廣封疆，發阡陌」，就是推廣「二百四十步爲畝」的大畝制。此後商鞅變法，「爲田開阡陌封疆而賦稅平」（史記商君列傳），「改制二百四十步爲畝」（通典州郡典雍州風俗），就是沿用趙氏所用的大畝制而加以推廣。

概括說來，當春秋、戰國之交，經濟、政治、文化等方面，有著一系列的大變革和新發展如下：

㈠由於生產工具和生產技術的改進，農業生產得以提高，農民耕作「百畝之田」可以養活五到九人（孟子萬章上篇），使得「五口」到「八口」之家的小農，成爲農業生產的主力。由於農民不肯盡力耕作井田制中的「公田」，使得統治者不得不廢除「公田」上的「助法」（或稱「籍法」），改爲按畝徵稅的制度。公元前五九四年魯國「初稅畝」，公元前四〇八年秦國「初租禾」，都是推行按田畝徵取租稅的制度。於是田畝的租稅成爲君主政權的主要財源，小農經濟成爲君主政權的立國基礎。

㈡隨著農業生產的發展，社會分工的擴大，商品交換的推廣，手工業跟著進步，既有與小農生產相結合的家內手工業，又有個體經營的小手工業，更有豪民所經營的鹽鐵大手工業，還有各種官營手工業。隨著山澤的開發，四方物產的交流，鑄造貨幣的流通，手工業和商業集中的城市興起，富商大賈因而出現，於是統治者徵收各種工商業的稅增多，成爲君主政權另一個重要財源。

㈢隨著經濟的改革，政權機構也相應發生變革。原來貴族使用家臣來統治的體制逐漸廢棄，開始出現推行俸祿制度和年終考核的「上計」制度的官僚組織。大體上，俸祿制度是從工商業的雇傭勞動中發展出來的，年終考核的「上計」制度是從買賣交易和借貸「合券契」的辦法中發展出來的。從此國君可以任意選拔和雇傭合適人才充任官僚，管理政治，這樣就便於集中權力，創建中央集權的君主專制政體。隨著小農經濟的發展，成爲立國的基礎，農民成爲作戰主力，實行按年齡徵兵的制度。郡縣不僅是地方行政組織，而且成爲徵兵的地區單位，「郡守」成爲一郡行政兼武官之長。從此戰爭規模擴大，戰爭方式改變，由「車戰」變爲步騎兵的野戰，開始講究兵法，產生了專門指揮作戰的將軍和軍事家。君主政權既設有相國作爲「百官之長」，又設有統軍作戰的將軍。

㈣隨著經濟和政治的改革，文化和學術也相應發生變革。原來由貴族掌握的文化，由官府主管的學術，開始推向民間發展。原來保持有「六藝」才能的「士」大爲活躍，孔子開始聚徒講學。戰國初期魏文侯進行變法，開創了「布衣卿相」之局和「禮賢下士」之風，從此傑出的學者都聚徒講學和著書立說，出現了「百家爭鳴」的思潮，有所謂的「九流十家」。所謂「九流十家」，實際上就是站在不同的立場，爲維護和發展這種國家規模的小農經濟，提出了不同的建國方略。同時所有文學藝術吸取了民間的養料，有了蓬勃的新發展。所有科學如天文、曆法、地理、醫學、數學以及科學思想，都有光輝的成就，對此後傳統學術文化的發展有著深遠的影響。

大變革體現了中國歷史的發展規律

實事求是地進行分析，中國從古到今的歷史發展規律很明顯不同於歐洲的歷史，既沒有經歷古代希臘、羅馬那樣典型的奴隸制，也沒有經歷歐洲中世紀那樣的領主的封建制。春秋、戰國之交是「古今一大變革之會」，貴族統治下的井田制的瓦解，按畝徵稅制度的推行，是個開始變革的關鍵。從古文獻看來，西周、春秋時代的井田制，就其本質來說，很明顯是貴族統治下所保留的農村公社土地制度，既有共同耕作「公田」的「助法」，又有一「夫」受田百畝的規定，爲了使得「財均力平」，還有「三年一換土易居」的辦法。春秋、戰國之交各國先後取消了共同耕作的「公田」的「助法」，推行按畝徵稅的制度，從此主要的農業生產者，是耕作「百畝之田」、納「什一之稅」的「五口」到「八口」之家的小農。從魏國李悝變法，直到秦國商鞅變法，無非是推行獎勵這種小農努力「耕戰」的政策，於是小農經濟成爲主要的生產方式，成爲君主政權立國的基礎。秦、魏等國都普遍推行按良民的戶籍授給田宅的制度，雲夢出土的秦律中的田律和魏戶律（爲吏之道的附錄）都有明文公布。由此可見杜佑通典所說商鞅變法實行按戶授田之制，「百畝給一夫」，確是事實。

早在二千三、四百年前的戰國時代，中國中原地區已普遍推行這樣國家規模的小農經濟的生產方式，這是由於當時先進的生產工具和生產技術所造成的結果。早在春秋晚期中國已發明了鑄鐵（即生鐵）冶煉技術，這個發明比歐洲早一千九百年。早在春秋、戰國之際，中國又發明了鑄鐵柔化技術，能夠製造可鍛鑄鐵（即韌性鑄鐵）的工具，這個發明又比歐洲要早二千多年。正是由於這兩種冶鐵技術的重要發明，使得戰國中期以後，鐵農具能夠普遍使用於農業生產，使得耕作技術飛躍地進步，「深耕易耨」的耕作方法普遍推行（「易耨」指快速的耘田），牛耕得以推廣，水利工程得以開發，灌溉方法得以改進，荒地加強開墾，農業生產得以提高，一年兩熟制得以推行，使得農民耕作「百畝之田」，可以養活五人到九人，從而「五口」到「八口」之家的小農，成爲農業生產的主要擔當者，於是國家規模的小農經濟可以成爲立國的基礎。

應該看到，中國歷史早有高度發展的經歷，這是由於作爲生產力重要因素的科學技術，有著和西方不同的發展經歷。過去我們探討東西文化的不同，著重於精神文明的差別，其實物質文明更有重大的不同，科學技術的發展很不相同。中國整個冶鐵技術發展歷史，與西方根本不同，有著獨特的先進發展道路。一般說來，冶鐵技術的發展，前後有兩個階段，早期用「低溫固體還原法」（也稱爲「塊煉法」），因爲煉爐小，溫度低，只能煉出海綿狀的小鐵塊。由於產量少，加工鍛煉費時，所製鐵器不可能普遍使用於農業生產。後來經過技術革新，煉爐擴大，爐溫提高，發明了冶煉鑄鐵技術，鐵的產量增多。但是鑄鐵性脆，還不能用來製造需要強度和韌性的農具，必須經過加工鍛煉。西方冶鐵技術發明很早，遠在公元前十四世紀，埃及和兩河流域等地已能用「塊煉法」煉製鐵器，然而進步非常緩慢，直到中世紀中期十四世紀，由於水力鼓風爐的採用，才使得冶煉鑄鐵技術得到推廣。中國發明冶鐵技術較遲，目前考古發掘中出土最早鐵器是西周時代的，但是進步迅速，真是「後來居上」，早在公元前六世紀的春秋晚期已能冶鑄白口生鐵，用來鑄造鐵器。這是因爲商周時代已有高明的冶鑄青銅器的技術，使用著有鼓風設備的大型熔銅爐，冶鐵技術得以在這個基礎上加以發展和革新，於是在春秋晚期就發明了冶煉鑄鐵技術。這個發明要比歐洲早一千九百年，是值得我們重視的。緊接著，在公元前五世紀的春秋、戰國之際，又進一步創造了鑄鐵柔化處理技術，用來製造耐用的韌性鑄鐵農具，從而使得鐵農具得以廣泛使用。這個發明又要比西方早二千多年，又是值得我們特別注意的。

戰國史的影響深遠而直到如今

戰國時代各國先後實行按戶授田的制度，造成國家規模的小農經濟的生產方式。當時七大強國的總人口不過兩千萬，除了地處中原的魏、韓等國人口密度較高外，大多地廣人稀，很多荒地，因而君主政權可以推行這種按戶授田的制度。當時各國統治者曾先後擴大井田制的畝制，但是每戶授田的畝數，依然沿用井田制以「百畝」爲定額，因爲「百畝之田」正適合於一戶農民耕作的能力，用來維持一家生計的需要。按「八口」之家耕作一百畝田來計算，每人平均十二畝半，戰國的尺度較短，畝制也和後世不同，折算起來，當時一百畝田相當於後世的三十一．二畝，十二畝半大約相當於後世的四畝。清代學者洪亮吉在意言的生計篇中講到：「率計一歲一人之食，約得四畝。」（卷施閣文甲集卷一）可知直到清代，小農經濟的生產力水平還是差不多。這種小農接受國家所分配的「份地」耕作而上交租稅，並有定期服兵役和勞役的責任，但是性質上根本不同於歐洲領主封建制下的農奴，因爲他們是編入戶籍的「良民」，具有後世自耕農的特點，除規定的服役以外，生產工作和生活是自主的，並且擁有住屋、家畜、生產工具以及生產和生活上必需的財物，能夠自己安排生產和生活。大多數是秦律上稱爲「士伍」（即編伍的士卒）的無爵庶民，但可以接受君主賞賜的低級爵位而成爲有爵者。如果彼此有爭奪財物和爭奪軍功的糾紛，可以經過訴訟而按法律解決。秦律的案例中就有對「爭牛」和「奪首」（爭奪斬得敵人首級的軍功）的判決，說明他們的財物和所得功勳，是可以得到國家法律保障的。正因爲他們不是農奴，能夠比較自由安排生產和生活，能夠擁有所需的財物，能夠在一定程度上得到法律的保障，因而生產的積極性比較高，從而造成社會經濟的繁榮，使得這種小農經濟的生產方式具有強大的生命力而長期留存，從此成爲二千多年君主政權的經濟基礎。正因爲如此，秦漢以後歷代統一的王朝，所有政治和經濟的重要制度，都是沿襲戰國時代的成就而有所發展，同時文化和學術也是繼承戰國時代的趨勢而有所變革。戰國時代九流十家的思想，對後世有著深遠影響。

特別要指出的，當戰國時代，這種小農經濟的生產方式是先進的，所有保護和發展這種小農經濟的經濟制度和政治制度是進步的，因而能夠促使社會繁榮、人口增長和文化發達。但是秦漢以後，二千多年來，歷代統一王朝始終保持著這種小農經濟的生產方式，沿用著戰國的制度，就不免要轉化爲落後，造成人口、資源、糧食供應之間的矛盾。如果人口增長而資源不足，地主豪族進行土地兼併，統治者加重賦稅傜役，小農經濟衰落破壞，引發饑荒，造成農民流亡，就不免要引起社會動亂，激發農民起義。二千多年來中國歷史上多次出現「一治一亂」和大起大落的周期性大循環，都是以小農經濟的穩定繁榮和衰落破壞作爲主要關鍵的。每當王朝初期，總是推行保護和發展小農經濟的政策，使社會繁榮，人口增長；每當王朝末期，總是由於人禍天災，造成小農經濟的衰落破壞。周期性的全國大動亂和朝代的興亡，在大循環中起著調節作用，從而長期保持小農經濟作爲主要生產方式和立國的經濟基礎，造成社會經濟始終停滯於落後的小農經濟，從十六世紀以後中國就日益落後於西方了。

二、戰國史料的整理和考訂

戰國主要史料的特點

我們要進行戰國史的研究，存在著一定的困難，需要加以克服。因爲現存的戰國時代的史料，殘缺分散，年代紊亂，真僞混雜。既不像春秋時代的歷史有一部完整的編年史左傳可以憑信，更不像秦漢以後每個朝代有著完整的歷史記載。戰國史料所以會如此殘缺分散，有個特殊原因，就是秦始皇的「焚書」所造成。秦始皇「燒天下詩、書(指詩經、尚書)，諸侯史記尤甚，爲其有所刺譏也」(史記六國年表序)。由於詩經、尚書和先秦諸子，民間多有收藏，秦不能盡燒，後來還能重新發現。而東方六國的史官記載，只藏在官府，一經焚毀也就完了。當司馬遷著太史公書(即史記)時，號稱「天下遺文古事靡不畢集於太史公」，可是戰國主要史料只有秦記和縱橫家書。因爲秦原來文化比較落後，秦史官所記的秦記比較簡略，「不載日月，其文略不具」，於是史記的戰國部分記述，就有不少殘缺和錯亂，特別是所記東方六國的史事，不但有殘缺，而且年代有很多紊亂。顧炎武早已指出，春秋、戰國之間是歷史上轉變劇烈的時期，然而「史文闕(缺)軼(佚)，考古者爲之茫昧」(日知錄卷一三周末風俗條)。

司馬遷所作史記，所憑戰國主要史料，除秦記以外，惟有縱橫家書，就是司馬遷所說：「戰國之權變亦頗有可採者。」當秦、漢之際和西漢初年，縱橫家遊說和獻策的風氣依然盛行。所謂「縱橫長短之術」，如蒯通、主父偃等人正遞相傳授，因而縱橫家書的各種選本仍多流傳，不爲「秦火」所燒盡，漢初皇家書庫和民間都有收藏。西漢末年劉向編輯戰國策，就是依據當時皇家書庫所藏縱橫家書的六種選本：國策、國事、短長、事語、長書、修書。一九七三年長沙馬王堆漢墓出土的一種帛書的選本二十七章(現定名爲戰國縱橫家書)，就是民間所藏的一種選本。而且蒯通等人爲了傳授其「縱橫長短之術」，也有選編的選本流傳，漢書蒯通傳稱：「通論戰國時之權變，亦自序其說，凡八十一首，號曰雋永。」

在戰國時代連年不斷的相互兼併戰爭中，盛行合縱連橫的相互鬥爭方式，因而縱橫家成爲當時九流十家中最盛行的流派，常常充當秦、齊等強國的相國等高官，主謀合縱連橫而謀求在戰爭中得勝的策略，往往一次重大的合縱連橫的決策和行動，造成兼併戰爭形勢的重大變化。縱橫家實質上就是強國君主主持外交和謀求對外兼併戰爭勝利的謀士，劉向把編輯的戰國縱橫家書定名爲戰國策，就是由於「戰國時遊士輔所用國爲之策謀」（劉向校戰國策書錄）③。縱橫家所講究的「策謀」，就是所謂「縱橫長短之術」。史記六國年表序說：「三家分晉」、「田氏代齊」之後，「六國之盛自此始，務在強兵併敵，謀詐用而縱橫短長之說起」。所謂「縱橫」，就是指外交和兼併戰爭的合縱連橫。所謂「短長」，也是指謀求外交和兼併戰爭勝利策略的短長，而自稱爲策謀最長的，因而漢初皇家書庫所藏縱橫家書的選本，有稱爲國策的，有稱爲短長的，更有稱爲長書或修書的。「修」就是「長」的意思。蒯通所編縱橫家書稱爲雋永，顏師古注說：「雋，肥肉也。永，長也。言其所論甘美而又深長也。」縱橫家一貫重視計謀策略的作用，認爲「計者事之本也，聽者存亡之機也」（戰國策秦策二），或者說：「夫聽者事之候也，計者存亡之機也。」（史記淮陰侯傳所載蒯通語）他們認爲得計而聽從，便可建成「王」業。他們常言道：「計聽知順逆，雖王可也。」（戰國縱橫家書第二十四章，戰國策秦策二相同，惟「順」作「覆」）縱橫家以爲「外事，大可以王，小可以安」（韓非子五蠹篇）；「從（縱）成必霸，橫成必王」（韓非子忠孝篇）。所謂「王」，就是完成統一，從而建立統一的王朝。

由於縱橫家重視計謀、策略和權變，縱橫家書所蒐輯匯集的掌故以及歷史經驗教訓，不限於合縱連橫的遊說和決策，包括有許多謀求對外兼併戰爭勝利的計策，兼及法家與兵家謀求勝利的故事和遊說辭。如戰國策趙策三長篇記述趙武靈王推行「胡服騎射」時的爭論和經過，其所持理論爲法家主張，兼有「兵技巧家」講求改革戰鬥技藝的性質。又如今本戰國策末章（姚宏據蘇轍古史所引而收輯的），記秦將白起長篇回答秦昭王的言論，闡明所以能攻克楚都鄢郢、大破韓、魏聯軍於伊闕的原因，「皆計利形勢，自然之理，何神之有哉？」這是「兵形勢家」的見解。由此可見，戰國策中確實保存了許多戰國的重要史料。

但是戰國策主要是縱橫家所編選的遊說故事和遊說辭，原是供遊士作爲榜樣而揣摩和學習的。許多遊說辭是用作練習遊說的腳本的，許多獻策的信札也是供遊士模仿的。當戰國末年和秦、漢之際，有些縱橫家誇大遊士合縱連橫的作用，有僞託著名縱橫家和將相所作的遊說辭和書札的，甚至虛構合縱或連橫的故事，這是必須認真加以鑑別的。

竹書紀年和校正史記東方六國紀年的考訂

史記六國年表所載東方六國君主的世次年代，有很多錯亂，西晉初年汲縣魏墓出土的竹簡中，有一部魏國的編年史，敍述夏、商、西周、春秋的晉國和戰國的魏國史事，到魏襄王二十年（公元前二九九年）爲止，整理者定名爲竹書紀年。此中所記戰國史事，不但可以補充史記的不足，而且能夠用來糾正史記所載東方六國紀年的錯亂。不幸原書宋代已經散失，今本竹書紀年出於後人重編，有許多錯誤。清代以來學者曾依據宋以前人所引用的古本竹書紀年加以編輯考訂，尚不免有脫誤。歷來學者依據古本竹書紀年來糾正史記所載六國紀年的錯誤，取得了很多成績，但是考訂還不夠完善，有待於我們作進一步的細密考訂。

用古本竹書紀年來糾正史記中六國紀年的錯亂，魏惠王的年世是個關鍵問題。史記稱魏惠王三十六年卒，惠王子襄王十六年卒，襄王子哀王二十三年卒。前人根據古本竹書紀年（以下簡稱紀年），認爲魏惠王三十六年沒有死，只是改元又稱一年，又十六年而死。只要把史記中魏襄王的年世改作魏惠王改元後的年世，把魏哀王的年世改作魏襄王的年世，問題就解決了。可是實際上，問題並沒有根本解決。我們把紀年和史記所載魏武侯和魏惠王時的大事加以對勘，便發現兩書所記大事的年代都相差一年或兩年，而年代相同的一件也沒有。相差兩年都是戰爭。戰爭是可以連續兩年的，但是像秦封商君和魯、衛、宋、鄭四國之君來魏朝見，是不可能跨年度的。特別要指出，史記六國年表記秦獻公十六年（公元前三六九年）日蝕，此年按史記是魏惠王二年，而紀年（開元占經卷一百一所引）稱秦惠王元年「晝晦」，「晝晦」就是日蝕。查公元前三六九年西曆四月十一日確是日有環蝕。據此可知史記魏惠王紀元誤上了一年，該是魏惠王於三十六年改元又稱一年，未踰年改元，惠王未改元前實只三十五年，史記誤以惠王三十六年卒，於是惠王改元以前的年世誤多一年，因而惠王紀元誤上了一年，連帶魏文侯、魏武侯紀元都誤上了一年。雖然只有一年之差，但是對於改正史記中東方六國紀年的錯誤，牽連很大。

史記所載田齊君主世系和年代的錯誤是較多的，我們可以據田世家索隱、魏世家索隱、孟嘗君列傳索隱等所引竹書紀年加以校正。莊子胠篋篇謂「田成子（即田常）弒齊君，十二世有齊國」，而史記所載，田常以後，經襄子盤、莊子白、太公和、桓公午、威王因齊、宣王辟彊、湣王地、襄王法章，到王建被滅，只有十世。以紀年和史記比勘，可知莊子以後脫去悼子一世，太公和（即田和）以後又脫去侯剡一世。史記謂桓公「六年卒」，而田世家索隱說：紀年「梁惠王十三年，當齊桓公十八年後威王始見」，可見史記所說桓公六年卒，「六」爲「十八」二字之誤。史記從田和以後，既脫去侯剡一世九年，又誤桓公十八年爲六年，短少十二年，以致誤把威王的年世移前二十一年，同時把宣王和湣王的年世都依次移前，於是史記所載歷史事件，都和齊威王、宣王、湣王的年世不相符合。最顯著的例子是，孟子和戰國策等書都說齊宣王乘燕王噲傳位給相國子之後所引起的內亂，派遣匡章統率大軍攻破燕國，而史記六國年表把此事記在周赧王元年，即是齊湣王十年，可知史記所記宣王和湣王的年世必然有誤。據孟嘗君列傳索隱所引紀年，梁惠王後元十五年齊威王薨，可知齊宣王元年在周慎靚王二年（公元前三一九年），周赧王元年（公元前三一四年）齊伐破燕，正當齊宣王六年，正和孟子、戰國策等書所記相合。

合縱連橫史料的去偽存真

縱橫家的缺點，片面強調依靠外交活動造成合縱或連橫的有利形勢，過分誇大計謀策略的作用，蘇秦和張儀是推行合縱或連橫的策略得到成功的代表人物，向來爲縱橫家所推崇，作爲揣摩學習的榜樣，因而兩人的遊説辭和獻策書信，成爲傳誦的範本，於是後人僞託的作品爲適應這個需要而出現。他們把蘇秦和張儀誤成一縱一橫而同時對立的人物，其實張儀是秦惠王的相國，蘇秦是齊湣王的相國，兩人並不同時對立。當時和張儀連橫對立的，是公孫衍的合縱。

漢書藝文志的縱橫家，著錄有蘇子三十一篇和張子十篇，蘇子居於首位而篇數最多。戰國策所載縱橫家的遊説辭和書信，也以蘇秦最多，就因爲此中夾雜有許多僞作。司馬遷早已看到這點，曾説：「世言蘇秦多異，異時事有類之者皆附之蘇秦。」（史記蘇秦列傳）可惜司馬遷未能去僞存真，反而以僞爲真，所作蘇秦列傳即依據大量僞作而成。並誇稱「蘇秦爲縱約長，並相六國」，使「秦不敢闚函谷關十五年」。宋代黃震黃氏日鈔已指出，此「乃遊士夸談，本無其事」。近代法國漢學家馬伯樂（Henri Maspero）著有蘇秦的小説一文（刊於越南河內遠東法國學校二十五周年紀念刊亞洲研究，北平圖書館館刊七卷六號有馮承鈞譯文），以爲蘇秦列傳年代錯亂，不符事實，可以説是「一種理想的小説」。其實不是小説，這是戰國後期縱橫家所僞託，用來誇大蘇秦合縱的計謀的。今本戰國策中所載張儀、蘇秦遊説的史料，真僞參半。一九七三年長沙馬王堆漢墓出土帛書戰國縱橫家書，此中第一部分提供了蘇秦爲燕反間和發動合縱攻秦的可信史料，我們可以據此鑑別史記和戰國策中所有蘇秦史料的真僞④。

樂毅破齊史料的去僞存真

自從趙兼併中山和掠取胡地之後，形成齊、秦、趙三強鼎立鬥爭的局勢。秦昭王十九年到
（公元前二八八到前二八四年），是三強相互爭奪宋地而激烈鬥爭的時期。秦昭王十九年秦相
兩君並稱爲「帝」，並約五國合縱攻趙，以便兼併趙國而三分其地。二月後，齊湣王聽

號，轉而與趙合作，發動五國攻秦，結果迫使秦廢帝號，並歸還了一些所侵趙、魏的城邑，齊就乘此時機攻滅宋國，激起了趙、魏等國的反對。秦於是主謀發動合縱伐齊，與趙合作而拉攏燕國，推舉燕相樂毅兼爲趙相，並爲五國聯軍統帥而攻齊。秦昭王二十二年秦將蒙驁伐取齊河東九城作爲合縱攻齊的先聲，於是樂毅以趙相名義，統率聯軍由趙東邊攻取齊濟西的靈丘（今山東省高唐南），次年樂毅率聯軍大敗齊軍於濟西，齊將觸子敗走，接著樂毅以燕相名義，獨率燕師乘勝長驅直入，打敗齊守軍於秦周（在齊國都臨淄西門雍門之西），齊將達子戰死，於是臨淄失守，齊湣王出奔。從此樂毅留守於齊五年，先後攻下齊七十多城。樂毅所以能一舉攻破齊國，主要有兩個原因，首先由於樂毅兼爲趙、燕兩國的「共相」，先以趙相名義率聯軍擊潰了齊的主力軍，因而能獨率燕師乘勝長驅直入。其次由於齊湣王中了蘇秦的反間計，蘇秦原是燕昭王派入齊國的間諜，得到齊湣王重用而出任相國。蘇秦在齊發動五國攻秦，是爲了使齊可以乘機攻滅宋國，更是爲了使齊連年攻宋而國力大損，並使齊趙的關係惡化，以便燕能夠借助於秦趙聯合進攻而乘機攻破齊國。

樂毅破齊是當時運用合縱策略所得最成功的結果，因而樂毅成爲縱橫家所竭力推崇的人物。可惜後來燕昭王去世，繼位的燕惠王對樂毅猜忌，改用騎劫代替樂毅，樂毅因而出走趙國，於是樂毅又成爲縱橫家所非常歎惜的人物。正因爲如此，既有誇大樂毅運用合縱策略成效的縱橫家作品流傳，甚至還有僞託樂毅所作報燕惠王書傳世。

戰國策燕策一和史記燕世家，說燕昭王即位招賢，尊郭隗爲師，於是樂毅自魏往，鄒衍自齊往，劇辛自趙往，經二十八年而殷富，士卒樂戰，於是樂毅「與秦、楚、三晉合謀伐齊」，因而大破齊國。昭王即位招賢而尊郭隗爲師，當是事實，但是所說樂毅與鄒衍、劇辛都因此入燕，燕因而得以破齊，是後來遊士出身的縱橫家爲遊士張目而虛構僞託的。劇辛爲燕將，在戰國末年，鄒衍和劇辛爲同僚，都不可能於燕昭王即位時入燕。樂毅入燕在趙武靈王因內亂而餓死之後，已在燕昭王十七年以後。而且樂毅並非遊士出身，原爲魏國名將樂羊之後，曾爲趙的大臣，早在齊宣王因燕內亂而伐破燕國的時候，樂毅就曾爲趙武靈王主謀聯合楚、魏而伐齊存燕（戰國策趙策三），趙王因而派遣樂池護送流亡在韓的燕公子職入燕立爲國君，便是燕昭王。後來樂毅在趙武靈王死後，去趙入魏，再作爲魏的使者入燕，因而得到燕昭王的重用。

不僅燕昭王即位招賢而樂毅前往之說出於遊士所僞託，甚至所謂樂毅報燕惠王書也出於遊士的僞作。此書稱樂毅向燕昭王獻策，主張約結趙國，再聯合楚、魏，「四國攻之，齊可大破」，因而出使於趙，回來就起兵擊齊。其實樂毅統率的是秦、趙、韓、魏、燕五國之兵，史記秦本紀和趙世家記載明確，楚不在其內，而且聯合出兵之前，秦、趙兩國之君會見在先，並由秦將蒙驁首先攻取齊河東九城，作爲合縱進攻之先聲。五國合縱攻齊，是出於秦的主謀，就是蘇秦獻書趙王所謂秦「以齊爲餌，先出聲於天下」（史記趙策一）。此書所說作戰經過：「以天之道，先王之靈，河北之地隨先王舉而有之濟上，濟上之軍奉令擊齊，大勝之，輕卒銳兵長驅至國」，以爲樂毅先攻克齊與燕接境的河北，接著攻占濟上，再由濟上長驅攻入齊的國都的。其實燕師並未直接南下攻取齊的河北，而是追隨趙軍經趙東邊南下，會合五國之師大敗齊的主力於濟西。接著樂毅就獨率燕師乘勝追擊，在秦周又得勝而攻克臨淄。樂毅破齊，主要經歷兩次戰鬥，即在濟西大敗齊將觸子，又在秦周得勝而齊將達子戰死。事見呂氏春秋權勳篇和戰國策齊策六。呂氏春秋貴直篇講到齊湣王的失敗，也說：「此觸子之所去之也，達子之所以死之也。」由此可見，樂毅報燕惠王書出於遊士爲誇張樂毅單獨主謀合縱破齊而僞託，只是因爲作者講究文章筆法，文采華麗，很能感人，爲世傳誦。司馬遷說：「始齊之蒯通及主父偃讀樂毅之報燕王書，未嘗不廢書而泣也。」其實此書所說不符合歷史事實。

資治通鑑所載樂毅破齊經過的虛假

資治通鑑所載樂毅破齊經過比較詳細，不見於史記、戰國策以及先秦諸子的，更是出於後人僞託。通鑑信從燕昭王即位「樂毅自魏往，劇卒自趙往」之說，記在周赧王三年（公元前三一二年）。又在周赧王三十一年記樂毅身率燕師長驅逐北，劇辛和樂毅有爭論，劇辛主張「宜及時攻取其邊城以自益」，深入無益，而樂毅主張乘勝深入，「其民必叛，禍亂內作，則齊可圖也」。等到樂毅深入，「齊人果大亂失度，湣王出走」，樂毅因而得入臨淄。這是爲了誇大樂毅有先見之明，預見齊將內亂而深入得勝的。其實這段劇辛和樂毅的爭論出於虛構，劇辛並不和樂毅同時。通鑑又記趙將龐煖攻殺劇辛在秦始皇五年，即趙悼襄王三年（公元前二四二年），是依據趙世家的。若按通鑑所記，劇辛爲燕將前後有七十年之久，若劇辛年二十入趙，試問九十歲還能指揮作戰麼？

通鑑又稱樂毅在齊「禁止侵掠，寬其賦斂，除其暴令」，後人因此謂：「此孟子所以教齊者，齊王不能用之於燕，而樂毅能用之於齊。」（大事記引延平陳氏之說）這是把樂毅說得如孟子所說的「王者之師」。通鑑又說樂毅入臨淄以後，分兵四路出擊，「左軍渡膠東、東萊，前軍循泰山以東至海，略琅琊，右軍循河、濟，屯阿、鄄以連魏師，後軍旁北海以撫千乘」，因而「六月之間下齊七十餘城，皆爲郡縣」。這與史記樂毅列傳所說「樂毅留徇齊五歲下齊七十餘城」不合。黃式三周季編略評論說：「稽古錄於周赧王三十五年書樂毅徇齊地，數歲下齊七十餘城，是司馬氏後知其誤而不能追改通鑑也。」其實通鑑所載燕軍分四路出擊，全出虛構。通鑑於周赧王三十六年載：「樂毅乃併右軍、前軍以圍莒，左軍、後軍圍即墨」，以爲原來分向四方出擊的四路大軍，又分別從遠處調來會合，以圍攻莒和即墨，更不可信。至於通鑑稱：「樂毅在齊，「祀桓公、管仲於郊，表賢者之閭，封王蠋之墓。齊人食邑於燕者二十餘君，有爵位於薊者百有餘人」。是不可能有的事。整個戰國時代燕之封君可考者不過數人，怎麼可能齊人食邑於燕者二十餘君？所有這些，都是後人誇飾樂毅爲「王者之師」而虛構的。相傳周武王克商，「釋箕子之囚，封比干之墓，表商容之閭，封紂子武庚祿父」（史記殷本紀）。可見後人有以樂毅破齊比之周武王克商的，因而仿造出這些政績來。看來所有這些僞託的樂毅政績，符合於通鑑作者的所謂「治道」，因而採納了。

通鑑記述樂毅攻莒和即墨三年不克，就解圍而令曰：「城中民出者勿獲，困者賑之，使即舊業，以鎮新民。」結果三年猶未攻下。有人進讒言於燕昭王，說樂毅要「久仗兵威」而「南面稱王」，燕昭王於是殺讒言者，宣稱「齊國固樂君所有」，派遣相國到齊，「立樂毅爲齊王」，樂毅誓死不受，由是齊人服其義，諸侯畏其信。此事不見史記、戰國策及先秦文獻，也該出於後人僞託。司馬光所作通鑑戰國和秦八卷，是作爲樣本先呈獻宋英宗的，想不到竟如此輯錄杜撰之史實以符合作者宗旨！

載有戰國史料的著作

由於戰國史料的分散殘缺，年代錯亂，真僞混雜，我們必須廣爲搜輯，細密地加以整理和考訂。載有戰國史料的著作，主要有下列四十二部書：

㈠史記　漢司馬遷著。我國第一部紀傳體的通史。其中「本紀」、「世家」是帝王和諸侯的編年大事記，「列傳」是大臣和其他歷史人物的傳記，「書」是記載典章制度的，另有「年表」。有關戰國部分的，主要有秦本紀、秦始皇本紀、六國年表、天官書、河渠書、齊世家、魯世家、燕世家、衛世家、宋世家、晉世家、楚世家、越世家、鄭世家、趙世家、魏世家、韓世家、田世家、老子莊子申不害韓非列傳、吳起列傳、仲尼弟子列傳、商君列傳、蘇秦列傳、張儀陳軫犀首列傳、樗里子甘茂甘羅列傳、穰侯列傳、白起王翦列傳、孟軻淳于髡慎到騶奭荀卿列傳、孟嘗君列傳、平原君虞卿列傳、信陵君列傳、春申君列傳、范雎蔡澤列傳、樂毅列傳、廉頗藺相如趙奢李牧列傳、田單列傳、魯仲連列傳、屈原列傳、呂不韋列傳、刺客列傳、李斯列傳、蒙恬列傳、扁鵲列傳、匈奴列傳、西南夷列傳、滑稽列傳、貨殖列傳等。清代梁玉繩著史記志疑，張文虎著校刊史記札記，對此有校訂。近代日本瀧川龜太郎著史記會注考證，會集有前人所有校訂。

㈡漢書　漢班固著。西漢一代的紀傳體史書。其中述及戰國史事的，主要有百官公卿表、刑法志、食貨志、天文志、地理志、溝洫志、藝文志、西南夷列傳等篇，可以補史記的不足。清代王先謙著有漢書補注。

㈢後漢書　南朝宋范曄著。東漢一代的紀傳體史書。其中述及戰國史事的，主要有西羌傳、南蠻傳等記述四方少數民族的歷史，可以補史記的不足。清代王先謙著有後漢書集解。

㈣戰國策　西漢劉向匯編的戰國縱橫家的著作。東漢高誘作注，宋代已有散失，曾鞏增補重編，今本出於南宋姚宏校補，據云訪得晉代孔衍春秋後語訂補。南宋鮑彪又改編而作新注，吳師道繼作補正，成爲另一注本。清代于鬯有注未刊。日本關脩齡著戰國策高注補正，橫田惟孝著戰國策正解。近代金正煒著戰國策補釋。近年諸祖耿著有戰國策集注彙考，可供參考。何建章所著戰國策注釋，又收輯有于鬯、關脩齡與橫田惟孝的校注。

㈤戰國縱橫家書　一九七三年長沙馬王堆漢墓出土帛書的一種。共二十七章，其中十六章是久已失傳的佚書。全書分三部分，第一部分十四章(只有兩章著錄過)，是蘇秦的書信和談話，提供了有關他的可信史料，可以由此辨別戰國策有關史料的真僞，並糾正史記蘇秦列傳的錯誤。

㈥古本竹書紀年　戰國初期魏國史官所作編年體的史書，到魏襄王二十年爲止。其中戰國部分不僅可補史記的不足，還可用以糾正六國年表所記魏、齊等國的年代錯亂。原書在宋代已經散失，今本竹書紀年出於後人重編，其中有不少錯誤。清代朱右曾首先從史記的索隱、集解和水經注等書所引，編成汲冢紀年存真。王國維相繼作今本竹書紀年疏證和古本竹書紀年輯校，於是這種從古書中輯出的竹書紀年佚文稱爲「古本」，現存竹書紀年則被稱爲「今本」。近年范祥雍對王國維的「輯校」加以訂補，著成一書；方詩銘、王修齡更重新輯錄佚文，直錄原文而不相合併，並加疏證，著成古本竹書紀年輯證。但是從朱右曾以來所輯古本竹書紀年，尚不免有沿襲今本的失誤⑤。

㈦編年紀　一九七六年湖北雲夢睡虎地秦墓出土竹簡，釋文見文物一九七六年第六期。記事起於秦昭王元年（公元前三〇六年），終於秦始皇三十年（公元前二一七年），共九十年。這是墓主喜的年譜性質，記墓主的重要經歷及其親屬生卒，但多數記載，是有關秦進行統一戰爭的大事，是研究戰國末年和秦代歷史的重要資料，可以補史記的不足，糾正一些史記記載的錯誤和混亂。

㈧雲夢出土秦律　一九七六年湖北雲夢睡虎地秦墓出土有寫在竹簡上的秦律五種。其中一種法律答問以「秦」與「夏」對稱，談到「欲去夏」、「欲去秦屬」、「諸侯客即來使入秦，當以玉問王」等等，當寫成於秦完成統一以前。這不僅是研究秦國法律的重要資料，而且是深入分析研究秦國社會歷史的重要資料。五種秦律的釋文，見文物一九七六年第七期和第八期。

㈨世本　先秦貴族的家譜，其中有戰國時天子和諸侯的世系。宋代散失，清代有各種輯本。一九五七年商務印書館合印成世本八種，其中以雷學淇、茆泮林兩種輯本較佳。

㈩華陽國志　晉代常璩著。記述西南地區遠古到東晉的史事，其中述及戰國史事，可補史記的不足。

⑪逸周書　戰國時代兵家所編輯，其中少數確是周書的逸篇性質，宣揚周武王武功以及武王、周公的文治的。多數是戰國人模擬的作品，又有假託的故事，如王會篇所記四方少數民族貢獻特產給周成王，反映了戰國時代少數民族的情況。清代朱右曾著有逸周書集訓校釋，唐大沛著有逸周書分編句釋，何秋濤著有王會篇箋釋。近年有黃懷信等編輯的逸周書彙校集注。

⑫資治通鑑　宋司馬光編著。記事起於周威烈王二十三年（公元前四〇三年）周威烈王列魏、趙、韓爲諸侯，並追敘「三家分晉」之事。卷一至卷七記述戰國史事，這是首次對戰國史事作編年的考訂，有些考訂是正確的。此中有後人僞託的故事，如所記樂毅破齊的經過，並不可信。也有由於對史料理解錯誤而記述失

真的，如所記周顯王二十年「秦商鞅更爲賦稅法行之」，即是一例⑥。

㈢墨子　這是一部墨家論文和墨子言行錄的匯編。其中尚賢、尚同、兼愛、非攻、節用、節葬、天志、明鬼、非樂、非命等篇的著作年代較早，約在春秋戰國間。耕柱、貴義、公孟、魯問等篇都記墨子言行，法儀、七患、辭過等篇都記墨子的議論，時代也是較早的。經上、經說上、經下、經說下、大取、小取等篇，文字較簡要，談的問題方面較廣，是後期墨家的作品。備城門以下諸篇，講的是守城的防禦戰術，該是戰國後期墨子弟子禽滑釐一派後學講守城戰術的著作⑦。

㈣孫子兵法　春秋末年孫武著。一九七二年山東臨沂銀雀山漢墓出土竹簡有孫子兵法，發現吳問、地形二、黃帝伐赤帝等不見於今本的重要佚文。吳問篇講到了晉國六卿改革田畝制和稅制的情況。用間篇「周之興也，呂牙在殷」之下，有戰國時人所加「燕之興也，蘇秦在齊」。

㈤孫臏兵法　一九七二年山東臨沂銀雀山漢墓出土竹簡，釋文見銀雀山漢墓竹簡整理小組編孫臏兵法，這是一部久已失傳的古書。其中有記述孫臏在桂陵之戰中取勝的專篇，又有他和齊威王、陳忌（即田忌）的問答，更有他闡述軍事理論的著作。

㈥六韜　戰國前期兵權謀家假託西周初年太公望所著，曾收入宋人所編武經七書中。一九七二年銀雀山漢墓出土有六韜殘簡，與孫子兵法、孫臏兵法、尉繚子竹簡同墓出土，可知確爲先秦古籍。從其所載內容看來，所用兵器有「強弩」和「八石弩」，重視戰車、戰騎陷陣襲擊的作用，當著作於戰國前期。漢書藝文志著錄兵書中，未見六韜而另有太公一書（共二百三十七篇，著錄於道家著作中），六韜當爲太公的一種選本。這是假託周文王訪得漁夫太公望立以爲「師」，太公進獻伐滅殷商的陰謀奇計的故事，從而闡明伐滅敵國的種種謀略的。此書主張伐滅敵國，要在「武攻」之前，先作「文伐」。所謂「文伐」是指不使用武力，而採用促使敵國政權分裂瓦解和敵國君主腐化墮落的謀略，要因順敵國君主謀求強大擴張的欲望，「養之使強，益之使張，太強必折，太張必缺」。蘇秦所讀的太公陰符之謀，當即太公一書。蘇秦爲燕間諜而入齊陰謀伐破齊國的策略，當即由此發展而來。六韜共六卷六十篇，分爲文韜武韜龍韜虎韜豹韜犬韜，與各卷內容不相符合，疑出後人追加。

(七)老子　舊說以爲春秋後期老聃所著，但根據全書內容來看，當是戰國初年的著作。對戰國中期以後的道家和法家有很大影響。

(八)列子　道家列子及其後學所著。原爲八篇，經永嘉之亂，殘存楊朱、說符二篇，後由張湛的父輩搜輯殘篇補充成八篇，由張湛作注。此中混雜有後人作品，但全書並非出於僞作，確保存有列子主要學說。

(九)尹文子　道家尹文所作。原爲一篇，漢書藝文志著錄於名家，今傳本分爲二篇，即大道上下兩篇。

(十)孟子　這是儒家孟軻的言行錄。孟子在宋王偃稱王時，曾到宋國，又曾遊歷鄒、滕、魯等國，晚年到魏，曾和梁惠王談論，接著一度爲齊宣王的客卿，正當齊乘燕內亂而攻破燕國的時候，從其談論中可見這個事件的經過。

(十一)莊子　這是道家莊周及其後學的論文集。其中內篇逍遙遊、齊物論、養生主、人間世、德充符、大宗世、應帝王七篇，傳統看法認爲是莊周所著，其餘爲後學所著。末篇天下篇總論古代學術源流，是一篇重要論著。

(十二)經法和十大經等　一九七三年長沙馬王堆漢墓出土帛書，寫在老子乙本卷前的有經法和十大經等四種，是久已失傳的戰國後期黃老學派著作。

(十三)荀子　這是儒家荀況及其後學的著作。荀子在齊湣王時，曾進言於齊相孟嘗君，見於強國篇；又曾入秦，見秦昭王和秦相范雎，發表長篇大論，見於儒效篇和強國篇。接著又曾與臨武君議論兵法於趙孝成王前，見於議兵篇。李斯曾從荀子「學帝王之術」，荀子有對答李斯的長篇議論，見於議兵篇。

(十四)韓非子　這是法家韓非及其後學著作的匯編。其中有關韓非的記載，有存韓、問田等篇。也有縱橫家的遊説辭混入書中的，如初見秦篇。又説林上下篇、內儲説上下篇、外儲説左上、左下、右上、右下四篇以及十過等篇，匯集春秋戰國故事作爲立論依據，可作爲研究歷史的資料。

(十五)呂氏春秋　這是秦始皇的相國呂不韋會集賓客綜合各家學説匯編而成，準備作爲完成統一和新創王朝的指導思想的。書中保存有陰陽五行家、法家、農家、道家、兵家等各派學説的資料，議論常引證戰國史事，有史料價值。

(十六)公孫龍子　戰國後期名家公孫龍的著作。

(十七)商君書　法家衛鞅（即商君）的後學編著，當是戰國晚期的著作。更法篇記載商鞅剛入秦時和舊貴族之間的辯論，此中有襲用趙武靈王推行胡服的言論，當出於商鞅後學的增飾。境內篇記載商鞅變法後獎勵軍功的「二十等爵」制度；墾令篇記述怎樣採取措施來獎勵墾荒；徠民篇主張招徠三晉人民來秦墾荒，是要推行於戰國後期的。此中述及秦、趙兩國的長平大戰，這説明成書當在公元前二六〇年以後。整部書大體上是總結秦國商鞅變法以後的統治經驗的。

(十八)管子　這書的內容很雜，著作的時代也不一致。其中多數是戰國中後期齊國法家假託管仲議論的著作。韓非子説：「今境內之民皆言治，藏商、管之法者家有之。」（五蠹篇）可知韓非時商君書、管子兩書已很流行。但這書中雜有道家、兵家、陰陽家、農家、貨殖家的著作，也還雜有不少秦、漢時代的作品。

(十九)尉繚子　漢書藝文志載兵形勢家有尉繚三十一篇，雜家有尉繚二十九篇。現存尉繚子二十四篇，收入宋人武經七書中。唐代群書治要選錄有節本四篇。一九七二年山東臨沂銀雀山漢墓中，與孫子兵法、孫臏兵法同時出土有尉繚子殘簡六篇，基本上都和現存尉繚子一致。可知現存尉繚子當即漢書藝文志兵形勢家著錄的尉繚。

㈩鶡冠子　鶡冠子是戰國末年楚人，因隱居山中，常戴武冠（鶡羽裝飾的冠）而得名。漢書藝文志著錄鶡冠子一篇，唐代韓愈所見有十六篇，今本三卷十九篇。此中有其弟子趙將龐煖論兵法的，當是後人採取龐煖著作附編進去的。漢書藝文志「兵權謀家」著錄有龐煖三篇。

㈪易繫辭傳　易傳原爲孔子講授易經的弟子記錄。易繫辭傳是其中重要的一篇，當是戰國初期易傳傳授到楚國之後，楚國的經師加以發揮補充而寫成，因而這是儒家的學說，融合有道家的理論並有所改革和發展。

㈫大戴禮記　西漢戴德依據孔門七十子後學所輯有關「禮」的「記」選編而成。此中有曾子十篇，是曾子言論的彙編，當即採自漢書藝文志「儒家類」著錄的曾子十八篇。此中又有孔子三朝記七篇，記孔子三次朝見魯哀公而發表「治國」的意見，出於七十子後學的追記，當即採自漢書藝文志「論語類」著錄的孔子三朝記七篇。

㈬禮記　又稱小戴禮。西漢戴聖依據孔門七十子後學所輯有關「禮」的「記」選編而成。此中月令篇當採自七十子後學中「陰陽明堂」一派著作，分十二個月記述自然界氣候變化以及相應適宜的行政工作，後爲呂氏春秋十二紀採用爲首篇。此中有中庸二篇，乃子思所作（史記孔子世家），又有大學一篇，引有曾子的話，當爲曾子後學所作。

㈭周禮　戰國時儒家編輯的政典，分述國家各級官職的職掌及與之相關的典章制度，雜採春秋、戰國時代的政治制度，加以理想化、系統化後編成。全書按天地四時，分爲「六官」。西漢初期因冬官散失，採用考工記來補充。考工記大體上是戰國初期齊國的著作⑧。

㈮禹貢　尚書中的一篇。是戰國中期以後假託夏禹治水的地理著作，是我國最早一部有科學價值的全國性的地理志。分全國爲九州，分別敘述了山川、藪澤、土壤、物產、交通、貢賦，代表了當時中原的地理知識水平。清代胡渭著禹貢錐指，對此有較詳的校釋。

(三十六)山海經　我國最早記述山川、物產、民俗和文化的全國性地理志。分五藏山經、海外經、海內經和大荒經四大部分。五藏山經寫作於戰國初期，海外經、大荒經也是戰國時代作品。海內經是西漢早期所作，此中保存了遠古的神話傳說以及民俗。礦物記錄是世界上最早的有關文獻。清代郝懿行著有山海經箋疏。

(三十七)素問　我國現存的最古醫學理論著作。主要部分大概是戰國末期編成的⑨。

(三十八)楚辭　屈原及其後學的文學創作，西漢劉向編輯成集，東漢王逸爲作章句，全書以屈原作品爲主，其餘各篇也都承襲其風格，具有楚國地方文學的特殊情調以及方言聲韻，描寫楚地的風土物產，歌頌楚地的神話傳說。其中以離騷、九歌、天問、招魂等篇最爲世人所傳誦。

(三十九)說苑和新序　兩書都是西漢劉向編著。分類編輯先秦至漢初史事和傳說，用以闡明儒家政治觀點和倫理道德，此中所記戰國史事有史料價值。近年趙善詒著說苑疏證和新序疏證，附錄有與諸書互見的資料，便於參考。

(四十)韓詩外傳　漢景帝時韓嬰編著。韓嬰著有韓詩內外傳，內傳在兩宋之間失傳。這本外傳都是先講一故事，而後引詩經以證。所講故事與諸書有出入，有史料價值。近年許維遹著韓詩外傳集釋。

(四十一)水經注　北魏酈道元著。此書以注解前人所作水經的方式，分別敘述我國各條主要水道的源流分合、經歷地點及其有關歷史。書中多處引用竹書紀年等書，說明某些地點有關戰國歷史的情況，也還述及楚方城、魏長城、齊長城、燕長城以及秦鄭國渠的經歷情況，都是研究當時歷史的資料。其中有些重要史料，可以補史記等書所不及的。例如沔水注談到秦將白起攻楚的別都鄢時，採用引水灌城的進攻方式，使楚的軍民沈死數十萬。楊守敬、熊會貞合著水經注疏並繪水經注圖，可資參考。

(四十二)古史　宋蘇轍著。重編的先秦紀傳體史書。保存有少數宋代以後散失的史料，例如白起傳中有長篇記述白起對答秦昭王的話，是白起反對秦進攻邯鄲的意見，前人已作爲戰國策佚文，附錄於戰國策後。

戰國史料的編年整理和考訂

由於戰國史料的分散殘缺，年代紊亂，真僞混雜，研究者對此作編年的整理和考訂，是非常必要的，資治通鑑的前七卷可說是首次對此作編年的整理和考訂，此中有些見解是正確的。例如通鑑不取魏世家「武侯卒，子罃立，是爲惠王」之說，主張魏罃與公中（仲）緩爭立，殺公中緩而立，這是正確的論斷⑩。此後南宋呂祖謙大事記、清代林春溥戰國紀年和黃式三周季編略，繼續做了這樣的工作。大事記起於周敬王三十九年，即魯哀公十四年（公元前四八一年），這是爲上接春秋的編年記載，終於漢武帝征和二年（公元前九〇年）。書中列舉作者所認定的大事，很簡略，其中略有考訂和闡釋，見於所附解題。戰國紀年起於周貞王元年（公元前四六八年），只是把作者所認爲重要史料按年作了排比，略有考訂。周季編略也起於周貞王元年，綜合搜輯史記、戰國策以及先秦諸子的戰國史料加以排比編輯，並注有出處，較爲完備。作者黃式三對此終身用力很多，其子黃以周還曾校閱改訂，黃以周因此著史越世家補並辨一文，收入儆季雜著的史記部分，考定楚滅越在楚懷王二十二年，並把這個結論編入周季編略。這是可信的。

總的說來，所有這些編年的戰國史書，限於作者所處時代和認識水平，有下列三方面的缺點：

㈠未能全面改正錯亂的紀年　關於魏惠王和襄王的年世，通鑑等書都已按古本紀年加以改正。但是對於齊威王、宣王和湣王的年，通鑑等書就未按古本紀年改正。通鑑只是把威王加多十年，把宣王移後十年，而大事記又把宣王延長十年，把湣王縮短十年（周季編略從大事記），目的只求齊宣王破燕的年代能和孟子等書相合，這是勉強的湊合，並無根據。至於其他國家的年代錯誤也未能糾正。

㈡未能作「去僞存真」的鑑別　通鑑、大事記等書依據史記把蘇秦合縱六國的遊說，記在周顯王三十五到三十六年間（公元前三三四到三三三年）；又把張儀爲秦連橫五國的遊說，記在周赧王四年（公元前三一一年）。所有遊說辭的內容都和當時鬥爭形勢不合。周顯王三十五、六年魏惠王和齊威王「會徐州相王」，因而楚威王伐破齊於徐州，在這樣的形勢下，不可能有合縱六國攻秦的事，而且蘇秦還不可能參與其事。其實蘇秦爲齊相，和李兌約五國合縱攻秦，是在齊湣王十四年（公元前二八七年）。張儀對楚、趙兩王的遊說辭中，講到了蘇秦被齊王「車裂於市」，這是齊湣王十七年的事，張儀怎能在二十多年前已知道呢？所謂蘇秦和張儀一縱一橫的對立鬥爭，原是出於後世遊說之士所僞託，通鑑不僅記載了史記上已有僞託的縱橫家遊說辭，而且還收錄有後人進一步僞造的縱橫家的史蹟，如我們前面已經指出的所謂樂毅破齊的經過，出於後來學者的僞託。如此真僞混雜，尤其是大量長篇僞作的混入，就掩蓋了歷史發展的真相。

㈢未能全面搜輯史料加以考訂　周季編略雖然搜輯史料較完備，但還不夠全面。特別是重要歷史事件和改革設施，當時人有議論，或者在論著中引以爲歷史經驗和教訓的，未曾全面收輯，就不便於剖析歷史事件的真相和改革設施的效果。

前人依據古本紀年來糾正史記六國年表錯誤的，有雷學淇考訂竹書紀年和竹書紀年義證、朱右曾汲冢紀年存真、王國維古本竹書紀年輯校、錢穆先秦諸子繫年、陳夢家六國紀年（原刊一九四八和一九四九年燕京學報三十四、三十六、三十七期，合訂本於一九五五年由學習生活出版社出版）。雷學淇是清代學者中，考訂和注釋紀年最有成績的，此中有糾正史記年代錯亂的見解。所著竹書紀年義證原來只有抄本流傳，四十年代才有修綆堂鉛印本。先秦諸子繫年是錢穆早年最用力的名著，主要是考辨先秦諸子活動的年代的。他爲了正確斷定年代，依據古本紀年詳細糾正了六國年表的錯誤，不僅作了許多考辨，還把結論列爲通表。考辨中曾考定戰國時代重要戰役和重大歷史事件的年代，從而闡釋戰國年間形勢的變化。也還附帶考證了一些重要的史實，如戰國時宋都彭城證、淳于髡爲人家奴考等，都有高明的見解。因此這部著作，實際上是對戰國史的考訂，作出了重要貢獻，對史學界有較大的影響。

一九四六年到四九年間，我曾先後發表戰國史事叢考三十八篇⑪，其中梁惠王的年世一文，因古本紀年和史記所載魏武侯和魏惠王時的大事都相差一年或兩年（相差兩年的都是戰爭），推定史記魏文侯、武侯和惠王的紀元都誤上了一年。魏惠王三十六年改元又稱一年，未改元前實只三十五年，史記誤以為三十六年卒，因而誤多了一年。錢穆因此發表關於梁惠王在位年歲之商榷一文，對此表示異議，並對相差一年的事加以解釋，認為有的史記錯誤，有的前人引用紀年不確，並說「此等相錯，古書多有，實難深論」。接著我又再寫再論梁惠王的年世一文，作了進一步的探討和闡釋，證明兩書記載確實相差一年，並舉出兩書所記日蝕相差一年⑫，作為明證。

一九四八和四九年間，陳夢家發表六國紀年，專門根據古本紀年來考訂史記年代的錯誤，同我一樣斷定史記魏文侯、武侯、惠王的紀元誤上一年，但是他依然認為惠王未改元前有三十六年，因而把惠王後元和襄王紀元移後一年。我認為，這樣的判斷是沒有確實的根據的。我們以紀年和史記所載魏惠王時的記事比勘，相差一年的有五件，相差兩年的有兩件，都是戰爭，戰爭可能連續兩年的，年代相同的一件也沒有，而且所記日蝕也相差一年，所記秦封商君也相差一年。史記惠王紀元誤上一年是很明顯的。我們再以兩書所載惠王改元以後和襄王時的記事比勘，年代是一致的。陳夢家所提出的三條相差一年的證據，都是不確實的，史記記載這三件事本來就有出入，他片面地選取了部分不正確的記載來和紀年比勘，這樣得來的結論是不可信的⑬。根據紀年，齊威王死於魏惠王後元十五年，陳夢家因而連帶地把齊威王的卒年和齊宣王元年都移後一年，也是不正確的。

戰國典章制度的分類編纂和考訂

春秋、戰國之交是經濟制度和政治制度重大變革的時期，此後秦、漢統一王朝所用的制度，大體上都開創於戰國時代，因而對戰國時代制度作分類編纂和考訂，也是研究戰國史的一項必要工作。當時由於經濟的發展和改革，田畝制度、租稅制度、貨幣制度和戶籍制度有著一系列的變化。隨著政治和軍事上的改革，中央集權的君主政體產生，文武分職的官僚制度確立，層層控制的郡縣制度推行，統一的法律頒布，統一的度量衡制公布，爵秩的等級制度規定，新的封君制度創設。當時七大強國所進行的改革，時代有先後，進度又有不同，同時各國原有不同的條件，因而七國的制度大體相同，又各自有其特點，需要分別加以編纂和考訂。

明清之際董說著七國考，搜集七國的制度方面史料作了分類編纂，可惜是一部草創而未完成的手稿，所分十四門類很是雜亂，春秋時事混雜了十分之三，所引史料有出於僞書和小說書的，四庫總目提要已經指出：「其所援引，如劉向列仙傳、張華感應類從志、子華子、符子、王嘉拾遺記之類，或文士之寓言，或小說之雜記，皆據爲典要」。而且所引古書有出於董說僞託的，例如卷一二「魏刑法」有法經條文，引自所謂桓譚新論，就是出於董說本人僞造⑭。近年繆文遠作成七國考訂補，訂正了其中許多錯亂，並依據原有體例加以補充，這對於讀者和研究者，都是有幫助的。可惜原書的體例雜亂，沒有能夠全面地把制度方面的史料加以搜集而分類編纂，不能適合今天研究的需要，因此重新編輯一部新的戰國會要還是必要的。

戰國地理的考證和地圖的編繪

戰國時代各國連年進行兼併戰爭，由於合縱連橫的關係，戰鬥形勢常有變化，各國的疆域常有變遷。因此當我們研討戰爭形勢的時候，很需要參考有關地理的考證和新繪的地圖。

關於戰國時代的地名，清代學者從事這方面考證的，有張琦戰國策釋地（收入史學叢書），程恩澤、狄子奇國策地名考（收入粵雅堂叢書）和顧觀光七國地理考等。其中以顧氏所搜集的較為全面，程、狄兩氏考證較詳，還都不夠完善。程、狄兩氏有對「諸國姓氏地」的考證，把各國大臣的姓氏都列為地名（如蘇秦的蘇之類）加以考證，顯然是錯誤的。楊守敬所編戰國疆域圖（收入歷代輿地圖中），基本上依據程、狄兩氏的著作編繪的，實質上只是戰國策的地名圖，也還沿襲了程、狄兩氏的「諸國姓氏地」的錯誤。近人鍾鳳年寫的戰國各國疆域變遷考，陸續發表於禹貢半月刊，沒有編輯成書出版。一九七〇到七一年間，我調到復旦大學歷史系的歷史地理研究室，和錢林書合作編繪中國歷史地圖集第一册，到一九八二年正式出版。其中戰國地圖是在清代學者已有成績的基礎上加以補充改正，而設計重新編繪的。戰國中期（公元前三五〇年左右）的諸侯形勢圖，以及各國的郡和封君的封邑的分布，大體依據我的戰國史編繪的。

考古發現的新史料

由於原有戰國史料的分散殘缺，年代錯亂，真偽混雜，考古發現的新史料因此顯得特別重要，不僅可以補充原有史料的不足，而且可以糾正原有史料的錯亂，並用作鑑別真偽的標本。前面我們已經指出，西晉出土的竹書紀年的重要性。北宋時期由於金石學的興起，開始重視古代石刻和銅器銘文的搜集、著錄和研究，因而唐初發現的石鼓文得到重視，從鳳翔遷到了京師。並且在嘉祐、治平年間，先後在鳳翔（秦的舊都雍所在）和朝那湫（祭祀湫淵水神的所在）等地，發現了秦詛楚文石刻三塊，得到蘇軾、歐陽修等文人學士的重視，加以著錄和考釋。原石和原拓南宋已不見，現在只有南宋的絳帖和汝帖所載以及元至正中吳刊本，近人容庚曾依據絳帖和汝帖編入古石刻零拾，並作了考釋。郭沫若又依據元至正中吳刊本，另作詛楚文考釋（收入郭沫若全集考古編第九卷）。這是秦王使宗祝在巫咸、大沈厥湫等神前，咒詛楚王，請神加禍於楚王從而「克劑楚師」的。宗祝這個官，是宗廟的巫祝，具有巫師性質。巫咸是巫師的祖師，據說能溝通人間和天堂

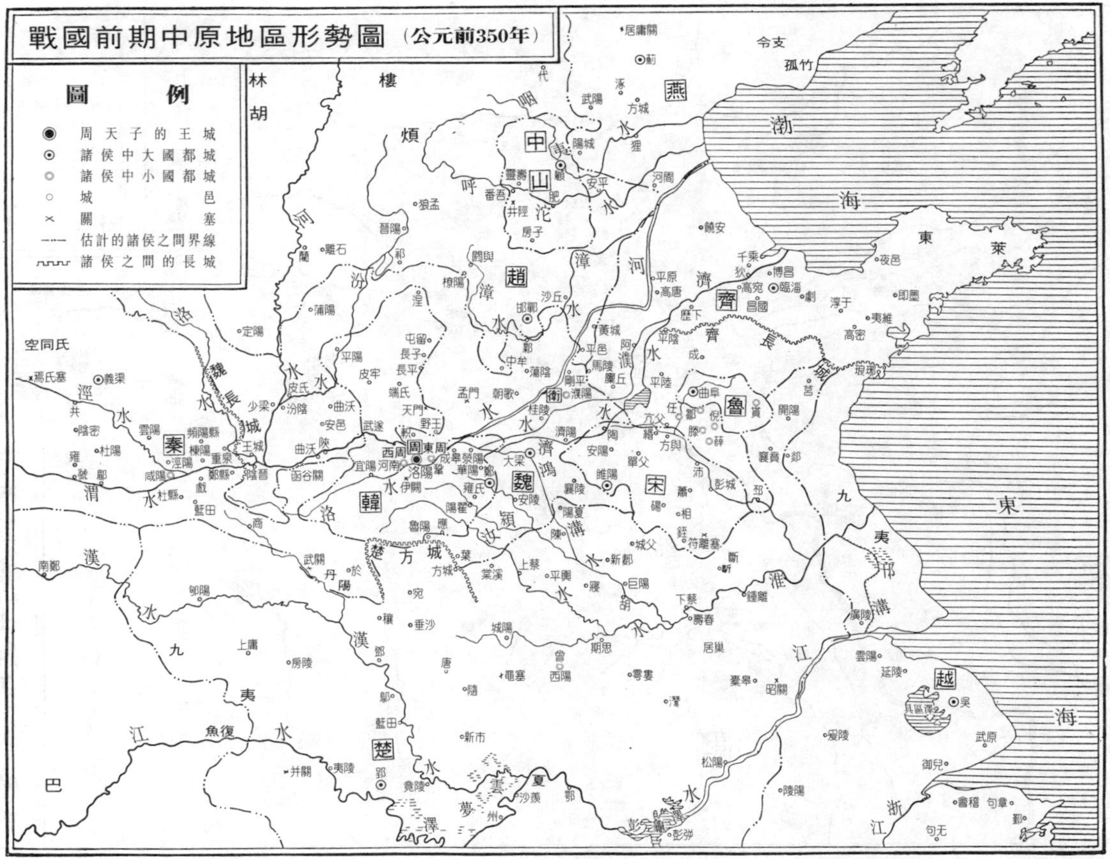
戰國前期中原地區形勢圖（公元前350年）
圖例
周天子的王城
諸侯中大國都城
諸侯中小國都城
城邑
關塞
估計的諸侯之間界線
諸侯之間的長城
燕
中山
趙
齊
魯
衛
宋
魏
韓
周
秦
楚
越
渤海
東海
林胡
樓煩
空同氏
巴
九夷

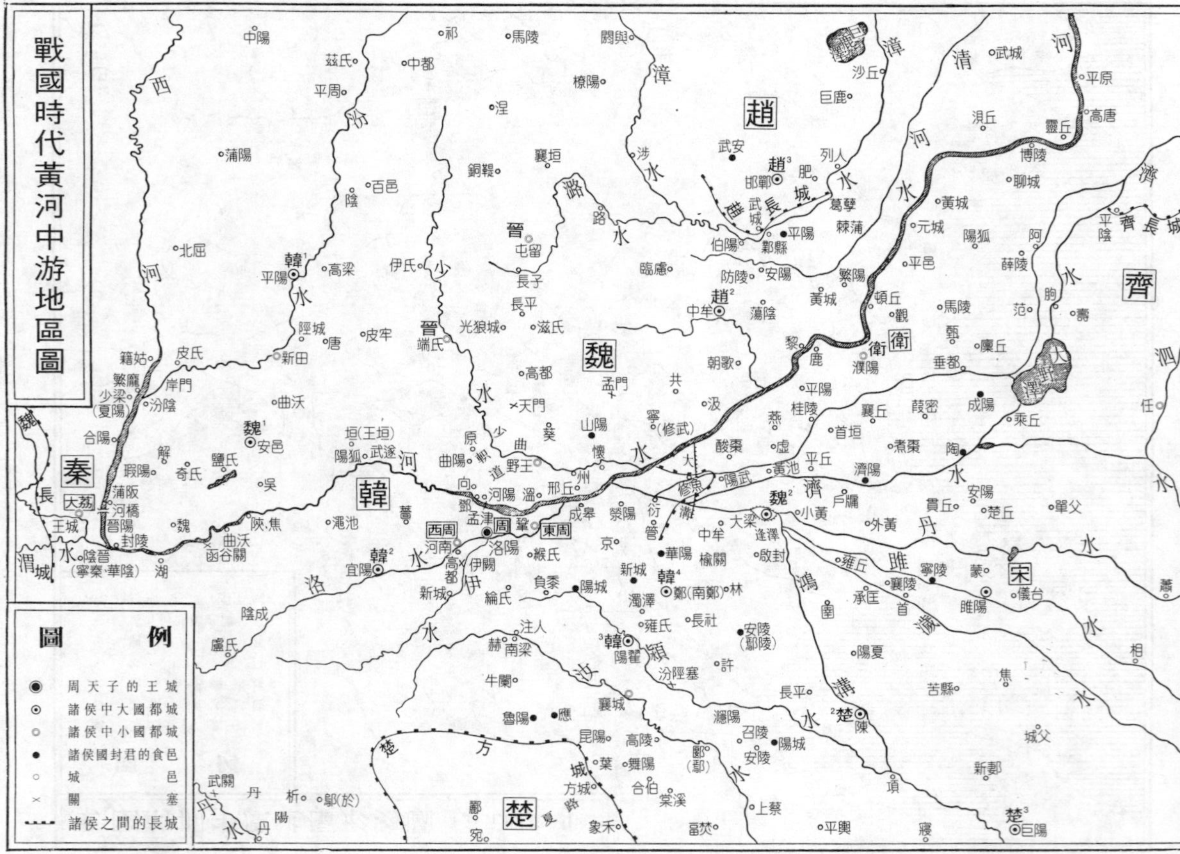
戰國時代黃河中游地區圖
圖例
周天子的王城
諸侯中大國都城
諸侯中小國都城
諸侯國封君的食邑
城邑
關塞
諸侯之間的長城
秦
韓
魏
趙
衛
齊
宋
楚
西周
東周
晉

而上通於天神的。大沈厥湫是湫淵的水神，據說如同河伯一樣，能作祟而爲地宮的主宰。據此可見，當時秦國和宋國一樣，流行著在戰前由巫師咒詛敵人君主的巫術。容庚斷定這是秦惠王更元十二年（公元前三一三年）秦相張儀欺騙楚王獻商於之地後，楚大舉發兵攻秦時，秦王使宗祝咒詛楚王的作品⑮。這確是一篇很重要的史料。

一九四二年九月湖南長沙東郊子彈庫楚墓中，被盜掘出土的楚帛書（或稱楚繒書），現在陳列於美國華盛頓賽克勒美術館。摹本最早見於一九四四年蔡季襄所著的晚周繒書考證。一九六六年大都會博物館用航空攝影的紅外線膠片攝製照片，使許多模糊字跡重新顯現。許多學者對此作了考釋。帛書略近長方形，四周分別繪有四季十二月的彩色神像。每月神像旁邊，記有神名和此月所適宜或禁忌的大事，四角畫有青、赤、白、黑四色樹枝葉，可知這是一種簡單的月曆，主張按陰陽五行家「天人感應」之說來行事的。這和呂氏春秋十二紀（即禮記月令篇）相比，性質相近而富於神話色彩。帛書中部有兩段文字，一段八行，另一段十三行。八行一段先講雹虘（伏戲）使四神輪流主管一年「四時」（即四季），再講炎帝命令祝融，使四神下降，奠定天地，主管「四時」變換和日月晝夜運行，是創世神話。十三行一段主要講日月運行不當，四時氣候失常，要造成天災，如果不敬百神，祭祀不莊重，上帝就要使四時和日月的運行紊亂。可見中間這兩段文字是和四周所載四時、十二月神像相配合的。這是楚國陰陽五行家的作品，和尚書呂刑、山海經大荒西經所載重黎（即祝融）奉命開天闢地、主管日月運行的神話是一脈相承的。

一九四八年陝西鄠縣出土的秦封右庶長歜宗邑瓦書，是先刻字於乾坯，再經高溫窯燒成，字劃塗朱，瓦面光滑。原藏西安段紹嘉，今藏陝西師範大學圖書館。首先由陳直作簡要考釋（載西北大學學報一九五七年第一期）。這是秦惠文君四年（公元前三三四年）册封宗邑的文件，指派官吏送至宗邑所在，經過相應儀式而埋藏於地下，有似後世的土地憑證。瓦書載「四年周天子使卿大夫辰來致文武之酢」，即秦本紀所記秦惠文君「四年天子致文武胙」，六國年表同。

一九八〇年四川青川戰國墓出土木牘，是秦武王二年（公元前三〇九年）命丞相甘茂及內史匽「更修爲田律」。木牘載二年十一月己酉朔王命丞相戊及內史匽「□□更修爲田律」。戊即甘茂，「戊」與「茂」通，韓策一和說苑雜言篇正作甘戊。據秦本紀，此年「初置丞相」，甘茂爲右丞相，正與木牘相合。這是具體說明秦的田畝制度的重要史料。

近年在湖北、湖南二省考古發掘戰國墓中，時常發現竹簡，大都是遣册（死者的隨葬品記錄）。從此發現楚國有許多文獻不載的封君，如從隨縣擂鼓墩兩墓和江陵拍馬山一墓的簡文中，發現了十一個楚惠王時的封君，又從荊門包山二號墓的簡文中，發現了二十三個楚懷王時的封君。由此可見楚國封君之多，而且愈封愈多。

銅器銘文的史料價值

戰國銅器銘文，大多是簡短的刻款，作爲史料沒有像西周春秋時代銘文那樣重要，但也有不少可以補充文獻的不足。現在列舉其中比較重要的如下：

㈠楚熊章鎛　北宋曾出土於安陸（今湖北安陸縣），見薛尚功歷代鐘鼎彝器款識法帖著錄。一九七八年湖北隨縣擂鼓墩曾侯墓又出土一件。銘文記載楚惠王於五十六年（公元前四三三年）曾製作曾侯宗廟所用禮器送往西陽（今河南光山縣西南）祭奠，可知當時曾國建都西陽，因爲按當時禮制，君主宗廟設在國都。

㈡屭氏編鐘　共十四枚，三十年代出土於河南洛陽金村，現藏加拿大皇家安大略博物館與日本泉屋博物館。銘文記載周威烈王二十二年（公元前四〇四年）韓將屭羌「征秦迮齊，入長城，先會於平陰」，即古本紀年所載「晉烈公十三年王命韓景子、趙烈子、翟員伐齊入長城」。也就是呂氏春秋下賢篇所說：「魏文侯東勝齊於長城，虜齊侯獻諸天子，天子賞文侯以上聞。」這年三晉伐齊大勝而入齊長城，迫使齊侯一同朝見周威烈王，請求「王命」於次年立三晉爲諸侯。

㈢陳侯午敦　共兩件。十年陳侯午敦原爲容庚所藏，現藏華南師範學院，商周金文錄遺著錄。十四年陳侯午敦，攈古錄全文著錄，現藏中國歷史博物館。史記田世家稱桓公午六年卒，古本紀年謂十八年卒。據上述兩器，可知紀年爲是，史記「六」字乃「十八」二字的形誤。

㈣齊量三件　子禾子釜、陳純釜、左關鉌三件，一八五七年山東膠縣靈山衛出土，吳大澂愙齋集古錄等書著錄，陳純釜和左關鉌藏於上海博物館，上海博物館編印有齊量一冊。現在子禾子釜藏於中國歷史博物館。子禾子即田和子，依據銘文可以看到齊國量器製造和管理制度，實測容量可知田齊的釜相當於別國的斛，田齊的鉌相當於別國的斗。

㈤商鞅方升　亦名商鞅量。原藏合肥龔心銘（字景張），龔氏後遷居浦口湯泉，著錄於浦口湯泉小誌。此後秦金石刻辭等書著錄。現藏上海博物館。柄左面刻有秦孝公十八年銘文，柄之對面刻有重泉（今陝西蒲城縣），蓋分發至重泉應用。底面刻有秦始皇二十六年詔，柄右面刻有「臨」字，蓋又發至臨應用，臨地不詳。

㈥曾侯乙編鐘　共四十六件，分三層懸掛於鐘架。一九七八年隨縣擂鼓墩曾侯墓中出土，現藏湖北省博物館。每鐘標有音名，可以敲出兩個樂音，能配合演奏。銘文還記有曾國與楚、周、齊、晉等國律名和階名的相互對應關係。

㈦鄂君啟節　一九五七年安徽壽縣丘家花園出土四枚，一九六〇年又發現一枚，現藏中國歷史博物館和安徽省博物館。其中有車節和舟節，是楚懷王六年（公元前三二三年），授予封君鄂君啟水陸兩路商品運輸中關卡免稅的通行證。

(八)中山王嚳鼎和中山王嚳方壺　一九七八年河北平山縣三汲公社(即中山都城靈壽所在)中山王墓中出土，現藏河北文物管理處。鼎的銘文述及齊宣王破燕時，中山相邦司馬賙攻燕，取得「方數百里，列城數十」，可補文獻記載的不足。壺的銘文講中山王嚳「皇祖文、武，桓祖成考」，可以考見中山王的世系。參以趙世家記趙獻侯十年「中山武公初立」，索隱引紀年云：「中山武公居顧，桓公遷靈壽，爲趙武靈王所滅。」可知武公是魏文侯所滅中山之君，居於顧(今河北定縣)，桓公爲復國之君而居於靈壽。

(九)戰國兵器刻辭　戰國時各國兵器，流行刻有監造長官和工師、工匠姓名以及置用地名，不僅可用以探索兵器的監造管理制度，而且有助於研究當時戰爭形勢。例如一九八三年廣州象崗越南王墓出土秦戟，刻辭稱「王四年相邦張義庶長□操之造」。「王四年」是秦惠王更元四年(公元前三二一年)，張義即文獻上的張儀，庶長操即六國年表上惠王七年平定義渠內亂的庶長操。文獻稱張儀爲秦相，因連橫成功，在惠王更元三年出任魏相，因而免去秦相，據此可知張儀連橫成功而爲魏相，實際上仍兼秦相，以便進一步進行連橫策略。此戟刻有置用地名錫，在今陝西白河縣東，正當南鄭(今漢中市)東北。南鄭一帶原爲秦、蜀爭奪的地方，這時已爲秦占有，秦庶長屯兵於錫，正是爲此後攻取楚的漢中作準備。

---

①「戰國」這名詞在戰國時已經有了。例如尉繚子兵教下篇說：「今戰國相攻，大伐有德。」兵令上篇又說：「戰國則以立威抗敵相圖，而不能廢兵也。」戰國策秦策四載頓弱說：「山東戰國有六。」楚策二載昭常對楚頃襄王說：「今去東地五百里，是去戰國之半也。」趙策三載趙奢說：「今取古之爲萬國者，分以爲戰國七。」燕策一載蘇代說：「凡天下之戰國七，而燕處弱焉。」可知當時七大強國都有「戰國」的稱呼。到漢代初年，「戰國」這個名詞的意義還沒有變化，例如史記平準書說：「自是之後，天下爭於戰國。」到西漢末期劉向編輯戰國策一書時，才開始把「戰國」作爲特定的歷史時代的名稱。

②趙世家載趙肅侯元年(公元前三四九年)「奪晉君端氏，徙處屯留」。韓世家載韓昭侯十年(當作十四年，公元前三四九

年）「韓姬殺其君悼公」。索隱云：「紀年姬作玘，並音羊之反，姬是韓大夫。」可知此年趙奪取晉君的端氏，把它徙至屯留。屯留早已爲韓取得，水經漳水注引紀年云：「梁惠成王十二年鄭（即韓）取屯留、尚子、涅。」晉悼公不爲韓所容，爲韓大夫所殺。晉悼公謚爲「悼」，當即因被殺之故。

③ 王國維簡牘檢署考說：「竊疑周、秦間遊士甚重此書，以策書之，故名曰策。其札一長一短，故謂之短長。比尺籍短書，其簡獨長，故謂之長書、修書。」又說劉向「以策爲策謀之策，蓋已非此書命名本義」。此說似若有據，實爲謬說。國策之「策」原指策謀，「短長」亦指策謀之短長，故「短長」與「縱橫」常連稱爲「縱橫短長之說」或「長短縱橫之術」。

④ 秦策一載蘇秦對秦惠王說：「大王之國，西有巴、蜀、漢中之利，北有胡貉、代馬之用，南有巫山、黔中之限，東有崤、函之固。」但到秦昭王三十年秦國才取得巫郡、黔中郡，秦惠王時怎能「有巫山、黔中之限」？燕策一載蘇秦對燕文侯說：「燕東有朝鮮遼東，北有林胡樓煩，西有雲中九原。」但燕國在東北有這樣遼闊的疆域，該在戰國後期秦開大破東胡之後。至於雲中、九原是趙地，不是燕國所能有的。齊策一載蘇秦遊說齊宣王，說齊宣王有意「西面事秦」，是不合當時的形勢的。宋代黃震黃氏日鈔就曾說：「前輩謂蘇秦約從，秦兵十五年不敢窺山東，乃遊士夸談，本無其事。」近人辯這事的更多。近年馬王堆漢墓帛書戰國縱橫家書的出土，更明確的可以證明史記蘇秦列傳所載蘇秦長篇遊說辭出於後人僞造，戰國策中所有蘇秦的史料也是真僞參半。可參看唐蘭司馬遷所沒有見過的珍貴史料、拙作馬王堆帛書戰國縱橫家書的史料價值和馬雍帛書戰國縱橫家書各篇年代和歷史背景，收入馬王堆漢墓帛書整理小組編戰國縱橫家書中。

⑤ 例如公元前三三四年（周顯王三十五年）魏惠王和齊威王「會徐州相王」，因而次年楚威王「破齊於徐州」。史記越世家記楚威王「大敗越」而殺越王無彊，與「北破齊於徐州」同時。索隱引紀年來比勘，謂「按紀年粵子無顓薨後十年楚伐徐州，無楚敗越殺無彊之語」。索隱所引紀年「楚伐徐州」，當即指楚威王破齊於徐州。索隱又說「無楚敗越殺無彊之語」，是說紀年並不記楚滅越殺無彊與楚伐徐州同時。今本紀年記周顯王二十二年「楚伐徐州」，是依據越世家索隱所引紀年所載越的世代年數推算，推定無顓死後十年是周顯王二十二年。今本紀年又於周顯王三十六年記「楚圍齊於徐州，遂伐於越，殺無彊」，又是依據六國年表所記楚圍徐州之年和越世家的，於是今本紀年既有楚威王伐徐

州，又有前十二年的楚宣王伐徐州。朱右曾同樣依據越世家索隱所引紀年所載越王年世，定「楚伐徐州」在魏惠王二十四年即周顯王二十二年，以爲與楚威王伐徐州爲「兩事」，後來輯古本紀年的都沿襲此誤，於是古本紀年只有楚宣王伐徐州，反而沒有楚威王伐徐州了。其實越世家索隱所引紀年越王年世有脫誤，不能據以推定「楚伐徐州」的年代。

⑥ 史記秦本紀載：秦孝公十四年（公元前三四八年）「初爲賦」。索隱引譙周曰：「初爲軍賦也。」董說七國考卷二解釋爲「口賦」，是對的。雲夢出土的竹簡秦律，稱爲「戶賦」，是指按戶按丁徵收的軍賦。這是商鞅新創的徵賦辦法，資治通鑑把它解釋爲「更爲賦稅法」，是一種錯誤的理解。

⑦ 近人朱希祖曾著墨子備城門以下二十篇係漢人僞書說一文（載古史辨第四册），列舉號令篇所載官名有執盾、中涓、曹、令、丞、尉、太守以及刑賞有城旦、復，雜守篇所載官名有城門司馬、城門候、都司空等，認爲這是漢代制度，因而斷定備城門以下諸篇都是漢人僞作。但是，我們認爲戰國時已有太守（趙策一）、令、丞（商君列傳）、尉（白起列傳）等官職，「復」的賞賜在戰國時也早已有了，例如荀子議兵篇說魏國考選武卒，「中試則復其戶，利其田宅」。商君列傳載商鞅的變法令說：「大小僇力本業，耕織致粟帛多者，復其身。」這些並非漢代才有的制度。戰國時各國制度很多不同，已不可詳考，我們不能因其中有少數官名不曾見於戰國書中，便斷言是僞作。墨子主張「非攻」而講守城戰術與防禦之器，他曾「止楚攻宋」，並說他的弟子禽滑釐等三百人已持守禦之器在宋城上。備城門以下諸篇當即禽滑釐一派墨者講究守城戰術的著作。戰國策齊策六載魯仲連給燕將書說：「今公又以弊聊之民，距全齊之兵，期年不解，是墨翟之守也。」這幾篇雖非墨子當時的著作，必是戰國後期墨家論述「墨翟之守」的。

⑧ 顧炎武日知錄卷三二胡條，認爲北狄名胡始於戰國，考工記說「胡無弓車」，「以此知考工記亦必七國以後之人所增益矣」。江永周禮疑義舉要認爲考工記講到「秦無廬」、「鄭之刀」，講到齊魯間水，用齊方言，是「東周後齊人所作也」。郭沫若考工記的年代與國別（收入開明書店廿年紀念文集），認爲是春秋後期齊國人的著作。從其分工細密和工藝進步來看，該作於戰國初期。

⑨ 江永群經補義春秋部分講到「醫和言六氣」時，認爲：「靈樞素問疑是周、秦間醫之聖者爲之，託之黃帝、岐伯。」近人也都認爲素問是戰國時代作品。

⑩ 魏世家稱：「武侯卒，子罃立，是爲惠王。惠王元年初，武侯卒也，子罃與公中(仲)緩爭爲太子」，韓、趙「合軍併兵以伐魏，戰於濁澤，魏氏大敗，魏君圍」。後因韓趙不和，韓退兵。太史公因而評論「故曰：君終無適子，其國可破也」。資治通鑑則云：「魏武侯薨，不立太子，子罃與公中緩爭立，國內亂。」又謂韓退兵，「罃遂殺公中緩而立，是爲惠王」。兩相比勘，當以通鑑爲是。魏世家謂「武侯卒，子罃立，是爲惠王」，和下文所述不合。水經濁漳水注引紀年云：「梁惠成王元年鄴師敗邯鄲師於平陽。」「鄴師」當指魏罃之師，「邯鄲師」即指趙國之師。魏世家載公孫頎曰：「今魏罃得王錯，挾上黨，固半國也。」鄴與上黨相近，蓋魏罃據有鄴而與公中緩爭立，又挾有上黨。韓既退兵，鄴師又打敗趙國之師，因而戰勝公中緩，殺死公中緩而自立爲君，未踰年而改元。通鑑稱「罃遂殺公中緩而立」，是正確的。

⑪ 拙作楚懷王滅越設郡江東考、魏安釐王滅衛考、孟嘗君合縱破楚考、戰國時代的郡制、齊湣王秦昭王稱東西帝考、齊湣王滅宋考、梁惠王逢澤之會考、公孫衍張儀縱橫考、中山武公初立考、戴氏篡宋考、周分東西考、齊魏相王考、李兌合五國伐秦考、蘇秦合縱擯秦考發表於益世報史苑周刊。拙作吳起伐魏考、梁惠王的年世、樂毅仕進考、再論梁惠王的年世、樂毅破齊考、戰國時代徵兵制度、韓滅鄭考、魏惠王遷都大梁考、秦失河西考、韓文侯伐宋到彭城執宋君考、司馬穰苴破燕考、魏滅中山考、三晉伐齊入長城考、趙滅中山考，發表於東南日報文史周刊。

⑫ 拙作梁惠王的年世，刊於東南日報文史周刊第六期（一九四六年八月八日）。錢穆關於梁惠王在位年歲之商榷刊於文史周刊第十期（九月五日）。拙作再論梁惠王的年世刊於文史周刊第十四期（十月三日）。

⑬ 史記魏世家載魏哀王八年「伐衛」（六國年表作「圍衛」），索隱引紀年云：「八年，翟章伐衛。」魏世家載魏哀王十六年「秦拔我蒲反、陽晉、封陵」（六國年表同），索隱引紀年作「晉陽、封谷」。足以證明史記和紀年魏襄王的紀元是一致的。楚先後兩次圍雍氏，一次在周赧王三年，即魏襄王七年，據史記韓世家集解引徐廣說，紀年和史記秦本紀、田世家是相同的；一次在周赧王十五年，即魏襄王十九年，據史記韓世家集解引徐廣說，紀年和史記韓世家又是一致的。

至於陳夢家所提出紀年和史記所載梁惠王後元、魏襄王紀元相差一年的三條證據，都是片面地選取了部分史記的材料來和紀年對比，這樣得來的結論是不可信的。現在列舉如下：㈠紀年載梁惠王後元十三年四月「齊威王封田嬰於薛」

(史記孟嘗君列傳索隱引)，陳夢家舉出史記六國年表齊湣王三年(相當於梁惠王後元十四年)「封田嬰於薛」來比較，但是史記孟嘗君列傳說：湣王「即位三年而封田嬰於薛」，所謂「即位三年」，除去即位之年，從其改元起算，正當六國年表的齊湣王二年，這就和紀年相合了。(二)紀年載梁襄王九年五月「張儀卒」(史記張儀列傳索隱引)，陳夢家舉出史記六國年表魏哀王十年「張儀死」來比較，但是就在六國年表秦表中記載秦武王元年「張儀魏章皆死於魏」，秦武王元年正當魏襄王九年，與紀年正相合。(三)紀年載魏襄王十二年「秦公孫爰率師伐我，圍皮氏」(水經汾水注引)，陳夢家舉出史記六國年表魏哀王十三年「秦擊皮氏，未拔而解」來比較，但是史記魏世家把這事記在魏哀王十二年，字句也相同，正和紀年相合。該是這個戰役前後經歷兩年，因而記載有出入。陳夢家所舉出的三條證據既然都是片面的，那麼，六國紀年中魏惠王後元和魏襄王元年一律比史記移後一年的說法，當然不能成立了。

⑭ 一九五九年捷克斯洛伐克鮑格洛(Timoteus Pokora)發表李悝法經的一個雙重僞造問題，載於東方文獻(Archiv Orientalni)二十七期，認爲桓譚新論早已失傳，七國考所引出於董說僞造。文章發表前，曾寄來文稿徵求意見，我支持他這個主張。因爲七國考所載法經條文分爲正律、雜律、減律，與晉書刑法志所說不合。所引雜律分爲淫禁、狡童、城禁、嬉禁、徒禁、金禁，也與晉書刑法志所說有出入。所引「徒禁」說：「群相居一日以上則問，三日、四日、五日則誅。」不合情理，不能執行。所引「金禁」說：「丞相受金，左右伏誅，犀首以下受金則誅。金自鎰以下，罰不誅也。」考魏文侯時，魏沒有丞相這個官名，秦武王「初置丞相」之後，才見丞相官名，或用作相國的通稱，犀首是公孫衍的稱號，有人解釋爲官名是錯誤的，七國考卷一「魏職官」中誤以丞相與犀首爲魏的官名，據此可見七國考所引法經條文就是出於董說僞造。董說七國考自序稱：「嘗讀秦書至十族之法及魏李悝法經，不寒而慄也，作刑法第十二。」更是出於董說作僞而故弄玄虛。詳細的考辨，見於拙作第二版戰國史的後記。

⑮ 郭沫若以爲詛楚文的亞駝文出於宋人仿刻，是可能的。絳帖和汝帖都未收亞駝文。陳煒湛詛楚文獻疑(古文字研究第十四輯)，不理解這種巫師咒詛之辭的性質，以爲詛楚文三石全出唐宋間人僞作，證據不足。陳氏謂文字可疑，字體是小篆而不是戰國文字，其實戰國時已有二種字體，銅器銘文和石刻文字屬於工整一體，正是小篆的起源。銅器刻辭和應用器物上文字以及竹簡帛書屬於草率一體，又是隸書的起源。詛楚文石刻就是工整一體，如巫咸的「巫」字作「卍」，寫法正與甲骨文、金文相同。近人就是依據詛楚文而認識甲骨文和金文這個「巫」字的。陳氏又謂情理可疑，

史實可疑，其實這是巫師在「巫術」中咒詛之辭，是不講情理的。巫師咒詛敵國君王「倍（背）盟犯詛」，也是把過去史書所載亡國君主的罪狀強加給敵國君王的。陳氏又謂詞語可疑，多因襲前人。其實這是巫師的咒詛之辭，唐宋間文人是不可能捏造的。蘇軾有詩云：「刳胎殺無罪，親族遭圍絆，計其所稱訴，何啻桀紂亂」。就是不理解詛楚文性質而說的。詳拙作秦詛楚文所表演的詛的巫術，刊於文學遺產一九九五年六期。

第二章　春秋戰國間農業生產的發展

一、冶鐵技術的進步和鐵製生產工具的廣泛使用

春秋戰國之交農業生產有著飛躍的發展，這是由於農業生產工具和生產技術有著突出的進步。農業生產工具所以能夠突出進步，是由於冶鐵技術的兩個重大發明，就是鑄鐵（即生鐵）冶煉技術的發明和鑄鐵柔化技術的發明。正是由於這兩個重大發明，使得鐵農具很快很廣泛使用於農業生產，促使農業生產技術突飛猛進，生產量有很大的提高。

冶鐵鼓風爐的重大進步

中國鑄鐵冶煉技術所以能夠比歐洲早一千九百年發明，並且很早推廣應用，主要由於繼承和發展了青銅冶鑄技術，並運用了長期累積的豐富經驗。遠在商代和西周時代，青銅冶鑄技術已有很高水平，商代已能鑄造大型青銅器如「司母戊大方鼎」，西周已能鑄造大型青銅器如「大盂鼎」、「大克鼎」等。春秋時代已使

用高大的圓錐形煉銅豎爐，高達一．二到一．五米左右，爐缸有一或兩個鼓風口，有著鼓風設備，因而到春秋後期，冶鐵鼓風爐有重大的進步，已能鑄造大型鐵器用來頒布成文的刑法。公元前五一三年，晉國曾在國都徵收「一鼓鐵」的軍賦①，把成文的刑法（即當時所謂「刑書」）鑄在鐵鼎上頒布（左傳昭公二十九年）。

我國古代冶鐵技術的發展，有著自己獨創的發展道路。這時冶鐵技術的進步是和冶鐵鼓風爐的改進分不開的。由於冶鐵手工業積累了經驗，擴大了煉爐，加強了鼓風設備，使得煉爐上的溫度有了進一步的提高，也就改進了冶鐵技術。當時冶鐵煉爐上的鼓風設備是一種特製的有彈性的大皮囊，這種大皮囊的形式和當時一種盛物的叫做「橐」的皮囊相類似，兩端比較緊括，中部鼓起，好似駱駝峰。在這個大皮囊上有把手，用手拿把手來鼓動，就可把空氣中的氧不斷地壓送到煉爐鼓風管中，以促進煉爐中木炭的燃燒，從而提高煉爐的溫度②。這時冶鐵的煉爐叫做「鑪」。鼓風的大皮囊因為形式像橐，就稱為「橐」③。那個煉爐的鼓風管的裝置，因為和一種稱為「籥」的管樂器差不多，就稱為「籥」。這種鼓風設備也總稱為「橐籥」。

老子的作者曾把宇宙整個空間比作這種鼓風設備，說：「天地之間，其猶橐籥乎？虛而不屈，動而愈出。」（老子第五章）這種鼓風設備很富於彈性，在空虛的時候是鼓起來的，愈是鼓動它，空氣也就愈吹出來，確是「虛而不屈，動而愈出」的。這種鼓風設備曾沿用相當長的時間，後世稱為「排橐」，或稱為「冶橐」（說文解字「砼」字解說）、「排囊」（後漢書楊璇傳）、「鼓橐」（一切經音義卷八）、「鼓鞴」（一切經音義卷一三），也簡稱為「排」、「橐」、「鞴」、「韝」，這四個字都是同音通用的。

當時橐是牛皮做的，墨子曾說「橐以牛皮」（備穴篇）。每個煉爐上所使用的橐不止一個，愈是大的煉爐，所使用的橐就愈多。墨子曾說「竈用四橐」（備穴篇），這就說明當時爐竈所用的橐確是有好多個的。據吳越春秋說，吳王闔閭鑄造「干將」、「莫邪」兩把寶劍時，曾使用「童男童女三百人鼓橐裝炭」，然後

「金鐵乃濡，遂以成劍」（吳越春秋闔閭內傳）。在這個鑄造兩把劍的煉爐上，參加「鼓橐裝炭」的多到三百人，這說明當時煉爐上所使用的橐是不少的。大概這時煉爐上由於裝置了幾個入風管，送進去的氧氣比較充分，大大提高了溫度，改進了冶鐵技術。「籥」原是由一排竹管編成的一種管樂器，甲骨文和金文中的「龠」字和「龢」字所從的「龠」字，都像一排竹管編成的樣子，當時鼓風管稱爲「籥」，可能由於當時煉爐使用多管鼓風的緣故④。

同時，由於開礦技術的進步和煉爐鼓風技術的進步，在當時的戰爭中不但使用了地道戰術，而且把鼓風設備作爲抵禦地道戰術的防禦武器，用鼓風設備把煙壓送到敵方地道中去窒息敵人⑤。

鑄鐵冶煉技術的發明

鼓風方法的革新，是提高冶鐵技術的關鍵之一。惟有革新了鼓風方法，才有可能把煉爐造得高大，使煉爐的溫度提高，從而加速冶煉的過程和提高鐵的生產量。在中國古代，由於冶鐵鼓風爐的進步，很早就發明了冶煉「鑄鐵」（即生鐵）的技術。這個發明要比歐洲早一千九百年。

本來，早期的冶鐵方法是很簡陋的。煉爐很小，構造十分簡單，冶鐵時把礦石和木炭一層夾一層的從爐子上面加進去，生了火，用一兩個橐來鼓風。由於煉爐狹小，使用的橐不多，壓送入爐的空氣又不夠充分，因此，炭火的溫度就不夠高，爐中的礦石就不可能充分熔化，被還原的（即去了氧的）鐵從爐中出來時，是海綿狀態的熟鐵塊。這種表面粗糙、夾有渣滓的熟鐵塊，需要經過相當時期的鍛打，才有可能得到較純的鐵塊。這種早期的冶鐵法，有人稱爲「塊煉法」。在歐洲，曾經長期運用這種「塊煉法」來煉鐵，到十四世紀使用了水力鼓風爐，才發明鑄鐵冶煉技術。

我國早在春秋晚期，就發明了鑄鐵冶煉技術。從近來考古發掘出土的春秋戰國之際鐵器來看，有用「塊煉法」製造的，也有用鑄鐵鑄造的，更有把鑄鐵件經過加熱退火柔化處理而成爲展性鑄鐵的⑥。從煉得鑄鐵，鑄成器件，進而採用加熱退火的方法，對鑄鐵件加以柔化處理，必須有一個試驗改進的過程。由此可以斷定，我國鑄鐵冶煉技術的發明，應該更要早些。至少到春秋晚期，中原地區這種鑄鐵冶煉技術已經比較成熟，我們從公元前五一三年晉國鑄刑鼎這件事，就可以了解這一點。我們知道，要把刑書鑄在鐵鼎上，不是件簡單的事。即使這部刑書的文字不多，總該有些條文，要把這些條文鑄到鐵鼎上，這個「鑄型」不會太小，所需流動狀態的鑄鐵也不會太少，否則的話，就不可能鑄成功。毫無疑問，中國古代由於改進了煉爐的鼓風方法，提高了煉爐的溫度，很早就發明冶煉鑄鐵的技術，使煉出的鐵成爲液體，從而加速了冶鐵過程，提高了鐵的生產率。這對於冶鐵業的發展和鐵工具的推廣使用是具有決定意義的。

到戰國中晚期，冶煉鑄鐵和鑄造鐵器已開始分工，新鄭鄭韓古城的內倉、西平酒店村和登封告成鎮，都

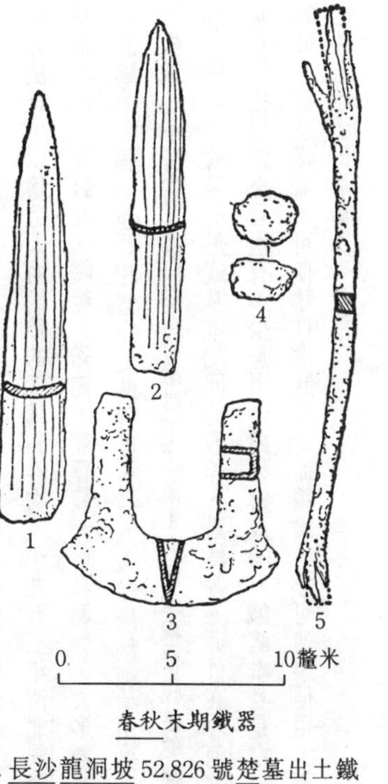

春秋末期鐵器

1. 長沙龍洞坡 52.826 號楚墓出土鐵削。
2. 常德德山 12 號楚墓出土鐵削。
3. 長沙識字嶺 314 號楚墓出土鐵鋤。
4. 六合程橋 1 號吳墓出土鐵塊。
5. 六合程橋 2 號吳墓出土鐵條。

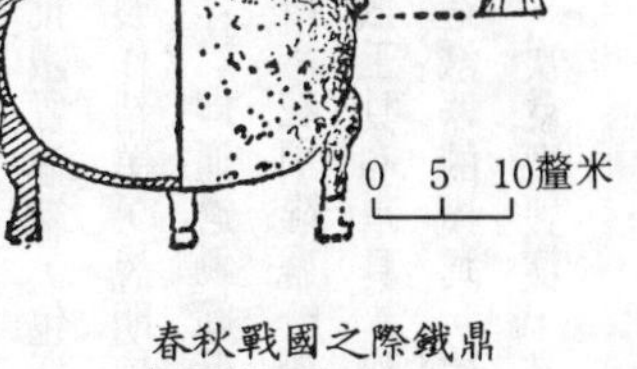

春秋戰國之際鐵鼎

一九七五年湖南長沙長窖 15 號墓出土。

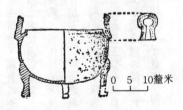

已發現戰國鑄鐵遺址。告成鎮發現了熔鐵爐底及爐襯殘片，還發現有拐頭的陶鼓風管以及木炭屑，可見當時熔鐵爐和煉鐵爐同樣以木炭爲燃料⑦。

近來考古發掘出土的戰國以迄漢魏鐵農具，大多數是鑄鐵製造的；在同時的手工業工具中，鑄鐵件也占很大比例。一九七七年七月長沙窯嶺春秋戰國之際楚墓出土鐵鼎，口徑二十三釐米（相當於當時一尺），高二十一釐米，腹深二十六釐米，出土時重三千二百五十克（相當於當時十三斤），金相鑑定表明含有少量石墨，基體爲鑄鐵⑧。

鑄鐵鑄造工藝的進步

由於繼承和發展了青銅鑄造工藝的優良傳統，這時鑄鐵的鑄造工藝很快發展到相當的高水平。鑄範有陶製的，更有鐵製的。並已由單合範發展爲複合範。單合範是一種較原始的鑄型，一面是立體的鑄型，把它合在一塊平板上澆注，鑄成的工具或錢幣一面是平的。複合範是多塊鑄範用「子口」拼合，箍緊後澆注，用這種方法就可以鑄造大而複雜的工具和器物。一九五三年河北興隆燕國冶鐵遺址出土大批鐵質鑄範，包括六角梯形鋤範、雙鐮範、钁範、斧範、雙鑿範、車具範等，大多數是複合範，構造複雜，製作精美，說明這時鑄鐵的鑄造工藝已達到相當完美的程度。從六角梯形鋤範使用鐵内芯來形成鋤柄孔的辦法（即通過鋤範壁插入一根鐵芯子）來看，說明當時冶鐵手工業工人已掌握了相當熟練的操作技術。與此同時，在興隆縣一帶也發現了與這些鑄範的形式基本相同的鐵斧、鐵鋤等。此外在今河北、山東等省所發現的鐵工具和車具，從其形制和金相組織來看也有不少是用金屬型鑄成的。鐵範本身是白口生鐵的鑄件，又是鑄造鐵器的模具。這樣用鐵範來鑄造鐵器，可使鑄件形狀穩定而精緻，並可連續使用，不致像一般陶範那樣用一次就要毁壞，其生產效率就可以提高很多。

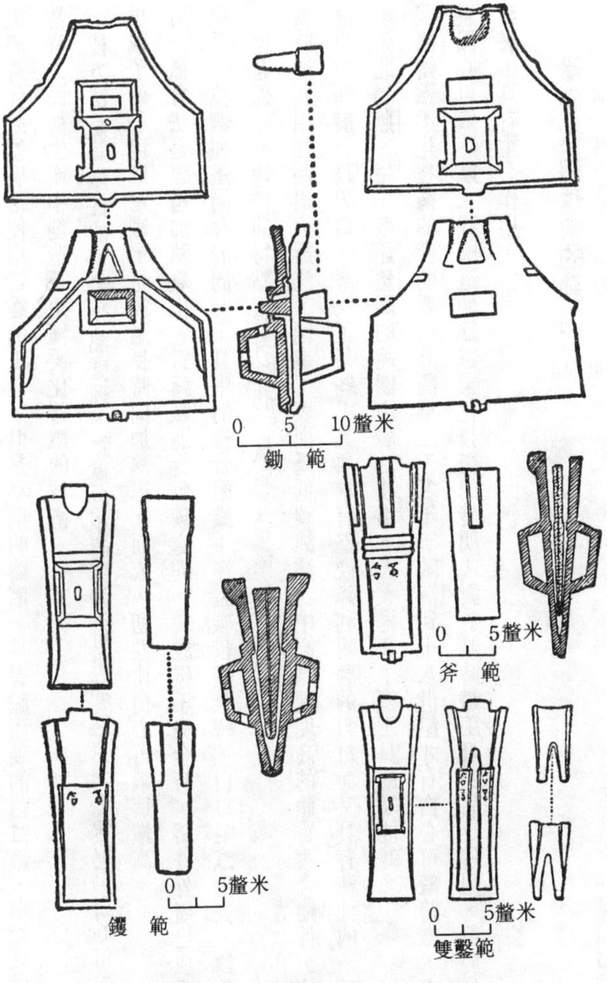

興隆發現的戰國生產工具鐵範

上圖計有鋤範、钁範、斧範、雙鑿範等四種，採自考古通訊一九五六年第一期鄭紹宗熱河興隆發現的戰國生產工具鑄範一文。從這裡，可以看到這些鑄範的具體結構及其鑄造工具的方法。

鑄鐵柔化技術的發明

戰國時代開始廣泛使用鑄鐵的工具，但是早期的鑄鐵，是質脆而硬的白口鐵，很容易折斷，不耐用。因此，當時人民從生產中創造了兩種柔化鑄鐵的技術：

一種方法是鑄鐵件的可鍛化熱處理，經過氧化脫碳並析出部分石墨，使成爲白心可鍛鑄鐵。到戰國晚期，出現了黑心可鍛鑄鐵，是經過長時間加熱退火而成，韌性比白心可鍛鑄鐵高。

另一種方法是經過加熱氧化，對鑄鐵進行脫碳處理。在脫碳不完全時，鑄件外層已成爲鋼，內層還是鑄鐵，成爲一種鋼和鐵同存於同一工具中的複合組織；在脫碳較完全時，白口組織消失，鑄件組織全部由鐵變成鋼，但還保存有鑄件的特點（具有縮孔、氣眼等特徵）⑨。

當時還利用控制退火辦法，創造了表面爲低碳純鐵、中心爲硬度高的體質複合鑄件，使用中把表面層磨損，露出中間層作爲刃口，解決了某些工具要求有堅硬鋒利耐磨的刃口而又具有韌性的矛盾，這種方法在戰國後期，北起燕、趙、南達楚國的範圍內廣泛使用，大大提高了鐵工具的功能⑩。

我國鑄鐵柔化技術的發明要比外國早二千多年。歐洲到十八世紀才有白心可鍛鑄鐵，十九世紀美國才開始熔製黑心可鍛鑄鐵。我國這個鑄鐵柔化技術的發明，對於當時鐵工具的廣泛使用，對於促進當時社會生產力的發展，具有重大作用。

滲碳製鋼技術的發明

楚、韓兩國鐵兵器的鋒利是非常著名的，到漢代談到劍，還是以「墨陽、莫邪」連稱（淮南子修務篇），以「棠谿、墨陽」連稱，還有「強楚勁韓」的稱號（鹽鐵論論勇篇）。荀子說楚國「宛鉅鐵釶，慘如蠭蠆」

《議兵篇》，以前注釋家認爲「鉅」即是「大剛」（史記禮書集解引徐廣說、荀子楊倞注）。「鉇」即矛的別稱，這是說宛地所製鋼鐵的矛，特別鋒利。戰國時代著作的禹貢，說梁州（約當今四川省）貢物有「璆、鐵、銀、鏤」，以前注釋家都認爲「鏤」是一種可作刻鏤工具的「剛鐵」（說文解字、史記夏本紀集解引鄭玄說、漢書地理志顏師古注）。

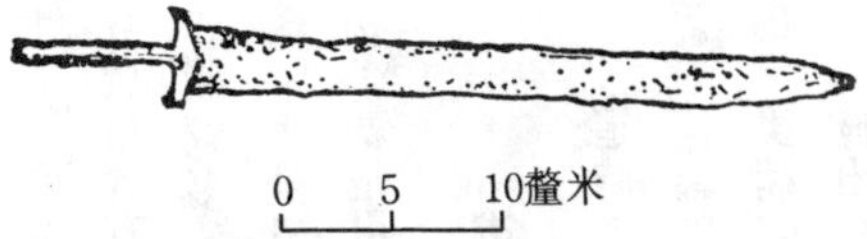

春秋晚期鋼劍

一九七五年湖南長沙長楊50號墓出土。見文物一九七八年第十期。

滲碳製鋼技術，遠在春秋晚期已經發明，南方楚國已經應用。一九七六年長沙楊家山春秋後期墓葬中，發現一口鋼劍，長三八．四釐米，寬二到二．六釐米，脊厚〇．七釐米。經取樣分析，是用含碳量百分之〇．五左右的中碳鋼製成。從劍身斷面上用放大鏡可以看到反覆鍛打的層次，中部由七至九層疊打而成⑪。近年對燕下都出土的部分劍、戟和矛檢查表明，戰國後期燕國也已採用滲碳製鋼技術，把「塊煉鐵」放在熾熱的木炭中長時間加熱，使表面滲碳，經過鍛打，成爲滲碳鋼片，再把滲碳鋼片對折，然後多層折疊起來鍛打，製成兵器或工具，接著更用淬火和正火等熱處理方法，改進鋼材的性能。當時已經懂得根據不同器件所要求的不同性能，對鋼材進行不同的處理方法⑫。這種滲碳製鋼技術的創造，適應了當時社會大變革中發展生產的需要和戰爭的需要，對於革新生產技術和擴大社會生產，改變戰爭的方式，起了重要的作用。

固體滲碳製鋼技術的發明和寶劍的製作

李斯在諫逐客書中講到秦王有六件「寶」，不是秦國所生產的。其中一「寶」就是太阿之劍。太阿之劍，據越絕書說是春秋末年吳國冶煉技師歐冶子和莫邪所煉製的三把寶劍之一。吳越春秋又講到吳國冶煉技師干將開採了「鐵精」和「金英」冶煉寶劍，三月沒有成功；他的妻子莫邪「斷髮剪爪」，投入冶煉爐中，因此「金鐵乃濡，遂以成劍」，煉製成干將、莫邪兩把寶劍。這個煉製寶劍的故事帶有神話傳說性質。清代學者王念孫早就指出，「干將」和「莫邪」本是刀劍鋒利的形容詞，傳說中變成了寶劍的名稱，後來又演變爲冶煉技師的名字（廣雅疏證釋器篇）。但是傳說中所說的帶有神秘色彩的冶煉技術，確是有一定的事實爲依據。冶煉史專家丁格蘭（F. R. Tegengren）認爲，所謂投入「斷髮剪爪」，實質上就是加入相當的「磷」質，起了催化的作用（丁格蘭中國鐵礦志第二編中國之鐵業）。這個推斷是有科學的根據的。長期流傳在河南、湖北、江蘇等地的「烱鋼」冶煉法，把熟鐵塊放在陶製或鐵製容器中，除了按一定的配方加入滲碳劑之外，也還使用含有磷質的骨粉作爲主要催化劑，然後密封加熱，使之滲碳而煉成鋼材。河北滿城一號漢墓出土的劉勝佩劍和錯金書刀，經過分析，都表明含磷較高，錯金書刀的刃部中間還有含鈣磷的較大夾雜物，估計曾用含有磷質的東西作爲滲碳催化劑。吳越春秋所說「鐵精」當是質量較精的熟鐵塊，所說「金英」當是含碳較多的滲碳劑，所謂「斷髮剪爪」是指含有磷質的頭髮指甲之類東西，用作催化劑。所謂「金鐵乃濡」，是說「金英」的碳分不斷地滲入到「鐵精」中。「濡」具有相互滲透的意思。估計秦王所佩太阿之劍，就是用這樣冶煉而成的優質鋼材鍛製的（參見拙作中國古代冶鐵技術發展史下編第一章第一節）。

鐵礦的開發

這時人們在採礦中也已積累了一些經驗，據說「山上有赭者，其下有鐵，此山之見榮也」（管子地數篇）。所謂「榮」，具有礦苗的意義，所謂「赭」，是一種赤鐵礦性質的碎塊，就是山海經北山經少陽之山的「美赭」，本草綱目稱爲「代赭」，俗稱鐵朱，是和赤鐵礦伴存的（章鴻釗石雅）。

據山海經五藏山經的記載，有明確地點的產鐵的山共有三十七處，分布於今陝西省、山西省、河南省和湖北省，即在戰國時代秦、魏、趙、韓、楚等國統治地區，其中在韓、楚、秦三國統治地區的較多⑬。

從今湖北省大冶縣銅綠山發現的戰國銅礦井遺址看來，當時已有效地採取了豎井、斜井、斜巷、平巷相結合的開拓方式，創造了分層充填的上行採礦方法。豎井深達五十多米，用作交通孔道，可把礦石和地下水提出地面，把井架支護木送到井下，用轆轤、大繩和木鈎等工具提運。斜巷從礦層面斜穿到底部，主要是爲了探測礦藏。平巷沿水平方向開拓，是爲了開掘礦石。人們把豎井分成多層，從礦層底部由下而上地逐層開拓平巷，每層平巷裝有轆轤，可以逐層把礦石提升出地面。他們在井下將採得的礦石進行初步分選，以貧礦、碎石和泥土充填廢巷，藉以保證提運出的大都是富礦，並減輕井下運輸和提升的工作量。在通風方面，創造了利用井口高低不同所產生的氣壓差，形成自然風流；並採用關閉已廢棄巷道的辦法來控制風流，使流向採掘的方向，保證風流能達最深的工作面。在排水方面，把水引向井下積水坑，再用轆轤吊掛水桶提升出地面。這一切，說明了戰國時代開礦技術已是相當進步⑭。

湖北大冶銅綠山戰國銅礦井遺址的外觀速寫

採自銅綠山考古發掘隊湖北銅綠山春秋戰國古礦井遺址發掘簡報，載文物一九七五年第二期。

各國冶鐵手工業地點

戰國時代，各國都已有重要的冶鐵手工業地點。魏國的冶鐵手工業是比較發達的。西漢時宛地經營冶鐵手工業的孔氏，其祖先原是梁人，以「鐵冶爲業」的（史記貨殖列傳），足見魏國必有重要的冶鐵手工業地點⑮。秦國在衛鞅變法後，據説「鹽鐵之利二十倍於古」（漢書食貨志載董仲舒語），司馬遷的第四代祖司馬昌曾做秦的「主鐵官」（史記太史公自序）。雲夢出土秦律述及「右採鐵、左採鐵」的官，可見秦也必有重要冶鐵地點⑯。

至於趙國，其國都邯鄲（今河北省邯鄲市）就是個重要的冶鐵手工業地點，不僅邯鄲人郭縱以冶鐵成業，財富和「王者」相等，就是西漢初年臨邛（今四川省邛崍縣）經營冶鐵手工業的卓氏，其祖先也本是趙人，「用鐵冶富」的（史記貨殖列傳）。因爲邯鄲西北地區就有豐富的「邯鄲式」的鐵礦。齊國的國都臨淄（今山東省臨淄北）也是個重要的冶鐵手工業地點，近年在臨淄故城中發現了冶鐵作坊六處，其中最大一處面積約四十多萬平方米。因爲淄河兩岸有許多「朱崖式」的鐵礦，直到如今，朱崖式和邯鄲式兩種類型的鐵礦在鐵礦床類型中占有重要的地位。

楚國最著名的冶鐵手工業地點是宛（今河南省南陽市），有所謂「宛鉅鐵鉇（即鐵矛）」（荀子議兵篇）。韓國的國都新鄭，有官營冶鐵手工業作坊。近年在新鄭故城内的倉城村發現了許多钁、鏄、刀等陶質内外範，同時發現有同樣形式的鐵器，當爲官營冶鐵手工業作坊的遺址。韓國的陽城（今河南省登封縣東南告成鎮）也有冶鐵手工業作坊，近年在告成鎮發現了戰國時代的熔鐵爐底、爐壁及爐襯的殘塊，陶製和泥製鼓風管的殘片、木炭屑，和鋤、钁、斧、鐽、鐮、削、刀、箭桿、矛、帶鉤等陶範。這該是鑄造農業生產工具爲主的冶鐵手工業作坊。當時陽城所以能夠成爲冶鑄鐵器的重要手工業地點，是和附近少室山「其下多鐵」（山海經

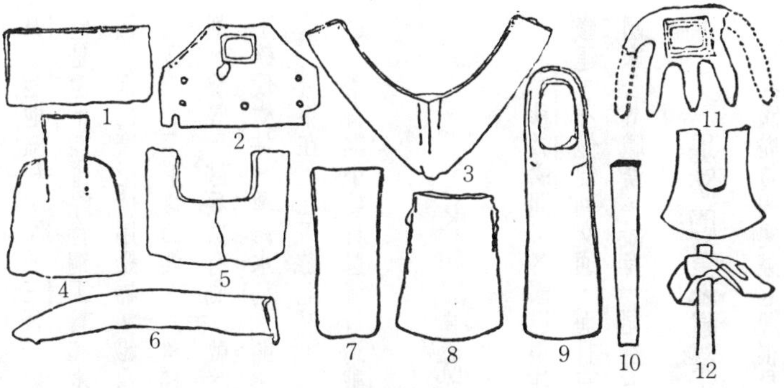

戰國鐵工具

1. 一字形臿　2. 六角梯形鋤　3. V字形犁　4. 臿　5. 凹字形臿　6. 鐮　7.9 钁
8. 斧　10. 鑿　11. 五齒耙　12. 凹字形侈刃鋤及安把方式

中次七經）分不開的。韓國的冶鐵手工業地點是最多的，其著名的鋒利劍戟出產在冥山、棠谿、墨陽、合膊、鄧師、宛馮、龍淵、太阿等地。冥山在今河南省信陽縣東南，棠谿在今河南省舞陽縣西南，合膊和龍淵都在今河南省西平縣西，宛馮就是指宛，一度爲韓占有；鄧師就是指鄧，在今河南省孟縣東南。燕國的燕下都（在今河北省易縣）也是個重要冶鐵地點，在它的遺址內發現冶鐵作坊三處，總面積達三十萬平方米。燕國在今河北省興隆縣也有官營冶鐵手工業地點。近年在興隆發現了戰國時代鑄造工具的鐵範八十七件，其中十多件鑄有「右廩」二字，知爲官營冶鐵手工業產品⑰。

鐵工具的廣泛使用

由於冶鐵技術的創造和發明，由於鐵礦的開發，由於冶鐵手工業的逐漸發展，到戰國中期以後各種農業和手工業的工具已普遍用鐵製。管子的作者認爲必須有鐵工具，「然後成爲農」，「然後成爲車」，「然後成爲女」（輕重乙篇），「不爾而成事者，天下無有」（海王篇）。在戰國中期有個「爲神農之言者」許行，主張君民並耕而食，孟子曾爲此問他的弟子陳相道：「許子以釜甑爨，以鐵耕乎？」（孟子滕文公上篇）也就是問：許行用釜甑來蒸煮麼？用鐵製農具來耕田麼？可知當時中原地區「鐵耕」確已非常普遍，如果有人不用「鐵耕」，已成爲出乎常情的事了。從近年考古發掘出土的工具來看，春秋晚期和戰國初期，南方的吳、楚地區和中原的三晉、兩周地區已有鐵工具，農具有鏟、鐮、臿、钁等，手工具有削、鑿、斧、錘等，但是還不能排除青銅工具和木石工具的使用，到戰國中期，北起遼寧，南到廣東，東自山東，西到四川、陝西，都已廣泛使用鐵器，鐵農具已排斥木、石農具而取得主導地位。鐵農具有一字形臿、凹字形臿、空首布式鋤、凹字形侈刃鋤、六角梯形方銎鋤、五齒耙、钁、钁、V字形鐵口犁、鐮等，鐵工具有銎斧、片斧、刀削、鑿等，鐵兵器有劍、戟、矛、鏃（或鐵鋌銅鏃）等，其他鐵器有鐵鼎、鐵帶鈎等。鐵器的廣泛使用，便利了砍伐樹林、興修水利、開墾荒地和深耕細作，促進了農業生產的發展。

近年在長江下游地區，如江蘇、安徽、浙江等地發現有青銅篦紋鐮，時代從春秋末年到戰國中期。說明這一帶青銅小農具還流行到戰國中期。

二、水利灌溉事業的發展

春秋戰國間，各國已很注意水利的興修，或者沿河建築堤防，或者開鑿運河。運河的開鑿，水利工程的修建，不但便利交通，而且有利於農業生產的發展。當時各國政府繼承過去政權的辦法，把水利的興修作爲國家公共職務，設有「司空」等官職來管理（荀子王制篇）。

堤防的普遍建築

我國堤防的建築起源很早，到春秋時代，黃河、濟水等大河流旁已築有部分堤防，例如黃河旁邊周地有名堤上（今河南省洛陽市西南）的，濟水旁邊齊地有名防門（今山東省平陰縣東北）的。戰國時代堤防的建築，比以前更普遍了，建築的工程比以前更完固了。他們對於防止堤防的潰決，已有重要的經驗，或者說「巨防容螻，而漂邑殺人」（呂氏春秋愼小篇）；或者說「千丈之堤，以螻蟻之穴潰」（韓非子喻老篇）。魏國魏惠王時有個著名的大臣白圭（名丹），他不僅是個投機取巧的大商人，而且是個防止堤防潰決的專家。據說他經常巡視堤防「塞其（螻蟻的）穴」（韓非子喻老篇），因爲螞蟻（特別是白蟻）在堤坊作巢穴，經歷一二十年後，巢穴擴大，堤坊有空腔，就會被大水潰決，必須經常進行檢查，挖塞所有的螻蟻巢穴。白圭自己也曾誇言：「丹之治水也，愈於禹。」（孟子告子下篇）

戰國時代所建築的堤防，規模也較前爲大，在許多大河流上都已建築有比較長的堤防。但是，戰國時代已形成了七大國割據並列的局面，大國建築大規模的堤防只是爲了本國的利益，所謂「蓋堤防之作，近起戰國，壅防百川，各以自利」。當時齊和趙魏是以黃河爲界的，趙魏兩國的地勢較高，齊國的地勢低下，黃河氾濫時齊國所遭受的災害就較嚴重，因而齊國首先沿著黃河建築了一條離河二十五里地的長堤防，以防止黃河的氾濫。自從齊國沿黃河築了長堤防，「河水東抵齊堤，則西泛趙魏」，使得黃河氾濫的水流沖向趙魏兩國去，於是趙魏兩國也沿著黃河建築了一條離河二十五里地長堤防。從此，在黃河兩岸堤防間五十里寬闊地帶，河水也就時來時去。當時黃河兩岸，據說河水「時至而去，則填淤肥美，民耕田之。或久無害，稍築室宅，遂成聚落。大水時至，漂沒，則更起堤防以自救，稍去其城郭，排水澤而居之」（漢書溝洫志載賈讓奏言）。

戰國時代各國大規模的建築堤防，雖然「各以自利」，不免產生像孟子批評白圭「以鄰國爲壑」那樣的弊害，但是對於本國人民生命財產的保障，對於農業生產的發展，是起了一定的作用的。因爲堤防可以防止水災，保護農業生產，還可以與水爭地，開闢耕地。

管子度地篇載有築堤方法：「今甲士作堤大水之旁，大其下，小其上，隨水而行。地有不生草者，必爲之囊，大者爲之堤，小者爲之防。夾水四周（「周」原誤作「道」），禾稼不傷。歲埤增之，樹以荊棘，以固其地。雜之以柏楊，以備決水，民得其饒，是謂流膏。」這是一段有韻的經驗之談，被假託爲管仲所談的。很明顯這是春秋戰國期間齊國沿黃河築堤的經驗。所說「地有不生草者，必爲之囊」，是說遇到不生草的沙灘，築堤防就得把泥土裝在麻袋裏堆積，用以防止堤防的泥土流失。所說「夾水四周，禾稼不傷」，是說堤防以內的耕田，四周要掘有水道間隔，使莊稼不受積水的傷害。因爲黃河夾帶泥沙，河底不斷積泥而升高，因而堤防要逐年增高，即所謂「歲埤增之」。堤上還要種植荊棘，夾種柏楊，使堤防牢固而不被沖決。度地篇還講到了長年保養堤防的方法，冬天要巡視，春天待農暇加以修補；遇大雨要設法防護，見到水的沖擊要加固擋住，因爲「濁水蒙壤，自塞其行」，「歲高其堤，所以不沒也。春冬取土於中，秋夏取土於外，濁水入之不能敗」。所說「濁水」即指黃河之水。春冬兩季河水旱淺，可以從河中取土築堤，使河底加深，堤防加高；等到秋夏河水上漲，濁水流入就不致造成禍害。這可以說是齊國長期治理黃河的主要經驗。

特別值得我們提出的，就是當時所有沿大河的農民作了極艱苦的防汎工作，像我們前面所舉的黃河沿岸農民就是例子。在這樣艱苦的防汎工作中，在「起堤防」和「排水澤」方面，都取得了相當豐富的經驗，使得水利工程的建築技術不斷提高。

運河的開鑿和水利工程的興辦

公元前四八六年，吳國曾在邗（今江蘇揚州市西北）築城，在長江淮河間開鑿運河，稱爲邗溝。從今揚州向東北穿鑿到射陽湖（在今江蘇省淮安縣東南），再經射陽湖到末口（在今淮安縣北五里）入淮（漢書地理志江都縣注、左傳哀公九年杜預注）。這是運河最早開鑿的一段。公元前四八二年，吳國又從淮河繼續開一條運河通到宋魯兩國間，北面通沂水，西面通濟水（國語吳語）。這條運河該即禹貢和漢書地理志的菏水，它溝通

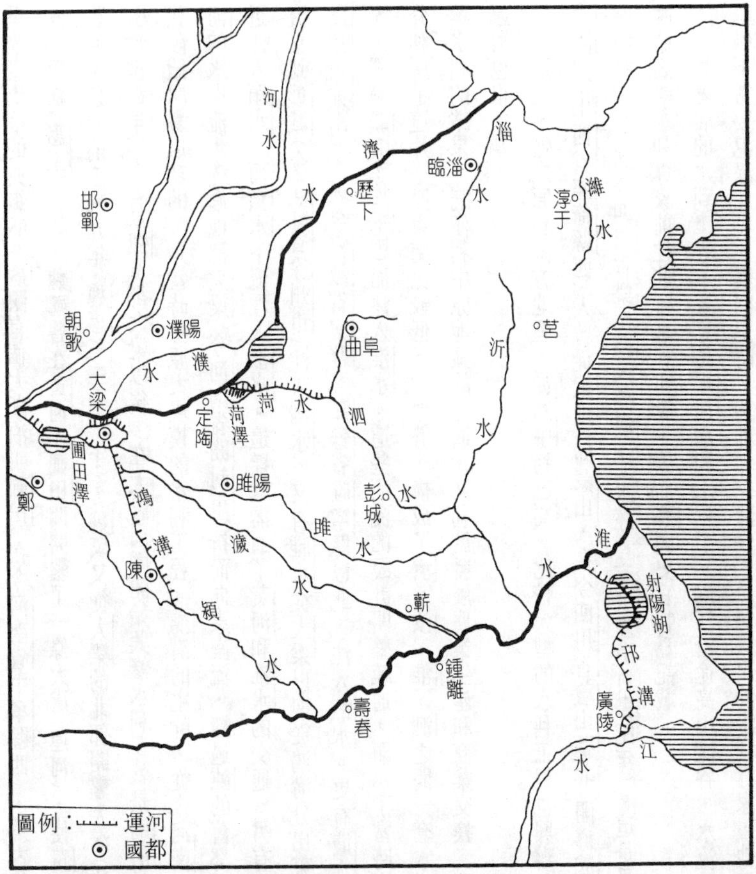

邗溝、菏水、鴻溝位置圖

了濟水和泗水，而泗水下流注入淮水，越淮水可以和邗溝相連接。這樣就把長江水系和黃河水系連結了起來。春秋末年吳國開鑿這些運河固然爲了便於爭霸，有其政治上軍事上的目的，但客觀上也便利了交通和農業灌溉。

到戰國時代，各諸侯國就開始專爲農業灌溉而開鑿運河。魏國在魏文侯時，鄴（今河北省磁縣東南鄴鎮）縣令西門豹曾興建「引漳水灌鄴」的水利工程，開了十二條渠，利用灌溉沖洗，使得含有過多的鹽鹼成分的「惡田」變爲能種稻粱的良田，成爲改良土壤的典範⑱。魏國有個大湖泊叫圃田（在今河南省中牟縣西），是古代著名的大湖泊之一。公元前三六〇年（魏惠王十年），魏國曾在黃河、圃田間開鑿了一條大溝（運河），使黃河的水流入圃田，又從圃田開鑿運河。公元前三三九年（魏惠王三十一年），魏國又從大梁的北郭開鑿大溝（運河）來引圃田的水（水經渠水注引竹書紀年），這是魏遷都大梁以後，在大梁周圍開始興修水利，就是鴻溝最早開鑿的一段。鴻溝是戰國時代陸續開鑿成功的，是當時中原大規模的水利工程。鴻溝的主幹，從今河南省滎陽縣以北，和濟水一起分黃河的水東流，經過魏都大梁（今河南省開封市）折而向東南流，經過陳的舊都（今河南省淮陽縣），在今沈丘附近注入潁水，而潁水下流注入淮水。這樣就溝通了黃河和淮水的交通。另有丹水成爲鴻溝的分支，從大梁東流直到彭城（今江蘇省徐州市）注入泗水。又有睢水從大梁以南從鴻溝分出東南流，經過宋都睢陽（今河南省商丘市東南），經今安徽省宿縣、江蘇省睢寧縣以北，注入泗水。更有濊水也從大梁以南從鴻溝分出東南流，經過蘄（今宿縣南）而注入淮水。這些河流的設計開鑿疏通，顯示了當時水利工程技術水平的進步。它充分利用了這片平原東南比較低下的地勢，構成了濟、汝、淮、泗之間一套水道交通網。這是戰國前期魏國大興水利的結果，既便利中原地區的交通，又利於發展農業生產和商業交換。此外，其他中原諸侯國所開鑿的運河也很多⑲。

這時不僅中原和南方地區，從關中到巴蜀，比較大型的水利工程也興辦起來了。公元前三六〇年，魏國瑕陽（今山西省臨猗縣西）人曾從岷山（即蒙山，在今四川省蘆山縣北）開導羌地的青衣水，使東和沬水（今大渡河）相合，到今四川省樂山縣入於泯江（水經青衣水注引竹書紀年）。這是受到魏國興修水利的影響，蜀國聘請魏國水利專家前往進行水利建設，因而魏國史官特爲記載。

最著名的水利工程，要算是岷江水利工程了。岷江沿途高山深谷，水流湍急，每年夏秋，水量驟增，灌縣以下常要氾濫成災。秦昭王時，蜀郡守李冰⑳，是個傑出的水利專家，他總結了過去治水的經驗，因勢利導，興修了這個把水害改變成爲水利的工程。相傳在李冰主持下，在今灌縣西邊的岷江中鑿開了與虎頭山相連的離堆，在離堆上游修築了分水堤和湃水壩，把岷江分爲郫江（即内江）和檢江（即外江）兩支，並築有水門調節兩江水量㉑，從此把岷江的水流分散，既可免除氾濫的水災，又便利了航運和灌溉，使成都平原成爲「天府之國」。由於堤岸修築在沙和卵石沖積很深的河床上，不容易修築永久性的堤岸，於是因地制宜，創造了用竹籠裝滿卵石、累疊成分水堤的方法，使堤岸能夠經受洪水沖擊的考驗㉒。這個「穿二江成都中」的水利工程（史記河渠書、華陽國志蜀志、水經江水注），就是目前都江堰水利工程的開端，二千二百多年以來一直有著巨大的灌溉效益。

其次要數到秦的鄭國渠了。在秦始皇統一六國前，韓國企圖減輕秦國的軍事壓力，派了水工名叫鄭國的，進說秦國使用人力，修建引涇水灌溉的水利工程。從仲山（今陝西省涇陽縣西北）引涇水向西到瓠口（即焦穫澤）作爲渠口，利用西北微高、東南略低的地形，沿北山南麓引水向東伸展，經今三原、富平等縣，穿過許多縱流的小河，從今大荔縣東南㉓，注入洛水（即北洛水），稱爲鄭國渠。這樣把許多縱流的小河如冶谷水、清水等截斷，引向灌溉總渠中，小河的水就成爲灌溉的水

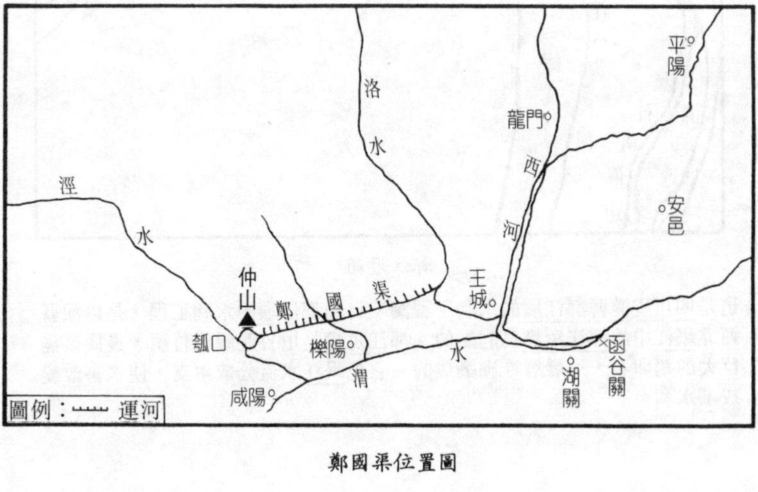

鄭國渠位置圖

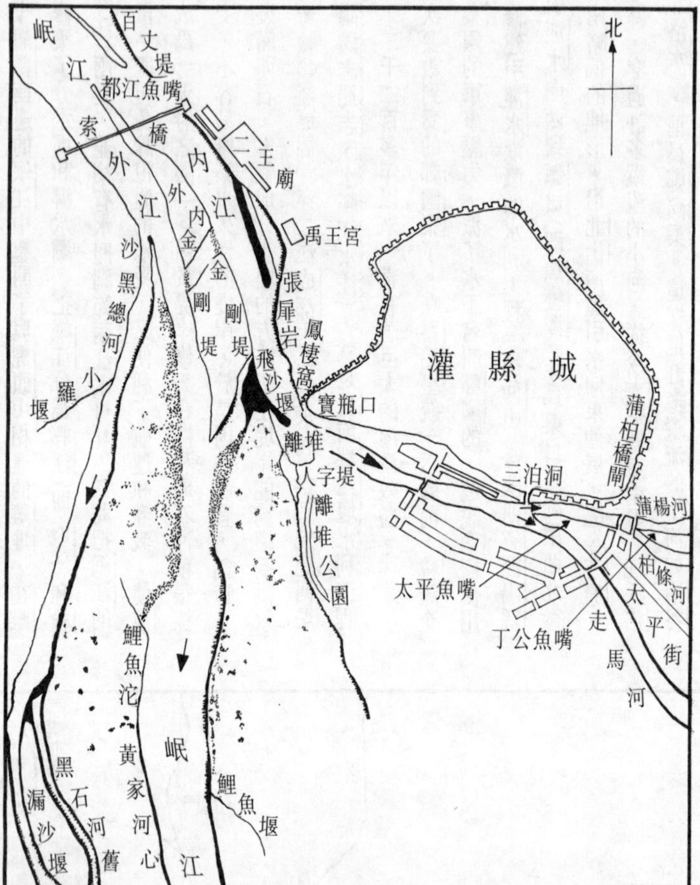

都江堰圖

這是四川省灌縣都江堰的水利工程圖。目前都江堰的水利工程，是以灌縣西北岷江中的都江魚嘴爲起點的。都江魚嘴是用竹篾編成竹籠，裏面裝滿巨大的鵝卵石，一層層堆砌築成的。它把岷江水流分成兩支，使水害改變成了水利。

源（詳見水經沮水注）。鄭國渠全長三百多里，灌溉田畝四萬餘頃。相傳人們利用涇水含沙而有肥效的特點，在一段平坦河床下游，利用木料築成圓廩，填進巨石，成爲「石囷」，用大量「石囷」排列成堰骨㉔，使涇水到此減低流速，沈澱部分粗沙，引進細沙入渠，既可用來灌溉，又可沖壓、降低耕土層中的鹽鹼含量，收到改良土壤的效果，從而使每畝（相當於今〇．七四畝）增產到一鍾，即六石四斗（每斗相當於今二升）。從此關中成爲沃野，常獲豐收。

戰國前期的魏國和戰國後期的秦國，開鑿運河，興修水利，主要用以灌溉農田，同時也有助於促進水上運輸，這對生產的發展有很大的作用。魏國在戰國初期、秦國在戰國後期所以會富強，這也是原因之一。

運河開鑿工程技術的進步

春秋戰國間運河開鑿工程的發展，是和當時開鑿運河工程技術的進步分不開的。這時運河開鑿工程技術的進步，一方面由於冶鐵技術的進步，出現了比較鋒利的鐵工具。這些鐵工具既然提高了開鑿河道的工作效率，也便利了開鑿技術的改進，不僅可以大規模地挖掘泥土，開鑿運河，而且可以把阻礙水流的小山的岩石鑿平；一方面由於農民在水田的水利灌溉上取得了不少的治水經驗，並且已經創造了調節水利的方法。

春秋戰國間著作的考工記，曾經列舉出當時農田大小溝渠不同的名目，有所謂「澮」（大溝）、「洫」（中溝）、「遂」（小溝）、「甽」（田間小溝）等（考工記匠人）。人們不僅知道修築溝渠和堤防都必須依據地勢，而且懂得採取一再改變水流方向的方法，可以增加水速，把靜水輸送到遠地；水流方向改變，增加水速，水的沖擊力量加強，可以利用這個原理作深淵㉕。這時運用溝渠來調節水利的方法已相當進步，人們不但注意水的流通、水的蓄藏，還注意及時地調節水量。荀子曾經指出「司空」這個官職的具體任務就是「修堤梁，通溝澮，行水潦，安水藏，以時決塞」，要做到「歲雖有凶敗水旱，使民有所耕耘」（荀子王制篇）。

當時對於農田水利的調節是採用了這樣的方法：用瀦（池塘）來蓄水，用防（堤防）來防氾濫，用溝來流通水，用遂來均勻各塊田間的水，用列（即畛）來留住必要的水，用澮來瀉去多餘的水，即所謂「以瀦（潴）蓄水，以防止水，以溝蕩水，以遂均水，以列舍水，以澮寫（瀉）水」（周禮稻人）。這些水田的水利工程和調節水利的方法，大規模地運用起來，也就發展了大規模的運河開鑿工程技術。這時運河開鑿工程的技術，和堤防建築工程的技術一樣，是人民由於生產和生活上的需要而創造出來的。

這時運河開鑿工程的技術，總的說來，不外乎下列四項：

第一，利用附近原有的湖泊作爲水庫。從春秋末年起一直到戰國時代，多數運河的開鑿都利用附近原有的湖泊作爲水庫。吳國所開鑿的邗溝，是利用射陽湖作爲其水庫的。吳國所開鑿的菏水，又是利用菏澤作爲水庫的。魏國所開鑿的鴻溝，是利用圃田澤作爲其水庫的。秦國所開鑿的鄭國渠，是利用焦穫澤作爲其水庫的。這樣的利用附近原有的湖泊作爲水庫來開鑿的方法，在不能用人力大規模興建水庫前，應該是水利工程中比較進步的方法。

第二，調節水量的「水門」的建設。華陽國志載李冰所建設的都江堰水利工程，「旱則引水浸潤，雨則杜塞水門」。這類水門的建設，在當時已很普遍。當時所開鑿的運河和湖泊的接連處，都設有水門來「安水藏，以時決塞」。所以荀子把「安水藏，以時決塞」作爲「司空之事」。當漢代汴渠決口時，據說其「水門故處皆在河中」（後漢書王景傳），可知鴻溝原來也是設有水門的。水門的建設，對於水量的調節起著重大的作用，這也是治水工程中的一大進步。

第三，在中流作「堰」方法的運用。李冰在興建都江堰工程時，曾經在今灌縣西的岷江中流建築大堰，扼住了岷江的咽喉，使水分向左右流，即華陽國志所謂「壅江作堋」，水經江水注所謂「壅江作堋，堋有左右口，謂之湔堋」。就是現在都江堰的內外金剛堤，使岷江經此分爲內江、外江，從而提高水位，並使內外江水量相當穩定。還設有內外江縱橫的馬槎，用以控制內外江的水量。當時採用這種「中流作堰」方法的，不止都江堰一處，所有溝渠工程常常採用這個方法。孟子曾說，「今夫水，……激而行之，可使在山」（孟子告子上篇），正是由於當時治水有作堰「激而行之」的方法，孟子才會這樣說的。而且作堰的方法，能夠因地制宜，都江堰用竹籠裝滿卵石築分水堤，鄭國渠用「石囷」列成堰骨，取材不同，方法一致。

第四，淤灌壓鹼方法的創造。鄭國引用涇水作渠，「用注填閼之水，溉澤鹵之地」（漢書溝洫志）㉖。就是利用「石囷」作堰，使涇水流速變慢，沈澱部分粗沙，引進具有肥效的細沙入渠，用來灌溉含有鹽鹼的耕土，可以起沖壓、降低耕土中鹽鹼含量，改良土壤和增加肥力的作用。

三、糧食作物、桑、麻以及漆園、果園的分布

主要糧食作物的種類

這時主要的糧食作物有五、六種至九種，有「五穀」、「六穀」、「九穀」等稱謂（「五穀」見論語微子篇、孟子滕文公篇、告子篇、呂氏春秋審時篇、周禮食醫等，「六穀」見周禮膳夫，「九穀」見周禮大宰、倉人）。據禮記月令篇和呂氏春秋十二紀，主要的糧食作物是麥、菽、稷、麻、黍五種；據呂氏春秋審時篇是禾、黍、稻、麻、菽、麥六種，大體上是和西周春秋時代差不多的。現在我們分別說明如下：

一、稷和禾　稷就是小米，是五穀中最主要的一種，即所謂「五穀之長」（說文解字「稷」字解說）。耐乾寒，生長期短，高原瘠地也可種植，它主要產在華北大平原和黃土高原，是北方人民的主要糧食。古時或稱爲粟，其中比較精良的稱爲粱。禾是一般糧食作物的總名稱，有時也專指稷而言。

二、黍　黍就是黍子，去皮後叫黃米。當時在北方的糧食作物中，其重要性僅次於稷。前人對黍、稷的認識很不一致，近人已分辨清楚。詳見日本天野元之助中國黍稷粟粱考（收入中國農業史研究一書）和鄒樹文詩經黍稷辨（收入農史研究集刊第二册）。

三、稻　稻的生長，需要氣候溫暖，雨水多，宜於種植長江流域，是南方人民的主要糧食。稻米質量差的是赤米（國語吳語）。稻在北方生產較少，較爲珍貴，古人往往以稻粱連稱。

四、麥　麥有大麥、小麥之分，大麥也稱爲麰（孟子告子下篇）。小麥有春小麥、冬小麥之分：春小麥在春季播種，到秋季收穫；冬小麥在仲秋播種，到孟夏收穫。西周晚年周的王畿種的還是春小麥㉗，冬小麥在春秋時代逐步推廣，春秋初期周的溫（今河南省溫縣西南）已種冬小麥，春秋中期在今山西汾水流域的晉國也已種冬小麥，春秋後期在今河南省東南部的陳國也已種冬小麥㉘，到戰國時代，冬小麥就在黃河流域和長江流域普遍種植。

五、菽　菽就是豆。在戰國以前，豆都稱爲菽。豆的名稱是戰國時代才開始應用的，但還用得不夠普遍。菽有大菽、小菽之分（呂氏春秋審時篇），大菽就是今天所謂大豆，又稱爲荏菽或戎菽。戎菽是東北少數民族山戎所栽培出來的一個大豆品種，春秋初期傳入中原地區而廣泛播種㉙。

六、麻　麻也是古人的一種糧食。禮記月令篇説：孟秋、仲秋之月「食麻與犬」。所食的麻當是一種麻所結的實，即所謂麻子，古時也稱爲蕡或苴。

上述六種農作物，是這時人民的主要糧食。古人把這些糧食煮飯來吃，或炒成乾糧，在行軍和遠行時調和了水漿來吃。這種乾糧古人稱爲糗，攜帶時往往裝在竹筐裏。調和糗來吃的水漿往往裝在瓦壺裏，即所謂「簞食壺漿」（孟子梁惠王下）。用米麥磨粉製餅，也是春秋戰國間才開始的。據説，磑（磨）就是春秋戰國間公輸般發明的（太平御覽卷七六二引世本、説文解字「磑」字解説）。而餅字也最早見於墨子耕柱篇。戰國時代著作的周禮，又談到「糗餌」和「粉餈」，說明這時已開始磨粉和用粉製成食品㉚。

這時大豆是人民的主要糧食。墨子孟子都把菽粟連稱，把菽看得比粟還重要㉛。因爲大豆可以春夏兩季播種，在不同氣候和不同土壤條件下都可生長，抗旱力強，並可以利用高地山溝和其他空隙地方播種，產量較多。漢代氾勝之書說：「大豆保歲易爲，宜古之所以備凶年也。」（齊民要術卷二大豆引）一般窮苦人民都以大豆做飯，豆葉作羹㉜，「民之所食，大抵豆飯藿羹」（戰國策韓策一）。春秋時人已經把貴族稱爲「肉食者」，而把一般人民稱爲「藿食者」（說苑善說篇）。

土壤的分辨和田地的等級

農作物收成的高下，和土壤的好壞有密切的關係。戰國時人已經注意到土壤的分辨了，當時土壤已有壤、埴、墳、壚、黎、塗泥等名稱，壤又分爲黃白兩種，墳分黑白赤等種，說明當時人們已能從土壤的色澤、性質和肥沃度等方面去認識和區別。戰國時代著作的禹貢，曾列舉各地區土壤的情況和田地的等級如下：

一、冀州（在黃河的曲繞之內地區，有今山西省、河南省黃河以北及河北省西北部、內蒙古自治區東南角），土是白壤，田是中中等。白壤是指含有鹽分而質地疏鬆的土壤，即指今河北山西平原的鹽漬土。

二、兗州（在濟水和黃河間地區，有今山東省西北部、河北省南部、東部），土是黑墳，田是中下等。黑墳是指黑色腐殖質多的土壤，可能是指一種灰棕壤。

三、青州（在泰山以東地區，有今山東省東北部），土是白墳和海濱廣斥，田是上下等。這裏的白壤是指腐殖質較多而潤濕的灰壤，海濱廣斥是指沿海的鹽漬土。

四、徐州（在泰山和淮水間地區，有今江蘇省、安徽省北部和山東省南部），土是赤埴墳，田是上中等。赤埴墳是指帶有黏性的棕壤。

五、揚州（在淮河以南地區，即長江下游平原，有今浙江、江西、福建等省及江蘇、安徽等省的南部、湖北省的東部），土是塗泥，田是下下等。塗泥是指黏質濕土。

六、荊州（從荊山南到衡山南的地區，即長江中游平原，有今湖南省及湖北省東南部、四川省南端、貴州省東部），土是塗泥，田是下中等。

七、豫州（從黃河以南到荊山以北的地區，有今河南省黃河以南地、山東省西部和湖北省北部），土是壤和下土墳壚，田是中上等。這裏的「壤」是指石灰性沖積土，「下土」指底層，「下土墳壚」可能指分布於石灰性沖積土底層的深灰黏土和石灰結核。

八、梁州（在華山以西和長江以北地區，有今四川省、湖北省西部，陝西省、甘肅省南部），土是青黎，田是下上等。青黎是指色黑而疏鬆有團粒組織的土壤，即指今成都平原的深灰色無石灰性沖積土。

九、雍州（在黃河以東地區，有今陝西省中部北部，甘肅、寧夏兩省及內蒙古自治區南部），土是黃壤，田是上上等。黃壤是指今陝西一帶的淡栗鈣土㉝。

禹貢對各個地區土壤的敘述，大體符合今天分布的情況。從這裏，可知黃壤屬上上等，白壤屬中中等，白墳屬上下等，黑墳屬中下等。另有赤埴墳屬上中等，青黎屬下上等，塗泥屬下中等或下下等。從這裏，又可知所謂九州的田的等次，雍州屬上上，徐州屬上中，青州屬上下，豫州屬中上，冀州屬中中，兗州屬中下，梁州屬下上，荊州屬下中，揚州屬下下。其中值得我們注意的是：那時長江流域的梁州、荊州、揚州的田都是列入下等的，這當是由於當時長江流域大部分地區地廣人稀，水利沒有很好的治理，田地未經過很好的開墾種植的緣故。

戰國時代七大強國中，最初以魏為最強。魏國地跨禹貢的冀州和豫州，土地屬於中中和中上等，主要占有河東（今山西省黃河以東的西南部）、河內（今河南省黃河以北、太行山東南地區）和河南（今河南省黃河以南地區）的一部。司馬遷把河東、河內、河南稱爲「三河」，認爲「三河在天下之中」，「土地小狹，民人眾」，「故其俗纖儉習事」（史記貨殖列傳），這是農業生產發達、人口眾多的富庶地區。戰國中期以後，以秦、齊兩國最強，秦國地處禹貢的雍州，土地屬上上等，主要占有渭河中下游，正如司馬遷所說：「關中自汧（今陝西省隴縣南）、雍（今陝西省鳳翔縣西南）以東，至河華（華山），膏壤沃野千里，自虞夏之貢，以爲上田」（史記貨殖列傳）。齊國地處禹貢的青州，土地屬上下等，僅次於雍州和徐州，司馬遷說，「齊帶山海，膏壤千里」（史記貨殖列傳）。趙國地處禹貢的冀州，農業生產不如秦、齊、魏等國。韓國所處的上黨和河南西部多山地，農業生產較差，只有河南的中部地區農業很有發展。嵩山以東，河水、汝水之間，中年畝產二石（管子治國篇），是當時畝產量最高的地區。楚國地處禹貢的荊州和揚州，列入下中和下下等。其實不能一概而論，在荊州和揚州有些地區農業是發達的。楚懷王時，齊使者遊說越王說：「讎、龐、長沙，楚之粟也。」（史記越世家，原誤作「楚威王之時」）龐在今湖南省衡陽市東㉞，長沙即今長沙市，讎也該在湘水流域。這是說湘水流域是楚國的糧倉。說明至遲到戰國後期湘水流域已成爲農業發達的地區。

禹貢把梁州列入土地下上等，也是不能一概而論的。地處梁州的蜀國，原來就有農業基礎，並重視水利。等到秦兼併巴蜀之後，特別是建都江堰以後，蜀就成爲「天府之國」。

至於禹貢所說土地屬上中等的徐州，戰國時分屬魯、宋、楚等國。魯國地處泗水、洙水流域，農業是比較發達的。宋國的經濟是比較繁榮的。宋國所以能成爲小國中較強的，自然條件的優越也該是因素之一。

各種糧食作物的分布

由於我國領土廣大，有多種多樣的自然條件，因而各種糧食作物的分布情況，自古以來就不相同。戰國時代五種主要糧食作物的分布情況，據周禮職方氏說是這樣的：

一、揚州「其穀宜稻」。
二、荊州「其穀宜稻」。
三、豫州「其穀宜五種」，即黍、稷、菽、麥、稻。
四、青州「其穀宜稻、麥」。
五、兗州「其穀宜四種」，即黍、稷、稻、麥。
六、雍州「其穀宜黍、稷」。
七、幽州（跨今遼寧省河北省）「其穀宜三種」，即黍、稷、稻。
八、冀州「其穀宜黍、稷」。
九、并州（今河北省北部、山西省北部）「其穀宜五種」，即黍、稷、菽、麥、稻。

這裏所說某州宜什麼，只是說某州比較普遍適宜播種某種糧食作物，是指它的一般情況。這裏說宜於種黍稷的有豫、兗、雍、冀、幽、并六州，占全國三分之二地區，包括整個黃河流域。宜於種麥的只有豫、兗、并三州，宜於種菽的只有豫、并兩州。其實這幾種糧食作物，並不以這幾州爲限。菽的生長對於土壤氣候的要求不嚴格，是可以比較廣泛地種植的。

這時揚州、荊州「宜稻」，可知當時長江中下游平原已是普遍的產稻地區，和今天的情況相同。豫州、青州、兗州、幽州、并州也還兼「宜稻」，可知當時北方產稻區域遠較現在爲廣。呂氏春秋樂成篇載：魏襄王時鄴令史起興建了「引漳水灌鄴」的水利工程後，人民歌頌說：「終古斥鹵生稻、粱。」「斥鹵」即「舄鹵」，即今所謂鹽鹼地。可知這時屬於所謂冀州範圍的漳水流域建設灌溉工程之後，也還可以成爲產稻之區。戰國策東周策説「東周欲爲稻，西周不下水」，可知這時洛陽一帶也是產稻之區。在戰國時，洛陽所以能成爲經濟比較繁榮的地區，成爲商業大都市，其自然條件優越，也當是因素之一。

爲什麼戰國時代北方的產稻區域要比後世廣闊呢？主要由於水利灌溉事業的發展。後來北方產稻地區不斷縮小，則是因爲經常發生戰亂，水利工程失修，水旱災害不斷侵襲的緣故。

當時魏所建都的大梁和韓所建都的新鄭一帶，都是農業發達之區，生產黍、稷、稻、麥的，至於韓國所有的上黨和河南西部山區，只生產麥和豆，所謂「韓地險惡山居，五穀所生，非麥而豆」（戰國策韓策一）。

蠶桑事業的發展及麻的分布

絲和麻，是古人衣著的主要原料，在農業生產中占有重要地位。從詩經三百篇來看，春秋前期以後，蠶桑事業的分布已很廣泛，在今陝西中部的秦、豳，在今山西西南角的唐、魏，在今河南東北部的衛、鄘，在今河南中部的鄭，在今山東西南部的曹，在今山東西南部的魯，都有蠶桑事業。特別是衛國比較興盛。到戰國時代，蠶桑事業更有發展。禹貢在兗州特別提到「桑土既蠶」，兗州正是衛國所在地區。禹貢還講到徐州、豫州的貢品中有絲織品，青州的貢品中有檿絲（柞蠶絲）。周禮職方氏又説豫州利於產絲。孟軻遊説魏惠王，也説到「五畝之宅，樹之以桑，五十者可以衣帛矣」（孟子梁惠王上篇），就是因爲這裏蠶絲業發達。宋國以有桑林著稱，蠶絲事業也很興盛。東北的燕國和趙的代地，也還有蠶桑事業，司馬遷就曾稱道「燕代田畜而事蠶」（史記貨殖列傳）。戰國時代蠶桑事業特別發展的，當推在今山東的齊、魯兩國，齊國阿（今山東省陽穀縣東）地所產的縞尤其著名，魯國出產的縞也是有名的。

黃河流域的蠶桑事業是早就興盛的。長江流域的蠶桑事業是在春秋、戰國之際逐漸發展起來的。禹貢只説到荊州的貢品有絲織品，而沒有説到揚州有絲織品。其實揚州地區也是有絲織品的。公元前五一八年楚國

戰國銅器上的採桑圖(摹本)

左圖摹自故宮博物院藏桑獵宴樂壺，右圖摹自河南輝縣琉璃閣出土採桑紋壺蓋(山彪鎮與琉璃閣圖版一〇四)。

邊邑卑梁(今安徽省天長縣西北)的女子和吳國女子爭桑，引起了兩國戰爭，吳占了楚的鍾離(今安徽省鳳陽縣東北。見呂氏春秋察微篇、史記十二諸侯年表及楚世家、吳世家)。說明當時淮水以南這一帶地區蠶桑業已較發展。從近年湖北、湖南楚墓中出土絲織品來看，品種繁多，工藝精細，可知當時洞庭湖南北地區的蠶桑業和絲織業都很發達，種桑養蠶和繅絲織帛的水平都很高超。

當時桑樹已有高、矮兩種。高大的一種，需要人爬到椏枝上去採桑(見故宮博物院藏桑獵宴樂壺的採桑圖)；低矮的一種，人只要立在地上就可採摘(見河南輝縣琉璃閣出土採桑紋壺蓋)。後一種就是後世所謂「地桑」。這是第一年種桑椹，待桑樹長到和成熟的黍一樣高時，齊地面割掉，第二年桑樹便從根上重新長出新枝。這樣不僅便於採桑和管理，而且枝葉肥，產量高。戰國時代這種「地桑」的栽培和推廣，適應了當時蠶桑事業蓬勃發展的需要。

古代麻的分布是比較廣的，而以東方地區比較興盛。據禹貢記載，青州有枲，豫州有枲和紵。枲和紵都是麻的一種。周禮職方氏也說豫州利於種枲。東方齊魯一帶直到漢代還是盛產桑麻之地。禹貢還談到青豫二州有絺，這是細的葛布。葛是一種野生的蔓草，不像農作物需要種植。

漆園和果園的經營

栽培漆樹在我國有悠久歷史。詩經鄘風定之方中就講到種植漆樹及其他樹木，以供製作琴瑟之用；唐風山有樞談到「山有漆」，秦風車鄰又談到「阪有漆」，說明中原的衛國、西北的晉國和西面的秦國，在春秋前期都有漆樹的栽培。戰國時代隨著經濟的發展，漆器需要的增多，中原地區漆樹的栽培大爲推廣。禹貢說兗州「厥貢漆絲」，豫州「厥貢漆枲絺紵」，在兗豫兩州的貢品中都以漆居首位。因爲這時對漆的需要十分殷切，他們用大量精美漆器來代替青銅器使用。楚國西部種植有連片的漆林㉟，近年從楚墓中出土的漆器，種類繁多，應用極廣，包括家具、臥具、容器、飾物、玩物、妝具、樂器、兵器、葬具以及鎮墓獸等，甚至陶器、銅器附飾有漆。

這時民間已有較多的漆林，因此各國政府已開始對漆林徵稅。周禮地官載師說：「凡任地，國宅無徵，園廛二十而一，近郊十一，遠郊二十而三，甸稍縣都皆無過十二。惟其漆林之徵，二十而五。」一般「園廛」只徵收「二十而一」的稅，只有漆林的稅較重，要徵收其收穫的四分之一，該是由於漆林獲利較多的緣故。同時統治者還有直接經營漆園的。例如莊周「嘗爲蒙漆園吏」（史記老子韓非列傳）。這個蒙（今河南省商丘市東北）的漆園當是宋國政府所經營的，所謂「漆園吏」當即管理漆園的官吏。秦律雜抄規定，當漆園評比爲下等時，漆園主管和當地縣令、丞和佐，都要處罰。可知秦國設有不少官營漆園。當時不僅漆器是市上的商品，而且漆已和絲一樣成爲市場上一種主要的流通商品。「樂觀時變」的投機大商人白圭，就採用「歲熟取穀，予之絲、漆」的辦法，把漆、絲和主要農產品穀子同樣作爲囤積投機的對象。

戰國時代隨著經濟生活的進步，果園也已成爲一種重要生產事業。禹貢記載揚州「厥包橘、柚」。屬於長江下游及東方沿海的揚州地區以出產橘、柚著名。考工記說：「橘逾淮而北爲枳。」當時淮水以南產橘，而淮水以北產枳。實際上，當時荊州地區同樣以出產橘、柚著名。縱橫家所編造的蘇秦對趙王的遊說辭：「大王誠能聽臣，……楚必致橘、柚雲夢之地。」（戰國策趙策一，史記蘇秦列傳作「楚必致橘、柚之園」）可知雲夢澤（今洞庭湖以北地區）一帶有很多「橘、柚之園」，是楚國的一種重要生產事業。呂氏春秋本味篇講到「果之美者」，「江浦之橘，雲夢之柚」。正因爲長江流域的橘和雲夢澤的柚，是當時水果中最美味的，運銷到中原地區，因而這種果園特別受到重視，得到了發展。

這時果樹的栽培，南方主要是橘、柚，北方主要是棗、栗。縱横家所編造蘇秦對燕君的遊説辭，説燕「北有棗、栗之利，民雖不由田作，棗、栗之實足食於民矣」（戰國策燕策一，史記蘇秦列傳同）。可知這時燕國種植棗、栗的園林很多，所出產的棗子、栗子是很豐碩的。

四、農業生產技術的進步和農業產量的提高

荒地的開墾

春秋戰國間，鐵工具的使用，對於荒野的開墾是起了巨大的作用。當古時荒蕪的土地很多。在西周東周之交，鄭國遷到今鄭州附近時，是「斬之蓬蒿藜藿而共處之」的。當姜戎被秦所逐而徙居晉國賜給他們的「南鄙」（南邊地方）時，他們也是「除翦其荊棘，驅其狐狸豺狼」才居住的。自從鐵工具應用以後，對於除翦荊棘和芟夷蓬蒿、藜藿當然便利得多。本來中原地區宋鄭兩國間還是有「隙地」的，到春秋後期也就陸續開墾，在這裏建立了六個邑（左傳哀公十二年）。

牛耕的推廣和耕作技術的進步

原來中原地區使用稱爲耒耜的腳踏耕具。耕作的人用手把著耒耜的柄，用腳踏著刃部，把鋒刃刺入土中，向外挑撥，才能把一塊土掘起來。墾耕就是把土一塊塊地挨次掘起來，耕作的人需要掘一塊土，退一步。這種一步步後退而間歇的墾耕方法，用力多而效果差。自從春秋後期，農民推行了用牛拖犁來墾耕的方

法㊱，犂耕就變爲連續向前的運動，用力少而效果好。

從山西渾源出土的牛尊來看，春秋後期晉國的牛都已穿有鼻環，說明牛已被牽引來從事勞動。戰國時稱牛鼻環爲「棬」，呂氏春秋重己篇說：「使五尺豎子引其棬。而牛恣所以之，順也。」古人的名和字往往有相連關係，孔丘的學生司馬耕字子牛，冉耕字伯牛，可知當時牛耕已較普遍。春秋晚年晉國的范氏、中行氏在國內兼併戰爭失敗後，逃到齊國，使得子孫變爲農民，有人說，這樣「令其子孫將耕於齊」，好比「宗廟之犧爲畎畝之勤」（國語晉語九），就是說好比養在宗廟裏祭祀用的犧牲放到田畝裏耕作。這也足以證明春秋晚期牛耕已較普遍。戰國時代已開始使用兩牛牽引的犁㊲。從河南輝縣固圍村和河北易縣燕下都遺址出土的鐵口犁來看，犁頭全體如V字形，前端尖銳，後端寬闊，銳端有直稜，能加強刺土力；但是這種犁比較窄小而輕，還沒有翻轉土塊的犁壁，因此它只能起破土劃溝作用，不能翻土起壟，但是比起依靠人力用耒耜來犂耕，是耕作技術上的一次重要改革。燕下都遺址發現的五齒耙，既可以用來挖土，又可以用來翻土起壟，作爲犂耕的工具。各地考古發掘中發現的這個時期的小鐵鋤較多，式樣有凹字形、六角梯形、空首布式等種，適應著中耕除草的各種需要。總的說來，這時耕作技術進步了。用當時的話來說，叫做「深耕易耨」（孟子梁惠王上篇）。「易」是快

牛尊

一九二三年山西省渾源縣李峪村晉墓出土，渾源彝器圖、中國古青銅選、上海博物館藏青銅器著錄，現藏上海博物館。高三三．七釐米。牛鼻穿有鼻環。背上有三個圓孔，每個圓孔上安放有鍑（鍋子），是溫酒用的。

速的意思，「易耨」也或稱爲「疾耨」。管子度地篇說：「大暑至，萬物榮華，利以疾耨，殺草薉。」「疾耨」也或稱爲「熟耘」。韓非子外儲說左上篇說：「耕者且深，耨者熟耘也。」

灌溉方法的改進

這時灌溉的方法也有了改進。在春秋戰國間，中原地區已普遍採用桔槔來灌溉，代替過去抱著汲瓶來灌溉的原始方法㊳。桔槔也稱爲「橋」，是用兩根直木組織成的，一根直木豎立在河邊或井邊；另一根直木用繩橫掛在豎立直木的頂上，在這根橫掛的木上，一端繫著大石塊，一端繫著長繩，掛上汲瓶或水桶，利用槓桿的原理來汲水。要汲水時，把長繩一拉，讓汲瓶或水桶浸入河中或井中汲水；把繩一放，由於一端結有石塊，汲瓶或水桶就升上來了。莊子記載春秋末年子貢的話，說桔槔「引之則俯，捨之則仰」（天運篇）；還記載顏淵的話，說：「鑿木爲機，後重前輕，挈水若抽，數（速）如泆湯。」（天地篇）這些話都說明桔槔利用槓桿原理來汲水的情況。淮南子曾說：用耒耜、耰、鉏來耕田和用桔槔來灌溉，比過去削樹木來耕田和抱汲瓶來灌溉，「民逸而利多」（氾論篇）。的確，使用桔槔等灌溉工具，在一定程度上是可以減少勞力而便利農耕的。

施肥技術的進步

對於肥料的使用，這時也注意了。孟子在論定租制（當時所謂「貢」）的弊害時，曾說當時農民遇到荒年，「糞其田而不足，則必取盈焉」（孟子滕文公上篇），足以說明當時農耕已普遍施肥。荀子富國篇說：「掩地表畝，刺草殖穀，多糞肥田，是農夫眾庶之事也。」這是說，在翻地修好田埂、除草種下穀物以後，施肥是重要的工作。這時農民已從生產過程中認識到野草、樹葉在土中腐爛可以作爲肥料。荀子致士篇說：

「樹落則糞本。」禮記月令篇說季夏之月，「土潤辱(溽)暑，大雨時行，燒薙行水，利以殺草，如以熱湯，可以糞田疇，可以美土疆」。這是說，每逢六月，把野草割來焚燒或是用水灌上，使之腐爛，可用作肥料，改良土壤。對積肥、施肥的重視，這也是提高農業產量的一個重要因素。歐洲要到第十世紀和第十一世紀，才開始講究施肥。

當時農民也認識到病蟲害的嚴重性。商君書農戰篇說：「今夫螟、螣、蚼蠋，春生秋死，一出而民數年不食。」螟是蛀食稻心的蟲，螣是食苗葉的小青蟲，蚼蠋是一種像蠶的害蟲。因此農民已很注意消滅蟲害，撲殺害蟲。呂氏春秋不屈篇說：「蝗螟，農夫得而殺之，奚故？爲其害稼也。」

農業產量的提高

隨著鐵農具的應用、牛耕的推行、耕作技術的進步、灌溉工具的改進和肥料的使用，農業產量自然也有了提高。據魏文侯相國李悝的估計，戰國初期魏國農民的生產量，一畝田可以生產粟一石半，上熟可以四倍，即生產六石；中熟可以三倍，即生產四石半，下熟可以一倍，即生產三石；小饑可收一石，中饑可以收七斗，大饑只能收三斗(漢書食貨志)。戰國一畝約當今三分之一畝，戰國一石約當今五分之一石，即二斗㊴。如果折算起來，可知戰國時合如今的三分之一畝，普通已可生產粟合如今的三斗，最好年成可以四倍，即生產粟一石二斗。李悝又曾主張「盡地力之教」，認爲勤謹耕作的每畝可多生產三斗，不勤謹耕作的每畝要減產三斗(漢書食貨志)，勤耕的和不勤耕的，每畝田的收穫量就有六斗粟之差。如果折算起來，那時合如今的一畝，勤耕的比不勤耕的可多生產三斗六升粟。當時各個地區由於地理條件和生產水平不同，產量是有差別的。李悝所說「歲收畝一石半」，當指魏都安邑所在河東地區而言。管子治國篇說：「嵩山之東，河、汝之間，蚤(早)生而晚殺，五穀之熟也，四種而五穫(謂四時皆種，五穀皆穫)，中年畝二石，一夫粟二百石。」是指嵩山以東河南中部而言。管子是齊的作品，而舉嵩山以東爲例，可知當時齊的畝產量低於二石，一九七三年山東臨沂銀雀山漢墓出土竹簡田法，所說「中田小畝二十斗，中歲也。上田畝二十七斗，下田畝十三斗，太上與太下相復以爲率」。當是田法著作較遲，山東地區農業進步的結果。

戰國時代各個地區農業生產的發展是不平衡的。大體上邊遠地區和土壤較差的地區比較落後，也還保留著輪流休耕的辦法，例如鄴在引漳水利工程未興修前，由於土質較差，就實行著輪流休耕制[40]。呂氏春秋任地篇說：「勞者欲息，息者欲勞。」「勞」就是用來耕作，「息」就是輪到休耕，以便恢復地力，改良土質。中原有水利灌溉和土質較好的地區，農業生產就比較進步，逐漸推行一年兩熟制。

一年兩熟制的推廣

春秋時期冬小麥在中原地區逐漸推廣，這在農業生產技術上是個重大進步。因爲種冬小麥的地區，夏收之後，又可播種秋收的其他穀類作物，一年兩熟制就可以推行了。西周春秋之際，勞動人民栽培出了冬小麥品種，到春秋初期，成周（今河南省洛陽市白馬寺東）地區開始實行一年兩熟制。公元前七二〇年四月鄭國掠取了周的溫（今河南省溫縣西南）地的麥，同年秋天又掠取了成周的「禾」，說明這時周的王畿內已實行一年兩熟制。到戰國時代，一年兩熟制就普遍推廣。禮記月令就記載孟夏之月「升麥」，孟秋之月「登穀」。孟子曾說麰麥（大麥）到日至（夏至）時都成熟（告子上篇）；又說七、八月（夏正五、六月）間乾旱，苗（粟苗）就會枯槁（梁惠王上篇）。這樣大麥收割後，粟苗又生長著，可知當時齊國已推行一年兩熟制。呂氏春秋任地篇還說：「今茲美禾，來茲美麥。」這是說今年豐收了美禾，接著又種麥，來年又豐收了美麥。荀子富國篇又說：「今是土之生五穀也，人善治之，則畝數盆（古量器名），一歲而再獲之。」（「獲」讀作「穫」）一年兩熟制的推廣，就大大提高了單位面積的年產量。

由於農業產量的提高，由於一年兩熟制的推行，耕種「百畝之田」的收成，「上農夫食九人，上次食八人，中食七人，中次食六人，下食五人」（孟子萬章下篇）。呂氏春秋上農篇說：「上田夫食九人，下田夫食五人，可以益，可以損，一人治之，十人食之，六畜皆在其中矣。」這就使得「五口之家」或「八口之家」的小農生產，可以成爲社會經濟的基礎，這種小農經濟可以成爲當時各國君主政權作爲立國的基礎。

五、農本理論的產生、管理農業政策的實施和農業科學的興起

農本理論的產生

隨著小農經濟的發展，小農經濟成爲各國君主政權立國的基礎，保護和發展小農經濟成爲首要的政治任務，相應地，政治家和思想家就提出了以農爲「本業」的主張。

戰國早期的墨家，已經指出農業生產既可以提供人民衣食，又可以充足國家財用，因此「食不可不務也，地不可不力也，用不可不節也」。墨子說：「以時生財，固本而用財，則財足。」（墨子七患篇）所謂「固本」的「本」，就是指「以時生財」。這種「固本」主張，可以說是農本理論的萌芽。

戰國初期法家李悝在魏國變法，爲了富國強兵，實行「盡地力之教」，就是一種體現以農爲本業的政策措施。戰國中期法家衛鞅在秦國變法，就明確以「耕織」爲「本業」而以手工業商業爲「末利」，並採取政策措施來獎勵「本業」而抑制「末利」。衛鞅一派法家編著的商君書，就發揮了農本理論。他們認爲人民務農除了提供人民糧食和爲國家積累財富以外，還有利於對外取得戰爭勝利，對內鞏固統治。因爲農業不但可以爲戰爭提供軍需品，而且農民就是戰鬥的主力。他們說：「事本摶（專），則民喜農而樂戰。」（商君書壹

言篇）他們還認爲人民務農則「樸」（樸實），「樸則安居而惡出」，「樸則畏令」（商君書算地篇），可以使「奸不生」（商君書農戰篇）。

戰國晚期儒家荀子提出了人力戰勝自然的見解，更加積極主張「強本節用」。他說「強本而節用，則天不能貧」；「本荒而用侈，則天不能使之富」。還認爲「本事不理」，和「政令不明，舉錯（措）不時」同樣是人禍（荀子天論篇）。他強調說：「臣下職（守職），莫遊食，務本節用財無極」（荀子成相篇）。就是說，努力農業生產，節約開支，就能使得國家積累起無窮的財富。

戰國末年的農家，和法家同樣反對「民捨本而事末」，認爲人民務農不僅是爲了「地利」，還可以「貴其志」。他們著重指出人民務農對地主政權有三點好處：一是「樸則易用」，就是樸實而易於使用，可以依靠他們守戰；二是「重則少私義」，就是穩重而少發表私見，便於使他們守法而努力生產；三是「其產復則重徙」，就是財產累贅而難於遷移，可以使他們死守一處而沒有二心（呂氏春秋上農篇）。

十分清楚，所有法家、儒家和農家的農本理論，都是爲了發展經濟，鞏固統治，增強國力，謀求富國強兵，從而在兼併戰爭中得勝。

管理農業生產的政策

戰國時代各國爲了促進經濟發展，已實施一些管理農業、林業、漁業、畜牧、狩獵等生產的政策。陰陽五行家所設計的十二個月行事曆——禮記月令（呂氏春秋十二紀同），就有比較詳細的敘述。我們以秦律的田律和月令作比較，可以看到秦律也有類似月令那樣保護生產的禁止或限制的規定，可知月令的種種規定不是毫無根據的，就是匯集當時各國這方面的規定而制訂的。

> **秦律田律**
>
> 春二月，毋敢伐材木山林，及雍(壅)堤水，……
>
> 夏月，毋敢夜草爲灰、取生荔、麛、卵、鷇，毋毒魚鱉、置穽(阱)罔(網)，到七月而縱之。惟不幸死而伐綰(棺)享(槨)者，是不用時。

> **禮記月令**
>
> 孟春之月，禁止伐木，毋覆巢，毋殺孩蟲胎夭飛鳥，毋麛毋卵。
>
> 仲春之月，毋竭川澤，毋漉波池，無焚山林。
>
> 季春之月，修利堤防，道達溝瀆，開通道路，毋有障塞。
>
> 孟夏之月，驅獸毋害五穀，毋大田獵。
>
> 仲夏之月，令民毋艾藍以染，毋燒灰，毋暴(曝)布。
>
> 季夏之月，樹木方盛，乃命虞人入山行木，毋有斬伐。

秦律和月令都規定：在春夏兩季禁止進入山林伐木，禁止捕捉初生鳥獸，不准竭澤而漁，不准用毒藥捕捉魚鱉，不准堵塞水道流通，不准燒野草灰等等，從而保護林業、漁業、畜牧、狩獵等生產。月令還規定孟春之月要命令田官「善相丘陵阪險原隰，土地所宜，五穀所殖」；孟夏之月要命令野虞「勞農勸民，毋或失時」；命令司徒「巡行縣鄙，命農勉作，毋休於都」；季夏之月爲了防止妨害農事，規定「不可以興土功」，「不可以起兵動眾，毋舉大事」；孟秋之月命令百官「始收斂，完堤防，謹壅塞，以備水潦」；仲秋之月命令官吏「趣民收斂」，「多積聚」；孟冬之月「勞農以休息之」；季冬之月「命農計耦耕事，修耒耜，具田器」。這一系列的規定，就是當時政府管理農業生產的主要措施。秦律的田律還規定：由於雨水而農田受害和受益的，由於旱災、暴風雨、水潦、螽蟲以及其他原因而造成莊稼損害的，都必須把受益和受害面積於八月上報，近縣派人步行上報，遠縣用郵（傳遞文書的驛站）上報。這樣的規定，是爲了及時了解全國農業生產的實際情況，爲年終徵收地稅和「上計」作好準備。

秦律的倉律還有對每畝農田施播種子數量的規定：「種稻、麻，畝用二斗大半斗；禾、麥，畝一斗；黍、荅（小豆），畝大半斗；叔（菽，大豆），畝半斗。」這個每畝下種量的規定，除了豆類以外，遠較西漢氾勝之書爲高㊶。

農業科學的興起

戰國時代農業有了顯著的進步，開創了我國農業上精耕細作的優良傳統，使農業生產達到一個較高的水平。隨著農業技術的進步，從事研究農業技術的科學也就興起，這就是所謂農家之學。據漢書藝文志農家類，這時已有專門講究農家之學的專門著作神農二十篇和野老十篇。據顏師古注，神農是戰國時諸子「道耕農事，託之神農」。野老是戰國時齊、楚間人著作，可惜這些書已散失。呂氏春秋中有上農、任地、辯土、審時四篇，就保存了當時農家之學的一部分。任地篇一開頭就假借周族祖先后稷名義，提出了十個問題，包括使用土地、整地做畦、滅草保墒、中耕除草等方面，可能這四篇就來源於一部假託后稷的農書。

農家之學很注意到土性的分辨、土壤的改造和保養。禹貢和周禮草人曾列舉各種不同的土壤，說明戰國時代人們已開始對土壤進行研究。他們主張先分辨土性，挑選適宜種植在某種土壤裏的農作物來播種，從而適當地改造土壤。他們注意到土壤的質地、結構、含水量等各方面的保養，一共有五個方面：「力者欲柔，柔者欲力；息者欲勞，勞者欲息；棘者欲肥，肥者欲棘；急者欲緩，緩者欲急；濕者欲燥，燥者欲濕」（呂氏春秋任地篇）。「力者欲柔，柔者欲力」，是說土壤結構黏重板結難於墾耕的要使它疏鬆，太疏鬆不能持水保肥的要使它結實。「息者欲勞，勞者欲息」，是說休閒過的田地要耕種，耕種久的田地要休閒，休閒是爲了改良土壤、恢復地力。「棘者欲肥，肥者欲棘」，是說地力瘦薄的要增施肥料，施肥過多而引起所謂「華而不實」現象的要適當降低肥力。「急者欲緩，緩者欲急」，是土壤質地粗散、失水太快的要使它細密，細密得緩慢不能透水的要使它鬆散。「濕者欲燥，燥者欲濕」，是說地勢低而過分潮濕的要使它乾燥，地勢高而過分乾燥的要使它潮潤。這樣從五個方面講究對土壤的保養，是比較全面的，該是總結當時生產經驗的結果。他們還注意到對不同土壤的耕作的先後程序，認爲必須先耕壚土，因爲壚土性質黏重，水分一經散失，便堅硬無法耕種，然後再耕弱土，因爲弱土鬆散，遲耕也還來得及。

農家之學還注意到耕作及時和產量、質量的關係。呂氏春秋審時篇專門分析了六種主要農作物——禾(稷)、黍、稻、麻、菽(豆)、麥耕作「得時」、「先時」、「後時」三種情況，從其生長、收穫、品味三個方面加以比較，用來說明掌握耕作時節的重要性。例如耕作「得時」的小麥，生長發育好，植株粗壯，穗子大，色澤深，麥粒重，蟲害少，皮薄而出粉率高，品味香，吃了耐饑有益；「先時」的小麥，苗生太早，容易受病蟲害的侵襲；「後時」的小麥，苗生得脆弱，穗結得稀疏，色澤也不好。他們根據實際觀察的結果，強調耕作必須及時，這是符合科學道理的。

農家之學更十分重視栽培技術。這時已創造了畦種法。就是把低地做成高壟和低溝，利用溝間排水，利用高壟播種作物，這叫做「下田棄甽」。同樣地把高地做成高壟和低溝，利用溝間播種，利用高壟擋風保墒，這叫做「上田棄畝」。爲了給農作物的生長發育創造優良條件，他們對開溝作壟、除草、播種、勻苗等方面都有嚴格要求。他們認爲壟要廣而平，溝要小而深；苗必須種得排列成行，不能「既種而無行」；要「衡(橫)行必得，縱(直)行必術，正其行，通其風」；苗要種得不密不疏，出苗以後培根要細碎而均勻。要多耕多鋤，除去害草，還要除去妨害大苗生長的小苗。肥地留苗要密些，薄地留苗要稀些，勻苗、定苗的距離必須根據地力肥薄而定。因爲「肥而扶疏則多粃，墝而專居則多死」(呂氏春秋辯土篇)。肥地種得稀疏，就會增加無效分蘖；薄地過於密植，常因水分、肥分供應不上而夭折。所有這些栽培技術，都是從農業生產中總結經驗得來的，都是符合農業科學的理論的。

值得重視的是，農家之學不是單純地講究農業生產技術，而是已經開始把農業科學知識系統化和理論化。他們說：「上田棄畝，下田棄甽。五耕五耨，必審以盡。其深殖之度，陰土必得，大草不生，又無螟蜮。」（呂氏春秋任地篇）所謂「其深殖之度，陰土必得」，就是說深耕一定要到達表土下層水墒部分，才有利於農作物生長；下文說「大草不生，又無螟蜮」，說明他們已認識到通過深耕可以收到消滅雜草和病蟲害的效果。他們又說：「故畝欲廣以平，甽欲小以深；下得陰，上得陽，然後咸生。」（呂氏春秋辯土篇）所謂「下得陰」，是指農作物從地下吸取水分和肥分；所謂「上得陽」，是指農作物從天上吸取陽光；所謂「然後咸生」，就是說只有通過「下得陰，上得陽」的作用，才能使農作物生長發育。在這裏他們用陰陽學說作爲農業科學的理論依據，具有樸素唯物論的觀點。

這時已經重視選擇優良品種。鼓吹貿易致富的白圭以「長斗石，取上種」，和「欲長錢，取下穀」相提並論（史記貨殖列傳）。「長斗石」是說增長糧食的產量，「取上種」是說必須選取上等品種。這說明至少到戰國中期，人們已經認識到優良品種對提高糧食產量起著重要作用。

---

①「一鼓鐵」，孔子家語正論篇作「一鼓鍾」，宋代歐陽士秀孔子世家補和清代盧文弨鍾山札記，都認爲「鐵」是「鍾」字之誤。但是，左傳正義引服虔注說：「取晉一鼓鐵以鑄之。」杜預注又說：「令晉國各出功力，共鼓石爲鐵，計令一鼓而足。」可見服虔、杜預所見左傳原本都作「一鼓鐵」。孔子家語一書，清代學者都認爲出於王肅僞作，抄襲古書每多增損改易，是不足信據的。

②冶鐵技術的進步，主要在於改進煉爐和提高煉爐的溫度。要使煉爐的溫度進一步提高，非要擴大和改進鼓風的設備不可。由於冶鐵必須有優良的鼓風設備這一特點，因而冶鐵往往被稱爲「鼓鑄」或「採石鼓鑄」了。唐代孔穎達左傳正

義解釋「一鼓鐵」說：「冶石爲鐵，用橐扇火，動橐謂之鼓，今時俗語猶然。」

③ 橐的形式，據黃以周釋囊橐說：「橐之制與冶家所鼓爐橐相似，兩端緊括，洞其旁以爲口，受籥吹垂，以消銅鐵，故老子謂之橐籥，亦謂之排橐。」又說：「臥其橐如駝峰，故謂之橐駝。」（儆季雜著史說略）。

④ 近人李恆德中國歷史上的鋼鐵冶金技術（自然科學第一卷第七期），認爲：「顧名思義，所謂『排』可能是好幾個風箱併在一起的，或是一個爐中有一排入風管。」這個說法是可能成立的。據日本下原重仲在一七八四年寫成的鐵山必要記事所附的煉爐草圖，有一種鼓風爐，爐身不高大，由於有一排入風管，送進氧氣比較充分，能冶煉出生鐵來。

⑤ 墨子備城門篇、備突篇、備穴篇中，都有用「爐橐」來作爲地道戰術中重要防禦武器的記載。主要談的是：凡是遇到敵人從地下掘地洞向城裏進攻，必須察知其掘洞之所在，掘洞前往迎接它，使有一孔通敵方，燒爐竈用「橐」來鼓動，把煙壓送到敵方去。這是戰國時代普遍應用的一種防禦戰術，所以韓非子八說篇說：「干城距沖，不若堙穴伏橐」（「橐」字舊誤作「櫜」，從王先慎集解據荀子楊倞注校正）。墨子備城門以下諸篇，雖是戰國後期墨家論述「墨翟之守」的，但是這種地道戰術和用爐橐作爲防禦武器的戰術，在墨子時早已有了。墨子節用上篇說：「且大人惟毋興師，以攻伐鄰國，……有與侵就僾橐攻城野戰死者，不可勝數。」孫詒讓墨子閒詁說：「『有』讀爲『又』，『侵就』未詳，『橐』以舉火攻城之具，見備穴篇。……疑此『僾』亦當爲『伏』之訛。」這種地道戰術和用「爐橐」作爲防禦武器的戰術的產生，就是由於開礦業和冶鐵手工業發達而來的。墨子備穴篇曾說：在從事這種戰鬥中，「必令明習橐事者，勿令離竈口」。所謂「明習橐事者」，也就是熟練的操作冶鐵鼓風設備的冶鐵手工業工人。

⑥ 例如江蘇六合程橋鎮春秋晚期吳國墓葬出土的鐵條，是由塊煉鐵鍛打而成；而同一地點出土的春秋晚期鐵丸，根據金相分析是由鑄鐵鑄造的。湖南長沙識字嶺春秋晚期楚國墓葬出土的小鐵鋤，器形與一九五七年出土並經鑑定爲展性鑄鐵的戰國鋤完全相同，應該屬於同類產品。河南洛陽水泥製品廠戰國早期灰坑中出土的鐵錛，經檢驗是用白口鐵鑄成，並經過加熱退火柔化處理，成爲展性鑄鐵。見李眾中國封建社會前期鋼鐵冶煉技術發展的探討（考古學報一九七五年第二期）。

⑦ 詳文物一九七七年十二期中國歷史博物館考古調查組等河南登封陽城遺址的調查與鑄鐵遺址的發掘。到了漢代，陽城地區冶鑄鐵器手工業又有很大發展，告成鎮的東北和東南都發現有漢代冶鐵遺址。漢武帝實行鹽鐵官營後，陽城設有

「鐵官」，見漢書地理志。

⑧ 鐵鼎深圓腹，圜底，扁稜形腿，具有春秋銅鼎遺風。經中南礦冶學院煉鋼教研組金相檢驗，確定爲鑄造生鐵件，其中含有少量石墨，基體爲亞共晶鑄鐵組織，含碳量接近百分之四．三。見長沙鐵路車站建設工程文物發掘隊長沙新發現春秋晚期的鋼劍和鐵器，載文物一九七八年第十期。

⑨ 河北石家莊戰國村落遺址出土的鐵斧和河南輝縣出土的戰國鐵臿，經鑑定，是經過脫碳處理成爲一種鋼和鐵共存於同一工具中的複合組織。湖南長沙出土的戰國鐵臿，經鑑定，是以鐵素體和珠光體爲基體的黑心可鍛鑄鐵。見華覺明中國古代鋼鐵冶煉技術，載金屬學報第十二卷第二期。

⑩ 湖北大冶銅綠山和河北燕下都遺址出土的兩件六角鋤，經查考，就是屬於這樣性質。見李眾中國封建社會前期鋼鐵冶煉技術發展的探討，載考古學報一九七五年第二期。

⑪ 鋼劍是一九七六年四月長沙楊家山的長楊六十五號墓出土。從墓葬形制、陶器器形、紋飾與陶器的組合（有陶鬲、陶缽和陶罐），推斷爲春秋晚期墓葬。從劍端取樣，經中南礦冶學院煉鋼教研組金相檢驗，斷定原件相當於含有百分之〇．五左右碳的鋼，經高溫回火的處理。見長沙鐵路車站建設工程文物發掘隊長沙新發現春秋晚期的鋼劍和鐵器，載文物一九七八年第十期。

⑫ 近年對燕下都四十四號墓有些劍、戟、矛作了檢查，證明這些器件所用的鐵沒有經過液態，是用較純鐵礦石還原而成，即係「塊煉鐵」。有些劍、鏃鋌和矛是用「塊煉鐵」滲碳製成的低碳鋼件，碳的分布都不均勻。有些劍是用大約四、五片經過對折的滲碳鋼片疊打而成，由於沒有高溫加熱進行均勻化處理，或反覆鍛打，鋼片表面爲高碳層，中間爲低碳層。有些劍和戟都是經過淬火的，因各部分含碳不均勻，淬火後形成不同的組織。見李眾中國封建社會前期鋼鐵冶煉技術發展的探討，載考古學報一九七五年第二期。

⑬ 山海經五藏山經所載產鐵的山共有三十七處。在西山經中共有下列八處：㈠符禺之山「其陰多鐵」，在今陝西華陰縣北；㈡英山「其陰多鐵」，在今陝西華縣北；㈢竹山「其陰多鐵」，在今陝西渭南縣東南；㈣泰（秦）冒之山「其陰多鐵」，在今陝西延安；㈤龍首之山「其陰多鐵」，在今陝西西安北；㈥西皇之山「其陰多鐵」；㈦鳥山「其陰多鐵」；㈧盂（孟）山「其陰多鐵」。在北山經中共有下列六處：㈠虢（號）山「其陰多鐵」；㈡潘侯之山「其陰多鐵」；

㈢白馬之山「其陰多鐵」，在今山西盂縣東北；㈣維龍之山「其陰多鐵」，在白馬之山南三百里；㈤柘山「其陰有鐵」，在維龍之山南一百七十里；㈥乾山「其陰多鐵」。在中山經中共有二十三處：㈠淒山「其陰多鐵」，在今山西蒲縣南；㈡泰威之山有梟谷，「其中多鐵」；㈢密山「其陰多鐵」，在今河南新安縣；㈣橐山「其陰多鐵」，在今河南陝縣西；㈤夸父之山「其陰多鐵」，在今河南靈寶縣東南；㈥少室之山「其下多鐵」，少室即今嵩山西部，在今河南登封縣北；㈦役山「多鐵」，在今河南新鄭縣西；㈧大騩之山「其陰多鐵」，在今河南密縣；㈨荊山「其陰多鐵」，在今湖北南漳縣西；㈩銅山「其上多金、銀、鐵」；(十一)玉山「其下多碧、鐵」；(十二)岐山「其下多鐵」，在今陝西岐山縣；(十三)騩山「其陰多鐵」；(十四)虎尾之山「其陰多鐵」；(十五)又原之山「其陰多鐵」；(十六)帝囷之山「其陰多鐵」，約在今河南泌陽縣、南陽縣之間；(十七)兔床之山「其陽多鐵」，約在今河南嵩縣、南陽縣之間；(十八)鮮山「其陰多鐵」；(十九)求山「其陰多鐵」；(二十)丙山「多黃金、銅、鐵」；(二十一)風伯之山「多鐵」；(二十二)洞庭之山「其下多銀、鐵」，在今洞庭湖旁；(二十三)暴山「多文石、鐵」，在洞庭之山東南一百八十里。以上所有今地的考釋，依據郝懿行山海經箋疏。

⑭ 參看銅綠山考古發掘隊：湖北銅綠山春秋戰國古礦井遺址發掘簡報，載文物一九七五年第二期。

⑮ 據漢書地理志，河東郡的安邑、皮氏、絳都設鐵官，都在魏的境內，安邑曾是魏的舊都，可能戰國時已有冶鐵業。

⑯ 據漢書地理志，京兆尹的鄭設有鐵官。鄭在今陝西華縣。據山海經西山經，英山「其陰多鐵」，英山在今華縣北。可能鄭在戰國時已有冶鐵業。

⑰ 這鐵範所鑄二字，字體是戰國時代的，同時伴存出土物有戰國陶片和燕國銅幣「明刀」等，足證其為戰國時代燕國遺物。離它二十里地方又發現了兩處古代冶鐵場，在它附近的石屋中有七個直徑一尺多的銅餅，其上刻有隸書「西卌」、「東四十五」、「東五十八」，有的刻著「二年」，可能為西漢初年之物。在它的附近有不少繩紋陶片、半圓形瓦當、明刀，這兩處冶鐵場可能也是創始於戰國的。

⑱ 史記河渠書曾說：「西門豹引漳水溉鄴，以富魏之河內。」褚少孫所補史記滑稽列傳說：「西門豹即發民鑿十二渠，引河水灌民田，田皆溉。」呂氏春秋樂成篇則說這個工程是魏襄王時鄴令史起修建的。建成之後，「民大得其利，相與歌之曰：『鄴有聖令時為史公，決漳水灌鄴旁，終古斥鹵生之稻粱。』」

⑲ 史記河渠書說：「自是之後，滎陽下引河東南為鴻溝，以通宋、鄭、陳、蔡、曹、衛，與濟、汝、淮、泗會。於楚，

西方則通渠漢水、雲夢之野，東方則通鴻溝江、淮之間。於吳則通渠三江、五湖。於齊則通菑、濟之間。」這些溝渠都是春秋戰國時代各國先後所開鑿的。

⑳ 據史記正義引風俗通，李冰爲秦昭王時人，而華陽國志卷三蜀志認爲李冰是秦孝文王時人；水經江水注從風俗通之說。據史記河渠書和華陽國志，李冰尚有「解沫水之害」的水利工程；據華陽國志，李冰更有疏通文井江（即今邛水）和洛水的工程。

㉑ 宋人堤堰志說：「蜀守李冰鑿離堆、虎頭，於江中設鼻七十餘丈，……指水一十二座，大小釣魚護岸一百八十餘丈，橫灕洪流，以分岷江之水。」見蜀中廣記、灌江備考等書所引。

㉒ 據元和郡縣志記載：犍尾堰（即都江堰）「李冰作之以防江決，破竹作籠，圓徑三尺，長十丈，以石實之，累而壅水」。

㉓ 鄭國渠故道久已淤塞，關於它的流經路線，存在不同的說法。楊守敬嬴秦郡縣圖和前漢地理圖所畫鄭國渠，從今涇陽、三原、高陵以北，轉而折向東北，過蒲城、白水以西，從白水縣以北進入洛水。這是不符合地理形勢的。蒲城、白水地勢遠比涇陽、三原、高陵爲高，渠水不可能由低處流向高處。史記集解引徐廣說：「出馮翊懷德縣。」懷德縣在今大荔縣東南。這樣渠水由西北流向東南，是比較合理的。

㉔ 重修涇陽縣志水利志說：鄭國「來至秦北山之下，視涇河巨石磷磷，約三四里許，涇水流注其中，湛以作堰。於是立石囷以壅水，每行用一百餘囷，凡一百二十行，借天生眾石之力，以爲堰骨；又恃三、四里許眾石之多，以堰勢，故涇水至此不甚激，亦不甚濁」。

㉕ 考工記：「凡行奠水，磬折以參伍。」鄭注引鄭司農云：「『奠』讀爲『停』，謂行停水溝，形當如磬，直行三，折以五，以引水者疾焉。」考工記：「欲爲淵，則句於短。」鄭注：「大曲則流轉，流轉則其下成淵。」

㉖ 漢書溝洫志顏注：「注，引也。『閼』讀與『淤』同，……填閼，謂壅泥也。言引淤濁之水，灌鹼鹵之田，更令肥美。」

㉗ 詩豳風七月說：「九月築場圃，十月納禾稼：黍稷重（後熟者）穋（先熟者），禾麻菽麥。」麥和黍稷等一起在十月收穫，可知西周晚期周的王畿還是種的春小麥。

㉘ 左傳隱公三年記載：四月鄭國軍隊「取溫之麥」。這個記載用的是夏曆，夏曆四月正是冬小麥成熟時節。左傳成公十

年記載：六月「晉侯欲麥，使甸人獻麥」。左傳哀公十七年記載：六月楚國軍隊「取陳麥」。這兩個記載用的是周曆，周曆六月正是夏曆四月。左傳雜採各諸侯國史料編成，因而記載有用周曆的，也有用夏曆的。

㉙ 逸周書王會篇記載山戎向周成王貢獻特產戎菽，而管子戒篇說：齊桓公「北伐山戎，出冬蔥與戎菽，布之天下」。李長年中國文獻上的大豆栽培和利用（農業遺產研究第一冊）認爲很可能中原地區原以產黑豆爲主，黃豆原產山戎地區，與今日陝西、山西產黑豆爲主而東北產黃豆爲主的情況有些吻合。

㉚ 近人有認爲西漢以前沒有磨的，也有認爲先秦沒有粉食，餅字初見於西漢末年揚雄方言。這是錯誤的。墨子耕柱篇記墨子對魯陽文君說：「今有一人於此，……食不可勝食也，見人之作餅，則還然竊之，……其有竊疾乎！」

㉛ 墨子尚賢中篇說：「賢者之治邑也，蚤（早）出莫（暮）入，耕種樹藝，聚菽粟，是以菽粟多而民足乎食。」孟子盡心上篇說：「聖人治天下，使有菽粟如水火。菽粟如水火，而民焉有不仁者乎？」

㉜ 廣雅釋草說：「豆角謂之筴，其葉謂之藿。」

㉝ 參考萬國鼎中國古代對於土壤種類及其分布知識，載南京農學院學報一九五六年第一期。

㉞ 史記集解引徐廣說「龐」一作「寵」，當即後來漢代長沙國的酃縣所在。「龐」、「寵」都從「龍」得聲，和「酃」是一聲之轉。酃縣在今湖南衡陽市東。

㉟ 參見曹金柱中國古代的漆樹地理分布，陝西生漆一九七九年第三期。

㊱ 新石器時代遺址曾出土石犁（內蒙古昭烏達盟阿魯科爾沁旗博勒廟區和浙江杭州水田坂遺址都曾出土），可知新石器時代有些地區已用畜力耕作。近人或者根據甲骨文「犁」字初文的象形，認爲商代已有牛耕，但是論據還不足。

㊲ 管子乘馬篇說：「距國門之外，窮四竟之內，丈夫二犁，童五尺一犁，以爲三日之功。正月令農始作服於公田。」日本天野元之助中國農業史研究第三編農具編有「牛耕具的發達」一節，據此推定戰國已使用兩牛牽引一犁的方法。

㊳ 關於桔槔，文獻上記載有兩個故事。莊子天地篇說：子貢南遊楚國，在回到晉國路過漢水北岸時，見一個農民正在「抱甕而出灌」，「搰搰然用力甚多而見功寡」；子貢就勸他採用桔槔的灌溉方法，說可以「一日浸百畦」。說苑反質篇說：衛國有五個農夫一同「負罐入井灌韭」，一天只能灌一區；鄧析路過看見了，就教他們改用「橋」（即桔槔），說可以「終日溉韭百區不倦」。這兩個故事雖然都是寓言性質，但是故事發生的時間都在春秋後期，該不是偶然

的巧合。

㊴ 據唐代李淳風所作隋書律曆志，周尺是和劉歆銅斛尺相同的。所謂劉歆銅斛即是新嘉量。據劉復故宮所存新嘉量之較量及推算，新嘉量一升等於〇・二〇〇六三四九二公升，約當今五分之一升。它所用的尺等於〇・二三〇八八六四公尺，約當清代營造尺七寸二分。又據唐蘭商鞅量與商鞅量尺和馬承源商鞅方升和戰國量制，商鞅量的容量和所用尺度完全和新嘉量相同。近年考古發掘出土戰國時代的尺較多，其長度基本上也和商鞅量所用尺度相合。戰國時六尺爲步，百步爲畝，一畝共三六〇〇平方尺，約合清代營造尺一八六六平方尺。唐代以來以五尺爲步，二百四十步爲畝，一畝共六〇〇〇平方尺，可知戰國一畝約合今百分之三一．二畝，戰國百畝約合今三一．二畝。

㊵ 呂氏春秋樂成篇記載引漳灌鄴的故事，鄴令史起說：「魏氏之行田也以百畝，鄴獨二百畝，是田惡也。」

㊶ 氾勝之書說：「稻地美，用種畝四升」。麥，「區種，凡種一畝，用子二升」。種黍，「一畝三升」。種大豆，「土和無塊，畝五升；土不和，則益之」。種小豆，「畝五升」。見萬國鼎氾勝之書輯釋，中華書局一九五七年版。

第三章 春秋戰國間手工業和商品經濟的發展

一、手工業生產技術的進步

春秋戰國間，主要手工業如冶金、木工、漆工、陶工、皮革工、煮鹽、紡織等，都有長足的進步。

青銅鑄造技術的進步

冶金手工業主要的是冶鐵手工業和青銅手工業。這時青銅手工業的冶鑄技術也在突飛猛進。由於冶銅積累了許多經驗，關於各種青銅器在冶鑄時所需銅和錫配合的分量，已有一個簡單的比例。戰國時代趙國青銅兵器銘文中，常常有「某某執齊」的記載，「執齊」就是掌握銅、錫配合的比例。考工記說：「鐘鼎之齊」所需銅和錫的比例是六比一，也就是銅占百分之八五點七一，錫占百分之一四點二九；「斧斤之齊」所需銅和錫的比例是五比一，也就是銅占百分之八三點三三，錫占百分之一六點六七；「戈戟之齊」所需銅和錫的比例是四比一，也就是銅占百分之八〇，錫占百分之二〇；「大刃之齊」所需銅和錫的比例是三比一，也就是銅占百分之七五，錫占百分之二五；「削、殺矢之齊」所需銅和錫的比例是五比二，也就是銅占百分之七一點四三，錫占百分之二八點五七；「鑑燧之齊」所需銅和錫的比例是一比一，也就是銅和錫各占百分之五〇。考工記這樣規定各類青銅器的銅錫合金的比例，是很合乎合金的學理的。大凡青銅中錫的成分占百分之一七到二〇的最爲堅韌，超過這個分量就要逐漸減弱。考工記規定「斧斤之齊」含錫百分之一六點六七，「戈戟之齊」含錫百分之二〇，因爲斧、斤、戈、戟等工具和武器都是需要堅韌的。大凡青銅中錫的成分占百分之三〇到四〇的，硬度最高，超過這個分量就要減低。考工記規定「大刃之齊」含錫百分之二五，「削、殺矢之齊」含錫百分之二八點五七，因爲這類武器都是需要硬度較高的。大凡青銅中錫的分量增多，光澤就會從赤銅色轉變爲赤黃色，再轉變爲橙黃色，更轉變爲淡黃色，含錫量占百分之三〇至四〇，就呈灰白色。考工記規定「鐘鼎之齊」含錫百分之一四點二九，一方面爲了能敲出美妙的聲音，一方面爲了使它能呈現橙黃色，比較美觀。考工記規定「鑑燧之齊」含錫百分之五〇，因爲反光的銅鏡不需要堅硬，而需要白色光澤。

戰國時代人們已經認識到銅、錫合金的原理。呂氏春秋別類篇說：「金(銅)柔錫柔，合兩柔則爲剛。」當時人們已從實踐中認識到加錫到銅中可使硬度增加，而太硬的兵器又容易折斷，特別是劍一類較長的兵器必須做到「堅且牣(韌)」。呂氏春秋別類篇又說：「白所以爲堅也，黃所以爲牣也，黃白雜則堅且牣，良劍也。」近年考古發掘得到戰國青銅劍，往往脊部的青銅含錫少，有的呈赤色，像嵌合赤銅一條。含錫少則質柔而韌，不易折斷。刃部含錫較多，質硬而剛，適合刃部的需要。例如長沙出土的一件楚國青銅劍，其脊部銅、錫比例是七八比一〇(即八比一)，而刃部則爲七四比一八(即八比二)。

考工記談冶鑄青銅合金時，曾說：在銅和錫的「黑濁之氣」完後，接著就有「黃白之氣」；在「黃白之氣」完後，接著就有「青白之氣」；在「青白之氣」完後，就有「青氣」出來，到這時才可以鑄器。這也是

盤與尊
土出墓侯曾墩鼓擂州隨

合乎冶金的學理的。因爲銅、錫混合熔融時，首先便有揮發性的不純物氣化，即所謂「黑濁之氣」。等到溫度上升，比銅熔點低的錫就有一部分熔融氣化，出現「黃白之氣」。溫度再上升，銅的青焰色也有幾分混入，便有所謂「青白之氣」；等到銅完全熔融，就只剩「青氣」了。等到「青氣」出現，青銅合金也就基本上冶鑄成功。荀子也說過：青銅器的製作，主要在於「刑（型）範正，金（銅）錫美，工冶巧，火齊得」（強國篇）。這時對於鑄範的製作，合金原料的選擇、冶鑄的技巧、火候的調節，都已很講究了。

一九七八年湖北隨縣擂鼓墩曾侯乙墓出土的青銅器群，可以說，代表著當時青銅鑄造技術的高峰，主要表現有下列三點：㈠合範法（複合陶範合鑄法）的熟練使用。如曾侯墓所出整套編鐘大小不同，形制紋飾極其繁複，都能用合範法合鑄成功，其中層甬鐘的鑄件，估計是用一百三十六塊芯、範組成的。㈡鑄接和焊接的適當使用。如曾侯墓所出建鼓座，大小龍群穿插糾結地蟠繞著座體，構成十分繁複生動的立體形像，估計是用二十二件鑄件及十四件接頭，適當地採用鑄接和焊接的方法加以聯結，並接合在座體上面。㈢熔模鑄造法的精巧使用。如曾侯墓所出尊和盤（尊在盤中），尊唇和盤口布滿著精細而鏤空的立體蟠螭紋和蟠虺紋，內部由多層銅梗聯結而支承，只有用熔模鑄造法才能鑄成。研究者對此有兩種不同估計，或者認爲使用「失蠟法」，是用蠟（主要是蜂蠟）作爲熔模的①；或者認爲使用「漏鉛法」，是用鉛作爲熔模的②。一九七九年河南淅川下寺的楚墓中出土的銅禁，所飾鏤空的多層雲紋，和曾侯墓所出尊和盤的蟠螭紋結構相似，同樣是用熔模鑄造法的，時代要比曾侯墓早一百多年，說明這種鑄造法至少在春秋後期已經使用，因而到戰國前期已很成熟了。

青銅工藝技術的創造

這時青銅工藝技術不斷有著新的創造。首先是「金銀錯」技術的創造，就是在銅器表面上鑲嵌金銀絲，構成文字或圖案。錯金的工藝，早在春秋中期已經發生，在楚、越、宋、蔡等南方諸侯國的兵器上，每多有錯金的美術字，筆畫作鳥形，即所謂「鳥書」。到戰國早期，才在精美的銅禮器上施以大片的金銀錯圖案，到戰國中期，這種工藝的精緻程度就達到了高峰，不僅施用於兵器、禮器和用器上，還施用於車器、符節、璽印、銅鏡、帶鉤、鐵帶鉤和漆器的銅扣上。同時有鑲嵌紅銅工藝技術的創造，就是用紅銅薄片鑲嵌在銅器表面上，構成各種圖案。這種工藝在春秋中期已有較高水平，到戰國初期比較流行。此外包金、鎏金、嵌玉、鑲珠、鑲嵌松綠石等工藝也有發展。鑲嵌松綠石的工藝，在殷和西周的兵器上出現過，但是施用到大件銅器上，也是戰國中期以後發展起來的。

春秋戰國之際的銅禮器上，往往鑄有大幅的淺凹或淺凸的平雕畫像，戰國中期以後這種工藝便不大流行。同時有一種細如髮絲的刻鏤畫像工藝發展起來，大都施於較薄的壺、杯、鑑和奩上。這種工藝都是爲表

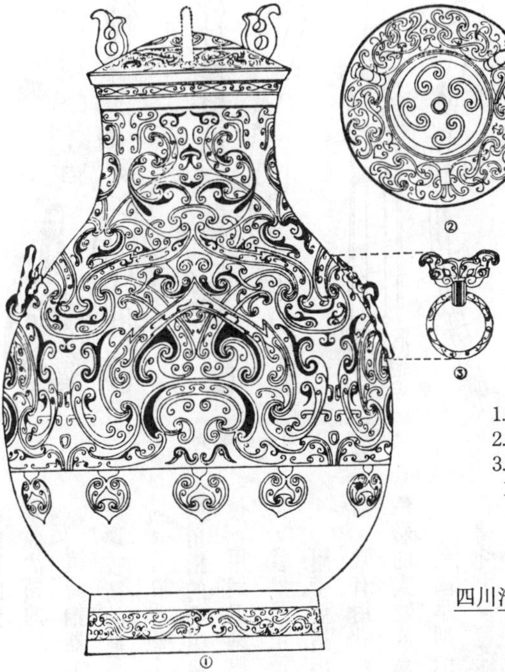

1. 壺的全部紋飾側視
2. 壺蓋紋飾俯視
3. 壺環鋪首正面
1：1　0______5cm

銅壺錯銀紋飾圖樣

四川涪陵戰國末年墓葬出土。

金銀錯龍紋銅鏡（摹繪）

傳一九三一年河南洛陽金村韓墓出土。採自楊宗榮編戰國繪畫資料，中國古典藝術出版社一九五七年版。

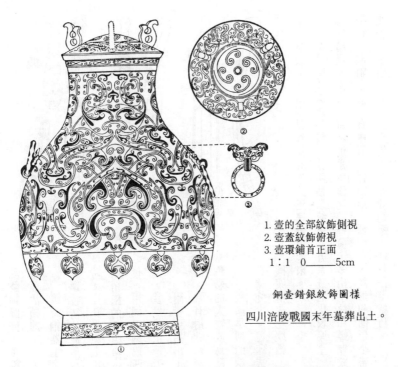

現整幅圖畫，多數是描寫水陸攻戰、車馬狩獵、宴樂、射禮、採桑等活動的。

這時銅器上金銀錯和刻鏤畫像工藝的產生和進步，是和冶鐵煉鋼技術的進步分不開的。製造金銀錯銅器，大多數是在作範時，先在母範上預刻凹槽，待器鑄成後再在凹槽內鑲嵌金銀。少數精細的金銀錯紋飾和銘文，金銀絲細如毫髮，則是鑄成器形後，用鋼刀刻成凹線，再嵌入金銀絲的。至於細如髮絲的刻鏤畫像，當然是用鋼刀刻鏤成的。

附帶要指出，這時出現有槌製的薄胎的紅銅器，大都是盛水器，常有用針刺刻的圖畫，多爲宮殿建築、宴樂歌舞，也有神話色彩的人物或鳥獸。

戰國早期的銅禮器形制輕薄靈巧，花紋細緻飛舞，多用印模在鑄範上反覆印成。到戰國後期，大部分銅禮器往往只有簡單的圖案構成花紋帶，或者只有局部地方施有簡單花紋。同時日常用

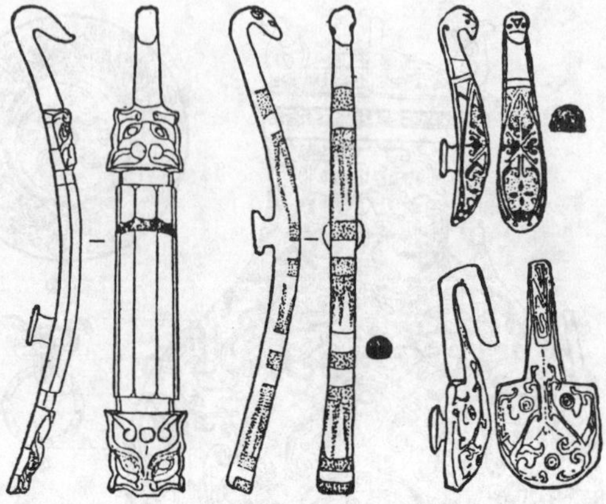

戰國青銅帶鈎

的服飾製品，特別是銅鏡和帶鈎迅速發展起來。

戰國時代銅鏡的鑄造分兩個系統，北方系統的比較厚重，洛陽金村出土銅鏡有金銀錯圖像和嵌玉、嵌琉璃的精品。南方系統特別是楚鏡比較輕薄，多山字紋和蟠螭紋的，曾流行到西漢初期。這時期腰帶上使用的帶鈎，形制很多，有棒形、竹節形、琴面形、獸形和圓形小帶鈎等。同時實用的銅器製作也有進步，例如河北平山中山王墓中出土的十五連盞銅燈，就製作得精巧。

錯銀犀牛形銅帶鈎

帶鈎是束腰皮帶上的鈎，原爲「胡服」所用，稱爲鮮卑或師比、胥紕、犀毗等等。戰國時中原各諸侯國進行軍事改革，講究騎射，逐漸改用「胡服」作武裝，帶鈎也漸盛行。其制一端曲首，背有圓紐。多數用青銅製作，也有鐵製的。精緻的鑄有各種圖案花紋，有整個作動物形的。此件四川廣漢出土，作犀牛形，並有錯銀圖案，犀牛是當時西南特產。

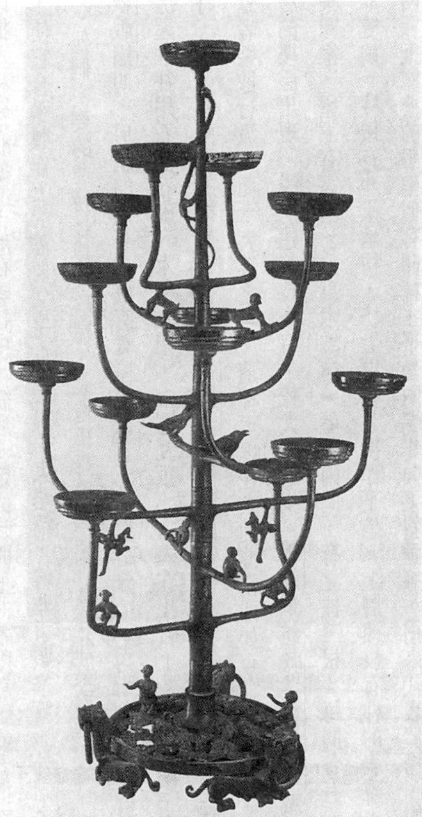

十五連盞銅燈

一九七八年河北平山三汲公社中山王墓出土。高八四．五釐米。由大小八節連接構成。每節都有榫鉚，榫口各異，移動時便於拆卸和安裝。燈枝上有群猴遊戲，並有金烏啼鳴。底盤上有兩個上身裸露、下穿短裳的男子，正在向上拋食物引弄猴子。

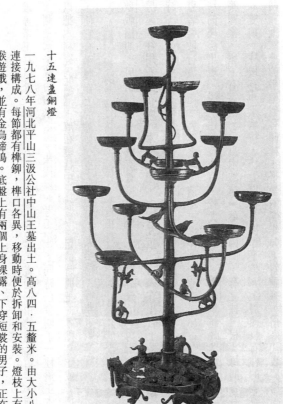

建築技術的進步

這時木工方面，除了斧、鑿、錐等鐵工具以外，還有畫方形用的矩（曲尺），畫圓形用的規（圓規），彈直線用的繩，測量垂直線用的縣（懸），測量水平線用的水（墨子法儀篇、考工記）。同時已發明了一種矯正木料曲直的工具，叫做檃括或榜檠，可以把木料經過蒸煮，放在檃括中，經過一定的時間把曲木壓直，或者把直木壓曲，使它合乎製作上的需要（荀子性惡篇、大略篇，韓非子顯學篇、外儲說右下篇）。他們主要的業務是建築房屋、製造車舟等交通工具和建築墳墓。

戰國銅鈁（故宮博物院藏）上的宮室圖

春秋戰國間，房屋的建築，已有茸屋（草屋）、瓦屋之分（考工記）。這時富貴人家的房屋往往用石基石礎、木柱木架，上蓋瓦頂。古人在土台上造屋叫「樓」，到戰國時，開始有兩層的樓房。據說「平原君家樓臨民家」，美人居樓上，見到「民有躄者槃散行汲」而「大笑之」，這種可以住人的樓當即如今日之樓③。這時有兩層的樓房出現，說明建築技術有了較大的進步。戰國銅鈁（故宮博物院藏）上的建築圖案，屋下有高基，上爲木結構，屋分兩間，有立柱三根。每間各有一門，門扉雙扇。柱頂有斗拱承枋，枋上更有斗拱作平坐。上層樓沒有柱的表現，只有兩門。上層樓的平坐似有欄杆，平坐兩端作向下斜垂線，用來代表屋檐，說明當時平坐直壓在腰檐上。戰國宴射椭杯（上海博物館藏）上的建築圖案，是架空的閣，閣基有三個支柱，兩旁有階梯五級，閣的兩邊有立柱，柱頂有斗拱承枋，閣頂有檐伸出很長。根據河北易縣燕下都故城宮殿建築的遺址來看，建築時先挖坑，再填土打夯，然後挖出間次，留出牆壁，挖好柱窩。房屋的結構，是面闊三間，進深兩間，其梁架部分大概用的是木材。房頂先鋪蘆葦，再塗草泥土，在草泥土上又塗厚一釐米的「三合土」，然後蓋瓦。從已經發掘的秦咸陽宮第一號遺址來看，宮殿建築在較高的大夯土台基上。宮殿四周設有迴廊，宮殿之間有復道相連結。有的牆是在夯土台壁上補砌土壂，有的牆全用土壂築成，並有壁柱用來鞏固土牆。據推測，宮室之內設有大柱，用以承托屋蓋的大梁。可見當時建築技術已有相當水平，後代建築技術就是在這個基礎上發展起來的。

這時大規模的建築，已有簡單的平面設計圖。河北平山中山王墓出土的金銀錯銅版兆域圖，是一幅中山王陵園建築的平面設計圖。圖上錯有中山王的詔書：命令相邦司馬賙制定這幅圖，規定了各種建築的闊狹大小規畫，違法者死罪不赦，不執行者罪及子孫。圖一式兩份，一份從葬，一份藏於王府。出土的就是從葬的一份。這幅設計圖上，四周有三道長方形的圍牆，外面一道叫「中宮垣」，中間一道叫「內宮垣」，裏面圍住墳墓封土的一道叫

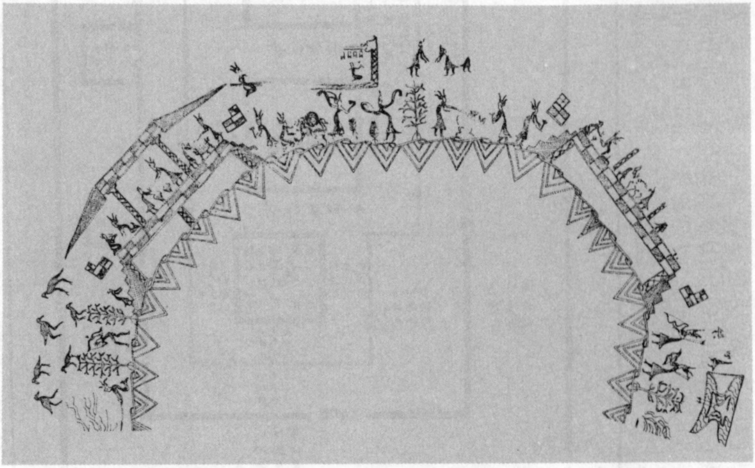

刻紋燕射畫像橢杯內部周圍畫像(摹本)

畫像以兩座建築爲中心，兩座建築中都在舉行酒會，右方建築的右邊正在用箭靶練習射箭，左方建築的左邊正在林中射鳥，兩座建築的中間正在舞蹈，並用編鐘和鼓伴奏。摹本爲上海博物館所提供。

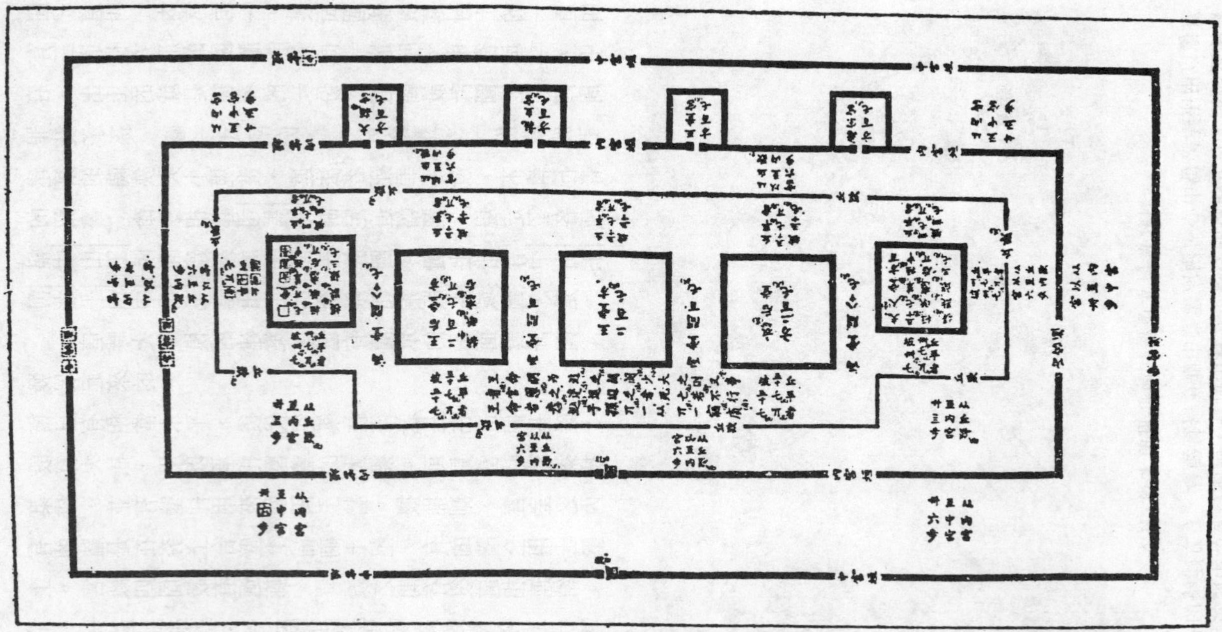

中山王兆域圖銅版釋文

這塊金銀鑲錯的中山王兆域圖銅版，一九七八年河北平山中山王墓出土。圖上用金銀錯的字，標明四周宮垣和內部五個享堂的位置、闊狹大小以及彼此間的距離。這是一幅中山王陵園建築的平面設計圖。圖上並錯鑲有中山王的詔書：「王命賙爲逃(兆)乏(法)，闊閔(狹)少(小)大之叫(制)，又(有)事者官悶(圖)之。逮(進)退口乏(法)者死亡(无)若(赦)，不行王命者恣(殃)遜(連)子孫。丌(其)一從，丌(其)一瘤(藏)府(府)。」釋文採自河北省文物管理處河北省平山戰國時期中山國墓葬發掘簡報，載文物一九七九年第一期。

「丘欣」。三道圍牆之間都有規定的距離。在「丘欣」以內設計建築五個「堂」，「堂」就是建築在封土上的「寢」。中心的是王堂，王堂的兩側是王后堂和哀后堂（王后指今后，哀后指先死的后），王堂、王后堂、哀后堂都「方二百尺」。在王后堂的右側是「□（字不清）堂」，在哀后堂的左側是夫人堂。□堂和夫人堂都「方百五十尺」。這五座「堂」的中間也都規定有一定距離。現在發掘的中山一號和二號墓，都有覆斗形封土，封土下部有平台彼此相連，封土半腰都有一圈方形的迴廊建築，一號墓保存較好，以外檐面積計算約爲五十二米見方，和兆域圖所記王堂方二百尺面積相近。由此可見當時國王陵園的建築規模。

這時富貴人家的棺槨往往選取七圍八圍的楸、柏、桑來製作（莊子人間世篇），墳墓裏往往有棺槨數重，外面一層層地堆積著石塊、木炭（呂氏春秋節喪篇）。在安徽壽縣和河南汲縣戰國墓的發掘中，都曾發現木槨外堆積著深厚的石子層和木炭層。戰國時棺的製作，底和壁已運用套榫（梯形榫）來鑲攏。戰國時的車，車輻已多到三十輻到三十四輻。這些都說明當時木工技術已相當進步。

煮鹽業的發達

春秋時代，齊國的海鹽煮造業和晉國河東池鹽煮造業都已興盛。當時河東的鹽池稱爲鹽（說文解字「鹽」字解說），已被視爲「國之寶」（左傳成公六年）。到戰國時代，齊、燕兩國的海鹽煮造業更加發達，所謂「齊有渠展之鹽，燕有遼東之煮」（管子地數篇）④。海鹽的產量比較多，流通範圍比較廣，所以禹貢說青州「貢鹽」，而周禮職方氏又說幽州「其利魚鹽」。魏國的河東池鹽煮造業也更發達，猗頓便是由經營池鹽而成巨富的（見史記貨殖列傳）。同時，在秦併蜀以後，李冰做蜀郡守時，廣都（今四川省雙流縣東南籍田鎮一帶）的井鹽已開始開發⑤。

釀酒技術的進步

這時釀酒技術已很進步。禮記月令篇於仲冬之月說：「乃命大酋，秫稻必齊，麴蘗必時，湛熾必潔，水泉必香，陶器必良，火齊(劑)必得。兼用六物，大酋監之，無有差貸。」這六個「必」，就是對當時釀酒技術的經驗總結。酒是用秫稻做的，首先要挑選好秫稻。用麴來造酒，是我國古代釀酒技術上的重要發明，它能把糖化和酒化兩個過程結合起來進行。因爲麴既富有糖化力的絲狀菌毛霉，又有促成酒化的酵母。蘗是發芽糖化的穀粒，古時曾用作釀酒原料。酒是用麴蘗釀造的，所以要「麴蘗必時」。因爲毛霉和酵母菌是很敏感的低級生物，污染就會影響菌類活動，或者滋生雜菌，所以要「湛熾必潔，水泉必香，陶器必良」。溫度的控制也很重要，酵母活動最適當的溫度是攝氏三十度左右，因此需要「火齊必得」。

製陶技術的進步

這時製陶技術也是有進步的。陶器有紅褐色或灰色而有繩紋的，有灰陶素面的，也有紅色彩繪的，更有黑色暗花的，比較精美。這時瓦已廣泛使用，有筒瓦和板瓦以及脊瓦，瓦當有各種不同的紋飾。同時陶水管和陶井圈也已成爲重要的建築材料。

皮革業的進步

這時皮革手工業也是有進步的。除一般皮革器用牛皮、羊皮以外，甲(武裝)有用犀皮、兕皮以及鮫魚皮製的。人們製作皮革器，先把皮革椎擊堅硬，刮除皮裏面的不潔物，然後裁割並鑽小孔加以縫製。縫的線要藏在皮革裏，使不易損壞；皮革稍加洗濯，使成荼白色；並且要搽上油脂，使其柔滑(考工記)。這都說明當時皮革手工業的技術已比較進步。

總的說來，由於手工業生產技術的提高，戰國時代手工業品的質量都有顯著的提高。我們從戰國時代墓葬中所發現的陪葬品看來，比起春秋中期以前的手工業品，面貌確是不同。

手工業技術知識的積累和考工記的成書

值得注意的是，隨著手工業的發展，特別是官營手工業的發展，就有闡述各種手工業工藝製作的專門著作出現。現在保存在周禮一書後面的考工記，就是當時記述齊國官營手工業各個工種的設計規範和製造工藝的文獻。從它所使用的度量衡和方言等方面來看，是齊國人的記載。從它的內容來看，並不是出於一人一時的手筆。各部分記載的格局並不一致，有些部分前後重複，該是當時各個工種的製作工藝和操作經驗，經人整理後加以編集而成。從它的思想傾向以及它所反映的手工業分工比較細密、工藝比較進步來看，編成當在戰國初期。

考工記說「國有六職」，第一是「王公」，職務是「坐而論道」，指的是君主政權上層的最高統治集團，也就是墨子經常指責的「王公大人」。第二是「士大夫」，職務是「作而行之」，指的是君主政權的各級官吏，包括知識分子在內，因爲當時知識分子都是「學而優則仕」的。第三是「百工」，是指各種手工業者。第四是「商旅」，是指商人。第五是「農夫」，第六是「婦功」，就是指男耕女織的農民。這樣把工、商、農夫、農婦和王公、士大夫並列爲「國之六職」，說明作者對工人、商人和農夫、農婦的重視，這和戰國時代的社會結構是相合的。它說：「天有時，地有氣，材有美，工有巧，合此四者，然後可以爲良。」它把天時、地氣、材美和工巧，看作製成精工產品的四個條件。它把掌握天時看得這樣重要，這是因爲天時氣候的變化會影響到製成品的質量。它把地氣看得這樣重要，主要是由於某些地方出產的某種原材料質量比較好，或是有製造某種工藝的優良傳統。它說：「鄭之刀，宋之斤，魯之削，吳粵（越）之劍，遷乎其地而不能爲良，地氣然也。」

考工記所記述手工業的分工是比較細密的。攻木之工有七種，攻皮之工有五種，設色之工有五種，刮摩之工（玉石工）有五種，搏埴之工（陶工）有二種。它分別記述各種生產工具、兵器、交通工具、飲食用器、樂器以及各種建築物的設計規範和製造工藝。這是當時一部有關手工業製造的科學技術知識的匯編。手工業工匠在生產實踐中發展了數學、力學和聲學等方面的知識，並且把這種知識具體地應用於手工業製造（參看本書第十一章第一節）。這部著作不但在我國工程技術發展史上占有重要地位，其內容的豐富，某些部分敍述的完整性和科學性，在當時的世界上是找不到第二部的。可惜其中有些部分如段氏、韋氏、裘氏等已經散失，只留下一個名目了⑥。

二、手工業的進一步發展

戰國時代的手工業，有和小農業相結合的家內手工業，有單獨經營的個體手工業，有各國政府的官營手工業，也有民營的某些大手工業。

和小農結合的家內手工業普遍存在

這時有些地區還沿襲著過去「村社」集體勞動的習俗，保留有婦女集體紡織的方式，例如秦丞相甘茂曾經講過當時楚國江上「貧人女與富人女會績」的故事（史記甘茂列傳）。但是，從整個社會來看，這時農民的家內手工業已是當時主要的手工業。「男耕女織」已成爲農村中普遍的現象，養蠶、繅絲、治麻葛、紡織布帛，是每家農婦的經常工作（墨子非樂上篇、非命下篇）。衛鞅在秦所下的變法令，對農民的耕和織是同樣獎勵的。各諸侯國向農民徵收地租，也有「粟米之徵」和「布縷之徵」（孟子盡心下篇）。這時家內手工業生產出來的布帛，已有小部分帶有商品性質，所以農婦所織的布帛和其他織物也已有一定的規格。據說吳起使其妻織「組」，因爲「幅狹於度」，就把她趕走了（韓非子外儲說右上篇）。此外，農民的家內手工業還編織草鞋、結網等，呂氏春秋曾把「織葩屨，結罝網」和「力耕耘，事五穀」相提並論（尊師篇）。

個體經營的小手工業普遍存在

這時個體經營的手工業，已有車工、皮革工、陶工、冶金工、木工等（墨子節用中篇、孟子滕文公上下篇）。他們把製成品放在「肆」上出賣，即所謂「百工居肆」（論語子張篇）。這些個體手工業者，當時或稱爲「百工」，或稱爲「工肆之人」（墨子尚賢上篇）。孟子曾說：如果不是「通功易事」，就會使得「農有餘粟，女有餘布」；如果有無相通，梓匠（木工）、輪輿（車工）便能得食。又說：農夫「以粟易械器」，陶（陶工）冶（冶金工）「以其械器易粟」，「百工之事，固不可耕且爲也」（滕文公篇）。足以說明這時個體手工業者和農民之間的關係已很密切，所有農民所用的鐵器、陶器、木器和車輛，都是依靠這些個體手工業者供給的；而個體手工業者也是主要依靠出賣製成品給農民以維持生活的。所以韓非子說：「輿人（車工）成輿，則欲人之富貴；匠人成棺，則欲人之夭死也。」（亡徵篇）又說：工人造惡劣的器械，「侔農夫之利」（五蠹篇）。這時個體手工業者數量一定不少，生產品也一定很多。

這些個體手工業者有時也被官府所雇用，在楚國銅器銘文中常見有所謂「鑄客」的，該是這種被雇用的個體手工業者。楚國銅器上常有「鑄客爲某某爲之」的銘刻：

「鑄客爲王后六室爲之。」

「鑄客爲王后七府爲之。」

「鑄客爲大后脰官爲之。」

「鑄客爲集脰爲之。」

「鑄客爲御脛爲之。」

這種銘刻和官營手工業任用「冶師」鑄造的銅器銘刻不同。「王后六室」和「王后七府」當是王后所屬的官府，「大后脰官」當是太后所屬的官府，「集脰」和「御脛」也該是官府名稱⑦。

官營手工業的規模

戰國時各諸侯國中央和郡縣一級地方政權，都擁有各種官營手工業的作坊，並有一定的管理監造制度。根據已發現的兵器銘刻來看，秦和三晉的官營手工業的製造，一般分爲造者、主造者和監造者三級。秦國兵器的製造，由工師、丞、士上造、工大人等主造，中央一級由相邦（即相國）監造，郡一級由郡守監造，而直接製造者叫做「工」，「工」是具有自由身分的工匠，此中也包括有鬼薪、城旦等刑徒，也有服兵役的更卒。秦國漆器的製作，大體上也採用同樣的管理監造制度⑧。三晉兵器的製造，主要由中央或縣的武庫所屬作坊製造，由工師、冶尹、左右校等主造，中央一級由相邦、守相、邦司寇、大攻（工）尹等監造，縣一級由令、司寇監造，而直接製造者叫做「冶」。司寇原是掌管刑法的官，三晉官營手工業常用司寇來監造，說明所屬工匠中必然也和秦一樣使用著刑徒。齊國官營手工業同樣有三級監造的制度，除直接生產者外，由「立（涖）事」者監造，工師主造。例如陳純釜的製造，立事者陳猶，左關工師䵼，敦者陳純。楚國官營手工業的情況稍有不同，所製造的銅器一般只刻上「冶師」以及「差（佐）」的姓名，沒有直接製造者的名字。這種三級管理監造制度，後來為秦漢王朝繼續採用。漢代銅器和漆器的製造，也分為「造」、「主」、「省」三級，「省」或稱為「監」、「臨」、「監省」、「監作」。

這時的府庫，不僅是官府儲藏財物的場所，而且有附屬的作坊，成為主管官營手工業的機構。不但國君所屬的大府或少府，設有各種作坊製造國君和宗室所需用的各種器物服飾，中央政府和各級地方政府的府庫也都設有相關的各種作坊。出土的戰國時代銅器和銀器，常有「中府」和「少府」的刻銘。韓國的強弓勁弩就有以「少府」為名的（戰國策韓策一）。三晉的兵器都由武庫製造，主要設在各國的國都，韓有武、左、右等庫，魏有左、右、上等庫。地方也設有庫，有左、右、上、下等名目。這類府庫所屬作坊，都有一定數量的職官和工技人員。從趙國兵器銘刻常常署名工師某、冶尹某「執齊（劑）」看來，主造的工師、冶尹該有一定的技術能力，參與技術設計。從禮記月令篇所載季春之月和孟冬之月命令工師辦理的事看來，工師還負有審核庫藏原料、監督工匠操作、檢查產品質量和上報勞動成果的責任。審核庫藏銅、鐵、皮革、筋、角、齒（象牙）、羽、箭桿、脂膠、丹、漆等原料，必須「毋或不良」；監督工匠操作，要做到「百工咸理」，「毋悖於時」；檢查產品質量，必須「案度程」，「必功致為上」。這時官營手工業作坊的產品，所以都要「物勒工名」，刻上製造者姓名，為的是「以考其誠」，如果「功有不當，必行其罪，以窮其情」。

秦國官營手工業中經常使用刑徒和服兵役的更卒，其他各國的情況也大體相同。例如齊國陶器銘文，陶工在自己籍貫、姓氏之前有稱「王卒左敀」或「王卒右敀」的，說明這些陶工是以「王卒」的身分參與製陶官營手工業的。

當時各國都有各種重要官營手工業的地點。根據秦國由相邦監造的戈來看，其冶鑄地點有雍（今陝西省鳳翔縣東）、櫟陽（今陝西省臨潼縣北）、咸陽（今陝西省咸陽市東北）等，都是秦國曾經建都的地方。根據秦國上郡守監造的戈來看，其鑄地有高奴（今陝西省延安縣東北）和漆垣（或簡稱漆，今陝西省銅川市西北）。從三晉製造銅幣的地點和鑄造兵器的地點來看，多數製造兵器的地點也製造銅幣，是當時冶鑄手工業的中心。例如魏國的梁（今河南省開封市）、寧（今河南省獲嘉縣）、共（今河南省輝縣）、陰晉（今陝西省華陰縣東）、宅陽（今河南省鄭州市北）等等，趙的邯鄲（今河北省邯鄲市）、武平（今河北省霸縣北）、茲氏（今山西省汾陽縣東南）等，韓的鄭（今河南省新鄭縣）、新城（今河南省伊川縣西南）、陽人（今河南省臨汝縣西北）、彘（今山西省霍縣）等。

豪民所經營的大手工業

至於這時民營的大手工業，主要是冶鐵業和煮鹽業。管子輕重乙篇的作者曾說：官營的冶鐵手工業如果強迫「徒隸」去做，要「逃亡而不守」，如果徵發人民去幹，又要「下疾怨上，邊竟（境）有兵，則懷宿怨而不戰」，因而只有用抽十分之三的稅的辦法來讓「民」去經營。但是這種「民」絕不是一般的農民和工商業者，而是一種豪民。這種情況一直到漢代初期還是如此，所謂「非豪民不能通其利」（鹽鐵論禁耕篇）。戰國時代經營池鹽成巨富的猗頓，經營冶鐵成巨富的郭縱，其經營的手工業一定有相當的規模，必然都是豪民性質的。趙國人卓氏，「用鐵冶富」，在秦破趙以後，被迫流徙到臨邛（今四川省邛崍縣）。魏國人孔氏，經營冶鐵業，當秦伐魏時，遷到南陽（今河南省南陽市附近），後來繼續經營冶鐵業成爲巨富（史記貨殖列傳）。這些人在沒有被徙之前，也應該屬於豪民性質。

這時豪民所使用的勞動力，「大抵盡收放流人民」（鹽鐵論復古篇），也還有奴隸性質的「僮」。豪民所開發的礦山和海池，大體上向官府租借而繳納一定的租金。董仲舒說：衛鞅變法以後，「又顓（專）川澤之利，管山林之饒」，「鹽鐵之利二十倍於古」，「漢興循而未改」。所說「鹽鐵之利二十倍於古」，該是由於鹽鐵業發達，經營鹽鐵業的豪民繳納的租金很多。所説「漢興循而未改」，是説漢代初年還是沿用這種辦法。例如漢文帝把銅鐵礦賜給鄧通，鄧通把它租借給卓王孫，「歲取千匹」作爲租金，由卓王孫加以經營，因而卓王孫「貲累巨萬億」，而鄧通所鑄錢也遍布天下（華陽國志卷三蜀志臨邛縣條）。看來戰國時代以經營鹽鐵業成爲巨富的豪民，是和卓王孫差不多的。

三、商業的發展和富商大賈的出現

春秋戰國間，隨著農業和手工業生產的發展，社會分工的日益細密，商品經濟的比重就一天天加大。這是早期封建社會中產生的一種商品經濟，在整個經濟當中不起決定的作用。

四方土特產的交流

這時由於人民對山林藪澤的大量開發，四方的土特產已開始大量的交流：

㈠南方的土特產主要爲木材、礦產、海產和鳥獸。楚國出產的木材有長松、文梓、楩、柟、豫章等，出產的野獸有犀、兕、麋、鹿（以上出產在雲夢澤，見墨子公輸篇，雲夢在今洞庭湖以北地區）、象（戰國策楚策三）。還有羽、翮（大鳥羽）、齒（象牙）、革（犀、兕的皮）等產品（荀子王制篇）。礦產有黃金（戰國策楚策三）、銅、錫等。據説：「荊（楚）南之地，麗水之中生金」⑨，已有很多人在那裏淘金，政府已有「採金之禁」，曾處死了很多人（韓非子內儲説上篇）。這時南方出產的銅、錫是很著名的，考工記曾説「吳粤（越）之金、錫」，李斯諫逐客書也提到「江南金、錫」。水產有魚、鱉、黿、鼉，出產在長江、漢水中（墨子公輸篇）。還有珠、璣等出產（戰國策楚策三）。蜀地出產的礦產，著名的有曾青（碳酸銅）、丹砂（硫化汞）等（荀子王制篇），即李斯諫逐客書所提到的「西蜀丹、青」。這是當時兩種最貴重的礦物質顏料，其中尤以丹砂為貴重。南方的水果以橘、柚最著名。

㈡東方的土特產主要為海產和織物。海產主要為魚、鹽，織物除普通布帛外，有所謂紫、紒等（荀子王制篇）。紫是一種紫色的絲織品，紒是一種粗的麻織品。

㈢西方的土特產主要為礦產和鳥獸，有皮革、文旄（荀子王制篇）和鐵、池鹽等。旄是犛牛尾。

㈣北方的土特產主要為家畜和果樹。家畜主要為犬、馬（荀子王制篇）、橐駝（戰國策楚策一）。果樹主要為棗、栗（戰國策燕策一）。

上述戰國時代四方土特產的情況，基本上已和漢代差不多⑩。

戰國時代著作的禹貢，其中所談到的各州貢品，實際上也就是戰國時代各個地區的土特產。我們現在分敍於下：

㈠兗州有漆、絲、織文（染織品）。

㈡青州有絲、檿絲（檿是柞樹，檿絲即柞蠶絲）、枲（麻皮）、絺（細的麻織品）、鹽、各種海產物、松、鉛、怪石等。

㈢徐州有蠙珠（蚌中的珠）、魚、磬石、桐、染色的羽毛、玄纖縞（黑色細的絲織品）等。

㈣揚州有金三品（金、銀、銅）、錫、瑤琨（美玉）、篠簜（竹竿）、齒、革、羽毛、草雨衣、織貝（染織品）、橘、柚等。

㈤荊州有金三品、杶、幹（柘幹）、栝、柏、礪砥（磨石）、砮（作箭頭用的砮石）、丹（丹砂）、箘、簵（竹名）、楛、菁茅（有毛刺的茅）、玄纁（黑色淺赤色絲織品）、璣組（穿珠的絲帶）等。

㈥豫州有漆、枲、絺、紵（粗麻）、纖纊（細的絲棉）、磬石等。

(七)梁州有璆(美金)、鐵、銀、鏤(鋼鐵)、砮、磬、熊、羆、狐狸等。

(八)雍州有球、琳、琅玕等玉石。

周禮職方氏又說：兗州青州「其利蒲、魚」，揚州「其利金(銅)、錫、竹箭」，荊州「其利丹、錫、齒、革」，豫州「其利林、漆、絲、枲」，雍州「其利玉、石」，幽州「其利魚、鹽」，冀州「其利松、柏」，并州「其利布、帛」。這些記述，和我們前面所敘述的四方土特產的情況，大體上相同。

商業和交通的發展

春秋戰國間由於生產力的提高，農業和手工業生產的發展，商業也發達起來。當時商業和手工業的經營者，一般可以取得十分之二的利潤。據說「周人之俗，治產業，力工商，逐什二以爲務」(史記蘇秦列傳)。地主、官僚爲了滿足自己的欲望，和商業市場有很多聯繫；他們剝削所得的多餘農副業產品，也需要通過市場換取大量的奢侈品，這時販賣奢侈品的利潤是最多的。大商人呂不韋的父親就曾說：珠玉買賣的利潤，可有百倍之多(戰國策秦策五)。同時，由於社會分工日益細密，農民除了糧食、布匹、菜蔬以外，農具和若干實用物品都需要向市場購置，農民的「餘粟」、「餘布」已投入交換的領域，手工業者製造出來的農具、陶器、木器、車輛、皮革器也都投入交換的領域。在這樣「以粟易械器」和「以械器易粟」的過程中(見孟子滕文公上篇)，商人爲了「市賈(價)倍蓰」，也就不顧「關梁之難、盜賊之危」，而奔走四方了(墨子貴義篇)。

由於各個諸侯國和各個地區間商品交換上的需要，交通工具有了進步，戰國中期的造船技術已達到相當的水平。航行於岷江、長江中的舫船(兩船相併而組成的大船)，能夠載運五十人和足夠吃三個月的糧食，順流而下，「一日行三百餘里」(戰國策楚策一、史記張儀列傳)。同時車輛製造技術更有進步，考工記的輪人

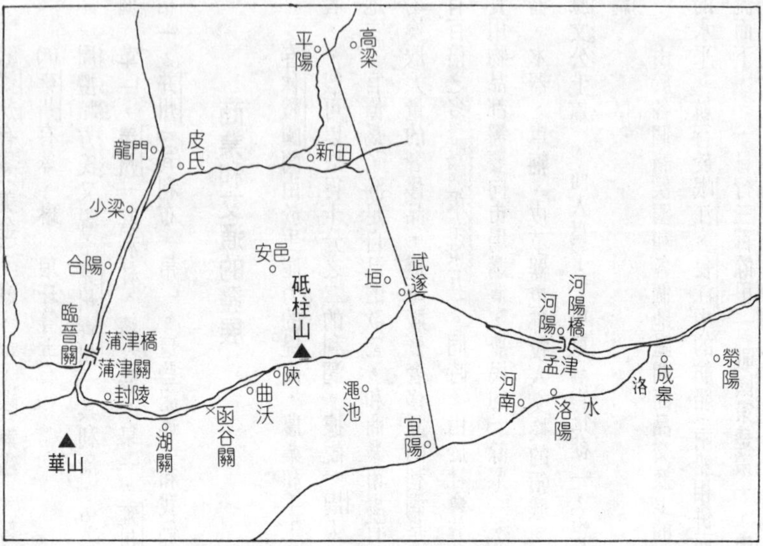

蒲津橋、河陽橋與武遂(通道)位置圖

已經要求車輪的製造做到「雖有重任，轂不折」。墨翟曾說他製造的車轄，可以「任五十石之重」（墨子魯問篇）。秦國爲了解決從漢中到蜀地交通上的困難，在范雎爲秦相期間，已經修築起架空的棧道，有所謂「棧道千里，通於蜀漢」（戰國策秦策三、史記蔡澤列傳）。橋梁架設的技術也有進步。公元前二八九年（秦昭王十八年）秦將司馬錯攻魏的垣、河雍，「決橋取之」（史記秦本紀）。河雍即河陽（今河南孟縣西），在黃河北岸，正與黃河南岸的孟津相對。當時河雍和孟津間已架設浮橋，這就是歷史上黃河的第一座浮橋，當司馬錯攻取河雍時，是沖決河橋而取得的。這就是後世富平津的河陽橋的起源。公元前二五七年（秦昭王五十年）秦「初作河橋」（史記秦本紀），用來便利河西和河東的交通，這又是後世蒲津橋的起源。春秋晚期秦后子出奔到晉，「享晉侯，造舟於河，十里舍車，自雍及絳。歸取酬幣，終事八反」（左傳昭公元年）。但這不是常設的浮橋。黃河上常設浮橋，是從戰國中期開始的，這是商業和交通重大發展的結果。公元前二四〇年（趙悼襄王五年）趙國派

「慶舍將東陽、河外師守河梁」（史記趙世家，正義：「河梁，橋也」）。這是趙國在黃河中游設置的浮橋，用以便利東陽和河外的交通的。

這時南方水上交通很有發展。在今太湖、鄱陽湖、洞庭湖的周圍，水道縱橫，水上交通四通八達。岷江、長江、漢水以及湘水、資水、沅水、澧水的交通，都很通暢。同時，由於邗溝和鴻溝等南北向的運河的開鑿，南方和北方之間的水上交通也大有發展。中原地區的陸路交通，這時也有很大發展，在魏、趙、齊等國之間有著許多交錯的交通大道，當時通稱爲「午道」⑪。「午道」並不是指一條交通大道，而是指許多條交錯的交通大道。「午」這個字，就是一縱一橫而交錯的意思。

當時韓國有一條南北交通要道叫武遂（在今山西垣曲縣東南），靠黃河北岸。「遂」當讀作「隧」，武遂是穿鑿山嶺地帶而成，用以貫通韓國黃河南北兩區，並具有關塞的性質。由此北上可以直達韓的故都平陽（今山西臨汾市西南），南下渡黃河可以直達韓的大縣宜陽⑫。

從成皋沿黃河到函谷關，有一條交通大道，當時人通稱爲「成皋之路」（戰國策秦策三），東方各國合縱攻秦常常由此進軍。在秦國，從漢中越過七盤嶺進入蜀地，有一條通道叫做石牛道，也叫牛金道。在三晉地區，通過井陘（今河北省井陘縣西）、軹道（今河南省濟源縣西北）、孟門（今河南省輝縣西）、天門（今山西省晉城縣南天井關），有許多條通道溝通太行山兩側地區。在楚國，從南陽盆地東出伏牛山隘口，有一條通向中原的大道，叫做「夏路」（戰國縱橫家書二四、史記越世家）。根據鄂君啟節銘文，從伏牛山隘口的方城（今河南省葉縣西南保安）東南向有一條車道，經過象禾（今河南省泌陽縣北象河關）、畐焚（今河南省遂平縣）、繁陽（今河南省新蔡縣北），到達下蔡（今安徽省鳳台縣）和居巢（今安徽省壽縣東南）；水路通過漢水進入長江，東向經過鄂（今湖北省武漢市東南）、彭弥（今湖北省湖口東，「弥」通「蠡」），到達松陽（今安徽省樅陽縣）；進入瀘江，到達爰陵（今安徽省宣城縣）；向南經過湘水西南向，可以到達郷陽（今廣西省全州縣北）；經濡水（今耒水）南向，可以到達鄙（今湖南省永興縣）。

當時無論陸路或水路，運輸物資的數量是很大的。鄂君啟節銘文說：「屯三舟爲一舿（舸），五十舿（舸）。」就是說水上運輸，集三舟合爲一舸，以「五十舸」即一百五十舟爲限。鄂君啟節銘文又說：「女（如）馬，女（如）牛，女（如）億（特），屯十台（以）堂（當）一車；女（如）槍（擔）徒，屯二十槍（擔）台（以）堂（當）一車；台（以）毀於五十乘之中。」這是規定陸上運輸以車五十乘爲限。如果用馬牛等牲畜來馱載貨物，則集十匹以當一車；如果用肩挑者（擔徒）來挑擔，則集二十擔以當一車。所謂「以毀於五十乘之中」，就是說必須把牲畜馱載的和用人肩挑的折算好，從規定的五十乘中扣除。這樣在運輸的通行證上明文規定陸路以五十輛車爲限，水路以一百五十隻船爲限，說明戰國中期以後官僚和商人陸運或水運的物資，數量已經很大了。

壟斷市場的大商人的出現

春秋戰國之際由於商品交換的發展，商人壟斷市場的情況開始出現了。孟子說：「有賤丈夫焉，必求壟斷而登之，以左右望，而罔（網）市利。」（孟子公孫丑下篇）就是說：在曠野的集市上，有商人登到橫斷的高崗上，即所謂「壟斷」上，臨高望遠，左顧右盼，見利就網羅，於是把市利全網羅了。這就是「壟斷」一詞的來歷。這樣在集市上進行「壟斷」，實際上網羅不到大利的。當時富商大賈網羅大利的主要方法，就是囤積居奇，掌握時機。當時依靠囤積居奇、壟斷市場而成爲大商人的已經不少，著名的有范蠡、端木賜等人。

范蠡，楚國人，越王句踐的謀臣，幫助越國奮發圖強，滅亡吳國，建立霸業。後來離越入齊，又從齊到達當時居於交通中心的商業城市陶邑，從事經商，號稱陶朱公。他採用計然的貿易理論，「候時轉物，逐什一之利」（史記越世家），「十九年之中三致千金」，子孫又繼續加以經營，家產富到「鉅萬」（史記貨殖列傳）。

端木賜，字子貢，衞國人。孔子弟子，善於辭令，曾遊說齊、吳等國，促使吳救魯伐齊。孔子說他很有經商的本領，「億(臆)則屢中」(論語先進)，就是說猜測商情往往猜中。他經商於曹、魯兩國之間，「與時轉貨資」，很是發財，「家累千金」(史記仲尼弟子列傳)，成爲孔門七十子中最富的一個。他「連駟結騎」，帶著禮品，聘問各國，「國君無不分庭與之抗禮」(史記貨殖列傳)。

當時商人採用這種囤積居奇、掌握時機的經商方法，已較普遍。戰國策趙策三載希寫對建信君說：「夫良商不與人爭買賣之價，而謹司時。時賤而買，雖貴已賤矣；時貴而賣，雖賤已貴矣。」這樣講究囤積居奇和掌握時機，只有在商品經濟比較活躍的情況下才可能出現，同時也必須是富商大賈有大本錢才可能這樣做的。因而「長袖善舞，多錢善賈」，已成爲當時流行的「鄙諺」(韓非子五蠹篇)。

到戰國晚期，投機的商人更爲活躍，呂不韋就是當時著名的投機大商人。他原是個「家累千金」的「陽翟(今河南省禹縣)大賈」，但是他不滿足於做商業的投機，要把商業上的投機方法運用到政治上來，認爲做珠玉生意盈利有「百倍」，而「立國家之主」可以盈利「無數」(戰國策秦策五)。因而他到趙的國都邯鄲經商，結識了作爲「質子」留在那裏的秦公子異人(即子楚)，就認爲「奇貨可居」(史記呂不韋列傳)。後來呂不韋的政治投機居然成功，異人被接回立爲太子，接著繼承王位，便是秦莊襄王。呂不韋因此出任秦的相國，封爲文信侯，並取得了「仲父」尊號，一度掌握著秦的大權。

各種巨富的產生

戰國時代的巨富，一種是依靠囤積投機起家的，如前面所舉的范蠡、端木賜之類。一種是由經營大手工業起家的，如上一章中所舉的猗頓、郭縱之類。這類經營大手工業起家的巨富，同時也還有兼營商業的。尸子治天下篇說：「智之道，莫如因賢。譬之猶相馬而借伯樂也，相玉而借猗頓也，亦必不過矣。」說明猗頓不但由於經營河東的池鹽而成巨富，而且兼營販賣珠寶的商業，因而有高明的「相玉」技能。淮南子氾論篇也說：「玉工眩玉之似碧盧者，惟猗頓不失其情。」碧盧是一種美玉的名稱。這是說：只有猗頓才能辨別美玉的真僞。這些巨富的財富是能和諸侯國國君的財富相比的。韓非子就曾把「上有天子、諸侯之勢尊」和「下有猗頓、陶朱、卜祝⑬之富」相提並論（解老篇）。到秦始皇時，更有開發丹穴和從事畜牧成巨富的。據說，巴郡有寡婦名叫清的，曾因開發丹穴內的丹砂發大財。又有烏氏（今寧夏固原縣東南）人名倮的，他買了精美的絲織品獻給遊牧部族的戎王，戎王償還了他大量的家畜，因而由畜牧成爲巨富。秦國爲了獎勵起見，曾「令倮比封君，以時與列臣朝請」，曾爲寡婦清建築女懷清台（史記貨殖列傳）。這時少數巨富的產生，說明當時商業的發展，高利貸的發展，加快了財富的集中，加劇了財富的不平等，促使社會上貧富懸殊的現象愈來愈嚴重。

四、城市的興起及其發展

人口的增加

在春秋中期以前，各國人口是比較稀少的，沒有開墾的荒地還是很多，甚至在中原地區宋、鄭兩國之間還有「隙地」。由於生產力的提高、生產的發展，人民生活得到一定程度的改善，人口逐漸增加，荒地陸續開墾，新的邑也就不斷增加。到戰國時代，許多中原國家人口的密度就有了顯著的提高。據說，齊國的情況是「鄰邑相望」（莊子胠篋篇），「雞鳴狗吠之聲相聞，而達乎四境」（孟子公孫丑上篇）。魏國的情況是「廬田廡舍，曾無芻牧牛馬之地。人民之眾，車馬之多，日夜行不休，已無異於三軍之眾」（戰國策魏策三）。

春秋戰國間，各諸侯國爲了達到其國力富強的目的，也已注意到人口增加的問題。墨子就曾說：當時王公大人都要求「國家之富」、「刑政之治」和「人民之眾」（墨子尚賢上篇）。春秋末年越王句踐有所謂「十年生聚，十年教訓」。戰國初期魏惠王也曾憂慮其鄰國之民不減少而本國之民不加多（見孟子梁惠王上篇）。當時各諸侯國也曾採取一些新措施，例如魏國在魏文侯時，相國李悝曾開創平羅辦法，認爲「羅甚貴傷民，甚賤傷農。民傷則離散，農傷則國貧」（漢書食貨志）。魏惠王也曾想方設法控制災區人口，所謂「河內凶則移其民於河東，移其粟於河內；河東凶亦然」（孟子梁惠王上篇）。當時中原地區七國的總人口大約不過二千萬左右⑭。

城市人口的增加

春秋時代，都邑的人口是不多的。一般諸侯國的國都周圍不過九百丈，卿大夫的都邑只有國都的三分之一、五分之一甚至九分之一大（見左傳隱公元年）。一般的邑住戶不過千室，最少的只有十室，普通的是百室。可是到戰國時代情況就不同了。古時，「城雖大，無過三百丈者，人雖眾，無過三千家者」，而現在呢，「千丈之城、萬家之邑相望也」（戰國策趙策三趙奢語）。「三里之城、七里之郭」（墨子非攻中篇、孟子公孫丑下篇）已普遍出現。「萬家之縣」、「萬家之邑」也已到處存在。春秋戰國間，晉國知氏迫使魏氏、韓氏共同進圍趙的晉陽時，韓康子、魏宣子都被迫送「萬家之邑」給知伯；而知過也曾勸知伯和魏、韓相約，在破趙後封其謀臣趙葭、段規以「萬家之縣」（戰國策趙策一、韓非子十過篇）。同時，「萬家之都」這個名稱，在戰國時代也常見了（戰國策趙策四虞卿說趙王語、韓策三冷向說韓咎語）。從這裏，可知戰國時代都市的人口確有顯著的增加。

城郭的發展

自從西周初期周公創建東都成周（今河南洛陽），開創小城連結大郭的布局，「築城以衛君，造郭以居民」（太平御覽卷一九三引吳越春秋，今本失載），這種方式不僅成爲此後建設都城的準則，而且成爲設置所有城邑的原則。自從郡縣制度推行，所有郡城和縣城也都是小城連結大郭的布局。隨著商品經濟的發展，居民生活上的需要，「城」和「郭」中常設有「市」，「郭」中的「市」就有一定的規模和設施。例如戰國策說趙的上黨郡有十七縣（秦策一），而史記又說上黨有城市之邑十七（趙世家）。考工記說：匠人建築國都「面朝後市」，所以要規定國都的建築前面爲朝廷而後面爲市，也就是這個緣故。這個「面朝後市」的國都建設的規範，一直是被後世所遵循的。

春秋戰國間，由於農業和手工業生產的發展，由於商品經濟的發展，城市也隨著發展起來。這時城市人口的增多，一方面是由於人口的增加，一方面是由於農村人口不斷向城市集中。有些大城市就不止三里，戶口也不止萬家。一般說來，當時郡城的規模要比縣城大一倍以上，國都的規模又要比郡城大一倍以上。例如韓的大縣宜陽（今河南省宜陽縣西南），是上黨、南陽兩郡間貿易的要道，商業比較繁盛。據說宜陽「城方八里，材士十萬，粟支數年」（戰國策東周策），因而秦國丞相甘茂說：宜陽「名爲縣，其實郡也」（戰國策秦策二、史記甘茂列傳）。

在各國的國都中，以齊國都臨淄（今山東省臨淄北）規模爲最大，也最繁華。有人曾這樣描寫臨淄的繁榮情況：臨淄城中共有七萬戶人家，每家有三男子，就有二十一萬男子。居民都很富裕。城市中的娛樂，有吹竽、鼓瑟、擊筑、彈琴等音樂活動，有鬥雞、走犬、六博、蹹鞠（踢毬）等娛樂活動。馬路上來往車輛很擁擠，常常車輪和車輪相撞；來往的行人也是肩膀碰著肩膀。人們的袵（衣襟）連起來可以合成帷（圍帳），人們的袂（衣袖）舉起來可以合成幕，大家一揮汗就好像下雨一般。人們都「家敦而富，志高而揚」（戰國策齊策一、史記蘇秦列傳）。這是多麼熱鬧的一個商業城市呵！臨淄城中最熱鬧的街道叫做莊，是一條直貫外城南北的「六軌之道」。這條街道附近最熱鬧的市區叫做岳，在北門以內，是市肆和工商業者聚集之所。所謂「莊岳之間」，是戰國時代齊國人口最密集而最繁華的地方⑮。

楚國的國都郢（今湖北省江陵縣西北紀南城）也很是熱鬧。有人這樣描寫郢的繁榮情況：來往的車輛是車輪碰車輪，行人是肩碰肩，在市中道路上你推我、我擠你，早上穿的新衣服，到晚上就擠破了⑯。

商業城市的興起

這時的黃河流域和長江流域，已有大的商業城市興起。據鹽鐵論說：「燕之涿（今河北縣涿縣）、薊（今北京市西南），趙之邯鄲（今河北省邯鄲市），魏之溫（今河南省溫縣西南）、軹（今河南省濟源縣東南軹城），韓之滎陽（今河南省滎陽縣東北），齊之臨淄，楚之宛（今河南省南陽市）、陳（今河南省淮陽縣），鄭之陽翟（今河南省禹縣），三川之二周（指洛陽、鞏二城），富冠海內，皆為天下名都。」（通有篇）這些「名都」都該是戰國時代興起的重要城市。此外如齊的即墨（今山東省平度縣東南）、安陽（今山東省陽穀縣東北）⑰、薛（今山東省滕縣東南），趙的藺（今山西省離石縣西）、離石（今山西省離石縣），魏的大梁（今河南省開封市）、安邑（今山西省夏縣西北禹王村），韓的鄭（今河南省新鄭縣）、屯留（今山西省屯留縣南）、長子（今山西省長子縣西南），楚的壽春（今安徽省壽縣），越的吳（今江蘇省蘇州市），宋的陶邑（也稱定陶，今山東省定陶縣西北），衛的濮陽（今河南省濮陽縣南），秦的雍（今陝西省鳳翔縣南）、咸陽（今陝西省咸陽縣東北）、櫟陽（今陝西省臨潼縣北櫟陽鎮），也都是當時有名的大城市。其中如邯鄲、宛都是冶鐵手工業的著名地點，安邑是煮造池鹽業的著名地點，安邑、大梁、鄭、洛陽、河南、陳、壽春、濮陽、雍、咸陽、吳等城，都曾是各諸侯國國都的所在地。

在這些商業城市中，宋的陶邑最爲重要。它北臨濟水，東北有菏水溝通泗水，自從鴻溝開鑿以後，濟、汝、淮、泗之間構成水道交通網，陶邑正處於這個交通網的中間。陸路交通也是發達的。由此向東北是商業發達的衛國，向東是魯國和齊國，向西是魏國和韓國。因爲它地處中原地區水陸交通的中心，「諸侯四通」，就成爲「貨物所交易」的「天下之中」。這裏手工業和商業都很發達，人口衆多，范蠡就曾在陶邑「三致千金」。直到漢初，包括定陶在內的濟陰郡還是個人口衆多的地區。濟陰郡是漢代在中原的一個小郡，只有九個縣，人口有一百三十八萬多（漢書地理志）。

衛都濮陽同樣是個繁榮城市，當時人常以陶、衛並稱。魯仲連給燕將的信，就曾說：「請裂地定封，富比陶、衛。」（戰國策齊策六）濮陽地處濮水以北，交通便利，是三晉和齊貨物集散的重要地點。洛陽也是商業發達、人口衆多的城市，後來呂不韋把河南洛陽作爲食邑，民戶有十萬戶。韓的舊都陽翟也是著名的商業城市，呂不韋曾經是陽翟大賈。直到漢代，這裏還是戶口衆多的地方，有「戶四萬一千六百五十，口十萬九千」（漢書地理志）。

都城的規模擴大

當時各諸侯國的國都，都有小城和大郭連結著。大郭是各級官吏和一般人民的居住區，還有集中經營手工業和商業的市區。小城是國君和貴族的住所，也就是宮城，宮殿都建築在高大的夯土台基上，居高臨下，成爲全城的制高點，象徵著中央集權的政治體制。在宮殿區內或宮殿區外，有大量官營的手工業作坊，主要鑄造各種鐵兵器、青銅兵器、銅幣、青銅用器和鐵工具等。這樣，各諸侯國國都就成爲一國政治、經濟、文化的中心。例如齊國國都臨淄，建築在淄河西岸，大郭南北約四公里半，東西約四公里。小城在其西南角，

圖例： 鑄鐵遺址、鑄銅遺址
鑄錢遺址、製骨遺址
現有城牆　製玉遺址

齊都臨淄遺址圖

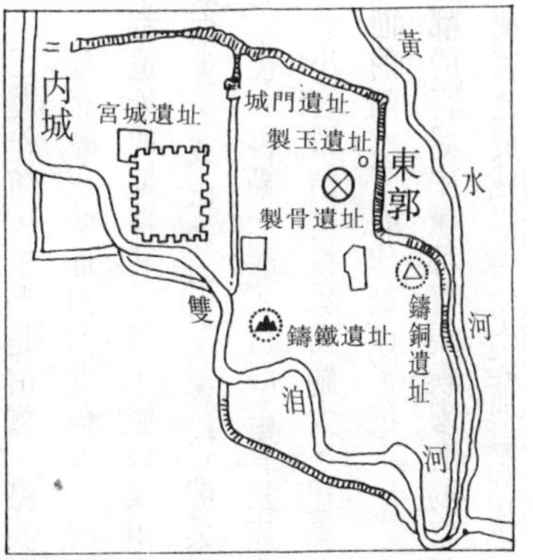

鄭韓都城遺址圖

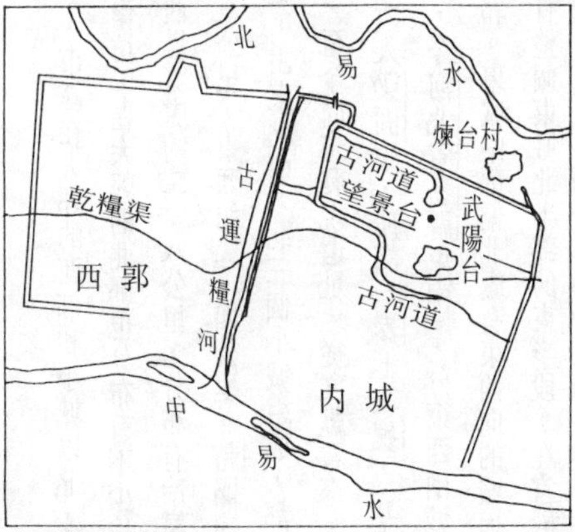

燕下都武陽遺址圖

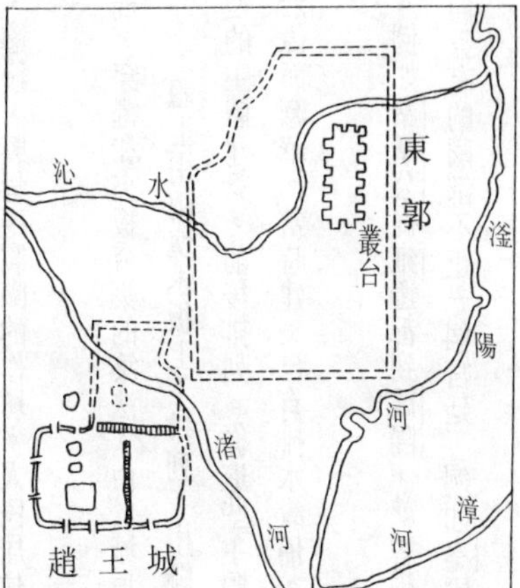

趙都邯鄲遺址圖

齊、韓、趙、燕四國都城遺址圖

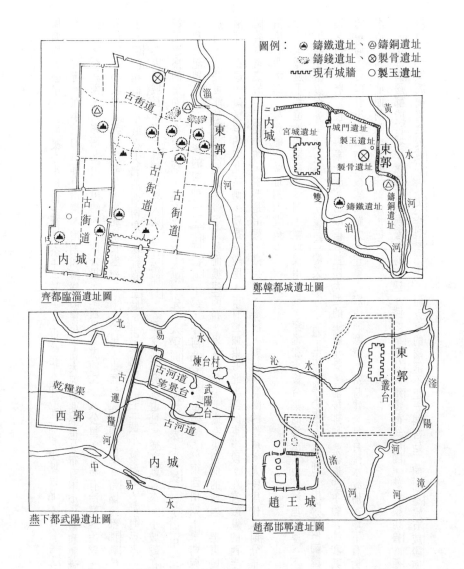

周圍約五公里，宮殿築在小城西北部的夯土台基上。市區在大郭的西部和小城以北，符合考工記「面朝後市」的規定。在小城的南部有冶鐵、冶銅和鑄錢的作坊，在大郭的北部也分布有不少冶鐵和製骨的作坊⑱。韓國國都新鄭，大郭南北最長處約四．四公里，東西最寬處約二．八公里，分布有冶鐵、冶銅、製骨、製玉等作坊。小城在大郭的西北角，南北最長處約二．八公里，東西約二．四公里。趙國國都邯鄲的布局，大體上和臨淄相似。小城在大郭的西南角，俗稱趙王城，由東、西、北三個小城組成，都有巨大的宮殿建築遺址，尤以西城爲密集。魏國都城大梁（今河南開封），至今尚未發現遺址，從文獻看來，小城設在大郭西北，魏王遊樂的梁囿即在西北郊，秦多次進攻大梁，先攻入梁囿中，所謂「秦七攻魏，五入囿中」（戰國策魏策三和史記魏世家）。燕國的國都之一武陽（即燕下都，今河北省易縣東南），分東西兩城，東西城之間有河道隔開，西城可能是戰國晚期適應戰爭需要而擴建的郭。東城中部偏北處有東西向的城垣，把東城分隔爲南北兩部。在這中隔城垣的南北兩側，就是宮殿區，占有整個東城北半部的東半段。在宮殿區的西半部和南側，圍繞有密集的手工業作坊，主要是冶鐵、鐵兵器、鑄錢、製骨、製陶的作坊。人民居住區則分布於離宮殿區稍遠的西南部。墓葬區在城址的西北角⑲。

根據燕下都遺址的勘探和試掘，城垣採用穿棍、穿繩和夾板夯築的築法。由於城垣很厚，不可能一次夯成，需要由裏向外，或由外向裏，逐段加寬夯築。大體上用兩塊木板上下排列，用繩從兩端攬緊，然後夯築。夯完一層之後，再築一層。宮殿區有三座大型的主體建築，前後排列。從這些主體建築和其他建築組群的布局，可以看出宮殿結構複雜而龐大，建築物宏偉而豪華。當時建築已有排水設備，地下有銜接的陶管下水道；露出地面的陶水管有作蛙頭形的。

在每個國都的宮城中，都有規模宏大的宮廷。例如秦孝公從雍遷都到咸陽，就曾模仿魯、衛等國的宮廷規模，「築冀闕宮廷於咸陽」（史記商君列傳）。而且有的國都不止一個宮廷，例如秦國有咸陽南宮⑳。趙國

蛙頭形陶水道管出口部分

一九五八年河北省易縣燕下都遺址出土。這是當時地下鋪設的陶水道管的出口部分。蛙頭形長一二〇釐米，口徑縱三六·五釐米，横三四釐米。

有信宮、東宮（史記趙世家趙武靈王十九年、二十七年），趙武靈王就曾在這裏上朝。齊國有雪宮，那是國君遊樂的處所（孟子梁惠王下篇）。在其他的都市，各諸侯國國君也往往建築有遊樂的宮廷，例如秦國在雍有秦孝公所建的橐泉宮、秦昭王所建的棫陽宮，在陳倉（今陝西省寶雞市東）有秦昭王所建的羽陽宮，在美陽（今陝西省武功縣西北）有宣太后所建的高泉宮，在虢（今陝西省寶雞市東虢鎮）有宣太后所建的虢宮，在鄠（今陝西省鄠縣北）有秦孝文王所建的萯陽宮（漢書地理志）。韓國在成皋、滎陽有鴻台之宮（戰國策韓策一、史記張儀列傳）。趙國在沙丘（今河北省巨鹿縣東南）有沙丘宮（史記趙世家）。

在國都中，除了宮城中有國君的宗廟、宮廷和國家機構的各部門官署以外，又有國君宗族和各級官吏的住宅。那些大官的住宅也都是高門大屋。例如齊宣王曾招攬大批文學遊說之士，對於淳于髡、田駢、接子、慎到、環淵等七十六人，都命爲「列大夫」，在稷下（臨淄的稷門附近）「爲開第康莊之衢，高門大屋尊寵之」（史記孟子荀卿列傳）。各諸侯國也有招待賓客的館舍，例如藺相如入秦，秦王曾留宿他在廣成傳舍（見史記藺相如列傳）。那些養食客的親貴大臣也都有招待食客的館舍，而且這些館舍是有等次的。例如平原君招待食客的館舍有上舍、下舍之分，孟嘗君招待食客的館舍有傳舍、幸舍、代舍之分，住幸舍的有魚吃，住代舍的出入有車乘，因而食客也有魚客、車客等名目。

當時諸侯國的郡城和縣城，也有各級官署和各級官吏住宅，有各種官營手工業作坊，有集中的市區。

市的規模宏大

秦的都城雍（今陝西省鳳翔縣），從春秋時代一直沿用到戰國初期。一九八六年在雍的東北部發現了戰國時代市的遺址，四周有長方形的圍牆，南北長一五〇米，東西寬一八〇米，四面圍牆中間各有一座市門，建築平面呈「凹」字形，入口處有大型空心磚作爲踏步。整個市的面積近三萬平方米。市的西邊發現有南北向的四條大街，和東西向的大街交錯成「井」字形。山東臨沂銀雀山出土的竹簡中，有市法的殘簡，是戰國時代著作，講到「國市之法，外營方四百步」，四百步合五五四米，規模要比雍的市大三倍。市法還講到「爲肆邪分列疏數」（「邪」當讀作「敍」），是說市肆有「列」的劃分組織。所謂「列」，就是要按商肆的性質加以劃分。同時對商肆占地的大小，又按貨物的貴賤有所規定，貨貴的商肆不超過七尺，貨賤的商肆不超過十尺，當指商肆的門面而言。市法更規定：「市嗇夫使不能獨利市」，就是不准市吏壟斷市的利益。韓非子內儲說上篇記載有商（即宋）太宰如何監督管理市吏的故事。據說宋太宰派了家中僕人（少庶子）到市上去觀察，看到市的南門外牛車很多，便召見市吏查問何以市門外多牛屎，市吏從此就惶恐小心對待自己的職守。秦惠王時蜀守張若在成都建設城市，「市張列肆，與咸陽同制」，還設置有鹽鐵市官（華陽國志卷三蜀志）。根據秦律來看，市上商店如同居民一樣以五家爲一「伍」，設有「列伍長」，協助官吏監督商人的經商活動。對於官營手工業作坊和官營商業的現金收入，還有一套嚴格的監督制度，規定經手人收到現金必須當場放入「錢缿」（儲錢的容器）中，由「介者」從旁監督看他放進去，否則就要罰繳鎧甲一件。

這時各大城市中已有世代居住的個體手工業者。例如宋國司城（以官名爲氏）子罕所住的「宮」的南面，就住有「恃爲鞔（皮履）以食三世」的工人，因爲他家的牆突出到子罕的「宮」內，子罕想要他搬家，他說：

如果搬了家，宋國求鞔的人就不知道我居住的處所，我將沒有飯吃（呂氏春秋召類篇）。在這些大城市裏各種個體手工業者是很多的，冶金工、車工、皮革工、木工、漆工等都有住在城市裏的，即所謂「百工居肆」。此外住在城市中的，還有殺狗的屠夫，即當時所謂「狗屠」的（見史記刺客列傳）。

這時市區內店鋪林立，有「鬻金者之所」（呂氏春秋去宥篇）；也有「縣（懸）幟甚高」㉑的「酤酒者」（韓非子外儲說右上篇）；有出賣履的（韓非子外儲說左上篇）；有「賣駿馬者」（戰國策燕策二蘇代語）；有出賣兔的，所謂「積兔滿市」（呂氏春秋愼勢篇）；有販賣茅草的，即所謂「販茅者」（韓非子內儲說下篇）；還有賣卜的，據說齊國公孫閈曾「使人操十金而往卜於市」（戰國策齊策一）。當時市上已什麼都有出賣了，在繁榮的市裏，清早就有許多買客等候市門的開放。等到市門開放，就「側肩爭門而入」，爲的是爭取「所期物」（史記孟嘗君列傳馮諼語）。

市中的工商業稅以及爭奪城市

這時諸侯國對於工商業已徵收三種不同的稅，有徵收「廛」（屋基）的稅，有徵收「市」的營業稅，又有徵收通過「關」的稅。當時諸侯國的財政收入，除了地租以外，工商業稅也是很重要的部分。所以到戰國中期，這些大城市也成爲諸侯國爭奪的目標之一，而且成爲各國有權勢的大臣爭取作爲封地的目標了。

宋國的定陶，是當時中原最繁榮的城市之一。在齊國滅宋前，齊、秦、趙三大強國都曾想奪取定陶，引起了激烈的鬥爭。不僅齊滑王要攻滅宋國，而且秦的穰侯魏冉和趙的奉陽君李兌都曾想攻取定陶作爲自己的封地。由於爭奪宋地，曾發生一系列合縱、連橫的戰爭。蘇秦曾勸說齊湣王廢除東帝稱號，發動合縱擯秦，以便乘機攻取宋國。在齊國滅宋後，由於齊國加強了對各國的威脅，又有五國聯合攻齊和燕將樂毅攻破齊國的事變。在五國聯合攻齊中，秦國首先攻取了定陶，把定陶作爲魏冉的封地。等到魏冉被秦驅逐，憂鬱死去以後，秦也就把定陶改建爲郡，即所謂陶郡。等到秦國圍攻趙都邯鄲不克，魏信陵君魏無忌和楚春申君黃歇救趙，戰勝了秦國，魏安釐王也就乘機攻取了定陶，並且滅亡了衛國。從這一連串爭奪定陶的事件中，很明顯的可以看出：定陶是當時一個最富庶的商業城市，工商業稅收比較多，便利於那些統治者搜括，因而各大國國君和親貴大臣都想據爲己有，把定陶作爲爭奪的目標了。

不僅像定陶這樣富庶的商業城市是當時爭奪的目標，就是那些由冶鐵手工業發展起來的城市，也經常爲各國所爭奪。公元前三〇一年，齊相孟嘗君田文曾聯合韓、魏攻楚。在這一戰役中，三國聯軍大勝，殺死了楚的主將唐蔑，韓、魏兩國也就取得了楚的宛、葉以北地。韓、魏兩國所以要奪取宛、葉以北地，一方面由於這是「方城膏腴之地」（戰國策秦策三），一方面就是由於宛是著名的冶鐵手工業地區和繁榮的商業城市。秦國在進行兼併戰爭中，對這些冶鐵手工業地區當然也不肯放鬆。在公元前二九二年，秦便派司馬錯攻韓，取得了韓前次從楚那裏奪得的宛。次年，秦又派司馬錯攻取了魏的軹和韓的鄧。就在這年，秦把涇陽君公子市改封於宛，高陵君公子悝改封於鄧。原來宛、鄧兩城是韓國南北兩個冶鐵手工業的重要地點，韓國著名的劍戟有出於宛馮、鄧師的，就是這兩地的產品。這年秦國同時把涇陽君和高陵君改封於宛和鄧，並不是偶然的事。這時，秦國宣太后專權，魏冉、公子市、公子悝、芈戎（華陽君）都爲宣太后所寵幸，因而秦在兼併戰爭中奪得的最富庶的地方，便成爲他們的封地了。魏冉所封的定陶，公子市所封的宛，公子悝所封的鄧，芈戎所封的新城，都是當時工商業比較發達的地方。這四個封君所以會「私家富重於王室」，就是這個緣故。秦昭王在親自掌握政權後，所以會聽從范雎的話，把他們驅逐，也是這個緣故。因爲他們在這些富庶城市中肆意搜括，弄得「私家富重於王室」，很難控制了。

從此可知，戰國時代隨著手工業和商業的發展，城市確已比較繁榮，而城市中的工商業，也就成爲經濟的一個重要組成部分了。

軍市的興起

特別需要一提的，是駐軍附近的「軍市」的興起。縱橫家蘇秦對齊閔王的長篇遊說辭：「士聞戰，則輸私財而富軍市，輸飲食而待死士。」（戰國策齊策五）說明當戰爭爆發時，駐軍附近設有「軍市」，以便士兵購買日用消費品。至於各國邊地長期駐軍防守的地方，當然更設有經常的「軍市」。據說「李牧為趙將，居邊，軍市之租，皆自用饗士，賞賜決於外」（史記馮唐列傳）。看來各國邊地的「軍市」，由於駐軍數量多，市場比較繁榮，「軍市之租」（即市上的稅收）也比較多，成為駐軍將領的重要收入。李牧用它來賞賜士兵，很得士兵擁護。商君書墾令篇規定：「令軍市無有女子，而命其商人自給甲兵，使視軍興；又使軍市無得私輸糧者，則奸謀無所於伏。」又說：「盜糧者無所售，送糧者不私；輕惰之民不遊軍市，則農民不淫。」這樣規定「軍市」中不准藏有女子，不准私自販賣糧食，不准輕惰之民遊「軍市」，說明當時「軍市」已比較熱鬧和繁榮。所有這些規定是為了防止「軍市」發生種種流弊，防止「盜糧者」盜賣官府糧食，防止駐軍和附近農民的生活腐化等等。

五、鑄造貨幣的廣泛流通和高利貸的橫行

銅幣的四種形式

春秋後期已有銅鑄貨幣的出現。公元前五二四年（周景王二十一年）曾鑄「大錢」。在這以前早已有錢，而且有兩種不同幣值，或者「母權子而行」，或者「子權母而行」。這時周景王鑄「大錢」，是為了「廢輕

而作重」(國語周語下)。這種稱爲「錢」的銅幣，是從稱爲「錢」(即鏟)的農具轉變來的。這種銅幣又稱爲「布」，又是「鎛」(即鋤)的假借字。十分清楚，銅幣是模仿「錢」和「鎛」等青銅農具形式鑄造的。原始的「錢」，古錢學家稱爲「空首布」，或稱「鏟幣」。所謂「空首」，指首部有裝柄的圓孔，如同鏟的「銎」。春秋後期周的王城周圍地區流行的空首布，有大型平肩、小型平肩和小型斜肩等三種，近年河南洛陽、伊川、新安、孟津、宜陽等地先後有多批出土，布上鑄有十多個周的地名，大型和小型平肩布鑄有「王」字的，當是王城所鑄。春秋後期晉國太行山以北地區流行著聳肩尖足空首布，一九五四年山西侯馬牛村古城南部曾出土十二枚，當爲晉的都城所鑄。傳世這種布鑄有甘丹地名，當爲邯鄲所鑄。

戰國鑄造的銅幣，主要有四種不同形式：㈠布幣，從空首布蛻變而來，主要流行於三晉(即魏、趙、韓三國)，有圓肩、方足、圓跨的，有方肩、方足、圓跨的，有方肩、尖足、圓跨的，有方肩、方足、方跨的。㈡刀幣，從工具中的刀蛻變而來，主要流行於齊、燕、趙三國。齊刀形制較爲長大，都是尖頭，燕、趙形制較短小，方頭或圓頭。㈢圓錢，錢作圓形，圓孔無郭，方孔的出現較遲。主要流行在東周、西周、秦以及趙、魏兩國沿黃河地區。㈣銅貝，形狀像子安貝，該是沿襲古代用貝作貨幣的習慣而來，主要流行於楚國廣大地區。商周墓葬中曾發現沒有文字的銅貝或銀貝，但尚不能認定是當時的實用貨幣。銅貝作貨幣當起於戰國時代。

各國大商業城市所鑄銅幣

這時的大商業城市都曾鑄造銅幣，銅幣上大都鑄有地名。現在我們把比較可考的分國敘述於下：

㈠魏國　魏國所流行的布，主要形式是圓肩、方足、圓跨的。國都大梁、舊都安邑、蒲阪(今山西省永濟縣西)、晉陽(今山西省永濟縣西南)、共(今河南省輝縣)、山陽(今河南省焦作市東南)、虞(即吳，今山西省平陸縣北）等城市所鑄的，都是這種形式。其次是方肩、方足、圓跨的布，有陰晉（今陝西省華陰縣東）所鑄的。又有方肩、尖足、圓跨的布，有垣（今山西省垣曲縣西南）、平周（今山西省介休縣西）、皮氏（今山西省河津縣東）、高都（今山西省晉城縣）、宅陽（今河南省鄭州市北）所鑄的。

魏的布比較複雜，大小輕重不等，有的以釿爲單位，有的以寽爲單位。大體上一百釿等於一寽。大梁所鑄的布，有「梁正尚（當）百尚（當）寽」、「梁奇釿百尚（當）肘寽」、「梁半尚（當）二百尚（當）寽」、「梁奇釿五十尚（當）寽」四種。前兩種是百枚當一寽，第三種是二百枚當一寽，第四種是五十枚當一寽。一寽的重量大約在一千四百克到一千六百克之間。安邑、梁、晉陽（銅幣銘文作「晉昜」）三城所鑄有半釿、一釿、二釿三種，陰晉、虞二城所鑄有半釿、一釿二種。垣所鑄有「垣釿」一種，蒲阪（銅幣銘文作「甫反」）所鑄有一釿一種，共所鑄有「共半釿」一種，垂所鑄有「垂二釿」一種。山陽、平周、皮氏、高都、宅陽所鑄沒有單位名稱和重量。幾所鑄有「幾氏」「幾城」「幾釿」等種。據測定，上述以釿爲單位的，一釿重十二到十五克，半釿重五到八克。上述以寽爲單位的，兩種「百當寽」布的重量都相當於一釿，可知「五十當寽」、「百當寽」、「二百當寽」三種布實際上仍是半釿、一釿和二釿。

魏在沿黃河地區還有圓錢（圓孔無郭）流通，鑄造的城市主要有共、垣、長垣（今河南省長垣縣東北）等城。共所鑄圓錢有「共」、「共半釿」、「共屯赤金」三種。垣所鑄有「垣」一種。長垣所鑄有「長垣一釿」、「長睘一釿」二種。魏國還有無文銅貝流通，近年河南輝縣琉璃閣和山西侯馬上馬村都有出土。

（二）趙國　趙國所流通的布，主要形式是方肩、尖足、圓跨的。趙都邯鄲（銅幣銘文作「甘丹」）、晉陽（今山西省太原市）、藺（銅幣銘文作「閵」）、離石（銅幣銘文作「禼石」）、武安（今河北省武安縣西南）、中陽（今山西省中陽縣）、武平（今河北省霸縣北）、安平（今河北省安平縣）、中都（今山西省平遙縣西南）所鑄的，都是這種形式。晉陽、藺、離石所鑄也有圓肩、圓足的，大體上還是前一種形式的變化。還有一種安陽

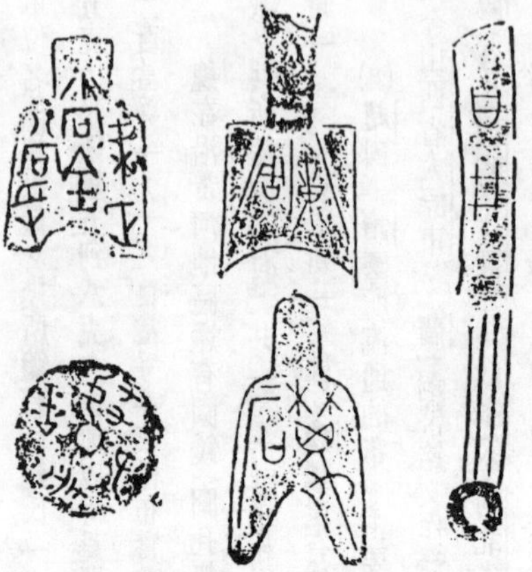

戰國銅幣（拓本）

左方是魏國的「梁正尚（當）全尚（當）寽」布和魏國的「共屯赤金」圓錢。中間是東周的「東周」空首布和趙國的「藺石」圓肩圓足布。右方是趙國的「甘丹」刀。

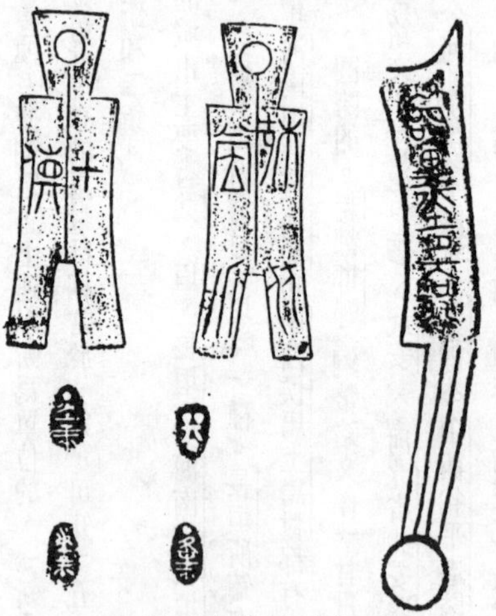

戰國銅幣（拓本）

左方是楚國的「殊布當釿」布，背文作「十貨」。下面是楚國的四種銅貝。右方是齊國的「節墨之去化」刀。

方足布，當爲西安陽（今內蒙古烏拉特前旗東南公廟溝口）所鑄㉒。

趙國還流行較小的刀幣。有地名的，有邯鄲（銘文作「甘丹」）、藺（銘文作「閔」）、柏人（銘文作「白人」或「白」），在今河北省臨城縣東南）三種。以「化」（貨）爲單位，重量多數在十克以上。後來還鑄有更小的刀幣，有「晉陽新化」、「晉陽化」、「晉化」等種，重量七克左右。

趙國西部沿黃河地區也有圓錢（有郭）流通，有「藺」、「離石」二種。藺城有刀、布，又有圓錢。離石城有布和圓錢兩種。可能圓錢鑄造的時間較晚，是受了秦國圓錢的影響而鑄造的。

㈢韓國　韓國所流通的布，主要形式是方肩、方足、方跨的。韓的舊都平陽（今山西省臨汾縣西北）、高都（今洛陽西南）、屯留、長子（銘文作「郘子」）、涅（今山西省武鄉縣西北）、盧氏（今河南省盧氏縣）、鄧

（今河南省孟縣西）所鑄的都是這種形式。盧氏所鑄，也有空首的布，銘文除「盧氏」外，還有作「盧氏涅金」的。

（四）齊國　齊國所通行的主要是刀幣。「齊去（法）化（貨）」、「齊建邦造去（法）化」兩種，當是齊都臨淄所鑄。臨淄的宮城内就有鑄造這種「齊去（法）化」刀幣的作坊。「節墨之去（法）化」一種，當是即墨所鑄。「安陽之去（法）化」一種，當是安陽（今山東陽穀縣東北）所鑄。另有「齊建邦𨱆（長）去（法）化」一種，較爲少見，亦當爲臨淄所鑄，重量都在五十克左右。另有一種明刀錢，背文有「齊化」、「莒□□」、「安陽□□」等字的，當是受燕國貨幣影響後所鑄造的，時代大約較遲。

齊國晚期也鑄方孔有郭的圓錢，有「賹六化」、「賹四化」、「賹二化」、「賹化」四種，當爲「賹」（今山東省壽光縣西南益城）所鑄㉓。

（五）燕國　燕國主要流通的銅幣，是方首有「明」字的刀，即所謂明刀。主要有兩種：一種弧背，一種折背。另有一種平肩方足的半釿布，鑄有地名襄平（今遼寧省遼陽市），曾出土於遼東半島和朝鮮北部，當爲戰國晚期受三晉布幣影響後所鑄造的。「明刀」的「明」字，原作「□」或「□」，當即「匽」字之省，前人誤識爲「明」。燕國銅器銘文都自稱「匽」或「郾」，而不作「燕」。燕國後來也行圓錢，方孔無郭的，有「匽四」、「匽化」兩種，方孔有郭的，有「一化」一種，時代更晚。

（六）秦國　當西周春秋之際，衛就曾以「布」爲貨幣。詩衛風氓説：「氓之蚩蚩，抱布貿絲，匪（非）來貿絲，來即我謀。」毛傳：「布，幣也。」秦原來經濟比較落後，商品交換不發達，戰國初期仍以一定尺寸「布」幅（麻布）作爲貨幣使用。公元前三三六年（秦惠文君二年）「初行錢」（史記秦始皇本紀，六國年表），開始鑄錢流通，才用以代替「布」作貨幣。秦律的金布律規定：「布袤八尺，幅廣二尺五寸」，作爲「布」的貨幣單位，又規定「錢十一當一布」，這是以新行的「錢」折合舊的「布」的幣值的比例。秦律上有多處述及錢數都是十二的倍數。這是因爲原來法律以「布」爲貨幣，改用「錢」以後加以折算的結果。秦從「初行錢」這年以後，一切物價都已用錢計算。秦所通的圓錢，主要是方孔無郭的「半兩」。秦錢以「半兩」爲單位。

一九五五年洛陽王城遺址出土「文信」圓錢石範，傳世古錢有「文信」圓錢，形制類似「半兩」，當是秦相文信侯呂不韋封邑河南所鑄。當時河南一帶商業很發達。咸陽一帶曾出土「長安」圓錢，當是秦王政之弟長安君成蟜所鑄㉔。據此可知戰國末年秦專權的封君有鑄錢的。

㈦西周和東周　洛陽曾出土圓孔有郭的「東周」和「西周」圓錢，當爲東周君和西周君所鑄。洛陽還曾出土「東周」小型空首布，亦當爲東周君所鑄。洛陽王城遺址南部瞿家屯以東發現戰國時糧倉遺址，糧窟出土有「王」、「三川釿」、「東周」、「安臧」等文字的小型空首布和「安臧」圓錢㉕。可知當時洛陽一帶所通用的貨幣，既有空首布，又有圓錢。

㈧楚國　楚國通行銅貝，也有布幣，更流行黃金貨幣，幣值單位爲「釿」和「貨」。

銅貝是楚國常用貨幣，流通量很大，所以歷年出土很多。貝上文字很難識，「哭」是最多的一種，吳大澂釋爲「貝」字。宋代以來人們稱它爲「蟻鼻錢」或「鬼臉錢」。銅貝輕重不等，最輕的〇．六克，最重的五．五～五．六克，一般爲二．五～三．五克。

布幣有「殊布當釿」一種，背文爲「十貨」，江蘇丹陽和浙江杭州曾有出土。另有「四布當釿」一種。據實測，「四布當釿」重七克半，「殊布當釿」重三十一到三十七克，四個「四布當釿」正和一個「殊布當釿」的重量差不多。而銅貝重量一般爲兩克半和三克半左右，可以推知「殊布當釿」背文「十貨」，就是指相當於十個銅貝。從此可知楚國貨幣的比值是：一個「殊布當釿」等於四個「四布當釿」、等於十個銅貝㉖。

㈨中山　中山是戰國時代中等國家，應該鑄有錢幣。傳世古錢有一種「三孔布」，圓首、圓肩和圓足，首和兩足各有一個小圓孔，小的背文作「十二朱（銖）」，大的作「一兩」，地名有上曲陽、下曲陽、南行唐、九門等，都是中山地名，近人推定爲中山貨幣㉗。

大體説來，當時三晉和齊的錢幣鑄造權是屬於中央政權和各大商業城市的地方政權的；秦、楚等國是統一由中央政權鑄造的。秦國從公元前三三六年（秦惠文君二年）「初行錢」以後，就把鑄造錢幣的權集中到中央。秦律嚴禁民間私鑄錢幣，律文中就有搜捕盜鑄錢幣犯的例子。秦律還規定官府鑄造的錢，不論好壞，一律通用，不准百姓挑選使用，也不准商店和官吏隨意挑選。如果商店挑選使用，「列伍長」不向官吏報告的，或者官吏不加查究的，都有罪。到戰國末年，專權的封君如文信侯呂不韋等，在其封邑鑄錢發行，這是特例。

銅幣的廣泛流通

上面所講的，是戰國時代各國所通行的銅幣的情況。春秋末年以後，銅幣已在民間廣泛流通。農民所生產的主要農產品粟的價格已用貨幣來計算，一石粟價三十錢（見漢書食貨志李悝語），最低時二十錢，高漲時達到九十錢（史記貨殖列傳引計然語），商人便從中壟斷，盡可能地剝削農民。依據秦律的律文：禾（小米）價每石三十錢，菽（大豆）、麥的價格要比禾賤。小家畜大約每頭二百五十錢左右。織物原料之一「枲」（供織維用的大麻雄株），每斤三又三分之一錢（十八斤值六十錢）。布一幅，長八尺，闊二尺五寸，值十一錢；如果布幅長闊不合規格的不准在市上流通。根據戰國初年魏相李悝估計，當時農民每年衣服費用是三百錢；而秦律規定官府對官奴發放衣服費用，冬衣每個成年人一百十錢，夏衣五十五錢，總共一百六十五錢，比農民每年衣服費用要低得多，説明奴隸的生活還要低於農民很多。至於比較富裕的人穿著絲帛製的衣服當然要貴得多，秦國一個參與統一戰爭的士兵的家信，曾向母親要求給與五六百錢以備添置衣服（雲夢睡虎地四號墓出土木牘)。戰國時代臨時的雇工已出現,錢布也已作爲雇用「庸客」來耕田的工資(見韓非子外儲說左上篇)。當時雇用勞動的最低工資是每日八錢。按秦律規定,贖罪而拿不出現錢的,借官府債而不能及時償還的,都要到官府服勞役來抵償,每勞役一天折合八錢,吃官家飯的折合六錢。由於貨幣的廣泛流通,刀布也已和困窮裹的糧食一樣作爲儲蓄財富的手段(荀子榮辱篇)。當時各國政府已徵收一里一夫的布(孟子公孫丑上篇),已有所謂「刀布之斂」了(荀子王霸篇、富國篇)。韓非子曾說:「徵賦錢粟,以實倉庫。」(顯學篇)當時各國政府出通緝罪犯的賞格也已用錢。公元前二三八年(秦始皇九年),長信侯嫪毐作亂,秦王下令國中說:「有生得毒者,賜錢百萬,殺之五十萬。」(史記秦始皇本紀)至於商人,更利用錢幣來進行不等價的交換,講究怎樣迅速流轉資金,即計然所謂「財幣欲其行如流水」(史記貨殖列傳)。

錢幣也已用作法律上的獎金、罰款和贖罪金,秦律把罰款叫做「貲布」,把贖「耐」、「黥」、「遷」(流放)等罪的錢叫做「贖耐」、「贖黥」、「贖遷」。秦律規定對盜竊犯判刑的輕重,所盜竊的錢多少是標準之一,盜取二百二十錢以下的和二百二十錢以上以及滿六百六十錢的判刑不同。官營手工業作坊中的官奴損壞器物,也要按損壞器物的價值多少來處罰,值一錢的要鞭笞十下,值二十錢以上的就要「熟笞之」。

黃金的使用

隨著商品經濟的發展,到戰國時代不但銅幣已廣泛流通,而且黃金也從這時開始使用,成爲一般等價物,成爲貴重的貨幣了。

戰國時代使用黃金,每以斤、鎰等重量單位來計算(鎰重二十兩,一說重二十四兩)㉘,也有以金爲單位的。楚國汝水、漢水流域多產黃金,管子國蓄篇所說「金起於汝、漢」,因此楚國使用黃金貨幣較多。楚國金幣有兩種:一種是餅金,安徽阜南三塔公社楚墓曾出碎塊,湖北江陵望山楚墓中曾出土這種餅金的冥幣

（包金銀的鉛餅）。另一種是方形小金塊，以「爯（稱）」爲單位㉙，它是在扁平的方形金版上加鈐印記，鈐上十六、十九到二十多印記不等。含金量百分之九十以上，至少是百分之八十二。使用時按需要切成小塊，按稱量支付。鈐印文字以「郢爯」爲多，「陳爯」次之，「鄟爯」和「潁」少見，「覃金」只一見（安徽省博物館所藏）。「鄟爯」爲楚國都所造，「陳爯」爲楚頃襄王所徙國都（今河南省淮陽縣）所造，「鄟爯」可能是楚國占有今山東郯城東北舊鄟國地後所造，「覃金」可能是楚國占有今山東郯城西南舊郯國地後所造。這種方形金塊（少數有作圓形的），大體上重當時一斤，合今二百五十克左右㉚。河南扶溝古城村的曲洧古城曾出土刻有三晉文字的餅金，可知韓也有餅金㉛。

這時黃金大量集中在各國政府、貴族、官僚和少數富人手中。大商人經營珍貴的商品，都是以黃金論價的。據說，千里馬、象床、寶劍、狐裘等物都是價值千金的（戰國策燕策一、齊策三、西周策，史記孟嘗君列傳）。奴隸的買賣也有以金來計算的。據說，衛嗣君要贖回一個逃亡到魏國的胥靡（用繩索牽連著強制勞動的奴隸），出了百金還不成，要用「百金之地」的左氏（今山東曹縣北）去贖買（見戰國策衛策，韓非子內儲說上篇作「五十金」）。又據說，韓國有一個價貴的「美人」，諸侯都不能買，秦國用了三千金買去（戰國策韓策三）。當時地主、官僚、貴族的地租收入，也有用黃金來計算的，例如溫囿有「歲利八十金」（戰國策西周策）。而且由地租而產生出來的地

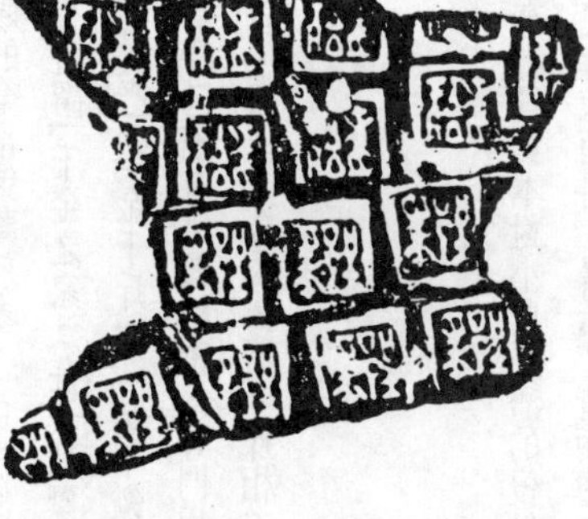

安徽阜南出土楚國「郢爯」金幣拓本

近幾年來安徽阜陽地區出土三批楚國「郢爯」金幣，其中阜南三塔出土的三塊完整的「郢爯」較爲罕見，它們的重量在二六二克和二八〇克之間。這塊打有十七個印，重二六二·八二五克。

價，也有用黃金來計算的了，例如趙將趙括就曾把國君所賞賜的金帛歸藏於家，「日視便利田宅可買者買之」（史記趙奢列傳）。地主、商人的家產也往往用黃金來估計，有所謂「千金之家」（莊子列禦寇篇）、「萬金之家」（韓非子八說篇）。至於國君賞賜臣下，官僚間送禮或賄賂，「百金」、「金千斤」、「金千鎰」，更是常見的了。因爲黃金比較貴，使用時以斤、鎰等重量單位來計算，當時已經有比較精密、專門用來稱黃金的天平。秦律規定，一般衡器一斤相差三銖以上的要罰主管官吏一件盾，而稱黃金的衡器一斤相差半銖的就要罰一件盾。

高利貸的橫行

這時，由於商業的發展、貨幣的廣泛流通，商業資本和高利貸資本對小農經濟的侵蝕作用也發生了。商人一方面對農民作不等價的交換，從而盤剝農民，弄得「農民解凍而耕，暴（曝）背而耨，無積粟之實」，而商人「無把銚推耨之勞，而有積粟之實」（戰國策秦策四頓弱說秦王語）。所以荀子認爲「工商眾則國貧」（富國篇），主張「省工賈，眾農夫」（君道篇）。韓非子也認爲工商之民「蓄積待時，而侔農夫之利」，主張「使其商工遊食之民少」（五蠹篇），反對「綦組、錦繡、刻畫爲末作者富」（詭使篇）。商人另一方面又趁農民窮困，進行高利貸剝削。社會上貧富懸殊的現象逐漸嚴重起來，那些富商大賈家產巨萬，而一般窮困的人借債度日，即所謂「行貸而食人」（荀子儒效篇）。

同樣的，地主、官僚一方面向農民徵收高額租稅，另一方面也趁農民窮困，進行高利貸。孟軻在分析實物地租中定租制（即當時所謂「貢」）的弊害時，曾說：當時農民遇到荒年連再生產的肥料都不夠，偏要按定額多少收租，農民終年勤勞連父母都養不活，「又稱貸而益之」，迫使一家老小拋屍露骨於山溝之中（孟子滕文公上篇）。所指的就是這種情況。齊湣王的相國孟嘗君田文，就是一個大高利貸者，他曾在封邑薛地大放高利貸，一次就收到「息錢十萬」(史記孟嘗君列傳)。

按照秦律規定，官府的資金，官吏不能私自借用，「府中公金錢，私貸用之，與盜同罪」。還規定：百姓向官府借債到期不能歸還的，如同繳不出贖罪金一樣，必須到官府服勞役抵償，每服役一天折合八錢；吃官家飯而服役的，每天折合六錢。

高利貸的橫行，不但嚴重剝削貧苦農民，還引起農村經濟的分解，造成大量的農民流亡，所謂「息愈多，急即以逃亡」(史記孟嘗君列傳)。

券的普遍應用

這時在買賣中作爲憑證的券已普遍應用。券有長短之分。大體上較大的買賣用較長的券，這種券叫做質；較小的買賣用較短的券，這種券叫做劑，所謂「大市以質，小市以劑」(周禮質人)。如果事後發生爭執或糾紛，官府也就根據質、劑來加以判斷，所謂「聽買賣以質劑」(周禮小宰)。至於高利貸者放債，更普遍應用券了。無論買賣用的質、劑或放債用的債券，一般都是用竹木製的，他們先把買賣的合同或借據寫在上面，然後剖分爲二，由買主或債權人執右券，賣主或債務人執左券。買主或債權人便可操右券來責成賣主或債務人履行義務，即所謂「操右券以責」(史記平原君列傳)。債權人在討債和索取利息時，便可以命債務人前來「合券」(史記孟嘗君列傳)。這種債券或稱爲傳(符)別。傳就是指合券，別就是指個別的右券或左券。管子問篇說：「問邑之貧人債而食者幾何家?」「問人之貸粟米有別券者幾何家?」所謂別券，就是指左券而言的。如果因債務問題發生爭執或糾紛，官府也就根據傳別來判斷，所謂「聽稱責(債)以傳別」(周禮大宰)。

券這樣普遍地應用，也是商品經濟發展和貨幣廣泛流通所產生的現象。

本章所說的商人壟斷市場、城市繁榮、鑄造貨幣廣泛流通和高利貸橫行等情況，都是戰國以前不曾有過的。我們翻開記述春秋時代歷史的左傳來看，春秋時工商業者大都為貴族所御用，即所謂「工商食官」，簡直找不到貨幣的蹤跡，列國君臣送禮、賄賂和贖罪，大抵用服飾、珠寶、絲帛、糧食、家畜或奴婢，而沒有用黃金貨幣的，和戰國時代動輒用黃金千斤、千鎰的情況截然不同。

六、貿易理論的產生和商業政策的講究

計然的貿易理論和商業政策

隨著這時商品交換的發展、商業城市的興起和富商大賈的出現，就有人適應時代需要，總結經商的經驗，發展成為貿易致富的理論，並創立有關商業政策的學說。當時倡導貿易理論的著名人物有計然和白圭。

計然，一作計研、計倪或計硯，春秋末年越王句踐的謀臣㉜。他為了預測商情，找尋有關國計民生的年成好壞的規律。這時由於天文學的發展，已利用歲星（即木星）運行十二年一周的規律來紀年，並規定了十二個太歲（即太陰）的五行屬性。計然認為農業生產年成的好壞是跟歲星運行一樣有規律。三年歲星屬「金」的是「穰」一年，即大豐年；三年歲星屬「水」的是「毀」一年，「毀」年的災情是毀滅性的，即大荒年；三年歲星屬「木」的是「康」一年，即小豐年；三年歲星屬「火」的是「旱」一年，「旱」年災情要比「毀」年輕些，即小荒年。概括說來，就是每十二年中，六年是豐年，六年是荒年，其中一年是大饑荒㉝。這樣根據歲星運行的自然規律來推算年成的好壞，當然是不科學的。儘管當時由於生產技術水平低，年成好壞在很大程度上受到自然條件的影響，但是與歲星的運行無關。而且這種理論完全否定了人的主觀能動作用。

計然的經濟理論，可以用他的兩句話概括：「時斷則循，知(智)斷則備。」㉞就是說，對天時變化的規律能夠作出判斷，就必須遵循；智慧能夠依據客觀規律對商情作出判斷，就該預作儲備。他把年成好壞說成是自然界循環的規律，當然是錯誤的，但是他提出的預作儲備、以待貧乏的貿易原則，是不同於一般商人囤積居奇、牟取暴利的做法的。一般商人搶購市場上緊張商品加以囤積，以待價格飛漲而牟取暴利，這對國計民生是極其有害的。計然主張當某些物資貨源充足而價格便宜時，預先大量收儲，待市場上貨源匱乏而價格上漲時拋售，例如當大水氾濫時預見到將來車的需要而預作儲備，當大旱年成預見到將來舟的需要而預作儲備。計然說：「旱則資舟，水則資車，物之理也。」(史記貨殖列傳)這是總結了當時商人貿易的經驗而提出的理論。同時越大夫文種也說：「臣聞之賈人，夏則資皮，冬則資絺，旱則資舟，水則資車，以待乏也」(國語越語上)。這種「待乏」的貿易原則，在貨源充足時收儲，貨源匱乏時出售，對生產者和消費者都是有利的。

計然把這個「待乏」的貿易原則，運用到政治上，制定爲經濟政策，就成爲「平糶法」。他認爲糧價跌到每石二十錢時，就會「病農」，「農病則草不闢」，破壞農業生產；糧價上漲到每石九十錢時，就會「病末(工商業)」，「末病則財不出」，不利於手工業生產和商品流通。實行「平糶法」，糧價跌時由國家以較高價格收購，糧價漲時由國家以較低價格出售，使糧價控制在每石三十錢到八十錢之間，就能使得「農末俱利」。這種平糶政策在供求關係上可以起到「齊物」(平衡物價)的作用，同時還可以保證市場的供應，不使物資匱乏。因此計然說：「平糶齊物，關市不乏，治國之道也」(史記貨殖列傳)。

計然根據這個「待乏」的貿易原則，制定了一整套經商方法，主要有下列三項：

㈠儲藏的貨物必須妥爲保藏，勿使腐敗損壞，叫做「務完物」。容易腐敗的貨物和食品不能保存收藏。

㈡收購和出售商品必須掌握適當時機，不能錯過機會。他已經認識到物價貴賤是由於供求關係的有餘和不足，因而必須從市場供銷的有餘和不足上判斷物價貴賤變化的趨勢。同時他還認識到物價漲跌有著相互轉化的規律，「貴上極則反賤，賤下極則反貴」，因而必須適當地掌握時機來收購或拋售。當某種貨物價格漲到適當時機就應該把它看作糞土一樣而大量拋出，當某種貨物價格跌到適當時機就應該把它看作珠玉一樣而大量收購，即所謂「貴出如糞土，賤取如珠玉」。而且他還主張不能過分等待高價，把貨物留在手中不放，即所謂「無敢居貴」。因爲過分等待高價，這會錯過出售的適當時機。㈢商品和資金都必須周轉迅速，即所謂「財幣欲其行如流水」，「無息幣」。因爲加速商品和資金的周轉，可以取得更多的商業利潤。

計然把這種經商方法，稱爲「積著之理」。認爲它不僅適用於商人，也還適用於當時各國政府。國家設立官市，在糧價賤時收購糧食，售出牲畜及其他貨物；在糧價貴時出售糧食，收買田宅、牛馬，積聚貨物，這樣既可以穩定糧價，國家又可獲利十倍（越絕書計倪内經）。

計然從供求關係的有餘和不足判斷物價貴賤變化趨勢，確定了「待乏」的貿易原則，制定了經商方法和商業政策。雖然他不能正確認識經濟規律，但是這種試圖探索並遵循經濟規律來辦事的精神，還是難能可貴的。

白圭的貿易致富理論

白圭，名丹，周人，與惠施、孟軻同時㉟。曾爲魏惠王的相國，以善於治水和築堤防著稱。主張減輕土地稅率，二十而取一；講究貿易致富理論，成爲當時商人崇奉的祖師，所謂「天下言治生者祖白圭」（史記貨殖列傳）。

白圭和計然一樣認爲年成好壞與歲星運行有關。這時天文學上已用十二地支作爲太歲的簡稱，用來紀年。他說：「太陰（即太歲）在卯，穰；明歲衰惡。至午，旱；明歲美。至酉，穰；明歲衰惡。至子，大旱；明歲美，有水。至卯，積著率歲倍。」白圭所說年成好壞的循環規律比計然更爲詳細，在每十二年中，有「穰」年（大豐年）兩年，「美」年（豐年）四年，「衰惡」年（壞年成）四年，「旱」年一年，「大旱」年一年。同計然一樣認爲六年豐年，六年荒年，其中一年大荒年。至於所謂「積著率歲倍」，就是說掌握這個規律進行貿易，可以得到加倍的利潤。爲了便於理解，我們列爲一表如下：

年次	1	2	3	4	5	6	7	8	9	10	11	12
歲星紀年	單閼	執徐	大荒落	敦牂	協洽	涒灘	作鄂	閹茂	大淵獻	困敦	赤奮若	攝提
地支	卯	辰	巳	午	未	申	酉	戌	亥	子	丑	寅
年成	穰	衰惡		旱	美		穰	衰惡		大旱	美，有水	

白圭和計然一樣講究貿易致富，但是兩人的重點有所不同。計然在講求個人致富的同時，還制定經濟政策，謀求平衡物價，充實財政，從而鞏固國家統治。而白圭只講求個人致富，追求商業利潤。白圭和計然一樣主張掌握貿易的時機，但是兩人的貿易原則也有所不同。正因爲計然要兼顧平衡物價和鞏固國家統治，他的貿易原則是「待乏」，主張在市上某種貨源充足時收進，等到匱乏之時售出，把貨源的充足和匱乏作爲買進賣出的時機。正因爲白圭只講求個人致富，他的貿易原則是「人棄我取，人取我與」，把廣大人民的「棄」與「取」作爲買進賣出的時機。這樣賤買貴賣的不等價交換，就可以從廣大人民那裏掠奪得大量財富。

白圭的貿易原則是「人棄我取，人取我與」，因此他的經商方法就是囤積居奇。能預見到年成好壞，固然能大得其利。即使不管年成好壞，當五穀成熟時收進穀類農產品，而出售絲、漆等手工業品；當蠶繭成熟時收進帛、絮等手工業品，而出售穀類農產品；只要掌握時機，也能得到很多利潤。白圭說：「欲長錢，取下穀。」(史記貨殖列傳)因爲下等穀類是廣大貧苦人民生活上最普遍的必需品,貿易上成交的數量最多,可以從中取得巨額利潤。

白圭也和計然一樣,不但主張「時斷」,還主張「知(智)斷」。他主張經商要節約開支,刻苦耐勞,「趨時若猛獸鷙鳥之發」。自認爲他的「治生」,「猶伊尹、呂尚之謀,孫、吳用兵,商鞅行法」。還說經商的要訣就是「智」、「勇」、「仁」、「強」四字。「智」就是要有權變,「勇」就是要有決斷,「仁」就是要做到「人棄我取,人取我與」,「強」就是要能堅守時機。他說:如果做不到這四點,「雖欲學吾術,終不告矣」。白圭根據他貿易致富的理論,對「智」、「勇」、「仁」、「強」等道德觀念,作出了這樣新的解釋,充分反映了當時商人賤買貴賣、巧取豪奪的本色。

農家和法家的抑商主張

當時商人的賤買貴賣,巧取豪奪,不但破壞廣大農民的生產和生活,同時又妨礙小農經濟的成長發展。因此當時的農家和法家都提出了重農抑商的主張。

與孟軻同時的農家代表許行,一方面鼓吹「賢者與民並耕而食」,反對統治者「厲民而以自養」;另一方面主張「市賈(價)不貳,國中無僞」,反對商人欺詐性質的買賣。他提出了等量商品等價交換的貿易原則,要求做到即使小孩到市上也「莫之或欺」(孟子滕文公上篇)。這個貿易原則沒有考慮到商品質量的差別和價格的關係,當然是行不通的。

與此同時,衛鞅一派的法家也提出了重農抑商的主張。他們爲了富國強兵,獎勵人民從事農業生產和參加戰爭,反對人民去當遊士、商賈和手工業工人。認爲如果聽任遊士可以「尊身」,商賈可以「富家」,技藝可以「餬口」,人民就會逃避耕戰(商君書農戰篇)。因此他們認爲「能事本(農業)而禁末(工商業)者,富」（商君書壹言篇）。這樣重視發展農業生產是對的，當時的主要生產事業是農業，財富的累積必須依靠發展農業生產而不是依靠商品交換。但是這個主張有片面性，因爲他們完全忽視了手工業的作用，看不到商品流通對生產的促進作用。衛鞅重農抑商的政策，就建立在這樣的理論基礎上的。關於衛鞅重農抑商的政策，我們將在本書第五章講到衛鞅變法時再談。

戰國末年集大成的法家韓非，進一步發展了衛鞅一派法家的主張。韓非在鼓吹農業生產作用的同時，也肯定了正常的手工業和商業的作用。韓非在批駁儒家李克的言論中，不但多方面說明農業生產能夠「入多」（增多收入），同時指出手工業爲農業提供運輸工具和生產工具，也能提高生產而使得「入多」；商業上互通有無，從事對外貿易，節儉而「不事玩好」，也能使得「入多」（韓非子難二篇）。韓非肯定的是這種能夠使得「入多」的手工業和商業，而反對製作奢侈品和粗劣品的手工業主以及採用欺詐手段剝削農民的商人。他說：「其商工之民，修治苦窳之器，聚弗（費）靡之財，蓄積待時，而侔（牟）農夫之利」，因而是國家的「五蠹」之一（韓非子五蠹篇）。這是說，一些投機取巧的工商業主，製作粗劣的器具，積聚大量奢侈品，囤積居奇，等待時機，從農民身上牟取暴利，這就損害農民的生活和生產，破壞小農經濟，成爲當時國家的蛀蟲。因爲當時各國政權是以小農經濟爲立國基礎的。

---

① 華覺民、郭德維曾侯乙墓青銅器群的鑄焊技術和失蠟法，文物一九七九年第七期。

② 朱志偉曾侯乙墓編鐘及尊、尊座鑄造方法新探——兼論先秦青銅鑄造工藝，收入張正明主編楚史論叢初集，湖北人民出版社一九八四年出版。

③ 金鶚求古錄禮說卷三樓考，認爲「今之樓則始於漢」，引漢武帝時公玉帶所上黃帝明堂圖爲證。呂思勉先生先秦史據史記平原君列傳以爲始於戰國，今從之。

④ 前人對渠展，有不同的解釋，尹知章注認爲是「泲水（即濟水）所流入海之處」。張佩綸認爲「勃」有「展」義，渠展

是勃海的別名（見管子集校引）。錢文霈又認爲「展」是「養」字之誤，渠展即漢書地理志琅琊郡長廣縣西的奚養澤（見錢蘇齋述學所收管子地數篇釋引）

⑤ 華陽國志卷三蜀志說：李冰「又識齊水脈，穿廣都鹽井諸陂池，蜀於是有養生之饒焉」。水經注卷三三江水注也說：「江水東徑廣都縣，……李冰識察水脈，穿縣鹽井。」

⑥ 清代學者戴震著有考工記圖，程瑤田著有考工創物小記，都曾對考工記中的名物制度進行注解或考證，並繪圖說明。近人王燮山有考工記及其中的力學知識和考工記中的聲學知識兩文（物理通報一九五九年第五期），杜正國有考工記中的力學和聲學知識（物理通報一九六五年第六期），對考工記中的技術知識作了新的闡釋。

⑦ 朱德熙、裘錫圭戰國文字研究（六種）（考古學報一九七二年第一期），認爲「瓬」即「廚」字，太后瓬官即太后廚官；集瓬即集廚，是楚王室廚官名稱；「𨋈」當讀「𨍭」，御進是楚王御用的驛傳。

⑧ 一九七五年内蒙古勿爾圖溝以北上塔墓地出土銅戈，銘文作：「十二年上郡守壽造，漆垣工師傘，工更長（張）猗。」所謂「工更」的「更」，當即服役的更卒。四十年代傳長沙出土漆奩銘文：「廿九年六月己丑，乍告，吏丞向，右工師象，工大人台。」工大人爲秦官名，此器當是秦占領長沙後官工的製作。

⑨ 麗江，顧觀光七國地理考以爲即今雲南金沙江。按山海經南山經說：「招搖之山臨於西海之上，多桂，……麗麐之水出焉，而西注流於海。」山海經大荒東經又有招搖山，「融水出焉」。呂氏春秋本味篇「招搖之桂」，高注：「招搖，山名，在桂陽。」由此推斷，麗麐水當即灕水，招搖山當即陽海山（今廣西興安縣南海洋山），麗江亦當即灕水。

⑩ 史記貨殖列傳記述漢代各地物產的情況說：「夫山西饒材、竹、穀（木名）、纑（山中紵）、旄、玉、石，山東多魚、鹽、漆、絲、聲色，江南出枏、梓、薑、桂、金、錫、連（鉛）、丹砂、犀、瑇瑁、珠、璣、齒、革，龍門碣石北多馬、牛、羊、旃（氈）、裘、筋、角，銅鐵則千里往往山出棋置，此其大較也。」

⑪ 戰國策趙策二載策士所造蘇秦遊說辭說：「秦攻齊，則楚絕其後，韓守成皋，魏塞午道。」史記蘇秦列傳同。趙策二又載策士所造張儀遊說辭說：「今秦發三將軍，一軍塞午道，告齊，使興師渡清河。」史記張儀列傳同。索隱說：「此午道當在趙之東，齊之西也。午道地名也。鄭玄云：一縱一橫爲午，謂交道也。」史記楚世家載頃襄王十八年楚人有以弋射說楚王道：「朝射東莒，夕發浿丘，夜加即墨，顧據午道，則長城之東收，而太山之北舉矣。」索隱說：

「午道當在齊西界，一縱一橫爲午道。」由此可見，午道是魏、趙、齊三國之間交錯的交通大道。

⑫ 史記秦本紀載秦武王四年（公元前三〇七年）「拔宜陽，斬首六萬，涉河，城武遂」。韓世家載韓襄王六年（公元前三〇六年）「秦復與我武遂」，九年「秦復取我武遂」，十六年「秦與我河外及武遂」。韓釐王六年（公元前二九〇年）「與秦武遂地二百里」。楚世家記楚臣昭睢謂楚懷王曰：「秦破韓宜陽，而韓猶復事秦者，以先王墓在平陽，而秦之武遂去之七十里，以故畏秦。」又云：「然存韓者楚也。韓已得武遂於秦，以河山爲塞，所報德莫如楚厚，臣以爲其事王必疾。」秦一再攻取韓的武遂，就是因爲這是韓貫通南北的要道和關塞所在，以此要挾韓屈從。韓襄王十六年孟嘗君合縱，齊合韓、魏之師攻入秦的函谷關，迫使秦以河外及武遂歸還韓，又以河外及封陵歸還魏，因爲武遂和封陵是韓、魏兩國防守的要塞和交通要道。韓釐王六年「與秦武遂地二百里」，就是被迫將這條二百里的交通要道全部給秦。

⑬ 卜祝，有人認爲是「木叔」的音轉，即指子貢的後裔端木叔。列子楊朱篇載：「衛端木叔，子貢之世也，藉其先資，家累萬金。」

⑭ 續漢書郡國志一劉昭注引帝王世紀：「然考蘇（秦）、張（儀）之說，計秦及山東六國，戎卒尚存五百餘萬，推民口數，當尚千餘萬。」這個估計太低。

⑮ 臨淄城中稱爲莊的街道和稱爲岳的里，春秋時已有。左傳襄公二十八年載陳桓子曰：「得慶氏之木百車於莊。」杜注：「慶封時有此木，積於六軌之道。」又載：慶封「還伐北門，克之；入伐內宮（指宮城），弗克；反陳於岳，請戰，弗許。」杜注：「岳，里名。」可知岳在北門以內，內宮之北。左傳昭公十年載：「五月庚辰，戰於稷，欒、高敗，又敗諸莊。國人追之，又敗諸鹿門。」可知莊可通東南的鹿門，莊當爲直貫外城南北的大道。到戰國時代，莊和岳一帶極爲繁榮。孟子滕文公下篇記孟子對戴不勝說：「有楚大夫於此，欲其子之齊語也，則使齊人傅諸？使楚人傅諸？」戴不勝對答說：「使齊人傅之。」孟子又說：「一齊人傅之，衆楚人咻之，雖日撻而求其齊也，不可得矣。引而置之莊岳之間數年，雖日撻而求其楚，亦不可得矣。」說明當時「莊岳之間」，是齊國人口最密集而最繁華的地方。

⑯ 北堂書鈔卷一二九衣冠部和太平御覽卷七七六引桓譚新論說：「楚之郢都，車轂擊，民肩摩，市路相排突，號爲朝衣鮮而暮衣弊。」

⑰ 安陽是齊國著名的商業大城市，鑄有刀幣，但是它的所在地址不見文獻記載。史記項羽本紀載，秦將章邯圍趙於鉅鹿，楚懷王命宋義往救，宋義率大軍行至安陽，留四十六日不進，並遣其子宋襄相齊，送之至無鹽，飲酒高會而歸，項羽因殺宋義而引兵渡河（黃河），持三日糧，與秦兵決戰，九戰，絕秦軍甬道而大破之。索隱據後魏書地形志「己氏有安陽城，隋改己氏爲楚丘」，以此安陽在楚丘西北，即在今山東曹縣東。考古錢者以爲此即齊之安陽。正義對此說存疑，認爲楚丘「向鉅鹿甚遠，不能數絕章邯甬道，持三日糧至也」。不僅如此，若安陽在今曹縣東，距無鹽（今山東東平縣東）約有三百里，宋義不能遠離大軍送子到無鹽，更不能於當天歸來。我認爲，楚丘一帶當時爲宋地，不可能是齊的安陽。齊的安陽當在東阿（今山東陽穀縣東北阿城鎮）的西北，亦即在阿澤之陽，因稱安陽。古「安」「阿」同音通用，猶如趙的阿邑或稱安邑。項羽由此引兵渡河至鉅鹿，持三日糧可以到達。齊的工商業以絲織品爲最盛，阿縞是最著名的。此地正當齊西北水陸交通要道，因而成爲齊西邊的最大商業城市。

⑱ 見群力：臨淄齊國故城勘探紀要，載文物一九七二年第五期。

⑲ 見河北省文化局文物工作隊：河北易縣燕下都故城勘察和試掘，考古學報一九六五年第一期。

⑳ 史記秦始皇本紀：十年「乃迎太后於雍而入咸陽，復居甘泉宮。」集解引徐廣曰：「表云咸陽南宮。」呂不韋列傳集解引徐廣語也說：「入南宮。」當以作「咸陽南宮」爲是。按甘泉宮在甘泉，在咸陽以北三百里，建於秦始皇二十七年，見三輔黃圖。

㉑ 韓非子外儲說右上篇說：「宋人有酤酒者，斗概甚平，遇客甚謹，爲酒甚美，懸幟甚高，然而不售。」可知戰國時代的酒家已掛著旗幟來招引顧客。這種招引顧客的旗幟，到唐宋時代稱爲望子，後來稱爲幌子。唐宋以後的詩人，在詩詞裏往往提到它，或稱爲青帘、酒帘、酒旗、彩幟。

㉒ 文物一九五九年第四期報導內蒙古包頭市出土安陽方足布錢範三件，可以證明鑄這種布的安陽是西安陽。

㉓ 劉心源奇觚室吉金文述卷一四和卷四〇，因賹化布的錢範在山東省濰縣出土，同時出土陶器的器底都有「益」字，斷定這種錢幣的鑄地益當在今壽光縣西南的益城。

㉔ 關於「文信」圓錢，參見左丘略談回曲文錢，考古一九五九年第十二期。關於「長安」圓錢，參見陳直三輔黃圖校正，陝西人民出版社一九八〇年出版。

㉕ 洛陽博物館：洛陽戰國糧倉試掘紀略，文物一九八一年第十一

㉖ 見李家浩試論戰國時期楚國的貨幣，載考古一九七三年三期。

㉗ 張守中中山王嚳器文字編卷首張頷序，中華書局一九八一年出版。

㉘ 焦循孟子正義根據孫子算經、五經算術等書推算，認爲鎰是二十兩。

㉙ 「爯」字，舊釋爲「爰」。

㉚ 長沙楚墓出土不少天平和砝碼，砝碼都是十枚爲一套，其中最大一枚重二五
金版，據實測，安徽阜南、六安出土五塊金版，平均重二六八．八克；陝西咸陽
八．三八克，大體上重一斤。參看安志敏金版與餅金(楚漢金幣及其相關問題)，載，代表楚一斤的重量。完整的

㉛ 黃盛璋關於圓餅金幣(金餅)若干問題新考，考古與文物一九八四年第六期。黃盛璋新陳爯」金版，平均重二四
研究第十三集，一九八六年。

㉜ 史記貨殖列傳說：「句踐困於會稽之上，乃用范蠡、計然。范蠡既雪會稽之恥，乃喟然而嘆三年第二期。
五而得意。」從來對計然有兩種解釋：一種認爲是人名，漢書古今人表把計然列爲第四等；研究，古文字
名，見漢書貨殖傳顏注引蔡謨說。近人更有認爲計然即越大夫文種的，見一九六二年五月九日光明
然即文種。按篇名之說不足信。太平御覽卷七四四引魯連子說：「淄澠之沙，計兒(倪)不能數。」漢書其
桑心計於無垠。」研即計然，桑即桑弘羊，同以善於計算著稱。吳越春秋句踐陰謀外傳作計硯(同「研」)
倪內經又作計倪。史記集解引范子說：「計然者，葵丘濮上人，姓辛氏，字文子，其先晉國亡公子也。嘗南
范蠡師事之。」鄭樵通志氏族略「宰氏」注引范蠡傳說：「范蠡師事計然，姓宰氏，字子文。」馬國翰所輯范子
序又以爲「辛氏」是「宰氏」之誤，漢書藝文志農家有宰氏十七篇，或即計然著作。按越絕書計倪內經記載計然言
論，與史記貨殖列傳基本一致，當採自先秦古書。金德建司馬遷所見書考(上海人民出版社一九六三年出版)有計然七
策考可參考。

㉝ 史記貨殖列傳引計然說：「故歲在金，穰；水，毀；木，饑；火，旱。」又說：「六歲穰，六歲旱，十二歲一大饑。」
史記天官書同。論衡明雩篇引計然也說：「太歲在子，水，毀；金，穰；木，饑；火，旱。」而越絕書計倪內經說：

「大陰三歲處金則穰，三歲處水則毀，三歲處木則康，三歲處火則旱。」又說：「天下六歲一穰，六歲一康，凡十二歲一饑。」史記、論衡所說「木饑」，越絕書作「處木則康」，從下文「六歲穰，六歲旱」來看，「木饑」當是「木康」之誤。如果是「木饑」的話，就只有「三歲穰」了。越絕書所說「天下六歲一穰，六歲一康」，當是「天下六歲穰，六歲旱」之誤。

㉞ 史記貨殖列傳記計然說：「知斗則修備，時用則知物。二者形，則萬貨之情可得而觀已。」越絕書計倪內經說：「時斷則循，知斷則備。知此二者，形於體萬物之情，短長順逆，可觀而已。」史記所說「知斗則修備」，義不可通，當以越絕書所說「知斷則備」爲是。史記「斗」字當是「斷」字之誤。

㉟ 史記貨殖列傳說：「白圭，周人也。當魏文侯時李克（當作李悝）務盡地力，而白圭樂觀時變。」戰國策魏策二有「白珪謂新城君」，鮑注：「魏人，孟子稱之。趙岐以爲周人，非也。」鮑彪以爲戰國前後有兩個白圭。吳師道戰國策[illegible]正反駁鮑說，認爲貨殖列傳引白圭的話，說他「治生」有如「商鞅行法」，「則其人在鞅後」，「首句特與李[illegible]論，非言其世也」。又說：「新序記白珪戰亡六城，爲魏取中山，白珪顯於中山，中山惡之於魏文侯，投[illegible]璧。則文侯時，又一白珪歟？或因史所書而訛舛歟？」清代閻若璩四書釋地續、梁玉繩人表考都認爲[illegible]圭，講究「治生」的白圭當魏文侯時，而善於治水的白圭當魏惠王、魏昭王時。呂氏春秋聽言、先[illegible]舉難、知分等篇記載白圭和惠施、孟嘗君問答，魏策二所載白珪二事，都是後一個白圭。實際[illegible]吳師道之說爲是。史記鄒陽傳和新序所說白圭爲魏取中山，「白圭」當爲「樂羊」之誤。

第四章　春秋戰國間社會經濟制度的變革

一、農田制度的變革

「國」、「野」對立的制度和井田制度

西周、春秋間，天子的王畿和諸侯的封國，都有「國」和「野」對立的制度（或稱鄉遂制度）。國是指都城及其周圍地區，都城裏主要住的是各級貴族；都城的近郊往往分成若干「鄉」，住著貴族的下層，統稱為「國人」。國人享有一定的政治經濟權利，國家有大事常常要徵詢他們的意見。同時他們耕種著平均分配的「份地」，有繳納軍賦（貢獻軍需品）和充當甲士的責任，成為國家政治上和軍事上的支柱。野也稱「鄙」或「遂」，是指廣大農村地區，主要住的是從事農業生產的平民，稱為「庶人」或「野人」。當時的農村中常常保留有「村社」的組織，用作勞動編組的形式①。

古代的井田制度是原始社會末期的村社制度演變而成。原始社會末期，隨著私有制的出現，產生了以個

體家庭爲生產單位的村社組織。在村社中土地分爲兩部分：一部分爲「公田」，由村社成員集體耕作，收穫儲藏起來用於祭祖、聚餐、救濟等公共開支；另一部分爲「私田」，按土地質量差別平均分配給各個家庭，由各家自己耕作，自己收穫，用來維持全家生活。爲了保持收入的均衡，私田每隔一年或幾年重新分配和更換一次。公田上的集體耕作，由村社中的長老帶頭進行，每年春耕開始時由長老主持春耕儀式，先由長老作幾下象徵性的耕田動作，用來鼓勵和組織村社成員全體耕作。當春秋中期以前，廣大農村地區依然保留有村社的組織形式，保留有這種村社的土地制度，被各級貴族用作「分田制祿」的手段，成爲所謂的井田制。

我國古代確實存在這種整齊劃分田地有一定畝積、按家分配份地的井田制。戰國時代井田制已經破壞，但是戰國早期的李悝、中期的孟子和後期的荀子，他們談到農戶耕田，總是說「百畝」。李悝說「今一夫挾五口，治田百畝」（漢書食貨志），孟子中常說到八口之家、五畝之宅、百畝之田，荀子也說「農分田而耕」，「百畝一守」（荀子王霸篇），又說「家五畝宅，百畝田」（荀子大略篇），幾乎衆口一辭。這就是古代長期推行井田制，實行「一夫百畝」的份地分配的遺存。

當時一尺合今〇・二三公尺，六尺爲步，步百爲畝，百畝合今三一・二畝。這樣大的面積的田畝，正適合當時生產力情況下一家農戶耕作，足以維持生活。

值得注意的是，中國古代的井田制和日耳曼人的馬克公社一樣，爲了平均分配好壞的田地，有定期平均更換份地的制度。古代叫做「換土易居」，或稱「趄田易居」（說文解字中對「趄」的解釋）。公羊傳宣公十五年何休注說：井田制實行「三年一換土易居，財均力平」。這是事實，得到了山東臨沂銀雀山出土竹簡田法的證實。田法作「三年壹更賦田」，「賦」即授與之意，「一更賦田」就是說一律更換授與的田畝②。根據田法，平均分配份地，按每家人口數，分爲上家、中家、下家，又按田畝的平均年產量，分爲上田、中田、下田。十分明顯，這種平均分配份地的辦法，是從原始的村社制度蛻變而來。同時所有農戶必須首先集體耕作於「公田」，就是夏小正說：「初服於公田。古者有公田焉，古者先服公田而後服其田也。」孟子所謂「同養公田，公事畢然後敢治私事」。「公田」又稱「籍田」。籍田的生產歸各級貴族所有，按禮是用於祭祀的，「禮曰：諸侯耕助（籍），以供粢盛」（孟子滕文公下篇所引）。每年春耕以前，統治者要舉行「親耕」的儀式，叫做「籍禮」，規定籍禮完畢後，要進行廣泛的巡察，並監督庶人耕作。「籍」原來應作「耤」，原是耕作的意思。值得注意的是，西周金文「租」字寫作「且」（見曶攸從鼎銘文），與「祖」作「且」相同。看來「且」原是指籍田上集體生產的糧食用來祭祀祖宗的，猶如海南島黎族原始風俗，把集體生產出來的祭祖用的稻子，稱爲「稻公稻母」一樣。這樣的集體耕作稱爲「籍法」，又稱爲「助法」。「助」從「且」從「力」，原是指「公田」上集體的協作勞動，爲了提供祭祖用的糧食的。這時「公田」上的收穫實際已被各級貴族所占有，貴族依然把「用於祭祀」作爲幌子。這種井田制是從原始村社的土地制度轉變而來，很是明顯③。

何休說「三年一換土易居」，是按田的高下善惡而分爲三品來分配的，「上田一歲一墾，中田二歲一墾，下田三歲一墾」。銀雀山竹簡田法說：「歲收，中田小畝畝廿斗，中歲也。上田畝廿七斗，下田畝十三斗，太上與太下相覆以爲率。」按三等授田制的規定，上田不必休耕，中田每年要休耕三分之一，下田每年要休耕三分之二，因此平均授田，上田百畝，中田二百畝，下田三百畝，實際耕作都是百畝。但是上田歲收有二百七十石，中田歲收有二百石，下田歲收一百三十石，很不平均，因此必須「三年一換土易居」。

在這種井田制的基礎上，依然保存有村社共同生活的習俗。孟子所謂「鄉里同井，出入相友，守望相助，疾病相扶持，則百姓親睦」。逸周書大聚篇更有具體的描寫：「飲食相約，興彈相庸，耦耕俱耘。男女有婚，墳墓相連，民乃有親。六畜有群，室屋既完，民乃歸之。鄉立巫醫，具石藥以備疾災，畜五味以備百草。」所謂「興彈」，就是漢代流行的「彈勸」，是指鄉官組織和監督農業集體勞動的習俗。所謂「興彈相庸，耦耕俱耘」，就是周禮的里宰的「合耦於耡」，指「公田」上的集體勞動。村社每年春季有祭社的群眾集會，用以祈求豐年。收穫以後又有臘祭的群眾集會，用以慶祝豐收，都是男女老少一起歡樂的節日。

井田制度的逐步瓦解和田地逐步私有化

西周後期井田制已開始瓦解，周宣王就不舉行王畿公田的籍禮，廢止集體耕作的籍田，即所謂「不籍千畝」（國語周語上）。到春秋時代中原各諸侯國中「民不肯盡力於公田」（公羊傳宣公十五年何休注），例如春秋初期齊國的「甫田」（大田）上已經野草叢生，詩齊風甫田描寫當時齊國「甫田」上「維莠（野草）驕驕」，「維莠桀桀」。「驕驕」和「桀桀」都是形容野草叢生。陳國的情況同樣如此，當周定王派單襄公去宋國，路過陳國的時候，看到那裏「墾田若蓺」（「蓺」是野草叢生的意思），「田在草間，功成而不收」，「野有庾積，場功未畢」（國語周語中）。秦國經濟發展遲緩，到戰國時代農田上「公作」和「私作」還並存，商君書墾令篇講到：「農民不饑，行不飾則公作必疾，而私作不荒則農事必勝。」但是「公作」必然要被「私作」代替，呂氏春秋審分篇說：「今以眾地者，公作則遲，有所匿其力也；分地則速，無所匿其力也。」

井田制的瓦解，一方面表現為「公田不治」，「公田」上的農業生產逐漸沒落；另一方面表現為井田以外開墾的私田不斷增多。這種井田以外開墾的私田，性質就不同於井田制的所謂私田。公元前六四五年，秦在韓原（今山西省河津縣東）大敗晉軍，晉惠公被秦軍俘虜。晉國為了挽救戰敗的局勢，採取了「作爰田」和「作州兵」兩項措施。作爰田，就是承認國人已經開墾的私田為合法，承認他們為了開墾私田而新變動的田地疆界④。「州」是指國和野的中間地帶⑤。原來國人都住在國中，野人都住在野裏，這時為了開墾私田，有些國人和一部分野人就到州裏去開墾荒地。作州兵就是既然承認民眾在州裏開墾荒田的合法性，又要他們同國人一樣負擔軍賦，其目的就是使「甲兵益多」（左傳僖公十五年、國語晉語三）。晉國當時所以會採用這兩種措施來挽救戰敗局勢，就是因爲在井田以外開墾的私田數量不少，用這兩種措施可以調動開墾私田的民眾力量，來增強晉國的實力。

春秋時代井田以外的郊野，已有私自開墾的小農存在。有些卿大夫在政治鬥爭中失敗，他們的宗族有流亡到別國成爲小農的。例如晉國的范氏和中行氏被趙氏戰敗後流亡齊國，其子孫就「耕於齊」（國語晉語九）。又如楚國大夫伍奢次子伍員在其父被殺後出奔到吳，一度「耕於鄙」（左傳昭公二十年）。個別失意的卿大夫也有參加雇傭勞動的。例如齊國崔杼殺死齊莊公，莊公的親信申鮮虞出奔到魯，曾「僕賃於野」（左傳襄公二十七年），「僕賃」該是雇傭勞動。這些事實，表明當時小農已較多，否則這些出奔的卿大夫不可能插足其間。到春秋戰國之際，這種小農經濟就逐漸發展。例如魯國的南邊有個「鄙人」叫吳慮的，「冬陶夏耕，自比於舜」（墨子魯問篇），這個「自比於舜」而「冬陶夏耕」的「鄙人」，顯然屬於小農性質。

春秋時代居住在國都郊區「鄉」間的「國人」是貴族的下層，屬於「士」一級，具有自由公民的性質，有參與政治、教育、選拔的權利，有提供軍賦和服兵役的責任。在實行井田制的時期，也平均分配得質量相同的一份耕地，平時從事於農業生產，戰時就充當「甲士」，成爲保衛國家的軍隊主力⑥。春秋時期所有「國人」的耕地，首先私有化。公元前五六三年鄭國執政子駟「爲田洫」，整頓郊區井田的水利系統，使得司氏、堵氏、侯氏、子師氏都「喪田」，尉氏因爲和子駟有矛盾，聯合四族起來作亂，殺死子駟等人。春秋把這些作亂的「國人」稱爲「盜」，左傳解釋說：「書曰盜，言無大夫焉。」（左傳襄公十年）由此可見當鄭國的「國人」已把分配的耕地看作私有，執政者爲了水利而整頓河道，使四族「國人」耕地受到損失，四族「國人」竟因此起來作亂。公元前五四三年鄭國執政子產繼續進行整頓，使「田有封洫，廬井有伍，大人之忠儉者從而與之，泰侈者因而斃之。」一年之後「國人」歌頌道：「取我衣冠而褚之，取我田疇而伍之，孰殺子產，吾其與之」。三年之後又歌頌道：「我有子弟，子產誨之；我有田疇，子產殖之。子產而死，誰其嗣之？」（左傳襄公三十年）。呂氏春秋樂成篇載有相同的歌頌，惟「褚」作「貯」，「伍」作「賦」。「貯」是徵收財物稅，「賦」是徵收田稅。「田疇」就是耕地（一切經音義引倉頡篇說：「疇，耕地也」），「殖」是說增加產量。子產整頓治理農田水利，「國人」最初認爲侵犯了「我田疇」的所有權，增加了田稅的負擔。事實上，子產使農田水利得到很大改善，韓非曾把它和夏禹治水相提並論，並說是「開畝樹桑」（韓非子顯學篇）。三年之後，農田產量增多，「國人」因而作歌大爲稱頌。

到春秋末年各國的「國人」，大都已成爲擁有耕地的小農。公元前四九四年，吳國要陳國人隨同攻楚，陳懷公爲此召見「國人」，要求「國人」表態，凡是願意從楚的站到右邊，願意從吳的站到左邊，結果是「陳人從田，無田從黨」（左傳哀公元年）。就是說，「國人」有田的按照田畝所在的方位去站，沒有田畝的按照族黨所在的方向去站。說明這時陳國的國人首先重視的是他們所有的田地，同時也已有失去田地而成爲「無田」的了。這說明到春秋晚期，「國人」正進一步分化，但是多數已成爲擁有耕地的小農了。隨著井田制的解體，「國人」耕作的「份地」首先私有化，於是住屋和耕地開始買賣了。韓非子外儲說左上篇記載，春秋末年趙襄子因中牟令王登的推薦，「一日而見二中大夫，予之田宅，中牟之人棄其田耘、賣宅圃而隨文學者邑之半」。中牟原是趙的國都所在，所謂「中牟之人」就是那裏的「國人」，「國人」原爲貴族下層「士」一級，受過「六藝」的教育，見到當時君主尊敬重用賢士，因而要「棄其田耘、賣宅圃而隨文學」，「棄田耘」和「賣宅圃」原是連帶的事。看來所耕「份地」私有化是「國人」開創而推廣的，耕地和住屋的買賣也是「國人」開始的。

總的看來，田地私有化，首先是原來井田制所分配的「私田」（即份地）的私有化，先從「國人」開始，後來推廣到「野人」（即庶人）的。這種耕地的私有權，往往是執政者爲爭取民眾力量支持而特別賜與的。前面講到春秋中期晉國以「君命賞」而「作爰田」，就是爲了「賞以悅眾」。爰田或作轅田，「轅」當爲

「爰」的通假。從來對「爰田」有兩種解釋，一種認爲這是廢止了原來井田制「三年一換土易居」的定期更換耕地的辦法，改爲各自在三年中輪流休耕，即漢書食貨志所說：「三歲更耕之，自爰其處。」實質上就是准許耕者長期占用耕地，包括輪流休耕的所謂「萊田」。另一種解釋，認爲「爰」就是「易」，指「易其疆畔」而言，便是開拓原有封疆阡陌，確認原有耕地和新開墾田地的私有權。漢書地理志說：「孝公用商君，制轅田，開阡陌，東雄諸侯。」可知秦國商君變法，「開阡陌封疆」，擴大田畝面積，就是「制轅田」。看來兩種解釋並不矛盾，「爰田」就是肯定耕者原有耕地和新開墾田地的私有權，包括輪流休耕的「萊田」在內，因爲新開墾的田地必須輪流休耕，才能保持產量。

春秋末年晉國六卿首先分別改革田制，推行擴大的畝制。其中趙氏所用畝制最大，以二百四十步爲畝。趙襄子相國張孟談「既固趙宗，廣封疆，發千（阡）百（陌）」（戰國策趙策一，「千」原誤作「五」，從日本橫田惟孝戰國策正解改正）。所謂「廣封疆，發阡陌」就是後來商鞅在秦變法所推行的「開阡陌封疆」，以二百四十步爲畝。秦始皇三十一年（公元前二一六年）「使黔首自實田」（史記秦始皇本紀集解引徐廣說），命令全國有田的人上報實際數目，確認耕地的私有權。次年秦始皇在碣石門刻石中說：「惠被諸產，久並（併）來（萊）田，莫不安所。」就是對「使黔首自實田」的歌頌，這是說恩惠遍及許多產業，輪流休耕的「萊田」也可永久占有。這是在全國範圍內確定了田地私有制，包括小農世代耕種的國家授給的「份地」在內。

田畝的租稅制度的推行

春秋載魯宣公十五年（公元前五九四年）「初稅畝」，就是開始按田畝的多少徵收租稅。左傳解釋說：「初稅畝，非禮也。穀出不過藉，以豐財也。」公羊傳解釋說：「譏始履畝而稅也。……古者什一而藉。」穀梁傳也說：「古者什一，藉而不稅。初稅畝，非禮也。」三傳都以爲魯國從這年開始用按畝徵稅的辦法，代替原來井田制的「籍法」，也就是廢棄了「公田」和庶人在「公田」上的集體耕作。這是一種有進步意義的土地制度的改革。

到春秋後期，中原各國都已採用按畝徵稅的制度。例如「周人與范氏田，公孫尨稅焉」（左傳哀公二年），又如趙簡主出，稅吏請輕重。簡主曰：「勿輕勿重，重則利入於上，若輕則利歸於民。」（韓非子外儲説右下篇）銀雀山出土竹簡孫子兵法吳問篇列舉當時晉國六卿所推行的不同畝制和稅制，除了趙氏「公無稅焉」，其餘五卿都是「伍稅之」，採用五分抽一的稅制。

到春秋戰國間，田地租稅的徵收已很普遍。墨子一書有兩處提到租稅：辭過篇認爲：「以其常正（徵），收其租稅，則民費而不病。民所苦者非此也，苦於厚作斂於百姓。」可知當時「租稅」已經成爲「常徵」，「常徵」有一定的稅率，一般説來不是太沈重的。貴義篇又説：「今農夫入其稅於大人，大人爲酒醴粢盛，以祭上帝鬼神，豈曰賤人之所爲而不享哉？」可知當時租稅都是由「賤人」「農夫」納入的，作爲統治者的王公大人還是聲稱徵收租稅，是用於祭祀的。

隨著徵收地稅辦法的推行，徵收軍賦的辦法也開始改變。鄭國在子產「作封洫」、對私田開始徵稅以後的第六年，即公元前五三八年，又「作丘賦」（左傳昭公四年）。魯國在「初稅畝」以後的第四年，即公元前五九〇年，又「作丘甲」（左傳成公元年）。「丘甲」和「丘賦」的性質相同。「丘」是地區單位。軍賦原來是在井田範圍內，按井田的數目來徵收的。「丘賦」和「丘甲」就是改爲按地區範圍來徵收，這樣就對私田所有者開始徵收軍賦，其目的在於增加國家的軍賦收入。這種徵賦辦法，也稱爲「丘役」。孫武説：「近於師者貴賣，貴賣則百姓竭，百姓竭則急於丘役。」（孫子作戰篇）這是説百姓窮了就難於完成「丘役」，説明「丘役」已是春秋晚期普遍採用的徵賦辦法。

秦國在中原各諸侯國中，經濟發展是比較遲緩的，直到公元前四〇八年（秦簡公七年）才實行「初租禾」

（史記六國年表）。「初租禾」和「初稅畝」的性質相同，就是按照地主所有田地面積徵收一定數量的穀子作爲地稅，這比魯國「初稅畝」要遲一百八十六年。這是秦國在對外戰爭步步失利的情況下採取的一種改革措施。這時魏國由於實行變法，國力富強，正不斷攻取秦的河西地，就在「初租禾」的同年，秦的河西已完全失守，退守到洛水（北洛水），在洛水旁邊修築防禦工程。這樣才迫使秦國不得不進行改革，實行「初租禾」，廢止了井田制的「籍法」，用以爭取人民的支持。這是秦國進行經濟改革的開端。

春秋戰國之際，各國徵收田畝的租稅，大體上是十分之一或十分之二。魯哀公曾說：「二吾猶不足。」當戰國初期李悝變法時，已推行「什一之稅」，「什一」是當時最低的田稅。魏惠王的相國白圭曾主張「二十而稅一」，問孟子：「吾欲二十而稅一何如？」孟子認爲這是「貉道」，只有北方原始部族「貉」（同「貊」）那樣「無百官有司」才能夠用（孟子告子下篇）。

田畝的租稅，原是耕種國家分配「份地」的庶人（農民）向政府繳納的。由於土地的賞賜，特別是軍功賞賜，或者由於土地買賣，造成官僚地主或一般地主，耕種地主所有田地的農民就必須向地主繳納租稅了。商君書墾令篇說：「祿厚而稅多，食口眾者，敗農者也。」就是指俸祿厚而收入田稅多的官僚地主而言。同時地主就必須按照占有田畝數量，向政府繳納法定的田稅了。例如趙國「平原君家不肯出田稅，趙奢爲趙田部吏，以法治平原君用事者九人」。這是平原君家憑藉權勢，不肯出田稅，趙奢作爲主管徵收田稅的田部吏，依法查辦了平原君家的用事者。

魏秦等國的身分制和授田制

戰國時代魏、秦等國都有按戶籍身分授田的制度。一九七五年湖北省雲夢縣睡虎地秦墓出土的竹簡，載有這種授田制的法令。魏戶律（爲吏之道附錄）記載：

「廿五年閏再十二月丙午朔辛亥，□(王)告相邦：民或棄邑居壄(野)，入人孤寡，徼人婦女，非邦之故也。自今以來，叚(賈)門逆吕(旅)，贅婿後父，勿令爲戶，勿鼠(予)田宇。三枼(世)之後，欲士(仕)，士(仕)之，乃(仍)署其籍曰：故某慮(閭)贅婿某叟之乃(曾)孫」。

「廿五年」是魏安釐王二十五年(公元前二五二年)。這是把魏安釐王給相邦的命令，用作魏戶律的條文。從這道命令，可知戰國晚期由於農業生產的發展，田野的開發，原來住在都邑的庶民，有「棄邑居野」，進入孤寡之家，作人家的贅婿的。魏國政府爲了維護「邦之故」制，規定從今以後，做買賣的「賈門」，經營「逆旅」的店主，招贅於人家的「贅婿」，招贅給有兒子的寡婦的「後父」，都作爲身分低下的人，不准獨立爲戶，不授予田地和宅基。按此規定，不屬於這類身分低下的人，便可以立戶，得到受田的權利。可知當時的授田制度，是根據戶籍上所立的戶，按戶授給田地和宅基的。根據這條命令，這類身分低下的人，要三代以後才能改變身分。而且三代以後，改變了身分，要做官的，還得在官籍上寫明是：「故某閭贅婿某叟之曾孫。」

同時魏安釐王還有一道給將軍的命令，載在魏奔命律(爲吏之道附錄)內，談到了派遣這類身分低下的人從軍的規定：

「廿五年閏再十二月丙午朔辛亥，□(王)告將軍：叚(賈)門逆闐(旅)，贅婿後父，或衛(率)民不作，不治室屋，寡人弗欲，且殺之，不忍其宗族昆弟。今遣從軍，將軍勿恤視，享(烹)牛食士，賜之參飯而勿鼠(予)殽。攻城用其不足，將軍以堙豪(壕)。」

這道命令指出，所有這些身分低下的人以及「率民不作、不治室屋」的人，原來都是要殺的，因爲不忍連累他們的同族兄弟沒有殺，現在派遣他們從軍，將軍不必憐惜。在烹牛賞給士兵吃的時候，只賞給吃三分之一斗的飯，不要給肉吃。在攻城的時候，那裏需要就派用他們到那裏，將軍可以使用他們平塡溝壕。說明這類身分低下的人從軍，如同罪犯一樣屬於懲罰性質，在軍隊中待遇要比一般士兵低一等，在戰鬥中要擔任攻城等艱鉅的任務，在行軍或防守中要擔任平塡溝壕等較苦的勞役。魏王這道給將軍的命令和前一道給相邦的命令，是同時發出的，都是爲了維護「邦之故」制，把這類人作爲身分低下的人，作出了剝奪原有政治上和經濟上的權利，並進一步加以懲罰的規定，包括不准在戶籍上獨立爲戶，不授予田宅在內。

魏律把這類身分低下的人，分爲「賈門逆旅」、「贅婿後父」和「率民不作，不治室屋」三類。其實，經營「逆旅」的店主，就是「賈門」的一種，「後父」也就是「贅婿」的一種。這三類人，在秦國同樣是身分低下而作爲貶斥懲罰的對象的。秦國在商鞅變法以後，推行重農抑商政策。商鞅在變法令中規定：「事末利及怠而貧者，舉以爲收孥。」（史記商君列傳）所謂「事末利」，就是魏律所說的「賈門」。商君書墾令篇中就有不少限制商賈的規定，也還有「廢逆旅」的主張，認爲「廢逆旅，則奸僞、躁心、私交、疑農之民不行，逆旅之民無所於食，則必農」。贅婿和後父，也是秦國懲罰的對象。秦會稽刻石上明確指出：「飭省宣義，有子而嫁，倍（背）死不貞。……夫爲寄豭，殺之無罪，男秉義程。妻爲逃嫁，子不得母，咸化廉清。」不但反對有兒子的婦女再嫁，規定改嫁的婦女，兒子不得承認是母親；而且宣布對於寄居在婦女家中的「後父」殺之無罪。所謂「率民不作，不治室屋」者，就是商君書中主張極力排斥的不定居、不務農的「遊食之民」。秦始皇三十三年「發諸嘗逋亡人、贅婿、賈人略取陸梁地」（史記秦始皇本紀），把「嘗逋亡人、贅婿、賈人」作爲謫發從軍的對象，這和魏奔命律命令派遣這類身分低下的人從軍是一致的。「贅婿」即是「贅婿後父」，「賈人」即是「賈門逆旅」，「嘗逋亡人」就是「率民不作，不治室屋」者，也就是逃離原有戶籍而出外遊食之民，也即所謂「亡命」。漢文帝時，鼂錯上書講到秦的謫戍：「先發吏有謫及贅婿、賈人，後以嘗有市籍者，又後以大父母、父母嘗有市籍者，從入閭取其左。」（漢書鼂錯傳）漢代初年實行「七科謫」：「吏有罪一，亡命二，贅婿三，賈人四，故有市籍五，父母有市籍六，大父母有市籍七。」（漢書武帝紀顏注引張晏說）就是沿用秦的謫發制度。爲什麼謫發「有市籍者」，不但追溯到父母嘗有市籍者，還要追溯到大父母（即祖父母）嘗有市籍者呢？看來秦法又是和魏法相同的，這類身分低下的人，要三世以後才能改變身分，就是魏奔命律所說「三世之後，欲士（仕）士（仕）之」。所有這些身分低下的人，秦既然作爲排斥和謫發的對象，當然也會和魏一樣「勿令爲戶，勿予田宇」。

秦國從商鞅變法以後，和魏國同樣實行按戶籍身分的授田制，規定「百畝給一夫」（杜佑通典州郡典雍州風俗）。耕作者必須每年按授田之數上繳定量的租稅，包括禾稼（糧食）、芻（飼料）和稾（禾稈）。秦律的田律規定：「入頃（即一百畝）芻稾，以其受田之數，無豤不豤，頃入芻三石、稾二石。」倉律又規定：「入禾稼、芻、稾，輒爲廥籍，上內史。」規定所收入的糧食、飼料、禾稈進入倉庫，必須登記簿籍，上報到內史（秦律當有每頃上繳一定數量的禾稼的規定，可惜所發現的秦律中沒有述及）。由於這種按戶籍身分的授田制的推行，自耕小農就在各國領域內普遍地存在，這種小農經濟就成爲各國君主政權的立國基礎。

名田制度和地主的成長

名田制度是從軍功賞田逐漸形成的。春秋末年晉國已開始有軍功賞田，公元前四九三年趙簡子討伐范氏、中行氏，誓師說：「克敵者上大夫受縣，下大夫受郡，士田十萬。」（左傳哀公二年）「士田十萬」是軍功賞田的性質。公元前三六二年，魏將公孫痤戰勝趙、韓，魏惠王賞以田百萬，公孫痤辭謝，認爲這是由於「吳起餘教」，於是魏王賞吳起的後代田二十萬，巴寧、爨襄各田十萬，並增賞給公孫痤田四十萬，共賞田一百四十萬（戰國策魏策一）。秦國商鞅變法，以爵位和田宅賞賜軍功，規定「有軍功者各以率受上爵」，「明尊卑爵秩等級，各以差次名田宅」（史記商君列傳）。所謂「以率受上爵」，就是按軍功的等級授與爵位和田宅。商君書境內篇說：「能得甲首一者，賞爵一級，賞田一頃，益宅九畝。」所謂「名田宅」，就是准許受賞者可以個人名義占有田宅。這種賞得的田宅是可以傳給子孫的。秦將王翦在奉命出征前，多次向秦始皇請賞「田宅爲子孫業」（史記王翦列傳）。這就是西漢名田制度的開端⑦。

以爵位和田宅賞賜軍功，魏國早就實行。吳起爲西河郡守，爲攻克秦的小亭，曾懸賞「有能先登者，仕之國大夫，賜之上田上宅」（韓非子內儲說上篇）。「國大夫」，呂氏春秋愼小篇作「長大夫」，這是魏的爵位。商鞅在秦變法，以爵位和田宅賞賜軍功，是從魏國那裏學來的。名田制度可能魏國也早已開始推行了。

這時地主的成長，還由於田地開始買賣。名田制度既然確認賞得田宅得以個人名義占有，確認其私有而得傳子孫，於是就可以公開買賣了。董仲舒說：秦「用商鞅之法，改帝王之制，除井田，民得買賣」（漢書食貨志）。在商鞅的變法令中並沒有規定「民得買賣」，只是確認了名田制度，董仲舒所說「民得買賣」，是指後果而言。長平之戰時，趙起用趙括爲將，趙括的母親就曾指摘趙括說：「王所賜金帛，歸藏於家，而日視便利田宅，可買者買之。」（史記趙奢列傳）這樣隨時可以挑選收買田地，說明當時田宅的買賣已較流行。戰國末年縱橫家編造的蘇秦故事，說蘇秦講：「且使我有雒陽負郭田二頃，吾豈能佩六國相印乎？」（史記蘇秦列傳）負郭田是比較好的。蘇秦原是洛陽農民出身，他是說：如果他是有洛陽負郭田二頃的地主，就不會出來遊說和謀求官職了。

二、各國政權的改組和改革

魯的三分公室和四分公室

春秋後期各國有些卿大夫在變革田畝制度的同時，盡力奪取國家的政權。例如魯國的三桓、晉國的六卿、齊國的田氏，都積極發展小農經濟，招攬人才，爭取群眾，積聚力量，從而奪取政權。

魯國的三桓，即季孫氏、叔孫氏和孟孫氏，首先在魯國通過「三分公室」和「四分公室」，取得了政權。公元前五六二年，三桓「三分公室」，把公室的軍隊改編成三軍，由一家統轄一軍。季孫氏把一軍的全部成員包括父兄子弟，連同其提供賦役的鄉邑一起歸屬自己；叔孫氏使一軍的子弟臣屬自己，把父兄輩保留給國君，就是奪取了一軍一半的所有權；而孟孫氏則使一軍的子弟一半臣屬自己，把一半子弟和父兄保留給國君，就是奪取了一軍的四分之一的所有權（左傳襄公十一年）。其中以季孫氏奪取權力比較全面，因而力量最強。過了二十五年，三家又進一步瓜分國君的權力，把三軍改為兩軍，分成四股，實行「四分公室」，由季孫氏分得兩股，並掌握魯國的大權；叔孫氏和孟孫氏各得一股，三家都採用了「盡征之」的辦法（左傳昭公五年）。這樣，國君的主要權力就被瓜分了，經濟上也只能靠三家的進貢來維持。公元前五一七年魯昭公勾結貴族郈氏和子家氏，襲擊季孫氏，被三桓聯合擊敗，魯昭公因此被趕走。子家子說：「政自之（指季孫氏）出久矣，隱民多取食焉，為之徒者眾矣。」（左傳昭公二十五年）一方面是「魯君失民矣」，而另一方面季孫氏「隱民多取食焉」。「隱民」就是逃藏之民。公元前四六八年魯哀公想借助越國力量來除去三桓，也被三桓逐走。到魯悼公即位，「魯如小侯，卑於三桓之家」（史記魯世家）。魯哀公、悼公、元公三世的政權，都被季孫氏劫持，所謂「魯之公室，三世劫於季氏」（韓非子難三篇），直到魯穆公時，公儀休為相，才重新成為「奉法循理」的政體，而季孫氏據有封邑費（今山東省費縣北），成為獨立小國。

六卿分晉及其改革

春秋晚期，晉國的六卿趙氏、魏氏、韓氏、智氏、范氏和中行氏瓜分了晉國，取得了政權。晉平公時，范宣子執政，驅逐了欒盈，接著平定了欒盈潛回曲沃（今山西省聞喜縣西北）發動的叛亂。後來韓宣子執政，「六卿以法誅公族祁氏、羊舌氏」（史記趙世家）。接著魏獻子執政，分祁氏地爲七縣，羊舌氏地爲三縣，進一步推行縣制。公元前五一三年趙簡子、中行寅「賦晉國一鼓鐵，以鑄刑鼎」（左傳昭公二十九年），把范宣子所作刑書，鑄造在鐵鼎上公布，這是政治上的重大改革措施。

與此同時，晉國六卿進行了經濟改革，各自廢除了「步百爲畝」的井田制，代之以擴大的田畝制和地稅制。根據近年出土的竹簡孫子吳問篇，范氏、中行氏採用最小畝制，以一百六十步爲畝；智氏以一百八十步爲畝；韓氏、魏氏採用大畝制，以二百步爲畝；而趙氏採用最大畝制，以二百四十步爲畝。同時，趙氏「公無稅焉」，不按畝徵稅，其餘五卿都「伍稅之」，採用按五分抽一的稅制。六卿這樣不同程度地擴大畝制，破除「步百爲畝」的井田制，勢必推廣開闢井田原來的封疆阡陌，這是廢除井田制的一場深刻的經濟改革。趙氏的畝制最大，又不徵收地稅，孫武認爲可以「富民」，因而可以得到他們的支持。因此孫武認爲實行最小畝制的范氏、中行氏先亡，其次智氏亡，再次韓氏、魏氏亡，只有趙氏得到成功，「晉國歸焉」。後來社會歷史的發展，正如他所預料的那樣，只是韓氏、魏氏沒有亡，而造成了「三家分晉」的局面。

田氏代齊

春秋後期齊卿田氏設法爭取流亡的民眾，逐步取得了政權。當齊景公時，賦斂嚴重，「民參（三）其力，二入於公，而衣食其一」。同時刑罰厲害，「國之諸市，屨賤踊貴」，因爲受到刖刑的人多，受過刖刑的人所穿的鞋子（踊）就比一般鞋子要貴了。而田桓子採取了針鋒相對的爭取民眾的措施，用大的「家量」（十斗爲一釜）借出，而用小的「公量」（六斗四升爲一釜）收回，同時在自己管轄區內控制物價，使得木料和魚鹽海產的價格不超過產地價格（左傳昭公三年），一方面是「公（指齊國國君）棄其民」，另一方面是民眾歸向田氏，「其愛之如父母而歸之如流水」。田桓子利用「國人」對欒氏、高氏的「多怨」，聯合鮑氏，打敗消滅了欒氏和高氏。他又召回群公子，向公族討好，齊景公賞給高唐（今山東省高唐縣東北），於是田氏進一步強大了。接著田釐子（一作陳僖子，即田乞）繼續爭取民眾支持，聯合鮑氏和諸大夫，打敗消滅了高氏、國氏和晏氏，並且殺死了高國二氏所擁立的國君荼而擁立陽生（齊景公太子）為君，即齊悼公。從此「田乞為相，專齊政」（史記田世家）。次年，因為鮑氏起來反對，鮑氏這家貴族也被消滅了。公元前四八五年，田乞又把悼公殺死⑧，立其子壬為君，即齊簡公。

齊簡公任用監止（一作闞止）為右相，「使為政」，而讓田成子（即田恒，一作田常）為左相，企圖削弱田氏的權力。田成子繼續用小斗進、大斗出的辦法爭取平民支持，民間就流傳著「嫗乎（嗚乎）采芑（一種野菜），歸乎田成子」的歌謠（史記田世家）。同時，田成子還提拔人才，「上請爵祿而行之群臣」，把布帛、牛肉分給士卒，優待士卒（韓非子二柄篇）。公元前四八一年，田成子就打敗監止，把監止捉住殺死。齊簡公逃到舒州（今河北省大城縣），也被田成子捉住殺死。從此由田成子為相，「專齊之政」，取得了齊國的政權。

吳的興起及其政治改革

在中原魯、晉、齊等國新興勢力取得政權的同時，南方的吳、越等國的政權也發生了變革。

吳人原是周族的一支，西周初年遷到東南沿海建立國家，建都於吳（今江蘇省蘇州市）。春秋晚期吳國的冶鐵技術有了較大發展，相傳吳王闔閭曾用「三百人鼓橐裝炭」，用鐵鑄造「干將」、「莫邪」兩把寶劍（吳越春秋闔閭內傳）。近年江蘇省六合縣程橋鎮吳墓中出土鑄鐵鑄造的鐵丸和鍛製的鐵條，提供了實物的例證⑨。同時小農經濟也開始發展，公元前五二二年伍員（即伍子胥）從楚出奔到吳，曾「與太子建之子勝（即白公勝）耕於野」（史記伍子胥列傳）⑩。後來吳王夫差說他父親闔閭攻破楚國，開闢疆土，「譬如農夫作耦，以刈殺四方之蓬蒿」（國語吳語），反映了當時農民向四方開墾荒地的情景。

公元前五一四年公子光乘吳伐楚失利的時機，派勇士專諸刺殺吳王僚，奪取政權，自立爲王，他就是吳王闔閭。闔閭起用伍子胥爲客卿，「立城郭，設守備，實倉廩，治兵庫」（吳越春秋闔閭內傳）；又起用孫武爲將軍，整頓和改革國政。孫武在對答闔閭的發問中，曾列舉晉國六卿進行經濟改革情況，並對他們今後的興亡作出判斷。闔閭十分賞識孫武的判斷，並由此得出結論，認爲「王者之道」，是「厚愛其民者也」（孫子吳問篇）。所謂「王者之道」，就是發展小農經濟的政策。後來闔閭實行了這個「厚愛其民」的「王者之道」。他「食不二味（吃得與臣下一樣），居不重席（坐單層的席），室不崇壇（不築高壇），器不彤鏤（不著紅彩不雕刻），宮室不觀（不造遊玩的樓台），舟車不飾，衣服財用，擇不取費（選取實用而防止浪費）」，遇到天災疾疫，訪問孤寡而救濟貧困，「勤恤其民，而與之勞逸」（左傳哀公元年）。

吳國由於進行了政治改革，國力逐漸富強起來。吳王闔閭採用孫武提出的聲東擊西、輪番出戰和迷惑、疲乏楚國的策略，不斷削弱楚國。公元前五〇六年，吳國採用乘隙奇襲的戰略，深入楚國腹地，直逼漢水，在柏舉（今湖北省麻城縣北）大敗楚軍，追擊到清發水（今溳水），等楚軍半渡時發動進攻，把楚軍打得落花流水。吳軍乘勝繼續追擊，順利地攻入了楚都郢城。後來，由於秦兵來救，吳國又發生內亂，楚才得復國。吳便成爲南方的強國。公元前四九六年，吳王闔閭在對越戰爭中受傷，不久病死，其子夫差繼位。三年後，吳在夫椒（今太湖中洞庭西山）大敗越兵，攻破越都會稽，迫使越國求和。接著吳王夫差就爭霸中原。公元前四八五年吳派大夫徐承率水師從海上攻齊，不能得利；次年吳又「發九郡之兵」（史記仲尼弟子列傳），與魯軍聯合，在艾陵（今山東省淄博市西南）大敗齊軍，殺死齊軍主帥國書。從「發九郡之兵」這件事，可知這時吳國已推行郡縣制，並已實行以郡縣爲單位的徵兵制。公元前四八二年吳王夫差又親率大軍從水路北上，邀集晉定公和其他諸侯在黃池（今河南省封丘縣西南）會盟，與晉爭當盟主。

越的興起及其政治改革

越國人民原是越族的一支，建都於會稽（今浙江省紹興縣）。越國從始祖無餘起，傳了十幾代就衰亡了。後來有個夫譚的兒子叫允常的出來重建越國，開始稱王⑪。公元前四九六年允常去世，句踐即位。越國在公元前四九四年被吳國征服，成爲吳的屬國，越王句踐入質於吳三年之久。句踐回國後，「省賦斂，勸農桑」，臥薪嘗膽，奮發圖強，重用范蠡、計然、文種等人，改革內政，推行「捨其愆令，輕其徵賦」，「裕其衆庶」的政策，使得「其民殷衆，以多甲兵」（國語吳語）。所有「民」或「衆庶」，不但是農業生產的主要承擔者，也是賦稅、兵役的主要負擔者。同時，越王句踐針對戰敗後壯丁不足的狀況，下令獎勵生育，並規定長子夭折的，「三年釋其政」（「政」通「徵」），即免除三年賦稅；庶子早亡的，「三月釋其政」。句踐還優禮士人，招攬各地人才，「四方之士來者，必廟禮之」（國語越語上）。這樣經過「十年生聚，而十年教訓」（左傳哀公元年），取得很大成就，「田野開闢，府倉實」（國語越語下）。

公元前四八二年，越王句踐乘吳王夫差在黃池爭當盟主、國內空虛的時機，分兵兩路襲吳。一路由句踐自己統率，在泓上（今江蘇省蘇州市西）大敗吳國留守部隊，俘虜吳太子友，並乘勝攻占吳都。另一路由大夫范蠡、后庸統率水師從海道進入淮河，切斷吳軍從黃池撤退的歸路。吳王夫差得到消息，在黃池勉強爭得霸主後，匆匆回國，同越國講和。過了四年，吳國發生天災，越乘機再度伐吳，吳起兵應戰，兩軍在笠澤（今江蘇省吳江縣附近）夾水列陣，越王句踐先派兩翼佯渡，調動敵人，然後乘其空虛，中央突破，大敗吳軍。三年後越又大舉攻吳，圍困吳都達三年之久。公元前四七三年終於攻破吳都，迫使吳王夫差自殺，吳國也就滅亡。越王句踐接著引兵北上，大會諸侯於徐州（今山東省滕縣東南），號稱霸主，把國都遷到琅琊（今山東膠南縣琅琊台西北）。到戰國初期，越王翳又遷都吳⑫。

史記貨殖列傳說：「計然之策七，越用其五而得意。」又說：「修之十年，國富，厚賂戰士。士赴矢石，如渴得飲。遂報強吳，觀兵中國，稱號五霸。」可知越國所以能夠富強，主要由於採納了計然之策進行了政治改革。究竟越王勾踐用了計然的哪五策呢？從越絕書的計倪內經來看，主要有下列五點：

(一)任人惟賢，「有道者進」 計然認爲國君必須「明其法術」，「守法度，任賢使能」，才能使得「邦富兵強而不衰」，主張選拔「有道者」、「聖者」以及「後生」。他說：「聖主置臣，不以少長，有道者進，無道者退。愚者日以退，聖者日以長。」又說：「先生者未必能知，後生者未必不能明。」

(二)賞罰分明，獎勵忠諫 計然認爲，國家所以會「邦貧兵弱致亂」，往往由於國君執法不嚴，賞罰不明，弄得「諫者反有德，忠者反有刑」，主張對忠諫者要「賞其成事，傳其驗（經驗）」。

(三)實行「平糶」法，平衡穀價 計然認爲，豐年時穀賤傷農，歉收時穀貴傷末，必須每石粟價「上不過八十（錢），下不減三十（錢）」，使得「農末俱利」。

(四)流通物資，發展貿易 計然著眼於發展經濟，主張流通國內外物資，調節不足和有餘。他認爲國君必須任賢使能，使得「轉轂乎千里外，貨可來也」。

(五)蓄積「食錢布帛」，防備災荒 計然主張防備災荒，必須「早知天地之反，爲之預備」；倘若「不先蓄積，士卒數饑，饑則易傷，重遲不可戰」。

鄭國的爭奪政權

中原諸侯國除了晉、齊兩大國經歷過「六卿分晉」、「田氏代齊」及其政治改革以外，其他如鄭、宋等國，也發生爭奪政權和政治改革。

戰國初期，鄭國曾發生爭奪政權的事。鄭哀公是被鄭人殺死的。哀公之後是共公，共公之後是幽公，幽公是被韓所殺的。此後，繻公二十五年（公元前三九八年），「鄭君殺其相子陽」，二十七年「子陽之黨共弒繻公」（史記鄭世家）。戰國初期，鄭國有三個國君被殺，從鄭君殺其相子陽到子陽之黨殺鄭君，前後又經過了三年的分裂內戰，所以韓非說：「鄭子陽身殺，國分爲三。」（韓非子說疑篇）魯陽文君又說：「鄭人三世殺其君父，天加誅焉，使三年不全」（墨子魯問篇）。

這次鄭國發生「子陽身殺，國分爲三」的事件，據韓非說，其原因是鄭國的貴族公孫申「思小利而忘法義，進則揜蔽賢良，以陰闇其主，退則撓亂百官而爲禍難」（說疑篇）。顯然，公孫申等貴族反對「法義」，也反對「賢良」，而子陽正是講究「法義」的「賢良」的領袖人物，因而遭遇禍難了。呂氏春秋說：「子陽極也，好嚴有過，而折弓者恐必死，遂應猘狗（瘋狗）而弒子陽。」（適威篇）淮南子也說：「鄭子陽剛毅而好罰，其於罰也，執而無赦。舍人有折弓者，畏罪而恐誅，則因猘狗之驚，以殺子陽。」（氾論訓）因爲子陽極嚴厲的執行法令，「折弓者」犯了死罪，公孫申便乘機煽動「折弓者」趁瘋狗擾亂的當兒把子陽殺死了。他的被殺，是出於貴族的謀害，因而引起了「子陽之黨」的分裂和鬥爭。經過三年的分裂鬥爭，「子陽之黨」取得了勝利，殺死了鄭繻公。韓非曾把「太宰欣取鄭」和「田成子取齊」、「司城子罕取宋」相提並論（說疑篇），太宰欣可能就是「子陽之黨」的領袖。

鄭國在三年內戰中，「子陽之黨」雖然取得勝利，但沒有能夠完成其政治改革，到公元前三七六年就被韓滅亡了。

秦獻公的取得政權及其政治改革

秦國社會經濟發展比較遲緩，改革也遲緩，到公元前四○八年「初租禾」，同時政權操縱在強大的貴族手裏，國君的廢立，常由庶長作主決定。庶長們常把流亡在外的秦公子迎接回來做國君，而把不稱心的國君撤換或逼死。例如秦懷公是從晉國迎入的，又是遭庶長鼂與大臣圍困而自殺的。秦簡公也是從晉國迎入的。

公元前三八五年，秦簡公的孫子秦出子即位，年才二、三歲，由他母親和宦官掌權，結果「群賢不說（悅）自匿，百姓鬱怨非上」。這時出奔在魏的公子連（一名師隰）。由於二十多年長期生活在魏國，目睹魏國實行變法所取得的成就，就想回國「因（依靠）群臣與民」奪取政權。他先想從鄭所之塞（今陝西省華縣東）進入秦國，被守塞的右主然拒絕了，接著跑到戎狄去，改從焉氏塞（即烏氏塞，今寧夏固原縣東南）入境，被庶長菌改迎入。秦出子的母親就「令吏興卒」前去討伐，半路上「卒與吏」改變主意，反而去迎接新的國君（呂氏春秋當賞篇）。公子連於是帶著倒戈的軍隊回到雍，迫使秦出子母親自殺，並把秦出子殺了。公子連即位，他就是秦獻公。秦獻公之所以能夠取得政權，歸根結柢是由於得到了前此「不說自匿」的「群賢」與「鬱怨非上」的「百姓」的支持。

秦獻公開始進行政治改革。公元前三八四年，宣布「止從死」，廢除了實行長達三世紀的殺人殉葬制度。這是對貴族特權的一種限制。公元前三七五年，「為戶籍相伍」，把個體小農按五家為一伍的編制，編入國家的戶籍。同時推行縣制，先後把櫟陽（今陝西省臨潼縣北）、藍田（今陝西省藍田縣西）、蒲、善明氏建設為縣，以加強中央集權和鞏固邊防。由於這一系列的改革，秦國在兼併戰爭中開始轉敗為勝，這樣就為此後秦孝公任用衛鞅變法打下了基礎。

戴氏代宋

至於宋國，也曾發生卿大夫奪取政權的事，不過時間比較遲些。韓非曾把「司城子罕取宋」和「田成子取齊」相提並論（韓非子說疑篇、二柄篇、人主篇、外儲說右下篇），又曾把「戴氏奪子氏於宋」和「田氏奪呂氏於齊」相提並論（忠孝篇）。到後來被齊滅亡的宋國已經不是子氏而為戴氏，所以呂氏春秋論宋被齊滅亡說：「此戴氏之所以絕也。」（壅塞篇）史記宋世家索隱引竹書紀年說：「宋剔成肝廢其君璧而自立。」這裏所說的剔成肝，即司城子罕，司城子罕所廢的君名璧，也就是竹書紀年所說的宋桓侯璧兵，璧兵也作辟兵或辟⑬。宋桓侯在公元前三五六年朝見過魏惠王（史記魏世家索隱引竹書紀年），那麼司城子罕逐殺桓侯的事，當在公元前三五六年以後。宋桓侯據說是很奢侈荒唐的，曾大興土木，建築蘇宮（太平御覽卷四八八引莊子）。司城子罕所以能奪得政權，據韓非說，是由於「宋君失刑而子罕用之」（二柄篇），「宋君失其爪牙於子罕」（人主篇），情況是和「田成子取齊」差不多的。由於戴氏奪取了宋國的政權，進行了政治改革，宋國也就逐漸富強起來，到宋君偃時也就要行「王政」（孟子滕文公下篇），到公元前三一八年（宋君偃十一年）便和其他各國一樣「自稱爲王」，成爲「五千乘之勁宋」了。

燕國的「禪讓」事件

戰國中期，燕國發生「禪讓」君位的事，這也是具有政治改革性質的。

公元前三一六年（燕王噲五年），燕王噲把君位讓給了相國子之。子之爲相國時，辦事果斷，善於監督考核臣屬⑭，得到燕王噲的賞識和重用。但是朝廷大臣都是貴族（即所謂「太子之人」），而子之所提拔的官吏（即所謂「子之之人」）只是些小官吏，這時燕王噲把三百石俸祿以上大官的璽（官印）全部收回，另由子之任命（韓非子外儲說右下篇、戰國策燕策一）。燕王噲因年老不再過問政事，從此「國事皆決於子之」（史記燕世家）。這對以太子平爲首的貴族來說，是沈重的打擊。公元前三一四年，太子平和將軍市被便結黨聚眾，「圍公宮，攻子之」，連攻幾個月沒有成功，子之反攻，取得大勝，把太子平和將軍市被都殺死了⑮。後來子之的失敗，完全由於齊宣王的武裝干涉。當時齊宣王派將軍匡章帶了「五都之兵」和「北地之眾」，大舉攻燕，五十天就把燕國攻破了。齊宣王在攻破燕國後，也就「禽（擒）子之而醢（做肉醬）其身」（史記燕世家集解引竹書紀年)。由於齊國軍隊非常殘暴，燕國廣大人民群起反抗，即所謂「燕人畔」(孟子公孫丑下篇)，迫使齊國不得不退兵。結果由趙武靈王把在韓國做人質的燕公子職護送回國即位，即燕昭王。燕王噲和子之想要通過禪讓的辦法來進行政治改革，顯然是不可能的事。但是子之在平定太子平等人發動的貴族叛亂中，取得大勝，殺死太子平和將軍市被，狠狠地打擊了燕國貴族勢力。接著齊宣王進行武裝干涉，而在燕國人民群眾強烈反抗下被迫退兵，這又磨礪了廣大人民的鬥志。這樣就為後來燕昭王奮發圖強，進行政治改革掃清了道路。

三、社會結構的變化

自耕小農的普遍存在

上面已經講到，由於井田制的瓦解，所分配的「份地」(私田)私有化，原來的「國人」和「庶人」所耕「份地」先後私有化，都成為耕種百畝的自耕小農；再加上各國先後推行按戶籍身分的授田制，於是自耕小農在戰國時代就普遍地存在，成為君主政權立國的基礎。

原來井田制分配給「國人」和「庶人」的「私田」都是百畝，因「私田」的私有化而成為自耕小農，於是「一夫百畝」成為戰國通行的制度，魏、秦等國的授田制也以百畝為通例。商君書徠民篇記載秦國的「制土分民之律」，地方百里，除去山澤、都邑、道路占地十分之四，共有農田十分之六，其中惡田十分之二，良田十分之四，可以用來「制土分民」，「以此食作夫五萬」。依據孟子滕文公上篇，「方里而井，井九百畝」，以此推算地方百里共九百萬畝，農田占十分之六，共五百四十萬畝，以此分配給農夫五萬人，每人可以分得一百零八畝，除去零數，正是「一夫百畝」的授田制。戰國初期魏國李悝變法，「作盡地力之教，以爲地方百里，提封九萬頃，除山澤邑居三分之一，爲田六百萬畝」(漢書食貨志)。據此可知魏國同樣實行這種「制土分民之律」。所謂九萬頃就是九百萬畝，只是魏國所在土地的山澤占地較少，「山澤邑居」只占三分之一，因而農田有六百萬畝，可以分配農夫六萬人。魏國同樣推行「一夫百畝」的授田制，李悝就說：「今一夫挾五口，治田百畝。」魏襄王時史起爲鄴令，曾說：「魏氏之行田也，以百畝。鄴獨二百畝，是田惡也。」(呂氏春秋樂成篇，漢書溝洫志)顏師古注：「以百畝，謂賦田之法一夫百畝。」據此可知魏國授田制，良田是一夫百畝，惡田是一夫二百畝，以便輪流休耕。尉繚子原官篇說：「均地分，節賦斂，取與之度也。」(「均地分」，今本誤作「均井田」，今從臨沂出土竹簡改正)所謂「均地分」，就是指這種平均分田給耕者的授田制。這種平均分田的授田制，很明顯是沿襲井田制的成法。周禮地官大司徒講到井田制的三等授田之法，「不易之田家百畝，一易之地家二百畝，再易之地家三百畝」。魏國推行按田地美惡分等授田之法，就是由此而來。

戰國初期李悝在魏變法，估計農民生計，以「今一夫挾五口，治田百畝」作爲典型，據估計，每年每畝收粟一石半(約當今三斗)，共得粟一百五十石，除去「十一之稅」十五石，餘下一百三十五石，每月每人吃粟一石半，五人一年要吃九十石，餘下四十五石，每石賣三十錢，共得一千三百五十錢，除了各種祭祀費用三百錢，餘下一千零五十錢，衣著每人每年需用三百錢，五人共需一千五百錢，這樣已短少四百五十錢，不幸而遭遇疾病死喪，再加上君上的臨時賦斂，更沒有辦法了(漢書食貨志)。從這一筆農民收支細帳看來，可知耕種授田百畝的農民，確是自耕小農的性質，按常規只有「什一之稅」的負擔，就是墨子所說：「以其常正(徵)，收其租稅，則民費而不病。」(墨子辭過篇)這樣的授田制看來春秋末年晉國早已推行。孫子兵法吳問篇列舉晉國六卿所實行的不同的畝制和稅制，趙氏推行最大畝制，以二百四十步爲畝，並且不收稅，其餘五卿分別以一百六十步到二百步爲畝，採用五分抽一稅制。這就是以不同的授田制爭取民眾的歸向。商鞅在秦變法，擴大畝制，以二百四十步爲畝，實行「百畝給一夫」的授田制，實際上就是推廣了趙氏的授田制，只是商鞅增加了農民賦稅的負擔。

小農經濟成為立國的基礎

正因爲自耕小農的普遍存在，小農經濟成爲當時各國的立國基礎。自耕小農的生產成爲各國政權的經濟基礎，小農每年上繳的租稅成爲國家財政上的主要收入。戰國初期各國先後實行變法，都是爲了維護當時普遍存在的小農經濟，所推行的改革政策，都是爲了獎勵和幫助小農發展生產，從而富國強兵，以便在對外兼併戰爭中不斷取得勝利。魏國李悝變法，作盡地力之教，就在於提高田畝產量；同時推行平糴法，就在於維護小農經濟。秦國商鞅變法，重農抑商，獎勵耕戰，開拓畝制，徵收戶賦，都是爲了發展小農經濟，富國強兵。因爲當時各國政權都建立在小農經濟的基礎上，自耕小農既是生產的主力，又是作戰的主力。這種自耕小農是編入戶籍的良民，不同於身分低下的商人、贅婿，有按法接受分給耕田的權利，除了繳納法定賦稅和定期服役以及戰時服兵役以外，生產和生活都是自主的，擁有住屋、家畜以及生產和生活上必需的財物，秦律上稱爲「士伍」，即編伍的士卒，無爵的庶民，可以接受君上的因功賞賜的低級爵位而成爲有爵者。如果發生爭奪財物和爭奪軍功的糾紛，可以經過訴訟而按法律解決，秦律的案例中，就有對「爭牛」（爭奪走失的耕牛）和「奪首」（爭奪斬得敵人首級的軍功）的判決。說明他們所有財物和所得功勳，可以得到國家法律一定的保障。因此能夠比較自由地安排自己的生產和生活，能夠擁有積蓄的財物，有生產的積極性，從而造成社會經濟的繁榮，使得這種小農經濟的生產方式，具有強大的生命力而長期留存。

戰國時代的小農經濟是得到較大的發展的，由於使用先進的生產工具和生產技術，由於自耕小農的生產積極性，使得農業生產得到較大發展，同時各種小手工業適應小農生產和生活上的需要而有發展，大手工業如鹽鐵業同樣是適應廣大的小農需要而成長起來，而且商業也是從小農出售多餘的農業品和買進生產和生活上的必需品的基礎上發展起來，於是造成社會經濟繁榮的景象。

隨著社會經濟繁榮，各國所進行的經濟上和政治上改革的需要，科學文化也得到蓬勃發展，學術界出現了「百家爭鳴」的思潮。所謂「百家爭鳴」，實質上就是站在不同立場上，按照各自標榜的前進目標，爲維護和發展這種國家規模的小農經濟，提出了不同的建國方略。墨子所說「百姓」「萬民」，即指「農夫」和「農婦」，就是指自耕小農而言。墨子說：「今也農夫之所以蚤(早)出暮入，強乎耕稼樹藝」，「曰彼以強必富，不強必貧」(墨子非命下篇)。墨子一系列主張如天志、兼愛、尚賢、節用、非攻等，都是爲了解決小農「饑」、「寒」、「勞」的「三患」和達到「國家之富」、「人民之衆」和「刑政之治」的目標。孟子所說「黎民」，也是指住「五畝之宅」、種「百畝之田」的自耕小農。孟子說：「今也制民之產，仰不足以事父母，俯不足以畜妻子，樂歲終身苦，凶年不免於死亡。」(孟子梁惠王上篇)孟子鼓吹實行「王道」、施行「仁政」，「省刑罰，薄稅斂，深耕易耨」，都是爲了維護作爲立國基礎的小農經濟。

戰國時代由於連年戰爭，再加上統治者的殘暴，這種自耕小農的負擔是很沈重的。墨子指出除了「常徵」和「常役」之外，還要「厚作斂於百姓，暴奪民衣食之財」(墨子辭過篇)。孟子又說：「有布縷之徵，粟米之徵，力役之徵。君子用其一，緩其二。用其二而民有殍，用其三則父子離。」(孟子盡心下篇)荀子也說有田野之稅、刀布之斂、力役之徵(荀子王霸篇、富國篇)。秦國自從商鞅變法後，開始按戶徵收人口稅，稱爲「戶賦」或「口賦」，就是後來漢代的「算賦」。這對貧苦的自耕小農來說，是個沈重的負擔，既要按田畝繳納租稅，又要按人口繳納「戶賦」，並且服兵役和傜役。商君書農戰篇說：「百姓曰：我疾農，先實公倉，收餘以食親，爲上忘生而戰，以尊主安國也。」所謂「實公倉」，就是向國家繳納田租。商君書去強篇又說：「舉民衆口數，生者著，死者削，民不逃粟，野無荒草，則國富，國富者強。」所謂「民不逃粟」，就是指按戶徵收地稅和戶賦，不讓逃避。根據雲夢出土秦律，封建國家向農民徵收的地稅，不僅有禾稼（糧食），還有芻（飼料）和稾（禾稈），規定每一頃田要「入芻三石，稾二石」（田律）；還要繳納戶賦，不准隱瞞戶口（法律答問）；更要負擔兵役和徭役，需自備衣服及費用，不准逃避服役。隱瞞戶口叫做「匿戶」，逃避服役叫做「逋事」，已經集合報到而再逃走的叫做「乏徭」，都要受到嚴厲處罰。

從秦律來看，當時秦國鄉間官吏已有吞沒地稅而不上報的。法律答問提到部佐「匿田」問題，指出「已租諸民，弗言，爲匿田；未租，不論爲匿田」。說明當時有因特殊原因而未收地稅的，又有地稅被徵收官吏占有而隱匿的。

依附於地主的庶子、佃農和雇農

戰國時代有一種依附於地主的農民叫做「庶子」。商君書境內篇說秦國規定：能夠斬得敵人甲首一顆的，「賞爵一級，益田一頃，益宅九畝，除庶子一人」。就是賞給爵位一級，就可以給予庶子一人。境內篇又說：「其有爵者乞無爵者以爲庶子，級乞一人。其無役事也，其庶子役其大夫月六日；其役事也，隨而養之。」就是說：有爵者可以得到無爵者作爲庶子，每一級爵可以得到一個庶子；當有爵者沒有特殊役事的時候，庶子每月要給大夫服役六天；當有爵者有特殊役事的時候，則按服役期限供給庶子的食糧而養起來。這種庶子，雖然規定在一般情況下每月只給主人服役六天，但是主人有特殊役事隨時可以調來服役而養起來，對於主人的人身依附關係很強，實質上是屬於農奴性質⑯。這種依附於地主的農民，在衛鞅變法之前應當已經普遍存在，衛鞅只是把它規定成爲制度，作爲獎勵軍功地主的一項政策罷了。

這時土地已開始買賣，有土地的農民常因不能維持生活而出賣土地，「無置錐之地」的人便逐漸加多，到荀況時，「無置錐之地」已成爲成語（荀子非十二子篇、儒效篇）。呂氏春秋更明白地說：「無立錐之地，至貧也。」（爲欲篇）這些無立錐之地的農民，有的流亡到外地，成爲「上無通名，下無田宅」的「賓萌」（即客民，商君書徠民篇），有的就成爲「耕豪民之田，見稅什五」的佃農。到戰國末年，農民爲了逃避繁重賦役，有的寧願附託到豪強地主之下，甘願做佃農。韓非子備內篇說：「徭役多則民苦，民苦則權勢起，權勢起則復除重，復除重則貴人富。」說明當時有「權勢」的「貴人」，趁人民苦於「徭役多」的時機，用包庇「復除」（免除徭役）的特權，誘使貧苦農民歸附到他們的門下，成爲他們奴役的對象，忍受他們的剝削。韓非曾說：「悉租稅，專民力，所以備難充倉府（庫）也。而士卒之逃事狀（藏）匿，附託有威之門，以避徭賦，而上不得者萬數。」（韓非子詭使篇）這些「有威之門」，就是商君書懇令篇所說「祿厚而稅多」的官僚兼地主，也就是後來秦、漢時代的豪強地主。

這時農民有放棄本業轉入工商業的，也有失去耕地後流入城市做雇工或商店的夥計的。有所謂「市傭」（荀子議兵篇）、「庸保」（史記荊軻傳），也有「家貧無以妻之，傭未反」的人（韓非子外儲說右下篇）。「澤居苦水者」也有雇工治水的，即所謂「買庸（傭）而決竇（瀆）」（韓非子五蠹篇）。當時「大夫」雇工修繕房屋是比較普遍的。商君書墾令篇說：「無得取庸，則大夫家長不建繕；……而庸民無所於食，是必農。」這是說：政府不准雇工，大夫就不雇人修建房屋，雇工沒有飯吃，就必然務農。當時使用雇農的地主也是不少的。呂氏春秋上農篇說：「農不上聞，不敢私籍於庸。」就是說，不是有高級爵位，就不准私自雇用雇農。這時有替人「灌園」的「庸夫」，例如齊湣王被殺，太子法章曾逃到太史家做「灌園」的「庸夫」（戰國策齊策六）。又有所謂「庸客」的，主人給他美羹、錢布（銅幣），希望他耕得深、耘得快（韓非子外儲說左上篇）。農民也有在高利貸的嚴重剝削下棄產流亡的，馮驩所謂「息愈多，急即以逃亡」（史記孟嘗君列傳）。也有因而餓死在溝壑的，孟子所謂「又稱貸而益之，使老稚轉乎溝壑」（孟子滕文公上篇）。同時由於奴隸買賣比較流行，當時已有「賣僕妾售乎閭巷者，良僕妾也」的成語（戰國策秦策一）。於是農民在「天饑歲荒」的情況下，已有「嫁妻賣子」的（韓非子六反篇）。

官府的奴隸

春秋、戰國間由於生產的發展和商品經濟的發展，又出現了個體經營的手工業者、商人和大商人。這在前面兩章已經敘述過了。下面要談的是，當時還有相當數量的官私奴隸。

春秋、戰國間，官府奴隸的來源，一種是俘虜。墨子書中曾描寫當時大國進攻他國的情況：一攻入他國的邊境，就割掉農作物，砍掉樹木，攻毀城郭，焚燒祖廟，掠奪犧牲（家畜），見敵國人民中頑強的就殺，順從的就綁著牽回來，男的作爲「僕、圉、胥靡」，女的作爲「舂、酋」（墨子天志下篇）。僕是管車馬的奴隸，圉是養馬的奴隸，胥靡是「被褐帶索」而被強迫「庸築」（用繩索牽連著而被強制做築城等土木工事）的奴隸。舂是舂米的奴隸，酋是造酒的奴隸⑰。

到戰國時代，各國官府有把戰爭中的俘虜作爲奴隸的，但是奴隸的主要來源已經不是俘虜。捕捉俘虜來做奴隸，已經不是當時戰爭的主要目標之一⑱。

戰國時代官府奴隸的主要來源是罪犯。因此胥靡既是一般奴隸的通稱，同時又是一般罪犯的通稱⑲。這時秦國的「隸臣妾」是官奴婢性質。從秦律來看，有不少罪犯被罰做「隸臣」，也有一些逃兵或俘虜被罰做隸臣。隸臣妾由官府按其勞役類別、年齡和性別發給不同標準的口糧，標準低於一般勞動人民的需要量。如果隸臣妾使用的器物和照管的牲畜有丟失的，還要「以其日月減其衣食」三分之一來償還。至於稱爲「鬼薪」、「白粲」、「司寇」、「城旦」、「舂」的刑徒，性質和隸臣妾不同。刑徒有固定的刑期，刑期滿了就可恢復自由。而「隸臣妾」則終身爲官府服役，必待取贖才能恢復自由。

這時官府奴隸的另一個來源，就是把罪犯的妻子、兒女一起沒收爲奴隸。衛鞅在秦變法，公開宣布「事末利及怠而貧者舉以爲收孥」，把「收孥」作爲處罰的一種辦法。同時秦國也還迫使奴隸的子女繼續爲奴隸，有所謂「奴產子」。

從秦律來看，當時稱爲隸臣、隸妾的官奴婢，官府可以把他們賣掉，還可以用作賞賜品，並可借給地主使用。秦王也常作爲禮品來送人。例如秦王曾以「文繡千匹，好女百人」送給義渠君（戰國策秦策二）。但是這時由於商品經濟的發展，沒入官府的奴隸是可以用錢贖回的。贖回奴隸的情況在戰國時代已很普遍，甚至有些國家在法令裏規定：本國人有在別國當奴隸的，如果能贖回，這個贖金可由官府來負擔。例如「魯國之法，魯人爲臣妾於諸侯，有能贖之者取其金於府」（呂氏春秋察微篇）。這時關於贖奴隸的故事，著名的有兩則：㈠春秋末期齊國的晏嬰到晉國，見到齊國人名越石父的因被掠爲奴，於是解下一匹拉車的馬把他贖回（呂氏春秋觀世篇）。㈡衛嗣君有個胥靡逃到魏國去，替魏襄王治病，衛嗣君先派人用一百金去贖，魏王不肯，後來便拿一個叫左氏的邑去交換他（戰國策衛策，韓非子內儲說上篇作「五十金」）。前一則故事用一匹馬贖回一個奴隸，當是一般的情況。後一則故事用一個邑換回一個奴隸，這是特殊情況。

秦律有贖替官奴婢的規定，但條件是苛刻的：要用兩名壯男去贖替一名隸臣，用一名壯男去贖替一名年老而失去勞動能力或年幼而沒有勞動能力的隸臣，而不允許贖替做針線活的隸妾。壯男要前往邊疆戍守五年，才得以免除他的母親或姊、妹一人的隸妾身分。同時秦爲了獎勵軍功，允許隸臣從軍，以「斬首」的軍功取得爵位，從而免除奴隸身分；還允許士兵歸還二級爵位來免除他的父母的隸臣妾身分。同時還規定：從事手工業生產的「工隸臣」，如果因本人或別人軍功而免除隸臣身分的，還都必須充當自由身分的「工」。

當時官奴婢除了被用於手工業生產以外，還被用於農業生產。秦律規定「隸臣田者」在農忙的二月到九月間，每月口糧比原定二石增加半石。此外官奴婢還被用於築城、畜牧和官府的各種差役。

地主和商人占有的奴隸

由於這時占有和使用奴隸是合法的，一般地主和商人也就可以占有奴隸了。有些地主和商人往往有十個以上的奴隸，辛垣衍曾對魯仲連說：「先生獨未見夫僕乎！十人而從一人者，寧力不勝、智不若耶？畏之也。」(戰國策趙策三)這時窮苦人家的壯年男子，常常因爲負擔不起賦稅，生活困難，出賣或典質給富戶，稱爲「贅婿」，由主人配給女奴結爲夫婦。這種「贅婿」，屬於家奴性質⑳。齊國著名學者淳于髡，就是「贅婿」出身(史記滑稽列傳)。當時奴隸常常被處髡刑(截去頭髮的刑罰)，淳于髡名叫「髡」，該即因被處髡刑而來，猶如孫臏因被處臏刑而叫「臏」。秦國自從商鞅變法以後，因爲法令規定一家有兩個壯男而不分居的要加倍徵收「賦」(即人口稅)，逼得「家貧子壯則出贅」(漢書賈誼傳載陳政事疏)。大概到戰國末年，由於賦稅的增加，人民的貧困，債務奴隸有了一定程度的發展，「贅婿」的數量比前增加。後來秦始皇謫發「諸嘗逋亡人、贅婿、賈人略陸梁地」(史記秦始皇本紀三十三年)，把「贅婿」和罪犯、商人一樣作爲謫發的對象，就是因爲「贅婿」屬於家奴性質的緣故。

地主和商人的家內奴隸有專門服侍主人或者用來招待賓客、供娛樂的。呂氏春秋分職篇說：「今有召客者酒酣、歌舞、鼓瑟、吹竽，明日不拜樂己者而拜主人，主人使之也。」奴隸也有被用來從事小塊田地的農業生產的。韓非子喻老篇說：「故冬耕之稼，后稷不能美也；豐年大禾，臧獲不能惡也。以一人之力，則后稷不足；隨自然，則臧獲有餘。」這裏把奴隸(臧獲)看作農業技術最差的，用來和傳說中農業技術最高明的后稷作對比。這樣使用少數家內奴隸從事農業生產，並不是當時農業生產中的主要勞動力。

大工商業者還常用奴隸從事手工業生產和商業。例如大投機商白圭就「與用事僮僕同苦樂」(史記貨殖列傳）。所謂「用事僮僕」，就是隨從主人經營事業的奴隸。至於大商人兼大官僚的，因爲權勢所在，所有的奴隸也就更多。到戰國末年，秦國由於特殊的條件，大商人兼大官僚使用的奴隸就特別的多。例如呂不韋有家僮萬人，嫪毐也有家僮數千人（史記呂不韋列傳）。

這時市上販賣的奴隸，地主和商人所有的奴隸，有不少是從少數部族那裏掠奪、販賣來的。據說「齊俗賤奴虜」（史記貨殖列傳），齊國是「富擅越隸」的（戰國策秦策三），說明齊國的奴隸大多是從南方越族那裏掠買來的。尸子廣篇說：「夫吳越之國，以臣妾爲殉，中國聞而非之。」（孫星衍輯本卷上）說明當時南方吳越地區有較多的奴隸。戰國末年秦國呂不韋和嫪毐所以會有這樣多的「家僮」，這是因爲秦國和西北、西南少數部族靠近，特別是秦滅蜀、取得笮及江南以後，更靠近以「僰僮」聞名的西南少數部族地區，比較容易就近得到廉價的奴隸。秦國史官記載的秦紀，就曾講到擁有「僰童（僮）之富」㉑。尸子發蒙篇說：「家人子侄和，臣妾力，則家富。」（孫星衍輯本卷上）說明當時一些富人還是依靠奴役奴隸來致富的。

秦律還保護私人對奴隸的占有和奴役。不但要處罰臣妾侵犯主人利益的行爲，還要處罰臣妾反抗主人和怠工的行爲。如果男奴「驕悍，不田作，不聽令」，主人可以請求賣給官府，變爲官奴。如果女奴「悍」，主人可以請求官府將她判處黥刑和劓刑。

這時奴隸遭受殘酷的奴役和迫害，殺人殉葬的風俗也還存在。在近年考古發掘工作中，三晉、兩周地區發現的戰國殉人墓較多。在山西侯馬喬村戰國中晚期的墓地上，已發掘十六座墓，一般是夫婦併穴的合葬墓，周圍都挖有殉人溝，溝內分別埋有四到十八人。有的頸上帶有鐵鉗，反映其生前帶著刑具而被迫勞動。以殉人最多的一墓爲例，十八人中可以辨識的有男的十人，女的六人，大都是青壯年，他們牙齒嚼面磨損嚴重，說明生前食物極爲粗糙。除一個老年人有薄棺一具和鐵帶鈎一枚外，其餘都像牲畜一樣，被殺害、肢解後埋入，或被活活埋入㉒。此外於河北邯鄲和河南輝縣、汲縣、洛陽都曾發現殉人墓，殉葬的人一至四人不等。多數是服侍的或近幸的奴婢，有的有極粗的小銅鼎陪葬，有的有銅戈、銅矛、銅鐏和水晶珠陪葬，也還有以車馬器陪葬的。一九七八年發掘的湖北隨縣曾侯乙墓，二十一個殉葬者全是女性青少年，未見刀砍斧傷痕跡，各有一具彩繪木棺和少量陪葬品，當是墓主的侍妾或樂舞人員，被統治者用「賜死」的欺騙手段迫令殉葬的。

---

① 詳見拙作試論西周春秋間的鄉遂制度和社會結構，收入古史新探，中華書局一九六五年出版。

② 銀雀山漢墓竹簡整理小組：銀雀山竹書守法、守令等十三篇，文物一九八五年第四期。

③ 詳見拙作試論中國古代的井田制度和村社組織和籍禮新探，收入拙作古史新探，中華書局一九六五年出版。

④ 「爰田」，國語作「轅田」。國語韋注引賈逵曰：「轅，易也，爲易田之法，賞眾以田。易者，易疆界也。」左傳孔疏引服虔孔晁曰：「爰，易也。賞眾以田，易其疆畔。」

⑤ 周禮載師鄭注引司馬法說：「王國百里爲郊，二百里爲州，三百里爲野。」可知「州」是指「國」和「野」之間的中間地帶。

⑥ 詳見拙作試論西周春秋間的鄉遂制度和社會結構，收入拙作古史新探，中華書局一九六五年出版。

⑦ 史記平準書載漢武帝時，公卿建議「賈人有市籍及其家屬皆無得名田」，索隱：「謂賈人有市籍，不許以名占田也。」漢書食貨志載董仲舒進言：「限民名田。」

⑧ 左傳哀公十年載：吳國攻齊，「齊人弒悼公赴於師」。所謂「齊人」實即田乞。晏子春秋諫上篇說：「景公沒，田氏殺君荼，立陽生，殺陽生，立簡公，殺簡公而取齊國。」

⑨ 一九六四年七月南京博物院在程橋中學清理一號東周墓，出土遺物中有一個鐵丸，同出土物有「攻敔」（「敔」通「吳」）銘文的編鐘。一九七二年一月南京博物院又在程橋鎮清理二號東周墓，出土一件鍛製鐵器，兩端已殘損，作鐵條狀。見考古一九六五年第三期和一九七四年第二期南京博物院的文章。

⑩ 左傳昭公二十年也說：伍員「耕於鄙」。

⑪ 吳越春秋越王無餘外傳說：「無餘傳世十餘，末君微劣，不能自立，轉從眾庶為編戶之民，禹祀斷絕。」又說後來無壬立為越君，無壬生無曎，無曎卒，「或為夫譚，夫譚生元常（當作『允常』）」。這裏說「或為夫譚」，可知夫譚是另外興起的一支越人。

⑫ 漢書地理志、越絕書外傳記地傳和吳越春秋句踐伐吳外傳都說句踐遷都琅琊。近人有懷疑這個記載不可信的。據墨子非攻中篇說，莒國「東者越人來削其壤地」，莒國在今山東省莒縣，而琅琊正在其東，可知越都琅琊之說是可信的。左傳和史記魯世家記載魯哀公二十七年（公元前四六八年）哀公要「以越伐魯而去三桓」，八月哀公到公孫有陘氏，三桓攻公，公經衛、鄒而到越，國人迎接公歸來，卒於公孫有陘氏。蒙文通認為哀公輾轉到越，又從越回魯，前後不過四五月，足證哀公所往之越在琅琊而不在會稽。蒙氏又認為此後越攻滅滕、郯、繒等小國多在琅琊附近，都足證當時越都琅琊。見蒙氏越史叢考頁一二一～一二二，人民出版社一九八三年出版。

⑬ 剔成肝即司城子罕，「肝」、「罕」音同通用，「司」和「剔」是一聲之轉，「城」和「成」也聲同通假。「司城」的音轉為「剔成」，正同「司徒」或作「信都」、「申徒」、「勝屠」（潛夫論志氏姓）。司城原是宋的官名，即司空，春秋時因避宋武公諱而改司空為司誠。又史記宋世家索隱引庄子說：「桓侯行，未出城門，其前驅呼辟（避），蒙人止之，以為狂也。」司馬彪注：「呼辟使人辟道，蒙人以桓侯名辟，而前驅呼辟，故為狂也。」太平御覽卷七三九引莊子略同，今本莊子中已遺失這一段文字。從這裏足證竹書紀年所說宋桓侯名璧或璧兵之說為是，而史記宋世家作「辟公（謚號）辟兵（名）」，並不正確。宋世家說：「辟兵三年卒，子剔成立。」竟把廢君自立的事說成父子相傳，因而戴氏取宋的這一事件便被湮沒了。韓非子內儲說下篇說：「戴驩為宋太宰，皇喜重於君，二人爭事而相害也，皇喜遂殺宋君而奪其政。」梁履繩認為古人名喜的往往用罕為字，皇喜亦即司城子罕。這話是可信的，皇氏原也是戴公之後。蘇時學也有相同說法。至於孫詒讓墨子閒詁中的墨子傳略，認為司城子罕所殺的為戰國初期的宋昭公，是不可信的。昭公只有出亡而復國之說，無被殺之事。

⑭ 韓非子內儲說上篇說：「子之相燕，坐而佯言曰：『走出門者何白馬也？』左右皆言不見。有一人走追之，報曰：『有。』子之以此知左右之不誠信。」這故事和韓非子等書所載韓昭侯用術的故事很相像，足見他很講究督責臣下之術。

⑮ 戰國策燕策一和史記燕世家說：「太子因要（結）黨聚眾，將軍市被圍公宮，攻子之，不克。將軍市被及百姓反攻，太子平，將軍市被死，以徇。」其中「將軍市被及」五字爲衍文。這時太子平已戰死，燕世家索隱引竹書紀年說「子之殺公子平」，燕世家集解索隱引六國年表都作「君噲及太子、相子之皆死」。今本脫「太子」兩字。戰國策燕策一說「燕人立公子平，是爲燕昭王」，「公子平」當是「公子職」之誤。燕世家更誤作「燕人共立太子平，是爲燕昭王」。史記趙世家說：「（趙武靈王）十一年，王召公子職於韓，立以爲燕王，使樂池送之。」集解引徐廣說：「紀年亦云爾。」索隱又說：「紀年之書，其說又同。」六國年表集解引徐廣說：「紀年云：趙立燕公子職。」可知竹書紀年記燕昭王是燕公子職而不是太子平，近年出土的燕國兵器有作「郾（燕）王戠（古『職』字）」的，足見燕昭王確是名職。

⑯ 戰國時代國君、封君、太子、相國、太宰以及縣令等官，所屬家臣有稱御庶子、中庶子或少庶子的。例如衛鞅曾做魏相公孫痤的中庶子（史記商君列傳），甘羅曾做秦相呂不韋的少庶子（戰國策秦策五），蒙嘉是秦始皇的寵臣中御子（史記刺客列傳）。根據禮書記載，庶子地位很低，舉行禮儀時常擔任「設折俎」、「執燭」等差役（詳朱大韶實事求是齋經義卷一「士庶子非公卿子弟辨」）。至於有爵的地主所屬庶子，也類似家臣性質，是爲地主服役的，其地位更低。

⑰ 按左傳昭公七年「人有十等，……馬有圉」，圉是養馬的奴隸。古時御車者叫僕，管車馬的官叫太僕，這個奴隸中的僕該也是管車馬的。胥靡，據漢書楚元王傳注引應劭說：「『胥』借爲『接』，『靡』借爲『縻』，『接縻』謂罪人相接而縻之，不械手足使役作。」傅說是有做胥靡的傳說的，賈誼所作賦曾說：「傅說胥靡兮，乃相武丁。」（史記屈原賈生列傳）而傅說是「被褐帶索，庸築於傅岩」的（墨子尚賢下篇），可知胥靡被強制勞動的是做築城等土木工事。

⑱ 戰國時代的戰爭有一個特點，就是戰爭雙方都獎勵斬殺敵人。衛鞅在秦變法，具體規定了斬一首可以進爵一級，要做官的可以賞給五十石俸祿的官（韓非子定法篇），所以魯仲連說秦是「上首功之國」（史記魯仲連列傳）。不但秦國如此，齊國也規定斬得一首級的可以得賞金（荀子議兵篇）。當時戰爭殘殺是很厲害的，據說，秦獻公二十一年秦和魏戰於石門，斬首六萬（史記秦本紀）。秦孝公八年秦和魏戰於元里，斬首七千（史記六國年表）。秦惠文王八年秦和魏相戰，斬首四萬五千。惠文王後元七年秦打敗趙公子渴、韓太子奐，斬首八萬二千。十一年秦大敗韓於岸門，斬首一萬。十三年秦大敗楚於丹陽，斬首八萬。秦武王四年秦攻取韓的宜陽，斬首六萬。秦昭王六年秦伐楚，斬首二萬（以上見史記秦本紀）。七年秦打敗楚將景缺，楚軍死了二萬（史記楚世家）。十四年秦大敗韓、魏於伊闕，斬首二十四萬。二

十四年秦攻取楚十五城，斬首五萬（史記楚世家）。二十七年秦大敗趙軍，斬首三萬（史記六國年表）。三十二年秦打敗韓將暴鳶，斬首四萬。三十三年秦打敗魏將芒卯於華陽，斬首十五萬（史記秦本紀，白起列傳作「十三萬」）。三十四年秦打敗趙將賈偃，把趙兵二萬沈到河中（史記白起列傳）。四十三年秦攻取韓的九城，斬首五萬（史記秦本紀）。四十七年白起坑殺趙軍俘虜四十五萬（史記白起列傳）。五十年秦攻魏，斬首六千，魏楚軍沈死河中的有二萬人。五十一年秦將摎攻韓，斬首四萬；攻趙，斬首九萬（史記秦本紀）。秦始皇三年秦將麃公攻魏的卷，斬首三萬。十三年秦將桓齮攻趙，斬首十萬（史記秦始皇本紀）。據梁玉繩史記志疑的統計，秦國在戰國時代戰爭中所斬得的首級共有一百六十萬之多。史記這些記載都是根據秦紀的，該出於秦的統計，但所有記載，記俘虜人數的極少，甚至像長平之役，白起在坑殺降卒四十五萬人之後，留下幼小的二百四十人，也沒有把他們作爲奴隸，依然送回到趙國去。很明顯的，這時的戰爭主要已經不是捕捉俘虜的戰爭。

⑲ 韓非子解老篇說：「胥靡有免，死罪時活，今不知足者之憂終身不解，故曰禍莫大於不知足。」這是說胥靡這樣的奴隸有赦免的機會，死罪有時有活命的機會，只有不知足的人的憂慮終身不解。韓非子六反篇說：「刑盜，非治所刑也；治所刑也者，是治胥靡也。」這是說，對偷盜者用刑，是針對偷盜的罪，不是針對偷盜的人；如果針對偷盜的人，就等於針對胥靡這樣的一般罪犯用刑了。

⑳ 錢大昕潛研堂答問九說：「說文：『贅，以物質錢也，從敖、貝。敖者猶放，貝當復取之也。』漢書嚴助傳：『歲比不登，民待賣爵、贅子以接衣食。』如淳云：『淮南俗，賣子與人作奴婢，名爲贅子，三年不能贖，遂爲奴婢。』然則贅子猶今之典身，立有年限取贖，去奴婢僅一間耳。」根據雲夢秦簡中的魏戶律和魏奔命律，贅婿是不能立戶、不能受田和不能做官的賤民。

㉑ 華陽國志卷三蜀志說：僰道縣「本有僰人，故秦紀言『僰童（僮）之富』。漢民多漸斥徙之。」水經江水注也說：「秦紀所謂僰僮之富者也。」

㉒ 見山西省文物工作委員會寫作小組侯馬戰國奴隸殉葬墓的發掘——奴隸制度的罪證，載文物一九七二年第一期。

第五章　戰國前期各諸侯國的變法改革

從春秋後期開始，晉、齊等國的卿大夫爲了謀求在相互兼併中取得勝利，紛紛講究經濟和政治上的改革，這是個帶動歷史發展進步的改革潮流。春秋末年晉國六卿分別進行了田畝制度的改革，此中趙、魏、韓三家取得成效較大，於是在兼併過程中造成「三家分晉」的局面。到戰國初期三晉順著這個潮流的趨勢，進一步謀求改革，同時學術思想界出現了一個講求改革的「法家」學派。魏文侯重用法家李悝變法，首先取得成效，使魏國最先富強，同時趙烈侯相國公仲連也進行了改革。接著楚悼王起用兵家兼法家吳起實行變法，因楚悼王去世，吳起被害，成效不大。同時齊威王重用鄒忌進行改革，也取得成效，使齊成爲與魏並立的強國。後來韓昭侯任用申不害進行改革，申不害是講究「術」的法家，成效不顯著。接著秦孝公重用衛鞅（即商鞅）兩次進行變法，可以說是變法的集大成，因而取得顯著成效，使秦國富強，奠定了秦國此後在兼併戰爭不斷取得勝利的基礎。

一、魏國李悝的變法

魏文侯任用李悝實行變法

魏國在公元前四四五年魏文侯即位後，已建成中央集權的國家。中央設置了可以任免的相、將等官職來統領百官，在郡縣也已設置了可以任免的守、令等官職來統治人民。魏文侯曾先後任用魏成子（文侯弟，名成）、翟璜（名觸）、李悝爲相國，並任用樂羊爲將，攻取中山，吳起爲西河郡守，西門豹爲鄴縣令，對經濟、政治和軍事進行了改革。同時又尊儒家卜子夏爲「師」，並尊敬田子方（子貢弟子）、段干木（子夏弟子）等人。

李悝是戰國初期法家的始祖，被魏文侯任用爲相國，主持變法。漢書藝文志有李子三十二篇，列爲法家之首，可惜書已失傳，只有關於農政和刑法兩項措施，我們還能了解其梗概①。

李悝的盡地力之教

李悝主張「盡地力之教」，發展農業生產，從而鞏固君主政權的經濟基礎。他指出，在百里見方的範圍內，有九萬頃土地，除去山川、村落占三分之一以外，有六百萬畝耕地（相當於今一百八十萬畝）。如果農民「治田勤謹」，精耕細作，每畝可增產粟（小米）三斗（約合今六升）。反之，就會減產三斗，一進一出要相差一百八十萬石（約合今三十六萬石，漢書食貨志）。因此他作出三項規定：

㈠「必雜五種，以備災害」（太平御覽卷八二一引史記、通典食貨二水利田）。就是說，同時播種稷（小米)、黍(黍子)、麥、菽(大豆)、麻(麻所結的實),以防某種作物發生災害。這是主張同時雜種各種糧食作物,怕種單一的糧食作物遇到災害就難以補救。

(二)「力耕數耘,收穫如寇盜之至(謂促遽之甚,恐爲風雨損也)」(太平御覽卷八二一引史記、通典食貨二水利田)。就是說,要促使農民努力耕作、勤於除草,收穫時要加緊搶收,如同防止強盜來搶劫那樣,以防備風雨對莊稼的損害。

(三)「還(環)廬樹桑,菜茹有畦,瓜瓠果(果樹的果實)蓏(瓜類植物的果實),殖於疆埸」(通典食貨二水利田)。這是說,住宅周圍要栽樹種桑,菜園裏要多種蔬菜,田地之間的埂子上也要利用空隙多種瓜果。就是要充分利用空閒的土地,擴大農副業的生產。

魏國人口密度較高,地少人多。李悝在「盡地力之教」中作出這樣的規定,是適合當地農業生產發展的需要的,是根據當時農民生產的經驗而制定的。目的在於提高農作物的產量,擴大田租收入,進而使得國家富強起來。

李悝的平糴法

李悝在經濟上另一個重要措施,就是實行「平糴法」。李悝認爲,糧價太賤,農民入不敷出,生活困難,國家就要貧困;糧價太貴,城市居民負擔不起,生活困難,就要流徙他鄉。因此糧價無論太貴太賤,都不利於鞏固國家統治。爲此他制定平衡糧價的「平糴」法,把好年成分爲上、中、下三等,壞年成也分爲上、中、下三等,好年成由官府按好年成的等級出錢糴進一定數量的餘糧,壞年成由官府按壞年成的等級平價糶出一定數量的糧食。這是後來歷代王朝的均輸、常平倉等辦法的開端。

李悝的平糴法,在方法上是和春秋末年計然的平糶法一致的。但是兩人的著眼點有所不同,所要求達到的目的也不同。計然規定國家控制糧價每石在三十錢到八十錢之間，允許糧價波動的幅度還比較大，使得商人還有利可圖。因爲計然實行平糶法的目的在於使得「農末俱利」；而李悝則不同，他實行平糴法的目的，在於「使民無傷而農益勸」，「民」是指穀類商品的一般消費者，根本不考慮商人的利益。他主張採用「取有餘以補不足」的方法，「使民適足，價平而止」，做到「雖遇饑饉水旱，糴不貴而民不散」（漢書食貨志）。如果真能做到這樣，就可以在很大程度上限制商人對糧食的投機活動，制止糧價的暴漲暴跌，在一定程度上可以防止農民破產和貧民流亡。因此實行平糴法的根本目的，還是在於鞏固小農經濟，從而富國強兵。

李悝制定法經

政治方面，李悝「撰次諸國法」，編成了一部法經。這是我國第一部比較有系統的法典。內容分爲六篇：盜法、賊法、囚法、捕法、雜法、具法，可惜原文已失傳。李悝「以爲王者之政，莫急於盜賊，故其律始於盜賊」（晉書刑法志）。這時所謂「盜」，主要是指對私有財產的侵犯；所謂「賊」，主要是指對人身的侵犯，包括殺傷之類。李悝爲了保護私有財產及其統治地位，因而把懲罰「盜」「賊」作爲首要的政治任務，把盜法、賊法列爲法經的頭兩篇。李悝還認爲，「盜賊須劾捕，故著囚（原誤作「网」）、捕二篇」。囚法講的是「斷獄」的法律，捕法講的是「捕亡」的法律。唐律疏議說：「囚法，今斷獄律是也。」「捕法，今捕亡律是也。」雜法包括懲罰「輕狡，越城，博戲，假借，不廉，淫侈，逾制」（晉書刑法志）等六種違法行爲。「輕狡」是指輕狂的犯法行爲，「越城」是指偷越城牆，「博戲」是指賭博，「假借」是指假借的欺詐行爲，「不廉」是指貪污賄賂，「淫侈」是指荒淫奢侈的行爲，「逾制」是指應用器物超過了規定的封建等級制度。雜法的許多規定，無非是爲了維護統治秩序。具法是「以其律具其加減」（晉書刑法志），就是根據具體情況加重或減輕刑罰的規定②。以後衛鞅從魏入秦，幫助秦孝公實行變法，就是帶著這部法經去的。

後來秦國的秦律和漢朝的漢律，都是在這部法經的基礎上逐步擴大補充而成的。

二、趙國公仲連的改革

公元前四〇三年，周威烈王被迫承認魏、趙、韓三國列為諸侯。就在這年，趙相國公仲連進行了政治改革。這時趙烈侯愛好音樂，問相國公仲連說：他有愛的人可以「貴之」嗎？公仲連答道：只能「富之」，不能「貴之」。趙烈侯因此要賞賜給鄭的歌者槍、石二人田各一萬畝，公仲連答應了。隔了一個月，烈侯從代回來，問有沒有賞給歌者田畝，公仲連答道：沒有找到合適的人。隔不多時，烈侯再問這件事，公仲連就稱病不上朝。接著番吾君從代來，向公仲連推薦牛畜、荀欣、徐越三人，公仲連把這三人推薦給烈侯。牛畜建議「以仁義，約以王道」，荀欣建議「選練舉賢，任官使能」，徐越建議「節財儉用，察度功德」。烈侯因此宣布把賞田給歌者的決定作罷，起用牛畜為「師」，荀欣為「中尉」，徐越為「內史」（史記趙世家）。「師」是負責教化的官，「中尉」是負責指揮作戰和選拔官吏的長官，「內史」是負責徵收田租和考核臣下成績的財務官。荀欣和徐越主張「選練舉賢，任官使能」，「節財儉用，察度功德」，就是按照當前的政治標準來選拔人才、處理財政和考核臣下成績，這是法家的政策。而牛畜主張「以仁義，約以王道」，這是儒家的政策。這時趙國在具體的政治工作和財政工作中採用法家的政策，而在教導方面採用儒家的政策。魏文侯一方面起用李悝、吳起等法家為將相，實行「法治」；另一方面又尊儒家卜子夏為「師」，「受子夏經藝」（史記魏世家），並敬重儒家田子方、段干木等人，宣揚儒家的「仁義」和「王道」，是同樣的道理。

三、楚國吳起的變法

楚悼王起用吳起實行變法

吳起，衛國左氏（今山東省定陶縣西）人（韓非子外儲說左上篇），一度做過魯國的將，旋即入魏，被任爲西河郡守。公元前三九〇年左右，因爲魏武侯的大臣王錯的排擠，吳起由魏入楚，被楚悼王任爲「宛守」（說苑指武篇，宛是南陽郡治所，今河南省南陽市），防禦魏、韓。一年之後，被提升爲令尹，主持變法。

吳起損有餘、補不足的變法措施

吳起變法的要點，是「損其有餘而繼其不足」（說苑指武篇）。就是要剝奪一些舊貴族的「有餘」，來補充軍政開支的「不足」。他認爲，楚國的「貧國弱兵」是由於「大臣太重，封君太眾」。這些大臣、封君「上逼主而下虐民」，因此他主張對封君的子孫「三世而收爵祿」，減削官吏的祿秩（韓非子和氏篇），精簡「無能」、「無用」的官，裁汰「不急之官」（戰國策秦策三），節省這些開支用來供養「選練之士」。這個措施革除了一些世襲封君的特權，精簡了國家機構，增強了軍事力量。

吳起「損其有餘而繼其不足」的另一個措施，是把舊貴族遷移到荒涼地區去。他根據楚國地廣人稀的特點，認爲多餘的是土地，不足的是人民，而過去楚國舊貴族把人民集中到地少人多的地區來，這是「以所不足，益所有餘」，應該加以糾正。因而他下令「貴人往實廣虛之地」（呂氏春秋貴卒篇）。這是迫使舊貴族帶同所屬人員去充實廣大的荒涼地區，這樣就有力地打擊了舊貴族的勢力，並有利於開發荒涼地區。

吳起整頓楚國吏治

吳起爲了整頓楚國官場的歪風，提出下列三點主張：

㈠「使私不害公，讒不蔽忠，言不取苟合，行不取苟容，行義不顧毀譽」（戰國策秦策三記范雎語）。就是說，不能因個人的「私」妨害辦理政務的「公」，不能讓壞人的「讒」掩蓋忠臣的「忠」，要求大家能夠爲「公」而忘「私」，「行義」而不計毀譽，一心爲君主政權效力。

㈡「塞私門之請，一楚國之俗」（戰國策秦策三記蔡澤語）。就是要整頓楚國官場的歪風，禁止私門請託。

㈢「破橫散從（縱），使馳說之士無所開其口」（戰國策秦策三記蔡澤語）。就是不准縱橫家進行遊說。

同時，吳起還改革了「郢人以兩版垣」（用夾板填土築牆）的簡陋建築方法，開始建設楚都郢（呂氏春秋義賞篇）。

吳起變法的成效

吳起在變法過程中，曾遭到楚國舊貴族的反對，貴人「皆甚苦之」（呂氏春秋貴卒篇），甚至連改變「兩版垣」的簡陋建築方法也「見惡」（呂氏春秋義賞篇）。還曾遇到當時楚國流行的道家的攻擊，當吳起出行巡視的時候，屈宜臼就曾用道家學說當面反對他的變法。屈宜臼認爲「善治國家者，不變其故，不易其常」，攻擊吳起的變法「是變其故而易其常」；還認爲「兵」是「凶器」，「爭」是「逆德」，攻擊吳起富國強兵的主張是「陰謀逆德，好用凶器」；而且咒罵吳起是「禍人」，說「非禍人不能成禍」，並攻擊支持吳起變法的楚悼王「逆天道」，說「楚國無貴於舉賢」（說苑指武篇；淮南子道應篇同，惟「屈宜臼」作「屈宜若」)。這樣把「兵」看成「凶器」，把「爭」看成「逆德」，那是道家的看法。說明當吳起在楚國變法時，不僅有許多舊貴族反對，而且在意識形態領域內也還有道家的反對。但是，吳起沒有被反對者嚇倒，還是堅決地實行變法，初步取得了成效。

楚國經過了吳起變法，也就強盛起來。吳起曾「南收揚越，北併陳蔡」(戰國策秦策三載蔡澤語，今本「收」誤作「攻」，從王念孫讀書雜志據史記蔡澤列傳改正)，「卻三晉，西伐秦」(史記吳起列傳)。他「南收揚越」，取得了很大成果，擴展了南方許多土地。後漢書南蠻傳說：「吳起相悼王，南併蠻越，遂有洞庭、蒼梧。」縱橫家所編造蘇秦對楚威王遊說辭，說楚「南有洞庭、蒼梧」，該是吳起「南收揚越」以後的情況。從此楚就占有江西南部和湖南、廣西間的蒼梧③。與此同時，吳起還向北戰勝魏國。公元前三八三年趙國侵衛，衛幾亡國，求救於魏。次年，魏救衛攻趙，衛便反攻，奪得剛平，進攻中牟，取得趙河東地。再次年，越求救於楚，楚又救趙攻魏，「戰於州西，出於梁門，軍舍林中，馬飲於大河」，一直攻到了黃河兩岸(參見史記趙世家、戰國策齊策五)。這是吳起在楚變法後所取得的大勝利。

吳起被殺害

但是就在勝利的這年，楚悼王去世了。吳起到治喪的處所，便遇到許多貴族的聯合進攻。吳起伏在王屍上，貴族的箭射中了王屍。按照楚國的法律，「麗兵於王屍者，盡加重罪，逮三族」，結果「坐射起而夷宗死者七十餘家」(呂氏春秋貴卒篇、史記吳起列傳)。有的貴族如陽城君便逃奔出國(呂氏春秋上德篇)。而吳起也被車裂肢解而死(韓非子和氏篇、難言篇、問田篇，墨子親士篇，淮南子繆稱篇，戰國策秦策三)。

吳起在楚國變法時間較短④，成效不大。吳起死後，楚國雖然也成為「戰國」之一，在政治制度上有些改革，但是軍政大權始終掌握在貴族昭、景、屈三家之手，政治上比較腐敗。呂氏春秋察今篇曾竭力說明變法的好處、不變法的壞處，並舉「刻舟求劍」等故事來比喻不變法的愚蠢，從而總結全文說：「荊（楚）國之爲政，有似於此。」因爲吳起死得早，變法的時間短，所取得的成效就和秦國衛鞅變法不同，韓非就曾說：「楚不用吳起而削亂，秦行商君而富強。」（韓非子問田篇）

四、韓國申不害的改革

韓昭侯起用申不害進行改革

戰國初期，韓國曾進行過政治改革，但是由於改革不徹底，政治上造成了一些混亂。「晉之故法未息，而韓之新法又生；先君之令未收，而後君之令又下」（韓非子定法篇）。公元前三五五年韓昭侯起用申不害爲相，實行進一步的改革。

申不害，原是鄭國京（今河南省滎陽縣東南）人。他是個講究「術」的法家，其理論「本於黃老而主刑名」（史記韓非列傳）就是從黃老學派那裏發展來的。他的著作申子，司馬遷說有二篇，而漢書藝文志說有六篇，已失傳，現在我們所能看到的只是別人引用的零章斷句，比較完整的只有群書治要卷三六所引大體篇。

申不害講究統治之「術」

從申子大體篇來看，他主張中央集權的君主專制體制，主張「明君使其臣並進輻湊」，就是要使群臣跟著國君轉，好比車輻湊集於轂上一起運轉；不容許「一臣專君，群臣皆蔽」；要防止大臣「蔽君之明，塞君之聽，奪之政而專其令」，以至「弒君而取國」。因此他強調國君必須「設其本」、「治其要」、「操其柄」，做到「君設其本，臣操其末；君治其要，臣行其詳；君操其柄，臣事其常」。那麼，國君怎樣才能掌握「本」、「要」、「柄」呢？他認爲就是要講究統治之「術」。

申不害主張搞君主的專制獨裁，把權柄集中於國君一人，實行中央集權的君主專制體制，這是和衛鞅、吳起等法家相同的，所不同的是，衛鞅、吳起等法家主張通過厲行法治來達到這個目的，把法看成實行中央集權的有效工具，通過法加強對廣大農民的統治，剝奪一些舊貴族的世襲特權，並作爲管理監督臣下工作的依據，使國家大權集中到國君手中。申不害固然也講法，曾經說，「法者，見功而與賞，因能而授官」（韓非子外儲說左上篇）；主張「明法正義」，「任法而不任智」（藝文類聚卷五四、太平御覽卷六三八引申子）。但是他沒有把法放到主要地位，而主要講究的是術，所以韓非批評說：「申不害不擅其法，不一其憲令，則奸多」（韓非子定法篇）。

申不害所講的術，主要是指任用、監督、考核臣下的方法，就是韓非所說的：「術者，因任而授官，循名而責實，操殺生之柄，課群臣之能者也。」（韓非子定法篇）申不害主張「爲人君者操契以責其名」（申子大體篇），就是君主委任官吏，要考查他們是否名副其實，工作是否稱職，言行是否一致，對君上是否忠誠，據以進行賞罰，從而提拔忠誠的人才，清除奸邪的官吏。怎樣才能真正做到「循名責實」呢？申不害認爲要靠機密的手段，就是韓非所說的：「術者，藏之於胸中，以偶衆端，而潛御群臣者也。故法莫如顯，而術欲不見。」（韓非子難三篇）申不害主張君主要「藏於無事」，「示天下無爲」（申子大體篇），要「去聽」、「去視」、「去智」（呂氏春秋任數篇），就是要裝作不聽見、不看見、不知道，不暴露自己的欲望、智慧和觀察力，使臣下無從猜測國君的意圖、無從討好取巧、無從隱藏自己的錯誤缺點，這樣就可以聽到一切、看到一切、知道一切⑤；這樣就可以做到「獨視」、「獨聽」和「獨斷」。所以申不害說：「獨視者謂明，獨聽者謂聰。能獨斷者，故可以爲天下主（當作「王」）」（韓非子外儲說右上篇）。這簡直是要國君用陰謀權術來駕馭臣下、統治人民了。

申不害不但主張國君要用術，而且要求各級官吏只能做職權範圍內的事，不能越職辦事；凡不屬於職權範圍內的事，即使知情也不能講。申不害曾說：「治不逾官，雖知弗言。」其目的還是爲了防止臣下篡奪大權。但是這樣一來，只能使得國君聽不到真實的意見，不了解真實的情況，所以韓非曾對此提出批評（韓非子定法篇）。

申不害所講的術，客觀上是君主專制統治體制下官僚制度推行後必然的產物。這種陰謀權術，不僅國君可以用來駕馭臣下，大臣也可以用來爭奪權利，「故申不害雖十使昭侯用術，而奸臣猶有所譎其辭矣」（韓非子定法篇）。申不害這樣用術來加強中央集權的統治，成效是比較差的。

五、齊國鄒忌的改革

齊威王起用鄒忌進行改革

齊國任用鄒忌進行改革，和韓國任用申不害進行改革、秦國任用衛鞅變法，幾乎是同時的。公元前三五七年齊威王即位。不久，鄒忌就「以鼓琴見威王」，用「鼓琴」的節奏來說明「治國家而弭（安定）人民」的道理。他認爲，君好比琴上的大弦，彈起來「濁以春溫」；相好比琴上的小弦，彈起來「廉折以清」；政令好比彈起來「攫之深而舍（釋）之愉（舒）」。彈得「大小相益」，「複而不亂」，琴音就協調好聽，「治國家而弭人民」是同樣的道理。齊威王很賞識他，三個月後就授給相印。

鄒忌推行法家政策

從齊威王的父親田桓公開始，齊國在國都臨淄西邊稷門外的稷下地方，設立學宮，招徠各派學者前來著書立說，議論政治，稱爲「稷下先生」，也稱爲博士。稷下先生中有個叫淳于髡的，是家奴性質的贅婿出身，是個進步的思想家，曾經兩次當面指責儒家孟軻，認爲魯繆公重用儒家而弄得國家削弱，說明儒家「無益於國」，像儒家那樣「爲其事而無其功者」，就算不得「賢者」(孟子告子下篇)。這時淳于髡用「微言」進說鄒忌，使得鄒忌決定了下列的策略：對於國君，「請謹毋離前」，「請謹事左右」；對於人民，「請自附於萬民」；對於臣下，「請謹擇君子，毋雜小人其間」，「請謹修法律而督奸吏」(史記田世家)⑥。這樣主張順從國君行事，主張選擇「君子」擔任官吏而防止「小人」混雜，主張修訂法律而監督清除奸吏，都是法家的政策。

鄒忌很重視推薦人才，齊威王也很重用這些人才，把他們都看作「寶」。有一次齊威王和魏惠王一起在郊外打獵，魏惠王誇耀自己有「徑寸之珠」十枚，可以「照車前後各十二乘」，所以是「寶」；而齊威王則認爲他的「寶」不同，幾個得力的大臣才是他的「寶」，例如守南城的檀子，守高唐(今山東省高唐縣東)的盼子，守徐州(即平舒，今河北省大城縣東)的黔夫，「使備盜賊」的種首，都是他的「寶」，可「將以照千里」(史記田世家)⑦。這時齊國的人才很多，孫臏也由於田忌的推薦而擔任軍師。這都是鄒忌推行法家「謹擇君子」政策的結果。

針對齊國「百官荒亂」的局面，淳于髡曾以隱語(謎語)進說齊威王，他問齊威王：「國中有大鳥，止於王庭，三年不蜚(飛)又不鳴，王知此鳥何也？」威王回答說：「此鳥不飛則已，一飛沖天；不鳴則已，一鳴驚人。」隨即召集全國地方官七十二人，「賞一人，誅一人」(史記滑稽列傳)。因爲即墨大夫治理即墨(今山東省平度縣東南）「田野闢，民人給，官無留事，東方以寧」，而並不事奉國君左右以求譽，齊威王賞給他萬家的食邑。又因爲阿（今山東省陽穀縣東北阿城）大夫治理阿，「田野不闢，民貧苦」，而用幣事奉國君左右以求譽，齊威王把阿大夫連同左右稱譽他的人都烹死了。據說，從此「齊國震懼，人人不敢飾非，務盡其誠，齊國大治」（史記田世家）。這又是鄒忌推行法家「謹修法律而督奸吏」政策的具體實施。

同時，由於鄒忌的進說，齊威王下令群臣吏民：「能面刺寡人之過者，受上賞；上書諫寡人者，受中賞；能謗議於市朝，聞寡人之耳者，受下賞。」據說，令剛下時，群臣前來進諫的門庭若市；幾個月之後，還有時有人進諫；一年之後，「雖欲言無可進者」（戰國策齊策一）。這裏不免誇大其辭，但是，這樣提倡臣下進諫，對君主政權的政治改革確是有幫助的。

齊威王和鄒忌進行政治改革，接受臣下意見，注意選拔人才，除去不稱職的奸吏，獎勵得力的將領和官吏，其目的是在鞏固統治秩序的同時，謀求國家的富強，這自然也有利於社會生產的發展。因而經過一番改革，齊國在政治、經濟上都有了新氣象。

六、秦國衛鞅的變法

秦孝公起用衛鞅實行變法

公元前三六一年秦獻公去世，秦孝公即位。孝公繼承獻公的遺業，奮發圖強，「下令國中求賢者」。孝公在求賢令中，說明從秦厲共公到秦出子時期，「國家內憂，未遑外事」，致被魏國奪去河西地；到秦獻公即位，「徙治櫟陽，且欲東伐」；爲了完成「先君之意」，徵求「有能出奇計強秦者」（史記秦本紀）。衛鞅就在這時入秦。

衛鞅出身於衛國國君疏遠的宗族，也稱公孫鞅。「少好刑名之學」，曾做魏相公叔痤的家臣。後入秦，經秦孝公寵臣景監的推薦，得見秦孝公，陳說變法圖強的道理。

公元前三五九年，正當醞釀變法時，舊貴族代表甘龍、杜摯起來反對變法，認爲「法古無過，循禮無邪」。衛鞅當即針鋒相對地指出，「治世不一道，便國不法古」，「反古者未必可非，循禮者未足多」（史記商君列傳）。這是以歷史進化的思想，駁斥了舊貴族所謂「法古」、「循禮」的復古主張，爲實行變法作了輿論準備。

衛鞅第一次變法

秦國經過了三年的變法準備，到公元前三五六年，秦孝公任命衛鞅爲左庶長，實行第一次變法⑧，主要有下列四點：

㈠頒布法律，制定連坐法，輕罪用重刑　衛鞅把李悝所制定的法經在秦國公布實行，只是把「法」改稱「律」（唐律疏議），增加了連坐法。就是在按五家爲伍、十家爲什的戶籍編制的基礎上，建立相互告發和同罪連坐的制度，告發「奸人」的可以如同斬得敵人首級一樣得賞，不告發的要腰斬。如果一家藏「奸」，與投敵的人受同樣處罰；其餘九家倘不檢舉告發，要一起辦罪。旅客住客舍要有官府憑證，客舍收留沒有憑證的旅客住宿，主人與「奸人」同罪。衛鞅還主張對輕罪用重刑，認爲這樣可以迫使人民連輕罪也不敢犯，重罪更不敢犯，這叫「以刑去刑」（商君書畫策篇、韓非子內儲說上篇）。漢代桑弘羊指出：「商君刑棄灰於道而秦民治，故盜馬者死，盜牛者加，所以重本而絕輕疾之資也。」（鹽鐵論刑德篇）衛鞅爲了保護私有的耕牛和馬，對盜竊牛馬者判處死刑；爲了統一度量衡，規定「步過六尺者有罰」（史記商君列傳集解引新序）。衛鞅對輕罪用重刑，目的在於貫徹他制定的法令。戰國策稱讚衛鞅變法的成效是：「道不拾遺，民不妄取，兵革大治」（秦策一）。史記又稱讚其成效是：「道不拾遺，山無盜賊，家給人足，……鄉邑大治」（商君列傳）。

(二)**獎勵軍功，禁止私鬥，頒布按軍功賞賜的二十等爵制度**　規定軍功以在前線斬得敵人首級多少來計算，斬得敵人甲士首級一顆的賞給爵一級，要做官的，委以五十石俸祿的官職。官爵的提升是和斬得敵人首級的軍功相稱的。二十等爵制，是一種封建的等級制，按爵位高低授與種種封建特權，包括占有耕地、住宅、服勞役的「庶子」和擔任一定的官職等等，爵位高的還可以獲得三百家以上的「稅邑」，以及減刑的特權（詳見本書第六章第六節「秦的二十等爵」）。衛鞅還規定國君的宗族沒有軍功不能列入公族的簿籍，不能享受宗族的特權。「有功者顯榮，無功者雖富無所芬華」（史記商君列傳）。占有田宅、臣妾（奴隸）的多少以及服飾穿戴，都必須按照爵位等級的規定，否則是要處罰的。

(三)**重農抑商，獎勵耕織，特別獎勵墾荒**　秦國地廣人稀，荒地比較多，所以商鞅在秦國把獎勵開墾荒地作爲發展農業生產的重點，和李悝在魏國「盡地力之教」有所不同。衛鞅變法令規定：「僇力本業耕織致粟帛多者，復其身；事末利及怠而貧者，舉以爲收孥」（史記商君列傳）。「本業」是指男耕女織的生產事業，「末利」是指商業和手工業。「復其身」就是免除其本身的徭役；「收孥」就是連同妻子、兒女沒入官府爲奴隸。衛鞅這樣獎勵一家一戶的男耕女織的生產，是有利於小農經濟的發展的。因爲這種以一家一戶爲單位的小農經濟，是君主政權的經濟基礎。商君書墾令篇一連列舉二十條鼓勵墾荒的措施，其中就有不少抑商的政策。例如規定商人必須向官府登記各種奴隸（廝、輿、徒、童）的名字和數目，以便官府攤派徭役；還規定提高市上酒肉的稅額，要讓稅額比成本高十倍；更規定加重關卡和市場上的商品稅，不准私自販賣糧食，防止商人壟斷市場，牟取暴利。還主張「一山澤」，由國家統一管理山澤之利。所有這些抑商政策，目的在於防止商人損害和破壞小農經濟，扶助小農經濟的成長。

㈣焚燒儒家經典，禁止遊宦之民　衛鞅爲了推行變法令，打擊儒家的復古思想，曾斷然採取「燔詩書而明法令」（韓非子和氏篇）的措施。同時下令禁止私門請託，禁止遊説求官的活動。

衛鞅這樣勵行改革，必然會引起舊貴族的反抗，一時國都內「言初令之不便者以千數」；後來這些人又前來阿諛説「令便」，衛鞅稱之爲「亂化之民」，「盡遷之於邊城」（史記商君列傳）。

秦國由於變法初步成功，在對外戰爭中不斷取得勝利。公元前三五二年，衛鞅因功由大庶長升爲大良造，相當於中原各國相國兼將軍的官職。

衛鞅第二次變法

公元前三五〇年，衛鞅進行第二次變法。這次變法是進一步從經濟和政治上進行改革，目的在於進一步謀求富國強兵。主要有下列六點：

㈠廢除貴族的井田制，「開阡陌封疆」　史記説：衛鞅「爲田開阡陌封疆而賦稅平」（商君列傳）。「開」就是開拓的意思。蔡澤説：商君「決裂阡陌，教民耕戰」（戰國策秦策三）。「決裂」的目的是爲了廢除井田制，董仲舒就曾指出：商君「改帝王之制，除井田，民得買賣」（漢書食貨志）⑨。「阡陌」是指每一畝田的小田界，「封疆」是指每一頃田（一百畝田）的大田界，合起來可以總稱爲「封」。具體地講，「開阡陌封疆」就是廢除井田制，把原來「百步爲畝」的「阡陌」和每一頃田的「封疆」統統破除，開拓爲二百四十步爲一畝，重新設置「阡陌」和「封疆」。説文解字説：「六尺爲步，步百爲畝。秦田二百四十步爲畝（末句，徐鉉本無，徐鍇本有）。」唐代一行算法説：「自秦孝公時，商鞅獻三術，內一，開通阡陌，以五（當作『六』）尺爲步，二百四十步爲畝」（太平御覽卷七五〇引）。杜佑通典又説：「按周制，步百爲畝，畝百給一夫。商鞅佐秦，以一夫力餘，地利不盡，於是改制二百四十步爲畝，百畝給一夫矣。」（州郡典雍州風俗）可知這時「開通阡陌」，採用二百四十步爲畝的大畝制，用來分授無田耕種的農民，依然實行著「百畝給一夫」的授田制度。早在春秋晚期，晉國六卿中的趙氏已廢除井田制，改用二百四十步的大畝制，這時衛鞅變法，該是吸收了過去趙氏改革的經驗，並進一步加以發展，適應了當時社會生產力發展的需要。這時衛鞅的改革，是在秦國境內正式廢棄井田制，確認自耕農的土地所有制，並擴大政府擁有土地的授田制度，促進小農經濟的發展，增加地稅收入。還必須指出，衛鞅這次對農田制度的改革，一方面是破除了舊的阡陌封疆，用法令形式廢除了井田制，即所謂「壞井田，開阡陌」（漢書食貨志）；另一方面是重新設置了新的阡陌封疆，用法令形式保護了土地私有制，所以後世有人說衛鞅「滅廬井而置阡陌」⑩。秦律嚴禁對私有土地的侵犯。法律答問有一條律文：「盜徙封，贖耐。」就是把私自移動田界看作「盜」的行爲，要判處耐刑（剃去鬢髮），但允許出錢贖罪。接著又對這條律文解釋說：「何如爲封？封即田阡陌、頃畔封也，是非是而盜徙之，贖耐。何重也？是不重。」說明田界不應該這樣「盜徙之」，這是對私有土地的侵犯，應該判處耐刑，並認爲這種刑罰「不重」。

㈡普遍推行縣制，設置縣一級官僚機構　衛鞅這時把許多鄉、邑、聚（村落）合併爲縣，建置了四十一個縣（史記秦本紀，商君列傳作「三十一縣」，六國年表作「三十縣」），設有縣令、縣丞等地方官吏（商君列傳），還設有縣尉（商君書境內篇）。縣令是一縣之長，縣丞掌管民政，縣尉掌管軍事。公元前三四九年「初爲縣有秩史」（史記六國年表），就是在縣官之下，開始設置有定額俸祿的小吏，從此縣一級地方行政機構才正式確立。縣制的普遍推行，是爲了把全國政權、兵權集中到朝廷，建立中央集權的統一的政治體制，以便於鞏固統治，發展小農經濟。商君書墾令篇說：「百縣之治一形，則從；迂者不飾，代者不敢更其制（原脫「飾代者不」四字，從孫詒讓校補），過而廢者不能匿其舉。」就是說，各縣的政治制度都是一個形態，則人人遵從，奸邪的官吏不敢玩弄花樣，接替的官吏就不敢變更制度，犯了錯誤而罷黜的官吏就不敢掩蓋其錯誤行爲。墾令篇還認爲，只有這樣，才能「民不勞」、「民不敖（遨）」，做到「農多日，徵（徵收賦稅）不煩，業（農業生產）不敗，則草（荒地）必墾矣」。

㈢遷都咸陽，修建宮殿　這時秦國爲了爭取中原，圖謀向東發展勢力，把國都從雍遷到咸陽。咸陽位於秦國的中心地點，靠近渭河，附近物產豐富，交通便利。而舊都雍，舊貴族的習慣勢力較大，不利於變法的開展。同時仿效中原各國國都的規模，修建冀闕（古時宮廷門外的一種高建築，用以懸示教令）和宮殿。

㈣統一度量衡制，頒布度量衡的標準器　這是在公元前三四四年（秦孝公十八年）具體實施的，對於統一賦稅制度、俸祿制度和發展商業，都有一定的作用。傳世有這一年頒布的商鞅方升（現藏上海博物館）。經上海市標準計量管理局測定，商鞅方升的內容，秦一升的容積爲二〇二·一五立方釐米。又據這個升的銘文，容積是當時尺度的十六又五分之一立方寸，以此推算，每立方寸的容積爲一二·二五七立方釐米。再由此推算，當時秦的一寸是二·三〇五釐米，一尺是二三·〇五釐米（參見本書第六章第四節度量衡制的頒布和校驗）。

㈤開始按戶按人口徵收軍賦　公元前三四八年（秦孝公十四年）秦「初爲賦」⑪，這是按戶按人口徵收的軍賦，就是雲夢出土秦律所說的「戶賦」，也稱「口賦」，爲漢代「算賦」的起源。秦律規定，男子成年要向政府登記，分家另立戶口，並繳納戶賦。如果隱瞞戶口，逃避戶賦，就成爲「匿戶」，要嚴加懲罰。如果男子成年而不分家登記戶口的，要加倍徵收戶賦。衛鞅曾下令：「民有二男以上不分異者，倍其賦。」（史記商君列傳）⑫當時衛鞅沒有採取魯國季孫氏那樣「用田賦」（按田畝徵賦）的辦法，而採取按戶按人口徵賦的辦法，這是爲了獎勵開墾荒地，發展農業生產，增加賦稅收入。杜佑指出這是「捨地而稅人」（通典食貨典賦稅上）；馬端臨也說，這是由於「任民所耕，不計多少，於是始捨地而稅人」（文獻通考田賦考歷代田

商鞅方升

浦口湯泉小志、兩周金文辭大系圖錄等書著錄，現藏上海博物館。這是秦孝公十八年（公元前三四四年）商鞅統一度量衡時製作的標準器，頒發給重泉（今陝西省蒲城縣東南）的。秦始皇統一六國後，統一度量衡，又加刻詔書頒發給了臨（今地不詳）。經上海市標準計量管理局用工具顯微鏡測定，容積爲二〇二·一五立方釐米。

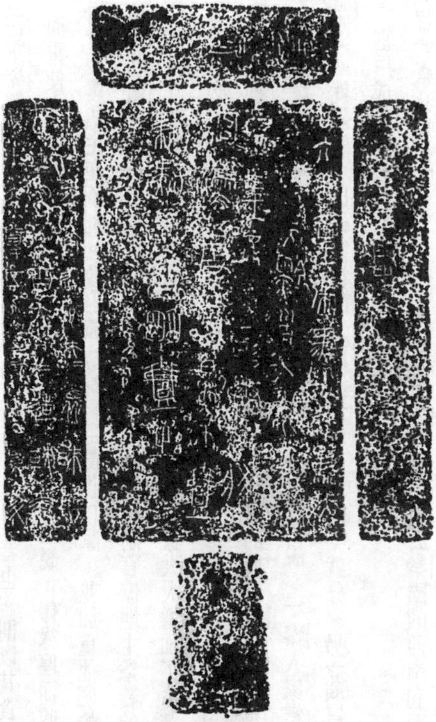

商鞅方升銘文（拓本）

商鞅方升三邊和底部都刻有銘文。左邊刻秦孝公十八年銘文：「十八年，齊遳（率）卿大夫眾來聘，冬十二月乙酉大良造鞅爰積十六尊（寸）五分尊（寸）壹（一）爲升。」與柄相對一邊刻「重泉」兩字，字體和「十八年」銘文一致。底部刻秦始皇二十六年詔書：「二十六年，皇帝盡併兼天下諸侯，黔首大安，立號爲皇帝。乃詔丞相狀、綰，法度量則不壹、歉疑者皆明壹之。」右邊刻「臨」字，字體和二十六年詔書一致。

賦之制）。商君書墾令篇說：「祿厚而稅多，食口衆者，敗農者也。則以其食口之數，賦（原誤作『賤』），從孫詒讓說改正）而重使之，則辟淫遊惰之民無所於食。」這是說，俸祿厚而收入田租多的，家中養著衆多吃閒飯的人，這對發展農業生產不利。政府按「食口」徵收口賦，並加重他們的徭役，那麼這些遊蕩懶惰的人就沒處吃飯。這說明衛鞅採取這項措施目的之一，是爲了限制官僚地主豢養的食客的數目。但是，徵收口賦的結果，受害最大的還是廣大農民和其他勞動人民，因爲這樣大大增加了貧苦勞動人民的負擔。衛鞅規定一家有兩個成年男子的必須分家另立戶口，否則就要加倍徵賦。這是爲了確立以一夫一婦爲單位的農戶，以便於開墾荒地，擴大農業生產，增加賦稅收入。這種對不分家的成年男子加倍徵賦的法令，有助於小農經濟的發展，但是給貧苦人民帶來了沈重的災難。漢代初年賈誼就說：「秦人家富子壯則出分家，家貧子壯則出贅」（漢書賈誼傳）。就是說，比較富裕的人民，子弟一到壯年就分家另立門戶；貧苦的人民因爲負擔不了戶賦，只能典質給富戶成爲家奴性質的「贅婿」了。

㈥革除殘留的戎狄風俗，禁止父子兄弟同室居住　由於秦國的西南和西北都是少數部族，秦國統一了許多少數部族地區，因而秦國殘留的戎狄風俗是較多的。這時衛鞅按照中原的風尚、習俗，把殘留的戎狄風俗革除，目的還是在於加強封建統治。

公元前三四〇年衛鞅設計生擒魏將公子昂，大破魏軍，迫使魏國交還一部分過去奪去的西河地。衛鞅由於這個大功，受封於商（今陝西省商縣東南商洛鎮）十五個邑⑬，號爲商君。

衛鞅變法的成功及其被殺害

衛鞅的第二次變法，從經濟上和政治上進一步剝奪了舊貴族的特權，損害了舊貴族的利益，結果太子也犯法了，衛鞅因此對太子的師傅公子虔等用刑⑭，於是遭到公子虔等人的強烈反對。公元前三三八年，秦孝公去世，太子即位，即秦惠王。公子虔等人告發衛鞅「欲反」，秦惠王要逮捕他，他回到封地商邑發兵抵抗，出擊鄭（今陝西省華縣）。但因寡不敵眾，被秦兵殺死於彤（今華縣西南），並被處以車裂的刑罰。

衛鞅吸取了李悝、吳起等法家在魏、楚等國實行變法的經驗，結合秦國的具體情況，對法家政策作了進一步發展，後來居上，變法取得了較大的成效。他進一步破除了井田制，擴大了畝制，重農抑商，獎勵一家一戶男耕女織的生產，鼓勵墾荒，這就促進了秦國小農經濟的發展。他普遍推行了縣制，制定了法律，統一了度量衡制，建成了中央集權的政權。他禁止私鬥，獎勵軍功，制定二十等爵制度，這有利於加強軍隊戰鬥力。他打擊反對變法的舊貴族，並且「燔詩書而明法令」，使變法令得以貫徹執行。由於這一切，秦國很快成為富強的封建國家，奠定了此後秦統一全中國的基礎。正如漢代王充所說的：「商鞅相孝公，為秦開帝業。」（論衡書解篇）

衛鞅變法對此後秦國以及秦代的影響是十分深遠的。雲夢出土的秦律就是在這個變法的基礎上修訂、補充、累積而成。秦律也多處講到連坐法，例如戶籍登記有隱匿或不實，不但鄉官要受罰，同「伍」的也要每戶罰一盾，「皆遷之」（即罰戍邊）。秦律也把鎮壓「盜賊」放在首要地位，並對輕罪用重刑。例如盜取一錢到二百二十錢的要「遷之」，盜取二百二十錢以上和六百六十錢以上要分別罰作刑徒，盜牛者要罰作刑徒，盜羊或豬的也有相當的懲處，甚至偷採別人桑葉不滿一錢的也要「貲徭三旬」（即罰處徭役三十天），對五人以上的「群盜」則追捕處罰更嚴。同時秦律還有許多對各種逃亡者追捕處罰的規定。

---

① 史記孟子荀卿列傳、漢書食貨志說李悝「盡地力之教」，而史記貨殖列傳、平準書又說李克「盡地力」。因此崔適史記探源斷定李克是李悝異名，悝、克一聲之轉。近人多信從其說，常把李克的言論作為李悝的主張。細加考核，知其說不確。貨殖列傳、平準書「李克」當為「李悝」之誤。漢書古今人表列李悝於第三等，李克為第四等，作為兩人，

是不錯的。李悝是法家，而李克乃子夏弟子，是儒家。漢書藝文志有李子三十二篇列於法家之首，說：「名悝，相魏文侯，富國強兵。」又有李克七篇列於儒家，說是「子夏弟子，爲魏文侯相」。李悝初爲上地守，曾爲秦所敗，又曾大敗秦人，見韓非子內儲說上篇和外儲說左上篇，後爲魏文侯相。李克是魏文侯時所屬中山之相。韓非子外儲說左下篇記翟璜對田子方說：「得中山，憂欲治之，臣薦李克而中山治。」史記魏世家記翟璜對李克說：「中山已拔，無使守之，臣進先生。」說苑臣術篇同。呂氏春秋適威篇載：「魏武侯之居中山也，問於李克曰：吳之所以亡者何也？」高注以爲是武侯分封於中山之時。淮南子道應篇作「魏武侯問於李克」，高注：「李克，武侯之相。」也是指武侯分封中山時的相。戰國史料上未見有李克爲魏文侯相之說，漢書藝文志說李克「爲魏文侯相」，當是「爲魏武侯相」之誤。呂氏春秋、韓非子等書記李悝和李克兩人事，區別清楚，不相混淆，兩人的主張也不相同。韓非子難二篇說：「李克（今本誤作『李兌』，從孫詒讓說改正）治中山，苦陘令上計而入多。李克曰：「語言辨，聽之說，不度於義，謂之窕言。無山林澤谷之利而入多者，謂之窕貨。君子不聽窕言，不受窕貨，子姑免矣。」這是根據李克書的，文選魏都賦劉逵注引李克書說：「言語辯聰之說而不度於義者，謂之膠言。」「膠言」即是「窕言」。韓非曾發表很多議論，駁斥李克之說，認爲「人事」、「天功」都能夠使得「入多」，「非山林澤谷之利也」；並且指出李克之說是「無術之言也」。如果李克即是李悝的話，李悝主張「盡地力」，正是極力鼓吹通過「人事」謀求「入多」的，不可能發表這樣的見解的，同時韓非的評論也不對頭了。

② 明董說七國考卷一二引桓譚新論說：「魏文侯師李悝著法經，以爲王者之政莫急於盜賊，故其律始於盜賊。盜賊須劾捕，故著囚捕二篇，其輕狡、越城、博戲、假借、不廉、淫侈、踰制爲雜律一篇，又以具律具其加減，所著六篇而已。衛鞅受之入相於秦，是以秦、魏二國深文峻法相近。正律略曰：殺人者誅，籍其家及其妻氏。殺二人，及其母氏。大盜戍爲守卒，重則誅。窺宮者臏，拾遺者刖，曰爲盜心焉。其雜律略曰：夫有一妻二妾，其刑聝；夫有二妻則誅，妻有外夫則宮，曰淫禁。盜符者誅，籍其家；盜璽者誅，議國法令者誅，籍其家及其妻氏，曰狡禁。越城一人則誅，自十人以上夷其鄉及族，曰城禁。博戲罰金三市，太子博戲則笞，笞不止則特笞，不止則更立，曰嬉禁。群相居一日以上則問，三日四日五日則誅，曰徒禁。丞相受金，左右伏誅。犀首以下受金則誅。金自鎰以下罰，不誅也，曰金禁。大夫之家有侯物自一以上者族。其減律略曰：罪人年十五以下，罪高三減，罪卑一減。年六十以上，小罪情

滅，大罪理滅。武侯以下守爲法矣。」董說在引文後，還有一些解說。桓譚新論是南宋時散失的。董說所引新論所載法經條文，其實出於董說本人所僞造。本書第一章緒論中戰國典章制度分類編纂和考訂一段中已論及。

③ 吳師道戰國策校注說：「正義云：蒼梧山在道州南。按此乃楚粵窮邊處。交州蒼梧，則粵地也。」山海經海內經說：「南方有蒼梧之丘，蒼梧之淵。其中有九疑山，舜之所葬，在長沙零陵界中。」逸周書王會篇說「倉吾翡翠」，敘述在長沙之後，倉吾亦即蒼梧。可知蒼梧既爲山名，又爲淵名，同時又作部族名和地區名，在今湖南、廣西之間。從長沙發現有春秋晚期楚國墓葬來看，洞庭湖周圍地區當在春秋晚期已爲楚國領土，不全是吳起在楚當政時所開拓的。蔣超伯南漘楛語卷五吳起非商鞅比條說：「按今南贛諸郡及楚粵毗連等處，皆吳起相楚悼王時所開。」這個論斷是正確的。

④ 韓非子和氏篇說吳起在楚變法，「悼王行之期年而薨矣，吳起肢解於楚」。這裏說「期年」，應該是十年。據呂氏春秋觀表篇說：吳起「去魏入荊，而西河畢入秦」。魏武侯七年秦已侵魏的陰晉，九年魏伐秦又失敗，十年便在河東的安邑王垣築城，以防秦東侵。吳起離魏入楚，疑在魏武侯六年即楚悼王十二年前後，去楚悼王去世尚有十年。

⑤ 韓非子外儲說右上篇說：「申子曰：『上明見，人備之；其不明見，人惑之。其知見，人惑之；不知見，人匿之。其無欲見，人司(伺)之；其有欲見，人餌之。故曰：吾無從知之，惟無爲可以規(窺)之。』一曰：申子曰：「慎而言也，人且知(當作『和』)女(汝)；慎而行也，人且隨女(汝)。而有知見也，人且匿女(汝)；而無知(智)見也，人且意女(汝)。女(汝)有知也，人且臧(藏)女(汝)；女(汝)無知也，人且行女(汝)。故曰：惟無爲可以規(窺)之。」

⑥ 新序卷二雜事有類似記載，惟作「鄒忌以鼓琴見齊宣王」，「宣王」當爲「威王」之誤。新序說由於淳于髡的進說，鄒忌表示「請不敢雜賢以不肖」，「請謹門內，不敢留賓客」，「減吏省員，使無擾民也」。

⑦ 史記田世家記齊威王說：「吾臣有檀子者，使守南城，則楚人不敢爲寇東取，泗上十二諸侯皆來朝。吾臣有盼子者，使守高唐，則趙人不敢東漁於河。吾吏有黔夫者，使守徐州，則燕人祭北門，趙人祭西門，徙而從者七千餘家。吾臣有種首者，使備盜賊，則道不拾遺。將以照千里，豈特十二乘哉！」說苑臣術篇記鄒忌對齊威王說：「忌舉田居子爲西河而秦梁弱，忌舉田解子爲南城而楚人抱羅綺而朝，忌舉黔涿子爲冥州而燕人給牲，趙人給盛，忌舉田種首子爲即墨而於齊足究，忌舉北郭刁勃子爲大士而九族益親，民益富。」可知齊威王所重用的大臣，就是鄒忌推薦的。齊威王

⑧ 所說檀子當即鄒忌所說田解子，黔夫當即黔涿子（「黔」、「黥」古音同通用），種首當即田種首子。

史記秦本紀說：秦孝公三年「衛鞅說孝公，變法修刑，……孝公善之。甘龍、杜摯等弗然，相與爭之，卒用鞅法，百姓苦之。居三年，百姓便之，乃拜爲左庶長」。據此，秦孝公三年已「用鞅法」，六年因「百姓便之」，提升衛鞅爲左庶長。但是史記商君列傳說：孝公「以衛鞅爲左庶長，卒定變法之令」。據此則下令變法，應在秦孝公六年衛鞅任左庶長之後。兩說相較，當以後說爲是。戰國策秦策一說：「商君治秦，法令至行，……孝公行之十八年，疾且不起，欲傳商君，辭不受。」韓非子和氏篇又說：商君之法，「孝公行之，主以尊安，國以富強，八年而薨，商君車裂於秦。」王先慎集解認爲「八」上脫「十」字，是對的。從秦孝公六年（即公元前三五六年）衛鞅「爲左庶長，卒定變法之令」以後，到二十四年孝公去世，首尾十九年，以整年來計算，正是十八年。

⑨ 漢書地理志說：「孝公用商君，制轅田，開仟佰，東雄諸侯。」顏注引張晏曰：「周制三年一易，以同美惡。商鞅始割列（裂）田地，開立阡陌，令民有常制。」又引孟康曰：「三年爰土易居，古制也，末世浸廢。商鞅相秦復立爰田，上田不易，中田一易，下田再易，爰自在其田，不復易居也。食貨志曰：自爰其處而已。」張晏把「轅田」解釋爲取消村社耕地「三年一易」的制度，而孟康又解釋爲取消耕地輪流休耕的制度。這兩種解釋都不正確。所謂「轅田」，當即公元前六四五年晉國所作「爰田」。「爰田」亦作「轅田」，見左傳僖公十五年和國語晉語九。地理志所說商君「制轅田」，實際上就是廢除了原來的井田制度而承認私人可以永久占有田地。

⑩ 漢書王莽傳載區博說：「井田雖聖王法，其廢已久矣。周道既衰，而民不從。秦知順民之心，可以獲大利也，故滅廬井而置阡陌，遂王諸夏。」杜佑通典食貨典序也說：商鞅「隳經界，立阡陌」。

⑪ 史記秦本紀秦孝公十四年「初爲賦」，集解引徐廣曰：「制貢賦之法也。」索隱引譙周曰：「初爲軍賦也。」按漢書食貨志載董仲舒說，秦用商鞅之法，有力役、田租和口賦。這個「口賦」應是「算賦」的別名。董說七國考卷二把「初爲賦」作爲「口賦」，是對的，就是秦律所說「戶賦」。秦律的法律答問說：「匿戶……弗令出戶賦之謂也。」秦代的戶賦也稱算賦，漢書鼂錯傳載鼂錯上漢文帝書說：「今秦之發卒也，有萬死之害，而亡銖兩之報。死事之後，不得一算之復。」是講秦進行統一戰爭時，雖是戰死者的遺族，也沒有給與免除一算（即一個人的算賦）。由此可知秦在未統一全國前已有算賦存在。日本加藤繁關於算賦的小研究（收入中國經濟史考證第一卷），對此有詳細說明（有吳杰

譯本，商務印書館一九五九年版）。

⑫ 史記商君列傳把這事記在第一次變法時，但是「初爲賦」既在秦孝公十四年，那麼「倍其賦」的處罰不可能在十四年以前。商君列傳只是爲了行文方便，在談初變法時，把先後頒布的變法令放在一起敘述罷了。

⑬ 史記商君列傳：「衛鞅既破魏還，秦封之於商十五邑，號爲商君。」集解引徐廣曰：「弘農商縣也。」索隱曰：「於、商，二縣名，在弘農。」正義曰：「於商，在鄧州內鄉縣東七里，古於邑也。商洛縣在商州東八十九里，本商邑，周之商國。」徐廣謂即弘農商縣，而索隱和正義都以爲於、商爲二邑。按水經濁漳水注和路史國名紀已引竹書紀年：「秦封衛鞅於鄔，改名曰商。」陳逢衡竹書紀年集證卷四七，把衛鞅所封之鄔，說成是春秋隱公十一年「王取鄔、劉之田於鄭」之鄔，當然是錯的。但是他說：「於讀爲烏，當即鄔也，舊止名鄔，今改名曰商，故謂之於商（原誤作「商於」）。」這是正確的。漢書地理志弘農郡商縣下說：「秦相衛鞅邑也。」漢代商縣在今陝西省商縣東南商洛鎮。此地原名於或鄔，封給衛鞅時改名曰商，因而或稱爲於商。正義謂於即內鄉縣東七里之於，在今河南省西峽縣東，它和商洛鎮相距二百五十里以上，當時衛鞅不可能有如此廣大的封邑，可以斷言正義之說不確。

⑭ 史記商君列傳說：秦孝公六年衛鞅爲左庶長，下變法令，「令行於民期年」，太子就犯法，衛鞅「刑其傅公子虔，黥其師公孫賈」。秦孝公十二年衛鞅第二次實行變法，「行之四年，公子虔復犯約，劓之」。但據史記秦本紀，秦孝公即位時，年二十一歲，秦孝公六年才二十七歲，所生太子不過是個幼童，因此說這年太子犯法的事不可信。太子犯法當在秦孝公十六年，只有一次。孝公去世前五月，趙良見商君說：「公子虔杜門不出，已八年矣。」由此上推八年，也正是秦孝公十六年。

第六章 中央集權的政治體制及其重要制度

一、官僚制度的建立

官僚制度的產生

西周春秋間，貴族的分封制、等級制和世襲制，是密切關聯的。周天子除了直屬的王畿以外，把土地、人民和統治權力分封給親屬和臣屬，稱爲諸侯；諸侯又這樣分賞給親屬和臣屬，稱爲卿大夫；卿大夫又這樣分賞給親屬和臣屬。於是就形成天子、諸侯、卿大夫、士等一系列等級。各級貴族的爵位、權力及其占有的土地、人民和財富，原則上都由嫡長子（正妻的長子）繼承，其他兒子只能分到次一等的權力和地位。這些由嫡長子世襲的各級貴族，以族長身分掌握著各級政權和兵權。在周王國和各諸侯國裏，世襲的卿大夫便按照聲望和資歷來擔任官職，並享受一定的采邑收入，這就是世卿、世祿制度。貴族就是依靠這些經濟上和政治上的世襲特權，世代進行統治。

春秋戰國間，各國進行了一系列的改革，特別是前後經歷一百多年的變法運動，剝奪了貴族的特權，廢除了世卿、世祿制度，建立了一整套的官僚制度，發展了軍隊的編制形成一套強大的中央集權的政治體制。

本來春秋時代卿大夫的家內盛行著家臣制，家臣是可以隨時調動的。但禮節來確立的，講究臣下對主上的效忠。同時卿大夫的家臣如家宰、邑宰之類，且這類家臣也常有封邑、宗族組織和宗族的武裝力量。從春秋末年起，由於社會制關係，是經過一定的有些諸侯國內就出現了以糧食為俸祿的官僚，在卿大夫家臣中也出現了官僚性質的家臣有宗法關係；而地，而以糧食為俸祿。例如孔丘擔任魯國的司寇，「奉（俸）粟六萬（斗）」；後來到衛國的變革，在萬」（史記孔子世家）；孔丘也曾任命原思做「宰」，「與之粟九百」（論語雍也）。到戰國時代有封質的家臣制，就逐漸發展成為中央集權政體的官僚制度。

俸祿制度的推行

戰國時代官僚制度所以能鞏固地建立起來，主要由於推行了下列六種制度：

首先是戰國時代各國對於官吏的任用，一般都已採用了俸祿制度。當時各國俸祿計算的單位是不同的。衛國用「盆」來計算，有千盆、五百盆等等級（墨子貴義篇）。齊、魏等國用「鍾」來計算，例如田駢在齊國有「訾養千鍾」（戰國策齊策四），又如魏文侯時魏成子官為相國，有「食祿千鍾」（史記魏世家）。秦、燕等國用石、斗來計算，秦國有五十石、一百石以至五百石、六百石以上俸祿的官，大體上以五十石為一級（韓非子定法篇、史記秦始皇本紀始皇十二年），最小的官吏也還有「斗食」的（戰國策秦策三、史記秦始皇本紀始皇十一年）。「斗食」就是「歲俸不滿百石，計日而食一斗二升」（漢書百官公卿表顏師古注）。燕國有三百石以上俸祿的官（韓非子外儲說右下篇，戰國策燕策一）。楚國用「擔」來計算，有「祿萬擔」的（呂氏春秋異寶篇）。

這種俸祿制度之所以能普遍推行，是和當時社會經濟的發展有關的。這時社會上已出現了雇傭勞動者，既有雇農，又有雇工，有所謂庸客、庸夫、市傭、庸保，因而各國任用官吏和挑選常備兵，也採用雇傭辦法，普遍採用了俸祿制度。荀子曾稱這種辦法爲「傭徒鬻賣之道」（議兵篇）。田鮪教其兒子田章更明白說：「主賣官爵，臣賣智力」（韓非子外儲說右下篇）。從此國君對於各級官吏可以隨時任免，隨時選拔，韓非子所以說：「明主之吏，宰相必起於州部，猛將必發於卒伍。」（顯學篇）。

由於當時各國普遍採用以糧食爲官吏俸祿的制度，不再用封邑作爲官祿，這樣就便於官僚的任用和罷免。但是也還有些國家，在實行以糧食爲俸祿的同時，仍然兼用田地的租稅收入作爲俸祿。例如齊國兼用「田里」作爲俸祿，到離職時「收其田里」（孟子離婁下篇）。

賞金辦法的實施

其次是戰國時代各國對於功臣的賞賜，已開始用黃金貨幣。這也是和當時社會經濟的發展[illegible]烈侯要初期，魏、趙等國還用大量田地來賞賜。例如魏相公孫痤在澮北戰勝了趙、韓聯軍，歸[illegible]大量土地來賞寧、爨襄兩人，賞賜吳起後裔「田二十萬」，賞賜巴寧、爨襄田「各十萬」（戰國策[illegible]國君對於功臣的賞賞給鄭歌者槍、石二人田各萬畝，因相國公仲連反對而作罷（史記趙世家）。戰國[illegible]賜的事就不多見了。由於商品經濟的發展，貨幣的廣泛流通，黃金也已成[illegible]鎰、千鎰、百斤、千斤或者賜，就不必採取分封土地或賞田的辦法，可以用大量黃金來賞賜了。[illegible]百金、千金的事，在戰國時代是常見的。

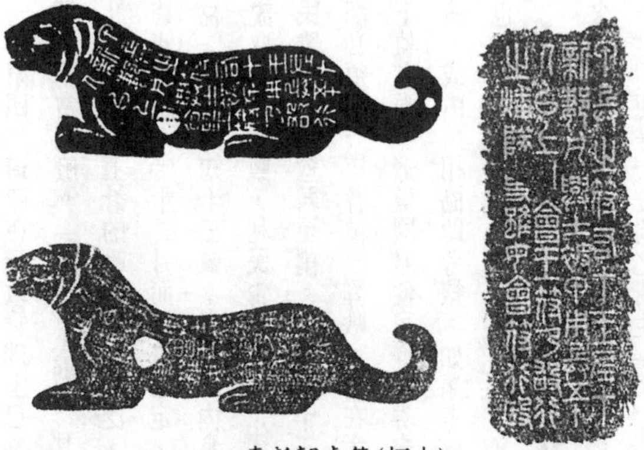

秦新郪虎符(拓本)

秦漢金文錄著錄。錯金銘文作：「甲兵之符，右才(在)王，左才新郪。凡興士被甲，用兵五十人以上，必會王符，乃敢行之；燔燧事，雖母(毋)會符，行殹(也)。」據王國維考證，這是戰國末年秦攻得魏地新郪(今安徽省太和縣北)後所造。見觀堂集林卷八秦新郪虎符跋。

「璽」「符」制度的建立

第三，這時已建立了公文用「璽」(官印)和發兵用「符」(虎符)的制度。春秋後期已有用璽來封的文書，即所謂「璽書」(左傳襄公二十九年、國語魯語下)。到戰國時，無論下命令或來往公文，已必須用璽來封泥①，作爲憑信，否則便不能生效。所以公元前二三八年，秦國長信侯嫪毒作亂，想徵發縣卒和衛卒，就是假造了秦王的御璽和太后的璽來行文徵發的(史記秦始皇本紀始皇九年)。虎符作伏虎形，上有銘文，分爲兩半，底有合榫，右半存在國王處，左半發給將領。這時軍隊的調發，必須有存在國王處的右半個虎符來會合，作爲憑信，否則便不得調發。所以魏國信陵君救趙時，想要奪取將軍晉鄙所帶的軍隊前往救趙，非先竊取存在魏王處的半個虎符和假造命令，是不可能奪得晉鄙所帶軍隊的指揮權的(史記信陵君列傳)。秦國曾明確規定：「甲兵之符」，右半歸王掌握，左半歸將領掌握。凡用兵五十人以上的，必須會合王符。如果外敵有侵入，邊塞有烽火，雖沒有王符會合，也可機動從事(據杜虎符和新郪虎符銘文)。與「符」同樣性質的還有「節」。「節」原用竹節製成，這時多數用青銅鑄成，上有銘文，常常幾枚合成圓形的竹節狀，作爲通行的證件。有了這種嚴密的制度，大權也就集中於國君了。

這時因為用璽和符為信物，對於官吏的任免是以璽為憑的，給予將帥的命令，是以符為憑的。諸凡丞相、郡守、縣令等官，都由國君任命發給璽，免職時收回。如果要辭職，也須把璽繳回②。一般的璽是銅製的，丞相的璽往往是黃金製的，所謂「懷黃金之印，結紫綬於要（腰），揖讓於人主之前」（史記蔡澤列傳）。

年終考績的「上計」制度確立

第四，這時在行政管理上已創立了年終考績制度。就是荀況所說的：「歲終奉其成功，以效於君。當則可，不當則廢。」（荀子王霸篇）其中最主要的考核工作的方法，叫做「上計」。「計」就是「計書」，指統計的簿册。上計的範圍比較廣泛，包括倉庫存糧數字，墾田和賦税數目，戶口統計，以及治安情況。商君書禁使篇説：「十二月而計書已定，事以一歲別計，而主以一聽。」講的就是歲終上計的情況。商君書去強篇説：「強國知十三數：竟（境）內倉口（倉庫）之數，壯男壯女之數，老弱之數，官（官吏）士（學士）之數，以言説取食者之數，利民（靠謀利為生的人）之數，馬、牛、芻（飼料）、稾（禾桿）之數。不知國十三數，地雖利，民雖眾，國愈弱至削。」這個十三數，就是「上計」所要統計的數字。每年中央的重要官吏和地方的首長，都必須把一年各種預算數字寫在木「券」上，送到國君那裏去，國君把「券」剖分為兩，由國君執右券，臣下執左券，這樣國君便可操右券來責成臣下。到了年終，臣下必須到國君那裏去報核。上計時由國君親自考核，或由丞相協助考核。如果考核的結果，成績不佳，便可當場收璽免職。高級官吏對於下級官吏的考核，也採取同樣的辦法③。

這種用券契來責成臣下的辦法，採用了商業上的經營方法。當時高利貸者放債用債券，債權者是操右券來向債務者「合券」討債和利息的。這時官僚機構中採取了合券計數考核的方法，所以韓非子説「符契之所合」，便是「賞罰之所生」了（主道篇）。這時既要官吏上計，採用合券計數的方法，為了明確標準和防止舞弊起見，就必須統一度量衡制，所以衛鞅變法把統一斗、桶（斛）、權衡、丈、尺也作爲重要政策之一。度量衡器和符節契券，同樣是當時政府考核官吏和防止官吏舞弊的工具，所以荀子說「合符節，別契券者，所以爲信也」；「衡石稱縣（同「懸」），秤錘）者，所以爲平也」（君道篇）。

上計的時候，臣下還可以向國君推薦人才。例如趙襄子時任登爲中牟縣令，上計時推薦中牟之士膽胥己，趙襄子接見膽胥己後，就賞爲中大夫（呂氏春秋知度篇）。可知漢代郡國上計時貢士的制度，戰國已經開其端了。

當時各級長官對於所屬官吏已有一套管理制度。史記春申君列傳說：「李園求事春申君爲舍人，已而謁歸，故失期還謁，春申君問之狀。」這說明當時已有一定的請假制度，不准隨便超過假期。

視察和監察地方的制度

第五，對地方官吏實行年終考績的同時，還有一套自上而下的視察和監察地方行政的制度。國王、相國、郡守都必須經常到所屬的縣，巡視和考察，叫做「行縣」。例如趙武靈王「行縣」，經過番吾（今河北省磁縣北），聞得周紹爲「父之孝子、君之忠臣」，於是「問之以璧」，贈送酒食而要求會見，周紹託病辭謝。後來武靈王「胡服騎射」，賜給他胡服而任命爲教導王子的「傅」（戰國策趙策三）。又如范雎由王稽藏在車中帶進秦國，到湖關（今河南省靈寶西北），遇見秦相魏冉「東行縣邑」（史記范雎列傳）。又如吳起爲楚國宛（即南陽，今河南南陽）的郡守，「行縣」到息（今河南省息縣），請教著名學者屈宜白。隔了一年，吳起升任令尹，又「行縣」到息，訪問屈宜白（說苑指武篇）。國王、相國和郡守這樣到所屬的縣，巡視和考察，訪問著名人物，具有考核地方行政和了解民情的作用。與此同時，各國政府已在中央和地方設置有「御史」的官職，具有秘書兼監察的性質。魏、韓等國都在縣令之下設有御史，御史是由國王派遣委任的。例如韓國安邑的御史去世，有人請求繼任，向國王請示，國王說：應該按制度遞補（戰國策韓策三）。呂祖謙大事記據此認爲這是國君派遣御史監掌郡縣，就是秦漢設「監御史」掌監郡的起源，這是正確的④。

選拔官吏的制度和辦法

第六，這時各諸侯國爲了富國強兵，需要選拔政治、軍事、經濟、外交等各方面的人才來擔任各級官吏。選拔的辦法，大體上有下列五種：

一是臣下向國君薦舉　大臣和接近國君的人，可以直接向國君推薦人才，例如「淳于髡一日見七人於（齊）宣王」（戰國策齊策三）；「鄒忌事宣王，仕人眾」（戰國策齊策一）；王斗見齊宣王，「舉士五人任官」（戰國策齊策四）。郡縣地方官在上計的時候，也可向中央推薦人才。

二是通過上書和遊說　當時有不少人，不經過任何人推薦，直接給國君上書或進行遊說，闡述自己的政治主張，取得國君信任，從而被擢用爲大臣。儒家如孟軻、荀況，法家如商鞅、李斯，縱橫家如張儀、蘇秦，都是通過這種途徑，得到國君的重用或賞識的。

三是根據功勞選拔　各國所起用指揮作戰的將領，不少是從戰爭中根據軍功提拔起來的。秦國自從商鞅變法以後，更制定了按軍功大小賞給爵位和官職的制度。

四是從侍從的郎官中選拔　擔任國君侍從、警衛工作的郎官，具有候補官員性質，因爲他們常和國君親近，便於國君從中選拔。例如李斯先當呂不韋的舍人，後經呂不韋推薦爲郎，由此逐步提升爲大臣。

五是相國和中央各部門以及地方長官在一定範圍內有選拔任用下級官吏的權　秦的法律規定：「任人而所任不善者，各以其罪罪之。」（史記范雎列傳）

這時上述新制度的實施，使得官僚制度能夠確立和推行，一整套的官僚機構能夠層層控制，集中權力於國君手中，形成集權的國家機構。秦、漢以後中央集權的官僚制度便是沿襲戰國時代的制度而加以發展的。

二、中央集權官僚機構的建立

相國和將軍的官制

春秋、戰國間，各國經過政治改革，就出現了中央集權的官僚政治，在國君之下，有一整套官僚機構作爲統治工具。這個官僚機構，是以相和將爲其首腦的。這個官僚組織的重要特點，就是官分文武。尉繚子原官篇說：「官分文武，王之二術也。」這和西周春秋時代各國卿大夫同時掌握政權和兵權的制度是不同的。這樣「官分文武」，既然適應當時政治上和軍事上的需要，因爲處理政務需要一定的政治能力，指揮戰爭需要一定的軍事才能；同時又便於把權力集中到國君手中，因爲文武分職之後，大臣的權力分散，可以起相互監督的作用，這就便於國君進一步的集權。

相是官僚機構的「百官之長」（荀子王霸篇、呂氏春秋舉難篇），稱爲相邦或相國（據銅器銘文，相國都稱相邦，或許傳世古書上的相國都是因漢代避劉邦諱而改的），又稱丞相，也統稱爲宰相（韓非子顯學篇⑤。本來「相」是諸侯朝聘宴享時輔導行禮的官，「宰」是卿大夫的家臣，家宰總管一家的政務，邑宰掌管一邑的政務。但是在春秋時代某些國家已有總領百官的冢宰、太宰或相，例如齊國在齊景公時已設有左右相。但是這些冢宰、太宰或相，還是某些強大的卿大夫的世襲官職。到春秋晚期，當晉國進步的卿大夫開始使用官僚管理政務的時候，「相」就成爲官僚機構的首腦。例如趙在趙簡子時，解狐曾推薦其仇人給簡子爲相（韓非子外儲說左下篇）。韓在韓康子時也已用段規爲相（國語晉語九）。

將軍原是春秋時代晉卿的稱號，因爲春秋時代卿大夫不僅有統治權力，而且有宗族和「私屬」的軍隊親自統率著。到戰國時代，由於統治範圍的擴大、官僚機構的龐大複雜，由於常備兵的建立和徵兵制度的推行、戰爭規模的擴大和戰爭方式的改變，在官僚機構中不得不文武分家，產生了文官的首長——相，和武官的首長——將。以魏國爲例，魏文侯時曾先後以魏成子、翟璜、李悝爲相，而另有樂羊、吳起、翟角爲將。以齊國爲例，齊威王時曾先後以鄒忌、田嬰爲相，而另有田忌、申縛爲將。

秦國設相位，是較遲的。衛鞅在秦主持變法，由左庶長升爲大良造，大良造便是當時最高的官職。直到公元前三二八年（秦惠王十年）張儀做秦相，秦才開始正式設立相位，這是仿效三晉的制度的⑥。公元前三〇九年（秦武王二年）初置丞相，樗里疾、甘茂爲左右丞相（史記秦本紀）。但是秦國在初設相位時，爲相的張儀、樗里疾、甘茂等還統率軍隊作戰。秦國在設相位後，大良造就成武職，白起屢建戰功，封爲列侯，官職還是大良造。秦設立將軍的官職，是在秦昭王時。秦昭王初立時以魏冉爲將軍，警衛首都咸陽，從此秦才有將軍（史記穰侯列傳）。

戰國時代只有楚國始終沒有設相位，仍沿襲春秋時代的官制，以令尹爲最高官職。楚悼王時用吳起變法，吳起做的是令尹（淮南子道應篇）。楚考烈王時黃歇（春申君）執政，也做的是令尹（史記楚世家）。一直到戰國末年李斯上書韓王時，楚的執政者也還是令尹⑦。楚國在戰國時代也沒有設置將軍，只有柱國或上柱國的官職，其地位僅次於令尹⑧。公元前三〇八年（楚懷王二十一年）秦國進攻韓的宜陽，楚派柱國景翠往救，柱國還是最高的武官（戰國策東周策）。柱國本來是國都的意思⑨，原是警衛國都之官，到對外戰爭時也就成爲最高統帥了。

戰國時代各大諸侯國先後形成爲中央集權的政治體制，出現了以相、將爲首的官僚機構，這在中國古代政治歷史上是一種進步現象。秦漢以後中央集權的王朝，便是沿襲戰國時代的制度的。秦漢時代的中央政府組織，在皇帝之下設有三公，三公是左右丞相、太尉和御史大夫。不僅丞相的官制是沿襲戰國時代的，就是太尉和御史大夫的官制也還是從戰國時代的官制中發展而來的。

尉和御史的官制

原來春秋時代晉國的上中下三軍都設有尉，因爲中軍地位最尊，中軍的尉又稱元尉（國語晉語七）。元便是大的意思。到戰國時代，趙國有中尉，其官職是「選練舉賢，任官使能」（史記趙世家），和禮記月令篇所說太尉的職責「贊桀（傑）俊，遂賢良，舉長大」，是相同的。後來趙國在將軍下又設有國尉（史記廉頗列傳）、都尉（戰國策趙策三）。秦國到秦昭王時也在大良造之下增設國尉一級（例如白起初爲左庶長，後升左更，再升國尉，最後升爲大良造）。秦國在統一全中國後，以太尉經常掌管全國軍事，便是沿襲國尉這個官職而來的。

御史這官職，在戰國時代本是國君的秘書性質。別國使臣來獻國書時，往往由國君的御史接受（戰國策韓策一、趙策二）。國君在宴會群臣時，往往是「執法在傍，御史在後」的（史記滑稽列傳淳于髡語）。兩國國君相會，也往往有御史在旁記錄（史記藺相如列傳記秦趙澠池之會）。御史由於擔任秘書工作，負責記錄和接受、保管文件，就成爲國君的耳目，帶有監察的性質。到秦統一中國後，三公中的御史大夫，還是秘書兼監察性質，當是沿襲戰國時代的官制而發展起來的。

七國官制的不同

戰國時代各國官制，由於沿襲各國春秋時代的制度，很不相同。大體上三晉是一個系統，齊國是另一個系統，秦、楚又各自有其系統。燕國由於史料缺乏，不夠清楚。除楚國始終沒有設置相、將以外，各國在相、將以下的官職是不同的。

魏國設有司徒（呂氏春秋應言篇）、持節尉（戰國策魏策四）、師（史記仲尼弟子列傳）、傅（史記魏世家）、太史、主書（呂氏春秋樂成篇）、廩（韓非子外儲說右上篇）、虞人（戰國策魏策一）等。

趙國設有司寇、中尉（史記趙世家）、左司馬（戰國策趙策一）、內史、左右司過、師（史記趙世家）、左師（戰國策趙策四）、田部吏（史記趙奢列傳）、宦者令（史記藺相如列傳）等。

韓國設有司空（呂氏春秋開春論）、少府（戰國策韓策一）、史（戰國策韓策二）、廩吏（韓非子內儲說下篇）等。

齊國設有司馬、太史（戰國策齊策六）、太傅（戰國策齊策四）、右師（孟子離婁下篇）、士師（孟子公孫丑下篇）、大士（說苑臣術篇）、士尉（呂氏春秋知士篇）、博士（說苑尊賢篇）、工師（孟子梁惠王下篇）等。

秦國設有大良造、左更、中更（史記秦本紀）、左庶長（史記商君列傳）、庶長（史記秦本紀）、內史（戰國策秦策三、史記秦始皇本紀）、長史（史記李斯列傳）、師、傅（史記商君列傳）、博士（史記秦始皇本紀）、侍醫（戰國策燕策三）、執法（戰國策魏策四）等。

楚國設有莫敖（戰國策楚策一）、司馬、典令、太宰（戰國策韓策一）、左徒（史記楚世家）、新造盩（戰國策楚策一）、大工尹、集尹、裁尹（鄂君啟節銘文）等。

在上述各國官職中，主管土地和人民的司徒，主管刑法的司寇，主管軍政的司馬，主管土木工程的司空，主管手工業的工師、主管山澤的虞人以及太史、太師、太傅等，都是沿用春秋以前的官制。

秦漢時代九卿的由來

秦漢時代的中央政府組織，在三公之下，設有九卿：㈠奉常（掌管宗廟祭祀禮儀），㈡郎中令（掌管宮內傳達和警衛），㈢衛尉（掌管宮門的警衛），㈣太僕（掌管車馬），㈤廷尉（掌管司法），㈥典客（掌管外交），㈦宗正（掌管國君宗族），㈧治粟內史（掌管租稅），㈨少府（掌管山海池澤，供養國君）。這九卿制度，大體上是從戰國時代的官制發展而成。

戰國時代，趙、韓、齊、秦、楚等國都已有郎中（戰國策趙策三、趙策四、韓策三、燕策三、楚策四、韓非子外儲說左上篇、外儲說右上篇），是國君的侍衛。秦制郎中令下有謁者，戰國時代魏、齊、秦、楚等國都已有謁者，是爲國君掌管傳達的。衛尉這個官職，秦在戰國時代已設置（史記秦始皇本紀始皇八年）。太僕這個官職，春秋時代各國早已設置，戰國時代魏、韓、齊、秦等國也都有僕（呂氏春秋長見篇、處方篇、史記滑稽列傳、韓非子說林上篇）。廷尉這個官職，秦在戰國時代已設置（史記李斯列傳）。典客這個官職，在戰國時代也已設置，齊國有主客的官（史記滑稽列傳），主就是典的意思。內史這個官職，戰國時代趙、秦已有（史記趙世家、秦始皇本紀、戰國策秦策三），內史的職務是「節財儉用，察度功德」（史記趙世家），和秦漢時代的治粟內史性質是相同的。少府這個官職，戰國時代韓國已有，當時韓有少府所造的強弓勁弩（戰國策韓策一）。秦制少府下有佐弋，掌管弋射，戰國時代秦、衛兩國都已有佐弋（史記秦始皇本紀、韓非子外儲說左上篇）。秦制少府下還有尚書，戰國時代魏國已有主書（呂氏春秋樂成篇），齊、秦兩國已有尚書（新序刺奢篇、戰國策秦策五），也作掌書（呂氏春秋驕恣篇）。漢代初年少府有所謂六尚：尚衣、尚冠、尚食、尚浴、尚席、尚書。戰國時代韓國已有典衣、典冠（韓非子二柄篇）、尚宰、尚浴（韓非子內儲說下篇）。

三、郡縣制度的建立

戰國時代中央集權的封建國家的地方行政組織是郡、縣。郡、縣的行政和軍事權力，都控制在國君手裏。國君直接任免郡、縣長官，並加以考核。郡、縣制度的建立，也就便利了國君的集中統治。

縣和郡的產生

縣和郡的地方制度是逐漸形成的⑩。縣出現於春秋初期，原是國君直接統治的領邑，它和國君分賞給卿大夫的封邑不同。春秋初期秦、晉、楚等大國爲了加強中央集權，加強邊地防守力量，往往把新兼併得來的小國改建爲縣，不用作爲卿大夫的封邑。到春秋中期，楚國新設的縣已逐漸多起來，有所謂九縣（「九」是多數的意思）。最初縣都設在邊地，帶有防衛邊境的作用。縣所不同於卿大夫的封邑的，就是縣內有一套集中的政治組織和軍事組織，特別是有征賦的制度（包括徵發軍實和軍役），一方面便利了國君的集中統治，一方面又加強了邊防⑪。到戰國初期，秦國還是不斷地在東部邊境設縣，公元前四五六年開始在頻陽（今陝西省富平縣東北）設縣，公元前三九八年在陝（今河南省三門峽市西）設縣，公元前三七九年在蒲、藍田、善明氏設縣，公元前三七四年又在櫟陽（今陝西省臨潼縣東北）設縣，顯然有著加強邊防的意義。

到春秋末年，晉國又出現了郡的組織。郡本來設在新得到的邊地，因爲邊地荒僻，地廣人稀，面積雖遠較縣爲大，但是地位要比縣爲低，所以趙簡子在作戰時宣誓說：「克敵者上大夫受縣，下大夫受郡」（左傳哀公二年）。等到戰國時代，邊地逐漸繁榮，也就在郡下分設若干縣，產生了郡、縣兩級制的地方組織。這種縣統於郡的制度，最初行於三晉。例如魏的上郡有十五縣，公元前三二八年魏納上郡十五縣給秦（史記秦本紀）。趙的上黨郡有二十四縣（戰國策齊策二），趙的代郡有三十六縣（戰國策秦策一），韓的上黨郡有十七縣（戰國策秦策一）。秦、楚、燕三國的郡縣制度是效法三晉的。例如燕在燕昭王時所設的上谷郡有三十六縣（戰國策秦策五）。公元前二四八年，秦攻取趙的榆次、新城、狼孟等三十七城，設置太原郡（史記秦本紀、燕世家）。公元前二四二年秦攻取魏的酸棗、燕、虛、山陽等城，又兼併了原來衛的濮陽，設置東郡（史記秦始皇本紀、衛世家)。

戰國時代郡的特點

戰國時代的郡都設在邊地，主要是爲了鞏固邊防。例如魏國在魏文侯時設西河上郡是防秦的。趙設置雲中、雁門、代郡，是防林胡、樓煩的。燕設置上谷、漁陽、右北平、遼西、遼東等郡，是防東胡的。秦在秦昭王時滅亡了義渠之戎，設置隴西、北地兩郡，是防戎的(史記匈奴列傳)。楚設置巫郡、黔中郡，楚懷王在滅越後「南塞厲門而郡江東」(史記甘茂列傳、戰國策楚策一)，也無非是防備南方部族的。同時由於戰國時代相互兼併戰爭的激烈開展，各國在中原地區的邊境也陸續設郡。例如楚國在公元前二七六年曾經「復取秦所拔我江旁十五邑以爲郡拒秦」(史記楚世家)。又如楚的春申君黃歇原來封在淮北，在公元前二四八年黃歇以「淮北地邊齊，其事急，請以爲郡便」爲理由，請求改封於江東(史記春申君列傳)。在公元前三〇七年秦拔取韓的宜陽後，楚的城渾對新城縣令說：「宜陽之大也，楚以弱新城圍之。……今邊邑之所恃者，非江南、泗上也，則楚王何不以新城爲主郡也，邊邑甚利之。」(戰國策楚策一)自從戰國中期以後，各國爲了應付兼併戰爭，紛紛在強國交界處設郡，例如上黨是魏、趙、韓三國的交界之處，又是山地險要之區，所以韓、趙都在上黨設郡。魏在失去西河、上郡後，又在河東設郡，爲的是防秦。韓在三川設郡，楚在漢中設郡，也無非是爲防秦。秦國陸續兼併各國土地，每得新地，必定設郡，以利攻防，所以秦兼併六國，郡、縣也就遍布全中國了。

郡既擔負防衛邊境的責任，所以一郡的首長叫做守，也尊稱爲太守⑫，都是由武官來充任的，韓非子曾把「出軍命將」和「邊地任守」相提並論(亡徵篇)。郡守有徵發一郡壯丁出征的權力。例如公元前二八〇年，秦曾派司馬錯徵發隴西郡的兵卒，帶同蜀郡的兵卒攻楚的黔中郡(史記秦本紀)。又如公元前二六二年秦進攻韓的上黨郡，韓想獻納上黨郡求和，而韓的上黨郡守靳𪁉要「悉發守以應秦」，於是韓派馮亭去代替靳𪁉爲郡守，不久馮亭又以上黨郡降趙（戰國策趙策一）。又如公元前二二九年，秦大舉攻趙，由「王翦將上地，下井陘，楊端和將河內，……圍邯鄲城」（史記秦始皇本紀）。所謂「將上地」就是統率上黨郡的兵卒，所謂「將河內」就是統率河間郡的兵卒。又如李斯上韓王書說：「令蒙武發東郡之卒。」（韓非子存韓篇）因爲蒙武這時正是秦的東郡的郡守。

在戰國時代，只有齊國始終沒有設郡，而設有都。齊國共設有五都，除國都臨淄以外，四邊的都具有邊防重鎮的性質。五都均駐有經過考選和訓練的常備兵，即所謂「技擊」，也稱爲「持戟之士」，因而有所謂「五都之兵」，也稱爲「五家之兵」⑬。在對外作戰時，「五都之兵」常常被用作軍隊的主力。都的長官稱都大夫，既是都的行政長官，又是「五都之兵」的主將。臨淄、平陸、高唐就是齊國這種略同於其他各國的郡的都⑭。即墨、莒也該都是五都之一。齊國在齊威王時已有一百二十城（戰國策齊策一鄒忌語），史書稱燕將樂毅破齊之役，攻下齊七十餘城，惟莒、即墨未下。莒爲齊湣王所退守，即墨爲田單所固守，所以後來田單能憑此復國。

戰國時代縣的組織

這時各國郡的設置僅限於各國的邊區，縣的設置則很普遍。大凡有城市的都邑已建立爲縣，所以史書上「縣」和「城」往往互稱。但是嚴格講來，「城」只是指建有城郭的城市，「縣」是指整個縣管轄的地區，包括城市和城市以外的廣大農村。孫臏兵法擒龐涓說：「平陵，其城小而縣大，人衆甲兵盛，東陽戰邑，難攻也。」就是說平陵建有城郭的城市規模小，而縣的轄區大，所以「人衆甲兵盛」。在戰國初期，秦的發展遲緩，因而普遍設縣也成爲衛鞅變法的內容之一。

縣的組織，基本上和中央的政府組織相似。商鞅在秦變法時，每縣設有令、丞和尉。縣令是一縣之長，下設丞、尉。丞主管民政，尉主管軍事。秦的縣尉，可以得到六個奴隸和五千六百枚貨幣的賞賜⑮。魏、韓等國在縣令下設有御史⑯，也是秘書兼監察的性質。韓還設有司寇⑰，主管刑法。秦更設有縣嗇夫、縣司空、縣司馬及治獄、令史等。秦同時設有與縣並立的「道」，道設有嗇夫等官。嗇夫可能是主管官員的通稱⑱。

在縣之下已有鄉、里、聚（村落）或連、閭等基層組織⑲。鄉的官吏有三老、廷椽（史記滑稽列傳）等。里有里正（韓非子外儲說右下篇）。在縣城和鄉里中都有伍、什的編制，五家爲一伍，十家爲一什。伍長也稱爲伍老（韓非子外儲說右下篇）。

這時各諸侯國的統治機構，從國到郡，從郡到縣，從縣到鄉，已是有系統地分布到每一個角落，層層控制著整個國家。

四、加強統治的有關制度的創設

法律的制定、頒布和執行

法律是統治的重要工具。春秋晚期某些進步的卿大夫取得政權以後，就開始制定法律作爲統治工具。公元前五一三年晉國鑄造刑鼎，把范宣子所作刑書鑄在鼎上公布，就是屬於這種性質。戰國初期各國先後實行變法，就進一步把法律整理得系統化，把它公布出來。李悝在魏國變法時編定的法經，就是第一部系統化的國家法典。李悝認爲「王者之政，莫急於盜賊」，因而這部法典的重點，在於鎮壓「盜賊」，首先講的是盜法和賊法；因爲「盗賊須劾捕」，其次講的是囚法和捕法；再其次，才是雜法和具法。以後衛鞅在秦國變法，還是依據這六篇法經制定法律，只是把「法」改稱爲「律」，同樣把鎮壓「盗賊」作爲法治的主要任務。商君書就認爲「國皆有禁奸邪、刑盗賊之法，而無使奸邪盗賊必得之法」，就是由於「刑輕」的緣故；因而主張用重刑，主張「爲奸邪盗賊者死刑」（畫策篇）。商君書還認爲須布法令和設置官吏，「所以定名分也」，定了名分，就能使「大詐貞信，巨盗愿愨」（定分篇）。

戰國中期以後，各國政權爲了加強統治，所制定和公布的法律條文愈來愈繁。湖北雲夢秦墓出土的秦律竹簡，就是戰國晚期秦國執行的法律。主要有三大類：

㈠法律答問（或定名爲秦律說） 這類主要是刑律的解說。先有律文，後附有答問式的解說，包括對民間以及官府各種刑事案件的處理。其中最多而處罰最重的，是被指爲非法取得財物的「盗」和殺傷別人的「賊」。被指爲非法取得財物的「盗」，不僅指竊取錢幣、珠玉、家畜、衣服、祭品等物的人，還包括偷採別人桑葉，價值不滿一錢的，更包括徙移封畔而私占田地者。其目的在於保護統治階級利益，是十分明顯的。其次要處罰的是各種逃亡的人和誣告別人的人。這和李悝法經著重懲罰「盗」、「賊」而要加以「捕」、「囚」，性質是相同的。其懲罰對象，多數是法律上稱爲「士伍」（即編伍的士卒）的無爵庶民，還有身分低於庶民的奴婢、刑徒等。庶民可以包括手工業工人、城市平民、商人和一般沒有官爵的地主，但是大多數指的是農民。律文對犯法、失職、貪污的吏，特別是「不直」、「失刑」的獄吏，也要依法處分，但懲罰較輕，有關這方面的條文也較少。

㈡封診式（或定名爲治獄爰書） 這類主要是處理民事和刑事的案例。其中有對「群盗」（捕捉到群盗）、「盗馬」（捕捉到盗馬者）、「盗鑄」（捕捉到盗鑄錢者）、「爭牛」（爭奪走失的牛）、「奪首」（爭奪斬得敵人首級的軍功）的處理，還有對「亡自出」（逃亡者自己歸來投案）、「盗自告」（盗者對同夥的檢舉）

的處理，又有對「告臣」（告發所屬奴隸驕悍，請求賣給官府充作刑徒）、「黥妾」（告發所屬女奴驕悍，請求處以黥劓之刑）、「遷子」（請求把親子遷到蜀的邊縣）、「告子」（告發親子不孝）的處理，更有對「賊死」（被殺死）、「經死」（吊死）、「穴盜」（掘壁洞偷竊）、「出子」（婦女被毆傷流產）、「癘」（鄉官發現有人患麻瘋病）的查驗。多數被告和送請處分的對象是法律上稱爲「士伍」的無爵庶民。只有「告臣」和「告妾」的被告是屬於奴隸性質。「告臣」的主人可以因奴隸驕悍，不耕作，不聽命令，請求賣給官府充作刑徒。「黥妾」的主人爵爲五大夫，因女奴驕悍，派有公士爵位的家吏向官府請求處以黥劓之刑。這都說明秦律保護有臣妾的地主利益，特別是爵位高的地主利益。

㈢其他各種法律（或統稱秦律）　這類律文實質上是官府統治上需要的各種規章制度。有關生產管理和官府收入的，有田律、倉律、工律、均工、工人程等。田律有農田林苑的管理、繳納田稅的定額、牛馬飼料的供給等制度。倉律有刑徒食糧的定額、田稅所收實物進出倉庫與保管、發放各種種子的每畝比率、原糧舂成細糧的比率等規定。工律有製作器物的規定。工人程有刑徒做工計算的規定。均工有新工匠學工的考績規定。有關經濟管理的有金布律，講到錢幣的使用、布匹的長寬、吏民和官府之間的債務、官府之間的經濟來往、發衣給刑徒等規定。還有司空律講的是對服勞役的刑徒、罪人以及被罰款者、負公債者的管理制度，傜律講的是傜役及興築修補牆垣的制度；傅律講的是戶籍登記以及對隱匿、作僞的懲罰，遊士律講的是別國遊士來居住而無符（護照）的要受罰。更有置吏律和效講有關官吏的任免、考核和監督等，行書律講郵送公文制度，傳食律講郵傳中各種人供食標準。

所有這類作爲規章制度的秦律，都是加強對農民、工匠、刑徒、奴隸的統治的，但是爲了確保這些規章制度的推行，著重對於負責執行的下級官吏的考核和獎懲。秦律對於吏的懲罰，通常是誶（責罰、警告）、貲（罰出盾甲、罰傜戍等）、償（賠償），比較重的是笞，最重的是徒刑。這比對庶民、刑徒、奴隸所用的刑罰要輕得多。

戰國時代秦國使用的刑罰是很殘酷的。死刑有梟首、棄市、腰斬、剖腹、車裂、殺戮、鑊烹等刑，肉刑又有黥、劓、刖、斬左趾、宮等刑，服勞役的徒刑又有司寇、白粲、鬼薪、城旦、舂等種。還有罰做官奴婢（隸臣妾）的刑罰。秦律的刑罰是按等級規定的。對刑徒、奴隸的懲罰最重，對一般庶民也是較重的，對吏和有爵位的就輕得多，官爵高的還可以減刑，更可得到贖罪的優待。

當時法令的頒布有一套例行的制度。據管子立政篇記載，每年正月朔日（初一），百吏在朝，國君「乃出令布憲於國」。地方官先要「受憲於太史」；等到大朝之日，地方官都得「習憲於君前」。太史要「入籍於太府，憲籍分於君前」。就是要把法令的底册送到太府保管，把法令的典册當國君面前分發給地方官。然後由地方官帶回地方，向下級傳達。等到傳達完畢，「然後可以行憲」，按法令執行。因爲這時的太史等於國君的秘書性質，所有法令都要由他經手頒發，而太府是國家保藏重要文件和典册的府庫，所以法令的底册要送進太府保藏。因此當時有把法令稱爲「大府之憲」的（戰國策魏策四）。

當時所用刑罰，常是很殘酷的。有用酷刑造成冤獄的，尉繚子將理篇說：「笞人之背，灼人之脅，束人之指，而訊囚之情，雖國士有不勝其酷而自誣矣。」當時人民被關進監獄的很多，將理篇說：「小圄不下十數（人），中圄不下百數（人），大圄不下千數（人）」，「今良民十萬，而聯於囹圄」。同時官吏貪贓枉法的也不少，通過賄賂可以免死或免刑。將理篇又說：「今世諺云：千金不死，百金不刑。」

戶口的登記和賦役的攤派

戶籍是當時加強管理統治人民的手段。這時各國政權已把全國人口編入國家的戶籍，把個體小農編成五家爲一伍的組織，把戶籍編制和軍隊中「伍」的編制結合起來。這種辦法，秦國推行較遲，到公元前三七五年才「爲戶籍相伍」（史記秦始皇本紀末段）。這時三晉早已實行這種戶籍編制辦法，土著的農民都要登記在戶籍上，只是寄居的從事商業和手工業的客民可以逃避登記⑳。秦國在商鞅變法以後，執行重農抑商政策，商人按家中實有人口分擔徭役，所有奴隸都得上報，以便應役㉑。秦對戶籍管理很嚴，商君書境內篇說：「國境之內，丈夫女子皆有名於上，生者著，死者削。」商君書去強篇也說：「舉民眾口數，生者著，死者削。」根據秦律，民戶徙居應該報告官吏，重新登記戶口，叫做「更籍」。戶口數字必須準確無誤，某個地區倘若「大誤」，當地官吏就要受到處罰㉒。當時政府這樣重視戶籍制度，因爲計口授田，收取地租，徵發徭役，搜括戶賦（即口賦），都必須依據戶籍。

這時戶籍登記的內容，包括人口數、成年男子的年齡和姓名等。百姓到達成年，就要登記名籍，叫做「傅」或「傅籍」。「傅」就是「附」，謂附著姓名於戶籍上。根據雲夢秦簡編年紀，作者在秦始皇元年「傅」，這年正十五足歲，虛年齡十七歲。說明秦國男子十五足歲，就必須登記名籍，從此就有應兵役、服徭役、納戶賦的責任㉓。到秦始皇十六年，「令男子書年」（史記秦始皇本紀），就是男子不論成年與否，一律要登記年齡。這該是爲了適應進行統一戰爭的需要，以便隨時可以放寬役齡，擴大兵役和徭役。秦律中有關於戶口制度的專篇，叫做傅律。戶籍由所在鄉、里的官吏掌握，如果隱匿壯年不報，或報告病態不實，鄉官都要受罰；如果百姓作僞欺詐，鄉官知情不上告，也要受罰㉔。

這時戶籍的編制，不僅是爲了徵收賦稅和徵發徭役，更是爲了把農民強制束縛在土地上，「使民無得擅徙」（商君書墾令篇）。秦律規定，居民遷居，要申請辦理「更籍」，否則就成爲「闌亡」，「捕闌亡者」，政府有賞。如果逃亡「六月而得」，要判處耐刑（剃去鬢髮）；男子逃亡，同背夫逃亡的女子結爲夫婦，要判處黥刑，罰做城旦、舂（秦律法律答問）。

在編制戶籍的同時，還該有占有田地的登記。禮記月令篇規定季秋之月，天子要「與諸侯所稅於民輕重之法」，季冬之月「令宰歷卿大夫至於庶民土田之數」，「歷」就是統計登記的意思。這種規定該是有事實根據的。管子禁藏篇說：「戶籍、田結者，所以知貧富之不訾也。故善爲國者必先知其田，乃知其人，田備然後民可足也。」這裏就以「戶籍」和「田結」(土地登記册)並稱，「知其田」和「知其人」並論㉕。

國家兩大財政機構的創始

國家的財政機構向來分爲兩個系統。秦漢王朝設有兩大財政機構，一個叫「治粟内史」，後來改稱「大司農」，主要徵收田地的租稅，徵收的是糧食，主要用於政府機構的經常開支，包括供給官吏的俸祿等等。一個叫「少府」，主要徵收人口稅、手工業和商業的稅，以及開發山川的稅，這種收入主要是供皇帝和宗室享用的。「少府」就是國君私有的小倉庫的意思，「名曰禁錢，以給私養，自別爲藏。少者小也，故稱少府」(漢書百官公卿表顏注引應劭說)。這種制度，戰國時代已經創始。秦、趙兩國的「内史」和韓國的「少府」、秦國的「少内」，就是這樣性質的機構。秦漢時代的少府，不但是皇帝和宗室的稅收機構，提供皇帝和宗室的所有開支，而且所屬有工官，設有各種作坊，製作兵器、工具、被服、器物以及各種奢侈品。這種制度戰國時代也已萌芽，例如韓國的強弓勁弩就有少府製造的(戰國策韓策一)；三晉銅器也有少府製造的，上海博物館藏有少府盉，上有三次銘刻，第一次是「少府」二字。

雲夢出土秦律中的倉律規定：「入禾稼、芻、稾，輒爲𢌿籍，上内史。」這是說：徵收田租所得的糧食、飼草、禾桿，必須立即登記入倉庫帳簿，上報内史。因爲内史總管全國的田租收入。趙烈侯由於徐越主張「節財儉用，察度功德」，任命他爲内史(史記趙世家)，也是因爲内史總管國家財政的緣故。内史主要負責徵收田租，掌管「粟米之徵」，所以後來稱爲「治粟内史」。

根據秦律的金布律，秦的中央財政機構有「大内」和「少内」之分。「大内」歸内史主管，而另有「少內」㉖。「少內」當即「少府」。秦國從商鞅變法「初爲賦」以後，就開始按戶徵收人口稅，也稱戶賦或口賦。董仲舒曾說秦用商鞅之法，「田租、口賦、鹽鐵之利二十倍於古」（漢書食貨志）。田租是由內史主管的，口賦和鹽鐵之利是由少府主管的。古書上說秦代「頭會箕斂，以供軍費」（漢書陳餘傳）；或者說「頭會箕斂，輸於少府」（淮南子氾論訓）。「頭會」是說按人頭攤派賦稅，即人口稅；「箕斂」是說徵收時用畚箕來裝錢。後來漢代沿襲這種制度，稱爲「算賦」，而把少年兒童的人口稅稱爲「口賦」。

秦國自從商鞅「初爲賦」以後，一直推行這種「捨地而稅人」的制度。秦惠王攻滅巴國以後，「以巴氏爲蠻夷君長」，爲了寬待巴族，採用特殊的徵賦辦法，「其君長歲出賦二千一十六錢，三歲一出義賦千八百錢。其民戶出幏布（幏布是巴族人織的一種布）八丈二尺，雞羽三十鍭」（後漢書南蠻傳）。到秦昭王時，爲了寬待朐忍（今四川省雲陽縣西）的夷人（即後來的南楯蠻），「復夷人頃田不租，十妻不算」（華陽國志巴志、後漢書南蠻傳）。就是每戶減免一百畝田的租稅，有十個妻子也不納人口稅。從秦國這樣寬待西南少數部族的辦法，可以看到秦國對於本土農民是既要徵收田租，又要徵收口賦的。

少府所徵收的手工業稅，主要是「山澤之稅」、「鹽鐵之利」。衛鞅主張「一山澤」（商君書墾令篇），由國家統一管理山澤之利。漢代桑弘羊指出商君「外設百倍之利，收山澤之稅，國富民強，器械完飾，畜積有餘」。接著又說：「鹽鐵之利，所以佐百姓之急，足軍旅之費，務蓄積以備乏絕，所給甚眾」（鹽鐵論非鞅篇）。一直到西漢初年，手工業稅還是作爲皇帝和宗室的收入。直到漢武帝把鹽鐵收歸政府專賣，才改屬大司農掌管，成爲國家的財政收入㉗。少府所徵收的商業稅，主要是市稅，也稱市租，不僅是國君的私人收入，而且是封君和將相等的私人收入。當時邊地駐軍設有「軍市」，「軍市」的稅歸駐軍的將軍的私府徵收，趙將李牧就是因爲把軍市的稅收歸幕府，用來供應和賞賜士兵，得到了士兵的擁護㉘。

魏國賦稅制度大體和秦國差不多，也有按戶徵收的人口稅。例如魏文侯時鄴縣「常歲賦斂百姓，收取其錢，得數百萬，用其二三十萬爲河伯娶婦」（史記滑稽列傳褚少孫補）。

戰國時代各國賦稅制度基本上是相同的，但也還有各自的特殊的規定。根據鄂君啟節銘文的規定，「女（如）載馬牛羊台（以）出內（入）關，則政（徵）於大⿸府貝（府），毋政（徵）於關」。可知楚國制度，如販運牛馬羊等牲畜，歸國君直屬的大府徵稅。因爲府庫是貯藏財富的倉庫，所以「府」字從「貝」作「⿸府貝」。而一般貨物經過關卡，除了封君有免稅特權以外，都必須向關卡納稅。一般關卡的稅收，應該屬於政府的財政收入；而大府所得稅收，則屬於國君私人收入。

齊國的賦稅制度和其他國家比較起來，有些不同，齊國徵收田地租稅的辦法是「相壤定籍」，就是按照土壤質量的好壞規定租稅的等級。管子乘馬數篇說：「郡縣上腴之壤守之若干，間壤守之若干，下壤守之若干，故相壤定籍而民不移。」「上腴之壤」是上等肥沃土壤，「間壤」是中等土壤，「下壤」是下等土壤。這時齊國法家這樣根據三等土壤來規定三等租稅，是過去管仲「相地而衰徵」的主張的發展。當時齊國也還沿襲春秋時代以「乘」爲單位徵收軍賦的辦法。管子乘馬篇說：「方六里爲一乘之地也。一乘者，四馬也。一馬：其甲七（甲士七人），其蔽五（防護戰車的兵五人）。一乘，其甲二十有八，其蔽二十，白徒（步兵）三十人奉車輛。」㉙這是說，在六里見方的範圍內，要出兵車一輛，包括馬四匹、甲士二十八人、蔽兵二十人、白徒三十人，共七十八人。這叫做「乘馬」制，是齊國春秋時代徵發軍賦的制度。隨著軍隊以農民爲主要成分，改用步兵、騎兵作爲戰鬥主力，這種以「乘馬」爲單位的徵發軍賦制度也發生變化。與此同時，齊國也實行按戶徵收的戶籍稅，叫做「邦布」。管子山主數篇和輕重甲篇都談到了「邦布之籍」的問題，說：「邦布之籍，終歲，十錢。」就是說每戶要每年交給國家十個錢。齊國也還曾徵收人口稅，管子海王篇說：「萬乘之國，正（徵）人（應納稅的人）百萬也，月人三十錢之籍，爲錢三千萬。」就是說一個大國向一百萬人徵稅，按每月每人徵收三十錢計，一月可以徵得三千萬錢。這是一個誇大的人口稅的稅收數字。管子國蓄篇說：「夫以室廡籍，謂之毀成；以六畜籍，謂之止生；以田畝籍，謂之禁耕；以正（徵）人籍，謂之離情；以正（徵）戶籍，謂之養贏。五者不可畢用，故王者偏行而不盡也。」這是說：如果按房屋收稅，就是毀壞建築；如果按家畜收稅，就是禁止牲畜的飼養繁殖；如果按田畝收稅，就是禁止耕種田地；如果按人口收稅，就是要人們斷絕情欲而絕育；如果按戶收稅，就對富家大戶有利。因此這五種稅不能同時徵收，「王者」要有所選擇而側重。管子作者所以會發出這樣的議論，說明當時各國徵收賦稅的辦法是各式各樣而不統一的。

連坐法的推行

衛鞅在秦國變法，爲了鞏固君主統治，頒布連坐法。這是在戶籍編制的基礎上實行的。衛鞅一派法家認爲，要使君主政權達到「至治」，必須使得「夫妻交友不能相爲棄惡蓋非，而不害於親，民人不能相爲隱」。就是說，最親密的夫妻和朋友，也不能互相包庇，而要向政府檢舉揭發，使得任何「惡」「非」都不能隱匿。只有這樣，「其勢難匿者，雖跖不爲非焉」（商君書禁使篇）。實行連坐法的目的，就是要使得人民互相保證、互相監視、互相揭發，一人有罪，五人連坐，即使是跖也沒有辦法爲非作歹。秦律中多次提到「伍」的組織，例如說：「何謂四鄰？四鄰即伍人謂毆（也）。」凡是大夫以下，「當伍及人」，都應該編入「伍」的戶籍，一人犯罪，「當坐伍人」（秦律法律答問）。

這種連坐法不但實行於鄉里的居民之中，也實行於軍隊的行伍之中。商君書說「行間之治連以五」（畫策篇）；又說「其戰也，五人來（當作「束」）簿爲伍，一人羽（當作「逃」）而輕（當作「剄」）其四人」（境內篇），說明在作戰時，五人編爲一伍，登記在名册上，一人逃亡，其他四人就要處罰，這就是在軍隊裏實行連坐法。

度量衡制的頒布和校驗

戰國時各國頒布度量衡制，首先是出於徵收賦稅的需要，因爲這時要「訾粟而稅」（商君書墾令篇，「訾」是量的意思），同時又有「布帛之徵」，都必須有統一的度量衡制。商業上徵收關市之稅，同樣要用統一的度量衡器。其次，政府發放糧食作爲官吏俸祿，地方官向中央政府「上計」，也都要有統一的度量衡制來計算。爲了保證度量衡器的統一，秦律有因度量衡器不合標準而懲處主管官吏的法令㉚。實行統一的度量衡制，對於促進各國經濟的發展，鞏固統治，有一定的作用。

當時各國的度量衡制有所不同，但總的趨勢是走向統一。齊國的容量單位與別國不同。春秋時代齊國的公量，以四升爲豆，四豆爲區，四區爲釜，十釜爲鍾。而田氏的家量，改爲五升爲豆，五豆爲區，五區爲釜，十釜爲鍾。田氏曾採取「以家量貸，而以公量收之」（左傳昭公三年）的辦法來爭取民衆，發展力量。等到田氏代齊，就把這種家量作爲標準量器。一八五七年山東膠縣靈山衛古城出土的子禾子釜、陳純釜和左關鋓三器，就是田氏製作的銅量。子禾子釜的作者子禾子，當即田和（即田太公），古時「禾」和「和」聲同通用。子禾子釜和陳純釜都說：「左關釜節於廩釜。」就是說，這個爲左關製作的釜，是以倉廩之釜爲標準的，是要以倉廩之釜來檢校齊國海上交通門戶的左關上的量器，以保證量值的統一。而且子禾子釜銘文中規定，對關吏舞弊而不從命的，按輕重來處刑。據實測，陳純釜容二○五八○毫升，子禾子釜容二○四六○毫升，左關鋓容二○七○毫升，十鋓正合一釜。田齊的釜相當於別國的斛，田齊的鋓相當於別國的斗，其單位容量和商鞅方升很接近。

秦國在商鞅變法時統一了度量衡制。傳世有商鞅方升（銅質，現藏上海博物館，參頁二○九），是秦孝公十八年（公元前三四四年）頒發給重泉（今陝西省蒲城縣）的標準量器。秦始皇二十六年統一度量衡時，又把它調回檢定，刻上統一度量衡詔書，頒發給臨作爲標準量器。據銘文，這件方升是「積十六尊（即『寸』）五分尊（即『寸』）壹爲升」，說明容積是十六又五分之一立方寸。據校量結果，當時秦的一尺長二三釐米，一升容一九八．五毫升。秦國的度量衡採取十進位制，由此可以推算秦的斗和斛的容量。一九六四年西安阿房宮遺址出土高奴禾石權（銅質），是秦昭王十三年或三十三年鑄發給高奴（今陝西省延安縣東北）的。秦始皇統一度量

子禾子釜

這釜和陳純釜、左關鉌同是一八五七年山東省膠縣靈山衛出土。兩周金文辭大系圖錄和齊量（上海博物館一九五九年編印）著錄，現藏中國歷史博物館。高三八．五釐米，口徑二三．三釐米，腹徑三一．八釐米，底徑一九釐米。實測容水二〇四六〇毫升。腹壁刻有銘文九行，是說子禾子奉命往告陳𣅀，左關釜以倉廩之釜爲標準，關鉌以廩斮爲標準。如關人舞弊，加大或減小其量，都該制止；如關人不從命，則論其事輕重處罰。子禾子當即田和子，古「禾」「和」音同通用。田和子即田齊太公，戰國初年田齊國君，公元前四〇四年—前三八四年在位。

陳純釜銘文（拓本）

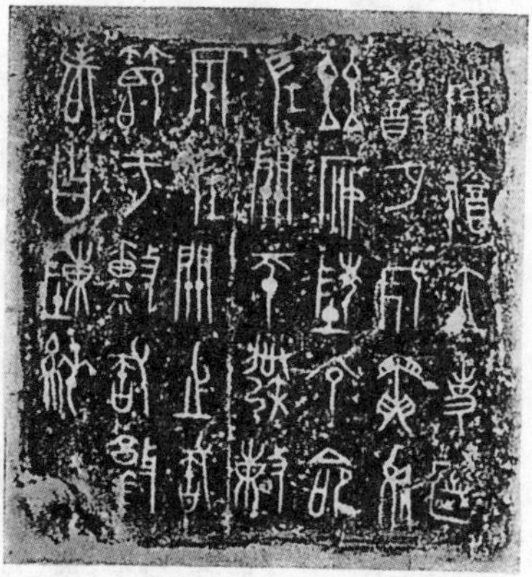

奇觚室吉金文述、愙齋集古錄、綴遺齋彝器考釋、兩周金文辭大系圖錄考釋、齊量著錄，現藏上海博物館。形制和子禾子釜相同，實測容水二〇五八〇毫升。銘文：「塦（陳）猶立事歲，𩆯月戊寅，各（格）丝（茲）厈（安）墜（陵），命左閒（關）帀（師）𢕌敕成左閒（關）之釜，節於廩釜。敦者曰𨸏（陳）純。」這是說：陳猶立爲大夫之年的某月戊寅，居於安陵，命令左關工師𢕌督造完成左關所用的釜，要求以倉廩的標準釜進行校量，治器者名叫陳純。從這裏可以看到當時齊國量器的製造和管理制度。

秦高奴禾石銅權

一九六四年陝西西安市郊高窯村阿房宮遺址出土，銅質，現藏陝西省博物館。銘文作：「□三年，漆工𠂤、丞詘造，工隸臣牟，禾石。高奴。」缺字可能是「十」或「卅」字，當是秦昭王十三年或三十三年。「漆」爲地名。「工」是指工官主造者，「丞」是工官的副職，「工隸臣」是做工的官奴。「工」、「丞」、「工隸臣」下一字都是人名。「禾石」，指稱粟所用，重一石。「高奴」，地名，在今陝西省延安縣東北。當年鑄造發給高奴應用的。秦始皇統一度量衡時曾調回檢定，秦二世時再次調回檢定，未及發還而秦滅亡，所以權留在阿房宮。見陝西省博物館西安市郊高窯村出土秦高奴銅石權，載文物一九六四年第九期。

衡時曾把它調回檢定，刻上詔書，發還高奴；秦二世即位後再次調回檢定，補刻詔書，未及發還，秦朝滅亡了。據實測，一石（一百二十斤）重三○七五○克，折算每斤合二五六．三克。

楚國的度量衡制和秦國很接近。傳長沙和壽縣出土的楚國銅尺，長二二．五和二三釐米。傳壽縣朱家集出土楚銅量，據實測，左器容一○八○毫升，右器容二○○毫升，左器是右器的五倍。可能右器是一升量，左器是五升量。一九五四年長沙左家公山出土楚國木質天平桿和銅盤及銅砝碼九個，重量依次減半。一九四五年長沙近郊也曾出土銅砝碼十個一套，重量依次減半。第二枚上有「鈞益」刻銘。一九五九年安徽鳳台出土鑄造砝碼的銅範，說明楚的砝碼是成套用銅範製造的。據實測的結果是：

砝碼	砝碼數	一	二	三	四	五	六	七	八	九	十
楚砝碼	九個		一二五	六一．八	三一．三	一五．六	八	四．六	二．一	一．二	○．六
鈞益砝碼	十個	二五一．五三	一二四．三七	六二．六三	三○．二八	一五．五三	八．○四	三．八七	一．九四	一．三三	○．六九

最重的二五一．五三克，應是當時一斤；其餘依次爲半斤（八兩）、四兩、二兩、一兩、半兩（十二銖）、

六銖、三銖、二銖、一銖。因爲銅砝碼有鏽蝕，所以重量略有誤差，基本上和秦制相同。

三晉的度量衡制，還不夠清楚。傳一九三一年洛陽金村周墓出土的銅尺，長二三·一釐米。根據三晉銅容器上所刻容積來推算，每升合一九二到二二一毫升㉛。傳世有司馬成公禾石權（中國歷史博物館藏），銘文有「下庫工師孟」等字，「工師」二字合寫，當爲三晉製作。銘文説明是「禾石」，一石一百二十斤。據實測，重三〇三五〇克（殘紐稍輕），每斤合二五二·九克。

從以上各國度量衡制來看，當時隨著商品經濟的發展，度量衡制已逐漸趨向統一，這對於各地物資的交流和全國經濟聯繫的

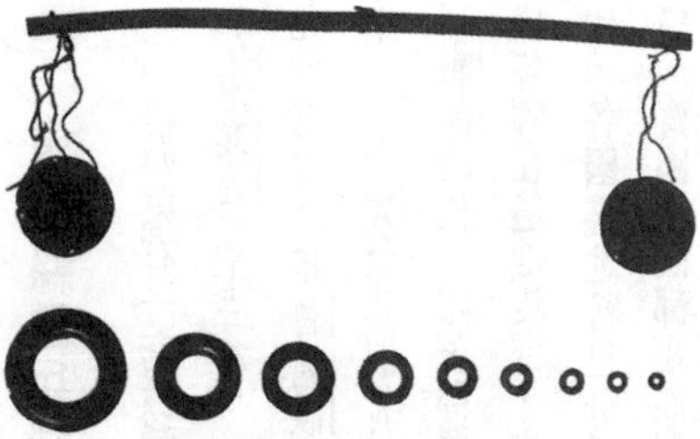

楚國的天秤和砝碼

長沙左家公山戰國墓葬出土。天秤的木桿長二七釐米，中間有絲線提紐，長一三·五釐米。離横桿兩端〇·七釐米處，繫有兩個銅盤，盤徑大四釐米，盤上絲線長九釐米，砝碼共大小九個。

司馬成公禾石銅權

權是當時天平上用的砝碼。此權呈半圓形，平底，紐殘缺，高一五釐米，底徑一九·五釐米。現藏中國歷史博物館。腹部有刻銘「五年，司馬成公⿰立月，殹事命（令）代蕢，與下庫工師孟、關師四人，以禾石半石甾平石」。司馬，官職名，成公，複姓；⿰立月，人名。殹事，縣名，「命」即「令」，縣官名；代蕢，人名。以上兩人爲此權的監造者。下庫工師，工官名；孟，人名。此爲主造者。關師四人，乃實際鑄造者。根據刻銘字體和內容，此權應爲三晉之器。禾石爲一百二十斤。據實測，重三〇三五〇克，折合每斤爲二五二·九克。根據器形及殘紐痕跡，補足殘紐，權約重三〇九七〇克，折合每斤約二五八克。

周銅尺

傳一九三一年河南洛陽金村韓墓出土。同出土物有驫羌編鐘等大量文物。此尺曾經加拿大人懷履光、美國人福開森收藏，後留存金陵大學，現藏南京大學。尺僅一側刻十寸，前九寸不刻分，末寸刻十一分，五寸處刻交午線，全長二三·一釐米。見拙著中國歷代尺度考和羅福頤傳世歷代古尺圖錄。

加強，是有積極作用的。

五、郡縣徵兵制度的推行和常備兵制度的建立

春秋時代，各級貴族都有宗族成員和私屬人員所組成的軍隊。不但諸侯國的國君是這樣，卿大夫也是這樣。當時各國在對外作戰中，以這種貴族軍隊作爲骨幹，而徵發國人作爲車戰的主力，也還強迫所屬的奴隸、庶民作爲隨從的徒、卒，徒步隨從作戰或服勞役。到春秋戰國之交，由於農田制度的變革，國人和庶民先後轉化爲自耕小農，這種普遍存在的自耕小農就成爲各國軍隊的主力。各國爲了爭取在兼併戰爭中的勝利，就普遍地實行徵兵制度。隨著郡縣制度的建立和推廣，就實行按郡縣爲單位的徵兵制度。

郡縣徵兵制度

縣原來有一套徵賦的制度。賦是包括軍備和軍役在內的，所謂「量入修賦，賦車兵、徒兵、甲楯之數」（左傳襄公二十五年）。晉楚等國由於縣的陸續設置，到春秋後期，縣的軍隊已成爲很有力的部隊了。例如公元前五二〇年晉籍談、荀躒曾率九州之戎及「焦、瑕、溫、原之師」護送周天子入王城（左傳昭公二十二年）。又如公元前五八五年晉兵救鄭侵蔡，楚公子申、公子成曾率「申、息之師」救蔡（左傳成公六年）。到了戰國時代，隨著郡縣制度的建立和軍隊以農民爲主要成分，各國就實行以郡縣爲單位的徵兵制度。戰國時代各國在邊地設郡，主要是爲了國防，所以一郡的長官叫守，郡守有奉命徵發一郡壯丁作戰的權力。戰國時代，各國邊地都已分設郡縣，中區也已普遍設縣，徵兵制度已推行到全國，郡縣成爲徵兵的地區單位。據說，齊國的國都臨淄有七萬戶人家，下戶每戶有三男子，不用從遠縣去徵發，臨淄的兵卒就已有二十一萬人

(戰國策齊策一)。韓的大縣宜陽，「城方八里」，也有「材士十萬」(戰國策東周策)。整個魏國如果「悉起其百縣勝兵」，也不下三十萬(戰國策魏策三載須賈語)。這時各國在戰爭時徵兵，大都以郡爲單位，例如公元前四八三年，吳王夫差曾徵發九郡兵伐齊(史記仲尼弟子列傳)。公元前二四〇年，趙將慶舍曾統率「東陽、河外師」守河橋。公元前二三五年，秦始皇曾徵發四郡兵助魏攻楚。

戰國時代男子服兵役的年齡，大概從十五歲到六十歲。長平之役，秦王聽說趙的糧道已被切斷，就親自到河內，「賜民爵各一級，發年十五以上，悉詣長平」(史記白起列傳)。楚國大司馬昭常防守在楚的東地，曾對齊的使者說：「我典主東地，且與死生。悉五尺之六十[32]，三十餘萬弊甲鈍兵，願承下塵。」(戰國策楚策二)大體上，男子到達「傅」(成年登記戶籍)的年齡，國家隨時都可以徵調入伍。例如雲夢秦簡編年紀記載，喜在傅籍之後一年就參與軍役。服兵役時期的長短，要看戰役和需要而定，戰役結束，就可以回家。例如喜在秦始皇三年參加卷軍，到八月就擔任榆史，四年又參加兵役，十一月又擔任安陸□史。服兵役的，除了農民以外，也包括一部分低級官吏。喜一共三次從軍，後兩次從軍都在爲小吏之後。秦始皇十一年「王翦攻閼與、橑陽，皆併爲一軍。翦將十八日，軍歸，斗食以下什推二人從軍」(史記秦始皇本紀)。說明秦軍有一部分「斗食」的低級官吏參加，參加的人數和在低級官吏中所占的比例，要看具體需要而定。

這時各國遇到大戰，往往徵發全國壯丁而起傾國之師。例如長平之役，趙國「悉其士民，軍於長平之下，以爭韓之上黨」(韓非子初見秦篇、戰國策秦策三)。秦國滅楚之役，秦將王翦帶了六十萬人伐楚，曾說：「今空秦國甲士而專委於我。」(史記王翦列傳)但一般戰爭往往只徵發與敵國鄰近的郡縣的壯丁作戰，如果郡縣不靠近當前敵國的就不常徵發，使他們能休養生息，以備將來抵禦鄰近國家之用。例如蘇代論齊國兵役的情況說：「且異日也，濟西不役，所以備趙也；河北不師，所以備燕也。今濟西、河北盡已役矣，封內弊矣。」(戰國策燕策一)

常備兵制度

戰國時代，各國除實行以郡縣爲單位的徵兵制度以外，還建立常備兵制度。

春秋末年，各國已有供養力士和挑選訓練勇士的風氣。晉國世卿欒懷子曾養有勇士州綽、邢蒯和力士督戎等。吳王闔閭曾選多力的五百人和跑得快的三千人以爲前陣(呂氏春秋簡選篇)，而且曾教練七年，要帶甲執兵一口氣跑三百里才得休息(墨子非攻中篇)。越王句踐也曾教練其勇士三年(墨子兼愛下篇)。到戰國時代，由於各國建立了集權的政權，常備兵制度也就建立了起來。吳起曾教楚悼王「䘮(裁)減百官之祿秩，損不急之枝官，以奉選練之士」；衛鞅曾教秦孝公「禁遊宦之民，而顯耕戰之士」(韓非子和氏)。這種要用祿秩來「奉」的選練出來的「士」，要用官爵來「顯」的「耕戰之士」，也就是荀子所謂「招延募選，隆勢詐，尚功利之兵」(議兵篇)，呂氏春秋所謂「厚祿教卒」、「精士練才」(簡選篇)。

這時各國常備兵大都是經過考選的，有特殊待遇。例如魏國考選武卒時，「衣三屬之甲，操十二石之弩，負服(箙)矢五十個，置戈其上，冠軸帶劍，贏三日之糧，日中而趨百里」，中試的可以免除全戶的徭賦和田宅的租稅(荀子議兵篇)。齊國五都有「持戟之士」，也稱爲技擊。當時各國出兵時，往往以常備兵帶同徵發來的兵作戰，例如齊宣王伐燕，除了用常備的「五都之兵」外，還徵發了靠近燕國的「北地之眾」(戰國策燕策一)。

軍隊的編制和軍中賞罰的規定

隨著郡縣徵兵制度和常備兵制度的建立，各國的軍事制度就確立了。各國軍隊都有一定的編制，軍中的賞罰都有嚴格的規定。

以秦國爲例。在秦國軍隊中，五人爲一伍，五十人設有「屯長」㉝，一百人設有「百將」，五百人設有「五百主」。當時規定：一伍中有一人逃跑，其餘四人就要受刑罰；如果誰能斬得敵人一顆首級，就可免除刑罰。屯長以下的士卒，按個人斬得敵人首級數目賞給爵位；屯長以上的指揮官則按所屬部隊斬得敵人首級數目賞給爵位。百將、屯長在作戰時如果得不到敵人首級，是要殺頭的；如果得到敵人三十三顆首級以上，就算滿了朝廷規定的數目，可以升爵一級。

每個五百主可以有「短兵」五十人，統率二個五百主的主將和享受一千石俸祿的縣令都可以有短兵一百人。各級官長所擁有短兵的數目是和俸祿多少相適應的，八百石俸祿的可以有短兵八十人，七百石俸祿的可以有短兵七十人。國尉有短兵一千人，大將有短兵四千人。短兵具有衛隊的性質，如果將官戰死，短兵要受刑罰；如果短兵中有人能夠得到敵人一顆首級，就可免除刑罰。

秦國還規定：軍隊圍攻敵國的城邑，能夠斬敵人首級八千顆以上的，或在野戰中能夠斬敵人首級兩千顆以上的，就算滿了朝廷規定的數目，所有各級將吏都可得到賞賜，都可以升爵一級。此外還規定：在圍攻敵國城邑的時候，「國司空」測量那個城面積的大小和城牆的厚度，國尉劃分各隊攻打的地點，定出攻下的期限。城的每一個方向分布十八個衝鋒陷陣的士兵。一個隊如能斬得敵人五顆首級，這個隊的每個士兵就獲得爵位一級；如果怕死退避，就在千人圍觀之下，在城下遭受黥刑或劓刑的刑罰（以上根據商君書境內篇）。

六、爵秩等級的規定

古代社會的階級結構，是通過等級的形式來表現的。當西周、春秋時代，貴族十分講究禮制。禮制是貴族用等級的形式來鞏固貴族內部組織和統治人民的一種手段。當時許多經濟和政治上重要的典章制度，常常是依靠各種「禮」的舉行來確立和維護的。在各種「禮」的舉行中，嚴格顯示出參與者的等級差別。按照禮制，有天子、諸侯、卿、大夫、士以及庶人的等級差別，士以上是各等世襲的貴族。當時還有所謂「人有十等」：王、公、大夫、士、皂、輿、隸、僚、僕、台。士以上是貴族，皂以下是庶人和奴隸。到戰國時代，各國統治者對此有進一步的規定，分別制定了不同的爵秩等級，用來賞賜吏民，用來獎勵軍功，用來表示不同的社會地位和法律地位，用來作爲推行某種政策的手段。

三晉、齊、燕的爵秩等級

戰國時代三晉、齊、燕的爵秩等級，大別爲卿和大夫兩級：

㈠在卿中有上卿、亞卿之分　例如在魏國，翟璜「欲官則相位，欲祿則上卿」（呂氏春秋下賢篇）。在趙國，藺相如、虞卿都曾「拜爲上卿」（史記藺相如列傳、虞卿列傳）。在齊國，孟子做過卿，是當時齊的三卿之一（孟子公孫丑上篇、告子下篇）。在燕國，樂毅曾爲亞卿（史記樂毅列傳），荊軻曾被尊爲上卿（戰國策燕策三）。

㈡在大夫中有長大夫、上大夫、中大夫等　例如在魏國，吳起做西河守時，獎勵軍功，曾賞人爲長大夫（呂氏春秋愼小篇），或作國大夫（韓非子內儲說上篇）。後來須賈曾爲魏的中大夫（史記范雎列傳）。在趙國，藺相如做過上大夫（史記藺相如列傳）。在齊國，淳于髡、田駢、接子、愼到、環淵等都曾列爲上大夫（史記孟子荀卿列傳）。此外魏、趙都有和秦二十等爵第九級相同的五大夫（戰國策魏策四、趙策三、呂氏春秋無義篇）。

趙國還有一整套的爵秩等級。公元前二六二年秦攻取韓的野王，韓要獻上黨郡給秦求和；韓上黨郡守馮亭卻派使者把上黨郡十七個邑獻給趙國。趙派趙勝前往受地，趙勝告訴馮亭說：「敝國君使勝致命，以萬戶都三封太守，千戶都三封縣令，皆世世爲侯；吏民皆益爵三級，吏民能相安，皆賜之六金。」（史記趙世家）這樣以「益爵三級」來賞賜吏民，説明當時趙國已有一整套爵秩等級。

楚的爵秩等級

戰國時代，只有楚、秦兩國爵秩等級是特殊的。楚的最高爵位叫執珪。據[illegible]通緝伍員時曾規定「得五（伍）員者，爵執圭，祿萬擔，金千鎰」（呂氏春秋異寶篇）。昭陽曾「官爲上[illegible]爲上執珪」（戰國策齊策二），景翠也是「爵爲執珪，官爲柱國」（戰國策東周策）。漢中之役，楚的「[illegible]死者七十餘人」（戰國策楚策一）。莊辛曾被封爲陽陵君，爵爲執珪（戰國策楚策四）。此外楚國還設[illegible]國策楚策一）、三閭大夫（楚辭漁父）等官爵。

秦的二十等爵

秦的爵位，衛鞅變法時曾分爲二十級。第一級公士，第二級上造，第三級簪裊，第四級不更，是相[illegible]士的；第五級大夫，第六級官大夫，第七級公大夫，第八級公乘，第九級五大夫，是相當於大夫的；第十級左庶長，第十一級右庶長，第十二級左更，第十三級中更，第十四級右更，第十五級少上造，第十六級大上造，第十七級駟車庶長，第十八級大庶長，是屬於庶長一等，相當於卿的；第十九級關內侯，第二十級徹侯，是相當於諸侯的（後漢書百官志劉昭注引劉劭爵制）。徹侯也稱列侯，列侯之下還有倫侯。秦始皇二十八年琅琊台刻石文末附有隨從大臣的官爵姓名，按爵位高低排列名次，先列侯，次倫侯，再次卿，最後是五大夫，也分諸侯、卿和大夫三等。同時秦的官職和爵位是不分的，大概第十六級大上造（或稱爲大良造）以下，既是爵位名稱，又是官名。秦國還有所謂客卿的，大抵別國人士入秦，得到卿的爵位的，就通稱爲客卿。例如司馬錯在秦昭王十六年爲左更，史記秦本紀稱爲「左更錯」，白起列傳就稱爲「客卿錯」。

列侯和倫侯有「食其租稅」的食邑，琅琊台刻石附記隨從大臣有列侯武城侯王翦（原誤作「王離」）、列侯通武侯王賁、倫侯建成侯趙亥、倫侯昌武侯成和倫侯武信侯馮毋擇，武城、通武等當爲食邑名。關內侯，居於秦的本土「關內」，雖無食邑，但有指定地點一定戶數的租稅收入。據商君書境內篇記載，爵位第八級公乘以下，只有賞賜的田畝，沒有「稅邑」；到第九級五大夫就有「稅邑三百家」；各級庶長、三更（左更、中更、右更）和大良造，都「有賜邑三百家，有賜稅三百家」。有了六百家的「賜邑」和「賜稅」的，就可以養「客」。「客卿」做到相國，就可升爲正卿。秦國所封爵位，也有以戶數作爲等級的。例如姚賈由於破壞四國合縱有功，秦王「封千戶，以爲上卿」（戰國策秦策五）。

秦爵原是軍隊中官、兵的等級身分。軍隊中地位最低的兵叫「小夫」，那是沒有爵位的。秦國規定行政官吏都要打仗，爵位屬於第四級以下的人，編入軍隊後都是兵，叫做「卒」。一級公士，就是「步卒之爵」者（劉劭爵制）；二級上造，是可以「乘兵車」的（漢舊儀）；三級簪褭，是可以「御駟馬」的，「第是「以組帶馬」的意思（漢書百官公卿表顏注）；四級不更，「主一車四馬」（漢舊儀），「不豫」（漢書（漢書顏注）；平時可以免除更役，編入軍隊後也還屬於「卒」的性質。五級大夫以上，才是、兵，立了軍八級公乘，是「得乘公家之車」的（漢書顏注）；第十級以上多數稱「庶長」，庶長「言顏注）；第十二級到第十四級稱「更」，「更言主領更卒，部其役使也」（漢書顏注的，國家就賞賜爵位功，爵位就逐級遞升。按爵位的高低，享受種種封建特權。凡是斬得敵國甲士一官的，「爲五十石之官」一級，還賞給他田一頃（一百畝）、住宅九畝，和替他服役的「庶子」一人是說斬得五個甲士首級的可以給（韓非子定法篇）。荀子議兵篇說秦國「功賞相長也，五甲首而隸五家」。與「五家」作爲隸屬的人。做到大夫就可轉任縣尉，得到六個隸的賞賜（商君書境內篇）；呂氏春秋上農篇說：「名不上聞，不得私籍於農。」就是說沒有高級爵位，就不准使用雇傭勞動。訴訟時，爵位高的才能審判爵位低的。爵位高的如果有罪被罷免，不能給其他有爵位的人充當奴僕。按照秦律規定，在一定範圍內，爵位可以用來贖免自身或家人的奴隸身分；犯罪時還可以按爵位高低在一定範圍內減輕刑罰㉞；如果死去，爵位每高一級，他的墳墓上就多種一棵樹。總之，從第一級到第二十級，各級都有相應的政治、經濟特權，如做官，取得土地、田宅、奴隸，享用食邑上的租稅，贖身、減輕刑罰，以至死後植樹封墓等等，並且用法律形式規定下來。

秦二十等爵主要是用來獎勵軍功的，有時出於維護和鞏固統治的需要，賞賜爵位也成爲國家的一種權宜措施。秦國政府爲使農民大規模地遷移，曾採取「賜爵」辦法。例如秦昭王二十一年魏國獻出安邑，「秦出其人，募徙河東，賜爵；赦罪人遷之」（史記秦本紀）。秦國政府爲了擴大兵源，也曾採取「賜爵」辦法。例如秦趙之間在長平大戰，秦昭王「聞趙食道絕，王自之河內，賜民爵各一級，發年十五以上悉詣長平，遮絕趙救及糧食」（史記白起列傳）。秦始皇在取得統一戰爭勝利後，即秦始皇二十七年，爲了慶祝勝利，「賜爵一級」（史記秦始皇本紀）。秦國政府優待少數部族也採用賞爵辦法。例如秦惠王兼併巴國後，「其民爵比不更，有罪得以爵除」（後漢書南蠻傳）。秦國也還用賣爵的辦法來獎勵農耕，增加財政收入。商君書說：「粟爵粟任則國富」（去強篇）。又說：「民有餘糧，使民以粟出官爵。官爵必以其力，則農不怠。」（靳令篇）秦王政四年因蝗災而發生瘟疫，令「百姓內粟千石，拜爵一級」（史記秦始皇本紀）。

這種二十等爵制，爲後來秦、漢王朝長期沿用，並有所發展㉟。

法律維護爵秩等級

戰國時代的法律是確認並維護封建的爵秩等級的。秦國在衛鞅變法時頒布的變法令，就「明尊卑爵秩等級，各以差次；名田宅、臣妾（奴隸）、衣服，以家次」（史記商君列傳）。李悝在法經中對於尊卑爵秩等級及其占有的田宅、奴隸等特權，也是有規定的，超出這個規定叫做「逾制」，在法經的雜律中就有嚴禁「逾制」的法律條文。

戰國時取得爵位的官僚和地主，實際上已成爲地主階級中的一個特權階層。不過，他們只占有土地和庶子，至多有「衣食租稅」的食邑，不掌握食邑的政權和兵權。爵位和封君一般不是世襲的，偶或有世襲，也傳不長。這樣根據軍功規定尊卑爵秩的等級，是對過去貴族的「世卿世祿」制度的否定，反映了地主階級內部財產和權力的再分配。這種再分配是不斷進行的。當時地主階級通過立軍功受爵賞、憑遊說做大官和買賣土地等手段，對財產和權力不斷進行再分配。

爵位	商君書境內篇	漢舊儀	劉劭爵制	漢書顏師古注
公士	軍爵，自一級以下至小夫，命曰校、徒、操、士。能得甲首一者，賞爵一級，益田一頃，益宅九畝，一除庶子一人，乃得人兵官之吏。其有爵者乞無爵者以爲庶子，級乞一人。其無役事也，其庶子役其大	公士，一爵。賜一級，爲公士。謂爲國君列士也。	一爵曰公士者，步卒之有爵爲公士者。	言有爵命，異於士卒，故稱公士也。

	夫月六日；其役事也，隨而養之。			
上造	行間之吏也，故爵公士也，就爲上造也。	上造，二爵。賜爵二級，爲上造。上造，乘兵車也。	二爵曰上造。造，成也。古者成士升於司徒曰造士。雖依此名，皆步卒也。	造，成也，言有成命於上也。
簪裊	故爵上造，就爲簪裊。	簪裊，三爵。賜爵三級，爲簪裊。	三爵曰簪裊。御駟馬者。要裊，古之名馬也。駕駟馬者，其形似簪，故曰簪裊也。	以組帶馬曰裊；簪裊者，言飾此馬也。
不更	公爵，自二級以上至不更，命曰卒。故爵簪裊，就爲不更。	不更，四爵。賜爵四級，爲不更。不更主一車四馬。	四爵曰不更。不更者爲車右，不復與凡更卒同也。	言不豫更卒之事也。
大夫	故爵不更，就爲大夫。爵吏而爲縣尉，則賜虜六，加五千六百。	大夫，五爵。賜爵五級，爲大夫。大夫主一車，屬三十六人。	五爵曰大夫。大夫者，在車左者也。	列位從大夫。
官大夫	爵大夫而爲國治，就爲官大夫。	官大夫，六爵。賜爵六級，爲官大夫。官大夫領車馬①。	六爵爲官大夫，七爵爲公大夫，八爵爲公乘，九爵爲五大夫，皆軍吏也。吏民爵不得過公乘	加官，公者，示稍尊也。

公大夫	故爵官大夫，就爲公大夫。	公大夫，七爵。賜爵七級，爲公大夫。公大夫領行伍兵。	者，得貫與子若同產②。然則公乘者，軍吏之爵最高者也。雖非臨戰，得公卒車，故曰公乘也。	
公乘	故爵公大夫，就爲公乘。	公乘，八爵。賜爵八級，爲公乘。與國君同車。		言其得乘公家之車也。
五大夫	故爵公乘，就爲五大夫，則稅邑三百家。故爵五大夫，有稅邑六百家者，受客。	五大夫，九爵。賜爵九級，爲五大夫。以上次年德者，爲官長、將率。秦制，爵等，生以爲祿位，死以爲號謚。		大夫之尊也。
左庶長	故爵五大夫，就爲大庶長。	左庶長，十爵。	十爵爲左庶長。	庶長言爲眾列之長也。
右庶長		右庶長，十一爵。	十一爵爲右庶長。	
左更	故大庶長，就爲左更。	左更，十二爵。	十二爵爲左更。	更言主領更卒，部其役使也。
中更		中更，十三爵。	十三爵爲中更。	
右更		右更，十四爵。	十四爵爲右更。	
少上造		少上造，十五爵。	十五爵爲少上造。	言皆主上造之士也。

大上造	故四更也，就爲大良造。皆有賜邑三百家，有賜稅三百家③。	大上造，爲十六爵。	十六爵爲大上造。	
駟車庶長		駟車庶長，十七爵。	十七爵爲駟車庶長。	言乘駟馬之車而爲衆長也。
大庶長		大庶長，十八爵。	十八爵爲大庶長。自左庶長以上至大庶長，皆卿大夫，皆軍將也。所將皆庶人更卒也，故以庶更爲名。大庶長即大將軍也，左右庶長即左右偏裨將軍也。	又更尊也。
關內侯		關內侯，十九爵。	十九爵爲關內侯。	言有侯號而居京畿，無國邑。
列侯		列侯，二十爵。	二十爵爲列侯。	言其爵位，上通於天子。

①北堂書鈔卷四八引作「領他車馬」。

②按此爲東漢明帝以後制度。後漢書明帝紀載明帝即位時下詔說：「爵過公乘，得移與子，若同產、同產子。」

③商君書境內篇原文有缺誤，今據高亨商君書注釋（中華書局一九七四年版）訂補。

七、封君制的設置

戰國時代七大強國，經過政治改革，比較普遍地建立了以郡統縣的地方行政機構，實行中央集權的政治體制，用以代替過去貴族按等級占有土地進行統治的制度，但是也還設置封君制，在一定程度上維護著新的貴族的特權。當時各國所設封君制很不相同，多數封君有大小不同的封邑或封地，有按戶徵收賦稅以及其他經濟上的特權，封邑的行政有封君自己治理的，但必須在封邑內奉行國家統一的法令。也有由國君從中央派遣「相國」或「守」到封邑進行直接治理的。封君有就封到封邑的，也有在中央當官而遙領的，又有免職後就封的。封君可以築城和建築宮室，可以有守衛的兵，但是封國與郡縣一樣，發兵之權都由中央的國君直接掌握的。因此這種封君不同於春秋時代諸侯所分封的卿大夫。

戰國時代封君制的特點

戰國時代的封君制度，從根本性質上來看，是不同於過去貴族的分封制的，它具有如下的特點：

㈠戰國時代的封君有在封邑徵收租稅的特權 當時封君的封地大小不等，往往按徵收租稅的範圍以戶計算。墨子號令篇曾講到「封之以千家之邑」，「封之二千家之邑」。齊的孟嘗君擔任相國，繼承父親的封地，「封萬戶於薛」；據說他一度出奔，後來「復其相位，而與其故邑之地，又益以千戶」（史記孟嘗君列傳）。又如齊襄王封田單為安平君，後來又「益封安平君以夜邑萬戶」（戰國策齊策六）。又如呂不韋於秦莊襄王元年為丞相，封文信侯，「食河南、洛陽十萬戶」（史記呂不韋列傳）。

也有以都邑、城市或郡縣來作為享有徵稅特權的範圍的。例如秦孝公封衛鞅「於商十五邑，號為商君」

（史記商君列傳）。秦惠王「封（張）儀五邑，號曰武信侯」（史記張儀列傳）。趙勝封於東武城，號平原君（史記平原君列傳）。魏無忌封於信陵，號信陵君；又因竊符救趙有功，趙「以鄗為公子湯沐邑」（史記信陵君列傳）。楚封黃歇於淮北十二縣，號春申君，十五年後改封於江東（即吳，史記春申君列傳）。又如趙孝成王「封虞卿以一城」（史記虞卿列傳）。再如呂不韋在「食河南、洛陽十萬戶」的同時，還「食藍田十二縣」（戰國策秦策五）；又接受燕的「河間十城」作為封地（戰國縱橫家書二五），後來趙國又「割五城以廣河間」（戰國策秦策五）。又如嫪毐封長信侯，有山陽地；後來秦「又以河西、太原郡為毐國」（史記秦始皇本紀）。嫪毐取得兩大郡的封地，是戰國時最大的封君。這樣以都邑、城市或郡縣來計數的封地，也還是「食租稅」性質，封君是以都邑或郡縣作為享有徵稅特權的範圍。既然當時分封的都邑是食租稅性質，所以所封的都邑的大小，常常是以戶計數的。公元前二六二年韓上黨郡守馮亭把十七縣獻給趙國，趙國封馮亭為華陽君（漢書馮奉世傳），馮亭得到三個「萬戶都」為封地，就是取得徵收三萬戶租稅的特權。史記孟嘗君列傳載「其舍人魏子為孟嘗君收邑入」，索隱說：「收其國之租稅也。」這是正確的。這樣以一定範圍的租稅分賞封君，就是封建的分封制的主要特點。後來秦、漢王朝的分封制還是沿用這個辦法。史記貨殖列傳說：「封者食租稅（漢書貨殖傳作『秦漢之制列侯封君食租稅』），歲率戶二百。千戶之君則二十萬，朝覲聘享出其中。」說明秦漢的封君，也是向封地的人民按戶徵收田租，作為其收入；進奉給皇帝的貢品和封君之間相互酬應的禮物，也取給於此。

(二)封君在其封邑之內，必須奉行國家統一的法令，接受國君的命令　戰國策魏策四載安陵君曰：「吾先君成侯受詔襄王，以守此地也。手受大府之憲，憲之上篇曰：子弒父，臣弒君，有常不赦。國雖大赦，降城亡子不得與焉。今縮高謹解大位，以全父子之義，而君曰必生致之，是使我負襄王詔而廢大府之憲也，雖死不敢行。」成侯是安陵始封之君，安陵君出於世襲，也還必須奉行中央的統一法令，即所謂太府之憲。

㈢趙、秦等國封君的「相」往往由國君從中央派遣到封邑，並由「相」主管治理和掌握兵權。趙武靈王封長子章為代安陽君，又派田不禮為相。因為這種相是由國君直接委派的，國君便可以直接調遣。例如趙武靈王曾派代相趙固到燕迎接秦公子稷，送歸秦國，立為秦王（即秦昭王）；又曾派代相趙固掌握降服的胡族的兵權（史記趙世家）。這樣封國的相，其權力相當於郡守。又如秦惠王滅蜀後，封原蜀王後裔公子通國為蜀侯，派陳壯為相，又派張若為蜀國守（華陽國志蜀志），同時派相和守去治理封國。後來蜀國多次發生叛亂，兩次改封蜀侯，而蜀守張若始終堅定地擁護秦的統治，所以後來廢除蜀的封國，改設為郡，仍由張若當郡守。漢王朝分封諸侯王，封國的丞相由朝廷派遣的制度，該是沿襲戰國時代的。

孟軻解釋古史傳說中舜封其弟象的故事，說是「封之也，或曰放焉」。為什麼說是「封」呢？因為「封之有庳，富貴之也」。為什麼又說是「放」呢？因為「象不得有為於其國，天子使吏治其國，而納其貢稅焉，故謂之放」（孟子萬章上篇）。這就是根據戰國時代流行的封君制來解釋的。這種封君的封國，由代表中央政權的國君「使吏治其國」，而要「納其貢稅」於國君。有些封君擔任中央政權的相國時，權勢很大，一旦罷免，回到封國，這就是孟軻所說的「放」。例如齊的靖郭君因為「大不善於宣王，辭而之薛」（戰國策齊策一）；孟嘗君免相後，「就國於薛」（戰國策齊策四）；秦的穰侯免相後，「出關就封邑」（即陶邑，史記穰侯列傳）；呂不韋免相後，「就國河南」（史記呂不韋列傳），都是孟軻所說的「放」。

趙秦這種封國的「相」由中央派遣的制度，當開始於戰國中期，看來早期並不如此。當秦孝公分封商君時，商君在商邑不僅有臣屬，而且有發邑兵之權。秦孝公去世，秦惠王聽信讒言，要捕捉商君，商君回到商邑，「與其徒屬發邑兵北擊鄭」（史記商君列傳），結果秦發兵反擊，殺死商君於鄭西南的彤。到秦始皇時，嫪毐憑藉太后的勢力，專橫跋扈，據有河西、太原兩郡為封國，封國內「事無大小皆決於毒」，但是他要武裝叛亂，無發兵之權，還是「矯王御璽及太后璽以發縣卒及衛卒、官騎、戎翟君公、舍人」（史記秦始皇本紀）。當時無論封國和郡縣，發兵之權都是由中央的國君直接掌握的。墨者鉅子孟勝，奉楚陽城君之令「守於國」。楚悼王去世，宗室大臣作亂，圍攻吳起於喪所，「坐射起而夷宗死者七十餘家」（史記吳起列傳），陽城君就是要「夷宗死」的一家。陽城君出走，孟勝堅持守國，結果「孟勝死，弟子死之者百八十三人」（呂氏春秋上德篇）。楚國貴族勢力雖然強大，看來在他們的封邑也還沒有發邑兵之權。陽城君因而使用墨者孟勝率領弟子一百八十多人守國。墨家從墨子開始就以講究守城的戰鬥著稱的。墨者鉅子孟勝因爲「善荊之陽城君」，陽城君命令他「守於國」的，「毀璜以爲符（兵符），約曰：符合，聽之」。孟勝所統率的是弟子而非士卒，是一個墨家的集團。

正因爲當時封君在封邑內權力有限，有些封君當他在中央政權掌權時，顯赫一時，一旦失去權勢，就不能爲所欲爲。所以齊的靖郭君田嬰將在封邑薛築城時，有人就勸他說：「失齊，雖隆薛之城到於天，猶之無益也。」（戰國策齊策一）有些在中央政權擅權用事的封君，往往利用其權勢來加強自己在封邑中的地位。孟嘗君就曾「招致天下任俠奸人入薛中蓋六萬餘家」。他這樣地在封邑內培植勢力，後來回到薛，「中立爲諸侯，無所屬」（史記孟嘗君列傳），竟使薛從齊國分裂出去，一度成爲獨立的小國。

(四)當時封君的封邑，在傳統的習慣上是可以世襲的，但是在實際上，三晉、齊、秦等國所封的功臣，很少世襲的；所封的宗室，只有齊的孟嘗君、魏的安陵君出於世襲；平原君死後，「子孫後代」直到亡國（史記平原君列傳），其餘也不見世襲。這有兩方面的原因：一方面是當時各國實行變法以後，加強了中央集權的政治體制，注意取消封君世襲的特權；另一方面是當時統治階級內部由於財產和權力的再分配而引起激烈的政治鬥爭的結果。觸龍規諫趙太后時，就曾明確指出這點：「今三世以前，至於趙之爲趙，趙主之子侯者，其有繼有在者乎？」「微獨趙，諸侯有在者乎？」「此其近者禍及其身，遠者及子孫」，那是由於「位尊而無功，奉厚而無勞，而挾重器多也」（戰國縱橫家書一八，戰國策趙策四、史記趙世家略同）。至於楚國，由於舊貴族勢力強大，封君眾多，不少出於世襲，楚悼王任用吳起變法，提出了「封君之子孫三世而收爵祿」的限制，實際上未能使封君減少，楚懷王時封君很多㊱。

(五)封君往往擁有私田，並在經濟上有特權　封君往往在封邑內或者在其他縣邑自置私田，也還有憑藉權勢而逃避交納地稅的。例如趙奢做趙的田部吏，負責徵收地稅，平原君家不肯納稅，趙奢「以法治之，殺平原君用事者九人」（史記趙奢列傳）。同時，封君還利用權力經營商業和放高利貸。例如鄂君啟節銘文規定，除了「毋載金革篃箭」（禁運金屬皮革箭桿等軍用物資）和「女（如）載牛馬台（以）出內（入）關」，「則政

鄂君啟節銘文摹本

鄂君啟節，一九五七年安徽壽縣城東丘家花園出土四枚，一九六〇年又發現一枚。現分藏於中國歷史博物館和安徽省博物館。五枚銅節是分為兩套的。每套都是由五枚同樣弧度的銅節合成一個圓形，腰部隆起如竹節狀。一套是舟節，是水路的通行證，現存二枚，缺三枚。另一套是車節，是陸路的通行證，現存三枚，缺兩枚。上圖左方是舟節錯金銘文的摹本；右方是車節錯金銘文的摹本。殷滌非、羅長銘壽縣出土的鄂君啟金節（文物一九五八年第四期），認為鄂君啟即說苑善說篇上的鄂君子晰，「啟」是名，「子晰」是字，這是可能的。因為兩者時代正相當，而「啟」和「晰」字義又相通，古人常用字義相通的字作為名或字。鄂君子晰是頃襄王時的令尹，可能鄂君啟後來升為令尹。

(徵)於大𢊑(府)」(運載牛馬歸王室的大府徵稅)以外，所有販運物資經過關卡，「得其金節則母(毋)政(徵)」，就是憑節一律免稅。這個錯金銅節，由楚懷王命令大攻(工)尹「爲鄂君啟之𢊑(府)」鑄造的，有效期爲一年。可知封君在經濟上還有一些特權，可以憑藉這些特權來經營手工業和商業，從中牟取暴利。在高利貸盛行的戰國時代，封君也利用手中握有的大量財富放債，例如孟嘗君因「邑入不足以奉賓客，故出息錢於薛」，一次收息錢，就「得息錢十萬」(史記孟嘗君列傳)。此外，封君還有徵收城市中工商業稅的特權。這種制度後來爲漢代所沿襲，主父偃曾對漢景帝說：「齊臨淄十萬戶，市租千金，人眾殷富，巨於長安。此非天子親弟愛子，不得王此。」(史記齊悼惠王世家)漢代初年由於臨淄是個大商業城市，手工業和商業繁榮，市稅的收入比國都長安還要多，因而齊的封君就成爲巨富。漢代的封君設有「中府」或「私府」，如同皇帝設有「少府」那樣，負責徵收工商業稅作爲「私奉養」㊲。看來這種制度在戰國時已經有了，韓非說：「是故大臣之祿雖大，不得藉(籍)城市；黨與雖眾，不得臣士卒。」(韓非子愛臣篇)。「籍」就是徵稅的意思，「籍城市」就是指徵收城市的手工業和商業的稅㊳。韓非反對大臣徵收城市的稅，反對大臣擁有私屬軍隊，把「不得籍城市」和「不得臣士卒」相提並論，因爲「籍城市」和「臣士卒」有著同樣大的危害，「籍城市」可以造成「私家富重於王室」的結果。秦的穰侯、涇陽君、高陵君和華陽君，所以會「私家富重於王室」，就是由於他們取得陶、宛、鄧等大商業城市作爲封邑，從而「籍城市」的結果。戰國中期以後，秦的穰侯、趙的奉陽君和齊的孟嘗君，都要爭奪宋國，特別是宋的陶邑作爲封邑，正是因爲陶邑是當時最大的商業城市，市稅收入最多。鄂君啟節銘文說：「大攻(工)尹脽台(以)王命……爲鄂君啟之𢊑(府)賡(續)鑄金節。」鄂君啟節是楚王頒發的水陸兩路免稅過關的通行證，是由楚王命令大工尹鑄成後發給「鄂君啟之府」應用的。這說明當時封君設有「府」掌管他的經濟收入和開支，包括從水陸兩路販運物資。

從上述五點看來，戰國時代的封君已是封建貴族性質，根本不同於西周、春秋時代的諸侯。但是，封君除了「食租稅」之外，還在經濟上擁有特權。這樣封君就可以利用特權經營商業和手工業以及放高利貸，還可以利用奴隸從事無償勞動，以擴大手工業生產和商業活動，因而他們的富有程度超過當時一般的官僚地主。爲了維護和鞏固自己的地位，有些聲勢顯赫的封君，還養有爲數衆多的能替自己出死力的食客，像齊的孟嘗君、魏的信陵君、趙的平原君、楚的春申君，都養有食客幾千人；秦的呂不韋既有食客三千人，又有家僮(奴隸)萬人；嫪毒也有食客千餘人，家僮幾千人。

各國封君的情況

戰國時代各國的封君，就其本身身分來說，不外乎是：㈠國君的親屬和外戚，㈡國君和太后的寵臣，㈢有功的將相大臣。

在各國的封君中，國君親屬占的比例很大。魏國除了樂羊以外，幾乎都是宗室。趙國封君中宗室不少。韓國封君幾乎都是國君的親屬。齊國除了鄒忌以外，封君也都是田氏宗族中人。楚國封君也多數出身於貴族。只有秦國由於實行衛鞅制定的按軍功授與爵位的制度，封君中國君親屬所占比例較少，只是在太后當權的時候，所封的親屬和外戚較多。

墨翟指責當時「王公大人未知以尚賢使能爲政」，「親戚則使之，無故(當作『功』)富貴、面目姣好則使之」(墨子尚賢中篇)。戰國時代有些封君確是出於國君和太后的寵愛的。例如楚的安陵君、州侯、夏侯、鄢陵君、壽陵君，都是由於「面目姣好」而得到國君的寵愛，秦的嫪毒則出於太后的寵愛，這都反映了當時政治腐敗的一個方面。

各國封君中，最重要的是有功的將相大臣。這些有功的將相大臣，有經過政治和軍事鬥爭的考驗而選拔出來的，也有原來是國君親屬出身的。例如魏的樂羊、趙的趙奢、廉頗、樂乘、李牧，燕的樂毅，秦的衛鞅、白起，都是由於軍功而得封。

秦國衛鞅變法，爲了獎勵軍功，制定二十等爵制度，第二十等列侯就是封君性質。衛鞅本人就因軍功而封爲商君。按照衛鞅制定的法制，立了大功的才能封侯，宗室沒有軍功就得不到爵祿，當然更談不上封侯。此後秦國奉行衛鞅所定法制，確實有不少有功的大臣封侯的，但也還有宗室貴戚封侯的，特別是太后當權的時候。例如秦昭王初年魏冉封穰侯，公子市封涇陽君，公子悝封高陵君，羋戎封華陽君和新城君，合稱「四貴」。又如秦莊襄王時呂不韋封文信侯，秦始皇初年嫪毐封長信侯等，這些人大都由於太后寵幸，並非由於有功而受封。等到秦始皇掌握政權，除去嫪毐和呂不韋之後，就繼續推行衛鞅以來的傳統法制，只分封功臣，而不分封宗室子弟。所以直到秦始皇統一六國，建立秦王朝，還是「無尺土之封，不立子弟爲王」（史記李斯列傳），「子弟爲匹夫」（史記秦始皇本紀）。只有在統一六國過程中有大功的將軍才能封侯。當秦始皇親自請王翦統率大軍伐楚時，王翦請求賞給很多良田美宅，說「爲大王將，有功終不得封侯」（史記王翦列傳）。後來王翦平定楚地，終於封侯。史記秦始皇本紀記載二十八年琅琊台刻石，文末列有隨從官員名單，在丞相之上，有一批封君：

列侯武城侯王翦（原誤作「王離」）㊴、列侯通武侯王賁、倫侯建成侯趙亥、倫侯昌武侯成、倫侯武信侯馮毋擇。

這些封君當是在統一六國過程中建有大功的將軍或大臣，王翦和王賁功勞最大，所以在封侯中名列第一、第二。王翦封武城侯，武城當爲其封邑。倫侯地位次於列侯，索隱說：「爵卑於列侯，無封邑者。倫，類也，亦列侯之類。」如果這個解釋正確，倫侯就是關內侯，關內侯「無土，寄食所在縣民租，多少各有戶爲限」（續漢書百官志）。但是，倫侯可能比關內侯地位略高，也有封邑，建成侯的建成，昌武侯的昌武，都可能是封邑名㊵。秦始皇曾命令烏氏倮「比封君，以時與列臣朝請」(史記貨殖列傳)，也足以說明當時確有一批封君存在。戰國時代各國的政權組織形式，是以郡縣制爲主，而以封君制作補充的。秦國一直到秦始皇時，同樣是如此。

當時楚國由於舊貴族勢力強大，封君是最多的，見於文獻記載的有十八人，近年發現於考古資料的多到三十六人，共有五十四人，其中不少出於世襲。封君在其封邑所擁有權力也比較大，如魯陽文君稱：「魯四境之內皆寡人之臣也。」(墨子魯問篇)同時封君可以在封邑內築城建都，規模宏大，如春申君改封江東，「因城故吳墟，以自爲都邑」，後來司馬遷見了，還說「宮室盛矣哉」(史記春申君列傳)。

封號的三種類型

當時封君的封號有三種不同類型，以封邑之名爲封號是常例，前已列舉。也有不用封邑之名而以功德爲封號的，如秦相張儀封五邑而號武信君；秦相呂不韋封於河南洛陽而號文信君；齊相田嬰封於薛而號靖郭君，其子田文世襲而號孟嘗君；趙將廉頗封於尉文而號信平君；楚令尹黃歇封於吳而號春申君。也還只有封號而無封邑的，如秦將白起因功封武安君；趙將趙奢因功而封馬服君；趙將樂乘封武襄君；蘇秦由燕、趙、齊三國先後都封武安君(見秦策一、趙策二、燕策一、戰國縱橫家書第十七章、史記張儀列傳)。又如以色相侍奉楚宣王的壇(一作纏)，爲博取歡心，誓言將來從王陪葬(即殉葬)，因而「封於車下三百戶」，號安陵君㊶，後來楚頃襄王沿襲此例，把兩個以色相侍奉之臣封爲鄢陵君和壽陵君(楚策四)。「安陵」是說從王陪葬而能使王安樂於陵墓，「鄢陵」是「安陵」的通假，「壽陵」也是說從王陪葬於壽陵而能使王安樂。

八、維護統治的禮樂制度

禮樂制度的作用

西周春秋時代所講究的「禮」，是貴族根據原始社會末期父系氏族制階段的風俗習慣加以發展和改造，用作統治人民和鞏固貴族內部關係的一種手段。目的在於維護其宗法制度和君權、族權、夫權、神權，具有維護貴族的世襲制、等級制和加強統治的作用。當時許多經濟和政治上的典章制度，常常貫串在各種禮的舉行中，依靠各種禮的舉行來加以確立和維護。

到春秋後期，就出現了「禮崩樂壞」的局面。這些卿大夫在奪取國君權力的同時，不但僭用諸侯之禮，甚至僭用天子之禮。按禮，天子的舞用「八佾」（「佾」是「列」的意思，每列八人，八佾六十四人），這時季孫氏也用「八佾舞於庭」，孔丘斥責說：「是可忍也，孰不可忍也！」按禮，天子祭祖唱雍詩來撤除祭品，這時魯的三家都「以雍撤」，孔丘認爲這種事不該出於「三家之堂」。按禮，只有天子可以「旅」（祭祀）於泰山，這時季孫氏「旅於泰山」，孔丘又指責他不懂禮（論語八佾篇）。卿大夫這樣「僭禮」，實質上就是奪取政治權力的一種表現。

禮樂制度主要用來維護封建的宗法制度和君權、族權、夫權、神權。荀子禮論篇說：「禮有三本：天地者，生之本也；先祖者，類（族類）之本也；君師者，治之本也。」「上事天，下事地，尊先祖而隆君師，是禮之三本也。」所說「禮之三本」，天地代表神權，先祖代表族權，君師代表君權。後來封建統治者以天、地、君、親、師作爲禮拜的主要對象，就是根據這個理論。

西周春秋時代貴族講究的禮是比較多的，有籍禮、冠禮、大蒐禮、鄉飲酒禮、鄉射禮、朝禮、聘禮、祭禮、婚禮、喪禮等等。籍禮是用來監督平民在「籍田」上從事無償的集體勞動，以維護稱爲「籍」的辦法的。冠禮是授予成年貴族種種特權，以維護貴族的利益和鞏固貴族成員之間的關係。大蒐禮具有軍事檢閱和軍事演習性質，起著整編軍隊、檢閱兵力和加強統治的作用。鄉飲酒禮在於維護一鄉之內貴族的宗法制度和統治秩序。鄉射禮具有以鄉爲單位的軍事訓練和軍事學習的性質。朝禮在於尊重國君的權力和地位。聘禮在於維護貴族內部的等級和秩序。祭祀天地和祖先在於維護神權和尊重族權。婚禮和喪禮在於維護宗法制度和尊重族權。

到了戰國時代，由於農田制度的變革，「籍」的方法廢除不用，這時籍禮只是統治者用來表示關心農業生產的禮儀。由於軍隊成分和戰鬥方式的改變，原來的大蒐禮就失去作用。由於地方組織的改變，鄉飲酒禮和鄉射禮的性質也不同了。這時由於中央集權政體的建立，執政者統治的需要，重視的是即位禮、朝禮、祭禮和喪禮。荀子的禮論篇著重講究祭禮和喪禮，對喪禮講得特別詳細，就是爲當時的禮樂制度製造理論根據的。

即位禮和朝禮

古代貴族重視宗法制度，實行嫡長子繼任制，設有宗廟，不僅是祭祀祖宗的地方，而且具有禮堂性質，所有政治上的大典必須在宗廟舉行。因爲按禮所有國家大事必須向祖宗請示，表示聽命於祖宗。春秋時代君主於每月初一必須在宗廟行「告朔」之禮，每年元旦必須在宗廟行「朝正」之禮。每當君主去世，新君繼承，雖於初喪中作爲「嗣子」即位，必須待明年元旦「朝正」的時候，在宗廟舉行「改元即位」之禮。到戰國時代，由於中央集權的政治體制確立，每年「春正月」的「大朝」，改在宮廷舉行，如趙武靈王十九年

「春正月大朝信宮，召肥義與議天下，五日而畢」（史記趙世家），秦國也有歲首大朝之禮，秦始皇二十六年完成統一，定「朝賀皆自十月朔」，即沿用這個大朝之禮，每年歲首要舉行群臣朝賀君主的大朝，秦漢以後歷代帝王沿用這個禮制。因爲秦用顓頊曆，以十月爲歲首，因而「朝賀皆自十月朔」。

至於改元即位之禮，戰國時代依然在新君繼承之後的明年歲首舉行。依然要先到宗廟行「廟見」之禮，然後再臨朝見大臣。如趙武靈王傳位給少子何（即趙惠文王），少子何「廟見禮畢，出臨朝，大夫悉爲臣」（史記趙世家）。秦國同樣舉行這種禮制。如秦昭王去世，孝文王繼立，「孝文王元年赦罪人，修先王功臣，褒厚親戚，弛苑囿。孝文王除喪，十月己亥即位，三日辛丑卒，子莊襄王立，莊襄王元年大赦罪人，修先王功臣，施德厚骨肉而有惠於民」（史記秦本紀）。所謂「十月己亥即位」，就是歲首行「改元即位」之禮，所謂「赦罪人」等等，就是在「改元即位」禮中宣布的例行「德政」。據此可知，秦本紀稱秦孝公元年「布惠，振孤寡，招戰士，明功賞」，下令國中招徠「有能出奇計強秦者」，亦當爲歲首舉行「改元即位」之禮中所宣布的。衛鞅就是聽到這道命令之後入秦獻「奇計強秦」的。當時秦國的朝禮是有一套規定的，如秦王接見別國使者，要穿朝服，「設九賓」，「秦法，群臣侍殿上者不得持尺寸之兵，諸郎中執兵皆陳殿下，非有詔召不得上」（史記刺客列傳）。後來秦始皇統一六國，「悉內（納）六國禮儀，採擇其善」，「其尊君抑臣，朝廷濟濟，依古以來」（史記禮書）。

對神祇和祖先的祭禮

當時各國君主重視對上帝、社神、日月星辰、山川神祇和祖先的祭祀。秦國君主曾先後對五色上帝舉行祭禮。春秋時秦文公作鄜畤祭白帝，秦宣公作密畤祭青帝，戰國初期秦靈公又在吳陽作上畤祭黃帝，作下畤祭炎帝。據史記封禪書，秦國所崇祀的神祇很多，秦都雍就建有許多祭祀上帝、天神、日月星辰、風伯、雨師的祠廟以及祭祀祖先的祖廟。按照禮制，秦王要在此舉行三年一度「郊見上帝」之禮，秦王到成年時舉行「冠禮」，也必須到此地的祖廟來舉行。自從商鞅變法，都城遷到咸陽，這種「郊見上帝」之禮以及「冠禮」，仍然必須到舊都雍來舉行，直到秦王政還是如此。根據秦詛楚文的記載，秦惠文王時，宗祝奉命在大戰前，在巫咸這個神前咒詛楚王，舉行祭禮，也是到雍舉行的。一塊秦詛楚文刻石就是在雍(今陝西省鳳翔縣)發現的。

這時祭祀祖先的儀式有改革。西周春秋時代祭祀祖先用「尸」，就是找活人裝扮成祖先的樣子來受祭，叫做「尸」。按禮祭祖必須用同姓爲「尸」，而且必須是孫一輩的人。因爲古人迷信，認爲祖先的魂可以降附到「尸」的身上。戰國時代「尸禮廢而像事興」(日知錄卷一四像設條)，開始用畫像來代替「尸」，楚辭招魂就有「像設君室」的記載。這一改革反映了當時社會習俗的進步。

喪禮和墓葬制度

這時對喪禮是很重視的。例如秦昭王去世，孝文王繼立，「尊唐八子(孝文王母，先於秦昭王去世)爲唐太后，而合其葬於先王(以唐太后和秦昭王合葬)，韓王衰絰入弔祠，諸侯皆使其將相來弔祠，視喪事」(史記秦本紀)。不但國君這樣重視喪禮，一般官僚同樣重視喪葬禮儀，我們從各地發掘的戰國墓葬就可以清楚地看到這點。

這時墓葬制度有一定的改革，以適應封建的等級制度的需要。不但陪葬品有等級的區別，而且墓的外觀也開始有等級。古時的墓葬是「不封不樹」的(易繫辭傳)。孔丘把父母親合葬於防，他説「古也墓而不墳」，只是因爲他經常在外遊歷，爲了便於識別，「於是封之，崇四尺」(禮記檀弓)。到戰國時代，一般墓葬都堆成高丘，或種有樹木。秦國衛鞅變法，規定「其官級一等，其墓樹級一樹」(商君書境内篇)。大體上爵位等級愈高，墓的丘陵就築得愈高，種樹也愈多。因此，戰國時趙肅侯、秦惠王、秦武王、秦孝文王的墓開始稱「陵」，從此帝王的墓就一概稱爲「陵」了。

戰國墓葬可分三大等級

戰國墓葬從各地發掘的遺跡來看，大致可以分爲三大等級：

第一等，多重棺槨的銅器墓。陪葬有成套的青銅禮器或同出成套仿銅陶禮器。其中較大的墓，還常有成套樂器，如編鐘或編鎛、編磬。也還有車馬器、兵器、工具和玉石佩飾。隨葬禮器中的鼎，有鑊鼎（煮牲用）、升鼎（一名牖，盛牲用）和羞鼎（即鉶鼎，陪鼎）的差別，其中以升鼎最爲主要。這類大墓按陪葬的升鼎來分，又有九鼎墓、七鼎墓、五鼎墓、三鼎或二鼎、一鼎墓的差別。九鼎墓中有編鐘或編鎛四到五套，七鼎墓則有二或三套，五鼎墓則有一至三套，三鼎至一鼎墓則不出樂器。陪葬的車馬器、兵器、玉石佩飾也依次減少。根據禮書記載，凡使用升鼎，天子和諸侯用九鼎，卿七鼎，大夫五鼎，士三鼎；凡使用樂器，天子用編鐘四套，諸侯三套，大夫二套，士一套。戰國時代大體上就是通行這種體現出統治階級的等級身分的禮樂制度的。

第二等，單棺、單槨的陶器墓。陪葬有成套的仿銅陶禮器，每種陶禮器有一或二個，有玉石圭或少量兵器和玉石佩飾，沒有青銅器。墓主大體上屬於地主階級的下層，也有一些富有的商人和貧窮的知識分子。少數富有的，甚至殺死奴隸殉葬。

第三等，有棺無槨或無棺無槨的小型土坑墓。基本上無陪葬品，該是貧窮的農民及其他勞動人民的墓。

從上述墓葬的三大等級來看，說明戰國時代維護封建等級制的禮樂制度已完全確立。

特別值得注意的是仿銅陶禮器的流行。楚國地區戰國初期的第一等大墓中，有成套陶禮器和成套青銅禮器同時陪葬的。中原地區戰國中期的第一等大墓中也有類似情況。而第二等墓不論是戰國前期、中期和晚期的，都陪葬有成套的仿銅陶禮器，以鼎、蓋豆、壺爲一套，或以鼎、敦、壺爲一套，或者另有盤、匜、碗等。這類墓葬各地發現很多。從春秋中期以後，這類墓葬的陪葬品，逐漸由生活用器改變爲仿銅陶禮器，這表明春秋、戰國之際，隨著社會制度的變革，禮樂制度也相應地發生了變化；隨著地主的成長，維護封建統治的禮樂制度就大爲推廣，一般地主的下層沒有能力使用青銅禮器陪葬，就多採用仿銅陶禮器陪葬了。

還值得注意的是，戰國時代陪葬品中，出現大量木俑和陶明器。用俑來陪葬，春秋以前雖然已經有了，但很少見。較多地使用木俑陪葬，出現於戰國時代的楚墓中，這是用來代替殺殉陪葬的。廣泛使用明器來陪葬，也出現戰國時代墓葬中，這是用來代替實用器物陪葬的。儀禮既夕禮說，士用「明器」，「無祭器」。鄭玄注：「士禮略也；大夫以上，兼用鬼器、人器也。」「祭器」或「人器」，是指原來活人用的青銅禮器；「明器」或「鬼器」，是指專供陪葬用的仿銅陶禮器。戰國時代第一等大墓是以「人器」爲主，也有「兼用鬼器、人器」的；第二等墓確是只有「明器」而無「祭器」。荀子禮論篇說：「故生器文而不功，明器貌而不用。」就是說明器徒具形式而不能實用。這時地主階級廣泛使用木俑和陶明器陪葬，就是適應了喪禮推廣的需要。

戰國時代的秦墓還發掘不多，只在陝西寶雞和西安發掘到一些小型墓，相當於中原地區的第二等墓。這類墓葬的特點是用實用陶器陪葬，不用仿銅陶禮器。看來秦國和東方各國不同，沒有像東方各國那樣廣泛地推行維護封建統治的禮樂制度。荀況就曾指出：秦人「於父子之義，夫婦之別，不如齊、魯之孝具敬文者」，這是由於秦人「慢於禮義故也」（荀子性惡篇）。

由於維護統治的需要，愈是高級的統治者，愈是重視禮樂制度，講究禮樂器的製作、陳設和應用。近年來發掘的戰國墓中，要算一九七八年發現的湖北隨縣擂鼓墩的曾侯乙墓，規模最大而陪葬的禮樂器最多，超出當時其他第一等的九鼎墓。曾侯乙是公元前四四三年或稍後去世的曾國國君。

曾侯乙墓的槨室，分北、東、中、西四室。共出青銅禮樂器及其他器二百五十多件，絕大部分出於中室。其中升鼎九件和簋八件，分類陳設，很是整齊，用來顯示封建統治者的身分㊷。青銅禮器還有鑊鼎二件、蓋鼎九件以及簠、敦、壺、缶、與缶、尊、豆、鬲、甗、盤、匜、勺、匕等等。與大量禮器相配的，還有大量編鐘、編磬等樂器。編鐘多到六十四件，計有鈕鐘十九件，甬鐘四十五件，另有楚王贈送的鎛一件。編鐘分三層掛在鐘架上，鈕鐘掛在上層，分成三組；甬鐘掛在中下層，分成三組和二組，都是按鐘的大小次序排列的（參頁六三五）。鐘上有關於樂律的長篇銘文，述及曾和楚、周、齊、晉等國律名和階名的相互對應關係。編磬共三十二件（多數損壞），分兩層掛於磬架，每層分爲二組。樂器還有鼓四件、瑟十二件、琴二件、笙二件、簫二件、橫吹竹笛二件。這時由於各國之間音樂的交流，由於民間音樂的進步，音樂有了進一步的發展。統治者就利用這個發展來擴展配合行「禮」用的「樂」，擴大了樂器的數量和品種。

這墓還出有大量青銅兵器，如戈、矛、戟、殳、箭、弓、盾、甲之類，多到四千五百多件。絕大部分出於北室。這又說明當時由於集權的封建政權的形成，兵權的集中，封建統治者用作喪禮儀仗的兵器也大爲擴展，用來顯示其威勢了。北室和東室還出有車馬器一千多件。北室更出有竹簡二百四十多枚，記載喪禮所用車馬兵甲。其中講到贈車的，除所屬大臣以外，還有不少封君，如遊（魯）鴋（陽）君、鴋（陽）城君、坪（平）夜（輿）君、鄴（養）君、鄡君等等，其中多數是楚的封君。講到贈馬者也還有宋司城（官名）和宋客等等。這又說明當時一國國君的喪禮，不但本國大臣要贈車馬，別國的封君大臣也要用車馬來賻贈，以便擴大喪禮的場面，從而抬高國君的地位和威望㊸。

沿用謚法的禮制

西周中期以來君主死後，都按禮由臣下依據生平行事善惡，定其謚號，用以勸善戒惡㊹。逸周書謚法篇所謂「謚者行之跡也，號者功之表也」。戰國沿用這個禮制，多數國家君王所用謚法有兩字或一字的，亦有兩字省稱一字的。惟獨齊國所有君王都只用一字爲謚，如齊威王名因齊，取義於因襲齊國；齊宣王名辟彊，「彊」當讀作「疆」，取義於開闢疆土；齊湣王名地，「湣」一作「閔」，「地」世本作「遂」，古同音通用。齊襄王名法章。所有史書和諸子記載先後四王事蹟，都很分明。該是齊國使用謚法的禮制，規定只用一字爲謚。近人有主張齊亦有兩字爲謚，並將齊威王、宣王、湣王三王混稱爲齊威宣王和齊湣宣王兩王，並據以更改六國年表的，這是毫無根據，不符合歷史事實的㊺。

---

① 古時璽印用於竹木簡的封泥。所謂封泥是封簡牘時蓋上璽印的方塊的泥，其作用和後來的火漆印差不多。呂氏春秋適威篇說：「若璽之於塗，抑之以方則方，抑之以圜則圜。」這裏所說的塗就是封泥。

② 韓非子外儲說左下篇載：「西門豹爲鄴令，……居期年上計，君收其璽。豹自請曰：『……願請璽，復以治鄴，……』文侯不忍而復與之。……期年上計，文侯迎而拜之，……遂納璽而去。」呂氏春秋執一篇載吳起對商文說：「今日釋璽辭官，其主安輕？」戰國策秦策三說：「應侯因謝病請歸相印。」韓策二載公孫昧說：「甘茂與昭獻遇於境，其言曰收璽，其實猶有約也。」韓非子外儲說左下篇載「梁車爲鄴令，……趙成侯以爲不慈，奪之璽而免之令。」韓非子說林上篇載孟卯對甘茂說：「公佩僕(官名)璽而爲行(官名)事，是兼官也。」戰國策趙策三載公孫龍對平原君說：「夫君封以東武城，不讓無功，佩趙國相印，不辭無能。」

③ 周禮大宰說：「歲終，則令百官府各正其治，受其會，聽其致事，而詔王廢置。三歲則大計群吏之治而誅賞之。」小

宰也說：「歲終，則令群吏致事。」司書又說：「三歲，則大計群吏之治。」這些該是戰國時代的制度，和荀子王霸篇所說「歲終奉其成功」相合。尚書堯典說：「三載考績；三考，黜陟幽明。」堯典也是戰國時代的作品。韓非子難二篇載：「李克治中山，苦陘令上計而入多。」淮南子人間篇說魏文侯時「解扁爲東封上計而入三倍。」新序雜事二又說，魏文侯時「東陽上計，錢布十倍」。韓非子外儲說右下篇載：「田嬰相齊，人有說王者曰：終歲之計，王不一以數日之間自聽之，則無以知吏之奸邪得失也。王曰：『善。』田嬰聞之，即遽請於王而聽其計。……田嬰令官具押券斗石參升之計。……田嬰復謂曰：『群臣所終歲日夜不敢偷怠之事也，王以一夕聽之，則群臣有爲勸勉矣。』王曰：『諾。』俄而王已睡矣，吏盡揄刀削其押券升石（當作『斗石』）之計。」我們從這些故事中，可以看到當時上計的情況。這時不僅上計用合券的辦法，其他有關法令的也往往用合券的辦法。商君書定分篇說：「諸官吏及民，有問法令之所謂也，於主法令之吏，皆各以其故所欲問之法令明告之，各爲尺六寸之符，明書年月日時，所問法令之名，以告吏民。……主法令之吏，即以左券予吏之問法令者。主法令之吏，謹藏其右券木押，以室藏之，封以法令之長印，即後有物故，以券書從事。」

④ 參見拙作戰國秦漢的監察和視察地方制度，刊社會科學戰線一九八二年第二期。

⑤ 相的職權，據荀子王霸篇說：「相者，論列百官之長，要百事之聽，以飭朝廷臣下百吏之分，度其功勞，論其慶賞，歲終奉其成功，以效於君，當則可，不當則廢。」丞相之稱，秦趙兩國都曾應用。史記秦本紀載秦武王二年初置丞相。戰國策趙策三載建信君說：「秦使人來仕，僕官之丞相。」相國之稱較爲普遍，相和相國往往並用。

⑥ 秦封右庶長歜宗邑瓦書記四年「大良造庶長游出命」，另有一戈銘文記「四年相邦樛斿之造」，四年當爲秦惠文君四年（公元前三三四年），大良造庶長游當即相邦樛斿。詳郭子直所作瓦書銘文新釋（古文字研究第十四輯）。可知當時已將「大良造」與「相邦」互稱，但是史記秦本紀稱秦惠文君「五年犀首爲大良造」，仍以大良造爲最高官職，可知秦開始正式設立「相邦」，當從張儀開始。

⑦ 淮南子道應篇、說苑指武篇都說吳起官至令尹，而史記吳起列傳稱他「相楚」，不過以他國制度比擬而已。楚世家說：「考烈王以左徒爲令尹，封以吳，號春申君。」而春申君列傳說「考烈王元年以黃歇爲相，封爲春申君」，也不過以他國制度比擬而已。韓非子存韓篇載李斯上韓王書說：「杜倉相秦，起兵發將，以報天下之怨而先攻荊，荊令尹

患之。」這事已在戰國末年，楚的執政官還是令尹。戰國策楚策三載蘇子對楚王說：「自令尹以下，事王者以千數。」齊策二載陳軫對楚上柱國昭陽說：「願聞楚國之法，破軍殺將者，何以貴之？」昭陽說：「其官爲上柱國，爵爲上執珪。」陳軫說：「異有貴於此者何也？」昭陽說：「惟令尹耳。」陳軫說：「令尹貴矣，王非置有兩令尹也。」可知楚懷王時的最高官職是令尹。

⑧ 戰國策東周策載秦攻宜陽之役，趙累對周君說：「君謂景翠曰：公爵爲執圭，官爲柱國，戰而勝則無以加矣。」可知戰國時代楚國柱國的職位相當於他國的將軍。史記楚世家載楚懷王十七年漢中之役，「秦大敗我軍，……虜我大將軍屈丐、裨將軍逢侯丑等七十餘人」，但在屈丐被虜後四年，秦伐宜陽，楚派柱國景翠往援韓，柱國還是最高的武職，可知楚世家所說的「大將軍」，只是以他國制度比擬罷了。

⑨ 戰國策齊策三記國子說：「安邑者，魏之柱國也；晉陽者，趙之柱國也；鄢郢者，楚之柱國也。」高誘注：「柱國，都也。」

⑩ 近人都認爲戰國秦漢的縣起源於春秋時代，其實春秋的縣和戰國秦漢的縣性質不同。日本西嶋定生中國古代帝國的形成和構造一書中有郡縣制的形成和二十等爵一節，贊同增淵龍夫之說，指出春秋原先實行縣大夫世襲制，並進一步認爲戰國秦漢郡縣制的形成，是由於小農經濟的廣泛出現、世襲貴族統治體制的瓦解和君主集權政體的產生。這是正確的。春秋時楚晉秦三國的縣具有國君直屬的邊地軍事重鎮性質，縣尹仍由顯要世族中人輪流充任，也還有些是父子相傳的。例如楚的申縣，第一個縣公爲申公斗班，而繼任者申公斗克（字儀父），即是斗班之子。又如晉的原縣，第一個縣大夫爲趙衰，稱爲原季；而繼任者爲趙衰之子趙同，亦稱原同。又如楚的申公巫臣奔晉，晉以爲邢大夫，而巫臣之子世襲爲邢伯或邢侯。詳拙作春秋時代楚國縣制的性質問題，刊於中國史研究一九八一年第四期。

⑪ 左傳成公七年載：楚圍宋之役，「子重請取申、呂（二縣）以爲賞田」。申公巫臣說：「不可。此申、呂所以爲邑也，是以爲賦，以禦北方。若取之，是無申、呂也，晉、鄭必至於漢。」楚王便沒有答允他。

⑫ 例如戰國策趙策一載：韓王令韓陽告上黨之守靳黈說：「秦起二軍以臨韓，韓不能有。今王令韓興兵以上黨入和於秦，使陽言之太守，太守其效之。」

⑬ 戰國策燕策一說齊宣王「令章子（匡章）將五都之兵，以因北地之眾以伐燕」；而齊策一說：「齊軍之良，五家之兵，

疾如錐矢，戰如雷電。」「五家之兵」當即「五都之兵」。

⑭ 孟子公孫丑下篇載，孟子對平陸大夫孔距心說：「子之持戟之士，一日而三失伍，則去之否乎？」又見於王曰：「王之爲都者，臣知五人焉。知其罪者，惟孔距心。」可知平陸爲五都之一，而五都設有大夫治理。孫臏兵法擒龐涓記述桂陵之役，齊城、高唐二都大夫在行軍的路上大敗。齊城即臨淄，與高唐同爲五都之一。

⑮ 商君書境內篇說：「爵吏而爲縣尉，則賜虜六，加五千六百。」

⑯ 見韓非子內儲說上篇「卜皮爲縣令」條和戰國策韓策三「安邑之御史死」條。

⑰ 韓國兵器銘文記載，監造縣的官營手工業的有司寇。

⑱ 參看高敏雲夢秦簡初探（河南人民出版社一九七九年版）中從雲夢秦簡看秦的幾項制度一文。

⑲ 鄉以下里的組織在春秋戰國間已出現，墨子尚同篇裏的行政系統是天下、國、鄉、里。呂氏春秋懷寵篇裏的行政系統是國、邑、鄉、里。邑有大有小，大邑相當於縣，小邑就屬於鄉、里，另外還有所謂聚，即是村落。衛鞅在秦變法時，曾合併鄉、邑、聚爲縣（史記商君列傳）。韓非子八經篇說「伍、閭（原誤作『官』）、連、縣而鄰」，說明當時縣以下有連、閭、伍的鄉里組織。

⑳ 商君書徠民篇說：韓、魏「其寡（當作『賓』）萌賈息，民上無通名，下無田宅，而恃奸務末作以處」。「上無通名」是說沒有在戶籍上登記。

㉑ 商君書墾令篇說：「以商之口數使商，令之廝、輿、徒、重（通『童』）者必當名，則農逸而商勞。」

㉒ 雲夢秦簡秦律：「可（何）如爲大誤？人戶、馬牛及者（諸）貨材（財）直（值）過六百六十錢爲大誤，其他爲小。」秦律中效律又說：「人戶、馬牛一以上爲大誤。」「大誤」受到的處罰是：「人戶、馬牛一，貲一盾；自二以上，貲一甲。」

㉓ 秦律說：「可（何）謂匿戶及敖童弗傅？匿戶勿繇（傜），使弗令出戶賦之謂殹（也）。」

㉔ 秦律中傅律說：「匿敖童，及占癃不審，典、老贖耐。百姓不當老，至老時不用請，敢爲酢（當作『詐』）僞者，貲二甲；典、老弗告，貲各一甲；伍人，戶一盾，皆遷之。」

㉕ 管子禁藏篇講到「凡有天下者，以情伐者帝，以事伐者王，以政伐者霸，而謀有功者五」，可知是戰國時代的作品。

㉖ 秦律金布律說：「縣、都官坐效、計以負賞（償）者，已論，嗇夫即以其直（值）錢分負其官長及冗吏，而人與參辨券，

以效少內，少內以收責之。」

㉗ 史記平準書記載當時大農丞孔僅、東郭咸陽上奏漢武帝說：「山海，天地之藏也，皆宜屬少府，陛下不私，以屬大農佐賦。」

㉘ 史記李牧列傳說：「市租皆輸入莫(幕)府，爲士卒費。」漢書馮唐傳載馮唐答漢文帝說：「臣大父言：李牧爲趙將，居邊，軍市之租皆自用饗士，賞賜決於外，……委任而責成功，故李牧乃得盡其知能。」

㉙ 古書上記載齊國「乘馬」制度很不一致。管子山至數篇說「始取夫三夫之家，方六里而一乘，二十五人而奉一乘」。而司馬法說「四井爲邑」，「四邑爲丘」，「四丘爲甸」，「甸六十四井，出長轂一乘，馬四匹，牛十二頭，甲士三人，步卒七十二人，戈楯具，謂之乘馬」。又說「井十爲通」，「通十爲成」，「成百井，三百家革車一乘，士十人，徒二十人」(據清人張澍輯司馬法逸文，張氏叢書本)。

㉚ 秦律中有因度量衡器不合標準而懲處主管官吏「官嗇夫」的法令，規定容量一桶(斛)相差二升以上，一斗相差半升以上，重量一石相差十六兩以上，都要罰繳鎧甲一件；容量一桶相差二升到一升，一斗相差半升到小半升，一升相差二十分之一升以上，重量一石相差十六兩到八兩，一鈞相差四兩以上，一斤相差三銖以上，黃金一斤相差半銖以上，都要罰繳盾一件。

㉛ 傳世有少府盉(上海博物館藏)，器有三次刻銘，一次刻「少府」，二次刻有「容一斗二益」等字，三次刻有「一斗一升」等字，當爲三晉之器。據實測，容二三三五毫升，按一斗一升計算，每升合二一一毫升。又有安邑下官鍾(咸陽市博物館藏)，一九六六年陝西咸陽塔兒坡出土，腹部有刻銘，說明這是安邑的下官所用，鑄於「七年九月」，容積是「斛一斗一益少半益」，當是魏國鑄器時所刻。唇部又刻有秦篆五字：「十三斗一升」，當是秦國得此鍾後重新標定的量值。「益」是「斗」以下單位，該與「升」差不多。「斛一斗一益少半益」，應解釋爲「十一斗一升又三分之一升」，據實測，液面齊於標線時，鍾的容積爲二四六〇〇毫升，依此折算，魏的一升爲二三一毫升；液面齊於唇口時，鍾的容積爲二五九〇〇毫升，如按「十三斗一升」折算，秦一斗約爲一九八毫升，和商鞅方升接近。又有㞚氏壺(上海博物館藏)，容六四〇〇毫升，有兩次刻銘，一次刻「三斗少半」，依此推算每升合一九二毫升；一次刻「三斗二升少升」，依此推算每升合一九八毫升。又有尹壺(上海博物館藏)，容八三七〇毫升，銘文「四斗」，依此折算

每升合二〇九毫升。

㉜ 後漢書班超傳載曹昭上書說：「竊聞古者十五受兵，六十還之。」周禮地官鄉大夫：「國中自七尺以及六十，野自六尺以及六十有五，皆徵之。」從來注釋家認爲七尺是二十歲，六尺是十五歲（見孫詒讓周禮正義）。周禮所說的，大體上也是戰國時代的制度。戰國策楚策二所說「五尺之（至）六十」，五尺也是指十四五歲的成童，古時有「五尺豎子」（荀子仲尼篇）、「童五尺」（管子乘馬篇）的習用語。

㉝ 商君書境內篇說：「五人一屯長，百人一將。其戰，百將、屯長不得斬首，得三十三首以上，盈論，百將、屯長賜爵一級。」「五」字下當脫「十」字，否則不可能與「百將」並論。史記陳涉世家說：「二世元年七月發閭左，適戍漁陽，九百人屯大澤鄉。陳勝、吳廣皆次當行，爲屯長。」陳勝、吳廣也不像是一伍之長。

㉞ 例如秦律遊士律：「有故秦人出，削籍，上造以上爲鬼薪、公士以下刑爲城旦。」同犯一罪，因爵位高低而判刑不同。

㉟ 日本西嶋定生著中國古代帝國之形成與構造——二十等爵之研究一書（一九六一年日文版），對此有詳細論述。

㊱ 何浩戰國時期楚封君初探，刊於歷史研究一九八四年第五期。何浩、劉彬徽包山楚簡封君釋地，見包山楚墓附錄。

㊲ 史記平準書敍述漢初情況說：「量吏祿，度官用，以賦於民。而山川園池市井租稅之入，自天子以至封君湯沐邑，皆各爲私奉養焉，不領於天下之經費。」漢書百官公卿表：「少府，秦官，掌山海池澤之稅，以給共養。」漢書路溫舒傳：「遷廣陽私府長。」顏注：「藏錢之府，天子曰少府，諸侯曰私府。」史記田叔列傳：魯王「發中府錢」。正義：「王之財物所藏也。」

㊳ 韓非子原文作「不得藉威城市」，俞樾諸子平議說：「威字衍文。」按「籍」是徵稅之意。墨子節用上篇「其籍斂厚」。籍斂，稅斂也。

㊴ 郭沫若十批判書的呂不韋與秦王政批判，把琅琊台刻石中的「王離」改作「王翦」，認爲「離」是誤字，這是正確的。王離是王翦之孫，王賁是王翦之子，秦始皇時王翦和王賁父子在統一六國過程中建有大功，王離還不見有什麼軍功，怎麼可能名列其父王賁之前，成爲第一位列侯呢？

㊵ 根據漢書地理志，沛郡、渤海郡和豫章郡都有縣名建成。膠東國有縣名昌武。

㊶ 安陵君壇受封，見於楚策一，說苑權謀篇有相同篇章，作安陵纏，並說「乃封安陵纏於車下三百戶」，可知沒有封邑。李慈銘、顧觀光、程恩澤等，皆考定安陵爲邑名，在今河南省鄢陵縣西北，不確。此地是魏安陵君的封邑，並非楚所有。

㊷ 禮記祭統：「三牲之俎，八簋之實。」鄭注：「天子之祭八簋。」

㊸ 參看隨縣擂鼓墩一號墓考古發掘隊湖北隨縣曾侯乙墓發掘簡報和裘錫圭談談隨縣曾侯乙墓的文字資料，載文物一九七九年第七期。

㊹ 近人有主張西周、春秋君主用生號，到戰國君主才用謚法的。此說不確。童書業對此已加駁正，曾列舉西周、春秋以來君主名號都符合其平生行事和德行來證明。見其所著春秋左傳研究。

㊺ 史記田世家稱齊威王名田齊，威王子宣王名辟彊，宣王子湣王名地。陳侯因資敦的因資即威王，「資」、「齊」同音通用。世本說：「宣王名辟疆，威王之子也。」（蘇秦列傳索隱引）「彊」、「疆」同音通用。世本又說湣王名遂（田世家索隱引），「地」、「遂」古同音通用。史記戰國策與先秦諸子記載三王事蹟都很分明。呂氏春秋知士篇稱靖郭君善待劑貌辨，數年後，「威王薨，宣王立」，靖郭君因宣王不善待而回薛，劑貌辨爲此請宣王善待而把靖郭君接回來。齊策一第五章所記相同。韓非子內儲說上篇記宣王用三百人吹竽，南郭處士濫竽充數，「宣王死，湣王立；湣王要一一聽之」，處士因而逃走。孟子曾見齊宣王，書中十二次提到宣王，無一次稱威宣王、湣宣王的。韓非子書中一次談到威王，七次談到宣王，又七次談到湣王，未見有稱威宣王或湣宣王的。趙策二第二章記蘇子說：「夫齊威、宣，世之賢主也，……將武而兵強。」有人據此以爲齊有威宣王，其實這是指威王和宣王兩人正當齊兵強之時。蘇子接著又說：「宣王用之，後富韓威魏以南伐楚（「富」當讀作「偪」），西攻秦，秦爲困於殽塞之上。」這是說宣王的用兵，「南伐楚，西攻秦」正是宣王末年和湣王初年的事。蘇子敘述也很分明。

第七章　七強並立的形勢和戰爭規模的擴大

一、戰國初期各國的疆域和少數部族的分布

春秋戰國間，晉、齊、楚、越四大國對峙，成爲「四分天下」的局面（墨子非攻中篇、非攻下篇、節葬下篇）。公元前四五三年晉國的趙氏聯合韓、魏滅掉知氏，三分其地，魏、趙、韓三家便逐漸形成爲獨立國家。晉「獨有絳、曲沃」（史記晉世家），淪爲三晉的附庸。這時大國有楚、越、趙、齊、秦、燕、魏、韓八國，小國有宋、魯、鄭、衛、莒、鄒、杞、蔡、郯、任、滕、薛、費、曾等國。周王國名義上還存在，實際上已成爲小國。所謂戎翟，有伊洛陰戎、代戎、河宗氏、休溷諸貉、肅慎、東胡、匈奴、樓煩、林胡、夜郎、且蘭、滇、昆明、甌越、閩越、南越、淮夷等部族和蜀、巴、中山、義渠、大荔、緜諸、獂等國。

各大國的疆域

各大國的疆域，以楚爲最大，越次之，趙、齊、秦、燕、魏又次之，韓最小。

㈠楚國　其疆域從今四川省東端起，有今湖北省全部，兼有今湖南省的東北部、江西省的北部、安徽省的北部、陝西省的東南角、河南省的南邊、江蘇省淮北的中部。全境東北和秦接界，北面和韓、鄭、宋等國接界，東和越接界，西和巴接界，南和百越接界。國都是郢（今湖北省江陵縣西北紀南城）。

㈡越國　其疆域約自今山東省的琅琊台起，沿海而南，有今江蘇省蘇北的運河以東地區和全部蘇南地區、安徽省的皖南地區、江西省東境的一部分，並兼有今浙江省的北半部。北境和齊、魯及泗水上的各小國交錯接界，西和楚接界，東邊靠海，南和百越接界。在越王句踐滅吳後，國都曾遷琅琊（今山東省膠南縣西南琅琊台），到公元前三七八年（越王翳三十三年）遷回吳（今江蘇省蘇州市）。

㈢趙國　其疆域自今陝西省的東北部，過黃河有今山西省的中部，更伸向東北部、東南部，兼有今河北省的東南部，並涉及今山東省西邊的一角和今河南省的北端。全境東北和東胡、燕接界，東和中山、齊接界，南和衛、魏、韓交錯接界，北和林胡、樓煩接界，西和魏、韓交錯接界。其國都原在晉陽（今山西省太原市西南）。在公元前四二四年趙獻子即位時遷都中牟（今河南省鶴壁市西）。到公元前三八六年趙敬侯遷都到了邯鄲（今河北省邯鄲市）。

㈣齊國　其疆域有今山東省偏北的大部，兼有今河北省的東南部。全境東邊靠海，南和越、莒、杞、魯等國接界，北和燕接境，西和趙、衛交界。國都在臨淄（今山東省淄博市西臨淄北）。

㈤秦國　其疆域自今甘肅省的東南部，沿渭河兩岸而有今陝西省的腹部，有一部分土地能直接達到黃河沿岸。有一小部分土地並從今陝西省的東南部伸入今河南省的靈寶縣。全境東和魏、韓及大荔之戎交界，南和楚、蜀交界，西和獂、緜諸、烏氏等戎國交界，北和義渠、朐衍等戎國交界。國都原在雍（今陝西省鳳翔縣東），秦靈公遷都涇陽（今陝西省涇陽縣西北），公元前三八三年秦獻公遷都櫟陽（今陝西省富平縣東南），到公元前三五〇年衛鞅第二次變法時，遷到咸陽（今陝西省咸陽市東北毛王溝到柏家嘴一帶）。

㈥燕國　其疆域有今河北省北部和遼寧省西南部，並兼有今山西……東北角。全境東北和東胡接界，西和中山、趙接界，南邊靠海，並和齊接界。國都是薊（今北京市西南）。……開始設下都於武陽（今河北省易縣南），今燕下都遺址還保存。

㈦魏國　其疆域在今陝西省境內，沿黃河僅有今韓城縣的南部；在渭河以……今山西省有其西南部，並伸入其東南部，通連今河南省北部，兼有黃河以南一部分沿……省大名、廣平間地和山東省冠縣地。領土較爲分散，其主要地區爲今山西省西南部的河……縣左右地。在河內，以今山西省東南部的上黨爲交通孔道。四周和秦、趙、韓、鄭、齊、衛接界。國都原……有今河北……省夏縣西北禹王村），到戰國初期，攻取得今河南省中部地區後，在公元前三六一年（魏惠王九年……的……到大梁（今河南省開封市）①。

㈧韓國　其疆域有今山西省的東南部和河南省的中部，全境把周包住，西和秦、魏交界，南和……界，東南和鄭交界，東和宋交界。國都原在平陽（今山西省臨汾縣西北），相傳韓武子遷都到宜陽（今河南省宜陽縣西），到韓景侯時又遷都陽翟（今河南省禹縣，見呂氏春秋任數篇高誘注）。公元前三七五年韓哀侯滅掉鄭國，也就遷都到鄭（今河南省新鄭縣）。

各小國的疆域

各小國的疆域，以宋、魯爲最大，鄭、衛次之，莒、鄒、周又次之，杞、蔡、郯等國都不過占今一縣地。㈠宋國有今河南省東南部和今山東省、江蘇省、安徽省之間一部分地。國都原在睢陽（今河南省商丘市西南），在戰國初期宋昭公、宋悼公時可能遷都彭城（今江蘇省徐州市）②。㈡魯國有今山東省的東南部，國都在曲阜（今山東省曲阜縣）。㈢鄭國有今河南省中心部分，國都在鄭。㈣衛國有今河南省、山東省之間北部的一部分地，國都在濮陽（今河南省濮陽縣西南）。㈤莒國有今山東省安邱、諸城、沂水、莒、日照等縣間地，國都在莒（今山東省莒縣）。㈥鄒國有今山東省費、鄒、滕、濟寧、金鄉等縣間地，國都在鄒（今山東省鄒縣南）。㈦周有今河南省孟津、洛陽、偃師、鞏、汝陽等縣間地，過黃河有今溫縣的小部分地。國都在成周（今河南省洛陽市東北）。㈧杞國約有今山東省安邱縣東北地。㈨蔡國約有今安徽省壽縣北部地。㈩郯國約有今山東省郯城縣西南地。(十一)任國約有今山東省濟寧縣北部地。(十二)滕國約有今山東省滕縣西南地。(十三)薛國約有今山東省滕縣東南地。(十四)費國有今山東省費縣東部地③。(十五)郳國，「倪」一作「邵」，鄒別封之國，在今山東省滕縣東，一說在山東省棗莊市西北。(十六)曾國，戰國初期建都於西陽（今河南省光山縣西南），並占有今湖北省隨縣到安陸一帶。這個曾國當即西周末年和申一起招來犬戎攻滅西周的姒姓繒國，原在今河南省方城一帶，春秋時稱爲繒關，因受楚的逼迫而逐步南遷的④。(十七)繒國，「繒」一作「鄫」，在今山東省蒼山縣西北，也是姒姓，公元前五六七年爲莒所滅，後來又復國，公元前四〇五年又爲

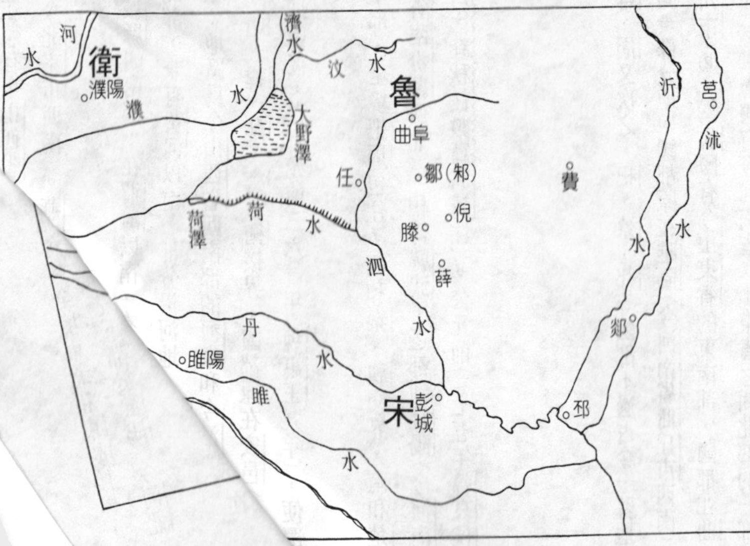

泗上十二諸侯國

越所滅⑤。這個繒國當是曾國東遷的一支。

當時有所謂「泗上十二諸侯」（見田世家及韓詩外傳卷一〇第六章等），指泗水兩側地區存在著十二個小國。史記秦本紀於孝公元年，論及當時形勢，講到「河山以東強國六」，「淮泗之間小國十餘」。楚策一第十八章僞託張儀遊說楚王，謂楚王「舉宋而東指，則泗上十二諸侯盡王之有已」。史記張儀列傳同。索隱謂「十二諸侯，宋、魯、邾、莒之比也」。胡三省通鑑注說：「宋、魯、鄒、滕、薛、倪等國，國於其間，齊威王所謂泗上十二諸侯。」所謂泗上十二諸侯，當指宋、衛、魯、鄒、滕、薛、倪、莒、費、郯、任、邳等十二國⑥。

少數部族的分布

當時少數部族，主要分布在中原七大強國的周圍地區，也有少數雜居在七大強國之間的。介於韓、魏之間，伊水、洛水流域有陰戎。古人謂水南爲陰，謂山北亦爲陰，多支戎族居於黃河之南，秦嶺山脈之北，因而被稱爲陰戎，或稱伊洛陰戎。所謂「陰戎」並非同一種族，來源比較複雜。春秋早期已有揚拒、泉皋、伊洛之戎，後來秦、晉兩國又從西北陸渾遷來了陸渾之戎。公元前五二五年晉攻滅陸渾，其首領奔楚，部分民衆奔周，整個部族就服屬於晉，即所謂九州之戎。同時這一帶還有不服屬於晉的戎族存在⑦。

在秦國西北，分布在今陝西、甘肅、青海、寧夏一帶的，有大荔（在今陝西省大荔縣東南）、緜諸（在今甘肅省天水縣東）、月氏（在今甘肅省祁連山以西、敦煌以東地區）、烏孫（今甘肅省敦煌一帶）、獂（在今甘肅省隴西縣東南）、朐衍（在今寧夏鹽池縣一帶）、烏氏（在今甘肅省平涼縣西北）、析支（一作賜支，在今青海省貴南縣西北沿黃河一帶）及義渠等。其中以義渠比較強大，據有今陝西省北部、甘肅省北部和寧夏等地。義渠逐漸改變了遊牧的生產方式，逐步定居下來，築有幾十個城邑。秦惠王曾一次攻取義渠二十五個城。還有羌族，散布於今甘肅省西南、四川省西北和青海省等地。

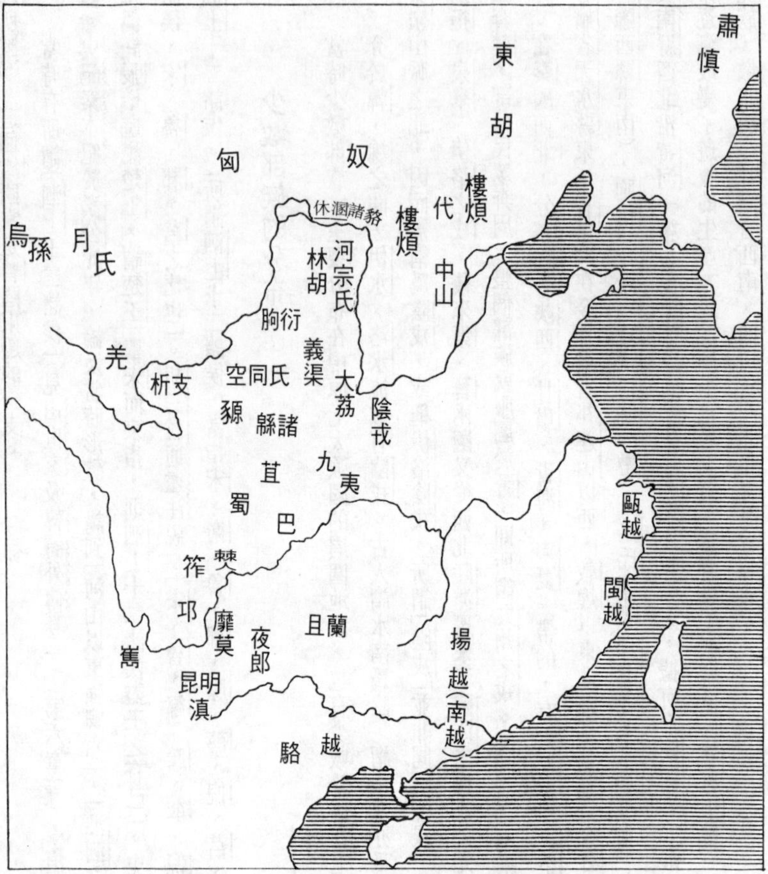

戰國時代少數部族分布圖

在秦國西南，分布在今四川省的，有蜀、巴、苴（即葭萌，今四川省劍閣縣東北，廣元縣南，寶輪院附近）、丹犂、筰都（在今四川省漢源縣一帶）、邛都（在今四川省西昌縣一帶）、徙（在今四川省天全縣一帶）、冉駹（在今四川省茂汶縣一帶）、僰等。其中蜀最大，有今四川省西部長江上游以北地區，並兼有今陝西省西南一部分地；巴次之，有今四川省東部地區。蜀在春秋戰國之際已有發達的農業。國君杜宇時相國開明開鑿玉壘山，分引岷江的水流入沱江。到公元前三六〇年，蜀又請瑕陽人從岷山開導青衣水。戰國中期遷都於成都，成爲「戎狄之長」。巴族原爲習慣於使用船隻在水上射獵的部族，由於受蜀的影響，也從事農業生產。戰國時建都於巴（今四川省重慶市嘉陵江北岸）。它與楚接壤，已有高度文化，能鑄造精美青銅器，鑄有虎文、手文、花蒂文等紋飾。有用獨木舟作爲棺的埋葬風俗。筰都分布於四川省大渡河和雅礱江流域，以善於製作「笮」（竹索橋或藤索橋）著稱，戰國時這個地區叫做「篇笮之川」（呂氏春秋恃君覽）。僰人分布在今四川南部、雲南北部，也是個較大的部族。

分布在今貴州省和雲南省的，有夜郎、且蘭、滇、靡莫、嶲、昆明等。夜郎分布於今貴州省西部和北部，且蘭分布於今貴陽一帶。滇分布於今雲南省晉寧縣東滇池周圍地區，靡莫在今雲南省的東北部，嶲在今雲南省西部雲尤一帶，昆明在今雲南省西部和北部。其中夜郎和滇比較大。

在燕、趙以北地區，有肅慎、東胡、匈奴、林胡、樓煩、代戎、襜襤、濊貉等族，其中肅慎、東胡、匈奴三族較大。肅慎在今長白山以北，直到黑龍江流域。匈奴主要分布在蒙古高原，南到陰山一帶，北到今蘇聯貝加爾湖附近。根據內蒙古伊克昭盟杭錦旗桃紅巴拉戰國時代匈奴墓出土物來看，當時匈奴人使用蝴蝶展翼式青銅短劍、銅鶴嘴斧、小銅錘、獸頭形飾牌、弧形交錯紋環狀帶扣、銅環飾等器物，顯示出草原遊牧部族的藝術風格。同時出土的銅斧、銅刀、銅鏃和礪石等，與中原地區的青銅文化有相似之處；在鐵器、銅器上還發現有殘存絲織品。這少量鐵器和絲織品，當是從中原交換來的。這說明當時匈奴和中原地區有著密切聯繫⑧。東胡即鮮卑族的前身，主要分布於今遼河上游一直到遼寧省朝陽、錦西、旅大一帶。從遼寧省朝陽縣十二台營子和錦西縣烏金塘出土東胡遺物來看，和匈奴有類似之處，但有其自己的特點，如使用雙側曲刃青銅短劍、多鈕銅鏡、雙虺結形飾牌等。林胡主要分布在陝西東北部和內蒙古地區。樓煩有兩支：一支與趙國相鄰，在今山西西北部和內蒙古地區；另一支與燕國相接，在今河北西北部和內蒙古地區。這些部族善於騎射，經常侵襲中原地區。代戎在今河北省蔚縣東北。

在楚、越以南，有許多越族，廣泛分布在我國東南沿海地區。主要的有甌越（在今浙江省溫州一帶）、閩越（在今浙江省南部到福建省福州一帶）、南越（也稱揚越），分布於今廣東、廣西及江西省南部、湖南省南端地區）。至少從春秋後期起，越族已開始和華夏族融合，南越和中原的關係已很密切。他們既保存有本族文化的特點，銅兵器如斧、鉞之類都有自己的特色，人首柱形器的人首黥面貫耳，是一種奴隸形象；同時又大量吸收了中原文化和楚文化的先進因素，銅鼎和銅樂器的形制花紋基本上和中原相同，有的還具有長江以南楚文化的特色。廣東省始興縣白石坪出土的戰國鐵斧和鐵口鋤，造型及其大小和中原同時期的鐵器幾乎完全一樣，說明這時已從中原引進了先進的生產工具。

少數部族在中原地區建立的國家，只有中山，在今河北省西部高邑、寧晉、元氏、趙縣、石家莊、靈壽、平山、行唐、曲陽、唐縣、定縣一帶。春秋時稱爲鮮虞，原爲白狄族。戰國初年魏文侯攻取中山，但由於中山和魏國之間，隔著趙國，中山不久就擺脫魏的控制而復國。在楚國地區內，也還保留不少少數部族，在今湖北省東北部山區有所謂「九夷」，即李斯諫逐客書所說「南取漢中，包九夷，制鄢、郢」的「九夷」；在今泗水淮水和長江之間也還有「九夷」，即蘇代與燕昭王書中所說的「九夷方七百里」（史記蘇秦列傳。「九夷」原誤作「北夷」，從王念孫讀書雜志改正）。這個「九夷」，就是淮夷，直到秦完成統一後，才和華夏族融合⑨。

在趙國西北，林胡所居的榆中以北，黃河以西，有貉族的河宗氏和休溷諸貉。史記趙世家所記神話，講到趙襄子得到霍太山天使藏在竹節中的「朱書」，預言趙的後世將有「伉王」（即指趙武靈王），「奄有河宗，至於休溷諸貉」。河宗就是穆天子傳所說的河宗氏，是沿黃河上游「遊居」的部族，休溷諸貉當指趙武靈王「胡服騎射」後，攻略胡地所到的九原、雲中。休溷諸貉就是九原、雲中所居的貉族。「休」與

「九」，「溷」與「雲」，古音相通，九原和雲中該即從原地名休和溷轉變而來。

二、七強並立形勢的形成

晉國六卿的兼併和「三家分晉」

公元前四九七年，趙簡子因為向趙午索取「衛貢五百家」，沒有到手，殺了趙午，引起中行氏和范氏的聯合進攻，趙簡子一度從國都絳（今山西省翼城縣東南）退守晉陽（今山西省太原市西南）。當時知氏和韓氏、魏氏又因挾嫌爭權，起來討伐范氏、中行氏，迫使范氏、中行氏出奔朝歌（今河南省淇縣）。趙簡子遂回絳復位，並率晉軍圍攻朝歌。公元前四九三年，齊國運粟支援范氏，由鄭國派兵護送，在鐵（今河南省濮陽縣西北）這個地方和趙氏進行決戰。結果趙簡子大獲全勝，得到「齊粟千車」。次年，范氏、中行氏被迫逃奔邯鄲，接著又逃到鮮虞（即中山），最後逃到了齊國。於是范氏、中行氏滅亡。公元前四五八年，知氏、趙氏、韓氏、魏氏盡分范氏、中行氏的土地。

其後知氏的知伯瑤專斷晉國國政，強行索取韓氏和魏氏的萬家之縣各一。公元前四五五年，知伯又向趙氏索取土地，遭到拒絕，便率同韓、魏舉兵攻趙，圍困趙襄子（趙簡子子）於晉陽。趙氏堅守一年多，知氏引晉水從東北灌入城中，造成極大災難。後來，韓、魏怕趙亡後禍及自身，反過來和趙氏聯合，一舉滅掉知氏，並三分其地。這是公元前四五三年的事⑩。知伯瑤原是晉六卿中最強大的，由於過於強橫而失敗了。從此「三家分晉」的局面形成，晉君「反朝韓、趙、魏之君」（史記晉世家），成為三國的附庸。

對戎狄部族的攻滅兼併

戰國初期各大國在卿大夫相互兼併的同時，還進行對戎狄部族和小國的攻滅和兼併。

趙簡子原來和代王聯姻而和好，把大女兒（即趙襄子之姊）嫁給代王做夫人。公元前四七六年趙簡子剛去世，趙襄子就登夏屋山，請代王來同飲酒，灌醉把代王殺害，接著就發兵攻滅代國，代戎從此被滅亡。

秦國在公元前四六一年進攻大荔，把它的王城（今陝西省大荔縣東南）攻取了（史記秦本紀）。原來大荔是西戎中比較強大的一支。後漢書西羌傳說：「是時大荔、義渠最強，築城數十，皆自稱王。」所謂王城，就是大荔王的都城。秦所攻取的還包括王城周圍所有大荔的土地，大荔就向北撤退了⑪。

知伯瑤在公元前四五八年計謀攻滅仇由（一作「厹繇」）。仇由原是個山中之國（今山西省盂縣以北的山中），沒有大路可通，不便行軍，知伯鑄造一隻大鐘作爲禮物，載在大車上送去，仇由之君開闢道路迎接，因而仇由被知伯所攻滅⑫。次年知伯就伐中山，取窮魚之丘（水經巨馬水注引紀年）。

趙襄子在攻滅知氏後，也曾攻中山，攻取左人和中人（今河北省唐縣以西和西南，見國語晉語九、呂氏春秋愼大篇）。

後漢書西羌傳載：「韓、魏復共稍併伊洛陰戎，滅之。其遺脫者皆逃走，西踰汧、隴，自是中國無戎寇。」後漢書四夷傳所載戰國時事，有史記所不見的，大抵依據竹書紀年等新史料來補充。這條記載也是這樣。古本竹書紀年載「晉出公十九年（公元前四五六年）晉韓龍取盧氏城」（水經洛水注所引），就是韓、魏共併伊洛陰戎的事。盧氏在今河南省西部洛水上游，多崇山峻嶺，是陰戎所在的一個地方，盧氏當是陰戎中一支的名稱。後來盧氏城（今河南省盧氏縣）就爲韓國所有，發展成一個商業城市，鑄有「盧氏」布幣。

原來住在伊水、洛水流域的陸渾之戎，被晉滅亡後，成爲服屬於晉的九州之戎，也還保持原來戎的部落組織，而具有武力，沒有華化。大概在戰國初年，被韓魏兼併而改變成爲編戶之民，解除武力，從此就不見有九州之戎了。

對小國的攻滅兼併

在晉、秦兩國攻滅兼併戎狄部族的同時，楚越等國正在攻滅兼併附近小國。

楚國在公元前四四七年滅亡了蔡國，後二年楚向東北開拓土地，滅了杞國，並且向東侵占廣地到泗上（史記楚世家），這是和越國爭奪東方的土地。墨子魯問篇講到「楚人與越人舟戰於江」，由於公輸般爲楚製作「舟戰之器」，「作爲鈎強之備」，「楚人因此亟敗越人」，就該在這個時期。墨子公輸篇講：公輸般爲楚造雲梯，將用以攻宋，墨子因此從魯出發，走了十天十夜，趕到楚都郢，對公輸般勸阻，也該在這個時期。

越國在公元前四一四年滅亡了滕國（史記越世家索隱引竹書紀年），次年又滅亡了郯國（水經沂水注引竹書紀年）。繒國原來依靠齊來抵抗越的。公元前四〇五年齊內亂，越就乘機攻滅繒。

韓正謀兼併鄭國。公元前四二三年韓伐鄭，殺死鄭幽公。公元前四〇八年韓攻取鄭的雍丘（今河南省杞縣），次年鄭打敗韓兵於負黍（今河南省登封縣西南）。

齊國不斷地侵略魯、衛兩國地，公元前四一二年攻取了魯國的莒和安陽（今山東省陽穀縣東北）[13]，從此安陽成爲齊的重要商業城市。後四年又攻取了魯國的郕（今山東省泗水縣西北），次年又攻取了衛國的貫丘（史記田世家）。

魏攻取秦河西地和滅中山

魏國自從魏文侯進行了改革，國勢就強盛起來。從公元前四一三年起，不斷向秦進攻。這年魏軍大敗秦軍，一直打到鄭（今陝西省華縣）。次年，魏又派太子擊包圍秦的繁龐（今陝西省韓城縣東南），並占有其地。到公元前四〇九年，魏將吳起經過兩年時間陸續攻取了秦的臨晉（今陝西省大荔縣東南）、元里（今陝西省澄城縣南）、洛陰（今大荔縣西南）、郃陽（今陝西省合陽縣東南）等城，並一直攻到了秦的鄭（水經河水注），從此秦的河西地區全部爲魏占有。秦於是退守洛水（在今陝西省北部），沿洛水修建防禦工事，並築重泉城（今陝西省蒲城縣東南）加以防守。從此魏在河西設郡，以吳起爲郡守。秦這樣失守河西大塊土地，固然由於魏將吳起是傑出的軍事家，但是，主要還是因爲秦的經濟和政治的落後。秦孝公元年，爲了奮發圖強，下令徵求改革的人才，曾講到：「會往者厲、躁、簡公、出子之不寧，國家内憂，未遑外事，三晉攻奪我先君河西地。」可知當時韓、趙曾助魏一起攻秦。韓將厲羌在敍述自己功績的厲羌鐘銘文中也說：「率征秦迮齊」，所謂「征秦」，當即指參與魏攻取秦河西這個戰役。

魏文侯接著就發動對中山的大規模進攻。魏和中山間，中隔趙地。魏先向趙借道（見韓非子說林上篇和趙策一），派樂羊爲「將」負責進攻，又命令太子擊爲「守」，負責後方的防守，更命令吳起從河西率師會合進攻⑭。經過首尾三年的戰鬥，終於攻滅了中山。因爲魏和中山有間隔，魏文侯把太子擊封於中山，並派李克爲相⑮，又把樂羊封於中山的靈壽（今河北省靈壽縣西北）。

吳起能在河西、中山連戰得勝，不僅由於「善用兵」，更由於「廉平，盡能得士心」。吳起常與士兵「同衣食」，「分勞苦」，因而深得士兵愛戴，能在戰鬥中出生入死。攻中山時，士兵有患癰疽的，吳起親自跪下而吮其膿，士兵的母親聞而哭泣，說往年吳起吮其父的創傷，不旋踵就戰死了（韓非子外儲說左上篇、史記吳起列傳）。

三晉伐齊和列為諸侯

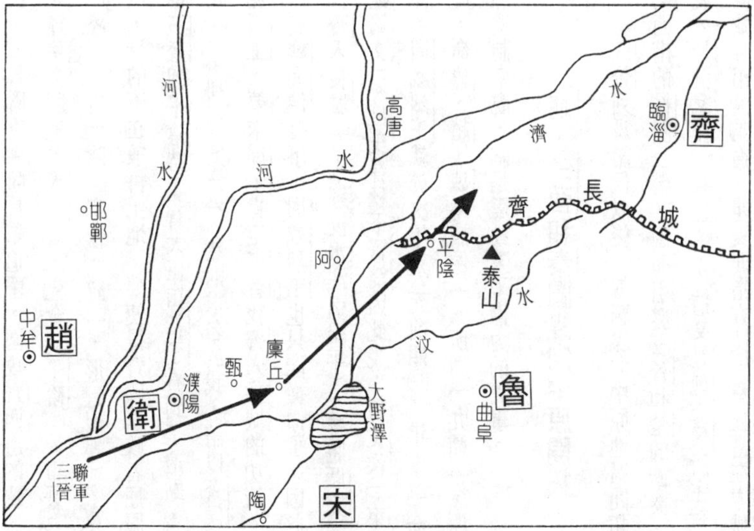

三晉伐齊入長城示意圖

這時三晉都很強盛，逐步在中原發展它們的勢力，擴充地盤。魏文侯把韓、趙看得如同兄弟，因而得到韓、趙的尊重，成爲三晉的盟主和最高統帥。據説韓、趙曾相與爲難，都曾向魏借兵，魏文侯都加以拒絕，說韓、趙都是兄弟，韓、趙之君因而到魏朝見（韓非子說林下篇、魏策一）。資治通鑑就在記載這一掌故之後，作結論說：「魏於是始大於三晉，諸侯莫能與之爭。」

公元前四〇五年田悼子去世，發生內亂，田布殺了公孫孫，公孫會（即田會）就在廩丘（今山東省鄄城縣東北）反叛，投靠趙國。田布率兵包圍廩丘，於是三晉聯合出兵救解。魏將翟角、趙將孔青⑯、韓將厲羌就與齊軍展開大會戰，三晉以分散而靈活機動的步兵，包圍襲擊了排列成密集車陣的齊軍，使得齊軍損失慘重。「齊將死，得車二千，得尸三萬，以爲二京（把屍體堆成二個高丘）。」（呂氏春秋不廣篇）謀士寧越向孔青建議：不如「歸尸以內攻之」，認爲如果「與之尸而弗取」，將使民衆「怨上」，使得「上無以使下」，這就是「內攻之」。因此齊就無法繼續抵抗。三晉聯軍乘勝長驅追擊，圍攻齊西邊的關塞平陰（今山東省平陰縣東北），並由此攻入齊長城。這就是厲羌鐘銘文所說「入長城，先會於平陰」。也就是淮南子人間篇所說「三國伐齊，圍平陰」（今本「陰」誤作「陸」，古「陰」字作「险」，形近而誤）。當時魏文侯所以命令三晉聯軍長驅直入，圍攻平陰而攻入齊長城，目的不在兼併土地，要使得齊國執政者屈服，迫使齊君一同去朝見周威烈王，使周天子命三晉爲諸侯。當三晉圍平陰時，齊大臣田括子看到了這點，指出三晉「踰鄰國（指宋、衛二國）而圍平陰（今本誤作「平陸」），利不足貪也，然則求名於我，請以齊侯往」（淮南子人間篇），於是齊康公就陪同三晉君主一起去朝見周王，要求周王肯定三晉伐齊入長城的功績。要求周王命三晉爲諸侯。這時齊康公實際上已成爲俘虜，聽命於魏文侯行事，周威烈王也只能從命了。因此魏國史官記此事是「王命韓景子、趙烈子、翟員（當作翟角）伐齊入長城」（水經汶水注引紀年）。韓將厲羌記此事是「賞於韓宗，令（命）於晉公，邵（昭）於天子」（厲羌鐘銘文）。呂氏春秋下賢篇因此說：魏文侯「東勝齊於長城，虜齊侯，獻諸天子，天子賞文侯以上聞」。因此，周威烈王就於次年（公元前四〇三年），「命韓、趙、魏爲諸侯」⑰。史記周本紀和六國年表都作「九鼎震，命韓、趙、魏爲諸侯」。所謂「九鼎」，原是代表周天子的權力的。這樣迫使命令卿大夫升爲諸侯，按照禮制來說，確是震動天子權力的大事。

楚、三晉和秦圖謀向中原開拓

三晉列爲諸侯以後，就圖謀向中原地區開拓。當時楚已北上奪到不少鄭國土地，楚軍的前鋒已經到達大梁西南的榆關一帶，因而引發三晉和楚的衝突。公元前四〇〇年三晉聯軍南下伐楚，攻到桑丘而回（六國年表，楚世家作「乘丘」），這又是魏文侯所主持。呂氏春秋下賢篇以魏文侯「南勝荊於連隄」和「東勝齊於長城」相提並論，連隄即指方城，桑丘當在方城附近。公元前三九九年，楚把榆關歸還鄭（六國年表），當是在三晉的壓力下歸還的。因爲榆關原是鄭地，是溝通南北的重要關塞，成爲三晉和楚的爭奪目標。公元前三九一年，三晉又大敗楚於大梁、榆關（史記楚世家）。從此大梁便爲魏所有，但榆關仍在楚的手中，直到公元前三七五年才爲魏攻取。這時魏已進一步取得襄陵（今河南省睢縣）等邑。當時齊也圖謀在中原開拓，公元前三九〇年齊伐取魏的襄陵（史記魏世家、六國年表）。

這時秦已控制函谷關（今河南省靈寶縣東北），並於公元前三九〇年在函谷關東北的陝（今河南省三門峽市西）設縣（史記六國年表），加強防衛。後來陝一度被魏所占有⑱。從此趙、魏、秦、楚四國之間就長時期展開了爭奪中原地區的戰爭。

田氏列為諸侯

這時齊國的田氏早已取得政權，在公元前三八七年田和曾和魏武侯在濁澤（今河南省白沙水庫東）相會，由魏武侯派使者請求周天子和諸侯承認田和爲侯。次年田和也就列爲諸侯了（史記田世家）。

趙、楚和魏、衛的大戰

趙國自從趙烈侯進行了改革，到趙敬侯時，開始強大起來，遷都到邯鄲。儘管趙敬侯「好縱欲」，「制刑殺戮如此其無度」，但是由於「明於所以任臣」，「兵不頓於敵國，地不虧於四鄰」（韓非子說疑篇）。以前，在三晉屢次聯合對楚作戰中，韓、魏兩國曾取得鄭、宋兩國不少土地；趙國由於地勢的關係，沒有得到什麼。公元前三八三年，趙國便大舉攻衛了。趙圍攻衛都濮陽，採用「蟻傅」（如同螞蟻那樣爬登城牆而圍攻）的戰術，並且在濮陽北面築剛平城（今河南省清豐縣西南），作爲進攻的基地。衛在危急中向魏求救，魏武侯爲此親率大軍前往救解，大敗趙師於兔台。次年衛得魏的幫助，乘勝反攻，攻取剛平，攻破了中牟的外郭(今河南省鶴壁市西)。第三年楚出兵救趙伐魏，楚的前鋒深入魏地，越過黃河，與魏戰於州西(州在今河南省溫縣東北)。隨後楚的大軍攻出梁門(大梁西北的關塞)，駐屯於林中(林中在梁門之北)，這樣就切斷了魏河內和河東國都安邑的聯繫，造成魏國破碎而十分危急的局勢。趙憑藉楚如此銳利的攻勢，進攻魏的河北，火攻棘蒲(今河北省魏縣南)，取得大勝，並且南下攻克了魏的黃城(今河南省內黃縣西)⑲。這時吳起正做楚的令尹，指揮楚軍深入進攻魏的要害之地，穿越黃河，攔腰切斷魏河內和河東聯繫的，正是吳起。史記吳起列傳稱：「吳起相楚，南平百越，北併陳、蔡，卻三晉，而伐秦。」當時陳、蔡早已為楚所滅，所謂「北併陳、蔡」，當指鞏固所占陳、蔡舊地而言。所謂「卻三晉」，即指這次大戰而言。魏衛和趙楚之間這場大戰，連續有四年之久，先是趙國受到創傷，後來魏國受到更大的創傷。蘇代說齊閔王曾講到：「故剛平之殘也，中牟之墮也，黃城之墜也，棘蒲之燒也，此皆非趙、魏之欲也。」(戰國策齊策五)

楚南收揚越和取得蒼梧

這時楚國由於吳起變法，國力漸強，所以能大勝魏國。

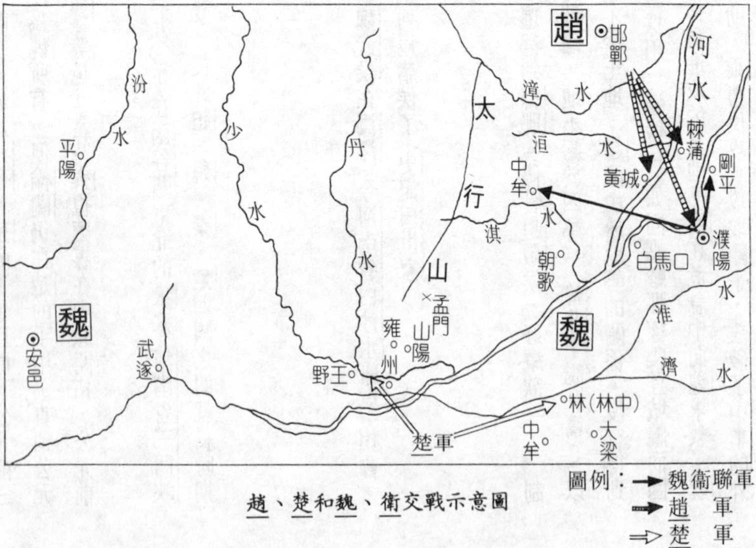

趙、楚和魏、衛交戰示意圖

與此同時，吳起曾「南收揚越」，取得今江西南部和湖南、廣西間的蒼梧。本書第五章楚國吳起的變法一節中已談到。廣西平樂銀山嶺發現的戰國中晚期墓葬，具體證明了這個歷史事實。出土物除實用陶器外，有成套的銅、鐵製兵器及生產工具，墓主人當是楚國從事墾耕、防守邊塞的武士。這批墓葬和湖南等地早期楚墓有不少相似之處，銅兵器如劍(實莖劍)、矛(扁銎矛)、戈以及鐵鋤、刮刀等，都具有楚器的特點。只有鉞(雙肩鐽形鉞、靴形鉞)還保留有揚越的特色。有些銅兵器上還刻有楚國內地的地名，明顯是從楚國內地帶往嶺南的⑳。這個事實說明蒼梧一帶自從吳起「南收揚越」以後確實成為楚的領地，中原和嶺南經濟和文化上的交流就進一步加強了。

吳起確是個名不虛傳的政治家兼軍事家，他幫助魏文侯創建了強大的魏國，接著又幫助楚悼王擴展了楚國的南方領土，可惜時間太短，在楚國進行的改革成效不大。

韓滅鄭和三晉對外兼併

在趙國攻取衛地的同時，韓國正攻取鄭、宋兩國的土地。公元前三八五年韓文侯伐鄭，攻取陽城(今河南省登封縣東南)；又曾伐宋，一直攻到彭城，俘虜了宋君。這時鄭國由於楚、魏、韓三國的侵占，國土已很狹小。到公元前三七五年，正當魏國伐楚，交戰於榆關的時候，韓國乘機把鄭國滅亡了㉑。從此韓國的領土就大大擴展，並且遷都到鄭。

公元前三七二年，趙國繼續向衛進攻，攻取了鄉邑七十三個。趙國在中原地區也有了擴展。後七年，又攻取衛的甄(今山東省甄城縣北)。趙國因為奪取了不少衛國土地，國力進一步強大了。

公元前三七一年，魏國攻取了楚的魯陽(今河南省魯山縣)，從此魏國在黃河以南便有了比較廣大的土地。

三晉自從經過了政治改革，國力逐漸強大，在戰國初期的兼併戰爭中不斷地兼併土地。其中以魏國爲最強大，在兼併戰爭中得到的土地也最多。它在西邊攻取了秦的河西，在北方取得了中山，在南方又取得了鄭、宋、楚三國間的大片土地。

三晉原是長期聯合起來向外擴展的，後來它們逐漸強大，各自圖謀爭奪土地，三晉就分裂了。公元前三七〇年魏武侯去世，公仲緩和公子罃爭奪君位，趙、韓兩國乘機進行干涉。趙國企圖殺死公子罃，割取魏地；而韓國企圖使「魏分爲兩」，削弱魏國，終因意見不合，韓國退兵，公子罃才得打敗趙國和公仲緩的軍隊，繼立爲國君，他就是魏惠王。從此三晉就在中原各自圖謀發展了。

秦和周圍少數部族的鬥爭

在今四川西部和陝西西南部的蜀國，戰國初期是比較強盛的。公元前四五一年，秦派左庶長在南鄭（今陝西省漢中縣）築城，當是爲了防蜀。公元前四四一年，秦的南鄭反叛，該與蜀有關。到公元前三八七年，蜀攻取南鄭（史記六國年表）；同年秦伐蜀，攻取南鄭（史記秦本紀㉒）。這時蜀北向和秦爭奪南鄭，又東向和楚爭奪土地。公元前三七七年，蜀伐楚，攻取茲方（今湖北省松滋縣），楚因此修建扞關（今湖北省宜昌市西）來防禦蜀。

公元前四五七年，秦厲共公曾率師和緜諸交戰；到公元前三九三年，秦又有伐緜諸之舉。此後便不見有緜諸的記載，大概它就在這時被秦兼併了。

公元前四四四年，秦曾伐義渠，俘虜了它的王。到公元前四三〇年，義渠就興師伐秦，深入到渭南（史記秦本紀、六國年表作「渭陽」，後漢書西羌傳作渭陰），說明這時義渠很是強大。

中山的復國

中山在公元前四〇六年被魏攻滅。由於魏和中山間隔著趙國，魏不能強有力地控制中山，等到魏和趙、楚等國混戰的時候，魏不能越趙而控制中山，中山就乘機復國了。中山大約在公元前三八〇年左右復國㉓。公元前三七七年趙伐中山，戰於房子（今河北高邑西南）；次年又戰於中人（今河北唐縣西南，史記趙世家），這時中山當已復國。戰國初年中山建都於顧（今河北定縣），復國後遷都於靈壽（今河北靈壽縣西北十多里故城村）。世本說「桓公徙靈壽」（史記趙世家索隱），桓公當是中山復國後第一個國君。根據近年出土中山銅器的銘文，桓公之後有成公、𰯼、𧕐。中山原為「白狄別種」，但從出土遺跡、遺物來看，到戰國時代，它的文化基本上已和中原各國相同，它的文字、器物以及墓葬制度基本和中原文化一致。但是也還保留有部分民族文化的特點，例如用山字形銅器做禮器，建築頂部脊瓦也做山形，隨葬有便於攜帶的帳架及帳內用器，多少保留有遊牧生活的遺風㉔。

周分裂為西周和東周

韓國企圖乘魏國內亂，把「魏分為兩」沒有成功。接著又和趙國一起乘西周內亂，把周分裂為兩小國。周考王把他的弟弟揭分封在河南，即西周桓公，形成一個西周小國。西周桓公去世，其子威公代立。公元前三六七年，西周威公去世，少子公子根和太子公子朝爭立，發生內亂，韓趙兩國幫助公子根在鞏（今河南省鞏縣西南）獨立，以「奉王（周顯王）」為名，洛陽因此也屬於東周㉕。這樣周就分裂為西周和東周兩個小國。原來周的領土很小，為韓國所包圍，這時又分裂為兩個小國，力量更弱了。

秦、魏石門之戰

秦國在秦獻公時開始進行政治改革，廢止了殉葬制度，「初行爲市」，「爲戶籍相伍」，並推行縣制。到秦獻公晚年，國力轉弱爲強。公元前三六六年，魏在武都（一作武堵，又稱武城，在今陝西省華縣東）築城，爲秦所敗，接著秦又打敗韓、魏聯軍於洛陰（今陝西省大荔縣東南）。秦開始戰勝魏於河西㉖。公元前三六四年秦軍攻入河東，在石門（今山西省運城縣西南）大敗魏軍，斬得首級六萬，由於趙出師救魏，秦才退兵。這是秦國第一次大勝利。掛名的天子周顯王爲此向秦祝賀，秦獻公有了「伯」的稱號（史記周本紀）。次年，秦攻魏的少梁（今陝西省韓城縣西南），趙又出兵來救（史記趙世家）。魏依靠趙的救援才擋住秦的攻勢。

韓、趙、秦、魏間的戰爭和魏遷都大梁

公元前三六二年，韓、趙和魏之間，因利害衝突而發生大戰。魏相公叔痤曾大敗韓、趙聯軍於澮水北岸，生擒趙將樂祚，取得趙的皮牢（今山西省翼城縣東北）。就在這年，秦國乘機派庶長國伐魏的少梁，大敗魏軍，俘虜了魏相公孫痤，攻取了龐城（即繁龐，今韓城縣東南）。這年魏國雖然戰勝了韓、趙兩國，卻給秦打得大敗。

魏國國都原在安邑，地處河東，受秦、趙、韓三國包圍，只有上黨山區有一線地可以和河內交通，如果趙、韓聯合攻魏，切斷上黨的交通線，再加上秦的進攻，形勢就岌岌可危。因此，在公元前三六一年魏惠王就遷都大梁了。

魏在遷都大梁前後，曾極力圖謀在中原開拓土地。公元前三六二年，攻取了趙的列人（今河北省肥鄉縣東北）和肥（今肥鄉縣西，水經濁漳水注引竹書紀年）。這兩地就在趙都邯鄲東面，造成對趙的嚴重威脅。次

年魏又送給趙榆次（今山西省榆次縣）和陽邑（今山西省太谷縣東北）兩邑（水經洞渦水注引竹書紀年）；同時又取得趙的泫氏（今山西省高平縣，太平御覽卷一六三和太平寰宇記澤州高平縣條引竹書紀年）。大概也在這個時候，趙把突入魏國境內的舊都中牟（今河南省鶴壁市西）送給魏國，而魏把繁陽（今河南省內黃縣西北）、浮水一帶給了趙國㉗。公元前三五七年，韓派使者把突入到魏國境內的平丘（今河南省封丘縣東）、戶牖（今河南省蘭考縣北）、首垣（今河南省長垣縣東北）送給魏國，要求交換土地。等到魏以土地與韓交換時，魏又從韓取得了通過太行山的交通要道軹道（在今河南省濟源縣西北）和鄭鹿（即白馬口，今河南省濬縣東南，見水經河水注引竹書紀年）㉘。這是在魏的壓力下，三晉之間調整交換了土地，使得魏在中原的大片土地連成一塊，造成十分有利的形勢。

魏遷都大梁後的形勢

自從魏國遷都到了大梁，戰國的形勢發生了重大變化，各國間拉攏與國的活動空前活躍起來。就在魏遷都大梁這一年，魏惠王曾和韓昭侯在巫沙（今河南省滎陽縣北）相會（水經濟水注引竹書紀年）。公元前三五八年，趙成侯和魏惠王在葛孽（今河北省肥鄉縣西南）相會（史記趙世家）；次年，又在鄗（今河北省高邑縣東）相會（史記魏世家）。同年趙成侯到齊，和齊威王相會（史記六國年表）。同年魏國包圍韓的宅陽，迫使韓昭侯和魏惠王在巫沙結盟（水經濟水注引竹書紀年）。由於魏國對於韓、宋、魯、衛等國加施壓力，到公元前三五六年魯共侯（或作魯恭侯）、宋桓侯、衛成侯、韓昭侯都入魏朝見魏惠王（史記魏世家索隱引竹書紀年）。同年趙成侯和齊威王、宋桓侯在平陸（今山東省汶上縣北）相會（史記趙世家、田世家），又和燕文公在安（或作阿，今河北省高陽縣北）相會（史記趙世家，六國年表集解引竹書紀年作燕成侯）。公元前三五五年，魏惠王曾入齊和齊威王會見，並曾一同到郊外田獵（史記田世家）；同年又和秦孝公在杜平（今陝西省澄城縣東）相會（史記秦本紀、魏世家）。各大國國君的會見如此頻繁，就說明了這時期形勢的緊張。大國國君相互會見，目的在於爭取與國，大國迫使小國入朝，則是爲了擴大自己的勢力範圍。

七國並立形勢的形成

魏國由於魏文侯任用李悝變法，最早成爲強國。公元前三五六年，秦孝公任用衛鞅變法，秦國也強盛起來。這年正是齊威王元年，齊國也進行政治改革，國勢又強大起來。從此中原地區除了中央有強國魏國以外，東西兩面又出現了齊、秦兩大強國。這時魏、趙、韓、齊、秦等國先後經過政治改革，形成爲中央集權的國家。楚國在楚悼王時任用吳起變法，雖然沒有取得很大效果，但它原來是個強國。燕國也已在戰爭中漸露頭角，於是七強並立的形勢形成了。凡是經過改革的國家，就其國內情況而論，建立了統一的中央集權的政權；但是就全中國來說，卻出現了七個割據稱雄的國家。爲了奪取更多的土地、人口和租稅，用當時的話來說，就是所謂「廣闢土地，著（籍）稅僞（貨）材（財）」（墨子公孟篇），七個強國之間的兼併戰爭進行得更劇烈了，戰爭的規模也愈來愈大了。

三、武器的進步和戰爭規模的擴大以及戰爭方式的變化

武器的進步

春秋時代武器都是銅製的，主要的進攻武器有戈、矛、戟、劍、弓矢等。戰國時代青銅兵器有顯著進步。矛的鋒部愈來愈結實。戈的刃部成弧線型，裝柄的「內」部有鋒刃，綁紮用的「穿」也增多。由矛和戈

相結合的戟很流行，可以兼起刺和鈎的作用。箭鏃由雙翼式變爲三稜式。同時由於冶鐵技術的進步，矛、戟、劍等武器逐漸改用鐵製。例如楚的「宛鉅鐵釶(矛)，慘如蠭蠆」(荀子議兵篇)，宛地向來以產鐵著名。秦昭王也說：「吾聞楚之鐵劍利。」(史記范睢列傳)韓的兵器如劍、戟之類，出於冥山、棠溪、墨陽、合膊、鄧師、宛馮、龍淵、太阿，能「陸斷馬牛，水擊鵠雁，當敵即斬」(戰國策韓策一)，也該是鐵製的。中山的力士，穿著鐵甲，手執鐵杖交戰，「所擊無不碎，所衝無不陷」(呂氏春秋貴卒篇)。刺客常用的武器有「鐵椎」(史記信陵君列傳)。

這時不但有了鋒利的鐵兵器，而且創造了遠射有力的弩。弩的起源很早，最初用於狩獵。作戰用弩，可能在春秋後期最先出現於楚國。吳越春

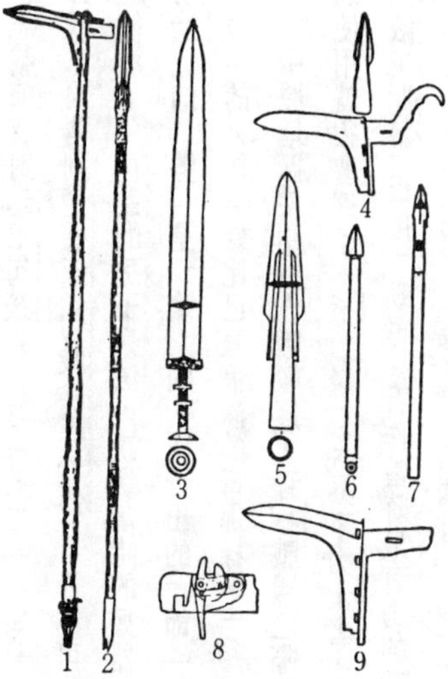

戰國青銅武器

1.9. 戈 2.5. 矛 3. 劍 4. 戟 6.7. 鏃
8. 弩機的撥機結構

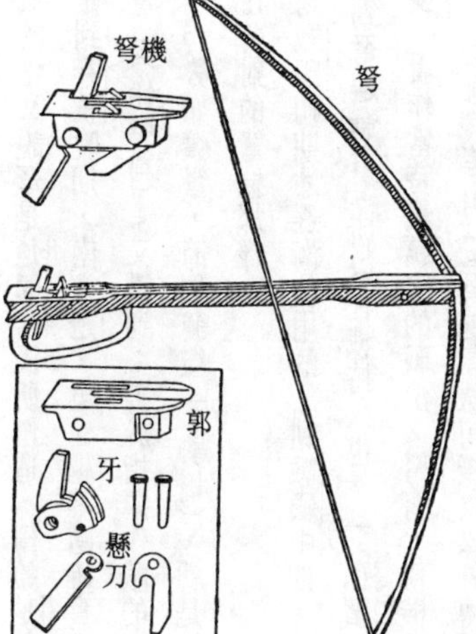

弩和弩機的結構圖

這是根據漢代弩機製作的結構圖。近年長沙出土的戰國弩機和漢代弩機有些不同，沒有銅郭，只有木郭，鈎住弓弦的「牙」上的「望山」作尖角形，弓弦是用手臂力量張開的。但是河北易縣燕下都四十四號墓出土的弩機，「望山」已和漢代弩機相似，木郭(木質部分已朽)下有鐵郭底座。文獻上記載的「強弓勁弩」，因爲弓弦拉力大，採用「超足而發」的辦法，依靠腳踏力量張開弓弦。因此它的弩機不可能沒有銅郭或鐵郭，至少有鐵郭底座，否則就不牢固。

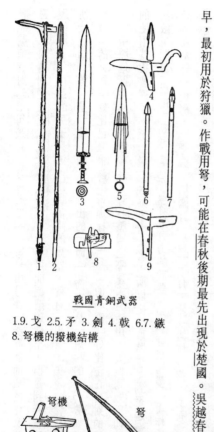

秋記載陳音對越王句踐說「弩生於弓」，弩是由弓進一步發展而成的；又說弩是楚國琴氏所創造，傳給楚的三侯，再傳到楚靈王（句踐陰謀外傳）。弩不可能創造這樣早，但是到春秋晚期，南方楚、吳、越等國確實已經使用了。孫武的孫子兵法，談到當時的兵器，就有「甲冑、矢弩」（作戰篇）；又講到：善於指揮作戰的，所造成的「勢」是「險」的，所發出的「節」（節奏）是「短」的，「勢如彍弩，節如發機」（勢篇），就是說「險」的「勢」好比已經張滿的弩那樣，「短」的「節」好比正在發射的弩機那樣。

中原地區使用弩作戰較遲，春秋戰國之際還未見使用，大概到戰國初期才逐漸使用的。到戰國中期，弩的使用就很普遍了。孫臏說：「纂卒力士者，所以絕陣取將也；勁弩趨發者，所以甘戰持久也。」（孫臏兵法威王問篇）已把「勁弩」看作當時最有力的武器，把「勁弩趨發」看作當時最厲害的戰法。弩有「弩機」裝置在木臂的後部，「弩機」周圍有「郭」，有「牙」鉤住弓弦，上有「望山」（吳越春秋句踐陰謀外傳稱爲「教」，夢溪筆談稱爲「望山」）作爲瞄準器，下有「懸刀」（吳越春秋稱爲「闕」，釋名稱爲「懸刀」，武備志稱爲「撥機」）作爲撥機。當發射時，把懸刀一撥，牙就縮下，牙所鉤住的弦就彈出，有力地把矢發射出去。這樣，弩就可以「發於肩膺之間，殺人百步之外」，使得敵人「不知其所道至」（孫臏兵法勢備篇）[29]。近年長沙等地出土的戰國時代的弩機，都沒有銅郭，看來是依靠手臂力量來張開弓弦的，這是屬於「臂張」的一種。根據文獻記載，當時的「強弓勁弩」，因爲弓弦的拉力很大，就有「超足而發」的，是用腳踏力量來張開發射的，這是屬於「蹶張」的一種。這時弩的發射力量大小是以它的弓弦所能拉動的重量來計算的。例如魏的武卒有「十二石之弩」，就是說它的弓弦可以拉動十二石的重量。當時弩機的製作已很講究精密，因爲「弩機差以米則不發」（呂氏春秋察微篇）。韓國有「強弓勁弩」，稱爲谿子、少府、時力、距來[30]，「皆射六百步之外，韓卒超足而發，百發不暇止」。據說，「以韓卒之勇，被堅甲，蹠勁弩，帶利劍」，是可以「一人當百」的（戰國策韓策一）。這種用腳踏力量、以機件來發射的弩，當然射得更遠而有力了。到戰國末年，進一步有「連弩」的發明。墨子備高臨篇記載有「連弩之車」（參看本書第十一章第一節）。後來秦始皇在統一全國後出巡到琅琊，就曾「自以連弩候大魚出，射之」（史記秦始皇本紀）。

春秋戰國間，新發明的武器是很多的。除了弩以外，最著名的進攻工具，有公輸般發明的雲梯和鈎拒。雲梯是攻城的工具，鈎拒是舟戰的工具。據説，公輸般曾「爲楚造雲梯之械成，將以攻宋」（墨子公輸篇）。公輸般遊楚，「始爲舟戰之器，作爲鈎拒之備，退者鈎之，進者拒之，量其鈎拒之長而制之爲兵」（墨子魯問篇）。鈎拒在敵人舟師後退時可以把它鈎住，在敵人舟師前進時可以把它擋住。

戰國時代由於礦業的發展和冶鐵術的進步，在攻城的包圍戰中已開始運用地道戰術，在地道戰中已開始用冶鐵鼓風爐設備作爲武器，往往鼓動「鑪橐」，把煙壓送到敵方所挖的地道裏去，以窒息敵人。所以韓非子把「堙穴伏橐」㉛和「強弩趨發」同樣作爲當時最厲害的作戰方式來看待（八説篇）。

隨著進攻武器的進步，防禦裝備也相應有了進步。這時皮甲還繼續使用。皮甲是用一排排長方形的皮甲片編綴而成。大體上牢度強的皮料製作的皮甲片大些、長些，編綴的皮甲片的排數就少些。考工記説：「函人爲甲，犀甲七屬，兕甲六屬，合甲五屬。犀甲壽百年，兕甲壽二百年，合甲壽三百年。」合甲由兩層皮革合成，牢度較強，製成的皮甲片大些、長些，因而它只要「五屬」，即五排編綴而成。兕甲的牢度次之，犀甲的牢度又次之。所以「兕甲六屬」，「犀甲七屬」。戰國後期隨著冶鐵技術的進步，開始製造鐵胄和鐵甲。戰國後期縱橫家編造的蘇秦遊説辭中，已談到「鐵幕」（戰國策韓策一、史記蘇秦列傳），「謂以鐵爲臂脛之衣」（史記索隱引劉氏説）。呂氏春秋貴卒篇還説中山的力士「衣鐵甲」。近年燕下都出土了一件戰國後期的鐵胄，是用八十九片鐵甲片編綴而成。頂部用兩片半圓形的鐵甲片綴成圓形平頂，周圍用圓角長方形的鐵甲片從頂向下編綴，一共七排。鐵甲片的編法都是上排壓下排，前片壓後片，製作已較完善㉜。近年在秦始皇陵的東側出土大批披甲陶俑，身上塑造出的鎧甲形象，正是鎧甲的模擬物。這些陶俑所披鎧甲共有三種類型，其中一型由披膊和身甲兩部分組成，全由甲片連成，甲片較大，四周不設寬的邊緣，是當時秦國軍隊中主要的防護裝備。甲片的形制和編綴方法，大體上和燕下都出土的鐵冑相同。縱編時也是自上而下編綴，上排壓住下排，橫編時自中間向兩側編，前片壓住後片。看來這種鎧甲在戰國後期已經應用㉝。

各國兵額和參戰軍隊人數的增多

春秋戰國間，由於鐵兵器的應用，由於弩和其他新武器的發明，由於士兵的主要成分由貴族及其「私屬」和「國人」改變爲農民，戰爭規模和戰爭方式就發生了巨大的變化。

這個變化，首先表現在軍事上的，是各國兵額的大量增多，交戰雙方參戰軍隊的人數增多。

春秋初期各大國軍隊人數是較少的。雖然晉國從一軍、二軍增加到五軍、六軍，但是幾次大戰如城濮之戰還只用七百乘兵力，鞌之戰還只用八百乘兵力，每乘以三十人計，也只有二萬多人。齊國當齊桓公時，也僅有八百乘兵力，共三萬人(國語齊語)。楚國在魯莊公二十八年伐鄭之役，還只用六百乘兵力。到春秋後期，由於縣制的推行，兵力就突增了。晉國在魯昭公時全國有四十九個縣，每縣有一百乘兵力，共有四千九百乘兵力，魯昭公十三年晉治兵於邾南，就有甲車四千乘。每乘以三十人計，四千九百乘就有近十五萬兵員，再加上另外的「徒兵」等，當更不止此數。楚國當楚靈王時，單是陳、蔡、東西、不羹四個大縣，「賦皆千乘」，已有四千乘兵力，再加上申、息等縣和其他地方的

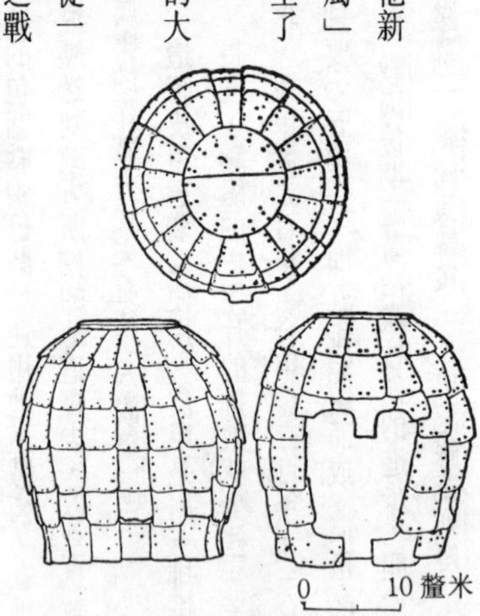

鐵冑及其結構圖

鐵冑，一九六五年河北省易縣燕下都四十四號墓出土。結構圖採自河北省文物管理處河北易縣燕下都四十四號墓發掘報告，載考古一九七五年第四期。

軍隊，兵力當有萬乘，兵員有數十萬人。所謂「萬乘之國」、「千乘之家」便在這時出現了。到戰國時代，各大國的兵額就有三十萬至一百萬之多。

（一）秦國　有帶甲（或作奮擊）百萬，車千乘，騎萬匹（戰國策秦策一策士所造蘇秦語、韓策一、楚策一張儀語、秦策三范雎語）。

（二）魏國　有帶甲三十萬或三十六萬，防守邊疆和輜重部隊十萬（戰國策齊策五策士所造蘇秦語、魏策一張儀語、魏策三須賈語）。它最強大的時期，據說有「武力二十萬，蒼頭二十萬，奮擊二十萬，廝徒（奴隸）十萬，車六百乘，騎五千匹」（戰國策魏策一策士所造蘇秦語）。

（三）趙國　有帶甲數十萬，車千乘，騎萬匹（戰國策趙策二策士所造蘇秦語）。

（四）韓國　兵卒不過三十萬，包括廝徒在內，除了防守邊疆關塞的以外，「見卒不過二十萬」（戰國策韓策一策士所造張儀語，韓策一蘇秦說有「帶甲數十萬」）。

（五）齊國　有帶甲數十萬（戰國策齊策一策士所造蘇秦語）。

（六）楚國　有帶甲（或作持戟）百萬，車千乘，騎萬匹（戰國策楚策一策士所造蘇秦語、楚策一江乙語、秦策三蔡澤語、史記楚世家頃襄王十八年弋射者語）。

（七）燕國　有帶甲數十萬，車七百乘，騎六千匹（戰國策燕策一策士所造蘇秦語）。

春秋戰國間，用兵的數量還在十萬左右。孫子兵法說：「馳車千駟，革車千乘，帶甲十萬。」又說：「日費千金，然後十萬之師舉矣。」（作戰篇）更說：「凡興師十萬。」（用間篇）據說，「吳起之用兵也，不過五萬」（呂氏春秋用民篇）。公元前三四一年馬陵之戰，魏國也不過動用「十萬之軍」（戰國策魏策二）。墨子也說：「君子必且數千，徒倍十萬，然後足以師而動矣。」（非攻下篇，「君子」下原多「庶人也」三字）到戰國中期以後，參戰的軍隊數量既多，死傷也多。公元前二九三年，秦將白起大破韓魏聯軍於伊闕，斬首二十四萬。公元前二七三年，秦白起敗魏軍於華陽，斬首十五萬（史記秦本紀、魏世家，白起列傳作「十三萬」）。公元前二六〇年長平之戰，秦竟俘虜了趙軍四十多萬，都活埋了。公元前二五一年燕攻趙，起兵多至六十萬，「令栗腹以四十萬攻鄗，使慶秦以二十萬攻代」（戰國策燕策三）。公元前二二五年，秦派將軍李信帶二十萬人攻楚，被楚擊敗；次年改用王翦帶六十萬人再度攻楚，結果大破楚軍。

這時各國軍隊人數的增多，固然由於人口增加，更主要的是由於各國已普遍實行郡縣徵兵制度，作戰時所有及齡農民都有可能被強迫編入軍隊，一場大戰，雙方往往動用幾十萬人，戰爭的規模也就達到空前未有的地步。

步騎兵的野戰、包圍戰代替了車陣作戰

春秋時代貴族都用馬車作戰，雙方往往排列成了整齊的車陣，然後交戰。例如公元前七〇七年鄭和「王師」、蔡、衛、陳等國交戰，鄭用左拒（方陣）來當蔡、衛，用右拒來當陳，用中軍排列成「魚麗之陣」來當「王師」。又如邲之戰，楚以右拒追逐晉下軍，左拒追逐晉上軍。又如公元前五五〇年齊莊公伐衛，順道伐晉，曾把軍隊編爲六個隊，有先驅（前鋒軍）、申驅（次前軍）、貳廣（莊公的禁衛隊）、啟（左翼）、胠（右翼）、大殿（後軍）等名目。這種整齊的車陣，一經交戰，戰敗的車陣一亂，就很難整頓隊伍，重新排列車陣繼續作戰，所以勝負很快就決定了。春秋時的大戰，如城濮之戰、邲之戰、鞌之戰，勝負都在一天內就見分曉，鄢陵之戰決勝負也只二日。吳攻入楚國，從柏舉一戰長驅直入楚都郢，前後也不過十天。可是到戰國時代，情況就不同了。戰國時代七國「能具數十萬之兵，曠日持久數歲」（戰國策趙策三趙奢語）。魏惠王「圍邯鄲三年而弗能取」（呂氏春秋不屈篇）；趙武靈王「以二十萬之眾攻中山，五年乃歸」；齊相孟嘗君聯合韓、魏「以二十萬之眾攻荊（楚），五年乃罷」（戰國策趙策三趙奢語），繼而又攻秦函谷關，結果是「西困秦三年，

民憔悴」(戰國策燕策一蘇代語)。長平之役，「秦雖大勝於長平，三年然後決，士民倦」(呂氏春秋應言篇)。戰國時代用兵所以會曠日持久，固然由於國廣城大，「今千丈之城、萬家之邑相望也」，和以前城「無過三百丈者」、人「無過三千家者」不同(戰國策趙策三趙奢語)。但主要的還是由於戰鬥部隊人數的增多、戰爭方式和戰爭規模的巨大變化。這時大規模的步騎兵的野戰和包圍戰已代替了整齊車陣的衝擊戰㉞。

錯嵌燕射水陸攻戰畫像壺畫像(摹本)

壺係一九六五年四川省成都市百花潭中學十號墓出土。高四〇·六釐米，口徑一三·四釐米，底徑一四·二釐米，重四·五公斤，現藏四川省博物館。畫像分三層：第一層右方採桑，左方習射；第二層右方弋射飛雁和習射，左方宴飲和歌舞、音樂；第三層右方舟師交戰，左方攻防戰。摹本採自四川省博物館成都百花潭十號墓發掘記，載文物一九七六年第三期。

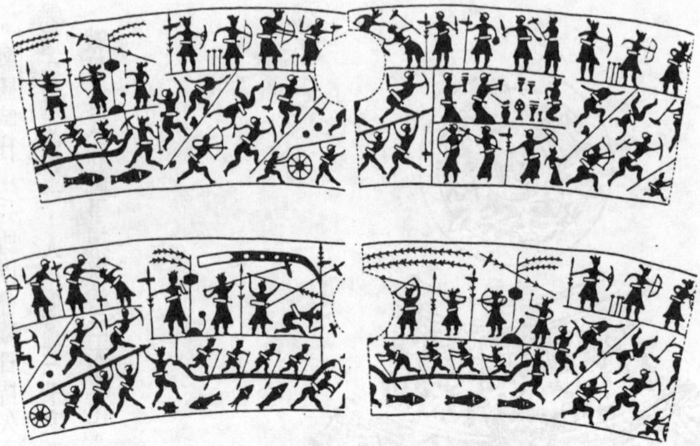

水陸攻戰紋銅鑑上的水陸攻戰圖(摹本)

水陸攻戰紋銅鑑是河南省汲縣山彪鎮戰國墓葬所出土。鑑腹四周有水陸攻戰圖案，用紅色金屬鑲嵌而成。這裏摹繪的是全圖的一部分。戰士都幘首、束腰、佩劍，所用的武器有弓矢、戈、戟、劍、盾、雲梯、彈石等，指揮作戰用的工具有旗、鼓、錞等。畫中除描寫戰爭場面外，還有犒賞、送別等情景的描寫。

桑獵宴樂壺上的水陸攻戰圖(摹本)

桑獵宴樂壺是故宮博物院的藏品。壺的畫面分三層，每層二組。這是第三層，左方描寫的是水戰，雙方戰士都乘著船，三人在划船，五人在相對作戰。右方描寫的是陸戰，一方正用雲梯攻城，另一方正堅壁防守。

春秋時代，中原的戎翟居於山林，都用步兵；南方的吳越也大都用步兵，吳王夫差曾以百人爲一「徹行」，百徹行爲一「方陣」（國語吳語）。在中原各國中，鄭、晉兩國首先單獨用步兵作戰。公元前七一九年宋、衛諸國聯軍曾打敗鄭的徒兵；公元前五七二年晉合諸侯之師伐鄭，又打敗鄭的徒兵於洧水上；公元前五二二年鄭國曾用徒兵進攻萑苻之澤的「盜」；公元前六三二年晉文公曾作三「行」（徒卒）以禦翟，公元前五四一年晉和無終及群翟作戰，又「毀車以爲行」（以上都見左傳）。鄭、晉兩國常和戎翟交戰，戎翟居山地，不便車戰，因而不得不改用步兵制勝。這時由於各國普遍採用郡縣徵兵制，廣泛徵發農民參加軍隊；同時由於鐵兵器和遠射有力的弩的使用，使得戰鬥方式不能不作相應的改變。自從鐵兵器發明和應用以後，殺傷力大大增加了，特別是弩的發明，箭能更有力地遠射，「射六百步之外」，使得密集的整齊的車陣無法抵禦，遭受慘重的損失。例如公元前四〇五年，三晉聯合伐齊，廩丘一役就「得車二千，得尸三萬」，這樣就迫使戰爭方式不得不放棄傳統的車戰，改變爲步兵的野戰。以前車戰時，一部分奴隸和平民是被徵發來跟從貴族兵車服役或徒步作戰的。到這時候，各國軍隊的主要成分是「徒步匹夫」的農民，農民向來沒有御車作戰的習慣和專門訓練，其改用步兵作戰，也是必然的趨勢。

至於騎兵的應用，也在春秋戰國之間，最初還是和兵車混合編制的。例如知伯要圍攻趙，趙襄子曾派延陵生帶了兵車和騎兵先到晉陽（韓非子十過篇），部署防務[35]。後來騎兵發展成爲單獨的部隊，主要是爲了配合步兵作戰，作爲奇襲衝鋒之用，所以戰國時代各國兵額，「帶甲」都有幾十萬至百萬，騎僅五六千匹至萬匹。公元前三〇五年趙攻中山，右左中三軍由趙武靈王親自統率，另由「牛翦將車騎，趙希將胡、代、趙」（史記趙世家），「車騎」還只是五軍之一。趙武靈王的「變服騎射」，是由於胡用騎兵，利用騎戰，其勢不得不用騎兵爲主力。

軍事家孫臏曾經指出：「用騎有十利：一曰迎敵始至；二曰乘虛背敵；三曰追散亂擊；四曰迎敵擊後，

金銀錯銅鏡上刺虎圖

金銀錯銅鏡，傳河南洛陽金村出土。這是銅鏡花紋的一部分，描寫一個騎在馬上的武士拿著匕首和虎搏鬥的情景。這個武士頭戴兜鍪，身穿皮甲，由此可看到當時騎兵的形象。

使敵奔走；五日遮其糧食，絕其軍道；六日敗其關津，發其橋梁；七日掩其不備，卒擊其未整旅；八日攻其懈怠，出其不意；九日燒其積聚，虛其市里；十日掠其田野，繫累其子弟。此十者，騎戰利也。夫騎者，能離能合，能散能集；百里爲期，千里而赴，出入無間，故名離合之兵也。」（通典卷一四九）孫臏所說騎戰的十利，充分說明了騎兵奇襲衝鋒的作用。既可以乘虛直入，乘勝追擊，出其不意，攻其不備；又可以包抄後路，破壞後方。

總的戰爭方式的變化

總的說來，春秋時代，戰爭是由數量較少的軍隊來進行的，軍事行動的範圍比較狹小，戰爭的勝利主要靠車陣的會戰來取得，在較短的時間內就決定勝負了。到戰國時代，由於生產的比較發展，由於集權的地主政權的建立，由於武器的進步和軍隊以農民爲主要成分，軍隊人數大增了，軍事行動的範圍比較擴大了，戰爭方式由車陣作戰改變爲步騎兵的野戰和包圍戰了，戰爭也比較帶有持久的、長期的性質了。戰爭的勝負不僅決定於交戰國的經濟、政治、人口數量和技術水平等條件，而且也決定於一國的民氣了。同時進攻方式也比較帶有運動性了。例如魏考選武卒，「日中而趨百里」也是考選的條件之一。據說楚國的軍隊「輕利僄遬(速)，卒如飄風」(荀子議兵篇)，齊的軍隊「疾如錐矢，戰如雷電，解如風雨」(戰國策齊策一)。這時進攻手段的運動性已成爲勝利的必要條件，「後之發，先之至」已成爲「用兵之要術」(荀子議兵篇臨武君語)，所謂「急疾捷先，此所以決義兵之勝也」(呂氏春秋論威篇)。迂迴的運動戰略也已開始應用，例如長平之戰，「秦奇兵二萬五千人絶趙軍後，又一萬五千騎絶趙壁間」(史記白起列傳)，因而戰爭就比較錯綜複雜，戰爭的指揮已成爲一種技藝，兵法要比以前講究了。春秋以前的軍隊，都由國君和卿大夫親自鳴鼓指揮，到春秋戰國之際就產生了專門指揮軍隊的將帥和軍事家。

四、戰爭中防禦手段的進步

關塞亭障的防守

戰國時代，由於戰爭的頻繁、戰爭規模的擴大和運動戰略的開始運用，各國不得不防備敵人的突然進攻，因此防禦手段也跟著進步。

在車陣作戰時期，交戰雙方往往避開運動困難的地形。愈是平原地區，愈是好的會戰場所。戰爭往往發生於兩國「封疆」間的平原地區，直到不能作戰的時候才守險要之地。例如公元前五五五年晉伐齊，齊人拒之於平陰，夙沙衛曾說：「不能戰，莫如守險。」(左傳襄公十八年)春秋時各國邊界上雖已建立關、塞，但平時往往不駐兵防守，必待有戰事才防守(顧棟高春秋大事表卷九春秋列國不守關塞論)。到戰國時代，由於武器的進步，農民成爲軍隊的主要成分，戰爭改用步騎兵爲主力，經常採用野戰和包圍戰的方式，險要之地往往成爲防禦戰和爭奪戰的中心地點。例如齊、魏間最大的戰役馬陵之戰，是在「道狹而旁多阻險」的地區進行的，結果魏軍中伏大敗（史記孫子列傳）。秦、趙間幾次大戰也都在有山險的上黨地區進行，公元前二七〇年的閼與之役，秦、趙兩軍「道遠險狹，譬之猶兩鼠鬥於穴中」，結果趙將趙奢據高臨下，大破秦軍（史記趙奢列傳）。正因爲險要的地形在作戰中大可利用，當時各國都在邊境和交通要道上利用山水之險建設關塞。

楚國在春秋時，北邊已設有冥阸、大隧、直轅三塞（都在今河南省信陽市南），東邊設有昭關（今安徽省含山縣東北）；到戰國時，更在西邊設有扞關（今湖北省宜昌市西），東北設有符離塞（今安徽省宿縣東北），南方設有無假關（今湖南省長沙市西北），西南邊境設有厲門塞（今廣西省平樂縣西南）㊱，還在郢都以南靠近長江設有木關（鄂君啟節的舟節銘文）。趙國爲了防禦遊牧部族，在東北設有無窮之門（今河北省張北以南）、句注塞（今山西省代縣西）和鴻上塞（今河北省唐縣西北倒馬關），在西北設有高闕塞（今內蒙古烏拉特中後聯合旗西南）和挺關（今陝西省榆林縣西北），在太行山的交通孔道還設有井陘塞（今河北省井陘西娘子關一帶）。燕國在北方設有令疵塞（今河北省遷安縣西）和居庸塞（今河北省昌平縣西北居庸關）。秦國在秦獻公時，東邊有鄭所塞（今陝西省華縣以東），北邊有焉氏塞（今寧夏固原縣東南）；後來隨著占有土地的擴大，在東邊設有函谷關（今河南省靈寶縣東北），還利用原來已有的殽塞（今河南省三門峽市東南），在東南設有武關（今陝西省商南縣西北）。函谷關和武關是秦國防禦東方六國進攻的重要關塞。東方六國合縱攻秦，首先進攻的目標就是函谷關。沿黃河西岸有臨晉關（今陝西省大荔縣東）。在函谷關以西還設有湖關（今靈寶縣西）。呂氏春秋有始覽列舉當時天下的「九塞」是：大汾（屬魏）、冥阸、荊阮、方城（以上三塞屬楚）、殽（屬秦）、井陘、句注（以上二塞屬趙）、令疵、句庸（以上二塞屬燕）。漢代桑弘羊曾列舉戰國時代七國的關塞，總結說：

「關梁者，邦國之固，而山川社稷之寶也。」（鹽鐵論險固篇）

戰國時代各國重要關塞，都駐有軍隊防守，設有官吏掌管。關門的開閉有一定的時間，行人的進出要經過檢查，需要通行證件，運載貨物經過還要徵稅。這時各國政府從關塞上徵收的稅，已成爲重要的財政收入。例如信陵君建議魏王「存韓安魏」，主張從韓的上黨到魏的安城中間共、寧地區，設關「出入賦之」，「其賦足以富國」（史記魏世家）。當時過關的通行證件是符或節，周禮地官掌節說：「門關用符節。」鄂君啟節銘文說：「女（如）載馬牛台（以）出内（入）關，則政（徵）於大廈（府），毋（毋）政（徵）於關。」鄂君啟節是封君運載貨物過關的免稅通行證件，規定如果運載馬牛過關，必須向楚王的大府納稅，不必向關塞納稅。一般商人運載貨物過關，則必須向關塞納稅。當時各國邊境的關塞是駐有重兵防守的。例如秦公子連（即秦獻公）原來流亡在魏，當他趁秦國内亂回國奪取君位時，先想從鄭所塞進入，被守塞吏拒絕；再從焉氏塞進入，被守塞的庶長菌改迎入。當時邊境的關塞不但駐有重兵防守，還要檢查來往的行人。如果沒有通行證件是不准過關的。又如孟嘗君從秦國出逃，夜半過函谷關，爲了蒙混過關，「更封傳，變名姓」；因爲「關法雞鳴而出客」，孟嘗君食客中「有能爲雞鳴而雞盡鳴」的，於是孟嘗君才得「發傳出」（史記孟嘗君列傳）。當時關吏還有檢查行人所帶財貨的制度。例如秦昭王罷免魏冉的相職，「使歸陶，因使縣官（指國家）給車牛以徙，千乘有餘。到關，關閱其寶器，寶器珍怪多於王室」（史記范雎列傳）。又如公孫龍「乘白馬，無符傳，欲出關，關吏不聽」（太平御覽卷六四六引桓譚新論）。

戰國時代，不僅平時有兵駐守關塞，而且已設亭、障守望。亭是邊疆土台（四方土堆）上的建築，是瞭望台性質的，爲國防上最前線的守望處所。障是規模較大的城堡，有尉駐守㊲。同時邊境上已有報警的烽燧設備㊳。

各國內地長城的建築

春秋戰國間，由於農民在農業生產中取得豐富的經驗，提高了建築堤防的技術，各大河流都陸續建築了大規模的堤防。當時在進行兼併戰爭中，由於戰爭規模的擴大和戰爭方式的運動性，很需要建築大規模的防禦工程，就利用建築堤防的技術，把邊境上原有的大河堤防加以擴建，把原來的水利工程改造成爲軍事上的防禦工程。公元前四六一年秦國曾「塹河旁」（史記秦本紀），公元前四一七年秦又「城塹河瀕」（史記六國年表），不斷地在黃河旁建築防禦工事，目的在於防止魏的進攻。到公元前四〇八年，秦的河西已完全失守，退守到洛水，也就「塹洛」（史記秦本紀）了。這些塹、城塹都是由河的堤防擴建而成的。比較大規模的，比較長的，也就稱爲長城了。中原各國在內地建築長城的情況大體如下：

㈠楚方城　楚的長城叫方城，東半部早在春秋時代就已有了。東半部從魯關（今河南省魯山縣西南魯陽關）起，向東經犨縣（今魯山縣東南），到達瀙水，折向東南，到達沘陽（今河南省泌陽縣），形成矩形。這是利用山脈高地連結瀙水和沘水的堤防築成，所以方城也稱連堤。呂氏春秋曾說：魏文侯「南勝荆於連堤，東勝齊於長城」（下賢篇）。到戰國時代楚頃襄王時，又擴建西半部，從魯關向西，東北連翼望山（今河南省欒川縣南），南向到達穰縣（今河南省鄧縣），「累石爲固」，又形成另一個矩形。方城大概就是由於它築成矩形而得名㊴。

㈡齊長城　齊國也較早修建了它的長城。公元前四〇四年，三晉曾伐齊入長城（水經汶水注引竹書紀年、𠫤氏編鐘銘文）。到公元前三六八年，趙又侵齊到長城（史記趙世家）。齊的長城也是利用原有的堤防連結山脈陸續擴建而成的，到公元前三五〇年，齊又曾「築防以爲長城」（史記蘇秦列傳正義引竹書紀年）。由於齊的長城是由堤防接連擴建而成的，所以也稱爲「長城鉅防」（戰國策秦策一策士所造張儀語、燕策一蘇代語、史記楚世家頃襄王十八年弋射者語）。齊長城也是陸續修築成的。大概西部先築成。齊長城西端起於防門，防門早在春秋時已擴建爲防禦工程。公元前五五五年晉聯合中原各國伐齊，齊在平陰（今山東省平陰縣東北）集結兵力進行抵禦，「塹防門（平陰古城南三里）而守之廣里（平陰古城西北）」（左傳襄公十八年）。防門原爲堤防之門，「塹防門」就是擴建堤防爲防禦工程。戰國初期三晉多次攻入齊長城，說明齊長城的西部在戰國初期已建成，到公元前三五〇年「築防以爲長城」，是進一步擴展長城。齊長城從防門起，東向經五道嶺，繞泰山西北麓的長城嶺，經歷泰沂山區，一直到小朱山入海㊵。

㈢**魏長城**　魏長城是利用洛水（北洛水）的堤防擴建而成的，所謂「魏築長城，自鄭濱洛以北，有上郡」（史記秦本紀）。鹽鐵論險固篇也說：「魏濱洛築長城。」南端起於鄭（今陝西省華縣），越渭水和洛水，經歷今大荔、澄城、洛川等縣，沿洛水東岸的堤防北上㊶。

㈣**魏中原長城**　後漢書郡國志河南郡下說：「卷有長城，經陽武到密。」史記蘇秦列傳集解和索隱引徐廣說同。這條長城從黃河邊的卷（今河南省原陽縣西）開始，東向到陽武（今原陽縣東南），折往西南行，到達密（今河南省密縣東北）㊷，這是公元前三五八年魏國所築。水經濟水注說：「案竹書紀年魏惠成王十二年（公元前三五八年）龍賈率師築長城於西邊。亥谷以南，鄭（按即韓國）所築矣，竹書紀年云是梁惠成王十五年築也。」這是說這條長城的亥谷以南一段爲韓所補築。淮南子說林篇說：「秦通崤塞而魏築城也。」高注：「魏徙都大梁，聞秦通治崤關，知欲來東兼之，故築城設守備也。」魏國防備秦國越過崤關東來兼併的「城」，就是這條在大梁以西的長城。

㈤**中山長城**　公元前三六九年所築（史記趙世家）。

㈥**趙的南長城**　公元前三三三年所築（史記趙世家），是由漳水、滏水（今滏陽河）的堤防接連擴建而成的㊸，即趙武靈王所謂「我先王因世之變，……屬阻漳、滏之險，立長城」（史記趙世家武靈王十九年）。從當時戰爭形勢來推斷，大體上這條長城從今河北省武安縣西南起，東南行沿漳水，到今磁縣西南，折而東北行，沿漳水到達今肥鄉縣南。

(七)燕的南長城　是由易水的堤防擴建而成的，當時即以「易水長城」連稱(戰國策燕策一策士所造張儀語)。根據水經易水注和滱水注，結合現存遺跡和地方志所記載的遺跡，這條長城從長城門(今河北省易縣西南)起，穿過北易水，沿著南易水東向，經過汾門(今徐水縣西北)，再沿著南易水和滱水(今大清河)㊹而走向東南的。

邊地長城的建築

到戰國後半期，趙、燕、秦三國受到東胡、匈奴、林胡、樓煩等遊牧部族的侵擾。這種遊牧部族的侵擾對於邊境人民和農業生產是非常有害的。而這些遊牧部族精於騎射，戰爭的運動性較大，因而趙、燕、秦三國又運用在內地築長城的經驗，在北境建築長城。

(一)趙的北長城　建築於趙武靈王破林胡、樓煩之後，所謂「築長城，自代併陰山下，至高闕為塞」(史記匈奴列傳)。根據留存的遺跡來看，趙北長城大體上有前後兩條：前條在今內蒙古烏加河以北，沿今狼山一帶建築；後條從今內蒙古烏拉特前旗向東，經包頭市北，沿烏拉山向東，沿大青山，經呼和浩特市北、卓資和集寧市南，一直到今河北省張北縣以南㊺。

(二)燕的北長城　建築於燕將秦開破東胡後。這條長城在現存長城的二百公里以北，在今內蒙古赤峰市以北還保存有遺址。根據實地調查，赤峰市紅山北方沿西路戛河北岸有燕長城遺址向東延伸著，遺存的顯著部分經過老爺廟、八家子、撒水波等村，全長約三十多里。長城壁有的地方用土建築，有的地方用石塊建築，現存二、三公尺至四、五公尺高不等。它跨山越谷，遠望過去，氣勢很雄偉。在這段長城上接連築有三個小城堡，當即所謂障。西端可以和今赤峰市東北卓蘇河南的土城、小城堡相接連。在長城遺址內外的山上分布有不少小城堡遺址。在這些城堡裏出土有重線山形紋半圓形瓦當、「明刀」錢、「一刀」圓錢、銅鏃、雲紋瓦當、繩紋瓦、繩紋陶片等。由這些出土物看來，可知這段長城確是燕長城的遺址㊻。

㈢秦長城　建築於秦昭王滅義渠後，是沿隴西郡、北地郡的北邊建築的（史記匈奴列傳）。西端起於臨洮（今甘肅省岷縣），沿洮水北上，東行到今渭源縣北，又西北到古狄道（今甘肅省臨洮縣），又北到今皋蘭，沿黃河，經今蘭州市東北行，折而進入今寧夏。現在渭源縣北十里的北山上，臨洮縣窯店驛的長城坡，皋蘭小西湖的黃河沿岸，蘭州市的城牆北部，都保存有秦長城的遺址㊼。

後來秦始皇統一全中國後，令蒙恬徵發人民所築的偉大工程——長城，便是以趙、燕、秦三國原有的長城爲基礎的。

秦、漢時代的武裝編制、戰爭規模和戰爭方式是沿襲戰國時代的，秦、漢時代的國防建設也是沿襲戰國時代的規模，而統一地建設得更完整了。

五、兵法的講求和軍事學的發展

兵法的講求

春秋時代貴族已有講兵法的書，叫做軍志，提出了一些簡要的作戰原則。例如說「先人有奪人之心，後人有待其衰」（左傳昭公二十一年）。就是說，先發制人可以起「奪人之心」的作用；如果敵人先發，就得等待敵軍疲憊之後再反攻。軍志反映了貴族的思想觀點，例如說「有德不可敵」，「允當則歸」（無求過分），

「知難而退」（左傳僖公二十八年）。

春秋戰國間，由於兼併戰爭規模的擴大和戰爭方式的改變，產生了專門指揮作戰的將帥和軍事家。許多軍事家總結了戰爭的經驗，並從事於軍事理論的研究，著成論兵法的書，這在文化上也是一種重要的貢獻。春秋晚期孫武所著的孫子兵法，是我國現存最早的一部兵書，長期以來作爲古代軍事名著，在軍事學術史上有重要的地位。到戰國時代，兵法的著作很多，最著名的有齊孫子（孫臏兵法）、公孫鞅（衛鞅兵法）、吳起（吳起兵法）、龐煖（龐煖兵法）、兒良（倪良兵法）、魏公子（信陵君集賓客所著的兵法）等（以上見漢書藝文志）。又有司馬穰苴兵法，也是戰國時代所編著的（史記司馬穰苴列傳）。漢初張良、韓信整理兵法書，共得一百八十二家，其中戰國時代的軍事家占大多數。由此可知，軍事學是戰國時代最發展的學問之一。

漢書藝文志把軍事學著作分爲兵權謀家、兵形勢家、兵陰陽家和兵技巧家四類。兵權謀家「以正守國，以奇用兵，先計而後戰」，著重講求戰略戰術的運用，兼採其他各派的長處。這是兵家學派中最主要的一派，藝文志著錄有十三家（漢代有兩家），以孫子兵法和孫臏兵法爲主要代表。兵形勢家講求軍事行動的運動性和靈活性，所謂「雷動風擧，後發而先至，離（分離）、合（匯合）、背（後退）、鄉（向前），變化無常，以輕疾制敵」。其實這是當時軍事家普遍重視的作戰原則。孫子兵法軍爭篇講的就是這種道理。荀子議兵篇載臨武君論兵法，也有這樣的見解，認爲「用兵之要術」，在於「上得天時，下得地利，觀時之變，後之發，先之至」；「善用兵者，感忽（變化倏忽無常）悠暗（行動神秘莫測），莫知其所從出」。藝文志著錄兵形勢家有十一家（漢代有三家），現存的只有尉繚子。從尉繚子一書內容來看，兵形勢家雖也講求戰略戰術，而重點在於確立必勝的形勢。兵陰陽家講求「順時而發，推刑德，隨鬥擊，因五勝（即五行相勝），假鬼神而爲助」，帶有濃厚的迷信色彩。藝文志著錄兵陰陽家十六家，有多種是假託黃帝君臣的作品。兵技巧家講求武藝的訓練和體育的鍛鍊，參見本書第十二章第四節。

孫武的軍事理論

孫武，春秋末年人，齊國田氏的後裔，來到吳國後，幫助吳國改革圖強，得到吳王闔閭的重用。當時吳國「西破強楚，入郢，北威齊晉，顯名諸侯，孫子與有力焉」（史記孫子列傳）。著有孫子兵法十三篇。近年從山東臨沂銀雀山漢墓出土的竹簡中，還發現了吳問篇等佚文。

孫武總結了春秋末年及其以前的戰爭經驗，創立了適應時代需要的軍事理論。主要有下列五點：

㈠把「令民與上同意」的「道」作為決定戰爭勝敗的首要因素　孫武提出決定戰爭勝敗的基本因素，有所謂「五事」和「七計」。「五事」即「道」、「天」、「地」、「將」、「法」；「七計」即「主孰有道？將孰有能？天地孰得？法令孰行？兵眾孰強？士卒孰練？賞罰孰明？」（計篇）他把「道」作為「五事」的首位，把「主孰有道」作為「七計」的首位，就是把「道」作為決定戰爭勝敗的首要因素。按照孫武的解釋，「道」是「令民與上同意也」，就是要使民眾與君上的意願一致，能夠為君上出生入死。實質上孫武的所謂「道」，就是適應時代需要的政治原則。這樣把「道」作為決定戰爭勝敗的首要因素，表明他在一定程度上認識到政治是關係到戰爭勝敗的決定因素。與此同時，他還注意到了民眾對戰爭的態度、天時地利等客觀條件、平時嚴明的管理和訓練、戰時正確的指揮和賞罰等問題，認為所有這些也都是決定戰爭勝敗的基本因素。

㈡把「知彼知己」（謀攻篇）看作正確指導戰爭的先決條件　孫武認為關係到戰爭勝敗的因素，隨時隨地客觀地存在於戰爭雙方。戰爭指導者要充分了解彼己雙方的情況，正確判斷敵情，做好充分的應敵準備，找出雙方的行動規律，從而確定自己的作戰方案，以戰勝敵人。孫子兵法中所闡述的一系列作戰原則，都是以「知彼知己，百戰不殆」這個思想為基礎的。這一思想在今天看來，仍然是科學的真理。

(三)在作戰指導上強調「致人而不致於人」(虛實篇),就是要依靠主觀努力取得戰爭的主動權,善於調動敵人而不被敵人所調動。孫武提出:「故善動敵者,形之,敵必從之;予之,敵必取之。以利動之,以卒待之。」(勢篇)這就是說,善於調動敵人的將帥,僞裝假象迷惑敵人,敵人就會聽從調動;投其所好引誘敵人,敵人就會受騙上當。用小利去調動敵人,用重兵來掩擊敵人。他又主張:「能而示之不能,用而示之不用,近而示之遠,遠而示之近。」(計篇)就是能攻而裝作不能攻,要打而裝作不要打,要向近處而裝作要向遠處,要向遠處而裝作要向近處,等等。總之是通過「示形」,即以假象誘騙和調動敵人,使敵人發生錯覺而陷於被動地位;同時自己就能利用有利態勢,主動、靈活地打擊敵人。

(四)在作戰指導上還主張「我專而敵分」(虛實篇),就是要集中優勢兵力,打擊分散的敵人。孫武認爲必須明察敵情而不讓敵人了解我的真情,即所謂「形人而我無形」,使得敵人不知道「吾所與戰之地」,處處防守,兵力分散。我就可以集中兵力,做到「我專爲一,敵分爲十」。我「以十攻其一」,「以衆擊寡」,就能取得戰爭的勝利(虛實篇)。這個「我專而敵分」的原則,是有重要價值的。

(五)在作戰指導上更主張「因敵而制勝」(虛實篇),就是依據敵情變化而採取靈活戰法以爭取勝利。孫武認爲作戰中正兵和奇兵必須互相配合,「以正合,以奇勝」(勢篇),通常是用正兵當敵,用奇兵取勝。但是這種奇正的變化是不可窮盡的。對待不同的敵人要採取不同的對策,遇到不同的地形要採取不同的作戰措施,敵我雙方兵力對比不同要採取不同的作戰方式,敵情發生變化要隨時做出相應的機斷處置。他把作戰方式因敵情而變化,比作水流因地形而變化,說:「故兵無常勢,水無常形,能因敵變化而取勝者,謂之神。」(虛實篇)所謂「神」,是指智謀特別高超。孫武關於「奇正之變」和「因敵而制勝」的論述,反映了他的講求靈活機動的作戰指導思想,這在兩千多年以前也是難能可貴的。

戰國時代的軍事家,經常運用孫子兵法的理論來指揮作戰。例如孫臏在馬陵之戰中提出他的作戰方案時，所引用的兵法，就是依據孫子兵法的㊽。孫武的軍事理論，爲歷來軍事家所推重。但是其中也存在著一些糟粕和消極的成分，例如公然提出愚兵政策，把「能愚士卒之耳目，使之無知」作爲「將軍之事」（九地篇）；又如籠統地主張「歸師勿遏（攔阻），圍師必闕（『闕』通『缺』，留缺口），窮寇勿迫（追逼）」（軍爭篇）等等。這些都反映了孫武軍事思想中時代的局限性。

孫臏的軍事理論

孫臏，戰國中期齊國人，孫武的後裔，曾與龐涓一起從師學習兵法。後來龐涓在魏國當了將軍，自以爲才能不及孫臏，將他騙到魏國，藉故處以臏刑（去膝蓋骨），並加以軟禁。孫臏後來在齊國使臣幫助下秘密回到齊國，由於齊將田忌的推薦，被齊威王任爲軍師。他協助田忌打過幾次勝仗，其中桂陵之戰和馬陵之戰最爲著名。著有孫臏兵法八十九篇，久已失傳，近年從臨沂銀雀山漢墓中發現了孫臏兵法竹簡，共三十篇，一萬一千多字，有殘缺。

孫臏兵法在孫子兵法的基礎上，進一步總結了戰國中期以前的戰爭經驗，提出了不少有價值的作戰指導思想和原則。主要有下列五點：

㈠發展了孫武所說的「道」，把「道」看作戰爭的客觀規律。孫臏認爲懂得「道」，就是認識有關戰爭的各方面實際情況，包括天道、地理、民心、敵情和戰陣等等（八陣篇），從中找出客觀規律，從而預見戰爭的勝負。所以說：「先知勝、不勝之謂知道」（陳忌問壘篇）。他還認爲取勝有五個條件，「知道」是其中的主要條件。他說：「恆勝有五：得主專制（將帥有指揮全權），勝；知道，勝；得眾（得到群眾擁護），勝；左右和（將帥同心協力），勝；量敵計險（正確判斷敵情、估量地形險易），勝。」（篡卒篇）

㈡發展了孫武「我專而敵分」的理論，提出了以寡勝眾、以弱勝強的戰法。孫臏主張激勵士氣，團結士衆，採用種種方法使敵人驕傲、疲勞、迷惑、力量分散，然後「我併卒而擊之」，就是集中優勢兵力，各個殲滅敵人（威王問篇）。他認爲兵多、國富、武器精良不一定能夠取勝，「以決勝敗安危者，道也」。就是說，決定勝敗安危的關鍵在於掌握戰爭的客觀規律。因爲掌握了戰爭規律，就「能分人之兵，能按人之兵」，分散而牽制敵人，能做到這點，「則錙銖（兵力少）而有餘」，否則的話，「則數倍而不足」（客主人分篇）。孫臏這種敢於戰勝強敵的思想，反映了當時傑出兵法家的進取精神。

(三)發展了孫武「任勢」的理論，強調創造有利的作戰態勢　孫臏認爲有利的作戰態勢是可以爭取和創造的，關鍵在於掌握主動，因勢利導。孫武在地形篇和行軍篇中講了利用地形行軍作戰的原則，孫臏又進一步主張「便勢利地」，根據各種不同的地形，創造有利的作戰態勢。「易（地形平坦）則多其車（戰車），險（地勢險阻）則多其騎（騎兵），厄（兩旁高峻而狹窄的地形）則多其弩」，做到自己占據有利地形，打擊居於不利地形的敵人，即所謂「居生擊死」（八陣篇），使自己軍隊「四路（進、退、左、右）必徹（暢通），五動（進、退、左、右、默然而處）必工（完善）」，使敵人陷於「四路必窮，五動必憂」的困境，從而戰勝敵人（善者篇）。

(四)主張「必攻不守」的戰略　孫臏認爲「權」是「所以聚衆」的，「勢」是「所以令士必鬥」的，「謀」是「所以令敵無備」的，「詐」是「所以困敵」的，都是需要的，但是「兵之急者」，還是「必攻不守」（威王問篇），就是主張以進攻爲主，而不以防禦爲主的戰略。十問篇就敵我雙方力量對比的各種不同情況，提出了不同的進攻方法。例如對於憑堅固守之敵，進一步發展了孫武「攻其所必救」的戰法。他說：「攻其所必救，使離其固（離開險要地形和工事），以揆其慮（揣度其行動意圖），施伏設援（設伏誘敵），擊其移庶（攻擊正在移動中的敵衆）。」（十問篇）

(五)重視城邑的進取和陣法的運用　孫臏和孫武不同的一點，就是孫臏比較重視攻城。這是由於當時城市已成爲政治、經濟和文化的中心，人力和財富大量集中到城市，城市已成爲必爭之地。同時由於兵器和攻城器具進步，爲攻城戰提供了有利的物質條件。孫臏把難攻的城稱爲「雄城」，易攻的城稱爲「牝城」。雄牝城篇就論述了「雄城」和「牝城」在地形上的特點。十陣篇還論述了十種陣法的特點和作用。

戰國時代的兵家，和孫武、孫臏齊名的有吳起。漢書藝文志著錄吳起四十八篇，已失傳；今本吳子六篇，出於後人綴拾編輯，已非原書。此外著名的兵家有趙、魏將領帶佗、兒(倪)良㊾和王廖等人。呂氏春秋不二篇論述他們的不同主張說：「孫臏貴勢，王廖貴先，兒良貴後。」呂氏春秋的論威、決勝等篇，採取有兵家的理論。例如論威篇主張用兵「急疾捷先」；決勝篇主張因敵而制勝，認爲必須用「隱」勝「闡」、用「微」勝「顯」、用「積」勝「散」、用「摶(專)」勝「離」等等。

尉繚的軍事學

漢書藝文志兵形勢家著錄有尉繚三十一篇，今存二十四篇，一九七二年山東臨沂漢墓中出土有尉繚子殘簡，同於今本。第一篇天官篇開頭就是：梁惠王問尉繚曰：「黃帝刑德，可以百勝，有之乎？」尉繚子對曰：「刑以伐之，德以守之！非所謂天官、時日、陰陽、向背也。黃帝者，人事而已矣！」梁惠王所說「黃帝刑德」，當即兵陰陽家「順時而發，推刑德」之說，因而尉繚加以反駁，認爲「非所謂天官、時日、陰陽、向背也」。全書講的都是保證軍事上必勝的政策法令和措施，是尉繚獻議給梁惠王以供採擇的。所以從首篇到末篇，不斷有「臣聞」、「臣謂」、「臣以爲」、「明舉上達，在王垂聽也」等等措辭，還有「聽臣之言」、「用臣之術」可以保證取得何種成果的話。

作者認爲取勝有三種：「講武料敵」，使得敵人「氣失而師散」，這叫「道勝」；「審法制，明賞罰，便器用」，使得人民有「必戰之心」，這叫「威勝」；「破軍殺將」，「潰眾奪地」，這叫「力勝」(戰威篇）。這三種「勝」都是必須講究的，但是因爲這書不是提供給將領指揮作戰用的兵法，而是獻給國王以供採擇的大計方針，因此所講重點在於取得「威勝」的「審法制，明賞罰，便器用」方面。

(一)主張推行法家政策，造成政治上「必勝」的形勢　作者如同法家一樣主張「舉賢任能」、「明法審令」、「貴功養勢」（戰威篇）。主張用爵祿來獎勵「農戰」（制談篇）。主張「治本」，招撫流亡，開墾荒地，「民流者親之，地不任者任之」（兵談篇）。主張藏富於民，認爲「王國富民，覆國富士」（戰威篇）。還主張順應自然而發展生產，減輕人民負擔，國家要有一定的「取與之度」。他說：「太上神化，其次因物，其下在於無奪民時，無損民財。」（治本篇）又說：「均地分（原誤作「均井地」，今從銀雀山竹簡本改正），節賦斂，取與之度也」（原官篇）。

(二)主張通過法令制度確立軍事上「必勝」的形勢　書中有重刑令，規定對戰敗、投降或逃跑的各級將領用重刑。又有伍制令，規定伍（五人）、什（十人）、屬（五十人）、閭（一百人）等各級軍隊組織中，有干令犯禁而知情弗揭者，同罪連坐；上下各級將領中，有干令犯禁而知情弗揭者，同樣要連坐。又有分塞令，規定各支軍隊劃分地區設塞防守，使得「內無干令犯禁」，「外無不獲之奸」。又有束伍令，規定每伍有失人者要罰，有得人者有賞，同時上級將領得誅殺下級將領。又有經卒令，規定三軍採用各種不同色彩的旗幟和徽章，以便於指揮。又有勒卒令，規定使用金、鼓、鈴、旗四者指揮作戰的方法。更有將令，規令國君任命將軍的法令。又有踵軍令，規定後繼部隊如何前進會合大軍的步驟。

(三)主張從戰略上建立戰鬥「必勝」的形勢　作者推崇孫武和吳起（制談篇），曾三次舉出吳起臨戰情況作爲榜樣（武議篇）。作者很重視戰略的運用，講究奇正的配合，主張避實擊虛。例如說：「正兵貴先，奇兵貴後，或先或後，制敵者也。」（勒卒令）又如說：「先料敵而後動，是以擊虛奪也。」「善用兵者，能奪人而不奪於人。」（戰威篇）作者主張進攻敵國，要深入其地，絕斷通道，占據大城，進攻要塞，選擇其「城邑空虛而資盡者，我因其虛而攻之」（攻權篇）。

㈣主張從戰備上保證「必勝」的形勢 作者認為建築城邑的大小，必須與土地的肥瘠相稱，與居民的多少相稱，與積粟的多少相稱。要做到「三相稱」，才能「內可以固守，外可以戰勝」（兵談篇）。還認為「委積不多則士不行」，「器用不備則力不壯」（戰威篇）。

六韜伐滅敵國的謀略

六韜共六卷六十篇，是戰國前期兵權謀家假託太公望講究用兵伐滅敵國的謀略。據說周文王將往渭陽（渭水之陽）田獵，史官占卜得吉兆，說可以得到天遣的太師，文王前往果然遇見釣魚的漁夫太公望，經一席話，文王就「載以俱歸，立為師」。後來周文王和武王就用太公所獻計謀滅亡殷商而取得天下。公元前二七一年范睢初次遊說秦昭王，一開始就講這個故事而以太公自比，可見這個故事當時已很流行。六韜原是漢書藝文志道家著錄的太公一書的一種選本，這時太公一書當已廣泛流傳。史記齊世家載有這個故事，而且講到周文王「與呂尚（即太公）陰謀修德以傾商政，其事多兵權與奇計，故後世之言兵，及周之陰權，皆宗太公為本謀」。「韜」原是指用兵的謀略，今本六韜分為文韜、武韜、龍韜、虎韜、豹韜、犬韜六卷，疑出於後人所追加。主要內容有如下六點：

㈠重視將軍的選擇和作戰參謀人員的組合 認為將必須具有「勇、智、仁、信、忠」五材（論將篇），選將必須依據「八徵」，從「辭（言辭）、變（應變）、誠（忠誠）、德（德行）、廉（廉潔）、貞（堅貞）、勇（勇敢）、態（態度）」八方面加以觀察（選將篇）。輔助將軍指揮作戰的參謀人員需要七十二人，既要有總攬計謀的心腹，從多方面考慮注意的謀士；又要有精通天文、地利、兵法和講究防守的人才，善於管理運送積蓄糧食和供應飲食的人才，掌管符節、號令和往來出入的人才，主管偵察四方軍情和進行間諜工作的人才，以及主持會計財務的人才。也還要使用遊士「主伺奸候變，開闔人情，觀敵之意，以爲間諜」；使用術士「主爲譎詐，依託鬼神，以惑衆心」；使用方士「主百藥，以治金瘡(刀傷)，以痊萬病」。

(二)主張對敵國先加「文伐」而採取「因順」謀略　所謂「文伐」是指不使用武力而促使敵國瓦解崩潰的謀略，此中主要的謀略是要「因之」，就是要因順和增強敵國君主的欲望，使欲望過度而走向反面。「夫攻強必養之使強，益之使張，太強必折，太張必缺。」(三疑篇)「因其所喜，以順其志，彼將生驕，必有好事。苟能因之，必能去之。」(文伐篇)「因之」就可以達到「去之」的目的。這和老子所說「將欲歙之，必固(姑)張之；將欲弱之，必固強之；將欲廢之，必固興之」，意思是相同的。當春秋、戰國之際晉國知伯向魏桓子強索土地時，謀士任章就曾引周書說「將欲敗之，必姑輔之；將欲取之，必姑與之」(韓非子說林上篇、戰國策魏策一)，意思也相同。所謂周書，該即指太公這部書，看來太公一書，春秋、戰國之際已有。所謂「文伐」，也還包括促使敵國政權瓦解和敵國君主腐化墮落的手段，如離間其所親、陰賂其左右、輔其淫樂、養其亂臣等等。

(三)重視設備各種攻守用的器械，特別重視行軍進攻用的器械　大軍出發前進，前後有稱爲武衝、大櫓、小櫓的戰車衛護，武衝有八尺的車輪，一車有二十四人推動行進，車上設有絞車連弩，兩翼由材士操強弩矛戟衛護。設置營壘，前後有稱爲天羅、虎落、行馬、蒺藜的障礙設備加以衛護。天羅和虎落都是廣一丈五尺，高八尺。渡越溝渠有稱爲飛橋、轉關轆轤的設備，飛橋廣一丈五尺，長二丈以上。橫渡大江有稱爲天潢、飛江、飛海、絕江的設備。攻城圍邑有稱爲轒轀、臨衝的戰車，還有稱爲雲梯、飛樓的爬登器械。見軍略篇和軍用篇。

(四)主張引兵深入敵國之地　如必出篇講引兵深入敵國被圍，應如何突出和如何橫渡大水廣塹；動靜篇講引兵深入敵國，和敵軍兩陣相望，應如何使用伏兵陷其左右或擊其前後，從而得勝；絕道篇講深入敵國如何利用地理形勢長久堅守；略地篇講攻克城邑的戰鬥方略；火戰篇講深入敵地休止時如何利用周圍草地起火防守；林戰篇講深入遇大林如何在林戰中得勝；敵武篇講深入遇到武車、驍騎來犯如何加以擊走；烏雲山兵篇講深入遇到高山盤石而四面受敵如何應戰得勝；烏雲澤兵篇講深入而臨水相拒如何應戰得勝；分險篇講深入相遇於險阨之地如何應戰得勝。

(五)主張所有計謀、攻守設施和軍事活動都嚴守秘密，必須「陰其謀，密其機，高其壘，伏其銳士，寂若無聲，敵不知我所備」（兵道篇）這裏所謂「陰謀」是指秘密計謀，就是史記齊世家所說「陰謀修德以傾商政」，與後世把暗中計謀做壞事稱爲「陰謀」是不同的。具體說來，就是對於敵國先要採取「文伐」的謀略，然後再實施武攻的謀略。當引兵深入敵國的時候，必須使用「陰符」和「陰書」。所謂「陰符」，是指君主秘密發給將軍的兵符，必須把兵符內容嚴守秘密，按此行動而不洩漏消息，如有洩漏就要處死（陰符篇）。所謂「陰書」，是指君主秘密指示將軍的書信和將軍秘密報告君主的書信。因爲將軍引兵深入敵地，形勢有發展變化，不是原有「陰符」所能說明，君主需要按新的形勢有所指示，將軍也須及時向君主報告和請示，「諸有陰事大慮當用書」（陰書篇）。

(六)重視士卒的教練和選拔（練士篇、教戰篇）特別重視「車士」和「騎士」的選拔（武車士篇、武騎士篇）。

史記蘇秦列傳稱蘇秦「得周書陰符，伏而讀之，期年以出揣摩，曰由此可以說當世君矣」。戰國策秦策一作蘇秦「得太公陰符之謀，伏而誦之」。可知蘇秦所讀的周書陰符，就是太公陰符之謀，當即漢書藝文志著錄的太公一書。所以別名太公陰符之謀，因爲太公一書所講的就是太公獻給周文王和武王的陰謀伐滅殷商而取得天下的謀略，這是執行周文王和武王所發伐滅殷商的「陰符」的。所以又稱爲周書陰符，當時把太公這部書看作周代著作，上文講到任章所引周書所說「將欲敗之，必姑輔之；將欲取之，必姑與之」，王應麟認爲所謂周書就是蘇秦所讀的周書陰符(困學紀聞卷二)。蘇秦爲燕間諜而暗中策畫攻破齊國的計謀,就是從太公這部書所講「文伐」得到啟發的。

後期墨家的守城戰術

墨子主張「非攻」,反對大國進攻小國,因此很講究守城的戰術,而且有實際行動。當公輸般爲楚造雲梯將以攻宋的時候,墨子前往勸阻,公輸般「九設攻城的機變」,墨子「九拒之」,並且說:「臣之弟子禽滑釐等三百人,已持臣守圉(禦)之器在宋城上待楚寇矣。」(墨子公輸篇)後來墨家保持這個傳統,當楚悼王末年,墨者鉅子孟勝就曾率領弟子一百八十多人爲楚的陽城君「守國」而戰死。傳世墨子書中,備城門以下二十篇,講墨子傳授禽滑釐防守圍城的戰術,重視建築守城的防禦工程,使用防禦的器械和武器,主張針對敵人所用的各種攻城戰術,分別加以抵禦和反擊,具有「兵技巧家」的性質。如備高臨篇是講如何抵禦敵人堆積柴土、利用器械、居高臨下進攻的戰術,備梯篇是講如何抵禦敵人運用雲梯爬城進攻的戰術,備水篇是講如何抵禦敵人使用方舟運載高車而居高臨下進攻的戰術,備蛾(蟻)傅篇是講如何擊退敵人如螞蟻那樣爬登城牆進攻的戰術,備穴篇是講如何反擊敵人挖掘地道攻入城內的戰術。凡是遇到敵人從地下挖掘地道向城內進攻,必須先沿城腳掘井,以新罌用薄皮裹口,使聽耳者在井中伏罌靜聽,察知其所挖地道的所在,掘地道前往迎接,等到快要掘通時,就建築爐灶,燒柴艾,用木板把地道擋住,使有一孔通到敵方,用橐(鼓風皮囊)來鼓風,把煙壓送到敵人地道中;或者把整井穴作爲爐灶,燒柴艾,用盆把井口封住,只留一孔,用橐來鼓風,把煙壓送到敵人地道中,從而窒息敵人。

六、馬的外形學(相馬法)的進步

良種馬的培養和伯樂的相馬法

這時由於兩個方面的需要，對於良種馬的需求大爲增廣。第一是由於通訊的需要。當時官府通訊依靠「驛傳」，或者稱爲「遽」。原來每三十里設有休息替換的站頭，即管子大匡篇所說「三十里置遽」。這時各國爲了加強中央集權的統治，需要迅速傳達命令和轉送文件，改爲每五十里（約合今三十五里）設置站頭。韓非說：「夫良馬固車，五十里而一置，使中手御之，追速致遠，可以及也，而千里可日致也。」（韓非子難勢篇）這樣用快馬通訊，可以日行千里，因而有千里馬之稱。第二是由於戰爭的需要。當時戰爭方式改變，步騎兵的野戰和包圍戰代替了車陣作戰，騎兵有著襲擊衝鋒的作用。特別是秦、趙、燕三國與善於騎射的遊牧部族爲鄰，需要加強騎兵的作戰能力，因此秦、趙、燕一方面從北方遊牧部族引進馬的良種，例如荀況說：「北海有走馬吠犬焉，然而中國得而畜使之。」（荀子王制篇）李斯諫逐客書說：秦王所「乘纖離之馬」是個寶，就不是秦出產而是外來的。另一方面秦、趙、燕等國都已講究對良馬的馴養，例如燕國有牧養「狗馬之地」，有著名的「燕代良馬」⑸。

隨著良馬需求的增廣，人們從馬的馴養中積累了許多識別良馬的經驗，相馬法就逐漸產生。據說古代有十個著名的相馬者，善於從馬的各個部分的外形（口齒、頰、目、髭、尻、胸脅、唇吻、股腳等部分），識別出良馬來，成爲鑑定馬的材能和選種的專門技術。到春秋中期和末期，秦國和晉國先後出現了兩個伯樂，使這種馬的外形學發展到相當高的水平。春秋中期秦穆公臣孫陽伯樂，是個相馬專家。秦國原是養馬著名的國家，這時出現像伯樂這樣的相馬專家不是偶然的。春秋、戰國之際趙簡子家臣郵無恤（一作郵無正），字子良，又稱王良，更是個傑出的御馬者和相馬專家。因爲王良擅長於相馬，就沿用伯樂這個相馬專家的名號⑸。呂氏春秋觀表篇在敍述十個善於相馬者如「寒風相口齒、麻朝相頰」等人之後，接著說：「若趙之王良，秦之伯樂、方九堙，尤盡其妙矣。」說明前後兩個伯樂都由於總結了前人相馬的經驗，能夠「尤盡其妙」，才能成爲傑出的相馬者。其中後一個伯樂，即趙之王良，後來居上，超過了前一個秦之伯樂。這是時代的需要所促成的。

淮南子道應篇講到伯樂和秦穆公的答問以及推薦方九堙的情況。秦的伯樂認爲，對一般良馬可以從其「形容筋骨」來觀察，對於「天下之馬」就必須觀察到「天機」，要「得其精而忘其粗，在其內而忘其外」，就是說必須做到由表及裏，去粗得精。韓非曾多次談到趙的伯樂。他說：伯樂教兩人相「踶馬」（一種後足能踢的馬），帶著兩人到趙簡子的馬廄中相馬，一人相馬的後足，指出其中一隻是「踶馬」；而另一人進一步相馬的前足，認爲這馬前足擔負不起全身的重量，後足就不能踢。說明伯樂教人相馬，注意到各個方面，防止片面性。韓非又說伯樂教其所憎者相千里馬，而教其所愛者相駑馬，因爲千里馬難得碰到，相馬掙錢慢；而駑馬天天有交易，相馬掙錢快（韓非子說林下篇）。特別值得注意的是，韓非還說：「發齒吻，相形容，伯樂不能以必馬；授車就駕而觀其末塗，則臧獲不疑駑良。」（韓非子顯學篇）就是說：光是看馬的口齒和外形，伯樂也不一定能夠肯定馬的好壞；只有讓馬拉著車，看馬跑到路途的盡頭，就是奴隸也分得清馬的優劣。趙的伯樂（即王良）正因爲他善於駕御馬，充分掌握駕御各種馬的實踐經驗，才能認識到馬的外表特徵和牠內在的品質、材能的密切聯繫，才能由表及裏，從許多外表特徵鑑別出馬的「節（品級）之高卑，足之滑易（亂跑或快速），材之堅脆，能之長短」（呂氏春秋觀表篇），發展了馬的外形學，對相馬法作出了貢獻。後來漢武帝時東門京鑄造銅馬（銅質良馬模型），東漢馬援著銅馬相法，就是在伯樂相馬法的基礎上發展起來的。

當時除相馬法以外，相雞狗法也已講究。荀況曾批評名家辯論堅白異同是「狂惑戇陋之人」，「曾不如相雞狗之可以爲名也」（荀子王制篇）。說明戰國時已有因善於相雞狗而出名的。

馬王堆出土的帛書相馬經

長沙馬王堆三號漢墓出土的帛書相馬經，從它的文體類似賦和文中提到南山、漢水、江水這些情況來看，大概是戰國晚期楚國人的著作。全書有三篇（其中第三篇就是第一篇的解釋），沒有書名和篇名，共五千二百字㊷。主要講的是對馬的目、睫、眉骨等部位的相法，該是出於抄錄者的愛好，只抄錄了這部書的相目的部分。第一篇說：「得兔與狐，鳥與魚，得此四物，毋相其餘。」第三篇解釋說：「欲得兔之頭與其肩；欲得狐周草與其耳與其肫；欲得鳥目與頸膺；欲得魚之耆（鰭）與脊（脊）。」說明作者相馬，不僅注意眼睛，更注意到頭、肩、耳、肫、頸、膺、鬐、脊等等部位。

這部書把良馬分成一般良馬、國馬（或稱「國保」，即「國寶」）和天下馬（或稱「天下保」，即「天下寶」）三等。這和莊子徐無鬼篇所說「相馬」有「國馬」和「天下馬」之別是一致的。第一篇講到「伯樂所相，君子之馬」，說明作者所講的是以伯樂的相馬法為基礎的。還說「吾請言其解」，說明作者的意圖是要進一步解釋伯樂的相馬法。第二篇在詳細敘述馬目的相法之後，根據相馬法中的一些話，引出了十五個相連貫的答問，例如說：「法曰：眼大盈大走，小盈小走，大盈而不走何也？」又如說：「能為變者良也，能變而不良者何也？」說明作者針對原來相馬法上的結論而提出疑問，以便作進一步的解釋。作者在十五個相連貫的答問中，從馬眼的盈滿程度、眼的光澤、眼的活動能力、睫毛和眼外肌的功能等等，說明與馬是否善走的關係；還把馬的軀體和目力能否適應環境變化，歸因於「起居」（生活條件）是否適宜和「通利」（消化代謝）是否正常。這部書中有很多術語不容易理解，有待於我們作進一步探索。僅就我們已經理解的部分，已能看到戰國時代的相馬法已相當進步和細密了。

①魏惠王遷都大梁，史記魏世家和商君列傳認爲事在魏惠王三十一年，是因秦、趙、齊交侵和衛鞅大破魏將公子卬之故。但魏世家集解和孟子正義引竹書紀年說：「梁惠成王九年四月甲寅徙都大梁。」（水經渠水注、漢書高帝紀注、路史國名記又引作梁惠王六年）雷學淇介庵經說卷九、竹書紀年義證卷三六和朱右曾汲冢紀年存真都以竹書紀年之說爲是。戰國策楚策一載：「江乙惡昭奚恤，謂楚王曰：邯鄲之難，楚進兵大梁，拔矣。昭奚恤取魏之寶器，以臣居魏知之。」可知魏惠王十六年魏圍邯鄲而楚出兵救趙時，魏已徙都大梁，因而大梁成爲楚的主要進攻目標。史記秦本紀載：「秦孝公十年衛鞅爲大良造，將兵圍安邑，降之。」秦孝公十年即魏惠王十八年，如果這時安邑是魏都，不可能一圍即降，同時魏也不可能放棄自己的國都而攻占趙國的國都，並繼續和齊在襄陵作戰。魏惠王二十九年馬陵之役，據史記孫子列傳，齊將田忌最初要「直走大梁」，正因爲這時大梁已是魏都。

②宋國在宋昭公、宋悼公時可能遷都到彭城，主要證據有二：㈠史記韓世家載：「文侯二年，……伐宋，到彭城，執宋君。」韓文侯二年當公元前三八五年，這時宋君在彭城，所以韓軍「到彭城，執宋君」。據史記六國年表，韓文侯二年當宋休公十一年，而宋世家未見有宋休公被俘事，宋休公在位二十三年去世。但是宋休公以前的宋悼公，史記說在位八年去世，而宋世家索隱說：「按紀年爲十八年。」如果宋悼公在位年數應依竹書紀年作十八年，那麼被韓文侯捉去的宋君就是宋悼公。宋悼公在位首尾有十九年，他在韓文侯二年被韓捉去殺死，因而他的謚法爲「悼」。宋休公即位時因悼公被韓捉去殺死，沒有逾年改元，就把宋悼公十九年改爲元年，於是記載上宋悼公只有十八年了。㈡公元前三九〇年齊曾攻取魏的襄陵（史記魏世家、六國年表）。此後齊、魏兩國一再在襄陵交戰。襄陵在今河南睢縣，正當商丘西。公元前三六五年魏伐宋取得儀台，儀台又在今南丘東南。如果這時宋都還在今商丘，將處於魏的三面包圍之中。錢穆先秦諸子繫年考辨對此有考證。

③孟子萬章下篇有費惠公，當是季孫氏後裔依據封邑費而獨立成小國。楚世家頃襄王十八年弋射者說：「騶（即鄒）、費、郯、邳者羅鸗也。」呂氏春秋慎勢篇說：「以滕、費則勞，以鄒、魯則逸。」可知費國至戰國後期尚存。

④一九七八年湖北隨縣城關西北五里擂鼓墩發現戰國初期曾國君主曾侯乙大墓，出土文物七千件之多。出土有「楚王熊章鎛」，銘文作：「隹（唯）王五十又六祀，返自西陽，楚王酓（熊）章作曾侯乙宗彝，寘（奠）之於西陽，其永時（持）用

享。」北宋時安陸曾出土兩件銅文相同的鐘。楚惠王於公元前四三三年製作曾侯乙宗廟用的禮器，送到西陽祭奠。西陽當即曾的國都所在。從隨縣近郊發現曾侯大墓和宋代安陸曾出土「楚王熊章鐘」來看，這時曾國領地除潢河流域的西陽以外，還占有涢水流域的隨縣和安陸。這個曾國，當即西周末年追隨申國和犬戎一起滅亡西周的姒姓鄫國。原在今河南方城一帶（春秋時稱為繒關），後來逐步南遷，當出於楚的逼迫控制。近年在河南新野、湖北隨縣均川、京山縣蘇家壠等地出土有春秋前中期的曾國銅器。詳見楊寬、錢林書曾國之謎試探，刊於復旦學報一九八〇年第三期。近年湖北出土的曾子斿鼎銘文稱「惠於烈曲」，即世本所說「曾氏夏少康封其少子曲烈於鄫」（通志氏族略卷三所引）。「曲烈」當為「烈曲」之誤，據此可知這個曾國確是姒姓。

⑤ 戰國策魏策四載有人謂魏王「繒恃齊以悍越，齊和子亂而越人亡繒」。春秋和左傳都說魯襄公六年（公元前五六七年）「莒人滅鄫」。後來又復國。所謂「齊和子亂」當指公元前四〇五年田悼子死後，田和子初立，田氏發生內亂。這年田布殺公孫孫，公孫會（即田會）據廩丘叛於趙；田布圍廩丘，三晉發大軍來救，田布大敗。繒原恃齊以抗越，此時越乘機滅繒。

⑥ 程恩澤國策地名考據呂氏春秋慎勢篇所說「以滕費則勞，以鄒魯則逸」，楚世家頃襄王十八年有以弋射進言，講到「鄒、費、郯、邳，羅鸗也」，孟子書有鄒穆公、費惠公，又有任、滕諸國皆在泗上。這是正確的。齊策五蘇秦說齊閔王，講到魏惠王「其強北拔邯鄲，西圍定陽，又從十二諸侯朝天子，以西謀秦」，衛鞅因此為秦遊說魏惠王，勸惠王自稱為王，認為今大王所從十二諸侯，「非宋、衛也，則鄒、魯、陳、蔡，此固大王所鞭箠使也，不足以王天下」。「陳蔡二字當有誤，當魏惠王時，陳蔡二國早已為楚所滅，而且陳蔡離泗水太遠，不得與泗上十二諸侯並論。泗上十二諸侯當指宋、衛、魯、鄒（邾）、倪、滕、薛、費、任、莒、郯、邳等十二小國。

⑦ 後漢書西羌傳說：「韓魏復共稍併伊洛陰戎，滅之，其遺脫者皆逃走，西踰汧、隴。」顧頡剛史林雜識「秦與西戎條」，以為「陸渾既滅，即無陰戎」，因此認為後漢書作者「大有杜撰故實之嫌」。此說不確。

⑧ 田廣金桃紅巴拉的匈奴墓，考古學報一九七六年第一期。

⑨ 後漢書東夷列傳說：「秦併六國，其淮、泗夷皆散為民戶。」

⑩ 韓非子十過篇、趙策一、淮南子人間篇等，都說當時趙的謀臣張孟談從圍城中潛出，以「脣亡齒寒」進說韓、魏之

君，因而韓、魏協同趙氏反擊知氏。墨子非攻中篇則說韓魏亦相從而謀，感到脣亡則齒寒，因而反擊。墨子當曾親見三晉滅知氏之事，當以墨子所說爲是。

⑪ 後漢書西羌傳謂「周貞王八年秦厲公滅大荔，取其地」。不確。六國年表載秦孝公二十四年大荔圍合陽，可知秦孝公末年大荔尚存，且有武力反攻。秦滅大荔當在此後。

⑫ 黃式三周季編略推定仇由之滅在周貞定王十一年，此說可取。按地理形勢，知伯攻滅仇由當在知伯伐中山之前。

⑬ 六國年表載齊宣公四十四年伐魯莒及安陽，田世家作「伐魯葛及安陵」。當以六國年表爲是。

⑭ 韓非子說林上篇和魏策一都有「樂羊爲魏將而攻中山」的掌故。魏世家和趙世家都有魏伐中山「使太子擊守之」的記載。六國年表作「擊宋中山」，「宋」乃「守」之誤。韓非子外儲說左上篇和說苑復恩篇都有「吳起爲魏將而攻中山」的掌故。

⑮ 韓非子外儲說左下篇記翟璜曰：「得中山，憂欲治之，臣薦李克而中山治。」韓非子難二篇又記：「李克治中山，苦陘令上計而入多。」魏世家載翟璜謂李克曰：「中山已拔，無以守之，臣進先生。」

⑯ 水經瓠子水注引紀年作翟角，水經汶水注引紀年誤作翟員。呂氏春秋不廣篇作孔青，水經瓠水注引紀年作「孔屑」。

⑰ 蘇時學爻山筆話認爲淮南子人間篇所述「三國伐齊」的事，與紀年、呂氏春秋相合，是正確的。他說：「據淮南所言，正虜齊侯之事實也。注言三國爲韓、魏、趙，則與紀年同。其言求名於我，亦與未爲侯時合，蓋三家所以命爲諸侯，以勝齊之功也，即此書(指呂氏春秋)所謂賞以上聞也。」

⑱ 梁啟超戰國載記(收入國史研究六篇)誤以爲函谷關即今潼關，並說秦的占有函谷關「宜在孝公之世」，引賈誼過秦論說孝公據崤函之固爲證。其實，秦在戰國初期早就控制函谷關，否則的話，秦不可能於公元前三九〇年在函谷關東北的陝設縣。到公元前三六一年(秦孝公元年)秦又「出兵圍陝城」(史記秦本紀)，這時陝又被魏所占有，當已退守函谷關。

⑲ 史記趙世家說：敬侯「四年，魏敗我兔台。築剛平以侵衛。五年，齊、魏爲衛攻趙，取我剛平。六年，借兵於楚，伐魏，取棘蒲。八年，拔魏黃城」。六國年表又說：趙敬侯八年「襲衛不克」。這一次牽連衛、趙、魏、楚四國的戰爭，戰國策齊策五所載蘇代說齊閔王，曾有比較詳細的敘述：「昔者趙氏襲衛，車舍人不得休傳，衛國城割平，衛八

門土而二門墮矣，此亡國之形也。衛君跣行，告溯於魏。魏王身被甲砥劍，挑趙索戰，邯鄲之中騖，河山之間亂。衛得是藉也，亦收餘甲而北面殘剛平，墮中牟之郭。衛非強於趙也，……藉力於魏而有河東之地。趙氏懼，楚人救趙而伐魏，戰於州西，出於梁門，軍舍林中，馬飲於大河。趙得是藉也，亦襲魏之河北，燒棘蒲，墮黃城。」據此，趙攻魏棘蒲、黃城是一時事，史記趙世家分記在趙敬侯六年和八年，恐有誤。

⑳ 平樂銀山嶺戰國墓中出土一件銅戈，刻有地名「江」和「魚」；另有採集的一件銅矛，刻有地名「孱陵」，見廣西壯族自治區文物工作隊平樂銀山嶺戰國墓（考古學報一九七八年第二期）。江當即春秋時楚所滅江國所在，在今河南省息縣西。魚當即春秋時庸國所屬的魚，亦即漢巴郡魚復縣所在，在今四川省奉節縣東。孱陵當即漢武陵郡孱陵縣所在，在今湖北省公安縣西。這些銅兵器都是從楚內地帶往嶺南的。原發掘報告斷定這些墓葬是越族的，實際上該是楚國墓葬。

㉑ 戰國策魏策四說：「鄭恃魏以輕韓，伐榆關而韓氏亡鄭。」韓非子飾邪篇也說：「鄭恃魏而不聽韓，魏攻荊而韓滅鄭。」至於西周策說：「鄭恃魏而輕韓，魏攻蔡而鄭亡。」「蔡」字當爲「荊」字之誤。

㉒ 史記六國年表記秦惠公十三年「蜀取我南鄭」，史記秦本紀記此年「伐蜀取南鄭」。史記會注考證云：「紀表前此書秦城南鄭及南鄭反矣，則南鄭非蜀地。」當是此年蜀攻取南鄭，秦又伐蜀攻取南鄭。

㉓ 史記樂毅列傳只說「中山復國」，不言在何時。呂祖謙大事記解題卷一周威烈王十八年下說：「及文侯子武侯之世，趙世家書與中山戰於房子，是時蓋已復國。」王應麟通鑑地理通釋也有相同的看法。蒙文通周秦少數民族研究以爲魏世家、六國年表所說魏武侯九年「翟敗我於澮」，翟即中山，此即中山復國。此說不確。澮距中山在七百里以外，中山與魏之間隔有趙國，中山不可能越趙而攻至澮。中山復國當在周安王二十一年至二十四年間（公元前三八一至前三七九年），當時齊、魏助衛攻趙，楚救趙伐魏，攻至河內，戰於州西，趙又攻至魏的河北，於是魏不能越趙而控制中山，中山的白狄貴族得附近狄族助力，從而復國。翟敗魏於澮，當是狄族助中山復國的餘波。

㉔ 參考河北省文物管理處河北省平山縣戰國時期中山國墓葬發掘簡報，文物一九七九年第一期。

㉕ 史記周本紀說：「考王封其弟於河南，是爲桓公，以續周公之官職。桓公卒，子威公代立。威公卒，子惠公代立，乃封其少子於鞏以奉王，號東周惠公。」據正義引述征記和括地志，分封東周惠公的事在周顯王二年。據史記趙世家，

趙成侯八年「與韓分周爲兩」。趙成侯八年正是周顯王二年，可知東周的分裂出來，是由趙和韓兩國促成的。韓非子內儲説下篇載：「公子朝，周太子也，弟公子根甚有寵於君。君死，遂以東周叛，分爲兩國。」韓非子難三篇有段話與此略同，只是「公子朝」作「公子宰」。如此説來，東周是出於公子根反叛而獨立。韓非子説疑篇又説：由於滑之「爲禍難」，「故周威公身殺，國分爲二」。呂氏春秋先識覽也説：「周威公薨，肂九月不得葬，國乃分爲二。」可見東周的分裂，又由於內亂。趙韓兩國是乘西周的內亂，幫助少子在東部獨立，就「分周爲兩」了。據韓非子記載，東周惠公當是西周威公的少子，和西周惠公是昆仲，周本紀把他説成是西周惠公的少子，是錯誤的。漢書古今人表東周惠公，注「威公子」，是可信的。周本紀把東周惠公説成出於分封，不是出於叛立，是掩飾之辭。據韓非子，西周惠公名朝或宰，東周惠公名根；據周本紀，東周惠公居於鞏以奉王，而周本紀索隱引世本又説：「西周桓公名揭，居河南；東周惠公名班，居洛陽。」大概東周叛立時在鞏，洛陽爲周天子所居，因爲東周惠王以「奉王」爲名，洛陽也就屬東周了。蘇秦是東周洛陽人，見史記蘇秦列傳。戰國策燕策一載蘇秦對燕王説：「臣東周之鄙人也。」可知洛陽確屬東周。

㉖ 六國年表載秦獻公十九年敗韓魏洛陰，資治通鑑誤作洛陽、胡三省注謂即成周之洛陽，大誤。當時秦不可能攻到河南洛陽。

㉗ 水經河水注説：「左會浮水故瀆。故瀆上承大河於頓丘縣而北出，東逕繁陽縣故城南。應劭曰：縣在繁水之陽。張晏曰：縣有繁淵，……亦謂之浮水焉。昔魏徙大梁，趙以中牟易魏，故志曰：趙南至浮水繁陽，即是瀆也。」水經渠水注也説：「自魏徙大梁，趙以中牟易魏，故趙之南界，極於浮水，匪（非）直專漳也。」

㉘ 水經河水注引紀年云：「梁惠成王十三年鄭釐侯使許息來致地：平丘、戶牖、首垣諸邑。及鄭馳地，我取枳道與鄭鹿」。「馳地」當從王念孫、王引之讀作「弛地」，爾雅釋詁云：「弛，易也。」弛地即交換土地。鄭鹿即白馬口，水經河水注論證甚明。黃式三周季編略以「馳地」爲地名，以「與鄭鹿」作「與韓以鹿」，都是誤解。永樂大典本水經注作「馳地」，全祖望、趙一清、戴震等校本改作「馳道」，不確。

㉙ 春秋時代主要的進攻武器除戈、矛、弓矢以外，有戟（左傳宣公二年、襄公十年和二十三年）、劍（左傳桓公十年、僖公十年、宣公十四年、襄公二十三年和二十六年、昭公二十三年）等，中原地區到春秋戰國間還是如此。例如墨子非攻中

篇説：「今嘗計軍上，竹箭、羽旄、幄幕、甲盾……又與矛、戟、戈、劍、乘車。」墨子非攻中篇列舉各種武器沒有談及弩，因爲它的著作年代在春秋戰國間。至於墨子備城門以下講守城各篇，不但常提到弩，而且有「連弩」，因爲它的著作年代已在戰國後期。現在出土的弩機，以戰國時代的爲最早。

㉚ 荀子性惡篇説：「繁弱、巨黍，古之良弓也。」據王念孫讀書雜志考訂，「距來」爲「巨黍」之誤。

㉛ 「橐」，原誤作「櫜」，據荀子強國篇楊注改正。墨子有備穴篇講防備敵人挖掘地道攻城；又講到在地道戰中用「橐」把煙壓送到敵方地道中去窒息敵人的辦法。詳見第二章第一節注解。陳奇猷韓非子集釋把「堙穴」解釋爲「水攻」，「伏橐」解釋爲「火攻」，是錯誤的。

㉜ 參考河北省文物管理處河北省易縣燕下都四十四號墓發掘報告，載考古一九七五年第四期。

㉝ 參考楊泓中國古代的甲冑上篇，載考古學報一九七六年第一期。

㉞ 戰國策趙策三載趙奢對田單説：「今千丈之城，萬家之邑相望也，而索以三萬之眾，圍千丈之城，不存其一角，而野戰不足用也，君將以此何之？」戰國時代的戰爭，從各次戰役看來，的確不外乎野戰和包圍戰。

㉟ 古時作戰，載人和運輸都用車。馬駕車，不單騎。到春秋末年才有騎馬的風氣。左傳昭公二十五年：「左師展將以公乘馬而歸。」劉炫、王應麟等都認爲「此騎馬之漸」。劉炫説見左傳正義所引，王應麟説見其所著困學紀聞。呂氏春秋無義篇説：「公孫鞅因伏卒與車騎以取公子卬。」戰國策齊策一載孫子對田忌説：「使輕車銳騎衝雍門，若是則齊君可正，而成侯可走。」可知戰國初期騎兵還是和兵車混合編制的。

㊱ 史記甘茂列傳説楚國「南塞厲門而郡江東」，戰國策楚策一誤作「南察瀨胡而野江東」。史記正義引劉伯莊説：「厲門，度嶺南之要路。」按水經灕水注：「灕水之上有關。」「灕」、「厲」聲近，厲門當即灕水之關，在今廣西省平樂縣西南。

㊲ 戰國策韓策一策士所造張儀的話説：「料大王之卒，悉之不過三十萬，……除守徼亭、障、塞，見卒不過二十萬而已矣。」魏策一又説：「魏地方不至千里，卒不過三十萬人，……卒戍四方，守亭、障者參列，粟糧漕庾不下十萬。」可知戰國時代各國邊境已有亭、障等設備。韓非子內儲説上篇載：吳起爲魏西河守，「秦有小亭臨境」，「不去則甚害田者」，這就是秦邊境上的亭。賈誼新書退讓篇説「梁之邊亭與楚之邊亭皆種瓜」，這種亭已和秦、漢時代邊境上

的亭性質相同。戰國末年著作的墨子備城門篇説城上設亭來防守，每個亭設有一個尉。史記白起列傳載：秦昭王四十七年六月「陷趙軍，取二鄣四尉」。可知戰國時代的鄣也已設有尉防守。

㊳ 戰國時各國邊境已普遍設有烽燧等報警設備，例如史記信陵君列傳説：「北境傳舉燧，言趙寇至。」李牧列傳稱李牧「日擊數牛饗士，習射騎，謹烽火」。秦新郪虎符銘文説：「燔燧事，雖毋會符，行殹(也)。」戰國末年著作的墨子號令篇説：「與城上烽燧相望，晝則舉烽，夜則舉火。」墨子雜守篇説：「亭一鼓，寇烽，驚烽，亂烽，傳火以次應之，至主國止。其事急者，引而上下之。烽火以(已)舉，輒五鼓傳，又以火屬之，言寇所從來多少。……望見寇，舉一烽；入境，舉二烽；射妻(要)，舉三烽，一藍(鼓)；郭會，舉四烽，二藍(鼓)；城會，舉五烽，五藍(鼓)；夜以火如此數。」從這裏，可知當時用烽火報警，已有各種不同的記號。烽是用滑車懸掛在木桿上的，可以「引而上下之」。火就是苣火，也就是火炬，用火光來傳達警報，一般是在夜間使用的。

㊴ 左傳僖公四年載屈完説：「楚國方城以爲城，漢水以爲池。」以往有的注釋家因爲漢水是水名，認爲方城是山名。但左傳襄公二十六年載伯州犁説：「此子爲穿封戌，方城外之縣尹也。」左傳昭公十三年載叔向説：「有楚國者，其棄疾乎？君陳、蔡，城外屬焉。」杜注：「城，方城也。」可知方城該是長城，不是山名，否則不能把縣説在方城外，更不能把方城簡稱爲城。水經潕水注引盛弘之説：「葉東界有故城，始犨縣，東至瀙水，達泚陽界，南北聯，聯數百里，號爲方城，一謂之長城云。」又説：「酈縣有故城一面，未詳里數，號爲長城，即此城之西隅，其間相去六百里。北面雖無基築，皆連山相接，而漢水流而南。」史記越世家正義引括地志説：「故長城在鄧州內鄉縣東七十五里，南入穰縣，北連翼望山，無土之處，累石爲固。楚襄王控霸南土，爭強中國，多築列城於北方，以敵華夏，號爲方城。」據此，西半部是楚頃襄王時所築。盛弘之所説東半部，當春秋時代已有。方城的東西兩半部以魯關爲中心。魯關以東該是春秋時所造，魯關以西該是楚頃襄王時所造。

㊵ 後漢書郡國志濟北國下云：「盧有平陰城，……有長城至東海。」水經汶水注説：「(泰)山上有長城，西接岱山，東連琅邪巨海，千有餘里，蓋田氏之所造也。」史記楚世家正義引太山郡記説：「太山西北有長城，緣河經太山千餘里至琅邪台入海。」又引齊記説：「齊宣王乘山嶺上築長城，東至海，西至濟州，千餘里以備楚。」又引括地志説：「長城西北起濟州平陰縣，緣河歷太山北崗上，經濟州、淄州，即西南兗州博城縣北，東至密州琅邪台入海。」齊長

城的西端起於平陰古城南三里的防門。水經濟水注引京相璠說：「平陰城東有長城，東至海，西至濟，河道所由，名防門，去平陰三里。」張維華齊長城考（禹貢半月刊第七卷第一、二、三合期），根據地方志所載遺跡，推定齊長城從防門（今平陰縣東北）起，入今長清縣西南境，東向經五道嶺，入長清縣東南境，東北行入泰安縣，繞泰山西北麓的長城嶺（即大橫嶺）東行，經歷城縣南界，沿章丘萊蕪兩縣交界，經博山縣東南行，入臨朐沂水兩縣交界曲折東行，越穆陵關，經安邱縣西南界之太行山，入日照縣北境，經諸城縣南境，到膠南縣小朱山入海。

㊶史記魏世家正義以為魏「塞固陽」的固陽，就是漢的固陽縣，在今河套外烏拉特的東北。但這時魏國的領土遠不能到達這裏，不足信。

㊷水經陰溝水注說：「右瀆東南經陽武城北，東南絕長城；經安亭北，又東北會左瀆，左瀆又東絕長城。」水經渠水注又說：圃田澤「在中牟縣西，西限長城」。

㊸史記趙世家肅侯十七年「築長城」，正義說：「劉伯莊云：蓋從雲中以北至代。按趙長城從蔚州北，西至嵐州北，盡趙界。又疑此長城在漳水之北，趙南界。」這時所築長城，自當以「趙南界」之說為是。漳水乃漳水之誤。

㊹水經易水注說：「易水又東屆關門城西南，即燕之長城門也。……易水又東歷燕之長城，又東經漸離城南，……易水又東經武陽城南。」這是北易水。水經注又說：「易水又東流，屈經長城西，又東流南經武隧縣南、新城縣北。……易水俗又謂是水為武隧津，津北對長城門，謂之汾門。……易水東分為梁門陂，易水又東，梁門陂水注之，水上承易水於梁門，東入長城，東北入陂，……陂水南通梁門淀，方三里，淀水東南流出長城，注易，謂之范水。」這是南易水。水經滱水注又說：「滱水東北至長城，注於易水者也。」由此可知，燕南長城從長城門（即關門城）穿過北易水，沿著南易水東向，經過汾門再向東，再沿南易水和滱水（今大清河）而走向東南。這一帶的地方志記錄有這條長城的遺跡，有些遺跡至今還保存。今徐水縣解村瀑河上游東岸，南起石龍山，北至黃山，沿河岸有土城約長十公里，就是這條長城一部分的遺跡，見考古一九六五年第一期河北徐水解村發現古遺址和古城垣。

㊺張維華趙長城考（禹貢半月刊第七卷第八、九合期）引當時綏遠通志館的綏遠通志（稿本）說：「最近採訪錄載：包頭縣境內有古長城，東自什拉淖起，沿大青山及烏喇山之麓西行，至西山嘴子而止，長凡二百六十餘里，為土石所築，高二、三尺以至六尺不等，或斷或續，尚多存在，而以什拉淖至城塔汗之一段為較完整云。」

㊻ 這段長城遺址是一九四二年發現的。見佟柱臣赤峰附近新發現之漢前土城址與古長城，瀋陽博物館專刊歷史與考古第一號，一九四六年十月出版。

㊼ 見顧頡剛史林雜識初編——甘肅秦長城遺跡和文物一九六四年第六期臨洮秦長城、敦煌玉門關、酒泉嘉峪關勘查簡記。

㊽ 孫臏說：「兵法：百里而趣利者蹶上將，五十里而趣利者軍半至。」（史記孫子列傳）就是孫子軍爭篇說的：「五十里而爭利，則蹶上將軍，其法半至；三十里而爭利，則三分之二至。」

㊾ 易林益之臨說：「帶佗、兒良，明知權兵，將師合戰，敵不能當，趙、魏以強。」可知帶佗、兒良是趙、魏將領，其事蹟不詳。

㊿ 戰國策趙策二記縱橫家所造蘇秦遊說辭，說：「大王（指趙王）誠能聽臣，燕必致氈裘狗馬之地。」戰國策楚策一記蘇秦遊說辭，說：「大王（指楚王）誠能聽臣之愚計，……燕代良馬、橐他（駝）必實於外廄。」

51 善於相馬的伯樂先後有兩人：其一爲秦穆公臣，見呂氏春秋精通篇、分職篇和淮南子俶真篇高誘注。通志氏族略四注說善相馬的孫陽伯樂是秦穆公子，不確。淮南子道應篇述及秦穆公對伯樂說：「子之年長矣，子姓有可使求馬者乎？」伯樂認爲其子「皆不材」，因而推薦方九堙。這不像是父子之間的問答。另一個是趙簡子家臣郵無恤，字子良，善御，見左傳哀公二年。郵無恤又作郵無正，號伯樂，見國語晉語九。郵無正亦稱王良，見呂氏春秋審分篇和淮南子覽冥篇高誘注。呂氏春秋中既以王良爲善御者，又以爲是善相馬者。而韓非子則以伯樂爲善相馬者，王良（一作王子期、王于期）爲善御者。漢初的淮南子甚至誤分伯樂和王良爲兩人。例如淮南子主術篇說：「故伯樂相之，王良御之，明主乘之，無相御之勞而致千里者。」

52 馬王堆漢墓帛書相馬經釋文，載文物一九七七年第八期。

第八章　合縱、連橫和兼併戰爭的變化

一、魏和齊、秦大戰以及魏、齊、秦等國陸續稱王

魏國的進一步強大

魏國自從魏文侯任用李悝實行變法，就開始強盛起來。到魏惠王時，進一步實行改革，國力也就進一步強大起來。魏惠王所實行的改革，主要有下列三點：

㈠興修水利，開發川澤　開始開鑿鴻溝，從黃河開鑿運河通向圃田澤，再從圃田澤開溝渠引水灌溉，接著又從大梁城外開鑿大溝從圃田澤引水灌溉。同時，開放逢澤「以賜民」（漢書地理志注引竹書紀年）。

㈡開創選拔「武卒」的制度　採用按一定標準考選的辦法來選拔「武卒」，並給以優待，「復其戶，利其田宅」（荀子議兵篇），即免除全戶賦役和田宅的賦稅，軍隊的戰鬥力因此得到加強。所以漢書刑法志說「魏惠以武卒奮」。

㈢加強防備和控制交通　公元前三五九年魏與韓交換部分土地，魏取得了軹道（今河南省濟源縣一帶）的要道，控制了通過太行山的交通線。公元前三五八年魏派「龍賈帥師築長城於西邊」（水經濟水注引竹書紀年），這是在大梁以西建築長城，用來防備秦國進攻中原的。

齊、魏桂陵之戰

在魏國進一步強大的同時，齊國由於齊威王進行改革而強大起來，秦國由於衛鞅變法而強大起來。等到魏國遷都大梁，各大國紛紛活動，爭取與國，並迫使小國入朝，以謀擴張勢力。

公元前三五七年魏和韓結盟，解除了魏對韓宅陽（今河南省原陽縣西南）的圍攻，歸還了釐（在宅陽西南）於韓，次年魯、衛、宋、韓四國君主入朝於魏。到公元前三五四年，大國間的戰爭便爆發了。

公元前三五四年，趙國爲了兼併土地和擴張勢力，進攻衛國，衛國原來是入朝魏國的，當然不是魏國所能允許的，因而魏國就起兵伐趙（戰國策秦策四），率宋、衛聯軍包圍了趙都邯鄲（史記趙世家、魏世家）。次年，趙向齊求救，齊以田忌爲將，孫臏爲軍師，率軍前往救援。孫臏認爲，魏攻趙，精銳在外，內部空虛，如果「引兵疾走大梁」，魏軍必回救本國，這樣可以「一舉解趙之圍而收弊於魏」（史記孫子列傳）。田忌採納了這個作戰計畫。

當時魏將龐涓帶兵八萬，到達茌丘，將圍攻邯鄲。田忌也帶了八萬齊軍，依照孫臏的意見，一方面向南進攻，處於宋、衛之間的東陽地區戰略要地平陵，另一方面準備直趨大梁城郊，迫使龐涓不得不回師自救。孫臏就派輕快戰車西向直趨大梁城郊，「以怒其氣」（使敵人震怒）；又把隊伍分散，「示之寡」（給人以兵力單薄的感覺）。這樣，就誘使龐涓震怒而輕敵，放棄輜重，用急行軍兼程趕來。等到龐涓進抵桂陵（今河南省長垣縣西北），孫臏率軍加以邀擊，取得大勝，「擒龐涓」（以上根據孫臏兵法擒龐涓）。這個戰役，孫臏採用了避實擊虛、「攻其所必救」等辦法，大敗魏軍，創造了「圍魏救趙」的著名戰例。這一戰役，魏因主將被擒而失敗，但是實力損失不大。

魏國扭轉戰局

公元前三五四年，秦乘魏進圍趙邯鄲的時機，在元里大敗魏師，並取得少粱（今陝西省韓城縣西南，史記六國年表、秦本紀）；同時秦派公子壯率師伐韓，深入韓地，進圍焦城（今河南省尉氏縣西北）沒有攻克，占據了上枳、安陵（今河南省鄢陵縣北）、山氏（今河南省新鄭縣東北）三地，並在那裏築城（水經渠水注引竹書紀年），插入了韓魏兩國的交界地區。

在齊軍大敗魏軍於桂陵的同時，楚宣王也派景舍救趙，攻取了魏的睢水、濊水間地（戰國策楚策一）。但是後來魏國逐步扭轉戰局，還是把趙都邯鄲攻破了。公元前三五二年，魏惠王調用了韓國軍隊，在襄陵打敗了齊、宋、衛的聯軍，齊國不得已請楚將景舍出來向魏求和（水經淮水注引竹書紀年）。次年，魏國便迫使趙國在漳水之上結盟，並把邯鄲歸還趙國。呂氏春秋不屈篇評論說：「圍邯鄲三年而弗能取，士民罷（疲）潞，國家空虛，眾庶誹謗，諸侯不譽，魏國從此衰矣。」

這時秦孝公正奮發圖強，公元前三五八年曾打敗韓軍於西山，公元前三五四年又打敗魏軍於元里，攻取了河西的少粱。接著由於衛鞅的變法，秦國日益強大。公元前三五二年又攻入魏的河東，一度攻取了安邑（史記秦本紀、商君列傳）；次年又包圍固陽，迫使歸降。秦國因此越過洛水，收復了一部分過去被魏國奪去的河西地。後來魏國和齊、趙兩國先後結盟講和，到公元前三五〇年，魏就回頭向秦反攻，曾圍攻上郡的定陽（今陝西省延安東，見戰國策齊策五），結果秦孝公在彤（今陝西省華縣西南）和魏惠王相會修好（史記魏世家）。公元前三四八年，趙肅侯又和魏惠王在陰晉（今陝西省華陰縣東）相會修好。魏國勉強挽回了戰敗的局勢。

魏惠王稱王和逢澤之會

這時魏國還保持著強盛的聲勢，準備以朝見周天子爲名，召集許多小國舉行會盟，圖謀攻秦。就是蘇秦說齊閔王「昔者魏王擁土千里，帶甲三十六萬，其強北拔邯鄲，西圍定陽，又從十二諸侯朝天子，以西謀秦」（戰國策齊策五）。所謂「從十二諸侯」，俱有合縱的性質。也就是韓非子說林上篇所說「魏惠王爲臼里之盟，將復立天子」①。因而秦孝公很是擔心，加強防守。衛鞅分析了形勢，認爲「以一秦而敵大魏，恐不如」，建議用尊魏爲王的辦法來改變魏惠王的意圖。秦孝公接受了這個主意，於公元前三四四年，派衛鞅去向魏惠王遊說，謂「從十二諸侯」「不足以王天下」，勸說他除了號令宋、衛、鄒、魯等小國外，北面爭取燕國，西面爭取秦國，「先行王服，然後圖齊、楚」。魏惠王果然聽從了，便「廣公宮，製丹衣，旌建九斿，從七星之旟」（戰國策齊策五，「旌」原作「柱」，從王念孫讀書雜志改正），「乘夏車，稱夏王，朝爲天子」（秦策四），儼然擺出天子的場面來。本來，在封建制度下，王是最高的等級稱號，如今由於魏的「功大而令行於天下」（齊策五蘇秦述衛鞅語），居然自稱爲王了。魏惠王因而召集逢澤之會（逢澤在今河南省開封市南），由宋、衛、鄒、魯等國國君及秦公子少官來參加會盟。衛鞅這個計謀，使得魏進攻的矛頭，從秦轉變爲齊、楚，「於是齊、楚怒，諸侯奔齊」（齊策五）。

齊、魏馬陵之戰

公元前三四二年，魏國向韓進攻，韓向齊求救。齊威王根據田忌的建議，對韓表示救援之意，堅定韓的抵抗決心，但並不馬上出兵②。當魏韓打得筋疲力盡時，齊威王派田忌、田盼爲將，孫臏爲師③，起兵伐魏救韓。公元前三四一年，魏惠王派太子申、龐涓為將，帶了十萬大軍前來迎戰。孫臏採用「減灶誘敵」的計策，逐日減少營地軍灶數目，三天內從十萬灶減到五萬灶，再減到二萬灶，製造齊軍大量逃亡的假象，迷惑敵人。魏軍果然中計，只以少數精銳輕裝部隊兼程追趕，到了馬陵（今山東省范縣西南）。這時正好天黑，馬陵道路狹窄，兩旁多阻隘，魏軍正好進入齊國伏兵的包圍圈，頓時「齊軍萬弩俱發，魏軍大亂相失」，結果魏軍主力被全殲，太子申被俘，龐涓自殺（史記孫子列傳）。孫臏兵法陳忌問壘篇，具體說明了把許多戰車和武器作為障礙物，怎樣在急迫中殲滅「窘處隘塞死地之中」的魏軍，取得了「取龐涓而擒太子申」的戰果④。這是魏國從來未有的慘敗。

馬陵之戰，魏惠王「使龐涓將，而令太子申為上將軍」（史記魏世家）。魏策二說：「魏惠王起境內眾，將太子申而攻齊。」宋策又說：「魏太子自將過宋外黃。」孟子評論說：「梁惠王以土地之故，糜爛其民而戰之，大敗，將復之，恐不能勝，故驅其所愛子弟以殉之，是之謂以其所不愛及其所愛也。」（孟子盡心下篇）「大敗」是指桂陵之戰，「將復之」是指馬陵之戰，所謂「驅其所愛子弟殉之」，就是指使用太子申為上將軍，因為「恐不能勝」，使用太子申作為十萬大軍的統帥，結果正如有賓客謂公子理之傅所說「太子年少，不習於兵，田盼宿將也，而孫子善用兵，戰必不勝，不勝必禽（擒）」（戰國策魏策二）。魏自從馬陵之戰慘敗之後就一蹶不振了。在這次戰爭中，齊由田忌為統帥，孫臏為軍師，擒殺了魏太子申和龐涓，孫臏兵法陳忌問壘篇證實了這點。田盼是齊在前線指揮作戰的主將，因此魏國史官所記的竹書紀年上所記戰於馬陵的齊將是田盼，田盼不僅戰於馬陵，到公元前三四一年五月田盼還在進攻魏的東鄙，圍攻平陽（今河北省臨漳縣西南）。

公元前三四一年，魏國受到齊、秦、趙三國三面的進攻，魏國曾出師向秦反攻，又失敗了。次年，魏國派公子卬和秦衛鞅交戰，公子卬又受了衛鞅的欺騙，被俘虜了去，這是魏的又一次失敗。公元前三三八年，秦又進攻魏的岸門（今山西省河津縣南），俘虜了魏將魏錯。

齊、魏「會徐州相王」

魏國在秦、齊等國的夾擊中，不斷地遭到慘敗，因而到公元前三三六年，魏惠王不得不採用相國惠施「以魏合於齊楚以按兵」（戰國策魏策二）的建議。惠施還認爲，若要報復齊國，「不如變服折節而朝齊」，這樣「楚王必怒」，「楚必伐齊」，得到魏王同意，於是就通過齊相田嬰的關係，帶同韓國國君和其他小國國君朝見齊威王。公元前三三六年魏韓二君會見齊威王於東阿（今山東省陽穀縣東北）⑤南，次年又會見於甄（今山東省鄄城北），魏韓二君都戴著布冠，變服折節朝見齊威王⑥。到公元前三三四年，魏惠王就率領韓昭侯等，到齊的徐州（今山東省滕縣東南）朝見齊威王，並且尊齊威王爲王，同時齊威王也承認魏惠王的王號，即所謂「會徐州相王」⑦。

齊、魏兩大國在「徐州相王」，這是楚、趙等國所不能容忍的，所以在公元前三三三年趙肅侯派兵圍攻魏的黃城（今河南省內黃縣西），並在漳水、滏水之間築了長城，防止齊、魏兩國的進攻；同時楚威王爲了表示對「徐州相王」的憤怒，親率大軍，進圍徐州，打敗了齊將申縛的軍隊。

秦取得魏的河西

魏國在這時投入齊的懷抱，使齊停止了進攻，但秦國以魏爲「腹心疾」（史記商君列傳），還是不斷攻魏。公元前三三三年秦惠王起用魏陰晉（今陝西省華陰縣東）人公孫衍爲大良造，次年魏獻陰晉給秦，和秦修好，秦把它改名爲寧秦。這樣就便於秦國向東開拓領土了。

公元前三三二年秦遣公孫衍大舉攻魏，首尾經歷兩年，攻取魏上郡雕陰（今陝西省甘泉縣南），俘魏將龍賈，斬首八萬（秦本紀，魏世家作「四萬五千」）。龍賈是魏防守西邊、抵抗秦兵的主將，魏的中原長城即爲龍賈率師所建⑧。這是三晉抗秦戰鬥中首次大失敗。戰國策燕策二載蘇代說：「龍賈之戰、岸門之戰、封陵之戰（『陵』原誤作『陸』）、高商之戰、趙莊之戰，秦之所殺三晉之民數百萬，其生者皆死秦之孤也。」這一役使得魏防守上郡、河西郡的主力，被秦一舉殲滅，因而次年魏即以河西郡與秦，同時秦又派樗里疾爲主將，從函谷關沿黃河南岸向東出擊，先後攻取曲沃和焦（都在今河南省三門峽市以西），並在曲沃「盡出其人」，作爲秦進攻中原的據點。公元前三二九年秦又從河西渡過黃河，攻取汾陰（今山西省萬榮縣西南）和皮氏（今山西省河津縣東）。

張儀為秦相而連橫

張儀一作張義（見十三年相邦義戈、王四年相邦張義戈、戰國縱橫家書二十二章等），原是魏公族庶支出身，曾遊說楚王沒有得志，路經東周而入秦，曾得東周昭文君的禮遇和資助。公元前三二九年來到秦國，正好楚威王攻魏，張儀遊說秦惠王出兵幫助魏國，於是以新得皮氏的「卒萬人、車百乘」支持魏作戰，因而魏楚大戰，魏打敗楚於陘山，秦因而得以順利地接收河西地區（韓策三公孫昧謂公仲談及此事，韓世家襄王十二年有相同記載）。公元前三二八年，秦使公子華（一作公子桑）與張儀圍攻魏的蒲陽（今山西省隰縣），攻取了，卻請秦王歸還給魏，又請秦王使公子繇作爲「質子」送到魏國，這是張儀推行他的連橫策略。張儀前往魏國勸說魏惠王「不可以無禮」，魏因而把上郡十五縣連同少梁在內獻給秦國，秦惠文君因以張儀爲「相邦」，把少梁改稱爲夏陽（史記張儀列傳）。就在這年秦打敗趙將趙疵，取得藺（今山西省離石縣西）和離石（今山西省離石縣）。次年秦又把焦、曲沃及皮氏歸還魏國⑨，這是張儀進一步推行他的連橫策略，並準備下年秦惠文君稱王。

秦惠文君稱王

公元前三二六年秦「初臘，會龍門」（六國年表、秦本紀只作「初臘」）。臘祭是冬季酬謝有關收穫的鬼神的祭祀，具有慶祝豐收、慰勞勞動人民的意義。這是個群眾展開娛樂活動的節日，男女齊集，全國人民熱列參與的。這年秦開始舉行臘祭，並在龍門（今陝西省韓城縣東北）集會。龍門是黃河上游的神聖之地，兩岸峭壁對峙，形如闕門，傳說爲夏禹治水時所開鑿。黃河上游原是河宗氏等部族「遊居」之地（見穆天子傳），從這年起，舉行臘祭而在龍門集會，有其特殊意義。因爲秦新得河西郡和上郡，這一帶原是遊牧於黃河上游的戎狄部族所「遊居」，秦要這些戎狄部族友好相處，藉此可以聯歡。此後六年（秦惠王更元五年）「王北遊戎地至河上」（六國年表、秦本紀作「王遊至北河」，正義：「王遊觀北河，至靈夏州之黃河也」）。這就是秦和河上戎族相處友好的結果。後來秦昭王二十年又到上郡、北河（秦本紀）。秦這個「初臘，會龍門」的設施，主要目的就在於鞏固新得河西郡和上郡的統治，加強與周圍遊牧的戎狄的聯繫。

公元前三二五年四月戊午（初四）秦惠文君舉行稱「王」的儀式，按照齊、魏「會徐州相王」的先例，邀請魏、韓之君入秦朝見，推尊秦君爲王，同時秦王也承認魏、韓二君的王號，而且魏、韓二君還當場爲秦王駕御作爲稱王標識的座車，如同魏惠王在逢澤之會稱王，那樣的「乘夏車，稱夏王」⑩。以前逢澤之會有泗上十二諸侯參加朝見；齊、魏會徐州相王，除了魏、韓之君參加外，也還有許多小國參加朝見。估計這次秦君稱王的儀式上，也還有許多戎狄之君來朝。後漢書西羌傳說：「秦孝公立，威服羌戎，使太子駟率戎狄九十二國朝周顯王。」秦孝公時既然有太子駟率許多戎狄之君朝見天子，這時太子駟（即秦惠文君）自己稱王，當然必須有許多戎狄之君來朝。上年的「會龍門」，必然曾招徠許多戎狄之君參加，爲此次稱王儀式作好準備。

公孫衍合縱和五國相王

當張儀入秦推行連橫策略不久，公孫衍（犀首）就離開秦國而入魏爲將，因爲魏的國力衰退，公孫衍就圖謀拉攏別國，聯合出擊取勝。就在公元前三二五年，「犀首、田朌欲得齊、魏之兵以伐趙」，就是公孫衍拉攏齊國名將田朌一起伐趙。公孫衍說：「請國出五萬人，不過五月而趙破。」田朌認爲公孫衍說得太容易，「恐有後咎」，公孫衍認爲說得難了，二國之君就不願出兵，待出兵之後二國之君見有危險，必然增兵。後來果然如此，因而大敗趙兵（魏策一）。田朌俘虜了趙將韓舉，取得了平邑（今河北省南樂縣西北）和新城（水經河水注引紀年），公孫衍也打敗了趙將趙護，六國年表載「趙武靈王元年魏敗我趙護」。這是公孫衍當魏將初次得勝。

當時秦惠文王採用傳統的踰年改元的禮制，在公元前三二四年改元，稱爲更元元年。這年張儀又親自率兵出函谷關，再度攻取魏的陝，「出其人與魏」（秦本紀），作爲進攻中原的基地，同時築上郡塞（張儀列傳），鞏固上郡的防守。次年張儀又和齊、楚大臣在齧桑（今江蘇省沛縣西南）相會，目的在於拉攏齊、楚，防止公孫衍和齊、楚合縱。當時魏相惠施主張「以魏合齊、楚以按兵」，在引導魏君多次朝見齊君並推尊齊君爲王以後，又曾使魏太子嗣入質於齊（魏策二，「太子嗣」誤作「太子鳴」），使魏公子高入質於楚。公孫衍爲魏將之後，又和齊將田朌聯合戰勝了趙。因此秦相張儀要拉攏齊、楚，破壞公孫衍的合縱策略。

在這樣的形勢下，公孫衍爲了合縱，於公元前三二三年發起「五國相王」（戰國策中山策）。參加「五國相王」的是魏、韓、趙、燕、中山，從這年起，趙、燕、中山三國也開始稱王了。公孫衍發起「五國相王」，是想用來和秦國對抗的⑪，但結果沒有什麼成就。齊國藉口中山國小，不承認它有稱王資格，想聯合魏、趙、燕三國迫使中山廢除王號，也沒有成功。就在這年，楚國爲了迫使魏國投入楚的懷抱，要廢立魏的太子嗣，送立流亡在楚的魏公子高爲太子（戰國策韓策二），派柱國昭陽打敗魏軍於襄陵，取得了八個邑（史記楚世家）。

合縱、連橫活動的產生

在各大國紛紛拉攏與國、開展激烈的鬥爭中，外交和軍事上就產生了合縱、連橫的活動。所謂「合縱」，即「合衆弱以攻一強」，就是許多弱國聯合起來抵抗一個強國，以防止強國的兼併。所謂「連橫」，即「事一強以攻衆弱」（韓非子五蠹篇），就是由強國拉攏一些弱國來進攻另外一些弱國，以達到兼併土地的目的。這時各大國之間，圍繞著怎樣爭取盟國和對外擴展的策略問題，有縱和横兩種不同的主張。所謂縱横家，就是適應這種政治鬥爭的需要而產生的。他們鼓吹依靠合縱、連横的活動來稱霸，或者建成「王業」。他們宣傳：「外事，大可以王，小可以安」（韓非子五蠹篇）。還宣傳：「從（縱）成必霸，横成必王」（韓非子忠孝篇）。縱横家的缺點是，他們重視依靠外力，不是像法家那樣從改革政治、經濟和謀求富國強兵入手；還過分誇大計謀策略的作用，把它看作國家強盛的主要關鍵。張儀在秦國推行連横策略是獲得成功的，達到了對外兼併土地的目的，使得秦惠王能夠東「拔三川之地，西併巴蜀，北收上郡，南取漢中」，「散六國之從（縱），使之西面事秦」（史記李斯列傳記載李斯語）。這是因爲他用「外連衡而鬥諸侯」（賈誼過秦論）的策略，配合了當時秦國耕戰政策的推行。

二、張儀、公孫衍的連橫、合縱和秦滅巴蜀、取漢中以及楚滅越

張儀兼為秦、魏之相

公元前三二二年秦攻取魏的曲沃（今山西省聞喜縣東北）、平周（今山西省介休縣西）。這時魏惠王由於惠施「欲以魏合於齊、楚以按兵」的策略失敗，不得不採用秦相張儀「欲以秦、韓與魏之勢伐齊、荊（楚）」的策略，起用張儀爲魏相，張儀把惠施逐走。呂氏春秋不屈篇說：「惠施易衣變冠，乘輿而走，幾不出乎魏境。」高注：「言幾不免難境內也。」可知惠施是喬裝改扮而逃脫的，很是狼狽。惠施逃到楚國，楚國不敢久留，因爲聽得宋君看重惠施，又把惠施送到了宋國（楚策三）。這時秦對外宣布免除張儀的秦相，然後張儀爲魏相（六國年表、張儀列傳）。實際上「張儀欲並相秦、魏」（魏策一），從而進一步推行他的連橫策略，「欲令魏先事秦而諸侯效之」（張儀列傳），事實上張儀確是兼領秦相⑫。

張儀兼爲秦、魏之相後，確實開始「以秦、韓與魏之勢伐齊、楚」的行動。公元前三二〇年秦假道韓、魏向齊進攻，齊威王使匡章爲將應戰。匡章的母親得罪了父親，父親把母親殺死，埋葬在馬棧之下。當威王任命匡章爲將，曾說得勝回來，「必更葬將軍之母」，匡章說他「不敢」、「不敢欺死父」。當匡章率軍到前線時，爲了打敗秦軍，曾變換一些齊兵的徽章混進到秦軍中。候者（偵察兵）多次回來報告，說匡章以齊兵降秦，威王不信，結果齊兵大勝，秦軍大敗。事後威王說：「夫人子而不敢欺死父，豈爲人臣欺生君哉！」（戰國策齊策一）⑬匡章是齊的大將，從齊威王末年開始，直到齊湣王時，曾參與齊歷次對外的重大戰役，屢建戰功。這是匡章初次爲將而大勝秦軍，使張儀「以秦、韓與魏之勢伐齊、楚」的行動受到挫折，使公孫衍合縱的策略得以開展，魏惠王得以重新採用公孫衍合縱的策略，把張儀趕回秦國，讓公孫衍爲魏相，並讓惠施回到魏國。

公孫衍為魏相和五國伐秦

公元前三一九年，由於齊、楚兩國要驅逐魏相張儀，加上魏國派出使者到楚、趙、燕等國，爭取合縱，於是張儀回秦，公孫衍由魏將而升任相國⑭。這年魏惠王去世，舉行葬禮時，遇到大雨雪，群臣要求太子延期舉行，太子不聽，因而報告公孫衍，公孫衍轉告惠施，由惠施勸說太子同意（呂氏春秋開春篇、魏策二），可知當時公孫衍已成魏國朝廷首腦，惠施也已回國，重新成爲魏的大臣。

自從公孫衍得到東方各國的支持而做魏相，合縱的形勢便形成了。因而在公元前三一八年便有「五國伐秦」之舉。這一次合縱攻秦，參加的有魏、趙、韓、燕、楚五國，當時曾推楚懷王爲縱長⑮。但是實際出兵和秦交戰的，只魏、趙、韓三國，攻到函谷關，秦出兵反擊，魏受到損失較大，魏使惠施到楚，要和秦講和（戰國策楚策三），五國於是紛紛退兵。次年秦派庶長樗里疾乘勝追擊，一直進攻到韓邑脩魚（今河南省原陽縣西南），俘虜韓將鰒、申差，打敗趙公子渴、韓太子奂，斬首八萬二千。當時秦軍已深入到韓、魏的交界。結果韓慘敗。同時義渠曾乘機起兵襲秦，大敗秦軍於李帛之下。

這一役「五國伐秦」雖然失敗了，但是聲勢是曾烜赫一時的。公孫衍和張儀同時，一縱一橫，其聲勢都足以傾動天下，所以當時人景春說：「公孫衍、張儀豈不誠大丈夫哉！一怒而諸侯懼，安居而天下熄。」（孟子滕文公下篇）

秦滅巴、蜀

自從公孫衍的合縱失敗以後，秦、齊兩大國又開始各謀兼併土地。秦國自從秦惠王即位以後，進一步圖謀對外擴展，建立「王業」。在如何建成「王業」這個問題上，有兩種不同意見：張儀主張進攻韓國的新城、宜陽，「以臨二周之郊，據九鼎，索圖籍，挾天子以令天下」；而司馬錯反對「攻韓劫天子」的方案，認爲徒然得到「惡名」而得不到實利，主張首先攻滅西南「戎狄之長」的蜀國，認爲「取其地足以廣國」，「得其財足以富民繕兵」，可以「利盡西海」（戰國策秦策一）。而且巴、蜀可以從水道通楚，「得蜀則得楚，楚亡則天下併矣」（華陽國志蜀志）。秦惠王採納了司馬錯的主張。這時恰巧蜀國和苴國、巴國間有戰爭。原來巴與蜀長期爲仇，因爲苴侯和巴王友好，於是蜀王就伐苴，苴侯出奔到巴國，向秦求救。公元前三一六年，秦惠王派了司馬錯、都尉墨等人從漢中經石牛道伐蜀，蜀王親自率兵到葭萌（今四川省劍閣縣東北）抵禦秦軍⑯，失敗逃走到武陽（今四川省彭山縣），被秦軍殺死，蜀國就滅亡了。接著司馬錯等人又攻滅了苴國和巴國，把巴王捉了回去⑰。

秦對巴、蜀的羈縻政策

秦兼併巴、蜀之後，因爲少數部族的統治者在當地還有一定的號召力，採用了羈縻政策。秦雖然在進攻中殺了蜀王，俘虜了巴王，也還改封蜀王子弟爲「侯」，改封巴的原來統治者爲「君長」。在設置巴郡的同時，仍然保留「蠻夷君長，世尚秦女」（後漢書巴郡南蠻傳）。也還繼續保留蜀爲屬國，「貶蜀王更號爲侯，而使陳莊相蜀」（史記張儀列傳）；同時「以張若爲蜀國守」，「移秦民萬家實之」，因爲「戎伯尚強」（華陽國志蜀志）。公元前三一四年秦惠王封公子通爲蜀侯（史記秦本紀；六國年表記在次年，作公子繇通；華陽國志作公子通國），公子通當即蜀王之子而非秦王子弟⑱。儘管秦派遣蜀相和蜀國守，蜀還是不斷發生內亂。公元前三一一年「丹犁臣蜀，相莊殺蜀侯來降」（史記秦本紀）⑲。丹犁是蜀西南的部族，這時臣服於蜀侯，說明蜀侯還在擴大其勢力。蜀相陳莊把蜀侯殺死，該是與蜀侯發生衝突的結果。次年秦武王爲了安定蜀地，又派甘茂等人伐蜀，殺死陳壯，又討伐丹犁。公元前三〇八年，秦武王又封子煇爲蜀侯，子煇也該是原來蜀侯的子弟。公元前三〇一年，秦昭王又派司馬錯入蜀，迫使蜀侯煇自殺，並殺其臣郎中令嬰等二十七人⑳。次年秦昭王又封煇的兒子綰爲蜀侯。公元前二八五年，秦懷疑蜀侯綰反叛，把他殺死，從此只派張若爲蜀守，設置蜀郡（華陽國志蜀志）。秦先後殺死了三個蜀侯，才鞏固了對蜀的統治。

秦滅巴、蜀後，在巴、蜀進行改革，實行優待徵收賦稅制度，規定巴族人民相當於不更的爵位，用土產的布和雞羽納賦。

秦兼併義渠土地

秦在西南攻滅巴、蜀的同時，又積極向西北兼併義渠的土地。義渠是當時西戎中比較強大的一支。公元前三三五年，義渠打敗秦師於洛水流域（後漢書西羌傳）。公元前三三一年義渠發生內亂，秦派庶長操帶兵前往平定（史記六國年表）。後四年，義渠王就向秦屈服稱臣（史記秦本紀）。公元前三二〇年秦伐義渠，攻取郁郅（今甘肅省慶陽縣東，後漢書西羌傳）。當時義渠雖然已築有城邑，但還以畜牧爲主要生產事業。當時秦國對付義渠的策略，就是公孫衍對義渠君所說的：「中國無事於秦，則秦且燒焫獲君之國；中國爲有事於秦，則秦且輕使重幣而事君之國也。」（戰國策秦策二）就是說，秦沒有外來威脅時，就對義渠採取燒荒和掠奪財物的辦法㉑；秦有外來威脅時，就送重禮給義渠君加以拉攏。公元前三一八年東方五國合縱攻秦，秦爲了拉攏義渠，送給義渠君「文繡千匹，好女百人」。義渠君想到公孫衍對他講的話，就乘機襲秦，大敗秦人於李帛之下（戰國策秦策二）。後四年，秦就大舉向義渠進攻，取得了徒涇（在河西郡）等二十五個城（史記秦本紀、後漢書西羌傳）。從此秦在西北地區的勢力有了很大擴展。

齊宣王破燕和中山攻取燕地

這時恰巧燕國有內亂，燕國的貴族正在反對由燕王噲禪讓給與君位的子之。在公元前三一四年，齊宣王命令匡章帶了「五都之兵」，會同徵發來的「北地之衆」，向燕進攻。最初燕國人民因爲痛恨本國的統治者，對於進攻的齊軍表示歡迎，齊軍僅僅五十天就攻下了燕國國都，燕王噲身死，子之被擒後處醢刑而死。後來由於齊軍過於殘暴，結果「燕人畔」（孟子公孫丑下篇），迫使齊軍不得不撤退。

這時中山曾戰勝燕、趙兩國，向南在長子（今山西省長子縣西南）打敗趙軍，向北在中人（今河北省唐縣西南）打敗燕軍，殺死了燕的大將㉒。據新出土的中山王嚳鑄造鐵足大鼎銘文，這時中山相邦司馬賙曾乘燕內亂，率軍攻燕，「闢啟封疆，方數百里，列城數十」。這是中山取得的一次勝利（所謂「方數百里，列城數十」，是誇大的說法）。

公孫衍為韓相和田文為魏相而合縱失敗

當時各大國由於合縱連橫形勢的變化，常常更換相國，公元前三一八年秦爲了爭取趙的合作，一度以趙武靈王的大臣樂池爲相。次年秦由於反擊五國聯軍大勝，再度重用張儀爲相。公元前三一六年，魏襄王爲了爭取齊國支持，使用田需掌握著大權，與公孫衍發生矛盾，公孫衍因此向魏王建議：「嬰子（即靖郭君田嬰）言行於齊王，王欲得齊，則胡不召文子（即孟嘗君田文）而相之？」經魏王同意，「於是東見田嬰與之約結，召文子而相之魏，身相於韓」（見魏策二第二章和第八章）。由於公孫衍爲韓相和田文爲魏相，在齊相田嬰的支持下，合縱的形勢又好轉了㉓。公孫衍可說是合縱的首創者，田文是公孫衍的合作者和繼承者，就是從這次參與合縱開始的。因爲齊是東方的強國，是三晉合縱必須爭取支持的。可是這次合縱未見有什麼成就。

公元前三一五年，秦向韓的中原地區進攻，戰於濁澤（一作濁澮，今河南省長葛縣西北），主張和秦連橫的韓國大臣公仲朋，認爲「與國不可恃」，不如通過張儀講和，給與秦一個都邑，與秦一起伐楚，「此一易二之計」。韓王贊成這個建議，將使公仲朋入秦。楚懷王聽到這個消息，大爲恐慌，招陳軫來商量，陳軫認爲要避免秦、韓聯合伐楚，要假裝出兵救韓模樣，「令戰車滿夏路（從楚方城通向中原的大道）」，派信臣進見韓王，報告來救大軍已出發，使韓絕和於秦。楚王就這樣做了。當楚的信臣來到時，韓王大悅，就命公仲朋取消入秦求和之計。公仲朋認爲不可，這一定是陳軫的詭計。韓王不聽公仲朋的話，就絕和於秦。秦因此大怒，派樗里疾統率大軍進攻，相戰到下一年，楚的救兵不到，秦大敗韓軍於岸門（今河南省許昌縣西北，正當濁澤西南，見戰國縱橫家書第二十四章、韓策一和韓世家）。秦本紀載：「敗韓岸門，斬首萬，其將犀首走。」魏世家亦載：「走犀首岸門。」這是公孫衍合縱的又一次大敗，打得他臨陣逃脫了。同時，樗里疾還再度攻取了魏的焦和曲沃（今河南省三門峽市西南），迫使韓不得不向秦屈服，把太子倉入質於秦。這是公元三一四年的事，次年魏襄王就入秦和秦惠文王在臨晉相會，魏王按照秦王的意見，立了公子政爲太子（史記秦本紀、魏世家）。同時秦又攻取了趙的藺（今山西省離石縣西），取得大勝，俘虜了趙將趙莊（史記秦本紀、趙世家）。於是張儀所主持的秦和韓、魏連橫的形勢再度出現，張儀「以秦、韓與魏之勢伐齊、楚」的策略就再度推行。

秦、韓、魏和楚、齊對峙局勢

公元前三一三年，秦在中原地區已占有二個重要的進攻基地，一個是函谷關東北的曲沃，另一個是武關以東的「商於之地」。商原稱商密，即春秋時代楚的商縣所在（今河南省淅川縣西南），於又稱於中，在今河南省西峽縣東，兩地相鄰，合稱爲「商於之地」。商於本爲楚地，這時早已爲秦所占有。這兩個地方，當時已成秦仲向中原進攻的兩個矛頭，張儀要推展「以秦、韓與魏之勢伐齊、楚」的策略，首當其衝的是楚。楚因此派柱國景翠統率大軍駐屯於魯、齊邊境和魏、韓的南邊，又派三大夫統率九軍向北圍攻曲沃和於中。當時越欲伐齊，齊王使人遊說越王，勸越王不攻齊而攻楚，曾說：「楚三大夫張九軍，北圍曲沃、於中，以至無假之關者三千七百里，景翠之軍北聚魯、齊、南陽，分有大此者乎？」（史記越世家，原誤作楚威王時）由此可見，當時秦、韓、魏三國和齊、楚二國對峙的形勢很是緊張，楚是調發大量主力軍隊來應付這個對峙局勢的，同時齊也是盡力幫助楚和秦作戰的。

這時楚派三大夫統率九軍包圍曲沃和於中兩地，就在這年楚已經在齊的幫助下攻取了曲沃，接著就要進攻商於之地。而秦惠王不但想要戰勝楚軍於商於之地，還想要乘勝奪取楚的漢中地區，因此必須設法瓦解齊楚的聯盟，還要做好反擊楚軍於商於和乘勝奪取漢中的軍事上的準備。秦相張儀於是南去遊說楚王，聲稱秦王最推崇楚王，而最恨齊王，他自己也是這樣，現在秦王要討伐齊王，只因楚、齊交好，秦王不便尊重楚王，如若楚與齊絕交，他就能請秦王獻出商於之地六百里。楚王聽了很高興接受，不聽陳軫的勸阻，堅決與齊絕交。所謂「商於之地六百里」，本是誇大的話，等到楚與齊確實絕交，楚派將軍前往接受獻地，張儀回答說只有六里，於是楚懷王大怒，就要大舉發兵進攻商於之地了（據秦策二所載）㉔。張儀如此欺騙楚王，既使楚、齊絕交，又是緩兵之計，使秦做好全面反擊殲滅楚軍的準備。秦惠文王是很迷信鬼神的，因此在大戰爆發前，使宗祝邵馨在舊都雍祭祀巫咸、詛咒楚王而祈求「克劑楚師」；同時又到朝那湫（今甘肅省平涼縣西北），祭祀大沈厥湫（朝那湫的水神），詛咒楚王而祈求勝利。秦詛楚文就是當時神前詛咒楚王、祈求勝利的文告，其中講到楚王「求取吾邊城新郢及鄔、長、敘，吾不敢曰可，今又悉興其眾，張矜忿怒，飭甲底（砥）兵，以偪（逼）吾邊競（境）」。「新郢及鄔」就是指「商於之地」。「鄔」即是「於」，新郢當是秦取得商以後新改的地名。秦惠文王常以新得之地改名，如得魏陰晉改名「寧秦」，得魏少梁改名「夏陽」，因為晉、梁都是國名。得商而改名新郢，因為秦原有地名商（即商君封邑）。所謂「今又悉興其眾」，就是指楚王大怒，將要大舉進攻商於之地了。這是秦、楚兩國首次調動大軍，進行激烈的大

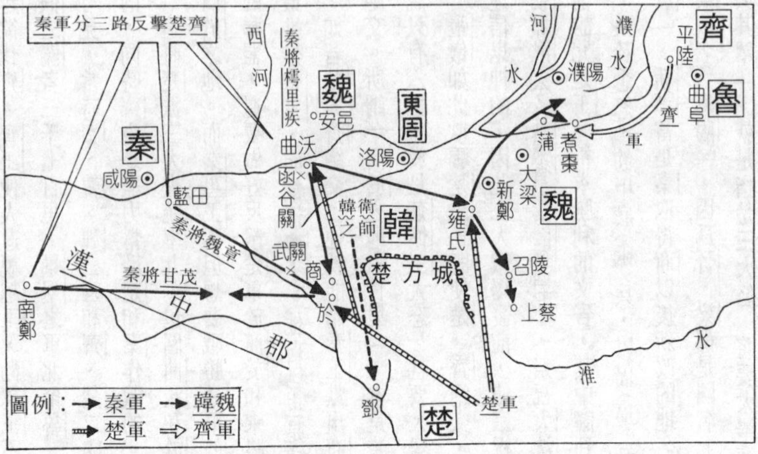

秦相張儀連橫、戰勝楚、齊示意圖

戰，關係到此後秦、楚兩國的興衰。秦是傾其全力以赴的，由秦相張儀主其事，軍事上是由張儀的得力助手魏章統籌指揮。

秦、韓、魏大勝楚、齊和秦取漢中

公元前三一二年的年初，楚大舉發兵進攻秦、韓，派將軍屈丐（「丐」一作「匄」）進攻商於之地，又使上柱國景翠（「翠」一作「痤」）圍攻韓的雍氏（今河南省禹縣東北）。當時楚懷王雖然聽信張儀欺騙而與齊絕交，但是在秦、韓、魏和楚、齊陳兵對峙而一觸即發的形勢下，齊並沒有因此退卻，齊依然聯合宋一起圍攻著魏的煮棗（今山東省東明縣東）。

秦這時分三路出兵加以反擊，東路由名將樗里疾統率，從函谷關進入韓的三川地區，幫助韓對圍攻雍氏的景翠進行反包圍；中路由庶長魏章統率，從藍田（今陝西省藍田縣西）出發，經武關，到商於之地反擊進攻的楚軍。西路由甘茂統率㉕，從南鄭（今陝西省漢中市）出發，向東進攻楚的漢水流域，配合魏章一起攻取楚的漢中㉖。中路是主要的，首先由魏章在丹陽（今河南省西峽縣丹水以北地區)大敗楚軍㉗,斬首八萬,俘虜楚將軍屈丐、裨將軍逢侯丑等七十多人(即楚策一所說「通侯執珪死者七十餘人」),接著魏章由此向西進攻,與西路向東進攻的甘茂所部會合,攻取了楚漢中六百里地,設置漢中郡。東路樗里疾曾幫助魏章打敗楚將屈丐,因而封爲嚴君;又幫助韓反攻楚景翠所部得勝,接著就向東進發,幫助魏打敗齊軍於濮水一帶,齊將聲子(一作贅子)戰死,齊將匡章敗走㉘。樗里疾所統率的這支秦軍穿越韓、魏二國,一直攻到魏的東北邊。楚懷王曾因漢中失守大怒,再發大軍襲秦,一度深入到藍田,結果又大敗。韓、魏因此又襲楚,攻到了鄧(今湖北省襄樊市),迫使楚退兵。魏章還曾會合韓軍攻楚,取得上蔡(今河南省上蔡縣西南)㉙。

公元前三一二年秦進一步攻取了楚的召陵(今河南省漯河縣東北)(秦本紀)。秦將樗里疾大敗齊師於濮上之後,繼續助魏攻衛,包圍了衛的蒲,沒有攻克而秦惠王去世。

這是秦相張儀推行連橫策略的重大成功,秦從此取得漢中,使關中和巴、蜀連成一塊,排除了楚對秦本土的威脅;從此秦又伸展到中原,占有函谷關和武關以東重要據點,既便於防守,又便於進取中原,因而強盛起來。

秦武王為窺周室而攻取宜陽

公元前三一〇年秦惠王去世,秦武王即位,驅逐張儀和魏章,張儀不久就死於魏。次年武王以甘茂、樗里疾爲左右丞相。這年十一月武王命甘茂等人修訂田律(見四川青川縣出土木牘)。公元前三〇八年武王欲「車通三川,窺周室」,命甘茂和庶長向壽伐取韓的宜陽(今河南省宜陽縣西)㉚。甘茂感到宜陽是大縣難以攻下,到時親韓的樗里疾、公孫郝向武王必有所非議,武王因此和甘茂在息壤結盟,表示堅決支持到底。甘茂攻宜陽五月未攻下,死傷眾多,樗里疾、公孫郝果然出來反對,幸而有息壤的盟約,武王增兵進攻(秦策

二、甘茂列傳），甘茂當眾宣誓「以宜陽之郭爲墓」，並以私金益公賞，終於攻克，斬首六萬。這是公元前三〇七年的事。秦在取得宜陽後，立即北渡黃河，占領武遂（今山西省垣曲縣東南）而築城防守，用以控制武遂貫通韓南北的要道。次年秦將武遂歸還韓，以此作爲要挾韓屈服順從的手段。

秦武王取得宜陽後就計謀進窺周室，首先是要據有代表天子權力的九鼎。武王原是大力士，秦本紀稱「武王有力，好戲」，「戲」是指角力，就是摔角㉛。他把當時著名的大力士如任鄙、烏獲、孟說都請來做官。他在攻取得宜陽之後，就使樗里疾率車百乘進入東周，他自己就在三〇七年八月前往洛陽和孟說比武舉鼎，舉起「龍文赤鼎」，兩目出血，絕臏而死㉜，孟說因此犯滅族之罪。武王這樣親自到洛陽來舉起周鼎，用意是明顯的，就是要「窺周室」、「挾天子以令天下」。

楚懷王滅越

公元前三一二年正當秦、韓、魏與楚、齊對峙，楚調發大軍包圍秦兵於曲沃和商於的時候，越王派使者以乘舟（君王乘坐用以指揮作戰的大船）、戰船三百艘、箭五萬支，送給魏國（水經河水注引紀年），支援魏國。這樣運送大批水戰所需的軍用物資到魏都大梁，必須從長江經邗溝，再經淮水和鴻溝，可知當時越的國力仍能控制邗溝和淮水的航行。這時越王原要伐齊，經齊王使人遊說越王，越不攻齊而攻楚，被楚打敗（越世家誤以爲楚威王時事）。因此楚圖謀滅亡越國，消除後顧之憂，並擴展領土到江東一帶。公元前三〇七年秦武王舉鼎絕臏而死，秦國有爭立君位的內亂，一時無暇對外兼併。楚國曾派大臣昭滑到越國去活動了五年，到公元前三〇六年（楚懷王二十三年），楚國乘越內亂，把越國滅亡了，把江東建設爲郡㉝。

三、孟嘗君合縱齊、韓、魏而勝楚攻秦和趙武靈王「胡服騎射」而攻取中山及胡地

齊國靖郭君和孟嘗君的專權

齊威王晚年，相國鄒忌和將軍田忌發生矛盾，田忌一度被迫出走到楚國。齊貴族田嬰接替鄒忌當上相國，採用欺騙手段把「終歲之計」（即上計）的大權奪到自己手中，營私舞弊，「亂乃始生」（韓非子外儲說右下篇，戰國策齊策一略同）。田嬰不僅「私家富累萬金」，還取得彭城（今江蘇省徐州市）作為封地，公元前三二二年又改封於薛（今山東省滕縣東南，史記孟嘗君列傳索隱引竹書紀年），並在那裏築城，號為靖郭君或薛公。田嬰是齊威王和齊宣王初年的相國。公元前三一六年公孫衍約結田嬰，召田嬰的兒子田文為魏相，自己為韓相，合縱抗秦，結果失敗。等到齊宣王改用儲子為相，不重用田嬰，田嬰就回到了薛。

大約在公元前三一〇年以前㉞，田嬰的兒子田文承襲了薛的封地，號稱孟嘗君或薛公，而且又當上相國。到公元前三〇一年齊湣王即位後，田文專權，弄得「聞齊之有田文，不聞有其王」（史記范雎列傳）。田文不但「封萬戶於薛」，在薛邑徵收萬戶的租稅，還大放高利貸，一次可以得到利息錢十萬以上。更收養食客三千人，「招致諸侯賓客及亡人、有罪者」，其中包括能夠做雞叫和裝扮狗來偷竊的，所謂「雞鳴狗盜」之徒。還「招致天下任俠奸人入薛中，蓋六萬餘家矣」（史記孟嘗君列傳）。他「上則得專主，下則得專國」，弄得「詐臣亂之朝，貪吏亂之宮」（荀子強國篇）。到公元前二九四年發生了貴族田甲用暴力「劫王」的事件，即所謂「田甲劫王」。田文因此被迫出奔到薛㉟，旋即到魏，在魏昭王那裏擔任相國㊱。田文在魏

國還是掌握著大權。荀況曾把齊的孟嘗君和越的奉陽君都列爲「篡臣」，認爲這種「篡臣」是「朋黨比周，以環(通「營」，惑亂)主圖私爲務」的，因此，「用篡臣者危」(荀子臣道篇)。

孟嘗君不僅是個封君，掌權的齊的相國，而且是個烜赫一時、聲勢浩大的縱橫家。當他在繼立爲薛公前，就曾與公孫衍合作，出任魏相而參與合縱抗秦，不久就失敗了。當他繼立爲薛公後，成爲專權的齊的相國，就有以齊爲主、聯合其他國家共同攻秦的計畫。楚世家載懷王二十三年(公元前三〇六年)「齊湣王(當作齊宣王)欲爲縱長」，怕楚和秦聯合，曾遣使送給楚王一封信，勸楚王和齊合力組織六國合縱伐秦，必能破秦，楚可取得武關、蜀、漢之地，於是楚「竟不合秦而合齊以善韓」㊲。齊宣王這個欲爲「縱長」的計畫當是孟嘗君所主持。呂氏春秋不侵篇和戰國策齊策四記載：「孟嘗君爲從(縱)，使公孫弘入秦觀察秦昭王。公孫弘就是當時參與合縱攻楚和攻秦的魏將公孫喜的兄長(見韓非子說林下)，該即幫助孟嘗君奔走組織合縱的得力助手。孟嘗君憑藉其齊相的權勢，連續主持齊、魏、韓合縱攻楚和攻秦二個戰役，都得到了勝利。在當時齊、秦兩大強國東西對峙的形勢下，孟嘗君以齊相組織韓、魏「合縱」而戰勝楚、秦，和張儀以秦相組織「連橫」而戰勝楚、齊，性質是一樣的。所不同的是，秦經過張儀的連橫得到了許多重要的土地，齊沒有經過孟嘗君的合縱而得到土地，只是爲韓、魏得到了土地和收回了一些失地。秦在「連橫」而發動的戰爭中損失不大，而齊在「合縱」而發動的連年戰爭中消耗實力很多。

齊、魏、韓勝楚的垂沙之役

公元前三〇六年，楚王因齊王來信要求合力組織合縱攻秦，楚就和齊相合。次年秦昭王新立，因爲秦昭王的母親宣太后是楚人，秦昭王和楚懷王聯姻，秦就來楚「迎婦」(即昭王后)。由於宣太后的掌權，經楚懷王的推薦，由宣太后外族的向壽爲秦相(史記甘茂列傳)。公元前三〇四年，楚王和秦王在黃棘(今河南省南陽市南）相會結盟，秦又給楚上庸（今湖北省竹溪縣東南）。次年，秦攻取魏的蒲阪（今山西省永濟縣西）、晉陽和封陵（永濟縣西南），這三地都是秦、魏間黃河上重要的渡口。同時秦又攻取韓的武遂，這又是韓貫通南北的通道所在。在這樣嚴峻形勢逼迫下，韓、魏只有投靠齊國才有生路，孟嘗君的合縱計畫就實現了，這年齊、韓、魏三國就因爲「楚負其縱親而合於秦」，聯合出兵伐楚，楚因而使太子橫入質於秦而請救，秦因而派客卿通率兵來救，三國因而退兵。公元前三〇二年入質於秦的楚太子橫，因在私鬥中殺死了一個秦大夫逃回楚國，因而秦、楚關係又變化。這年魏、韓二國又投靠秦國，魏襄王和韓太子嬰朝見秦昭王於臨晉（今陝西省大荔縣東黃河西岸）的應亭，秦把臨晉關對岸的蒲阪關歸還給魏。

公元前三〇一年，孟嘗君再度發動三國合縱攻楚，怕秦又來救楚，聽從策士的計謀，發重使到楚，預約楚王說：齊、韓、魏三國將出兵，如果楚能會合共攻秦，藍田也不難得，何況楚失地的收復，楚王極贊成，於是三國合力攻楚，楚向秦告急，秦不敢出兵（戰國策秦策四）。這年齊將匡章、魏將公孫喜、韓將暴鳶帶了三國聯軍進攻楚的方城。兩軍夾泚水列陣，相持六個月之久。三國聯軍因爲不知道泚水深淺，不敢渡河。後來向樵夫打聽到「荊人所盛守，盡其淺者也；所簡守，皆其深者也」。匡章派精兵在夜間從楚人盛守處渡河發動進攻（呂氏春秋處方篇），結果在泚水旁的垂沙（今河南省唐河縣西南）大敗楚軍㊳，殺死楚國將領唐蔑（或作唐昧），宛、葉以北的土地也爲韓、魏兩國所取得（呂氏春秋處方篇、荀子議兵篇、史記秦本紀、戰國策西周策）。同年秦使庶長奐伐楚，斬首二萬（秦本紀），攻新城（今河南省伊川縣西南，秦簡編年記）。秦又攻取韓的穰（今河南省滕縣，韓世家六國年表。次年秦又伐楚，斬首三萬，攻取新城（一作襄城），殺楚將景缺。這時楚受到齊、秦兩面進攻，再加上莊蹻率衆起事，一度攻到楚都郢，楚就出現四分五裂的局面。楚因此向齊求和，送太子橫入質於齊。秦爲了爭取齊國，也使涇陽君入質於齊。

楚懷王被秦拘留

公元前二九九年，正當楚在內外交困的情況下，秦昭王約楚懷王到武關相會結盟，說要「爲楚攻韓、梁，反楚之故也」（趙策一），昭睢、屈原都以爲「秦虎狼之國不可信」（楚世家、屈原列傳），懷王聽從幼子子蘭的話前去，入武關就被扣留，要懷王「西至咸陽，朝章台如蕃臣」，懷王大怒不聽，就被扣留，要挾割以巫、黔中郡。楚大臣因此相與計謀，要另立新君以絕秦之要挾，又怕太子横爲質於齊，齊、秦合謀，因而想擁立懷王的庶子在國者，昭睢以爲背王命而立庶子不適宜，因而詐言懷王已死而訃告於齊，召太子横回楚。當時蘇秦正在齊國，建議孟嘗君扣留太子以換取楚的「東國」，孟嘗君認爲不可，如果楚另立新王，就抱空質而行不義。蘇秦認爲可以對新王說：給我東國，我就殺太子，不然就將與三國共同擁立他，這樣必定可得東國（齊策三）。當太子横向齊湣王告辭而歸時，齊王要太子獻東地五百里而歸，太子請問其傅愼子後，就答應獻地而歸。太子横回楚即位爲王，就是楚頃襄王。當齊遣使來索取東地時，楚王朝見群臣，要大臣獻計，上柱國子良主張守信獻地，然後發兵攻取；昭常主張不給與，發兵加以防守；景鯉主張求救於秦。愼子認爲三人所獻之計都採用，先派子良去獻地，接著派昭常爲大司馬而往守東地，再派景鯉入秦求救。等到齊大興兵進攻楚東地，秦已發出救兵，因而齊退兵（楚策二）。

孟嘗君入秦為相

自從孟嘗君主持齊、韓、魏三國合縱大勝楚軍之後，一時聲勢顯赫。公元前三〇〇年孟嘗君就曾來到魏國，和魏襄王會於釜丘。水經濟水注引紀年云：「魏襄王十九年薛侯來，會王於釜丘。」這個薛侯就是孟嘗君。孟嘗君的封邑在薛，因而稱薛公，亦稱薛侯。戰國時代封君的稱號，「君」、「公」、「侯」是可以互用的，如楚的魯陽文君亦稱魯陽公（墨子耕柱篇），范雎封於應，號應侯，亦稱應君（范雎列傳）。這年孟嘗君不但會見了魏襄王，而且「秦昭王聞其賢，乃先使涇陽君爲質於齊，以求見孟嘗君」（孟嘗君列傳）。次年涇陽君復歸秦，秦昭王於是召孟嘗君入秦爲相，無非因爲孟嘗君是當時聲望最高的縱横家，想用他爲秦計謀的。

這時，趙武靈王正謀滅中山和攻掠胡地，並且把王位傳給王子何，即是趙惠文王。同時宋王偃也把王位傳給太子，國力已比較強盛。越國因爲秦、齊兩大國聯合不利於己，促使秦國免除孟嘗君的相位，由趙國派遣樓緩入秦爲相，派遣仇郝（「郝」一作「赫」）入宋爲相㊴，於是秦、趙、宋三國和齊、韓、魏三國形成了兩個對立的集團。孟嘗君列傳記人或說昭王：「薛文賢而又齊族也，今相秦，必先齊而後秦，秦其危矣！」因而昭王於次年就免薛文的相職。秦本紀稱：「薛文以金受免，樓緩爲丞相。」金受即金投，便是趙國大臣中親秦而反齊的，爲了趙的「結秦連宋之交」而入秦進說秦王，使樓緩代替孟嘗君爲秦相的。

當時秦昭王把孟嘗君拘留起來要殺害他，他依靠門客中的雞鳴狗盜之徒，逃出函谷關而回到齊國的。孟嘗君想要昭王寵姬求情放走，寵姬要他的價值千金的狐白裘，可是此裘早已獻給昭王，門客中有善於裝扮成狗而夜間偷盜的，從秦宮的庫藏中把此裘偷來，送給寵妾。孟嘗君由於昭王寵姬的說情而放走，就持僞造化名的通行證，以便蒙混過關，夜半過函谷關，關法雞鳴出客，門客中有能爲雞鳴而使雞盡鳴的，才得逃出函谷關（孟嘗君列傳）。

趙武靈王「胡服騎射」

趙國東北同東胡相接，北面同匈奴相鄰，西北又同林胡和樓煩接壤。這些都是遊牧部族，他們經常以騎兵侵擾趙國，破壞趙國邊地的農業生產和人民生活。公元前三〇七年趙武靈王實行軍事改革，「胡服騎射」，命令軍隊採用胡人服飾，改穿短裝，束皮帶，用帶鉤，戴著插有貂尾或鳥羽的武冠，穿皮靴，藉以發展騎兵，訓練在馬上射箭的作戰技術。雖然這場改革側重於軍事方面，實際上就是政治改革的進一步深入。這時肥義等大臣是改革的支持者，貴族公子成、趙文、趙燕等人是反對者。公子成認爲不該「襲遠方之服，變古之教」；趙文認爲「衣服有常，禮之制也」；趙造認爲「聖人不易民而教，智者不變俗而動」。趙武靈王駁斥了這些謬論，說：「理世不必一道，便國不必法古」，「以古制今者，不達於事之變」（戰國策趙策二）。後來趙在攻取原陽（今內蒙古呼和浩特市東）之後，把它改爲「騎邑」，用來訓練騎兵，牛贊又出來反對，聲稱「國有固籍，兵有常經。變籍則亂，失經則弱」；趙武靈王當即加以駁斥，指出「古今異利，遠近異用」，「今重甲修兵不可以踰險，仁義道德不可以來朝」（戰國策趙策二）。

趙武靈王推行胡服是逐步推廣的，先是以身作則，推行於家族中和朝廷上，再推廣到官府和軍隊中。趙武靈王嚴厲駁斥了貴族中原有的守舊思想，從而提倡革新進取的政策。胡服是胡人便於騎射的服裝，推行胡服是爲了學習胡人騎射的戰鬥技術，從而增強趙國的兵力。趙武靈王推行胡服騎射，是親自帶頭而集中精力來進行的，是有計畫而親自逐步貫徹的。他不但攻取中山和攻掠胡地，藉此擴大領土，而使這些遊牧部族服從，並且收編了林胡、樓煩的騎兵，藉以增強兵力，使趙國從此成爲與齊、秦並列的強國之一。

趙攻取中山和攻掠胡地

公元前三〇七年趙攻中山到房子（今河北省高邑縣西），次年攻中山到寧葭（今河北省石家莊市西北），西掠胡地到榆中，「林胡王獻馬」，由代相趙固「主胡，致其兵」。榆中在秦上郡之北，北河以南，今陝西省榆林縣以北地區，原爲林胡遊牧地區，因有廣大的榆柳之林而得名，林胡這個部族就因遊居在榆中而得名。「林胡王獻馬」，就是表示從此歸屬於趙國。「代相趙固主胡」，就是從此由趙固兼管這個林胡部族，「致其兵」就是收編林胡的軍隊。公元前三〇五年大舉攻中山，由武靈王親率右左中三軍，並由牛翦率車騎，趙希統率林胡和代的軍隊，會合於曲陽（今河北省曲陽縣西北），向北攻到恆山的華陽，向南攻到石邑、封龍（今石家莊市西南）、鄗（今高邑縣東）等地。次年攻取了榆中以北黃河上游河宗氏和休溷諸貉之地，設置了九原郡和雲中郡。「命吏大夫奴遷於九原（今內蒙古包頭市西北），命將軍、大夫、適（嫡）子、戍吏皆貉服」（水經河水注引紀年魏襄王十七年，今本竹書紀年「戍」改作「代」，「貉」改作「貂」）。因爲這一帶居住民是貉族，因而穿貉服。貉服和胡服大概是大同小異的。公元前三〇三年又攻中山，攘地北至燕，西至雲中、九原。公元前二九七年趙武靈王巡行新得之地，「出代，西遇樓煩王於西河而致其兵」，就是收編了樓煩的軍隊。次年中山滅亡，遷其居於膚施（今陝西省榆林縣南）㊵。趙武靈王不但推行了胡服騎射，攻取得大片胡地和中山土地，而且收編了林胡和樓煩的軍隊，因而軍事力量大爲加強。

宋滅滕伐薛和取淮北

宋是當時小國中比較大的，也是比較堅強的。宋王

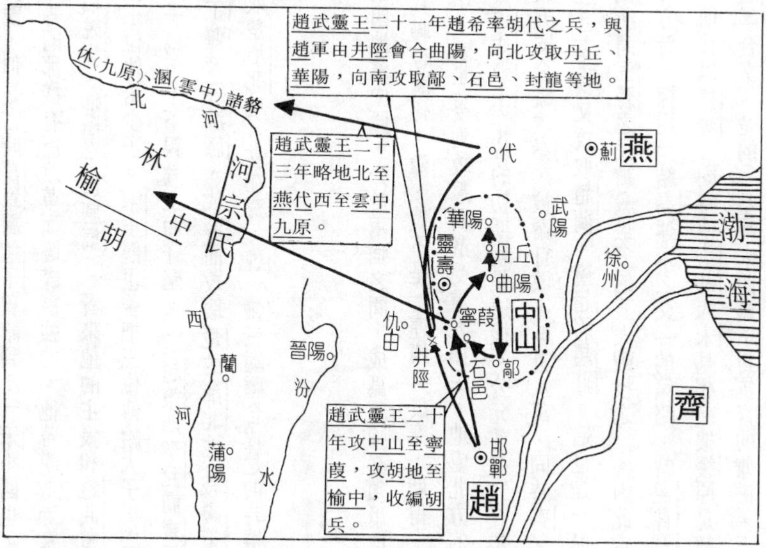

趙武靈王攻取胡地與中山示意圖

偃是宋的亡國之君，被稱爲宋康王，有種種昏庸暴虐的傳說，但是當時萬章對孟子曾講到：「宋小國也，今將行王政。」（孟子滕文公下篇）看來宋王偃也曾和魏、趙等國那樣有所改革而圖謀富強的。他曾說：「寡人所說（悅）者勇有力也，不說（悅）爲仁義者。」（呂氏春秋順說篇、淮南子道應篇）。看來他的主張和趙武靈王差不多。趙武靈王推行胡服騎射，攻掠中山和胡地，曾把王位傳給少子。宋王偃也曾把王位傳給太子，宋原是上下團結而防守堅固的。當時趙相李兌曾說：「宋置太子爲王，下親其上而守堅。」（趙策四李兌謂齊王）後來因爲內部發生矛盾，太子出走，國家才不穩定。宋王偃曾經滅滕、伐薛而攻取楚的淮北地（戰國策宋策、新序雜事四）。宋滅滕大體上和趙滅中山同時㊶。宋攻取楚淮北地，當在齊、魏、韓三國聯合攻楚的時機。

秦、趙、宋和齊、韓、魏對峙局勢

在當時齊、秦兩強東西對峙的戰鬥形勢下，韓、魏兩國地處中原，介於兩強之間，成爲兩強必須爭取聯合的對象，因而經常隨著合縱、連橫形勢的變化而改變其聯合關係，韓、魏不是「連橫」於秦，就得「合縱」於齊。地處南方的楚國，常常在連橫或合縱的戰爭中，首先受到攻擊而遭受重大損失。地處北方的趙國，也常常遭受齊、秦兩方面的進攻，受到很大損失。當趙武靈王在位的初期就是這樣。公元前三二五年齊戰勝趙於平邑，趙將韓舉被俘。公元前三一七年趙因參與五國合縱攻秦，被秦打敗，斬首八萬，同時齊又打敗趙軍於觀澤。次年秦攻取趙的西都、中陽。公元前三一三年秦又攻取趙藺，虜趙將趙莊。這也是一場大戰，趙的士兵被斬殺很多。所謂「趙莊之戰」，就是蘇代所謂三晉之民被殺最多的五大戰役之一。因此當趙武靈王推行胡服騎射而攻取中山的時候，就決定改變外交方針，採用「結秦連宋之交」的策略。當孟嘗君入秦以後，就派大臣金投入秦請秦昭王免除孟嘗君的相職，而代以樓緩，同時使仇郝入宋爲相。樓緩原是趙武靈王的重臣，曾贊助推行胡服而掠取中山的措施，主張趙聯合秦、楚的。當時宋國爲了對抗齊的兼併，正很需要秦、趙兩大國的幫助。秦國為了打敗齊、韓、魏三國的合縱進攻，也正需要趙、宋兩國在東方對齊的牽制，因而秦、趙、宋和齊、韓、魏對峙的局勢就形成了。這是公元前二九八年的事㊷。當時有人對周最說：「仇郝之相宋，將以觀秦之應趙、宋，敗三國。」（三國指齊、韓、魏，東周策）就是對這樣的對峙局勢而言。

當時趙的朝廷大臣中，本來有兩種不同的外交路線，「富丁欲以趙合齊、魏，樓緩欲以趙合秦、楚」。富丁主張趙和齊、韓、魏三國一起攻秦，使得齊、秦兩國都因此疲敝，這樣可使趙為天下重國。武靈王對此反對，認為這將使趙和齊、秦都疲弱（趙策三），結果採用了樓緩的主張，使樓緩入秦為相，直到公元前二九五年趙感到聯合秦國對趙不利，再派仇郝到秦，請昭王免除樓緩相職，改以魏冉為秦相。趙武靈王這時採取聯秦抗齊的策略，目的在於防止齊、秦聯合而對趙不利，這樣可以維持齊、秦對峙戰鬥的局勢，使齊、秦兩國都疲於戰鬥，無力干預趙攻滅中山的事，趙可以乘此時機滅亡中山和攻掠胡地，進一步推行胡服騎射，收編胡的軍隊，從而擴展軍事力量。

齊、韓、魏攻入秦函谷關

孟嘗君回到齊國重新為相，就發動齊、韓、魏合縱攻秦。公元前二九八年，齊、韓、魏三國便大規模地進攻秦國，一直攻到了函谷關。這時趙、宋和秦聯合，目的在於利用大國之間的矛盾，以便找尋機會兼併小國土地，因而沒有對秦國作實際的援助。齊、韓、魏三國進攻秦國，前後有三年之久，先是攻到函谷關，駐屯大軍，加以封鎖㊸，終於攻入了函谷關，迫使秦國求和。秦國歸還了前所攻取的魏的河外、封陵以及前所攻取韓的河外、武遂（河外指封陵和武遂二地周圍沿黃河一帶），三國兵才退去。

這個戰役和上次齊、韓、魏合縱攻楚一樣，由齊將匡章為統帥㊹，這是東方諸國合縱攻秦，第一次攻入函谷關迫使秦歸還重要侵地的勝利。

接著，齊又與燕大戰，獲得大勝，覆滅了燕三軍十萬之眾，擒獲了燕的二將（戰國策燕策一蘇代語）㊺。這時孟嘗君聯合韓、魏兩國，連年不斷地向楚國和秦國進攻，目的在於迫使強國屈服，不干涉它的對外兼併，以便攻取宋國以及淮北的土地。蘇秦曾說：「薛公相齊也，伐楚九歲（當作五歲），攻秦三年，欲以殘宋，取淮北。」（戰國縱橫家書八）但是，結果沒有成功。

四、秦、齊、趙三強鼎立而鬥爭和蘇秦為燕間諜而計謀破齊

秦國穰侯的擅權

公元前三〇七年秦武王因舉鼎折斷脛骨而死，因為他沒有兒子，諸弟就爭奪君位。朝廷大臣和惠文后（即惠王后）、武王后等擁立公子壯即位，稱為「季君」；而芈八子（楚國貴族出身，後稱宣太后）和她的異父長弟魏冉（後封穰侯）則擁立被趙、燕兩國護送回來的公子稷（秦武王異母弟、芈八子子）登位，即秦昭王。這場爭奪君位的內亂，持續有三年之久。由於魏冉擁有兵權，被他把所謂「季君之亂」鎮壓下去，殺死了公子壯、惠文后和昭王的諸異母兄弟以及一些大臣，並把武王后驅逐到魏國，終於把秦昭王擁立起來，所謂「惟魏冉力能立昭王」㊻。魏冉就以將軍名義衛戍國都咸陽。此後魏冉五次出任相國，宣太后和他兩人操縱大權，曾積極推行封君制，不但魏冉封於穰（今河南省鄧縣），稱為穰侯；昭王的同母弟公子市先封為涇陽君（涇陽在今陝西省涇陽縣西北），後又改封於宛（今河南省南陽市）；公子悝先封高陵君（高陵在今陝西省高陵縣），後又改封於鄧（今河南省郾城東南）；宣太后的同父弟芈戎先封華陽君（華陽在今陝西省華陰縣華山之南），後改封為新城君（新城在今河南省密縣東南）。穰、宛和鄧原來屬韓，公元前三〇一年和前二九一年為

秦所攻取；新城原來屬楚，公元前三〇〇年爲秦所攻取。這些都是手工業和商業比較發達的城市，因而這四個封君搜括到財富很多，出現了「宣太后專制，穰侯擅權，涇陽君、高陵君之屬太侈，富於王室」的局面（史記穰侯列傳）。魏冉在公元前二八一年又取得當時最富庶的城市陶邑（今山東省定陶縣西北）作爲封地。等到秦昭王免除他的相位，命令他出關回到陶邑時，有「輜車千乘有餘」（史記穰侯列傳），關吏檢查他的車輛，「寶器珍怪，多於王室」（史記范雎列傳）。

趙武靈王之死和李兌專權

公元前二九九年趙武靈王爲了專心致志於軍事，把王位傳給十歲左右的少子王子何，即趙惠文王，由肥義爲相國輔政。自稱主父。後三年，趙武靈王把東安陽（今河北省陽原縣東南）封給長子公子章，稱爲代安陽君，派田不禮爲相。公子章不服其弟爲王，於公元前二九五年趁主父、惠文王出遊沙丘（今河北省巨鹿縣東南）的機會，發動叛亂，殺害肥義。這時公子成和李兌從國都趕來，「起四邑兵入距難，殺公子章及田不禮，滅其黨賊而定王室」（史記趙世家）。於是公子成爲相，封號安平君；李兌爲司寇，封號奉陽君。公子章失敗時，逃進了主父所住的沙丘宮，公子成和李兌就派兵包圍沙丘宮，直到公子章身死，還圍住主父不放，圍了一百多天，主父活活餓死。這時惠文王年少，公子成和李兌專權，後來李兌爲相，長期專斷國政。

齊、秦聯合而各自掠地

就在趙武靈王被圍困餓死的當年，秦國免除趙武靈王所信任的樓緩的相位，改用魏冉爲相。公元前二九四年，齊國也跟著改變策略，採取祝弗的計謀，驅逐親魏大臣周最，改任秦的五大夫呂禮爲相㊼。這時孟嘗君也因「田甲劫王」事件而出走到魏，不久就做了魏昭王的相。齊、秦懷著各自的目的，相互聯合起來。秦國爲的是便於攻掠韓、魏的土地，齊國爲的是便於滅亡宋國。

秦將白起大敗韓、魏於伊闕

公元前二九四年秦分兵兩路攻韓，向壽攻取了武始，白起進攻新城（今河南省伊川縣西南）。白起郿（今陝西省郿縣東）人，是善於用兵的軍事家。新城是韓新築的城（呂氏春秋開春篇），用以防守和保衛韓的重要關塞伊闕（今洛陽市東南龍門）的，新城具有伊闕的附屬城堡的性質，所以秦簡編年記稱昭王「十三年攻伊闕」。次年向壽奉命進攻伊闕，魏派大將公孫喜統率大軍並會合東周軍一起幫助韓防守伊闕。公孫喜是八年前統率魏軍與齊將匡章大破楚軍的名將，當時有犀武（一作師武）的稱號㊽。秦相魏冉因此推舉左更白起代替向壽統率大軍進攻。當時韓、魏聯軍，在數量上較秦軍多一倍以上，臨陣時韓、魏兩軍都不願做先鋒，相互推讓觀望，秦軍出其不意，集中精銳兵力擊破魏的主力，擒殺了魏將公孫喜。「魏軍既敗，韓軍自潰，乘勝逐北」，斬首二十四萬，連拔五城，白起於是升爲國尉，「涉河取韓安邑以東至乾河」一帶地方（秦本紀、韓、魏世家、白起列傳、穰侯列傳、蘇轍古史白起傳所引戰國策所載武安君與應侯對答）。韓、魏二國因此大爲削弱。後來秦相范雎曾與白起談論，講到白起所指揮的許多戰役中，以伊闕之戰和長平之戰最爲主要，白起曾精闢地分析了這次大戰的得勝原因㊾。

秦取得韓、魏大塊土地

秦在伊闕大敗韓、魏之後，乘勝繼續攻取韓、魏城邑。這時白起已因功升爲大良造。公元前二九二年白起攻魏取垣（今山西省垣曲縣東南），後來又歸還（秦本紀），同年又攻魏（今山西省芮城縣北）拔之（秦簡編年記、白起列傳）。次年左更司馬錯攻取魏的軹（今河南省濟源縣東南）和鄧（今河南省孟縣西，秦本紀），同年秦又攻取韓的宛（韓世家）。公元前二九〇年秦攻取魏的垣、蒲阪（今山西省永濟縣西）、皮氏（今山西省河津縣）㊿。同年秦魏冉爲將攻魏，迫使魏獻河東四百里地。司馬錯攻魏的河雍（今河南省孟津縣西），衝決河雍和孟津的黃河浮橋，攻克河雍，連續攻克河內大小六十一個城邑。同年韓進獻從武遂到平陽這條通道兩旁的二百里地。

秦、齊、趙三強鼎立而爭奪宋國

這時趙因爲推行胡服騎射和攻取中山和胡地，收編林胡、樓煩的軍隊，軍事力量大爲增強，一時形成秦、齊、趙三強鼎立的形勢。在秦國大規模進攻之下，韓、魏兩國失去了大塊土地，非常狼狽。公元前二八八年左右，魏昭王通過趙國奉陽君李兌的關係，入趙朝見趙惠文王，把葛孽（在今河北省肥鄉縣西南）、陰成兩地獻給趙惠文王作爲「養邑」；又把河陽（即河雍，在今河南省孟縣西）、姑密（當在河陽附近）兩地獻給了奉陽君，作爲奉陽君兒子的封地51。於是魏國投入趙的懷抱，趙國則想聯合魏國一起攻宋。河陽是黃河中游主要渡口，設有浮橋，這是中原地區交通的樞紐所在，上年爲秦一度攻取，不便堅守而歸還魏國，這時魏獻給趙奉陽君，秦當然是不能罷休的。

正當這時，宋國發生了內亂，宋太子失敗出走，宋王偃重又恢復了王位。「而善太子者皆有死心」（戰國策趙策四），內部很不穩定。宋國的定陶是當時中原最繁榮的都市，素來爲各大國所垂涎。這時齊湣王想滅宋，趙的奉陽君李兌和秦的穰侯魏冉又都想奪取定陶作爲自己的封地。就在魏昭王入朝趙國的那一年，爭奪宋國的戰爭便開始了，趙國派了董叔聯合魏軍攻宋。秦國卻乘隙而入，攻取了趙的梗陽（今山西省太原市西南，史記趙世家）。

這時趙國內部分爲兩派，將軍韓徐爲和魏相國孟嘗君合謀進攻齊國，反對齊國攻滅宋國；相國奉陽君李兌則和齊國相勾結，希望通過齊國取得宋的陶邑作爲自己的封地。

蘇秦爲燕間諜而破齊的計策

燕國原是七國中最弱的一個。公元前三一五年燕王噲傳位給相國子之，引發內亂，被齊宣王乘機攻破，幾乎亡國。燕昭王即位，二十年來經過改革，奮發圖強，國力有所增強，力圖報齊之仇。公元前二九四年左右，在當時齊、趙、秦三國鼎立、竭力爭奪宋國土地的形勢下，蘇秦向燕昭王獻策，企圖借助秦、趙兩強之力攻破齊國，由他作爲燕昭王的特使派到齊國，以助齊攻宋爲名，做間諜工作而達到破齊的目的。

當時兵家是講究使用間諜取勝的，孫子兵法就有用間篇，據說間諜有五種，此中「死間」一種最爲重要。所謂「死間」，是指派往外國做間諜，說誑欺騙，取得信任，出任要職，實施陰謀詭計，使得這個國家失敗滅亡。這種間諜若被發覺，立刻就會被捕處死，因而有「死間」之稱。這種間諜必須非常效忠於主使的君上，按既定的計謀策略行事，有出生入死的決心，才能成其大功。他們以爲伊尹和太公望是「死間」的榜樣，商湯滅夏和周武王克商，就是由於伊尹和太公望做「死間」成功。孫子兵法用間篇的結論是：「昔殷之興也，伊摯（即伊尹）在夏；周之興也，呂牙（即太公望）在殷。故惟明君賢將能以上智爲間者，必成大功。」

蘇秦是東周洛陽乘軒里人，是個用功學習的縱橫家，讀書很多，很重視兵家學說。早年最先遊說秦昭王，建議「廢文任武」，用武力兼併天下，講的是兵家用「義兵」統一天下的理論（戰國策秦策一，誤作「秦惠王」），未被採用。後來蘇秦發憤讀書「得太公陰符之謀」，「簡練以爲揣摩」，一年後自以爲「此真可說當世之君矣」。太公陰符之謀一作「周書陰符」（蘇秦列傳）。當即漢書藝文志道家所載的太公一書（參看本書第七章第五節「六韜伐滅敵國的謀略」一段）。今本六韜當即太公一書的選本，是講太公進獻陰謀奇計從而伐滅殷商取得天下的。

蘇秦爲燕間諜而實施的破齊計謀，主要是因順齊湣王要滅亡宋國使齊進一步強大擴張的欲望，由燕助齊攻宋，使得齊的國力疲弱，同時離間齊、趙關係，加深齊、趙之間的矛盾，以便借助秦、趙之力合縱攻破齊國。戰國策燕策二指出，「齊興兵伐宋，三覆宋，宋遂舉，燕王聞之，絕交於齊，率天下之兵以伐齊，大戰一，小戰再，頓齊國，成其名，故曰因其強而強之，乃可折也；因其廣而廣之，乃可缺也」。這就是六韜所載太公主張對敵國先加「文伐」而採取「因順」的謀略，「攻強必養之使強，益之使張，太強必折，太張必缺」（六韜三疑篇）。在當時秦、齊、趙三強鼎立鬥爭的形勢下，燕之所以能夠合縱破齊，確是和蘇秦鼓勵支持齊王攻宋，使齊國力疲弱，並使齊、趙之間矛盾加深有關。因而銀雀山出土孫子兵法竹簡，在「周之興也，呂牙在殷」下，加上「燕之興也，蘇秦在齊」，當是戰國末年兵家所增補的。

燕昭王和蘇秦定策攻破齊國

蘇秦在和燕昭王一起定策的時候[52]，竭力保證自己要做到「孝如曾參」、「信如尾生」、「廉如伯夷」，其中「信如尾生」是最重要的。尾生爲愛情守信而死的故事，戰國時代流傳很廣。據說尾生和情婦相約幽會於水淺的橋下，情婦尚未來到，忽然大水沖來，守信不去，以致抱著橋腳的柱子而淹死（詳顧頡剛史林雜識初篇四一尾生故事）。蘇秦所以要在昭王前保證自己「信如尾生」，因爲自己將做「死間」的工作，必須保證自己按密約行事，守信到死。後來蘇秦確實做到了這點，當燕將樂毅破齊之時，他就被齊湣王「車裂」而死，所以鄒陽獄中上書就說：「蘇秦不信於天下而爲燕尾生。」司馬遷說：「蘇秦被反間以死，天下共笑之。」（蘇秦列傳太史公曰）。

蘇秦在定策時說：「齊雖強國也，西勞於宋，南罷（疲）於楚，則齊軍可敗而河間可取。」（燕策一第十四章）又說：「信如尾生，期而不來，抱梁柱而死，信至如此，何肯揚燕、秦之威於齊而取大功乎哉？」（燕策一第五章）可知蘇秦和燕昭王所定的策略，是要使齊「西勞於宋，南疲於楚」，然後讓燕和秦、趙等國聯合揚威於齊而取得大功。蘇秦自齊獻書給燕昭王說：「臣之計曰：齊必為燕大患。臣循用於齊，大者可以使齊毋謀燕，次可以惡齊、趙之交，以便王之大事，是王之所與臣期也。」（戰國縱橫家書第四章）。「期」就是約定，「王之大事」就是攻破齊國，可知燕昭王和蘇秦約定的策略，就是要攻破齊國。「惡齊、趙之交」就是拉攏趙國和燕一起攻齊的手段。蘇秦自稱不做「自復」之臣，要為「進取」之臣，就是說要為燕進取。就這樣，燕昭王決定派蘇秦出使齊國，並派兵兩萬幫助齊國一起攻宋了。

燕助齊第一次攻宋

燕昭王在公元前二九五年派蘇秦入齊，請齊王不攻燕而攻宋，認為宋是中原膏腴之地，「與其得百里於燕，不如得十里於宋」（燕策二）。這時齊湣王為了擴張領土，拉攏秦國，使用秦昭王的好友韓⿱日貴為相㊸。韓⿱日貴一作韓珉（韓策三）、韓聶（田世家），是韓人而主張秦、齊聯合的。燕昭王因此派蘇秦出使齊國，與韓⿱日貴聯絡，從而助齊攻宋，為了付託蘇秦重任，封蘇秦為武安君，並給以相國名義㊹，以抬高蘇秦作為使者的地位。蘇秦出使前，一面派人向齊王請示，說蘇秦推崇齊王賢於齊桓公，而自比於管仲，希望能以接待諸侯之禮迎接，將帶車一百五十乘前來，否則只能如上次來見一樣只有五十乘（戰國縱橫家書第九章）。一面又先與韓⿱日貴面談，韓⿱日貴擔心「傷齊者必趙」，蘇秦對答道：「請劫之。」並且說：「子以齊大重秦（蘇秦），秦將以燕事齊，齊、燕為一，韓、梁必從，趙悍則伐之。願則（即）摯（質）而攻宋。」就是說燕送質子到齊做保證，將派兵一起攻宋。韓⿱日貴對此很贊同。蘇秦這樣主張「劫趙」、「伐趙」，目的就在「惡齊、趙之交」。於是蘇秦就率車一百五十乘入齊，齊就以接待諸侯之禮迎接他，由韓⿱日貴迎接於高閭（臨淄的城門），並替他駕車而進入（戰國縱橫家書第八章）。燕昭王封蘇秦為武安君，後來趙、齊都封蘇秦為武安君。「武安」是封號，並無封邑，是說將以武力安定天下。後來秦將白起、趙將李牧，卻曾有這個封號。因為蘇秦當時宣揚用「義兵」平定天下的主張，最初蘇秦以此遊說秦昭王未見採用，這時蘇秦又以此進說齊湣王攻滅宋國而被採用了。蘇秦這樣以隆重鋪張場面出使齊國，無非為了爭取齊王的重視和信任。自帶糧食進入齊國準備隨同一起伐宋的時候，「齊之信燕也，至於虛北地以行」，確是十分信任，當兩萬燕軍但是燕將張庫率燕軍進入齊國以後，還是和齊有矛盾，張庫因此被齊王殺死」（燕策二）。呂氏春秋行論篇「張庫」作「張魁」）。燕昭王為此感到屈辱，經臣下勸說後，還是縱橫家書第四章，結。

齊國這次攻宋，引起趙國大臣兩種不同的對策，趙將韓徐為和魏相孟嘗君一起邀約燕昭王使到齊請罪了趙將李兌卻主張和齊聯合，要接受齊給他的封邑，還揭露了韓徐為等相約共謀攻齊的活動，歸罪曾派公玉丹到趙，要以攻宋取得的蒙（今河南省商丘市東北）作為李兌封邑，燕昭王因此派蘇秦入齊，而趙交惡而不給李兌封邑（戰國縱橫家書第四章）。在這樣複雜的鬥爭形勢下，齊就聽從蘇秦的建議，暫時停了攻宋的行動，把攻宋的齊將蜀子（即觸子）招回55。

後來蘇秦由燕入趙，進行外交活動，就有人檢舉蘇秦有一系列破壞齊、趙兩國關係的行為，因而趙相李兌和趙將韓徐為都對他怨恨，一度曾把蘇秦監禁起來，經燕昭王遣使入趙促使釋放的。

秦、齊並稱西帝、東帝

在秦、齊、趙三強鼎立而鬥爭的形勢下，秦相魏冉圖謀採用和齊連橫的策略，聯合五國一舉攻滅趙國。因為當時各國都已先後稱「王」，「王」號已不足尊貴，魏冉就採用秦、齊並稱為帝而連橫的策略。「帝」原是上帝的稱號，這時從上帝神話演變而成的黃帝傳說已很流行，齊威王製作的陳侯因資（齊）敦，銘文稱

「高祖黃帝」，已把黃帝作爲陳氏遠祖，「帝」在古史傳說中已成爲德行比「王」高一級的稱號，因而魏冉用「帝」來作爲秦、齊兩強君主連橫結盟的最高稱號。秦昭王對此早有準備，公元前二九〇年昭王就曾到宜陽，這年韓的成陽君和東周君來朝，當即在宜陽，宜陽早已建有朝見的行宮。公元前二八八年十月秦昭王就在宜陽自立爲「西帝」，就是呂氏春秋應言篇所謂「秦王立帝宜陽」56，同時派魏冉前往齊國，向齊湣王致送「東帝」的稱號，並且邀約五國訂立了共同伐趙的盟約57。

這時秦昭王在宜陽自立爲「西帝」，當有稱帝即位的隆重儀式，因而要魏、韓等國君主前往朝見。魏昭王因見楚懷王入秦而不能回來的先例，不敢入朝。秦國這時拉攏齊國並稱爲帝，是連橫的策略，主要目的在於邀約五國結盟而共同伐滅趙國而三分趙地。五國曾爲此訂立盟約，「著之盤盂」，約定了共同出兵伐趙的日期。因爲這時趙正是東方各國合縱的盟主，魏相薛公（即孟嘗君）就曾「身率梁王與成陽君北面而朝奉陽君於邯鄲」（戰國縱橫家書第八章）。所謂「北面而朝奉陽君於邯鄲」，當是趙相李兌會同魏相田文率領魏昭王、韓成陽君在邯鄲朝見趙惠文王，並獻河陽、姑密作爲李兌之子的封邑。這是秦、趙兩強在連橫合縱[illegible]勢下，相互激烈鬥爭的關鍵時刻，齊正處於舉足輕重的地位。

蘇秦合縱五國攻秦

當秦相魏冉來到齊國致送「東帝」稱號和約定聯合伐趙之後，蘇秦從燕到齊，見[illegible]章華宮南門，齊王徵求他的意見，他認爲這樣「兩帝立，約伐趙」，不如伐宋之利；齊取消帝[illegible]，得「天下愛齊而憎秦」，因而主張取消帝號，「倍（背）約擯秦」，「以其間舉宋」（齊策四、田[illegible]這個建議很得齊王的贊許，於是就邀約趙王和齊王在東阿（今山東省陽穀縣東北）會見，約定「攻[illegible]去帝」，並由蘇秦參與其事（戰國縱橫家書第四章）。這是趙國存亡的緊急時刻，蘇秦這樣聯合齊、趙二強發動五國合縱攻秦，因此蘇秦一時聲勢顯赫，趙和齊先後都封蘇秦爲武安君，任以爲相。蘇秦列傳稱蘇秦約六國合縱，並相六國，出於後世策士的誇張，但是當五國合縱攻秦時，同時兼有齊、趙、燕三國之相，並同封爲武安君，當是事實。

蘇秦這樣推翻秦、齊連横而攻滅趙國的計畫，發動齊、趙聯合五國而合縱攻秦，真正的目的並不是爲了挽救趙國，還是爲了將來實現燕聯合秦、趙攻破齊國的「大事」。因爲在這樣秦、齊、趙三強鼎立而鬥爭的形勢下，必須要造成秦、趙兩強合縱攻齊的局勢，才有可能把齊攻破。如果出現秦、齊兩強連横攻趙的局勢，一旦趙被攻滅，齊的國力將更強大，必然造成對燕十分不利的結果。

公元前二八八年十二月齊宣布廢除帝號，次年五國軍隊就開始會合而前進攻秦了。燕又派出兩萬軍隊自帶糧食到齊國，準備隨同齊軍一起攻秦了。蘇秦就從燕到魏，再到趙，督促快速進軍。據蘇秦向齊王所作報告，韓、魏之軍已會合，因下雨未能快速前進，趙奉陽君已應允，將全部徵發上黨壯丁出發攻秦。但是奉陽君在懷疑齊、楚兩君將要相會是爲了向秦講和。當時齊的主要目的，是要乘這個合縱攻秦的時機攻滅宋國，同時趙、魏也想爭奪宋地，三國之間爲此很有矛盾。因此蘇秦向齊王建議，必須安撫趙相奉陽君和魏相孟嘗君，把宋的陶許給奉陽君作爲封邑，把宋的平陵許給孟嘗君作爲封邑（戰國縱横家書第十二章和第十四章）。由於魏的阻撓，五國聯軍停留在成皋、滎陽（今河南省滎陽縣西北和東北）。當齊第二次攻宋，請魏「閉關於宋」，魏不許。魏一再向宋進攻，與齊爭奪宋地，因此蘇秦謂齊王：「王又欲得兵以攻平陵（宋邑），是害攻秦也。天下之兵皆去秦而與齊爭宋地，此其爲禍不難矣。」同時魏相孟嘗君和趙將韓徐爲主謀合縱攻齊的消息傳到齊王，齊王就決定於八月退兵。秦在五國合縱進攻的形勢下也宣布廢除帝號，與五國講和，把前所奪得的溫（今河南省溫縣西南）、軹（今河南省濟源縣南）、高平（今濟源縣西南向城）歸還給魏，把巠分、先俞歸還給趙（趙世家、趙策一作「三公、什清」，戰國縱横家書第二十一章作「王公、符逾」）。就在這年趙將趙梁攻齊（趙世家），這是當年五國合縱攻秦結束後，趙對齊的初次進攻，成爲此後五國合縱攻齊的先聲。

五、齊滅宋、燕破齊和秦破楚及楚將莊蹻入滇

齊滅宋和秦取安邑

這時合縱、連橫的形勢很是複雜，不少大國的大臣和縱橫家參與合縱、連橫的活動。魏相孟嘗君和趙將韓徐爲是主張合縱攻齊的，趙國奉陽君是主張合縱攻秦的，秦大臣呂禮和曾爲齊相的韓珉（一作「韓聶」，戰國縱橫家書作「韓量」）都是主張齊、秦聯合的，做過魏相和齊相的周最又是主張魏、齊聯合而反對齊、秦聯合的。齊湣王忽而與趙聯合發動合縱攻秦，忽而與秦聯合攻趙，目的都是企圖防止秦、趙等國對它的擴張領土進行干涉，造成攻滅宋國的有利形勢，以達到其取得陶邑等大商業城市的目的。當五國合縱攻秦結束時，主張秦、齊聯合的秦昭王好友韓量獻書給齊湣王，希望秦、齊再聯合，重召他爲相國，「且復故事」，許允齊攻取宋而盡有宋地，進而攻破三晉和楚，這樣「齊、秦雖立百帝，天下孰能禁之」（戰國縱橫家書第十三章）。公元前二八七、二八六年間齊王重新起用韓量爲相，主持攻滅宋國的事，於是秦、齊兩國又聯合。原來秦是不許齊伐宋的，這時「齊令宋郭之秦，請合而以伐宋，秦王許之」（魏策二）。秦王允許齊伐宋是有交換條件的，就是要齊允許秦攻取魏的舊都安邑，就是蘇代所說「秦欲攻安邑，恐齊救之，則以宋委於齊」（燕策二）。

當公元前二八七年五國攻秦結束後，秦就分兵兩路攻魏，一路攻魏舊都安邑（秦簡編年記），一路攻魏河內，拔取新垣、曲陽（今河南省濟源縣西，魏世家、六國年表）。次年秦派司馬錯攻魏河內，魏獻安邑，「秦出其人，募徒河東賜爵，赦罪人遷之」（秦本紀）。所有這些，秦都是在齊的允許下進行的。

這時秦雖已允許齊伐宋，作爲齊允許秦攻取安邑的交換條件，但是當齊相韓珉（即韓⿱日貝）主持攻宋時，秦昭王還是不滿，認爲韓珉是他的好友，不該攻他所愛的宋。蘇秦爲了支持齊的攻宋，爲齊進說秦王，說魏因此「割安邑」給秦，「此韓珉所以禱於秦也」，齊滅宋必將西面事秦，於是秦王同意了（韓策三，田世家同，惟「韓珉」作「韓聶」）⑱。這時魏怕齊、秦聯合而夾攻魏，想要和秦講和，蘇秦因而入魏要魏王不講。魏發現齊已許允秦取得安邑，一度把蘇秦拘留，由蘇厲勸說魏王才得釋放（魏策一）。

齊曾多次向宋發動進攻，這次終於把宋攻滅了⑲。就是燕策二所說「三覆宋，宋遂舉」。宋王偃逃到了魏，死於溫（魏世家秦本紀）。這時宋之所以會被滅亡，主要由於宋王偃暴虐，「所殺戮者眾矣」（呂氏春秋淫辭篇），國內矛盾十分尖銳；同時統治階級內部也因爭奪權利而分崩離析，不僅曾經繼任爲王的太子出走，「諸善太子者皆有死心」，而且由於相國唐鞅爭權，發生了驅逐戴子的事件，即荀況所說「唐鞅蔽於欲權而逐戴子」（荀子解蔽篇），接著唐鞅又被宋君殺死。

秦、趙主謀合縱五國伐齊

當蘇秦合縱五國攻秦的時候，趙將韓徐爲和魏相孟嘗君已經發起合縱攻齊，並曾邀約燕昭王一起攻齊。燕昭王也曾和群臣謀畫，準備等待齊攻宋而打得疲弱時，進而攻齊。齊湣王就是聽到這個消息之後，決定暫時停止攻宋的。趙是首先帶頭開始攻齊行動的，公元前二八七年趙梁率趙軍攻齊，次年趙將韓徐爲就親率趙軍攻齊（史記趙世家）。自從齊國攻滅了宋國，兼有宋以前所得的楚淮北地，一時聲勢很盛，直接威脅到三晉，特別是齊、趙之間矛盾十分尖銳，並且使秦也感到有很大壓力，有礙於秦在中原的擴展，因此發起合縱伐齊，懲罰齊「破宋」的罪行，就在公元前二八六年秦取得魏安邑之後，宣布要帶頭發動合縱攻齊了。蘇代曾講到：秦「已得安邑、塞女戟，因以破宋爲齊罪，恐天下救之，則以齊委於天下」。秦昭王宣稱：「齊王四與寡人約，四欺寡人，必率天下以攻寡人者三，有齊無秦，無齊有秦，必伐之，必亡之」（燕策二，蘇秦列傳大體相同）。這時在秦國專權的相國魏冉正謀擴大自己的封地，謀求取得當時最大的商業城市陶邑爲封地，而魏相孟嘗君也就「輕忘其薛，不顧先君之丘墓」（戰國策東周策），進說魏冉：「勸秦王令弊邑卒攻齊之事，齊破，文請以所得封君。」（戰國策秦策三）同時趙的親秦大臣金投也奔走秦、趙之間，主張合秦、趙兩國伐齊，周最曾對金投說：「公負全秦與強齊戰。」（戰國策東周策）結果秦國便以盟主的地位來主謀合縱伐齊了。

公元前二八五年，秦昭王和楚頃襄王在宛相會，又和趙惠文王在中陽（今山西省中陽縣）相會。就在這年，秦國爲了「先出聲於天下」，派了蒙驁帶了秦兵，越過韓、魏，開始向齊河東進攻，攻取了九個城。次年秦昭王和魏昭王在宜陽相會，又和韓釐王在新城相會；同年燕國由於趙國的拉攏，燕昭王也入趙會見趙惠文王。過去由於燕投靠齊國，「齊之信燕也，至於虛北地行其兵」，後來燕昭王「信田伐與參去疾之言」，就「與趙謀齊」（戰國策燕策二，戰國縱橫家書四略同），這時燕就進一步和秦、趙聯盟而合縱攻齊了。

這時秦主謀發動合縱伐齊，以瓜分齊地爲餌，並推舉趙主其事，由趙拉攏燕合作，結成秦、趙、燕三國聯盟，並由秦送質子到趙、燕兩國作擔保[60]。秦鑑於過去和齊連橫約攻趙不能成功的教訓，推定樂毅爲趙、燕兩國的「共相」，並爲五國聯軍的統帥，同時秦又派御史起賈駐在魏國主持監督五國合縱的事，更派將軍蒙驁統率秦軍越過韓、魏先進攻齊的河東，既作爲進攻的先聲，還可以起控制三晉進兵的作用。

樂毅原爲攻克中山的魏將樂羊的後裔，入趙曾爲趙武靈王的大臣，當齊宣王破燕時，武靈王曾聽從樂毅的計謀，以趙合楚、魏而伐齊存燕（趙策三）。因此趙派樂池護送燕公子職由韓入燕，立以爲王，即燕昭王。樂毅在趙內亂中武靈王餓死之後，經魏來到燕，得到燕昭王的重用。樂毅因此有因緣在這時被推爲趙、燕的「共相」和五國聯軍的統帥。當時有人對起賈說：「燕、趙共相，二國爲一，兵全以臨齊，秦不能與燕、趙爭。」（戰國縱橫家書第十七章）燕、趙共相即指樂毅。樂毅以「燕、趙共相」而爲五國聯軍的統帥，秦、趙兩強是主力，但是樂毅能直接指揮的是趙、燕之師。因此樂毅先以趙相的職司，會集五國聯軍，從趙的東南邊出擊，先攻取齊的靈丘（今山東省高唐縣南），再在秦軍大力配合下大破齊軍於濟西，從而一舉擊破齊的主力；然後再以燕相的職司，獨率燕軍，乘勝向東追擊，乘虛而長驅直入，得以攻克齊都臨淄。

當秦將蒙驁大舉進攻齊河東的時候，五國合縱攻齊的形勢已成定局，將要攻破齊而瓜分。齊國君臣感到危急，主持齊外交的蘇秦有責任設法消解，於是上書趙王，指出秦欲「亡韓、吞兩周」，因而「以齊餌天下」；恐怕事情不成，因而「出兵割革（勒）趙、魏」；等到韓失去三川，魏失去晉國（指河東河內），將「禍及於趙」，並且談到過去秦連橫伐趙，已約定三分趙地，因爲齊出兵禁秦，使秦「廢帝請服」，因此趙、齊「宜正爲上交」，不該抵罪取伐（戰國縱橫家書第二十一章、趙策一）。儘管這封信講得很有情理，卻不能起什麼作用，因爲秦、趙、燕三國聯盟已經定局；秦的大軍已越過韓、魏在進攻齊國了，樂毅也已統率趙、燕聯軍兼爲五國聯軍統帥，發動進攻了。

樂毅為趙、燕「共相」而破齊

公元前二八五年秦爲了「先出聲於天下」，派蒙驁伐齊的河東，連拔九城，改爲秦的九縣（田世家、秦本紀「蒙驁」誤作「蒙武」）。同年趙「相國樂毅將趙、秦、韓、魏、燕攻齊，取靈丘」（趙世家）[61]。當時樂毅爲趙、燕「共相」，他在這年以趙相職司，會合五國聯軍，從趙的東南邊出擊齊的濟西地區，首先攻取靈丘作爲進攻的據點[62]。次年秦派「尉（當是國尉）斯離與三晉、燕伐齊，破之濟西」（秦本紀）。這時齊徵發全國的主力軍，派觸子爲將，應戰於濟上。齊王急欲觸子出戰得勝，遣人前去說「不戰，必劉若類，掘若壟」（如果不能出戰得勝，就要殲滅你的宗族，掘掉你祖宗墳墓）。觸子感到難辦，等到臨陣交戰，就鳴金退

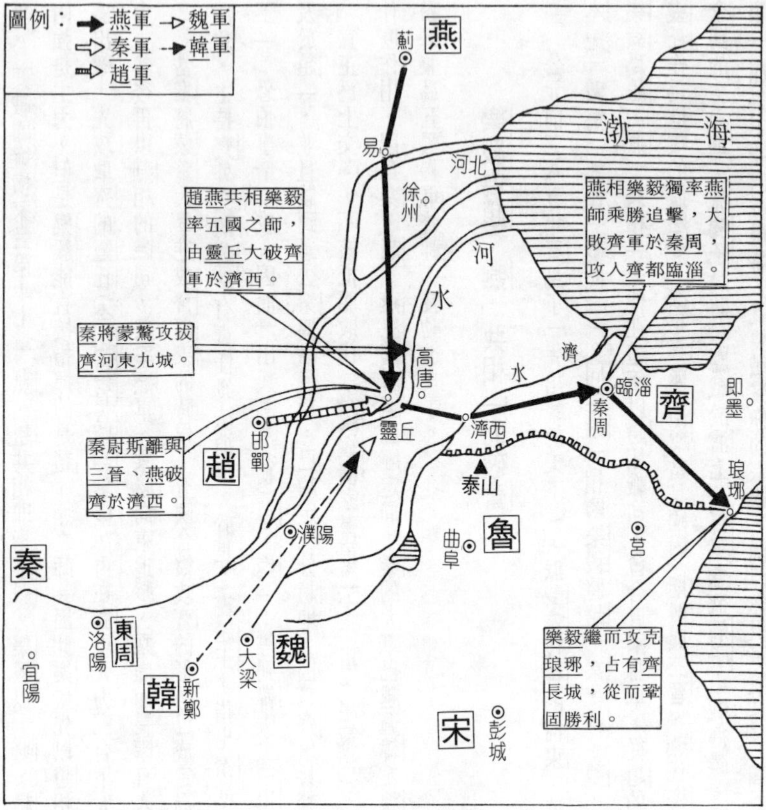

趙、燕「共相」樂毅破齊示意圖

卻，五國聯軍乘機追擊，取得大勝，「觸子因以一乘去，莫知其所」（呂氏春秋權勳篇），樂毅因此得以大破齊軍[63]。接著達子統率殘餘的軍隊，退守秦周（在齊都臨淄西門雍門以西地方），企圖保守臨淄。達子要求多發賞金以鼓勵士氣，而齊王不肯給，結果又大敗，達子戰死，樂毅因而能以燕相職司，獨率燕軍乘勝長驅直入，攻入齊都臨淄。據說「燕人逐北入國（指國都臨淄），相與爭金於美唐甚多」（呂氏春秋權勳篇，高注：「美唐，金藏所在」）。齊湣王和太后因而出奔到莒（今山東省莒縣），後來楚使者在齊襄王面前講到：「昔燕攻齊，遵雒路，渡濟橋，焚雍門，擊齊左而虛其右，王歜絕頸而死於杜山，公孫差格死於龍門，飲馬於淄澠，定獲乎琅琊。王與太后奔於莒，逃於城陽之山。」（說苑奉使篇）所謂「遵雒路」，是說繞道而行[64]，燕師沒有南下進攻齊與燕接界的河北地區（即北地）徐州（即平舒，今河北省大城縣一帶），而是經歷趙東邊道路南下，繞道和秦、趙等國聯軍會合，進攻齊和趙接界的濟西地區的靈丘。所謂「渡濟橋」，是說在五國聯軍大破齊軍主力於濟西後，燕師乘勝渡濟上浮橋東進，向臨淄進攻。所謂「焚雍門」，是說燕軍在臨淄雍門以西的秦周得勝，焚雍門而攻入臨淄，即所謂「飲馬於淄、澠」。所謂「定獲乎琅琊」，是說燕師乘勝沿齊長城向東攻至琅琊（今山東琅琊台西北），從而鞏固其勝利果實。

樂毅兼爲趙、燕「共相」，他的破齊主要經歷了濟西和秦周大小二個戰役。先以趙相職司統率趙、秦、燕等五國聯軍在濟西大破齊將觸子所率主力；繼而又以燕相職司獨率燕師乘勝向東追擊，在秦周戰勝齊將達子退守之軍。呂氏春秋作者曾親見其事，因而評論齊湣王驕橫昏庸時，說：「此濟上之所以敗，齊國以虛也。」（「虛」通「墟」，謂破滅，行論篇）又說：「齊悉起而距軍於濟上，未有益也。」（先識篇）更說：「此觸子之所以去之也，達子之所以死之也。」（貴直篇）[65]這就是燕策二第十一章所說：燕王「率天下之兵以伐齊，大戰一，小戰再，頓齊國」。「大戰一」即是濟西大戰，「小戰再」即是秦周之戰。

合縱攻齊的結果，正如當年有人對秦駐在魏國監督合縱攻齊行動的御史起賈所說「以燕王之賢，伐齊足以刷先王之恥」，「燕、趙共相，二國爲一，兵全以臨齊，則秦不能與燕、趙爭」（戰國縱橫家書第十七章）。結果成大功的是燕、趙共相樂毅。樂毅攻入臨淄，盡取齊寶財物祭器運到燕國，燕昭王親到濟上勞軍行賞，封樂毅於昌國（今山東省淄川縣東），號爲昌國君。從此樂毅留在齊地五年，先後攻下齊七十多城（樂毅列傳）。

蘇秦因反間而車裂於市

當樂毅統率燕軍開始破齊的時候，蘇秦就被齊王判以反間之罪而車裂於市⑯。荀子臣道篇說：「齊之蘇秦、楚之州侯、秦之張儀（當從楊倞注「或作張祿」），可謂態臣也」，「用態臣者亡」。呂氏春秋知度篇說：「宋用唐鞅、齊用蘇秦而天下知其亡。」說苑尊賢篇也說：「宋用唐鞅、齊用蘇秦、秦用趙高而天下知其亡。」所謂「亡」是指樂毅破齊而言。淮南子說林篇說：「蘇秦以百誕成一誠。」「一誠」是指蘇秦為燕計謀破齊的專心忠誠；「百誕」是指蘇秦入齊騙取信任而陰謀破齊。蘇秦為燕昭王出使到齊，為燕助齊滅宋，出任齊相，主持合縱擯秦，離間齊、趙之交，都是挾燕以自重的⑰。他隨時將重要的外交活動情況匯報燕昭王，並暗中送間諜情報給燕昭王。戰國縱橫家書中所有蘇秦獻給燕王的書信，就具有這種性質⑱。齊湣王果然在蘇秦主持下得到燕的幫助而攻滅了宋國，卻招來了燕和秦、趙結盟合縱攻破齊國的後果，因而蘇秦以「反間」罪被車裂而死。

秦、魏分取宋地和楚收回淮北

當樂毅獨率燕師攻破齊國的時候，秦、魏正分別攻取齊剛取得的宋地。秦攻取了最富庶的陶邑及其周圍地區，這是秦相魏冉久已想要取得的，後來就成為他的封邑。魏由於地理形勢的方便，乘齊新得宋地而未能鞏固占有的時機，攻取得了大片宋地，就是荀子議兵篇所說「齊能併宋而不能凝也，故魏奪之」。魏所奪得的宋地，面積很大，從此設置了大宋、方與兩個郡。大宋郡以宋的舊都睢陽（今河南省商丘市南）為中心。方與郡以方與（今山東省魚台縣東南）為中心⑲。因此魏在中原的領土大為擴張，國力從而增強。

樂毅破齊後，齊湣王一度出奔到衛，經鄒、魯等小國而回到莒（今山東省莒縣）。莒在齊長城以南，原為

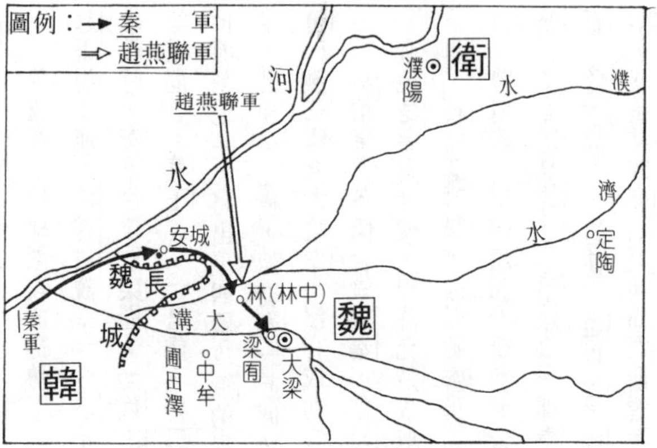

秦軍圍攻大梁與趙、燕聯軍救解示意圖

齊五都之一，未被攻占，可以在此重建齊的政權。當時楚未參與合縱攻齊，派淖齒（「淖」一作「卓」，是「昭」的通假）率軍萬人前來幫助，因而被齊湣王任爲齊相。但是楚的主要目的在於收回過去被宋所取的淮北地，同時控制齊的政權。因而淖齒和齊湣王發生矛盾，齊湣王被淖齒殺死於莒的東廟。不久淖齒爲齊王孫賈所殺，擁立湣王子法章爲王，即齊襄王。

秦兩次圍攻魏都大梁

公元前二八三年，正當樂毅破齊之後，原來秦、齊、趙三強鼎立鬥爭的形勢改變，秦就肆無忌憚，調撥大軍圍攻魏都大梁，想要攻破大梁，一舉滅亡魏國，使秦國領土大爲擴展，越過中原連結新得宋邑定陶一帶，橫斷山東各國「縱親之腰」，於是這年有「攻林」之戰（秦簡編年記），或者稱爲「林鄉軍」（戰國縱橫家書第十六章）、「林軍」（魏策三第八章，魏世家安釐王十一年）。

當時中原地區稱「林」的有南北兩地，都因有森林而得名。「攻林」之戰所攻的是北林，在今河南省中牟縣東北，正當大梁的西北，此地既有森林，又有便於戰馬飲水的河流，是適宜用作駐屯大軍、進攻大梁的基地的。這年秦軍出函谷關，經歷了周、韓的地方，越過中原的魏長城，先攻占魏長城東北邊的安城（今河南省原陽縣西南），接著就向東南攻取大梁西北的北林，作爲圍攻大梁的基地。當時中原各國都城的布局，都是西面宮城連結東面的大郭。韓都新鄭的宮城在大郭的西北，魏都大梁的布局也是這樣，因此魏王經常遊樂的梁囿，就建設在宮城的西北，就是大梁西北城門高門之外，成爲秦軍圍攻大梁必經之地。梁囿是建築得很講究的，此中有文台、垂都等遊樂的建築，種有樹木花卉，養有麋鹿。當秦軍攻入時，文台被墮毁，垂都被焚燒，林木被砍伐，麋鹿被殺盡，說明秦軍圍攻大梁，一路上破壞是極其嚴重的。當時秦軍聲勢浩大，所有魏長城旁邊的城邑都已被秦攻占，向東一路攻到了衛的邊界和定陶附近（魏策三第八章、魏世家安釐王十一年），目的在於攻滅魏國。

魏國在秦這樣圍攻的形勢下，魏相孟嘗君認爲只「有諸侯之救則國可存也」。於是他先去見趙王求救，趙王說不能，孟嘗君說：「今趙不救魏，魏歃盟於秦。」於是趙王許諾，起兵十萬來救。當孟嘗君去見燕王求救時，秦軍已攻取梁囿，「魏王出國門（指高門）而望見軍」，「台（指文台）已燔，遊（指梁囿）已奪」，形勢很危急。燕王說：「吾歲不熟二年矣，今又行數千里而以助魏，且奈何？」孟嘗君說：「燕不救魏，魏王折節割地」，將出現四國攻燕的局勢，於是燕起兵八萬來救（魏策三第八章）。當時韓在秦的壓力下已經屈服，已和秦連橫，隨從秦一起圍攻魏，魏正依靠趙、燕的合縱而救解，有人遊說韓的山陽君，轉而與魏、趙、燕三國合縱攻秦，沒有成功（趙策一第六章）。

秦怕東方各國合縱攻秦，當趙、燕聯合救魏時，就解圍而退兵了，但是秦還是堅持攻滅魏國的策略，爲了避免楚參與合縱，曾許允楚攻取韓的南陽，就是蘇代對燕昭王所說「秦已得曲陽（原誤作「宜陽」）、少曲至藺、石（即離石），因以破齊爲天下罪。秦欲攻魏，重楚，則以南陽委於楚」（燕策二）。秦爲了防止趙的救魏，曾用武力迫使趙和秦講和。公元前二八二年秦將白起攻取趙的茲氏（今山西省汾陽縣南，秦簡編年記）和祁（今山西省祁縣，西周策），即秦本紀所說「拔趙二城」。次年白起又攻取趙的藺（今山西省離石縣西）和離石（今離石縣），迫使「趙以公子郚爲質於秦」而講和（趙策三第四章）。緊接著，秦就派白起第二次圍攻大梁，就是當時蘇厲對西周君所說，白起在攻趙取得藺、離石、祁之後，「出塞（殽塞），過兩周，踐韓而以攻梁」（西周策第六章，周本紀周赧王三十四年）。由於趙、燕再次出兵救魏，秦兵被圍困於林中（即林或林鄉），迫使秦和燕、趙講和，就是蘇代對燕昭王所說「兵困於林中，重燕、趙，以膠東委於燕，以濟西委於趙」（燕策二）。因爲當時燕將樂毅已破齊，正在進攻取齊的膠東，趙正在攻取齊的濟西。史記秦本紀和白起列傳都沒有述及這次圍攻大梁，因爲史記依據的是秦記，秦記諱言失敗。

這時趙一面攻取齊的濟西，一面對秦對抗。公元前二八三年趙將廉頗攻取齊的陽晉（今山東省鄆城縣西，趙世家和六國年表誤作昔陽，昔陽在今河北省晉縣西北，非齊地）。公元前二八〇年趙將趙奢攻取齊的麥丘（今山東省商河縣西北）。同年秦將白起攻取趙的代（今河北省蔚縣東北）和光狼（今山西省高平縣西）二城，斬首三萬。

公元前二八一年楚頃襄王召見弋射者，弋射者以射雁作比喻，分析當時國際形勢，以爲除了楚以外，秦、魏、燕、趙是鶀雁，即大雁；齊、魯、韓、衛爲青首，即中雁；鄒、費、郯、邳是羅鸗，即小雁。因爲五國合縱破齊後，齊的國力衰落，而燕、趙正強盛。魏雖已失去河東，但在合縱破齊之後，取得大塊宋地，設有大宋、方與兩郡，因而也還是大國。弋射者主張楚與燕、趙合縱，先攻取魏、齊二國之地，然後合縱攻秦，才能收復失地。認爲「秦爲大鳥，負海內而處，東面而立，左臂據趙之西南，右臂傅楚鄢郢，膺擊韓、魏，垂頭中國，處既形便，勢有地利，奮翼鼓翍，方三千里，則秦未可得獨招而夜射也」（楚世家頃襄王十八年）。可知當時秦已成爲「東面而立」、形勢便利的最強國家。

自從樂毅破齊之後，秦成爲形勢便利的最強國家，但是它要一舉滅亡魏國，也還不容易。公元前二六三年，朱已對魏王講到：「從林軍以至於今，秦七攻魏，五入囿中，……而國（指國都）續以圍，又長驅梁北……。」（戰國縱橫家書第十六章、魏策三、魏世家）這是說：從公元前二三八年秦初次圍攻大梁以來，二十年中，七次圍攻大梁，五次攻入了魏王遊樂的梁囿，繼而兵臨城下，把國都包圍，並且又長驅進攻大梁以北地區，破壞的災禍極其嚴重，結果都沒有把大梁攻破，因而沒有能夠滅亡魏國。因爲當時魏還是個大國，還有堅持抵抗和防守的力量，同時因爲魏地處中原，魏的存亡關係到趙、燕等國的存亡，是非救不可的。當秦第二次圍攻大梁時，由「善用兵」著稱的白起爲將，蘇厲對西周君說：「白起是攻（善）用兵，又有天命也，今攻梁，梁必破，破則周危。」（西周策）結果卻是「兵困於林中」，被趙、燕前來救魏之兵所圍困。

燕攻破東胡和開拓遼東

大約在燕昭王時，燕將「秦開爲質於胡，胡甚信之」⑳。他熟悉東胡內部情況，回國後就找尋機會「襲破走東胡，東胡卻千餘里」。燕因此向東北一直擴展到了遼東，並建築長城防禦東胡的騷擾，還設置了上谷、漁陽、右北平、遼西、遼東五個郡（史記匈奴列傳）。

齊將田單復國

燕將樂毅攻下齊七十多城，只有即墨和莒兩個城市，由於齊將堅守，未能攻下。田單出身於國君疏遠的宗族，原爲臨淄的市掾。燕軍破齊後，他東走到安平（今山東省臨淄東北）。燕軍攻破安平，他的宗族依靠特製的鐵籠來防禦，得以安全退保即墨。即墨大夫戰死，田單被推爲將軍。公元前二七九年燕昭王去世，子惠王即位。燕惠王猜忌樂毅，改用騎劫爲統帥，樂毅逃往趙國。騎劫改變樂毅的作戰方針，對齊的降兵濫施劓刑，還挖掘城外的墳墓，焚燒屍體，激起齊國人民的強烈反抗。田單爲了迷惑燕軍，使老弱婦女登城守望，又派人把黃金千鎰送給燕將，燕軍因此麻痹大意。接著田單用一千多頭牛，披上畫有五彩龍文的繒衣，角上縛著兵刃，尾上束著灌有油脂的蘆葦，並且把城牆鑿了幾十個洞，在夜間點燃牛尾上的蘆葦，使火牛狂奔到燕軍中去，有壯士五千人隨同火牛向前衝擊。田單這樣用「火牛陣」發起突然襲擊，結果大敗燕軍，殺死騎劫。燕軍混亂潰退，田單率軍乘勝反擊，陸續收復喪失的七十餘城。田單因此封為安平君（史記田單列傳）。齊國雖然收復了失地，但從此國力大損，再也不是秦國的敵手了。

秦對巴、蜀的經營和對西南的開發

秦取得巴、蜀以後，積極加以經營。公元前三一〇年張儀和張若設計在成都築城，築有大城和少城，少城連接在大城的西邊。少城內設有官舍，並設有鹽鐵市官及長丞。全城里閭和市肆的布局同秦都咸陽規模一樣。此外，張若還曾在郫（今四川省郫縣）和臨邛（今四川省邛崍縣）築城（華陽國志蜀志）。

自從廢除蜀侯而設立蜀郡之後，秦對西南的經營有進一步的發展。到李冰做蜀郡守時，就曾建設都江堰（在今四川省灌縣西北岷江中游）水利灌溉工程，還曾鑿開溷崖（在今四川省夾江縣境），疏通沫水（今大渡河）；又曾疏通文井江（今四川省崇慶縣西河）、綿水（今綿遠河）等；更在廣都（在今四川省雙流縣東南籍田鎮一帶）開始開鑿井鹽（華陽國志蜀志）。

這時秦正謀進一步開拓西南地區。公元前二八五年蜀郡守張若攻取笮及其江南（今金沙江以南地區）地（華陽國志蜀志）。公元前二八〇年秦派司馬錯率十萬之眾，裝大船一萬艘，載米六百斛，從巴的涪水，攻取楚的商於之地，建立黔中郡[71]，並迫使楚割讓上庸、漢北地給秦。

這時楚正和秦爭奪西南地區，在公元前二七九年前，楚曾攻取舊巴國的枳（今四川省涪陵縣東）[72]。

秦將白起攻取楚都郢和攻破楚國

楚國到楚懷王時，政治腐敗，內部矛盾也很尖銳，擔任左徒的屈原曾經想制定法令，實行改革，主張按賢能選拔官吏，按法令辦理政治，而不能實現，他聯齊抗秦的策略也沒有成功，而受到上官大夫和令尹子蘭等人的誹謗和排擠，結果被楚懷王流放。到頃襄王時又再度被放逐。到楚懷王後期爆發了莊蹻爲首的大起事，把楚國統治地區分割成幾塊，這就是荀況所說的「莊蹻起，楚分而爲三四」（荀子議兵篇）。因此，楚國的力量就愈來愈衰弱了。

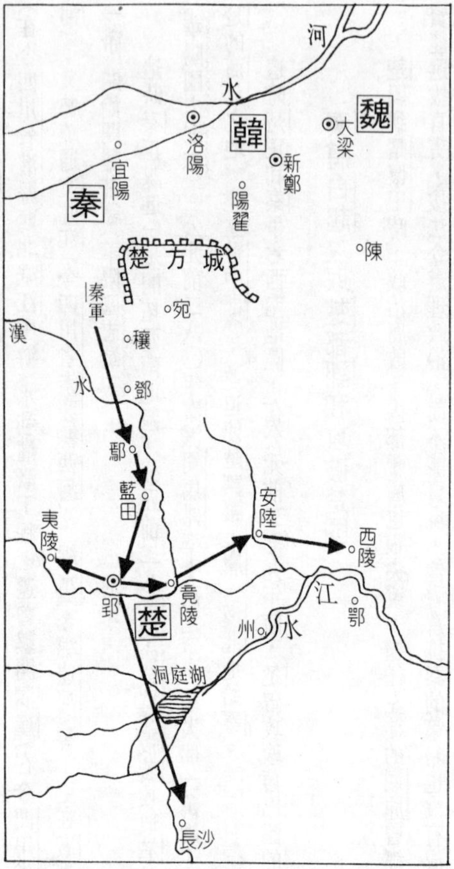

秦將白起破楚示意圖

公元前二八〇年左右有人獻書秦王，建議改變攻取大梁之計，因爲秦攻大梁，東方各國必合縱來救，而且「山東尚強」，不如南下攻楚，「其兵弱，天下不能救，地可廣大」，秦因而制定攻取楚都鄢郢的計畫（魏策四）。鄢（今湖北省宜城縣東南）原爲楚的別都，就在楚都郢（今湖北省江陵縣西北）以北約二百里。鄢、郢之間有藍田（今湖北省鍾祥縣西北）。這一帶當時統稱爲鄢郢，爲楚的政治中心。公元前二七九年秦昭王爲了攻楚，約趙惠文王在澠池（今河南省澠池縣西）相會修好。這年秦派白起攻楚，首先進攻鄢城，楚以主力軍堅守，白起採用引水灌城的進攻方法，在鄢西北築堨做長渠，引水灌入城中，從城西灌到城東，楚軍民死的有數十萬人，因而攻克鄢（水經沔水注）[73]。鄢故城遺址即楚皇城，白起引水灌鄢的長渠仍保存，東牆南端有寬六十米的大缺口，相傳就是白起引水灌鄢的出水口，城牆四角都有高層建築用以瞭望防守，東城牆內一次曾出土銅鏃幾百枚（參看拙作中國古代都城制度史研究上編第八章「楚之別都鄢」）。白起經此大勝，接連攻克鄢、鄧、鄧（今湖北省襄樊市）、藍田等五城，繼而分兵三路，向西攻到夷陵（今湖北省宜昌市東南），燒了楚先王的陵墓，還燒了祭祀的宗廟；向南攻到了洞庭、五渚、江南（韓非子初見秦篇、秦策一）；向東攻到了竟陵（今湖北省潛江縣東北），再向東北一百多里攻到了安陸（今湖北省雲夢縣，秦簡編年記），更向東一百多里攻到了西陵（今湖北省新洲縣西）⑭。白起率秦兵數萬，在兩年內，攻克了楚都郢周圍幾百里寬闊的富庶地區。白起分析了所以能夠如此得勝的原因，是因爲楚「百姓心離，城池不修，既無良臣，又無守備」，「楚人自戰其地，咸顧其家，各有散心，莫有鬥志」（今本戰國策末章，採自蘇轍古史）。楚世家所謂「楚襄王兵散，遂不復戰」。許多楚的城邑都是沒有抵抗而丢失的。秦以斬首爲功，每次大勝都有斬首多少萬的記錄，可是這兩年白起攻楚的戰爭中，攻占了許多重要城邑，除了鄢城淹死數十萬軍民以外，未見有斬首的記錄。

秦因此建立了南郡。白起因此大功被封爲武安君。楚因此遷都到了陳（今河南省淮陽縣）。從此楚削弱了。

楚將莊蹻入滇稱王

公元前二八〇年到前二七八年間楚曾一度收復黔中郡，到公元前二七七年秦蜀郡守張若又「伐取巫郡及江南爲黔中郡」。從此秦設黔中郡（水經沅水注），楚收復黔中郡的將軍當是莊蹻⑮。莊蹻原是「爲盜」者，當是領導軍隊叛變而引發人民起事者，後來成爲「善用兵」的楚國名將⑯。

公元前二七九年左右，楚頃襄王派莊蹻通過黔中郡向西南進攻（後漢書西南夷傳作「莊豪」），經過沅水，攻克且蘭，征服夜郎，一直攻到滇池。到公元前二七七年，秦又派蜀郡守張若再度攻取了楚的黔中郡、巫郡。次年，楚國曾調東部的兵收復了黔中郡的十五邑，重新建立爲郡，抵抗秦國。莊蹻因爲斷絕了歸路，也就「以其衆王滇，變服，從其俗以長之」，號爲莊王⑰。王都在今雲南省晉寧縣，直到秦漢時代，這個地區已成爲統一國家的一部分，而莊蹻後裔還保留有「滇王」封號。

楚將莊蹻率兵入滇，「以其衆王滇」，加強了雲南少數族和中原華夏族之間的密切聯繫，使得滇池地區出現了發達的青銅文化。主要分布在西到今安寧、東北到今曲靖、東到今澂江、南到今元江的狹長地區。青銅器有銅鼓、銅蘆笙、銅枕、銅傘蓋、銅扣飾以及雕鑄有人物和動物形象的銅貯貝器等。從這些銅器來看，當時滇王所屬領地還處於奴隸制階段⑱。這些銅器具有濃厚的地方色彩，但是其中武器如銅戈、銅矛、銅斧等，和中原地區的武器有不少相似的地方；尤其是生活用具如銅尊等，幾乎和中原的完全相同⑲，說明當時滇和中原在經濟文化上有密切聯繫。

秦滅亡義渠

秦昭王初年，義渠王曾到秦國來朝見。公元前二七二年(周赧王四十三年)秦「誘殺義渠王於甘泉宮，因起兵滅之，始置隴西、北地、上郡焉」(後漢書西羌傳)。秦滅亡義渠，是煞費經營的。范雎來到秦國後，等了一年多，才見到秦昭王。秦昭王接見范雎時，一開口就說：「寡人宜以身受令久矣。會義渠之事急，寡人日自請太后。今義渠之事已，寡人乃得以身受命。」(戰國策秦策三)說明當時秦爲了滅亡義渠，曾緊張很長一段時間，可惜事實經過已不清楚了⑳。

六、秦、趙間劇戰，楚滅魯和秦滅西周以及魏攻取陶、衛

秦破趙、魏的華陽之役

秦國自從攻破了楚國，取得了楚都郢，又謀攻破魏國了。公元前二七六年，秦將白起伐取魏兩城。次年秦相魏冉親率大軍圍攻魏都大梁，韓派暴鳶來救，被秦擊敗，斬首四萬，暴鳶退走啟封（一作開封，今河南省開封市西南），秦追擊啟封（秦簡編年記），魏獻溫（今河南省溫縣西南）求和。公元前二七四年秦將胡傷（一作陽）攻取了魏的卷（今河南省原陽縣西）、蔡（今河南省上蔡縣西南）、中陽（今河南省鄭州市東）、長社（今河南省長葛縣東北）等地。這些地方都在韓、魏兩國的邊界附近，該是韓已被迫與秦連橫，秦是越過韓向魏攻取的。次年魏投入趙的懷抱，趙、魏聯合進攻韓的華陽（或稱華、華下，今河南省新鄭縣北），親秦的韓相公仲朋遣使向秦相魏冉告急求救，魏冉親率大將白起和胡陽前來救解，大敗魏、趙聯軍，斬首十三萬，打得魏將芒卯（一作孟卯）逃脫，並追擊沈殺趙將賈偃所部二萬人於黃河中。秦軍於是乘勝攻入北宅（即宅陽，今河南省鄭州市北），進圍大梁、魏大夫須賈遊說魏冉，聲稱魏徵發全國兵丁守衛大梁，楚、趙救兵將來，勸說魏冉解圍退兵。同時魏遣段干崇請求割地講和，終於割南陽予秦，秦因而在公元前二七二年把所占韓、魏的南陽和楚的宛，合建為南陽郡（秦本紀）。

趙破秦的閼與之役

這時除了秦國以外，比較強大的國家是趙國。繼承趙武靈王的趙惠文王是個有為的國君，曾任用樂毅為相，藺相如為上卿，廉頗、趙奢為將，對外以理折服強秦，對內整頓稅收，使得「國賦大平，民富而府庫實」（史記趙奢列傳）。這時趙國國富兵強，不斷攻取齊、魏兩國土地。公元前二八三年，廉頗攻取齊的陽晉（今山東省鄆城縣），公元前二八〇年趙奢攻取齊的麥丘（今山東省商河縣西北），公元前二七六年廉頗攻取魏的幾(今河北省大名縣東南)，次年又攻取魏的防陵、安陽(兩地都在河南省安陽西南)，公元前二七四年燕周攻取齊的昌城(今山東省淄博市東南)和高唐(今山東省禹城縣西南)。次年又取東胡歐代地(趙世家)，「歐代」即是「甌脫」，是東胡、匈奴的方言，指荒蕪的棄地⑧。公元前二七一年藺相如伐齊到平邑(今河北省南樂縣東北)。

當時就有人說趙國「嘗抑強齊四十餘年，而秦不能得所欲」(戰國策趙策三)，因而秦在進行兼併戰爭中，唯一的大敵就是趙國了。公元前二六九年，因為趙不履行交換城邑的協議，秦國派了中更胡陽(一作胡易，或作胡傷)越過韓的上黨，向趙的險要地區閼與(今山西省和順縣)進攻⑧，趙奢認為「其道遠險狹，譬之猶兩鼠鬥於穴中，將勇者勝」。趙派了趙奢前往救援，趙奢在離邯鄲三十里處駐屯了二十八天，一再增築營壘，造成趙軍不敢去閼與應戰的假象。當秦派間諜來偵探時，款待而使回報假象，於是乘秦軍不備，出其不意，以兩天一夜的時間，急行軍趕到距閼與五十里的前線，命善射者集陣以待。接著採取軍士許歷的獻計，立即用一萬人占據了北山，居高臨下，大破來爭山頭的秦軍。趙奢就因這一大功封為馬服君，許歷是個受「耐刑」(即剃去鬢鬚者)而從軍者⑧，也因此升為國尉(趙奢列傳)。

在閼與之役後，秦曾進攻幾，廉頗救幾，又大敗秦軍(戰國策趙策三)。這是秦國在兼併戰爭中從來沒有遭遇到的慘敗，鋒芒就大為挫折。

范睢相秦及其「遠交近攻」和「攻人」的戰略

秦的穰侯魏冉在取得陶邑作為封邑後，就謀進一步擴大其封地。公元前二七〇年，他聽從客卿灶(一作造)的建議，攻取了齊的剛(今山東省寧陽縣東北)、壽(今山東省東平縣西南)，「以廣其陶邑」。其目的，就是客卿灶所說的：「攻齊之事成，陶為萬乘，長小國，率以朝，天下必聽，五伯之事也。」(戰國縱橫家書一九，戰國策秦策三「天下」作「天子」)。

范雎[84]，字叔，魏國人，初爲魏大夫須賈的家臣，曾隨須賈出使齊國，因觸怒須賈和魏相魏齊，被魏齊令舍人打斷肋骨，丟置廁中，後裝死得脫，匿於鄭安平家中，化名張祿，經鄭安平向秦使王稽的推薦，載雎入秦，進函谷關，路經湖關(今河南省靈寶縣西)，遇見魏冉巡視，匿居車中得以蒙混過去。到咸陽後，雖經王稽向昭王推薦，等待一年多，才得召見。范雎主張論功行賞，因能授官，並嚴厲抨擊魏冉越過韓、魏攻齊取剛、壽的行徑，提出了「遠交近攻」策略，因而被任爲客卿，謀畫兵事。接著他又進説昭王加強王權，認爲太后、穰侯、華陽君「三貴」操縱大權，秦王僅「處三分之一」地位，「將恐後世有國者非王之子孫」，主張收回「三貴」所分去的權勢(秦策三第十一章)。公元前二六六年昭王就改用范雎爲相，削去「三貴」的權勢[85]。次年宣太后去世，范雎被逐走到封邑穰。公元前二六二年華陽君被逐走到華陽，未到而死去(秦本紀誤作「華陽君悝出之國」，當從集解「一云華陽」爲是)。後來魏冉死而葬於陶[86]。

公元前二六八年秦昭王聽從客卿范雎計謀，派五大夫綰伐魏取懷(今河南省武陟縣西南，秦簡編年記、史記范雎列傳)。趙、齊、楚三國因此合縱出兵，趙將趙奢、齊將鮑佞(「佞」一作「接」)「臨懷而不救，秦人去而不從」(趙策二第二章)。秦因而暫停對魏的進攻。後二年秦再攻取魏的邢丘(今河南省溫縣東)，迫使魏服從於秦，即秦策三所説「邢丘拔而魏請附」。范雎爲秦相後，制定了伐取韓上黨的戰略。公元前二六五年秦伐取韓的少曲和高平，少曲因在少水(即沁水)的彎曲處而得名，在今河南省濟源縣東南，高平在少曲的西南，在今河南省孟縣西，兩地正當太行山脈的西南，是韓上黨郡到達韓都新鄭的通道所在，范雎所制定的伐韓戰略，就是要「北斷太行之道」，腰斷上黨郡和韓國本土的聯繫，從而奪取韓的上黨郡。次年「秦又派白起攻取韓的陘城(當在太行陘的旁邊)，斬首五萬」(秦本紀白起列傳)。當白起圍攻陘城時，范雎向秦昭王提出了「毋獨攻其地而攻其人」的戰略方針，指責過去魏冉「十攻魏而不得傷」，是因爲只攻地而不攻人，使得魏還能保持戰鬥的力量。他主張今後攻韓，必須「毋獨攻其地而攻其人」，從而削弱韓相張平所有的力量，使張平被逐走而由不如張平的人繼任，這樣再與談判，就可多得⑰。

范雎向秦昭王提出的兼併策略，其要點首先是「遠交而近攻」，因爲這樣才能鞏固所攻取的土地，所謂「得寸則王之寸，得尺亦王之尺」；從而他建議先取韓，認爲韓與秦地形交錯，是秦的「心腹之患」。其次是「毋獨攻其地，而攻其人」，因爲這樣才能在攻取土地的同時殲滅敵國的兵力。孫子兵法謀攻篇說：「上兵伐謀，其次伐交，其次伐兵，其下攻城。」孫武著重講求戰略戰術的運用和爭取勝利，因而以「伐謀」爲上策，「伐兵」和「攻城」是次要的。但是這時秦要滅亡別國而完成統一，「攻地」和「攻人」確是上策。自從樂毅破齊之後，秦成爲最強之國，秦昭王和秦相魏冉就制定攻滅魏國的策略，奪去了不少魏的土地，多次用力圍攻魏都大梁，結果沒有成功，因爲魏有堅守的兵力，前來救援的趙、燕等國兵力也強。范雎從「十攻魏而不得傷」的經驗中，進一步提出了「毋獨攻其地而攻其人」的新戰略，要攻城而兼攻人，這是十分重要的。

秦攻取韓上黨和破趙於長平

秦相范雎推行「遠交近攻」的戰略，發兵襲擊太行山脈的通道，切斷韓上黨郡和韓本土的聯繫，要從此攻取韓的上黨。公元前二六五年開始大舉攻韓，先攻取了少曲和高平，次年派白起攻取了陘城等九城（秦本紀）。「陘」原是指連山中斷之處，陘城就是太行陘旁邊的城邑，這是太行山脈通道的關口⑱。第三年白起又攻取了太行山東南的南陽，第四年白起又攻取了野王（今河南省沁陽縣），於是韓上黨郡和韓本土隔絕了。這時秦相范雎一面發重兵進攻太行陘一帶，一面又發兵臨滎陽，威脅著韓的本土，因此韓使親秦的陽成君入謝，請獻上黨之地以和。由於韓的上黨郡守靳黰要抵抗，韓桓惠王改派馮亭去接替，馮亭到任後也不願降

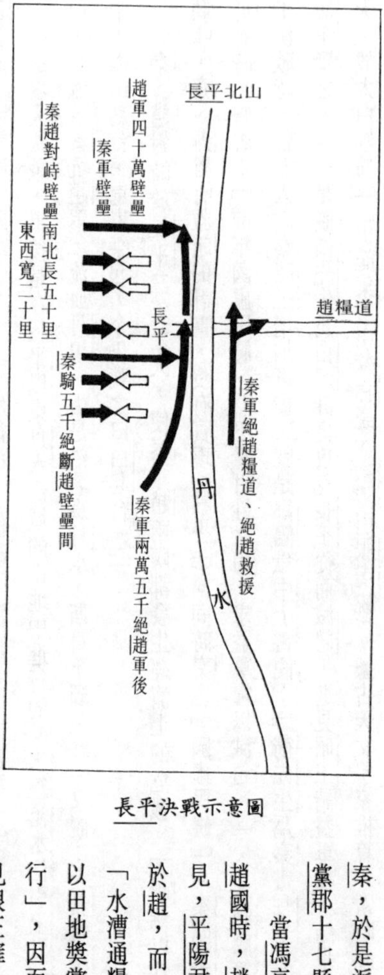

長平決戰示意圖

秦，於是派使者到趙，請獻韓上黨郡十七縣給趙。

當馮亭使者把韓上黨郡獻給趙國時，趙孝成王曾徵求大臣意見，平陽君趙豹認爲這樣將嫁禍於趙，而且秦用牛耕田，並以「水漕通糧」支援前線作戰，並以田地獎賞軍功，再加「令嚴政行」，因而不可能戰勝。這個意見很正確，但不爲趙王所接受。趙王聽信平原君趙勝的主張，發兵去取上黨，封馮亭爲華陽君（白起列傳、漢書馮奉世傳）。這時趙奢已死，藺相如有病，趙王使廉頗駐守長平（今山西省高平縣西北），馮亭也留守長平。秦派左庶長王齕（「齕」一作「齮」）進攻長平，開始了戰國時代從未有的大戰。這是公元前二六二年的事。

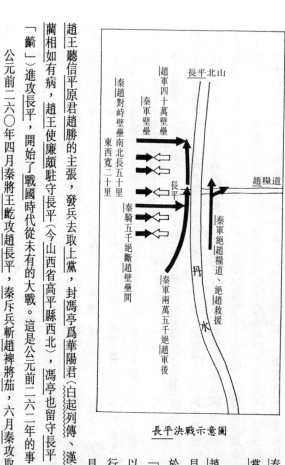

公元前二六〇年四月秦將王齕攻趙長平，秦斥兵斬趙裨將茄，六月秦攻取趙二障四尉，七月趙將廉頗築壘壁而守，「秦又攻其壘，取二尉，敗其陣，奪西壘壁。」長平在今高平市西北二十多里，當時秦、趙兩強雙方集合近百萬大軍，沿著長平城左右五十多里的山地建築壘壁，東西對峙著。水經沁水注引上黨記說：「秦壘在城西，二軍共食流水，澗相去五里。」又說：「城之左右沿山亘隔，南北五十許里，東西二十餘里，悉秦、趙故壘，遺壁猶存焉。」這是兩強傾其全力的大決戰。

由於廉頗築壘固守，秦、趙兩軍在長平相持了三年，不分勝負。後來趙孝成王中了秦的反間計，聽信了趙奢兒子趙括的夸夸其談，起用趙括代替廉頗爲將。秦在反間計成功後，就「陰使武安君白起爲上將軍，王齕爲尉裨將」，主持這場大決戰。公元前二六〇年七月，趙括一到前線，就大舉出兵進攻秦軍。白起採用了迂迴的運動戰略，先在正面詐敗後退，另外布置了兩支奇兵，以便乘機襲趙軍後路。趙軍一直攻到了秦軍的壁壘下，不能攻入，而秦的一支奇兵二萬五千人已經斷絕了趙軍後路，另一支奇兵五千騎兵又切斷趙的壁壘，把趙軍切成兩段。趙軍戰鬥不利，築壁壘堅守以待後援。秦昭王聽到消息，親自趕到河内，賜民爵一級，把十五歲以上的壯丁悉數徵發到長平，用來堵截趙的援兵和接濟的糧食，並且絕斷趙的糧道。到九月間，趙軍被困了四十六天，饑餓乏食，分爲四隊輪番向秦反攻，仍不能突出重圍。最後趙括親自帶兵搏戰，被秦軍射死。於是趙軍大敗，全軍四十多萬人全都被俘。白起僅僅釋放二百四十個年幼戰俘，竟把四十多萬人全部活埋了（史記白起列傳）。在這一戰役中，趙兵前後死亡了四十五萬人，秦軍也死者過半。呂氏春秋應言篇說：「秦雖大勝於長平，三年然後決，士民倦，糧食□。」（原缺一字）

這場大決戰，最後是在長平以東丹水流域的山地中進行的。水經沁水注引上黨記說：「丹水出長平北山，南流，秦坑趙衆，流血丹川，由是俗名爲丹水，斯爲不經矣。」又說：「秦坑趙衆，收頭顱，築台於壘中，因山爲台，崔嵬桀起，今仍號之曰白起台。」

秦、趙對峙於長平三年之久，使秦、趙兩國都發生經濟上的危機。「趙無以食，請粟於齊，而齊不聽」，齊、燕雖有救趙的計畫，沒有實現（齊策二）。同時秦也「國虛民饑」。秦昭王在動員白起再次伐趙攻邯鄲時，曾說：「前年國虛民饑，君不量百姓之力，求益軍糧以滅趙。」（今本戰國策末章）當是指白起在長平決戰時，曾派人請秦昭王增加軍糧，就是鄒陽獄中上書說：「衛先生爲秦畫長平之事，太白蝕昴，而（秦）昭王疑之。」這是說衛先生爲白起計畫攻克長平從而滅趙，進見昭王請益軍糧，結果被范睢害死，「精誠感天，故太白蝕昴」（史記集解引蘇林說、索隱引服虔說）。據古天文學家推算，當時確有「太白蝕昴」的天文現象(日本齊藤國治、小澤賢二中國古代天文記錄檢證頁八〇、八一)。原來秦以「水漕通糧」，軍糧充足，但經三年相持，「國虛民饑」，白起遣衛先生請益軍糧，被害死，白起也被指責「不量百姓之力」。

秦和趙相持於長平很久，秦爲了防止魏參與合縱攻秦，允許把韓的垣雍(今河南省原陽縣西)割給魏。垣雍一作衡雍，是韓、魏交界的交通要道所在，又是水上交通要道所在，南有滎澤，如果決滎澤而水灌大梁，魏就要滅亡，當時朱已遊說魏王已指出這點。後來秦始皇攻滅魏國就是用這個辦法。當時魏的平都君就已看到這點，因而對魏王說：「秦、趙久相持於長平而無決，天下合於秦則無趙，合於趙則無秦，秦恐王之變也，故以垣雍餌王也。秦戰勝趙，王敢責垣雍之割乎？」(魏策四)可知長平決戰關係到秦、趙兩強的興亡，這將決定今後由誰來完成統一的大決戰。等到秦戰勝於長平，秦就迫使韓獻垣雍於秦，秦就可以進一步用此來控制和要挾魏了。

秦進圍趙都邯鄲和魏、楚合縱救解的成功

秦大勝趙於長平之後，公元前二五九年的年初十月迫使韓獻桓雍，以便控制魏國。同時分兵兩路繼續攻趙，司馬梗北上平定太原郡，並全部占有韓上黨郡，王齕先攻皮牢(今山西省冀城縣東北)，繼而東進，攻取武安(今河北省武安縣西南)，準備進圍趙都邯鄲，一舉把趙滅亡。這時有人爲趙進說秦相范雎，認爲趙亡，白起將因功而爲三公，勢將駕臨范雎之上，不如讓趙割地求和。范雎因此言於秦王：「秦兵勞，請許韓、趙割地以和，且休士卒。」這時趙孝成王正入朝於秦，請割地求和，結果由趙臣趙郝講定割六城以和，正月就退兵。白起因此對范雎有意見。趙王回國，大臣虞卿堅決反對割地，先後與趙郝、樓緩辯論，認爲秦兵「倦而歸」，不必再送地，不能「以有盡之地給無已之求」。因此這年九月秦又發兵，使五大夫王陵攻趙都邯鄲。

當時趙國人民在長平慘敗和被殺降之後，正發憤圖強，「趙人之死者不得收，傷者不得療，涕泣相哀，戮力同憂，耕田疾作，以生其財」。同時「主折節(君主放下架子)以下其臣，臣推體(官員推心置腹)以下死士，至於平原君之屬，皆令妻妾補縫於行伍之間，臣人一心，上下同力」(今本戰國策末章所載白起語)，使得趙對秦抗戰的力量大爲加強。公元前二五八年正月王陵戰鬥失利，損失五校，秦昭王使白起代王陵，白起以爲「兵出無功，諸侯生心，外救必至」，稱病未能行。秦王使范雎往見白起勸說，白起仍稱病，於是增發軍隊，使王齕代王陵伐趙，圍邯鄲八、九月，死傷很多而不能攻下。秦王再請白起，白起仍不肯行。范雎於是起用知交鄭安平爲將軍，成爲進攻邯鄲的主帥。

到公元前二五七年，邯鄲被圍已三年，平原君計謀合縱攻秦以救趙，率門下食客二十人前往楚國，請楚王合縱，毛遂自薦同往，從日出說到日中，說得楚王歃血結盟出兵救趙。但是，楚不與趙接界，中隔魏國，楚兵來救必待魏的參與。原來魏已被秦所控制，而且曾與齊一起乘機攻取趙地，「齊取淄鼠，魏取伊是」(齊策三第十二章)。平原君夫人是魏信陵君的姊姊，曾多次寫信請魏王和信陵君發兵來救。魏

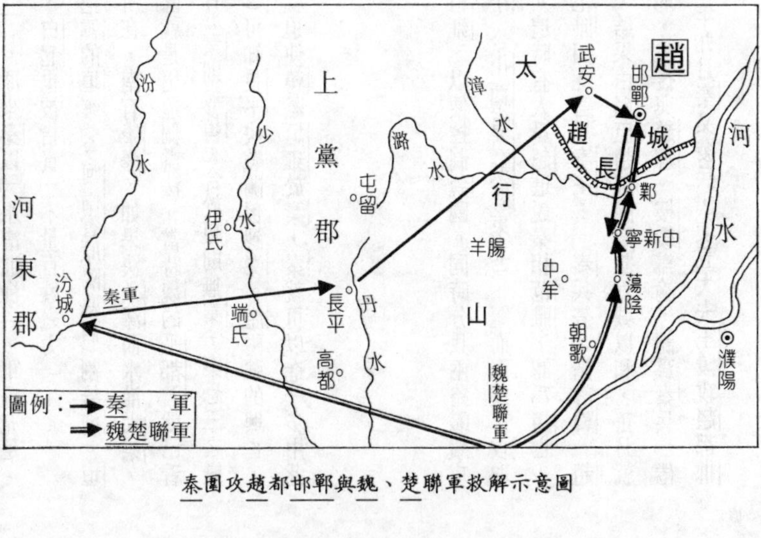

秦圍攻趙都邯鄲與魏、楚聯軍救解示意圖

王派將軍晉鄙率兵十萬往救，因怕秦移兵還擊，留於蕩陰（今河南省湯陰縣）不敢前進。信陵君採用門客侯嬴的計謀，請求魏王寵妃如姬偷得發兵虎符，帶著大力士朱亥用鐵椎擊殺晉鄙於鄴（今河北省磁縣南），選得精兵八萬進兵邯鄲。同時楚春申君也已派將軍景陽率大軍前來會合，一起北上救解邯鄲之圍。秦兵作戰失利，秦王勉強白起，白起仍稱病重，秦王罷免了白起官爵。接著白起又被逐出咸陽，到西門外十里的杜郵，賜劍使自殺。

這時秦以汾城（即臨汾，今山西省侯馬市西北）爲支援大軍進攻邯鄲的基地，當時汾城是河東郡的郡治所在。秦相范雎既任知交鄭安平爲將軍，與王齕同攻邯戰，又任知交王稽爲河東郡守而坐鎮汾城，曾增發軍隊駐防汾城，支持前線作戰，以便取得攻克邯鄲而滅亡趙國的大功。等到魏、楚聯軍北上救解邯鄲之圍，圍攻邯鄲的秦軍在趙軍和魏、楚聯軍的內外夾擊下大敗，鄭安平在被圍中率二萬人降趙，趙封爲武陽君[89]。王齕所部秦軍也在夾擊中潰退，其中一部分隨從秦將張唐攻取魏的寧新中（今河南省安陽市），防止魏軍包抄後路，大部分「還奔汾軍」，即回師到汾城與駐屯汾城的後備軍會合，以抵禦乘勝追擊的魏、楚聯軍。魏、楚聯軍乘勝追擊到河東，繼續在河東得勝。秦本紀載：「（王）齕攻邯鄲，不拔，去，還奔汾軍。二月餘，攻晉軍，斬首六千。晉、楚流死河二萬人（『死』下疑脫『我』字，『河』疑『汾』之誤），攻汾城。」可知王齕敗退後，就「還奔汾軍」，曾反攻魏軍取得「斬首六千」的戰果，但是魏、楚聯軍還是得勝，取得「流死二萬人」的戰果，並「攻汾城」。范雎列傳稱：「王稽爲河東守，與諸侯通，坐法誅。」秦策三又稱河東郡軍吏「告王稽、杜摯以反」，當是王稽在汾城失敗後，也曾像鄭安平那樣有投降的活動。魏這時攻到汾城得勝，收復了一些河東地方，因而呂氏春秋有度篇說魏安釐王「取地河東」。公元前二五六年韓也參與合縱攻秦，韓、魏、楚聯軍攻到新中（即寧新中，或單稱寧），迫使秦退兵。當時范雎封爲應侯，應（今河南省寶豐縣南，當汝水之南）原是秦奪來的韓邑，這時被韓奪回了（秦策三「應侯失韓之汝南」）。

鄭安平是范雎所保任的，按照秦法：「任人而所任不善者，各以其罪罪之。」因此鄭安平降趙，范雎罪當收三族，范雎曾爲之「請罪」。兩年後，原先把范雎推薦給秦昭王、後被范雎引用爲河東守的王稽，又因「與諸侯通」而「坐法誅」，「秦王大怒，而欲兼誅范雎」（戰國策秦策三）。燕人蔡澤聽到這個消息，入秦遊說范雎退位讓賢，范雎因而自稱病重，推薦蔡澤接替相位。雲夢秦簡編年記說：秦昭王五十二年「王稽、張祿死」。張祿即范雎，可知就在王稽處死的那年，范雎也死了。

這一戰役，魏信陵君指揮的魏軍和楚將景陽指揮的楚軍，都取得很大勝利，不僅解了邯鄲之圍，而且乘勝追擊，攻到了河東汾城一帶，使魏收復河東一些地方，因而信陵君和景陽都成爲威震諸侯而精通兵法的軍事家。信陵君門客中確有不少精通兵法的，著有魏公子兵法二十一篇和圖十卷（漢書藝文志兵形勢家）。景陽當即臨武君，也因此以精通孫、吳兵法著稱。當年荀子來到趙國，曾與臨武君同時進見趙孝成王，趙王就向臨武君「請問兵要」，因此引發荀子對兵法的議論。臨武君所談的「用兵之要術」，就是「孫、吳用之無敵於天下」的（荀子議兵篇）⑼。淮南子氾論篇講到景陽「威服諸侯」，「功名不滅者，其略（謀略）得也」。漢書藝文志兵形勢家著錄有景子十三篇，當爲景陽所著。由於這一戰役，使秦滅亡趙國的計謀不能實現，使趙轉危爲安，使得魏、楚暫時解除了秦的威脅，得以向東開拓。荀子認爲趙的平原君和魏的信陵君從中起了很大的作用，曾大加讚揚，見於荀子臣道篇。

楚考烈王滅魯

正當秦、趙兩軍相持於長平的時候，楚國乘機兼併了魯國。公元前二六一年楚攻取了魯的徐州，徐州即薛，原爲齊邑，是魯乘齊被五國合縱攻破時襲取的，這時又被楚攻取了。到公元前二五六年，就把魯滅亡了，把魯君遷封到魯地的莒（史記六國年表，魯世家作「魯頃公卒於柯」）。

秦昭王滅西周

秦雖然在邯鄲之戰失敗，但主力沒有受到大損失，因此稍事整頓後，於公元前二五六年繼續向韓進攻。秦將摎伐韓取得陽城（今河南省登封縣東南）、負黍（今登封縣西南），斬首四萬。這時東方各國又發動合縱抗秦的運動，西周君參與了這次合縱的行動，會同各國銳帥出伊闕（今河南省洛陽市東南龍門），企圖截斷秦通向陽城的後路。秦將摎便向西周發動進攻，西周君被迫把三十六個邑和三萬人口全部獻給秦國。就在這年，周赧王去世，從此掛名的天子也沒有了（史記周本紀、秦本紀）。

公元前二五六年「趙將樂乘、慶舍攻秦信梁軍，破之」（趙世家）。「信梁軍」疑是秦留守長平之戰後所得太原郡的駐軍，因此秦後來又攻太原。公元前二五四年秦推行「吏誰（『誰』讀作『推』）從軍」的制度（秦簡編年記），開始從小吏中挑選些人從軍，用以增強兵力。這年秦使將軍摎伐魏，攻取河東的吳（即虞）城（今山西省平陸縣北），迫使「韓王入朝，魏委國聽令」（秦本紀）。

魏安釐王攻取陶郡和滅亡衛國

這時，魏國也趁勝利的餘威，向秦的陶郡（即定陶）和衛國進攻。在公元前二五四年，魏國不僅攻得了秦孤立在東方的陶郡，而且把衛國也滅亡了㉑。衛國成爲魏的附庸。所以韓非子曾說：魏安釐王「數年東鄉（向），攻盡陶、衛」（飾邪篇）。又說：魏安釐王「取地河東，攻盡陶、衛之地」（有度篇）。又說：「周去秦爲從（縱），期年而舉；衛離魏爲衡，半歲而亡」（五蠹篇）。呂氏春秋也曾說：魏安釐王「存魏（疑是『趙』字之誤）舉陶，削衛地方六百里」（應言篇）。原來宋國和衛國的土地大部分被魏所占有。

自從魏國信陵君救趙破秦後，整個形勢發生了重大變化，秦國暫時減輕了對山東六國的壓力。但是山東六國並沒有能夠振作起來，只是各自圖謀兼併土地。不僅魏、楚兩國趁戰勝秦的餘威向東進行兼併，趙、燕兩國間也發生了大規模的兼併戰爭。因而秦國得以找尋機會，陸續攻取三晉的土地，進一步把六國全部兼併了。

① 秦策四載或爲六國說秦王曰：「魏伐邯鄲，因退爲逢澤之遇，乘夏車，稱夏王，朝爲天子，天下皆從。」王念孫云：「爲與於同，謂魏惠王朝於天子，天子皆從也。秦策又曰：梁君驅十二諸侯以朝天子於孟津，齊策曰：魏王從十二諸侯朝天子，皆其證也。」此說不確。「朝爲天子」是說諸侯朝見以爲天子。齊策五蘇秦說齊閔王，對此敍述分明，魏惠王從諸侯朝天子在先，衛鞅遊說魏惠王，謂從十二諸侯朝天子，「不足以王天下」，不如先行王服，然後圖齊、楚，於是惠王作逢澤之會，自稱爲夏王，要諸侯向他朝見以爲天子。朝天子是「臼里之盟」，與逢澤之會並非一事。臼里一作九里，是成周附近地名，見於逸周書作雒篇。「王」是當時天子稱號，不可能自稱夏王而朝見天子。

② 齊策一稱建議者爲田臣思，即田忌，而田世家作孫子即孫臏，當以齊策爲是，史記因推崇孫臏而改作孫子。

③ 田世家作「田嬰」，集解引徐廣曰：「嬰一作盼。」作盼爲是。田盼戰於馬陵，見魏世家索隱引紀年。魏策二記太子申爲將攻齊，客謂公子理之傅曰：「太子年少，不習於兵，田盼宿將也，而孫子善用兵，戰必不勝，不勝必擒。」

④ 孫臏兵法擒龐涓篇說：田忌採用孫臏「遣輕車西馳梁郊」的戰略，使得龐涓「兼趣舍而至」，因而「擊之桂陵而擒龐涓」。這裏說桂陵之戰擒龐涓，與史記記載不合。史記沒有說龐涓參與桂陵之戰。孫臏兵法陳忌問壘篇載孫臏對答田忌，又談論了他臨時設置障礙、調配各種兵力的戰略戰術，「所以應猝窘處隘塞死地之中也，是吾所以取龐□（當缺「涓」字）而擒太子申也」。「取龐涓而擒太子申」當指馬陵之戰。史記魏世家、田世家、孟嘗君列傳和六國年表都說：馬陵之戰殺龐涓，虜太子申；孫子列傳又說馬陵之戰龐涓自殺而太子申被虜。戰國策魏策二也說：「齊魏馬陵之戰，齊大勝魏，殺太子申，覆其十萬之軍。」齊策一又說：「田忌爲齊將，繫梁太子申，禽龐涓。」史記和戰國策都說馬陵之戰魏以太子申和龐涓爲將，魏世家說得更清楚：「使龐涓將，而令太子申爲上將軍。」孟子盡心下篇說：「梁惠王以土地之故，糜爛其民而戰之，大敗，將復之，恐不能勝，故驅其所愛子弟以殉之。」所說「大敗」，當指桂陵之

戰；下文又說「驅其所愛子弟以殉之」，當指馬陵之戰。因此孫臏兵法陳忌問壘篇所說「取龐涓而擒太子申」，只能是指馬陵之戰。但是龐涓爲什麼在桂陵之戰被擒，到馬陵之戰又被殺呢？可能他被擒之後曾被放回魏國，再度爲將，如同春秋時秦將孟明視爲晉軍所俘，旋被釋放，仍爲秦將一樣。

⑤ 孟嘗君列傳作東阿，田世家、六國年表誤作平阿，平阿在今安徽省懷遠縣西南，並非齊邑。

⑥ 齊策一載齊破魏馬陵之後，「魏破韓弱，韓魏之君因田嬰北面而朝田侯」。魏策二亦謂馬陵之戰以後，魏惠王從惠施變服折節而朝齊之謀，願臣畜而朝，田嬰許諾，「遂內魏王與之並朝齊侯再三」。呂氏春秋不屈篇云：「故惠王布冠而拘於鄄，齊威王幾弗受。」黃式三周季編略據此謂會甄、會徐州、會東阿，皆用朝禮。

⑦ 戰國時代七國中，除了楚早已稱王以外，魏國是最早稱王的，齊的稱王即由於這次的「會徐州相王」。史記田世家說：齊威王「二十六年……齊因起兵擊魏，大敗之桂陵，於是齊最強於諸侯，自稱爲王，以令天下」。這話是不可信的。在桂陵之戰後，魏國曾調動韓國軍隊戰敗齊軍於襄陵，齊曾請楚將景舍出來向魏求和，「最強於諸侯」的還不是齊而是魏，所以不久魏有逢澤之會，自稱爲王。

⑧ 蘇秦列傳稱秦惠王使犀首攻魏，禽將龍賈，取魏之雕陰，「且欲東兵」，秦本紀作「公子卬與魏戰，虜其將龍賈」。史記會注考證以爲「當公孫衍之譌」，甚是。

⑨ 秦本紀和六國年表只記這年秦歸魏焦、曲沃，梁玉繩史記志疑謂六國年表、魏世家、樗里子甘茂傳並言昭王初年秦攻皮氏未拔，疑秦歸焦、曲沃時，併皮氏亦歸之。

⑩ 六國年表載秦惠文王十三年「四月戊午君爲王」。秦本紀作「四月戊午魏君爲王，韓亦爲王」，有錯誤。周本紀正義引秦本紀作「與韓、魏、趙並稱王」，「趙」字當爲衍文。據此秦本紀原來當作「秦君爲王，魏、韓亦爲王」。張儀列傳云：「儀相秦四歲，立惠王爲王。」呂氏春秋報更篇云：「張儀所德於天下者，無若昭文君，……令秦惠王師之。逢澤之會，魏王嘗爲御，韓王爲右，名號至今不忘，此張儀之力也。」「逢澤之會」當爲「立惠王爲王」之誤。「名號」當指「秦王」的名號。

⑪ 呂祖謙大事記解題卷四定五國相王在周顯王四十六年，是正確的。史記燕世家說：燕易王十年「燕君爲王」，六國年表同。六國年表又載韓宣惠王十年「君爲王」。戰國策中山策說：「中山與燕、趙爲王。」又說：「犀首（即公孫衍）

立五王，而中山後持（高注：『持中山小，故後立之』）。……趙、魏許諾，果與中山王而親之，中山果絕齊而從趙、魏。」史記楚世家又說這年「燕、韓君初稱王」。足見「五國相王」參加的是趙、魏、韓、燕、中山五國。魯世家說「景公卒，子叔立（『叔』當作『旅』），是爲平公。是時六國皆稱王」。魯世家謂平公十二年秦惠王卒，可知魯平公元年當爲周顯王四十七年，即位在四十六年，是五國相王之年。

⑫ 一九八三年廣州象崗西漢南越王墓出土「王四年相邦張義、庶長□操造戟」。「王四年」即指秦惠文王稱王改元四年。近年出土的「王五年」、「王六年」、「王七年」的上郡守疾戈都指惠文王稱王改元之年，「王四年」即公元前三二一年，張儀正爲魏相，同時兼領秦相。

⑬ 焦循孟子正義以爲此事「恐誤編於威王策中，即不然，亦是威王末年事」。錢穆匡章考以爲確是威王末年事，威王卒於秦惠文王改元五年，匡章信用於齊自此役始（先秦諸子繫年頁二八二）。這是正確的。這年張儀兼爲秦、魏之相，秦才能借道韓、魏攻齊。

⑭ 戰國策魏策三載魏太子對樓廩說：「以張子之強，有秦、韓之重，齊王惡之，而魏王不敢據也。」魏策一又載：「犀首……謁魏王，王許之，即明言使燕、趙。……齊王聞之，恐後天下得魏，以事屬犀首。……燕、趙聞之，亦以事屬犀首。楚王聞之，……而以事因犀首。……犀首遂主天下事，復相魏。」又載：「魏王相張儀，犀首弗利，故令人謂韓公叔，……公叔以爲信，因而委之犀首以爲功，果相魏。」楚策三又說：「楚王逐張儀於魏。」從這裏可知魏惠王免除張儀的相職和起用公孫衍爲相，是出於齊、楚、燕、趙、韓五國的主張。史記張儀列傳說張儀離魏係在魏哀王（襄王）參加五國伐秦之役失敗以後，魏世家也說在魏哀王立後，都是不可信的。據呂氏春秋開春論和戰國策魏策一，當魏惠王去世時，犀首已在魏國用事，而惠施也已回魏。公孫衍、惠施都是張儀的政敵，在惠王去世前已當權，張儀必已先去魏回秦。

⑮ 史記犀首列傳說：「張儀已卒之後，犀首入相秦。嘗佩五國之相印，爲約長。」呂氏春秋開春論高誘注也說：「犀首，魏人公孫衍也，佩五國相印，能合縱連橫。」這裏說公孫衍曾繼張儀爲秦相，固然不足信，說公孫衍曾「佩五國之相印，爲約長」，也是誇大之辭。但是公孫衍曾約五國合縱伐秦，當是事實。史記楚世家說懷王十一年「蘇秦約從山東六國攻秦，楚懷王爲從長。至函谷關，秦出兵擊六國，六國兵皆引而歸，齊獨後」。這又誤把這年合縱的事歸之

於蘇秦了。即司馬遷所謂「世言蘇秦多異，異時事有類之者皆附之蘇秦」（史記蘇秦列傳太史公語）。秦本記說這年「韓、趙、魏、燕、齊帥匈奴共攻秦」，「匈奴」當爲「義渠」之誤。義渠的[illegible]，據說也是出於公孫衍的預先發動（戰國策秦策二、史記犀首列傳）。

⑯ 苴侯所居邑葭萌，在今四川省劍閣縣東北，任乃強華陽國志校補圖注以爲苴即褒，在[illegible]中市西北，不確。春秋早期已有鄀國，傳世有銅器，鄀即鄀，説文云「蜀地也」。苴當即鄀，與褒並非一地。

⑰ 秦策一、秦本紀、張儀列傳都說司馬錯伐滅蜀，揚雄蜀王本紀稱張儀伐滅蜀，華陽國志言張儀[illegible]伐滅蜀，當以秦本紀等所記爲是。

⑱ 史記張儀列傳說：「遂定蜀，貶蜀王更號爲侯，而使陳壯相蜀。蜀既屬，秦益強富厚。」戰國策秦策[illegible]記載，也說：「蜀主更號爲侯。」日本瀧川資言史記會注考證根據秦策一和張儀列傳，推斷秦所封蜀侯是[illegible]弟而非秦王子弟。蒙文通巴蜀史的問題（四川大學學報一九五九年第五期），也有同樣見解，並進一步作了分[illegible]的從史記秦本紀看來，秦所封蜀侯好像是秦王之子，但是秦武王無子，秦武王所封蜀侯煇不可能是武王之子。秦昭[illegible]十九而立，昭王四年出生長子（即後來秦孝文王），其次子最早生於昭王五年或六年，因此秦昭王在七年所封的蜀侯綰也不可能是昭王之子。秦昭王的同母弟也只封到「君」（如高陵君、涇陽君），如果綰是秦王子弟也不可能封「侯」。這個分析是正確的。

⑲ 華陽國志說：「陳壯反，殺蜀侯通國。秦遣庶長甘茂、張儀、司馬錯伐蜀，誅陳壯。」這時陳壯因和蜀侯發生衝突，把蜀侯殺死，實際上並不是反叛秦國，只是沒有秦王的命令而擅自殺死蜀侯，則有叛王之罪。

⑳ 華陽國志說：「赧王十四年蜀侯煇祭山川，獻饋於秦孝文王（當作秦昭王）。煇後母害其寵，加毒以進王。王將嘗之，後母曰：『饋從二千里來，當試之。』王與近臣，近臣即斃。文王大怒，遣司馬錯賜劍，使自裁。」史記秦本紀說：「秦昭王六年「蜀侯煇反，司馬錯定蜀。」秦昭王六年正當周赧王十四年。華陽國志所記有些不近情理。既然煇的後母在煇進獻給秦王的祭品中加毒，當秦王將嘗時，煇的後母又怎麼可能當面向秦王做出「當試」的建議呢？

㉑ 顧炎武日知錄卷二九燒荒條：「守邊將士每至秋月草枯，出塞縱火，謂之燒荒。唐書：契丹每入寇幽、薊，劉仁恭歲燎塞下草，使不得留，牧馬多死，契丹乃乞盟，是也。其法自七國時已有之。戰國策：公孫衍謂義渠君曰：『中國無

事於秦，則秦且燒焫獲君之國。』」

㉒ 戰國策齊策五記蘇秦說齊閔王曰：「日者，中山悉起而迎燕、趙，南戰於長子，敗趙氏；北戰於中山（當是『中人』之誤），克燕軍，殺其將。夫中山千乘之國也，而敵萬乘之國二，再戰比勝，此用兵之上節也，然而國遂亡，君臣於齊者何也？不嗇於戰攻之患也。」可知中山在被趙滅亡、中山君出奔齊之前，曾先後戰勝燕、趙兩國，對燕曾取得重大勝利。

㉓ 吳師道補注：「田文為魏相，蓋犀首約結於嬰，召其子而相之也，下章與此同。事宜在襄王時，非文奔魏相昭王事也」。這一論斷正確。魏世家載襄王九年魏相田需死，昭魚恐張儀、薛公（即田文）、犀首有一人相魏，張儀、犀首都曾在田需為魏相之前當過相國，可知田文也必曾為魏相，因而昭魚把三人相提並論。田文這次相魏的時間很短，未見有什麼成就。

㉔ 此事秦策二、楚世家、張儀列傳有相同記載，此中不免有些傳說故事性質，出於後世策士的增飾。如說楚王使勇士往罵齊王，如同兒戲。楚世家、張儀列傳說楚王因此授張儀相印，不見於秦策二，顯然出於後人的增飾。張儀列傳增飾較多。

㉕ 史記甘茂列傳稱甘茂「因張儀、樗里子而求見秦惠王，王見而說（悅）之，使將，而佐魏章略定漢中地」。

㉖ 戰國策韓策二載：楚圍雍氏，韓向秦求救，秦發使公孫昧入韓，回答韓相公仲朋，轉述秦王之言曰：「請道於[illegible]南鄭以入攻楚，出兵三川以待公。」（韓世家誤把此事記在韓襄王十二年）據此可見當時秦分三路出兵來應戰[illegible]

㉗ 戰國縱橫家書第二十二章記：「齊、宋伐魏，楚回（圍）翁（雍）氏，秦敗屈匄。」又說：「煮棗將渝（[illegible]六記濮上之『拔』）。」可知秦敗楚屈丐時，煮棗與雍氏之圍尚未解除。

㉘ 秦本紀說：秦使庶長疾助韓而東攻齊到滿」。「韓」當作「魏」，「滿」當作「濮」，形近[illegible]於濮。」齊策六作事，盼子謂齊王曰：「不如易餘糧於宋，宋王必說，梁氏不敢過宋伐齊。」六國年表云：[illegible]「贅子死」。「聲」「贅」形近，不知孰是。

㉙ 水涇汝水注引紀年「魏章率師及鄭師伐楚，取上蔡」。今本紀年繫於周顯王二[illegible]，不足信。魏章在秦武王即位初，與張儀同時逐走。馬非百秦集史以為此事在勝楚丹陽之後，此說可取。

㉚ 秦本紀謂此年「使甘茂庶長封伐宜陽」，「封」當爲「壽」之形譌。韓策一、甘茂列傳記向壽守宜陽將以伐韓，蘇代謂向壽曰「禽困覆車，公破韓，辱公仲」，「今公取宜陽以爲功」，足以作證。秦策三稱甘茂攻宜陽，右將有尉有建議，「有尉」亦「向壽」的形譌。

㉛ 國語晉語九記趙簡子的戎右少室周要和大力士牛談「戲」，韋注：「戲，角力也。」

㉜ 秦本紀載武王四年「王與孟說舉鼎，絕臏，八月武王死」。甘茂列傳載「武王竟至周而卒於周」。趙世家載「秦武王舉龍文赤鼎，絕臏而死」。帝王世紀謂「秦王於洛陽舉周鼎」（孟子告子下篇正義所引），又說「兩目出血，絕臏而死」。通鑑胡注：「蓋舉鼎者，舉九鼎也。」

㉝ 楚的滅越，據史記越世家說，是在楚威王時。但是越世家載齊國使者勸越王「釋齊而伐楚」，是楚懷王十六、七年間事。可證楚的滅越必在楚懷王十七年後。今本楚世家楚懷王二十年下載昭睢對楚懷王說：「王雖東取地於越，不足以刷恥，……韓已得武遂於秦，以河山爲塞，……樗里子必言秦，復與楚之侵地矣。」蘇轍古史楚世家繫這事在楚懷王二十二年，呂祖謙大事記解題卷四記在二十三年，這裏既説「韓已得武遂於秦」，當以二十三年爲是。從此可知楚的滅越，必在楚懷王二十三年或稍前。戰國策楚策一載范環對楚王說：「且王嘗用召（昭）滑於越，而納句章，（唐）昧之難，越亂，故楚南察瀨胡而野江東，計王功之所以能如此者，越亂而楚治也。」史記甘茂列傳所載略同，惟作「內行章義之難，越國亂，故楚南塞厲門而郡江東」（楚策一的「楚南察瀨胡而野江東」，當是「楚南塞厲門而郡江東」之誤）。而韓非子內儲說下篇又作「前者王使邵（昭）滑之越，五年而能亡越，所以然者，越亂而楚治也」。據史記甘茂列傳，范環對楚懷王說這話是在甘茂由秦出奔齊前，即在楚懷王二十三年。這又可證楚的滅越，必在楚懷王二十三年或稍前。黃以周儆季雜著史說有史越世家補並辨一文，對此事有所考證。詳見拙作關於越國滅亡年代的再商討，刊於江漢論壇一九九一年第五期。

㉞ 史記魏世家載魏哀王（即魏襄王）九年：「魏相田需死，楚害張儀、犀首、薛公。楚相昭魚謂蘇代曰：『田需死，吾恐張儀、犀首、薛公有一人相魏者也。』」索隱說：「薛公，田文也。」魏襄王九年，即公元前三一〇年，這時田文已稱薛公，必已代立於薛。當公元前三一七年田文一度爲魏相，尚無薛公之稱。薛公原爲田嬰所稱，田文繼稱薛公自當在繼立之後，不可能父子兩人同時並稱薛公。

㉟史記孟嘗君列傳記載：「人或毀孟嘗君於齊湣王曰：『孟嘗君將為亂』及田甲劫湣王，湣王意疑孟嘗君，孟嘗君乃奔。魏子所與粟賢者聞之，乃上書言孟嘗君不作亂，請以身為盟，遂自剄宮門，以明孟嘗君，湣王乃驚而蹤跡驗問，孟嘗君果無反謀，乃復召孟嘗君，孟嘗君因謝病歸老於薛，湣王許之。」這段話是替孟嘗君辯護的。史記六國年表記載這年「田甲劫王，相薛文（即薛公田文）走」。後來范雎也說：「諸侯見齊之罷弊，君臣之不和也，興兵而伐齊，大破之。士辱兵頓，皆咎其王曰：『誰為此計者乎？』王曰：『文子（即田文）為之，大臣作亂，文子出走。』」（史記范雎列傳）。

㊱史記孟嘗君列傳說：「齊湣王滅宋，益驕，欲去孟嘗君，孟嘗君恐，乃如魏，魏昭王以為相。」此說有誤。戰國策秦策三記薛公為魏謂魏冉曰：「文聞秦王欲以呂禮受齊以濟天下，君必輕矣。……君不如勸秦王令敝邑卒攻齊之事，齊破，文請以所得封君。」這時孟嘗君已當魏相，「敝邑」即指魏國，據此，孟嘗君為魏相應在呂禮為齊相之前，亦當在公元前二九四年。

㊲楚世家這段記載在懷王十八年到二十四年間，此中談到秦復歸韓武遂，時當懷王二十三年。呂祖謙大事記列此於二十三年，該是可信的。

㊳據史記楚世家記載，楚本與齊從親，由於楚懷王與秦昭王結盟，懷王二十六年（即公元前三〇三年）「齊、韓、魏為楚負其從親而合於秦，三國共伐楚」，這是三國伐楚的開始。兩年以後，「秦乃與齊、韓、魏共攻楚，殺楚將唐昧」。田世家、魏世家、韓世家和六國年表都說這年齊、韓、魏和秦共攻楚，殺死楚將唐蔑。但是呂氏春秋處方篇說：「齊令章子將而與韓、魏攻荊，……果殺唐蔑。」戰國策秦策四說：「三國謀攻楚，恐秦之救也，或說薛公，……於是三國併力攻楚，楚果告急於秦，秦遂不敢出兵，大勝有功。」秦策三說：「謂魏冉曰：楚破，秦不能與齊懸衡矣。秦三世積節於韓、魏，而齊之德新加焉。……韓、魏支分方城膏腴之地，……足以傷秦，不必待齊。」都足以證明秦國未參加這一役。史記秦本紀載：秦昭王八年「使將軍芈戎攻楚，取新市。齊使章子、魏使公孫喜、韓使暴鳶共攻楚方城，取唐昧」。這裡雖然把「取唐昧」之役誤後二年，又把秦攻楚和齊、魏、韓攻楚誤合為一年事，但仍以「取唐昧」之役為齊、魏、韓三國共攻楚方城的結果。這一役的戰場，史記秦本紀說在方城，戰國策趙策四說在陘山，呂氏春秋處方篇說在泚水旁，荀子議兵篇說在垂沙，戰國策楚策四又誤作「長沙」。楚的方城原在泚水旁，垂沙該是泚水

旁的地名，陘山也在其旁，所指仍爲一地。

㊴ 史記秦本紀說：「薛文（即田文）以金受免，樓緩爲丞相。」戰國策趙策四載：趙主父「結秦連宋之交，令仇郝相宋，樓緩相秦」。可知孟嘗君的免秦相，樓緩的相秦，出於趙的「結秦連宋之交」。東周策載：周最對金投說：「公負全秦與強齊戰」，或爲周最謂金投曰：「秦以周最之齊疑天下，而又知趙之難予齊人戰，恐齊、韓之合，必先合於秦。秦齊合則公之國虛矣」。可知金投是趙國大臣中親秦的，反對秦齊相合的，史記秦本紀的金受當即金投。

㊵ 史記趙世家載：趙惠文王三年「滅中山，遷其王於膚施」。而秦本紀說：秦昭王八年「趙破中山，其君亡，竟死齊」。秦昭王八年是公元前二九九年，趙惠王三年是公元前二九六年。秦本紀所記的是趙攻破中山的一年，而趙世家記的是趙滅亡中山的一年。史記六國年表謂趙惠文王四年「與齊、燕共滅中山」，又推後一年。按戰國策趙策四說：「三國攻秦，趙攻中山，五年以擅呼沲。」三國攻秦在公元前二九八年到前二九六年。趙策一又說：楚人久伐而中山亡。」楚人久伐當指齊、魏、韓攻殺楚將唐昧之役，事在公元前三〇一年。齊策五說：「齊、燕戰而趙氏兼中山。」齊、燕戰當指權之戰，事在公元前二九六年。趙策二說：「以趙二十萬之眾攻中山，五年乃歸。」呂氏春秋先識覽說：「夫五割而與趙，……未有益也。」高注：「中山五割與趙，趙卒亡之。」說明趙滅中山，歷時五年，從公元前三〇一年到前二九六年。

㊶ 趙策四載五國伐秦無功，蘇代謂齊王曰：「天下事秦，秦按爲義，存亡繼絕，固危扶弱，定無罪之君，必起中山與滕焉，而趙、宋同命，何暇言陰。」「滕」原誤作「勝」，今從金正煒改正。金氏云：「中山滅於趙，滕滅於宋，秦復起二國，故曰趙、宋同命。」此說甚是。

㊷ 趙策四載：「魏攻楚於陘山，禽唐明，楚王懼，令昭應奉太子以委和於薛公。主父欲敗之，乃結秦連宋之交，令仇郝相宋，樓緩相秦」。唐明即唐昧，「明」「昧」是一聲之轉。此以樓緩相秦在楚將唐昧被擒之後，不確。樓緩相秦當從秦本紀在昭王十年。

㊸ 田世家、韓世家都說三國攻秦「至函谷而軍焉」。「軍」即爲駐屯大軍。東周策記「三國隘秦」，有人謂相國曰：「秦欲知三國之情，公不如遂見秦王曰：請爲王聽東方之變。」隘謂阻隔關塞，當即指此事。周本紀誤記於周赧王五十八年下，並誤作「三晉距秦」。

㊹趙策四載：「三國攻秦，趙攻中山，取扶柳，五年以擅呼沲。齊人戎郭，宋突謂仇郝曰：「不如盡歸中山之新地，中山案此言於齊曰：四國將假道於衛，以遏章子之路，齊聞此必效鼓。」所謂「齊人戎郭」，即指軍屯於函谷關而言。宋突此時向宋相仇郝獻策，爲中山謀求解脫困境，請宋盡歸所得中山的新地，由中山言於齊，由四國（即趙、秦、宋及中山）假道於衛，以包抄匡章進軍函谷關的後路，可知這一戰役仍由匡章爲統帥。章子即匡章。

㊺戰國策齊策二載：「權之難，齊、燕戰。」齊策五又載：「昔者齊、燕戰於桓之曲，燕不勝，十萬之衆盡。」都該指此時事。燕策一載蘇代說：齊王「南攻楚五年」，「西困秦三年」，「北與燕戰，覆三軍，獲二將，而又以其餘兵，南面而舉五千乘之勁宋」。可知此事在西困秦之後，滅宋之前。齊策五又稱「齊、燕戰而趙氏兼中山」，可知此與趙滅中山同時。戰國策齊策六說：齊湣王時，「司馬穰苴爲政者也，殺之，大臣不親。」戰國策趙策二記蘇子謂秦王曰：「宣王（當作湣王）用之，後逼韓威魏，以南伐楚，西攻秦，……十年攘地，秦人遠跡不服，而齊爲虛戾。……今富非有齊威宣之餘也，精兵非有富韓勁魏之軍也，而將非有田單、司馬之慮也。」據此司馬穰苴當爲齊湣王的名將，而史記司馬穰苴列傳把他說成是齊景公時名將，因「燕侵河上，齊師敗績」，「將兵扞燕、晉之師」，收復了所失故地。但是這事不見左傳記載。蘇轍古史孫武吳起列傳認爲史記之說不可信，司馬穰苴當是齊湣王時的大將，在對燕的戰爭中取得大勝。

㊻史記穰侯列傳說：「昭王即位，以冉爲將軍，衛咸陽。誅季君之亂，而逐武王后出之魏，昭王諸兄弟不善者皆滅之」。索隱說：「季君即公子壯，僭立而號曰季君。」史記秦本紀載：昭王二年「庶長壯與大臣、諸公子爲逆，皆誅。及惠文后，皆不得良死，悼武王后出歸魏」。史記六國年表秦昭王二年：「季君（今本誤作「桑君」）爲亂，誅。」這些都該是根據秦紀的。秦紀是站在得勝者宣太后和魏冉的立場寫的。古本竹書紀年說：「秦內亂，殺其太后及公子雍、公子壯。」（史記穰侯列傳索隱引）從殺死惠文后和大臣以及趕走武王后來看，實際上是宣太后和魏冉用武力來奪取君位。

㊼史記秦本紀說：秦昭王十三年「五大夫禮出亡奔魏」。穰侯列傳說：「魏冉相秦，欲誅呂禮，禮出奔齊。」這樣的說法是錯誤的。秦五大夫呂禮並非出奔到齊國，是由於齊國要和秦結交而起用呂禮爲相國的。戰國策東周策載：「謂齊王曰：逐周最，聽祝弗，相呂禮者，欲深取秦也。」又載：「謂薛公曰：周最於齊王也而逐之，聽祝弗，相呂禮者，

欲取秦。秦、齊合，弗與禮重矣。」可爲證明。

⑱ 魏策一「秦敗東周與魏於伊闕，殺犀武」，西周策「犀武敗於伊闕」，「秦敗魏將犀武軍於伊闕」，周本紀作師武。犀武當爲公孫喜的稱號，如同公孫衍號犀首。

⑲ 秦本紀、穰侯列傳、韓世家都說「虜公孫喜」。而魏策一又說「殺犀武」。韓非子說林下篇說「周南之戰公孫喜死焉」。周南之戰即伊闕之戰，公孫喜當是殺死而被虜。

⑳ 秦本紀載此年「秦以垣爲蒲阪、皮氏」，索隱云「爲當爲易」，不確，當作「秦攻垣及蒲阪、皮氏」。秦簡編年記此年「攻垣、枳」，白起列傳云：「起與客卿錯攻垣城拔之。」

㉛ 戰國縱橫家書八載：「謂齊王曰：薛公……以齊封奉陽君，使梁韓皆效地，欲以取勺(趙)，勺(趙)是(氏)不得。身率梁王與成陽君，北面而朝奉陽君於邯鄲，而勺(趙)氏不得。」戰國策魏策三載：「葉(奉)陽君約魏，魏王將封其子，謂魏王曰：王嘗身濟漳，朝邯鄲，抱葛孽、陰成以爲趙養邑，而趙無爲王有也。王能又封其子河陽、姑密乎？臣爲王不取也。」趙策四載：「謂齊王曰：臣爲足下謂魏王曰……王之事趙也何得矣？且王嘗濟於漳，而身朝於邯鄲，抱陰成，負葛孽，以爲趙蔽，而趙無爲王行也。今又以河陽、姑密封其子，……」史記趙世家謂趙惠文王十一年「董叔與魏氏伐宋，得河陽於魏」，當即指魏王以河陽、姑密封奉陽君之子。

㉜ 戰國縱橫家書第五章、燕策一第五章和第十四章，都是記燕昭王和蘇秦定策的談話，只是燕策一第五章誤以爲在蘇秦說齊歸燕十城之後。燕策一第十四章又誤作蘇代。其實燕策所說燕文公卒、易王立時，齊宣王因喪而攻取燕十城之事，不足信。齊宣王不與燕易王同時。據戰國縱橫家書，這時蘇秦參與齊、燕的政治活動，蘇代未見參與。戰國縱橫家書第五章比較簡略，燕策一第五章和第十四章所記定策的談話較詳，正可以補足戰國縱橫家書的不足，我們可以據此看到燕昭王和蘇秦定策的目的。

㉝ 戰國縱橫家書第十三章韓量獻書齊王，希望齊王召回他，並與秦聯合。第十二章蘇秦自趙獻書齊王，說：「寡人有反(返)量之慮，必先與君謀之。」戰國策燕策二第二章奉陽君告朱讙與趙足曰：「必不反韓珉，今召之矣。」可知韓量在五國合縱伐秦後出任齊相，在此以前已曾一度爲齊相，使秦與齊聯合。戰國縱橫家書第八章所述，當爲韓量初次任齊相時事。

㊹ 戰國縱橫家書第四章蘇秦稱燕王使得他有「卿」和「封」，列於有「卿」和「封」的使者，可知蘇秦出使時已有「卿」和「封」。

㊺ 燕策二載有人告奉陽君說：「使齊不信趙者蘇子也，令齊王召蜀子使不伐宋者蘇子也。」蜀子即觸子，後來五國合縱攻齊，觸子在濟上應戰而敗走。齊策六誤作「向子」。

㊻ 呂氏春秋應言篇載：「秦王立帝宜陽，令許綰誕魏王，魏王將入秦」，魏敬進言乃輟行。馬非百秦集史與陳奇猷呂氏春秋校釋都讀「秦王立帝宜陽」爲句，「宜陽令許綰誕魏王」爲句，不確。若許綰爲秦的宜陽令，不可能「誕魏王」。

㊼ 韓非子內儲說下篇云：「穰侯相秦而齊強，穰侯欲立秦爲帝而齊不聽，因請立齊爲東帝而不能成也。」齊策四記齊王曰：「秦使魏冉致帝。」

㊽ 戰國策韓策三韓人攻宋章，說「韓人攻宋，秦王大怒……蘇秦爲韓說秦王」。此事又見田世家，「韓人」作「韓聶」，「蘇秦爲韓說秦王」的「韓」作「齊」，當以田世家爲是。「韓聶」當即「韓珉」，韓策三又有韓珉相齊章。

㊾ 史記宋世家說：「王偃立四十七年，齊湣王與魏、楚伐宋，殺王偃，遂滅宋而三分其地。」這是不可信的。滅宋之役，除燕曾助戰外，魏、楚都不曾參加，也沒有三分宋地的事。荀子議兵篇說：「齊能併宋而不能凝也，故魏奪之。」可知魏奪得宋地是在齊滅宋後，約當五國合縱攻齊的時候。漢書地理志說：宋「爲齊、楚、魏所滅，參(三)分其地：魏得梁(指睢陽)、陳留，齊得濟陰、東平，楚得其沛」。也不正確。東平原非宋地。今本漢書地理志夾雜有後人校勘之語說：「東平、須昌、壽良皆在濟東，屬魯，非宋地也。當考。」陳留一帶早在戰國初期就爲魏所占有。魏得睢陽，楚得沛，當在合縱攻齊的時候。

㊿ 戰國縱橫家書第二十章記有人說燕王，主張使辯士遊說秦王，請秦王入質子於燕、趙，立秦爲西帝、燕爲北帝、趙爲中帝，從而合縱伐齊。燕策一蘇秦列傳作爲蘇代之說。並立三帝之議未成事實，但伐齊以秦、趙、燕三國爲主，並由秦人質子於燕、趙，當爲事實。

(61) 這次合縱伐齊，史記秦本紀、趙世家、魏世家說是秦、韓、趙、魏、燕五國，燕世家、田世家、楚世家說是包括楚國在內共六國，而樂毅列傳又說是趙、楚、韓、魏、燕五國伐齊而沒有提到秦國。資治通鑑和大事記都根據秦本紀定爲秦、三晉和燕五國，梁玉繩史記志疑卷四則定爲六國。當以秦本紀五國之說爲是。荀子王制篇說「閔王毀於五國」，楊注：「樂毅以燕、趙、楚、魏、秦攻齊。」呂氏春秋權勳篇說「昌國君將五國之兵以攻齊」，高注：「五國謂燕、秦、韓、魏、趙也。」當時楚未參加合縱攻齊，反而派淖齒將兵救齊，故淖齒得爲齊相，但其目的在於瓜分齊國，收復淮北地。

⑫ 樂毅報燕惠王書稱樂毅謂燕昭王：若欲攻齊，必舉天下而圖之，「莫徑於結趙矣，且又淮北宋地，楚魏之所同願也，趙若許約，楚、魏盡力，四國圖之，齊可大破也」。昭王因而使樂毅於趙，「顧反命，起兵隨而攻齊」。史記樂毅列傳因而謂昭王「使樂毅約趙惠文王，別使連楚、魏，令趙嚪說秦以伐齊之利，……樂毅還報，燕昭王悉起兵」。這樣的敘述，好像合縱伐齊全由樂毅計謀和出使所組合，這與當時合縱形勢的形成不合。趙世家載惠文王十四年「相國樂毅將趙、秦、韓、魏、燕攻齊，取靈丘」，是正確的。

⑬ 齊策六說：「燕舉兵，使昌國君將而擊之，齊使向子將而應之，齊軍破，向子以輿一乘亡。」「向子」當爲「蜀子」之誤。燕策二謂「今齊王召蜀子使不伐宋」。蜀子即觸子。

⑭ 「雒」通「絡」，山海經海內經郭璞注：「絡猶繞也。」

⑮ 樂毅報燕惠王書謂「起兵隨而攻齊，以天之道，先王之靈，河北之地隨先王舉而有之於濟上，濟上之軍奉令擊齊大勝之，輕卒銳兵長驅至國」。以爲樂毅破齊全由燕師連續作戰，先攻取河北，再大勝於濟上，並不可信，當出於後世策士爲誇大樂毅功績而僞託的。

⑯ 楚策一所載張儀遊說辭：「蘇秦封爲武安君而相燕，即陰與燕王謀破齊，共分其地，乃佯有罪出走入齊，齊王因受而相之，居二年而覺，齊王大怒，車裂蘇秦於市。」此中「乃佯有罪出走入齊」，當爲「乃爲燕出使入齊」之誤。史記蘇秦列傳太史公曰：「蘇秦被反間以死，天下共笑之。」

⑰ 燕策二載趙奉陽君指責齊王說：「齊使公玉丹命說（李兌）曰：必不反韓珉，今召之矣；必不任蘇子以事，今封而相之，令不合燕，今以燕爲上交。」可知這時齊王既召回韓珉，又封蘇秦並命爲相國。

⑱ 據戰國縱橫家書第六章，可知當齊王依靠燕的支持和蘇秦計謀攻滅宋國時，楚王正與群臣計謀乘機攻齊很急，齊王聽到消息，就決定從宋退兵，齊王把這一決定告知在魏的蘇秦和孟嘗君，孟嘗君又轉告蘇秦，蘇秦就密報燕昭王，「願王陰知之而毋有告」，怕因此傷害燕和他個人，並說「臣將疾之齊觀之而以報」，「足下雖怒於齊，請養之以便事。

不然，臣之苦齊王也，不樂生矣」。這很明顯，這是間諜的情報性質。

(69) 楚世家頃襄王十八年楚人有以弋射説楚王曰：「外舉定陶，則魏之東外棄，而大宋、方與二郡舉矣」。可知魏在定陶以東設有大宋、方與二郡，漢書地理地稱「宋爲齊、楚、魏所滅，三分其地，魏得梁（指睢陽）、陳留」。此説不確。魏得宋地在合縱破齊之後，陳留早爲魏有，魏所得爲大宋、方與二郡之地。

(70) 呂祖謙大事記解題卷四説：「秦開不知當燕何君之世，然秦武陽乃開之孫，計其年，或在昭王時。」

(71) 史記秦本紀載：秦昭王二十七年「又使司馬錯發隴西，因蜀攻楚黔中，拔之」。而華陽國志卷三蜀志載：周赧王七年「司馬錯率巴、蜀衆十萬，大舶船萬艘，米六百斛，浮江伐楚，取商於之地，爲黔中郡」。華陽國志卷一巴志又説：「涪水本與楚商於之地接，秦將司馬錯由之，取楚商於地爲黔中郡。」按周赧王七年是秦武王三年，當從秦本紀爲是。

(72) 戰國策燕策二載蘇代約燕王曰：「楚得枳而國亡，齊得宋而國亡。」所謂楚的「國亡」，當指楚失去都城郢而言，可知在公元前二七九年前，楚曾攻取枳地。

(73) 水經沔水注説：「夷水又東注於沔。昔白起攻楚，引西山長谷水，即是水也。舊堨去城百里許，水從城西灌城東，入注爲淵，今熨斗陂是也。水潰城東北角，百姓隨水流，死於城東者數十萬，城東皆臭，因名其陂爲臭池。」元和郡縣志卷二三宜城縣條説：「故宜城，在縣南九里，本楚鄢縣。秦昭王使白起伐楚，引蠻水灌鄢城，拔之，遂取鄢。」呂祖謙大事記解題卷五引曾鞏説：「荊及康狼，楚之西山也。水出二山之間，東南而流，春秋之世曰鄢水。……秦昭王二十八年使白起將攻楚，去鄢百里立堨，壅是水爲渠，以灌鄢，遂拔之。」可知長谷水即蠻水，亦稱鄢水。讀史方輿紀要也説：「長渠在宜城縣西四十里，亦曰羅川，又曰鄢水，亦曰白起渠，即蠻水也。秦昭王二十八年使白起攻楚，去鄢百里立堨，壅是水爲渠，以灌鄢。鄢入秦，而起所爲渠不廢，今長渠是也。」

(74) 通鑑胡省三注以爲西陵即水經江水注所説夷陵縣的西陵峽，並非漢江夏郡的西陵縣。程恩澤國策地名考從其説，其實非是。秦策四第九章載：「（楚）頃襄王二十年秦白起拔楚西陵，或拔鄢、郢、夷陵。」「或」猶「又」也（經傳釋詞），可知西陵與夷陵非一地。水經江水注以白起伐取的西陵即西陵縣故城，甚是。秦簡編年記載昭王二十九年攻安陸，西陵又在安陸以東一百多里。

⑮ 史記楚世家載頃襄王二十二年「秦復拔我巫、黔中郡」。楚頃襄王二十二年即秦昭王三十年。秦本紀載：秦昭王二十七年「使司馬錯發隴西，因蜀攻楚黔中，拔之」。三十年「蜀守若伐取巫郡及江南爲黔中郡」。在秦昭王二十七年到三十年間（公元前二八〇年～前二七七年），楚必定曾收復黔中郡。這次收復黔中郡的當是莊蹻。以前秦不斷派司馬錯攻楚，此後便不聞有司馬錯將兵出戰事，可能就在楚軍反攻中被楚打得大敗。楚世家又載：楚頃襄王二十三年「襄王乃收東地兵，得十餘萬，復西取秦所拔我江旁十五邑以爲郡，距秦」。這裏所說的江旁十五邑，是指巴東一帶臨江地區。

⑯ 楚國有「爲盜」的莊蹻，起事於楚懷王時。前人有認爲當時有兩莊蹻的，見王應麟困學紀聞卷一二；也有認爲是一人的，見荀子議兵篇楊倞注、梁玉繩史記志疑卷三四和人表考卷八。如果是同一個人，當是莊蹻投降楚王，而成爲將軍的。最早提到兩個莊蹻的，是荀子議兵篇。議兵篇把「楚之莊蹻」和「齊之田單」、「秦之衛鞅」看作同樣是「世俗之所謂善用兵者」，同樣是「招延募選，隆勢詐，尚功利之兵」的指揮者。說明莊蹻和田單等人一樣是統率「招延募選」軍隊的將軍。議兵篇下文又講到楚國對外戰敗，「兵殆於垂沙，唐蔑死，莊蹻起，楚分而爲三四」；「是豈無堅甲利兵也哉，其所以統之者非其道也」。這個是用武裝起事的莊蹻。

⑰ 史記西南夷列傳說：「始楚威王時，使將軍莊蹻將兵循江上，略巴、蜀、黔中以西。莊蹻者，故楚莊王苗裔也。蹻至滇池，地方三百里，旁平地肥饒數千里，以兵威定屬楚。欲歸報，會秦擊奪楚巴、黔中郡，道塞不通，因還，以其衆王滇，變服從其俗以長之。」漢書西南夷列傳略同。莊蹻爲將軍，不應在楚威王時。史記把這事列在楚威王時，只是因爲楚威王時楚的聲威盛些。莊蹻不一定是楚莊王的後裔，索隱說他是楚莊王弟，更不可信。後漢書西南夷列傳說：「初，頃襄王時，遣將莊豪（即莊蹻）從沅水伐夜郎，軍至且蘭，椓船於岸而步戰。既滅夜郎，因留王滇池。」這裏把時間定在楚頃襄王時是正確的。華陽國志卷四南中志載：「周之季世，楚威王遣將軍莊蹻，泝沅江，自且蘭，以伐夜郎，植牂牁，繫船於是。且蘭既克，夜郎又降，而秦奪楚黔中地，無路得反，遂留王滇池。蹻，楚莊王之苗裔也。」按「楚威王」，漢書地理志顏注、史記正義、藝文類聚卷七一、北堂書鈔卷一三八、太平御覽卷一六六和七七一都引作「楚頃襄王」，顧觀光校勘記說：「必華陽國志古本如此，後人依史漢改耳。」又「遂留王滇池。蹻，楚莊王之苗裔也」，北堂書鈔卷一三六、太平御覽卷一六六、葉夢得玉澗雜書、蜀中廣記卷六九都引作「遂留王之，號爲莊

王」。可知「楚莊王苗裔」之說，是由他「號爲莊王」而誤傳的。秦自從攻取巴蜀以後，多次要楚割讓黔中，長江上游已成爲秦的勢力範圍，因此史記說「莊蹻將兵循江上」，是不可能的。莊蹻入滇的路線，以華陽國志和後漢書所說較爲合理。

⑱ 近年從晉寧石寨山和江川李家山等地發掘許多戰國、西漢時期古墓，出土大量文物。從出土貯貝器上所雕圖像以及其他文物，可以證明西漢中期以前滇池地區還處於奴隸制階段。參看林聲晉寧石寨山出土銅器圖像所反映的西漢滇池地區的奴隸社會，載文物一九七五年第二期。

⑲ 參看張增祺從出土文物看戰國到西漢時期雲南和中原地區的密切聯繫，載文物一九七八年第十期。

⑳ 後漢書西羌傳稱：「昭王立，義渠王朝秦，遂與昭王母宣太后通，生二子。至赧王四十三年，誘殺義渠王於甘泉宮，因起兵滅之，始置隴西、北地、上郡焉。」蒙文通周秦少數民族研究義渠與匈奴條說：「本紀言昭王二十年王之上郡北河，此義渠滅始置地也。以前例後，則列傳言殺義渠王甘泉宮，遂伐殘義渠，應在二十年以前，則赧王四十三年，爲衍四字，正昭王之五年，而義渠滅也。」這個說法不可信。秦自惠王後陸續攻取義渠的土地，惠王時已攻取義渠二十五城，這二十五城應包括西河和上郡的部分土地。義渠滅亡前，秦可能占有上郡北河地。從秦昭王對范雎所說「今義渠之事已」的話來看，義渠滅亡於周赧王四十三年，那是不錯的。

㉑ 史記匈奴列傳謂東胡「與匈奴間有棄地，莫(漠)居千餘里，各居其邊爲甌脫」。

㉒ 史記秦本紀把這個戰役記載在秦昭王三十八年即公元前二六九年，雲夢出土秦簡編年記同；而趙世家、六國年表的記載都在上年。可知這個戰役開始於公元前二七〇年，而結束於次年。

㉓ 史記索隱云：「王粲詩云：許歷爲完士，一言猶敗秦，是言趙奢用其計，遂破秦軍也。江遂曰：漢令稱完而不髡曰耐，是完士未免從軍也。」「完而不髡」是指僅剃去鬢鬚，不剃其髮者。「完」指不加肉刑髡剃而罰勞役者。

㉔ 范雎的「雎」，史記和戰國策的有些版本作「睢」。錢大昕武梁祠堂畫像跋尾、梁玉繩人表考等，都認爲作「雎」爲是。韓非子外儲說左上篇有評論虞慶和范且言論一節，虞慶即虞卿，范且即范雎。東漢武梁祠石刻畫像有范且和須賈的故事，范且亦即范雎。從「雎」或作「且」看來，自當以作「雎」爲是，作「睢」是錯誤的。史記魏世家載「魏人有唐雎者」，索隱：「按雎字，音七餘反。」戰國策魏策四和楚策三都作唐且，也可以作爲例證。

㉟ 秦策三第十章與史記范雎列傳所載「廢太后，逐四貴」的事，出於策士的誇大增飾，未可全信。呂祖謙、吳師道都以爲當從皇極經世所說「罷穰侯相國及宣太后權」爲是。秦策三第十一章有相類似的記載，以宣太后、穰侯、華陽爲「三貴」，而不及高陵、涇陽二君。秦本紀載昭王四十二年「十月宣太后薨，九月穰侯出之陶」，秦用顓頊曆，十月爲歲首，是宣太后死於這年的年初，穰侯就封到陶已在歲末。魏相朱已謂魏王：「故太后母也，而以憂死，穰侯舅也，功莫大焉，而竟逐之，兩弟無罪而再奪之國。」可知高陵、涇陽二君只取消封國，未被逐走。李斯諫逐客書也說：「昭王得范雎，廢穰侯，逐華陽，強公室，杜私門。」

㊱ 水經濟水注說：濟水「東北逕冤朐縣故城南」，「又東逕秦相魏冉冢南」，「世謂之安平陵，墓南崩碑尚存」。

㊲ 秦策三載范雎謂秦昭王：「王攻韓圍陘，以張儀爲言，張儀之力多，且削(一作割)地而以自贖於王；張儀之力少，則王逐張儀，而更與不如張儀者市，則王之所求於韓者，言可得也。」鍾鳳年以爲「張儀」乃「張平」之誤，據史記留侯世家，張良父平相韓桓惠王。此說可信。

㊳ 白起列傳稱此年「白起攻韓陘城，拔五城，斬首五萬」。范雎列傳作「秦攻韓汾、陘，拔之」。韓世家作「秦拔我陘，城汾旁」。正義因此謂陘故城在曲沃縣西北汾水之旁。此說不確。索隱云：「陘音刑。」秦策三第十五章稱：「秦嘗攻韓圍邢，困上黨，上黨之民皆返爲趙。」「邢」即「陘」的通假。據此可知白起所攻的陘城必爲太行陘所在，不在汾旁。韓世家所謂「城汾旁」，當爲另一事。秦於上年攻少曲和高平，於下年攻南陽，都是爲了攻取上黨，不可能於此年攻至汾旁。

㊴ 史記范雎列傳說：「秦大破於長平，遂圍邯鄲，……任鄭安平使將擊趙，鄭安平爲趙所圍，急以二萬人降趙。」而趙世家載：趙孝成王十一年「武陽君鄭安平死，收其地」。可知鄭安平降趙後，趙封爲武陽君。呂氏春秋無義篇說：「鄭平(即鄭安平)於秦王，臣也；其於應侯(范雎)，交也；欺交反主，爲利故也。」就是指鄭安平投降趙國事。

㊵ 楚策四稱：天下合從，趙使魏加問楚春申君，使誰將，春申君說要以臨武君爲將，魏加說臨武君曾爲秦打敗，不能爲拒秦之將。看來魏加這個主張未被春申君採納。楚世家稱「遣將軍景陽救趙」。景陽當是臨武君，臨武君因此大勝，當見趙孝成王時，王要「請問兵要」。如果是敗將，趙王不可能如此請問。

㊶ 史記不載衛國被魏滅亡事，但據呂氏春秋應言篇、韓非子飾邪篇、有度篇、五蠹篇，都可見這時魏有攻取定陶和滅亡

衛國事。史記衛世家載：「懷君三十一年朝魏，魏囚殺懷君，魏更立嗣君弟是爲元君，元君爲魏婿，故魏立之。」衛懷君三十一年當魏安釐王二十五年。這年魏殺懷君，應該是魏滅亡衛。魏立衛元君，實際上只是附庸性質。衛元君不可能是衛嗣君之弟。衛嗣君在位四十二年，懷君在位三十一年，如果是嗣君之弟，該有八十多歲了。史記集解引徐廣曰：「班氏云：元君者懷君之弟。」元君是不是懷君之弟，也無確據。衛世家又載：元君十四年「秦初置東郡，更徙衛野王縣」（據六國年表「徙野王」是在元君十二年）。其後又十一年而卒，子角立。這話是不足信的。秦始皇本紀說：始皇六年「拔衛，迫東郡，其君角率其支屬，徙居野王，阻其山以保魏之河內」。分明秦所遷的衛君不是什麼元君，這個衛君角應該是爲秦所新立而作爲秦的附庸的。

第九章　秦的統一

一、秦兼併六國和完成統一

秦在兼併戰爭中的勝利

戰國初期，各諸侯國之間戰爭的規模還比較小。三晉由於利害的一致，曾不斷地聯合伐齊、伐楚。各大國間的大戰往往是因援救弱國而引起的。到戰國中期出現合縱，連橫運動，戰爭的規模就愈來愈大，次數也愈來愈頻繁了。

最初，合縱是各弱國聯合抵禦強國的行動，例如公孫衍的合縱攻秦，主要是由於三晉遭受秦的壓迫。到齊、秦兩大強國對峙的形勢形成後，齊、秦兩大國就往往利用合縱來作爲壓倒對方和謀取進一步進行兼併的工具了。每當對方威勢太逼人時，其中一方就利用其他各國和對方之間的矛盾，發動合縱來向對方進攻。等到對方屈服或失敗，它就肆無忌憚地進行兼併，還要迫使某些弱國作爲僕從，幫助自己進行兼併。齊、秦兩大強國在對峙的局面下，隨著形勢的變化，是合縱、連橫兼施的。如果合縱不利，就改爲連橫；如果連橫發生阻礙，又變爲合縱。秦國在戰國中期，隨著合縱、連橫形勢的變化，通過兼併戰爭取得一片又一片的土地。

秦國自從秦孝公任用衛鞅變法，國力逐漸富強，收復了部分過去失守的河西地。接著秦惠王用張儀爲相，司馬錯等人爲將，向東北取得了魏的河西、上郡，向東取得了陝，控制了黃河天險和崤函要塞，向西南滅亡了巴、蜀，向西北奪取了義渠二十五城。由於公孫衍合縱的失敗，張儀連橫的成功，秦大勝楚於丹陽，取得楚的漢中。秦武王改變兼併的策略，派甘茂攻取了韓的大縣宜陽，以便進取中原。當秦昭王初期，由於齊相孟嘗君合縱的成功，齊、魏、韓聯軍攻入函谷關，迫使秦歸還了魏、韓一些侵地，使秦的兼併策略暫時挫折。等到孟嘗君從齊出走，秦將白起大勝韓、魏聯軍於伊闕之後，秦就迫使魏獻給河東四百里地，迫使韓獻給從武遂到平陽通道兩旁的二百里地。自從趙武靈王推行「胡服騎射」而攻取中山及胡地之後，形成秦、齊、趙三強鼎立而鬥爭的形勢。秦相魏冉設計齊、秦並稱東西帝而連橫，約五國共伐趙而三分趙地，因蘇秦發動合縱而沒有成功。蘇秦合縱五國攻秦失敗之後，秦國君臣組織五國合縱攻齊成功，推定樂毅爲趙、燕兩國「共相」而兼五國聯軍統帥，終於攻破齊國，從此秦成爲最強之國。其後秦向西南攻取了楚的黔中，向南攻取了楚的國都郢，並迫使韓、魏獻出南陽，同時又向西北全部滅亡了義渠。秦國在秦惠王和秦昭王時，大大擴展了領地，先後建立了巴、蜀、漢中、上郡、河東、隴西、南郡、黔中、南陽、北地等郡。

秦國在秦昭王時，實際上已開始進行統一戰爭，既取得了東方各國的大塊土地，又大量殺傷了各國的人力。公元前二九三年伊闕之戰，白起大勝韓、魏聯軍，斬首二十四萬；公元前二七九年鄢之戰，白起引水灌城，淹死楚國軍民數十萬；公元前二七三年華陽之戰，白起又大勝趙、魏聯軍，斬首十五萬；公元前二六〇年長平之戰，白起又坑殺趙軍主力四十五萬。其他較小規模的戰爭不計，只就這四次白起指揮的大戰而言，秦所殺死三晉和楚的士兵已在一百萬以上。這就嚴重削弱了這些國家的戰鬥力，奠定了此後秦國取得統一戰爭勝利的基礎。只是由於秦採用殘暴的殺降辦法，激起了趙國廣大人民的義憤，因而秦圍攻邯鄲三年不能取勝；再加上秦相范睢用人不當，魏、楚兩國又合縱救趙，秦兵反而遭到反包圍，結果失敗了，魏、楚聯軍乘勝追擊，攻到了河東。魏、楚等國雖然一時取得勝利，在東方有所擴展，但是沒有能夠削弱秦國的力量。秦國在稍事整頓後，就繼續進行統一戰爭，攻取得韓二城，並迫使西周君獻出城邑。同時周赧王也去世了。從此名義上的周天子不再存在，秦國進行統一戰爭就名正言順了。到秦孝文王、秦莊襄王時，秦的完成統一已經是大勢所趨，到了「水到渠成」的境地。

燕、趙連年大戰

公元前二五一年燕國見「趙民其壯者皆死於長平，其孤未壯」，企圖兼併趙國，發兵六十萬分兩路攻趙，趙使廉頗大破燕軍於鄗（今河北省高邑縣東南），殺燕相栗腹。又使樂乘大敗燕軍於代（今河北省蔚縣東北），俘燕將慶秦。廉頗乘勝追擊五百多里，進而包圍燕都，一直圍困到明年。公元前二四九年趙大將樂乘再攻燕，圍燕都。

燕、楚、魏分別攻齊

燕在攻趙的同時，曾派燕將攻取齊的聊城（今山東省聊城縣西北），燕將因有人進讒言，不敢回燕而堅守聊城，經魯仲連寫信射到城中勸說而退兵。這是公元前二五〇年的事。同時楚在滅魯之後繼續北進，進攻齊的南陽地區（泰山西南，汶水以北）。魏在滅衛之後繼續東進，攻取了齊的平陸（今山東省汶上縣北，見魯仲連遺燕將書）。平陸原是齊西邊的別都，是個重要的城市。韓非子有度篇曾講到魏安釐王「攻盡陶、衛之地，加兵於齊，私平陸之都」。當時齊國正處於燕、魏、楚三國進攻之中。

秦滅東周和攻取趙的太原

公元前二四九年秦莊襄王任用呂不韋為相國，繼續進行兼併戰爭，把建都於鞏的小國東周滅亡了；秦將蒙驁攻韓，取得韓的成皋、滎陽，連同原先的西周和東周故土，合建成三川郡（史記秦本紀、韓世家、蒙恬列傳）。

公元前二四八年，趙使廉頗、延陵鈞助魏攻燕（趙世家），同時秦又使井忌經趙而攻燕，拔二城，於是燕使蔡鳥秘密經趙入秦，獻河間十城作為秦相呂不韋的封邑，秦因而大發兵攻趙（戰國縱橫家書第二十五章）。秦將蒙驁攻取了榆次（今山西省太原市東南）、新城（今山西省朔縣南）、狼孟（今山西省太原市北）等三十七城。同年秦又攻取魏的高都（今山西省晉城縣）和汲（今河南省汲縣西南）。次年秦又全部占有韓的上黨郡，平定了趙的晉陽，重新建立太原郡（史記秦本紀、趙世家、魏世家）。

信陵君合縱五國攻秦和攻韓取管

信陵君自從竊符救趙、合縱攻秦取得大勝後，功勞很大，威望很高，儘管魏王「復以信陵奉公子」，還是不便回魏，留居在趙已有十年。自從秦取得韓的成皋滎陽而建立三川郡，魏都大梁就直接處在秦兵的威脅下。這時秦將蒙驁正連續攻取三晉之地，勢如破竹，因此魏安釐王不得不請信陵君回國主持抗秦的大計。同時趙孝成王聽從倖臣建信君主謀與楚、魏合縱抗秦，楚考烈王又聽從春申君參與抗秦的計謀，於是以趙、魏、楚三國為主體的五國合縱形勢成功（齊沒有參與）。公元前二四七年信陵君回到魏國，就統率五國聯軍反擊秦正在進攻三晉的蒙驁所部，由於信陵君上次合縱攻秦救趙的成功，秦將蒙驁隨即敗退到函谷關。秦本紀稱「魏將無忌率五國兵擊秦，秦卻於河外。蒙驁敗，解而去」。魏公子列傳稱：「公子率五國之兵破秦軍於河外，走蒙驁，遂乘勝逐秦軍至函谷關，抑秦兵，秦兵不敢出。當是時公子威振天下。」

信陵君還曾率魏軍攻韓，取得管城（今河南省鄭州市）。魏最初攻管，沒有攻下。安陵人縮高之子爲管守。信陵君使人見安陵君，要安陵君「生束縮高而致之」（活捉縮高押送來），逼得縮高自殺（魏策四）。結果管城攻下了。韓非子有度篇說魏安釐王「攻韓拔管，勝於淇下」（「淇」疑「澤」字之誤）。信陵君說：「今吾攻管不下，則秦兵及我，社稷必危矣。」因爲這時魏已據有滎陽，滎陽在滎澤的西北，管城就在滎澤的東南，如果秦得到管城，就可以「決滎澤水灌大梁」。魏取得管城，有利於防守滎澤，防止秦「水灌大梁」。

韓非子有度篇說：魏安釐王「攻韓拔管，勝於淇（澤）下；睢陽之事，荊軍老而走；蔡、召陵之事，荊軍破；兵四布於天下，威行於冠帶之國，安釐王死而魏以亡」。睢陽（今河南省商丘市南）原爲宋的舊都，戰國時宋遷都彭城，睢陽一帶當早爲魏國所占有。這時魏、楚因爭奪原來宋國土地而發生衝突，先是相戰於睢陽，楚軍因疲乏而退走；接著又大戰於上蔡和召陵，楚軍被魏擊破，結果魏得到最後勝利。這都是魏安釐王晚年的事，說明這時魏的兵力還相當的強。公元前二四五年秦將麃公攻卷（今河南省原陽縣西），斬首三萬（秦始皇本紀）。卷是中原魏長城內旁邊的小城，麃公是當時秦三個將軍中的一個，雖然取得斬首三萬的戰果，看來戰鬥是很激烈的，秦簡編年記稱秦王政「三年卷軍」。可知這一戰役延長到了明年，還在增兵參戰。

秦攻取魏地建置東郡

公元前二四四年，秦又攻取了韓的十三城，以及魏的暘、有詭（史記秦始皇本紀）。兩年後，秦兵又分南北兩路進攻魏國，蒙驁先後攻取了魏的酸棗（今河南省延津縣西南）、燕（今延津縣東北）、虛（今延津縣東）、桃人（今河南省長垣縣西北）、山陽（今河南省焦作市東南）和雍丘（今河南省杞縣）、長平（今河南省西華縣東北）等二十城，繼而又攻取了魏國前此所兼併的衛地，把所得成皋以東酸棗、燕、虛、桃人等地，連同衛的舊都濮陽建置爲東郡（史記秦始皇本紀、戰國策秦策四有人說秦王語）。到次年，秦又攻取了魏的朝歌（今河南省淇縣）。因爲衛國過去和秦連橫而被魏滅亡，成爲魏的附庸；這時秦就把衛君角連同其支族遷到了野王（今河南省沁陽縣），作爲秦的附庸。

秦國自從建立了東郡，國土就和齊境相接，截斷了「山東從親之腰」，並對韓、魏兩國國都形成三面包圍的形勢。公元前二四一年，合縱的形勢又形成了。趙將龐煖帶了趙、楚、魏、燕、韓五國的軍隊攻秦，一直攻到了蕞（今陝西省臨潼縣東北）。等到秦出兵反攻，五國聯軍也就後撤①。趙軍回過頭來進攻齊國，奪取饒安（今河北省鹽山縣西南）而歸（史記趙

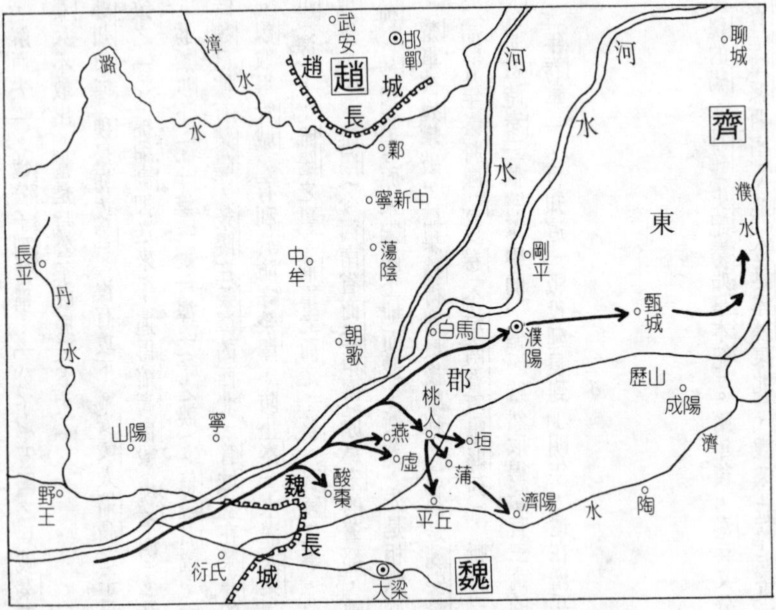

秦攻取魏地建置東郡示意圖

世家、秦始皇本紀、春申君列傳）。這是戰國時代最後一次合縱。儘管龐煖是個著名的縱橫家和軍事家（漢書藝文志縱橫家著錄有龐煖二篇，兵權謀家又著錄有龐煖三篇），但是已經無能爲力，根本沒有得到什麼成就。就在這年，楚國爲了避開秦的威脅，把國都遷到了壽春（今安徽省壽縣），仍舊叫做郢（史記楚世家、春申君列傳）。

公元前二三九年，秦國派了王弟長安君成蟜（即盛橋）進攻趙的上黨，但在戰爭中長安君成蟜在屯留叛變了，趙國接受了長安君的投降，把饒（今河北省饒陽縣東北）封給了長安君②。說明這時秦國統治集團內部已存在著尖銳的矛盾。次年，秦又派楊端和攻取了魏的首垣、蒲、衍氏（都在今河南省長垣縣附近），迫使魏國屈服。

公元前二三八年秦繼續大舉向魏的東部進攻，從而擴大東郡。先攻取了垣（即首垣，今河南省長垣縣東北）、蒲（即蒲陽，今長垣縣）、衍（即衍氏，今河南省鄭州市北），繼而向東攻取仁（與平丘相近）、平丘（今長垣縣西南）、小黃（今河南省開封市東北）、濟陽（今蘭考縣東北）、甄城（今山東省甄城縣北），接著又攻到濮水、歷山以北，使秦的東郡東北與燕接境，東與齊接境，北面包圍趙國，南面包圍韓、魏兩國，從而「斷齊、趙之腰，絕楚、魏之脊」，使得東方六國隔斷，不敢再發動合縱攻秦③。

秦攻取趙的上黨和河間

公元前二三八年趙悼襄王入朝於秦，秦王置酒咸陽接待，於是秦、趙相合。秦王說：「燕無道，吾使趙有之。」就是以允許趙攻滅燕爲餌。等到燕派使者入秦祝賀，請求秦來救，秦又以救燕爲名而攻取趙地（燕策三第四章）。次年趙派主將龐煖帶了大軍攻燕，而秦國便以救燕爲名，派王翦和桓齮、楊端和帶了兩支大軍夾攻趙國。當趙開始攻燕的勺梁（今河北省定縣北，原誤作「大梁」）時，秦將王翦已出上黨，攻取了趙的閼與、橑陽（今山東省左權縣）。當趙攻得燕的貍（或作鳌，今河北省任丘縣東北）的時候，秦將桓齮、楊端和又攻取了趙國河間的六個城。當趙攻得燕的陽城（今河北省保定市西南）的時候，秦將桓齮又攻取了鄴（今河北省磁縣南鄴鎮）、安陽（今河南省安陽縣西南）兩城。等到龐煖從燕回師南援時，漳水流域已完全爲秦所占有，河間各城也全部易手了。趙悼襄王於是「不得意而死」（韓非子飾邪篇、史記趙世家）。

公元前二三四年，秦又大舉向趙進攻，將取得的趙地，建立雁門郡和雲中郡（水經河水注）。還派了將軍桓齮進攻趙的平陽（今河北省磁縣東南）、武城（今磁縣西南），打敗了趙軍，殺死了趙將扈輒，斬首十萬。次年，桓齮從上黨越太行山進攻趙的赤麗、宜安（今河北省石家莊市東南），趙派大將軍李牧率邊兵進行反攻，大破秦軍於肥（今河北省晉縣西）。桓齮畏罪出奔到燕④。李牧因功封爲武安君。再次年，秦又派兩支軍隊攻趙，一軍到了鄴，一軍到了太原，向趙的番吾（今河北省靈壽縣西南）進攻，又被李牧所擊破（史記秦始皇本紀、趙世家、李牧列傳）。李牧雖然一再戰勝秦軍，但是兵力的損失是很嚴重的，「趙亡卒數十萬，邯鄲僅存」（戰國策齊策一第十所造張儀語）。

公元前二三五年秦發四郡兵助魏攻楚。魏攻楚的目的在於奪取楚所占有的宋國舊地。秦助魏攻楚，目的在於削弱楚的力量，迫使楚服從。秦策四第九章記載當時有人遊説秦王，認爲「破楚以肥韓、魏」將有後患。可能就因此使得秦就退兵，沒有勝利的結果。

秦接受韓郡守投獻和秦滅韓

公元前二三一年，魏被迫把部分土地獻秦，同年九月秦發兵接受韓南陽假守騰投獻的南陽。次年使「內史騰攻韓，得韓王安，盡納其地」（秦始皇本紀）。這個內史騰當即投獻於秦的韓南陽假守騰，因得秦的重用而升爲內史。內史是掌京師之官。秦不派將軍王翦攻滅韓，而使內史騰攻滅韓，因爲騰原爲韓的郡守，熟悉韓的內情而便於攻滅，這就是尉繚、李斯使用間諜，勾結諸侯「豪臣」，「離其君臣之計」的成功。韓被滅亡後，秦建置為潁川郡。

秦間諜工作成功和秦破趙

這時趙國發生大旱災，秦乘機大舉進攻。當時民謠：「趙為號，秦為笑。以為不信，視地之生毛。」（趙世家）公元前二二九年，秦又大舉攻趙，王翦率領了上黨郡兵卒越太行山直下井陘（今河北省井陘縣西），楊端和率領了河內兵卒進圍趙都邯鄲。同時李信率兵攻太原、雲中。趙派了李牧、司馬尚帶領大軍抵禦。越王寵臣郭開受了秦國賄賂，造謠說李牧、司馬尚謀反，趙王因此改用趙蔥和顏聚代替李牧、司馬尚，並且殺死李牧。次年王翦就大破趙軍，殺了趙蔥，俘虜了趙王遷。趙公子嘉率其宗族幾百人逃到趙的代郡，自立為代王（史記秦始皇本紀、李牧列傳、戰國策趙策四、燕策三）。秦就在趙都邯鄲一帶建立了邯鄲郡。

趙名將廉頗曾因趙悼襄王使樂乘代替他為將，怒而攻樂乘，出走到魏大梁。這時趙王想再召用廉頗，派使者看廉頗尚可用否，因郭開多與使者金，使回報老態，趙王就此不召（廉頗列傳）。由此也可見秦間諜工作的成功。

李牧為秦所收買的間諜所殺害，傳說不一。秦策五第七章說是韓倉誣害李牧而逼使自殺。秦策四第八章又說是頓弱北遊燕、趙而殺李牧，列女傳又稱趙王遷母趙悼后通於春平君，多受秦賂而促使趙王誅李牧。

荊軻刺秦王和秦破燕

就在秦俘虜趙王遷這一年，秦兵臨易水，將要向燕進攻，燕國危急。燕太子丹派刺客荊軻作為使者，帶了秦國逃亡到燕的敗將樊於期（即桓齮）的頭，這是秦王懸賞「金千金，邑萬家」的要犯，連同燕國督亢（指膏腴之地）地圖⑤，以請求「舉國爲內臣」爲名，朝見秦王。當秦王接見荊軻、打開地圖時，「圖窮而匕首見」，荊軻便用匕首行刺秦王，沒有刺中，荊軻追逐秦王，秦王繞柱而走，秦王拔劍擊荊軻，斬斷其左股，荊軻以匕首擲秦王，不中，中銅柱，荊軻被捉住肢解而死。公元前二二七年，秦派王翦、辛勝攻燕，燕、代兩國發兵抵抗，在易水以西被秦擊破。次年，秦更大舉攻燕，攻下了燕都薊城，燕王喜遷都到了遼東郡（史記秦始皇本紀、燕世家）。秦將李信帶大軍追擊，燕王喜聽從代王嘉的計策，殺了太子丹，把太子丹的頭獻給秦軍求和。

秦滅魏

公元前二二五年，秦派王賁攻魏，包圍了魏都大梁，引黃河、大溝的水灌大梁，三個月後大梁城壞，魏王假出降，於是魏被滅亡了（史記秦始皇本紀、魏世家）。秦兵一直攻到了歷下（今山東省濟南市南，田世家）。秦就在魏的東部地區設立了碭郡。

秦滅楚

公元前二二六年，韓的舊都新鄭發生叛亂，該是韓國舊貴族不甘心於滅亡而發動的。秦不久把叛亂平定了，原來遷居在外的韓王安也被處死了⑥。公元前二二五年，秦派李信、蒙武帶二十萬大軍攻楚，李信進攻楚的平輿（今河南省平輿縣北），蒙武進攻楚的寢（今河南省沈丘縣東南），初步得到勝利，兩軍在城父（今安徽省亳縣東南）會師。楚軍乘秦軍不備，跟蹤反擊，「三日三夜不頓舍，大破李信軍，入兩壁，殺七都尉，秦軍走」（史記王翦列傳）。次年燕將項燕擁立昌平君爲楚王，「反秦於淮南」⑦。本來楚國同秦國約定，願意獻出長沙以西的土地向秦求和。楚因反擊得勝，就叛約而向秦的南郡發動進攻了。

李信自以為「年少壯勇」，只帶二十萬人攻楚，結果失敗。秦王改派已經告老還鄉的王翦帶了六十萬大軍出征。秦國就以「荊國獻青陽（即長沙）以西，已而畔約，擊我南郡」為理由，大舉向楚進攻。王翦攻取陳以南到平輿間地，大破楚軍於蘄（今安徽省宿縣東南）南，迫使項燕自殺。接著，秦軍便攻入楚都壽春，俘虜楚王負芻。公元前二二二年，王翦更平定了楚的江南地，降服了越君，設置會稽郡。於是楚國滅亡（史記秦始皇本紀、王翦列傳）。

秦在滅楚的同時，不斷東向擴地，陸續設郡。公元前二二五年把取得的燕地，重建漁陽郡、右北平郡、遼西郡。次年又在舊燕地設置上谷郡、廣陽郡；又在舊魏地（原為宋地）建立泗水郡；並攻取齊地，設置薛郡。公元前二二三年滅楚後，又設立九江郡、長沙郡。

秦滅甌越、閩越

秦將王翦在降服越君設會稽郡之後，「南征百越之君」（王翦列傳），即指甌越和閩越，「皆廢為君長，以其地為閩中郡」（史記東越傳）。

秦滅燕、趙

公元前二二二年，秦又派王賁攻燕的遼東，虜燕王喜，滅亡了燕國。接著又回攻代，虜代王嘉，於是趙也徹底滅亡了（史記秦始皇本紀、燕世家）。秦就建立了代郡和遼東郡。

秦滅齊

當秦陸續攻滅韓、魏、楚、燕、趙五國時，齊的相國后勝接受秦的賄賂，不僅不助五國抵抗秦國，自己也不作抵抗準備，只是封鎖了西面邊界。公元前二二一年，秦將王賁就從燕國南下攻齊，在沒有遇到抵抗的情況下攻破齊國，俘虜齊王建，於是齊最後也滅亡了（史記秦始皇本紀、田世家）。秦就在舊齊地建立了齊郡和琅琊郡。

秦國從公元前二三〇年起，至此首尾十年，陸續兼併了六國。從此「海內爲郡縣，法令由一統」，在中國歷史上第一次建立了統一全中國的專制主義的中央集權的王朝。秦王政也就自稱爲「始皇帝」，以顯示自己至高無上的地位。

對西南少數部族地區設官治理

戰國時代，楚和秦都曾對西南少數部族地區加以經營。楚將莊蹻越過且蘭、夜郎，一直攻到了滇，就在滇稱王。秦蜀郡守張若攻取了筰以及江南地。秦在統一六國後，就在西南少數部族地區「頗置吏焉」，西南地區從此就成爲秦王朝的一個重要組成部分。秦爲了加強中原和西南地區的聯繫，曾由常頞主持開闢了一條「五尺道」（五尺寬的棧道，史記西南夷傳）。

防禦匈奴和建置九原郡

戰國後期，匈奴正處於家長奴隸制階段，從部落聯盟中產生了第一個單于，即頭曼單于，居住在陰山之北的頭曼城（今內蒙古五原東北的陰山北麓）。匈奴貴族利用其騎兵行動快速的特點，經常深入中原進行掠奪，對內地的農業生產危害很大。趙武靈王爲此曾在九原地方採取防禦措施，移民前往開墾。戰國末年匈奴貴族乘趙國忙於對抗秦國的機會，侵占九原和河南一帶。公元前二一五年秦將蒙恬奪回河南和九原一帶地方，設置三十四縣，建成九原郡。公元前二一一年，遷三萬戶人家到北河、榆中墾殖，人們稱新開墾地區爲新秦中。這是繼趙武靈王之後又一次移民墾殖。同時爲了加強對匈奴的防禦，在原來秦、趙、燕的北邊長城基礎上，建成長達五千里的長城。

統一南越和建置南海、桂林、象郡

秦在滅楚後，就進一步統一東南越族地區。首先統一了東甌和閩越地區，建立了閩中郡。隨後，秦始皇命令尉屠睢統率五十萬大軍分五路南下，一路到鐔城（今湖南省靖縣西南），一路到九疑山（今湖南省南邊九疑山），一路到番禺（今廣東省廣州市），一路到南野（今江西省南康縣南），一路到餘干水（今江西省餘干縣南信江）。越人退守到深山叢林中去，秦軍留駐在各地，達三年之久，越人常常於夜間襲擊秦軍，屠睢也被殺死（淮南子人間篇）。爲了轉運軍需，秦始皇命令監（監御史）祿開鑿了靈渠，溝通了湘江和桂江支流灕江間的交通。同時大規模謫發「諸嘗逋亡人、贅婿、賈人」支援戰爭，終於統一了南越和西甌地區，建置了南海郡、桂林郡和象郡。次年又遷徙內地人民和一部分有罪官吏前往開墾。從此這個地區就成爲我國不可分割的領土的一部分，越族人民也和中原各族人民進一步融合起來。

秦在統一全國前後所採取的這些措施，適應了中國古代民族融合的趨勢，符合了各族人民的共同願望，從而創建了統一的多民族國家，這對祖國歷史的發展有著深遠的影響。

二、秦統一的原因

這時秦國所以能夠通過兼併戰爭的過程，完成其統一全中國的歷史任務，主要由於下列四個因素。

人民的向背是戰爭勝負的關鍵

第一，由於兼併戰爭的勝負，人民群眾起著決定性的作用，因而政治上比較進步的秦國能夠完成其統一全中國的歷史任務。

戰國時代的兼併戰爭，是由各國國力的大小來決定勝負的，而一國國力的大小，是和它的經濟、政治因素分不開的。因爲這時各國軍隊的主要成分已是農民，戰爭的勝負不僅決定於交戰國的經濟條件和物質力量，其關鍵還在於人心的向背。如果一個政治上比較進步的國家同一個政治腐敗、剝削殘酷的國家進行戰爭，是會得到人民的支持而贏得戰爭的；反之，將會激起人民的反抗而招致失敗。

楚國自從楚悼王時吳起被殺害以後，執政帶兵的始終不出昭、景、屈三大貴族，政治很腐敗，壓迫和剝削很殘酷。楚懷王時，「大臣父兄好傷賢以爲資，厚賦斂諸百姓」，楚懷王也很「見疾於民」，全國陷入「食貴於玉，薪貴於桂」的境地（戰國策楚策三蘇子謂楚王語）。秦將白起指出，他之所以能夠攻下楚國都城鄢郢周圍廣大地區，是由於楚頃襄王「恃其國大，不恤其政」，群臣之間又是「相妒以功，諂諛用事」，弄得「良臣疏斥，百姓心離，城池不修」，「既無良臣，又無守備」，人民在戰場上「各有散心，莫有鬥志」（蘇轍古史白起王翦列傳引戰國策）。淮南子主術篇說：「頃襄王好色，不使風議，而民多昏亂，其積至於昭奇之難。」（高注：「昭奇，楚大夫也。」）說明頃襄王時楚國由於政治腐敗而激起人民作「亂」，逐漸擴大發展成爲「昭奇之難」。這個「昭奇之難」的具體情況，由於史料缺乏，已不清楚，看來是對楚國貴族的一次沈重打擊。這時楚國國內「盜賊公行而弗能禁也」⑧，終於爆發了莊蹻爲首的武裝起事。

所謂「莊蹻爲盜於境內」，不是一般的盜賊行爲，而是軍官發動的叛變所引發的群眾起事性質。在公元前三〇一年（楚懷王二十八年），齊、韓、魏三國大敗楚於垂沙並殺楚將唐蔑的時候，荀況說：「楚……兵殆於垂沙，唐蔑死，莊蹻起，楚分而爲三四。」（荀子議兵篇）莊蹻起事，是乘楚爲三國聯軍大敗的時機，一時聲勢很大，楚國的官吏沒法加以鎮壓，韓非說：「莊蹻爲盜於境內，而吏不能禁，此政之亂也。」（韓非子喻老篇）莊蹻不但把楚國打得「分而爲三、四」，而且還曾進攻到楚都郢，呂氏春秋所謂「莊蹻之暴郢也」（介立篇）。呂氏春秋還曾把「莊蹻之暴郢」和「秦圍長平」、「鄭人之下轆」（指鄭攻下轆的戰役，轆地不詳）相提並論，說：「韓、荊、趙此三國者之將帥貴人皆多驕矣，其士卒眾庶皆多壯矣，因相暴以相殺。」（介立篇）長平之役是戰國時代兼併戰爭中規模最大、殺傷最多的一役，趙軍被秦俘虜活埋的竟多至四十多萬人。呂氏春秋既以「莊蹻之暴郢」和長平之役相比，可見莊蹻起義的規模是很大的，造成楚國的分裂而殺傷很多，從而使得楚國更加衰弱⑨。

在戰國時代七大強國中，領土以楚爲最大，兵額以楚爲最多，武器以楚國鑄造的最爲鋒利，楚國的資源也很豐富，山澤的出產很多，手工業生產也很發達。楚國原來是比較強大的國家，曾兩次被推爲縱長，主持合縱攻秦事宜。後來秦滅楚，用兵最多，遇到的阻力也大。戰國晚期的縱橫家常常以楚和秦相提並論，認爲「縱合則楚王，橫成則秦帝」，而且楚國曾不斷地向南擴張其領土，融合了南方各族的文化，不斷地向南擴大華夏文化的影響。楚懷王還曾兼併越國。但是楚懷王、楚頃襄王在同中原各國的戰爭中卻不斷失利，失去了很多土地。被韓、魏奪去宛、葉以北地，被宋奪去淮北地，被秦先後奪去漢中、上庸，甚至國都郢也被攻占，洞庭湖四周以及巫郡、黔中郡都先後被秦攻取，最後終於被秦國所滅亡。很顯然，楚國貴族的腐朽暴虐和國內的分裂和紊亂，便利了秦國在兼併戰爭中不斷取得勝利。

秦在兼併戰爭中推行了符合人民願望的政策

第二，秦在兼併戰爭中所以能夠不斷取得勝利而占據東方六國土地，由於推行了比較符合當地人民願望的一些政策。

原來山東六國，齊國最強大，同秦國勢均力敵，在戰國中期曾和秦國對峙了相當長的時間。齊國在合縱、連橫的戰爭中也經常處於主動地位和領導地位，在對魏、楚、秦、燕等大國的戰爭中也曾多次取得勝利，聲勢曾經烜赫一時，但是齊國始終沒有能夠兼併得大塊土地。公元前三一四年，齊宣王趁燕國發生內亂的機會，大舉攻燕，五十天就把燕國攻下了，這說明齊國力量的雄厚。但是齊國在攻占燕國的過程中，行動非常殘暴，「殺其父兄，繫累（用繩索縛著牽著）其子弟，毀其宗廟，遷其重器」，使得燕國人民「如水益深，如火益熱」（孟子梁惠王下篇），因此就紛紛起來反抗，即所謂「燕人畔」（孟子公孫丑下篇）。這樣，就迫使齊國不得不退兵，沒有能夠達到其兼併的目的。

荀況曾對當時兼併戰爭的成功條件有所議論。他說：「兼併易能也，惟堅凝之難焉。」他認為兼併戰爭是容易取得勝利的，只是在勝利後要鞏固起來是困難的。他曾舉了一些例子來說明，例如齊湣王兼併了宋國，因為不能「凝」，被魏奪去了；燕國兼併了齊國，因為不能「凝」，被田單復國了；韓的上黨郡地方幾百里為趙所取得后不能「凝」，被秦奪去了。他又下了這樣的結論：「故能併之而不能凝，則必奪；不能併之，又不能凝其有，則必亡；能凝之，則必能併之矣。」他認為「凝」是爭取兼併成功的主要條件，又認為「凝士以禮，凝民以政，禮修則士服，政平而民安，士服民安，夫是之謂大凝」。他主張一方面對士要「凝」，「凝」的方法是維持其統治的秩序，即用所謂禮；一方面對人民要「凝」，「凝」的方法是要改善政治，使人民能夠由於「政平」而「安」下來（荀子議兵篇）。從這裏，我們了解到這時兼併戰爭的最後勝負，人民群眾是起著決定性的作用的，因而兼併的能否成功，與各國在進行其兼併過程中所推行的政策是分不開的。

為什麼山東六國兼併了土地都「凝」不起來，而秦國在兼併土地後能「凝」得起來呢？這是由於秦國在進行兼併戰爭中推行了比較符合於人民願望的政策。秦國在兼併戰爭中所推行的新政策，主要有兩點：

㈠在兼併戰爭中，把那些被判罪的「罪人」赦免了，遷到了新得的土地上去，以補充這些地方農業勞動力的不足　公元前二八六年秦在取得魏的安邑後，公元前二八二年秦在攻取得趙二城（當即藺、祁二城）後，都曾「赦罪人遷之」。公元前二八〇年秦派司馬錯攻楚，也「赦罪人遷之南陽」。公元前二七九年秦在攻取楚的鄢、鄧等城後，也「赦罪人遷之」。公元前二七三年，秦建立南陽郡，又使「免臣遷居之」（史記秦本紀）。這樣，把「罪人」放免爲平民，並且把他們遷移到缺乏農業勞動力的地方去從事耕作，這對於發展農業生產和小農經濟，以及安定當地人民生活，有著積極作用，因而是符合於人民群眾的願望的。

㈡攻取了某些大城之後，把城中的舊貴族和大商人驅逐出去　公元前三二五年秦在攻取魏的陝（今河南省三門峽市西）後，曾「出其人與魏」（史記秦本紀）。公元前三一四年秦在攻取魏的曲沃後，就「盡出其人」（史記樗里子列傳）。公元前二八六年秦在取得安邑後，一方面「赦罪人遷之」，一方面又「出其人，募徙河東，賜爵」（史記秦本紀）。這時兼併戰爭的目的在於奪取土地、奪取農民和奪取租稅，這些所「出」的城裏「人」，絕非農民，而是難於治理的舊貴族及大商人。陝是過去虢國的舊都，安邑是魏的舊都，殘餘的貴族勢力還存在，在這些大城市中大工商業者也比較多。這些舊貴族「其俗剛武，上氣力」，愛好「遊俠通奸」；大商人依仗財勢，「商賈爲利」，使秦的執政者感到「難制御」⑩。我們看西漢初期由冶鐵而成巨富的「豪強之家」，幾乎沒有一家不是戰國後期被秦流放出來的。蜀地臨邛的卓氏，其祖先本是趙人，本來在趙已「用鐵冶富」，秦破趙時被遷到臨邛。在臨邛冶鑄「富埒卓氏」的程鄭，原先也是「山東遷虜」。南陽宛地的孔氏，其祖先本是魏人，本來在魏「用鐵冶爲業」，秦伐魏時被遷到南陽（史記貨殖列傳）。秦國在進行兼併戰爭時，不斷從山東六國的舊都或大城市中流放舊貴族和工商業者，推行的就是法家的強本弱末的政策。

法家的強本弱末的政策，是符合於歷史發展的要求的。所謂本是指農，實際上就是小農經濟。所謂末是指工商，因爲工商業者特別是大工商業者，不僅是農民的剝削者，也是小農經濟的侵蝕者。大工商業者掌握著冶鐵、煮鹽等對國計民生有重大影響的部門，他們剝削農民，大量兼併土地，會使農民紛紛破產流亡，影響到國家賦稅、徭役、兵役的來源，影響到小農經濟的發展。因此爲了維護小農經濟需要採取強本弱末政策。秦國在兼併戰爭中推行了這些政策，客觀上符合於歷史發展的要求。秦的「四世有勝」，的確如荀況所說的「非幸也，數也」，是符合於歷史發展的「數」的。

社會經濟的發展需要建成統一國家

第三，由於社會經濟的發展，需要建成一個統一國家。

戰國後期，由於商業和交通的發展，各個地區在經濟上的依賴和聯繫已比較密切。據戰國末年李斯諫逐客書中所提到的各地輸入秦國的貴重特產，有崑山（崑崙山）之玉，隨和之寶，明月之珠，夜光之璧，犀象之器，太阿之劍，纖離之馬，駿良駃騠，翠鳳之旗，靈鼉之鼓，江南金錫，西蜀丹青，宛珠之簪，傅璣之珥，阿縞（齊國東阿所產的縞，東阿今山東省陽穀縣東北阿城）之衣，錦繡之飾等。據呂氏春秋本味篇所載各地著名的食物，美味的魚有洞庭之鱄，東海之鮞；美味的蔬菜有陽華（湖泊名，在今陝西省華陰縣東南）之芸，雲夢之芹，具區（即今太湖）之菁；美味的水果有江浦之橘，雲夢之柚等。都足以說明當時各個地區物產的交流已比較廣泛。

同時，由於商業和交通的發展，中原地區人民和四方各族人民之間的聯繫大爲加強。呂氏春秋講到南可以到達「交阯、孫樸、續樠之國」，「羽人裸民之處」（求人篇）；還說「百越之際」，「縛婁、陽禺、驩兜之國多無君」（恃君覽）。還講到「北至令正之國，夏海之窮」⑪。說明這時已和丁令（今蘇聯貝加爾湖以西）發生密切聯繫了。呂氏春秋又講到「北至大夏，南至北戶」（爲欲篇），秦始皇琅琊台石刻也說：「南盡北戶」，「北過大夏」，大夏當即夏海，或稱北海，即今貝加爾湖。至於西方的交通，已經到達崑崙山，蘇厲給趙王的信已把「崑崙之玉」和「代馬」、「胡狗」合稱「三寶」（史記趙世家）。戰國時代著作的逸周書王會篇，所講各族向周成王貢獻的故事，講到稷愼（即肅愼）獻大麈（大鹿的一種），匈奴獻狡犬，東胡獻黃羆（熊的一種），禺氏（即月氏）獻騊駼（馬的一種），路人（即駱越）獻大竹。這反映了當時各族人民政治上和經濟上密切聯繫的情況。

戰國末年由於商業和交通的發展，各個地區各個部族在經濟上的依賴和聯繫已比較密切，已是「四海之內若一家」（荀子王制篇），這就需要全中國成爲一個統一的國家。

人民群眾迫切要求統一

第四，因爲廣大人民群眾迫切要求統一，使得政治上比較進步的秦國得以完成其統一大業。戰國時代，在大規模的殘酷兼併戰爭中，農民遭受了被殺害、被掠奪和破產流亡的深重苦難。當時服役士兵需自備衣服和費用。當時就有人說過：經過一場大戰，所有戰死者的喪葬費和傷員的醫藥費，所有車馬武器的損失，「十年之田而不償也」（戰國策齊策五策士所造蘇秦遊說辭）。據說韓、魏兩國在秦國的進攻下，「刳腹折頤，首身分離，暴骨草澤，頭顱僵仆，相望於境，父子老弱繫虜相隨於路」，「百姓不聊生，族類離散，流亡爲臣妾（奴隸），滿海內矣」（戰國策秦策四）。戰爭的災害既如此嚴重，因而農民對封建割據的鏟除非常關心，他們要求經濟上政治上較好的國家能取得統一全中國的勝利。

戰國時代，各大國割據稱雄，對於水利的治理，往往「壅防百川，各以爲利」。例如齊和趙、魏以黃河爲界，趙、魏地勢高，齊國地勢低，河水常常氾濫，因而齊國在沿黃河二十五里處築了堤防，從此河水氾濫，「東抵齊堤，則西氾趙、魏」，於是趙、魏也在沿黃河二十五里處築了堤防。在黃河兩岸五十里間，河水時來時去。有時好久沒有水災，農民也就逐漸建築房屋，聚成村落，忽而大水來時又遭漂沒（漢書溝洫志載賈讓奏言）。這種情況帶給了人民生死的威脅。同時各國築堤，只顧自己的利益，遇到天旱就爭奪水利，甚至有意阻塞別國的水利，妨礙別國的農業生產。例如「東周欲為稻，西周不下水」（戰國策東周策）。遇到大水也就放水到鄰國，即孟子所謂「以鄰國為壑」（告子下篇）。在激烈的兼併戰爭中，有的國家往往不顧人民的死活，決河堤放出大水，用來進攻敵國。公元前三五八年，楚國伐魏，就曾決黃河水來灌長垣（水經河水注引竹書紀年）。公元前二二五年秦將王賁攻滅魏國時，包圍了魏都大梁，也曾引黃河大溝的水來灌大梁，大梁城浸水三個月，城牆坍壞，魏君不得不降。又如趙國在對外作戰中，曾多次決黃河堤，造成了連年不斷的大水災：㈠公元前三三二年，齊、魏聯合攻趙，趙決黃河水灌齊、魏聯軍，迫使齊、魏退兵（史記趙世家趙肅侯十八年）。㈡公元前二八一年，趙惠文王親自到東陽（太行山東），決黃河的水來進攻魏國，結果「大潦，漳水出」（史記趙世家趙惠文王十八年）。㈢公元前二七八年，趙國把漳水徙到了武平以西（史記趙世家趙惠文王二十一年）。㈣公元前二七二年，趙國又把漳水徙到了武平以南。「河水出，大潦」（史記趙世家趙惠文王二十七年）。很顯然，趙惠文王把黃河決口，引起了大水災。由於黃河氾濫，漳水也決口了。由於漳水決口，不斷地發生水災。從公元前三三二年到前二七二年的六十年間，黃河曾三度為災，漳水也曾三度為災，兩次徙移水道，人民生命財產所遭受的損失是極其嚴重的。而且，這時各國由於防禦上的需要，曾紛紛把邊境上河流的堤防連接起來，擴建成為長城，又到處設立關塞，勒索賄賂，徵收苛稅，阻礙了必需的商品流通。這些人為的災難和障礙，也只有鏟除封建割據才能加以消除或減少。因而出於統一管理水利、防治水災的需要，人民群眾也迫切地要求統一。

戰國時代，秦、趙、燕三國以北已有強大的遊牧部族，如林胡、樓煩、東胡、匈奴等，其中以匈奴最為強大。這些遊牧部族的侵擾，對於邊境地區農業的損害是很大的。因而這時已迫切需要加強邊防。例如趙國因爲一度用別人代替李牧防守北邊，因此在匈奴每一次侵擾時，出戰常失利，損失很多，以至「邊不得田畜」。李牧防守北邊時，曾精選騎兵一萬三千人，勇士五萬人，射士十萬人，使得「匈奴不敢近邊城」（史記李牧列傳），約計李牧全軍當在二十萬人以上。秦、燕兩國的邊防軍比趙可能少些，各有十多萬人。合計三國約用五十萬人的大軍防禦邊境，足見匈奴壓力之大。當時趙、燕等國的邊防軍，戰鬥力是比較強的。趙武靈王曾經「北破林胡、樓煩」；燕將秦開也曾「破走東胡，東胡卻千餘里」（史記匈奴列傳）；趙將李牧也曾大破匈奴，「殺匈奴十餘萬騎，滅襜襤，破東胡，降林胡」（史記李牧列傳）。但是，燕、趙等國往往把邊防軍投入兼併戰爭中，這樣就削弱了邊防的力量，給遊牧部族以可乘的機會，在秦兼併六國時，匈奴已乘機向南移動，占領了河套一帶的草原。這時就很需要統一的中央集權國家能夠建成，以便集中力量，加強北方的邊防，保衛邊境地區人民生命財產的安全，維護華夏族先進的生產事業。

孟子曾經認爲整個局勢最後是會「定於一」的，只有「不嗜殺人者能一之」（孟子梁惠王上篇）。孟子所以要把「不嗜殺人」作爲能統一的唯一條件，是針對當時兼併戰爭中「爭地以戰，殺人盈野；爭城以戰，殺人盈城」（孟子離婁上篇）的情況而說的。荀況認爲「天下歸之之謂王」（荀子王霸篇），就是說，做到天下歸心，就能完成統一的「王」業。呂氏春秋曾經慨嘆「今周室既滅，而天子已絕，亂莫大於無天子」；「無天子則強者勝弱，衆者暴寡，以兵相殘，不得休息」（謹聽篇，觀世篇略同）。又說「天子既絕，賢者廢伏」，「當今之世濁甚矣，黔首（人民）之苦不可以加矣」（振亂篇）。呂氏春秋不但提出了建立統一的中央集權國家的迫切需要，同時還明確地指出了「民之所走（趨附、歸向）」是在建立統一的中央集權國家過程中「不可不察」的，所謂「欲爲天子，民之所走，不可不察」（功名篇）。的確，人民群衆在建立統一的中央集權國家的過程中，是起著決定性作用的。秦始皇之所以能夠完成統一六國的歷史任務，首先就是由於國家的統一符合了廣大人民群衆的共同願望。

三、秦始皇的完成統一

秦始皇的登位和秦統一條件的成熟

秦始皇帝名政（或作正），是秦莊襄王的兒子。秦莊襄王是秦孝文王的中子，原來被作爲「質子」押在趙國，很不得意。濮陽大商人（或作「陽翟大賈」）呂不韋到邯鄲經商結識了他，認爲「此奇貨可居」，替他活動立爲太子。公元前二五〇年，秦孝文王去世，秦莊襄王即位，呂不韋做了秦的相國，封爲文信侯，「食藍田十二縣」（戰國策秦策五），接著又「食河南洛陽十萬戶」（史記呂不韋列傳），隨後又得燕的河間十城爲封地（戰國縱橫家書二五），權勢盛極一時。公元前二四七年，秦莊襄王去世，兒子政即位。政即位時，年才十三歲，什麼事都由他的母親（即太后）作主。相國呂不韋繼續執政，並被尊稱爲「仲父」。

秦國自從衛鞅變法以後，集權的地主政權比較鞏固，政府的法令能夠貫徹，各級官府處理政務的工作效率比較高。荀況根據他的實地觀察，指出秦的百姓「甚畏有司而順」，秦的百吏「莫不恭儉敦敬，忠信而不楛」，秦的士大夫「不比周，不朋黨，倜然莫不明通而公」，秦的朝廷「百事不留，恬然如無治」（荀子強國篇）。三晉貧苦農民逃亡到秦國去的很多，東方六國中有才能的人也紛紛來到秦國，正如李斯諫逐客書中所說：「士不產於秦而願忠者眾。」秦國歷代執政大臣除了秦昭王時的樗里疾和魏冉以外，大都是外來的「客卿」⑫。秦國本土關中平原，本來土地肥沃，物產豐富。漢代東方朔就認爲「此所謂天下陸海之地（陸海是說陸上物產豐富如海），秦之所以虜西戎、兼山東者也」（漢書東方朔傳）。在長平大戰前，趙豹認爲趙不能戰勝秦國，理由之一是「秦以牛田，水通糧」（戰國策趙策一），就是說秦國用牛耕田，利用河流運送軍糧，因而經濟力量強大。到秦始皇時，秦的幅員廣大，人口衆多，兵源充足，軍隊在數量上已占很大的優勢。同時戰鬥力也強。從秦始皇墓陪葬坑中表演秦兵陣勢的陶俑來看，裝備也是比較精良的。他們所使用的青銅箭鏃，表面經過鉻鹽處理，埋在地下二千多年毫無鏽蝕，色澤光亮，刃口鋒利⑬。漢初鼂錯分析秦國所以能夠兼併六國的原因是：「地形便，山川利，財用足，民利戰。」而東方六國正好相反，「臣主皆不肖，謀不輯，民不用」（漢書鼂錯傳）。

呂不韋和呂氏春秋

呂不韋在秦國當權時，繼續進行兼併六國的戰爭，取得了不少三晉土地，建立了三川郡、太原郡和東郡，造成包圍三晉，便於各個擊破的有利形勢。同時他招徠賓客三千人作爲智囊團，使「人人著所聞」，加以採擇和綜合，編成呂氏春秋一書。整部書既有一定的政治主張，又有一定的組織體系。主要選取儒家、法家、兵家、農家、陰陽家的部分學說，加以綜合，構成一套政治主張，準備用來作爲完成統一的指導思想，並作爲新創建的統一王朝的施政綱要的。其中用衆篇就清楚地說明了這點。它認爲，事物「取之衆」才能集大成，三皇、五帝就是由於「取之衆」而「大立功名」的。因此「善學者假人之長，以補其短，故假人者遂有天下」。呂不韋編撰這部呂氏春秋，就是要做「善學者」，要「假人之長，以補其短」，從而達到「遂有天下」的政治目的。因爲他兼採各派學說，因此被稱爲「雜家」⑭。

呂氏春秋分八覽、六論、十二紀三個部分。十二紀比較有完整體系。十二紀的首篇，和禮記月令篇相同，它是戰國後期陰陽五行家爲即將出現的統一王朝制定的行政月曆。它按「天人相應」的說法，主張統治者必須按照每個月自然界的變化，從人事上採取相應的措施，包括對生產的管理和政治、軍事、宗教上的活動。認爲春季「木德」，是萬物萌芽生長季節，政治上要保護人們生長，多加賞賜，少用刑罰。夏季「火德」，是萬物繁榮成長季節，政治上要講究禮樂，幫助人們成長，還要選拔已經成長的人才。秋季「金德」，有肅殺之氣，政治上要選練軍隊，征討「不義」；修訂法制，嚴斷刑罰。冬季「水德」，是萬物儲蓄保藏季節，政治上要注意保藏，要統計從卿大夫一直到庶民的土田之數。呂氏春秋把月令篇作爲十二紀的首篇，就是主張統治者按照這個行政月曆來辦事的。每個紀除了首篇以外，都附有論文四篇，就是從各家學說中選取相關部分，對首篇從政治上進行重點的理論闡釋。春季三紀所附論文，主要是講養生和養性的道理，採用了楊朱、子華子一派道家學說。夏季三紀所附論文，主要講教學和音樂的理論，採用了儒家的部分學說。秋季三紀所附論文，主要講究使用「義兵」，採用了兵家的部分學說。冬季三紀所附論文，多數講忠信廉節的道德，又是採用了儒家的部分學說，少數講節喪節葬，採用了墨家的部分學說。總的看來，它以陰陽五行家學說爲主，糅合了道家、儒家、兵家、墨家的部分學說。

應當指出，呂氏春秋對月令所作重點的理論闡釋是有選擇的，是根據自己的政治標準有所取捨的。本來月令秋季是「兵」和「刑」並重的，但呂氏春秋所作的重點闡釋只著重於「兵」，沒有一篇講法制和刑罰的。呂氏春秋有些地方也講究「法」，像察今篇主張變法，不二篇主張統一法令，但是不像法家那樣主張一切根據法律來決定，尤其反對「嚴罰厚賞」，而主張採用「德義」來治理（上德篇）。它把「德義」看得比「賞罰」重要，而且所講「賞罰」不是以「法」爲準則，而是以「德義」爲標準的（義賞篇和當賞篇）。這顯然是採用了儒家的學說。當時法家講究「法治」，主張用「嚴刑峻法」來迫使人民努力耕戰，使得國家富強，從而完成統一。而儒家講究「德治」，主張重視「德義」的教導，取民有度，爭取人民歸向，從而完成統一。呂氏春秋從鞏固統治出發，在政治上偏重採用儒家學說。

當時法家有講究「法」、「術」、「勢」三派。呂氏春秋對這三派也是有所選擇的。它忽視「法」而重視「術」和「勢」。審分覽八篇所談的，就是採取了申不害和慎到的學說。它主張國君用「術」，首先是

「無識」，就是不暴露自己的意向和觀點，不讓臣下鑽空子，以便深入了解臣下真實情況，從而加強統治。它還主張國君「無為」，就是不要鑽進事務堆中，而要抓住綱領，監督臣下按照「分職」努力辦事，使得臣下「盡其巧，畢其能」，做到「無為而無不為」。它更主張國君有「勢」有「威」，認為有「勢」有「威」，才能使臣下服從，才能制止奸邪。當時講究「術」和「勢」的法家，主張用「法」作為監督考核臣下的標準，因此不主張在「法」以外再講究「忠」和「賢」。但是呂氏春秋又十分講究對君上盡「忠」，而要君上講究求「賢」，並尊敬賢者為師。這又是採用了儒家學說。

呂氏春秋鼓吹用「義兵」兼併天下

特別要指出的，秦始皇本紀說：「呂不韋為相」，「招致賓客遊士，欲以併天下」。呂不韋使賓客所著呂氏春秋，作為行政月曆的十二紀，於秋季主張「天子乃命將帥，選士厲兵，簡練傑儁，專任有功，以征不義，詰誅暴慢，以明好惡，巡彼遠方」。秋季三紀所附十二篇論文，都是講究用「義兵」，「攻無道而伐不義」，「以誅暴君而振苦民」，使人民「歸之如流水」，「望之若父母」，從而兼併天下。主張兵入敵境，「以救民之死」，「以除民之讎」，不破壞人民的生產和生活，歸還戰俘。認為講究兵法的「急疾捷先」，是為了「義兵」的決勝；重視軍令是為了使三軍一心而無敵於天下；講究兵勢險阻、兵械銛利，簡選精良，都是為了「義兵之助」。值得注意的，秦原以斬首數目行賞而記功，每次大戰得勝必記有斬首的數目。可是在呂不韋執政時期，除了秦始皇二年將軍麃公攻魏的卷有斬首三萬的記錄以外，所有主將蒙驁指揮攻取得大塊領土的重要戰役，如莊襄王三年攻取趙三十七城而建太原郡、始皇三年攻取韓十三城，五年攻取魏二十城而建東郡，都沒有斬首記錄，固然這時東方六國已喪失戰鬥力，戰時潰散逃亡，因而殺傷減少；同時由於秦改變了兼併的策略，以「義兵」自居，打著誅暴救民的旗號，因而能夠殺傷減少而接連攻取得大塊領土，從而兼併天下。後來除了秦始皇十三年桓齮攻趙的平陽有斬首十萬的記錄以外，所有兼併六國的大戰，都沒有斬首記錄。這與秦昭王時期名將白起所指揮的大戰有大量斬首記錄，甚至如長平之戰坑殺戰俘四十多萬的情況大不相同。當秦始皇初併天下時，下令就自稱「寡人以眇眇之身，興兵誅暴亂」，丞相等皆曰：「今陛下興義兵，誅殘賊，平定天下。」但是實際上，秦在兼併六國過程中，還是多用暴力，當攻滅魏國時，還是採用了引河水灌大梁的辦法，經三個月而迫使魏王投降的。所以司馬遷還是說：「秦取天下多暴。」

秦始皇消滅嫪毐和呂不韋兩大勢力

公元前二四一年（秦始皇六年）呂不韋把呂氏春秋公布在秦國首都咸陽的市門上，懸賞說「能增損一字者予千金」（史記呂不韋列傳）⑮。很明顯，呂不韋不先不後地把這部書公布出來，是想在秦始皇親理政務前，使自己的學說定於一尊，使秦始皇成爲他學說的實踐者，從而維持其原有的地位和權勢。就在這時，秦國朝廷中掀起了激烈的政治鬥爭。當時秦國除擁有賓客三千人、家僮萬人的相國呂不韋外，爲太后寵幸的宦官嫪毐，也有賓客一千多人，家僮幾千人。公元前二三九年，太后把嫪毐封爲長信侯，把山陽（太行山東南地區）和河西、太原兩郡作爲嫪毐封地，「事無大小，皆決于毒」（史記秦始皇本紀）。很明顯，這是想在秦始皇親理政務前，先占據好地盤，以便維持並擴張其權勢。

當時呂不韋和嫪毐勾心鬥角，爭奪權勢，很是激烈，以致秦國境內從執法的大官一直到駕駛車馬的小吏都在說：「與嫪氏乎？與呂氏乎？」（戰國策魏策四）這兩大勢力已經發展到了分裂整個秦國的地步。

按照秦的禮制規定，秦王必須二十二歲舉行成年的冠禮之後，才能親自執政。公元前二三八年（秦始皇九年），秦始皇年二十二歲。爲了舉行冠禮，他從咸陽跑到了舊都雍（因爲冠禮要在宗廟裏舉行）。嫪毐就在雍發動武裝叛亂，被秦始皇調動軍隊平定。太后因此被遷到雍，次年秦始皇免除了呂不韋的職位，命令他出居食邑河南。因爲六國的使者和賓客暗中仍與呂不韋來往，秦始皇又命令他遷居到蜀郡去。呂不韋就畏罪自殺了。

秦始皇採用法家主張兼採陰陽家、儒家學說

戰國時代有些有爲的國君和大臣，常常兼採幾派學說來適應他們的政治需要。例如魏文侯任用法家李悝爲相國主持變法，又尊儒家卜子夏爲「師」；趙烈侯在軍事和財政上實行法家主張，又尊敬講究「仁義」、「王道」的儒家牛畜爲「師」。這時呂不韋主編呂氏春秋，綜合採用儒家、法家、兵家和陰陽家的政治學說，準備用作完成統一的指導思想。而秦始皇則以衛鞅、韓非的法家學說爲主，而兼採陰陽家和儒家學說來爲他的統一事業服務。

秦始皇把陰陽家和法家結合了起來。他採用鄒衍的五德終始說，自以爲秦代屬於水德，必然要取代屬於火德的周代；還按陰陽家的規定，以十月爲一年的第一個月；用黑色爲正色；事物都用「六」來記數；把黃河改稱爲「德水」；而且認爲按照水德，「事統上法」（史記封禪書）。這是由於秦始皇既要採用「法治」，又要採用陰陽五行說把他的威權神化，於是把它們結合起來，認定水德是「上法」了。正因爲秦始皇採用陰陽家的學說，秦王朝的博士官中就有不少方士。例如所謂「占夢博士」和做仙真人詩的博士，必是方士之類。秦始皇爲了求「太平」、求神仙和求奇藥，召來很多方士，「候星氣者至三百人」。

本來齊、魯兩國的儒生有一套「封禪」學說。他們把泰山看作最高的山，認爲歷來帝王都應到泰山頂上去祭祀上帝，叫做「封」；在泰山下小山祭祀，叫做「禪」，合起來叫做「封禪」。公元前二一九年秦始皇第二次出巡，到了泰山，就從齊、魯召來儒生和博士七十多人，「議封禪望祭山川之事」（史記秦始皇本紀）。只是因爲儒生所擬議的祭禮「乖異」，難以施用，秦始皇改用了祭祀上帝的儀式（史記封禪書）。秦始

皇雖然沒有採用儒生所擬議的祭禮，畢竟還是舉行了封禪禮。儒家的封禪學說如同陰陽家的五德終始說一樣，是迎合帝王的政治需要而制定出來的。秦始皇為了表示自己出於「天命」，就成為儒家封禪學說的第一個實踐者，如同他是陰陽五德終始說的第一個實踐者一樣。正因為這樣，秦的博士官中就有不少是從齊、魯召來的儒生。後來主張分封子弟為王的博士淳于越就是齊人。

秦始皇主要是個法家學說的實踐者。他讀了韓非的著作，感慨地說：「寡人得見此人，與之遊，死不恨矣。」（史記韓非列傳）他一開始親理政務，就重用法家人物。有個大梁人叫繚的，是偏重於「為商君學」（漢書藝文志雜家類顏注引劉向別錄）的雜家。他入秦遊說，很受秦始皇賞識，秦始皇甚至「衣服飲食與繚同」（史記秦始皇本紀）。於是就任用繚為國尉。所謂國尉，就是後來秦的太尉，是一國的軍事長官。秦始皇所以要起用繚為「國尉」，顯然是要繚來策畫和指揮兼併六國的軍事行動。

尉繚使用間諜兼併六國的策略

尉繚認為「以秦之強，諸侯譬如郡縣之君，臣但恐諸侯合縱，翕而出不意」，因此主張派遣大批間諜前往六國活動，用金錢來收買六國腐化墮落的「豪臣」，來擾亂六國原定的計謀策略，這樣「不過亡三十萬金，則諸侯可盡」（史記秦始皇本紀）。這個計畫得到秦始皇的採納，它的具體執行者是李斯，所以史記秦始皇本紀說：秦始皇用繚「以為秦國尉，卒用其計策，而李斯用事」。李斯按照尉繚的計畫，派遣了許多所謂謀士去賄賂六國官吏，「不肯者利劍刺之」，等到「離其君臣之計」成功，「秦王乃使良將隨其後」（史記李斯列傳）。當時，由於六國官吏的腐化墮落，李斯這項工作是有成效的。趙國的名將李牧，就是由於秦國「多與趙王寵臣郭開等金，使為反間」，被陷害死了（戰國策趙策四、史記趙世家）。齊國的滅亡，一部分的原因就是由於齊王建的相國后勝「多受秦間金玉」（戰國策齊策六、史記田世家）。

李斯原來是荀況的學生，做過呂不韋的「舍人」，到這時也就成爲秦始皇堅決推行法家政策的有力輔助者和具體執行者了。李斯從此由長史升爲客卿。等到秦兼併六國而完成統一，他就升爲廷尉（朝廷的司法官），不久又升爲丞相。

戰國策秦策四又記載這時秦王召見頓弱，頓弱指責秦王的威勢不能加於東方諸侯，卻加於自己母親（指「遷太后於雍」），認爲天下事「非縱即橫」，「橫成則秦帝，縱成即楚王」，給他萬金東遊，便可破壞合縱，連橫成功，使秦成帝業。秦王因此「資萬金，使東遊韓、魏，入其將相；北遊於燕、趙，而殺李牧。齊王入朝，四國必（畢）從，頓子之說也」。沈欽韓認爲「頓弱與尉繚謀同，頓弱與尉繚乃一人，記異耳」（漢書疏證這個見解是正確的）。尉繚主張用間諜來破壞「諸侯合縱」的計謀，配合軍事行動來各個擊破，從而兼併六國。當時軍事家和縱橫家都是主張用間諜來配合軍事來取勝的。孫子兵法有用間篇，蘇秦就是縱橫家而兼做間諜成功的。頓弱不但計謀和尉繚相同，而且結果也相同，既使韓、魏「入其將相」，又殺趙將李牧，更使「齊王入朝」，當是一事的兩傳。秦始皇本紀所載當是實錄，秦策四所載只是後來的傳說。

當公元前二三三年韓非被秦殺害以前，趙、魏、燕、楚四國曾有合縱攻秦的計畫，秦王召群臣問詢，姚賈自請「出使四國，必絕其謀而安（案）其兵」，姚賈帶著車百乘，金千斤，到四國活動交際，結果成功，姚賈因而封千戶，官至上卿。韓非曾因此批評姚賈，後來韓非被李斯和姚賈陷害而死於獄中（秦策五第八章）。姚賈當是和李斯同時推行尉繚使用間諜兼併六國策略的官員。

秦始皇推行的法家政策

秦始皇所推行的法家政策，是衛鞅、韓非一派法家政策的發展。主要內容如下：

㈠確立土地私有制，推行強本弱末政策　衛鞅在秦國變法，廢除井田制，採用二百四十步爲畝的大畝制，實行按戶授田制度，並確認田地的私有權。秦始皇於公元前二一六年「使黔首自實田」（史記秦始皇本紀集解引徐廣說），命令全國有田的人自報占有田地的實際數額，以便徵收賦稅，同時也就在全國範圍內從法律上肯定了土地私有制。公元前二一五年秦始皇在碣石門刻石中說：「惠被諸產，久併來田，莫不安所。」「來田」即「萊田」，指輪流休耕的田地。這是說，恩惠遍及許多產業，輪流休耕的田地可以永久占有，人民都可以安居樂業。這就是對「使黔首自實田」這項措施的歌頌。這樣確認土地私有制，具有獎勵自耕小農努力生產的目的。強本弱末原是衛鞅所推行的政策，衛鞅曾教秦孝公「因末作而利本事」（韓非子姦劫弒臣篇）。秦始皇在琅琊台刻石中也說：「皇帝之功，勤勞本事。上農除末，黔首是富。」秦始皇對於「上農除末」即強本弱末政策，曾經大力加以貫徹，目的在於保護和發展作為立國基礎的小農經濟。秦始皇在統一全中國後，不斷把農民遷到農業勞動力不足的地方去，用定期「復」（免除徭役）的辦法來加以獎勵⑯。同時把各地有財有勢的大商人遷出去，曾「徙不軌之徒於南陽」（漢書地理志），把魏國冶鐵的大商人孔氏遷到了南陽，又把趙國「用鐵冶富」的卓氏遷到了蜀地臨邛（史記貨殖列傳）。還曾把「賈人」隨同「治獄吏不直者」、「諸嘗逋亡人」、「贅婿」等謫發出去從事遠征和防守（史記秦始皇本紀），後來甚至謫發到「嘗有市籍者」、「大父母、父母嘗有市籍者」（漢書鼂錯列傳載鼂錯語），這樣就嚴重阻礙了各個地區物產的交流和商品經濟的發展。同時，秦始皇還曾「徙天下豪富於咸陽十二萬戶」（史記秦始皇本紀二十六年），成為西漢時代七代皇帝把六國貴族及豪富遷到關中，建設陵邑的開端。

㈡推行二十等爵制，普遍推行郡縣制　衛鞅在秦國制定二十等爵制，獎勵軍功，第二十等爵列侯就是封君；還規定沒有軍功的宗室貴族不能得到貴族待遇。同時衛鞅推行縣制，以加強中央集權。秦始皇在完成統一的過程中，繼續推行衛鞅制定的法制，每兼併得大塊地區就設置為郡；並推行二十等爵制，包括分封列侯。丞相王綰和博士淳于越先後建議分封諸子為王，秦始皇聽從李斯的主張，堅持維護衛鞅的法制，拒絕了王綰和淳于越的建議。淳于越把殷周分封制作爲學習榜樣，認爲「殷周之王千餘歲」，是由於「封子弟功臣自爲枝輔」；當今「子弟爲匹夫」，統治就不能長久。李斯則反駁說：「三代之事，何足法也？」從表面上看，好像這場「學古」和「師今」的爭辯，是一場恢復還是廢除分封制的政治鬥爭。而實質上，當時王綰和淳于越等人主張分封諸子爲王，只不過要擴大分封制，在分封「列侯」之上增加分封「諸侯王」一等，就舉出殷周的分封制作爲榜樣。李斯反對分封諸子爲王，爲的是「使後無戰攻之患」(史記李斯列傳)，就是要避免回復到戰國時代諸侯割據混亂的局面。秦始皇以「天下共苦戰鬥不休，以有侯王」爲理由，拒絕分封諸子爲王，同樣是這個意思。

(三)統一法律，統一度量衡制，統一貨幣，統一車軌，統一文字和統一曆法　秦始皇用來統一全中國的法律，就是過去衛鞅變法以後秦國陸續頒布的法律，包括連坐法在內。秦始皇用來統一全中國的度量衡制，就是過去衛鞅用來統一秦國的度量衡制。至於秦始皇的統一貨幣、統一車軌和統一曆法等政策，基本上也是用秦的制度作爲統一標準，統一文字採用小篆和民間流行的隸書爲標準，這些都有利於經濟文化的發展。

(四)拆除內地長城和阻礙交通的關塞　秦始皇在統一全中國後，曾經「墮壞城郭，決通川防，夷去險阻」(碣石門刻石)。這裏所謂「決通川防」，並不是把所有河流的堤防都掘掉，「川防」就是指戰國時代各國在內地利用大河堤防擴建而成的長城。秦始皇命令全國各地拆除戰國時代各大國在險要地區所修建的關塞、堡壘和內地長城，目的在於防止人民反抗和封建勢力割據，客觀上卻有利於加強全國的經濟聯繫和文化交流。

(五)收集天下兵器集中咸陽銷鑄，用以鑄造十二座「鐘虡(一作『鐻』)金人」　所謂「鐘虡金人」，就是用作懸掛銅鐘架子的銅人，放在朝宮和宗廟的宮門前，懸掛著編鐘，以便鳴鐘而作爲舉行上朝禮儀的信號的。這十二座鐘虡金人所懸掛的編鐘，共有大小不同的十二枚，因此這十二座銅人的大小輕重也不相同，大的重二千石（即二十四萬斤），小的重一千石（即十二萬斤）。這十二座銅人都鑄成「狄人」形象，穿著狄服，用以表示天下一統、四方夷狄都已服屬。漢書五行志等書所說當時有長五丈的狄人見於臨洮，以爲善祥，因而鑄十二金人，這是後人附會的神話傳說。這樣收集天下兵器集中咸陽銷鑄，無非表示從此天下太平而不許再有戰爭，就是太史公自序所說：「始皇既立，兼併六國，銷鋒鑄鐻，維偃干革，尊號爲帝。」⑰

㈥焚書坑儒，加強專制統治和思想統制　當時有些知識分子通過「私學」，評論和反對政府的法令。李斯曾經指出：「私學而相與非法教，人聞令下，則各以其學議之，入則心非，出則巷議，誇主以爲名，異取以爲高，率群下以造謗。」（史記秦始皇本紀）公元前二一三年博士淳于越提出分封諸子的建議，秦始皇讓大臣討論，李斯認爲這是搞「私學」的人「不師今而學古」，「道古以害今」，如不禁止，勢必「主勢降乎上，黨與成乎下」，因而建議焚燒私人所藏詩、書、百家語和秦紀以外的各國歷史記載，「有敢偶語詩書者」要「棄市」，「以古非今者」要滅族。其目的在於禁絕「私學」，強制人們「學法令，以吏爲師」，使國家法令「定一尊」。這就是衛鞅「燔詩書而明法令」政策的擴大化。其打擊矛頭不單是儒家，包括講「私學」的「百家」。下一年，一些文學方術之士私下指責秦始皇「專任獄吏」，而「博士雖七十人，特備員弗用」；「樂以刑殺爲威」，「貪於權勢至如此」。秦始皇下令追查，共坑殺「犯禁者」四百六十多人（史記秦始皇本紀）。韓非曾經主張對「誹謗法令」、「亂上反世」的「二心私學」，「禁其行」，「破其群」，「散其黨」（韓非子詭使篇）。秦始皇的坑殺「犯禁者」，又是韓非打擊「二心私學」主張的具體實施。秦始皇採取焚書坑儒的措施，打擊「百家」的「私學」，只准「以吏爲師」，顯然是爲了統制思想輿論，加強專制統治，這對戰國時代百家爭鳴的思潮是致命的打擊，這對學術文化的發展起了嚴重破壞的作用，造成中國文化史上的一場浩劫。

(七)講究女子貞操，對女子嚴加壓迫　秦始皇在琅琊台刻石上說要「匡飭異俗」，在泰山刻石上說要「男女禮順」，「昭隔內外」。在會稽刻石上更詳細說：「飭省宣義，有子而嫁，倍(背)死不貞。防隔內外，禁止淫佚，男女絜誠。夫爲寄豭，殺之無罪，男秉義程。妻爲逃嫁，子不得母，咸化廉清。」在這裏，秦始皇主張嚴防男女之間發生淫亂的事，反對已生有兒子的婦女再嫁，對於那些因通姦而寄居在女子家中的所謂「寄豭」，竟宣告「殺之無罪」。對於改嫁的婦女，竟規定兒子不能承認她是母親。這樣的講究女子貞操，用法令來對女子作嚴厲的壓迫，是前所未有的。原來李悝的法經，在雜律中已有「淫禁」的條文，衛鞅也曾禁止「民父子兄弟同室內息」，這時隨著專制主義和中央集權的加強，對於女子的迫害也更厲害了。

(八)採用嚴酷的刑罰來加強專制統治　秦始皇不但「事統上法」(史記封禪書)，而且「專任刑罰」(漢書刑法志)，主張「刻削，毋仁恩和義」(史記秦始皇本紀二十六年)。秦朝刑法繁苛，單是死刑，就有棄市、腰斬、車裂、梟首、具五刑等十多種，被罰作刑徒的極其眾多。秦始皇非常專斷，要親自處理各種案件，每天所批閱的公文要以一石(一百二十斤)爲標準，達不到這標準就不停止辦公(漢書刑法志)。這些公文是竹木簡寫的，比較重，但是一百二十斤(約合今五十多斤)畢竟不是個小數。他在統一全中國後，十年之間，曾五次出巡，除了西南數郡外，各處都巡視遍了，目的也在於加強專制統治。

從上面八點看來，秦始皇在具體實踐中，進一步猛烈地發展了法家政策，並且是堅決地加以貫徹執行的，從而加強了殘暴的專制統治。

秦始皇的評價問題

從來對秦始皇在歷史上所起作用的評價，是很有爭論的。多數人認爲他是個殘酷的暴君，是「焚書坑儒」的魔王，但也有人特別稱讚他的作爲，如李贄頌揚他是「千古一帝」(李贄藏書卷二)，章炳麟說：「雖四三皇、六五帝，曾不足比隆也」（秦政記）。當秦王政成年開始親政時，秦完成統一的形勢早已水到渠成，秦相呂不韋早已在策畫兼併天下了。完成統一的結果必然將來到，完成統一時間的早晚主要在於政策和手段的使用。

由於秦始皇進一步推行法家政策，加強完成統一的措施，使得這個提到議事日程上的完成統一的任務，得以加速完成，從此在中國歷史上創建了統一的多民族國家，而且此後長期以統一爲常規，以分裂爲變態。這樣早在公元前兩個世紀創立統一的大帝國，長期保持著經濟、政治和文化上的統一，這是世界歷史上獨一無二的現象。秦始皇當年創建的經濟、政治和文化上統一的制度，兩千多年來持續不斷地得到發揚光大，成爲中華民族長期團結、保持統一的重要因素，這是事實而不能否定的。

秦始皇在中國歷史上第一次建立了統一的多民族的國家，使整個「中國」從「戰國」時代諸侯割據和混戰的局面上擺脫出來，這是具有重大的進步意義的，也是符合人民群眾的共同願望的。所謂「元元黎民得免於戰國，逢明天子，人人自以爲更生」（史記平津侯主父列傳）。秦始皇不僅兼併了六國，完成了中原地區的統一，還進一步在秦、楚兩國經營西南少數部族地區的基礎上，完成了西南地區的統一，在那裏設官治理；還統一了今浙江南部和福建一帶東南沿海甌越和閩越地區，設置了閩中郡；統一了今兩廣一帶的南越地區，設置了南海、桂林、象郡；又擊退了匈奴貴族對中原地區的擾亂，建置了九原郡，在我國歷史上第一次建立了幅員遼闊的統一的多民族國家，這是符合歷史發展的要求的，也是符合各族人民的共同願望的。

秦始皇在建立這個統一的多民族國家的過程中，是努力經營的。在擊退匈奴之後，曾把秦、趙、燕原來北邊的長城加以連貫和擴建，這便於防止遊牧部族對農業地區的騷擾，是有積極意義的。同時爲了加強對全國的統治，他又建築了許多馳道，「東窮燕、齊，南極吳、楚」（漢書賈山傳），北面「自九原抵甘泉塹山堙谷，千八百里」（史記蒙恬列傳）。這些馳道建築得很有規模。「道廣五十步，三丈而樹，厚築其外，隱（憑）

以金椎，樹以青松」（漢書賈山傳）。這些馳道的建築，對於加強全國經濟和文化的聯繫，是起著一定的作用的。此外，秦在統一西南地區後，曾派常頞修築「五尺道」（五尺寬的棧道），發展中原和西南地區的交通；秦始皇在進軍南越時，還曾派監（監御史）祿在今廣西省興安縣附近開鑿了一條靈渠，這是溝通湘江和桂江支流灕江間的一條運河。這條運河的開鑿，溝通了長江水系和珠江水系，使水上交通有了巨大的發展。

秦始皇雖然在創建統一王朝的過程中，有著一定的作用，但是他確是一個極其殘酷的暴君，不僅由於他偏激地擴展了法家政策，加強了專制和殘暴的政治措施，而且由於他本性的卑劣殘忍，使天下臣民都受到他的蹂躪。當時尉繚就說：「秦王爲人，蜂準（高鼻）長目，摯鳥膺（胸像鷙鳥那樣挺突），豺聲，少恩而虎狼心，居約易出人下（困難時能自居下），得志亦輕食人，……誠使秦王得志於天下，天下皆爲虜矣。」

首先，秦始皇無限制地使用民力和物力，超過了當時人民所能忍受的限度。秦時全國人口約二千萬左右，被徵發建造宮殿和陵墓的共一百五十萬人，戍守五嶺的五十萬人，防禦匈奴和修築長城又使用幾十萬人，超過總人口十分之一的人成年累月地從事無償的徭役。當時人民還要負擔苛重的租賦。不僅地主、貴族和皇室依靠剝削農民的地租過活，衆多的官吏和龐大的軍隊，都要勞動人民用血汗來供養。加上秦始皇在生活享受上窮奢極欲，修建了許多勞民傷財的土木工程。就在攻滅六國過程中，令人把各國宮殿的圖樣摹繪下來，在國都咸陽以北二百里地內，仿造了二百七十座宮殿。到臨死前兩年，秦始皇還在渭水南岸的上林苑中，興建規模極爲宏大的朝宮，光是它的「前殿阿房，東西五百步，南北五十丈，上可以坐萬人，下可以建五丈旗」。他即位後就動工的位於驪山北麓的陵墓，也是窮極奢麗豪華。墓高五十餘丈，周圍五里餘。墓內照樣有宮殿及百官位次，陳列各色「奇器珍異」；並「以水銀爲百川江河大海，機相灌溉，上具天文，下具地理。以人魚膏（鯨魚的油脂）爲燭」（史記秦始皇本紀）。

秦始皇陵園是按照都城咸陽布局設計的。西部有長方形的小城，城有內外兩層，作長方形的「回」字形，相當於咸陽的宮城（即內城）。陵墓在小城南半部的中心，小城北半部有寢殿及其附屬建築。在長方形小城的東側大郭（即外城），相當於咸陽宮城東面的大郭。在大郭東門大道的北側發現三座兵馬俑坑，象徵著咸陽守衛東郭門一帶的屯衛軍。一號兵馬俑坑有兵馬俑六千人左右，面向東方。兵馬俑有弓弩手、步兵、車兵、騎兵等，身高都在一米八左右。三座兵馬俑坑共有俑七千餘件，馬五百多匹，木戰車一百三十多輛，組成了一個龐大的地下軍陣。陵園東側發現有馬廄坑近百座。陵墓封土西側發現了銅車馬坑，出土了兩乘精美的大型彩繪銅車馬，這當是秦王出巡所乘的座車。內外城西垣之間的西門大道南側，發現了珍禽異獸坑三十多座。陵園東門大道的南側，發現了十七座陪葬墓，都是東西向的。根據發掘其中八座墓的情況，墓主身分可能是被處死的秦公子、公主和大臣，隨葬品都很豐富，屍骨有分離和錯位的現象。

其次，秦始皇迷信法家輕罪重罰的理論，「樂以刑殺爲威」（史記秦始皇本紀），企圖藉以強化專制統治，永遠保持其家天下的局面，因而濫用刑罰。特別是在秦始皇末年，被迫害的罪犯數量多得驚人，建築阿房宮和驪山陵墓，就用了七十萬刑徒和「奴產子」（奴隸的兒子）。在他的嚴酷統治下，不少官吏是窮凶極惡的劊子手，如范陽令「殺人之父，孤人之子，斷人之足，黥人之首，不可勝數」（史記張耳陳餘列傳），人民的痛苦可想而知。

秦在兼併六國以後，賦役繁重，刑法苛暴，民不堪命，以致在秦始皇去世後不到一年，由於秦二世「發閭左」（徵發鄉里中一切身分卑賤者），大規模的農民起事就爆發了，秦王朝也就土崩瓦解了⑱。司馬遷說：「秦取天下多暴，然世異變，成功大。」（史記六國年表序）秦始皇確是個殘酷的暴君，但是他所推行的統一政策，是符合「世異變」的歷史發展進程的，因而是「成功大」的。

---

① 這裏根據史記趙世家。史記秦始皇本紀說這年「魏、趙、韓、衛、楚共擊秦，取壽陵，秦出兵，五國兵罷」。梁玉繩

史記志疑引翟灝說，認爲「衛微弱僅存」，不可能參與合縱攻秦；又認爲壽陵是趙邑，在常山，不應成爲五國攻秦的目標。事實上，這時衛已被魏滅亡而成爲魏的附庸，當然不可能參與合縱攻秦。資治通鑑胡省三注以爲壽陵「當在河東郡界」，也只是推測之辭。

② 史記秦始皇本紀載：始皇八年「王弟長安君成蟜將軍擊趙反死屯留，軍吏皆斬死，遷其民於臨洮」。「死」字疑爲衍文。這個王弟長安君成蟜也就是戰國策秦策四有人說秦王一章中的盛橋（史記春申君列傳誤以此爲春申君說秦王書）。趙世家載趙悼襄王六年「封長安君以饒」，趙悼襄王六年正當秦始皇八年，可知長安君成蟜攻趙時確曾反叛，接受了趙的封地，如同過去鄭安平降趙一樣。

③ 秦始皇本紀載始皇九年「攻魏垣、蒲陽」、「楊端和攻衍氏」，魏世家也載景湣王五年「秦拔我垣、蒲陽、衍」。秦策四第九章記述這時戰爭說：「又取蒲、衍、首垣，以臨仁、平丘，小黃、濟陽、甄城，而魏氏服矣，王又割濮、歷之北，屬之燕，斷齊、趙之要（腰），絕楚、魏之脊，天下五合六聚而不敢救也。」

④ 史記趙世家記這年「秦攻赤麗、宜安，李牧率師與戰肥下，卻之」。李牧列傳也說：「牧爲大將軍擊秦軍於宜安，大破秦軍，走秦將桓齮。」戰國策趙策四誤作「殺秦將桓齮」。此後就不見桓齮爲秦將軍，所謂「走」當是大敗後畏罪逃走。戰國策燕策三和史記荊軻列傳稱有「秦將樊於期得罪於秦王，亡之燕」，「父母宗族皆爲戮沒」，「秦王購之金千斤，邑萬家」。秦始皇本紀詳載屢次出戰秦將姓名，獨不見樊於期。我們認爲樊於期即是桓齮，音同通假，猶如田忌或作田期、田臣思。桓齮於秦始皇十四年敗走，燕太子丹於秦始皇十五年由秦歸國，時間也正相當。資治通鑑記載這年「秦師敗績，桓齮奔還」，把「走」改作「奔還」，是不正確的。黃式三周季編略刪去「還」字，作「桓齮奔」，就正確了。

⑤ 督亢當爲燕之方言，指膏腴之地，史記集解引劉向別錄曰：「督亢，膏腴之地。」這是正確的。集解又引徐廣曰「方城縣有督亢亭」，索隱又引司馬彪郡國志同。正義又云：「督亢城在幽州范陽縣東南十里。」此處所說「督亢地圖」，當不是指一亭一城。

⑥ 史記秦始皇本紀：「二十一年，新鄭反，昌平君徙於郢。」雲夢秦簡編年記：「廿年韓王居□山」，「廿一年韓王死，昌平君居其處，有死□屈」。新鄭爲韓舊都，此時反叛，該出於韓的舊貴族不甘心於滅亡而發動的。這年「韓王

死」，當與「新鄭反」有關，該是因「新鄭反」而被秦處死的。

⑦史記秦始皇本紀：二十三年「荊將項燕立昌平君爲荊王，反秦於淮南（集解引徐廣曰：『淮』一作『江』）。二十四年，王翦、蒙武攻荊，破荊軍，昌平君死，項燕遂自殺」。而雲夢秦簡編年記説：「廿三年興攻荊□□，□陽君死。四月昌文君死。」淮南當指今安徽省淮水以南地區。史記王翦列傳説後來王翦「大破荊軍，至蘄南，殺其將軍項燕」。秦末陳勝吳廣在蘄縣大澤鄉起義，陳勝主張假借「項燕爲天下唱」，就因爲項燕在這裏作戰「數有功，愛士卒，楚人憐之，或以爲死，或以爲亡」的緣故（史記陳涉世家）。

⑧戰國策韓策二載：「史疾爲韓使楚，楚王問曰：客何方所循？曰：治列子圉（禦）寇之言。曰：何貴？曰：貴正。……王曰：楚國多盜，『正』可以圉（禦）盜乎？……曰：今王之國，有柱國、令尹、司馬、典令，其任官置吏，必曰廉潔勝任。今盜賊公行，而弗能禁也，……。」

⑨我們肯定莊蹻「爲盜於境內」是軍官發動的叛變所引發的群衆性的武裝起事性質，主要理由如下：㈠古書中把莊蹻和跖同樣作爲「盜賊」的代表人物，例如呂氏春秋異用篇説：「跖與蹻（舊誤作「企足」二字）得飴，以開閉取楗也。」他必定是統治階級的所謂「大盜」，曾對統治階級進行轟轟烈烈的鬥爭的。㈡韓非子喻老篇説：「莊蹻爲盜於境內，而吏不能禁，此政之亂也。」他在楚國境內到處「爲盜」，弄得「吏不能禁」，顯然不是貴族割據一方企圖奪取國君地位的鬥爭。㈢荀子議兵篇説：正當楚國「兵殆於垂沙，唐蔑死」時「莊蹻起」，弄得「楚分而爲三、四」。很顯然，莊蹻是趁楚國貴族在戰爭中慘敗的時候，在幾個地點同時發動「起」事，把楚國打得七零八落，「分而爲三、四」。這絕不是一個貴族在自己一個割據的地區所發動的企圖奪取國家統治權的鬥爭。㈣商君書弱民篇説：「今夫人衆兵強，此帝王之大資也。苟非明法以守之也，與危亡爲鄰。故明主察法，境內之民無辟淫之心，遊處之士迫於戰陣，萬民疾於耕戰，有以知其然也。楚國之民，齊疾而均，速若飄風；宛鉅鐵鉇，利若蜂蠆；……秦師至，鄢郢舉，若振槁。唐蔑死於垂沙，莊蹻發於內，楚分爲五。地非不大也，民非不衆也，兵甲財用非不多也，戰不勝，守不固，此無法之所生也，釋權衡而操輕重者。」作者認爲「明主察法」，就可以使得「境內之民無辟淫之心」，而以楚國的「無法」爲例，説結果是「莊蹻發於內」，可知作者認爲莊蹻屬於「境內之民」起來作「亂」的。㈤莊蹻後來成爲「善用兵」的楚國名將，是善於統率「招延募選」軍隊而取勝的，見荀子議兵篇。

⑩ 漢書地理志說：「秦既滅韓，徙天下不軌之民於南陽，故其俗夸奢，上氣力，好商賈、漁獵、藏匿，難制御也。」可知秦所要遷的「不軌之民」，是「俗夸奢，上氣力，好商賈、漁獵、藏匿」的商人。漢書地理志又說：「大原上黨又多晉公族子孫，以詐力相傾，務矜夸功名，報仇過直，嫁取(娶)送死奢靡。漢興，號爲難治。」可知殘餘的舊貴族，到漢代初期，政府還是認爲「難治」的。漢書地理志還說：趙舊都邯鄲「高氣勢，輕爲奸」；中山「丈夫相聚遊戲，悲歌慷慨，起則椎剽掘冢，作奸巧」。衛舊都濮陽「其俗剛武，上氣力」；野王「好氣任俠，有濮上風」。長安附近由於徙來高訾、富人及豪傑併兼之家，「其世家好禮文，富人則商賈爲利，豪傑則遊俠通奸」。秦國攻取了號的舊都陜和魏的舊都安邑後，所以要「出其人」，就是由於這些「不軌之民」、「難治」或「難制御」。

⑪ 見呂氏春秋求人篇，原誤作「人正之國」。從諸以敦、俞樾改正。淮南子時訓篇說：「北方之極，……北至令正之谷。」而尚書大傳卷三(陳壽祺輯本)說：「北方之極，自丁令北至積雪之野。」今據以改正。太平御覽卷三七引淮南子舊注：「令正，丁令，北海胡也。」陳奇猷呂氏春秋校釋以爲當作「令止」，即令支，不確。

⑫ 洪亮吉春秋惟秦不用同姓而喜用別國人論(更生齋文甲集卷二)，列舉戰國時代秦國所用大臣姓名，指出「類皆異國人也，骨肉中惟樗里疾最用事」。這是正確的。這是衛鞅變法的結果。洪氏把它說成「自繆公啟之」，「其法自繆公始」，是不正確的。

⑬ 見北京鋼鐵學院中國冶金簡史編寫組：中國冶金簡史頁一二一、一二二。這種技術在西方是二十世紀四十年代發明並列爲專利的。

⑭ 參看拙作呂不韋和呂氏春秋新評，載復旦學報一九七九年第五期。

⑮ 呂氏春秋序意篇說：「維秦八年歲在涒灘，秋甲子朔，朔之日，良人請問十二紀。」高注：「八年，秦始皇即位八年也。」查秦始皇八年不是「歲在涒灘」。秦始皇六年是庚申，「申」即「涒灘」。因此清代學者姚文田、孫星衍等，都認爲這個「維秦八年」，是從秦莊襄王滅周起算的，到秦始皇六年，正是八年。「維秦八年」是秦自以爲代周而有天下的第八年。

⑯ 秦始皇在公元前二一九年(秦始皇二十八年)把三萬戶農民遷到了沿海的琅邪台，「復十二歲」，即免除他們徭役十二年。在公元前二一二年又曾把三萬家農民遷到了驪邑(今陝西省臨潼縣東)，五萬家農民遷到了雲陽(今陝西省淳化縣西

北），「皆復不事十歲」，即一律免除他們徭役十年。在公元前二一一年又把三萬家農民遷到了榆林（今內蒙古自治區鄂爾多斯黃河以北地），都拜爵一級（史記秦始皇本紀）。這些都是秦始皇「上農」政策的具體措施。

⑰ 秦始皇本紀載：「收天下兵聚之咸陽，銷以爲鍾（鐘）鐻金人十二，重各千石，置廷宮中。」索隱據漢書五行志等，以爲長狄見於臨洮，「故銷兵器鑄而象之」，因此前人多誤以「鑄鐻」與「金人」是兩種東西。中華書局史記標點本和資治通鑑標點本都誤以「銷以爲鍾鐻」爲句，又以「金人十二」爲句。正義引三輔舊事謂銅人「各重二十四萬斤」，梁玉繩據此以爲鐘鐻重千石，銅人重二十四萬斤（即二千石）。其實鐘鐻金人是指用作鐘鐻的金人，並非兩種東西，原來鐘鐻大小輕重不同。太史公自序所說「銷鋒鑄鐻」，即指收集天下兵器銷鑄以爲鐘鐻金人。

⑱ 史記陳涉世家：「二世元年七月發閭左」。前人把「閭左」解釋爲居住閭里左邊的貧弱者，「發閭左」是因「富者役盡，兼取貧弱」。這個解釋不可信。鼂錯說：秦時讁發，「先發吏有適（謫）及贅婿、賈人，後以嘗有市籍者，又後以大父母、父母嘗有市籍者，復入閭取其左」（漢書鼂錯傳）。可知秦時讁發，和漢初「七科讁」相同，並非因「富者役盡，兼取貧弱」。漢初的「七科讁」是：「吏有罪一，亡命二，贅婿三，賈人四，故有市籍五，父母有市籍六，大父母有市籍七」（漢書武帝紀注引張晏說）。有人把鼂錯之說和漢初「七科讁」對比，認爲「閭左」即是「亡命」。這個解釋也有問題。秦始皇三十年「發諸嘗逋亡人、贅婿、賈人，略取陸梁地，爲桂林、象郡、南海，以適（謫）遣戍」（史記秦始皇本紀）。「嘗逋亡人」即是「亡命」。可知秦把「亡命」和贅婿、賈人同時讁發，與最後被讁發的「閭左」不同。古時重右而輕左，右示尊貴，左示卑賤，豪富之家稱爲「豪右」。「閭左」之左當與「豪右」之右相對待，當指鄉里中身分卑賤者。「發閭左」當是在吏有罪者、亡命、贅婿、賈人都讁發之後，進一步把鄉里中一切身分卑賤者一概加以讁發。

第十章 戰國時代的「百家爭鳴」

一、士的活躍和「百家爭鳴」

士的變化及聚徒講學和著書立說之風

「士」原是貴族的最低階層，有一定數量的「食田」，受過「六藝」的教育，能文能武，戰時可充當下級軍官，平時可做卿大夫的家臣。到春秋後期，上層貴族已腐朽無能，只有士還能保持有傳統的六藝知識。到春秋、戰國之際，由於經濟和政治的變革，文化學術相應地發生變革，得到進一步的發展，士就大爲活躍起來。同時各國政府紛紛謀求改革，推行官僚制度，士的需要急增，於是平民中湧現出一批新的「士」，「士」逐漸成爲知識分子的通稱。

原來只有貴族才有受教育的權利。學校教育的主要內容是六藝：禮、樂、射、御、書、數。禮、樂、書、數是用來統治的工具，射、御則帶有軍事訓練的性質。隨著經濟和政治的變革，對士的需要增加，教育也發生變化，民間聚徒講學的風氣開始興起。

孔子是春秋末年第一個聚徒講學而有顯著成就的大教育家和大思想家，他以詩、書、禮、樂、易、春秋傳授子弟，並有所闡釋。詩、書、禮、樂原是貴族講究的學問，春秋原是貴族子弟學習而從中吸取歷史經驗教訓的，周易原是卜筮之書，孔子在傳授中都有所闡釋。孔子以「有教無類」爲宗旨，弟子多到號稱三千人，此中「身通六藝者七十有二人」（史記孔子世家）。原來對「相禮」和講禮的知識分子有「儒」的名稱，孔子當時也教導弟子爲「儒」，如教導子夏「女（汝）爲君子儒，無爲小人儒」（論語雍也篇），因而孔子成爲「儒家」學派的創始人。

到春秋、戰國之際，墨翟又起來聚徒講學，發展成爲一個有組織的集團，當時稱爲墨者，後人稱爲墨家。墨家和儒家，曾經都成爲「顯學」。到戰國時代，聚徒講學成爲一時風尚，著名的學者幾乎沒有不聚徒講學的，而多數知識分子也把從師作爲進入仕途的重要門徑。

論語是孔子弟子及其再傳弟子關於孔子言行的記錄，並兼記相關的弟子的言行。墨子是墨家的著作彙編，既有耕柱以下到公輸等篇記述墨子及其重要弟子的言行，又有兼愛、非攻等篇闡述墨子學說的論文，更有經、經說、大取、小取等篇記述墨家學術的著作，還有備城門以下各篇敍述後期墨家防守戰術的記載。從此著書立說，成爲諸子爭鳴的主要手段。

這時由於學習上需要，傳寫的各種古書比以前增多。又由於絲織業的發展，絹帛生產的增多，當時的書不僅寫在竹簡上，已開始寫到絹帛上。絹帛便於抄寫，也便於保存和攜帶。墨子明鬼下篇說：「又恐後世子孫不能知也，故書之竹帛。」又說：「先王之書，聖人一尺之帛，一篇之書。」墨子所說竹帛之書，主要是指周、燕、宋、齊等國的春秋。這時許多大學者都有較多的藏書，例如墨子「南遊使衛，關中（即扃中）載書甚多」（墨子貴義篇）；「惠施多方，其書五車」（莊子天下篇）。書籍收藏和流傳的增多，有助於當時學者們聚徒講學，開展學術討論，著書立說。

布衣卿相之局和「禮賢下士」之風

當時各國政府著手進行政治改革，就迫切需要從各方面選拔人才，來進行改革工作。選拔的對象主要就是士。有作爲的國君招徠並敬重所謂賢士，使爲自己效勞；一些大臣也常常向國君推薦人才，以謀富國強兵，因而在戰國初期，就出現了布衣卿相之局和「禮賢下士」之風。當魏文侯進行政治改革時，翟璜先後推薦了樂羊、吳起、李克、西門豹、翟角等五人，都得到重用；魏成子推薦卜子夏、田子方、段干木三人，魏文侯就「師卜子夏，友田子方，禮段干木」（呂氏春秋察賢篇）。魯繆公曾任用博士公儀休爲相（史記循吏列傳），子柳、子思爲臣（孟子告子下篇），尊敬申詳等人。趙烈侯曾起用番吾君推薦給相國公仲連的牛畜、荀欣、徐越等三人。周威公曾選拔中牟農民出身的寧越爲「師」。燕昭王爲振興殘破的國家，招攬人才，尊郭隗爲「師」。齊國從田桓公時起，就在國都臨淄的稷下設置學宮，「設大夫之號」，招待學者（徐幹中論亡國篇）。到齊威王齊宣王時，稷下人才濟濟，發展到一千多人，著名的有淳于髡、田駢、接子（一作捷子）、環淵、宋鈃（一作宋牼）、愼到、騶奭等七十多人，稱爲「稷下先生」，「皆命曰列大夫，爲開第康莊之衢，高門大屋以尊寵之」（史記孟子荀卿列傳）。後來荀況也曾到這裏來遊學。秦漢王朝設立博士官的制度，就是起源於此①。宋書百官志說：「六國時往往有博士。」史記循吏列傳說：「公儀休，魯博士也。」可知魯國在戰國初期已設有博士官。漢書賈山傳說：「祖祛，故魏王時博士弟子也。」可知戰國末年魏國所設的博士官，已和秦漢博士一樣教授弟子了。

遊說和養士之風

同時，文人學士遊說的風氣也漸漸盛起來。一個很平凡的士，通過遊說，一經國君賞識，便可被提拔爲執政的大臣。例如衛鞅本是魏相國公叔痤的家臣，入秦後說動了秦孝公，做到了秦的最高官職大良造；張儀本是魏人，入秦後也做到了秦惠王的相；甘茂本是上蔡監門官史舉的家臣，入秦後也做了秦武王的左丞相；范雎、蔡澤也都因遊說而做到秦昭王的相國。秦國的情況如此，其他國家也差不多。

戰國時代，遊說和從師確是士進入仕途的兩個主要門徑，因而遊說和從師也就成爲一時風尚。據說，孟子「後車數十乘，從者數百人，以傳食於諸侯」（孟子滕文公下篇）。田駢在齊，也是「貲養千鍾，徒百人」（戰國策齊策四）。連許行這樣一個「爲神農之言者」（即研究農家學說的），到一個小國滕，也有「徒數十人」（孟子滕文公上篇）。只要略爲著名的士，差不多沒有一個不是「率其群徒，辯其談說」的（荀子儒效篇）。

到戰國中期以後，各國有權勢的大臣每多養士爲食客。齊的孟嘗君田文、趙的平原君趙勝、魏的信陵君魏無忌、楚的春申君黃歇、秦的文信侯呂不韋所養的食客都達三千人。他們所養的食客中，有各種學派的士，只要有一技之長就被羅致，甚至能學雞叫、扮作狗偷盜的，即所謂「雞鳴狗盜」之徒也都在食客之列。這些食客，往往爲主人出謀畫策，或奔走遊說，或經辦某項事務，也有代替主人著書立說的，例如信陵君因此編成魏公子兵法，呂不韋因此編成呂氏春秋。食客也有因此被引薦進入仕途的。

戰國時代的士，是當時社會上最活躍的一個階層。

「子」和「夫子」開始作為學者和老師的尊稱

在春秋以前，「子」原爲天子所屬的卿的尊稱，如微子、箕子之類。春秋初期只有少數諸侯所屬的卿連「謚」稱「子」，如衛的寧莊子、石祁子之類；到春秋中期以後，諸侯的卿就普遍連「謚」稱「子」；大夫雖然沒有連「謚」稱「子」，也已相稱爲「子」，如子服子、子家子之類。到春秋、戰國之際，由於士的社會地位的提高，著書立說和聚徒講學之風興起，「子」便成爲著名學者和老師的尊稱，如孔子、子墨子之類。到戰國時代，「子」便成爲一般學者的尊稱了②。

古代「夫子」原是對各級軍官的稱呼，例如周武王在牧野誓師，就稱呼各級軍官（包括千夫長、百夫長）爲「夫子」。到春秋時代，卿大夫當面相稱爲「子」，背後談論時，把「夫子」作爲卿大夫的尊稱。到春秋、戰國之際，由於學者從師的學風興起，「夫子」開始作爲對老師的尊稱。後來「夫子」的稱呼就比「子」更尊重了③。

諸子百家和「百家爭鳴」

在戰國時代的社會大變革中，各個學派的代表人物，站在不同的立場上，爲維護和發展當時小農經濟，爲鞏固建立在小農經濟基礎上的君主政權，提出了不同的建國方略及其哲學理論，開創了「百家爭鳴」的學術思潮，這對於當時的社會變革及文化學術的發展，起了促進作用。

這時的各派各家之間相互批判、辯論，而又相互影響；同一學派在發展過程中也往往發生變化以至於分化。西漢初期的司馬談曾把所謂「諸子百家」總括爲陰陽、儒、墨、名、法、道德六家（史記太史公自序）；西漢末年的劉歆又曾總括爲十家，即儒、墨、道、名、法、陰陽、農、縱橫、雜及小說家。十家中除了屬於文學範圍內的小說家以外，後人稱爲「九流」。在這九流中，除了講合縱、連橫的縱橫家、綜合各家學說的雜家、講「君民並耕」和農業技術的農家，學術思想上，重要的確是只有儒、墨、道、名、法、陰陽六家。

九流十家出於王官

漢書藝文志認爲九流十家出於不同的王官（王朝的官府），儒家出於司徒之官，墨家出於清廟之守，道家出於史官，法家出於理官，名家出於禮官，縱橫家出於行人之官，農家出於農稷之官，陰陽家出於羲和之官，小說家出於稗官，雜家出於議官。這一溯源的主張，確是有一定的依據的。因爲孔子以前，沒有私家聚徒講學的設施，各種傳統的學術文化都由主管的有關官府所掌握。從春秋末年到戰國時代，九流十家突然興起，提出了各種不同的理想和改革規畫，他們學術思想的淵源，必然來自不同的有關的王官。

例如漢書藝文志說：「儒家者流，蓋出於司徒之官，助人君順陰陽而明教化者也。」這裏所說的「司徒之官」，是依據漢代經學家的說法，實際上就是指西周的太師、太保而言④，因而能夠「助人君順陰陽而明教化」。孔門儒家之學，教的是詩、書、禮、樂，講究的是文、武、周公之道，就是太師周公、太保召公輔助君主明教化的。儒家所編選的尚書，其中周書部分都是記述太師周公、太保召公輔助君主治理而「明教化」的。

儒家之學既然淵源於師、保，因而所造成的傑出人才，常爲君主的「師」、「傅」，史記儒林列傳云：「自孔子卒後，七十子之徒散遊諸侯，大者爲師傅卿相。」一如子夏爲魏文侯的「師」，並在西河教授。趙烈侯的相國公仲連推薦牛畜於烈侯，「牛畜侍烈侯以仁義，約以王道」，因而「官牛畜爲師」（史記趙世家）。這個講「仁義」、「王道」的牛畜也該是儒者，被任爲君主的「師」。

關於農家之學，本書第二章第五段「農業科學的興起」一節中已講到。法家李悝、吳起、申不害、商鞅之學，第五章「戰國前期各諸侯國的變法運動」中已都論及。兵家之學在第七章第五段「兵法的講求和軍事學發展」一節中已有說明。縱橫家之學在第八章「合縱連橫和兼併戰爭的變化」，已有較爲詳細的敍述。至於呂不韋招集賓客所著呂氏春秋，也已在第九章第三段「呂不韋和呂氏春秋」一節中有所闡釋。因此本章著重闡明的，是墨家、道家、儒家、法家和方術之士的主要流派的理論和學說。道家中老子以外，分析了楊朱、列子、莊子、稷下道家、黃老學派以及鶡冠子的主張。儒家中孟子、荀子以外，分析了曾子一派學說和易繫辭傳的理論。法家中商君書和韓非子以外，著重分析了管子中齊法家的見解。至於名家和陰陽家，因爲涉及科學技術方面的學說，將在第十一章講科學思想中加以敘明。

二、墨子的天志、兼愛和尚賢學說

墨家淵源於巫祝

漢書藝文志說：「墨家者流，蓋出於清廟之守。茅屋采椽，是以貴儉；養三老五更，是以兼愛；選士大射，是以上賢；宗祀嚴父，是以右鬼；歷四時而行，是以非命；以孝視天下，是以尚同。」所說墨家出於清廟之守，雖然解釋得不很切實，還是有道理的。所說「清廟之守」，實即巫祝之類的神職人員。墨家很重視巫祝，如墨子迎敵祠篇就講到「靈巫」「可知成敗吉凶，舉巫、醫、卜有所，長具藥」，「祝史告於四望山川社稷」。墨子信奉鬼神，認爲「鬼神能賞賢而罰暴」（墨子明鬼下篇）。墨子主張「天志」（順從天意），認爲天意是「兼天下而愛之」的，是「賞賢而罰暴」的，天是「兼而明之」和「兼而有之」的，因爲天是「兼而食之」的，就是說天下人民普遍祭祀上帝的（天志上、中、下三篇），這就是巫祝的觀點。

原始的科學技術是混雜在巫祝的「方術」中的。墨家看來是淵源於注重「方術」的巫祝，因而墨子很重視科學技術，墨經中就有力學和光學的理論探討。

墨子認爲百工從事必用規矩，治天下和治大國必須依照「法儀」。「法儀」是由天志（即天意）來制定的，也就是說「法儀」是天賦的。所謂「法儀」就是指社會共同的公正法則，包括大國和小國之間，小家和大家之間、強弱之間、眾寡之間、貴賤之間的友好共處原則，墨子稱之爲「兼」，就是要兼相愛而交相利。

墨子把這種友好相處原則，稱之爲「天志」，就是說出於天意，這是神聖而必須大家奉行的。

墨子和墨家

墨子名翟，宋國人，或說魯國人，生當春秋、戰國間。據孫詒讓考證，生卒約在公元前四六八年到公元前三七六年間。他曾自稱爲「賤人」（墨子貴義篇），足見他的出身是貧賤的。他生活很儉樸，所謂「量腹而食，度身而衣」（墨子魯問篇），和孔子「食不厭精，膾不厭細」（論語鄉黨篇）的態度不同。他爲了實行他的主張，曾到處奔走。有一次，爲了要止楚攻宋，他從齊國出發，步行了十日十夜趕到楚都，和儒士們戴著圜冠，穿著勾屨，坐著馬車，冠冕堂皇地遊歷的情況完全不同。但是他已上升爲「士」，自稱「上無君上之事，下無耕農之難」（墨子貴義篇）。

墨子的學生，生活情況也和墨子本人差不多。他們吃的是藜藿之羹，穿的是短褐之衣（墨子魯問篇），腳上著的是麻或木做的鞋，即所謂的「跂蹻」（莊子天下篇），生活和當時一般的手工業工人、農民差不多。信奉墨子學說的人稱爲墨者，他們是一個有組織的集團，其最高領袖稱爲鉅子。鉅子的職位是由前任的鉅子傳給他所認可的賢者的。他們有嚴密的紀律，所有的墨者都得服從鉅子的指揮。他們也有一定的法，「墨者之法，殺人者死，傷人者刑」（呂氏春秋去私篇）。他們還善於防禦戰，當墨子止楚攻宋時，禽滑釐曾帶了三百人，帶了防禦武器，守在宋國的城上。他們也非常勇敢，據說墨者都可使「赴火蹈刃，死不旋踵」（淮南子泰族篇）。

要求解決「三患」達到「三務」

墨子的政治主張，一方面企圖解決人民的生活問題，另一方面又企圖符合當時「王公大人」們的政治要求。墨子認爲當時人民最大的問題是「饑者不得食」、「寒者不得衣」、「勞者不得息」，他稱之爲人民的「三患」（墨子非樂上篇）。他所說的「人民」，主要就是指「小農」而言。他又認爲當時「王公大人」的政治要求是「國家之富」、「人民之衆」、「刑政之治」（墨子尚賢上篇），他稱之爲「三務」（墨子節葬下篇）。墨子一方面要想解決人民的「三患」，一方面又想達到「王公大人」的「三務」，想通過上說下教，在矛盾中找出一條途徑，以解決當時社會上統治與被統治階級間尖銳對立的矛盾。所有墨子的政治思想及其行動，都是爲了這一點。

墨子認爲要解決人民的「三患」，首先大家要「兼相愛，交相利」，有力的要用力助人，有財的要用財分人，有道的要用道教人，這樣就可使「饑者得食，寒者得衣，勞者得息，亂者得治」。當然，僅僅靠財力多餘的人來幫助人家是不夠的，必須使整個社會財富充裕起來才能解決問題。因而墨子又提出了積極生產和限制消費的辦法。他的辦法有三個原則：㈠「使各從事其所能」，就是要求能夠做到各盡所能。㈡「凡足以奉給民用則止」，就是主張所有生活資料只供給到夠用爲止。㈢「諸加費不加利於民者弗爲」，就是要禁止浪費。所有一切活動，凡是對於人民物質生活沒有好處的，一律反對。墨子基於這樣的原則，提出了節用、節葬、非樂、非攻等主張。他根本反對人們在物質生活上有較好的享受，認爲生活只要求其能吃飽穿暖。他反對禮儀，甚至反對精神生活中需要的一切藝術。認爲惟有這樣，才能解決人民的「三患」，並從而求得「國家之富」。

尚賢、尚同和各盡所能的主張

墨子主張選拔賢人來管理政治，即所謂尚賢。墨子反對貴族的世襲特權，主張「不別貧富、貴賤、遠邇、親疏」，「雖在農與工肆之人，有能則舉之」，做到「官無常貴，而民無終賤」。主張選拔「賢士」，包括「農與工肆之人」在內，這是和他的出身有關的。墨子更主張選舉天下最賢的人立為天子，挨次選為三公、國君、卿、宰（將軍、大夫）、鄉長、里長等，所有的臣民都得絕對服從統治，從天子以下，一層層地有絕對的統治權。必須使人民的耳目幫助在上者視聽，發現「賢人」、「暴人」就嚴加賞罰，使「天下之為寇亂盜賊者，周流天下無所重足」，即所謂尚同。墨子所主張的「尚同」，是為了統一奉行天賦的「法儀」。所說：「上之所是，必皆是之」，「是」的就是統一的「法儀」。因為在他看來，當時「為君者眾而仁者寡，若法其君，此法不仁也」。因而天子、國君都必須「上同於天」。只有天子是選舉出來的天下最賢的仁人，才能「同一天下之義」而把天下治理好。他所主張的「尚同」，是以選舉為前提的。他認為如果「上同於天子而不上同於天」，就將有天災。

尚賢和尚同的主張，一方面是從「使各從事其所能」的原則來規定的，一方面又是鉅子制度的擴大。他認為只有這樣，才能求得「刑政之治」。

墨子為了求得「人民之眾」，除了主張非攻、非久喪以外，還主張「節畜私」（限制養很多的宮女）、「尚早婚」，主張男子二十歲娶妻，女子十五歲出嫁，也是為的「使各從事其所能」。

墨子重視勞動生產，認為人類和動物不同，人類必須從事耕織才能取得衣食之財，「賴其力者生，不賴其力者不生」（墨子非樂上篇）。極力反對「不與其勞，獲其實，已非其有而取之」（墨子天志下篇）。墨子還肯定勞動生產創造財富，說農夫「強乎耕稼樹藝，多聚菽粟」，因為「彼以為強必富，不強必貧」（墨子非命下篇）。但是，墨子所說的「力」和「勞」，不僅指農夫農婦的耕織，還包括士君子的「內治官府，外收斂關市山林澤梁之利，以實倉廩府庫」，認為「此其分事也」（墨子非樂上篇）。而且在這樣的「分事」中，士君子的「聽獄治政」遠比農夫農婦的耕織重要。墨子認為農民一夫一婦的耕織不能使天下之饑者寒者飽暖，而他用「義」來上說下教，能夠使得「國必治」，「行必修」，因此「雖不耕織」而「功賢於耕織」

（墨子魯問篇）。

非樂、非攻、非命和非儒

墨子的政治思想，一方面是企圖解決人民的生活問題。他熟悉原來出身的階級，所以很具體地反映了人民群眾的要求，並對當時「王公大人」的奢侈荒唐行為進行了很尖銳的抨擊，這是他進步的一面。但是他過分強調節約，忽視精神生活，不僅主張生活只要吃飽穿暖，而且對所有的藝術一律加以反對，主張「非樂」，這是不符合人民的願望的。

墨子強烈反對貴族的殺人殉葬制度，反對「天子殺殉，眾者數百，寡者數十；將軍、大夫殺殉，眾者數十，寡者數人」（墨子節葬下篇）；還強烈反對通過戰爭掠奪人民為奴隸，指出當時大國攻伐「無罪之國」，在戰場上殺人，並把俘虜作為「僕」、「圉」、「胥靡」、「舂」、「酋」（各種奴隸名稱）是「不仁義」的（墨子天志下篇）。他對於定期定額的地租是同意徵收的，認為「以其常正（徵），收其租稅，則民費而不病」，而反對「厚作斂於百姓，暴奪民衣食之財」（墨子辭過篇）。他主張選舉賢人來建立統一的王朝，但這只是一種空想。

墨子認為攻戰要殺害許多人民，損毀建築和財物，破壞生產，特別是大國兼併小國，「天下之害厚矣」，因而主張「非攻」，很講究守禦之器與守城戰術。墨子曾往見公輸般與楚王，止楚攻宋，「公輸般九設攻城之機變，墨子九距之」，墨子並且說：「臣之弟子禽滑釐等三百人已持臣守圉之器在宋城上。」墨子備城門以下講守城戰術諸篇，當即出於禽滑釐一派後學所作。

他這樣的主張，是不可能為當時各國國君和卿大夫所採用的。但是墨家這個有組織的團體不免要被某些國君和卿大夫所利用，逐漸成為某些貴族所雇傭的武士集團。例如墨者鉅子孟勝替楚的陽城君守衛封國，陽城君後因參加反對吳起變法的叛亂而出走，楚收回其封國，孟勝竟帶了一百八十三個弟子爲他殉身（呂氏春秋上德篇）。

墨子的宗教思想有個特點，就是他一方面反對「天命」，一方面又主張順從「天志」。墨子繼承了傳統的宗教思想，把「天」看作有意志的，是宇宙的主宰。但是他所說的天的意志，是經過他的改造，來爲他的學說服務的。墨子認爲，天的意志是兼愛的，主張「有力相營，有道相教，有財相分」的，反對「強之暴寡，詐之謀愚，貴之傲賤」的（墨子天志中篇），因此他所說的「天志」，實質上是墨子所代表的那個學派的意志。他鼓吹：「順天意者，兼相愛，交相利，必得賞；反天意者，別相惡，交相賊，必得罰」（墨子天志上篇）。還說：「天子爲善，天能賞之；天子爲暴，天能罰之。」（墨子天志中篇）他是想借助這種宗教思想，說服當時的統治者實行他的學說。

但是，墨子認爲壽夭、貧富、安危、治亂不是天命決定的，而是由人力決定的。由於人的努力，可以達到「富」、「貴」、「安」、「治」；如果相信命定，不去努力從事，就必然得到相反的結果。他的「非命」主張，是和他的政治學說分不開的，因爲他是主張從政治上和經濟上積極努力去達到「國家之富」和「刑政之治」的。

墨子由於主張「天志」、「明鬼」、「節葬」、「非樂」、「非命」，因而反對儒家之學。他反對儒家的「四政」，就是反對儒家「以天爲不明，以鬼爲不神」，「厚葬久喪」、「習爲聲樂」、「又以命爲有，貧富壽夭、治亂安危有極」（墨子公孟篇）。後期墨家又進一步著有非儒篇駁斥孔子「述而不作」等言論。

三、老子主張柔弱和無為的道家學說

道家淵源於史官

漢書藝文志說：「道家者流，蓋出於史官，歷記成敗、存亡、禍福、古今之道，然後知秉要執本，清虛以自守，卑弱以自持，此君人南面之術也。」道家之學的開創者老子原是「周守藏室之史」（史記老子列傳），可知「道家」所講政治鬥爭的哲理，確是由於「歷記成敗、存亡、禍福、古今之道」的這個「道」。所謂「道」，就是從歷史上當政者的「成敗、存亡、禍福」的變化中，總結出來的「古今」變化的自然規律。

早在春秋中期，已有人按照這個歷史上變化的自然規律，提出了委曲求全的政治鬥爭策略。公元前五九五年楚圍宋，次年宋向晉告急，晉景公要出兵救宋，大夫伯宗勸諫說：「天方授楚，未可與爭，雖晉之強，能違天乎？諺曰：高下在心，川澤納污，山藪藏疾，瑾瑜匿瑕，天之道也，君其待之。」（左傳宣公十五年）這裏認爲當敵人強大時，必須採用暫時「含垢」（忍辱）的委曲策略來對付，這是符合「天之道」的。這個委曲策略後來爲老子所繼承而發揮，老子說：「是以聖人云：受國之垢，是謂社稷主。」（七十八章）既然稱爲「聖人云」，分明是繼承前人的見解。到春秋後期，這個「天之道」就爲許多士大夫所認識。公元前四八四年，當吳王夫差不顧越是「心腹之疾」而北上伐齊時，伍子胥進諫，吳王不聽，賜劍命他自殺，伍子胥臨死時說：「吳其亡乎！三年，其始弱矣，盈必毀，天之道也。」（左傳哀公十一年）這樣把「盈必毀」看作「天之道」，就是道家所謂的「道」。同時越王句踐的大臣范蠡也先後多次進諫，請越王按這個「天道」行事，如說「上帝不考，時反是守，強索者不祥。得時不成，反受其殃」，「無過天極，究數而止」，「必順天道，周旋無究」。越王最初不聽，等到伐吳大敗，於是聽從范蠡的進諫，「入臣於吳」三年。公元前四七八年，范蠡認爲按「天道」，伐吳的時機已到，越王伐吳大勝。後四年越圍吳，經三年，吳王遣使求和，范蠡勸越王不許，認爲「聖人之功，時爲之庸，得時不成，天有環形，天節不遠，五年復反」。越終於滅吳（國語越語下）。據此可知，道家所謂「道」，確是當時有識之士總結歷史經驗教訓的結果。

老子和老子書的年代

老子這個人的年代，司馬遷寫史記時已不清楚。他一會兒認爲姓李名耳，就是孔子曾經向他問禮的老聃；一會兒又認爲可能就是周烈王時見過秦獻公的周太史儋；一會兒又說老子的兒子名宗，曾做魏將，封於段干。這個封於段干名宗的魏將，有人認爲就是戰國策魏策中的段干崇，是戰國晚年魏安釐王時人。老子一書是用韻文寫成的哲理詩，是道家的主要著作。從其對戰國中期黃老學派有重大影響來看，這書應該作於戰國初期。老子又名道德經，分道經和德經上下兩篇。根據長沙馬王堆出土帛書以及韓非子解老篇來看，德經應是上篇，道經應是下篇。

柔弱勝剛強的原則

老子把世界上事物發展變化的自然規律，稱之爲「天之道」或「道」。他認爲事物之間普遍存在對立的矛盾，在五千言中，到處可以看到他列舉的各式各樣矛盾的對立面。同時他又認識到，各種事物在矛盾中經常向它的反面運動變化，這是變化的自然規律，所以他說「反者道之動」（四十章）。正因爲事物經常向它的反面轉化，掌握和運用這個規律，可以制定防止失敗、爭取勝利的鬥爭策略。然而他對這個自然規律的認識，存在著嚴重缺點，他把事物的運動變化看作不是上升前進的，而是循環反覆的過程，因而他制定的鬥爭策略，把柔弱的、卑下的一面看作根本的一面，只有站在這根本的一面才能保證立於不敗之地。因爲原來剛強的到了飽和點就會轉向衰弱，歸於失敗；而原來柔弱的可以堅持鬥爭，逐漸增強反而能夠取得勝利。他說「天下之至柔，馳騁乎天下之至堅」（四十三章），又說「強梁者不得其死」（四十二章），還說「兵強則不勝，木強則兢(僵死)」(七十六章)，更說「弱之勝強，柔之勝剛，天下莫不知，莫能行」(七十八章)。

防止失敗、爭取勝利的策略

老子所講的鬥爭策略，可貴的是，重視主觀努力的作用，首先要防止產生轉向失敗和傷亡的條件。他說「金玉滿堂，莫之能守；富貴而驕，自遺其咎」(九章)；「罪莫大於可欲，禍莫大於不知足，咎莫大於欲得」(四十六章)。驕和縱欲都是失敗的主要因素，知足是成功的因素。他說「勝人者有力，自勝者強，知足者富」(三十三章)。他又說「不自伐(誇功)故有功，不自矜故長」(二十二章)。「功成而不居，夫惟不居，是以不去」(二章)。因爲居功自誇將要失敗，所以「功遂(成)身退，天之道也」(九章)。

老子把盛極必衰看作「天之道」，因此十分重視防止由盛而衰的轉化條件。他說「得此道者，不欲盈」(十五章)，因爲充盈將招致衰亡。他又說「是以聖人去甚、去泰、去奢」(二十九章)，因爲「甚」、「泰」、「奢」是由盛轉衰的因素。他還說「慈故能勇，儉故能廣，不敢爲天下先，故能成器長」(六十七章)。「慈」是指愛惜人力物力的美德，「儉」是指節約財物的美德，「不敢爲天下先」是謙讓的美德，都是成功的因素。他更說「禍莫大於輕敵，輕敵幾喪吾寶，故抗兵相若，哀者勝矣」(六十九章)。這是說輕敵會大敗，兵力相當的兩軍對陣，受委屈而充滿悲憤的一方會勝利，即所謂「哀兵必勝」。

老子所講的鬥爭策略，不僅要自己防止失敗和爭取勝利，而且要促使敵人加速失敗。他主張助長敵人的驕氣，從而加速敵人由盛而衰的轉化。他說「將欲歙之，必固(姑)張之；將欲弱之，必固強之；將欲廢之，必固興之；將欲取之，必固與之，是謂微明」(三十六章)。這樣把欲收姑放、欲弱姑強、欲廢姑興、欲取姑與的策略稱爲「微明」(微妙而明智)，足見他十分推崇這種策略。這種策略不是老子首創的，是有所繼承而加以發揮的。當春秋、戰國之際，晉國知伯瑤向魏桓子強索土地時，任章勸魏桓子給土地，認爲這樣「知伯必驕，驕而輕敵，鄰國必懼而相親，以相親之兵待輕敵之國，知氏之命不長矣」。並且引周書說：「將欲敗之，必姑輔之；將欲取之，必姑與之。」魏桓子按此行事，後來知伯又向趙氏強索土地，向趙圍攻，結果知伯被趙、魏、韓三家所滅亡（戰國策魏策一、韓非子說林上篇）。據此可知，老子之前周書上早已講到這種策略了。所謂周書，當即指漢書藝文志著錄的太公一書。

老子主張講究「不爭之德」，認爲有了不爭之德，就可以防止失敗，立於不敗之地，所以他說「天之道，不爭而善勝」（七十三章）。老子強調「不爭之德」，正是爲了使得任何人不能與他相爭，所以他又說「夫惟不爭，故天下莫能與之爭」（二十二章）。

反對大國兼併取天下

老子反對當時大國兼併土地和征服小國的行動，認爲「大者宜爲下」（六十一章）。他以江海作比喻，說「江海所以爲百谷王，以其善下之」（六十六章）。大國以下流自居，可以成爲小國歸向的目標。他主張以「無事」的辦法來「取天下」。他說「取天下常以無事，及其有事，不足以取天下」（四十八章）。所謂「無事」就是「無爲」，他認爲「無爲」才能爭取天下的歸向，用「爲之」、「執之」的辦法是得不到天下的。他說「將欲取天下而爲之，吾見其不得已。天下，神器，不可也爲；爲者敗之，執者失之」（二十九章）。他把「天下」看作「神器」，是不可以用「有爲」的辦法來爭取的，也是不可以用「執之」辦法來掌握的。用「有爲」的辦法去爭取將要失敗，用「執之」的辦法去掌握將要丟失。

道是萬物本體的學說

老子把他所認識的事物矛盾的發展法則，叫做「道」，認爲「道」是無爲自然的，「道常無爲而無不爲」，「天法道，道法自然」。「道」是「生而不有，爲而不恃，長而不宰」的，就是説，「道」生長萬物而不據爲己有，有所作爲而不居功自恃，有所成長而無意作主宰。同時，他進一步認爲「道」是天地萬物的根源：「道生一，一生二，二生三，三生萬物，萬物負陰而抱陽，沖氣以爲和。」「一」是指原始混沌之氣，「二」是指「萬物負陰而抱陽」的陰陽兩氣，「三」是指陰陽兩氣經過相互沖動而形成統一，即「沖氣以爲和」，「萬物」就是由於這樣「沖氣以爲和」而產生的。這種認識原來具有樸素的辯證法思想，但是他認爲，「道生一」，把原始混沌未分之氣看作是由「道」派生的，而「道」又是和「無」同一個範疇。「天下萬物生於有，有生於無」，「無」就是天下萬物所以會「有」的根本。這個「無」，老子又稱爲「道」，「道」就是天下萬物的本體。老子既認爲天下萬物的本體是「道」，「道」就是「無」，因此他認爲這個「道」是「先天地生」的，是沒有意志、沒有具體形狀、無聲無臭的，是無時無地不在的。從它的實際存在來説，可以稱之爲「大」，但是這種「大」又不是我們感官所能認識的。

這種太一化生陰陽從而產生萬物的宇宙觀，與古代的創世神話有密切關係。古代的創世神話，都認爲世界的原始是混沌的一團，混沌中產生陰陽的對立，造成天地的分隔、四時的運行、日月的運轉、晝夜的變換。一九四二年湖南長沙子彈庫發現的楚帛書，其中部「八行」一篇記載的就是創世神話，首先講到包戲（即伏羲）時，「夢夢墨墨，亡章弼弼」，就是説一團混沌而沒有分別，由於包戲使四季之神加以疏通，使得「朱（殊）有日月，四神相弋（代），乃步以爲歲，是惟四時」。從此分別有日月的運行，「四神」所主管的一年「四時」的轉變。

小國寡民的政治理想

老子反對「法治」，認爲「法令滋彰」反而造成「盜賊多有」；反對「有爲」而治，認爲「民之難治，以其上之有爲」；反對多徵地稅，認爲「民之饑，以其上食稅之多」；反對墨家和法家的「尚賢」說：「不尚賢，使民不爭」；反對戰爭，認爲「兵者不祥之器」；也反對儒家主張的「禮治」，認爲「禮」已成大亂的禍首。老子提出了「無爲而治」和「小國寡民」的理想。他要「常使民無知無欲」。具體地說，就是要「不貴難得之貨」，「不見可欲」，「絕聖棄智，絕仁棄義，絕巧棄利」。他認爲「無爲」可以使「民自化」，「好靜」可以使「民自正」，「無事」可以使「民自富」，「無欲」可以使「民自樸」。爲了達到「無爲而治」，他企圖回復到「小國寡民」的遠古時代去，有了器械不用，有了舟車不乘，有了甲兵不打仗，廢除文字，仍舊用結繩來記事，國和國之間能夠望得到，雞鳴犬吠可以相互聽見，人們直到老死不相往來。在他看來，有智慧是壞事，有技巧是壞事，有物質文明是壞事，有欲望也是壞事，多活動也是壞事。

四、道家的幾個流派

楊朱的「為我」學說

楊朱又稱陽子居或陽生，魏國人，大概生在墨子之後、孟子之前。他主要的學說是「爲我」，和墨子的主張「兼愛」正好相反，同樣曾爲孟子所批評。據孟子說，楊朱主張「爲我」，連「拔一毛而利天下」都不幹的（孟子盡心上篇）。其實楊朱主張既不能「損一毫而利天下」，也不能「悉天下奉一身」，如此「天下治矣」。他認爲必須「知生之暫來，知死之暫往」，從而「樂生」，以「存我爲貴」；不能爲貪羨「壽」、「名」、「位」、「貨」所累，從而「全生」，使「君臣皆安，物我兼利」（列子楊朱篇）。就是要「全性保真，不以物累形」（淮南子氾論篇）。這是楊朱的主旨。此後有子華子和詹何兩人便是楊朱思想的繼承者。子華子和申不害同時，他曾見過韓昭侯（呂氏春秋審爲篇）。子華子主張使「六欲皆得其宜」，他認爲使「六欲皆得其宜」的是「全生」，只有部分得其宜的是「虧生」，至於「死」，只是回復到未生以前的無知狀態。如果六欲不能得其宜，受盡委屈和侮辱而活下去，這叫做「迫生」。人生在世界上，最好是「全生」，其次是「虧生」，再其次是「死」，「迫生」是不如「死」的（呂氏春秋貴生篇引子華子）。詹何是主張「重生」而「輕利」的（呂氏春秋審爲篇）。他們並不是縱欲恣情的享樂派，而是想通過「全性葆真」來達到無爲而治的目的。呂氏春秋的重己、貴生、本性、情欲、盡數等篇，當即採自子華子、詹何等人的學說。他們主張節制情欲，講究養生之道，防止疾病的發生，盡其天年；認爲生命比「爵爲天子」、「富有天下」要寶貴（呂氏春秋重己篇）；「道之真，以持身；其餘緒，以爲國家」（呂氏春秋貴生篇），把個人利益看得重於國家利益。

列子的「貴虛」學說

列子名禦寇（「禦」一作「御」或「圄」），戰國前期的著名道家，生於楊朱之後，莊子之前。鄭國人。他繼承和發展了楊朱學說，又成爲莊子所推崇的前輩，又是道家中首先推崇黃帝之治的大師。漢書藝文志所著錄的列子八篇，經「永嘉之亂」以後，渡江帶到南方的，只留存楊朱、說符兩篇。今傳本列子八篇是東晉張湛的父輩重新搜集殘篇編成的，因而此中章節不免有重複的，而且混入有後人的作品。如天瑞篇講天地萬物形成的一章，文字全與易緯乾鑿度相同；周穆王篇所載周穆王西遊的經歷，文字全與西晉汲冢出土的穆天子傳相同。但是必須指出，今傳本列子並非出後人僞作，如楊朱篇確是楊朱主要學說，楊朱講到「田氏之相齊也」，「民皆歸之，因有齊國，子孫享之，至今不絕」，足見確是戰國時作品。莊子屢次談到列子，很是推崇，有時尊稱爲子列子，如同列子書。莊子中還有列禦寇篇。列子多寓言和神話傳說，莊子繼承發展了這個傳統。

列子不但在理論上闡明了他的道家學說，而且實踐了他的道家修養。列子黃帝篇講到「列子師老商氏，友伯高子，進二子之道，乘風而歸」。列子自稱從師友學習修養，九年之後，「心凝形釋，骨肉都融，不覺形之所倚，足之所履，隨風東西，猶木葉幹殼，竟不知風乘我邪？我乘風乎？」這就是莊子逍遙遊篇所說：「列子御風而行，泠然善也，旬有五日而後反。」盧重玄列子解說：「列子所以乘風，爲能忘其身也。」這是對的。老子說：「吾所以有大患者，爲吾有身，及吾無身，吾有何患？」這就是要通過本人的長期學習修養，達到「忘其身」的境界，並非神仙境界。莊子所鼓吹的「逍遙遊」，就是列子所說的「御風而行」，「乘風而歸」。

尸子廣澤篇（爾雅釋詁邢昺疏引）和呂氏春秋不二篇都說：「列子貴虛。」列子天瑞篇解釋「貴虛」，就是「靜也虛也，得其居矣」。也就是要自己修養到忘記自身的形骸，好像已經駕空乘風而行，列子把這樣的境界叫做「履虛乘風」。列子曾教導同居從學的尹生說：修養的功夫不到，「汝之片體將氣所不受，汝之一節將地所不載，履空乘風其可幾乎？」（黃帝篇）列子以黃帝作爲榜樣，說黃帝覺悟到「養一己其患如此，治萬物其患如此」，於是「齋心服形」，「晝寢而夢」，神遊華胥氏之國，「其民無嗜欲，自然而已」，「入水不溺，入火不熱」，「乘空如履實，寢虛若處床」，「山谷不躓其步，神行而已」。所謂「乘空」、「寢虛」，就是「履虛乘風」的境界。

稷下的道家

在齊國臨淄的稷下，道家是很盛的，有宋銒、尹文、田駢、環淵（或作蜎淵）、接子（或作捷子）。

宋銒或作宋牼、宋榮，與孟子同時，宋國人。他提出對己要克制情欲，對人要寬恕，遇到人欺侮要忍受，不和人鬥爭（荀子正論篇、韓非子顯學篇）。他自己很刻苦節約，到處奔走，「上說下教」，目的在於「禁攻寢（息）兵」而「救世」。他認爲只有這樣才能使天下太平，人民活命（莊子天下篇）。他和尹文主張「接萬物以別宥爲始」（莊子天下篇），即接觸事物首先要破除（「別」）成見（「宥」），這在認識論上具有重要意義，就是荀子所說「解蔽」，從而由片面看清全面，由局部看到整體。

尹文，齊國人，與宋鈃同時。他的學說和宋鈃相同，提倡寬容，主張對侮辱容忍，反對戰爭（莊子天下篇）。他認爲「大道容眾，大德容下」，「事寡易從，法省易因」，國君必須做到「無爲而能容天下」（說苑君道篇），並且說「以大道治者，則名法儒墨自廢」（尹文子）。

田駢，齊國人，善於談論，有「天口駢」的稱號。他的學說主要是一個「齊」字（呂氏春秋不二篇），認爲從「大道」來看，萬物是齊一的。因此應付事物最好的辦法是任其自然變化，強調「變化應來而皆有章，因性任物而莫不宜當」（呂氏春秋執一篇）。他反對「好得惡予」，認爲「好得惡予，國雖大不爲王，禍災日至」（呂氏春秋士容篇）。

稷下道家的「精氣」為「道」說

管子這部書，彙編有齊國稷下學者的著作，此中心術上、心術下、白心和內業四篇，就是稷下道家的著作。古人認爲人的「心」是思想器官，是人體的主宰，他們認爲這是「精氣」的作用，「精氣」實質上就是「道」。他們繼承了老子「道」爲本體的學說，認爲「虛無無形謂之道」，「大道可安而不可說」，「道在天地之間也，其大無外，其小無內」（心術上），但是他們認爲「精氣」就是「道」，萬物都是依靠「精氣」生長成功的，「下生五穀，上爲列星」，人也是這樣，精氣「藏於胸中，謂之聖人」。因此所謂「道」，「卒乎乃在於心」，「不見其形，不聞其聲，而序其成，謂之道。凡道無所，善心安愛，心靜氣理，道乃可止」。他們認為心境安靜，精氣就能生長和儲存，「道」就可得到。他們說：「精也者，氣之精者也。氣，道乃生，生乃思，思乃知，知乃止矣。」(內業)人的思想和智慧都是「精氣」所生長和形成。

呂氏春秋前三卷講養生之道的幾篇，就是採用稷下道家的精氣理論的。如盡數篇說：「精氣之集也，必有入也。集於羽鳥與為飛揚，集於走獸與為流行，集於珠玉與為精朗，集於樹木與為茂長，集於聖人與為敻明。精氣之來也，因輕而揚之，因走而行之，因美而良之，因長而養之，因智而明之。」就是主張萬物依靠「精氣」生長的，而且認為「精氣」不但能起「長而養之」的作用，還能起「美而良之」和「智而明之」的作用。呂氏春秋圜道篇說：「天道圜，地道方，聖人法之，所以立上下。何以說天道之圜也？精氣一上一下，圜周複雜，無所稽留，故曰天道圜。」就是把精氣看作天道。

稷下道家的「水」為「萬物本原」說

老子在說明「道」是萬物本體的學說中，曾反覆以「水」作比喻。而管子中有水地篇，進一步認為「水」就是萬物本原，也該是稷下道家的著作。他們認為地是萬物生長的園地，「水者地之血氣，如筋脈之通流者也」。水既聚集在天地間，又藏於萬物的內部，更集合於一切生命之中。「集於草木，根得其度，華(花)得其數，實(果實)得其量。鳥獸得之，形體肥大，羽毛豐茂，文理著明，萬物莫不盡其幾(生機)。」因此他們稱「水」為「水神」。所謂「神」是指它的神妙作用。不僅萬物的生長，水起著神妙的作用，而且人也如此。他們解釋說：「人，水也。男女精氣合，而水流形(由於水的流動而產生形體，即胚胎)，三月如咀(『如』讀作『而』。說文：『咀，含味也』)。咀者何？曰五味。五味者何？曰五藏(臟)。酸主脾，鹹主肺，辛主腎，苦主肝，甘主心。五藏已具，而後生五內，……五內已具，而後發為九竅。五月而成，十月而生。」他們認為由於水的關係，胎兒三個月就能含味，含五味就能生成五臟。關於五味生成五臟之說，素問陰陽應象大論篇有類似的説法。他們還説：「故人皆服之，而管子則之；人皆有之，而管子以之。」這是説人人都習慣了水，只有管子能夠了解它的法則；人人都有了水，只是管子能夠運用它。他們假託這個道理是管仲所發現的。

水地篇最後一段還指出「水」的質量不同，會影響到飲水人民的性格。認爲齊國的水急迫而流盛，「其民貪粗而好勇」；楚國的水柔弱而清白，「其民輕果而敢」；越國的水濁重而浸蝕土壤，「其民愚疾而垢」；秦國的水濃聚而遲滯，淤濁而混雜，「其民貪戾罔而好事（剸）、齊（劑）」；晉國的水枯旱而渾濁，「其民諂諛、巧佞而好利」；燕國的水深聚而柔弱、沈滯而混雜，「其民愚戇而好貞，輕疾而易死」；宋國的水輕強而清明，「其民簡易而好正」。在他們看來，宋國的水最清，因而人民的風格最好，他們的結論是：聖人之治「其樞在水」。

莊子的相對主義

莊子，名周，宋國蒙（今河南省商丘縣東北）人。在家鄉做過管理漆園的小吏，曾與魏相惠施交遊，拒絕楚威王的聘請，過著隱居生活。生活年代大體上和孟子差不多，可能略晚於孟子。現存莊子三十三篇，一般認爲內篇七篇係莊周所著，外、雜篇可能摻雜其門徒或後人的作品。

莊子認爲作爲宇宙萬物根源的「道」是一種陰陽之氣，所謂「通天下一氣耳，聖人故貴一」（莊子知北遊篇）。世界上原來沒有什麼事物，由「道」派生出天地，生出帝王，生出一切事物，生出真僞和是非。莊子説：「道惡乎隱而有真僞？言惡乎隱而有是非？道惡乎往而不存？言惡乎存而不可？道隱於小成，言隱於榮華。」就是説，真僞和是非等觀念的產生，意味著「道」的完整性遭到破壞；只有持有局部見解（「小成」）的人，才看不見「道」而談論真僞；只有喜好爭辯（「榮華」）的人，才不理解素樸之言而談論是非。

因此你有你的是非，他有他的是非，是非總是講不清的，甚至連你、我、彼、此也是分辨不清的。「是亦彼也，彼亦是也，彼亦一是非，此亦一是非。」「是亦一無窮，非亦一無窮也。」在莊子看來，決定是非是不可能的，因爲不存在一個客觀的、共同的標準。他認爲事物的性質都是相對的，例如一件東西的分散對另一件東西來說是合成，一件東西的合成對另一件東西來說是毀損，無論合成或毀損，從「道」來看是一樣的。同時他認爲認識者沒有絕對的客觀標準，無法取得正確的認識。例如對美醜的看法，是認識者觀察事物時從主觀出發的，毛嬙、麗姬，人見了以爲是美女，魚見了避入水底，鳥見了嚇得高飛，鹿見了趕快跑開，說明美醜沒有客觀標準。因此，「自我觀之，仁義之端，是非之塗，樊然殽亂，吾惡能知其辯？」（莊子齊物論篇）這就是說，所謂仁義不過是一偏之見，是非不過是一片混亂，人的認識是無法加以判斷的。

莊子追求的精神自由

莊子爲了逃避現實，主張追求個人精神自由。認爲一般人的精神不自由是由於「有己」，必須做到「無己」、「無名」、「無功」。不感到自己的存在，就不會追求名譽，更不會追求成功。他說：「至人無己，神人無功，聖人無名。」對於「死生、存亡、窮達、貧富、賢與不肖、毀譽、饑渴、寒暑」，都應該看作「是事之變，命之行也」（莊子德充符篇）。應該安於命運的安排，就不會苦惱。對於得失，要安於無所得，「藏天下於天下」，也就不會感到有所失了。對於貧賤，要感激造物者善意的安排，「天地豈私貧我哉」，就可以得安慰。對於毀譽，「不如兩相忘而化其道」，這樣就不會發生干擾。他說「墮肢體，黜聰明，離形去知，同於大通，此謂坐忘」（莊子大宗師篇）。他認爲做到「坐忘」即最徹底的忘記，不僅忘掉一切客觀事物，而且不記得自己形體的存在，摒除聰明智慧，去掉任何認識活動，達到與天地萬物渾然一體的精神境界，「天地與我並生，而萬物與我爲一」，從而獲得絕對的精神自由。

五、慎到的法治、勢治理論

從道家分化出來的法家

慎到，趙國人。齊宣王時在稷下講學，到齊湣王末年才離開。著有十二論（史記孟子荀卿列傳）。漢書藝文志法家類，著錄有慎子四十二篇，現僅存殘本五篇，群書治要卷三七保存有二篇節本。司馬遷說他和田駢、環淵一樣「學黃老道德之術」，其實他和田駢、環淵不同。他已經不是道家，而是從道家分化出來的法家。

主張國君無為而治

慎到從「大道」包容萬物的思想出發，主張國君要「兼畜下」，「因民之能為資，盡包而畜之，無所去取焉」，猶如「大道」能包容萬物而無所選擇，這樣就使得「下之所能不同」，而都能為「上之用」。基於這樣的理論，國君就可以從「無事」而達到「事無不治」。因為國君「未必最賢於眾」，自己動手去做，不可能把各方面的事都辦好；而且只靠一個人的力量，自己勢必弄得筋疲力盡，事情還是辦不好。何況如果由國君一個人去「為善」，臣下就不敢爭先「為善」，甚至會「私其所知」，不肯出力，結果國家大事辦不好，「臣反責君，逆亂之道也」（群書治要卷三七引慎子民雜篇）。慎到雖然和道家一樣主張國君「無為而治」，但是他的目的不同，其目的在於調動臣下的積極性，充分發揮臣下的才能，使得「事無不治」。

提倡法治

愼到在主張國君「無爲而治」的同時，極力提倡法治，認爲兩者是統一的，「大君任法而弗躬爲，而事斷於法矣」（愼子君人篇）。他認爲，法制有「立公義」而「棄私」的作用（愼子威德篇），如果「立法而行私，是私與法爭，其亂甚於無法」（藝文類聚卷五四、太平御覽卷六三八引愼子）。「法制」所以會有「立公義」而「棄私」的作用，因爲「法」可以定「分」，有了「分」就可確定功罪，進行賞罰，做到「無勞之親，不任於官；官不私親，法不遺愛；上下無事，惟法所在」（愼子君臣篇）。他強調官吏要「以死守法」，就是要堅持法治；百姓要「以力役法」，就是要按法律規定出力服役。他還要求國君按照「道」進行變法，因爲「守法而不變則衰」（藝文類聚卷五四引愼子）。

愼到主張「民一於君，事斷於法」，也就反對「尊賢」。他說「立君而尊賢，是賢與君爭，其亂甚於無君」（太平御覽卷六三八引愼子）。愼到主張臣下「以死守法」，忠於「守職」，也就反對忠君，因爲臣下忠於國君個人，就不能「守職」和「守法」。他說「忠盈天下，害及其國」（愼子知忠篇）。

重勢學說

愼到在極力提倡法治的同時，還主張重「勢」。「勢」就是指統治的權勢。他認爲，憑「賢」和「智」都不足以制服臣民，只有權勢才能制服臣民。國君有了權勢的憑藉，就可以做到「令則行，禁則止」，好比飛龍有雲霧的憑藉在高空飛舞，一旦雲消霧散，龍就和地上的蚯蚓一樣。「堯爲匹夫，不能治三人；而桀爲天子，能亂天下。吾以此知勢位之足恃而賢智之不足慕也。」（韓非子難勢篇引愼子）愼到強調「勢位」的重要，是要國君充分運用其權勢來推行法治，以加強統治。

六、曾子一派主張修身治國的儒家學說

曾子一派儒家的發展

孔子前半生有志於治國平天下，經常從事政治活動，後半生努力於治學和講學，因此所有弟子七十多人，前輩如子路、冉有、子貢都忙於從政，後輩如子游、子張、子夏、曾參都從事於教學。「自孔子卒後，七十子之徒散遊諸侯，大者爲師傅卿相，小者友教士大夫，或隱而不見」（史記儒林傳）。特別是由於魏文侯的好學，推崇儒家，子夏教授於西河，魏文侯尊以爲「師」，從學「經藝」（史記魏世家、六國年表），一時儒家很是興旺。把儒家教授的書如詩、書、春秋稱爲「經」，就是從此開始的。由於後輩弟子都從事於教學，因而對後世影響較大的儒家，就是這些後輩弟子的流派。荀子非十二子篇就曾批評到「子張氏之賤儒」，「子夏氏之賤儒」、「子游氏之賤儒」。韓非子顯學篇又說孔子死後「儒分爲八」，有子張之儒、子思之儒、顏氏（顏回）之儒、孟氏（即孟軻）之儒、漆雕氏（漆雕開）之儒、仲良氏之儒、孫氏（即荀況）之儒和樂正子（樂正子春）之儒。此中除後來的孟子和荀子以外，顏回、子張、漆雕開都是孔子的弟子，子思和樂正子春都是曾參的弟子，也就是孔子的再傳弟子。

在這批對後世有影響的孔子後輩弟子中，以曾子的影響最大，曾子一派的儒家在戰國時代有著重大的發展。曾子名參，字子輿，比孔子小四十六歲，是孔子弟子中年輕的，也是最認真接受孔子傳授的學問的。他曾說「吾日三省吾身」，其中要反省的一點，就是「傳不習乎？」所謂「傳」就是指老師孔子所傳授的學問。曾參重視學習的不是「經」而是孔子所傳授的「傳」，因爲「傳」才是孔子所講的道理。論語一書既是

孔子重要言行的彙編，又是孔子弟子有關言行的彙編。論語中不但尊稱曾參爲曾子，而且所載曾子言行遠較其他弟子爲多，除了與孔子問答之詞以外，單獨記述曾子言行的，多到十三章，而且記載了曾參病重將死前對孟敬子的一席話，具有臨終遺言的性質(見論語泰伯篇)。由此可知，曾子是孔子晚年傳授的主要弟子，論語的編定，不但與曾子關係密切，而且有曾子的弟子參與。

在孔子七十弟子中，有系統著作傳世的，只有曾子。漢書藝文志儒家類著錄有曾子十八篇。同時七十子後學的著作，往往被收輯於稱爲「記」的禮書中，漢書藝文志「禮」一類著錄有記一百三十一篇，「七十子後學者所記也」；還有明堂陰陽三十三篇和王史氏二十一篇，也出於七十子後學所記。劉向別錄又說：「古文記二百四篇。」漢代戴德所選編的大戴禮記和戴聖所選編的禮記(即小戴禮)，都是從七十子後學的「記」中選編的。今本大戴禮記中保存有曾子十篇，當即選自七十子後學所記的曾子。白虎通喪服篇引有禮曾子記曰：「大辱加於身，皮體毀傷，即君不臣，士不交，祭不得爲昭穆之屍，食不得昭穆之牲，死不得葬昭穆之域。」此文不見於今本大小戴禮記中，當是未被收輯，或者曾被收輯而已散失。今本大戴禮的曾子十篇，選自禮曾子記中，亦即採漢書藝文志所著錄的曾子十八篇。今本禮記祭義篇所引曾子和樂正子春的長篇大論，呂氏春秋孝行篇所引的曾子，都見於大戴禮曾子大孝篇，足以證明。曾子以能盡孝道著稱，史記仲尼弟子列傳說：孔子以爲曾子「能通孝道，故授之業，作孝經」。孝經和大戴禮曾子本孝篇、曾子立孝篇、曾子大孝篇和曾子事父母篇，內容都是相通的。

大戴禮中有孔子三朝記七篇，也是選自七十子後學的記的。漢書藝文志論語類有孔子三朝記七篇。三國志蜀志秦宓傳載：「昔孔子三見哀公，言成七卷。」裴松之注引劉向七略曰：「孔子三見哀公，作三朝記七篇，今在大戴禮。」王聘珍大戴禮解詁據此說：「此七篇亦七十子後學者所記，原在古文記二百四篇中，故大戴採而錄之。自劉向七略乃別出於論語類中，亦如曾子記別出於儒家類也。」這個論斷是正確的。孔子三朝記當爲曾子的後學所追記的。

曾子的修身之道

曾參是孔子弟子中年輕的，又是最講究修養德性、立身處世之道的。曾子曰：「吾日三省吾身，爲人謀而不忠乎？與朋友交而不信乎？傳不習乎？」（論語學而篇）曾子是講究待人忠信的。孟子是子思的再傳弟子，曾子是子思之師，因而孟子很推崇曾子，曾說：「若曾子可謂養志也，事親若曾子者可也。」（孟子離婁上篇）曾子以爲「忠」是「孝之本」，因而以能盡孝道著稱。

大戴禮曾子立事篇是大戴禮所選編曾子十篇的首篇，就詳細敍述了曾子所講「君子」（即德行高尚者）必須遵行的修身處世之道。曾子認爲君子要攻克內心所藏的罪惡過失，「去私欲，從事於義」，必須求學；求學要做到「博」（廣博）、「習」（溫習）、「知」（通曉）、「行」（身體力行）、「讓」（讓賢），才見功效；同時要「思而後動，論而後行」，重複地思考，就是要「慎思」。還要排除患難，遠離財色，消滅流言，因爲由此要產生災禍。至於對待別人，要「樂人之善」，「樂人之能」，「不說人之過，成人之美」，「朝（早）有過夕改則與之，夕有過朝（早）改則與之」。與人們來往就要「忠」，要「恭而不難，安而不舒，遜而不諂，寬而不縱，惠而不儉，直而不徑」，就是忠恕之道。

曾子立事篇後半篇指出有許多德行不好的人是不能結交的，如「博學而無方，好多而無定者」，「博學而無行，進給而不讓，好直而徑，儉而好偉（『偉』讀作『塞』）者」，「誇而無恥，強而無憚，好勇而忍人者」。同時主張交友要觀察人，如「嗜酤酒，好謳歌，巷遊而鄉居者乎，吾無望焉耳」；又如「三十、四十（歲）之間而無藝，即無藝矣」；又如「其少不諷誦（指學習詩書六藝），其壯不論議，其老不教誨，亦可謂無業之人矣」。還主張從見到的推測隱蔽的，所謂「以其見者，占其隱者」、「觀其所愛親，可以知其人矣」。「事父可以事君，事兄可以事師長，使子猶使臣也，使弟猶使承嗣也；能取朋友者，亦能所予從政者矣」。這是說，侍奉父親孝順的可以侍奉君主忠心的，可以依此類推的。大學說：「君子不出家而成教於國。孝者所以事君也，弟者所以事長也，慈者所以使衆也。」孝經說「事兄長故順可移於長」，意思都是相同的。曾子本孝篇開首就說：「忠者，其孝之本與。」曾子立孝篇開首也說：「君子立孝，其忠之用，禮之貴。」曾子大孝篇開首又說：「孝者三：大孝尊親，其次不辱，其下能養。」中庸也說：「舜其大孝也與，尊爲天子。」孝經又說：「以孝事君則忠，以敬事長則順。」大學、中庸、孝經的觀點所以如此與曾子相同，因爲都是曾子一派儒家的著作。

曾子的陰陽二氣化生天地萬物說

大戴禮曾子天圓篇可以說是曾子的宇宙觀，認爲天地萬物是由陰陽兩種「精氣」化生而成。天由陽氣吐出而成，因而形成「火」和「日」的「外景」；地由陰氣含蓄而成，因而形成「金」和「水」的「外景」。「天之所生上首，地之所生下首，上首之謂圓，下首之謂方」；所以「天道曰圓，地道曰方」。這是說天所生陽氣自上而下，地所生陰氣自下而上，因而形成天圓地方。天氣的變化是由於陰陽二氣的相互交流，當陰陽二氣各靜其所的時候是安靜的，「偏則風（『偏』指偏向一方的行動），俱則雷（『俱』指二氣相互衝擊），交則電（『交』是二氣交鋒），和則雨（『和』指二氣融合）；陽氣勝則散爲雨露，陰氣勝則凝爲霜雪，陽之專氣爲雹，陰之專氣爲霰，霰雹者一氣之化也。」所有各類動物都由陰陽二氣化生，毛蟲（生毛的動物）和羽蟲（生羽的動物）是陽氣所化生；介蟲（生介殼的動物）和鱗蟲（生鱗的動物）是陰氣所化生；只有人是「裸胸」的動物，是「裸蟲」，是「陰陽之精」所化生。「毛蟲之精者曰麟，羽蟲之精者曰鳳，介蟲之精者曰龍，裸蟲之精者曰聖人」，「是故聖人爲天地主、爲山川主、爲鬼神主、爲宗廟主」。聖人因而制定曆法和音律，

「立五禮以爲民望，制五衰以別親疏，和五聲以導民氣，合五味之調以察民情，正五色之位，成五穀之名，序五牲之先後貴賤」。因此曾子作出結論說：「陽之精氣曰神，陰之精氣曰靈。神靈者品物之本也，而禮樂仁義之祖也，而善否治亂所興作也。」曾子所說的「神靈」是指陰陽兩種精氣，不是指天神地祇。曾子這樣以陰陽二氣爲天地萬物之本，而不涉及五行的相生或相剋，是和陰陽五行家不同的。

曾子這種學說是有來源的，春秋後期秦國的醫師已有天的「六氣」降生五味、五色、五聲以及「淫生六疾」之說，陰陽就是「六氣」中主要的二氣。公元前五四一年晉平公生病，秦景公派醫和去看病，醫和所講疾病發生的原因是：「天有六氣，降生五味，發爲五色，徵爲五聲，淫生六疾。六氣曰陰、陽、風、雨、晦、明也，分爲四時，序爲五節，過則爲菑（『菑』讀作『災』）。」曾子所說陰陽二氣化生天地萬物，聖人因而建立和調整五禮、五衰、五聲、五味、五色、五穀、五牲之說，和醫和所說有些類似。看來曾子之說就是進一步修正醫和等人的說法而成。後來儒家有「陰陽明堂」一派，就採用了五行相生之說，如禮記的月令篇就是如此。曾子說陰陽二氣是「禮樂仁義之祖」，後來子思、孟軻一派後，又進一步以五常（仁、義、禮、智、信或仁、義、禮、智、聖）配合五行，就是荀子在非十二子篇所批評子思、孟軻一派「案往舊造說，謂之五行」。

大學之道和中庸之道

大學和中庸是禮記中的二篇，當是選取七十子後學的記的。宋代把這二篇和論語、孟子兩書合稱爲四書，作爲儒家的經典著作，朱熹編著四書章句成爲當時必讀之書。大學和中庸確是曾子一派儒家的重要著作。朱熹把大學的首段「大學之道」到「未之有也」作爲「經」，以下作爲「傳」，認爲是曾子之意而門人所記。其實通篇連貫出於一手，當是曾子後學所作，因而文中首先引用曾子的話。

孔子告曾參說：「吾道一以貫之。」曾參說：「夫子之道，忠恕而已矣。」（論語里仁篇）「忠」就是有誠意而盡力，「恕」就是要推己及人，不僅「己所不欲，勿施於人」，而且要「己欲立而立人，己欲達而達人」。大學之道，先要有誠意，「意誠而後心正，心正而後身修，身修而後家齊，家齊而後國治，國治而後天下平，自天子以至於庶人，壹是以修身爲本」。以修身爲本，原是曾子的主張，有誠意就是「忠」。大學特別引用曾子的話：「十目所視，十手所指，其嚴乎！富潤屋，德潤身，心廣體胖，故君子必誠其意。」因爲心有怨恨、恐懼、憂患，或者心不在焉，就辦不成事業。要事業有成就，必須先有誠意而正心，從「齊其家」，再進而「治其國」，因爲「君子有諸己，而後求諸人；無諸己，而後非諸人，所藏乎身不恕，而能喻諸人者，未之有也」。就是說君子能推己及人，也就是用忠恕之道，才能由己而推廣到家人，由家而推及到國，由國而推廣到天下。「是故君子不出家而成教於國，孝者所以事君也，弟者所以事長也，慈者可以使眾也」，「其爲父子兄弟法，而後民法之也」。大學之道不是別的，實質上就是忠恕之道。

孔子以中庸爲最高的道德標準，孔子說「中庸之爲德也，其至矣乎！民鮮久矣」（論語雍氏篇）。史記孔子世家說「子思作中庸」。漢書藝文志禮一類中著錄有中庸二篇，今禮記中就收輯有中庸上下兩篇。子思是曾子弟子，因而中庸所強調的就是修身以及忠恕之道。中庸上篇除了開首讚揚「中和」爲「天下之達道」一節，全篇各段都以「仲尼曰」或「子曰」開頭，輯錄了許多相傳是孔子論述有關「中庸」的言論，末尾有孔子對答魯哀公的話，認爲「爲政在人，取人以身，修身以道，修道以仁。仁者人也，親親爲大；義者宜也，尊賢爲大」。末段又講到「凡爲天下國家者九經，曰修身也，尊賢也，親親也，敬大臣也，禮群臣也，子庶民也，來百工也，柔遠人也，懷諸侯也」。就是要從修身做起，推己及人，由近及遠，也還是忠恕之道。

所謂聖和聖人

「聖」是孔子所標榜的最高道德，他認爲能夠「博施於民而能濟衆」，就超過「仁」而達到「聖」的境界，可是堯舜還沒有做到這點（論語雍也篇）。孔子還說：「聖人，吾不得而見之矣，得見君子斯可矣。」（論語述而篇）論語子罕篇記載：太宰問子貢：「夫子（指孔子）聖者與？何其多能也！」子貢答：「固天縱之將聖，又多能也。」可知當時人們把「聖人」看作特殊人才，是「天縱之」而「多能」的。中庸下篇說：「誠者，天之道也；誠之者，人之道也。誠者，不勉而中，不思而得，從容中道，聖人也。誠之者，擇善而固執之也，博學之，審問之，愼思之，明辨之，篤行之。」這裏認爲聖人具有「誠」的天性，不必經過勉力和思考，就可以從容地合於「道」而行事。一般人必須「擇善而固執之」，要經歷博學、審問、愼思、明辨、篤行，才能合於「道」。中庸下篇又解釋「聖人」說：「惟天下之至誠爲能盡其性，能盡其性則能盡人之性，能盡人之性則能盡物之性，能盡物之性則可以贊天地之化育，可以贊天地之化育則可以與天地參矣。」這是說：由於聖人有「至誠」的天性，就「能盡其性」，進而「盡人之性」，再進而「盡物之性」，更因而可以贊助天地之化育。中庸下篇又說：「至誠之道，可以前知。國家將興，必有禎祥；國家將亡，必有妖孽。見乎著龜，動乎四體，禍福將至，善必先知之，不善必先知之，故至誠如神。」這是說聖人由於「至誠」的天性，對於將來禍福，可以看到預兆，可以先知。中庸所說的聖人就是指孔子，因此末段歌頌「仲尼祖述堯舜，憲章文武（指周文王、武王），上律天時，下襲水土」。「惟天下至聖，爲能聰明睿知」，「寬裕溫柔」，「發強剛毅」，「齊莊中正」，「文理密察」，「故曰配天」。十分明顯，七十子後學對孔子進一步確定其「聖人」的地位，說成能夠「贊天地之化育」而與天地相參，甚至可以「配天」的。

孔子三朝記七篇的著作年代，看來還在中庸之後。此中四代篇主張效法虞、夏、商、周四代的「政刑」，虞戴德篇主張參用黃帝之制，以爲學習四代還不夠，更要學習黃帝。誥志篇說：「天生物，地養物，物備興而時用常節，曰聖人。」這與易繫辭傳所說「備物致用，立成器以爲天下利，莫大於聖人」，意思相同。誥志篇又說：「天作仁，地作富，人作治。樂治不倦，財富時節，是故聖人嗣而治。」「古之治天下者必爲聖人。聖人有國，則日月不食，星辰不隕，勃海不運，河不滿溢，川澤不竭，山不崩解，……於時龍至不閉，鳳降忘翼，……洛出服（『服』讀作『符』），河出圖。自上世以來，莫不降仁。」這和易繫辭傳所說「河出圖，洛出書，聖人則之」，意思相同。這和中庸所說「國家將興，必有禎祥，……善必先知之」，也有同樣的看法。

孔子曾慨嘆：「鳳鳥不至，河不出圖，吾已矣夫。」（論語子罕篇）鳳鳥至，河出圖，是將興的禎祥，這是早有的一種神話傳說。史記孔子世家記載魯哀公十四年春狩大野，叔孫氏車子鉏商獲獸，以爲不祥，仲尼視之曰：麟也，取之。曰：「河不出圖，雒（洛）不出書，吾已矣夫！」其實孔子所說河不出圖，與獲麟無關。史記集解引孔安國說：「聖人受命則河出圖，今無此瑞。吾已矣夫者，傷不得見也。河圖，八卦也。」所謂「聖人受命則河出圖」，是依據孔子三朝記的誥志篇的。所說河圖是八卦，是依據易繫辭傳既說「河出圖，洛出書，聖人則之」，又說包犧氏始作八卦，加以牽合的。

孔子不以「聖人」自居，但是標榜「聖」爲最高道德標準，同時其大弟子如子貢已認孔子是「天縱」的聖人，孔子也自嘆沒有遇到能夠發揮才能的時機。到子思作中庸，就確定孔子是「祖述堯舜、憲章文武」的「天下至聖」，到孟子，就進一步明確指出，自從堯、舜、禹、湯、文王，至於孔子以來，具有一個「聖人」和「王者」一脈相承的傳統了。

七、孟子主張「王道」和「仁政」的儒家學說

孟子事蹟

孟子名軻，鄒人。曾在齊威王時到過齊國，宋王偃稱王的時候，遊歷宋國和滕國，在魏惠王晚年到魏國，先後會見魏惠王、魏襄王，接著又做齊宣王的卿。在齊宣王伐燕之後，離開齊國，退居鄒，因而與弟子萬章、公孫丑等作孟子七篇。其生卒年代約當公元前三八五年到前三〇五年。

孟子是戰國中期著名的儒家，孔子的孫子子思的再傳弟子。他十分推崇孔子，認爲「孔子聖之時者也，孔子之謂集大成」（孟子萬章下篇），「自有生民以來，未有盛於孔子也」（孟子公孫丑上篇）。他以孔子的繼承人自任，認爲「五百年必有王者興」，從堯舜到商湯，從商湯到周文王，都是經過五百年，從周文王到孔子有五百多年，到他那時又有一百多年，因此「以其數則過矣，以其時考之則可矣」（孟子公孫丑下篇）。

主張效法先王和實行「王道」

孟子鼓吹效法先王，是爲了實行仁政和王道，反對當時某些國君的虐政和霸道。他竭力鼓吹效法堯舜，說「堯舜之道，不以仁政，不能平治天下」（孟子離婁上篇）。也還主張效法周文王，說「文王視民如傷」（孟子離婁下篇）。「師文王，大國五年，小國七年，必爲政於天下矣」（孟子離婁上篇）。他把政治體制分別爲「霸道」和「王道」兩種，「以力假仁者霸」，「以德行仁者王」（孟子公孫丑上篇）。他所說的「王道」，實質上就是他的政治理想，主張「施仁政於民，省刑罰，薄稅斂，深耕易耨」（孟子梁惠王上篇）；主張「尊賢使能，俊傑在位」，「市廛而不徵（不徵稅），法而不廛（政府依法收購久滯的商品）」，「關譏（稽查）而不徵」，「耕者助而不稅」，「廛無夫里之布（居民不出戶口稅和地稅）」（孟子公孫丑上篇）。

孟子的最後一章，即盡心下篇第三十八章，作一系列的敘述，說由堯、舜、禹、湯、文王至於孔子，

「由孔子而來至於今，百有餘歲，去聖人之世若此其未遠也，近聖人之居若此其甚也，然而無有乎爾，則亦無有乎爾」。所謂「無有乎爾」，正如他所說「夫聖，孔子不居」一樣。其實，他自居於從堯舜至孔子以來的「聖人」傳統的。這就是儒家所謂「道統」的先聲。孟子鼓吹效法先王和主張實行「王道」，就是要繼承這個「聖人之世」的傳統的。

人性本善的理論

孟子學說的主要出發點是性善論，所謂「孟子道性善，言必稱堯舜」（孟子滕文公上篇）。他認爲人的性情本來是善的，「惻隱之心」、「羞惡之心」、「恭敬之心」、「是非之心」，本來人人都有的，這是天生的仁、義、禮、智的根苗。人們口、耳、目等感官的反映是相同的，因此人心也是相同的。那麼，爲什麼人有不善的呢？孟子的答覆是：由於外界事物的陷溺，由於沒有對原來的善性加以培養。爲了避免外界事物的引誘，首先要從「不動心」和「寡欲」做起，最後就得要「養浩然（盛大）之氣」，使這種氣充塞於天地之間，這樣便可回復和擴充人們的善性。孟子的性善論是作爲他推行「仁政」主張的理論依據的。

實行「仁政」的學說

孟子基於上述思想，主張國君要「推恩」，「推其所爲」，「以其所愛及其所不愛」，也就是要國君把本性中的「善」加以推廣。能夠做到這樣，就是所謂「仁」。他曾竭力排斥「利」而講究「仁義」，主張推行「仁政」，實行「王道」。他認爲推行「仁政」，首先要「制民之產」，使人民都成爲小土地所有者。在他的理想中，每家農家有百畝的田、五畝的宅，宅邊種著桑樹，家中養著雞、狗、豬等家畜，吃得飽，穿得暖，五十歲以上的有絲織品穿，七十歲以上的有肉吃。就是遇到災荒，也可以避免死亡。如果能做到這一點，也就可以行「王道」了（孟子梁惠王上篇）。他在滕國，更提出了恢復井田制度的辦法。他理想中的井田制度是這樣的：每一方里劃成一「井」，每「井」共有九百畝田，其中間的一百畝是「公田」，四周的八百畝平均分配給八家，每家一百畝，作爲「私田」。中間的一百畝「公田」由八家共同耕種，所有收穫物作爲地租繳納，這就是所謂「九一而助」。這八家農家必須「公事畢（種公田完畢），然後敢治私事（種私田）」；大家「死徙無出鄉」，「出入相友，守望相助，疾病相扶持」（孟子滕文公上篇）。

這時儒家的代表人物孟子鼓吹實行「王道」和「仁政」，是適應當時完成統一事業的政治要求的。孟子強調爭取民心的重要，認爲不能以國君的利益爲重，主張「民爲貴，社稷次之，君爲輕」（孟子盡心下篇）。他極力反對當時某些國君的虐政，指出「民之憔悴於虐政，未有甚於此時者也」。認爲節約民力，「使民以時」，減輕人民負擔，「市廛而不徵」，「關譏而不徵」，「耕者助而不稅」，「廛無夫里之布」，取消坐商和行商的商業稅，取消地稅，取消戶口稅，只是「野九一而助，國中什一使自賦」，再加上「尊賢使能，俊傑在位」，就可以使得「天下之士」、「天下之商」、「天下之旅」、「天下之農」和「天下之民」一齊歸向，像這樣，就會「無敵於天下」（孟子公孫丑上篇），天下也就「定於一」了（孟子梁惠王上篇）。

孟子主張通過實行「王道」和「仁政」來完成統一事業，反對戰爭，反對開墾荒地，反對擴大領土，反對充實府庫。他說：「善戰者服上刑，連諸侯者次之，闢草萊、任土地者次之。」（孟子離婁上篇）又說：「闢土地，充府庫，今之所謂良臣，古之所謂民賊也。」（孟子告子下篇）他又主張恢復貴族的「世臣」、「世祿」制度；主張「貴戚之卿」有改換國君的權力，「君有大過則諫，反覆之而不聽則易位」（孟子萬章下篇）；認爲「爲政不難，不得罪於巨室」（孟子離婁上篇）。所有這些主張，都不合歷史發展的趨勢，因此儘管孟子竭力鼓吹，都「見以爲迂遠而闊於事情」（史記孟子列傳），沒有一國採用他的主張。漢代桑弘羊就說：「孟軻守舊術，不知世務，故困於梁、宋」（鹽鐵論論儒篇）。

八、黃帝書的黃老學派思想

黃老學派和它的代表作黃帝書

黃老學派產生於戰國中期，流行於齊、韓、趙等國。它假託黃帝的名義，吸取老子哲學中「虛靜」、「物極必反」等思想加以改造，形成新興的一個重要思想流派。戰國中期的法家申不害和戰國後期的法家韓非，都曾接受黃老學派的思想並加以發揮。這個學派的政治主張，曾被漢初封建統治者採用。漢初曹參爲齊相時，曾請著名的黃老學者蓋公當他的「師」，推行「清淨無爲，與民休息」的政策；後來曹參繼蕭何爲丞相，就把這個政策向全國推廣。史記樂毅列傳說：「河上老人教安期生，安期生教毛翕公，毛翕公教樂瑕公，樂瑕公教樂臣公（一作樂巨公），樂臣公教蓋公。」從河上老人傳到蓋公，已有五代。樂臣公是在趙將滅亡時到齊的高密傳授「黃帝老子之言」的。一九七三年長沙馬王堆漢墓出土的帛書中，寫在老子乙卷前面的經法、十大經、稱、道原等四種黃帝書，是戰國中期黃老學派的代表作，其中以經法一書比較重要。

要求採取緩和矛盾的政策

經法一書的政治目標，要求達到國家的「安」、「強」、「霸」、「王」。「王」是它的最高政治目標，就是要建成統一的王朝。它主張用「德」（賞賜）來獎勵人民，爭取「盡民之力」；同時要求「節民力以使」，「節賦斂，毋奪民時」（經法君正篇），反對農忙季節徵發徭役，認爲「夏起大土功」就是「絕理」，「天誅必至」（經法亡論篇）。它還主張選練軍隊，爭取「勝強敵」；同時要求注意到戰爭的正義與否，重視對待敵國人民的政策，討伐對象必須「當罪當亡」，反對滅亡人家的國家而「利其資財，妻其子女」（經法國次篇），更反對「大殺服民，僇降人」，認爲如果這樣做，「禍皆反自及也」（經法國次篇）。它更強調法治，主張「精公無私而賞罰信」，「罪殺不赦」（經法君正篇），同時要求賞罰得當，反對「妄殺殺賢」，「殺無罪」（經法亡論篇）。這時黃老學派提出這樣的政治主張，不是偶然的。當時齊、楚等國，就是由於不顧民力，橫徵暴斂，連年進行戰爭，任意掠奪和傷害鄰國人民，濫用刑罰殺害本國人民，激起了廣大人民的反抗，使得國家逐步走向衰亡。黃老學派提出這種主張，就是爲了緩和矛盾，以利鞏固統治，發展小農經濟，積蓄力量，從而達到建成統一的王朝的目的。

主張加強中央集權按「法度」統治

經法的六分篇，把君臣關係區別爲六種「順」和「逆」的類型。「六順」中以「臣楅（輻）屬」的一種最爲順當，就是說君主好比轂（車輪中心圓木），群臣好比周圍的輻湊集在中心的「轂」上一起運轉，這是中央集權的統治體制的形象化。它認爲，能夠做到這點就可以「王」，也就是可以建成統一的王朝。它主張「君臣不失其立（位），士不失其處，任能毋過其所長」（經法四度篇），要做到「臣肅敬」，「下比順」，就可以「地廣人衆兵強，天下無敵」，從而達到「王天下」的目的（經法六分篇）。它還主張用審核「形名」的辦法來識別和清除壞人，就是用法令所規定的「名」，考核臣下的「形」，用來判斷臣下的順逆，處以生殺賞罰，從而加強中央集權的統治。他們說：「刑（形）名已定，逆順有立（位），死生有分，存亡興壞有處」（經法約論篇）。黃老學派這種審核「形名」的辦法，曾爲申不害、韓非等法家所吸收和採用。

經法作者把事物自然發展規律叫做「道」，因而十分強調「執道」的重要性，認爲執政者必須是「執道者」。因爲執政者必須按「法度」進行治理，「法度者，正（政）之至也。而以法度治者，不可亂也」（經法君正篇）。「法度」是必須據「道」來制定的，因而提出了「道生法」的主張，認爲「法者，引得失以繩而明曲者也，故執道者，生法而弗敢犯也，法立而弗敢廢也」（經法道法篇）。

改進道家學說作為理論依據

經法作者認爲要達到加強中央集權的統治，需要採取「虛靜」的政治原則。「執道者」從思維到行動，採取「虛靜」的原則，就可以排除主觀成見，「虛靜公正」地觀察事物，看清事物的真相，不爲假象所迷惑，使認識達到「神明」的境界，這樣行動就有正確方向，就可以奮發圖強，所以說「惟公無私，見知不惑，乃知奮起」。運用「虛靜」的原則去執行法令，就可以做到「去私而立公」，分清是非，做好審核「形名」的工作，達到法治的目的。所以說「是非有分，以法斷之；虛靜以聽，以法爲符」（經法名理篇）。

黃老學派不但把老子「虛靜」的原則加以改造，用來達到法治的目的；而且把老子的辯證法思想加以改造，用來作爲他們制定策略的理論依據。他們認爲，事物發展到了極端就要走向它的反面，「極而反，盛而衰，天地之道也，人之李（理）也」（經法四度篇）。事物的發展變化有個自然的「度」，行動符合「度」，就符合於「天道」，這叫做「天當」。每種事物的功能作用都有個客觀的極限，這叫做「天極」。「聖人」就必須「能盡天極，能用天當」。如果「過極失當，天將降央（殃）」，就是說將要受到違反自然規律的懲罰。他們把過度使用民力作爲「五逆」之一，認爲這樣會迫使人民「流之四方」，造成國家危亡（經法國次篇）。他們還說：「舉事毋陽察（蔡），力地毋陰敝，陰敝者土芒（荒），陽察者奪光。」（十大經觀篇）就是說：舉辦大事不要使得天的「陽」有所損傷，盡力於土地不要使得「地」的「陰」有所破壞，地的「陰」破壞就會使土地荒蕪，天的「陽」損傷就會奪去陽光。戰國時代農家之學，用陰陽學說解釋農業生產，「陽」是指農作物從天上吸取陽光，「陰」是指農作物從地下吸取水分和肥力。他們認爲在農業生產中過分使用土地的肥力來增加生產，就會走向反面，造成土地肥力衰敗而減產，這是有一定的科學根據的（參看第二章第五段「農業科學的興起」一節）。他們說：「人強勝天，愼辟（避）勿當；天反勝人，因與俱行。」（經法國次篇）就是說，當人的能力強大能夠勝天的時候，要謹愼地防止過度，避免違反自然規律；當自然力量反而勝過人的時候，要順著自然規律去行事。他們還說：「不循天常，不節民力，周遷而無功。」（經法約論篇）「天常」，就是荀子所說的「天行有常」。這就是說，「不節民力」就違反自然規律，因而就不能成功。這樣就爲他們所制定的緩和矛盾的政策提供了哲學上的理論根據。黃老學派這種重視自然規律的思想，對荀子、韓非都發生了重大影響。

九、易繫辭傳所闡明的「易」的哲理

易繫辭傳的作者問題

周易原爲卜筮之書，儒家用以爲經典著作，是包括闡明「易」的哲理的易傳在內的。易傳或稱爲十翼，包括彖傳上下、象傳上下、繫辭傳上下、文言、說卦、序卦、雜卦在內的。史記孔子世家說：「孔子晚而喜易，序彖、繫、象、說卦、文言。」正義解釋「序」是「各序其相次之義」，漢書藝文志就明確爲「孔子爲之」。北宋歐陽修作易童子問，否定孔子所作之說，認爲此中有相互牴觸的觀點，非一人所作，繫辭、文言中有「子曰」，可知不是孔子自作。左傳昭公二年記韓宣子來聘，「觀書於太史氏，見易象與魯春秋」，可知象傳春秋時已有流傳。左傳四處記載有與說卦相類的解說，一處記載有與文言相同的解說，可知說卦與文言，春秋時亦已有流傳。

古代經傳與諸子書的編輯，往往以一個學派的內容爲主，既有大師講授的記述，或有師徒問答的記錄，更有弟子發揮師説的論述。往往先是口説流傳，弟子加以記錄，陸續有修訂補充，經歷較長時間而成爲傳本。易傳的流傳和編集也該如此。因此内容不免有如歐陽修所説的有相互牴觸之處。例如繫辭傳既説：「河出圖，洛出書，聖人則之」，以爲這是聖人依據河圖洛書而制作的，具有神話色彩；同時又説包犧氏仰觀天象、俯觀地法而制作八卦。

易傳中，以繫辭傳最爲重要。一九七三年長沙馬王堆漢初墓葬中出土一批帛書，其中有易經和繫辭傳以及易之義篇、要篇等。帛書繫辭傳不分上下篇，内容大體與今傳本相同。以帛書與今傳本對比，帛書無今傳本上篇第八章，又無下篇第五、六、八與第七章一部分。同時帛書繫辭傳所無下篇各章，見之於易之義篇與要篇中。因此引起哲學史學者的熱烈討論，主要有三種不同意見，一種確認傳統的看法，認定繫辭傳是解釋儒家經典的著作；一種以爲繫辭傳的哲理屬於道家思想體系，因而是道家著作；另一種認爲這是儒道兩家相互融合的結果，是個非道非儒，亦道亦儒的綜合體。或者以爲繫辭傳原是稷下道家所作，或者認爲繫辭傳的不少思想是直接繼承老子而來的，也有提出不同意見，認爲繫辭傳贊同仁義是儒家思想。

帛書要篇出於孔門後學所作是很明顯的。因爲它以孔子和子貢一段對話説明了學易的要領，子貢説「夫子老而知易」，是和司馬遷所説「孔子晚而喜易」是一致的。此中載有今傳本繫辭下篇第五章。易之義篇該是與要篇同時爲孔門後學所作，既載有説卦前三章的内容，又載有今傳本繫辭的第六、七、八、九章，略有不同之處。其中曾説到：「易之興也，其於中古乎？作易者其有憂患乎？」「易之興也，其當殷之末世，周之盛德邪？當文王與紂之事邪？」這與要篇記述孔子所説「文王作，……然後易始興」，是相同的。近人對此有兩種不同意見，一種認爲在帛書繫辭傳、要篇、易之義篇之前，今本繫辭傳早就存在；另一種意見認爲，今傳本繫辭傳就是漢初儒生依據這三種帛書重加編輯而成，當以後説爲是。主張繫辭原爲道家著作的，認爲這是由於漢初儒生把道家的繫辭和儒家的要篇、易之義篇綜合編輯，以致今傳本有前後歧異之處。

我們認爲長沙馬王堆出土帛書繫辭傳是儒家易學傳到楚國後，流傳在楚的一種易傳。史記仲尼弟子列傳稱孔子傳易於魯人商瞿（子木），瞿傳楚人馯臂（子弓），說明易傳曾傳授於楚，長沙原爲楚地，繫辭原爲楚的經師傳授的著作，與繫辭同時出土的還有四種解釋易的，如要篇、易之義篇、繆和、昭力，說明楚曾長期成爲傳授儒家易學的中心。與此同時，楚又成爲道家黃老學派流傳的地方，因此繫辭傳本爲儒家的一種易傳，融合有道家黃老學派的學說。今傳本繫辭傳又是漢初儒家經師依據帛書繫辭、要篇、易之義篇編輯而成。古人傳授學問是很講師承的，一般不會把別家著作據爲己有的。

社會進化的歷史觀

繫辭傳有著社會進化的歷史觀，指出包犧氏（即伏戲）作結繩而爲網罟，以佃以漁；神農氏推行耒耨之利，日中爲市；黃帝推行舟楫之利、臼杵之利。上古穴居而野處，後世聖人易之以宮室；古之葬者厚衷之以薪，葬諸中野，不封不樹，後世聖人易之以棺槨。上古結繩而治，後世聖人易之以書契，百官以治，萬民以察。這樣把歷史分爲「上古」和「後世」兩個階段，「上古」是指原始社會，「後世」指文字發明和創建國家制度以後的文明社會，並且把創建這個文明的人稱之爲「後世聖人」。這和老子主張倒退到「小國寡民」的階段，要「使有十百人器而勿用」，「有舟車無所乘之，有甲兵無所陳之，使民復結繩而用之」，主張「絕聖棄智」，是針鋒相對的。

包犧氏是楚國神話傳說中創世的天神和聖王。長沙子彈庫楚墓出土的楚帛書就記載有雹（包）戲創世的神話；荀子在楚國採用民間流行的曲調「成相」，著作成相篇以宣傳他的政治主張，曾說：「基必施，辨賢能，文（文王）武（武王）之道同伏戲，由之者治，不由者亂，何疑焉。」如此把儒家所推崇的「文武之道」說得同於伏戲，因爲伏戲是楚人推崇的上古聖王。楚辭大招說：「伏戲駕辯，楚勞商只」，這是說伏戲創作駕辯之曲，楚人因之作勞商之歌（王逸注）。繫辭傳既說包犧氏作結繩而治，又說他「始作八卦」，「作八卦」是和「作結繩」有密切聯繫的，當結繩而治的時期，原始巫術的占驗方法就有「八索」之占。過去四川金川的彝族，「賣卜者手持牛毛繩八條」，「擲地成卦」，「如是者三，以定吉凶」，稱爲「索卦」，「臨陣時卜勝負」（李心衡金川瑣記，收入小方壺齋輿地叢鈔第八帙）。楚辭離騷說：「索藑茅以筳篿兮，命靈氛爲余占之。」筳篿是八段竹片，藑茅是一種靈草，這是說用靈草作爲繩索，繞在竹片上用來占卜，這是楚人沿襲「八索」之占的遺風⑤。據此可知，繫辭傳當是楚人的著作。

理想中的聖人之治

易傳主張由聖人依據易的哲理來治理天下。說卦說：「聖人南面而聽天下，嚮明而治。」繫辭傳引子曰：「易其至矣乎！夫易聖人所以崇德而廣業也。知崇禮卑，崇效天，卑法地。天地設位而易行乎其中矣。」這是說聖人要依據易而效法天地，從而崇高其德，廣大其業。繫辭傳又引子曰：「夫易何爲者也？夫易開物成務，冐天下之道（「冐」帛書作「樂」，冐是包容之意），如斯而已者也，是故聖人以通天下之志，以定天下之業，以斷天下之疑。」這是說易的作用可以開創事物，成就業務，聖人因此可以通達天下的意願，奠定天下的事業，判斷天下的疑問。繫辭傳對於「事業」有解釋：「是故形而上者謂之道，形而下者謂之器，化而裁之謂之變（「裁」帛本作「施」），推而行之謂之通，舉而措之天下之民，謂之事業。」「形而上」是指抽象的理論，所謂「道」是指事物發展變化的規律。「形而下」是指有形象而能用感官來辨認的東西。「變」和「通」是指事物變化的原則。這是說聖人能夠把事物「通」、「變」的原則，推行到天下人民中去應用，這就是「事業」。繫辭傳說：「是以明於天之道，而察於民之故，是興神物，以爲民用，聖人以此齋戒，以神明其德夫。」「天之道」指事物發展的自然規律，「民之故」指社會的公共法則，這是說聖人從易明瞭「天之道」和「民之故」，用以指導人民利用。繫辭傳接著進一步解說：「制而用之謂之法，利用出入民咸用之謂之神。」認爲聖人如伏羲、神農、黃帝等，能夠依據易的道理製作器物，使人民普遍利用，這種聖德微妙如「神」，就是所謂「神物」。爲此對「聖人之治」大加贊許說：「備物致用，立成器以爲天下利，莫大於聖人。」孔子三朝記的誥志篇所說「天生物，地養物，物備興而時用常節，曰聖人」，用意是相同的。這和老子主張「聖人之治也，虛其心，實其腹，弱其志，強其骨，恆使民無知無欲也」，又是對立的。

繫辭傳說：「河出圖，洛出書，聖人則之。」這也是當時儒家所鼓吹的一種神話傳說，就是孔子三朝記誥志篇所說「聖人有國，……於時龍至不閉，鳳降忘翼」，「洛出服(符)，河出圖」。因爲孔子曾說：「鳳鳥不至，河不出圖，吾已矣夫。」

對仁義的重視

韓愈原道提出了一個區別儒道兩家所講的道德標準，認爲儒道兩家都講道德，本質上是不同的。儒家是「合仁與義言之也」，「老子之所謂道德云者，去仁與義言之也」。這個標準確是值得注意的。儒家從曾子以後都很重視「仁義」，曾子提出陰陽二氣化生萬物的宇宙觀，就以爲陰陽二氣爲「禮樂仁義之祖」，接著子思、孟子又竭力宣揚仁義，後來就有仁、義、禮、智、信爲五常之說。

繫辭傳十分重視「知」和「仁」，例如說：「知周乎萬物而道濟天下，故不過。」「安土敦乎仁(帛書作『安地厚乎仁』)，故能愛。」認爲依據易，「知」能夠普遍認識萬物的規律，因而它的「道」就能周濟天下，解決天下所有的問題；同時由於易反映天地的規律，學習易就能「安地厚乎仁」。特別值得注意的是，繫辭指出：「一陰一陽之謂道。繼之者善也，成之者性也。仁者見之謂之仁，知者見之謂之知。」

「繼」是說繼續，「繼之者」是說陰陽的精氣繼續不斷地流行，可以得到「善」的內容。戴震原善以爲「善」包括仁、義、禮三方面的內容。這確是儒家重視的道德標準。所謂「成之者性也」，是說把「一陰一陽之道」成就在具體事物上就是「性」。所說「仁者見之謂之仁，知者見之謂之知」，是說「道」的內容是包括仁、義、禮、知等多方面的，人們往往不能全面認識它，只能從自己所看重的方面去理解它，結果造成仁者謂之仁、知者謂之知的情況。據此可知，繫辭是把「仁」和「知」看作「道」的主要內容的。繫辭傳和老子同樣講陰陽兩氣化生萬物的「道」，主要內容是根本不同的。繫辭以「仁」和「知」作爲「道」的主要內容，而老子說：「天地不仁，以萬物爲芻狗。」這就有力地表明繫辭不屬於道家而屬於儒家。

繫辭說：「聖者仁，壯者勇，鼓萬物而不與衆人同憂，盛德大業至矣哉。」（此據帛書本，今傳本作「顯諸仁，藏諸用，鼓萬物不與聖人同憂」）這裏把「仁」作爲「聖人」的主要道德，是和老子所說「聖人不仁，以百姓爲芻狗」，是不同的。

繫辭說：「天地之大德曰生，聖人之大寶曰位，何以守位曰人（『人』原作『仁』，此從帛書），何以聚人曰財，理財正辭，愛民安行曰義。」（「愛民安行」原作「禁民爲非」，此從帛書）這裏以「理財正辭、愛民安行」作爲「義」，用作聖人統治人民的必要準則。

對老子「道」的宇宙觀的發展和革新

繫辭傳說：「是故易有太極，是生兩儀，兩儀生四象，四象生八卦，八卦定吉凶，吉凶生大業。」太極就是太一，莊子天下篇所謂老子「主之以太一」。帛書繫辭「太極」作「大恆」，「大」和「恆」是老子所說「道」的本質。老子曾說「道可道，非恆道」，又說道「先天地生」，「吾強爲之名曰大」，並且指出「道生一，一生二，二生三，三生萬物」。先秦儒家推崇的是「天」，只有開創道家學說的老子提出了

「道」爲宇宙本體而化生天地萬物的。十分明顯，繫辭傳所說「一陰一陽之謂道」，大恆生兩儀，是發揮了老子宇宙論的思想。但是老子說「天下萬物生於有，有生於無」，是「無」中生「有」的。而繫辭所說的「道」是一陰一陽的統一體，又稱之爲「大恆」，是自始至終存在的，不是「無」的。繫辭傳說「富有之謂大業，日新之謂盛德，生生之謂易」，「通變之謂事，陰陽不測之謂神」，又說「窮則變，變則通，通則久」。這比老子陰陽循環變化的見解有了飛躍的發展。據此可知，繫辭傳不僅發揮了老子的宇宙觀，而且有重大變革和發展，具有革新的作用。上面已經指出，繫辭所講的「道」是以仁、義、禮、知爲主要內容的，原是儒家學說，繫辭作者是發展和革新了老子「道」的宇宙論，作爲儒家學說的理論根據。這是以儒家學說爲主，融合了道家學說，用來闡明「易」的哲理。

十、商君書代表的戰國晚期衛鞅一派法家思想

進步的歷史觀

商君書不是一人或一時的著作，它是衛鞅學派著作的匯編性質，成書時間已在公元前二六〇年長平之戰以後。到戰國末年它在社會上已很流行，韓非曾說：「藏商管之法者家有之。」（韓非子五蠹篇）

商君書所反映的歷史觀，比史記商君列傳所載衛鞅和甘龍、杜摯等人辯論時發表的理論有了進一步的發展。它認爲，在太古的昊英之世，即原始社會早期，人們只能靠伐木和狩獵來生活；到了神農之世，即原始社會末期，人們開始從事農業和紡織，不用刑罰就可以治理，不用戰爭而可以推選出首領。到了黃帝之時，

即進入古代社會，開始出現「以強勝弱，以衆暴寡」的局面，這樣就需要「作君臣之義」，「內行刀鋸，外用甲兵」，就是建立國家機構，對內使用刑罰，對外使用軍隊（商君書畫策篇）。這種進步的歷史觀，用來論證實行變法是歷史發展的必然趨勢。它主張「不法古，不修今，因世而爲之治，度俗而爲之法」（商君書壹言篇）。既反對復古，又反對安於現狀，主張積極地向前看，這在當時是有進步意義的。

主張加強法治和獎勵耕戰

商君書主要發揮過去衛鞅所主張的加強法治和講究耕戰的政策。它主張獎勵告發「奸邪盜賊」，對輕罪用重刑，從而加強其法治的效果。它說：「王者刑用於將過（過錯將要發生的時候），則大邪不生；賞施於告奸，則細過不失」（商君書開塞篇）。它認爲通過刑賞，還可以迫使人民爲官府出死力。說民篇說：「怯民使之以刑則勇，勇民使之以賞則死。」它還認爲通過刑賞，可以調整人民貧富不均的情況。因爲用刑來監督農耕，可以使貧民變成富民；讓富民納粟買爵，可以使富民變成貧民。它說：「貧者益之以刑則富，富者損之以賞則貧。」「貧者富，富者貧，國強。」（商君書說民篇）

商君書十分強調重農政策，認爲實行重農政策，可以開墾荒地，增加生產，使得國富兵強。算地篇說：「屬於農則樸」，「樸則生勞而易力（肯出力）」，「易力則輕死而樂用（樂於爲國君使用）」，「易苦（肯吃苦）則地利盡，樂用則兵力盡」。還可以使農民安居而便於統治，所謂「農則樸，樸則安居而惡出」，「樸則畏令」（商君書算地篇）。

商君書認爲「治國之要」，在於堅定不移地推行耕戰政策；並且把是否推行耕戰提到決定國家興亡和君主安危的高度，說：「國之所以興者，農戰也。」「國待農戰而安，主待農戰而尊。」（商君書農戰篇）商君書所講的獎勵耕戰政策，比衛鞅提出的又有了發展。它認爲，秦國地廣人稀，三晉地少人多，貧苦人民沒有田宅，應該用「利其田宅而復之三世」（分配好的田宅，並讓他們三代都免除徭役）的獎勵辦法，把他們吸引到秦國來開墾荒地（商君書徠民篇）。從此秦國可以利用新來的農民從事農耕，用本國的農民從事戰爭，秦國就一定會富強，別國就必然滅亡。

完成統一的目標

商君書的政治目標，是謀求國家的「治」、「富」、「強」、「王」。「王」就是完成統一，建立統一的王朝。達到這個最高政治目標的辦法，就是加強法治和講究耕戰政策。例如說：「故出戰而強，入休而富者，王也。」（商君書外内篇）又如說：「怯民勇，勇民死，國無敵者必王。」（商君書說民篇）商君書把重農重戰看作唯一重要的政策，稱爲「作一」。認爲「國『作一』一歲者，十歲強；『作一』十歲者，百歲強；『作一』百歲者，千歲強，千歲強者王」（商君書農戰篇）。

原來秦國是由商鞅變法而富強的，從而在歷年的兼併戰爭中不斷取得勝利，特別是在長平之戰以後，由秦來完成全國統一的趨勢已經形成，因此秦國的商鞅學派要總結過去商鞅變法使秦國富強的經驗，促使秦國能夠早日完成統一的歷史任務⑥。

十一、荀子主張禮治的儒家學說

荀子事蹟

荀子名況，趙國人。他年十五歲，到齊國國都臨淄的稷下遊學，到齊湣王滅宋後，曾南遊楚國，到齊襄王時，又回到稷下，成爲稷下最年老的老師（史記孟子荀卿列傳）。當范雎做秦相時，荀子曾入秦見秦昭王和范雎（荀子儒效篇、強國篇），很稱許秦國朝野的奉公守法。又曾到趙國，和臨武君在趙孝成王前議論兵法（荀子議兵篇），後來又到楚國做蘭陵（今山東省蒼山縣西南蘭陵鎮）縣令。公元前二三八年春申君去世，他就家居著書（史記孟子荀卿列傳）。

人力戰勝自然的思想

在荀子的著作中，天論篇是非常傑出的。荀子認爲天的變化是自然的變化，而且這種變化是有規律的，所謂「天行有常」。日月星辰的運行，春夏秋冬四季的更替，無論禹的時候還是桀的時候都是相同的，天不會因人們厭惡冷天而取消冬令，地也不會因人們厭惡遼遠而縮小地面。日蝕月蝕的出現、風雨的失調、怪星的偶或出現，是世代常有的事。在種種自然的變化中，萬物是各得其「和」以生的，各得其「養」以成的，因爲人們看不見它們行事，而只見其成功，就稱之爲「神」。這個神不是指鬼神，而是指自然界變化的規律。

荀子對自然界有比較正確的理解，他進一步認爲人類社會的貧、病、禍、凶不是出於什麼天意，而是由人自己來決定的。他說：務農而節用，天不能使他窮；營養足而適時的運動，天不能使他病；循著道而沒有差失，天不能給予他禍害。他又說：「天有其時，地有其財，人有其治。」也就是說：「天」的「時」和「地」的「財」是需要「人」的「治」來利用它的。他又認爲人的好、惡、喜、怒、哀、樂，是由於「形具而神生」，也就是說：人的精神活動是由於形體的物質存在而產生的，而形體是由自然所產生的。因而荀子把人類的情欲稱爲「天情」，把耳、目、鼻、口和形體稱爲「天官」，把指揮五官的心稱爲「天君」，把人類利用自然界萬物來養活自己稱爲「天養」，把順應人類生理需要就會使人得到幸福、違反人類生理需要就會使人遭到禍害的法則稱爲「天政」。荀子認爲，人們如果能夠「清其天君」——使心保持清醒，「正其天官」——正確地發揮五官的職能，「備其天養」——充分利用自然的供養，「順其天政」——順應按照人類生理需要而生活的法則，「養其天情」——正常表達自己的情感，人類的自然功能和需要就得到了保全。這樣便明確了什麼是可以做的，什麼是不可以做的。於是，天地就盡其職守，萬物都能爲人役使。

荀子肯定「天」是自然的天，物質的天，完全按照自己的規律運行變化，與人類社會的治亂毫無關係。這種「天人相分論」，第一次把天與人、自然現象與社會現象區分開來，作出符合於當時生產力和科學水平的唯物主義的解釋。他強調人類在認識自然、改造自然中的主觀能動作用，主張「制天命而用之」(掌握自然的變化規律而利用它)，這是光輝的人定勝天思想。但是，荀子這個「天人相分論」有它的局限性，他否定了探索自然規律的必要性，認爲「聖人不求知天」(荀子天論篇)；人類對於天地萬物，「不務說其所以然，而致善用其材」(荀子君道篇)。這樣不要求探索自然規律而只講求對自然的利用，就不可能掌握自然規律而加以充分利用，對自然的利用也只能限於非常狹小的範圍之內，這就大大限制了「制天命而用之」的實際效果。

人性本惡的理論

荀子在人性論方面，提出「人之性惡」的理論。他認爲人類生來就有感官上的要求，餓了要吃飽，冷了要穿衣，勞苦了要休息，耳目愛好聲色，人情有所嫉惡。人的天性是「好利」、「嫉惡」、「好聲色」的，如果順其自然發展，必然要發生爭奪、殘賊、淫亂等罪惡行爲。他又認爲人類行爲有「性」、「僞」之分，「性」是天然生就，所謂「凡性者，天之就也」，是不經學習、不經努力而早就存在的。「僞」和「性」不同，是可以經過學習而學會的，經過努力而創造成功的。「性」本來是惡的，「僞」因爲經過了學習和努力，才可能是善的。因此荀子認爲人們必須有賢師和法律來糾正錯誤，必須用禮義來加以教導，使人們惡的「性」能夠化爲善的「僞」。如果王公、士大夫的子孫不學禮義，應該歸到庶人一類去；如果庶人的子孫能夠學禮義，應該歸到卿相、士大夫一類去。經過不斷的學習和努力，小人可以變爲君子，普通人可以變爲聖人。

荀子所說的善和惡，是以禮義和法度作爲衡量標準的。他所謂「善」，是指「正理平治」，就是指符合正道、維護統治秩序的行爲；他所謂「惡」，是指「偏險悖亂」，就是指反對和破壞統治秩序的行爲。因此他所謂「性惡」，就是指人們的本性「偏險悖亂」，因此需要「爲之立君上之勢以臨之，明禮義以化之，起法正以治之，重刑罰以禁之」（荀子性惡篇）。荀子的性惡論，是作爲其「禮治」主張的理論依據的。

禮治的主張

荀子認爲人類能戰勝自然，其原因在於能合群。人所以能合群，其原因在於能「分」。「分」既然是指生產的分工、生產品的分配，也是指人們的等級劃分。「分」的標準是「義」。他說：「故義以分則和，和則一，一則多力，多力則強，強則勝物。」（荀子王制篇）同時，荀子認爲人性本來是惡的，人類生來就有欲望，有欲望不能不有所追求，如果大家片面追求而沒有「度量分界」，就不能不發生爭鬥，發生爭鬥就要亂。所以要「制禮義以分之」（荀子禮論篇），使人們各安於自己的等級身分而「各得其宜」。荀子所說「度量分界」，主要是指「貴賤之等，長幼之差，智愚、能不能之分」（荀子榮辱篇），或者說，「貴賤有等，長幼有差，貧富輕重皆有稱者也」（荀子禮論篇）。除了貴賤、長幼之外，又有「貧富輕重」，再加上「智愚、能不能之分」。

荀子所說的禮和法是有區別的，禮主要起「化」的作用，法主要起「治」的作用。禮是統治的準則。他說：「禮者，表也。」（荀子天論篇）「表」就是標誌、準則的意思，禮就是統治的準則。因此，法必須根據禮來制定。他說：「化性而起僞，僞起而生禮義，禮義生而制法度。」（荀子性惡篇）這是說，改變本性的惡，樹立人爲的善，隨著人爲的善的樹立就產生了禮義，隨著禮義的產生就制定了法度。因爲法度是要依據禮義來制定的，所以說：「禮者，法之大分（綱領），類（類似法的條例）之綱紀也。」（荀子勸學篇）「法者，治之端也。」（荀子君道篇）可見荀子的政治思想是以禮義爲主體而又兼重法的。

主張用「仁義」和「王道」來完成統一

基於上述理論，荀子認爲運用「禮義」才能達到統一天下的目的，就是所謂「義立而王」。首先要依據「禮義」來制定「義法」，也就是「王者之法」，或者說「千歲之信法」。其次需要選擇「王者之人」來執行「王者之法」，選擇好一個能夠執行「王者之法」的相國。他主張「論一相，陳一法，明一指」，就是要實行中央集權，統一法制，確立一個起指導作用的政治綱領。他認爲，能夠做到「其法治，其佐（指相國）賢，其民愿，其俗美」，四者都屬於上等的，叫做「上一」，做到「上一」就可以建成統一的「王」業（荀子王霸篇）。荀子說：「君者舟也，庶人者水也。水則載舟，水則覆舟。」（荀子王制篇）把國君與人民的關係看作水與舟的關係，這樣的認識是比較深刻的。因此他主張採用「節用裕民」、減輕賦稅等措施來緩和階級矛盾，採用「以德服人」的「仁義」和「王道」來爭取人民歸向，從而完成統一的歷史任務。他認爲，用王道可以取天下，用「霸道」只能使一國強盛。拿王道和霸道相比，霸道是次要的；拿仁義和武力相比，武力是次要的。要完成統一，只能以仁義爲主，以武力爲輔，「以不敵之威，輔服人之道」（荀子王制篇）。因此他認爲當時秦國的「銳士」，不及齊桓公、晉文公的「節制」之師，而桓、文的「節制」之師，又不可以對敵商湯、周武王的「仁義」之師（荀子議兵篇）。

十二、韓非兼用法、術、勢的法家學說

韓非事蹟

韓非是韓國的貴族，他和李斯同是荀子的學生，講究法家之學。曾多次上書勸諫韓王安，沒有被採納。「爲人口吃，不能道説，而善著書」。秦始皇讀到他所著孤憤、五蠹等篇，極爲讚賞。公元前二三四年，他爲韓出使於秦，上書秦始皇勸先伐趙而緩伐韓，遭到李斯和姚賈的讒害，於次年被迫服毒自殺。他的政治學説，基本上被秦始皇和李斯所採用。

法、術、勢的兼用

韓非「觀往者得失之變」（史記韓非列傳），把秦國和東方六國的統治經驗作了比較，認爲秦由於「法明」、「罰必」，使得「忠臣勸」、「邪臣止」，因而「地廣主尊」；而東方六國與此相反，由於「群臣朋黨比周以隱正道，行私曲，而地削主卑」（韓非子飾邪篇）。還認爲三晉由於「慕仁義而弱亂」，秦由於「不慕而治強」；秦之所以還沒有能夠完成統一的帝業，是由於「治未畢也」（韓非子外儲説左上篇）。

同時韓非還進一步把當時法家的「法」、「術」、「勢」三派的得失作了比較，認爲必須綜合採用三派的長處，才能勝利完成統一的帝王之業。任法的一派以衛鞅爲代表，著重講究法律條文的制定和賞罰的執行。用術一派以申不害爲代表，著重講究對官吏的選拔任用、監督考核、獎賞處罰以及駕馭的方法手段。重勢一派以愼到爲代表，著重講究保持和運用國君的權勢地位。韓非認爲秦用衛鞅之「法」，國富兵強，但是因爲「無術以知奸」，國家富強的成果卻被大臣利用爲擴張其私門勢力的資本。秦昭王時穰侯魏冉攻齊勝利就取得陶邑作爲私封，應侯范雎攻韓勝利就取得汝南(即應)作爲私封，「自是以來，諸用秦者，皆應穰之類也」，因而秦強盛數十年而「不至於帝王」。還認爲韓昭侯用申不害的「術」，因爲法令不統一，前後矛盾，仍使奸臣有機可乘，因而申不害執政十七年而「不至於霸王」(韓非子定法篇)。韓非主張取長補短，把「法」、「術」、「勢」三者結合使用。他把國家比作君主的車，「勢」比作用來拖車的馬，「術」比作駕馭的手段。認爲君主如果沒有「術」去駕馭臣下，「身雖勞猶不免亂」；如果有「術」來駕馭，「身處佚樂之地，又致帝王之功也」(韓非子外儲說右下篇)。所謂「致帝王之功」，就是指完成統一的帝王之業。

當時法家用「術」的主張，是吸取黃老學派的學說而加以發揮的。韓非十分重視用「術」，因而他不僅集法家「法」、「術」、「勢」三派的大成，也還進一步發揮了黃老學派用「術」的學說。韓非子中主道、揚權等篇就是這方面的著作。所以司馬遷說他「喜刑名法術之學，而其歸本於黃老」(史記韓非列傳)。

為實現統一的法家政策

韓非爲求實現統一全中國的事業，根據他兼用「法」、「術」、「勢」的理論，制定了一系列的法家政策，主要有下列三點：

㈠加強君主集權，剪除私門勢力，選拔「法術之士」。韓非主張建立中央集權的統一的國家，要做到「事在四方，要在中央。聖人執要，四方來效。虛以待之，彼自以之」(韓非子揚權篇)。他認爲商、周兩代的衰亡，是由於「諸侯之博大」；晉、齊兩國的被「分」「奪」，是由於「群臣之太富」。因此主張用「術」來除掉好比「虎」的奸臣，要做到「散其黨」，「奪其輔」(韓非子主道篇)。他認爲君臣之間「利害有反」(韓非子內儲說下篇)，必然要爭權奪利，「上下一日百戰」，因而君主必須對臣下用「術」來「探其懷，奪之威」（韓非子揚權篇）。還主張從基層逐步提拔有實際經驗而又經過考驗的人，強調「宰相必起於州部，猛將必發於卒伍」。認爲只有這樣才能使得官職愈大，政事治理得愈好，這就是「王之道也」（韓非子顯學篇）。

㈡以法為教，以吏為師，禁止私學　韓非認爲當時士的「私學」和統治者是「二心」的，他稱之爲「二心私學」。這種「二心私學」，「大者非世，細者惑下」，「誹謗法令」，如果「不禁其行，不破其群，以散其黨」，是要「亂上反世」的（韓非子詭使篇）。他把學者（指儒家）、言談者（策士說客）、帶劍者（游俠刺客）、患御者（逃避耕戰而依附重臣的人）、商工之民並稱爲「五蠹」。認爲「明主之國，無書簡之文，以法爲教；無先王之語，以吏爲師；無私劍之捍，以斬首爲勇」，這樣就可以使得「無事則國富，有事則兵強，此之謂王資」。所謂「王資」，就是建成統一王業的憑藉。有了這樣的「王資」就可以戰勝敵人，建立「超五帝、侔（齊）三王」的帝王之業（韓非子五蠹篇）。

㈢厲行賞罰，獎勵耕戰，謀求國家富強　韓非說：「明其法禁，必其賞罰，盡其地力以多其積，致其民死以堅其城守，……此必不亡之術也。」（韓非子五蠹篇）還說：「能趨（原誤作『越』，從顧廣圻改正）力於地者富，能趨（原誤作『起』）力於敵者強，強不塞（閉塞）者王。」（韓非子心度篇）

以上三點，正是後來秦始皇在創建統一的封建國家的過程中努力加以實行的。

主張按照客觀規律辦事

韓非通過對老子的解釋，闡明了他的唯物主義自然觀。他認爲「道」和「理」是有區別的：「道」是萬物發生發展的根源，同時又是自然界根本的總規律，而「理」是用來區別事物性質的特殊規律。不過韓非所說的「理」，只是指事物外部的性質和條理，並不是事物內部的聯繫。韓非說：「萬物各異理而道盡稽萬物之理。」就是說：各種不同的事物，各有其特殊的規律，所有萬物的特殊規律，共同體現了自然界根本的總規律。韓非強調按照規律辦事，稱爲「緣道理」。他說：「夫緣道理以從事者，無不能成。」又說：「今眾人之所以欲成功而反爲敗者，生於不知道理而不肯問知而聽能。」這裏認爲做事的成敗關鍵，就在於「知道理」和「緣道理」。韓非在解釋老子「禍兮福之所倚，福兮禍之所伏」這話時，指出對立面的相互轉化是有條件的。他說「人有禍則心畏恐」，因而「行端直」，「思慮熟」，因而「得事理則必成功」；反之，「人有福」，「驕心生則行邪僻而動棄理」，「動棄理則無成功」（韓非子解老篇）。他認爲禍與福的互相轉化，關鍵在於人的主觀努力，決定於「得事理」或「動棄理」，也就是決定於是否能夠按照客觀規律辦事。這是對老子辯證法思想的重要發展。

韓非在他那個時候認識到要按客觀規律辦事，這是難能可貴的。他指出農業生產的增長，不外乎依靠「天功」和「人爲」。「風雨時（適時），寒溫適（適時）」，因而取得「豐收之功」，這是「天功」的作用。「不以小功妨大務，不以私欲害人事，丈夫盡於耕農，婦人力於織紝」，這樣由於勞動力合理分配和勞動者努力生產，提高了生產力，這是「人爲」的作用。而頭等重要的是，「舉事慎陰陽之和，種樹節四時之適，無早晚之失、寒溫之災」（韓非子難二篇），就是說生產者必須不違背自然變化的規律，把握種植的季節，不誤農時，同時注意防止自然災害，從而保證豐收。這樣就使「人爲」適應「天功」而起更大的作用。

「當今爭於氣力」的思想

戰國時代各派學者對於歷史的發展是有各種不同的看法的。墨子因爲主張兼愛、尚同，認爲亂的起因是人們自愛不相愛，「古者民始生未有刑政之時」，「大亂如禽獸然」（墨子尚同上篇）。孟子因爲主張恢復古代的制度，把歷史的發展看成是倒退的，例如說「五霸者，三王之罪人也；今之諸侯，五霸之罪人也」（孟子告子下篇)。而荀子爲了要維護封建的等級制度，把歷史看成永恒不變的，認爲「古今一度也，類不悖，雖久同理」(荀子非相篇)。至於韓非，認爲歷史是不斷進步的：上古之世由於人民少而禽獸多，有巢氏出來「構木爲巢」；由於生吃傷害腹胃，燧人氏出來「鑽燧取火」；中古之世由於天下大水，鯀、禹出來治水；近古之世由於「桀、紂暴亂」，湯(商湯)、武(周武王)出來征伐。因此，如果在夏后氏之世「構木爲巢」和「鑽燧取火」，就要被鯀、禹所笑；如果到當今之世讚美「堯、舜、湯、武之道」，「必爲新聖笑矣」。韓非把歷史的進步歸結爲少數「聖人」的作用，當然是不正確的，但是他認爲鯀、禹的代替有巢氏、燧人氏，湯、武的代替鯀、禹，「新聖」的代替湯、武，是歷史發展的必然趨勢，是具有進步意義的。韓非依據其歷史進化的思想，主張「不期修古，不法常可」，爲他的變法主張提供理論根據。韓非還認爲古時人民少而財有餘，沒有爭奪；後來人口多而財物少，因而發生爭奪。由此得出結論：「上古競於道德，中世逐於智謀，當今爭於氣力。」(五蠹篇)這樣把人口增長看作歷史變動的主要原因，當然是不正確的，但是他認爲人性是隨著物質條件的變動而發生變化，是歷史發展的產物，是具有唯物主義因素的觀點。這種「當今爭於氣力」的觀點，就是他主張「明君務力」(韓非子顯學篇)、獎勵耕戰的理論根據。

性惡論的擴大

韓非是提倡極端專制主義的。他認爲人與人的關係，建立在相互的利害關係上。在當時官僚制度下，官僚出於國君雇用，等於商業買賣關係，「臣盡死力以與君市，君重爵祿以與臣市」(韓非子難一篇)，因此治理國家不能靠愛憐，也不能靠講究仁、義、智、能。他常常以家庭的情況來比國家。當時由於社會經濟制度的不合理，已有「產男則相賀，產女則殺之」的現象。他就根據這點認爲父母對於兒女尚且「用計算之心相待」，何況沒有父子那樣親密關係的君臣關係(韓非子六反篇)。他又拿「慈母有敗子」爲例，認爲只有威勢可以禁暴，厚德不足以止亂（韓非子顯學篇）。他又說：母親的愛兒子加倍於父親，而父親命令實行的可能性卻十倍於母親；官吏對於人民沒有愛，而其命令實行的可能性卻萬倍於父母。父母希望兒子能夠安全有利，能夠不犯罪，兒子往往不聽從；君主要人民出死力，命令卻能夠執行，所以明主不應培養「恩愛之心」，而要增強「威嚴之勢」（韓非子六反篇）。所有這些說法，可以說是性惡論的擴大，都是從維護和加強君主專制度出發的。

韓非同時主張國君不必是聖賢。他認爲堯、舜和桀、紂都是千載難逢的，一般的國君都上不及堯、舜，下不爲桀、紂，「抱法處勢則治，背法去勢則亂」（韓非子難勢篇）。如果放棄法、術而用心來治理，堯也不能治一國；而一個中等的君主守著法、術來治理，如同一個拙匠守著規矩尺寸來做工，是萬無一失的（韓非子用人篇）。這樣就把法治觀念發展到了頂點。

十三、重視生產、計畫、法令、術數的齊法家學說

管子中齊法家的著作

齊法家推崇管仲爲他們法家的開創者，因而戰國學者常以管仲與商君並稱，如韓非子姦劫弒臣篇就說：「上主明法」，「此管仲之所以治齊，而商君之所以強秦也」。管子一書主要是齊法家著作的彙編，因推崇管仲，收入多篇敘述管仲治齊的記述，並有僞託管仲所著的篇章，因而以管子爲書名。

管子開頭有經言九篇，包括牧民、形勢、權修、立政、乘馬、七法、版法、玄官、玄官圖，都是齊法家比較重要的著作。末尾輕重十九篇以前，有管子解五篇，包括牧民解（已亡）、形勢解、立政九敗解、版法

解、明法制，當是後學對經言中牧民等篇以及明法篇的解說，可知當時齊法家對這幾篇經言以及明法篇的重視。

對發展生產和分明賞罰的重視

牧民篇是講統治人民的方法，「牧」具有加以教養的意思。他們認爲國家統治秩序的維持，主要依靠人民有著「禮義廉恥」的教養，因而說：禮義廉恥是「國之四維」，「四維不張，國乃滅亡」。還認爲，要人民有「禮義廉恥」的教養，執政者必須重視發展生產，改善人民生活；同時嚴格執行法令，使賞罰分明，對人民有獎勵和勸戒作用。他們說：「倉廩實則知禮節，衣食足則知榮辱，上服度則六親固，四維張則法令行。」「嚴刑罰則民遠邪，信慶賞則民輕難，量民力則事無不成。」

立政篇是講國君主持行政工作的辦法，認爲「治國有三本，安國有四固，富國有五事」。「三本」是任用官吏必須看「德」（德行）、「功」（功績）、「能」（才能）是否適當。「四固」是要使㈠「大德至仁」的人執掌權柄；㈡「見賢能讓」；㈢「罰不避親貴」；㈣「好本事（農業生產），務地利，重（重視）賦斂」。「五事」是指㈠山澤的開發；㈡水利的治理；㈢桑麻五穀的種植；㈣六畜的飼養和瓜果的播種；㈤禁止工匠講究雕刻，禁止女紅追求花飾。作者認爲要完成「五事」，必須及時發布命令，責任主管的官吏監督執行，還要防止「九敗」（九種敗壞）和實行七觀（七方面觀察）。

此中防止「九敗」是重要的，立政九敗解篇對此作了解釋。他們說：第一敗是「寢兵之說勝，則險阻不守」。這是反對宋鈃、尹文、公孫龍等人主張「寢兵」（或作「偃兵」，即廢止軍備）。第二敗是「兼愛之說勝，則士卒不戰」。這是反對墨子主張「兼愛」，第三敗是「全生之說勝，則廉恥不立」。這是反對楊朱、子華子等人主張「全生」的。因爲既要「全生」，就要大講養生之道，注意飲食滋味，講究聲色，「縱欲妄行，男女無別，反於禽獸」（立政九敗篇）。第四敗是「私議自貴之說勝，則上令不行」。這是反對道家的，因爲「私議自貴」，就要「退靜隱伏，窟穴就山」（立政九敗解）。此外五敗，是反對「金玉貨財之說」、「群徒比周之說」、「觀樂玩好之說」、「請謁任舉之說」、「諂讒飾過之說」。

對計算籌畫的重視

齊法家還對經濟、政治上的重大問題，主張事先要計算籌畫。乘馬篇的「乘」是加減乘除的「乘」，「馬」是計算籌碼的「馬」。認爲國都的建設要「因天材，就地利」，耕作的土地必須合理的調整，山澤的開發必須有計畫，士農工商的工作要分配適當，耕田使用犁也要適當，「丈夫二犁，童五尺一犁」，就是說成年男子可使用兩牛牽引一大犁，未成年男子只能使用一牛牽引一小犁。而且要「均地分力，使民知時也」，不能「失時」。他們說「聖人之所以爲聖人者，善分民也」，「惟聖人爲善託業於民」。他們認爲「地均分力」，就是實行「與之分貨」的制度，這樣就使「夜寢蚤（早）起，父子兄弟不忘其功，爲而不倦，民不憚勞苦」。「審其分，則民盡力矣」。就是說「均地分力」可以促使各戶努力耕作。

七法篇把「則」（事物發展變化的原則）、「象」（事物的形象，包括外形、名稱、時代、類別、狀態等）、「法」（事物的規格，包括尺度、體積、重量等）、「化」（事物的相互教化，包括漸變、順服、磨練、持久、適應、習慣等）、「決塞」（事物的矛盾對立，包括予與奪、險與易、利與害、難與易、開與閉、殺和生等）、「心術」（心中打算，包括老實、忠誠、寬厚、施捨、度量、寬恕等）、「計數」（調查結果的統計結論，包括剛柔、輕重、大小、實虛、遠近、多少等）定爲「七法」，認爲要制定法制，用以治理人民和統一思想行動，移風易俗，發布命令，舉辦大事，論材審用，都必須按「七法」經過調查研究。

八觀篇認爲了解國情必須作八個方面的調查研究：(一)巡視田野察看耕耘，計算農業生產；(二)巡視山澤察看桑麻，計算六畜生產；㈢進入都城察看宮室、車馬和衣服；㈣考察災荒，計算從軍人數，察看台榭，計量財政開支；㈤進入州里察看風俗習慣，了解人民所接受上面的教化；㈥進入朝廷觀察君主左右，分析朝廷上下所重視的和輕視的；㈦考察法令的執行情況，有那些行於民與不行於民；㈧估量敵國和盟國的強弱，考量君上的意志，考察人民生產有餘或不足。

重視農業的政策

管子有治國篇，認爲「治國之道必先富民（農民），民富則易治也」。主張重視「本事」（農業生產），禁止「末作文巧」（奢侈的工商業）。還認爲農民的苦難，由於官府急暴的徵税和商人操縱糧食的買賣。官府的急暴徵税，迫使農民以「借一還二」的高利貸應付，商人秋天買進的糧價是「五」，而春天賣出的糧價是「十」，又是「借一還二」的高利貸性質。當雨水不足時，農民又要靠「借一還二」高利貸來雇人澆地。再加上關市的税，政府規定常年徵收的「什一之税」，以及各種勞役，也等於一項「借一還二」的高利貸。這樣一個農民要養四個高利貸的債主，因而農民常常流亡，家無積蓄，他們特別指出：「嵩山之東（『嵩』原課作『常』，從管子集校一説改正），河（黃河）、汝（汝水）之間，蚤（早）生而晚殺（『殺』謂凋落），五穀之所蓄也。四種而五穫（四季種植而五穀皆收），中年畝二石（中等年成畝產二石），一夫粟二百石（一夫種百畝收二百石）。今也倉廩虛而民無積，農夫所以粥（鬻）子者，上無術以均之也。」嵩山以東，黃河、汝水之間，今河南省中部，是當時農業生產最好的地方。當時中原地區一般農田的生產，中等年收畝產一石半，當戰國初期李悝在魏國推行「盡地力之教」時，就是這樣估計的，「河汝之間」、「中年畝二石」，是當時最高的畝產量，但是農民還是窮得出賣兒女，因此他們主張要重農抑商，使農、士、工、商的每年收入不要相差太多，這樣就使得農民能夠專一務農而開墾田野，「粟多則國富，奸巧不生則民治，富而治，此王之道也」。

術數、法令、分職、威勢的兼用

管子的明法和明法解兩篇，是齊法家講究法家統治理論的主要文章。明法篇的著作較早，明法解篇是詳細解釋明法篇的，著作當已在戰國晚期。他們和韓非一樣主張「法」、「術」、「勢」的兼用，但是比較重視「術數」方面，還特別提出了「分職」。明法解篇開頭就說：「明主者，有術數而不可欺也，審於法禁而不可犯也，察於分職而不可亂也。」同時指出「明主在上位有必治之勢」，群臣就不敢爲非和不敢欺主，「以畏主之威勢也」。「人主者，擅生殺，處威勢，操令行禁止之柄，以御其群臣，此主道也」。他們認爲，國家危亡有四種情況，法令一開始就發不出去叫做「滅」；發出去中道被留住叫做「壅」，下情一開始不能上達叫做「塞」，上達中道被停留叫做「侵」，都是法制不能確立的原因。明法解篇指出，必須「有不蔽之術，故無壅遏之患」。「明主者兼聽獨斷，多其門戶。群臣之道，下得明上，賤得言貴，故奸人不敢欺。亂主則不然，聽無術數，斷事不以參伍」。所謂「兼聽獨斷，多其門戶」，就是用術數使臣下不可欺。所謂「斷事不以參伍」，就是「聽無術數」。可知用「術數」就是要「斷事以參伍」，要多方面加以比較考驗。明法解篇還說：「主無術數則群臣易欺之，國無明法則百姓輕爲非。」又說：「明主操術任臣下，使群臣效其智能，進其長技。故智者效其計，能者進其功。以前言督後事，所效當則賞之，不當則誅之，張官任吏治民，案法試課成功守法而法之，身無煩勞而分職明。」可知齊法家所說「術數」，基本上和申不害所說的任用、監督、考核臣下的「術」相同的，所說「分職」也就是申不害所說的「治不逾官」；所謂「兼聽獨斷」也就是申不害所說聽到、看到和知道一切而後做到「獨斷」。

齊法家把申不害所說的「術」，加以擴展而使用「術數」，是一個重大發展。齊法家觀察事情和分辨是非，要講究「七法」和「八觀」的調查研究，「七法」的調查研究，最後一法叫「計數」，就是總結調查研究的結果，要歸結成「計數」，這個「數」就是指事物發展變化的規律，此中包括數量上變化規律，也包括質量上變化規律。七法篇說：「剛柔也，輕重也，大小也，實虛也，遠近也，多少也，謂之計數。」又說：「舉事必成，不知計數不可。」這個「數」既包括數量多少的變化，體積大小的變化，距離遠近的變化，重量輕重的變化，還包括性質上剛柔、虛實等等的變化。因而這個「數」就具有事物發展變化的規律性質。荀子富國篇開頭就說：「萬物同宇而異體，無宜而有用爲人，數也。」這個「數」是指萬物發展變化規律。荀子議兵篇說秦「四世有勝，非幸也，數也」。這個「數」就是指軍事發展變化規律。管子法法篇說：「上無固植（上面意志不堅定），上有疑心，國無常經（指經常的法制），民力不竭（人民不肯盡力），數也。」這個「數」是指政治發展變化規律。漢書藝文志把天文、曆法、五行、占卜的著作稱爲「數術」，「數術」也稱「術數」，因爲這類著作都是講自然發展規律的。因爲古時科學技術和迷信方術相混，天文和曆法是講究自然發展變化的科學規律，五行和占卜就混有迷信的方術。齊法家使用於政治上的「術數」，當然是指國家大事發展變化的規律，因而這種「術數」實質上就是政治學。明法篇說：「有權衡之稱者不可欺以輕重，有尋常之數者不可差以長短。」齊法家主張君主必須用「術數」來防止臣下的欺詐，就是主張用「七法」和「八觀」的調查研究，辨明國家的真情，使君主能夠按照事物發展變化規律來治理。申不害和韓非所用的「術」是隱祕而不給人知道的，而齊法家所用的「術數」，要根據多方面調查研究的結果，當然是公開進行的。

正因爲齊法家重視「術數」，如同韓非一樣把推行法家政策的大臣，稱爲「法術之士」。明法解篇說：「凡所謂忠臣者務明法術」，「治則奸臣困而法術之士顯」。韓非子人主篇也說：「且法術之士與當塗（途）之臣不相容也。」

「任法」和「法法」的主張

管子有任法篇，主張一切依憑法制而行動，所謂仁義禮樂皆出於法，此先聖之所以一民者也。他們認爲「君臣上下貴賤皆從法，此之謂大治」。聖君只要「守道要」，「垂拱而天下治」。管子還有重令篇，主張一切以法令爲重，必須做到「號令」足以「使下」，「斧鉞」(指刑罰)足以「威衆」，「祿賞」足以「勸民」。所謂「守道要」，就是要依據天道作爲綱要。重令篇說：「天道之數，至則反，盛則衰；人心之變，有餘則驕，驕則緩怠。」因此必須做到「國雖富，不侈泰，不縱欲；兵雖強，不輕侮諸侯，動衆用兵必爲天下政(正)理(即正義)」。所謂「天道之數」，「數」就是指發展變化規律。

管子又有法法篇，所謂「法法」，前「法」字是動詞，就是要以執「法」的手段來推行法治，開頭說：「不法法則事毋常，法不法則令不行。」就是說：不用執「法」手段來推行法治，事情就沒有常規；「法」不用執「法」手段去推行，法令就不能執行。他們認爲法令之所以不能推行，往往由於賞罰定得太輕，如果賞罰重而不能推行，該是由於法令定得不切實際，君主不能以身作則，因此制定法令要慎重，對人民的要求要適當，不能「求多」、「禁多」和「令多」。「儉」是君主必須掌握的「道」，要確實做到「憲律制度必法道，號令必著明，賞罰必信，此正民之經也」。因此他們主張對小過不能赦，赦小過就會使人逐漸累積成重罪，以致妨礙法令的執行。法令一經公布，就該「引之以繩墨，繩之以誅僇(戮)，故萬民之心皆服而從上，推之而往，引之而來」，這樣「明君在上，道法行於國」，就使得「賢者勸而暴人止」，人民「蹈白刃，受矢石，入水火，以聽上令。上令盡行，禁盡止，引而使之，民不敢轉其力；推而戰之，民不敢愛其死。不敢轉其力，然後有功，不敢愛其死，然後無敵。進無敵，退有功，是以三軍之衆皆得保其首領，父母妻子完安於內」。這是他們理想中的「大治」境界。

他們這種理論和主張，是從黃老學派發展而來。他們指出：「黃帝之治天下也，其民不引而來，不推而往，不使而成，不禁而止。故黃帝之治也，置法而不變，使民安其法也。」「堯之治天下也，猶埴(黏土)之在埏（模型）也，惟陶（陶工）之所爲；猶金之在爐，恣冶（冶匠）之所鑄，其民引之而來，推之而往，使之而成，禁之而止。故堯之治也，善明法禁之令而已矣。」（任法篇）他們主張用堯的治法，以爲比「黃帝之治」進了一步，就是他們所謂「牧民」。

順應「天道」發展變化趨勢和規律的理論

管子有形勢篇，闡釋他們的政治主張是順應天道發展變化趨勢和規律的。形勢解篇是逐段逐句解釋形勢篇的，這是管子書中文章較長的一篇。形勢篇講到君主要「王天下」必須「得天之道」。「道之所設，身之化也，持滿者與天，安危者與人」。這與春秋末年越國大臣范蠡所説「持盈者與天，定傾者與人」（國語越語下），看法是相同的。形勢解篇解釋説：「天之道，滿而不溢，盛而不衰。明主法象天道，故貴而不驕，富而不奢，行理而不惰，故能長守貴富，久有天下而不失也，故曰持滿者與天。明主救天下之禍，安天下之危者也。夫救禍安危者，必待萬民之爲用也，而後能爲之，故曰安危者與人。」這與重令篇主張符合「天道之數」，法法篇主張「儉其道乎」，是一致的。他們認爲君主制定法令，必須使天下致利除害，合於民心的好惡，合於民情，是符合於天道的；做到「靜其民而不擾，佚其民而不勞」，也是符合於天道的。形勢解篇還説：「人主務學術數，務行正理，則化變日進，至於大功。」這是説君主必須努力學習「術數」，努力按正義行事，就能順從事物發展規律而變化，天天進步，從而成就大功，因爲「術數」就是講究事物發展變化規律的。形勢篇説：「疑今者察之古，不知來者視之往，萬事之生（性）也，異起而同歸，古今一也。」這是説古往今來，事物開始雖有不同，發展變化的規律是一致的，要解決今天的疑問，只要觀察以往的變化，要知將來的結果，只要看過去的發展。

十四、鶡冠子實現「大同」的道家學說

鶡冠子的著作

鶡冠子，楚人，戰國末年隱居於深山，常戴鶡冠（插有鶡尾的武冠），因以爲號，佚其姓名。漢書藝文志道家著錄有鶡冠子一篇。唐代韓愈所見有十六篇，曾說：「鶡冠子十有六篇，其詞雜黃老刑名。」今本鶡冠子有三卷十九篇，宋代陸佃注解。其中世賢篇記述趙卓（悼）襄王和龐煖的問答，近迭、度萬、王鈇、兵政、學問等篇記述龐子和鶡冠子的問答，鶡冠子是龐子之師。龐煖是著名的兵家和縱橫家，漢書藝文志兵權謀家著錄有龐煖三篇，縱橫家又著錄有龐煖二篇。龐煖是趙悼襄王時的將軍，公元前二四二年（趙悼襄王三年）龐煖曾擒殺燕將劇辛，次年曾率趙、楚、魏、燕四國的銳師攻秦。鶡冠子世兵篇曾講到「劇辛爲燕將，與趙戰，軍敗，劇辛自剄，燕以失五城」。可知鶡冠子的著作尚在趙悼襄王去世之後，龐煖的從鶡冠子爲師當在其前。清代學者沈欽韓認爲今本鶡冠子中有龐煖論兵法，「漢志本在兵家，爲後人傅（附）合耳」。這是可能的，如世賢篇所記趙悼襄王和龐煖的問答，與鶡冠子無關，鶡冠子的著作不應述及。武靈王篇記述趙武靈王和龐煥的問答也與鶡冠子無關，龐煥一本作龐煖，疑原來本是趙悼襄王和龐煖的問答，今本出於後人誤改。

鶡冠子是戰國時代最後一個道家，他說「泰上成鳩之道」，已經用了一萬八千歲，「得此道者，何辨誰氏，所用之國，天下利耳」。他是要廣爲推行，從而使「天下利」的。這就是鶡冠子的主要政治主張。

所謂泰上成鳩之道

鶡冠子王鈇篇說：「泰上成鳩之道，一族用之萬八千歲。」又稱「泰上成鳩」爲「成鳩氏」。陸佃注：「傳曰：天地初立天皇，一日天靈，其治萬八千歲，然則九鳩蓋天皇之別號也。」其實泰上成鳩氏，當爲泰皇。後來秦王政統一天下，命丞相、御史等議論稱號，臣下與博士奏議說：「古有天皇，有地皇，有泰皇，泰皇最貴。」泰上成鳩氏既稱爲「泰上」，當然是最貴的。泰皇這個稱號原是從道家把「道」稱爲「泰一」(即太一)而來，所以鶡冠子把「泰上成鳩之道」又稱爲「泰一之道」。鶡冠子所說的「泰一之道」是「執大同之制」的，原是道家對「三皇」時代原始社會的認識。白虎通號篇說：「號之爲皇者，煌煌人莫違也。……故黃金棄於山，珠玉捐於淵，巖居穴處，衣皮毛，飲泉液，吮露英，庸無寥廓，與天地通靈也。」風俗通義皇霸篇又說：「皇者天，天不言，四時行焉，百物生焉。三皇垂拱無爲，設言而民不違，道德玄泊，有似皇天，故號曰皇。」這樣把原始社會看作三皇時代，就是取自道家的學說。鶡冠子泰鴻篇說：「泰一者，執大同之制，調泰鴻之氣，正神明之位也。」泰錄篇又說：「入論泰鴻之內，出觀神明之外，定制泰一之衷，以爲物稽。天有九鴻，地有九州，泰一之道，九皇之傅，請成於泰始之末。」所謂「泰鴻之內」，就是指整個天下，因爲他們認爲天上有「九鴻」的劃分，如同地上有「九州」的劃分，他們認爲泰皇所制定執行的「大同之制」，是符合天道的。

鶡冠子是隱居深山的道家，他主張推行泰皇的「泰一之道」，是自然的。他高明的是，不推行原始社會的生活，而強調「大同之制」，他所講的「大同之制」，重視以法制安定人民生活，講究選拔人才來加強治理，並且實行全民皆兵的制度，力求無敵於天下。很明顯，這種「大同之制」已不是原始社會的形態，而是一種「大同」的高級理想。

所謂「太一」的「大同之制」

鶡冠子王鈇篇記載龐子向鶡冠子請教「泰一成鳩之道」，鶡冠子作了詳細說明。他理想中的國家組織，是按照楚國的行政組織而設想的，主張所有人民的「下情」，可以由伍長、里有司、甸長、鄉師、縣嗇夫、郡大夫逐級向上彙報，最後由柱國、令尹報告天子。所有統治者的「上惠」，由柱國、令尹向下逐級傳達，要做到「下情六十日一上聞，上惠七十二日一下究」，使得「爲善者可得舉，爲惡者可得誅」，包括柱國、令尹在內，同樣爲惡得誅。他所說「大同之制」，就是要實現世界大同的理想，做到「化立俗成，少則同儕，長則同友，遊敖同品，祭祀同福，死生同愛，禍福同憂，居處同樂，行作同和，弔賀同雜，哭泣同哀，歡欣足以相助，偎諜足以相止，安平相馴，軍旅相保，夜戰則足以相信，晝戰則足以相配，入以禁暴，出正無道，是以其兵能橫行誅伐，而莫之能禦，故其刑設而不用，不爭而權重，車甲不陳而天下無敵矣」。「故能疇合四海，以爲一家，而夷貉萬國，皆以時朝服致績」（鶡冠子王鈇篇）。這是鶡冠子所講道家的「大同」世界的理想，這比道家首創者老子的「無爲而治」和回復到遠古「小國寡民」的理想，有了飛躍的發展。鶡冠子主張用「道德」和「法令」以及廣博選拔人才來實行他的「大同之制」的理想。

對法制的特別重視

鶡冠子在闡釋「泰上成鳩之道」所執行的「大同之制」中，說明「成鳩所謂得王鈇之傳者也」。「王鈇者，非一世之器也，以死遂生，從中制外之教也」。陸佃注：「王鈇，法制也。」「鈇」與「斧」音同通用，原指腰斬的刑具，他所說「王鈇」實即「王法」。他認爲「王法」規定斬殺危害國家的罪犯，可以達到教導人們不犯罪（以死遂生）和控制治安（從中制外）的目的。他認爲治國的學問有「九道」：「一曰道德，二曰陰陽，三曰法令」，「法令者主道（導）治亂，國之命也」（鶡冠子學問篇）。就是說法令對國家治亂起著主導作用。他還說「生殺，法也；循度以斷，天之節也。列地而守，分民而部之，寒者得衣，饑者得食，冤者得理，勞者得息，聖人之所期也」（鶡冠子天則篇）。認為法令的規定，起著安定人民生活和使受冤者得以平反的作用。他又說「法者使去私就公，同知壹警，有同由者也」（鶡冠子度萬篇），認為法制能起「去私為公」和促使人們共同警戒的作用。

對人才的廣博選拔和使用

鶡冠子有博選篇，認為治理僅憑「王鈇」（法制）還很不夠，必須有「厚德隆俊」的人才來主持，因而必須廣博地選拔人才。這都和老子的主張是不合的。博選篇講到「博選」有「五至」之說。就是說君主招徠聖賢人才，由於接待的態度不同，招到的人才就有五等的差別。如果尊以為「師」的，就可招到「百己」者（百倍於自己的）；如果待之如「友」的，只能招到「什己」者。這個「五至」之說，燕昭王初年招賢時郭隗已對昭王提出，而且文句大體相同，郭隗對昭王還說：「此古服道致士之法也，王誠博選國中賢者而朝其門下，天下聞王朝其賢臣，天下之士必趨於燕矣。」（戰國策燕策一第十二章）可知鶡冠子不但襲用郭隗「五至」之說的文句，連「博選」這個名詞也是因襲郭隗的。長沙馬王堆出土帛書中，黃老學派著作有稱篇，已經講到「帝者臣名臣，其實師也；王者臣名臣，其實友也，……」，但是沒有概括為「五至」之說，可知郭隗繼承了稱篇的說法而加以發揮的⑦。而鶡冠子又是因襲郭隗之說的。唐代柳宗元曾依據這點判斷鶡冠子出於後人偽作，並不正確。道端篇又有四方用人之說：「仁人居左，忠人居前，義臣居右，聖人居後。左法仁則春生殖，前法忠則夏功立，右法義則秋成熟，後法聖則冬閉藏。」這樣以「仁」配合東方「木」德，「忠」配合南方「火」德，「義」配合西方「金」德，「聖」配合北方「水」德，這和子思一派「五行」說，以「仁」配「木」，以「禮」配「火」，以「義」配「金」，以「信」配「土」，有些出入。

對用兵「計謀」的重視

鶡冠子中有世兵、兵政、武靈王、天權等篇，講用兵取勝之道的。他認爲「太上用計謀，其次因人事，其下戰克」。「計謀」主要是「熒惑敵國之主，使變更淫俗，哆暴驕恣」（武靈王篇）；而且要有全面的遠大打算，他說：「勝道不一，知者計全，明將不倍（背），時而棄利。」又說：「吉凶同域，失反爲得，成反爲敗。吳大兵強，夫差以困，越棲會稽，句踐霸世，達人大觀，乃見其可。」（世兵篇）就是說眼光遠大，計謀周全，可以像越王句踐那樣轉敗爲勝，成其霸業。所謂「其次因人事」，實際上就是做間諜工作，收買敵國近臣作爲「內間」。所謂「其下戰克」，要做到「其國已素破，兵從而攻之」（武靈王篇）。

鶡冠子雖是個隱居深山的道家，卻是很講究用兵取勝之道的。他說「故善用兵者慎，以天勝，以地維，以人成，三者明白，何設而不可圖」（天權篇），就是說必須謹慎地按天時、地利、人和的條件，制定周密的作戰計畫，才能取得勝利。他又說「參之天地，出實觸虛，禽（擒）將破軍，發如鏃矢，動如雷霆；暴疾擣虛，殷若壞牆，執急節短，用不縵縵；避我所死，就吾所生；趨吾所時，援吾所勝；故士不折北，兵不困窮」（世兵篇），就是說必須按照天時、地利和敵我對峙的形勢，集中優勢兵力，迅速而勇猛地乘「虛」而進攻，才能立於不敗之地，正因爲他如此講究用兵取勝之道，他的弟子龐煖成爲戰國時代最後一個著名的兵家。

十五、方士的醫藥、養生、修練和求神仙的方技

方士的起源和特點

漢書藝文志對古代科學技術和迷信相牽合的著作，分爲「數術」和「方技」二大類。數術包括天文、曆譜、五行、蓍龜（筮占和龜卜）、雜占、形法（相術）。方技包括醫經、經方（醫方）、房中（有關房事的）、神仙，即所謂「生生之具」，著重研究醫學、養生、修練、求神仙等有關生命的科學技術以及迷信的巫術。大體上掌握「方技」之士稱爲「方士」，掌握「數術」之士稱爲「術士」。六韜王翼篇講到輔助將軍指揮作戰人員，應有「術士二人主爲譎詐，依託鬼神，以惑眾心。方士二人主百藥，以治金瘡（刀傷），以痊萬病」。也還可以合稱爲「方術士」。秦始皇說：「悉召文學、方術士甚眾，欲以興太平，方士欲練以求奇藥。」集解引徐廣曰：「一云欲以練求。」這是說方士既欲求奇藥，又欲煉奇藥。方士侯生、盧生相與謀曰：「秦法不得兼方，不驗輒死，然候星氣者至三百人。」（史記秦始皇本紀）候星氣者屬於術士。秦始皇焚書，「所不去者醫藥、卜筮、種樹之書」。醫藥屬於方技，卜筮屬於術數。秦始皇悉召方術士，包括方技和數術兩方面的人才，因而秦始皇自稱「欲以興太平」。

方士的起源，大概有兩個方面，一方面是繼承了商周以來巫師的巫術而有所發展。巫師以巫咸、巫彭作爲他們的祖師，山海經海外西經說：「巫咸國在女丑北，右手操青蛇，左手操赤蛇，在登葆山，群巫所從上下也。」大荒西經又說：「大荒中有山名豐沮玉門，日月所入。有靈山，巫咸、巫即、巫盼、巫彭、巫姑、巫真、巫禮、巫抵、巫謝、巫羅十巫，從此升降，百藥爰在。」海內西經又說：「崑崙開明東，有巫彭、巫抵、巫陽、巫履、巫凡、巫相，夾窫窳之尸，皆操不死之藥以距之。」可知巫師有兩大特點：一是有天梯性質的高山可以升降上下，能夠往來人間和天堂，溝通天人之間，能爲人們通神祈求。另一是備有百藥能治病，還操有不死之藥。醫就是起源於巫的。世本說：「巫咸作筮，巫彭作醫。」（海內經郭璞注引）呂氏春秋勿躬篇同。逸周書大聚篇說：「鄉立巫醫，具百藥，以備疾災。」方士主要繼承和發展了巫師的巫術，包括醫術在內，既具百藥而爲人治病，又要採煉藥物，尋求仙人「不死之藥」。

方士另一方面是繼承和發展了講究修練「精氣」的道家方技。前面已談到，齊國稷下道家提出了「精氣」爲「道」的學說，以爲「精氣」是萬物產生和生長的根源，也是人生命的根本要素，因此主張修養內心和修練「精氣」，以求延年益壽。他們修練「精氣」的方技，就是「行氣」和「導引」，即今所謂「氣功」或「內功」。稷下道家稱之爲「內業」或「內得」。管子內業篇就是他們闡明氣功作用的論著。因爲他們以「精氣」爲「道」，就把修練「精氣」成功的人稱爲「得道」的「真人」（參看第十一章第七節「『氣功』養生之道的開創」）。方士繼承和發展了這種修練「精氣」的方技，誇大其作用，以爲由此可以長生不老，也還把修練成功的稱爲「真人」。後來道教進一步承襲了方士修練氣功和煉丹採藥的方技，也還沿用「真人」的稱號。

燕、齊海上方士求神仙

從齊威王、宣王以及燕昭王時，齊燕就有一些海上方士爲齊燕君主求神仙。史記封禪書說：「而宋毋忌、正伯僑、充尚、羨門高最後皆燕人，爲方僊（仙）道，形解銷化，依於鬼神之事。騶衍以陰陽主運顯於諸侯，而燕齊海上之方士傳其術不能通。」騶衍是戰國晚期著名的齊的陰陽五行家，羨門高等人是著名的燕齊海上方士。所謂「爲方仙道」，是說他們講究神仙的方技。所謂「形解銷化，依於鬼神之事」，是說他們身體銷解變化而升爲神仙，就是後來道教講究尸解變化升仙的起源。

宋玉高唐賦說：「有方之士羨門高、谿成、鬱林、公樂、聚穀，進純犧，禱琁室，醮諸神，禮太一。」太一是方士所崇拜的最高天神。後來漢武帝開始祭祀太一，就是因爲當時方士以爲「天神貴者太一」。高唐賦又說：「王（楚王）將欲往見，必先齋戒，差時擇日，……千里而逝。蓋發蒙往自會，思萬方，憂國害，開賢聖，輔不逮，九竅通鬱，精神察滯，延年益壽千萬歲。」所謂「九竅通鬱，精神察滯」，就是要通過修練的功夫，使阻滯和鬱積的精氣得以流動暢通，從而消除發病因素，達到延年益壽，甚至長生千萬歲的效果。這是他們講求的養生長壽之道。

東方海中神山和西方黃河之源崑崙山

戰國方士尋求成仙的地方有東西兩處，一是東方海中神山，這是燕齊海上方士所尋求的；一是西方黃河之源的崑崙山，這是中原巫師所尋求的。據說渤海中有蓬萊、方丈、瀛州三神山，上有用金銀所造宮闕，有白色禽獸，住著仙人，並有「不死之藥」。齊威王、宣王和燕昭王曾先後派人入海找尋，據說「未至，望之如雲，及到，三神山反居水下，臨之，風輒引去，終莫能至」(史記封禪書)。秦始皇二十八年派齊人徐市(「市」即「芾」字，同「黻」)，率領童男童女數千人入海求仙人，三十二年又派燕人盧生求羨門高，又使韓終、侯公、石生求仙人不死之藥。秦始皇多次派方士入海求神山，主要目的在於求得不死之藥，終未能得。後來方士侯生、盧生認爲始皇爲人貪於權勢，未可爲求仙藥，因而逃亡，秦始皇因而大怒，坑殺方士和儒生四百六十多人。

西方崑崙所以成爲尋求神仙的地方，因爲古神話中，崑崙是上帝的「下都」，既是黃河的發源地，又具有天梯性質，由此可以上升天堂。據說崑崙「面有九門」，東門有「身大類虎而九首」的開明獸守著，開明以東就有巫彭等六巫，「皆操不死之藥」(山海經海內西經)。山上有增(層)城九重。在不同層次，從上而下建設有傾宮旋室、縣(懸)圃、涼風(一作閬風)、樊桐。縣圃是空中懸掛著的花園，「清水出泉，溫和無風，飛鳥百獸所飲食」(穆天子傳)。向上到涼風之山「登之而不死」；再向上到縣圃「登之乃靈，能使風雨」。更向上就是上帝之宮，也就是黃帝之宮。這是戰國時代流行的神話。楚辭天問問到：「崑崙縣圃，其居安在？增城九重，其高幾里？四方之門，其誰從焉？」崑崙以北的玉山，有西王母掌有不死之藥，相傳后羿曾從西王母取得不死之藥，被姮(嫦)娥竊走而出奔月中(淮南子覽冥篇)。這個神話戰國已有，天問曾問到：「安得夫良藥不能固藏？」⑧

屈原的神遊崑崙和兩幅楚帛畫

楚大夫屈原因楚王聽信讒言而被流放，因作離騷以表達清白堅貞。他憤慨地要離開人間，隨著巫彭、巫咸之所居，要隨從到崑崙一帶神靈的聖地去。他說：「朝(早)發軔於蒼梧兮，夕余至乎縣圃。」接著望見太陽所入的崦嵫，使馬飲於太陽所浴的咸池，又到了日出的扶桑，他又說：「吾令帝閽開關兮，倚閶闔而望予。」這是說他請上帝的看門者開啟天門，讓上帝憑倚而望我。他更說：「世溷(混)濁而不分兮，好蔽美而嫉妒；朝(早)吾將濟於白水兮，登閬風而緤焉。」閬風一作涼風，就在縣圃的下一層地方。離騷後段又講到，由於靈氛(即方士)的吉卜，巫咸准許他升降上天下地之間，於是他「朝(早)發軔於天津兮，夕余至乎西極。……忽吾行此流沙，遵赤水而容與；麾蛟龍使梁津兮，詔西皇使涉予，……路不周以左轉兮，指西海以爲期」。這是說神魂西行，經流沙、遵赤水，經西皇的准許，渡津之後，經不周山左轉而到達西海目的地。

一九四九年長沙陳家大山楚墓出土帛畫龍鳳婦女圖，描寫女的墓主在龍鳳引導下西行情景。一九七三年長沙子彈庫楚墓出土帛畫男子御龍圖，描寫男的墓主乘著蛟龍西行情景⑨(以上兩圖參見第十二章第三節「繪畫的發展」)。這都是描寫墓主的靈魂正在龍鳳引導下或駕御蛟龍西行而上天堂的。這與屈原在離騷中描寫他神魂西行的情景是相同的。屈原描寫他的神魂「駟玉虬以乘鷖兮，溘埃風余上征。朝發軔於蒼梧兮，夕餘至乎縣圃」。虬就是龍的別名，鷖就是鳳的別名。這是說乘龍鳳駕的車西行到崑崙的。屈原描寫他的神魂再次西行，「爲余駕飛龍兮，雜瑤象以車」；「麾蛟龍使梁津兮，詔西皇使涉予」。這是說先乘飛龍駕的車西行，再乘蛟龍渡天津而到達目的地。蛟龍是一種有腳的龍，便於游泳渡過天津的。洪興祖補注引郭璞曰：「蛟似蛇，四足，小頭，……龍屬也。」子彈庫出土的男子御龍圖，這條龍正昂首向西游泳，這條龍的腹下確有一腳作游泳形象，同時腳的前面正有一魚向前游，當即蛟龍無疑。由此可見離騷所描寫的正是這樣的情態，過去人們對這張畫誤解，以爲是一條龍舟，其實只是一條蛟龍，這個男子就是乘著這條蛟龍昂首游泳渡過天津而西行的。離騷「麾蛟龍使梁津兮」，五臣注：「麾，招也。」王逸注：「以蛟龍爲橋，乘之以渡。」値得注意的是，神話中要到達崑崙這個神靈之地，前去的通道上有個「天津」阻隔著，並且由西皇這個神主管著這個天津，因此必須得到西皇的准許，乘著蛟龍才得渡過天津而進入目的地。這兩幅楚帛畫和離騷所描寫神魂西行的情態雖然相同，但帛畫是描寫墓主死後靈魂西行，而離騷是描寫屈原學著神仙而神魂西行。

方士的食「六氣」方技

楚辭遠遊一篇，王逸以爲這是屈原因方直而不容於世，「託配仙人，與俱遊戲，周歷天地」。從其內容看來，疑是屈原後學所作。屈原作離騷只是學著神仙而神魂西行，遠遊則進一步講究方技而變成神仙了。遠遊以赤松子、王喬等仙人作爲榜樣，既要像「真人」那樣的「登仙」，「化去而不見」，又要修練「食六氣」的方技，「餐六氣而飲沆瀣兮，漱正陽而含朝霞；保神明之清澄兮，精氣入而粗氣除」。這個「食六氣」的方技，是方士對「引氣」的氣功療法作了進一步的發展，主張按四季變化和每天時光變化，吸食六種不同的「氣」而避食其他的「氣」，見於王逸注所引陵陽子明經，據說陵陽子明是楚國陵陽（今安徽青陽縣東南）的仙人，見於列仙傳。馬王堆漢墓出土帛書卻穀食氣也屬於這個性質。「朝霞」是「日始欲出赤黃氣」，是平旦的氣，春天所食。「正陽」是「南方日中氣」，夏天所食。「沆瀣」是「北方夜半氣」，冬天所食。還有「淪陰」是「日沒以後赤黃氣」，秋天所食。遠遊篇還說：「壹氣孔神兮於中夜存，虛以待之兮無爲之先。」方士是很重視於半夜食氣的，沆瀣就是夜半之氣。

遠遊篇後段講到「聞至貴而遂徂兮，忽乎吾將行。仍羽人於丹丘兮，留不死之舊鄉」。這是說聞得至貴的訊息，於是急於前往仙鄉，所謂「羽人」就是羽化而登仙的仙人，所謂「不死之鄉」，王逸以爲「遂居蓬萊處崑崙也」。遠遊篇接著有和離騷相同的敍述：「命天閽其開關兮，排閶闔而望予。召豐隆使先導兮，問太微之所居。集重陽入帝宮兮，造旬始而觀清都。」天閽就是帝閽，閶闔是天門，豐隆是雷神，可知太微即是上帝，因爲楚國方士把上帝稱爲太一或太微。

方士的「祝由」方技

方士在使用百藥治療的同時，還用「祝由」的巫術來治病。素問移精變氣論說：「余聞古之治病，惟其移精變氣，可祝由而已。」王冰注：「祝說病由，不勞針石。」「祝」當通「咒」，咒詛，就是在神前咒詛致病的鬼怪，使病者「移精變氣」，精神狀態變移，取得治療效果。馬王堆帛書五十二病方就夾雜有這種治病方技。往往使用噴水、吐沫、吐氣、呼號、擊鼓以驅逐鬼怪，或用椎、杵、斧等工具加以驅逐，或用土塊、藥物摩擦患處，或用豬、雞屎及泥土塗抹患處，或用掃帚打掃患處扔掉，或用「劃地」、「禹步」（一種舞步）等巫術來禁避鬼怪，或用桃枝以避邪，同時在神前咒詛或威脅致病的鬼怪，說如不停止作祟，將要加以殺傷，從而使病人精神狀態有所變移。

方士煉丹術的起源

周禮天官玉府講到「王齊（齋）則共（供）食玉」，鄭玄注：「玉是陽精之純者。」楚辭遠遊說不死之鄉，「吸飛泉之微液兮，懷琬琰之華英，玉色頩以脕顏兮，精醇粹而始壯」。這是說吸了飛泉的「微液」，吃進了寶玉的精華，因而顏面美豔如同玉色，精神因而純粹健壯。鹽鐵論散不足篇講到燕齊方士爭趨秦都咸陽，

「言仙人食金飲珠，然後壽與天地相保」。古神話中崑崙山下有「飲之不死」的丹水（淮南子地形篇），崑崙山之陽峚山有「玉泉」，「是有玉膏，其原沸沸湯湯，黃帝是食是饗」，「玉膏所出，以灌丹水，瑾瑜之玉為良」，「君子服之以禦不祥」（山海經西次三經）。穆天子傳講到周穆王到崑崙山的縣圃，「天子於是得玉榮」，郭璞注：「玉榮，玉之精華也。」尸子曰：龍泉有玉英。」最早的藥物經典神農本草經，就曾說玉泉「主五藏（臟）百病，柔筋強骨，安魂魄，長肌肉，益氣，久服耐寒暑，不饑渴，不老神仙」。這是古老相傳的傳說。漢代銅鏡銘文中常見「上有仙人不知老，渴飲玉泉饑食棗」。這種飲食丹水、玉泉、玉榮、玉膏可以成仙的傳說，就是方士謀求煉製「不死之藥」的起源，方士的煉丹術就是由此開始的。神農本草經又說丹砂「主身體五藏百病，養精神，安魂魄，益氣明目，殺精魅邪惡鬼，久服通神明」，因而列為眾藥之首。很明顯，這是方士的見解。

十六、術士依託鬼神的數術

「數術」的來源和特點

漢書藝文志以為數術來自「明堂、羲和、史卜之職」，著作分為六類，即天文、曆譜、五行、蓍龜、雜占、形法。「天文」一類，既包括日、月、五星、二十八宿等星象的分布和運行，屬於天文學的範圍，又包括雲氣的觀察，帶有氣象學的性質，更包括「星氣之占」，具有占星術的性質。「曆譜」一類既包括曆法的制訂和頒布，又包括君王世系和年譜，帶有歷史記載的性質。「五行」一類既包括陰陽五行學說的發展，又包括四季十二月二十四節氣的時令安排，關係人民的生產和生活。「蓍龜」就是指筮占和龜卜，是古代流行的迷信，用以判斷行事吉凶的。戰國時代除了筮占和龜卜以外，也還有使用「式盤」來占驗的。「雜占」一類，包括「占夢」、「厭劾妖祥」(驅鬼除邪)、「祝禱祈禳」。「形法」一類，包括相地形、相宅墓、相人、相刀劍、相馬以及相六畜等。

戰國是連年戰爭的時代，有不少依託鬼神的數術被用於雙方戰鬥之中，這反映了當時執政者思想落後的一面。

星氣之占和望氣之術

戰國時代各國君主常常以占卜決定發動戰爭，也常以星象和氣象的變化預測勝負。韓非子飾邪篇曾有大段文章，批評這些君主迷信這種「星氣之占」是「愚莫大焉」。他列舉當時多次戰爭的結果，指出依靠「龜策鬼神不足舉勝」，按據星的「左右背鄉(向)不足以專戰」。他說：「初時者，魏數年東鄉(向)攻盡陶、衛；數年西鄉(向)以失其國，此非豐隆、五行、太一、王相、攝提、六神、五括、天河、殷槍、歲星數年在西也，又非天缺、弧逆、刑星、熒惑、奎台數年在東也。」因爲當時占星家以爲豐隆等星爲吉星，天缺等星爲凶星，從其所在位置的移動，可以據此判斷戰爭的那方面勝負。馬王堆帛書五星占和天文氣象占中，就有不少內容是占用兵的。五星占提到太白(金星)最多，其次是熒惑(火星)，因爲他們認爲金星和火星都是主兵的凶星。當時史官兼掌星氣之占，因而常注意彗星出現以及金星、火星逆行，作爲「天象災異」的記錄(參見第十一章第二節)。

當時兵家也很重視這種所謂「天象災異」，而且講究「望氣」之術。六韜王翼篇主張將帥必須有股肱羽翼七十二人，此中「天文三人主司星曆，候風氣，推時日，考符驗，校災異，知人心去就之機」。六韜兵徵篇指出：「凡攻城圍邑，城之氣色如死灰，城可屠；城之氣出而北，城可克；城之氣出而西，城必降。城之氣出而南，城不可拔；城之氣出而東，城不可攻；城之氣出而復入，城主逃北；城之氣出而覆我軍之上，軍必病；城之氣出高而無所止，用日長久。凡攻城圍邑，過旬不雷不雨，必亟去之，城必有大輔。此所以知可攻而攻，不可攻而止。」這是很具體的說明「攻城圍邑」的「望氣」之術。馬王堆帛書天文氣象雜占講到某種雲「在師上，歸」，某種雲「在城上，不拔」，也是相同的「望氣」之術。

後期墨家講究守城的戰術著作中，有迎敵祠篇講到守城迎戰敵人之前，當靈巫祈禱而用牲主祭四方之神以後，就必須由望氣者「望氣」，並由巫單獨將「望氣之情」報告太守。據說：「凡望氣，有大將氣，有小將氣，有往氣，有來氣，有敗氣，能得明此者，可知成敗吉凶。」墨子號令篇又說：「望氣者舍必近太守，巫舍必近公社，必敬神之。巫、祝、史與望氣者必以善言告民，以請(情)上報守，守獨其請(情)而已。巫與望氣妄爲不善言，驚恐民，斷弗赦。」所謂「斷弗赦」是說要定罪不赦。據此可知，當時對「望氣」非常重視，望氣者以及巫、祝、史都必須以「善言」告民，望氣者必須把望氣所得實情保密而獨自報告太守知道，如果洩密而告訴人民，就要定罪不赦。

聽音預測之術

周禮春官載太師之職，「大師，執同律以聽軍聲而詔吉凶」。鄭玄注引兵書曰：「王者行師出軍之日，……大師吹律合音，商則戰勝，軍士強；角則軍擾多變，失士心；宮則軍和，士卒同心；徵則將急數怒，軍士勞，羽則兵弱少威。」兵書據孔穎達正義，是武王出兵之書，當出於後人所僞託。相傳周武王伐紂就曾「吹律聽聲」。史記律書說：「王者制事立法，物度軌則，壹禀於六律，六律爲萬事根本焉，其於兵械尤所重，故云望敵知吉凶，聞聲效勝負，百王不易之道也。武王伐紂，吹律聽聲，推孟春以至於季冬，殺氣相併而音尚宮。同聲相從，物之自然，何足怪哉？」所說「望敵知吉凶」是指「望氣」之術，所說「聞聲效勝負」是指「聽音」之術，可知「聽音」是和「望氣」相配合的。

六韜有五音篇專講這個「聽音」預測之術。據說方法是，當天晴夜半時刻，輕騎前往敵軍營壘的九百步外，持律管當耳靜聽，大呼一聲驚動敵人，就「有聲應管」，可以辨出五音。同時聽到鼓聲就是「角」，見到火光就是「徵」，聞得金鐵矛戟之聲就是「商」，聽到人呼嘯之聲就是「羽」，若寂靜無聲就是「宮」。

式盤（羅盤）的占驗

戰國時代已使用式盤來占驗時日，因而式盤有「天時」之稱。周禮春官所載太史之職，「大師，抱天時與大（太）師同車」。鄭玄注引鄭司農曰：「大出師則太史抱式以知天時，處吉凶。」現在考古出土的式盤，年代最早是西漢初年的，一九七七年安徽阜陽雙古堆出土，現藏阜陽博物館，想必戰國時代的式盤大體相同。這種式盤由上下兩盤構成，上盤圓形，象徵天，以北斗星居盤中心，四周環列十二月和二十八宿，稱爲天盤。下盤方形，象徵地，由內向外，以天干、地支、二十八宿排列三層，稱爲地盤。天盤中心有軸可以扣置地盤中心穿孔而旋轉。漢書藝文志五行類，著錄有羨門式二十卷和羨門法式二十卷，都是託名戰國著名方士羨門高而講究式盤的占驗的。

龜卜與筮占

龜卜是用燒灼龜甲來看「兆」以斷吉凶，筮占是用竹木棍（策）或蓍草經過擺布而形成「卦」以斷吉凶，都是從商代開始的，到戰國時代還很流行，直到戰國晚期相互戰爭，彼此都還要經過占卜。韓非子飾邪篇指出，趙燕兩國相戰，都是「鑿龜數策，兆曰大吉」，結果趙勝，「非趙龜神而燕龜欺也」；接著趙又北伐燕，「兆曰大吉」，結果秦乘機襲趙取得大勝，「又非秦龜神而趙龜欺也」。

一九八七年湖北荊門縣包山楚墓中出土一批占卜竹簡，記載墓主臨死前三年（公元前三一八—三一六年）求問病情和祭禱以及禳除的。從竹簡內容看來，當時是龜卜和筮占兼用的，而主要用卜。筮占沿用商周以來的「數字卦」，以「一」、「五」、「六」、「七」、「八」、「九」這樣六個數字來表示的。所祭禱的神祇，太是眾神之首，當即太一。其次是司命、司過、后土等。也還祭祀祖宗及親屬。表示「禳除」的詞是「攻解」、「攻敍（除）」、「攻奪」，「禳除」的對象都是鬼怪和夭死、戰死、淹死的冤魂，具有驅邪的巫術性質。

戰鬥中「避兵」的巫術

一九六〇年湖北荊門車橋戰國墓出土巴蜀式銅戈，「內」部有「兵闢（避）太歲」的銘文，「援」部有「大」字形的戎裝神像，頭戴插有左右雙羽的武冠（即鶡冠），穿甲，腰繫帶，雙耳珥蛇，雙手各執一龍，右手所執之龍雙頭，胯下又伏一龍，左足踏月，右足踏日。太歲是神名，指值歲的最高天神，當即方士所推崇的太一。太一爲方士所推崇的上帝，統屬日、月和北斗，漢武帝於元鼎四年信從方士，「始郊拜太一，朝（早）朝日，夕夕月」，次年伐南越，告禱太一，以畫有太一和日、月、北斗的畫幡稱爲靈旗，由太史舉以指向所伐之國。這和「兵避太歲戈」上的神像兩足踏日月相合。所謂「避兵」，是說舉此可以避免兵器殺傷，具有巫術性質。馬王堆帛書中有一幅帶文字題記的圖，上層中間所畫太一神像也作「大」字形，胯下也有一黃首青身之龍，左右爲雷公、雨師之像。中層爲「禁避百兵」的四個「武弟子」像，下層爲黃龍和青龍。這幅圖畫與上述戈援的神像相似，同樣屬於「避兵」的巫術性質⑩。

對敵國君主咒詛的巫術

當時宋秦等國流行在天神前咒詛敵國君主的巫術。他們雕刻或鑄造敵國君主的人像，寫上敵國君主的名字，一面在神前念著咒詛的言詞，一面有人射擊敵國君主的人像，如同過去彝族流行的風俗，在對敵戰鬥前，用草人寫上敵人名字，一面念咒語，一面射擊草人。

據記載，宋王偃曾鑄造敵國君主之像，安放在所築的台上，穿以甲冑，並用大皮囊盛著血掛在像上，於是在天神像前，一面咒詛，一面加以射擊，要「彈其鼻」而「射其面」，還要射中盛血的皮囊，使鮮血下流，象徵著射死了敵國君主，因而宋王左右觀看的人，都歡呼：「王之賢過湯、武矣。」一時室中、堂上、堂下的觀眾都高呼萬歲了，甚至門外庭中也呼應了。這就是咒詛敵國君主的巫術的精采表演。

當秦惠文王更元十二年（公元前三一三年）秦楚初次大戰前，秦王曾使宗祝在巫咸和大沈厥湫兩個神前，舉行這樣咒詛楚王的祭禮，北宋出土的詛楚文石刻，就是當時宗祝奉命所作，把楚王咒詛得如同商紂一樣的暴虐殘忍，請天神加以懲罰，從而「克劑楚師」⑪。

---

① 「稷下先生」，在漢代著作中有稱爲「博士」的，如說苑尊賢篇稱「博士淳于髡」。漢代「博士」，有稱爲「稷下生」的，如孔安國是西漢的博士，鄭玄稱他爲「棘下生」，「棘下生」即是「稷下生」。漢初叔孫通任「博士」而「號稷嗣君」，就寓有繼承稷下學風的意思。齊國所設「稷下先生」有七十多人，秦博士也是七十多人，漢文帝時的博士也是七十多人。

② 參看顧炎武日知錄卷四大夫稱子條和崔述豐鎬考信別錄卷三周制度雜考。

③ 參見汪中述學別錄釋夫子條、黃以周禮說（收入儆季雜著）卷四先生夫子條和拙作我國古代大學的特點及其起源（收入古史新探，一九六五年中華書局版）。

④ 據西周金文，西周執政大臣是卿事寮的太師、太保和太史寮的太史，都是公爵。西周確是以三公六卿爲執政大臣。西漢經學家以爲西周以太師、太保、太傅爲三公，或以「三有司」司徒、司空、司馬爲三公，因而司徒相當於太師。參

見拙作西周王朝公卿的官爵制度，收入西周史研究（人文雜誌叢刊第二輯）。
⑤ 詳于省吾伏羲氏與八卦的關係，收入紀念顧頡剛學術論文集上册，巴蜀書社一九九〇年出版。
⑥ 商君書更法篇和戰國策趙策二第四章趙武靈王主張胡服的理論，有許多因襲的言辭，諸祖耿戰國策集注彙考經過比勘，認爲這是商君書作者抄襲戰國策，而非戰國策抄襲商君書。這個論斷是可信的。因爲這些言辭見於戰國策的，確是就胡服而辯論，而商君書以此作爲商鞅發布「墾草令」以前的辯論，就不很確切。
⑦ 說苑君道篇第二十章所載郭隗之說，內容和戰國策燕策一所載相同，但文句很有不同。說苑記郭隗曰：「帝者之臣，其名臣也，其實師也；……。」與帛書稱篇的文句全同，可知郭隗之說，確是繼承稱篇之說而加以發揮的，參見趙善詒說苑疏證頁一四、一五。華東師範大學出版社一九八五年出版。
⑧ 王孝廉中國神話世界第三章仙鄉傳說，作家出版社一九九一年出版。
⑨ 孫作雲戰國時代楚墓出土帛畫考（開封師範學院學報一九六〇年五月號），蕭兵引魂之舟：戰國楚帛畫與楚辭神話（收入馬昌儀中國神話學文論選萃頁二二三～二六〇）。
⑩ 周世榮馬王堆漢墓神祇圖帛書，考古一九九〇年第十期。
⑪ 詳見拙作秦詛楚文所表演的詛的巫術，刊於文學遺產一九九五年第五期。

第十一章　戰國時代科學和科學思想的發展

一、科學技術的發展和科學理論的探討

原來貴族的文化知識，大多爲世襲的各種官職所掌握，他們有保藏的檔案和文獻，有世代相傳的統治經驗和知識。所有科學知識如天文、曆法、地理、醫藥等等，常常和巫術迷信相混雜。隨著社會生產力的發展，社會經濟的發展變化，科學技術也逐漸和巫術迷信分開，有了較大的進步。

科學技術和農業、手工業生產的發展

戰國時代科學技術的進步，有力地促進了農業和手工業生產的發展。本書第二章談到，由於冶鐵鼓風爐的進步，鑄鐵冶煉技術的發明，鑄鐵製造工藝的進步，鑄鐵柔化技術的發明，滲碳製鋼技術的發明，採礦技術的進步，使得冶鐵手工業有了很大發展，鐵器的產量和質量不斷提高，便利了鐵器的廣泛使用，有助於農業和手工業生產的進一步發展。隨著修築堤防技術的進步，水利工程技術的發展，灌溉方法的進步，牛耕的

推廣，施肥技術的進步，穀物一年兩熟制的推廣，講究改造土壤和栽培技術的農家之學的興起，農業生產有著很大的進步。隨著講究手工業技術和操作規範的著作如考工記之類的出現，手工業生產也有很大的進步。由於農業和手工業生產的發展，需要科學技術來解決的問題就愈來愈多，有關科學技術的理論的探討也就開展起來。

新器械的創造

春秋戰國間，隨著生產的發展和物質生活上的需要，由於勞動人民不斷的創造，發明了不少新的器械。

這時已經發現磁石，山海經北山經說：灌題之山，「匠韓之水出焉，而西流注於泑澤，其中多磁石」。秦始皇造阿房宮，就「以慈石爲門」(史記秦始皇本紀正義引三輔舊事)。磁石的磁性作用已被發現，呂氏春秋就曾說：「慈石召鐵，或引之也。」(精通篇)戰國末年，已經利用磁石的指極性，發明了一種正方向、定南北的儀器，叫做「司南」。據韓非子說：這種司南儀器是由於怕「東西易面而不自知」設置的(有度篇)，顯然是一種指南的儀器。這種儀器到漢代還稱爲司南，據說：「司南之杓」投擲在地上，能自動指向南方(論衡是應篇)。這個發明在世界文化上的貢獻是巨大的①。

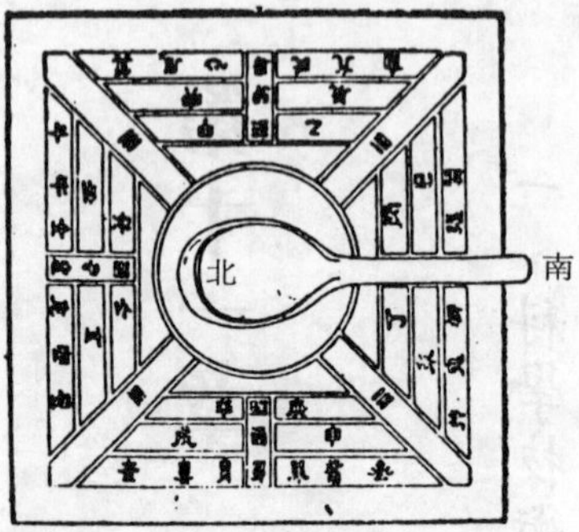

王振鐸推測制定的「司南」模型

這時已經發明了計時的儀器。周禮夏官有挈壺氏，是掌管懸壺「以水火守之，以分日夜」的。這種計時儀器就是後世所謂滴漏。用一個盛水的壺倒掛著，使壺中的水通過一個小孔一點點地流到下面的器皿裏，人們只要看水滿到器皿上所刻的什麼時刻，就可以知道是什麼時刻。

這時已創造能夠取火於日的青銅凹面鏡。周禮秋官有司烜氏，掌管「夫燧取明火於日，以鑑諸取明水於月」。考工記說：「金錫半，謂之鑑燧之齊。」鄭玄注：「鑑燧，取火水於日月之器也。」夫燧也稱陽燧，鑑諸也稱方諸。淮南子天文篇說：「陽燧見日而然（燃）爲火，方諸見月而津爲水。」論衡率性篇說：「陽燧取火於天。五月丙午日中之時，消煉五石，鑄以爲器，磨勵生光，仰以向日，則火來至，此真取火之道也。」陽燧是青銅製的凹面鏡，這種凹形的金屬反射面，經過「磨礪生光，仰以向日」，就可以取火。這是人類最早利用太陽能的一種方法。

這時科學上的發明，往往被利用到兼併戰爭中去。利用機械輪軸製作的弩，已成爲最有力的進攻手段。而且，弩的構造和性能還在不斷地進步。戰國末年已經出現了「連弩之車」。這種安置在車上發射的連弩是很大的，銅製的「機郭」重達一石三十鈞（即一百五十斤，約合今三十四公斤），鈎住弓弦的鈎鉅（即牙）有三寸見方，箭長達十尺（約合今二．三公尺），用繩子繫著箭尾如同「弋射」一樣，發射後是用麻鹿（滑車）把它捲收回來的（墨子備高臨篇）。當然在這個弩的「機郭」中的機，也是夠大的。這就告訴我們這時冶鑄手工業的技巧已有了相當的水平。

戰國時著名的新器械製造者公輸般，除了創造了磨粉的磑以外，還曾替楚國製造攻城用的雲梯和舟戰用的鈎拒。墨家爲了加強防禦戰，也設計了許多守城的器械，著有備城門、備高臨、備梯、備水、備突、備穴、備蛾傅等篇。在他們製作的防守器械中，廣泛利用了簡單的機械如滑車、槓桿、斜面之類。還常利用彈力和風力。在地道戰中，他們已懂得利用鼓風設備把煙壓送到敵方地道中去窒息敵人，同時也已懂得利用大陶罌，罌口蒙上薄皮，放到井中，「使聰耳者伏罌而聽之」，以探聽敵方挖掘地道之所在（墨子備穴篇）。這是關於振動傳播經驗的具體運用。

據說公輸般用竹木造成了鵲，飛起來「三日不下」，他「自以爲至巧」。這個說法不免誇張，但要把木鵲造得能夠借助於風力而起飛，必然有一些簡單的機械裝置，這在當時是要算「至巧」的。墨翟曾爲此批評公輸般說：這種木鵲不如他所造的車轄，一會兒雕刻三寸之木而能夠「任五十石之重」，「利於人謂之巧」（墨子魯問篇）。又相傳公輸般爲母親製作木車馬，「機關備具」，由木人駕御，結果「載母其上，一驅不返，遂失其母」（論衡儒增篇）。所說「一驅不返」，不免誇大失實，但這是一種有簡單機械裝置的木車，當是事實。東漢時著名科學家張衡自稱他的機巧有「參(三)輪可使自轉，木雕尤能獨飛」（後漢書張衡傳），該是受了公輸般製作的影響。

數學的進步

戰國時由於測量土地，計算租稅和買賣上的需要，特別是由於製造器械的需要，數學也有了發展。除了一般的加、減、乘、除的計算以外，已能進一步作分數的計算，也能對面積和體積作精密的計算。我們舉秦國衛鞅所監製的標準量器，即商鞅方升爲例。根據它的銘文，這個升的容積是十六又五分之一立方寸，和新嘉量（即劉歆銅斛）升的銘文所說「積萬六千二百分」，是相同的。說明當時已經運用了「以度審容」的科學方法，反映了我國古代數學計算和器械製造方面的高度成就。

這時比例的運算已很成熟。例如墨子雜守篇說：「斗食（每日食一斗的），終歲三十六石；參食（每日食三分之二斗的），終歲二十四石；四食（每日食四分之二斗的），終歲十八石；五食（每日食五分之二斗的），終歲十四石四斗；六食（每日食六分之二斗的），終歲十二石。斗食，食五升；參食，食參升小半；四食，食二升半；五食，食二升；六食，食一升大半。日再食。」「日再食」，是說原來一天吃的糧食用作兩天吃，因在圍城之中民食不足而減半供應。這說明了比例運算：

$$36:24:18:14.4:12=5:3\frac{1}{3}:2\frac{1}{2}:2:1\frac{2}{3}$$

手工業工人在各種器物的製造中，需要對各種角度進行測算。考工記對各種角度都有特定的名稱：

「矩」是90°。

「宣」是$\frac{1}{2}\times 90^\circ=45^\circ$。

「欘」是$45^\circ+\frac{1}{2}\times 45^\circ=67\frac{1}{2}^\circ$。

「柯」是$(45^\circ+\frac{1}{2}\times 45^\circ)+\frac{1}{2}(45^\circ+\frac{1}{2}\times 45^\circ)=101\frac{1}{4}^\circ$。

「磬折」指大於「矩」或「柯」一半的135°或$151\frac{7}{8}^\circ$。

考工記中，凡是等於直角的稱「倨句中矩」，大於直角的稱「倨句外博」，凡直角向內延小於直角時稱「句於矩」，凡直角向外伸大於直角時稱「倨於矩」。考工記還具體應用了句股弦定理。例如說：

冶氏為殺矢，……戈廣二寸，內倍之，胡三之，援四之，……是故倨句外博，重三鋝。戟廣寸有半寸，內三之，胡四之，援五之，倨句中矩，與刺重三鋝。

如果三角形的三邊的比例是2：3：4，那麼4的對角大於90度，故稱「倨句外博」。如果三邊的比例是3：4：5，那麼5的對角等於90度，故稱「倨句中矩」。

手工業工人在製造器物中還需要對各種弧度進行測算。考工記中還有割圓和弧度的應用。例如說：

築氏為削，長尺博寸，合六而成規。

弓人……為天子之弓，合九而成規；為諸侯之弓，合七而成規；大夫之弓，合五而成規；士之弓，合三而成規。

這是把圓形作九分、七分、六分、三分的不同分割，使構成不同的弧度。

這些都是從手工業製造中發展了數學。

墨家重視手工業生產，重視新器械的創造。當時手工業工人用「矩」（有直角的曲尺）製作方形，用「規」（圓規）製作圓形，用「繩」（拉直的墨線）製作直線，用「懸」（懸掛的線）製作垂直線，用「水」（水平儀）製作水平線（墨子法儀篇）。後期墨家所著作的墨經，就在這個手工業製造應用測算技術的基礎上，對「平」、「同長」、「中」（中心點）、「厚」（體積）、「直」（直線）、「圜」（圓形）、「方」（方形）、「倍」（倍數）下了定義。這就是我國最早的幾何學定義。例如說：

平，同高也。（經上篇）

這是說，凡是同樣高度的叫「平」。又如說：

同長，以正相盡也。（經上篇）

這是說，以二條直線相比，彼此長短完全相同的，才叫做「同長」。又如說：

中，同長也。（經上篇）

心中，自是往，相若也。（經說上篇）

這是說，一個有規則的面積或體積的中心點，必須是到相對兩邊的終點是「同長」的。也就是說，從一個中心點，到相對兩邊的終點，都該是長度相等的。又如說：

厚，有所大也。（經上篇）

這是說，有了有厚度的體積，才能有物體的大小。如果只有線或平面，就不能構成大小的體積。又如說：

直，參也。（經上篇）

這是說，中正不曲的叫直線。「參」是中正不曲的意思。又如說：

圜，一中同長也。（經上篇）

圜，規寫交也。（經說上篇）

這是說，每個圓形只有一個中心點，從圓心到周圍作直線（半徑），都該是長度相等的。還認爲，用圓規畫成圓周，必須從一個起點畫起，旋轉一周，使起點和終點密合相交，才成正圓。又如說：

方，柱隅四讙也。（經上篇）

方，矩見交也。（經說上篇）

這是說，每個方形必須是四根垂直邊線（柱）和四個直角（隅）相交接合（四讙）而成。用曲尺畫方形，必須畫成四個直角相互交合。又如說：

倍，爲二也。（經上篇）

這是說，某數用二來乘，就可以得到倍數。

這些都是根據手工業工人的測算方法作了理論的概括。

聲學知識的產生和應用

當時手工業工人從製造樂器的生產實踐中得到了聲學知識，用來指導樂器的製造。考工記的鳧氏說：

薄厚之所震動，清濁之所由出，侈弇之所由興，有說。鐘已厚則石，已薄則播，侈則柞（咋），弇則鬱，長甬則震。

這是說：鐘的厚薄，關係到聲音的震動，這是鐘聲清濁的由來；這也和鐘口的寬狹有關。鐘太厚則聲音發不出（石），鐘太薄則聲音擴散（播），鐘口寬則聲音大而向外（咋），鐘口狹則聲音不舒揚（鬱），柄（甬）太長則震動太大（震）。這裏清楚地說明了鐘體厚薄、鐘口寬狹和音調的清濁、高低的關係。鳧氏還說：

鐘大而短，則其聲疾而短聞；鐘小而長，則其聲舒而遠聞。

這是進一步說明板振動的振幅和聲音響度的關係。鐘大而短，振幅小，聲音就急而小，不能遠聞；反之，鐘小而長，振幅大，聲音就寬而大，能夠遠聞。這是我國有關板振動聲學規律的最早論述。考工記韗人所講鼓的製造，也有相同的論述。

考工記磬氏談到校正石磬發聲的辦法是：

已上則摩其旁，已下則摩其耑（端）。

因爲石磬如果短而厚，發聲就清，音調就高；如果廣而薄，發音就濁，音調就低。因此檢驗磬的發聲時，如果音調太高（「已上」），校正辦法是磨它的兩旁，使它薄一些；如果太低（「已下」），校正辦法是磨它的兩端，使它短而厚些。這種校正辦法就是依據實踐中得到的聲學知識來制定的。

隨著聲學知識的進步，十二音律的製作也有了細密的辦法。十二律中「黃鍾」是標準音，呂氏春秋適音篇說：「黃鍾之宮，音之本也，清濁之衷也。衷也者，適也。」這時已把十二律和十二月相配合，並且明確了十二律之間相生的關係。呂氏春秋音律篇說：

黃鍾生林鍾，林鍾生太簇，太簇生南呂，南呂生姑洗，姑洗生應鍾，應鍾生蕤賓，蕤賓生大呂，大呂生夷則，夷則生夾鍾，夾鍾生無射，無射生仲呂。

同時還指明這種相生關係，有「上生」和「下生」之別：

黃鍾、大呂、太簇、夾鍾、姑洗、仲呂、蕤賓爲上，林鍾、夷則、南呂、無射、應鍾爲下。

爲便於說明起見，列爲一表如下：

律名	月屬	上生或下生
黃鍾	仲冬	起律
林鍾	季夏	下
太簇	孟春	上
南呂	仲秋	下
姑洗	季春	上
應鍾	孟冬	下

律名	月屬	上生或下生
蕤賓	仲夏	上
大呂	季冬	上
夷則	孟秋	下
夾鍾	仲春	上
無射	季秋	下
仲呂	孟夏	上

關於「上生」和「下生」的計算方法不同。呂氏春秋音律篇說：

三分所生，益之一分以上生；三分所生，去其一分以下生。

這是說，以上一律之值再加以上一律的三分之一，就是「上生」；把上一律之值減去三分之一，就是「下生」。如果以a表示上一律之值，x表示「上生」之值，y表示「下生」之值，則得：

上生：$x=a+\frac{a}{3}=\frac{4}{3}a$

下生：$y=a-\frac{a}{3}=\frac{2}{3}a$

這就是漢書律曆志所說的「參(三)分益一」和「參(三)分損一」。也就是淮南子天文篇所說「上生者四，以三除之；下生者倍，以三除之」。根據黃鍾以當時尺度九寸爲標準，按「上生」和「下生」的計算方法推算，十二律管的長度應是：

律名	黃鍾	林鍾	太簇	南呂	姑洗	應鍾
管長(寸)	9	6	8	$5\frac{1}{3}$	$7\frac{1}{9}$	$4\frac{20}{27}$
律名	蕤賓	大呂	夷則	夾鍾	無射	仲呂
管長(寸)	$6\frac{26}{81}$	$8\frac{104}{243}$	$5\frac{451}{729}$	$7\frac{1075}{2187}$	$4\frac{6521}{6561}$	$6\frac{12974}{19683}$

當時十二律的製作有這樣細密的計算辦法，這是和當時聲學知識的進步分不開的。

力學知識的產生和應用

這時車輛的製造已很進步，已有運用槓桿的天平來稱重量，也有運用槓桿的桔槔來汲水灌田，又有運用滑車來起重的。隨著農業、手工業和城市建築業的發展，力學也就發展起來了。

當時手工業工人在車輪的製造中已注意到滾動摩擦問題。考工記輪人很細緻地談到製造車輪的要求，認為觀察車輛必須先從「載於地」的「輪」開始，輪的製造「欲其朴屬而微至」。所謂「朴屬」就是牢固，所謂「微至」是說輪子和地面的接觸面微小。所以要求「微至」，是為了求其滾動快速。因為「不微至，無以為戚速也」。「戚速」就是「快速」的意思。這裏提出了滾動物體（輪子）的滾動速度和滾動物體接觸面積的多寡關係，認為接觸面微小則滾動快速。怎樣能達到「微至」呢？考工記說：「欲其微至也，無所取之，取諸圜也。」就是說沒有別的辦法，只有做得正圓才能使得接觸面微小。這是有關滾動摩擦理論的萌芽。

當時手工業工人已懂得利用水的浮力來檢查木材的質量是否均勻。考工記輪人說：「揉輻必齊，平沈必均。」這是說三十條車輻製成後，必須放在水中測量它們的浮沈程度是否一致，浮沈程度務求一致，各條車輻的質量才算均勻。等到車輪全部製成後，還必須把整個輪子放到水中測量，再一次檢查輪子各部分的質量是否均勻，「水之以眡其平沈之均也」。這是利用水的浮力來檢驗木材質量是否均勻。

這種檢驗辦法，不但應用於造輪子，也還應用於造箭幹。考工記矢人說：

> 參(三)分其長，而殺其一；五分其長，而羽其一。以其笴厚，為之羽深。水之以辨其陰陽，夾其陰陽以設其比，夾其比以設其羽。參(三)分其羽，以設其刃，則雖有疾風，亦弗之能憚矣。

這段話敘述了箭幹製作的全部工藝過程。「笴」是箭幹，「比」是箭幹末端扣住弓弦的叉形的「栝」，

「刃」是有鋒刃的箭頭。這是說：先要把箭幹前部三分之一削好準備裝箭頭，再把後部五分之一做好準備裝配羽毛，要根據箭幹的厚薄，來決定裝配羽毛的深淺，而關鍵在於用水來測量。要把按比例製作好的箭幹投人一定裝置的水中，測定它的沈和浮的部分（辨其陰陽），根據測定的情況來裝置箭幹末端的「比」，按照「比」的裝置情況在周圍裝配羽毛，根據裝配羽毛部分長度的三分之一來裝配有鋒刃的箭頭。這樣根據箭幹在水中沈浮的程度來觀測其各部分的比重，再具體地裝置「比」和「羽」，這在當時是一種科學的辦法。這樣發射時即使遇到大風，仍然能使箭的運動保持穩定性。這裏表明當時手工業工人已經認識到在空氣中運動的物體，要使它運動保持穩定，這個物體的各部分的製作必須依照一定的輕重比例。考工記矢人又說：

前弱則俛，後弱則翔，中弱則紆，中強則揚，羽豐則遲，羽殺則趮。

這是說：箭幹前輕（「弱」）或後輕會影響箭飛行的高（「翔」）低（「俛」），中部輕或重會影響箭飛行的穩定性，使得飛行曲折（「迂」）或高飛（「揚」），羽毛裝配的多少也影響飛行速度和穩定性，羽毛太多則飛行速度緩慢，羽毛太少則飛行不準而斜向旁邊（「趮」）。從此可見，當時勞動人民從箭在空中的飛行情況中，摸索到空氣中飛行物體的各部比重和物體運動以及空氣中阻力的關係。這是有關空氣力學的萌芽。

考工記輈人還講到：「馬力既竭，輈猶能一取焉。」這是說，馬已經用盡力氣，不再對車施加拉力而停止前進，但車還能向前跑一段路。這是慣性現象的較早記載。

力學和光學的理論的探討

值得注意的是，後期墨家在手工業工人從生產實踐中取得力學和光學知識的基礎上，對力學和光學進行了理論上的探討。他們的探討，見於墨子經下篇和經說下篇。這兩篇著作，過去很少有人研究，再加上文字簡略，比較難懂。近年來有不少自然科學工作者對此加以解釋，還沒有得到一致的結論②。

後期墨家解釋了桔槔利用槓桿來起重的機械作用，也解釋了斜面上物體所以能滑動的原因，還論述了力的平衡問題以及如何調節槓桿平衡的原理。

後期墨家對平面鏡、凹面鏡、凸面鏡的成像和針孔成像進行了分析，已經認識到光的直線進行、影的成因、針孔裏面屏上的像的成因，平面鏡和球面鏡成像的原因等等。

二、天文學和地理學的發展

曆法的進步

因為天文曆法和農業生產有密切關係，在我國，天文學很早就發達起來。中國的曆法向來是陰陽合曆，並不是純陰曆。古代的天文曆法家主要的工作在於調和陰陽，在陰曆年裏適當地插入閏月，調節太陽節氣，使四季的循環能夠合適。戰國時代著作的堯典曾說：「期三百有六旬有六日，以閏月定四時成歲。」所謂「三百有六旬有六日」就是陽曆年，從冬至或立春起算，以三百六十六日為一年。所謂「以閏月定四時成歲」，便是由於陰曆年比陽曆年每年要少十一天左右，必須設置閏月來加以調整。文化落後的秦國在秦宣公時(公元前六七五年—前六六四年)也已「初志閏月」(史記秦始皇本紀)。春秋中期，由於採用立圭表測日影的方法，能夠精確測定夏至和冬至，曆法開始精確，以含有冬至之月為正月，以三百六十五又四分之一日為一年，並開始採用十九年插入七個閏月的辦法。到春秋、戰國間，各國應用著三種不同的曆法，有以含冬至之月為正月的，叫做「周正」；有以此後一月為正月的，叫做「殷正」；有以此後二月為正月的，叫做「夏正」。春秋時代，晉國已應用「夏正」，因爲「夏正」最符合於四季氣候的轉變，最便利於農業生產。孔子已說「行夏之時」（論語衛靈公篇）。到戰國時，對於天文曆法的推算已很正確。孟子曾說：「天之高也，星辰之遠也，苟求其故，千歲之日至，可坐而致也。」（孟子離婁下篇）。古人稱冬至、夏至爲「日至」，根據孟子所說，可知戰國時代測定陽曆年的長短已極有把握了。

古代四分曆，包括顓項曆和殷曆等，是我國古代建立在嚴密科學基礎上的曆法。顓項曆的測定年代當在公元前三六〇年左右③。這種古四分曆的歲實（回歸年）是三百六十五又四分之一日，閏法爲十九年七閏，是當時世界上最精確的曆法之一。它的回歸年長度與西方古代名曆儒略曆（創於公元前六四年）是相同的，但我國古四分曆的創造要早三百年。顓項曆以十月爲歲首，以十月初一爲元旦，而閏月放在九月之後，有「後九月」之稱。

春秋時，晉國用夏曆，其他各國都用周曆。戰國時，魏、趙、韓三國沿用晉的夏曆。魏的竹書紀年即用夏曆，魏戶律和魏奔命律（秦簡爲吏之道所附），所記「廿五年閏再十二月丙午朔」，正合魏安釐王二十五年的夏曆。史記趙世家稱三月丙戌三晉反滅知氏，知氏滅於周定王十六年（公元前四五三年），此年夏曆三月丁丑朔，丙戌爲初十。

據秦本紀與秦簡編年記所載月日干支參證，可知秦原用周曆，從秦昭王四十二年（公元前二六五年）起，改用顓項曆，以十月爲歲首。從秦昭王四十九年起又恢復以正月爲歲首，但仍沿用顓項曆，閏月仍爲「後九月」，並沿用顓項曆的月日干支，直到秦始皇二十六年（公元前二二一年）再改以十月爲歲首④。

楚國在春秋時用周曆，楚稱五月爲夏杘，七月爲夏柰，十月爲冬夕，原是用周曆時所定名。到戰國時代改以夏正的十月爲一月，和秦以十月爲歲首相同，但是秦雖以十月爲歲首，仍沿用夏正的月份，因此秦與楚的月份不同。雲夢秦簡日書中有「秦楚月份對照表」。茲將戰國時代各國所用不同月份列表如下⑤：

	寅	卯	辰	巳	午	未	申	酉	戌	亥	子	丑
周曆（鄒、魯等）	三	四	五	六	七	八	九	十	十一	十二	正	二
夏曆（魏、趙、韓）	正	二	三	四	五 夏至	六	七	八	九	十	十一 冬至	十二
顓項曆（秦）	正	二	三	四	五	六	七	八	九	十 歲首	十一	十二
楚曆	刑夷 (四)	夏尿 (五)	紡月 (六)	七月 (七)	八月 (八)	九月 (九)	十月 (十)	爨月 (十一)	獻馬 (十二)	冬夕 (一)	屈夕 (二)	援夕 (三)

據湖北荊門市包山出土竹簡，楚七月名爲夏柰，月名有不同寫法，如「刑夷」作「刑尸」、「刑尿」，「冬夕」作「冬柰」，「援夕」作「遠柰」。據雲夢秦簡，「冬夕」或作「中夕」，都是音近通用。

由於我國古代使用陰陽曆，十九年七閏，對於農業季節的掌握不大方便，這時創立了二十四個節氣。用二十四個節氣注曆，爲農業生產服務，這是我國勞動人民的傑出創造。二十四個節氣是戰國時代觀測黃河流域的氣候定下來的（清代劉獻廷廣陽雜記卷三）。那時霜降節定在陽曆十月二十四日。現在開封和洛陽秋天初霜在十一月三日到五日左右；那時雨水節定在陽曆二月二十一日，現在開封和洛陽的終霜期在三月二十二日左右。戰國時代原來定的二十四個節氣，雨水在驚蟄之後，到西漢時才把雨水移到驚蟄之前。但無論如何，目前的終霜期總在戰國雨水節之後。這表明戰國時代的氣候要比現在溫暖得多⑥。

戰國時代每日的記時，正由十二時制變爲十六時制，見於雲夢睡虎地秦簡。到戰國末年流行十六時制，次序爲平旦、晨、日出、夙食、日中、日西中、日西下、日來入、日入、昏、暮食、夜暮、夜未中、夜中、夜過中、雞鳴，見於甘肅天水縣放馬灘秦墓出土秦簡日書。

對日月星辰運行規律的認識

過去的紀年法，一般都只按照王公即位年次來紀年，例如銅器銘文常有「唯王幾年」的字句。到戰國時代，由於天文學的發達，便開始用天文現象來規定年名。他們利用歲星（即木星）運行的規律來作爲紀年之用。歲星在恆星星座中的位置是逐年移動的，循環一個周期，約需十二年。戰國時的天文曆法家便把黃道周圍平均劃分爲十二「次」（古時稱爲「次」，現在稱爲「宮」），十二次就是：星紀、玄枵、娵訾、降婁、大梁、實沈、鶉首、鶉火、鶉尾、壽星、大火、析木。他們以每年歲星在某一個「次」的天文現象來紀年，例如「歲在星紀」、「歲在玄枵」等。這種歲星紀年法，戰國時代編著的左傳和國語兩書曾應用過，據研究，當是兩書作者根據當時歲星所在的「次」而往上推定的，其推算年代當在公元前三六五年左右⑦。到戰國中期，天文曆法家又進一步根據天文現象創造出了十二個太歲年名，就是：攝提格、單閼、執徐、大荒落、敦牂、協洽、涒灘、作鄂、閹茂、大淵獻、困敦、赤奮若。例如呂氏春秋序意篇記它的著作年代，就說：「維秦八年，歲在涒灘。」屈原在離騷上記他的出生年月日，就說：「攝提貞於孟陬兮，惟庚寅吾以降。」同時天文曆法家又把十二個太歲年名用十二辰名來代替，其次序爲寅、卯、辰、巳、午、未、申、酉、戌、亥、子、丑。這個歲星紀年法的普遍應用，就是這時期天文學進步的具體表現。

至少春秋晚期已經確立二十八宿的體系，這對日、月、五星運行的測定，對恆星的觀測以及編制較準的曆法，都起重要作用。戰國早期的曾侯乙墓出土的漆箱上有天文圖，把二十八宿畫成一圈，中間有北斗七星。史記天官書所謂「斗爲帝車，運於中央，臨制四鄉（向）」。北斗之柄的指向，隨著四季變換而運轉，因而可以憑斗柄指向來區分四季。鶡冠子環流篇就曾講明這點⑧。

到戰國時代已有專門觀測星辰運行的占星家，齊國有甘德，楚國有唐昧，趙國有尹皋，魏國有石申（史

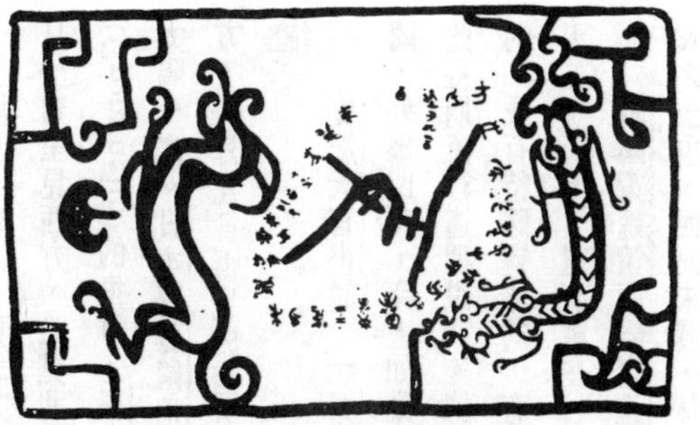

湖北隨縣曾侯墓出土漆箱蓋上的青龍白虎二十八宿圖

採自曾侯乙墓上册。

記天官書以爲甘德是齊人，正義引七錄以爲是楚人）。甘德著有天文星占八卷，石申著有天文八卷（天官書正義引七錄）。甘德和石申在戰國中期（約公元前三百六十年左右）精密地記錄了一百二十顆恆星的赤道坐標（入宿度和去極度）⑨。他們所測定的恆星記錄是世界上最古的恆星表。甘德測定恆星一百十八座，計五百十一顆星；石申測定恆星一百三十八座，計八百一十顆星（鄭樵通志天文略）。晉武帝時太史令陳卓曾綜合甘德、石申、巫咸三家所命名的恆星，併同存異，合畫成一張全天星圖，總共有二百八十三組，一千四百六十四顆星（晉書天文志）。

長沙馬王堆出土帛書五星占，記載了從秦始皇元年到漢文帝三年七十年間木星、土星、金星運行的觀測記錄。它所測定的金星會合周期是五八四・四日，比今測值大〇・四八日；土星會合周期是三七七日，比今測值大一・〇九日；木星會合周期是三九五・四四日，比今測值小三・四四日。距今二千一百多年前，對行星能作如此精確的觀測，是世界上罕見的。甘石星經的測算，以「度」爲基本單位，度以下的奇零用「半」、「太」、「少」、「強」、「弱」來表示，而五星占已採用一度等於二百四十分的進位制度，說明推算已較細密⑩。

所謂天象災異的記載

長沙子彈庫出土楚帛書中間十三行一篇，主要講天象災異，稱彗星爲「孛」，還講到「天棓將作傷」。「天棓」是一種彗星，因形狀像棒棓而得名，「傷」就是說將有傷害。開元占經卷八八引甘氏說：「掃星見東方，名曰天棓。」又引石氏說：「彗星出西北，本類星，末類彗，長可四五尺至一丈，名曰天棓。」當時所謂天象災異，主要是指彗星和火星、金星的逆行。漢書天文志說：「至甘氏、石氏經，以熒惑、太白爲有逆行。」熒惑、太白即火星、金星。

史記上詳細記載有戰國時代彗星出現的年代，都是依據秦記的。秦厲共公七年（公元前四七〇年）、十年都有「彗星見」（六國年表），秦孝公元年（公元前三六一年）「彗星見西方」（六國年表、魏世家），秦昭王二年（公元前三〇五年）、四年、十一年都有「彗星見」（秦本紀、六國年表），秦始皇七年（公元前二四〇年）「彗星先出東方，見北方，五月見西方」，「彗星復見西方十六日」。秦始皇九年「彗星見，或竟天」，四月「彗星見西方，又見北方，從斗以南八十日」。十三年正月「彗星見東方」（秦始皇本紀）。據英國克勞密（Crommelin）的推算，秦厲共公七年和秦始皇七年所見彗星是哈雷（Hally）彗星，哈雷彗星每七十六年接近太陽一次。日本齊藤國治、小澤賢二推定秦始皇七年五月二十五日哈雷彗星先見於東方，六月三日見於北方，六月九日再見於西方，即所謂「五月見西方」，並畫出彗星運行軌跡圖（見所著中國古代天文記錄檢證）。

史記天官書說：「秦始皇之時，十五年彗星四見，久者八十日，長或竟天。其後秦遂以兵滅六王，併中國，外攘四夷，死人如亂麻，因以張楚並起，三十年之間兵相駘藉，不可勝數。」這是說彗星見有兵災，從此長期流行這種說法。據呂氏春秋明理篇，天上的雲、日、月、星、氣中，或有特異形狀的，或有相互鬥蝕的，或有特殊變化的，有種種不同的名目，都是天象災異的性質，如星有熒惑、彗星、天棓、天欃、天竹、天英、天干，還有賊星、鬥星、賓星等。馬王堆帛書天文氣象雜占屬於同樣性質。

戰國策魏策四記唐且說秦王：「夫專諸之刺王僚也，彗星襲月；聶政之刺韓傀也，白虹貫日。……皆布衣之士也，懷怒未發，休祲降於天。」「白虹貫日」和「彗星襲月」，都是對日月的侵襲，他們認爲日月代表君王，因而成爲君王被刺的預兆，這對刺客來說是祥兆的顯示，所以說「休祲(祥兆)降於天」。長沙馬王堆帛書天文氣象雜占畫有一龍形的圖，下有注文：「赤虹冬出，主□□，不利人主。白虹出，邦君死之。」「白虹」就是「邦君死」的預兆。周禮春官「眡祲」下說：「掌十煇之法，以觀妖祥，辨吉凶。」「煇」即「暈」字，是指太陽周圍所繞的光氣，這是觀察太陽周圍光氣的變化來判斷吉凶的，因爲太陽是代表君王的。「十煇」中的第七煇叫做「彌」，鄭衆解釋說：「彌者白虹彌天也。」鄭玄又解釋說：「彌，氣貫日也。」可知「白虹貫日」，實際上只是白色光氣沖到了太陽，這與雨後所常見的彩虹不同。

西漢初年鄒陽獄中上書講到：「昔者荊軻慕燕丹之義，白虹貫日，太子畏之。衛先生爲秦畫(劃)長平之事，太白食昴，昭王疑之。夫精誠變天地，而信不喻兩主，豈不哀哉？」(史記鄒陽列傳)。所謂「衛先生爲秦畫長平之事」，是指白起大破趙於長平而要進兵滅趙，派遣衛先生進說秦昭王增發兵

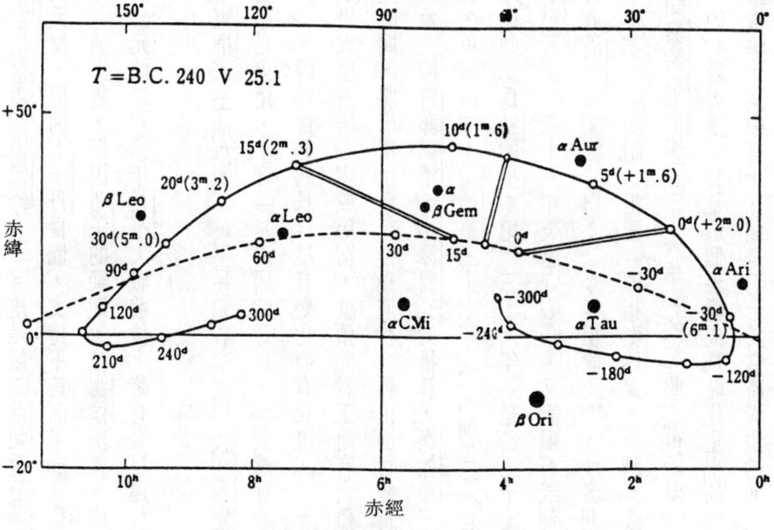

公元前二四〇年彗星運行軌跡圖

採自日本齊藤國治、小澤賢二中國古代天文記錄檢證。

糧，結果爲應侯所害，事因而不成（見史記集解引蘇林之說與索隱引服虔之說）。這是說：荊軻愛慕燕太子丹而爲他入秦刺秦王，此事感動了天而有「白虹貫日」的天變，但因太子丹畏懼，支持不夠而未成。衛先生爲了秦滅趙而進說秦昭王，此事感動了天而有「太白食昴」的天變，但因昭王的疑懼，被應侯所害。據齊藤國治、小澤賢二中國古代天文記錄檢證，太白是金星，當公元前二六〇年長平大戰前後，確有金星運行到昴宿的天象。

秦始皇本紀載：「三十六年熒惑守心。有墜星下東郡，至地爲石，黔首或刻其石曰：始皇帝死而地分。」這是依據秦紀所載的秦始皇將死的天變預兆。熒惑是火星，「守」是占居的意思，「熒惑守心」是說火星占居在心宿（天官書集解引韋昭曰：「居其宿曰守」）。因爲他們認爲火星有變化將有兵災，二十八宿中心宿是「明堂」，角宿是「帝廷」，房宿是「府」，如果火星占居心宿或房宿，就預兆君王將有大難⑪。從天文現象來看，火星（熒惑）在運行中，相隔一定時間，將出現由順行變爲逆行，再由逆行變爲順行的過程，在逆行的轉變過程中就有留滯在心宿或角宿的天象。據齊藤國治、小澤賢二的推算，秦始皇三十五年（公元前二一二年）二月九日火星由順行變逆行之後，曾在角宿留滯；秦始皇三十七年（公元前二一〇年）三月二十一日火星由順行變逆行之後，曾在心宿留滯。因此他們認爲秦始皇本紀「三十六年」是「三十七年」之誤。這是正確的。秦始皇死於三十七年七月，秦始皇本紀所記「三十六年熒惑守心」，又記隕石或刻曰「始皇帝死而地分」，接著又記有人持璧遮使者曰：「爲吾遺滈池君，因言曰：『今年祖龍死』」，使者問其故，忽不見，使者具以聞，始皇曰：『山鬼固不過知一歲事也』。」所謂「祖龍」即指秦始皇，所謂「今年」即指秦始皇三十七年，始皇所謂「不過知一歲事」。可知秦始皇本紀「三十六年」的記載，都該是「三十七年」之誤。因爲秦始皇死的那年，正巧有「熒惑守心」的所謂天變，於是這個天變成爲歷代重視的凶兆。據統計，歷代正史上就記載有二十四個這樣的凶兆，根據檢驗，其中有十三個是符合於當時天象的。

全國性的地理志的發表

這時由於水利灌溉事業的發展，各種手工業所需原料的交流，商業的發展和各地土特產的交流，以及民族的融合，使得人們眼界寬廣，地理知識大爲豐富；同時爲了適應統一事業的需要，就出現了全國性的地理志。其中以禹貢與山海經兩書最爲重要。

禹貢假託是夏禹治水時期的作品。它把全國疆土劃分爲九州，分別敘述了山脈、河流、土壤、草木、田賦和少數民族分布狀況；還總敘了全國的名山大川，記載了分五服繳納貢賦的制度。用九州來作爲全國的區域規畫，是適應即將建立的統一的王朝的需要。所用九州的名稱是新創的，有的採用了水名（如雍州、兗州），有的採用了山名（如荊州），也有採用古部族或古國名的（如徐州）。正因爲九州的劃分出於新創，禹貢的九州就和周禮職方氏、呂氏春秋有始覽的九州不同，有如下表：

禹貢九州	冀	兗	青	徐	揚	荊	豫	梁	雍		
職方九州	冀	兗	青		揚	荊	豫		雍	幽	并
呂氏春秋九州	冀	兗	青	徐	揚	荊	豫		雍	幽	

禹貢雖然假託夏禹治水，全文只有一千二三百字，卻是一部有系統的地理著作。它對各方面有系統的敘述，代表了當時中原地區人們的地理知識水平，它對九州土壤性質的分類已有較高的科學水平。它的寫作年代當在戰國中期以後。

山海經分五藏山經、海外經、海內經和大荒經四個部分。五藏山經的寫作年代較早。它把全國疆土劃分爲南、西、北、東、中五個部分。中山經記述豫、荊兩州西部、南部和梁州地區，從它把這個地區作爲天下之「中」來看，作者該是南方人。中山經記述汜水和役水同注於黃河，在這兩水之間還有器難之水、太水、承水、末水注入役水。這是鴻溝開鑿以前的情況。鴻溝開鑿以後，不但器難之水等四條水不注入役水而注入鴻溝，甚至連役水也不注入黃河而注入鴻溝。因此可以斷定五藏山經的寫作年代當在戰國初期。因爲它是南方的作品，和楚辭天問一樣有很豐富的神話傳說。它以記述各個地區的山脈爲主，講到了有關的水流、草木鳥獸和礦物等特產，第一次對我國廣大山區的地理和蘊藏進行了探索，作了具體的記錄。這書既有科學的內容，也採雜有巫術迷信成分。書中載有祭祀各地山神的儀式和所用祭品，還述及許多草木鳥獸和礦物可以用來防止蠱疾、疫疾、五官病、皮膚、外科諸病、臟器諸病，可以強壯身體⑫。

鄒衍的「大九州」學說

到戰國末年，陰陽家鄒衍創立了「大九州」的學說，這是對世界地理的一種推論性質的假說。西漢桑弘羊曾說他鄙夷儒、墨兩家「不知天地之弘、昭曠（宇宙）之道」，因而創立這個學說「以喻王公」（鹽鐵論論鄒篇）的。鄒衍「先列中國名山、大川、通谷、禽獸，水土所殖，物類所珍，因而推之，及海外人之所不能睹」（史記孟子荀卿列傳）。他先探究中國的地理和物產，由此作出推論。鄒衍認爲，中國叫赤縣神州，九個像赤縣神州那樣大的州，合成一個大州，周圍有裨海環繞著；這樣的大州又有九個，周圍又有大瀛海環繞著。鄒衍說：「此所謂八極。」在那裏才有八個方面的終極之處。因此中國只是整個「大九州」中的八十一分之一。尸子說：「朔方之寒，冰厚六尺，木皮三寸；北極左右，有不釋之冰。」（孫星衍輯本下卷）已經推測到北極有常年結冰的情況。這種學說的創立，是和當時交通的發展和人們見聞的增長分不開的，有利於人們打破保守閉塞的成見。

三、後期墨家的樸素唯物的自然觀

後期墨家和墨經

墨子主張「天志」、「明鬼」，認爲物質世界之上有超自然力的上帝、鬼神統治著，他的兼愛學說是和宗教結合在一起的。但是他很重視物質生產的發展，科學技術的進步，新器械的不斷創造，槓桿、斜面、輪軸等簡單機械的應用，後期墨家對此有進一步發展，形成一種樸素唯物主義的自然觀。他們著有墨經，分上下兩篇。經上每句都先提出一個名詞，再下定義，著作年代較早。經下每句先提出一個論點，再說明理由，大概著作在經上之後。另有經說上和經說下是解釋經上和經下的。墨經中有後期墨家對自然界的分析和對自然科學的探討的內容。這是一部有系統的著作，必須分成章節加以分析，才能正確理解其內容。近年有些解釋墨經的著作，不顧上下文，只就單句加以解說，就不免穿鑿附會。

對於物質世界的認識和分辨

後期墨家的樸素唯物主義自然觀，是和他們重視現實的認識論分不開的。他們認爲感性知識的取得有四個步驟：首先要有求知的本能，即所謂「知（認識能力），材也」。其次要有求知的意圖，即所謂「慮，求也」。再其次要能接觸到事物，取得印象，即所謂「知，接也」。最後必須根據過去的經驗加以分析綜合，即所謂「恕（同『智』），明也」（墨子經上篇、經說上篇）。他們又認爲知識的來源有「聞知」、「說知」、「親知」三種，「聞知」是傳受得來的知識，「說知」是推論得來的知識，「親知」是親身經歷得來的知識。在「聞知」中又可分爲「傳聞」和「親聞」兩種，在「親知」中又可分爲「體見」(只見一部分)、「盡見」(全部看見)兩種。

他們認爲理性知識的追求，應該著重於「故」、「法」、「佴」三方面。「佴」指現狀，即所謂「佴，所然也」。「法」指怎樣造成這現狀的，即所謂「法，所若而然也」。「故」指爲什麼會造成這現狀的，即所謂「故，所得而後成也」(墨子經上篇、經說上篇)。

他們爲了分辨事物，對於事物的同異也有了分析。曾經把「同」分爲「重同」(兩個名稱同指一樣實物的)、「體同」(同爲一件東西的一部分)、「合同」(同放在一個場合的)、「類同」(有相類似之處的)四種。又曾把「異」分爲「二」(名稱和實物都不同的)、「不體」(不都是一件東西的一部分)、「不合」(不是同放在一個場所的)、「不類」(沒有相類似之處的)四種(墨子經上篇、經說上篇)。

關於物質構成和運動的學說

墨家曾經對物質世界進行具體的分析。他們把空間稱爲「宇」，把時間稱爲「久」(即「宙」)。如果一件實物所處區域的邊際前，再也不容一線之地，這就是個別區域的空間窮盡之點。如果個別實物所處的空間中，始終保持一個靜止固定狀態，就沒有時間性可言，這就是個別區域時間窮盡之點⑬。他們已認識到時間和物質運動不可分割的關係，脫離了物質運動就沒有時間性可言，時間是指物質運動過程的持續性。這種看法具有素樸的辯證觀點。

後期墨家認爲「久」是由物質的運動而形成的，他們進一步對物質的運動作具體的分析。他們不但分析了運動的開始和停止或不停止，而且對運動的過程也作了分析。他們認爲物質的運動共有六種方式，就是：㈠本質未變而外表已變，這叫做「化」；㈡一部分物質從整體分離了去，這叫做「損」；㈢另外有物質附加到原來的物體上去，這叫做「益」；㈣循環旋轉的運動方式，這叫做「儇」；㈤在一個空間內物體的更換，這叫做「庫」；㈥一件物體所處的空間移動，這叫做「動」。他們把物質運動的各種形式歸結爲上述簡單的六種運動的方式⑭。這樣把物質運動區分爲六種基本形式，和古代希臘哲學家亞里士多德（公元前三八四年至前三二二年）所説六種運動基本形式有類似的地方。墨經的「化」相當於亞里士多德的「改變」，指質的變化。墨經的「損」和「益」相當於亞里士多德的「縮小」和「增大」，指量的變化。亞里士多德把所有機械運動統稱爲「位移」，而墨經則區分爲「儇」（旋轉）、「庫」（更換）、「動」（移動）三種形式。亞里士多德還從質的變化中，區分出「產生」和「消滅」兩種運動形式，而墨經則沒有把「產生」和「消滅」列爲運動形式，一概包括在「化」的裏面。

後期墨家認爲「宇」是由物質所構成的，於是就進一步對物質的組織構造作具體分析。他們認爲宇宙間的萬物是由人體器官所能感覺到的物質粒子構成的，由於物質粒子組織結合方式不同，也就產生了周圍世界各式各樣的物體。其組織結合方式共有五種：㈠有空隙的組織結合，叫做「有間」。㈡相互充滿的組織結合，叫做「盈」。這是主要的組織結合方式，許多物質粒子到處充盈著，物體就可能積厚起來成爲體積。例如有「堅」的屬性的物質粒子和有「白」的屬性的物質粒子到處充盈著，也就組織結合爲「石」。㈢相接觸連結的組織結合，叫做「攖」。如果接疊得完全契合，就和「盈」一樣；如果只有一部分互相接疊起來，叫做「體攖」。㈣不規則的組織結合，叫做「仳」。這種組織結合有的接疊，有的不接疊，是雜亂得沒有規律的。㈤有秩序的組織結合，叫做「次」。這種組織結合既沒有空隙，也不相接疊，是有秩序地排列起來的⑮。

後期墨家認爲萬物是多種物質粒子經過以上五種不同的組織結合方式構成的，而且認爲這種物質粒子具有不可分割性，這和古代希臘唯物哲學家德謨克利特（約公元前四六〇年至前三七〇年）主張萬物是由一種不可分割的基本粒子構成是一樣的。墨經把幾何學上的點叫做「端」，同時也把這種不可分割的物質粒子稱爲「端」，並且對「端」的不可分割性作了具體解釋。

後期墨家對物質世界作這樣具體的分析，在中國哲學史上是空前的。

四、惠施含有辯證因素的自然觀

惠施的「遍為萬物說」

惠施，宋人，是名家的代表人物。他在公元前三三四年至前三二二年間（魏惠王後元元年到十三年）做魏的相國，主張聯合齊、楚，尊齊爲王，以減輕齊對魏的壓力，曾隨同魏惠王到齊的徐州，朝見齊威王。他爲魏國制訂過法律。到公元前三二二年，魏國被迫改用張儀爲相國，把惠施驅逐到楚國，楚國又把他送到宋國。到公元前三一九年，由於各國的支持，魏國改用公孫衍爲相國，張儀離去，惠施重回魏國。

惠施也和墨家一樣，曾努力鑽研宇宙間萬物構成的原因。據說，南方有個奇人叫黃繚的，曾詢問天地不墮不陷落以及風雨雷霆發生的原因，惠施不加思索，立刻應對，「遍爲萬物說」（莊子天下篇）。莊子曾說惠施「以堅白鳴」（莊子德充符篇），批評惠施「非所明而明之，故以堅白之昧終」（莊子齊物篇）。可知惠施的論題，主要的還是有關宇宙萬物的學說。他的著作已經失傳，只有莊子天下篇保存有他的十個命題。

含有辨證因素的觀察和分析

惠施的十個命題，主要是對自然界的分析，其中有些含有辯證的因素。他說：「至大無外，謂之大一；

至小無內，謂之小一。」「大一」是說整個空間大到無所不包，不再有外部；「小一」是說物質最小的單位，小到不可再分割，不再有內部。這和後期墨家一樣認爲物質世界是由微小的不可再分割的物質粒子所構成。萬物既然都由微小的物質粒子構成，同樣基於「小一」，所以說「萬物畢同」；但是由「小一」構成的萬物形態千變萬化，在「大一」中所處的位置各不相同，因此又可以說「萬物畢異」。在萬物千變萬化的形態中，有「畢同」和「畢異」的「大同異」，也還有事物之間一般的同異，就是「小同異」。他把事物的異同看作相對的，但又是統一在一起的，這裏包含有辯證的因素。

惠施有些命題是和後期墨家爭論的。後期墨家運用數學和物理學的常識，對物體的外表形式及其測算方式作了分析，下了定義。墨子經上曾說：「厚，有所大。」認爲有「厚」才能有體積，才能有物體的「大」。而惠施反駁說：「無厚，不可積也，其大千里。」認爲物質粒子（「小一」）不累積成厚度，就沒有體積；但是物質粒子所構成平面的面積，是可以無限大的。後期墨家曾經嚴格區分空間的「有窮」和「無窮」，墨子經說下說：「或不容尺，有窮；莫不容尺，無窮也。」認爲個別區域前不容一線之地，這是「有窮」；與此相反，空間無邊無際，這是「無窮」。而惠施反駁說：「南方無窮而有窮。」就是說南方儘管是無窮的，但是最後還是有終極的地方。後期墨家認爲「中」（中心點）到相對的兩邊的終點是「同長」的。墨子經上說：「中，同長也。」而惠施反駁說：「我知天下之中央，燕（當時最北的諸侯國）之北，越（當時最南的諸侯國）之南是也。」因爲空間無邊無際，無限大，到處都可以成爲中心。後期墨家認爲同樣高度叫做「平」，墨子經上說：「平，同高也。」而惠施反駁說：「天與地卑（『卑』是接近的意思），山與澤平。」因爲測量的人站的位置不同，所看到的高低就不一樣。站在遠處看，天和地幾乎是接近的；站在山頂上的湖泊邊沿看，山和澤是平的。

惠施把一切事物看作處於變動之中，例如說：「日方中方睨（『睨』是側斜的意思），物方生方死。」太陽剛升到正中，同時就開始西斜了；一件東西剛生下來，同時又走向死亡了。這種看法在一定程度上認識了事物矛盾運動的辯證過程。但是他無條件地承認「亦彼亦此」，只講轉化而不講轉化的條件，這樣就否定了事物的質的相對穩定性，不免陷入到相對主義的泥坑中去。

五、後期墨家和後期名家關於物質構成和運動的討論

後期墨家的墨經的經上篇著作較早，對自然界物質結構和運動提出了一整套的看法，引起了名家的討論和辯駁。後期墨家的墨經的經下篇著作較晚，是針對名家的辯駁而進一步闡明自己的見解的，而後期名家又進一步進行了討論和辯駁。

關於自然界物質結構問題的討論，有兩個重點：一是構成萬物的物質粒子是否可以再分割？二是「石」是否由有「堅」的屬性的物質粒子和有「白」的屬性的物質粒子相「盈」而組成？

物質粒子是否可以再分割的討論

後期墨家提出萬物由不可分割的物質粒子通過不同的組織結合而構成的學說。他們把物質粒子叫做「端」，說：「端，是無間也。」（經說下篇，「間」原誤作「同」，從梁啟超校改）「無間」就是說不可再分割。後期名家對這個觀點進行了反駁，後期墨家對此作了進一步的說明：

非半，弗新則不動，說在端。（經下篇）

新半，進前取也。前，則中無為半，猶端也。前後取，則端中也。新必半。無與非半，不可新也。（經說下篇）

蔪，斫斷、分割的意思。「非半，弗蔪則不動」，是說「端」是最小的物質粒子，沒有內部結構，已不是兩個半部所構成，有著「非半」的特性，因此不可能再分割（「弗蔪」），結果不可能加以分裂變動（「不動」）。「蔪半，進前取也」，是說把物質構成的線，從其中點砍掉一半，不斷從前進的方向割取一半。「前，則中無爲半，猶端也」，是說不斷地從前進方向割取一半，割取到最後，就會只剩下「中無爲半」（中間沒有分成兩個半部）的物質粒子，結果還是剩下一個「端」。例如下圖：

$\overline{AB}$爲一條物質構成的線，先從$\overline{AB}$的中點C_1砍掉$\overline{AC_1}$，留取$\overline{C_1B}$；再從$\overline{C_1B}$的中點C_2砍掉$\overline{C_1C_2}$，留取$\overline{C_2B}$，這樣不斷割取，最後會剩下C_nB，只剩一點，這就是「端」。

「前後取，則端中也」，是說先把物質構成的線，從其中點分成前後兩個半部；接著從後半部的中點砍掉一半，留取前進方向的一半；再從前半部的中點砍掉一半，留取後退方向的一半。這就是「前後取」的一種割取方法。這樣的「前後取」方法，不斷把後半部和前半部砍掉一半，割取到最後，就會只剩下中心的一個「端」。這個「端」的位置正好在全線的中點，所以說「端中也」。例如下圖：

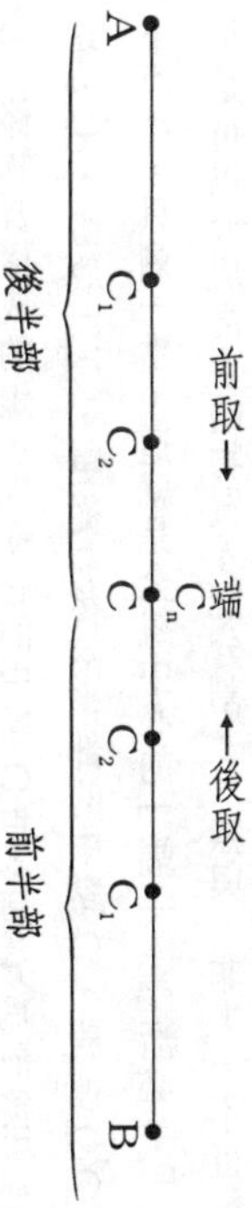

$\overline{AB}$爲一條物質構成的線，先從它的中點C把全線分爲前後兩個半部，再從前後兩個半部的中點C_1，砍掉$\overline{AC_1}$和$\overline{C_1B}$，留取$\overline{C_1C_1}$，更從前後兩半部的中點C_2，砍掉$\overline{C_1C_2}$和$\overline{C_2C_1}$，留取$\overline{C_2C_2}$；這樣不斷割取，最後會剩下C_nC，只剩一點，這就是全線中心的「端」。「斮必半」，「半」是指可以分成兩半的物質，這是說，必須是可以分成兩半的物質才能分割。「無與、非半，不可斮也」，「無與」是說沒有相關聯的物質，孤零零的一個物質粒子；「非半」是指不可以再分割成爲兩半的物質粒子，這是說，如果是「無與」而「非半」就不可能再分割。這是後期墨家通過具體分析，對物質粒子的不可分割性所作的具體說明。

當時後期名家提出反駁說：

一尺之棰，日取其半，萬世不竭。（莊子天下篇）

棰，鞭子。後期名家認爲一尺長的棰，每天砍掉一半，永遠砍不完。具體說來，第一天剩下$\frac{1}{2}$尺，第二天剩下$\frac{1}{4}$尺，第三天剩下$\frac{1}{8}$尺，到n天剩下$\frac{1}{2^n}$尺。$\frac{1}{2^n}$的數值日益接近於零，但是永遠不等於零。用高等數學上的符號lim（極限）和∞（無窮大）表示，就是：

$$\lim_{n\to\infty}\frac{1}{2^n}=0$$

事實上，物質是無限可以分割的。後期名家認爲物質不斷地可以一分爲二，是樸素的辯證法的論斷，要比後期墨家正確。

「石」是否由「堅」和「白」兩種物質粒子相「盈」而構成的討論

後期墨家認為萬物由物質粒子經過五種不同的組織結合方式而構成，其中最重要的組織結合方式是「盈」，就是相互充滿的組織結合方式，可以由此累積起來構成有厚度的體積。還舉出例子，認為「石」是由有「堅」的屬性的物質粒子和有「白」的屬性的物質粒子相「盈」而構成。不過這種假設只是直接觀察的結果，缺乏可靠的科學依據。因此，就引起後期著名的名家公孫龍的反駁。

公孫龍，趙國人，曾在平原君門下為「客」，先後遊說燕昭王、趙惠文王「偃兵」，又曾在平原君處同孔穿（孔子六世孫）辯論。公孫龍也根據直接觀察，認為用手只能得到「堅」的感覺，用眼只能得到「白」的感覺，因此「堅」和「白」在「石」中是相「離」的。公孫龍子有堅白論，就是反駁「堅」、「白」相「盈」的說法，而主張「堅」、「白」相「離」的。堅白論中所反駁的論敵，就是指後期墨家。後期墨家說：「無久與宇，堅白，說在因」（經下篇）。「無久與宇」，是說沒有時間和空間的差別；「因」，是說有著相互依存關係。這是說，「堅」和「白」在「石」中相「盈」，是在同一時間和同一位置上存在，沒有時間和空間的差別，有著相互依存的關係。公孫龍認為用手摸石，知堅而不知白；用眼看石，見白而不見堅，這樣有知有不知，有見有不見，就可以證明「堅」和「白」相離的。後期墨家反駁公孫龍這個論點說：「於一，有知焉，有不知焉，說在存」（經下篇）。「石，一也；堅白，二也，而在石。故有智（知）焉，有不智（知）焉可」（經說下篇）。這是說，在一塊「石」中，存在「堅」和「白」二者，儘管由於感覺器官的感覺範圍不同，眼看時只能見到「白」而不能知道「堅」，手摸時只能摸到「堅」而不能知道「白」，有知道的，有不知道的，還是可以認為「堅」和「白」同時存在一「石」中。公孫龍在堅白論中講到論敵駁他說：由於視覺和觸覺的「異任」（不同職司），不能相互代替，因而「目不能堅，手不能白」，但是不能否認「堅」、「白」同時存在一塊「石」中，不能認為「堅」和「白」是相「離」的。公孫龍所說的正是墨子經下篇的主張。這場爭論曾轟動一時，引起學術界廣泛注意，就是因為這是有關物質世界如何構成的問題。

關於運動和靜止的討論

後期墨家曾經對運動和靜止下定義說：「止，以久也。」「必，不已也。」（經上篇）就是說，「止」是說停止，「以久」是說停留一些時刻，認爲停止是指一個運動中的物體在某一位置上停留一些時刻。「必」是說堅持不停，「不已」是不停止，認爲不停止是指一個運動的長期堅持不停。後期名家反駁這個說法說：「飛鳥之景（影），未嘗動也。」「鏃矢之疾（快速），而有不行不止之時。」（莊子天下篇）名家這樣看法具有樸素的辯證觀點。如果把飛鳥的運動所經過的時間和空間加以分割，分成許多小點，就可以見到「飛鳥之影」在某一剎那停留在某一小點上，所以是「未嘗動也」。

六、陰陽五行家對事物發展規律的解說

陰陽五行學說的發展

陰陽五行學說是一種解釋宇宙萬物構造和發展變化規律的學說。五行學說企圖把所有物質現實中複雜多端的形態，歸結爲金、木、水、火、土五種東西所構成；陰陽學說又企圖用陰陽兩氣的矛盾和變化，來解釋自然界和所有事物的變化，這是樸素的唯物觀點。

這種學說在西周末年已經出現。當時史官伯陽父用陰陽失調來解釋地震的原因，還曾用水土相調來解釋農業生產，都是樸素的唯物觀點。但是他把陰陽失調說成是由於「民亂之也」（國語周語上），是一種「天人感應」的唯心論。伯陽父（簡稱史伯）在和鄭桓公談論西周滅亡原因時，指出「土與金、木、水、火雜，以成

百物」，「和實生物」，認爲「百物」的產生是由於五行相「雜」「和」的作用，這是樸素唯物觀點；但是他說西周之所以滅亡是由於違反「和」的原則，主張統治者對人民要「和樂如一」，要達到「和之至」的境界（國語鄭語）。他是想用調和矛盾的辦法來挽救西周的滅亡，而把五行學說作爲他的調和論的依據。

到戰國時代，這種學說發展成一個思想體系，產生了陰陽五行家。禮記月令篇原是他們的著作，而被儒家的陰陽明堂一派所採用的。它廣泛地把各類事物歸納到五行系統之中。現在我們列表如下：

四時／五行	春	夏	中央	秋	冬
五行	木	火	土	金	水
四方	東	南	中	西	北
十日	甲乙	丙丁	戊己	庚辛	壬癸
五帝	太皞	炎帝	黃帝	少皞	顓頊
五神	句芒	祝融	后土	蓐收	玄冥
五蟲	鱗	羽	倮	毛	介
五音	角	徵	宮	商	羽
十二律	大簇 夾鍾 姑洗	中呂 蕤賓 林鍾		夷則 南呂 無射	應鍾 黃鍾 大呂
五數	八	七	五	九	六
五味	酸	苦	甘	辛	鹹
五臭	羶	焦	香	腥	朽

五祀	戶	灶	中霤	門	行
五祀祭先品	脾	肺	心	肝	腎
明堂	青陽	明堂	太廟	總章	玄堂
五色	青	赤	黃	白	黑
五穀	麥	菽	稷	麻	黍
五牲	羊	雞	牛	犬	彘

這樣有系統的說法，並不是一時所創造出來的。五神配合五行之說，春秋時晉太史蔡墨已曾談過（左傳昭公二十九年）。五神配合五行、五色、五蟲之說，在春秋時也早已存在。例如晉的史嚚曾說：天的刑神蓐收白毛虎爪，執鉞立於西阿（國語晉語二）。五帝配合五行、四方、五色之說，也早有成說。例如秦國在秦襄公時自以爲「主少皞之神，作西畤，祠白帝」；秦獻公自以爲得「金」瑞，曾在櫟陽作畦畤，祠白帝（史記封禪書）。四方和十日、五色相配之說，也早已有了。例如墨子說：上帝以甲乙日殺青龍於東方，以丙丁日殺赤龍於南方，以庚辛日殺白龍於西方，以壬癸日殺黑龍於北方（墨子貴義篇）。禮記月令篇就是採取了這些說法，而更加加以系統化。

這時五行學說有了進一步的發展，它把所有的事物歸納爲五行的屬性所派生。關於這一點，可以舉他們所說的五行怎樣派生五味爲例。尚書洪範篇說：水的屬性是潤下的，由於潤下產生出了鹹味；火的屬性是炎上的，由於炎上產生出了苦味；木的屬性是曲直的，由於曲直產生出了酸味；金的屬性是從革（順從和改革）的，由於從革產生出了辛味；土的屬性是稼穡（播種和收穫）的，由於稼穡產生出了甘味。潤下產生鹹味，該是從海水得來的觀念；炎上產生苦味，該是從物質燒焦得來的；曲直產生酸味，該是從樹木生長果實得來的；從革產生辛味，該是由於金屬用來做兵器、刑具和外科醫生開刀用的刀，使人感到痛楚；稼穡產生甘味，該是由於糧食用來釀酒得來。這也是一種樸素的唯物的自然觀。陰陽五行學說在戰國時代十分流行。它和天文、曆法、氣象、生物、醫學等自然科學的發展有密切的關係。漢書藝文志陰陽家類著錄二十一家，多數是戰國著作。

月令的五行相生說

司馬談論六家要旨，指出陰陽家「序四時之大順，不可失也」。漢書藝文志也說：陰陽家「敬順昊天，曆象日月星辰，敬授民時，此其所長也」。陰陽家的著作，普遍爲人民所採用的就是月令一類的作品。禮記的月令（收入呂氏春秋作爲十二紀的首篇），是戰國後期陰陽五行家爲即將出現的封建王朝制定的行政月曆。它分月記載了氣候和生物、農作物的生長關係，相應地制定了保護、管理各種生產的政策和措施，具有一定的科學性。

月令用五行相生說來解釋四時的運行和萬物的變化。春季是草木萌芽和生長季節，氣候溫和，屬於木德。由於木生火，所以春季就轉變爲夏季。夏季是萬物成長旺盛季節，氣候炎熱，屬於火德。由於火生土，所以夏季和秋季之間屬於土德。由於土生金，接著就是秋季。秋季是萬物開始凋零季節，有肅殺之氣，對生物有殺傷作用，正如金屬製造兵器和刑具對人起殺傷作用一樣，因而秋季屬於金德。由於金生水，所以秋季就轉變爲冬季。冬季是萬物隱蔽蓄藏的季節，氣候寒冷，正如水藏於地下和水性寒冰一樣，因而冬季是水德。這種說法比較牽強附會，但在當時是反映了樸素的唯物觀點。

月令中記載有比較豐富的物候觀察的結果，體現了長期以來我國在物候學研究方面取得的成就。物候學是沒有觀測儀器時代的氣象學和氣候學。它研究一年中四季氣候變化和草木抽芽生長開花結果、生物活動變化和候鳥春來秋往等等現象的關係。例如孟春之月「東風解凍，蟄蟲始振，魚上冰，獺祭魚，候雁北」；仲春之月「始雨水，桃始華，倉庚鳴」，「玄鳥（燕）至」。長期以來中原地區人民每年觀測家燕的初來以測定春分的到來，春秋時郯國國君就曾對魯昭公說：「玄鳥氏司分者也」（左傳昭公十七年）。

月令按照四季氣候和生物的變化，替即將建立的封建王朝規定調度農業和手工業生產活動的程序。例如規定春季禁止伐木，禁止焚燒森林，不准殺害剛生的鳥獸，不准竭澤而漁等等；夏季禁止大興土木，不准伐大樹等等；秋季準備收割、打獵等等；冬季修理農具、收藏穀物等等。所有這些，都是根據當時農業生產經驗規定的，有一定的科學依據。

月令還規定了天子每個月在政治上應該做的大事。它有一個原則：「凡舉大事，毋逆大數，必順其時，慎因其類。」就是說，所有國家大事必須順應陰陽五行的變化。春季是木德，萬物開始生長，適宜多用賞賜，因此規定孟春之月「命相布德和令，行慶施惠，下及兆民」。夏季是火德，萬物成長繁榮，適宜講究教育，選舉人才，所以規定孟夏之月「命太尉贊傑俊，遂賢良，舉長大，行爵出祿，必當其位」。秋季是金德，對萬物起殺傷的作用，適宜於選練軍隊和施用刑罰，所以規定孟秋之月「命將帥選士厲兵，簡練傑俊，專任有功，以征不義」；「決獄訟必正平，戮有罪，嚴斷刑」；仲秋之月「命有司申嚴百刑，斬殺必當，毋或枉橈」。冬季是水德，萬物隱蔽蓄藏，因此規定仲冬之月「可以罷官之無事，去器之無用者，塗闕廷門閭，築囹圄，此所以助天之閉藏也」；季冬之月「令宰歷卿大夫至於庶民土田之數」。這是把「天人感應」的說法進一步運用到政治上。

陰陽五行家著作這部月令，是適應即將出現的統一王朝的需要。月令中講到天子所屬，有相、太尉和將帥等官職，構成理想中的中央官僚機構。它著重提出的政事，如選舉人才、選練軍隊、行慶施惠、決獄平正等等，都是王朝的大事。它要求「行爵出祿，必當其位」，「專任有功，以征不義」，「斬殺必當，無或枉橈」，是認爲封建王朝應該這樣做的。月令規定仲春和仲秋之月，當晝夜一樣長的時候，校正度量衡器，這是比較合適的。因爲春分、秋分時天氣不冷不熱，在這時校正當時民間通行的竹木製的度量衡器，可以避免因溫度變化而發生誤差的現象。

楚帛書的月曆性質和四季之神「創世」神話

陰陽家的著作屬於「術數」性質，是科學思想和神話以及迷信相結合的。漢書藝文志說：「陰陽家者流，蓋出於羲和之官，敬順昊天，曆象日月星辰，敬授民時，此其所長也。及拘者爲之，則牽於禁忌，記於小數，捨人事而任鬼神。」觀察天文，制定曆法，講究時令，便利農業生產的發展；宣傳天變災異之說，鼓吹行事有適宜和禁忌，禁忌往往帶有迷信的性質。戰國時代民間流行的月曆，有偏重講究每月適當行事和著重禁忌的，如楚帛書就是楚國民間流行的這種月曆，如說二月「不可以嫁女、取（娶）臣妾」，四月「不可作大事」，六月「不可出師」，八月「不可以築室」，十二月「不可以攻城」等。

楚帛書是一九四二年從湖南長沙子彈庫地方楚墓中盜掘出土的，後來流入美國，現藏華盛頓賽克勒美術館（Arthur M. Sackler Gallery）。這是在一幅略近長方形（47×38.7釐米）的絲織物上，四邊繪有四季十二月的神像，附有「題記」，記有月名和每月適宜行事和禁忌，「題記」末尾三字是說明這個月神的職司或執掌的事。如二月「曰：女，可以出師、築邑，不可以嫁女、取（娶）臣妾，不火不得成。女此武」。所有十二月名和爾雅釋天所載基本相同：

月份	帛書	爾雅
正月	取	陬
二月	女	如
三月	秉	寎
四月	余	余
五月	欲	皋
六月	叡	且
七月	倉	相
八月	臧	壯
九月	玄	玄
十月	易	陽
十一月	姑	辜
十二月	荃	涂

(1)取(陬)

(2)女(如)

(3)秉(寎)司春

(4)余

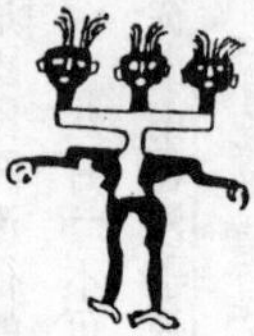

(5)欱(皋)

(6)叡(且)司夏

(7)倉(相)

(8)臧(壯)

(9)玄司秋

(10)昜(陽)

(11)姑(辜)

(12)荃(涂)司冬

湖南長沙子彈庫楚墓出土楚帛書上的十二月神像(摹本)

十二月神像包括有四季神像，現藏美國華盛頓賽克勒美術館(The Arthur M. Sackle Gallery)。

從每月「題記」看來，十二月名來自神名。春、夏、秋、冬四季最後一月「題記」末尾三字，都載有這個月神的職司，如三月「秉司春」、六月「叡（且）司夏」、九月「玄司秋」、十二月「荎（涂）司冬」；而其他月份「題記」末尾三字，都只記每個月神執掌的事，如二月「女此武」，因爲此月「可以出師」；四月「余取（娶）女」，因爲此月可以「取（娶）女爲邦□」。由此可見四季最後一月之神，既是此月之神，又是職司此季之神。秉、叡（且）、玄、荎（涂），就是春、夏、秋、冬四季之神。

帛書中心部位配合四邊所繪的四季神像，寫有兩篇文章，一篇十三行，一篇八行。八行一篇主要講四季之神的創世神話。開頭就講到雹戲（即伏羲）生有四子，「長曰青□榦，二曰朱□獸，三曰翏黃難，四曰□墨榦」，就是四時之神（即四季之神）。可知秉即青□榦，叡（且）即朱□獸，玄即翏黃難，荎（涂）即□墨榦。這又是依據其色彩和形象來定名的。這樣以春、夏、秋、冬四季和青、朱、黃、黑四色相配，是和月令以秋季爲白色是不同的。

帛書三月「秉司春」的神像，面狀正方而青色，方眼無眸，鳥身而有短尾，即所謂「青□榦」。這個春季之神，很明顯就是月令所説春季東方的木神句芒。據説秦穆公在宗廟中見到的句芒之神，正是「鳥身，素服三絕，面狀正方」的（墨子明鬼下篇）。山海經海外東經也説：「東方句芒，鳥身人面。」句芒原是東方夷族崇拜之神，據説夷族的祖先「少皞氏有四叔」，「實能金木及水」，「重爲句芒，該爲蓐收，脩及熙爲玄冥」（左傳昭公元年）。夷族原來就有崇拜玄鳥（即燕，亦即鳳鳥）圖騰的信仰。這個春神主管著草木五穀的生長，因而名爲句芒。「句芒」即是「句萌」，就是描寫植物屈曲生長的形容詞，「秉」字像手執禾一束的形狀，常用以指結穗的糧食作物，如詩經小雅大田以「遺秉」和「滯穗」並提。帛書稱春季的木神爲「秉」，也由於他主管草木生長。

帛書六月「叡（且）司夏」的神像，人面獸身，面有紅色邊緣，無左右下臂和手，穿長袖衣隱蔽而拖著，身後有尾，並有雄性生殖器，即所謂「朱□獸」。這個夏季之神相當於月令所說夏季南方的火神祝融。祝融原是楚人祖先之神，因而楚人稱之爲叡（且），當即「祖」字。山海經海外南經也說：「南方祝融，獸身人面。」古神話中祝融並非一個神名，而是一種神職的稱號，因而先後有神爲祝融。據說先是黎或重黎爲高辛氏的「火正」而稱祝融，接著重黎由於討伐共工無功，被帝嚳殺死而由其弟吳回爲「火正」而稱祝融（史記楚世家）。據山海經大荒西經，吳回「是無右臂」，同時「日月所入」的日月山，「有神人面無臂，兩足反屬於頭上，名曰噓」，同時日月山上有黎所生的噎，「處於西極，以行日月星辰之行次」。從上下文來看，「噎」可能就是「噓」字之誤。看來帛書所載無左右下臂的夏季之神，就是吳回或噓。

帛書九月「玄司秋」的神像，是雙首的四足爬行動物。雙首似龜頭，四足爬行似鱉，即所謂「翏黃難」。這個「司秋」的「玄」，當即水神玄冥，也就是古史傳說中的鯀。鯀的傳說原來出於玄冥神話的分化演變。「鯀」字古作「鮌」，從「玄」聲，本讀若「昆」。鯀原與禹同樣使用應龍、鴟龜來治水之神。楚辭天問說：「河海應龍，何盡何歷？鯀何所營？禹何所成？」又說：「鴟龜曳銜，鯀何聽焉？順欲成功，帝何刑焉？」據說鯀因竊取上帝的「息壤」在填洪水，因而受到上帝處罰而被殺死，見於山海經海內經，就是所謂「殛鯀於羽山」。鯀有被殺後屍體復活變爲「黃能」潛在水中成爲水神的神話。據說晉平公有病，夢見黃能入於寢門，子產解釋說：「昔鯀違帝命，殛之於羽山，化爲黃能，以入於羽淵，實爲夏郊，三代舉之。」（國語晉語八，左傳昭公七年大體相同）。「黃能」今本誤作「黃熊」（見經典釋文）。據說「能」是三足鼈（見爾雅釋魚）。其實三足是畸形，不可能成爲鼈的一種。「能」字金文像四足的爬蟲，說文說「能」是「熊屬」，是獸中賢能而強壯的，其實應該是龜鼈中賢能而強壯的。孔穎達正義說：「能，如來反，三足鼈也。」「如來反」是正確的。「能」古音讀如「態」，與「難」音同通用。帛書稱玄爲翏黃難，「翏」當讀作「戮」，「難」當讀作「能」，就是說被殺而屍體復活，變成黃能而入於水中成爲水神。

這個屍體復活變爲黃能的神話，曾傳到蜀國，成爲鼈靈的傳說。據揚雄蜀王本紀（太平御覽卷八八八所引），楚人鼈靈被殺，屍體漂流到蜀地復活，望帝（杜宇）用以爲相，玉山洪水暴發，鼈靈「決玉山，使民得陸處」，後來望帝傳位於鼈靈，號爲開明帝。屍體復活變爲黃能，原是楚人流傳的傳說，楚辭天問說：「化爲黃能（今本「能」誤作「熊」），巫何活焉？」所謂鼈靈，就是黃能，「鼈」即是「能」，「靈」即是神。古人所以特別重視龜鼈中賢能而強壯的「能」，因爲古人認爲特大的龜鼈是有特別強大的神力的。楚辭天問說：「鼈戴山抃，何以安之？」鼈是大龜，王逸注引列仙傳說：「有巨靈之鼈背負蓬萊之山而抃舞，戲滄海之中，獨何以安之乎？」列子湯問篇稱東海有五神山，爲仙聖所居，由於「五山之根無所連著」，上帝恐怕流於西極，「乃命禺強使巨鼈十五舉首而戴之」，「五山始峙而不動」。特大的龜鼈既然有背負安定神山的神力，因而能夠在開天闢地的創世工程中發揮作用。列子湯問篇、淮南子覽冥篇都說：「女媧煉五色石以補蒼天；斷鼈足以立四極。」「立四極」就是開天闢地的創世工程。

帛書十二月「荃（涂）司冬」的神像，人體正面站立，巨頭方面大耳，頭頂豎立有兩根長羽毛，兩手握拳而向左右張開，上身穿黑色短袖上衣，露出下臂，即所謂「□墨榦」。當即「能使巨鼈」的北海之神禺強。「禺」字像巨頭動物之形。「荃」字從「余」聲，與「禺」音近通用。山海經海外北經和大荒北經都說：「北方禺強，人面鳥身，珥兩青蛇，踐兩青蛇」。「鳥身」當是「黑身」之誤，舊注引一本作「北方禺強，黑身手足」，莊子大宗師篇釋文引此亦作「黑身手足」。莊子大宗師篇釋文和列子湯問篇張湛注引大荒經，都說：「北海之神名曰禺強，靈龜爲之使。」所謂靈龜即指巨鼈。淮南子地形篇說：「隅強，不周風之所生也。」高誘注：「隅強，天神也。」隅強即是禺強。不周風是冬季從西北吹來的巨風。禺強的神力能夠吹起不周風，足見其神力十分強大，因而能使用巨鼈參與創世的工程。

帛書中間八行一篇，是所見時代最早的創世神話文獻。全文可分兩節，上節講遠古時「夢夢墨墨」（一團混沌），「風雨是於（閼）」，雹戲（伏羲）生下四子，就是四季之神。雹戲命令四神疏通山川四海，因而使得「朱（殊）有日月，四神相弋（代），乃步爲歲，是惟四時（即四季）」。這是說經過四神的疏通，使得一團混沌分解，天地開闢，日月分明，四神得以輪流主管，春、夏、秋、冬四季得以運轉，從而推步爲一年。

下節又講到千百年之後，由於「日月允生（『允』讀作『夋』），九州不平，山陵備側」，以致四神不能使四時正常運轉。「允」古和「夋」音義相通。說文說：「夋，行夋夋也，從夊，允聲。」「日月夋生」是說日月不斷產生。這是說由於天上日月不斷產生，地下九州又不平，山陵傾斜，以致四季運轉失常。接著又說：「天旁動攼，畀之青木、赤木、黃木、白木、墨木之精，炎帝乃命祝融以四神降，奠三天，□□思敄（敷），奠四極。」這是說天爲此大爲感動，因而賜給五木之精，於是炎帝就得命令祝融使四季之神從天下降，從而完成「奠三天」和「奠四極」的創世工程。看來上天賜給五木之精，就賜與祝融和四季之神的神力，因爲青□榦、朱□獸、翏黃難和□墨榦等四季之神，就是執掌青、朱、黃、黑等方面的事業的，他們正是「奠三天」和「奠四極」的能手。所謂「三天」是指三重的天的結構，古神話以爲崑崙原與上天連接，由此而上就是涼風之山，「登之而不死」；再上就是懸圃，「登之乃靈」；更上就是上天，「登之乃神，是謂太帝之居」（淮南子地形篇）。這就是「三天」的結構，由四季之神所奠定的。所謂「四極」是指地的東、南、西、北四方的盡極之地，淮南子時則篇講到地有東、南、中、西、北「五極」，是由五帝和五方之神所執掌的，可知古神話中「四極」原爲四方的上帝和四季之神所執掌，而且就是四季之神在創世工程中奠定的。

帛書接著又載：「日非九天則大側，則毋敢□天靈（『靈』讀作『命』），帝允，乃爲日月之行，共攻□步十日，四時□□，□神則閏，四□毋思，百神風雨，晨禕亂作，乃□日月，以轉□思，有宵有朝（早），有晝有夕。」這節缺文太多，有些字句意義不明。大意是說祝融接受了炎帝命令，表示如果違反「九天」的意旨，將有更大的傾側，爲此不敢不順從天命，經過炎帝的允諾，於是就促使日月正常運行的工作，經過共同努力推步「十日」，調整「四時」，終於使得日月運轉分明，有夜有早，有晝有夕。特別要指出，「共攻□步十日」是說共同努力推步「十日」，多數考釋者把「共攻」讀作「共工」，以爲是個神名，是不可信的。因爲古神話中共工正是個破壞創世工程的主角，「怒而觸不周之山，天柱折，地維絕」（淮南子天文篇、列子湯問篇等），是不可能參與創世工程的；而且祝融既然以四神下降而「爲日月之行」，不可能別有共工出來完成這項工作。

楚帛書所說祝融主持創世工程，確是有來歷的。尚書呂刑講到，由於蚩尤作亂，「遏絕苗民」，上帝「乃命重、黎絕地天通，罔有降格」。古神話以爲天地原是連接相通的，崇山（即嵩山）原就有登天的通道，由於重、黎（即祝融）的「絕地天通」，天地才開闢而不通。山海經大荒西經說日月山是「天樞」，有「天門日月所入」，有神人面無臂「名曰噓」。由於上帝命令重上天，黎下地，「下地是生噎（『噎』當爲『噓』之誤），處於西極，以行日月星辰之行次」。這和帛書所說祝融下降而「爲日月之行」是相同的。

近年陝西神木縣漢墓出土畫像石，有春神句芒和秋神蓐收的畫像。句芒人面鳥身，左手捧紅色日輪於胸前，右手持矩，足下和身後各有一條青龍。蓐收也是人面鳥身，右手捧白色月輪於胸前，左手執規，耳部有蛇，足下和身後各有一隻白虎。這是表示他們在創世工程中主持日月之行。山海經西次三經有泑山，「神蓐收居之」，「是山也，西望日之所入，其氣員（『員』讀作『圓』），神紅光之所司也」。泑山，文選思玄賦李善注引作「濛山」，郝懿行箋疏以爲就是淮南子所說「日至於蒙谷」。尚書大傳作柳谷，郝懿行以爲「柳」、「泑」之聲又相近，總之這是日入之地。這是說蓐收之神在此地發出「紅光」來掌管「日之所入」，也就是說在主管日的運行。所謂「其氣員（圓）」，就是說蓐收發出的紅光，能使日輪的運行循環圓通，使得日輪每天正常地回歸日入之地。新出漢代畫像石以蓐收爲秋神，與月令相同，而與楚帛書所說「玄司秋」不同。因為楚帛書所載是楚人的信仰，而漢代畫像石所載是沿用中原人的信仰。

楚帛書中間十三行一篇，主要講彗星出現，使日月星辰運行紊亂，造成四季變化失常，發生天災禍害，由於「五正」(即四季之神和后土之神)的神明，得以調整恢復正常，使人民安居樂業。也是歌頌四季之神而要求人們恭敬祭祀的。

「五常」附會「五行」之說

荀子非十二子篇曾批評子思、孟子一派儒家「案往舊造說，謂之五行，甚僻遠而無類，幽隱而無說，閉約而無解。案飾其辭而祇敬之曰：此真先君子之言也」。楊倞注：「五行，五常：仁義禮智信。」其實孟子書中並無五行之說，也未嘗以仁、義、禮、智、信平列為五種德行，荀子所說「子思唱之，孟軻和之」，該是出於子思、孟子一派的後學所唱道。孔子世家謂子思作中庸，中庸起首講：「天命之謂性，率性之謂道。」鄭玄注解釋說：「木神則仁，金神則義，火神則禮，水神則知，土神則信。」章太炎以為這是「子思之遺說」，並以為「古者洪範九疇舉五行傅(附)人事，義未彰著，子思始善傅(附)會。」我認為子思只是以五種德行並列為說，以木、金、火、水、土附會五種德行，當出於思、孟一派後學所為。長沙馬王堆出土帛書有五行篇，以仁、義、禮、智、聖為五行，就是思、孟一派後學所作。

尚書洪範講「九疇」，初一曰「五行」，即水、火、木、金、土；次二曰「敬用五事」，即貌、言、視、聽、思；次三曰「農用八政」；次四曰「協用五紀」，並未指出「五行」與「五事」、「五祀」有連帶關係。以「五事」附會「五行」，當出於後世儒家的附會，見於伏生的尚書大傳和洪範五行傳。伏生以為「貌屬木，言屬金，視屬火，聽屬水，思屬土」。這種附會之說，當即傳自思、孟後學。

當戰國時代，各派學者既相互爭鳴，又相互融會貫通。陰陽五行家月令一派著作，講究季節時令，符合生產需要，因而儒家、道家、法家都加採用，並有所融合和附會。例如楚道家鶡冠子道端篇講究使用人才治理國家，就說：「仁人居左，忠人居前，義人居右，聖人居後。左法仁而春生殖，前法忠則夏功立，右法義而秋成熟，後法聖而冬閉藏。」不僅以仁、忠、義、聖四種德行分配於左右前後四方，而且認爲符合於春、夏、秋、冬四時的德行。又如齊法家所編著的管子，就有四時、五行、禁藏等篇，專門分析四方、四時、五行的關係及其德行所起的作用。禁藏篇就說：「春仁、夏忠、秋急、冬閉，順天之時，行地之宜。」與鶡冠子同樣以春德是仁而生殖，夏德是忠而立功。管子四時篇則詳細分析了四季五行的德行所起作用，並沒有以仁義等德行比附，今列爲一表如下：

四時	五行	出處	（據洪範五行傳）	（見管子四時篇）	（見中庸鄭玄注）	（見帛書五行篇）	（見管子禁藏篇）	（見鶡冠子道端篇）
春	木	東	貌曰恭 恭作肅	其德喜嬴。	仁	仁	仁	仁（生殖）
夏	火	南	視曰明 明作哲	甚德施舍修樂	禮	禮	忠	忠（功立）
	土	中	思曰睿 睿作聖	其德和平用均，中正無私。	信	聖		
秋	金	西	言曰從 從作乂	其德憂哀、靜正、嚴順。	義	義	急	義（成熟）
冬	水	北	聽則聰」聰作謀	其德淳越、溫怒、周密。	智	智	閉	聖（閉藏）

鄒衍的「五德終始」說

鄒衍，齊國人，到過臨淄的稷下，號爲「談天衍」。也曾到過趙國，在平原君處同公孫龍爭辯。最後到了燕國，在燕王喜那裏做官（韓非子亡徵篇）。著有鄒子四十九篇和鄒子終始五十六篇，都已失傳。他在地理方面創立了「大九州」說，又在歷史方面創立了「五德終始」說。

原來探索五行之間的依存和制約關係的，有相生、相勝兩種說法。五行相勝的說法也早已存在，後期墨家曾經批駁這個說法，認爲五行相勝，不僅是由於質的相勝，更主要的是由於量的相勝（墨子經下篇、經說下篇）。這時鄒衍又運用五行相勝的說法，創立了「五德終始」說，用來解釋歷史上朝代興替的原因。他把過去的朝代和開國帝王按照五行相勝的次序來排列，認爲帝王將興，上天必先顯示祥瑞給人們看。黃帝之時是土德，因爲木勝土，所以代黃帝所建的朝代而起的是「木氣勝」的禹；因爲金勝木，所以代禹所建的朝代而起的是「金氣勝」的湯；因爲火勝金，所以代湯所建的朝代而起的是「火氣勝」的周文王；因爲水勝火，所以代周文王所建的朝代而起的，必將是「水氣勝」的。他運用五行學說來講朝代的興替，是對五行學說的發展。

這種歷史觀，把歷史看作常變的，把新王朝的興起看作五行相勝的必然結果，適應了建立新的統一王朝的政治需要。後來秦建立統一的王朝，秦始皇就採用這個學說。這種學說忽視了歷史變革的社會和經濟的原因，把歷史變化說成是循環的，並把五行相勝的原因歸之爲天意，結果就陷入歷史唯心主義和神秘主義的宗教迷信中去。

七、醫學的發展

養生之道和生理衛生的講究

由於和人體疾病作鬥爭的迫切需要，戰國時醫學和生理衛生學都有了發展。

這時生理衛生學比較發展，是和當時道家講究養生之道有關的。呂氏春秋十二紀中春季三紀所附論文，都講養生之道，大體是採取道家的學說。他們認爲人體有三百六十節、九竅、五藏（臟）、六府（腑）。肌膚需要求其「比」（密致），血脈需要求其「通」，筋骨需要求其「固」，心志需要求其「和」，精氣需要求其「行」。如果能這樣，就「病無所居」了（呂氏春秋達鬱篇）。他們認爲治身的方法，要「用其新，棄其陳」，要「精氣日新，邪氣盡去」，才能盡其天年，此之謂「眞人」（呂氏春秋先己篇）。這種「精氣欲其行」、講求「精氣日新」的理論，是和當時著名的醫學著作素問一致的。素問說：有所謂「眞人」，「呼吸精氣，獨立守神，肌肉若一，故能壽蔽天地，無有終時」（上古天眞論）。所說「呼吸精氣」，也是爲了使得「精氣日新」。素問還說：「嗜欲無度，而憂患不止，精氣弛壞，榮泣衛除，故神去之而疾不癒也。」（湯液醪醴論）就是說，不講衛生，使得精氣不能流通，循環發生障礙，「神」就會消失，病就不能治好。關於飲食方面，他們認爲吃東西要有定時，要不饑不飽，這叫做「五藏之葆」。如果吃得「味」太厚太烈，吃濃酒，這叫做「疾首」（病的開端）。「肥肉厚酒」實際上是「爛腸之食」（呂氏春秋盡數篇、本生篇）。如果「味」太多太好，胃吃得太滿，就要「氣不達」，就不能長生（呂氏春秋重己篇）。關於運動方面，他們認爲如果「形不動」就要「精不流」，「精不流」就要「氣鬱」，「氣鬱」在人體那一部分，那一部分就生病

（呂氏春秋盡數篇）。如果「出則以車，入則以輦」，太舒服，這叫做「招蹶之機」（呂氏春秋本生篇）。關於情欲方面，他們認爲如果太放縱，耳、目、口要生病，身體要胕腫，筋骨要沈滯，血脈要壅塞，九竅要不通（呂氏春秋情欲篇）。「靡曼皓齒」的歌舞，淫蕩的音樂，這叫做「伐性之斧」（呂氏春秋本生篇）。關於居住方面，他們認爲「室大則多陰，台高則多陽」，過分的「多陰」、「多陽」也要生病（呂氏春秋重己篇）。當時人們已認識到住處潮濕的嚴重爲害。莊子齊物論說：「民濕寢則腰疾偏死。」「腰疾」是說風濕侵襲而腰痠背痛，「偏死」是說風濕病嚴重，偏癱而死。

當時人們已認識到氣候失常能導致疾病的流行。例如禮記月令篇說孟春之月「行秋令，則民大疫」；季春之月「行夏令，則民多疾疫」。當時人們還認識到四時氣候的變化，萬物的變化，對人有利，也有害。因此「養生」之道在於「知本」，必須「察陰陽之宜，辨萬物之利以便生」，使得「精神安於形而年壽得長焉」。大甘、大酸、大苦、大辛、大鹹是有害的，大喜、大怒、大憂、大恐、大哀也是有害的，大寒、大熱、大燥、大濕、大風、大霖、大霧都是有害的（呂氏春秋盡數篇）。

經脈學說的逐漸形成

長沙馬王堆漢墓出土了兩種經脈學佚書，即足臂十一脈灸經和陰陽十一脈灸經；還出土了兩種診斷學佚書，即脈法和陰陽脈死候；更出土了一種已佚的醫方專書，即五十二病方。五種古醫學佚書，合寫在一個帛卷上。從這些醫書的內容來看，都寫成於素問和靈樞經之前。

足臂十一脈灸經和陰陽十一脈灸經的體例和靈樞經的經脈篇很接近，它分別記述了每一條脈的名稱、循行過程、主病病候和灸法，但內容較經脈篇簡略。經脈篇共列有十二條脈，較這兩部佚書多「手厥陰脈」一條。大體上，陰陽十一脈灸經要比足臂十一脈灸經進步，而經脈篇更比陰陽十一脈灸經有發展。不但有新增的脈名、脈數，而且徹底改變了脈的循行方向。足臂十一脈灸經的脈的循行方向，由四肢末梢起始，止於軀體中心部（胸腹部或頭部），即向心性的方向。陰陽十一脈灸經中這種循行方向的基本原則已不存在，開始出現個別的脈（肩脈和足太陰脈）的相反循行方向，由身軀中心部向四肢末梢部的方向循行，即遠心性的方向。到了經脈篇就作了更大的調整，十二條脈中，六條（手三陽脈和足三陰脈）仍爲向心性的循行方向，而其他六條（手三陰脈和足三陽脈）都改爲遠心性的循行方向。這具體地反映了經脈學說理論的發展由低級到高級的過程。這是相當長一個時期內不斷總結實踐經驗而得到的結果。如果說，作爲黃帝內經一部分的靈樞經成書在戰國晚期，那麼，這兩種經脈學佚書，至少可以上溯到春秋、戰國之際。兩部灸經，都只用灸法，不用針法，但卻有砭石療法，可見它的成書時間，應在扁鵲施用針法之前⑯。

五十二病方中沒有陰陽五行學說的痕跡，沒有各個腧穴的名稱，只提到「泰陰」、「泰陽」兩個脈名；也只使用灸法和砭石療法，不見針法。在使用灸法或砭石療法時，只指出某一體表部位。病方上的藥名，據初步統計有二百四十三種，不見於神農本草經和名醫別錄的接近一半，說明當時藥物學已有很大成就。事實上當時已有湯劑、丸劑、散劑等，而且已有丸的名稱。外治法在書中占很大比重，除了用藥物外敷和灸法、砭法之外，還有藥浴法、煙薰或蒸氣薰法、熨法、按摩法、角法（類似後來的火爐療法）⑰等。

對傳染病的預防

戰國時代已注意到對傳染病的預防。例如山海經東山經說：栒狀山有沢水，北流注於湖水，其中多箴魚，「食之無疫疾」；又說：葛山有澧水，東流注於餘澤，其中多珠鱉魚，「食之無癘」。這是尋求防治傳染病的藥物的一種嘗試。「癘」是瘤型麻瘋病。當人們接觸麻瘋病人而抵抗力弱的時候，很容易傳染得病，因而必須及時把病人隔離。我們的祖先很早就注意到這點。秦律已經規定：鄉官發現鄉里有麻瘋病人必須向官府報告，由官府派醫生檢查證實後採取措施。秦治獄案例有一條「癘」說：某里的里典（鄉官）甲帶同里人丙前來，報告說：懷疑丙患麻瘋病。訊問丙，丙說：頭瘡三年，眉毛脫落，不知何病。接著就命令醫生丁診斷，丁診斷說：

> 丙毋（無）麋（眉），艮（根）本絕；鼻腔壞，刺其鼻不疐（嚏）；肘膝△△到△兩足下奇（踦），潰一所；其手毋胈，令譆（號），其音氣敗，癘毆（也）。

「艮本絕」，是說鼻梁折斷。這是說：官方醫師根據病人沒有眉毛，鼻梁折斷，鼻腔損壞，刺鼻孔不打噴嚏，下肢從關節、膝部到腳向下癱瘓，並有一處潰瘍，手上沒有汗毛，呼號時聲音氣急敗壞，從而斷定病人患瘤型麻瘋。這說明當時醫師對麻瘋的診斷已很有把握。素問風論也說：「癘者，有榮氣熱胕，其氣不清，故使其鼻柱壞而色敗，皮膚瘍潰，風寒客於脈而不去，名曰癘風。」也把鼻梁壞、面色壞、皮膚潰瘍等等作爲麻瘋的主要特徵。按照秦律，麻瘋患者必須遷到政府所設的「癘遷所」實行隔離。如果城旦、鬼薪（刑徒）患麻瘋，也應遷到「癘遷所」；如果有人犯有該判城旦的罪，還沒有判決而患麻瘋，也應遷到「癘遷所」，或者遷到「癘遷所」以後再判死刑。如果麻瘋患者有罪，可以判決死刑，採取沈殺水中或活埋土中的辦法（法律答問）。這說明當時已很重視防止麻瘋的傳染。這樣規定判決死刑的辦法，也反映了當時法律的殘忍。

氣功養生之道的開創

特別值得一提的，就是戰國時代開創了氣功療法。這該與當時道家講究養生有關。莊子刻意篇說：「吹呴呼吸，吐故納新，熊經鳥伸，爲壽而已矣。此道（導）引之士、養形之人、彭祖壽考者之所好也。」所謂「導引」，就是現在所說的氣功。「吹呴呼吸」是說深長的呼吸。「吐故納新」是說透過深長呼吸促進血液循

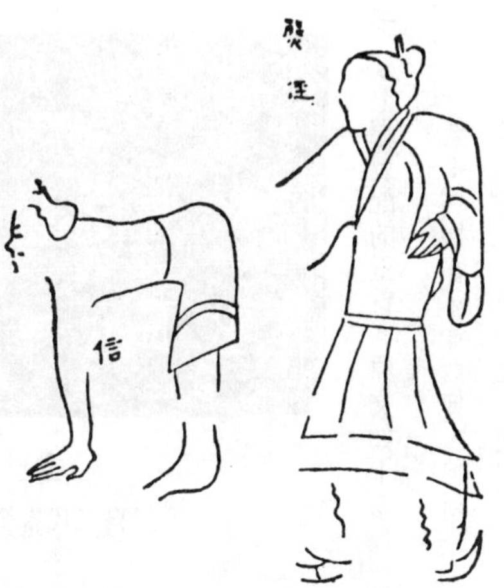

帛畫導引圖中的「信」(伸)和「熊經」
長沙馬王堆漢墓出土。

環，達到加強新陳代謝的作用。「熊經鳥伸」是兩種主要的導引動作，「鳥伸」是説像鳥那樣把頭頸頻頻上伸，「熊經」是説像熊那樣前後左右不斷動搖腰身⑱。長沙馬王堆漢墓出土帛畫導引圖，有稱爲「信」的，「信」即「伸」，彎腰而兩手俯地，像鳥那樣把頭頸上伸，該即描寫「鳥伸」的導引法；還有稱爲「熊經」的，跨足直立而兩臂向前凌空環抱，像熊那樣前後左右動搖腰身，就是描寫「熊經」的導引法。

一九八四年湖北江陵張家山漢墓出土竹簡引書説：「引背痛，熊經十，前據十，端立，跨足，前後俯，手傅地，十而已。」這是説導引可以治療背痛，每次治療可以使用「熊經」和「前據」兩種導引動作十次。所説「端立、跨足、前後俯」就是「熊經」的動作。所謂「手傅地」就是「前據」的動作，是在「熊經」動作之後，兩手向前伸再彎腰而兩手俯地。

張家山出土引書講到導引可以治療身體各部分發生的病痛，素問講到了導引的適應症有痿、厥、寒、熱和息積⑲。同時，道家把導引作爲養生、修道和延年益壽的方技，就是莊子刻意篇所説「導引之士、養形之人、彭祖壽考者」，所以引書把導引稱爲「彭祖之道」。彭祖是當時傳説中最長壽者，楚辭天問説：「彭鏗斟雉帝何饗？受壽永多，夫何久長？」王逸注：「彭鏗，彭祖也。」

莊子刻意篇所説「吹呴呼吸，吐故納新」，就是講究深長呼吸空氣，從而加強全身「精氣」的循環流通，起著「吐故納新」作用，這是「氣功」作養生之道的關鍵所在。這在古代稱爲「行氣」，可以靜坐或臥

戰國行氣銘文（拓本）

採自三代吉金文存卷二〇，頁四九。

著進行。同時也可以配合身體的運動來進行，借助於運動來加強全身「精氣」的循環流通，這在古代稱爲「導引」。莊子所講到的「熊經」和「鳥伸」是早期運用的兩動作，這是由於模仿熊和鳥的特殊動作而得名的，後來就發展爲許多模仿各種鳥獸動作的方式，如馬王堆漢墓出土帛畫導引圖所描寫的以及華佗的「五禽戲」等。這種配合一種動作的「導引」，就是現在「氣功」中的所謂「動功」。至於不配合的「行氣」，就是現在「氣功」中的所謂「靜功」或「內功」。

這種「氣功」的發明和推行，看來不僅和道家所講「精氣」學說有密切關係，而且和當時醫學家的「經脈」學說有重大關係。醫學家認爲全身分布有陰陽相對的「經脈」，是「精氣」循環流通的主要通道，所謂「行氣」就起著加強「精氣」在「經脈」中循環流通的作用，所謂導引就起著導引「精氣」在「經脈」中循環流通的作用。

天津藝術博物館藏有一件戰國時代的十二面小玉柱，上刻有行氣銘，原爲安徽合肥李木公收藏，被誤稱爲「玉刀珌」或「劍珌」，銘文拓本曾著錄於鄒安藝牘和羅振玉三代吉金文存。這個小玉柱下端有圓孔上通，頂端不穿透，側面又有小圓孔可以穿釘，可能是老人所用手杖上端裝配的玉首。原文如下：

行氣：吞則蓄，蓄則伸，伸則下，下則定，定則固；固則萌，萌則長，長則復，復則天。天其本在上，地其本在下。順則生，逆則死。（三代吉金文存卷二〇，頁四九）[20]

這是講練習氣功的「行氣」方法，講的是深呼吸的一個回合，就是現在氣功療法中所講沿任脈和督脈的循環一小周天。這是說「行氣」要先吸氣吞下，吸氣吞下就會使得氣積蓄起來，氣積蓄就會使得氣伸長，氣伸長就會使得氣往下沈，氣往下沈就使得氣定在丹田裏，氣定下來就會使得氣在丹田裏穩固下來，氣在丹田穩固一段時間就會萌生新氣，萌生了新氣就會成長，這時氣的行徑就回轉到背脊向上運行，一直上升到頭頂。「天」原來就有頭頂的意思。這樣「行氣」一個周天，既上行到「天」，又下行到「地」，順著這樣「行氣」便可以長生，逆著這樣「行氣」就要短命。

這種「引氣」方法，現在稱爲「內功」，古代稱爲「內業」。管子內業篇就是專講修養內心和修練精氣以求長壽之道的。這是齊國稷下道家的著作。他們認爲「精氣」就是「道」，天地萬物都由精氣產生和生長，人的生命也以精氣爲根本要素。我們在上章第四節已經指明。內業篇可以說是一篇最早講氣功的精闢論文。他們認爲內心虛靜，去掉欲望，排除外來的誘惑，專心保持積蓄精氣，就能得道。「心靜氣理，道乃可止」。「修心靜意，道乃可得」。「心能執靜，道將自定。得道之人，理丞（烝）而毛泄，匈（胸）中無敗」。這是說「執靜」的內功，能夠使敗壞之氣從肌膚毛孔中蒸發排泄出去，使胸中沒有敗壞之氣，從而精氣得以儲存積累而延年益壽。他們說：「平正擅匈（胸），論治在心，以此長壽。」他們認爲饑飽不能失度，如果失度，太飽就要趕快活動，否則氣血就不能通達。

所謂「得道」的「真人」

值得注意的是，稷下道家所作心術上下、白心、內業四篇文章，主張「道」就是「精氣」，修練精氣就能「得道」，同時他們把「得道」的人稱爲「真人」。心術上篇前半是「經」，後半是「解」，說明這是他們的重要論文。經文說：「大道可安而不可說，真人之言不義（『義』讀作『俄』）不頗」（「真」字原誤作

「直」，從管子集校改正）。解文對「真人」作了進一步的説明，説「真人」是「言至」、「言應」、「言因」而「言深囿」的。就是説得道的「真人」所講的「道」，是達到了「道」的，應合於「道」的，因循於「道」的，因而講得不偏不頗的。稷下道家這樣講究修練精氣，把修練成功的稱爲「得道」，並把得道之人稱爲「真人」，把「真人」看作修練成功的最高境界。呂氏春秋謂養生之道的幾篇，都是採自稷下道家的。如先己篇説：「凡事之本，必先治身，嗇其大寶。用其新，棄其陳，腠理遂通。精氣日新，邪氣盡去，及其天年，此之謂真人。」所謂「大寶」就指精氣而言。所説「腠理遂通」，就是如內業篇所説「理烝而毛泄，胸中無敗」。這樣的人內業篇稱爲「得道之人」，所以先己篇説「此之謂真人」。

民間醫學的進步和名醫扁鵲

這時醫學已經分科。周禮天官冢宰的屬官有醫師（大醫師）、食醫（管理營養衛生的醫生）、疾醫（內科醫生）、瘍醫（外科醫生），又有獸醫。民間也已有各科醫生，有帶下醫（婦科醫生）、小兒醫（小兒科醫生）、耳目痺醫（耳目科醫生）等（史記扁鵲列傳）。這時疾醫主要醫治的流行病，春天有痟首疾（頭痛病），夏天有癢疥疾（疥癬、癤子等癢痛的皮膚病），秋天有瘧寒症（瘧疾），冬天有嗽上氣病（咳嗽氣喘病）。瘍醫主要醫治的病有腫瘍（癰腫的瘡）、潰瘍（潰膿的瘡）、金瘍（刀傷）、折傷（骨折傷）。醫生診斷病情，「以五氣、五聲、五色眡其死生」（周禮疾醫），已經普遍採用「切脈、望色、聽聲、寫形、言病之所在」等方法（史記扁鵲列傳），我國傳統醫學上臨床觀察的望、聞、問、切「四診」方法，這時都已有了。

當時民間流行「灸」和「針」的治療方法，人們常用燒灼艾絨的「灸」法來治一般病痛。孟子説：「今之欲王者（指希望統一天下的），猶七年之病求三年之艾也。」（孟子離婁上篇）趙岐注：「艾可以爲灸人病，乾久益善，故以爲喻。」人們又常用石製的針來刺的「針」法來治病痛。管子法法篇主張對罪行不赦，認爲

「毋赦者有小害而大利者也」，「毋赦者痤疽之砭石也」。砭石是石製的針，用來刺入經脈的穴位來治病。據說扁鵲使其弟子子陽急救虢太子的昏厥，「厲（礪）鍼（針）砥石，以取三陽五會」（史記扁鵲列傳），一會兒太子就蘇醒。這已使用金屬的針，所謂「礪針砥石」，就是用金針在磨刀石上磨得銳利；所謂「三陽五會」，是指手足三陽經脈和督脈的交會穴，皇甫謐針灸甲乙經以爲就是頭頂正中的百會穴，百會穴確是治「厥症」的特效穴位。說明這時針灸學已發展到成熟的地步。

這時內科的治療方法，有服湯藥的，有用藥物來熨帖按摩的，有用鍼（針）石來針刺的，有服藥酒的，中國醫學上優良的傳統醫療方法，在戰國時已經奠定了基礎。據說，病未深入的時候，一般用「湯」、「熨」的醫療方法，病到了血脈裏得用「鍼石」的醫療方法，病到了腸胃裏可以用「酒醪」的醫療方法（史記扁鵲列傳）。至於外科病的醫療方法，有用敷藥的醫療方法，要「以五毒攻之」，「以五藥療之」。也有用開刀的醫療方法，有所謂劀（刮去膿血）、殺（割去爛肉）等手術名目（周禮瘍醫），又有剔（用刀來剔瘡）、摑（開刀）等手術名目。韓非子顯學篇說：「嬰兒不剔首則復（舊誤作『腹』，從王先愼說校正）痛，不摑痤（惡瘡）則寖益。」就是說：嬰兒頭上的癤子不剔掉就要更加痛，毒瘡不開刀就要逐漸厲害。尸子說：「有醫竘者，秦之良醫也。爲宣王割痤，爲惠王療痔，皆癒。張子之背腫，命竘治之，謂竘曰：『背非吾背也，任子制焉。』治之遂癒。竘誠善治疾也，張子委制焉。」（孫星衍輯本下卷）說明這時的外科醫生，能夠「割痤」、「療痔」、治背腫。這時已有防止冬天手上生凍瘡而皮膚皸裂的藥，叫做「不龜手之藥」。據說宋國有人善於製作這種藥，因而能夠世代幹著冬天漂洗絲絮的事（莊子逍遙遊）。

扁鵲，即秦、越人，齊國渤海、鄚（今河北省任丘縣北）人㉑。曾從長桑君處得到許多「禁方書」（不公開的丹方醫書）。相傳晉大夫趙簡子生病，五天不省人事，請扁鵲診治，扁鵲斷定「血脈治」（血脈循環正常），不出三天會好轉。又有虢國太子得急病暴卒，扁鵲進去診察，發覺他耳朵裏有聲音而鼻翼搧動，兩股內側還是溫的，斷定是「尸厥」（昏迷假死），可以搶救。扁鵲就用針法、熨法和湯劑結合治療，過了二十天太子就康復。當時人「盡以爲扁鵲能生死人」，扁鵲說：「非能生死人也，此自當生者，越人能使之起耳。」（史記扁鵲列傳）。扁鵲主張早期發現病情，早日加以治療，反對「信巫不信醫」。他根據各地人民的需要而行醫，在邯鄲做「帶下醫」，在洛陽做「耳目痺醫」，在咸陽做「小兒醫」。秦國的太醫令（官名）李醯妒忌他，竟把他刺殺了。

素問的醫學理論

素問是我國第一部有系統的醫學著作，相傳是黃帝內經的一個部分。素問非一人一時之作，是一個學派在較長時期內寫成的，主要部分寫成於戰國時代末期。素問八十一篇，原缺七篇。天元紀以下七篇大論，是東漢到南北朝時人作品，爲唐王冰所補入。它假託黃帝所作。從它的思想體系看來，同當時的道家和陰陽五行家有著密切關係。

春秋時代的醫師，已經開始運用「陰」、「陽」、「風」、「雨」、「晦」、「明」六氣來解釋疾病的原因。公元前五四一年秦國醫和就提出了「淫生六疾」的理論，認爲「寒」、「熱」、「末」（四肢的病）、「腹」、「惑」、「心」六疾是由於感受六氣過度而生（左傳昭公元年）。素問對病源學說有了進一步的發展。它說：「夫邪之生也，或生於陰，或生於陽。其生於陽者，得之風雨寒暑；其生於陰者，得之飲食居處，陰陽喜怒。」（調經論）所謂「邪」，是指致病因素。這是說，致病原因不外乎外因和內因，外因是風雨寒暑的侵襲，內因是飲食起居喜怒的不節，因而造成陰陽失調，引起疾病。素問特別重視造成疾病的內因。它說：「百病生於氣也，怒則氣上，喜則氣緩，悲則氣消，恐則氣下，……驚則氣亂，……思則氣結。」（舉痛論）又說：「暴怒傷陰，暴喜傷陽。」「怒傷肝」，「喜傷心」，「思傷脾」，「憂傷肺」，「恐傷腎」（陰陽應象大論）。不但精神上的過度刺激和劇烈衝動，會影響身體而引起疾病；如果過度的勞心勞力，過度的追求享樂，縱情酒色，生活失常，也要導致疾病和早衰。

基於上述理論，素問作者首先重視疾病的預防。在預防體外疾病因素侵襲的同時，特別強調人體內在的預防因素。它一方面主張「虛邪賊風，避之有時」；一方面又認爲「恬惔虛無，真氣從之，精神內守，病安從來」（上古天真論）。預防疾病，固然要防止外來的致病因素乘虛而入；更重要的是要注意修養，保養「真氣」，增強抵抗力量。它主張「外不勞形於事，內無思想之患，以恬愉爲務，以自得爲功」（上古天真論），目的在於克制情欲的衝動，防止內在致病因素的爆發。這種思想是和道家有相通之處的。

素問特別強調疾病的預防，較治療更爲重要。四氣調神大論篇主張「不治已病、治未病，不治已亂、治未亂」，認爲「病已成而後藥之，亂已成而後治之，譬猶渴而穿井，斗而鑄錐，不亦晚乎！」它把四季的運行看作自然界「生」、「長」、「收」、「藏」有規律的變化，認爲人們生活在這個有規律變化的自然環境裏，必須相應地按照自然界變化的規律調節起居生活和精神活動，使得身體內部的陰陽順應自然界的陰陽而變化，「春夏養陽，秋冬養陰，以從其根」，這樣就能保持健康，不生疾病，叫做「得道」。所謂「得道」，不是別的，就是掌握和順應自然界變化的規律。這種理論，是和當時的陰陽五行家和道家有相通之處的。爲了便於理解，我們把四氣調神大論篇內容，列爲一表如下：

四季	春三月	夏三月	秋三月	冬三月
自然界有規律的變化	此謂發陳。天地俱生，萬物以榮。	此謂蕃秀。天地氣交，萬物華實。	此謂容平。天氣以急，地氣以明。	此謂閉藏。水冰地坼，無擾乎陽。

相應注意起居	夜臥早起，廣步於庭。	夜臥早起，無厭於日。	早臥早起，與雞俱興。	早臥晚起，必待日光。
相應調節精神生活	被發緩形，以使志生。生而勿殺，予而勿奪，賞而勿罰。	使志無怒，使華英成秀，使氣得泄，若所愛在外。	使志安寧，以緩秋形，收斂神氣，使秋氣平，無外其志，使肺氣清。	使志若伏若匿，若有私意，若已有礙，去寒就溫，無泄皮膚，使氣亟奪。
順應變化之道	養生之道。	養長之道。	養收之道。	養藏之道。
逆後的反應	逆春氣，則少陽不生，肝氣內變。	逆夏氣，則太陽不長，心氣內洞。	逆秋氣，則太陰不收，肺氣焦滿。	逆冬氣，則少陽不藏，腎氣獨沈。
逆後的間接影響	夏爲寒變，奉長者少。	秋爲痎瘧，奉收者少，冬至重病。	冬爲飧泄，奉藏者少。	春爲痿厥，奉生者少。

素問不但用陰陽失調來解釋病因，也還用陰陽學說來闡述人體生理和說明病理。它認爲，五臟屬於陰，必須「藏精氣而不瀉」；六腑屬於陽，必須求其通達，「傳化物而不藏」（五藏別論）。還認爲，必須根據陰陽的變化來進行病理的分析，來判斷虛實、寒熱、內外等，從而確定辨證論治的準則。

素問認爲「治病必求其本」，必須把病因、病型和病所三者結合起來，全面考慮治療方針。病勢輕的可用「揚」（宣散）的方法，病勢重的可用「減」（減除）的方法，體質衰弱的可以用「彰」（補養）的方法，形體不足的要「溫之以氣」（用氣來溫補），精氣不足的要「補之以味」（用味來滋補）；病在高處的可用「越」（催吐）的方法，病在下處的可「引而竭之」（引導下瀉），病在中間腹部發的可以「瀉之於內」；有外邪入侵的可以「漬形以為汗」（薰蒸出汗），病在肌表的可以「汗而發之」；病情慓悍的可以「按而收之」（加以抑制而使其收斂），結聚盤踞的可以「散而瀉之」（陰陽應象大論）。總之，把袪邪扶正作為治療的綱領。素問這些醫學理論，奠定了中國醫學優良傳統的基礎。

① 韓非子有度篇說：「夫人臣侵其主也，如地形焉，即漸以往，使人主失端，東西易面而不自知。故先王立司南以端朝夕。」王振鐸司南指南針與羅經盤說：「司南即為一種器物，其在先秦究為何種用途？如韓非記先王用之『以端朝夕』。周禮考工記匠人云：『置槷以縣，眡以景，為規識日出之景與日入之景，晝參諸日中之景，夜考之極星，以正朝夕。』鄭玄注云：『槷古文臬，假借字，於所平之地中央，樹八尺之臬，以縣正之，眡之以其景，將以正四方也。』周官匠人營國，職在建築營造，置槷眡影，以測日之出影入影，釐正日中之影，以定子午，而正四向。持鄭注以釋韓非之文，則司南為用，頗與冬官臬表測影以正四方之用相合。其所謂『以端朝夕』者即『以正四方』也。……漢之指南和先秦之司南，實為一物，皆為古人用以正方向、定南北之一種儀器。」（中國考古學報第三冊）論衡是應篇說：「司南之杓，投之於地，其抵指南。」所謂「司南之杓」，便是一種正方向、定南北的儀器。羅福頤漢栻盤小考（古文字研究第十一輯）對王氏所作「司南」復原模型提出反對的意見，認為用漢代式盤作「司南」的地盤並無考古的依據；並認為韓非所謂「司南」是北斗星的別名，也可能是式盤的別名。王氏以漢代式盤作地盤，出於推測，羅氏否定「司南」是正方向的儀器而是北斗星，亦屬推測。韓非既說「先王立司南以端朝夕」，「司南」當為人工製作，不可能指天上的北斗星。戰國末年既然已知磁石的指極性，就方便製作利用磁石的正南北的儀器，由此推定漢代「司南之杓」，戰國末年已發明，應該是可取的。

② 參見錢臨照論墨經中關於形學、力學和光學的知識（物理通報第一卷第三期），洪震寰墨經力學綜述（科學史集刊第七期），洪震寰墨經光學八條釐說（科學史集刊第四期），錢寶琮墨經力學今釋（科學史集刊第八期）等。

③ 朱文鑫曆法通志說：「今先證立春在營室五度，約在何時測定。試以營室零度合今室宿第一星。其赤經為三百四十五度十六分五秒半強（民國十六年），則營室五度當在赤經三百五十度十一分二十秒半強（古曆以三百六十五度又四分之一

爲周天，故古之五度，合今四度五十五分十五秒，加入室宿第一星之赤經，爲營室五度之赤經）。今立春在赤經三百十八度九分二十五秒弱，已在營室五度之西三十二度一分四十五秒，以歲差七十一年又八月差一度計之，約距今二千三百年，是在周烈王時也（約在西元前三七〇年）。」又說：「近時日人新城新藏博士，根據兩漢書五行志所載日蝕，由在晦在朔之差，以推顓頊曆制定年代，約在西元前三七〇年左右，亦相去不遠矣。」按新城新藏東洋天文學史研究第八編，推斷顓頊曆制定年代在公元前三百五六十年前。

④ 秦從昭王四十二年起改用顓頊曆，南宋呂祖謙大事記首先指出，清閻若璩又加論證。秦從昭王四十九年起又恢復以正月爲歲首，清張文虎校刊史記札記首先指出，日本齊藤國治、小澤賢二中國古代天文記錄檢證（一九九二年出版）詳爲論證。惟齊藤氏等，誤以爲秦始終使用同一曆法，符合於董作賓中國年曆總譜。因此秦簡編年記始皇二十年七月甲寅，齊藤氏等以爲「七月」乃「十月」之誤。其實顓頊曆始皇二十年七月正是甲寅朔，可知秦簡編年記不誤，此時秦確用顓頊曆。

⑤ 參見曾憲通楚月名初探，刊中山大學學報一九八〇年一期，王勝利再談楚國曆法的建正問題，刊文物一九九〇年三期。

⑥ 參看竺可楨中國近五千年來氣候變遷的初步研究，載考古學報一九七二年第一期。

⑦ 實測歲星的周天率，是十一年又百分年之八十六，約八十四年超辰一次。歲星應超辰，而左傳所記的歲星紀年不超辰，可見左傳歲星紀年，是作者根據當時歲星所在的「次」，往上推定的。據日本新城新藏推定，左傳的推算年代當在公元前三六五年。見新城新藏東洋天文學史研究第九編第五節。

⑧ 鶡冠子環流篇說：「斗柄東指，天下皆春；斗柄南指，天下皆夏；斗柄西指，天下皆秋；斗柄北指，天下皆冬。斗柄運於上，事立於下；斗柄指一方，四塞俱成，此道之用法也。」「塞」讀作「賽」，指春、夏、秋、冬四季報謝神的祭祠。管子禁藏篇說：「舉春祭，塞久（疚）禱。」史記封禪書講到名山大川，「春以脯酒爲歲祠，因泮凍、秋涸凍，冬塞禱祠」。索隱謂「塞」與「賽」同，「今報神福也」。這是說：天上北斗星的斗柄運轉，與地下春夏秋冬四季變換相應，斗柄輪流地指向一方，四季報謝神祠都就完成，也就是說四季變換相應地成功。這就是自然界發展變化的規律（道）俱有一定的法則。

⑨ 今本甘石星經(收入漢魏叢書)是後人僞造，唐代開元占經卷六五至卷七〇保存有甘氏石氏的言論，載有大約一百二十顆恆星至黃道的距離及其離北極的度數，可以從此看出他們的成就。詳見日本上田穰著石氏星經研究和能田忠亮著甘石星經考(東方學報京都第一册)。

⑩ 徐振韜從帛書五星占看先秦渾儀的創制，載考古一九七六年第二期。

⑪ 史記天官書說：「熒惑出則有兵」，「心爲明堂」，「房爲府」，「角爲天王帝廷」。又說：「火犯守角則有戰，(火犯守)房、心，王者惡之也」。犯守即是占居，火星犯守房、心，君王將有大難，因而爲君王所惡。

⑫ 參看蒙文通略論山海經的寫作時代及其產生地域(中華文史論叢第一輯)和范行準中國預防醫學思想史三人民自己創造的預防醫學。

⑬ 墨子經上篇說：「久，彌異時也。宇，彌異所也。窮，或(域)有前不容尺也。……盡，莫不然也。」經說上篇解說道：「久：古今旦莫(暮)。宇：東西家南北。窮：或不容尺，有窮；莫不容尺，無窮也。盡：俱止動。」這裏說「久」是古今旦暮的總稱，即今時間的意思。「宇」是東西南北的總稱，即今空間的意思。「窮」是承上「宇」而言的，「盡」是承上「久」而言的。「窮」指個別空間的終極，如果一個實物所在的區限前不容一線之地，就是這個空間的「窮」處。「盡」指時間的終極，如果在個別實物所處的空間中，始終靜止在一個狀態，即所謂「俱止動」，也就是保持一個模樣，即所謂「莫不然」，這樣就無時間性可言，就是個別空間的時間的終極。

⑭ 墨子經上篇說：「始，當時也。……化，徵易也。……損，偏去也。……儇(環)，俱柢。庫，易也。動，或(域)徙也。止，以(已)久也。必，不已也。」經說上篇解說道：「始：時或有久，或無久，始當無久。化：若鼃(蛙)爲鶉。損：偏也者，兼之體也。其體或去或存，謂其存者損。儇：昫民也(「昫民」二字有誤，不可解)。庫：區穴若斯貌常。動：偏祭(際)徙，者(當作「若」)戶樞免瑟(虱)。止：無久之不止，當牛非馬，若矢過楹。有久之不止，當馬非馬，若人過梁。必：謂台執者也。若弟兄，一然者一不然者，必不必也，是非必也。」在這一段中，開首的「始」，是論運動的開始，末尾的「止」是論運動的停止，「必」是論運動的不停止，「化」「損」「益」「儇」「庫」「動」是論六種運動的過程。現在我們分別解釋如下：㈠時有「有久」的時和「無久」的時，也就是說，有的經歷若干時間，有的剛剛開端，未經歷若干時間。所謂「始」就是運動的開端，正當「無久」的時。㈡「化」就是變化，變

化是外表的徵象變易而實質未變，所以說：「化，徵易也。」荀子正名篇說：「狀變而實無別，而爲異者謂之化。」意思是和這相同的。古時缺乏生物學的知識，誤認爲蛙可以變鶉，淮南子齊俗訓說：「夫蝦蟆爲鶉，水蠆爲蟌（蜻蜓），皆生非其類，唯聖人知其化。」經說爲了解釋「化」，便舉出了「蛙爲鶉」這個不合科學的例子。㈢「損」就是損失。「兼」是整體，「偏」是部分。所謂「偏」就是整體中的一部分。在一個整體中，有一部分離去，有一部分存在，就其存在者來說就是「損」。㈣「益」就是增益，增益的結果必然會使它擴大，所以說：「益，大也。」㈤「儇」就是旋轉。孫詒讓墨子閒詁解說道：「以環之爲物，旋轉無端，若互爲本，故曰俱柢。」也就是說：全部空間未動，僅各端把所處的空間轉遞罷了。㈥「庫」就是更換，更換是空間照常而物已調換。㈦「動」就是徙動，徙動是所處的空間徙移，所謂「或（域）徙」。「偏祭（際）徙」，是指一件物體的部分位置移動，例如門戶轉軸的轉動。㈧「止」就是停止，停止就是停留若干時間，所以說：「止，以（已）久也。」凡是停止必須「有久」，「有久」才能算「止」。如果說「無久之不止」和說「牛非馬」相當，這是當然的事。例如射箭過楹，毫無時間的停留。如果說「有久之不止」和說「馬非馬」相當，這是不對的。例如人走過橋，步步要停留到地，每步之間都有停留，嚴格地講，就不能算「不止」。㈨「必」就是不停止，所以說：「必，不已也。」不停止是指沒有時間停留而言。如果說兄弟兩人，各執成見，一個認爲對，一個認爲不對，爭論不休，這不是「必」的意思。

⑮ 墨子經上篇說：「有間，中也。間，不及，旁也。纑，間虛也。盈，莫不有也。堅白，不相外也。攖，相得也。仳，有以相攖，有不相攖也。次，無間而不相攖也。」經說上篇解說道：「有間：謂夾之者也。間：謂夾者也。尺，前於區穴而後於端，不夾於端與區穴。及，非齊之及也。纑：虛也者，兩木之間，謂其無木者也。盈：無盈無厚。於尺無所往而不得。堅：得二異處，不相盈，相非，是相外也。攖：尺與尺，俱不盡；端與端，俱盡；尺與端，或盡或不盡。堅白之攖，相盡；體攖，不相盡。仳：兩有端而後可。次：無厚而後可。」現在我們分別解釋如下：㈠「有間」、「間」、「纑」三句說的是有空隙的組織結合。「有間」是指夾在中間的物質粒子，「間」指不相連及的在旁的物質粒子。經說解說「間」就是在旁的「夾者」，意思是相同的。「尺」是物體的邊線，「區穴」是物體的表面，「端」是物體邊線的頂端。經說爲了解釋「夾」起見，認爲「尺」前於「區穴」而後於「端」，但是「端」連及「尺」，「尺」又連及「區穴」，就不能認爲「尺」夾在「端」和「區穴」之間。經說又解釋經文「及」字，認爲經

文的「及」不是解釋作「齊」的「及」，是連及的意思。「☆」是指中間的空隙，經說爲了解釋經文「盧」字，具體地用「兩木之間謂其無木者也」來比喻。㈡「盈」句說的是相混合的組織結合。所謂「盈」就是指某幾種物質粒子相互充滿在一個物體之內，所以說：「盈，莫不有也。」也就是說，在物體的邊線以內這幾種物質粒子到處都有，所以經說又說：「盈，於尺無所往而不得。」物體所以有「厚」（即體積），就是由於這種組織結合方式形成的，如果沒有這種組織結合方式，也就沒有體積，所以經說又說：「無盈，無厚。」由於這種組織結合方式的重要，經文特別以「石」的組織構造爲例，在「石」的中間，有「堅」屬性的物質粒子和有「白」屬性的物質粒子是相混合結合的，是不互相排斥的，所以說：「堅白不相外也。」經說爲了明瞭起見，作了反面的解說：如果有「堅」、「白」兩種屬性的物質粒子分別開來，各有處所，不相混合，相互排斥，這就「相外」了。因爲墨家在講「盈」的組織結合方式時，舉出這樣一個「堅」、「白」相「盈」而成「石」的例子，名家就集中這一點加以駁斥，創出了「離堅白」的說法。「盈堅白」和「離堅白」的爭論絕不是隨便興起的，在戰國時代所以會爭論得那麼熱烈，就是由於爭論的是物質構造問題。㈢「攖」句說的是相接疊的組織結合。經說對此曾作進一步的分析：如果是物質粒子構成的線條和線條相接疊，不必能盡相契合。物質粒子互相接疊，才能盡相契合。線和點相接疊，有時可以盡相契合，有時不能盡相契合。例如「堅」、「白」在「石」中相互接疊是盡相契合的，如果只有部分相接疊，就不能盡相契合了。㈣「仳」句是說不規則的組織結合，許多物質粒子之間，有相互接疊的地方，也有不相接疊的地方。所謂「有以相攖，有不相攖也。」在這種不規則的組織結合方式中，一定有彼此相接疊的物質粒子，也有彼此不相接疊的物質粒子，所以說：「丙有端而後可。」㈤「次」句說的是有秩序的組織結合。這種組織結合沒有空隙，又不相接疊，所謂「無間而不相攖也」。如果有接疊的地方，就會「厚」起來，如果有「厚」，必然有接疊的地方。所以說：「無厚而後可。」

⑯ 中醫研究院醫史文獻研究室：馬王堆帛書四種古醫學佚書簡介，載文物一九七五年第六期。

⑰ 鍾益研、凌襄我國現已發現的最古醫方——帛書五十二病方，載文物一九七五年第九期。

⑱ 淮南子精神篇：「熊經鳥伸」，高注：「經，動搖也。伸，頻伸也。」淮南子繆稱篇：「熊之好經」，高注：「經，動，導引。」

⑲ 素問異法方宜論說：「中央者，其地平以濕，……故其病多痿、厥、寒、熱，其治宜導引、按蹻。」素問奇病論說：

「帝曰：『病脅下滿氣逆，二三歲不已，是爲何病？』岐伯曰：『病名曰息積。此不妨於食，不可灸刺。積爲導引、服藥。藥不能獨治也。』」

⑳ 郭沫若行氣銘釋文刊沫若文集卷一六，陳邦懷戰國行氣玉銘考釋（古文字研究第七輯）。

㉑ 史記扁鵲列傳所記扁鵲事蹟，年代錯亂。史記說扁鵲先後爲趙簡子、虢國太子、齊桓侯治病。趙簡子卒於公元前四七七年，而虢國被晉獻公滅亡，在趙簡子前一百多年。齊桓侯如果是田齊桓公，齊桓公立於公元前三八三年，又後趙簡子九十多年。戰國策秦策三又說「扁鵲見秦武王」，秦武王卒於公元前三一一年，又在齊桓公之後七十多年。扁鵲年壽不應如此之長。有人認爲扁鵲是春秋戰國之際的名醫，後來名醫多自稱扁鵲，傳說者把他們的事蹟揉合在一起，所以年代相差這樣遠。

第十二章　戰國時代文化的發展

一、文字的變革和書法的起源

文字的變革

戰國時代隨著生產力的提高，社會經濟的發展變化，商品交換的發展，文字的應用日益頻繁而廣泛。文字在民間頻繁而廣泛的應用中，就不能不講求簡易速成，因而簡化的、草率的字體大量流行。不但字形的變化十分顯著，不同地區之間文字異形的現象也很突出。當時印璽、貨幣、陶器上的文字，銅兵器上的刻款，銅器上所刻工名，以及近年出土的竹簡、帛書，都是草率的字體，它和青銅禮器上工整的銘文顯然不同。大體上當時重要的青銅器上工整字體，還是沿用著西周以來傳統的寫法，而在一般日用器物上的草率字體，是出於當時各地民間的自由創造。正因爲出於各地民間的自由創造，字的寫法很不一致，連偏旁也有不同，出現了漢代許慎所說七國「文字異形」的現象（說文解字敘）。但是這種民間的「俗體」，代表了文字發展趨勢，富有生命力，它們將促使原來貴族化的文字走下舞台，並取而代之。

戰國時代還沒有字體的專名，但是在實際使用中已形成工整和草率兩種字體。工整的一種就是篆書的起源；草率的一種可以稱爲「草篆」，也可稱爲「古隸」①，它正是從篆書到隸書的過渡。我們以秦國爲例，當商鞅變法時，所製造的「商鞅方升」上的銘文寫得工整，是西周以來傳統的篆書；但是「大良造鞅」上的刻款就很草率，是屬於草篆的字體。秦昭王時的兩顆玉印(江陵鳳凰山秦墓出土)，都作「冷賢」兩字，一個是小篆，另一個是草篆，近於隸書，「冷」字的偏旁已不從「水」而作「三點水」。戰國後期秦「高奴禾石銅權」的銘文已是隸書字體，「奴」字的「女」旁和「造」字的「辵」旁都已同於隸書。在秦始皇沒有完成統一以前，實際上小篆和隸書兩種字體都早已存在，「新郪虎符」的銘文是小篆，而湖北雲夢睡虎地出土帛書爲吏之道則近於隸書。隸書和小篆最大分別，就是變圓筆爲方筆，變弧線爲直線，這樣寫的速度就可以加快。後來秦始皇統一全國文字，就是順應了這個歷史潮流，更廣泛地把隸書加以推廣。秦代莊重的石刻之類採用小篆，

湖北江陵楚墓出土玉印印文

一九七五年秋江陵鳳凰山第七十號墓出土。墓中出土兩個漆盤，盤底有「廿六年」和「卅七年」字樣，推定爲秦昭王時期製作。甲印爲「小篆」，乙印爲「草篆」。乙印「冷」字偏旁用「三點水」，「令」也是簡化體，「賢」字偏旁「臣」字兩個短直畫貫通成一畫，「又」作方折而不拉長。兩印同爲一個人所用，而有兩種字體，說明當時已通行兩種字體。

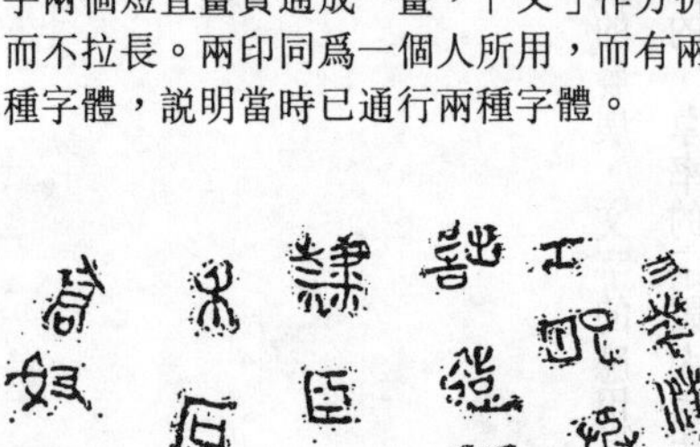

秦「高奴禾石銅權」銘文拓本

一九六四年陝西西安阿房宮遺址出土，現藏陝西省博物館。正面鑄有突起的陽文：「△三年漆工巸、丞詘造，工隸臣牟。禾石，高奴。」字體已是隸書。

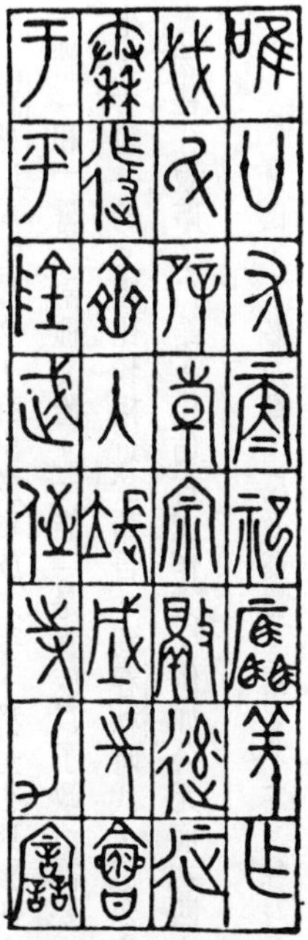

驫羌編鐘銘文(摹本)

鐘係韓國大臣驫羌所作，作於周安王二十二年(公元前四〇四年)。銘文述及這年三晉伐齊入長城的事。這是銘文的前半部：「唯廿又再祀，驫羌乍(作)戎(鏞)，氒(厥)辟旗(韓)宗敲遨(率)征秦迮齊，入娠(長)城，先會於平隂(陰)，武侄寺力，𪒠……。」摹本採自徐中舒驫氏編鐘考釋(一九三二年刊印)。

小篆可以說是象形文字的結束。同時大量官文書採用隸書，隸書可以說是改象形爲筆畫化的新文字的開始。

書法的起源

本來我國文字在殷周時代就具有藝術風味。殷代的甲骨文除了刀刻的「刻辭」以外，還有用筆寫的「書辭」。西周的金文(銅器銘文)在鑄造之前，先要寫好字跡。其中有好些作品字體美觀，可以說出於當時無名的書法家之手。但是，有意識地把文字作爲藝術品，使文字藝術化，是從春秋末期開始的。春秋末年吳、越、蔡、楚等國往往在作爲儀仗用的兵器上，鑄刻(或者錯金銀)美術字體。它和當時的草率字體正好相反，力求工整美觀，或者在筆畫上加些圓點，或者故作波折，或者在應有的筆畫之外附加鳥形的裝飾。這就是「鳥篆」、「蟲篆」或「繆篆」的起源。一九六五年湖北江陵楚墓發現的越王句踐劍，整個劍身滿飾菱形暗紋，有銘文作「越王鳩淺自作用鐱」八字；一九七七年湖南益陽縣赫石廟戰國墓中發現的一把銅劍，上下兩面都鑄有「越王州句(即朱句)自作用劍」的銘文，都是這種鳥篆字體。

戰國時代除了廣泛應用的草篆以外，許多重要銅器銘文都用工整的篆書，講究美觀。例如戰國初期韓國製作的「驫氏編鐘」，所有銘文都先畫好方格，在方格內寫著工整的篆書，很是精美。河北平山中山王墓出土銅器銘文也都是工整的篆書。這就是書法的起源。後來秦始皇統一全國文字也還沿用這個辦法，除了廣泛應用隸書以外，許多刻石和重要銅器上的文字都用小篆，也都寫得工整美觀。相傳李斯就是個書法家，「號為工篆」，許多刻石和十二「鐘鐻金人」的銘文都出於他的手筆（水經河水注引衛恆敍篆）。從這時起，作為書法藝術的文字和作為應用工具的文字，分別遵循著各自的道路而向前發展。

二、文體的變革和文學的發展

春秋、戰國間，隨著社會制度的變革、階級結構的變動，文學也有了發展。這時文學所以會發生變化和發展，主要是由於新興的政治家、軍事家、思想家需要發表他們的觀點和主張，需要比較廣泛地進行宣傳，需要在思想領域裏開展鬥爭，需要展開「百家爭鳴」，因此必須改革舊的文學形式，創造新的文學形式。這是新內容決定了新形式的表現。其次是由於這時期文人學者很多是出身於「貧賤」的，他們吸收了民間文學的養料，經過了提煉和加工，因而使文學作品能夠脫出過去貴族文學的範疇，提高了思想性和藝術性。

散文的發展

春秋以前的散文，都出於貴族之手，都是很典雅的文章。原來貴族的散文，見於尚書周書中的，不外乎「誥」和「誓」兩種文體。「誥」是貴族為了政治需要而頒發的文告，「誓」是軍隊出發前的宣誓，比較起來，「誓」的文體比較接近於語言。到春秋時代，這類文章已逐漸趨向公式化，逐漸成為僵化的濫調。許多貴族往往脫離了口語，模仿古文作文。例如公元前六四八年周惠王對齊桓公使者管仲所說的話：

舅氏，余嘉乃勳，應乃懿德，謂督不忘。往踐乃職，無逆朕命。（左傳僖公十二年）

很明顯的，這話是模仿古文的，和當時一般人的口語完全不同。這種模仿古文的官樣文章，已經成爲毫無生氣的東西了。

到春秋後期，就出現了用「也」、「乎」、「焉」等語助詞的文體。孔子招收學生講學，所有講學的記錄和言行的記錄都採用了當時的口語，論語一書便是採用這種文體寫成的。孫武所著的孫子兵法，是採用這種文體來闡述軍事思想的第一部著作。到春秋、戰國間墨子講學的時候，既用這種文體來記錄言行，同時也用來作論文，甚至引用古書，爲使人容易了解起見，也不免要加以改動。墨子的文章，著重於論證他的政治主張，邏輯性很強。到戰國時代，這種文體的應用更廣泛了，除了某些官樣文章以外，幾乎已完全代替了過去典雅的古文。

左傳一書是戰國初期的著作，它不同於專門解釋春秋的公羊傳和穀梁傳，是中國第一部敘事生動而具有真實性的編年史。這本書不但有豐富的語言，記述春秋時人的對話，圓轉曲折，極爲活潑，而且敘述歷史事件，特別是描寫戰爭，都能繪影繪聲，令人讀了如同親歷其境。唐代著名的史學評論家劉知幾曾竭力稱讚左傳的敘事文，認爲是「古今卓絕」的（史通雜說上）。分國記錄春秋時代貴族言論的國語，雖然文學技巧不及左傳，文辭也是和左傳相類的。

戰國時代諸子的著作如孟子、莊子、荀子、韓非子等，也都是優秀的散文。不論敘述和描寫事物還是說明道理，寫作的技巧都已很成熟。戰國策記錄戰國時代縱橫家談說之辭，「其辭敷張而揚厲，變其本而加恢奇焉」（章學誠文史通義詩教上），也是一部文辭極生動的著作。

清代歷史學家章學誠曾經說：「蓋至戰國而文章之變盡，至戰國而著作之事專，至戰國而後世之文體備。」（文史通義詩教上）的確，在戰國以前是沒有像戰國以後的各種文體的。章學誠又說：戰國時人的文章「長於諷諭」，「深於比興」（文史通義易教下），所謂比就是比喻，興就是運用景物的描寫來激動感情。因爲戰國時人已善於運用比喻、諷刺和描寫，以激發讀者感情，或者運用寓言、神話、故事等，以充實其內容，所以這些文章是很生動活潑的。

戰國時代的散文，以莊子最爲突出。莊子的後學曾説莊子的著作是「寓言十九」，「謬悠之説，荒唐之言，無端崖（摸不著邊際）之辭」（莊子天下篇）。司馬遷也説他「善屬書離辭，指事類情」，「其言洸洋自恣以適己」（史記老子莊子列傳）。莊子善於運用獨特的語彙來描寫事物，善於運用豐富的想像力來發揮他奔放的思想感情，善於運用變化多端的文辭來表達思想。魯迅就曾讚美莊子的文章「汪洋闢闔，儀態萬方，晚周諸子之作，莫能先也」（漢文學史綱要第三篇老莊）。

詩歌的發展

民間歌謠在春秋、戰國間是非常流行的。左傳、國語和諸子書，就時常稱引民間的歌謠。由於歌謠的流行和發展，戰國時代的詩歌，在內容和形式上都有新的成就。

這時詩歌的發展正如散文的發展一樣，首先表現在文體的變革上。在春秋以前的詩歌總集詩經中，雅、頌是貴族文學，國風是民間文學。「兮」字的有無是區別當時貴族文學和民間文學的標準之一。在國風裏常見用「兮」作語助詞，大雅、小雅、周頌、魯頌、商頌中就很少見。原來「兮」字古音讀爲「啊」，是古時民間歌謠中常用的語助詞。到春秋、戰國間，民間歌謠中出現了句法長短參差而生動活潑的歌辭，已不像國風那樣多用整齊的四字句。這時民間的歌詠往往是用音樂來伴奏的，在音樂伴奏中，唱著長短參差而生動活潑的歌辭，是很能感動人的。荊軻從燕國出發人秦謀刺秦王時，路過易水，高漸離彈著一種叫做筑的竹製弦樂器，荊軻歌唱道：

風蕭蕭兮易水寒，壯士一去兮不復還。

荊軻的歌和高漸離所彈的筑的音調是相和的，據說先爲「變徵之聲」（「變徵」是一種悲哀的音調），大家聽了都流淚涕泣，後又「爲慷慨羽聲」（「羽聲」是一種慷慨激昂的音調），大家聽了，都睜大眼睛，頭髮也好像豎立起來了（戰國策燕策三）。

這時南方民間的歌曲，更是曲折變化，悅耳動聽。據說當孔子南遊楚國時，聽到一個小孩唱的歌：

> 滄浪之水清兮，可以濯我纓；滄浪之水濁兮，可以濯我足。（孟子離婁下篇）

據說楚頃襄王時，鄂君子晰泛舟於新波之中。鐘鼓的聲音剛停止，打槳的越人就一面打槳，一面歌唱，用越語唱出了三十二個字音的一首歌，因爲鄂君聽不懂，請人用楚語譯出，成爲這樣一首楚辭：

> 今夕何夕兮，搴洲中流。今日何日兮，得與王子同舟。蒙羞被好兮，不訾詬恥。心幾頑而不絕兮，得知王子。山有木兮木有枝，心悅君兮君不知。（說苑善說篇）

由於詩歌的發展，南方的思想家就有用詩歌來闡明哲理的，老子五千言，大部分是用韻文寫成的，語言精煉而生動，涵義深刻。例如它對善於實行「道」的人的讚揚：

> 古之善爲道者，微妙玄通，深不可識。夫唯不可識，故強爲之容：豫兮若冬涉川，猶兮若畏四鄰，儼兮其若客，渙兮若冰之將釋，敦兮其若樸，曠兮其若谷，混兮其若濁。誰能濁以止，靜之徐清？誰能安以久，動之徐生？保此道者不欲盈，夫唯不盈，故能蔽，不新成。（老子第十五章）

屈原創作的楚辭

戰國時代大詩人屈原創作的楚辭，是當時南方新體文學的代表作，我國古代詩歌中的瑰寶。屈原名平，生於公元前三三九年，出身於楚國貴族。楚懷王時，他做到左徒的高官，掌管出納號令。他主張通過制定新法令來改革楚國的政治，聯合齊國抵抗秦國。他認爲「背法度而心治」，猶如無轡而御烈馬，是很危險的；必須做到「明法度之嫌疑」，「國富強而法立」（九章惜往日）。他要求「舉賢而授能兮，循繩墨而不頗（偏邪）」（離騷），就是要選拔賢能擔任官吏，按照法令的準則來辦事而不能發生偏差。結果他遭到子蘭（楚懷王幼子）、鄭袖（楚懷王寵姬）和上官大夫等貴族的迫害。楚懷王聽信讒言，免除他的官職，並把他流放。頃襄王繼位後，他又再度被放逐。等到楚被秦攻破，國都郢失守，他就投汨羅江自殺了。

屈原不但是一位有抱負的政治家，而且是一位偉大的愛國詩人。他吸收了民間文學形式，採用了方言聲韻，融合了神話傳說，創作了長篇的詩歌。熱烈的愛國情感，豐富無比的想像力，美麗的詞藻，使得屈原的詩篇成爲不朽的傑作。

離騷是屈原的代表作品，我國古典文學中最長的抒情詩。全詩二千四百多字。詩人通過對自己的戰鬥歷程的回溯和未來道路的探索，表現了他追求崇高理想的堅貞意志和深摯的愛國主義感情，也揭露了楚國政治的腐敗和黑暗勢力的猖狂。詩中運用香草、美人的比喻，編織神遊天上等幻境，文采絢爛，結構宏偉。魯迅指出：屈原的離騷，「逸響偉辭，卓絕一世」。「較之乎詩，則其言甚長，其思甚幻，其文甚麗，其旨甚明，憑心而言，不遵矩度」，「然其影響於後來之文章，乃甚或在三百篇以上」（漢文學史綱要第四篇屈原及宋玉）。

屈原的光輝詩篇，繼承了詩經的優秀傳統，開拓了現實主義和浪漫主義的創作道路，對我國文學的發展，有著重大的影響。

在楚辭中除了離騷以外，主要的作品有九歌（包括東皇太一、雲中君、湘君、湘夫人、大司命、少司命、東君、河伯、山鬼、國殤、禮魂）、天問、九章（惜誦、涉江、哀郢、抽思、懷沙、思美人、惜往日、橘頌、悲回風）、遠遊等篇。九歌是祭祀鬼神的樂曲，原是楚國民間的創作，經過屈原重新創作或加工，就顯得更美妙了。天問一篇所問的，從自然現象和神話一直問到遠古的歷史傳說，是一篇美麗的史詩。原來在楚國的宗廟和神祠裏，壁上往往繪有關於自然現象、神話和遠古歷史傳說的大幅壁畫，天問正是針對這些壁畫所描寫的神話傳說來發問的。全詩一千五百多字，詩句大體以四言爲主，一共提出了一百七十多個問題，表達了屈原對傳統思想的懷疑和探索真理的精神。正如魯迅所指出的：「懷疑自遂古之初，直至百物之瑣末，爲前人所不敢言。」（墳摩羅詩力說）

屈原以後，楚國有宋玉、唐勒、景差等人繼起創作楚辭，「然皆祖屈原之從容辭令，終莫敢直諫」（史記屈原列傳）。宋玉所作的九辯，是一篇比較優秀的作品。它描寫一個失意文人在蕭瑟秋風中觸景生情，發洩懷才不遇的不平情緒。他用一連串凄涼悲哀的詞句，細密地描繪秋天「蕭瑟」、「沈寥」、「寂寥」、「寂寞」的情景，刻畫出自己「憭栗」、「憯凄」、「愴怳」、「坎廩」、「廓落」、「惆悵」、「掩留」的哀怨感情。宋玉同情屈原的境遇，藝術技巧上學習屈原，但是他的作品只是用來抒寫個人的哀傷，因此和屈原的創作相比，就差得遠了。魯迅評論九辯說：「雖馳神逞想，不如離騷，而凄怨之情，實爲獨絕。」（漢文學史綱要第四篇屈原及宋玉）宋玉的作品，還有招魂、高唐賦、神女賦、登徒子好色賦、大言賦、小言賦、約賦、笛賦等篇，見於楚辭、文選、古文苑等書。

荀況創作的賦曲

戰國末年的大思想家荀況，在中國文學史上也有一定的地位。荀況創作的成相篇，是運用當時民間喜聞樂見的曲調來宣傳他的政治理論的。「相」是一種用皮革製作、裏面裝著糠的小鼓，用手拍擊，歌唱時用來調節節奏的②。成相篇包括三首歌，每首開場的第一句歌詞是「請成相」，就是請準備打鼓而歌唱的意思。因爲這種民間曲調，都用「請成相」開唱，「成相」就成爲曲調的名詞。漢書藝文志有成相雜辭十一篇列「雜賦」中，也該是採用「成相」這種曲調創作的辭。「成相」的曲調，六句組成一章，第一、二句三個字，第三句七個字有韻，第四、五句四個字，多無韻，末句三個字必有韻。可以說，這是我國最古的鼓兒詞，是後世大鼓書的開端。

成相篇的第一首從「請成相，世之殃」起，到「宗其賢良，辨其殃孽」爲止，共二十二章。從當世之亂說起，前半首指出致亂的原因，後半首提出治理的辦法。第二首從「請成相，道聖王」起，到「託於成相以喻意」爲止，也是二十二章，通過講歷史故事來發表自己的政見。前半首敍述古代聖王故事，說明上世所以盛的原因，後半首敍述周幽王、周厲王故事，說明季世所以衰的原因。第三首從「請成相，言治方」起，到「後世法之成律貫」爲止，只十二章。主要講統治的方法。第一首有「春申道綴(輟)，基畢輸」的話，該寫在公元前二三八年春申君被殺，荀況「知道不行，發憤著書」的時候。他所以要採用這種民間曲調體裁，就是想藉民間文學形式來廣泛傳播他的政治主張。這在文學創作上是一種創舉。例如他說：

治之經，禮與刑，君子以修百姓寧。明德慎罰，國家既治，四海平。(第十八章)

君法儀，禁不爲，莫不說(悅)教名不移。修(當作「循」)之者榮，離之者辱，孰它師？(第四十八章)

荀況的賦篇，是我國文學史上第一篇以「賦」名篇的文學創作。賦作爲一種文體，就是從此開始的。這是從楚國民歌基礎上產生的，同時又是詩經「體物寫志」的「賦」的創作方法的重大發展。賦篇包括禮、知、雲、蠶、箴(針)、佹詩和小歌七首。前五首通過對事物的具體描寫，表達他的政治見解。後兩首是針對「天下不治」的情景，發抒他的鬱鬱不平之感。它的藝術水平比不上楚辭，但是這種「體物寫志」的創作方法和問答體的形式，給予後來漢賦不小的影響。

小說家的產生

漢書藝文志有小說家者流，據說是「街談巷語，道聽塗說者之所造也」，是「閭里小知者之所及」，「當蕘狂夫之議」。可知小說家是從當時民間產生的。桓譚新論說：「若其小說家，合叢殘小語，近取譬論，以作短書，治身治家，有可觀之辭」（文選江文通雜詩李都尉從軍注引）。可知小說家採用一些「小語」和「譬論」，創作一些「短書」，都是有其「可觀之辭」，都是有它的用意，是爲了適應當時人們「治身治家」的需要的。漢書藝文志著錄有伊尹說、鬻子說、師曠、務成子、天乙、黃帝說等小說十五家，都以古人命名，談的該是有關這些人的故事小說。班固說這些著作「非古語」，「淺薄」，「迂誕」，出於「依託」，該就是依託這些古人而創作出來的故事小說。伊尹說二十七篇，今已失傳。呂氏春秋本味篇記述伊尹「說湯以至味」，列舉各地土產的美味，該即出於小說家的伊尹說③。孟子曾竭力駁斥「伊尹以割烹要湯」之說，該即出於小說家。藝文志還著錄有周考，說是「考周事也」；又有青史子，說是「古史官記事也」，該屬於野史性質。另外有百家一百三十九卷，大概是各家故事小說的匯編，所以卷帙特別多，到西漢末年經過劉向的整理校定。劉向在說苑序中說：「所校中書說苑雜事及臣向書、民間書，……除去與新序重複者，其餘淺薄不中義理，別集以爲百家。」司馬遷曾說「百家言黃帝，其文不雅馴」（史記五帝本紀贊），大概指的就是百家這部小說，可知百家也是談古人的故事的。在藝文志的小說家中，特別值得注意的，就是著錄有宋鈃所著宋子十八篇。宋鈃是個著名的道家，爲什麼他的著作也列入小說家呢？郭沫若根據莊子天下篇談到宋鈃「接萬物以別宥爲始」，指出呂氏春秋有始覽的去尤篇和先識覽的去宥篇「殆採自宋子」。顧頡剛更指出這兩篇有個特點，講的故事多，他列舉七個故事作爲例證。例如：

人有亡鈇者，意其鄰之子。視其行步，竊鈇也；顏色，竊鈇也；言語，竊鈇也；動作、態度，無爲而不竊鈇也。扫（掘）其谷而得其鈇，他日復見其鄰之子，動作、態度無似竊鈇者。

齊人有欲得金者，清旦被衣冠，往鬻金者之所，見人操金，攫而奪之。吏搏而束縛之，問曰：「人皆在焉，子攫人之金，何故？」對吏曰：「殊不見人，徒見金耳。」

顧頡剛認爲這類故事在宋子十八篇中想必不少，類於井市之談，因而劉向父子校書時視爲不雅馴，把它列入小說家中了。還認爲宋鈃所以這樣列舉市井之談，爲了便於向群眾宣傳他的主張，「含有通俗文學之意」。更認爲宋鈃以宋爲氏，孟子曾在石丘和他相遇，石丘是宋地，該是宋國人。戰國時代諸子書中講宋人的故事特別多，可能都是「援引宋鈃書以自張其說」④。不管戰國時代諸子書中所講宋人故事，是否出於宋鈃書中，但是這類宋人故事，出於小說家的書中，是可以肯定的。東漢應劭風俗通義說：

案百家書，宋城門失火，取汲池中水以沃之，魚露悉見，但就取之。（太平御覽卷八六八引）

這個宋國「城門失火，殃及池魚」的故事，既然出於百家書中，可知類似這樣的宋人故事，必然也是出於小說家的書中。在戰國時代「百家爭鳴」的思潮中，各派學者到處遊說，著書立說，將自己的主張廣爲宣傳。爲了擴大宣傳效果，各派學者常常引用譬喻，列舉歷史故事和民間故事，作爲自己學說的例證。其中有些人著重於創作和編輯故事的，就發展成爲小說家了。

戰國時代人們常常提到百家之說，例如「甘茂事下蔡史舉先生，學百家之說」（史記甘茂列傳）。史舉是個里巷的「監門」，「大不爲事君，小不爲家室，以苟賤不廉聞於世」。甘茂從他學的百家之說，並不是當時著名學派的學說，該即是出於「街談巷語」的小說家之說。甘茂勸說秦武王伐韓宜陽的時候，一開始就舉出了曾參殺人的故事：

昔者曾子處費，費人有與曾子同名族者而殺人，人告曾子母曰：「曾參殺人。」曾子之母曰：「吾子不殺人。」織自若。有頃焉，人又曰：「曾參殺人。」其母尚織自若也。頃之，一人又告之曰：「曾參殺人。」其母懼，投杼逾牆而走。（戰國策秦策二）

後來甘茂由於向壽等人排擠，從秦出奔齊，出關遇到蘇代。他向蘇代遊說，一開始就講江上處女的故事：

夫江上之處女，有家貧而無燭者，處女相與語，欲去之。家貧無燭者將去矣，謂處女曰：「妾以無燭，故常先至，掃室布席，何愛餘明之照四壁者？幸以賜妾，何妨於處女？妾自以有益於處女，何爲去我？」處女相語以爲然而留之。（戰國策秦策二）

甘茂每次遊説，一開始就講故事，這就是他從史舉那裏學來的「百家之説」，這是當時小説家的特點。後來范雎也曾學過百家之説，他自稱「五帝三代之事，百家之説，吾既知之」（史記范雎列傳）。范雎初次見到秦昭王，一開始就講呂尚遇文王的故事和伍子胥出昭關的故事；後來他勸秦昭王向宣太后穰侯奪回大權，一開始就講恆思少年和神叢賭博的故事：

亦聞恆思有神叢與？恆思有悍少年，請與叢博，曰：「吾勝叢，叢籍我神三日；不勝叢，叢困我。」乃左手爲叢投，右手自爲投，勝叢，叢籍其神。三日，叢往求之，遂弗歸。五日而叢枯，七日而叢亡。（戰國策秦策三）

這類故事，也該出於百家之説，出於小説家之手。

三、藝術的發展

戰國時代的藝術，如同文學一樣，是有飛躍的發展的。這時藝術的發展，首先表現在實用藝術品的進步上。

實用藝術品的發展

這時主要的實用藝術品是銅器、陶器和漆器。這個時期銅器製作的進步，我們在第二章第五節中已有敘述。這裏需要補充說明的，就是這時銅器上的裝飾藝術有長足的進步。

從西周中期到春秋中期的銅器，裝飾花紋不外乎兩種：一種是鳥獸形圖案，往往只成爲幾條屈曲蟠繞的線條；一種是粗線條的幾何形圖案，花紋粗枝大葉，比較呆板地對稱著。到這時，花紋就顯得很細緻，顯得生動活潑了。鳥獸紋的圖案，不僅鳥獸的形象很具體，很生動，而且曲折飛舞，栩栩如生。幾何紋的圖案也很細緻，而且變化多端。這時最突出的紋飾，便是車馬狩獵、水陸攻戰、宴樂等圖象。這些圖象都是描寫當時現實生活的。這種描寫現實生活的圖象的出現，是藝術進步的具體表現。一九三五年河南省汲縣山彪鎮戰國墓葬中出土的水陸攻戰紋銅鑑，全器共有紅色金屬嵌成的圖象四十組，圖象中共有二百九十二人，表現出了格鬥、射殺、划船、擊鼓、犒賞、送別等種種戰時的動態，是一幅戰國時代的戰爭圖。一九五一年河南輝縣趙固鎮戰國墓葬中出土的宴樂射獵紋銅鑑，圖象以一座大建築爲中心，左右配列了樂舞者各一組，左邊的人正在一面打編鐘一面舞蹈，右邊的人正在一面打編磬一面舞蹈。再下有廚房，有送遞飲食的。另外有林園，有射獵的，有划船的，有替馬洗浴的。總計全圖有三十七人、三十八隻鳥獸、六十六件器物，描繪出各

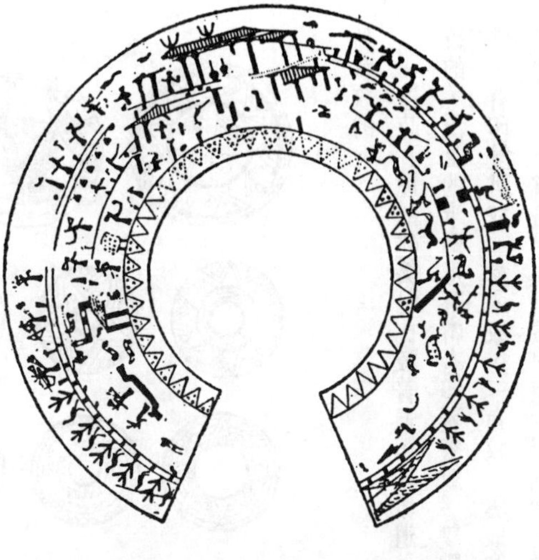

宴樂射獵紋銅鑑上的宴樂射獵圖(摹本)

宴樂射獵紋銅鑑，一九五一年河南省輝縣趙固鎮戰國墓葬出土。腹部刻有宴樂射獵圖一周，這裏摹繪的便是這一周宴樂射獵圖。

種動態，是一幅戰國時代描寫舉行宴會和射獵圖。

此外如故宮博物院所藏的桑獵宴樂壺和上海博物館所藏的宴樂橢杯，也都有描寫各種現實生活的畫像。這些畫像的繪畫技法比較簡練，常常抓住物像的主要特徵加以適當的誇張。例如人物的臂、腿畫得突出筋肉，戰士畫得腰粗有力，官僚地主畫得身長優閒，舞蹈者畫得細腰長袖。每一幅畫像，都有一個中心內容，畫像上的每一個人物，都表示出一種動作。這說明當時的表現技法已比較進步。

同時，在銅器的造型藝術上，也很有發展。銅器的式樣變化繁多，形象玲瓏活潑，耳和足有作生動的鳥獸形的，更有一種尊，整個作鳥獸形的。例如山西省渾源縣李峪村出土的牛尊(現藏上海博物館)，整個器形作水牛狀，形象非常生動。

這時陶器上的裝飾藝術也有了發展。黑色陶器上有一種暗花，它是趁陶胎半乾時，先將表面打光，再用鈍鋒的竹木片在表面上磨畫花紋，等到入窯燒製後，這些陶器的表面就發黑光，花紋則比較暗淡，僅隱約可見，成爲一種很別致的暗花。例如一九五三年洛陽燒溝附近戰國墓葬中出土的陶器，就有以弦紋、櫛齒狀紋、網狀紋、鋸齒狀紋、人字形紋、S形紋、山狀紋、螺旋狀紋組織而成的美麗的暗花圖案(見考古學報第八冊王仲殊洛陽燒溝附近的戰國墓葬)。戰國時代陶器，也已有在燒好後繪上紅色彩畫，繪有各種幾何紋或

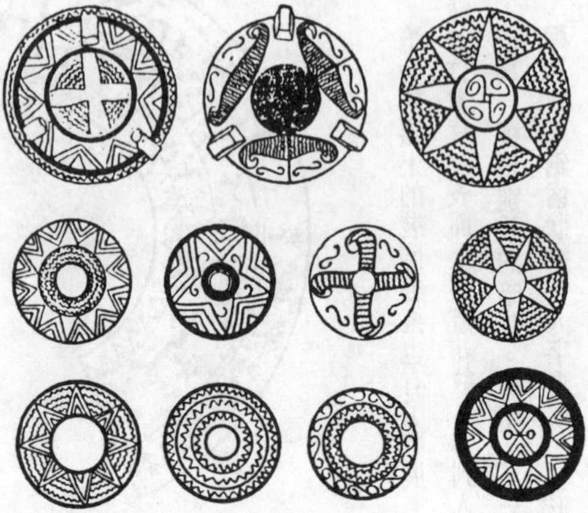

戰國時代陶豆的捉手和陶壺、陶鼎蓋上的暗花紋

(摹本)陶器上的暗花紋是戰國時代所特有的。這裏摹繪的，是根據一九五三年洛陽燒溝附近戰國墓葬所出土的陶器。見考古學報第八册王仲殊洛陽燒溝附近的戰國墓葬。

戰國半瓦當

右列：臨淄出土。中列：易縣燕下都出土。左列：洛陽周王城出土。

鳥獸紋的。

這時瓦屋的建築已比較普遍，古城遺址常有板瓦和瓦當的發現。河北省易縣燕下都出土的板瓦上有印蟬紋的，出土的半圓形瓦當有印饕餮紋、雙獸紋和山雲紋的。赤峰縣燕長城遺址和承德燕古城出土的半圓形瓦當，有印雙獸紋、樹木紋、三角紋、雲紋和山雲紋的。河北省邯鄲趙王城出土的圓瓦當有印三鹿紋和變形雲紋的，河南省洛陽周王城出土的半圓形瓦當有印各式雲紋的，陝西省咸陽秦古城遺址出土有各種動物圖案的圓瓦當，如奔鹿、立鳥、四獸、三鶴等，都很生動。山東省臨淄齊古城遺址出土的半圓形瓦當，有印樹木雙獸紋和樹木捲雲紋的。各國城市遺址中建築物上的瓦當圖案，各不相同，反映了當時各國不同的藝術風格。

這時楚國漆器上的花紋圖案有重大的發展，這是由於民間工藝美術家使用毛筆直接在器物上作畫，充分發揮了藝術才能。所畫的龍鳳雲鳥紋，禽獸的眼睛都很傳神，龍頭昂起有威，鳳翅飛舞生動。所畫的狩獵圖案，鬥獸、追逐的神態逼真而生動。當時已經採用單線畫法和平塗畫法相結合的技法。平塗畫法表現在幾何紋圖案上，它用堆漆的方式使花紋顯得生動美麗；平塗畫法用於描寫人物禽獸圖案上，有襯托明暗透視和神情動態的作用。線條的勾勒，有的是轉折有力，有的如流水行雲，表現了繪畫技法的熟練。多數用褐黑色作底，深紅色作襯色，以朱色與黃色作畫，色彩配合得適當，顯得富麗堂皇。

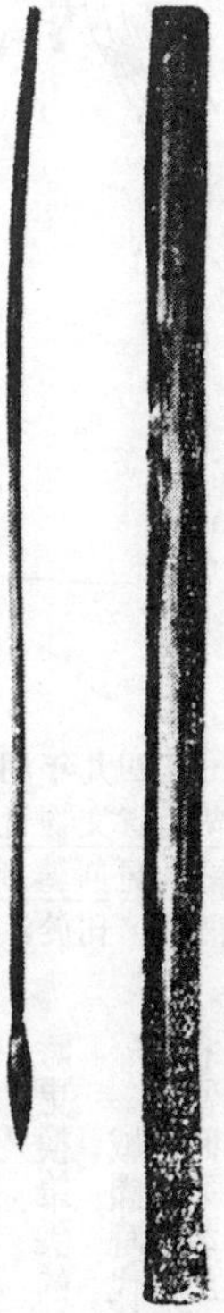

戰國時代的毛筆和筆管

一九五四年長沙左家公山戰國墓葬山土。

繪畫的發展

戰國時代繪畫有很大的發展，這是和當時毛筆的進步分不開的。一九五四年六月在湖南長沙南門外左家公山的戰國墓中發現一件竹篋，藏有牛籌、無字竹簡、銅刀和毛筆。籌就是算，是計數的工具。銅刀就是削，也就是書刀。毛筆放在竹管裏。筆桿是用竹削成的圓柱，長一七．八釐米，徑〇．五釐米，頭部剖爲數方，筆頭即插入其中。筆頭用兔箭(兔背上的毛)製成，插入筆桿頭部之內，外纏細絲線，筆頭露於外部的部分長四．二釐米。筆桿連筆頭全長二二釐米。這筆的桿很細，筆頭的毛鋒長，適宜於寫字和繪畫。這種筆的

龍鳳婦女圖(摹本)

一九四九年湖南長沙陳家大山楚墓出土，現藏湖南省文物管理委員會。新摹本爲熊傳新所摹繪，見熊傳新對照新舊摹本談楚國人物龍鳳帛畫，刊於江漢論壇一九八一年第一期。

製造方法，漢代以後曾長期沿用。例如居延發現的漢代木筆（即所謂「居延筆」），也是筆桿頭部剖成四方，筆頭插入其中，外纏麻絲線，再塗漆的。這樣把筆桿頭部剖成幾方而插上筆頭的辦法，是便於隨時更換筆頭，和現在的鋼筆可以隨時更換筆尖的情況差不多。

戰國時代繪畫的發展，還和當時宗教風俗的變化有關。當時由於文化的進步，對鬼神可以降附人身的宗教信仰逐漸淡薄，廢除了用活人爲「尸」來祭祀的禮儀，改用畫像來祭祀。與此同時，宗廟神祠中也已有大壁畫。例如楚國的宗廟和公卿祠堂的壁上，都畫有天地、山川、神靈及古聖賢、怪物行事（楚辭天問王逸注）。

一九四九年長沙東南近郊五里陳家大山的戰國楚墓裏曾出土一張帛畫龍鳳婦女圖。畫上有一個側面的成年婦人，腰極細。婦人面向左而立。頭後綰著一個垂髻，髮上有冠，冠上有紋飾。衣長曳地，下襬像倒垂的牽牛花，向前後分張。腰帶很寬，衣袖很大，袖上有些繁複的繡紋，袖口較小。袖口和領襟都有黑白相間的斜條紋，衣裳也是黑白兩色。在下裳的白色部分有些簡單的旋紋。婦人的兩手向前伸出，彎曲向上，合掌敬禮。婦人頭上，在左前面飛翔著一隻鳳鳥。這隻鳳鳥面向左，頭向上，兩翅上張，尾上有兩隻長翎，向前彎曲，幾乎和頭部相接觸。兩隻腳一隻向前曲著，一隻向後伸著，都露出了有力腳爪。鳳鳥的前面有一條一隻腳龍樣的動物，頭向上，和鳳鳥正對著，頭部左右有兩隻角，身子略作蜿蜒而豎垂。身子上有環紋六節⑤。

一九七三年長沙城東子彈庫的楚墓中又出土一張帛畫男子御龍圖。畫的正中是一個有鬍鬚的男子，側身向左直立，手執韁繩，駕馭著一條龍。龍頭高昂，龍尾翹起，龍身平伏，腹下有一腳正作游泳形象。在龍尾上部站有一鶴，向右站立，圓目長喙，昂首仰天。畫的上方有華蓋，蓋上有三條飄帶隨風拂動。畫的左下角有一條鯉魚，魚頭向左。畫中華蓋飄帶、人物衣著飄帶和龍的頸所繫韁繩飄帶，都是由左向右，表現了風動的方向。龍、駕御的男子以及魚都是朝向左方，表現了行進的方向。駕御的男子高冠長袍，腰佩長劍，神采奕奕。整幅畫描寫的是駕御龍的情景。所畫人物的印象和各部分比例，都相當準確；繪畫技巧也相當成熟，用單線勾勒，線條流暢，毫不板滯。設色爲平塗和渲染兼用，龍、鶴、華蓋基本上用白描，而人物略施彩色。畫上有的部分用了金白粉彩⑥。這些藝術上的成就，說明當時繪畫藝術已發展到相

帛畫男子御龍圖（摹本）

一九七三年湖南省長沙市子彈庫楚墓出土。現藏湖南省博物館。帛畫是細絹地，長三七·五釐米，寬二八釐米，最上橫邊裏有一根很細竹條，上繫棕色絲繩。一九七三年八月文物出版社編輯出版有長沙楚墓帛畫一函。

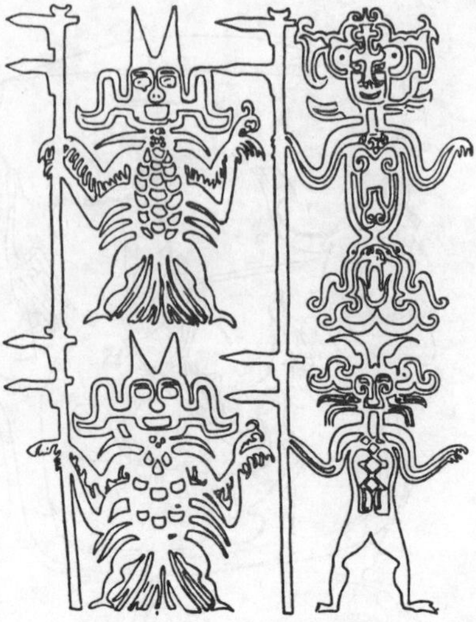

湖北隨縣曾侯墓出土內棺上的神像

當高的水平。

當時畫家已經懂得放映幻燈片的原理，把圖畫在透光的薄膜上，利用陽光放映成彩色的大幅畫面。據說有人爲周君畫「莢」，「莢」是指豆莢、榆莢上的薄膜。畫莢者一共畫了三年，周君看不出畫的是什麽，因此發怒。後來畫莢者教周君造了一個暗室，只在一面墻上鑿了八寸見方的小窗口，等到清晨太陽出來，陽光射到這個小窗口時，把所畫的莢放上去，這樣就能利用陽光放映出各式各樣彩色的大幅畫面。「望見其狀，盡成龍蛇禽獸車馬，萬物之狀畢具，周君大悅」（韓非子外儲說左上篇）。

雕刻的進步

戰國時代的雕刻，也有發展。過去長沙楚墓中常出土木雕怪神像，或者稱爲「鎮墓獸」，由鹿角、頭面、方座三部分組成的。一種是人首龍身，頭戴鹿角，舌伸口外，沒有手足，下承方座的。一種是身作鈎狀的龍，兩爪上舉到額，作張口狀，舌伸口外，頭也戴角，下體也連方座的。一種通體有黑色薄漆，龍眼黃色，眼球紅色，舌紅色，身體有紅、黃、白三色花紋。近年湖北江陵

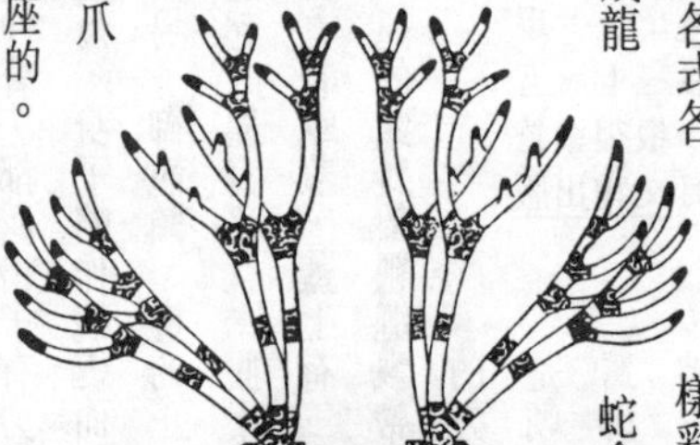

湖北江陵天星觀楚墓出土雙首鎮墓獸

採自江陵天星觀一號楚墓。

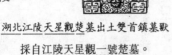

彩漆木雕座屏(右半部)

一九六五年湖北江陵望山一號楚墓出土。通高一五釐米，長五一·八釐米，上寬三釐米，下寬一二釐米。彩漆木雕圖像，左右兩半對稱。此爲其右半部。出土情況，參看湖北省文化局文物工作隊湖北江陵三座楚墓出土大批重要文物，載文物一九六六年第三期。

望山和天星觀楚墓出土這種神像，都是左右雙身，作鈎狀的龍形，頭戴長的鹿角。其用途當是辟除邪鬼的。這類怪神像雕刻得很生動，把一副張牙舞爪的神情完全表達了出來。

這時秦、宋等國還流行「祝詛」的巫術，在和敵國作戰前，往往雕刻敵國國君的人像，一面在神前「祝詛」敵人，一面射著敵國國君的人像。這類木雕人像我們已看不到，我們現在所能看到的只有墓中出土的陪葬用的木俑。戰國時代的木俑共有兩種：一種是雕得手臂可以活動的，身穿絲織衣服。男的穿戎裝，手執弓、劍、矛、盾等武器，女的手執橢圓形竹籃；一種是雕得手足固定的，衣裳是彩繪的。男的用墨畫面目，紅嘴唇，有鬍子；女的臉上敷粉，紅嘴唇，兩頰有紅點。從這裏，我們也可了解這時木雕人像的藝術已有相當的進步。

這時木版透雕的技術也有相當進步。在長沙戰國時代的楚墓中，內棺底部常有透雕花版發現，這種透雕花版所雕的各式幾何紋圖案，都很精緻。一九六五年湖北江陵楚墓出土的彩漆木雕座屏，是這時木雕工藝的代表作。底座有平雕蛇蟒，屏上透雕有鹿、鳳、雀、蛇相互角鬥的形象，極爲精細而生動。周身黑漆爲底，並有朱紅、灰綠、金銀等漆的彩繪。座屏外框也用朱紅、金銀漆繪鳳紋等圖案。表現了高度的藝術創作水平。

楚墓出土的木製容器、樂器、飾物和葬具中，有加工雕刻的。木豆有蓋和盤合成一隻鴛鴦的，有木卮的蓋上和本身周圍雕刻蟠蛇的。有以雕刻的木虎座和鳳架來懸掛鼓的，雙鳳立於雙虎的背上，鼓懸掛於雙鳳之間，繫於鳳冠之上，很是精美。這種「虎座鳳架鼓」，多數出土於湖北江陵的楚墓中。江陵雨台山七座楚墓各出土木鹿一件，鹿側首臥地，腳彎曲放在腹下，身首分離合裝，鹿角插接於首

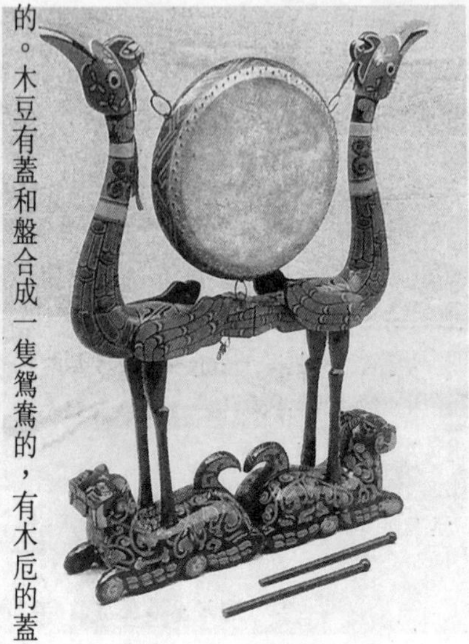

虎座鳳架鼓

湖北江陵望山楚墓出土。

彩繪木鹿

一九七三年湖北江陵藤店一號墓出土。木鹿頭高三五·七釐米，長四九·五釐米。頭、身分別用整木雕成，頭上有一對角，身子作臥狀。通體繪有朱、金黃色捲雲紋、三角形紋等圖案。現藏荊州地區博物館，見荊州地區博物館湖北江陵藤店一號墓發掘簡報，載文物一九七三年第九期。

上，有的在臂側插接小鼓，用作小鼓的木座。

音樂的發展

詩經原是可以用音樂伴奏歌唱的詩歌總集，大體上可以分爲頌、雅、風三種曲調。「頌」是有舞蹈的祭神歌曲，伴奏樂器有琴、磬、鐘、鎛等。「雅」原是一種竹筒狀的節奏樂器，因爲這種曲調用「雅」節奏，「雅」就成爲曲調名稱。「雅」的伴奏樂器有琴、瑟、笙、鐘、磬等。「風」是指各國民間流行的曲調，伴奏樂器有琴等⑦。不論是風、雅、頌，這在當時貴族看來，都是「雅樂」。到春秋後期，由於禮崩樂壞，就開始出現「新聲」。「新聲」就是一種新曲調。據說晉平公歡喜「新聲」，掌管音樂的師曠就說：「公室將卑乎。」（國語晉語八）還據說，衛靈公到晉國去，經過濮水，夜半聽見有人彈奏「新聲」，很是歡喜，把樂師師涓（當作師延）召來「靜坐撫琴而寫之」，把這種新曲調記錄下來。衛靈公到了晉國，晉平公設宴招待他，衛靈公便把師涓召來「援琴鼓之」，沒有等彈完，師曠就從旁制止，說：「此亡國之聲，不可遂也。」（韓非子十過篇）這種「新聲」，首先是從中原地區鄭衛兩國的民間產生的，因此也稱爲「鄭衛之音」，或者稱爲「桑間濮上之音」（濮上指濮水之上，桑間地在濮水之上，故稱桑間濮上）。適應新曲調的需要，伴奏的樂器也有改變，戰國時代流行的樂器除了琴、瑟、笙、鐘、磬以外，還有竽、箏、筑等民間流行的樂器。

原來貴族的音樂，主要是配合著禮儀演奏的。這種配合禮的樂，是爲了維護貴族的莊嚴，因此曲調講究「中平」而「肅莊」，荀況所謂「樂中平則民和而不流，樂肅莊則民齊而不亂」（荀子樂論篇）。這種廟堂之上的「雅樂」，伴奏的樂器以打擊樂器鼓、鐘、磬爲主，也就是金石之音，所謂「鼓似天，鐘似地，磬似水，竽、笙、簫、筦（管）、籥似星辰日月」（荀子樂論篇）。隨著民間音樂的發展，出現了「新聲」的曲調，婉轉曲折而動聽，這是音樂的進步。伴奏的樂器就以絲竹之音爲主。據說「臨淄甚富而實，其民無不吹竽、鼓瑟、擊筑、彈琴」（戰國策齊策一）。韓非子解老篇說：「竽也者，五聲之長者也。故竽先則鐘鼓皆隨，竽唱則諸樂皆和。」竽已成爲帶頭吹奏的樂器。當時孔丘站在貴族立場，反對這種「新聲」，便說「鄭聲淫」，「惡鄭聲之亂雅樂也」（論語陽虎篇）。後來荀況也說「鄭、衛之音使人之心淫」（荀子樂論篇）。禮記樂記篇也是把「鄭衛之音」看作「亂世之音」，把「桑間濮上之音」看作「亡國之音」。但是歷史的潮流是沒法阻擋的，人們愛聽的是「新聲」而不是「古樂」，是「鄭衛之音」而不是「雅樂」。魏文侯就曾說：「吾端冕（穿禮服戴禮帽）而聽古樂則唯恐臥；聽鄭衛之音則不知倦」（禮記樂記篇）。齊宣王也說「寡人非能好先王之樂也，直好世俗之樂耳」（孟子梁惠王下篇）。齊宣王就有「好竽」的故事。李斯的諫逐客書，就曾指出原來的「秦聲」是「擊甕叩缶，彈箏搏髀，而歌呼嗚嗚」的，而當時秦國已經採用了「鄭、衛、桑間、昭、虞、武、象」等「異國之樂」，這是因爲「快意當前，適觀而已矣」。

戰國時代第一等大墓中陪葬樂器以編鐘、編磬爲主，因爲這是「禮」的需要，當時很講究用禮樂制度來維護統治。當時製作的編鐘、編磬也有進步。根據對春秋晚期和戰國時代編鎛和編鐘測音的結果，當時貴族日常享樂用的「歌鐘」和旅行出征用的「行鐘」是有區別的。「歌鐘」是按照一定國家或地區的音樂歌舞的需要的一定完整的音階（或調式）定音而組成，以便於奏出婉轉而動聽的曲調。「行鐘」不是按照完整的音階（或調式）來組合，而是按照一個音階（或調式）的骨幹音來定音組合，因而形成大音程的跳躍，只能奏出簡單而剛健明快的曲調，適於製造熱烈激動的氣氛⑧。

一九七八年湖北隨縣擂鼓墩曾國君主的墓中，出土了一大批精美樂器，銅編鐘有六十四件，包括鈕鐘十九件，甬鐘四十五件。鐘架分上中下三層。鈕鐘銘文爲律名和階名（如宮、商、角、徵、羽等），可能是用來定調的。甬鐘正面隧、鼓部位（即鐘口沿上部正中和兩角部位）的銘文爲階名，是該鐘的標音，準確敲擊標音位置就能發出合乎一定音階的樂音。每件甬鐘都有兩個樂音，能配合起來演奏；甬鐘的下層在演奏中起烘托

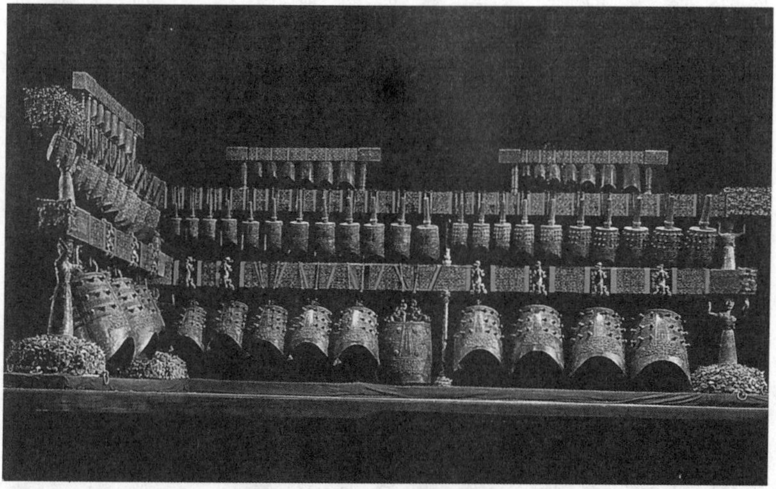

懸掛在三層鐘架上的編鐘

一九七八年湖北隨縣擂鼓墩曾侯墓出土。共有鈕鐘十九件、甬鐘四十五件、鎛一件，分三層懸掛於鐘架上。現藏湖北省博物館。鐘架為銅木結構，分上中下三層，呈曲尺形。西邊的架長七·四八米，高二·六五米；南邊的架長三·三五米，高二·七三米。木質架梁，在黑漆地上滿繪紅、黃色圖案，兩端都套著浮雕或透雕的龍鳥和花瓣形象的青銅套，起著裝飾和加固作用。中下層架梁的兩端和曲尺形的交接處，分別由三個佩劍銅人用頭和雙手承頂，下層銅人立於高三五釐米、直徑八〇釐米的雕龍圓銅座上。整個鐘架結構精美而牢固，故承擔五千多斤重量經歷二千多年而不倒。

氣氛與和聲作用。甬鐘反面各部位的銘文可以連讀，記載了曾國與楚、周、齊、晉等國律名與階名的相互對應關係。鐘架中下層懸掛編鐘的配件上和編鐘所在的橫梁部位，都刻有標音文字，以便演奏中根據一定音調的需要臨時調換編鐘位置，重新配合使用。經過對整套編鐘每鐘兩音的測定，從低音到最高音，總音域跨五個八度之多。在中心音域三個八度的範圍內，十二個半音齊全，而基本骨幹是七聲音階結構。說明當時已懂得八度位置和增減各種音程的樂理。根據試奏結果，它已能演奏採用和聲、複調和轉調手法的樂曲。

桑獵宴樂壺（故宮博物院藏）上的圖案，描寫有吹竽、打擊編鐘和編磬、打鼓、彈琴瑟和舞蹈的情況。宴樂橢杯（上海博物館藏）上的圖案，也描寫有一人坐著打擊編鐘，編鐘一列掛在飾有龍頭的架座上；下面有一人打鼓，鼓座作雙鳥背立形，左方有一人坐著彈琴，右下方有兩人細腰長袖，相對而翩翩起舞，由此可看到戰國時代樂隊伴奏和舞蹈的情景。

這時打擊樂器有鼓、鼙（小鼓）、鐘、磬，弦樂器有琴、瑟，吹奏樂器有竽、笙、篪、簫、壎等。呂氏春秋古樂篇稱帝嚳命有倕作為鼙、鼓、鐘、磬、苓（通作「笙」）、管、壎、篪。又稱堯命瞽叟擴展五弦之瑟，作以為十五弦之瑟；舜立，仰延用瞽叟之所為瑟，益之八弦，以為二十三弦之瑟。這是古樂起源的傳說。楚辭九歌東君載：「緪瑟兮交鼓，簫鐘兮瑤簴；鳴鷈（通作『篪』）兮吹竽，思靈保兮賢姱。」可知楚國祭祀日神，用瑟、鼓、簫、鐘、篪、竽等六種樂器。湖北隨縣擂鼓墩曾國君主墓以及湖北、湖南的楚墓中發現了編鐘、編磬、鼓、瑟、琴、篪、笙、簫。鼓的形式，主要是虎座、鳳架的懸鼓，也有龍座、鳳架的懸鼓。還有手執有柄的扁平小鼓，大小只有懸鼓二分之一到三分之一，當即是鼙。楚墓所出的瑟有二十三、二十四或二十五弦，曾墓所出是二十五弦。曾墓所出的琴有十弦，楚墓所出有五弦或十弦。曾墓所出的笙有十二、十四或十八簧管。曾墓所出的篪，竹管有七孔，吹孔和出音孔上出，五個指孔側出，與笛不

桑獵宴樂壺上射雁宴樂圖

桑獵宴樂壺是故宮博物院藏品。畫面分三層，每層兩組。這是第二層，左方描寫繳射（用絲線繫在矢上發射）雁鵝的情況。右方描寫主人在樓上招待來賓，樓下有一女子在歌舞，旁有樂隊伴奏，有打擊編鐘的，有打擊編磬的，有吹竽的，有打鼓的，還有彈琴瑟的。右邊下角還畫有一犬，在音樂感動下亦站立起舞，用來拱托出音樂歌舞的優美。編鐘和編磬懸掛在長架上，長架兩端有龍頭，兩端有鳳形架座，古人稱為「簨簴」。從此可以看到當時樂隊演奏情況。

同。曾墓所出排簫有十三管。

古代的「簫」就是現在所謂排簫，是以長短參差的竹管編排組成。風俗通義說：「舜作簫」，「其形參差，像鳳之翼，十管」。簫有大小和管多少的不同。劉熙釋名說：「大簫有二十三管」、「小簫有十六管」。管又有無底和有底兩種，無底的有「洞簫」之稱。楚辭九歌湘君：「望夫君兮未來，吹參差兮誰思？」王逸注：「參差，洞簫也。」以無底管組成的排簫稱爲參差，當即因長短參差而得名。後世稱單管直吹者爲洞簫，據說是從羌族傳入中原的。九歌東君所說與鐘配合吹奏的簫，是不可能用單管直吹的樂器的，因爲音量太小了。

值得注意的是，「竽」是同「笙」性質相同的簧管樂器，比笙要高大而簧管較多。笙一般有十三簧管，竽有三十六簧管。一九七二年長沙馬王堆漢墓所出竽（明器），有二十二簧管，分前後兩排。竽由於簧管較多，轉調便捷，表演氣氛歡欣而活躍，因而成爲當時帶頭吹奏的樂器，並作爲仰神降臨的樂器。九歌東皇太一載：「揚枹兮拊鼓，疏緩節兮安歌；陳竽瑟兮浩倡；芳菲菲兮滿堂；

彩繪漆竹簫

一九七八年湖北隨縣擂鼓墩曾侯墓出土。現藏湖北省博物館。簫用長短十三根竹管編排，再用剖開的細竹管分三道夾住簫管纏縛而成，上有黑漆爲地的紅色、金黃色三角形紋和繩紋圖案的彩繪。至今尚能吹出清脆悅耳的聲音，其音階已超出五聲音階的範圍。這是我國考古發掘中第一次出土完整的古簫。

五音紛兮繁會，君欣欣兮樂康。」這是說：在鼕鼕的擊鼓聲中，迎神的巫師緩緩地按著節奏而唱讚神的歌曲；在竽和瑟的大聲吹奏中，巫師穿著姣好的服裝而起舞迎神，使得芳香的氣氛充滿了神堂；在五音紛繁會合的節奏聲中，東皇太一之神歡欣平安地降臨了。

四、娛樂活動和武藝、體育鍛鍊的開展

民間娛樂活動的開展

古代一般平民只有在社祭和臘祭時才有機會參與群眾性的娛樂活動。社祭是春季對社神的祭祀，目的在於祈求豐年。社一般設於樹木茂盛的叢林中，築有陳列石塊或木塊的土壇。臘祭是冬季酬謝有關收穫的鬼神的祭祀，帶有慶祝豐收的意義。當社祭和臘祭時，常常宰殺牲畜，男女齊集，舉行酒會，開展各種娛樂活動，十分熱鬧。子貢說：臘祭時「一國之人皆若狂」；孔子又說：這是由於百日勤勞而給予「一日之澤」，「一張一弛，文（周文王）武（周武王）之道也」（禮記雜記下）。到戰國時代，隨著社會經濟的發展變化，個體農民普遍成爲農業生產的主要擔當者，因而這種群眾性活動更加活躍了。淳于髡說：「若乃州閭之會，男女雜坐，行酒稽留，六博投壺，相引爲曹。」（史記滑稽列傳）農村中常常於社祭、臘祭時宰牛殺豬，花費很多，成爲農民的一種負擔。戰國初年李悝估計農民生活，每戶農民每年「社、閭、嘗新、春秋之祠用錢三百」（漢書食貨志）。

同時，由於手工業、商業的發展，城市的興起和發展，地主和商人聚集到城市中來，許多大的商業城市裏也紛紛開展文娛活動。例如齊國都城臨淄「甚富而實」，居民除了從事音樂等娛樂以外，還「鬥雞走犬，

六博蹹踘者」（戰國策齊策一）。

戰國時代民間的娛樂活動，主要有下列六種：

㈠鬥雞　這時促使兩隻公雞相鬥的娛樂。春秋後期貴族已開始有這種娛樂。例如魯國季孫氏和郈氏鬥雞。季孫氏用草芥裝備雞毛，郈氏用金屬裝配雞爪，結果兩家結成怨仇（左傳昭公二十五年）。到戰國秦漢之際，這種娛樂廣泛流行於民間。據說漢高祖劉邦的父親在其故鄉沛縣豐邑中陽里時，「生平所好皆屠販少年，酤酒賣餅，鬥雞蹴踘，以此為歡」（史記高祖本紀十年條正義引括地志）。

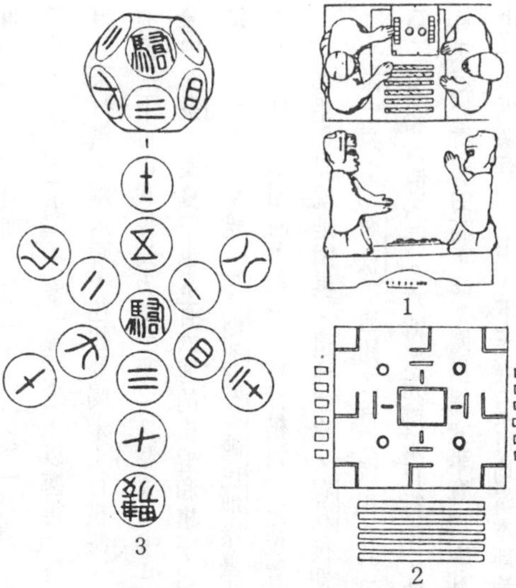

秦漢墓中出土六博的博具模型

1. 河南靈寶張家灣漢墓出土釉陶六博俑
2. 湖北雲夢睡虎地秦墓出土六博棋盤和棋子
3. 秦始皇陵園出土煢

㈡走犬　這是驅使獵狗追逐兔子的娛樂。秦末李斯遭趙高陷害，臨刑時對次子說：「吾欲與若復牽黃犬，俱出上蔡東門，逐狡兔，豈可得乎！」（史記李斯列傳）這樣「牽黃犬」到郊外「逐狡兔」，就是當時流行的一種民間娛樂。當時民間已培養出快跑的獵狗良種，如「周氏之嚳」，「韓氏之盧」等；也已培養出快跑的兔的良種，如「東郭逡」等⑨。這種娛樂直到漢代還很流行。淮南子原道篇說：「強弩弋高鳥，走犬逐狡兔，此其為樂也。」

㈢六博　這是一種擲采下棋的比賽。這種娛樂，春秋晚期已經流行。棋盤上有行棋的曲道，棋盤兩端各排列有六只棋子，其中一只叫「梟」，五只叫「散」，以「梟」爲貴。棋盤中間放有六粒骰子，叫做「博」或「簙」。骰子上刻有「五」、「白」、「黑」、「塞」等「采」，以擲得「五」、「白」兩采爲貴。兩人對著時，先用骰子擲采，再根據擲得的采行棋。擲采時，往往要喝采；行棋時，「梟」得便就可以吃掉對方的「散」，同時「梟」在五「散」的幫助下可以殺掉對方的「梟」，以殺「梟」爲勝⑩。這種娛樂到漢代還很流行，常見於東漢石刻和磚刻畫像中。秦、漢墓中也常有六博的棋盤和棋子出土，漢代銅鏡常以六博棋盤曲道作爲裝飾圖案（舊稱「規矩紋鏡」或「TLV鏡」）。湖北雲夢睡虎地秦墓出土棋子「大一五小」就是「一梟五散」。其他漢墓所出土棋子，六只大小相同，其中一只行棋到一定位置豎起，即爲「梟」棋（見列子說符篇張湛引古博經）。

㈣弈　弈就是圍棋。這種娛樂，春秋後期在貴族中已很流行⑪。戰國時，民間已出現精通這種棋藝的名家。孟子說：「弈秋，通國之善弈者也。」又說弈雖是小玩藝，不專心致志去學習就學不會（孟子告子上篇）。弈和六博不同。六博要先擲采再行棋，決定勝負的關鍵在於擲采，因此要碰機會；而奕只是行棋，勝負決定於棋藝的高下⑫。圍棋講究爭奪地盤和圍死敵人，所以東漢桓譚說「世有圍棋之戲，或言兵法之類也」，棋藝有上、中、下三等（嚴可均輯本新論言體篇）。

㈤投壺　這是用矢投壺的比賽。過去貴族用行禮方式進行投壺的比賽，大體上和「射禮」相同。禮記有投壺篇，就是記載這種禮的。比賽時，分成「主黨」和「賓黨」兩組，從遠處用矢投入壺口，由「司射」統計投中次數，分別勝負，宣告「某賢於某」。不勝者要罰飲酒。到戰國時，行禮方式已被忽略，成爲一種民間娛樂。這到漢代也還流行，常見於東漢的石刻畫像中。

㈥謳歌　古時勞動人民常常在勞動中歌唱，成爲勞動的節奏，後來其中有些發展成爲民間曲藝。荀況的成相篇，就是採用一種稱爲「成相」的民間曲調來作歌辭的。這種民間曲藝，一般只用一種打擊樂器擊節。因爲出於民間藝人的創作，帶有濃厚的民間生活氣息，很受人民群眾的歡迎。當時民間已有出名的歌唱家，有的甚至得到國君的賞識和喜愛。例如趙烈侯「好音」，曾經要賞給鄭的歌手槍、石兩人各一萬畝田，因相國公仲連反對而作罷（史記趙世家）。而且民間藝人已輾轉傳授曲藝。例如宋王偃爲了同齊國對抗，建築講習武藝的武宮，「謳癸倡（唱），行者止觀，築者不倦」。宋王因此獎賞他，謳癸說：「臣師射稽之謳又賢於癸。」宋王又把射稽召來當眾謳歌（韓非子外儲說左上篇）。當時民間藝人選擇藝徒，已有一套經驗，先要加以考試，必須大聲疾呼聲音洪亮，低聲慢唱聲音清脆宛轉的，才合格⑬。

這時的民間娛樂活動，除了上述六種比較普遍以外，也還有音樂、舞蹈等等。

這時民間的娛樂活動，多數帶有比賽性質。司馬遷說：「博戲馳逐，鬥雞走狗，作色相矜，必爭勝者，重失負也」（史記貨殖列傳）。在封建社會裏，這種帶有比賽性質的娛樂活動不可避免地被地主階級引上邪路，逐漸成爲賭博性質。這時便開始出現以招攬顧客「博戲」爲職業的人。信陵君在竊符救趙之後留在趙國，曾結交「藏於博徒」的處士毛公。所謂「博徒」，該即招攬顧客「博戲」爲業的。到漢代甚至有以經營這種「惡業」而發財致富的，所謂「博戲惡業也，而桓發用之富」（史記貨殖列傳）。

宮廷的娛樂活動和戲劇的萌芽

春秋時代各國宮廷中有一種供國君娛樂的藝人，叫做「優」。這種藝人善於唱歌跳舞，尤其善於說笑話、演笑劇。例如晉獻公時有優施，利用歌舞談笑，幫助驪姬殺死太子申生（國語晉語二）。又如齊、魯夾谷之會，齊國派「優倡侏儒爲戲而前」（史記孔子世家）。到戰國時代，政權的性質雖已改變，各國宮廷中依然供養有一批供國君娛樂的「俳優」。韓非說：「俳優、侏儒，固人主之所與燕也。」（韓非子難三篇）同時貴族和大官僚家中也供養有這樣的藝人。例如孟嘗君就有「倡優侏儒處前」（說苑善說篇）。

這時俳優、侏儒的說笑話、演笑劇，就是後世戲劇的萌芽。這種稱爲「優」的笑劇，原是出於社會上一般人民的創作和演出。例如公元前五四五年，齊國陳氏、鮑氏的「圉人」（奴隸）在國都的魚里地方「爲優」，慶氏的武士在喝酒的同時，「且觀優，至於魚里」（左傳襄公二十八年）。這種由奴隸演出而爲武士愛看的「優」，就是一種笑劇。當時宮廷中俳優、侏儒所表演的「優」，當即取材於民間所創作和演出的「優」。侏儒是身材矮小而滑稽的人，常常在笑劇中擔任小丑的角色。

這種藝人因爲接近國君，善於談笑，常常在談笑中對國君進行諷諫，如史記滑稽列傳所載秦始皇時的優旃等人。同時，這種藝人也常被利用來引誘國君幹壞事，所以韓非把「優笑侏儒」連同「左右近習」，列爲「八奸」之一（韓非子八奸篇）。秦昭王說：「吾聞楚之鐵劍利而倡優拙。夫鐵劍利而士勇，倡優拙而思慮遠。」（史記范雎列傳）秦昭王也和韓非的觀點差不多，認爲國君接近倡優會擾亂自己的思慮，「倡優拙」就可以「思慮遠」，所以他把「倡優拙」作爲楚國的優點。

這種供奉貴族娛樂的倡優，社會地位很低。至於女子供奉娛樂的，地位更低下，成爲後世倡伎的起源。司馬遷說：「吾聞馮王孫曰：趙王遷，其母倡也，嬖於悼襄王。」（史記趙世家贊集解引徐廣曰：列女傳曰：邯鄲之倡）趙王遷的生母原是邯鄲歌女，司馬遷在評論趙王遷「素無行」時，聯繫到他的生母是歌女。可見從戰國到漢代，歌女一直是受歧視的。

武藝的講究和體育鍛鍊

在春秋時代，軍隊以貴族作爲骨幹，以貴族下層的「國人」作爲主力。每一個貴族和「國人」都是武士，因而他們很講究武藝的訓練。貴族以弓矢作爲主要武器，以車陣作戰爲主要的戰鬥方式，這和他們進行集體圍獵的方式基本相同。因此他們常常借用田獵作爲軍事演習的手段，把「射」的比賽和觀摩作爲軍事訓練的手段，形成了「大蒐禮」和「射禮」。隨著社會制度的變革，中原各諸侯國軍隊改由郡縣徵發的農民組成，並從中考選武士作爲常備兵，戰爭方式也改爲步騎兵的野戰和包圍戰。因此原來的「大蒐禮」和「射禮」已不能用來作爲練習武藝的主要手段。儘管戰國時代一些銅器的畫像中還有描寫這種禮的場面，但已經不是當時練習武藝的主要手段。漢書藝文志有兵技巧家，講究訓練人的手足，掌握使用戰鬥器械的技巧，有射法、弋法、劍道、手搏、蹴踘等門類。所有這些門類的武藝，戰國時代都已開始講究：

㈠射法　當時各國政府獎勵人們學習射法。例如李悝爲魏的上地守，曾下令道：「人有狐疑之訟者，令之射的，中之者勝。」因而人們就勤於習射，日夜不休（韓非子內儲說上篇）。「射的」的「的」，就是指「侯」（布製箭靶）的中心點。韓非說：「設五寸之的，引十步之遠」，有「常儀的」而能射中的才是「巧」（韓非子外儲說左上篇）。漢書藝文志兵技巧家有逢門射法二篇。逢門就是蠭門，是個和善御的造父齊名的善射者，沿用了傳說中夏代善射者逢蒙的稱號⑭。他由於堅定不移地學習，從老師甘蠅那裏學得了遠射的技藝。當時還傳說春秋時楚國神射手養由基在百步之外射柳葉能夠百發百中，採用的是「支左屈右」的射法（戰國策西周策，高誘注：「支左屈右，善射法也」）。

㈡弋法　弋是用細線繫在箭上射，使射中的鳥獸隨著細線而很快被獵取。戰國時代有不少人以弋射高空的飛鳥而著名。例如齊宣王曾問「弋」於唐易子，唐易子說「弋」的關鍵「在於謹廪」（善於躲藏隱蔽，韓非子外儲說右上篇）。又如「楚人有好以弱弓微繳加歸雁之上者」，楚頃襄王曾特地召見他（史記楚世家）。故宮博物院所藏桑獵宴樂畫像壺的第二層畫像左方，就是描寫弋射一群高空的歸雁的情景，許多被射中的歸雁連著箭上的細線正從高空掉下來。當時楚國著名的弋射者叫蒲苴子。列子湯問篇講到「蒲且子之弋也，弱弓纖繳，乘風振之，連雙鶬於青雲之際」。淮南子覽冥篇說：「故蒲苴子之連鳥於百仞之上」（高注：「蒲苴子，楚人，善弋射者。七尺曰仞」）「百仞」是說七百尺以上的高空，「連鳥」是說用細線把射中的鳥牽連著。漢書藝文志兵技巧家有蒲苴子弋法四篇。

㈢劍道　司馬遷的祖先有在趙國傳授劍道的。司馬遷說：司馬氏「去周適晉」之後分散，「在趙者以傳劍論顯」(史記太史公自序)。漢書藝文志兵技巧家有劍道三十八篇，沒有作者姓名。

㈣角力　春秋末年各國已有奉養力士和挑選訓練勇士的風氣。晉國趙簡子的戎右(坐在主人馬車右邊的保衛人員)少室周是個大力士，聽說牛談力氣比他大，要求「與之戲」，「戲」就是「角力」。角力的結果，少室周「不勝」，就把戎右的職位讓給牛談(國語晉語九。韋注：「戲，角力也」)。戰國時各國政府很重視「講武」，並且把「角力」和「射御」同樣作為「講武」的重要項目。禮記月令規定孟冬之月「天子乃命將帥講武，習射、御、角力」。班固說：戰國時代「稍增講武之禮，以為戲樂，用相誇視(示)，而秦更名角抵」(漢書刑法志)。事實上，戰國時早已有「角力」的名稱⑮。這時角力不僅比賽體力，而且講究技巧。莊子人間世篇說：「且以巧鬥力者，始於陽，常卒於陰，泰至則多奇巧。」「陽」是指顯見的技巧，「陰」是指隱秘的技巧。這是說：講究用技巧進行角力的，開始用顯見的技巧，終於用隱秘的技巧，到比賽的決定性階段就多方面使用出奇制勝的技巧。漢書藝文志兵技巧家有手搏六篇，「手搏」就是「角力」，也就是現在的相撲或摔角。這在漢代叫做「卞」或「弁」⑯。

㈤蹴鞠　也稱蹹踘或蹋鞠。鞠是一種實心的皮球，蹴或蹋是踢的意思⑰。這種踢球遊戲，不僅可以訓練武士，還可以從中選拔有武藝的人材。漢書藝文志兵技巧家有蹴鞠二十五篇。劉向別錄說：「蹴鞠者，傳言黃帝所作，或曰起戰國之時。蹋鞠，兵勢也，所以練武士，知有材也，皆用嬉戲而講練之。」(史記蘇秦列傳正義引)所說「傳言黃帝所作」，這是出於假託；所說「起戰國之時」，當是事實。

㈥舉鼎　這是一種舉重的遊戲和比賽。秦武王就喜好這種遊戲，因此受傷而死。秦武王「有力好戲」，曾用力士任鄙、烏獲、孟說為大官(史記秦本紀)。公元前三〇七年八月，秦武王帶了孟說到周的洛陽去舉鼎⑱，舉起龍文赤鼎，兩目出血，絕臏(折斷脛骨)而死，孟說致被滅族。據說孟說齊國人，力大「能生拔牛角」⑲。烏獲「能舉千鈞之重」，千鈞即三萬斤，活到八十歲（戰國策燕策一蘇代語）。任鄙不但力氣大，還能「自極於權衡（嚴格遵守法制）」（韓非子守道篇），到秦昭王時還得到重用，由於魏冉的推薦做到漢中郡守（史記白起列傳）。

由於統治者的獎勵，民間出現了不少大力士。民間的大力士常常用很重的鐵錐做武器，他們中間有被利用爲刺客的。信陵君竊符救趙時，從隱士侯嬴那裏得到了屠者朱亥。朱亥是個大力士，用藏在袖中的四十斤重的鐵錐打死了將軍晉鄙，信陵君才奪得了兵權。後來張良又從倉海君那裏得到力士，用重一百二十斤的鐵錐狙擊秦始皇，沒有擊中。

㈦雜技　列子說符篇記載「宋有蘭子者，以技干宋元君」的故事。所謂「蘭子」，是指「妄入宮掖」者。「蘭」即「闌」的通假。說文說：「闌，妄入宮掖也，讀若蘭。」據說「宋元君召而使見，其技以雙枝，長倍其身，屬其脛，並趨並馳，弄七劍迭而躍之，五劍常在空中」。這是使用高蹺，一面趨馳，一面表現「弄劍」的雜技，以雙手飛舞七劍，能使五劍常在空中飛舞。

五、改進生活的技藝的進步

烹飪調味技術的進步

這時烹調技術已有蒸煮炮烤煎等種，主要食品除粥飯外，菜餚有肉類、蔬菜以及菜羹肉羹等，羹比較普遍。飲食用具主要是箸（一作「梜」，即筷子）和匕（即匙）。當時流行窄柄舌形的銅匕和漆匕。禮記曲禮說：「羹之有菜者用梜，其無菜者不用梜。」這是說吃菜羹需用筷夾取湯中的菜來吃，沒有菜的羹就不用筷而只用匙。

肉類原來只有富貴人家能吃到。孟嘗君的食客分三等，下等住「傳舍」的「食無魚」，要中等住「幸舍」才「食有魚」。一般人民要七十歲才有可能吃到肉。孟子說：「雞豚狗彘之畜，無失其時，七十者可以食肉矣」（孟子梁惠王上篇）。「豚」是小豬，「彘」是大豬。當時所吃的肉，狗肉比較普遍，市上常有屠狗爲職業的，稱爲「狗屠」。刺客荊軻的好友高漸離就是「狗屠」，荊軻經常和許多「狗屠」同飲酒於市的。當時富貴人家也還有吃野生的熊的腳掌的，因爲熊掌的美味超過了魚。孟子說：「魚我所欲也，熊掌亦我所欲也，二者不可得兼，捨魚而取熊掌者也。」（孟子告子上篇）。

當時烹調技術已開始講究調味，呂氏春秋有本味篇，有伊尹以調味進說於湯的故事，這是小說性質。漢書藝文志小說家著錄有伊尹說二十七篇，本味篇即採自伊尹說的，所有伊尹所說調味技藝反映了戰國時代的情況。伊尹說：「夫三群之蟲，水居者腥，肉獲者臊，草食者羶，臭惡猶美，皆有所以。」認爲所吃的肉類有三種：水居動物的肉有腥味，食肉動物的肉有臊味，吃草動物的肉有羶味（羊臊氣），它們雖然都有惡劣的氣味，卻能烹調出美味來。伊尹解釋調味技藝是：「凡味之本，水最爲始。五味三材，九沸九變，火爲之紀。時疾時徐，滅腥去臊除羶，必以其勝，無失其理。調和之事，必以甘、酸、苦、辛、鹹，先後多少，其齊（劑）甚微，皆有自起。鼎中之變，精妙微纖，口弗能言，志不能喻。若射御之微，陰陽之化，四時之數，故久而不弊，熟而不爛，甘而不噥（『噥』當作『喂』，『喂』是太甜），酸而不酷，鹹而不減（『減』通『咸』，『咸』是充滿），辛而不烈，澹而不薄（『澹』通『淡』），肥而不𦢈（『𦢈』通『腴』，『腴』是過肥）。」所謂「五味」是指甘、酸、苦、辛（辣）、鹹，所謂「三材」是指上述三種肉類。這是說調味要先加水，用火煮沸，必須加入克制「腥」、「臊」、「羶」的調味品，才能除去這些氣味，再先後加入定量的調味劑，使得鼎中烹調的食物起著「精妙微纖」的變化，從而得到美味。既要燒得「熟而不爛」，又要調得五味適中，更要肥淡適當。還特別講到了七種著名的調味品：「和之美者，陽樸之薑，招搖之桂（桂花）、越駱之菌（傘菌一類植物如蘑菇、香菇），鱣鮪之醢（鱣、鮪製成的肉醬），大夏之鹽，宰揭之露，其色如玉，長澤之卵。」「卵」可能是魚卵製成的調味品。「其色如玉」的露也是一種調味品。

本味篇還列舉許多美味的魚肉、蔬菜和水果，此中夾雜有神話，如說「崑崙之蘋，壽木之華（花）」（高注：「壽木，崑崙山之木也。華，實也。食其實者不死，故曰壽木」）。也有當時著名的土產，如洞庭之鱄、雲夢之芹、具區（今太湖）之菁（蕪菁）、江浦之橘、雲夢之柚等。

楚辭招魂講到「食多方些」，五臣注：「營造飲食亦多方略。」可見這時烹調已成爲一種方技了。招魂講到稻、粢（即稷，小米）、穱（早熟的麥）、麥，都可煮飯，只有選用黃粱（精良的黃米）最好（「挐黃粱些」）。太苦、太鹹、太酸的食物，只有用甜辣的調味品才行（「辛甘行些」）。肥的牛蹄筋要煮得香嫩（「臑若芳些」）。羹要調和酸苦兩味，就能成爲吳地著名的「吳羹」（「和酸若苦，陳吳羹些」）。煮熟的鼈肉和炮製的小羊肉，要用甘蔗的甜汁來調味（「胹鼈炮羔，有柘漿些」，「柘」通「蔗」）。對於鵠、鳧、鴻、鶬、雞和蠵（大龜），需要各種不同烹調技藝，有的要用膏來煎，有的要用露來調味，有的要做成肉羹（「鵠酸臇鳧，煎鴻鶬些；露雞臛蠵，厲而不爽些」）。可知當時以各種肉類作爲主要的大菜。招魂又講到，在這些大菜之後，就送上甜品了，「粔籹蜜餌，有餦餭些」。據方言說：「餳謂之餦餭。」「餳」就是古「糖」字，即是麥芽糖。粔籹、蜜餌和餦餭，都是用米麥粉調和蜂蜜或糖製成的甜糕，結尾是「瑤漿蜜勺，實羽觴些；挫糟凍飲，酎清涼些；華酌既陳，有瓊漿些」。王逸注：「言已食，復有玉漿以蜜沾之，滿於羽觴，以漱口也。」「言盛夏則爲覆蹙乾釀，提去其糟，但取清醇，居於冰上，然後飲之。酒寒涼又長味，好飲也。」招魂這一席招待靈魂的大菜，既講究調味，又很豐盛，具備各種肉類，結尾又有多種甜品和冷飲，反映了當時烹調技藝的高明。

開造水井技術的進步

人類爲了生活上水源的需要，很早就開造水井，新石器時代晚期水井已有「土井」、「木構井」、「竹圈井」三種類型。商代和西周時代開造水井的技術逐漸有進步，到春秋後期開造技術又有進一步發展，除了上述三種類型以外，又創造了「陶圈井」這種新類型。同時小井很是普及，在人口較密的地區水井分布非常稠密，水井的用途也已推廣，除供生活飲用、作坊用水之外，又用於農用灌溉和冷藏食品等。戰國時代由於製陶工藝的發展，陶圈井逐漸推廣，到西漢時代就更流行了。

一九五六到五七年間北京西南地區薊城遺址曾發現戰國到西漢的「陶圈井」二百十六座，其中戰國時代的有七十二座。因爲這一帶地方接近地下潛水線，有一層流砂，爲了防止流砂崩塌，在井筒下半部放置積疊的陶井圈，此中有一口保存「陶井圈」最多，共有十一節。大體上戰國時代的「陶井圈」高而徑小，西漢時期的「陶井圈」矮而徑大。

一九七五到一九七六年湖北江陵縣西北紀南城（即楚都郢）發現春秋晚期到戰國早期的「陶圈井」一百七十六座，因爲這一帶的土質關係，井坑上半部容易坍方，在井筒上半部放置積疊的陶井圈。並在井筒中部設置木架予以承托。當時陶井圈的使用，既爲了防止坍方，又可使井水清潔，有助於人民生活的改善。

絲織工藝的進步

這時黃河流域和長江中下游的農村裏，普遍養蠶。從荀況所作蠶賦來看，當時養的是春蠶，是一種三眠蠶，人們已經掌握蠶兒生長發育的規律，認識到氣候悶熱、濕度高時，蠶兒容易生病。

根據禹貢記載絲織物的貢品：兗州是「織文」，是一種染色的絲織物；青州是「檿絲」，是柞蠶的絲；

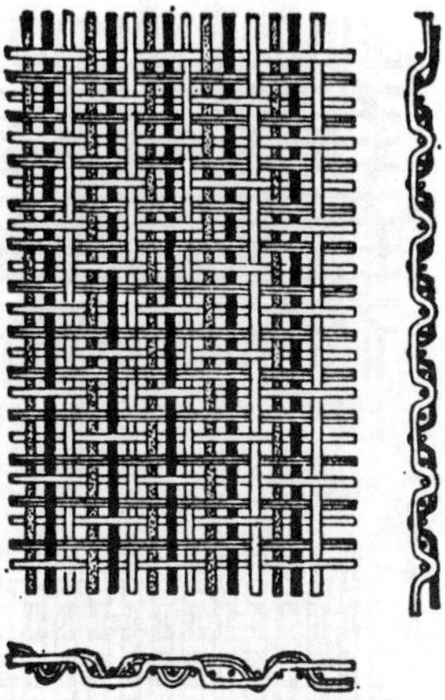

三重經錦組織結構示意圖

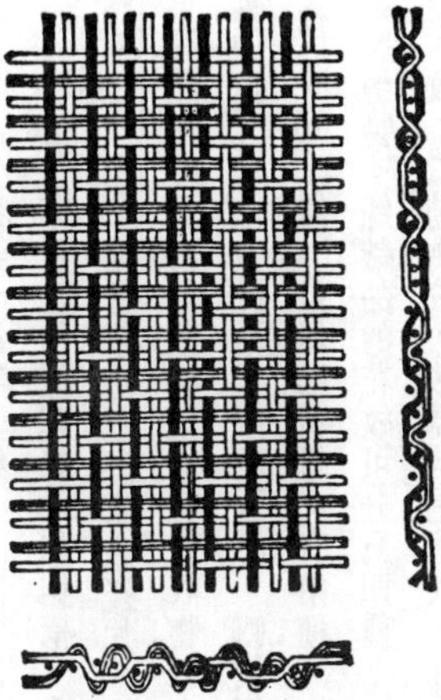

二重經錦組織結構示意圖

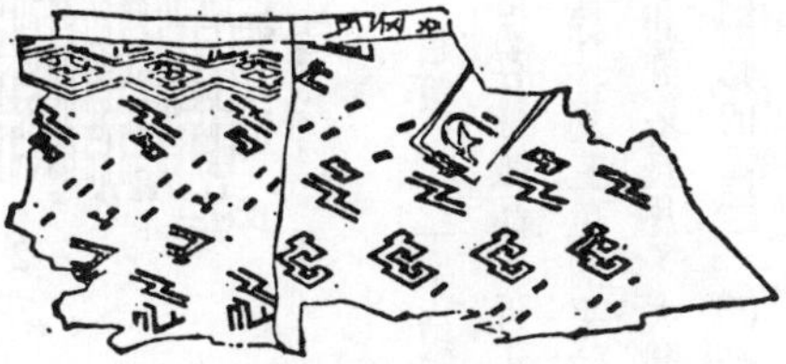

褐地矩紋錦紋樣

長沙左家塘楚墓出土錦的紋樣和結構示意圖

採自熊傳新長沙新發現的戰國絲織物，載文物一九七五年第二期。

徐州是「玄纖縞」，是一種黑而細的絲織品；揚州是「織貝」，是一種染色絲織品；荊州是「玄纁」，是黑色和黃赤色的絲織品；豫州是「纖纊」，是一種細的絲綿絮。這個記載說明戰國時代黃河流域和長江中下游都生產絲織物。其中以齊魯等國生產的比較精美。齊國女紅(工)的紡織技術極爲著名，生產出來的絲織物行銷很廣，所謂齊「冠帶衣履天下」(史記貨殖列傳)。

這時絲織技術已較進步，人們懂得用加草木灰的溫水來練絲[20]，這不僅是爲了漂白，也是爲了除去蠶絲纖維表面的一層絲膠，使絲變得更光澤更柔軟。當時各諸侯國常用絲織物作賞品，多到「錦繡千純」（戰國策秦策一、趙策二，「千純」是五千匹）。

由於楚墓所在的地理條件和結構，有利於保存絲織品，近年楚墓中發現不少精美的絲織品。一九七五年湖南長沙左家塘楚墓出土了衣衾殘片，有黃、棕、褐三色的平紋絹和二或三重經組織結構的錦㉑，一九八二年湖北江陵馬山楚墓發現了完整衣物三十五件和許多殘片，大體可分爲八類：㈠細薄平紋的「絹」，㈡比絹厚實的「綈」，㈢方孔而平紋的「紗」，㈣絞經而有網孔的「羅」；㈤平紋上起斜紋花的「綺」，㈥平紋而經線提花的「錦」，㈦「絛」是絲織窄帶，有兩種，一種是緯線提花的，另一種是針織的。㈧「組」是用經線交叉編織的帶狀織物。絲織品的花紋可分爲四種：㈠幾何紋，多見的是菱形紋；㈡植物紋，多見的是花卉紋，偶爾也有樹木紋；㈢動物紋，多見的是鳳紋，其次是龍紋，偶有虎、馬、鹿、犀兕等紋。㈣圖案化的人物紋，僅見舞者、獵者、御者三幅㉒。

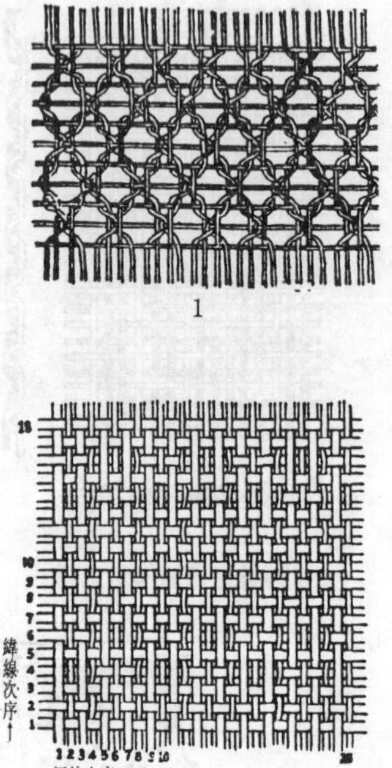

湖北江陵馬山楚墓出土素羅、彩條紋綺結構示意圖

採自江陵馬山一號楚墓。

上述八類絲織品中，以絹的用途最廣。用作衣衾夾裏的絹較爲稀疏，用作衣衾面和繡地的絹較爲緊密。絹的經線密度爲每釐米四四～一六四根不等。緯線密度爲每釐米二○～七二根不等，厚度在○．○四～○．二五毫米之間。

染色工藝的進步

西周、春秋以來，人們已用各種染草製作染料，這時染草中應用最廣的是藍（禮記月令篇、呂氏春秋仲夏紀）。藍用來染青色，所謂「青，取之於藍而青於藍」（荀子勸學）。人們也已知道用礦物質作染料，例如用「涅」（青礬溶液）作黑色染料（見論語陽貨）。染色的方法也很講究，爲了染成各種顏色，有一染、再染甚至六染、七染的。據說三次入染可成纁（淺絳色），五次入染可成緅（赤黑色），七次入染可成緇（黑色，見考工記）。人們往往把絲麻染成各種顏色後，織成有文彩的布帛。

刺繡工藝的進步

商代和西周都已有刺繡，陝西省寶雞市曾發現西周刺繡品的印痕，針法是用「辮子股繡」，先用單線勾勒輪廓，再在個別地方加上雙線，

湖北江陵馬山楚墓出土
鳳鬥龍虎繡文樣
採自江陵馬山一號楚墓。

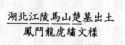

彩繪雙鳳紋漆盤(摹繪)

湖南長沙出土楚國漆器。這是俯視圖。採自楊宗榮編戰國繪畫資料，中國古典藝術出版社一九五七年版。

顏色有朱紅、石黃兩種，大約是繡後塗上的。湖北江陵馬山楚墓出土了刺繡品二十一件，都是用作衣衾的面和邊緣的。繡地二十件是絹，只有一件是羅。針法全用「鎖繡」，繡線一般用雙股合成，顏色有不同程度的棕、紅、黃、綠、藍等色，可以區分爲十二種：棕、紅棕、深棕、深紅、朱紅、桔紅、淺黃、金黃、土黃、黃綠、綠黃、鈷藍。花紋的大小大體上適應衣衾的需要，緣上較小，衣袍上的較大，衾面上的更大。由於不出於一人所繡，用針風格有不同，所繡的圖案主題相同，格局也有不同。花紋的主體部分大多用多行「鎖繡」把繡地完全覆蓋，也有些部位只用單行或多行「鎖繡」排成稀疏線條，這比西周所用「辮子股繡」顯然有很大的進步，從上述繡線染有十二種不同的顏色來看，也可見當時染色工藝有著很大發展。

所繡圖案主要是鳳和龍，在所見十八幅刺繡圖案中，九幅是鳳與龍，七幅是鳳，一幅是龍，另有一幅是四個單元組成，每一單元是一鳳鬥二龍一虎的形象，表示著鳳得勝的姿態。

竹木器和漆器工藝的大發展

竹木器和漆器和人民生活關係密切，隨著經濟的發展，這時也有很大發展。由於南方多竹林，楚國使用竹器是較多的。這時竹器有斫削而成的，又有加工雕刻的，更有劈成篾絲編織而成的，而且常常經過髹漆而成爲漆器。近年戰國楚墓中出土的竹器，可以見到當時竹器工藝的高超。春秋、戰國之際楚墓曾出土一雙竹筷（現藏湖北宜昌博物館），是目前所見最早的竹筷，長短粗細以及上方下圓的式樣，和我們今天所用的都相同，可知我們這種用筷作食具的習俗，確實歷史悠久，這種式樣的竹筷已有二千五百年的歷史了。楚墓出土的竹枕，有素面的，也有方形鏤孔和鳥形刻紋，黑漆作底而飾有紅黃兩色雲雷紋的。楚墓還發現有竹席、竹笥、竹箱、竹盒、竹筐、竹籃、竹扇等，都是用篾絲編織而成。篾絲編成的花紋有人字紋、回字紋、十字紋、矩形紋以及透空的菱形紋，更有用彩漆篾絲編成工細圖案的，工藝水平高超。

楚墓出土漆器很多，大都是木胎，實際上都是木器而經髹漆的，種類繁多，遍及生活的各個領域。如家具有床、几、禁、案、俎等，容器有笥、箱、盒、奩、匣、豆、樽、壺、杯、耳杯、卮等，葬具有棺、笭床、木俑、鎮墓獸等，飾物有座屏、木魚、木球、木璧等。此外樂器、兵器以及建築上和舟車上的構件也都有髹漆。總的說來，楚墓出土的漆器，胎骨有木、竹、夾紵、皮革、藤的。夾紵胎的數量不多。皮革胎的是盾和甲，藤胎的是矛柲。漆的顏色有黑、朱、黃、紫、白、綠等十多種，大體上是用各種礦物質配合而成，往往在器物上用各色的漆畫成各種圖像和圖案，通常以黑漆爲地，以朱漆和其他各色漆描花，主要爲幾何紋和龍鳳紋。此中如湖北江陵雨台山楚墓出土的鴛鴦豆，蓋和盤合成一隻鴛鴦，木雕而用紅、黃、金、黑諸色漆繪，極其生動而精緻，是一件傑出的精品。

鴛鴦豆

江陵雨台山四二七號墓出土。

北方各國出土的漆器不多，洛陽金村墓中曾有奩、盒等器出土，邊緣常有鑲金銀或銅的，即所謂「金銅扣」。此外輝縣固圍村墓中發現有夾紵胎漆鑑，器形較大。

值得注意的是，這時人們已逐漸應用木案和漆案，反映了生活方式的進步。古人席地而坐，有几無案，盛食物的器皿放在地上，坐在地上飲食。在古文獻中，案開始見於考工記玉人，是一種有玉飾的木案。從考古發掘的出土文物來看，漆案開始較多地出土於戰國墓中。自從有了案，食物就可以放到案上以供飲食。後來漢代就沿用這種生活習慣。

金銀器和玉器工藝的進步

春秋時金器限於小型附配件如劍柄帶鈎，這時已有金容器，工藝有很大進步。擂鼓墩曾侯墓出土有盌、勺、朼等金器五件和一串十六節的玉飾，都很精緻，金盌是目前所見先秦金器中最大最重的，高一〇·七釐

四鹿四龍四鳳銅座方案

一九七八年河北平山三汲公社中山王墓出土。高三七·四釐米，長寬各四八釐米。案是戰國時開始流行的家具。此案的木質台面已朽毀，台面四邊的銅邊框及其相連的銅座保存完整。銅座底層有四隻梅花鹿承托一個圓圈，在圓圈上有四龍和四鳳蟠繞成半球形，四條龍頭從四角升起，頂住斗拱，承托著方案的台面。所有四鹿、四龍、四鳳，姿態生動，並錯有花紋圖案。整個銅座表現了巧妙的工藝構思。

米，口徑一五．一釐米，重三一五〇克。盌蓋和器腹都鑄蟠螭紋。盌內附有金勺。河北平山中山王墓出土一批金銀器，如銀俑燈、銀雙翼獸等，都很精美。這時銅器上金銀錯和紅銅錯的工藝都很流行，而且很精細。同時使用「汞齊」的鎏金工藝，也有很大發展。如山東曲阜出土的鎏金長臂猿、浙江紹興出土的鎏金嵌玉扣飾等。這時水銀不僅用於鎏金銀工藝，還放置墓中用於防腐，用途較廣，因而用丹砂煉製水銀的工業興起，有因此成為巨富的。當時流行一連串的玉飾，河南輝縣琉璃閣戰國墓中出土有兩組玉珮。傳為河南洛陽金村出土的金鏈玉珮以及銀俑、銀杯、銀盒，都有較高工藝水平。

琉璃質量的提高

琉璃是半透明的早期玻璃，近代稱為料器。我國很早就發明製作琉璃的技術。它的發明可能與當時發達的青銅冶煉技術有關。西周早中期墓中已發現琉璃管和琉璃珠，其外貌特徵和化學成分都和西方古代玻璃有較大差別。經過化驗，這是一種低溶點的含有鉛、鋇的玻璃，和西方的鈉鈣玻璃不同。這時琉璃質量已有顯著提高，大都用來代替珠和玉器作為裝飾品，有璧、瑗、環、珠和管，也還作劍首、劍珥和印璽。顏色有乳白、墨綠、淺綠、朱黃等，紋飾有雲紋、穀粒紋、弦紋或渦紋等。長沙楚墓中出土最多，其中「蜻蜓眼式」的琉璃珠，上有藍色和白色圓圈，或大小鄰接，或大小套合，和西亞、南亞發現的琉璃珠紋飾風格很相似。

遊樂「苑囿」建設的發展

君主建築「苑囿」作為遊樂場所，已有長久的歷史，戰國時代有了進一步的發展。各國君主既有供遊樂的「離宮」，又有規模較大的「苑囿」，此中既建有宮殿和台、觀，築有魚池，更栽培有園林，畜養著各種禽獸。如齊王既有離宮性質的雪宮，又有方四十里的苑囿。齊宣王曾接見孟子於雪宮，王曰：「賢者亦有此樂乎？」孟子在和齊宣王談論中又講到：「文王之囿方七十里，芻蕘者往焉，雉兔者往焉，與民同之。」「臣聞郊關之內有囿方四十里，殺其麋鹿者如殺人之罪」（孟子梁惠王下篇）。當時君主把「苑囿」開放給人民遊覽，是看作「德政」的。例如秦孝文王元年「赦罪人，修先王功臣，褒厚親戚，弛苑囿」（史記秦本紀）。所謂「弛苑囿」就是開放苑囿。

當時各國君主的「苑囿」，大都建築在君主居住宮城的旁邊，也還有建築在別的地方的。例如魏王既有梁囿建築在國都大梁宮城西北，又有溫囿建築在溫（今河南省溫縣西）。公元前二九三年秦大敗韓、魏聯軍於伊闕（今河南省洛陽市南龍門），西周君到魏求救，回來時，「見梁囿而樂之」，隨從的綦毋恢向西周君說：「溫囿不下此，而又近，臣能爲君取之。」後來經綦毋恢的遊說，魏王就派人把溫囿送給了西周君（戰國策西周策）。梁囿中建有高台叫文台，建有宮殿叫垂都。從公元前二八三年以後，秦七次圍攻魏都大梁，五次攻入了梁囿，「文台墮，垂都焚，林木伐，麋鹿盡，而國（指國都大梁）以圍」（戰國策魏策三、史記魏世家）。一九五一年河南省輝縣趙固鎮魏墓出土的銅鑑，腹部所刻宴樂射獵圖，所描寫的就是遊樂於苑囿的情景。以一座宮殿爲中心，上層正在鼓瑟投壺，下層有姬妾侍奉。左邊掛著編磬，二個女樂正且擊且舞，磬後有習射之圃，磬前有洗馬之池。右邊掛著編鐘，二個女樂正載歌載舞。側面有鼎豆羅列，烹飪魚肉，隔牆樹林中有鶴奔走，三人正彎弓射獵，旁邊池沼中有二人正盪舟其中。

春秋時楚靈王所建章華台，當是一個高大的「苑囿」中的建築群。戰國後期楚頃襄王遷都於陳，又重建了章華台（太平寰宇記卷一〇引春秋後語）。戰國時韓國有鴻台之宮、桑林之苑（戰國策韓策一），當是韓王的苑囿。在今河北省邯鄲市中華路人民公園內有叢台，原爲戰國所建，西漢初年爲趙王宮內遊樂之處（漢書高后紀高后元年），顏師古漢書注說：「連聚非一，故名叢台，蓋本六國時趙王故台也。」今遺基尚在，高達二十六米，當即趙王的苑囿所在（參看拙作中國古代都城制度研究上編第七章第五節）。

六、史書的編著和史學的發展

史官的歷史記載

遠在商周時代，史官原是當時天子和諸侯的秘書性質，所有政治上的重要文件，都是由史官起草、書寫和管理的。有關農業生產的時令和曆法，也是由史官制訂和掌管的。按年按月的國家大事，又是由史官記錄的。史官也還要參與宗教儀式性質的典禮。因此，史官不但是當時的歷史學家，而且是天文學家和宗教家。

在儒家把春秋這類史書用作教材以前，史書從來就是貴族的教科書。晉悼公因爲聽司馬侯說叔向「習於春秋」，懂得「德義」，能夠「以其善行以爲惡戒」，便把叔向召來「使傅太子彪」（國語晉語七）。當楚莊王「使士亹傅太子箴」的時候，士亹去向楚大夫申叔時請教，申叔時對答說：「教之春秋，而爲之聳善而抑惡焉，以戒勸其心；教之世，而爲之昭明德而廢幽昏焉，以休懼其動；教之詩，而爲之導廣顯德，以耀明其志；教之禮，使知上下之則；教之樂，以疏其穢而鎮其浮；教之令，使訪物官；教之語，使明其德，而知先王之務，用明德於民也；教之故志，使知廢興者而戒懼焉；教之訓典，使知族類，行比義（儀）焉。」（國語楚語上）在這裏，教育太子的教科書中，春秋居首要地位，其他如記錄貴族宗譜的世，記述貴族言論的語，記載國家興亡的故志，輯錄重要歷史文件的訓典（即尚書的主要內容），和詩、禮、樂、令一樣，都成爲太子必讀之書。貴族把歷史書作爲重要教科書，目的就在於從歷史上吸取經驗教訓，作爲他們進行統治的借鑑。

史書的記載，特別是春秋的記載，是爲了從中吸取統治的經驗和教訓的，因此史官在記載歷史時，無論內容和措辭，都必須著重於「勸戒」，於是有所謂「春秋筆法」，所謂「春秋之稱，微而顯，志而晦，婉而成章，盡而不污，懲惡而勸善」（左傳成公十四年）。為了達到「勸戒」的目的，除了講究措辭以外，還要稱引當時貴族中知名人士的評論，也還要用「君子曰」來加以評論。現存的春秋史書左傳和國語，都有「君子曰」的評論。此後歷代史學家，往往沿用這一體例來評論歷史事件和歷史人物。

戰國時代各國沿用過去的制度，都說有史官記載史事。「御史」作為國君的侍從官，常常隨從國君參與對內、對外的政治活動，並隨時在旁從事記錄。例如秦、趙澠池之會，雙方都曾命其御史記錄。有些大臣也設有侍史從旁記錄。例如，「孟嘗君待客坐語，而屏風後常有侍史，主記君所與客語」（史記孟嘗君列傳）。當時各國都設有太史，作為史官之長，主管歷史記錄。晉代汲縣魏墓中發現的竹書紀年，就是出於魏國史官的記錄。司馬遷曾根據秦記編制六國年表，據他說「秦記又不載日月，其文略不具」，又說「余於是因秦記，踵春秋之後，起周元王，表六國時事」（史記六國年表序）。這部秦記也是出於秦國史官的記錄。六國年表所記事跡，有許多不見於史記別篇的記載，正因為司馬遷採錄了秦記的原文（詳孫德謙太史公書義法綜觀篇）。這種歷史記載是編年體的，只按年記載大事，極其簡括。

當時歷史記載，除了編年體的大事記以外，還有記事體一種，記述每個歷史事件比較詳細，既有具體情節，也還穿插有生動語言。墨子明鬼下篇所引的周、燕、宋、齊四國春秋，講鬼神故事的便屬於這一種。也有著重記錄貴族言論的，叫做語。也還有記錄貴族宗譜的，叫做世或世系，所謂「工史書世，宗祝書昭穆」（國語魯語上）。

春秋時代有一種瞎眼的貴族知識分子，博聞強記，熟悉歷史故事，又能奏樂，善於傳誦歷史或歌唱史詩，稱為瞽史，也稱瞽矇㉓。他們世代相傳，反覆傳誦，不斷加工，積累了豐富的史實內容，發展成生動的文學作品。左傳原稱左氏春秋，司馬遷以為左丘明所著。左丘明是孔子同時人，孔子曾稱許他評論人物的觀點。他之所以名明，據說是由於他的「失明」、「無目」（史記太史公自序、司馬遷報任安書）。徐中舒認為左丘明是當時很有修養的瞽史，左傳最初即出於他的傳誦，後來筆錄下來，經子夏門下講習，由子夏再傳弟子搜集文獻，編寫成書㉔。把左傳看作最初出於左丘明的傳誦，只是一種推測。左傳最後講到晉國智伯被滅，事在公元前四五三年，距孔子之死已有二十六年，與孔子同時的左丘明，不可能傳誦及此，看來左傳不可能全出左丘明的口傳。但是，像墨子所引四國春秋那樣記事體的春秋，該即出於各國瞽史所傳誦，左傳作者就是依據各國瞽史所傳誦的各國春秋加以整理編輯而成，用以作爲魯春秋的一種「傳」的。

春秋時代歷史書的編著

現存的春秋，原是魯國史官所編的編年體的大事記，以孔子爲首的儒家沿襲過去貴族的教育制度，以春秋爲教材，從中吸取統治的經驗和教訓，孔子死後，弟子子夏居西河教授，並爲魏文侯之師（史記孔子弟子列傳），而且教授魏文侯「經藝」（魏世家）。子夏所教授的「經藝」，春秋是此中重要的一經。子夏說：「春秋之記臣殺君、子殺父者，以十數矣，皆非一日之積也，有漸而以至矣。」因此從中得出教訓是：「善恃勢者，蚤（早）絕奸之萌。」（韓非子外儲說右上篇）相傳因爲「子夏傳公羊高」（徐彥公羊傳疏載戴弘說）於是有公羊傳，又因「子夏傳穀梁赤」（應劭風俗通義）於是有穀梁傳，但是公羊和穀梁都只是口說流傳，要到漢代才寫定成書。只有左傳在戰國初期已有成書，而且著重記述史事始末，前後貫通一致，成爲一部有系統的歷史著作，與公羊、穀梁二傳著重於解釋春秋字句不同。左傳也有解釋春秋經文的話，但很少而是必要的。

劉向別錄說：左傳是「左丘明傳曾申，申傳吳起，起傳其子期，期授楚人鐸椒，鐸椒作抄撮八卷，授虞卿」（左傳杜預序、孔穎達疏引）。司馬遷又說：「鐸椒爲楚威王傅，爲王不能盡觀春秋，採取成敗，卒四十章，爲鐸氏微」（十二諸侯年表序）。所謂春秋即是左氏春秋，亦即左傳。可知鐸椒因爲左傳篇幅太多，楚威王不能盡觀，因而從大事的成敗著眼，節抄左傳原文，編成八卷，共四十章。據此可知楚威王以前左傳早有成書。鐸椒的左傳既然傳自吳起之子期，期又傳自吳起，吳起當已有左傳。姚鼐據此以爲「左氏書非出於一人，累有附益，而由吳起之徒爲之者蓋尤多」，「吳起始仕魏，卒仕楚，故傳言晉、楚事尤詳，而爲三晉之祖，多諱其惡而溢稱其美，又善於論兵謀，其書於魏氏事造飾尤多」（左傳補注序）。章炳麟又因吳起衛國左氏（今山東省定陶縣西）人，以爲「左氏春秋者固以左氏名，或亦因吳起傳其學」（春秋左傳讀）。所有這些見解，都是推測之說，並無確證。我們認爲左傳一書大概是戰國初期魏國一些儒家學者依據各國瞽史所編著的春秋，如墨子所引的四國春秋，加以整理按年編輯而成，用以作爲魯春秋的「傳」的。

正因爲左傳是採取各國史書編成，它所敍述的各國史事格局各不相同，「晉則每出一師，具列將佐；宋則每因興廢，各舉六卿」㉕。同時書中曆法主要用「周正」以外，記載晉國史事常用「夏正」㉖。由於受搜集到的史料的限制，這部名爲解釋春秋經的書，有些地方傳和經不相符合，經自經而傳自傳㉗。同時由於編輯工作不夠細緻，有些地方把一件事誤分爲兩件事，分載在兩年中㉘。我們前面談過，當時史官所編的春秋有兩種體例，一種是編年體的，記事簡要；另一種是記事體的，記述歷史掌故，出於各國瞽史的傳誦，就是墨子所見到的百國春秋（隋書李德林傳載李德林答魏收書引墨子），也就是墨子明鬼下篇所引的周、燕、宋、齊等國的春秋。左傳作者就是把百國春秋按年編輯起來，用來解釋記事簡要的編年體春秋，這樣就使我們得到了比較豐富的春秋史料，這是左傳作者對歷史學的重大貢獻。

我們以春秋三傳略作比較，就可以看到左傳一書之可貴。公羊、穀梁二傳大多是解釋春秋字句的空論，很少有價值的史料，既不能由此了解春秋時代歷史的實際，更無從由此取得什麼歷史的經驗和教訓，我們今天能夠了解春秋時代歷史主要靠左傳這部書。要彙集春秋時代二百四十多年各國紀事體的史料，加以整理考訂，按年編輯而寫定，用以解釋春秋每年的大事記，使前後貫通而系統化，這是一件很繁重而費時的工作，當戰國初期要完成這樣的工作很不容易。看來這與當時魏文侯推崇儒家、講究「經藝」有關。魏文侯推崇子夏爲師，極力尊敬儒家學者段干木、田子方等人，並親自從子夏學習「經藝」。把春秋等書稱之爲「經」，就是從此開始的。子夏所講「經藝」就是「傳」，大多是口説流傳，公羊、穀梁就從此長期口説流傳，直到漢代才寫定成書。公羊、穀梁二傳既都出於子夏弟子的傳授，左傳一書也該出於子夏弟子所編著。漢書藝文志説：「末世口説流行，故有公羊、穀梁、鄒、夾之傳。」春秋的傳，除左氏外，其他都是口説流傳，可知作爲經的傳，口説流傳是常規，寫定成書是特例。左傳雖是春秋經的傳，但是彙編各國紀事體的史書而成，不可能口説流傳，惟有寫定成書才行。

當戰國初期，西河爲一時儒家之學的中心，不但子夏在此教授，曾參也在此教授。子夏晚年喪子又喪明，曾參往弔，曾説：「吾與女（汝）事夫子（指孔子）於洙泗之間，退而老於西河之上，使西河之民疑女（汝）於夫子。」（禮記檀弓上篇）曾參死時，弟子樂正子春與曾參之子曾元、曾申同侍。吳起從曾申學春秋亦當在西河。史記儒林傳稱：「田子方、段干木、吳起、禽滑釐之屬，皆受業於子夏之倫，爲王者師，是時獨魏文侯好學。」春秋繁露俞序篇講到春秋之義有曾子。看來曾參父子也曾在西河講授春秋之義。由於魏文侯的好學，子夏爲王者師，春秋之義成爲重要的改革政治的理論，不僅從此有公羊、穀梁二傳的口説流傳，而且在這樣的氣候中，左傳一書也已編著完成；當吳起從曾申學習春秋時，左傳已有流傳了。

戰國時代學者編輯春秋時代的歷史書，目的在於分析過去統治者的成敗得失，用來作爲當時統治者的借鑑。鐸椒因爲左傳篇幅太多，節抄左傳原文，編成八卷，後來「虞卿上採春秋，下觀近世，亦著八篇，爲虞氏春秋」（史記十二諸侯年表序）。八篇是節義、稱號、揣摩、政謀等（史記虞卿列傳）。所謂「上採春秋，下觀近世」，就是要使得春秋適應「近世」政治上的需要，而把史事分門別類地加以輯錄。司馬遷又説：「及如荀卿、孟子、公孫固、韓非之徒，各往往捃摭春秋之文以著書。」（史記十二諸侯年表序）公孫固是個儒家，漢書藝文志儒家類有公孫固一篇，共十八章，班固自注說：「齊閔王失國，問之，固因陳古今成敗也。」由此可知，公孫固是由於齊湣王向他請教，爲了「陳古今成敗」，採集春秋史事編成十八章書的，其性質和鐸氏微、虞氏春秋基本上相同㉙。

國語也相傳爲左丘明所著。國語的內容和左傳不同。國語偏重於記載當時貴族的言論，很明顯，這就是楚大夫申叔時所說語一類的歷史書。當是戰國學者匯編春秋時代各國的語而成，如同左傳匯編百國春秋一樣。這書所輯各國的語的內容，是各不相同的。清代姚鼐曾指出這點說：「其略載一國事者，周魯晉楚而已；若齊鄭吳越，首尾一事，其體又異。輯國語者隨所得繁簡收之。」（惜抱軒文集卷五辨鄭語）其中晉語篇幅最多，其次是周語、魯語和楚語。齊語只記齊桓公的霸業，鄭語只記鄭桓公與史伯的對話，反映了西周末年「王室將卑」的情況，吳語只記吳王夫差伐越以至吳的滅亡，越語只記越王句踐滅吳。國語共一百九十六條記載，同於左傳的有一百零四條，左傳詳於記事，而國語詳於記言。就這書各國的語的文體來看，也各不相同。崔述指出這點說：「國語周魯多平衍，晉楚多尖穎，吳越多恣放，即國語亦非一人之所爲也。」（洙泗考信錄餘錄）。國語的編輯對歷史學也有貢獻，它爲我們保存了不少春秋史料。

穆天子傳的編著

穆天子傳原稱周王遊行記，共五卷，並附有周穆王美人盛姬死事一卷。西晉初年汲縣魏墓出土一批竹簡，由整理者編輯而成。同時出土有竹書紀年等書都已失傳，今能完整保存者惟有此書，是很值得珍視的。竹書紀年記事到魏襄王二十年（公元前二九九年）爲止，此書的著作年代當在魏襄王二十年以前。此書記述周穆王西遊，從成周（今河南洛陽，穆天子傳稱爲宗周）啟程，渡黃河北上，經太行山西行，經漳水和鈃山（今河北省井陘縣東南），又經隃之關隥（即今雁門山）而行，到達河宗氏（今內蒙古河套一帶），從此由河宗氏首領作引導，長途西行，直到崑崙山（即今甘肅的祁連山）。古時傳說崑崙山是黃河發源地，再西行到西王母之邦及其北方一帶，行程有一萬三千多里。與穆天子傳同時在魏墓出土的竹書紀年，記載有周穆王十七年「西征崑崙丘，見西王母」，並記到「北唐之君來見以一驪馬，是生綠耳」。「綠耳」是載送周穆王西遊的八駿之一。史記秦本紀和趙世家又講到秦、趙的祖先造父駕駛驥、溫驪、驊騮、騄耳等四駿，載送周穆王「西巡狩，見西王母」。可知周穆王的長途西行，是由河宗氏和趙氏的首領引導護送的。

河宗氏原是貉族，是黃河上游的一支遊牧部族，自稱爲河伯之神的後裔，到戰國初期還存在，直到趙武靈王攻略胡地，才占有其地而被兼併。他們的祖先柏夭有這樣引導周穆王長途西遊的光榮歷史，長期口說流傳。當戰國初期，魏國不僅是儒家之學的中心，一時講學和著作的風氣很盛，魏史官既有編年史的編輯修訂，就是後來魏墓出土的竹書紀年，看來同時還曾採訪河宗氏部族所講祖先柏夭引導周穆王西遊的傳說，就寫成了這部穆天子傳，並且把此事編入了竹書紀年。

黃河與中原人民生活息息相關，神靈的河源傳說由來已久，想有作爲的君王當然要關心追尋以及遊覽的，秦惠文王更元五年（公元前三二〇年），就是稱王之後五年，「王北遊戎地至河上」（史記六國年表）。所謂「戎地」，當即包括河宗氏所「遊居」之地在內。周穆王的西遊黃河之源崑崙一帶，也該和秦惠文王一樣，是要經歷「戎地」的，要經歷「戎地」就非有戎翟部族的首領引導和護送不可，原來長期「遊居」於黃河上游的河宗氏首領是最合適的。

正因爲穆天子傳出於河宗氏長期口說流傳的祖先傳說，此中述及的許多人物都是真實的。例如此中講到天子南還釿山，就命令毛班「先至於周，以待天子之命」。這個毛班不見於其他古書記載，卻見於周穆王時的班簋銘文。班簋銘文記載「王命毛伯更（賡）虢城公服」，接著「王令毛公以邦冢君……伐東國痟戎」。毛班原爲伯爵，因接替虢城公的職位，官升了級，爵位也由「伯」而升爲「公」，穆天子傳卷五就稱毛班爲毛公。穆天子傳這樣和班簋銘文相符合，足見其眞實性。史記周本紀稱周的開國之君叫古公亶父，而且連續地稱之爲古公，崔述豐鎬考信錄認爲這是由於司馬遷誤解詩經大雅「古公亶父」這句話。「古公亶父」猶如說「昔公亶父」，「公亶父」這種名稱猶如「公劉」、「公季」，「周自公季以前未有號爲某公者，何以大王獨有號？」應稱大王亶父爲是。穆天子傳講到「大王亶父之始作西土，封其元子吳（虞）太伯於東吳（虞）」，正作大王亶父，可據以訂正史記之誤。這也可見穆天子傳所記大事的眞實性。

但是必須指出，穆天子傳出於戰國初期河宗氏的祖先傳說。河宗氏自稱是河伯之神的後裔，當然所講經歷作爲河源的崑崙山一帶，是充滿著神話傳說色彩的，而且不免要把戰國初期流行的神話傳說混入進去。穆天子傳講到天子來到河宗氏所在地，先舉行「沈璧」和「沈牛馬豕羊」的祭禮，接著河宗柏夭就自稱奉上帝之命呼號，說要周穆王到崑崙之丘去參觀種種寶器，接著就讓天子「披圖視典」。「圖」即「河圖」，「典」即「河典」，用作西遊的嚮導的。等到「伯夭既致河典，乃乘黃之乘，爲天子先，以極西土」。於是「天子西濟於河，□爰有溫谷樂都，河宗氏之所遊居」。原來這一帶是河宗氏經常「遊居」的地方，由河宗氏帶路是最合適的。在神話中，崑崙山是上帝的下都，穆天子傳說有「黃帝之宮」，這已是戰國時代演變的傳說。神話中崑崙具有天梯性質，頂上有「懸圃」是空中花園，穆天子傳對此有一段描寫，說「春山是唯天下之高山，孳木華（花）不畏雪」，「春山之澤，溝水出泉，溫和無風，飛鳥百獸之所飲食，先王所謂縣圃」。天子在那裏取得了「孳木華之實」，要帶回播種，天子又在那裏取得「玉榮」（玉的精華），並爲「銘跡於縣圃之上」，見西王母也是西行的目的之一，穆天子傳對此也有描寫。

權變和遊說故事的編輯

戰國時代遊說的風氣很盛。各派學者爲了爭取國君的信任和重用，都要通過遊說。儒家固然要周遊列國，遊說諸侯，墨家、法家、名家、陰陽家也都要遊說國君，爭取得到國君的有力支持。要爭取一國國君的信任和重用，不但要說服國君，而且要駁倒反對派。韓非著有說難篇，專述進說國君的困難，並分析了進說成功或失敗的原因。要在外事活動中，進行爭取與國和孤立敵國的鬥爭，需要通過遊說和爭論。戰國中期以後，在齊、秦兩大國東西對峙的鬥爭形勢下，合縱、連橫的計謀策略得……因而有講究合縱、連橫的縱橫家產生。縱橫家著重講究遊說。因爲講究遊說，就有人按照當時政治鬥……把歷史上的權變故事和遊說故事，以及說客遊說君主的書信和遊說辭匯編起來，編成各種冊子以供……西漢末年劉向編輯戰國策時，他從皇室的書庫裏發現有記錄戰國權變故事和遊說辭的各種不同冊……名稱：國策、國事、短長、事語、長書、修書。有以國別分類編輯的，有按事跡分類編輯的。所……是短長書的簡稱，「短長」就是指計謀策略的短長。司馬遷所謂「謀詐用而從（縱）衡（橫）短……記六國年表序）。

當時也已有專門輯錄一個著名縱橫家的言行的書。漢書藝文志縱橫家類，就著錄有蘇子三十一……該十篇，龐煖二篇，闕子一篇和國筮子十七篇。張儀和蘇秦是戰國縱橫家的代表人物，他們的行動和遊……被作爲學習模仿的榜樣。特別是戰國末年，由秦國來完成統一的趨勢已經形成，東方六國常常圖謀合縱……秦國，以挽救自己的滅亡，龐煖所發動的合縱攻秦事件，就具有這樣的性質。因此蘇秦就成爲東方六國縱橫家著重學習模仿的榜樣，有關他的遊說故事和遊說辭風行一時。漢書藝文志縱橫家類把蘇子放在首位，篇數最多，不是偶然的。在今本戰國策中，有關蘇秦的資料，其數量也大大超過其他縱橫家。長沙馬王堆漢墓出土帛書戰國縱橫家書，也是戰國末年有關戰國權變和遊說故事的一種匯編，共二十七章，可分三組，第一組十四章該即出於原始的一種蘇子。

縱橫家講究「揣摩」，史記蘇秦列傳說蘇秦「得周書陰符，伏而讀之。期年，以出揣摩」。集解說：

「鬼谷子有揣摩篇」，索隱引王劭說：「揣情摩意，是鬼谷子之二章名，非爲一篇也。」鬼谷子一書出於後人僞造，但是揣情摩意確是縱橫家十分注意的。所有這些戰國權變和遊說故事的匯編，原是遊說之士的學習資料，或者是練習遊說用的腳本，對於有關歷史事件的具體經過往往交代不清，有的只約略敘述到遊說經過和遊說的結果。其中有些編者著重於吸取歷史的經驗教訓的，就比較能夠注意歷史的真實性。如果編輯起來只是用作練習遊說的腳本的，就不免誇張失實，甚至假託虛構。正因爲蘇秦和張儀是縱橫家學習模仿的榜樣，他們的遊說辭是練習遊說用的主要腳本，其中就有許多是後人假託他們名義編造出來的，不但誇張虛構，而且年代錯亂，矛盾百出。今本戰國策中，既有和帛書戰國縱橫家書相合的比較原始的蘇秦資料，也有後人僞造虛構的東西，可以說真僞參半。而史記蘇秦列傳所輯錄的，幾乎全是後人杜撰的長篇遊說辭。因爲司馬遷誤信這些遊說辭爲真，誤認爲蘇秦是和張儀同時對立的人物，反而把有關蘇秦的原始資料拋棄了，或者把這些資料中的「蘇秦」改成「蘇代」或「蘇厲」，造成了混亂。史記張儀列傳和今本戰國策所載張篇遊說辭，同樣是不可信的。

除了縱橫家以外，法家也搜集編輯歷史上的權變故事，韓非子中有說林上下篇，內儲說上下非左上、左下、右上、右下四篇以及十過等篇，都是韓非搜集的春秋戰國時代權變故事的匯總繫大「廣說諸事，其多若林」的意思，「內儲說」和「外儲說」是分內外兩個方面積儲起來比較，就可以把這些歷史故事分類匯編起來，用來證明他的政治主張的正確。內儲說、外儲說和十六節，與戰國策相綱，分敘條目，然後列舉歷史故事來加以論證的。我們將韓非子中這類故事，同發現許多故事的內容是相同的，或者是大同小異的。以說林上篇爲例，其中戰同的就有九節之多。所有這些戰國權變故事，是後世研究戰國歷史的重要資

七、古文獻的整理

詩經和尚書的編輯和流傳

春秋戰國時代所說的詩，是指自古流傳下來的詩歌，大部分可以同音樂和舞蹈配合起來歌唱的。其中有貴族的宗教性頌詩，如周頌魯頌之類；也有貴族宴饗時歌唱的詩，如大雅小雅之類；多數是反映社會生活的詩歌，如國風之類。春秋時代貴族常常在宴會中賦詩，在交際應對中，引用詩句，往往斷章取義，藉以表達自己的意思。後來儒家也還把詩作爲學習的重要內容，同時作爲宣傳教育的重要手段。「三百五篇，孔子皆弦歌之」（史記孔子世家）。據孔子自己說：「詩，可以興，可以觀，可以群，可以怨；邇之事父，遠之事君；多識於鳥獸草木之名。」（論語陽貨篇）墨子也說：儒者「誦詩三百，弦詩三百，歌詩三百，舞詩三百」（墨子公孟篇）；還說儒者「弦歌鼓舞以聚徒」，「務趨翔之節以觀眾」（墨子非儒篇）。流傳到現在的詩經，司馬遷說是孔子從「詩三千餘篇」中「去其重」而編成的，不免誇大；但是，這部詩經出於儒家的整理和編輯，該是事實。我們查考墨子書中引詩十則，不見於今本詩經的有四則之多，和今本次序不同的有三則，字句不同的有二則，大致相同的只有一則，可知當時墨家所讀的詩不同於今本詩經，今本詩經當出於儒家整理編輯。詩經是西周時期和春秋前期的詩歌總集，它標誌著我國文學的光輝起點。

當時所說的書，是指自古流傳下來的歷史文獻。流傳到現在的尚書，出於西漢初年儒家伏生所傳授。司馬遷說是出於孔子的「編次」，看來不可信。因爲其中就收有戰國時代的著作堯典和禹貢等篇。但是它出於戰國時代儒家所編輯，該是事實。我們查考墨子書中引書二十九則，連篇名、文字都不見於今本尚書的有十四則之多，篇名、文字和今本尚書不同的一則，文字不見今本尚書的六則，引泰誓而不見今本的三則，與今本有出入者二則。說明墨家所讀的尚書和儒家大不相同。墨子所引的尚書，主要是有關禹、啟、湯、仲虺、周武王等人的文獻；而今本尚書二十八篇中，周書要占一半，大多是西周初年的文獻，其中有十篇記載著周公的長篇大論，主要宣揚的是文、武、周公之道，應該出於儒家編選的結果。

墨家引用詩書，用作他們的理論依據；儒家編輯詩經尚書，同樣是為了用作他們的理論依據，同時還用作他們聚徒講學的教材。

禮書的編輯

儒家主張禮治，禮書都出於儒家所編輯，主要有禮儀和周禮兩書。

儀禮十七篇，是貴族所用各種主要禮節儀式的匯編，經過儒家的整理編輯，全書有嚴密的條例（詳清代凌廷堪禮經釋例）。其中主要是士一級貴族應用的禮節，所以又稱士禮。這書有人認為是周公制作（如梁崔靈恩、唐陸德明、孔穎達、賈公彥等），有人認為是孔子訂定的（如清代邵懿辰、皮錫瑞等），有人認為「作於戰國之世」（崔述讀風偶識卷二）。成書當在戰國初期到中葉。「禮」原是貴族用來鞏固貴族內部組織和統治人民的一種手段，目的在於維護貴族的宗法制度和君權、族權、夫權、神權，從而鞏固統治的。當時經濟和政治上的典章制度，往往貫串在各種禮儀的舉行中，依靠禮儀的舉行來加以確立和維護的。荀子的禮論篇，就是闡明這個道理的。詳見拙作籍禮新探、冠禮新探、大蒐禮新探、鄉飲酒禮與饗禮新探、射禮新探、贄見禮新探等文（收入拙著古史新探，一九六五年北京中華書局出版）。

周禮是儒家編著的一部理想化的政典，分述各級官職及其相關的典章制度。漢代劉歆認為它是「周公致太平之跡」，何休又「以為六國陰謀之書」（周禮賈公彥疏）。清代康有為等人認為出於劉歆偽造。實際上是戰國時代儒家的著作㉛。這書是以西周、春秋的制度爲基礎，經過整齊劃一，加以系統化和理想化而編成的，因此內容複雜，但是其中還是保存了不少有價值的古代史料。我們把這部書中的史料和其他可靠史料結合起來研究，從探索各種典章制度的起源和流變中，分析出那些是比較古老的制度，那些是起了變化的制度，那些是以後攙入的系統化和理想化成分，這樣就有助於我們對於古代歷史的研究。

---

① 顏氏家訓書證：「開皇二年五月長安民掘得秦時鐵秤權，旁有銅塗鐫銘兩所，……其書兼爲古隸。」

② 宋代朱熹認爲「相，助也，舉重勸力之歌」（楚辭後語）。清代俞樾根據禮記曲禮篇鄭注「相，謂送杵聲」，也認爲「蓋古人於勞役之事必有歌謳，以相勸勉」，「其樂曲即謂之相」（諸子平議卷一五）。近人朱師轍認爲「相如鼓，可以手拍之」，「奏樂之時，先擊相，是相猶今鼓板，每大鼓書開唱之始，則先擊鼓，並拍板」。並列舉下列資料作證：禮記樂記：「治亂以相。」鄭注：「相即拊也，亦以節樂。拊者以韋爲表，裝之以糠，糠一名相，因以名焉。今齊人或謂糠爲相。」釋名釋樂器：「搏，拊也。以韋盛糠，形如鼓，以手拊拍也。」應劭風俗通義：「相，拊也。所有輔相於樂。奏樂之時，先擊相。」這個說法，見朱師轍答杜國庠論成相篇很像鳳陽花鼓詞書，收入杜國庠先秦諸子的若干研究，一九五五年三聯書店出版。

③ 史記司馬相如列傳索隱引應劭曰：「伊尹書云：箕山之東，青鳥之所，有盧橘夏熟。」伊尹書當即小說家的伊尹說。呂氏春秋本味篇記述伊尹「說湯以至味」，也講到「箕山之東，青鳥之所，有甘櫨焉」。可證本味篇即採自伊尹說。

④ 顧頡剛史林雜識初編五四宋鈃書人小說家。

⑤ 郭沫若關於晚周帛畫的考察（人民文學一九五三年十一月號），認爲一隻腳的龍樣動物是古代神話中一足的夔，是惡的神怪物，象徵死亡；而鳳鳥在古代神話中象徵生命，畫中鳳鳥表現戰勝者的神態，夔則在絕望地拖垂著，這是善靈戰勝了惡靈，生命戰勝了死亡，而婦女站在鳳鳥一邊，正禱祝著生命的勝利。孫作雲長沙戰國時代楚墓出土帛畫考（一九六〇年五月出版開封師院學報）不同意郭說，認爲一隻腳的龍樣動物是古代神話中的龍，古代青銅器圖案花紋中的龍都描寫側面，只畫一隻腳。並認爲這是一幅龍鳳引魂升天的畫。從後來楚墓出土男子御龍圖看來，當以孫說爲是。

⑥ 湖南省博物館新發現的長沙戰國楚墓帛畫，載文物一九七三年第七期。蕭兵引魂之舟：戰國楚帛畫與楚辭神話（收入馬昌儀中國神話學文論選萃）對此有詳細探討，認爲龍有獨足是夔龍，我認爲這有腳的龍當爲蛟龍，並非龍舟，就是離騷所說：「麾蛟龍使梁津兮，詔西皇使涉予。」

⑦ 參看顧頡剛史林雜識初編四六風、雅、頌之別。

⑧ 李純一關於歌鐘行鐘及蔡侯編鐘，載文物一九七三年第七期。

⑨ 戰國策秦策三載范睢對秦昭王說：「以秦卒之勇，車騎之多，以當諸侯，譬若馳韓盧而逐蹇兔也。」韓盧是當時出名的獵狗品種，也稱韓氏之盧。又說苑善說篇載賓客對孟嘗君說：「臣聞周氏之嚳，韓氏之盧，天下疾狗也。」周氏之嚳當是周氏培養出的名狗品種，韓氏之盧當是韓氏培養出的名狗品種。同時也已培養出來快跑的兔的品種，例如淳于髡講故事說：「韓子盧者，天下之疾犬也。東郭逡者，海內之狡兔也。韓子盧逐東郭逡，環山者三，騰山者五，兔極於前，犬廢於後，犬兔俱罷，各死其處」（戰國策齊策三）。韓子盧就是韓氏之盧，東郭逡當是東郭氏培養出來的快跑的兔的品種。

⑩ 楚辭招魂說：「菎蔽象棋，有六簙些。分曹並行，遒相迫些。成梟而牟，呼五白些。」「分曹並行」是說兩人對著而進棋，「相迫」是說行棋相逼迫，「成梟而牟」是說殺梟爲勝，「呼五白」是說呼喝擲得「五」、「白」的采。戰國策秦策三載應侯對秦昭王說：「恆思有悍少年，請與叢（神叢）博，……乃左手爲叢投，右手自爲投，勝叢。」說明兩人對博，必須先投骰子擲采。戰國策楚策三載唐且見春申君說：「夫梟之所以能爲者，以散棋佐之也。夫一梟之不能勝五散亦明矣。」韓非子外儲說左下篇載匡倩對齊宣王說：「博者貴梟，勝者必殺梟，殺梟是殺所貴也。」史記魏世家載蘇代對魏安釐王說：「王獨不見夫博之所以貴梟者，便則食，不便則止矣。」詳見拙作六博考，刊於文物周刊第七十期（上海中央日報一九四八年一月）。

⑪ 左傳襄公二十五年載：衛大夫寧喜允許幫助出奔齊國的衛獻公回國復位。大叔文子就說：「今寧子視君不如弈棋，其何以免乎？弈者舉棋不定，不勝其耦，而況置君而弗定乎？必不免矣。」

⑫ 班固弈旨說：「夫博懸於投，不在於行；優者有不遇，劣者有僥倖。雖有雌雄，不足以爲平也。至於弈則不然，高下相推，人有等級。」

⑬ 韓非子外儲說右上篇說：「夫教歌者，使先呼而詘之，其聲反清徵者，乃教之。」又說：「教歌者，先揆以法，疾呼中宮，徐呼中徵。疾不中宮，徐不中徵，不可謂（通『爲』）教。」

⑭ 傳說中夏代善射者逢蒙是從羿學得全副射的本領的，孟子離婁下篇說：「逢蒙學射於羿。」而蠭門是由於堅定不移地向甘蠅學習而善射的。呂氏春秋聽言篇說：「造父始習於大豆，蠭門始習於甘蠅。御大豆、射甘蠅而不徙，人以爲性者也，不徙之所以致遠追急也。」足見蠭門不同於夏代的逢蒙，是沿用了逢蒙的稱號。蠭門的年代不詳，當在造父之後，大體上是春秋戰國時人。

⑮ 韓非子外儲說左下篇有和國語晉語九相類似的記載，只是把少室周說成趙襄子的力士；和少室周角力的，一說是中牟徐子，又一說是牛子耕。韓非子已用「角力」的名稱。

⑯ 漢書哀帝紀贊說：「時覽卞、射、武戲。」顏注引蘇林曰：「卞，角力爲武戲也。」漢書甘延壽傳說：「試弁爲期門。」「弁」即「卞」。

⑰ 漢書藝文志顏注：「鞠，以韋爲之，實以物，蹴蹋之以爲戲也。蹴鞠，陳力之事，故附於兵法焉。」

⑱ 史記秦本紀說：「王與孟說舉鼎絕臏。」史記趙世家又說：「秦武王與孟說舉龍文赤鼎，絕臏而死。」沒有說秦武王在何處舉鼎。史記甘茂列傳說：「武王竟至周而卒於周。」孟子告子下篇正義引帝王世紀說：「秦武王於洛陽舉周鼎，烏獲兩目出血。」「烏獲」兩字當衍。琱玉集卷一二引帝王世紀說：「秦王與之舉鼎，兩目出（脫『血』字），絕臏而死。」可知秦武王於洛陽舉周鼎而死。

⑲ 孟子公孫丑上篇正義和琱玉集卷一二引帝王世紀，都沒有提到孟說，而說「齊孟賁之徒並歸焉」，「齊孟賁及任鄙、焉（通『烏』）獲之徒，皆往歸焉」；又說「孟賁能生拔牛角」。似乎孟說即孟賁。但是，從其他史料來看，孟說和孟賁當非一人，孟說是力士，而孟賁是勇士。例如史記范雎列傳記范雎說：「烏獲、任鄙之力焉而死，成荊孟賁王慶忌夏育之勇焉而死。」集解引許慎曰：「孟賁衛人。」韓非多處以孟賁和夏育並提，如說：「有烏獲之勁，而不得人助，不能自舉；有賁、育之強，而無法術，不能長生（當作『勝』）。」（韓非子觀行篇）又如說：「故能使用力者自極於權衡，而務至於任鄙，戰士出死，而願爲賁、育；用力者爲任鄙，戰如賁、育，……則君人者高枕而守已完矣。」（韓非子守道篇）韓非以孟賁、夏育的勇猛，和任鄙、烏獲的力氣大對比，又把孟賁、夏育作爲「戰士出死」的表率。

很明顯孟賁是個戰鬥的勇士，不是和任鄙、烏獲同樣的力士。淮南子主術篇也說：「勇服於孟賁。」群書治要引許注：「孟賁，衛人。」漢書淮南王傳「奮諸、賁之勇」，顏注引應劭也說：「衛孟賁也。」可見孟賁是衛人，與孟說之爲齊人不同。據此可知帝王世紀所說的「孟賁」當是「孟說」之誤。

⑳ 考工記說：「㡛氏湅絲，以涚水漚其絲。」鄭注：「故書涚作涗，鄭司農云：涗水，溫水也。玄謂涚水，以灰所泲水也。」考工記又說：「湅帛，以欄爲灰，渥淳其帛，實諸澤器，淫之以蜃。」欄，即楝。這是說用楝木的灰和蜃蛤的粉與水相和，用來練帛。

㉑ 見熊傳新長沙新發現的戰國絲織物，載文物一九七五年第二期。

㉒ 詳張緒球江陵馬磚一號墓出土戰國絲織品，載文物一九八二年第十期。張正明楚文化史第四章第二節，上海人民出版社一九八七年出版。

㉓ 國語楚語上說：「臨事有瞽史之導，宴居有師工之誦，史不失書，矇不失誦。」周禮春官瞽矇「掌誦詩，世奠系，鼓琴瑟」。又小史「掌邦國之志，奠系世」。注：「系世，謂帝系、世本之屬是也。小史主定之，瞽矇諷誦之。」

㉔ 徐中舒左傳的作者及其成書年代，載歷史教學一九六二年十一期。

㉕ 舊說左傳是春秋時人左丘明所著，不可信。唐代啖助說：「予觀左氏傳，自周晉齊宋楚鄭等國之事最詳，晉則每出一師，具列將佐，宋則每因興廢，各舉六卿。故知史策之文，每國各異，左氏得此數國之史以授門人，……後代學者乃演而通之，總而合之。」（陸淳春秋集傳纂例卷一三傳得失議引）這個說法是可信的。

㉖ 顧炎武日知錄卷四春秋闕疑之書：「左氏傳採列國之史而作者也。故所書晉事，自文公主盟政，交於中國，則以列國之史參之，而一從周正；自惠公以前則用夏正。」

㉗ 趙翼陔餘叢考卷二左傳所本條說：「一年之內，經自經，傳自傳，若各不相涉者，蓋亦因經所書之事，別無簡策可考以知其詳，故別摭他事以補此一年傳文也。」

㉘ 見陸淳春秋集傳辯疑卷一定公元年晉人執宋仲几於京師條，顧炎武日知錄卷四城成周、左氏不必盡信條、于鬯香草校書卷四一校左傳襄公十一年部分，崔適春秋復始卷三八誤析一事爲二事條。

㉙ 荀子強國篇引有「公孫子曰」一節，說楚國子發攻克蔡國後，回來向楚王報告完成任務的情況很謙恭，辭謝賞賜又很

堅決。「譏之曰：子發之致命也恭，其辭賞也固。」這節該是荀況從公孫固中轉引來的。羅焌諸子學述周秦諸子書目表說：「按與馬、班所說正合，其爲公孫固書無疑。」

㉚ 史記韓非列傳索隱說：「內儲言明君執術以制臣下，利之在己，故曰內也。外儲言明君觀聽臣下之言行，以斷其賞罰，賞罰在彼，故曰外也。儲畜二事，所謂明君也。說林者，廣說諸事，其多若林，故曰說林也。」

㉛ 郭沫若著周官質疑（收入金文叢考），以西周銅器銘文中的官制和周禮比較，證明周禮不是西周作品，應是戰國著作，「蓋趙人荀卿子之弟子所爲」。楊向奎著周禮的內容分析及其制作時代（載山東大學學報一九五四年第四期），從周禮中的社會經濟制度、政法制度和學術思想分析，認爲這是戰國時代齊國的作品。顧頡剛著周公制禮的傳說和周官一書的出現（載文史第六輯），從周禮中六鄉重視「頌法」、「讀法」和六遂重視「誅賞」以及力役賦稅負擔的加重，又推測這是出於齊國以及別國的法家。個人認爲戰國時代儒家的著作，是可能採用戰國的政法制度和賦役制度的，不一定出於法家之手。

附錄

一、戰國郡表

二、戰國封君表

三、戰國大事年表

附錄

一、戰國郡表

戰國時代，除齊國以外，各國爲了加強中央集權的統治，並出於攻守的需要，先後在邊地設郡。秦在統一六國過程中，又不斷在新開拓的地區設郡。當時各國設郡的情況比較複雜，爲便於了解起見，列爲簡表如下：

㈠魏國設置的郡

郡名	所在地	設置經過
河西郡	因在黃河之西得名。轄境相當於今陝西省華陰以北，黃龍以南，洛河以東，黃河以西地區。	魏文侯時設置。吳起曾爲西河守（史記匈奴列傳、吳起列傳）。

上郡	因方位得名。轄境相當於今陝西省洛河以東，黃梁河以北，東北到子長、延安一帶。	魏有西河上郡，「以與戎界邊」（史記匈奴列傳）。魏文侯時設置。李悝曾爲上地守（韓非子內儲說上篇）。
河東郡	因在黃河之東得名。轄境相當於今山西省沁水以西，霍山以南地區。	公元前三二八年後，秦逐步取得魏的上郡。魏爲了抗秦，又設河東郡。
方輿郡	因地名方輿得名。轄境相當於今山東省嘉祥以南金鄉等地，還包括今江蘇省豐縣一帶。	原爲宋地。齊破宋後，爲齊所占。公元前二八四年前，魏攻取其地設郡。楚人以弋進說楚頃襄王時提到（史記楚世家）。
大宋郡	因宋國得名。轄境相當於今河南省商丘及江蘇省碭山等地。	

(二)趙國設置的郡

郡名	所在地	設置經過
上黨郡	因上黨地區而得名。在今山西省和順、榆社等縣以南，南與韓的上黨郡相接。	原爲晉地，三家分晉後，趙、韓各占一部分，都曾在那裏設郡。趙的上黨郡有二十四縣（戰國策齊策二）。

雁門郡	因雁門山而得名。轄境相當於今山西省北部神池、五寨、寧武等縣以北到內蒙古一部分地區。	原爲樓煩地。趙武靈王破樓煩、林胡後設郡（史記匈奴列傳）。
雲中郡	因地名雲中得名。轄境相當今內蒙古大青山以南，黃河南岸及長城以北地區。	原爲林胡地。趙武靈王破樓煩、林胡後設郡（史記匈奴列傳）。
代　郡	因代國得名。轄境有今山西省東北部和河北省、內蒙古一部分地。	原爲代國地，爲趙襄子所攻滅。趙武靈王時設郡（史記匈奴列傳）。代郡有三十六縣（戰國策秦策一）。
安平郡	因城邑安平得名。安平在今河北省安平縣。	因與齊、燕、中山交界而設郡。上海博物館藏有六年安平守劍（商周青銅器銘文選第四冊）。六年爲趙武靈王六年（公元前三二〇年）。

㈢韓國設置的郡

郡名	所在地	設置經過
上黨郡	因上黨地區得名。在今山西省沁河以東一帶地區，北與趙的上黨郡相接。	原爲晉地，三家分晉後趙、韓各占一部分，都在那裏設郡。韓的上黨郡有十七縣（戰國策秦策一）。

三川郡	因有黃河、洛水、伊水三川而得名。轄境有今黃河以南，河南省靈寶以東，中牟以西及北汝河上游地區。	韓宣王時設郡。張登曾圖謀推薦費緤爲三川守（戰國策韓策三）。
上蔡郡	因地名上蔡得名。在今河南省上蔡縣一帶。	韓釐王時設郡。楚人以弋進説楚頃襄王，談到韓的上蔡郡（史記楚世家）。

㈣楚國設置的郡

郡名	所在地	設置經過
宛郡	因地名宛得名。以今河南省南陽市爲中心，東南到息縣。	楚悼王時設置。「吳起爲苑（宛）守，行縣，適息」（説苑指武篇）。
漢中郡	因漢水得名。轄境有今陝西省東南角，南到今湖北省西北角。	楚懷王時設置。丹陽之戰被秦奪取（史記楚世家）。
新城郡	因地名新城得名。轄境有今河南省伊川一帶。	原爲韓地，後爲楚所得，楚懷王曾以新城爲主郡（戰國策楚策一）。
江東郡	因地區名江東得名。轄境有今安徽省東南部，江蘇省南部及浙江省北部地區。	楚懷王滅越後，設郡。范蜎對楚王説：「故楚南塞厲門而郡江東。」（史記甘茂列傳）

黔中郡	因黔山得名。轄境有今湖南省西部及貴州省東北部。	楚威王時設郡（史記楚世家、戰國策楚策一）。
巫　郡	因巫山得名，轄境有今湖北省清江中、上游和四川省東部。	楚懷王時已設郡（史記楚世家、戰國策楚策一）。

(五)燕國設置的郡

郡名	所在地	設置經過
上谷郡	因在大山谷上邊而得名。轄境有今河北省張家口、小五台山以東，赤城、延慶以西及北京市昌平以北地。	秦開破東胡後設郡（史記匈奴列傳），趙奢曾爲上谷守（戰國策趙策四）。上谷有三十六縣（戰國策秦策一）。
漁陽郡	因在漁水之陽得名。轄境有今內蒙古赤峰以南，北京市通縣、懷柔以東及天津市以北地區。	秦開破東胡後設郡（史記匈奴列傳）。燕設漁陽、遼東等郡，可能是燕昭王、燕惠王時陸續設置的。
遼東郡	因在遼水以東得名。轄境有今遼寧省大凌河以東地區。	原爲東胡地，秦開破東胡後設郡。
遼西郡	因在遼水以西得名。轄境有今遼寧省大凌河以西，長城以南，河北省遷西以東地區。	設置經過同遼東郡。

右北平郡	因在北平右面而得名。轄境有今河北省承德、薊縣以東，遼寧省大凌河上游以南，六股河以西地區。	設置經過同遼東、遼西郡。

㈥秦國設置的郡

郡名	所在地	設置經過
上郡	轄境較魏的上郡爲大。有今陝西省黃河以西，黃陵宜川以北，內蒙古伊金霍洛旗烏審旗以東地區。	公元前三二八年魏被迫獻上郡十五縣給秦。公元前三一二年魏盡獻上郡給秦（史記秦本紀、魏世家）。秦於公元前三〇四年設置上郡，郡治膚施（水經河水注。膚施在今陝西省榆林縣東南）。
河東郡	轄境相當於魏的河東郡。	公元前二九〇年魏被迫獻河東地四百里給秦。秦沿設郡。郡治臨汾（今山西曲沃縣北）。江西遂川出土秦戈銘文有稱「臨汾守」的。
漢中郡	轄境較楚漢中郡爲大。有今陝西省秦嶺以南，湖北省鄖縣、保康以西，大巴山以北地區。	原爲巴蜀地，秦滅巴蜀後，公元前三一二年又加上部分新得楚漢中郡地，建爲漢中郡（史記秦本紀）。郡治南鄭（水經沔水注。南鄭今陝西省漢中市）。

巴郡	因巴國得名。轄境有今四川省閬中以東，巫縣以西，武隆、江安以北地。	原巴國地。公元前三一六年滅巴後設郡（華陽國志卷一巴志、水經江水注）。郡治江州（今四川重慶市北）。
蜀郡	因蜀國得名。轄境有今四川省閬中以西，松潘、天全以東，宜賓、石棉以北地。	原爲蜀國地。秦滅蜀後，初設封國。公元前二八五年廢封國，改設爲郡（華陽國志卷三蜀志）。郡治成都（今四川成都市）。
隴西郡	因隴山得名。轄境有今甘肅省臨夏、臨潭以西，宕昌、禮縣以北地。	原爲義渠地。公元前二七九年設郡（水經河水注）。郡治狄道（今甘肅臨洮縣）。
北地郡	因方位得名。轄境有今寧夏青銅峽以東，包括今甘肅省東北部馬蓮河流域。	原爲義渠地。公元前二七一年攻破義渠後，設郡。郡治義渠（今甘肅省寧縣西北）。
南郡	因方位得名。轄境有今湖北省武漢以西，襄樊以南，監利以北以及四川省巫山以東地區。	原爲楚國都郢（今湖北江陵縣西北）及其周圍地區。公元前二七八年被秦所攻取，設置爲郡（史記秦本紀、六國年表），郡治郢（水經河水注）。
南陽郡	因南陽地區而得名。轄境有今湖北省襄陽、隨縣以北，河南省欒川、魯山以南，信陽以西，湖北省均縣、河南省西峽以東地區。	原爲韓、楚、魏三國交界地，公元前二七三年魏被迫獻南陽地給秦，秦把所占韓、魏的南陽和楚的上庸地合建爲郡（史記秦本紀）。郡治宛（水經淯水注。宛即今河南南陽市）。
陶郡	因陶邑（即定陶）得名。轄境有今山東省寧陽到定陶一帶。	原爲宋地。齊滅宋後，爲齊占有。五國合縱破齊後，爲秦所得，作爲魏冉封邑。魏冉死後，設立爲郡（史記穰侯列傳）。公元前二五四年陶郡爲魏所攻取。秦滅魏後，未再設郡。

上黨郡	轄境相當於趙和韓兩國的上黨郡。有今山西省太行山以西、以北，和順、榆社以南，沁源、沁水以東地區。	公元前二五九年長平之戰後，秦攻占韓的上黨郡（二年後爲韓收復，公元前二四七年再度爲秦攻占）。公元前二三六年秦又攻占趙的上黨郡（史記秦本紀、秦始皇本紀）。郡治長子（水經濁漳水注。長子在今山西長子縣西）。
黔中郡	轄境較楚黔中郡爲大。有今湖南省洞庭湖以西，包括湖南省沅水、澧水流域，湖北省清江流域，四川省黔江流域。	公元前二八〇年秦攻取楚的黔中，但不久被楚收復。公元前二七七年秦又攻取巫郡、黔中郡及江南地，設置黔中郡（史記秦本紀、水經沅水注）。但在次年又被楚收復十五邑（史記秦本紀、楚世家），到戰國晚期才全部爲秦所有。郡治臨沅（今湖南常德市）。
太原郡	因地區在太原而得名。轄境相當於今山西省句注山以南，霍山以北，五台、陽泉以西，黃河以東地區。	原爲趙地。公元前二五九年爲秦攻取，次年被趙收復，公元前二四七年秦又攻取這個地區三十七城，後二年設置太原郡（史記秦本紀、燕世家）。郡治晉陽（水經汾水注。晉陽在今山西太原市西南）。
三川郡	轄境和韓的三川郡相當。	公元前二四九年秦攻韓，韓獻成皋、鞏地，界至大梁，重建三川郡（史記秦本紀、蒙恬列傳）。郡治洛陽（今河南洛陽市東北）。
東　郡	因方位得名。轄境有今山東省東阿、梁山以西，定陶、成武以北，河南省延津以東、清豐以南、	原爲魏地。公元前二四二年秦攻取這個地區，初建東郡。後又得衛的舊都濮陽等地，兼入東郡

	長垣以北地區。	(史記秦始皇本紀、魏世家、衛世家)。郡治濮陽(水經睢水注。濮陽在今河南濮陽南)。
雁門郡	轄境和趙的雁門郡相當。	公元前二二四年前後，秦攻趙，取其地，重建爲郡(漢書地理志)。郡治善無(水經河水注。善無在今山西右玉縣南)。
雲中郡	轄境和趙的雲中郡相當。	公元前二二四年秦攻趙，取其地，重建爲郡(水經河水注)。郡治雲中(今內蒙古托克托縣東北)。
潁川郡	因潁水得名。轄境有今河南省登封以東，尉氏以西，包括舞陽、臨潁等地。	原爲韓地。公元前二三〇年秦滅韓，取其地設郡(史記秦始皇本紀、韓世家)。郡治陽翟(水經潁水注。陽翟即今河南禹縣)。
邯鄲郡	因趙都邯鄲得名。轄境相當於今河北省泜河以南，河南省濬縣以北，山東省冠縣以西地區。	原爲趙地。公元前二二八年秦滅趙後設郡(漢書地理志)。郡治邯鄲(今河北邯鄲市)。
巨鹿郡	因巨鹿澤得名。轄境有今河北省白洋淀以南，南運河以西，晉縣、任縣以東，平鄉、威縣以北，山東省德州、高唐以西地區。	原爲趙地。公元前二二二年秦滅趙後設郡(漢書地理志、水經濁漳水注)。郡治巨鹿(今河北平鄉縣西南)。
廣陽郡	因地名廣陽得名。轄境相當於今河北省雄縣、易縣、房山及北京市等地。	原爲燕地。公元前二二六年秦滅燕，後二年設郡(水經㶟水注)。郡治薊(今北京市西南部)。
上谷郡	轄境相當於燕的上谷郡。	公元前二二四年秦滅燕，後二年重建爲郡(水經聖水注)。郡治在沮陽(今河北懷來縣東南)。

漁陽郡	轄境相當於燕的漁陽郡。	公元前二二五年秦破燕後，次年重建爲郡（水經鮑丘水注）。郡治漁陽（今河北密雲縣西南）。
右北平郡	轄境和燕的右北平郡相當。	公元前二二六年秦滅燕後，次年重建爲郡（水經鮑丘水注）。郡治在無終（今河北薊縣）。
遼西郡	轄境相當於燕的遼西郡。	公元前二二六年秦破燕後，次年重建爲郡（水經濡水注）。郡治陽樂（今遼寧義縣西）。
碭　郡	因碭山得名。轄境有今安徽省碭山以西、亳縣以北，河南省開封以東，山東省巨野以南地區。	原爲魏地。公元前二二五年秦滅魏，取其地設郡（水經睢水注）。郡治碭（今安徽碭山縣南）。
楚　郡	因楚國在陳建都而得名。轄境有今河南省平輿以北、柘城以南，包括淮陽、鹿邑等地。	原爲楚地。公元前二二四年秦取陳以南至平輿，次年滅楚，在這一帶設置楚郡（史記楚世家）。史記陳涉世家説陳涉攻陳（今河南淮陽縣）時，「陳守、令皆不在」，因爲陳是楚郡治所，所以有守有令。猶如秦的河東郡治所在臨汾，秦戈銘文有稱「臨汾守」的。
泗水郡	因泗水得名。轄境有今安徽省、江蘇省淮水以北，宿遷以西，渦陽以東地區。	原爲宋地，齊滅宋後，爲齊所有，旋又爲魏所得。秦滅魏後，於公元前二二四年設郡（水經睢水注）。郡治相縣（今安徽宿縣西北）。
薛　郡	因薛國得名。轄境有今山東省新汶、棗莊、濟寧之間地。	原爲薛國舊地。戰國初年齊滅薛，後來作爲田嬰和田文的封邑。秦取得其地後，於公元前二二四年設郡（水經泗水注）。郡治魯縣（今山東曲阜縣）。

九江郡	因地區名九江得名。轄境有今安徽省淮河以南，贛江流域以東江西省大部。	原爲楚地。公元前二二三年秦滅楚後，設郡（水經淮水注）。郡治壽春（今安徽壽縣）。
長沙郡	因地名長沙得名。轄境有今洞庭湖以南，湖南省大部和江西省西部。	原爲楚地。公元前二二三年秦滅楚後，設郡（水經湘水注）。郡治臨湘（今湖北長沙市）。
會稽郡	因會稽山而得名。轄境有今江蘇省長江以南，安徽省黟縣、旌德以東，及浙江省金華以北地。	原爲吳、越地。公元前二二二年秦攻取其地，設郡（史記秦始皇本紀）。郡治吳（史記項羽本紀。吳即今江蘇蘇州市）。
代　郡	轄境和趙的代郡相當。	公元前二二八年秦攻破趙國，趙公子嘉出奔到代，自立爲代王。公元前二二二年爲秦所滅，重建爲郡（水經㶟水注）。郡治代（今河北蔚縣西北）。
遼東郡	轄境相當於燕的遼東郡。	原是燕郡。公元前二二二年秦滅燕後，重建爲郡（水經大遼水注）。郡治襄平（今遼寧遼陽市）。
齊　郡	因齊國得名。轄境有原齊國大部地區，以今山東省淄博、益都、廣饒、臨朐等地爲中心。	原爲齊地。公元前二二一年秦滅齊後，設郡（史記田世家、漢書地理志、水經淄水注）。郡治臨淄（今山東淄博市東臨淄北）。
琅琊郡	因地名琅琊得名。轄境有今山東省沂源以南，平邑以東，臨沂以北地。	原爲越地，後爲齊地。公元前二二一年秦滅齊後設郡（漢書地理志、水經汶水注）。郡治琅琊（今山東膠南縣西南）。

附記

① 以上秦國的郡，除陶郡以外，共三十五郡，合京都地區的「内史」，共三十六郡。史記東越列傳說：「秦已併天下，皆廢爲君長，以其地爲閩中郡。」水經沂水注說：「郯縣故魯地，東海郡治，秦始皇以爲郯郡。」閩中郡和郯郡的設置年代不詳。

② 戰國策楚策一載城渾遊說楚的新城令說：「鄭魏之弱，而楚以上梁應之；宜陽之大也，楚以弱新城圉(原誤作『圍』)之。蒲反、平陽相去百里，秦人一夜襲之，安邑不知；新城、上梁相去五百里，秦人一夜而襲之，上梁亦不知也。……故楚王何不以新城爲主郡也？」金正煒戰國策補釋認爲「上梁」是「上蔡」之誤，是正確的。據此可知楚原在上蔡設郡，後來韓得上蔡後在上蔡設郡，是沿襲楚國的。城渾以魏的安邑和楚的上蔡相比，可知魏曾在安邑設郡，安邑當爲魏的河東郡治所。水經涑水注說：「秦使左更白起取安邑置河東郡。」秦設河東郡當是沿襲魏國的。江西遂川出土秦戈，銘文有稱「臨汾守」的，可知秦後來把河東郡治遷到了臨汾。

二、戰國封君表

戰國時代各國的封君，由於史料不充分，我們所能了解的，比較零星。茲列表如下：

(一)魏國的封君

受封者	封號	封邑	受封經過及有關事蹟
魏摯	中山君	中山	公元前四〇六年魏文侯攻滅中山，命長子擊守之。後三年，封少子摯於中山（說苑奉使篇）。
樂羊		靈壽	爲魏文侯將，公元前四〇六年攻取中山，因功封於靈壽（史記樂毅列傳）。
	中山君	中山	公元前三四二年魏惠王任用中山君爲相（史記六國年表）。
	山陽君	山陽	魏惠王時的封君。楚國大臣江乙爲使楚宣王憎恨昭奚恤，曾爲魏的山陽君請封於楚（戰國策楚策一）。
	碧陽君		魏襄王時封君。開元占經卷一一三引竹書紀年：「今王四年碧陽君之諸御產二龍。」

	成陵君	成陵	魏襄王時封君。公元前三一一年魏攻取衛二城，衛君害怕。如耳爲衛君入魏遊説，使魏退兵，並把成陵君免官（史記魏世家）。
公子勁			魏襄王時封君。公元前二九九年「魏公子勁、韓公子長爲諸侯」（史記秦本紀）。
	成侯		魏襄王時封君。到魏安釐王時，安陵君對信陵君的大使説：「吾先君成侯，受詔襄王以守此地也，……。」（戰國策魏策四）。
魏無忌	信陵君	信陵	公元前二七六年魏安釐王封其異母弟公子無忌爲信陵君（史記六國年表）。
	長信侯		曾爲魏安釐王的相國。公元前二七三年秦大敗趙、魏於華陽，魏安釐王將入朝於秦，由於支期向魏相國長信侯遊説，乃作罷（戰國策魏策三）。
	宜信君		魏安釐王時封君。由於鄢陵將被攻陷，説客向田儀建議，勸魏王離開大梁，退保單父。田儀因此派宜信君送他到大梁面見魏王（戰國縱横家書二十六）。
	安陵君	安陵（一作鄢陵）	戰國晚期封君，僅五十里地（戰國策魏策四，説苑奉使篇作鄢陵君）。
魏咎	寧陵君		魏被秦滅亡後出逃，秦漢之際一度稱魏王（史記陳涉世家、魏豹列傳）。
	信安君		秦召魏相信安君，信安君不欲往，蘇代曾爲遊説秦王（戰國策魏策二）。時間不詳。
	濟陽君	濟陽	是個狡猾的重臣（韓非子内儲説下篇）。受封時間不詳。
	龍陽君		因是「美人」而受封，曾與魏王共舟而釣（戰國策魏策四）。受封時間不詳。
李宗		段干	老子之子，爲魏將，封於段干（史記老子列傳）。受封時間不詳。

(二)趙國的封君

受封者	封號	封邑	受封經過及有關事蹟
趙周	代成君	代	趙襄子封其兄伯魯子周（史記趙世家）。
	番吾君	番吾	趙烈侯時的封君。公元前四〇三年番吾君自代來，向相國公仲連推薦牛畜、荀欣、徐越三人（史記趙世家）。
趙豹	陽文君		趙肅侯、趙武靈王時的封君。公元前三二五年，即趙武靈王元年，陽文君趙豹爲相（史記趙世家）。
趙章	代安陽君	東安陽	趙武靈王的長子。公元前二九六年封爲代安陽君，次年爭奪君位作亂，被殺（史記趙世家、水經㶟水注）。
趙成	安平君		公元前二九五年與李兌一起平定公子章之亂，因功爲相國，封安平君（史記趙世家）。
李兌	奉陽君		公元前二九五年與公子成一起平定公子章之亂，因功官爲司寇，後來升爲相國。封奉陽君（戰國策趙策四吳師道鮑注補正）。
趙勝	平原君	東武城	趙惠文王同母弟。公元前二九八年封平原君（史記平原君列傳）。惠文王晚年和孝成王時爲相。
田文		武城	田文原爲齊相，封孟嘗君，後又入魏爲相。趙惠文王曾封田文以武城（戰國策趙策一）。

蘇秦	武安君		史記蘇秦列傳說趙肅侯封蘇秦為武安君。蘇秦封為武安君當在趙惠文王時。
樂毅	望諸君	觀津	樂毅為燕將破齊，封昌國君。後因燕惠王猜忌他，改用騎劫為將。他出奔趙國，趙封以觀津，號望諸君（戰國策燕策二、史記樂毅列傳）。
趙豹（此為另一個趙豹）	平陽君	平陽	趙惠文王同母弟。公元前二七二年封為平陽君（史記趙世家）。
趙奢	馬服君		善於用兵。公元前二七〇年大敗秦兵於閼與，受封為馬服君（史記趙世家、趙奢列傳）。
	平陵君	平陵	韓上黨守馮亭以上黨郡歸趙，趙孝成王召平陵君與趙禹而告之（史記趙世家）。平陵君必為當時重臣。
	長安君		趙惠文后少子。公元前二六五年秦攻趙，趙向齊求救，以長安君入質於齊，齊乃出兵（戰國縱橫家書一八、戰國策趙策四、史記趙世家）。
	廬陵君		趙孝成王時的封君。因燕國對他有意見，被趙王逐走（戰國策趙策四）。
馮亭	華陽君		原為韓上黨郡守，因秦的進攻威逼，以上黨郡歸趙，趙封為華陽君（史記白起列傳、漢書馮奉世傳）。
黃歇		靈丘	原為楚的令尹，封春申君。公元前二五九年秦圍攻趙都邯鄲，趙為了爭取楚出兵來救，以靈丘封給春申君（史記趙世家）。
	李侯		李談為平原君的傳舍吏之子，邯鄲之戰，他與三千人赴秦軍，力戰而死，因封其父為李侯（史記平原君列傳、說苑復恩篇）。

鄭安平	武陽君		魏國人，被范雎任爲秦將，攻趙邯鄲，戰敗降趙，趙封武陽君。二年後去世，趙收其地（史記趙世家）。
魏無忌		鄗	魏公子無忌爲魏相，封信陵君。因救趙，趙以鄗爲他的湯沐邑（史記信陵君列傳）。
廉頗	信平君	尉文	趙名將，官爲相國。公元前二五一年趙孝成王把尉文封給他，號信平君（史記趙世家）。
	建信君（兵器銘刻作「建郥君」）		趙孝成王時封君，官爲相邦。與秦的文信侯（呂不韋）同時（戰國策趙策三）。
樂乘	武襄君		趙名將。公元前二五〇年封爲武襄君（史記樂毅列傳）。
	春平君		趙悼襄王時的封君。公元前二四三年秦召春平君到秦，把他扣留，世鈞勸呂不韋釋放春平君而扣留平都侯（史記趙世家、戰國策趙策四）。
	平都侯	平都	
	長安君	饒	公元前二三九年秦王政弟長安君降趙，趙悼襄王封長安君以饒（史記趙世家）。
李牧	武安君		趙名將。公元前二三三年李牧大敗秦軍於肥，秦將桓齮出走，因功封武安君（史記趙世家、李牧列傳）。

(三)韓國的封君

受封者	封號	封邑	受封經過及有關事蹟
	安成君		韓宣惠王時封君。曾與公仲朋一起主張聯合秦、魏(戰國策韓策三)。
公子長			韓襄王時封君。公元前二九九年所封(史記秦本紀)。
	山陽君	山陽	韓釐王時封君，掌握韓的大權。公元前二七三年秦、韓圍攻魏的大梁，趙、燕來救，有人勸說山陽君聯合魏、趙、燕三國攻秦(戰國策趙策一)。
	成陽君	城陽	韓釐王時封君。主張聯合秦、魏。公元前二九〇年入朝於秦(史記秦本紀)。五國合縱攻秦時，由韓奔齊，旋又奔周(戰國策秦策三、韓策二、韓策三)。
	市丘君	市丘	韓釐王時封君。五國合縱攻秦後，魏順曾向他遊說(戰國策韓策一)。
	陽城君	陽城	韓桓惠王時封君。公元前二六二年秦兵分兩路攻韓，韓派他入說於秦，獻上黨求和(戰國策趙策一)。
韓成	橫陽君		戰國末年封君。秦漢之際曾被項梁立爲韓王，不久被項羽所殺(史記留侯世家)。

(四)齊國的封君

受封者	封號	封邑	受封經過及有關事蹟
鄒忌	成侯	成	齊威王即位不久，即起用鄒忌爲相，一年後封爲成侯(史記田世家)。

田嬰	靖郭君或稱薛公	彭城、薛	齊的王族。齊威王時繼鄒忌爲相，初封彭城。公元前三二二年改封於薛（史記孟嘗君列傳索隱引竹書紀年）。
田文	孟嘗君或稱薛公	薛	田嬰子。齊宣王晚年，繼承田嬰的爵位並擔任相國。
陳戴		蓋	孟子滕文公下篇：「仲子，齊之世家也；兄戴，蓋祿萬鍾。」
蘇秦	武安君		蘇秦爲武安君而相齊，在齊湣王末年（公元前二八四年）樂毅破齊之前。當時有人遊說主持伐齊的秦御史起賈，講到此時齊如投靠魏，是「武安君之棄禍存身之訣也」（戰國縱橫家書十七）。
田單	安平君	安平	齊的王族。公元前二七九年，田單一舉收復齊的失地七十多城，因功封安平君。

(五)楚國的封君

受封者	封號	封邑	受封經過及有關事蹟
公孫寧	析君	析	楚惠王十二年（公元前四七七年）受封（左傳哀公十八年）。
公孫寬	魯陽文君	魯陽	楚惠王時封君（國語楚語下）。魯陽文君將攻鄭，墨子聞而止之（墨子魯問篇）。
	旸（陽）城君	陽城	楚惠王時封君，見隨縣曾侯乙墓出土竹簡，見裘錫圭談談隨縣曾侯乙墓的文字資料（文物一九七九年七期）。

	坪（平）夜（輿）君	平輿	同上。
	鄴（養）君	養	同上。
	鄛君		同上。
	鄗君		同上。
	郐君	徐	同上。
	析君	析	同上。
	鄀君	鄀	聲王或悼王時封君，見於江陵楚墓出土竹簡，載湖北江陵拍馬山楚墓發掘簡報（考古一九七三年三期）。
	陽城君	陽城	楚悼王時封君。楚悼王去世時，陽城君與群臣在喪所圍攻吳起，射中王屍。楚將依法辦罪，陽城君出走，楚收回封國（呂氏春秋上德篇）。
昭奚恤	工（江）君	江	楚宣王時封君，官爲相國（戰國縱橫家書二十七）。
	州侯	州	楚宣王時封君。江乙爲魏出使於楚，對楚宣王說：「州侯相楚，貴甚矣，而主斷。」（戰國策楚策一）
	彭城君	彭城	楚宣王時封君，曾與昭奚恤議於王前（戰國策楚策一）。
壇	安陵君		楚宣王時封君。以「色」侍奉楚宣王（戰國策楚策一）。說苑權謀篇作安陵纏，在楚共王時。安陵爲封號，無封邑。
潘勳（乘）	邸陽君	邸陽	宣王或威王時封君，見於江陵楚墓出土竹簡，載江陵天星觀一號楚墓（考古學報一九八二年一期）。
啟	鄂君	鄂	楚懷王時封君。據安徽省壽縣出土鄂君啟節銘文，他擁有舟車往來游，經過關卡時，憑節可免稅。

邸陽君	邸陽	楚懷王時封君。見於一九八七年湖北省荊門市包山楚墓出土竹簡，詳見包山楚墓發掘報告以及附錄何浩、劉彬徽包山楚墓封
鄴君	濮	同上。
陰君	陰	同上。
喜君		同上。
噩君	噩（鄂）	同上。
鄱陽君	鄱陽	同上。
羕陵君	養	同上。
鄱君	潘	同上。
郳君	六	同上。
蔌君		同上。
陽君	陽	同上。
苻君	苻	同上。
鄗君	鄗	同上。
佶陵君	佶陵	同上。
鄞君	鄞（黃）	同上。
新野君	新野	同上。
𢦏泜君		同上。

	鄀君	鄀	同上。
	坪(平)夜(輿)君	平輿	同上。
	鄽君	襄	同上。
	坪陵君	平陵	同上。
	逆㕣君	逆㕣	同上。
	郭君	郭	同上。
	應君	應	威王或懷王時封君。見江西靖安出土春秋徐國銅器（文物一九八〇年八期）。
子晰	鄂君	鄂	楚頃襄王時封君。楚大夫莊辛曾和襄成君談論到他，說：「鄂君子晰，親楚王母弟也，官爲令尹，爵爲執珪。」（說苑善說篇）鄂君子晰和鄂君啟可能是一人，啟是名，子晰是字，因爲「啟」和「晰」的字義相通，時代又相當。
	襄成君	襄城	楚頃襄王時封君。始封之日，楚大夫莊辛曾往拜謁（說苑善說篇、水經汝水注）。
	夏侯	夏	楚頃襄王時封君，都是楚頃襄王的近臣。莊辛對楚頃襄王說：「君王左州侯，右夏侯，輦從鄢陵君與壽陵君，專淫逸侈靡，不顧國政，郢都[illegible]矣。」（戰國策楚策四）。鄢陵、壽陵爲封號，無封邑。
	州侯	州	
	鄢陵君		
	壽陵君		
莊辛	陽陵君	淮北	莊辛曾規諫楚頃襄王。楚失郢都後，封他爲陽陵君，給與[illegible]四）。

	陽文君		楚頃襄王的近親，封爲陽文君。楚頃襄王有病，楚太子留秦，黃歇怕陽文君二子繼立爲王，勸楚太子變服逃歸（史記春申君列傳）。
	項君	項	始封年代不詳。史記項羽本紀：「項氏世世爲楚將，封於項，故姓項氏。」
黃歇	春申君	淮北十二縣，後改封於吳	公元前二六二年楚考烈王封黃歇爲春申君，賜給淮北地十二縣。後因淮北靠近齊國，請改建爲郡，獻出淮北十二縣；遂改封於吳（史記春申君列傳）。
	臨武君		楚考烈王時封君。春申君曾經使臨武君爲將（戰國策楚策四）。其後他曾與荀況議論軍事於趙孝成王前（荀子議兵篇）。臨武君當即楚名將景陽，說詳見本書第八章第六節。
	鄝陵君	鄝陵	戰國末年楚封君，見於江蘇省無錫出土鄝陵君三銅器。詳見楚鄝陵君三器（文物一九八〇年八期）。

(六)燕國的封君

受封者	封號	封邑	受封經過及有關事蹟
	襄安君		燕國王族。燕昭王時封君。昭王曾派他到齊國活動（戰國策趙策四、戰國縱橫家書四）。
蘇秦	武安君		史記張儀列傳稱「蘇秦封武安君相燕」。公元前二九五年燕昭王派蘇秦出使齊國，即封以武安君，並授以相國名義。後來蘇秦獻書燕王說：「以求卿與封，王爲有之兩，臣舉天下使臣之封而不慚」（戰國縱橫家書四），即指此而言。

樂毅	昌國君	昌國	中山人，魏將樂羊後裔，由趙經魏入燕，公元前二八四年爲燕將，攻破齊國，因功封昌國君（史記樂毅列傳）。
樂閒	昌國君		燕惠王使騎劫代樂毅爲將，樂毅奔趙。惠王後悔，又以樂毅子樂閒爲昌國君（史記樂毅列傳）。
公孫操	成安君		燕惠王時封君。公元前二七二年殺死燕惠王，擁立武成王（史記趙世家）。
榮蚠	高陽君		宋國人。燕武成王時封君（戰國策趙策四）。

(七)秦國的封君

受封者	封號	封邑	受封經過及有關事蹟
公子向	藍田君	藍田	公元前三六七年秦獻公封其子向爲藍田君（水經渭水注引竹書紀年）。
衛鞅	商君	於商十五邑（於一作鄔）	衛的公族出身，由魏入秦，爲秦孝公重用，實行變法。公元前三四〇年鞅用計大破魏軍，秦孝公封給於商十五邑（於一作鄔），號曰商君（史記商君列傳）。
樗里疾	嚴君	嚴	秦惠文王異母弟，因居樗里，稱爲樗里疾。公元前三一二年協助魏章大敗楚軍，取得漢中，因功封嚴君（史記樗里子列傳）。
	橫門君		秦惠王時封君。善用兵（戰國策秦策一）。
張儀	武信君		秦惠王封張儀五邑，號曰武信君（史記張儀列傳）。
公子通國（一作「通」、「繇通」）	蜀侯	蜀	蜀王後裔。公元前三一四年秦惠王封他爲蜀侯。後三年蜀相陳莊反叛，把他殺死（史記秦本紀、華陽國志卷三蜀志）。

公子煇	蜀侯	蜀	蜀王後裔。公元前三〇八年秦武王封他爲蜀侯。公元前三〇一年遭後母陷害，被秦昭王派司馬錯逼得自殺（史記秦本紀、華陽國志卷三蜀志）。
公孫綰	蜀侯	蜀	公子煇子。公元前三〇〇年封爲蜀侯。公元前二八五年秦昭王懷疑他反叛，殺之（華陽國志卷三蜀志）。
魏冉	穰侯	穰 後加封陶	楚國人，羋八子（即宣太后）的異父弟。公元前三〇一年後，封於穰。公元前二八一年加封攻齊所得的陶邑（史記穰侯列傳）。
羋戎	華陽君 新城君	華陽 新城	楚國人，羋八子的同父弟。初封華陽，號華陽君。公元前二九九年秦取楚新城後，又封新城，號新城君。
公子市（一作公子池）	涇陽君	涇陽 宛	秦昭王同母弟。初封涇陽，號涇陽君。公元前二九一年封於宛（史記秦本紀）。
公子悝	高陵君	高陵 鄧	秦昭王同母弟。初封高陵，號高陵君。公元前二九一年封於鄧（史記秦本紀）。
白起	武安君		秦國人，善用兵。公元前二七八年攻取楚都郢，因功封武安君（史記秦本紀、白起列傳）。
范雎	應侯	應	魏國人，公元前二六六年爲秦相，封於應，號應侯（史記范雎列傳）。
公子柱	安國君		秦昭王次子，封爲安國君。公元前二六七年太子死，後二年安國君爲太子。公元前二五四年昭王去世，繼立爲王，即秦孝文王。
蔡澤	剛成君		燕國人。入秦代范雎爲相數月，號剛成君，居秦十多年（戰國策秦策三，史記蔡澤列傳作「綱成君」）。
	陽泉君	陽泉	秦孝文王后華陽夫人之弟，封陽泉君（戰國策秦策五）。

呂不韋	文信侯	藍田十二縣 河南洛陽十萬戶 河間十城	衛濮陽人，透過遊説擁立秦公子異人爲太子。後異人即位（即秦莊襄王），以呂不韋爲丞相，封文信侯。戰國策秦策五説他「食藍田十二縣」，史記呂不韋列傳又説他「食河南洛陽十萬戶」。後來燕送給河間十城爲封邑（戰國縱橫家書二十五）。
成蟜（一作盛橋）	長安君		秦王政之弟，封長安君。公元前二三九年率軍攻趙，在屯留反叛，趙封成蟜於饒（史記秦本紀、趙世家）。
嫪毒	長信侯	山陽、河西（一作汾西）、太原郡	原是呂不韋的舍人，後爲宦者，得太后寵幸，公元前二三九年封長信侯，賜與山陽地，又以河西太原郡作爲封國（史記秦始皇本紀）。
	昌平君		公元前二三八年與昌文君一起平定嫪毒的叛亂（史記秦本紀）。公元前二二六年遷居某山而死（雲夢秦簡編年記）。
	昌文君		公元前二三八年與昌平君一起平定嫪毒的叛亂。公元前二二四年楚將項燕在淮南擁立他爲楚王，抵抗秦軍（史記秦始皇本紀，原誤作「項燕立昌平君爲荊王」），戰敗身死（雲夢秦簡編年記）。

附記

① 戰國銅器銘文中有許多封君的稱號，由於國別和時代一時無法分辨清楚，姑且從略。

② 當時有些小國大臣因投靠大國而得封。如韓的山陽君，「秦封君以山陽，齊封君以莒」。又如「周佼以西周善於秦而封於梗陽，周啟以東周善於秦而封於平原」（戰國策韓策三）。表中未列入。

三、戰國大事年表

公元前	周	秦	魏	韓	趙	楚	燕	田齊	齊	晉	大事
481	敬王39	悼公10				惠王8	孝公12		簡公4		齊左相陳恆(即田常)殺死右相監止，追執簡公於舒州，也把他殺死。從此田氏「專齊之政」。
480	40	11				9	13		平公元		楚令尹子西、司馬子期伐吳，至桐汭。
479	41	12				10	14		2		楚白公勝殺死子西、子期，因禁楚惠王。葉公率師反攻，白公勝失敗自殺。
478	42	13				11	15		3		楚公孫朝率師滅陳。越伐吳，在笠澤大敗吳師。
477	43	14				12	16		4		巴伐楚，圍鄾，楚反攻得勝。
476	元王元	厲共公元				13	17		5		晉知瑤伐鄭，齊救鄭。楚沈諸梁伐東夷。趙襄子誘殺代王，滅代。襄子封其侄趙周爲代成君。
475	2	2			趙襄子元	14	18		6		越圍吳都。
474	3	3			2	15	19		7	出公元	

473	472	471	470	469	468	467	466	465	464	463	462	461	460	459	458
4	5	6	7	8	定王元	2	3	4	5	6	7	8	9	10	11
4	5	6	7	8	9	10	11	12	13	14	15	16	17	18	19
3	4	5	6	7	8	9	10	11	12	13	14	15	16	17	18
16	17	18	19	20	21	22	23	24	25	26	27	28	29	30	31
20	21	22	23	24	25	26	27	28	29	30	31	32	33	34	35
8	9	10	11	12	13	14	15	16	17	18	19	20	21	22	23
2	3	4	5	6	7	8	9	10	11	12	13	14	15	16	17
越攻破吳都，吳王夫差自殺，吳亡。越王句踐與齊、晉諸侯會於徐州，致貢於周，周元王命以為伯（霸主）。	晉知瑤伐齊，敗齊師於犂丘。				越遷都琅琊。魯哀公欲借助越國力量，除去三桓，反被三桓逐走。				越王句踐卒，鹿郢繼立。晉知瑤伐鄭。	鄭聲公卒，子哀公立。	晉知瑤在高梁築城。	秦塹河旁。秦以二萬兵伐大荔，取其王城。			晉知氏、趙氏、韓氏、魏氏共分范氏、中行氏地以為邑。知伯攻滅仇由。

457	12	20			19	32	36		24	18	晉知瑤伐中山，攻取窮魚之丘。秦與緜諸交戰。
456	13	21			20	33	37		25	19	秦在頻陽設縣。晉韓龐取得盧氏城。韓、魏共滅伊洛陰戎。
455	14	22			21	34	38		宣公元	20	晉知瑤向趙索地不遂，因聯合韓、魏，圍趙於晉陽。
454	15	23			22	35	成公元		2	21	
453	16	24			23	36	2		3	22	韓、趙、魏共滅知伯，瓜分知伯的領地。趙相張孟談改革田畝制。
452	17	25			24	37	3		4	23	晉出公出奔到楚。
451	18	26			25	38	4		5	敬公元	秦左庶長在南鄭築城。
450	19	27			26	39	5		6	2	
449	20	28			27	40	6		7	3	越人來秦迎女。
448	21	29			28	41	7		8	4	越王不壽被殺，朱句繼立。
447	22	30			29	42	8		9	5	秦滅蔡。
446	23	31			30	43	9		10	6	魏文侯初立。
445	24	32	文侯元		31	44	10		11	7	楚滅杞，向東擴展領土到泗水之上。
444	25	33	2		32	45	11		12	8	秦伐義渠，執其君。
443	26	34	3		33	46	12		13	9	

427	428	429	430	431	432	433	434	435	436	437	438	439	440	441	442
14	13	12	11	10	9	8	7	6	5	4	3	2	考王元	28	27
2	懷公元	14	13	12	11	10	9	8	7	6	5	4	3	2	躁公元
19	18	17	16	15	14	13	12	11	10	9	8	7	6	5	4
49	48	47	46	45	44	43	42	41	40	39	38	37	36	35	34
5	4	3	2	簡王元	57	56	55	54	53	52	51	50	49	48	47
12	11	10	9	8	7	6	5	4	3	2	閔公元	16	15	14	13
29	28	27	26	25	24	23	22	21	20	19	18	17	16	15	14
7	6	5	4	3	2	幽公元	18	17	16	15	14	13	12	11	10
		秦躁公卒，其弟從晉歸來即位，是爲懷公。	義渠伐秦，至渭水北岸。	楚滅莒。		曾侯乙卒，楚惠王製作禮器，送往西陽祭奠。	晉君僅有絳、曲沃等地，反而要向韓、趙、魏之君朝見。						周考王封其弟揭於河南，是爲西周桓公。	南鄭叛秦。	

426	425	424	423	422	421	420	419	418	417	416	415	414	413
15	威烈王元	2	3	4	5	6	7	8	9	10	11	12	13
3	4	靈公元	2	3	4	5	6	7	8	9	10	簡公元	2
20	21	22	23	24	25	26	27	28	29	30	31	32	33
		武子元	2	3	4	5	6	7	8	9	10	11	12
50	51	桓子元	獻侯元	2	3	4	5	6	7	8	9	10	11
6	7	8	9	10	11	12	13	14	15	16	17	18	19
13	14	15	16	17	18	19	20	21	22	23	24	簡公元	2
30	31	32	33	34	35	36	37	38	39	40	41	42	43
8	9	10	11	12	13	14	15	16	17	18	烈公元	2	3
	秦庶長晁等包圍秦懷公，懷公自殺。	趙遷都中牟。	韓伐鄭，殺死鄭幽公。	秦作上下時，祭黃帝、炎帝。			魏在少梁築城，秦攻少梁。	秦、魏戰於少梁。	秦在黃河邊築防禦工程。魏再度在少梁築城，秦攻之。	晉幽公被殺，魏用兵平亂，立幽公子止，是爲烈公。	秦修補龐城，築籍姑城。韓遷都平陽。	越滅滕(史記越世家索隱引紀年，在越朱句三十四年)。中山武公初立。	齊伐魏，攻毀黃城，包圍陽狐。越滅郯。秦與魏戰，敗於鄭。楚伐魏，到上洛。

412	411	410	409	408	407	406	405	404	403	402	401
14	15	16	17	18	19	20	21	22	23	24	安王元
3	4	5	6	7	8	9	10	11	12	13	14
34	35	36	37	38	39	40	41	42	43	44	45
13	14	15	16	景侯元	2	3	4	5	6	7	8
12	13	14	15	烈侯元	2	3	4	5	6	7	8
20	21	22	23	24	聲王元	2	3	4	5	6	悼王元
3	4	5	6	7	8	9	10	11	12	13	14
		悼子元	2	3	4	5	6	和子元	2	3	4
44	45	46	47	48	49	50	51	康公元	2	3	4
4	5	6	7	8	9	10	11	12	13	14	15
魏圍攻秦的繁龐城，攻克後，「出其民」。齊伐取魯的莒、安陽。			魏伐秦，建築臨晉、元里兩城。秦命令百姓(官吏)開始帶劍。	魏伐秦，完全攻占河西地，築洛陰、郃陽兩城。秦退守洛水，沿洛水築防禦工程。築重泉城。秦「初租禾」。魏伐中山。韓伐鄭，取雍丘。齊伐魯，取郕。	鄭伐韓，敗韓兵於負黍。齊伐衛，取貫丘。	魏滅中山。	齊內亂，公孫會以廩丘叛入趙國，田布攻廩丘，三晉聯合往救，大敗齊軍。越滅繒(即鄫)。	三晉伐齊，進入齊的長城。魏文侯迫使齊侯會同三晉之君朝見周威烈王，要求周王命三晉之君爲諸侯。	周威烈王命韓、趙、魏列爲諸侯。	楚聲王爲「盜」所殺。	秦伐魏至陽狐。

400	399	398	397	396	395	394	393	392	391	390	389
2	3	4	5	6	7	8	9	10	11	12	13
15	惠公元	2	3	4	5	6	7	8	9	10	11
46	47	48	49	50	武侯元	2	3	4	5	6	7
9	烈侯元	2	3	4	5	6	7	8	9	10	11
9	10	11	12	13	14	15	16	17	18	19	20
2	3	4	5	6	7	8	9	10	11	12	13
15	16	17	18	19	20	21	22	23	24	25	26
5	6	7	8	9	10	11	12	13	14	15	16
5	6	7	8	9	10	11	12	13	14	15	16
16	17	18	19	20	21	22	23	24	25	26	27
韓、趙、魏伐楚，到桑丘而回。鄭圍攻韓的陽翟。	楚歸還榆關給鄭。	鄭國殺相國子陽，子陽之黨起來反抗。楚國進圍鄭。	聶政刺殺韓相俠累(即韓傀)。	鄭國子陽之黨殺死鄭繻公。	秦伐繇諸(即緜諸)。	鄭所占的負黍反叛，重歸韓。齊伐魯，取最，韓救魯。	楚伐韓，攻取負黍。魏伐鄭，在酸棗築城。魏敗秦於汪(舊誤作「注」)。	齊遷康公於海上。	魏、趙、韓伐楚，打敗楚軍於大梁、榆關。秦伐韓的宜陽，攻取了六個邑。	秦和魏在武城交戰。秦把陜改建為縣。齊伐取魏的襄陵。	秦進攻魏的陰晉。田和和魏武侯在濁澤相會，請求立為諸侯。

388	387	386	385	384	383	382	381	380	379
14	15	16	17	18	19	20	21	22	23
12	13	出子元	2	獻公元	2	3	4	5	6
8	9	10	11	12	13	14	15	16	17
12	13	文侯元	2	3	4	5	6	7	8
21	22	敬侯元	2	3	4	5	6	7	8
14	15	16	17	18	19	20	21	肅王元	2
27	28	29	30	31	32	33	34	35	36
17	18	元	2	侯剡元	2	3	4	5	6
17	18	19	20	21	22	23	24	25	26
桓公元	2	3	4	5	6	7	8	9	10
	秦伐蜀，取南鄭。	田和開始列爲諸侯，改稱元年。 趙遷都邯鄲。	秦庶長菌改迎立公子連(即秦獻公)，殺其君出子。「止從死」，即廢止殉葬。 韓伐鄭，取陽城。又伐宋，攻入彭城，俘虜了宋君(即宋悼公)。	齊攻魏於廩丘，趙救魏，大敗齊人。	秦遷都櫟陽。 趙築剛平城，以侵衛國。衛求救於魏，魏敗趙軍於兔台。	齊、魏助衛攻趙，衛取得趙的剛平，攻至中牟。	趙求救於楚，楚救趙伐魏，戰於州西，出於梁門，一直攻到大河(黃河)。 趙反攻，攻取魏的棘蒲、黃城。 楚南攻百越，據有洞庭、蒼梧一帶，在此年稍前。 楚悼王死，楚貴族攻吳起，吳起被車裂而死。	齊伐燕，攻取桑丘；魏、趙、韓救燕。 中山復國在這年前後。	齊康公卒，齊呂氏絕祀。 秦把蒲、藍田、善、明氏改建爲縣。

378	24	7	18	9	9	3	37	7		11	秦國「初行爲市」。翟打敗魏於澮。魏、趙、韓伐齊到靈丘。越遷都於吳。
377	25	8	19	10	10	4	38	8		12	蜀伐楚，攻取茲方，楚築扞關來抵禦。趙伐中山，戰於房子。
376	26	9	20	哀侯元	11	5	39	9		13	趙又伐中山，戰於中人。
375	烈王元	10	21	2	12	6	40	10		14	秦「爲戶籍相伍」。魏伐取楚的榆關。韓滅鄭，徙都新鄭。
374	2	11	22	懿侯元	成侯元	7	41	桓公元		15	韓山堅（韓嚴）殺死韓哀侯，韓若山繼立，即韓懿侯。田午殺死其君田剡和孺子喜而自立，即田桓公。
373	3	12	23	2	2	8	42	2		16	燕打敗齊於林孤，魏伐齊到博陵，魯伐齊入陽關。
372	4	13	24	3	3	9	桓公元	3		17	衛伐齊，攻取薛陵。趙伐衛，攻取了鄉邑七十三個。魏敗趙於藺。
371	5	14	25	4	4	10	2	4		18	魏伐楚，攻取魯陽。
370	6	15	26	5	5	11	3	5		19	趙進攻齊的甄。魏武侯卒，公仲緩與罃爭立。
369	7	16	惠王元	6	6	宣王元	4	6		20	韓、趙助魏公仲緩爭立，圍魏罃於濁澤，其後韓因與趙不和而退兵，於是魏罃戰勝趙師與公仲緩，自立爲君，即魏惠王。中山築長城。

公元前	周	秦	魏	韓	趙	楚	燕	田齊	大事
368	顯王元	17	2	7	7	2	5	7	趙伐齊，攻到長城。 趙和韓聯合攻周。 齊伐魏，攻取觀。
367	2	18	3	8	8	3	6	8	西周威公死，公子根在東郡爭立，趙、韓用武力加以支持，從此西周分裂爲西周、東周二小國。
366	3	19	4	9	9	4	7	9	魏、韓兩國國君在宅陽相會。 魏在武都築城，爲秦所打敗。 秦又敗韓、魏於洛陰。
365	4	20	5	10	10	5	8	10	魏伐取宋的儀台。 趙攻取衛的甄。
364	5	21	6	11	11	6	9	11	秦戰勝魏於石門，斬首六萬，趙救魏於石門。
363	6	22	7	12	12	7	10	12	秦攻魏少梁，趙救魏。
362	7	23	8	昭侯元	13	8	11	13	魏戰勝趙、韓聯軍於澮北，擒趙將樂祚，取皮牢，又攻取列人、肥。 趙成侯和韓昭侯在上黨相會。 秦伐魏少梁。
361	8	孝公元	9	2	14	9	文公元	14	魏在四月甲寅(即初三)徙都大梁。 魏惠王和韓昭侯在巫沙相會。 秦滅獂，殺獂王。
360	9	2	10	3	15	10	2	15	魏導河水入圃田澤，又開大溝引圃田澤的水。 魏瑕陽人從岷山開導青衣水，使東與沫水相合。
359	10	3	11	4	16	11	3	16	衛鞅進說秦孝公變法。
358	11	4	12	5	17	12	4	17	魏將龍賈率師築長城於西邊。 秦敗韓於西山。 楚引河水灌韓長垣。

349	350	351	352	353	354	355	356	357
20	19	18	17	16	15	14	13	12
13	12	11	10	9	8	7	6	5
21	20	19	18	17	16	15	14	13
14	13	12	11	10	9	8	7	6
肅侯元	25	24	23	22	21	20	19	18
21	20	19	18	17	16	15	14	13
13	12	11	10	9	8	7	6	5
8	7	6	5	4	3	2	威王元	18
秦在縣初設秩史。	齊擴建堤防爲長城。 秦從雍遷都咸陽，並普遍設縣。 秦開裂田的阡陌封疆。	秦在商築塞，圍攻魏的固陽，固陽降秦。 魏歸趙邯鄲，魏、趙在漳水上結盟。	秦進圍魏的安邑，安邑降秦。 魏調用韓軍打敗齊、宋、衛聯軍於襄陵，齊請楚景舍向魏求和。	齊救趙攻魏，打敗魏軍於桂陵；又聯合宋、衛進圍襄陵。 魏攻入趙都邯鄲。	趙伐衛，攻取漆、富丘。 魏救衛，進圍趙都邯鄲。 秦攻取魏的少梁。	鄒忌以鼓琴進說齊威王改革。 申不害相韓，用法家之「術」。 昭奚恤爲楚令尹而專斷。 韓從亥谷以南築長城。 魏惠王和秦孝公在杜平相會。 宋司城子罕殺宋桓侯奪取政權，當在這年或稍後。	魯恭侯、宋桓侯、衛成侯、韓昭侯朝見魏惠王。趙成侯和齊威王、宋桓侯在平陸相會，和燕文公在阿相會（「阿」一作「安」）。 秦用衛鞅爲左庶長，下變法令。	韓、魏交換土地，魏得首垣（即長垣）、鄭鹿等邑。 宋攻取韓的黃池，魏攻取韓的朱。 魏圍攻韓的宅陽，魏惠王和韓昭侯在巫沙結盟，解宅陽圍。

348	21	14	22	15	2	22	14	9	秦「初爲賦」。魏惠王和趙肅侯在陰晉相會。
347	22	15	23	16	3	23	15	10	趙公子范襲邯鄲，不勝而死。
346	23	16	24	17	4	24	16	11	
345	24	17	25	18	5	25	17	12	
344	25	18	26	19	6	26	18	13	魏惠王稱王，召集逢澤之會，並率諸侯朝見周天子。秦派公子少官率師參與逢澤之會。齊君帶了卿大夫到秦聘問。
343	26	19	27	20	7	27	19	14	趙攻魏的首垣。
342	27	20	28	21	8	28	20	15	魏攻韓，戰勝於梁、赫，齊救韓伐魏。
341	28	21	29	22	9	29	21	16	齊將田忌大敗魏軍於馬陵，魏將龐涓自殺，太子申被俘。
340	29	22	30	23	10	30	22	17	齊、秦、趙三國攻魏。秦衛鞅用計擒魏公子卬，大破魏軍。秦封衛鞅於商，號爲商君。
339	30	23	31	24	11	威王元	23	18	魏在大梁北郭開大溝，以通圃田的水。
338	31	24	32	25	12	2	24	19	秦孝公去世，衛鞅被車裂而死。秦敗魏於岸門，俘虜魏將魏錯。
337	32	惠文王元	33	26	13	3	25	20	楚、韓、趙、蜀四國之君入秦朝見。
336	33	2	34	27	14	4	26	21	魏、韓二國之君朝見齊威王於東阿。秦國「初行錢」。
335	34	3	35	28	15	5	27	22	魏、韓二國之君朝見齊威王於甄。秦攻取韓的宜陽。

334	35	4	惠王後元 元	29	16	6	28	23	魏惠王採用惠施的策略，朝見齊威王於徐州，尊齊爲王，齊亦承認魏稱王，即所謂「會徐州相王」。
333	36	5	2	30	17	7	29	24	趙進圍魏的黃，沒有攻克。趙在漳水、清水建築長城。楚圍攻齊的徐州，大敗齊將申縛。
332	37	6	3	宣惠王 元	18	8	易王 元	25	魏獻陰晉給秦，秦更名寧秦。齊、魏聯合伐趙，趙決河水灌齊、魏聯軍。
331	38	7	4	2	19	9	2	26	義渠內亂，秦派庶長操前往平定。
330	39	8	5	3	20	10	3	27	秦打敗魏於雕陰，擒魏將龍賈。魏獻河西地給秦。
329	40	9	6	4	21	11	4	28	秦攻取魏河東的汾陰、皮氏及焦等地。魏攻取楚的陘山。
328	41	10	7	5	22	懷王 元	5	29	秦開始設置相邦，張儀爲秦相。魏全獻上郡十五縣(包括少梁)給秦。
327	42	11	8	6	23	2	6	30	秦更名少梁爲夏陽，歸還給魏焦、曲沃等地。
326	43	12	9	7	24	3	7	31	趙肅侯去世，秦、楚、燕、齊、魏都派銳師各萬人來參與葬儀。秦初臘，會龍門。
325	44	13	10	8	武靈王 元	4	8	32	四月戊午秦惠文君自稱爲王。魏惠王會韓宣惠王於巫沙，尊韓宣惠王爲王。齊戰勝趙於平邑，俘虜趙將韓舉。
324	45	更元 元	11	9	2	5	9	33	秦張儀伐取魏的陝，築上郡塞。魏惠王和齊威王相會於東阿。
323	46	2	12	10	3	6	10	34	楚柱國昭陽攻魏，攻破襄陵，得八邑。秦派張儀和齊、楚大臣在齧桑會盟。公孫衍發起燕、趙、中山和魏、韓「五國相王」。

322	47	3	13	11	4	7	11	35	魏採用張儀的策略，改用張儀爲相，把惠施逐走。秦伐取魏的曲沃、平周。
321	48	4	14	12	5	8	12	36	張儀兼相秦、魏。西漢南越王墓出土有「王四年相邦張義（儀）戟」。
320	慎靚王元	5	15	13	6	9	王噲元	37	秦假道韓、魏攻齊，齊威王使匡章爲將應戰。秦伐義渠，攻取郁郅。
319	2	6	16	14	7	10	2	宣王元	秦攻取韓的鄢。齊、楚、燕、趙、韓等國支持公孫衍爲魏相。惠施回魏。
318	3	7	襄王元	15	8	11	3	2	宋王偃自立爲王。魏、趙、韓、楚、燕五國合縱攻秦，不勝而回。燕王噲把君位禪讓給相國子之。
317	4	8	2	16	9	12	4	3	秦敗三晉聯軍於修魚。齊聯合宋攻魏，打敗魏於觀澤。
316	5	9	3	17	10	13	5	4	秦派司馬錯伐蜀，蜀亡。秦攻取趙的中都、西陽。
315	6	10	4	18	11	14	6	5	秦攻韓，戰於濁澤（一作蜀潢）。燕發生內亂，將軍市被、太子平進攻子之。
314	赧王元	11	5	19	12	15	7	6	秦大敗韓於岸門。燕子之反攻，殺死將軍市被、太子平。齊派匡章伐燕，五旬攻下燕國。趙召燕公子職於韓，派樂池送入燕，立爲燕王，即燕昭王。秦攻義渠，得二十五城。
313	2	12	6	20	13	16	8	7	秦派樗里疾攻趙，俘虜趙將趙莊，攻取藺。

302	303	304	305	306	307	308	309	310	311	312
13	12	11	10	9	8	7	6	5	4	3
5	4	3	2	昭王元	4	3	2	武王元	14	13
17	16	15	14	13	12	11	10	9	8	7
10	9	8	7	6	5	4	3	2	襄王元	21
24	23	22	21	20	19	18	17	16	15	14
27	26	25	24	23	22	21	20	19	18	17
10	9	8	7	6	5	4	3	2	昭王元	9
18	17	16	15	14	13	12	11	10	9	8
趙攻取河宗氏、休溷諸貉之地，設九原、雲中二郡。趙遷吏大夫奴於九原。魏襄王、韓太子嬰入秦朝見。	秦攻取韓的武遂。秦攻取魏的蒲阪、晉陽、封陵。齊、魏、韓攻楚，楚派太子入質於秦，秦救楚。	秦、楚在黃棘會盟，秦歸還楚上庸。	趙攻中山，攻取丹邱、華陽、鴟之塞、鄗、石邑、封龍、東垣，中山獻四邑請和。	趙攻中山到寧葭，攻略胡地到榆中。楚滅越，設郡江東。	趙武靈王實行「胡服騎射」。趙攻中山到房子。秦開始設置將軍，以魏冉爲將軍。	秦攻取韓的宜陽。	秦初置丞相，樗里疾、甘茂爲左右丞相。	秦伐義渠、丹犁。	秦樗里疾助魏伐衛。秦伐楚取召陵。	楚景翠圍攻韓雍氏，秦助韓反攻景翠。秦魏章戰勝楚於丹陽，虜屈丐，取漢中地。齊、宋圍魏煮棗。秦、魏、韓攻齊到濮水之上，俘虜聲子(或作贅子)。秦勝楚於藍田，韓、魏攻楚到鄧。

301	14	6	18	11	25	28	11	19	秦攻取韓的穰。齊派匡章，魏派公孫喜，韓派暴鳶，共攻楚方城，殺楚將唐昧，韓、魏取得宛、葉以北地。
300	15	7	19	12	26	29	12	湣王元	秦攻楚，拔新城，殺楚將景缺。趙再攻中山。
299	16	8	20	13	27	30	13	2	楚懷王受騙入秦，被秦王扣留。趙武靈王傳君位給王子何（即趙惠文王），自號主父。孟嘗君田文入秦爲相。
298	17	9	21	14	惠文王元	頃襄王元	14	3	秦攻取楚析等十多城。趙派樓緩入秦爲相，派仇郝入宋爲相。孟嘗君由秦回齊。齊、韓、魏聯軍攻秦到函谷關。
297	18	10	22	15	2	2	15	4	趙武靈王出代，西遇樓煩王於西河而致其兵。齊、韓、魏聯軍繼續攻秦。
296	19	11	23	16	3	3	16	5	齊、韓、魏聯軍攻入秦的函谷關，秦求和，歸還韓河外及武遂，歸還魏河外及封陵。齊伐燕，「覆三軍，獲二將」。趙滅中山，遷中山王於膚施。
295	20	12	昭王元	釐王元	4	4	17	6	趙公子章爭奪君位，失敗後逃入主父宮；公子成、李兌包圍主父宮，主父餓死。秦樓緩免相，魏冉爲相。燕昭王使蘇秦入齊，助齊攻宋。
294	21	13	2	2	5	5	18	7	齊用秦五大夫呂禮爲相。齊田甲劫王，孟嘗君出走。
293	22	14	3	3	6	6	19	8	秦左更白起大勝韓、魏聯軍於伊闕，斬首二十四萬，虜魏將公孫喜。
292	23	15	4	4	7	7	20	9	秦大良造白起攻魏取垣。

291	24	16	5	5	8	8	21	10	秦白起攻韓取宛。秦左更司馬錯攻魏取軹，攻韓取鄧。秦封公子市於宛，公子悝於鄧。
290	25	17	6	6	9	9	22	11	魏獻給秦河東地方四百里。韓獻給秦武遂地方二百里。
289	26	18	7	7	10	10	23	12	秦攻取魏六十一城。
288	27	19	8	8	11	11	24	13	魏昭王入趙朝見，並獻陰成、葛孽(在這年或稍前)。魏昭王把河陽、姑密封給趙李兌的兒子。十月，秦魏冉約齊並稱帝，齊爲東帝，秦爲西帝。十二月，齊用蘇秦計，自動取消帝號，合縱擯秦。
287	28	20	9	9	12	12	25	14	蘇秦約趙、齊、楚、魏、韓五國攻秦，罷於成皋。秦歸還部分趙、魏地求和。秦攻取魏的新垣、曲陽。
286	29	21	10	10	13	13	26	15	秦攻魏的河內，魏獻安邑給秦。趙將韓徐爲攻齊。秦敗韓於夏山。齊滅宋，宋王偃死於魏的溫。
285	30	22	11	11	14	14	27	16	秦昭王和楚頃襄王在宛相會，和趙惠文王在中陽相會。秦主謀合縱攻齊。秦將蒙驁攻齊，奪得九城。
284	31	23	12	12	15	15	28	17	秦昭王和魏昭王在宜陽相會，和韓釐王在新城相會，燕昭王入趙見趙惠文王。五國合縱攻齊，燕將樂毅攻入齊都臨淄。魏攻取舊宋地，楚收復淮北地。
283	32	24	13	13	16	16	29	襄王元	趙惠文王和燕昭王相會。趙攻取齊陽晉。秦昭王和楚頃襄王先後在鄢、穰相會。秦攻魏，到大梁，燕、趙救魏。

282	33	25	14	14	17	17	30	2	秦昭王和韓釐王在新城相會，和魏昭王在新明邑相會。秦攻趙，取藺、祁二城。趙攻魏伯陽。
281	34	26	15	15	18	18	31	3	秦把攻齊所得的陶（定陶）封給魏冉。趙決河水，伐魏。
280	35	27	16	16	19	19	32	4	秦派白起攻趙，取光狼。秦派司馬錯由蜀攻取楚黔中，楚獻漢北及上庸地給秦。趙攻取齊的麥丘。
279	36	28	17	17	20	20	33	5	燕昭王死，燕惠王改用騎劫代樂毅。齊田單反攻，一舉收復齊的失地七十多城。秦昭王和趙惠文王在澠池相會修好。秦派白起大舉攻楚，攻取鄢、鄧、西陵。楚將莊蹻越過黔中郡，一直攻到滇池。
278	37	29	18	18	21	21	惠王元	6	秦白起攻下楚都鄢郢，焚燒夷陵，攻到竟陵、安陸，建立南郡，向南又攻取洞庭、五渚、江南。楚遷都到陳。
277	38	30	19	19	22	22	2	7	秦派蜀守張若再度攻取巫郡、黔中郡。
276	39	31	安釐王元	20	23	23	3	8	楚收復黔中十五邑，重新建郡抗秦。趙派廉頗攻取魏的几。秦攻取魏二城。
275	40	32	2	21	24	24	4	9	趙派廉頗攻取魏的防陵、安陽。秦攻魏到大梁，韓派暴鳶往救，被秦大敗，退走啟封。魏獻溫給秦求和。
274	41	33	3	22	25	25	5	10	趙派燕周攻取齊的昌城、高唐。秦攻取魏蔡、中陽等四城。
273	42	34	4	23	26	26	6	11	趙、魏聯合攻韓到華陽，秦派白起、胡陽救韓，大勝於華陽，打跑魏將孟卯，攻取卷、蔡陽等城，又戰敗趙將賈偃。秦又圍攻魏的大梁，趙、燕來救，魏獻南陽給秦求和。

272	43	35	5	桓惠王元	27	27	7	12	燕相公孫操殺了燕惠王，擁立武成王。秦滅義渠。秦、楚助韓、魏攻燕。
271	44	36	6	2	28	28	武成王元	13	趙派藺相如攻齊到平邑。
270	45	37	7	3	29	29	2	14	秦派客卿灶（或作造）攻取齊的剛、壽。
269	46	38	8	4	30	30	3	15	秦派胡陽通過韓的上黨攻趙的閼與，趙將趙奢往救，大破秦軍。
268	47	39	9	5	31	31	4	16	秦派五大夫綰攻取魏的懷。
267	48	40	10	6	32	32	5	17	
266	49	41	11	7	33	33	6	18	秦攻取魏的邢丘。秦起用范雎爲相。
265	50	42	12	8	孝成王元	34	7	19	秦攻取趙三城。秦攻取韓的少曲、高平。
264	51	43	13	9	2	35	8	王建元	秦派白起攻取韓汾水旁的陘城。
263	52	44	14	10	3	36	9	2	秦攻取韓太行山南的南陽。
262	53	45	15	11	4	孝烈王元	10	3	秦攻取韓的野王，切斷上黨通韓都新鄭的道路。韓上黨郡守歸趙。
261	54	46	16	12	5	2	11	4	秦左庶長王齕攻取上黨。趙將廉頗拒秦於長平。秦攻取韓的緱氏、綸。楚攻取魯的徐州。
260	55	47	17	13	6	3	12	5	趙用趙括代廉頗爲將，秦將白起大敗趙於長平，活埋戰俘四十多萬人。
259	56	48	18	14	7	4	13	6	秦派王齕攻取趙的武安，司馬梗攻取趙的太原。秦派五大夫王陵進攻趙都邯鄲。

258	57	49	19	15	8	5	14	7	秦派王齕代王陵繼續攻邯鄲。秦相范睢起用王稽為河東守，鄭安平為將軍。
257	58	50	20	16	9	6	孝王元	8	魏信陵君魏無忌、楚春申君黃歇救趙。秦將鄭安平降趙。秦又在河東大敗。
256	59	51	21	17	10	7	2	9	楚滅魯，遷封魯君於莒。秦滅西周，西周君遷居於𢠸狐。周赧王卒。秦攻取韓陽城、負黍。
255		52	22	18	11	8	3	10	秦河東郡守王稽因罪被殺。秦相范睢死。
254		53	23	19	12	9	王喜元	11	秦向魏河東反攻，攻取吳。魏向東攻取秦孤立在東方的陶郡，滅衛國。
253		54	24	20	13	10	2	12	楚臨時徙都到巨陽。
252		55	25	21	14	11	3	13	
251		56	26	22	15	12	4	14	燕派栗腹、慶秦帶六十萬人攻趙，為趙將廉頗、樂乘所敗。趙進圍燕都。
250		孝文王元	27	23	16	13	5	15	趙再度進圍燕都。
249		莊襄王元	28	24	17	14	6	16	趙又圍攻燕都。秦用呂不韋為相國。秦滅東周，攻韓取成皋、滎陽，建立三川郡。
248		2	29	25	18	15	7	17	秦攻取了魏的高都、汲。
247		3	30	26	19	16	8	18	秦攻取趙榆次、新城、狼孟等三十七城。魏信陵君合五國兵攻秦，打敗蒙驁於河外。
246		始皇帝元	31	27	20	17	9	19	秦又全部攻占韓的上黨郡。秦派蒙驁平定晉陽，重建太原郡。

245		2	32	28	21	18	10	20	趙派廉頗攻取魏的繁陽。秦再度攻取魏的卷。
244		3	33	29	悼襄王元	19	11	21	秦派蒙驁攻取韓十三城。秦攻取魏的暘、有詭。
243		4	34	30	2	20	12	22	趙派李牧攻取燕的武遂、方城。
242		5	景湣王元	31	3	21	13	23	燕派劇辛攻趙，趙派龐煖反攻，殺死劇辛。秦派蒙驁攻取魏酸棗、燕、虛、桃人等二十城，建立東郡。
241		6	2	32	4	22	14	24	楚遷都壽春。秦拔取魏的朝歌。秦把衛君角遷到野王，作爲秦的附庸。趙龐煖率趙、楚、魏、燕、韓五國兵攻秦，至蕞。
240		7	3	33	5	23	15	25	秦攻取趙的龍、孤、慶都。秦攻取魏的汲。
239		8	4	34	6	24	16	26	秦派長安君成蟜（盛橋）攻趙的上黨，成蟜在屯留叛降趙國，趙封成蟜於饒。
238		9	5	王安元	7	25	17	27	秦派楊端和攻取魏的首垣、蒲、衍氏。秦長信侯嫪毒叛亂，爲秦王所平定。
237		10	6	2	8	幽王元	18	28	秦免除呂不韋相職。
236		11	7	3	9	2	19	29	趙派龐煖攻燕，攻取狸、陽城。秦派王翦、桓齮、楊端和攻趙，攻取閼與、橑陽、鄴、安陽等九城。
235		12	8	4	王遷元	3	20	30	秦徵發四郡的兵，助魏攻楚。
234		13	9	5	2	4	21	31	秦將桓齮攻趙的平陽、武城，殺趙將扈輒。

233			14	10	6	3	5	22	32	桓齮繼續攻趙赤麗、宜安，被趙將李牧大敗於肥，桓齮出奔。韓派韓非入使秦國，勸秦先伐趙，旋即被迫自殺。
232			15	11	7	4	6	23	33	秦大舉攻趙，一軍攻到鄴，一軍由太原攻到番吾，爲趙將李牧所敗。
231			16	12	8	5	7	24	34	韓南陽假守騰投獻於秦，秦升以爲内史。
230			17	13	9	6	8	25	35	秦派内史騰攻韓，俘虜韓王安，把韓國滅亡，建立爲潁川郡。
229			18	14		7	9	26	36	秦派王翦率上黨兵，直下井陘；派楊端和率河間兵，進攻邯鄲，另有羌瘣帶兵助戰。趙起用趙蔥、顏聚代李牧。
228			19	15		8	10	27	37	秦大破趙軍，在東陽俘虜趙王遷。趙公子嘉出奔代，自立爲代王。
227			20	王假元		代王嘉元	王負芻元	28	38	秦派王翦、辛勝攻燕、代，在易水以西打敗燕、代聯軍。燕太子丹派荊軻刺秦王，沒有成功。
226			21	2		2	2	29	39	秦攻下燕都薊，燕王喜遷都遼東。秦派王賁擊楚，取十餘城。新鄭叛秦，韓王安死。
225			22	3		3	3	30	40	秦將王賁圍攻魏都大梁，決河和大溝的水灌大梁，大梁城壞，魏王假降，魏亡。秦將李信、蒙武擊楚，李信敗還。秦設右北平郡、漁陽郡、遼西郡。
224			23			4	4	31	41	秦將王翦、蒙武大破楚軍，楚將項燕自殺。秦設上谷郡、廣陽郡。
223			24			5	5	32	42	秦軍攻入楚都壽春，俘虜楚王負芻，楚亡。秦設置楚郡。

222		25			6		33	43	秦平定楚江南地，設會稽郡。秦將王賁攻取燕的遼東，俘虜燕王喜，燕亡。又攻取代，俘虜代王嘉，趙亡。
221		26						44	秦派王賁從燕南攻齊，俘虜齊王建，齊亡。秦統一中原地區。

戰國大事年表中有關年代的考訂

戰國時代各國史事，是用國君在位的年數來紀年的。我們爲了弄清楚歷史事件發生的年代，除了用公元來紀年以外，不得不附上各大國國君在位年數，以便查考。但是史記六國年表所載各國國君的世次年數有很多錯誤，過去許多學者曾根據古本竹書紀年來加以考訂，校正了不少錯誤。然而所有的考訂都是不夠完善的，因此我們在編排這個大事年表時，不能不作一些必要的考訂。

一、關於魏文侯、魏武侯、魏惠王、魏襄王的年代

史記六國年表記魏文侯元年在周威烈王二年，即公元前四二四年。記魏武侯元年在周安王十六年，即公元前三八六年。記魏惠王元年在周烈王六年，即公元前三七〇年。記魏襄王元年在周顯王三十五年，即公元前三三四年。又有魏哀王元年記在周慎靚王三年，即公元前三一八年。史記將魏文侯、魏武侯、魏惠王、魏襄王的年代如此安排，是錯得厲害的。

孟子記有梁惠王對孟子說的一席話：「晉國，天下莫強焉，叟之所知也。及寡人之身，東敗於齊，長子

死焉，西喪地於秦七百里，南辱於楚。寡人恥之，願比死者一灑之，如之何則可。」（梁惠王上篇）這裏所謂「東敗於齊，長子死焉」，就是指史記魏世家所載魏惠王三十年太子申戰死馬陵之役；至於「西喪地於秦七百里」，當是指魏獻西河、上郡給秦的事；「南辱於楚」，當是指楚柱國昭陽破魏於襄陵的事。可是照史記説來，魏獻西河給秦已是魏襄王五年的事，魏獻上郡給秦已是魏襄王七年的事，楚破魏於襄陵已是魏襄王十二年的事，魏惠王怎麼能把身後的事説給孟子聽呢？很顯然的，是史記把年代弄錯了。

史記魏世家説：魏惠王三十六年卒，子襄王立；襄王十六年卒，子哀王立；哀王二十三年卒。而竹書紀年（以下簡稱紀年）卻説「惠王三十六年改元，從一年始，至十六年而稱惠成王卒」（杜預春秋經傳集解後序），世本也説「惠王生襄王，襄王生昭王」（史記魏世家索隱引），其間並無哀王一代。原來魏惠王到三十六年沒有死，只是改元又稱一年，又十六年才死的。史記誤把惠王改元後的年世當作襄王的年世，又誤把襄王的年世作爲哀王的年世。自從紀年出土以後，歷來研究戰國史的都根據紀年來糾正史記的錯誤，這是正確的。因爲史記的錯誤，從史記本身也可以見到。史記趙世家説，「武靈王元年……梁惠王與太子嗣、韓宣王與太子倉來朝信宮」，這年據史記六國年表是魏襄王十年，可是魏襄王名嗣（史記魏世家索隱引世本，蘇秦列傳索隱引世本也説「魏惠王子名嗣」）。如果這年真是魏襄王十年的話，太子就不該是嗣。這年魏太子是嗣，分明這年率太子嗣朝趙的是梁惠王了。如果根據紀年，這年是魏惠王後元十年，那麼，這時太子正是嗣。從這裏，我們也可以看到紀年的正確性。

是不是依照前人的考訂，根據紀年把史記魏襄王的年世改作魏惠王改元後的年世，把史記魏哀王的年世改作魏襄王的年世，問題就解決了呢？如果我們把紀年和史記所載魏惠王時的事校對一下，兩者的年代還是不能相合的，有的相差二年，有的相差一年，這是什麼原因呢？

紀年和史記所載魏惠王時的事相差一年的有五件事：

(一)水經河水注和路史國名紀丁注引紀年「梁惠成王二年齊田壽率師伐趙，圍觀，觀降。」而史記魏世家作「惠王三年齊敗我觀」。

(二)史記魏世家索隱引紀年「魯恭侯、宋桓侯、衛成侯、鄭釐侯來朝皆在(梁惠王)十四年。」而史記魏世家和六國年表作「惠王十五年魯、衛、宋、鄭君來朝」。

(三)史記孫子吳起列傳索隱記王劭引紀年說「梁惠王十七年齊田忌敗梁於桂陵。」水經濟水注引紀年也說：「梁惠成王十七年齊田期(即田忌)伐我東鄙，戰於桂陽(水經注說：桂陽「亦曰桂陵」，「陽」乃「陵」字之誤)，我師敗逋。」而史記魏世家作：「惠王十八年，拔邯鄲。趙請救於齊，齊使田忌、孫臏救趙，敗魏桂陵。」六國年表略同。

至於魏世家索隱說：「紀年二十八年，與齊田肦戰於馬陵；上二年，魏敗韓馬陵；十八年，趙(當作齊)又敗魏桂陵。桂陵與馬陵異處。」這段話上文引的是紀年，下文「上二年」、「十八年」云云，只是根據魏世家上文用來說明「桂陵與馬陵異處」的。前人每多把索隱的「上二年」、「十八年」云云作爲紀年的文字，是錯誤的。我們不能據此認爲紀年和史記相合。

(四)水經淮水注引紀年說「梁惠成王十七年，宋景敾、衛公孫倉會齊師圍我襄陵。十八年，王以韓師敗諸侯師於襄陵。」而史記魏世家作惠王「十九年，諸侯圍我襄陵」。六國年表同。

(五)水經濁漳水注和路史國名紀己引紀年說「梁惠成王三十年秦封衛鞅於鄔，改名曰商。」史記商君列傳索隱也說：「紀年云：秦封商鞅在惠王三十年。」而據史記六國年表「秦封大良造商鞅」在秦孝公二十二年，即魏惠王三十一年、楚宣王三十年。秦本紀也說：「孝公二十二年封鞅爲列侯，號商君。」楚世家也說：「宣王三十年秦封衛鞅於商。」

紀年和史記所載魏惠王時的事，相差二年的有兩件：

㈠史記孫子吳起列傳索隱記王劭引紀年說「梁惠成王二十七年十二月，齊田盼敗梁馬陵。」魏世家索隱引紀年又說：「（梁惠成王）二十八年與齊田盼戰於馬陵。」孟嘗君列傳「敗之馬陵」下索隱也說：「紀年當梁惠王二十八年。」而史記魏世家作：「（惠王）三十年……太子果與齊人戰，敗於馬陵。」六國年表略同。

㈡史記魏世家索隱引紀年說「（惠王）二十九年五月，齊田盼伐我東鄙。九月，秦衞鞅伐我西鄙。十月，邯鄲伐我北鄙。王攻衞鞅，我師敗績。」水經泗水注引紀年也說：「梁惠王二十九年五月齊田盼及宋人伐我東鄙，圍平陽。」史記商君列傳索隱引紀年也說：「梁惠王二十九年秦衞鞅伐梁西鄙。」而魏世家作：「（惠王）三十一年，秦、趙、齊共伐我。」六國年表也說：「（魏惠王）三十一年秦商君伐我，虜我公子卬。」又說：這年齊「與趙會，伐魏」。

我們把紀年和史記所載魏惠王時的事兩相校對，相差一年的有五件，相差兩年的有兩件，年代相合的一件事也沒有。前人做考訂的，對於這個問題也曾接觸到（如雷學淇竹書紀年義證等），或者認爲史記所據的是秦記，用的是「周正」，紀年用的是「夏正」，因爲這些事都發生在「夏正」的仲冬或季冬，由「周正」來計算已是次年的一月、二月了，但是何以紀年上所載梁惠王時的事恰巧都在仲冬、季冬發生的呢？何以紀年和史記的年代竟沒有一件事不相差呢？或者認爲一件事可能連續兩年，戰爭是可能連續到次年的，但是秦封商君這樣的事是不可能跨年度的；魯、衞、宋、鄭四國國君朝見魏惠王的事，也不可能持續到第二年。我們知道，史記所根據的是秦記，大事的年代既不會錯；紀年是魏國的歷史記錄，所記的魏國的歷史事件年代也不會錯，那麼，紀年和史記所記魏惠王時的事怎樣會相差一年至二年呢？如果不把這個問題弄清楚，要想根據紀年來校正史記的年代是不可能正確的。這是校訂戰國年代的關鍵問題。

不僅紀年和史記所載魏惠王時的事年代有相差，所載魏文侯、魏武侯時的事年代也還有相差的。史記魏世家和六國年表記魏文侯在位三十八年，魏武侯在位十六年，而魏世家索隱於「文侯卒」下說：「紀年五十年卒。」於「武侯卒」下又說：「紀年云：武侯二十六年卒。」雷學淇竹書紀年義證和王國維古本竹書紀年輯校，都認爲紀年爲是，都根據史記武侯的卒年，就紀年的年數上推文侯、武侯的年世，因而定文侯元年在周定王二十三年（公元前四四六年），武侯元年在周安王六年（公元前三九六年）。可是史記魏世家索隱引紀年說：「魏武侯元年當趙烈侯之十四年。」趙烈侯元年在周威烈王十八年（史記趙世家、六國年表在烈侯後誤多武公一代），烈侯十四年應是周安王七年。爲什麼雷學淇、王國維的推算又和這相差一年呢？如果說史記魏武侯的年世較紀年短少了十年，那麼史記和紀年所載魏武侯時的事應該相差十年。可是我們校對的結果只是相差九年。例如：

㈠史記魏世家說 「（武侯）二年城安邑、王垣。」而索隱引紀年作「十一年城洛陽及安邑、王垣」。

㈡史記韓世家說 「韓哀侯二年滅鄭，因徙都鄭。」史記韓哀侯二年當魏武侯十二年。而索隱引紀年說：「魏武侯二十一年韓滅鄭，哀侯入於鄭。」

爲什麼按照雷學淇、王國維所考訂的魏武侯年代和史記索隱所引的紀年又相差一年呢？我們認爲這和前面所說的紀年和史記所載魏惠王時的事相差一年是有關聯的。

史記魏世家說：「襄王元年與諸侯會徐州相王也。」秦本紀也說這年「齊、魏爲王」（史記田齊世家和孟嘗君列傳略同）。史記既誤把惠王改元當作襄王元年，可知這年的惠王改元是由於齊、魏兩國相互尊王號的緣故，正同秦惠文君因稱王而改元一樣。紀年既說惠王三十六年改元又稱一年，那麼魏惠王在三十六年改元時沒有逾年改元，正同田和的稱侯改元一樣。如此說來，魏惠王改元前的第三十六年，也就是改元的元年，如果把這年算作改元的元年，改元前實只三十五年。由於司馬遷把「魏惠王三十六年改元」誤作了「三十六年卒」，於是史記魏惠王在改元前的年世就多出了一年，把魏惠王紀元和魏武侯的卒年都提上了一年。

紀年和史記所載魏惠王時的事的年份所以會相差一年，雷學淇、王國維考訂的魏文侯、魏武侯年代和史記索隱所引紀年的年份所以會相差一年，都是由於這個緣故。至於紀年和史記所載魏惠王時的事相差二年的，都是關於戰爭的記載，這是由於戰爭連續到了次年，史記根據的是秦記，秦記是秦國的史記，對於他國戰爭只記勝負之年，所以都記在次年了。

我們說史記魏惠王的紀元誤上一年，也還有科學的根據。史記六國年表說：「秦獻公十六年民大疫，日蝕。」照六國年表的年代，這年已是魏惠王二年。可是開元占經卷一百一引紀年說：「梁惠成王元年晝晦。」晝晦即是日蝕，六國年表謂「秦厲共公三十四年日蝕晝晦」，「秦獻公三年日蝕晝晦」，都把日蝕和晝晦連稱，可為明證。查這年是公元前三六九年，四月十一日十三時九分確是日有環食（朱文鑫歷代日食考中戰國及秦日食考）。紀年既說魏惠王元年晝晦，那麼魏惠王元年決在公元前三六九年。六國年表定魏惠王元年在周烈王六年，即公元前三七〇年，顯然是誤上了一年。

魏世家「襄王卒，子哀王立」下集解：「荀勖曰：和嶠云：……今案古文，惠成王立三十六年改元稱一年，改元後十七年卒。」索隱也說：「紀年云：惠成王三十六年又稱後元一，十七年卒。」魏世家「惠王卒」下索隱又說：「紀年云：惠成王三十六年改元稱一年，未卒也。」田世家「魏惠王卒」下索隱也說：「此時梁惠王改元稱一年，未卒也。」這都足以證明紀年的記載確是魏惠王三十六年改元。雷學淇認為魏惠王在改元前實只三十五年，這是很對的。但是據此便認為改元後有十七年，那就錯了。史記集解和索隱的「十七年」該都是「十六年」之誤，杜預春秋經傳集解後序引紀年作「十六年」，可以證明。魏惠王因「齊、魏相王」而改元，改元後只有十六年。史記雖然把魏惠王的後元誤作魏襄王的年世，但十六年是不錯的。

總之，史記短少了魏文侯的年世十二年，又短少了魏武侯的年世十年，把「魏惠王三十六年改元」誤作

「魏惠王三十六年卒」，把魏惠王的紀元和魏武侯的卒年提上了一年，又誤把魏惠王改元後的年世作爲魏襄王的年世，因而在魏襄王之後多出了一個魏哀王，把魏襄王的年世算作了魏哀王的年世。史記上這一連串的錯誤，我們是可以根據紀年來加以校正的。

我們根據上面的考訂，可以明確知道：㈠魏文侯元年應在周定王二十四年，即公元前四四五年。㈡魏武侯元年應在周安王七年，即公元前三九五年。㈢魏惠王元年應在周烈王七年，即公元前三六九年，到魏惠王三十六年即公元前三三四年，改元又稱一年，即是魏惠王後元元年。㈣魏襄王元年應在周慎靚王三年，即公元前三一八年。

二、關於齊威王、齊宣王、齊湣王的年代

史記六國年表記齊威王元年在周安王二十四年，即公元前三七八年。記齊宣王元年在周顯王二十七年，即公元前三四二年。記齊湣王元年在周顯王四十六年，即公元前三二三年。史記將齊威王、齊宣王、齊湣王的年代如此安排，也是錯得很厲害的。

我們看戰國策燕策一說：「子之三年，燕國大亂，……儲子謂齊宣王『因而仆之』，……王因令章子（即匡章）將五都之兵，以因北地之衆伐燕。」（史記燕世家同）戰國策認爲伐燕子之的是齊宣王，可是史記六國年表記這事在周赧王元年，照六國年表所排列的齊國年代，這年已是齊湣王十年了。究竟伐燕子之的是齊宣王還是齊湣王呢？據孟子記載：沈同曾私下問孟子：「燕可伐與？」孟子說：「可。子噲不得與人燕，子之不得受燕於子噲。」（孟子公孫丑下篇）接著「齊人伐燕」，「五旬而舉之」，齊宣王曾爲此問孟子應否「取之」。後來「齊人伐燕取之，諸侯將謀救燕」，齊宣王又爲此問孟子「何以待之」（孟子梁惠王下篇）。接著「燕人畔」，王說：「吾甚慚於孟子。」（孟子公孫丑下篇）那麼伐燕子之的一定是齊宣王。很顯然的，

史記所排列的齊國年代有錯誤。前人也曾注意到這個問題，想校正史記齊國的年代，例如資治通鑑曾把齊威王的年世加多十年，把齊宣王的年世移後十年。大事記又把齊湣王的年世縮短十年，把齊宣王的年世延長十年。目的都在求齊伐燕的年代能和孟子、戰國策相合，但是這樣的移動都是勉強湊合，沒有根據的。

我們要糾正史記齊國年代的錯誤，正如同糾正史記魏國年代的錯誤一樣，唯有根據紀年了。史記索隱引紀年說：「齊康公五年田侯午生，二十二年田侯剡立，後十年齊田午弑其君及孺子喜而爲公。」（史記田世家索隱引紀年）「梁惠王十二年當齊桓公十八年，後威王始見，則桓公立十九年而卒。」（史記田世家索隱引紀年。）魏世家索隱說：「按紀年，齊幽公之十八年而威王立。」「幽公」當是「桓公」之誤。）「威王十四年，田盼伐梁，戰馬陵。」（史記田世家索隱引紀年。孫子吳起列傳索隱引紀年說：「（梁惠王）二十七年十二月齊田盼敗梁於馬陵」）「梁惠王後元十五年齊威王薨。」（史記孟嘗君列傳索隱引紀年）據此可知，史記在田太公（田和）和田桓公之間脫漏了田侯剡一代，史記所說桓公在位年數六年和威王在位年數三十六年，都是錯誤的。田侯剡立於齊康公二十二年，即周安王十九年，其元年當在周安王二十年，即公元前三八二年。桓公元年在周烈王二年，即公元前三七四年。桓公十八年相當於魏惠王十三年，即周顯王十二年，這年齊威王始立，那麼齊威王元年當在周顯王十三年，即公元前三五六年。馬陵之役在齊威王十四年，相當於魏惠王二十七年，即周顯王二十六年，亦即公元前三四三年。到魏惠王後元十五年即周慎靚王元年，齊威王卒，齊宣王始立，那麼齊宣王元年當在周慎靚王二年，即公元前三一九年，總計田侯剡在位首尾十年，田桓公在位首尾十九年，齊威王在位首尾三十八年。史記總共短少了田侯剡九年、田桓公十二年、齊威王一年，因而把齊威王、齊宣王和齊湣王的年世都拉上了，於是所記歷史事件的年代不能和孟子、戰國策相合了。

根據紀年，齊宣王元年既在周慎靚王二年，即公元前三一九年。那麼周赧王元年（即公元前三一四年）的齊伐燕事件，是在齊宣王六年。這樣，和孟子、戰國策所有齊宣王伐燕的記述也完全符合了。戰國策齊策一載：「韓、齊為與國，張儀以秦、魏伐韓。齊王曰：『……吾將救之。』田臣思（即田忌）曰：『……子噲與子之國，百姓不戴，諸侯弗與。秦伐韓，楚、趙必救之，是天以燕賜我也。』王曰：『善。』乃許韓使者而遣之。韓自以為得交於齊，遂與秦戰。楚、趙果遽起兵救韓，齊因起兵攻燕，三十日而舉燕國。」所記也是這件事。而史記田世家也有一段和這相似的記載，記在「桓公午五年」。這是由於司馬遷誤把這事和周安王二十二年「齊伐燕取桑丘」的事併為一談，又誤定田桓公元年在周安王十八年，就誤以為田桓公五年的事了。

齊宣王的卒年，史記索隱沒有引紀年來比勘。據史記田世家，齊宣王在位十九年，依紀年將齊威王的卒年下推，那麼齊宣王的卒年和齊湣王的即位年份應在周赧王十四年，即公元前三〇一年。這年齊相田文曾聯合韓、魏，派匡章攻楚的方城，殺楚將唐蔑於泚水旁的垂沙。據荀子王霸篇，「破楚」已是齊閔（即湣王）的事，可證這年齊湣王確已即位。如此說來，齊湣王元年應在周赧王十五年，即公元前三〇〇年。

我們根據上面的考訂，可以明確知道：㈠齊威王元年在周顯王十三年，即公元前三五六年。㈡齊宣王元年在周慎靚王二年，即公元前三一九年。㈢齊湣王元年在周赧王十五年，即公元前三〇〇年。

特別要指出，近人有把齊威王、宣王、湣王三王的年世，改作齊威宣王和宣湣王兩王的年世，更改六國年表而自稱新表的，這完全出於憑空設想，毫無史料的根據，不符合歷史事實，已在本書第六章第八節「沿用謚法的禮制」及注解中加以明辨，請注意。

三、關於趙襄子、趙烈侯的年代

史記六國年表趙國年表中趙襄子、趙桓子、趙烈侯三個國君的年代有錯誤。

史記把趙簡子的卒年定在晉出公十七年，即公元前四五八年，這是不可信的。史記趙世家一方面說：

「晉出公十七年簡子卒，太子毋恤代立，是爲襄子。」一方面又說：「趙襄子元年越圍吳，襄子降喪食，使楚隆問吳王。」查左傳記越圍吳事在魯哀公二十年、晉定公三十七年，即公元前四七五年。這年趙襄子正居簡子的喪，可知趙簡子已去世，而趙襄子元年應在公元前四七四年。

史記趙世家說：「(烈侯)九年烈侯卒，弟武公立。武公十三年卒，趙復立烈侯太子章，是爲敬侯。」索隱說：「譙周云：世本及說趙語者，並無其事，蓋別有所據。」查魏世家索隱引紀年說：「魏武侯元年當趙烈侯十四年。」可知趙烈侯九年並未去世，史記所說「弟武公立」一事，是不可信的。趙世家說趙烈侯名籍，趙敬侯名章，只是武公沒有名字，而且趙烈侯、趙敬侯都稱侯，何以其中會夾著一個稱公的國君呢？分明是史記中多出了武公一代，把趙烈侯年世劃分了十三年給武公。因此我們決定取消六國年表中武公這一代，把武公的十三年歸還給烈侯。

還有，史記晉世家索隱引紀年說：「韓哀侯、趙敬侯並以桓公十五年卒。」晉桓公十五年即魏武侯二十二年，亦即公元前三七四年，較六國年表所記趙敬侯卒年要遲一年。因爲沒有其他更精確的材料來校訂，姑且仍從六國年表。

四、關於韓哀侯、韓懿侯、韓昭侯的年代

史記六國年表記韓哀侯在位六年，卒年爲周烈王五年，即公元前三七一年。記韓莊侯在位十二年，卒年爲周顯王十年，即公元前三五九年。而韓昭侯元年，即在次年。六國年表這樣安排韓君的年世，是有錯誤的。

韓世家記哀侯六年「韓嚴弒其君哀侯，而子懿侯立」。索隱說：「年表懿侯作莊侯。又紀年云：『晉桓公邑哀侯於鄭，韓山堅賊其君哀侯而立韓若山。』若山即懿侯也，則韓嚴爲韓山堅也。」又說：「紀年：魏

武侯二十一年韓滅鄭，哀侯入於鄭。二十二年晉桓公邑哀侯於鄭。」晉世家索隱說：「紀年云：魏武侯以桓公十九年卒，韓哀侯、趙敬侯並以桓公十五年卒。」可知韓哀侯的卒年在魏武侯二十二年。晉桓公十五年，即周烈王二年，亦即公元前三七四年。

韓懿侯，水經沁水注引紀年又作韓懿侯若，史記晉世家索隱和水經濁漳水注引紀年又作韓共侯。韓懿侯在公元前三七四年殺死哀侯而自立，應該沒有隔年改元。

水經濟水注引紀年說：「（梁惠成王九年）王會鄭釐侯於巫沙。」鄭釐侯即韓昭侯。梁惠王九年當公元前三六一年。史記趙世家說：趙成侯十三年「成侯與韓昭侯遇上黨」。趙成侯十三年當公元前三六二年。可知韓世家把韓昭侯元年定在公元前三五八年是錯誤的。我們沒有正確的材料可據，姑且定韓昭侯元年在公元前三六二年。

五、關於秦簡公、秦惠公的年代

史記六國年表記秦簡公在位十五年，秦簡公之後是秦惠公，秦惠公在位十三年。而古本竹書紀年所記也有所不同。史記秦本紀索隱說：「又紀年云：簡公九年卒，次敬公立，十二年卒，次惠公立。」秦始皇本紀索隱說：「王劭案紀年云：簡公後次敬公，敬公立十三年乃至惠公。」王劭是連敬公即位的一年計數的，司馬貞只計敬公改元後的年數，所以兩人同樣引紀年，敬公的年數會有出入。六國年表記簡公、惠公二人共在位二十八年，如果按照紀年的記載，簡公只有九年，簡公之後加上敬公十三年，那麼惠公只剩七年了。因爲這方面沒有足夠的材料訂正，姑且依從六國年表。

六、關於燕國國君的年代

史記六國年表記燕獻公在位二十八年，燕孝公在位十五年，燕成公在位十六年，燕湣公在位三十一年，燕釐公在位三十年，燕桓公在位十一年，燕文公在位二十九年。而古本竹書紀年所記大有不同。史記燕世家索隱說：「王邵按紀年：簡公後次孝公，無獻公。」「按紀年，智伯滅在成公二年也。」「按紀年作文公二十四年卒，簡公立十三年而三晉命邑爲諸侯。」「紀年作簡公四十五年卒。」從這裏我們可以了解，關於燕國國君的年代是這樣的：㈠燕國世系中沒有獻公一代。㈡燕成公元年在三晉滅知伯的上一年，即周定王十五年，亦即公元前四五四年。㈢紀年燕湣公作燕文公，在位二十四年；其次是燕簡公，在位四十五年。㈣燕簡公的即位年在「三晉命邑爲諸侯」前的十三年，其元年應在周威烈王十二年，即公元前四一四年；由此上推，可知燕文公元年在周考王三年，即公元前四三八年。至於燕簡公以後的燕國年代應怎樣改訂，已沒有正確的材料可據，只得依從六國年表。但據紀年，燕簡公卒於公元前三七〇年，這年在六國年表已是燕桓公三年，因此我們在這裏只能縮短燕桓公的年世三年了。

增訂本戰國史後記

這本戰國史，初版印行於一九五五年，共二十多萬字。原以爲這樣一部斷代史，發行量不會很多。出版後出於意料之外，不但國內銷行較廣，而且國外也很有人需求，僅香港一地，就發現有三種盜版印行。我曾收到國內外不少讀者和史學工作者的來信，有的加以鼓勵，有的提出不同意見，有的提出問題，有的希望再作補充。史學界的朋友們有作介紹評論的，有對個別問題相與商討的，也有對一條注解的考證提出意見的。這就促使對此中許多問題作進一步的探索和明辨。七十年代在考古工作中，先後發現了多種重要的戰國新史料，如湖南長沙馬王堆漢墓出土的帛書戰國縱橫家書、湖北雲夢睡虎地秦墓出土的竹簡編年記和秦律等，此中有些新史料足以證明我過去所作某些論斷是正確的，也有足以證明我過去的某些看法有偏差而需要改正的。例如我主張蘇秦不是如史記蘇秦列傳所說那樣和張儀同時而對立的，斷定蘇秦爲齊相在諸侯合縱攻齊和燕將樂毅破齊之前；蘇秦組織合縱攻秦，當在公元前二八八年齊湣王、秦昭王並稱東西帝之後。唐蘭先生和徐中舒先生先後有相同的見解。新發現的戰國縱橫家書中的原始蘇秦書信，證明這個論斷是確實的，但是蘇秦組織合縱攻秦和趙相李兌發動五國伐秦，應該是一件事，是由蘇秦從中奔走組織，而由李兌帶頭發動的。我過去看作先後兩件事，是個錯誤而必須糾正的。而且這些新史料對於我有新的啟發，有不少重要歷史事件需要重新加以探討而作修訂補充。

戰國時代是個連年戰爭的時期，七強之間合縱連橫的形勢，變化複雜多端，我們要明辨當時戰爭形勢的複雜變化，必須首先考定七強所占有的疆域以及許多重要都邑的地理位置。我曾在七十年代初期專門從事於先秦歷史地理的研究，與錢林書合作編繪了一册先秦歷史地理，作爲譚其驤主編的中國歷史地圖集的第一册。此中編繪了商、西周、春秋和戰國時代的地圖，包括戰國時代的諸侯稱雄形勢圖、韓、魏、趙、中山、齊、魯、宋、燕、秦、蜀、楚、越的圖。同時，戰國時代是文化學術上飛躍發展的時期，我又對於這時的科學技術分別進行了專門的探索，對於此中重要的技術如冶鐵煉鋼技術，曾經作爲長期進行研究的目標，先後出版了多種有關這方面的專著。

在上述繼續研究的基礎上，一九八〇年我就對這部戰國史，作了很大的補充、修訂和改寫，作爲第二版印行。因爲此書已成爲廣大讀者的讀物，在改寫過程中，力求寫得脈絡分明，條理清晰，行文流暢，深入淺出。這第二版擴展爲四十二萬多字，到一九八三年先後印刷十次，共印行五萬七千多册，此中平裝本印八次共四萬七千多册，精裝本印兩次共一萬册，這是我所有學術著作中印數最多的、影響較大的。

我把戰國時代作爲深入探索的一個重點，因爲這是中國歷史上一個重大變革而發展的時期，清代學者王夫之在其名著讀通鑑論中，早就指出這是「古今一大變革之會」。我們認爲，中國歷史有其獨特的歷史發展規律，既沒有經歷像希臘、羅馬那樣的典型奴隸制，也沒有經歷像歐洲中世紀那樣的領主封建制。春秋以前實行的是貴族統治下的「井田制」的生產方式，戰國以後變革爲小農經濟的生產方式，從此小農經濟成爲立國的基礎，君主政權就建立在這個基礎上，並且由此開創了秦、漢以後中央集權的統一政治體制。戰國時代的重大變革，正是體現了中國歷史特有的歷史發展規律。戰國時代小農經濟的發展、中央集權的政治體制的形成、文化學術的繁榮、九流十家的思想，對於後世有著深遠的影響，可以説直到如今。

我從事戰國史的探索，開始於四十年代，從一九四一年起，就著手搜輯史料加以編年而作考訂。因爲戰國史料的情況特殊，既沒有像春秋時代那樣有一部編年而詳確的左傳，更沒有像漢代以後歷朝有完整的歷史記載，這是秦始皇焚書、燒毀了東方六國歷史記載的嚴重後果。當司馬遷作史記時，所見戰國史料只有秦記和縱橫家書，秦記既簡略，縱橫家書又非歷史著作，所載縱橫家遊説之辭和獻策之書，原是供縱橫家的後學揣摩學習的，此中就不免有誇大失實之處，甚至有僞託著名縱橫家的作品夾雜其中。司馬遷早已指出：「世言蘇秦多異，異時事有類之者皆附之蘇秦」。因此傳世的戰國史料，不但很多殘缺，年代有錯亂，而且真僞混雜，不但史記和戰國策中真僞混雜，甚至資治通鑑的戰國記載也多出於後人僞託。因此我們只有全面搜輯史料加以編年考訂，才能去僞存真，從而辨明整個歷史發展的過程，從中看清合縱連橫形勢的複雜變化。

從一九四六年到一九四九年間，我曾依據考訂史料的成果，對一些重要歷史事件和重要歷史人物作了必要的考辨，先後寫成三十篇短文，發表在當時上海出版的益世報史苑周刊（顧頡剛主編）和東南日報文史周刊（魏建猷主編）。此中比較重要的，有梁惠王年世、再論梁惠王年世、楚懷王滅越設郡江東考、蘇秦合縱擯秦考和樂毅破齊考。梁惠王年世（一九四六年八月文史第六期）曾引起討論，錢穆先生發表關於梁惠王在位年歲之商榷（文史第十期），對我説提出商榷，接著我再發表再論梁惠王的年世（一九四六年十月文史第十四期）作了答辯。楚懷王滅越設郡江東考（一九四六年九月史苑第四期），贊成清代學者黃以周主張楚滅越在楚懷王二十三年或稍前，並作了進一步論證。蘇秦合縱擯秦考（發表於史苑，期數忘記）把戰國策中不同於史記蘇秦列傳的蘇秦史料加以整理，斷言蘇秦合縱攻秦和出任齊相，當在齊湣王和秦昭王並稱東西帝之後。樂毅破齊考（一九四六年十二月文史第二十四期），主張樂毅趁五國合縱伐齊時機，作爲聯軍統帥，先率聯軍由趙東邊出擊，大破齊的主力軍於濟西，然後獨率燕師乘勝由濟西向東長驅直入，攻破齊都臨淄。所謂樂毅報燕惠王書所述樂毅率燕師先攻克齊燕接境的河北，再經濟上而攻入齊都，是後世遊士爲了誇大樂毅破齊的功績而僞託的。

我從四十年代以來，所做戰國史料的編年考訂工作一直在繼續進行中，隨著新史料的發現，不斷有補充修訂；隨著綜合新舊史料鑽研的深入，所作考訂也有進一步的發展，使我對當時合縱連橫形勢的變化有了進一步的認識。初版和第二版戰國史都是在這樣的基礎上寫成的。我向來歡迎不同意見的提出，認爲互相展開討論，這是推動學術研究進展的必要途徑。一九八五年李學勤先生發表關於楚滅越年代（江漢論壇一九八五年第七期，收入一九八九年出版的李學勤集），不同意楚懷王滅越，認爲嚴格說來，越始終未被楚吞滅，越君系統在先秦未絕，閩越王無諸是戰國末年越王退居閩中的。當時我因忙於別的研究工作，沒有注意到此文，直到一九九一年有位戰國史的讀者來信，詢及這個問題，我因此寫了關於越滅亡年代的再商討（江漢論壇一九九一年第五期），再次確認楚懷王滅越是事實，史記越世家誤把「楚懷王滅越」作爲「楚威王滅越」，當楚滅越前，齊國使者遊說越王的話，所談當時戰爭形勢和參與戰爭的楚將，都足以作爲明證。此後所謂越君系統，只是降服於楚而保留的。當秦始皇派王翦平定楚江南而創建會稽郡時，還曾「降越君」，使成爲降服於秦的越君，這時獨立的越國早已不存在了。戰國時代已有所謂「百越」，包括閩越在內，閩越之君原爲越所別封之君，無諸是戰國末年的閩越之君，並非越王退居閩中的。

拙作關於越滅亡年代的再商討發表後，承蒙譚其驤先生來函，認爲楚懷王滅越從此可以成爲定論，我們在中國歷史地圖集第一冊上戰國時代全圖中繪有甌越、閩越等百越，是正確的。他寫這封信正當第二次「一過性中風」發作之後，來信說他常感頭暈，有不少見解沒有發表而感到遺憾。後來他在一九九二年八月就和我們永別了。我爲此很感傷，因此想到我從事戰國史的探索經歷了半個世紀，尚有不少見解沒有寫進我的戰國史中，應該及時作大規模的補充修訂和改寫，作爲「增定本」出版，是必要的。

七強連年進行合縱連橫的外交活動和發動兼併戰爭，是戰國時代的主要特點，縱橫家往往從中起著特定的作用。所謂縱橫家，不僅參與縱橫的遊說和決策，而且十分講求對外戰爭勝利的策略和權變，甚至直接參與間諜活動而陰謀顛覆敵國。傑出縱橫家一次重要的連橫和合縱的決策和行動，往往造成兼併戰爭形勢的重大變化，甚至造成七強之間強弱的變化。因此我在這次補充修訂中，對第八章「合縱連橫和兼併戰爭的變化」，重新全部改寫，大加補充，成爲全書中最長的一章。例如戰國初期秦和楚、齊對峙的局勢中，張儀爲秦相而主謀與韓、魏連橫成功，於是發兵三路出擊，先是中路大破楚軍，接著中路和西路會合攻取了楚的漢中地區，然後東路越過韓、魏大敗齊軍於濮水之上，使秦的聲勢大振。我對整個過程作了較詳的敍述，並附有示意的地圖。又如戰國中期秦、齊、趙三強鼎立而爭奪宋地的鬥爭中，蘇秦向燕昭王獻計，由燕派蘇秦出使齊國，以助齊滅宋爲餌，騙取齊湣王的信任，出任齊的相國，作爲燕的間諜圖謀攻破齊國。蘇秦發動五國合縱攻秦，以便齊乘機攻滅宋國，使齊在攻滅宋國過程中，打得大損實力，從而加深齊和趙的矛盾，使燕得以和秦、趙兩強合謀，發動五國合縱攻齊，終於由燕、趙兩國「共相」樂毅取得破齊的結果，從此齊就削弱了。蘇秦因此以「反間」罪而被車裂而死。關於蘇秦爲燕「反間」的經過，我在這次補訂曾作詳確的說明。對於比較重要的戰爭，如趙武靈王攻取胡地和中山，樂毅爲趙、燕「共相」和五國聯軍統帥而攻破齊國，秦的圍攻魏都大梁而趙、燕聯軍前來救解，秦將白起攻取郢而大破楚國，秦在和趙長平決戰中得勝，秦的圍攻趙都邯鄲而前來救解，也都有較詳的敍述和分析，並附有示意的地圖。

戰國之世是思想界百家爭鳴的特殊時代，爲此我對第十章「戰國時代的百家爭鳴」作了很大補充，與一般思想史的敍述不同。道家方面除對老子學說作分析以外，補充了稷下道家的「精氣」爲「道」之說與「水」爲萬物本原之說，增補了鶡冠子的「大同」學說，認爲他所說「大同」已不是指原始社會而是一種高級的理想。儒家方面補充了兩大節，一節依據大戴禮記所載曾子十篇，闡明了孔子弟子曾參修身治國的學說，指出禮記中的大學和中庸也是這派著作。中庸是子思所作，推尊孔子爲「祖述堯舜、憲章文武」的「至聖」，孟子是子思的再傳弟子，接著就鼓吹從堯舜到周文王以及孔子以來的「聖人」道統。另一節闡明易繫辭傳的學說，認爲這是易傳流傳到楚國，楚國經師在傳授中以儒家學說融合了道家學說產生的結果。法家方面增加了齊法家學說一大節，依據齊法家所編著的管子來分析的。此外，特別增加了方士的「方技」一節和術士的「數術」一節，方術之士過去是不被列入諸子百家中的。

古人所謂「方技」「數術」，是科學技術和迷信巫術相混合的，爲此我在第十一章「天文學」一節中，增加了「天象災異的記載」一大段；又在「陰陽五行家」一節中，增加了「具有月曆性質的楚帛書」一大段。我認爲楚帛書四周所畫十二月神像中，包含有四季的神像；中間八行一段所講伏羲生下四子，就是四季之神，炎帝命祝融使四神共同奠定「三天」和「四極」，使日月正常運行，這是太陽神的創世神話。世界上有不少原始民族有太陽神的創世神話。接著又增加了「五常附會五行之說」一段。又在「醫學的發展」一節中，補充說明了氣功療法。

同時我在第十二章「藝術的發展」一節中，對當時樂器，依據新出土樂器結合文獻，作了補充說明；還增加了「改進生活技藝的進步」一大節，對於烹飪調味、開造水井、絲織、染色、刺繡、竹木漆器、金銀器、玉器、琉璃器等工藝，大都依據考古發現實物有所闡釋。又在「史學的編著」一節中，對「春秋」時代歷史書的編著，作了進一步分析，對穆天子傳一書的編著提出了新看法。

本書在增訂和定稿過程中，承蒙日本同學高木智見教授提供有關資料，特此誌謝。

本書的寫作和增訂以及戰國史料編年輯證一書的編輯考訂，是我半個世紀以來長期所做努力的結果，承蒙許多老友深切關心。我要特別感謝王孝廉教授對此經常關懷和熱情推薦出版，更要感謝主持出版的郝明義和吳繼文先生把本書作爲重要的學術著作向廣大讀者推薦。

楊寬 一九九七年三月

戰國史 / 楊寬著. -- 初版. -- 臺北市：臺灣
商務, 1997[民86]
面 ; 公分. -- (Open ; 2 / 2)

ISBN 957-05-1416-7 (平裝)

1. 中國 - 歷史 - 戰國(公元前480-221)

621.8 86011194